Wilton Barnhardt wurde 1961 in North Carolina geboren. Nach dem Abschluß des Studiums der englischen Sprache und Literatur an der Michigan State University ging er 1982 nach New York. Sein erster Roman *Emma Who Saved My Life* erschien 1989. Der recherchebesessene Autor reist gern und viel. Er hat alle in *Der dreizehnte Apostel* vorkommenden Länder und Kontinente besucht, allerdings nie per Flugzeug, weil er »die Entfernung zwischen zwei Orten genauer kennenlernen« will.
Wilton Barnhardt hält viel von Country-Music, Kino und Freundschaften.
Er lebt in New Orleans.

Dieses Buch wurde auf chlor- und säurefreiem Papier gedruckt.

Vollständige Taschenbuchausgabe Dezember 1996
Droemersche Verlagsanstalt Th. Knaur Nachf., München

Titel der Originalausgabe »Gospel«

Originalverlag St. Martin's Press, New York
Umschlaggestaltung Agentur Zero, München
Druck und Bindung Ebner Ulm
Printed in Germany
ISBN 3-426-60567-8

5 4 3 2 1

Wilton Barnhardt

# Der dreizehnte Apostel

Roman

Aus dem Amerikanischen
von Gabriele Krüger-Wirrer
und Peter Hahlbrock

Knaur®

*Meiner Seligen Dreieinigkeit gewidmet,*
*Mary Barnhardt, Joyce Carter und Betty Grigg*

… und daß ihre Freunde wahre Freude haben und daß durch die Arbeit ihrer Hände unerschöpflicher Reichtum komme und Klugheit durch steten Umgang mit ihr und guter Ruf durch Teilnahme an ihren Worten.

WEISHEIT SALOMOS 8,18

Gott stirbt nicht an dem Tage, da wir aufhören, an eine persönliche Gottheit zu glauben, aber wir sterben an dem Tage, da unser Leben nicht länger erleuchtet wird von der steten Ausstrahlung, täglich erneuert, eines Wunders, dessen Quelle jenseits aller Vernunft ist.

DAG HAMMARSKJÖLD, *Aufzeichnungen*

# Grossbritannien

Ich habe nie gesehen, gehört oder gelesen, daß bei irgendeiner Nation, wo das Christentum die Religion des Landes ist, die Geistlichkeit beliebt wäre. Nichts kann sie volkstümlich machen als ein gewisses Maß an Verfolgung.

JONATHAN SWIFT,
»Gedanken über Religion«, *Werke*, nach 1765

Wer gern in einer traumhaften Existenz schwelgt, mag nach Oxford gehen und dort bleiben; möge er dieses großartige Schauspiel studieren, unter allen Aspekten das gleiche, wo das seelische Zwielicht den grellen Mittagsglanz mäßigt oder das silberne Mondlicht mildert; möge er durch die waldige Umgebung der Stadt wandern oder in ihren weltabgeschiedenen Sälen verweilen; nur darf er kein Ohr haben für das Lärmen von Scholaren oder Lehrern oder mit ihnen tafeln oder speisen oder mit irgendeinem der privilegierten Bewohner des Orts ein Wort wechseln; denn tut er das, wird der Zauber gebrochen, Poesie und Religion verschwinden, und in seiner Umarmung löst sich der zauberische Palast in Luft auf.

WILLIAM HAZLITT,
*Skizzen der wichtigsten Bildergalerien,* 1824

Nachdem dieser giftige Irrtum [gemeint ist die arianische Häresie] schon die ganze Welt verdorben hatte, überquerte er endlich auch das Meer und steckte selbst diese entlegene Insel an; und nachdem so das Tor aufgetan ward, ergoß sich alsbald aller Art pestilentialischer Häresie in diese Insel, deren Leute sich gern alles Neue einreden lassen und niemals irgend etwas fest glauben.

BEDA VENERABILIS,
*Geschichte der englischen Kirche und Nation,* 721

Also verwüstete der Schöpfer des Menschengeschlechts diesen Wohnsitz, bis die alten Werke der Riesen müßig standen ... Deshalb betrachtet der Mann, der in seinem Herzen weise ist, achtsam diese Walstatt und dieses dunkle Leben, gedenkt der Vielzahl lang vergangener tödlicher Kämpfe und spricht diese Worte: »Wohin ist das Pferd gegangen? Wohin der junge Krieger? ... Wo sind die Freuden der Halle? Ach, der glänzende Becher! Ach, der gewappnete Krieger! Ach, des Fürsten Ruhm! Wie diese Zeit vergangen ist, verschwunden unter der Decke der Nacht, als wäre sie nie gewesen!«

»Der Wanderer«, *Exeter-Buch*, 975

Kurz nachdem der Flugkapitän mitgeteilt hatte, sie seien nun über Stornaway, die Außentemperatur betrage 45 Grad unter Null, sie befänden sich in einer Höhe von 11 000 Metern, über London sei es bewölkt und regnerisch, und allen einen guten Morgen gewünscht hatte, warnte er die Passagiere, es könne aufgrund einer Hochdruckzone über Großbritannien in der nächsten Stunde zu leichten Turbulenzen kommen. Und kaum hatte er die Durchsage beendet – Buck, Chip, Dirk, Biff oder wie immer er heißen mochte, für Lucy klang er auf jeden Fall betrunken oder doch zumindest nur halbwach –, da leuchtete – *bing!* – das Fasten-seatbelt-Zeichen auf.

Lucy Dantan legte die Hand automatisch auf ihren Gurt, den sie gar nicht gelöst hatte, und wappnete sich.

Ihr erster Flug.

Wegen der Aufregung über ihre erste Europareise, der ungewöhnlichen Aufgabe, die vor ihr lag, und ihrer Flugangst war Lucy auf höchstens zwanzig Minuten qualvollen Flugzeugschlafs gekommen, aufgeschreckt durch jede Bö und jedes Wackeln. Ihre Uhr zeigte 6 Uhr 30 morgens, 13 Uhr 30 für die Engländer unten auf festem Boden – genaugenommen Schotten, entschied Lucy –, und es dauerte nicht mehr allzu lange, bis sie London und Heathrow Airport erreichen würden.

Wie angekündigt, setzten jetzt die Turbulenzen ein.

Lucy sah auf die schläfrig wirkende Stewardeß, die den Mittelgang entlangging. Die Stewardeß tat das *ununterbrochen.* Mehrere Tage pro Woche, monatelang, *jahrelang* taten Leute das. Kein Problem, diese Turbulenzen. Etwas ganz Gewöhnliches. Mit einem beunruhigend lauten *Ooooshh* sackte die Maschine etwa dreißig Meter nach unten, ein Ruck, der Lucy an das Gefühl erinnerte, das sie empfand, wenn der Abwärtslift im Sears Tower zu Hause in Chicago bremste. Ein paar Leute stöhnten auf, die meisten rutschten, immer noch schlafend, auf ihrem Sitz herum und brachten sich wieder in eine bequeme Lage.

Zeit für noch ein Gebet, gelobte sie.

»Vater unser, der du bist im Himmel ...«

(Schon wieder!)

»... geheiligt werde dein Name. Dein Reich komme ...« Lucy brach ab, das war viel zu förmlich. »Bitte, laß dieses Flugzeug nicht abstürzen, Herr. Jesus, wenn es verunglückt, vergib mir meine Sünden. Und Heiliger Geist ...«

(Ja?)
»... wenn wir alle sterben müssen, dann gib mir die Kraft, und schenke mir den Frieden, meinem Ende mit Würde ins Auge zu sehen.« Und wenn das Flugzeug in den kalten Nordatlantik stürzte? Lucy stellte sich eine Notwasserung vor. Zuerst würde das Flugzeug auf dem Wasser schwimmen, dann würde Panik ausbrechen, und die Leute würden wild darum kämpfen, auf die Rettungsflöße zu kommen. »Gib mir die Kraft, Heiliger Geist, daß ich bei dieser bevorstehenden Prüfung von Nutzen sein kann. Und wenn es mein Schicksal ist zu sterben, dann ...«
(Das Flugzeug stürzt nicht ab, mein Kind!)
Heimtückisch sackte das Flugzeug nun mehrmals hintereinander in die Tiefe. Eine Stewardeß verschüttete den Orangensaft, den sie gerade einschenkte, und ein Baby fing an zu schreien.
»Dein Wille geschehe«, flüsterte Lucy, die Augen zugekniffen und die Hände zusammengepreßt. »Wenn es dein Wille ist, daß ich mit achtundzwanzig Jahren vom Himmel stürze, in der Blüte meines Lebens, na gut, ich kann dich nicht davon abhalten. Aber ich wäre glücklich, mein Leben einer Pflicht zu weihen oder irgendein Gelübde abzulegen ...«
(Über Neufundland hast du uns zwei Jahre bei Mutter Teresa versprochen. Was bekommen wir diesmal?)
»Und bitte, Heiliger Geist, sei mit dem Piloten und dem Kopiloten, und führe sie, so daß wir doch vielleicht alle unversehrt landen.«
(Ich bin doch immer mit dir.)
Die Turbulenzen setzten für einen Moment aus, und Lucy war entschlossen, sich abzulenken. Zwei Zerstreuungen waren zulässig: das Bordmagazin, in dem sie jeden Artikel – außer dem über Versicherungen – schon dreimal gelesen hatte, und ihr eigenes Notizbuch mit den Details ihres Auftrags.
Sie repetierte: Dr. O'Hanrahan und sein Assistent, Gabriel O'Donoghue, ihr Sandkastenfreund und Kommilitone an der Universität von Chicago, waren im Februar zu einer Art geheimer Forschungsreise aufgebrochen. Im März hatten die beiden zurückkommen sollen, doch sie kamen nicht. Die Versuche des Theologischen Fachbereichs, Kontakt mit ihnen aufzunehmen, erwiesen sich als vergeblich. Gabriel hörte auf, nach Hause zu schreiben. Bald hatten die Kollegen Dr. O'Hanrahans Spur verloren; immerhin bekamen sie, da er die Kreditkarte des Fachbereichs dabeihatte, mit den Quittungen manchen Hinweis darauf, wo er gewesen war. Als

aber eine Rechnung über 2000 Dollar eintraf, stornierte die Fakultät die Karte.

Während man Gabriels Eltern versicherte, es sei alles in Ordnung mit ihrem Sohn, und Dr. O'Hanrahans Schwester versicherte, es sei alles in Ordnung mit ihrem Bruder, begann man an der Universität den Verdacht zu hegen, daß die Dinge eben nicht in Ordnung waren: daß dieser bittere, trunksüchtige, exzentrische Genius vielmehr die Kreditkarte des Instituts zusammen mit einigen anderen Geldern und Mitteln mitgenommen hatte, um sich, in einem letzten verzweifelten Versuch, an dem Fachbereich zu rächen, den er aufgebaut und der ihn, seiner Meinung nach, verraten hatte.

»Verstehen Sie, Miss Dantan«, hatte Dr. Shaughnesy vor einer Woche zu ihr gesagt, als sie in seinem eichenmöblierten Büro saß, das düster war, wie man es vom Studierzimmer eines Theologen erwartet, »O'Hanrahan ist ein großer Mann von großem Geist, aber leider erfüllt von einem großen Groll gegen uns. Der arme Patrick hat den Verdacht, seine Amtsenthebung als Leiter des Fachbereichs sei das Ergebnis einer freimaurerischen Verschwörung.«

»Wenn er nicht auf Sie hört, warum sollte er dann auf eine Fremde wie mich hören?« fragte Lucy.

»Vielleicht tut er das auch nicht, aber zumindest hat der Theologische Fachbereich dann alles getan, was ihm möglich ist, um ihn wieder zurückzuholen. Wir möchten, daß Sie mit größtem Takt und größtmöglicher Diplomatie an ihn herantreten und ihm vorschlagen ...« – Dr. Shaughnesy versuchte, ein besorgtes Gesicht zu zeigen, menschliches Mitgefühl war nicht seine Stärke, und so mußte er immer ein wenig schauspielern – »... ihm vorschlagen, zu seinen Lieben und zu seinen Kollegen zurückzukehren. Helfen Sie mit, daß nicht alles in diesem ... in diesem kindischen Imponiergehabe endet.«

»Könnte Dr. O'Hanrahan nicht«, gab Lucy zu bedenken, »doch auf einer Spur sein? Ich meine, er ist schließlich der Mann, der bei den Nag-Hammadi-Ausgrabungen und an der Nimrud-Dag-Stele mitgearbeitet und mitgeholfen hat, die Fragmente der Huntington Library von den Schriftrollen vom Toten Meer zu katalogisieren. Vielleicht spaziert er wirklich eines Tages mit einer weiteren Schriftrolle oder etwas Ähnlichem zur Tür herein.«

Dr. Shaughnesy sah etwas gequält drein und drehte den großen Onyxring, den er an der linken Hand trug. Lucy beobachtete seine bleichen langen Finger. »Ich glaube nicht, meine Liebe. Ich habe einen Aktenordner voller Haßbriefe von dem Mann, und ich bezweifle, daß er irgendein anderes Ziel hat, als einen gewaltigen Berg von Kneipen- und Restaurantrechnungen anzuhäufen.« Wieder drehte der Leiter des Theologischen Fachbereichs nervös an seinem Ring. »Und trotzdem, ich will ihn nicht bei der Polizei oder bei sonst jemandem anzeigen. Ich will ihm diese Warnung zukommen lassen – immerhin verdanke ich Patrick, daß man mich eingestellt hat. Wir, seine früheren Kollegen und Verehrer, schulden ihm diesen Gefallen.«

Lucy fragte, warum Dr. Shaughnesy so sicher sei, daß O'Hanrahan an einem Essen im All Souls' College von Oxford, das am Donnerstag, dem 21. Juni 1990, stattfinden sollte, teilnehmen werde. Die »Akoluthen« waren eine Art Feinschmeckerclub für Geistliche verschiedener Glaubensrichtungen – Islam, Katholizismus, Protestantismus und Judentum –, die einmal im Jahr zu einem auserlesenen Festessen mit seltenen Weinen, edlen Likören und einem vorher festgesetzten Thema für eine gelehrte und hitzige Debatte zusammenkamen.

»Bisher hat er keines dieser Dinners versäumt«, antwortete Dr. Shaughnesy. »Und ich habe mich mit einem Kollegen in Cambridge, der ebenfalls Mitglied der Akoluthen ist, in Verbindung gesetzt. Da er selbst indisponiert ist, hat er mir seinen Platz abgetreten, und ich meinerseits habe Sie als Teilnehmerin angemeldet.«

»Wow.«

»Natürlich steht es Ihnen frei, diese Reise für den Fachbereich abzulehnen«, bot Dr. Shaughnesy an und blickte prüfend auf seine blutleeren Hände.

»O nein, Sir«, beteuerte sie. »Eine wundervolle Gelegenheit. Ich meine, ich war bisher eigentlich noch nie irgendwo. Gibt es ... gibt es einen Grund, warum Sie gerade mich ausgesucht haben?«

Dr. Shaughnesy lächelte kurz. »Wir wollten jemanden von der Fakultät schicken, aber es stellte sich heraus, daß niemand verfügbar war, an dem Patrick nicht sofort Anstoß nehmen würde – er spricht ja nur noch mit wenigen von uns. Und Sie gehören zu den reifsten Studentinnen an unserem Fachbereich.«

Lucy lächelte matt zurück. Ihre Doktorarbeit: nach vier Jahren Arbeit immer noch nicht fertig!

Natürlich würde sie sich auf diese Reise machen. Sie war tatsächlich noch fast nirgendwo gewesen – Indiana, Wisconsin bis zu den Steilufern des Wisconsin River, Illinois, einmal bis nach St. Louis zur Weihe des Erzbischofs, als sie noch klein war. Außerdem konnte Lucy die Bitte gar nicht ablehnen – die *erste* und vielleicht einzige Bitte, die man in all den Jahren, die sie an diesem Fachbereich in akademischer Bedeutungslosigkeit verbracht hatte, an sie richtete. Vor allem, da im September die Anhörung zur Fristverlängerung ihrer Doktorarbeit anstand. Und das angesichts der Tatsache, daß sie schon drei verschiedene Betreuer gehabt hatte. Nein, sie hatte keine Wahl. Sie mußte fahren, und sie mußte Erfolg haben.

Lucy mußte auch deshalb fahren, weil es aufregend sein würde – ein anderes Land. Und in Lucys Leben hatte es bisher so wenig Aufregendes gegeben, daß sie diese verpaßte Gelegenheit zu einem bezahlten Trip nach England monatelang verflucht hätte, wenn sie abgelehnt hätte. Sie hatte sich schon manchmal gefragt, ob ihr Leben überhaupt je aufregend sein würde, ob die nächsten Jahre vom Schicksal dazu bestimmt waren, genauso zu verlaufen wie die vorhergehenden: gesichert und langweilig.

Eine heftige Turbulenz holte sie wieder in die Gegenwart zurück.

Lucy war eine geborene Schwarzseherin. Hin- und hergerissen zwischen dem Gedanken an einen Flugzeugabsturz und der Frage, wie sie mit Dr. O'Hanrahan umgehen sollte, dessen grimmige Erscheinung sie ein- oder zweimal im Hörsaal gesehen hatte, produzierte ihr Körper einen Adrenalinstoß der Angst nach dem anderen. Was ist, wenn Dr. O'Hanrahan wider Erwarten nicht in Oxford ist? Oder wenn er sich weigert, mit mir zu reden? Und wenn er verrückt ist? Und was ist, wenn Gabriel einen schlimmen Unfall gehabt hat und Dr. O'Hanrahan es vertuschen will? Ich werde die Antworten früh genug erfahren, dachte Lucy, als sie hinaussah und London in einer Waschküche tiefhängender Regenwolken erblickte.

O danke, Gott Vater, Gott Sohn und Heiliger Geist, daß ihr mich heil und gesund hierhergebracht habt!

(Nichts zu danken.)

Allerdings stürzen die meisten Flugzeuge beim Start – oder bei der Landung ab.

(Das ist aber nicht der Kampfgeist, den Wir erhofft haben, Lucy!)

Aufsetzen. Drosseln der Geschwindigkeit. Alle noch am Leben.

Lucy wurde durch den Zoll Ihrer Majestät geschleust und tauchte wieder auf, nachdem sie nur ein Minimum an Getue und Schikanen hatte über sich ergehen lassen müssen. Ihr Gepäck kam ihr auf dem Förderband entgegen, und rasch schnappte sie sich ihren vollgestopften Koffer, erleichtert, daß er mit ihr angekommen war, und voll Furcht, jemand könnte sich damit davonmachen. Dieses Europa erfüllte sie noch mit Mißtrauen. Langsam nahm sie die Andersartigkeit der Dinge wahr. Das Schild: *Information Centre*. Genau, sie erinnerte sich dunkel, hierzulande drehte man die Endung *er* um. Unter den Gesprächsfetzen in Urdu, Französisch und Deutsch erkannte sie ihre eigene Sprache, mit knapperen Silben, manchmal kultivierter und förmlicher, manchmal unverständlich, aber musikalisch und lebhaft. Yeah, bestätigte sie sich innerlich, sie sehen sogar englisch aus. Eigentlich nicht wesentlich anders als die Iren, unter denen sie aufgewachsen war. Aber nirgendwo sah sie Melonen. Nirgendwo blasierte Jungen aus Eton, nirgendwo Kaminkehrer wie aus *Mary Poppins,* nirgendwo Angehörige des Königshauses.

Die Schilder wiesen ihr den Weg zu einem feuchten, kalten Platz; sie war froh darüber, warme Kleidung mitgenommen zu haben. Und siehe da, hier ums Eck stand auch der erste rote Doppeldeckerbus, mit dem Schild *Victoria Station.* Lucy ging an einer Reihe von Menschen vorbei, um den Fahrplan zu studieren.

»Entschuldigen Sie«, sagte die »Schirmherrin« an der Spitze, »das hier ist eine *Warteschlange.*«

Nach einer Schrecksekunde reihte sich Lucy hinten in das schweigende Regiment der Reisenden ein, die sie alle wütend anfunkelten.

Der Bus, der sie nach Oxford bringen würde, rollte quietschend an die Haltestelle. Lucy kaufte mit einem steif raschelnden Fünf-Pfund-Schein eine Fahrkarte und setzte sich an ein Fenster, damit sie hinaussehen konnte. Neben ihr saß eine ältere Dame. Kaum hatte der Bus seine einstündige Fahrt begonnen, als die Fenster beschlugen. Lucy wischte mit dem Pulloverärmel immer wieder ein kleines Guckloch frei.

»Oh, das genügt schon, wirklich«, sagte die ältere Frau mit Flüsterstimme.

»Ich komme aus Amerika«, erklärte Lucy, »ich will nur hinaussehen.«

»Ja, es ist wirklich hübsch, aus dem Fenster zu sehen.«

Das war's. Erste Unterhaltung in England.

Zumindest konnte sie Judy beim Zurückkommen erzählen, daß sie sich unterhalten hatte, *Freundschaft* geschlossen, mit Leuten geredet hatte. Es war wichtig, daß sie das Judy, mit der sie in der Kimbark Street zusammenwohnte, beweisen konnte. Judy behauptete eisern, Lucy setze sich nie durch und unternehme nie etwas, was ihr Spaß mache. Es hatte sie schwer beeindruckt, daß man Lucy ausgesucht hatte, für den Fachbereich nach Europa zu reisen.

Judy war Lucys beste Freundin aus College-Zeiten. Beide waren sie römisch-katholisch, beide gingen sie auf die nichtkatholische Universität von Chicago, beide hatten sie nun den niedrigsten akademischen Grad erlangt, was ihre jammernden Eltern erst einmal hinters Licht führte. Vielleicht sollte man besser sagen, daß sie nun lebenslängliche Uni-Gefangene waren, die im schmutzigen Studentenghetto im größten aller Ghettos, der South Side von Chicago, lebten. Lucy hatte zunächst mit Altphilologie angefangen und dann zu Theologie gewechselt, Spezialgebiet Alte Sprachen. Welten lagen zwischen dem St. John's Greek mit seiner Atmosphäre des Altgriechischen und dem neuen Studienort. Lucy mußte regelmäßig einen Spießrutenlauf hinter sich bringen, um in ihre Seminare zu kommen: die Kids aus den Armenvierteln, die sie belästigten, die betrunkenen Obdachlosen, über die sie steigen oder denen sie ausweichen mußte, der unverblümte Drogenhandel an jeder Straßenecke, der dem naivsten Polizisten auffallen mußte, die Trillerpfeife, die sie aus Angst vor Vergewaltigung stets bei sich trug, ihr privater Zeitplan, wann sie bestimmte Orte, bestimmte Züge, bestimmte Bushaltestellen mied.

Hier ungefähr mischte sich die keifende Stimme ihrer Mutter in ihre Erinnerungen: »Du solltest zu Hause wohnen, so wie jede anständige junge Dame.«

Als unverheiratete junge Frau nicht zu Hause zu wohnen, bedeutete laut Mrs. Dantan Orgien und Hurerei, lukullische Völlereien, Sodom und Gomorrha. Sie sah Lucy in der Rolle einer Valeria Messalina und war stets besorgt, die Tochter könnte schwanger und ohne Verlobungsring heimkommen. *Wäre* es doch so, Mom, dachte Lucy, wäre es doch so! Alles lieber als diese stumpfe Langeweile mit Judy. Judy studierte Psychologie, was Lucy ebenso albern wie verräterisch fand. Alle Psychologiestudenten, hatte Lucy festgestellt, brauchten immer Leute zum Reden, die noch verzweifelter an Problemen litten, so daß sie selbst das Gefühl haben konnten, ihr eigenes Leben sei gar nicht so verpfuscht und sie hätten Antworten parat. Nein, das war grausam gegenüber Judy.

Aber Judy machte sie fertig. »Kann ich deinen Pullover anziehen?« fragte sie etwa. »Deinen selbstgestrickten? Ich glaube, wir haben ungefähr dieselbe Größe, und wenn es bei dir funktioniert, kaschiert er wohl auch mein Fett.«

Judy machte immerzu irgendeine erfolglose Diät und verkündete mit Wonne, Lucy und sie seien Schwestern in ihren Gewichtsproblemen. Lucy war wohl ein bißchen pummelig, maximal zehn Kilo Übergewicht, pummelig eben wie eine rosige, sommersprossige Amerikanerin irischer Abstammung, aber sie war keine so fette Kuh wie Judy.

Oder Judy ereiferte sich: »Ich wünschte, man hätte uns nicht katholisch erzogen. Deswegen hinkt unser Leben Jahrzehnte hinter dem anderer Frauen her.« Und sie fuhr fort: »Ich meine, du willst gar nicht wirklich Theologie studieren, du tust das nur aus Schuldgefühl, weil du nicht Nonne geworden bist, wie deine Mutter es wollte.«

Damit mag Judy nicht unrecht haben, gab Lucy innerlich zu.

»Und wenn wir nicht katholisch erzogen worden wären, hätten wir beide bis jetzt schon fünfzig Freunde gehabt. Deswegen sind wir neurotisch, was Sex anbelangt.«

Ja, das war auch so ein Ritual. Bei den vegetarischen Schmortopfgerichten, während die Lokalnachrichten im Fernsehen plärrten, wenn sie Magermilch tranken, als Vorspeise Naturjoghurt aßen und danach eine tiefgefrorene Thunfisch-Lasagne von Weight Watchers – immerzu die endlose Diskussion über Männer, Männer, Männer. Lucy war keine Frau, die Tag und Nacht über Männer nachdachte, weil ihr, offen gesagt, nur sehr wenige Typen, die sie kennengelernt hatte, besonders gefallen hatten. Katholisch oder nicht, sie hielt die meisten männlichen Exemplare der Menschheit für laut, rücksichtslos und unreif und ganz entschieden nicht an dem interessiert, was sie selbst interessierte.

Judy: »... und Vito Campanella, Gabes Freund? Halt mich zurück, um Gottes willen. Was für einen Hintern der Junge hat. Ich wünschte, ich könnte ihn dazu bekommen, daß er rückwärts geht.«

Judy hatte ein lüsternes Vokabular von einer Präzision, die man nicht einmal bei Catull fand. Hätte Judy nicht ständig gutaussehende Männer im Visier gehabt und nicht ständig erklärt, wie fern sie Lucy standen, hätte Lucy ganz glücklich leben können. Als ob Judy die Person für romantische Liebesaffären gewesen wäre! *Theoretisch* war Judy im Gesicht ein wenig hübscher, obwohl sie zu mehr Gewicht neigte; Judy war sehr niedlich und keck. Es waren ihre Persönlichkeit und ihr nasaler, platter Mittelwesten-Akzent, was Männer fernhielt. Ganz abgesehen

davon wußte Lucy, daß Paws the Cat die wahre und ewige Liebe ihrer Mitbewohnerin war.
Paws the Cat gehörte Judy, und Cattus – früher Teil eines Paars, Felis und Cattus, aber Felis war überfahren worden – war Lucys Katze.
»Lucy, ich glaube, wir müssen miteinander reden«, hatte Judy am Abend vor Lucys Abreise gesagt, als hätte Lucy eine einzige Sekunde Zeit zu verlieren gehabt. »Mir fällt auf, daß du Cattus immer dieselbe Schüssel gibst, aber Paws stellst du irgendein altes Ding hin, aus dem er fressen soll. Und außerdem, warum fütterst du deine Katze zuerst, wenn du das *Mr. Kittles* aus der Dose holst?«
Weil er größer und aggressiver ist.
»Du fütterst ihn nämlich immer zuerst.«
»Nein«, widersprach Lucy, »Cattus meint, es sei seines, wenn ich zuerst Futter auf Paws Teller gebe, und dann frißt er es.«
»Weil du ihn immer zuerst fütterst.«
Lucy mußte es oft ertragen, daß Judy miaute und in einer Art Babysprache mit Paws redete. »Böse große Lucy hat dir kein Fressi gegeben, nein! Es ist ihr egal, ob wir am Leben bleiben oder nicht!«
Na ja, genauso war's.
(Ein wenig mehr Nachsicht würde nicht schaden, Meine Liebe.)
Nein, Judy konnte einen wahnsinnig machen. Im ersten Jahr, als sie zusammenwohnten, war es noch okay – okay, wenn auch nicht berauschend –, aber dieses Jahr war es ein wahres Elend. Warum bin ich bloß nicht ausgezogen? fragte Lucy sich.
(Willst du wirklich eine Antwort darauf? Du bist der Meinung, Judy studiere Psychologie, um das Elend anderer zu betrachten und sich ihnen überlegen zu fühlen. Mein Kind, du tust genau dasselbe. Hast du immer getan. In St. Eulalia hast du dich immer zu dem Mädchen hingezogen gefühlt, das weniger akzeptiert war als du. Erinnerst du dich an deine Freundin Faith? Liegt der wahre Grund für deinen Groll gegen Judy nicht darin, daß du in ihr deine eigenen Fehler, deine eigenen Grenzen erkennst?)
Ich will nicht mehr an Chicago denken, beschloß Lucy trotzig.
Statt dessen versuchte sie, Berkshire und das östliche Oxfordshire für sich ein bißchen mehr so zu gestalten, wie sie es erwartet hatte. Sie sah Schnellstraßen, Einkaufszentren, Büroviertel und Fabriken, aber nicht eben viele von den Dörfern mit strohgedeckten Cottages, auf die sie

gehofft hatte. Hier und da, zu weit abgelegen von der Straße, um sie näher betrachten zu können, entdeckte sie eine alte Kirche aus Cotswold-Stein, einen gedrungenen, quadratischen Glockenturm inmitten einer Baumgruppe und ein paar schiefergedeckte Häuser. Weil die Illusion und die Schönheit des Bildes sich bei näherem Blick womöglich verflüchtigt hätten, redete Lucy sich ein, wie englisch das doch alles aussehe, während der Bus wieder einen sanften Hügel hinabfuhr.

Bald wurde die Straße belebter, und der Bus schlängelte sich durch eine ganze Reihe der unvermeidlichen englischen Verkehrskreisel, der *roundabouts*. Lucy sah auf die Uhr und rechnete aus, daß sie schon fast in Oxford sein mußten. Ihr war ganz schwindlig bei dem Gedanken, an einen Ort zu kommen, den sie bisher nur aus PBS-Specials und dem Reisesender des Kabelkanals in Chicago gekannt hatte. Der Bus fuhr über die Magdalen Bridge, und die Stadt der mittelalterlichen Kirchen kam in Sicht: die Festungstore, die Glockentürme und Kirchturmspitzen, malerische Old-England-Lädchen, die man, wo immer es ging, zwischen die steinernen Bollwerke gepfercht hatte; Gruppen ausgelassener Studenten in Schuluniform, die vor den Prüfungssälen zusammenstanden, um das Ende des Semesters mit Champagner und lautem Jubel zu feiern ...

Lucy wollte schnell aus dem Bus heraus, um alles zu erkunden!

OXFORD
*20. Juni 1990*

Die Wolken verzogen sich, und die regennasse High Street lag für kurze Zeit in das eigenartige, weißliche Licht getaucht, das es anscheinend nur in Oxford gibt. Lucy sah liebevoll auf das Bild: der sanft ansteigende Hügel, an dem sich die High Street hinaufschlängelt, zu beiden Seiten befestigt von der Reihe alter Colleges, die ihre spitztürmigen Steinfassaden zur Straße wenden; geschmückt von der georgianischen Ebenmäßigkeit des Queen's College und der einzelnen Statue irgendeiner Königin, quasi einer Säulenheiligen, unter einem steinernen Baldachin über dem Tor.

Lucy kramte in ihrer großen Tasche nach dem Reiseführer, bereit, Jahrhunderte von Überresten und Umbauten zu enträtseln. Sie ging in die

Mitte des viereckigen Platzes, der von der St. Mary's Church, dem All Souls' College und der Bodleian Library gebildet wurde, zur Radcliffe Camera. Das bekannteste Ansichtskartenmotiv von Oxford wirkte, als hätte man es einfach auf den Rasen plumpsen lassen, nur weil es so gut hinpaßte. Genauso unpraktisch erschienen Lucy ein Durchgang in der Mauer des All Souls' College mit dem indischen Tadsch Mahal in Miniaturformat und die zwei schmückenden Türme, die vom Hauptgebäude dahinter pompös in den Himmel ragten; die Straße, die vom Platz wegführte, mündete weiter unten, vor dem Hertford College, in eine Imitation der Seufzerbrücke; jenseits davon stand, neben Christopher Wrens Sheldonian Theatre, ein Gebäude ähnlich dem griechischen Parthenon ... es war wie ein steinerner Tummelplatz zärtlich geliebter architektonischer Verrücktheiten, und überall die vielgepriesenen Türme, wo immer man einen hatte errichten können.

Lucy war verzagt, weil sie in Oxford, aber dennoch nicht dort immatrikuliert war.

Sie bemerkte eine Gruppe schwatzender englischer Studentinnen in formlosen Pullovern, tristen Wollröcken und schwarzen Strümpfen, eine Modeauffassung, die auch Lucy hätte zusagen können, die aber vor dem Hintergrund von Oxford ohnehin viel gewann. Alles, was ich habe, dachte Lucy düster, ist das lausige, blöde Chicago. Okay, Chicago ist eine große Universität, aber verflixt, Rockefeller baute einen großen Teil der pseudogotischen efeubewachsenen Gebäude in den 30er Jahren, und es ist der stehende Witz der Einheimischen, John D. habe damit bewiesen, daß man sogar Geschichte kaufen kann. Aber genau das kann man nicht! Weil die Universität von Chicago würdevoll, praktisch und unbestreitbar langweilig war, während Oxford, so wie Geschichte, albern und unpraktisch und, wie Lucy einräumte, vollendet romantisch war.

Ihr Stadtplan führte sie zu der grimmigen Tudor-Fassade des Braithwaite College, wo Dr. Shaughnesy ein Zimmer für sie organisiert hatte. Lucy zeigte dem Pförtner ihre Briefe mit den Abmachungen.

Der mürrische, rotgesichtige Mann brummte, sah sie an, brummte erneut, wählte eine Telefonnummer, bekam keine Antwort, brummte wieder, las den Brief. Schließlich setzte er die Brille auf, um amtlich zu wirken. »Kann nicht behaupten, daß ich Ihnen helfen kann, Miss«, erklärte er. »Wir haben diese Woche den kanadischen Rasenbowling-Club hier, und die Zimmer sind belegt. Sie müssen das mit der Quästorin ausmachen. Mrs.

Miggins. Und darum beneid' ich Sie nicht.« Er gab Anweisungen, wie Lucy zur Quästur kam.
Rasch inspizierte sie den Innenhof hinter dem Tor. Auf einer gleichmäßigen Grünfläche in der Mitte wiesen mehrere übergroße Schilder darauf hin, daß niemand den Rasen betreten dürfe. Diese Schilder waren das Auffälligste in dem gruftartigen Innenhof. Lucy folgte dem Kopfsteinpflasterweg, der um den sakrosankten Rasen führte, bis sie zu einem dreistökkigen Bau kam. Durch den Eingang Nummer III betrat sie einen feuchten Durchgang und von dort einen weiteren Innenhof voller Warnschilder, von dort führte ein Durchgang in den Magistergarten, den nur Magister benutzen durften. Von dort stieg sie über eine Außentreppe zu einer Bibliothek empor, die für Besucher verboten war. Lucy, die sich an *Alice im Wunderland* erinnert fühlte – von einem Oxforder Universitätslehrer geschrieben, fiel ihr dabei ein –, fand schließlich einen weiteren Durchgang, der in einen dritten und letzten Innenhof und zum Eingang Nummer XIII führte, der Quästur.
»Wir können das einfach nicht anerkennen«, hauchte Mrs. Miggins und ließ den Brief sinken, den Schmerz sämtlicher Martyrien in der Stimme. »Erstens«, zählte sie auf, »sind Sie *nach* den Bürozeiten der Quästur hier ...«
Lucy betrachtete das Silberhaar, das hoch über Mrs. Miggins' Kopf aufgetürmt war; ihre Gestik und sogar die gepreßte Artikulation der englischen Sprache kamen ihr bekannt vor. Sie kopiert Margaret Thatcher, erkannte Lucy.
Zweitens gebe es keine Mitteilung an die Quästur, daß für Lucy ein Gästezimmer hergerichtet werden sollte. Drittens gebe es folglich auch keine Mitteilung an das Personal, und daher könne kein Zimmer hergerichtet sein. Viertens seien die Zimmer, vielleicht, für einen amerikanischen Gartenverein gebucht, der, Mrs. Miggins' Information zufolge, viel Geld dafür bezahle, um jeden Sommer hier sein zu können. Fünftens, dieser Austausch mit der Universität von Chicago – die nicht einfach hier hereinplatzen und Forderungen stellen könne, nur weil das Haus tatsächlich ihr gehöre – erfordere ein gewisses Maß an Schreibarbeit, was im Augenblick, wie Lucy sehen könne, unmöglich sei; das Schild an der Tür informiere *deutlich* darüber, wann die Quästur geöffnet sei, und nur dann könnten solche Dinge erledigt werden.
»Ich nehme an, ihr Amerikaner meint, wir bräuchten nur mit den Fingern

zu schnipsen, um alles mir nichts, dir nichts zu organisieren. Sehen Sie diesen Papierstapel?«

Lucy sah auf die fünf Blätter, die links neben Mrs. Miggins lagen.

»Graduierte Studenten aus Amerika, die im College um ein Zimmer zum *Wohnen* nachsuchen. Als ob wir dazu da wären, ihnen so etwas bereitzustellen! Ich will nur sagen, daß wir weitgehend genug von den Amerikanern haben, vielen Dank, und es wird eine Zeit kommen, da wir unsere prächtigen Einrichtungen nicht mehr als Hotels für Amerikaner nutzen müssen, nur um uns finanziell über Wasser zu halten.«

»Haben Sie irgendwo ein Gästezimmer, für das ich bezahlen könnte?«

»Als ob wir ein Bed-and-Breakfast wären! Ich nehme an, Sie meinen, ich hätte soviel Zeit, an der Pforte anzurufen, um das für Sie herauszufinden?«

Angesichts dieser Tortur brach Mrs. Miggins schier zusammen und drückte auf den einzig vorhandenen Knopf, der sie mit dem Hauptportal verband. »Gehen Sie zurück zum Pförtner«, verfügte Mrs. Miggins, »und sprechen Sie mit John, er wird versuchen, etwas für Sie zu finden, und morgen, wenn Sie das nicht als allzu große Zumutung betrachten, kommen Sie noch einmal *während* der Geschäftszeiten in dieses Büro, dann versuchen wir, diesen ... diesen Schaden wiedergutzumachen.«

Lucy ging zurück zum Pförtner. Weiterer Ablauf wie folgt:

1. Sie füllte ein Formular aus, in dem stand, daß sie einen Gästezimmerschlüssel habe und ihn zurückgeben werde. 2. Sie hinterlegte ein Pfand von 3 Pfund und erhielt eine Quittung. 3. Sie füllte ein weiteres Formular aus und bestätigte damit, daß sie einen Schlüssel für das Collegetor in Empfang genommen habe und ihn zurückgeben werde. 4. Sie füllte ein drittes Formular aus, in das sie sich als Verantwortliche für das Gästezimmer eintrug, falls in besagtem Gästezimmer etwas beschädigt werden sollte. 5. Sie überreichte 6 Pfund 25 für das Gästezimmer.

Endlich machte Lucy sich auf den Weg durch die Innenhöfe und Durchgänge zum düsteren, schlecht erleuchteten Treppenhaus Nummer IX. Sie stapfte die knarzenden alten Stufen bis ganz oben hinauf und fand eine Tür mit dem Schild *Gästezimmer,* das sie anstarrte. Daneben erläuterte ein zweites Schild die *Gästezimmerordnung.* Lucy sperrte das kalte, schäbige Zimmer auf, in dem sie unter einer Mansardendecke ein altes Krankenhausbett und ein rostiges, tropfendes Waschbecken erblickte. Na schön, dachte sie, was kann man sonst von einem tausendjährigen

Gemäuer erwarten? Wie romantisch! Vielleicht hat hier einmal ein Mönch Schriftrollen abgeschrieben!
(Der Gebäudekomplex stammt aus dem Jahr 1925, nachgemachter viktorianischer Stil, der wiederum das Mittelalter nachgemacht hat, aber Wir freuen uns, daß es dir gefällt.)
Lucy gähnte, als sie sich aufs Bett setzte. Sicher würde sie stundenlang schlafen, wenn sie jetzt den Kopf sinken ließe; aber dann würde sie sich nie an die Greenwich-Zeit gewöhnen. Also schnappte sie sich ihren Reiseführer und den Stadtplan und machte sich auf den Weg zum All Souls' College, um herauszufinden, ob Dr. O'Hanrahan dort wohnte.
All Souls' College, las sie im Gehen, gegründet 1438 von Heinrich VI. Das einzige College ohne Studenten. All Souls' ist eine Auswahl von Fellows mit dem Ruf, jeweils die Creme ihrer Generation zu sein; sie kommen zusammen, um zu trinken und zu reden und sonst nicht sehr viel zu tun. Die Prüfung, um zu dieser Elite gehören zu dürfen, war äußerst knifflig. Man mußte Examen in zwei der folgenden Fächer ablegen – in Jura, Geschichte, Philosophie, Wirtschaft, Politik, Literatur oder Altphilologie, ferner drei ausgezeichnete Essays liefern, Übersetzungen aus einer alten Sprache vorlegen und eine mündliche Prüfung bestehen. Manche Zugehörigkeiten als Fellow verfielen bei einer Heirat, so wie es im Mittelalter gewesen war. Und dann gab es noch den Essenstest. Wenn man ein schlechter Unterhalter oder gesellschaftlich ein Trottel war, konnte es sein, daß die anderen mit schwarzen Kugeln gegen einen stimmten. Um es dem Kandidaten schwerer zu machen, wurde ein wahrer Hindernislauf schwierig zu essender Gerichte serviert: Glitschige Spaghetti waren zu bewältigen, Schnecken mit der Schneckenzange, kleine Wildhühner mit Messer und Gabel; ein Dessert aus Kirschen zum Abschluß sollte zeigen, was der Kandidat mit den Kernen anstellte. Eine höchst seltsame, unerklärliche Einrichtung war dieses All Souls' College.
»Entschuldigen Sie«, sagte Lucy zu dem diensthabenden Pförtner am Eingang. »Ich suche nach einem Professor, der hier zu Gast ist, ein Dr. Patrick O'Hanrahan.«
»O ja, Miss«, nickte der Pförtner mitleidig. »In der Bibliothek, vermute ich. Wenn er nach gestern abend schon aus dem Krankenzimmer zurückgekommen ist. Oder im Gemeinschaftsraum der Fellows ... in der Nähe des Sherryschranks.«
Aha, dachte Lucy, er wird seinem Ruf gerecht. Sie hatte eine schwache

Erinnerung an den Emeritus O'Hanrahan aus der ersten Zeit ihres Studiums, als sie seinen Einführungskurs ins Hebräische belegt hatte. Dr. O'Hanrahan erschien blau zur ersten Vorlesung und erzählte wilde Stories von seiner Arbeit an den Schriftrollen vom Toten Meer und seinem Aufenthalt in Jerusalem 1948, als die Bomben rings um ihn her einschlugen. Kein professorenhaftes Benehmen, aber als er fertig war, gab es niemanden mehr im Raum, der nicht begierig war, Hebräisch zu lernen. Von der nächsten Woche an wurde er von einem graduierten Studenten vertreten, und der Kurs kehrte zu der herkömmlichen Langeweile aller Sprachkurse zurück.

Nachdem Lucy sich ein paarmal verlaufen hatte, erkundigte sie sich erneut, und man wies ihr den Weg zu einer schmalen Seitentür des Gebäudes, jenseits der Kapelle. Sie trat in einen kleinen, angemessen mit alten, ledergebundenen Büchern, kleinen antiken Tischen und Vasen ausgestatteten Raum. Aber nichts bereitete sie auf den Anblick vor, der sich ihr hinter der nächsten Tür bot: die Codrington Library, das großartigste Beispiel georgianischer Architektur in Oxford. Eine Palasthalle mit einem Schachbrettfußboden aus weißem und schwarzem Marmor, umschlossen von drei Stockwerken alter Bücher und Manuskripte, die in hochaufragenden altmodischen Bücherschränken mit dunkelgrünen Flecken aufgereiht standen. Bibliothekare und Assistenten kletterten auf gefährliche Leitern, um an die oberen Reihen heranzukommen, hasteten wackelige Geländer und Galerien entlang, während unten, symmetrisch angeordnet auf der Marmorflucht, alte Schreibpulte standen, die perfekt zu Tintenfässern, Federkielen und Folianten paßten und an denen Studenten in himmlischer Stille über modernen Büchern arbeiteten. Die weiße Marmorstatue eines selbstzufriedenen Granden aus der Zeit König Jakobs beobachtete die Studenten vom Ende der Halle aus, als wolle sie diese Ruhe sicherstellen.

»Kann ich Ihnen helfen?« flüsterte eine Bibliothekarin, die eine gewisse Ähnlichkeit mit einem Reiher hatte. »Sie müssen einen Leseausweis haben, um hier zu arbeiten.«

Lucy nutzte die Gelegenheit. »Ich bin hier, weil ich Dr. O'Hanrahan suche.«

»Oh«, antwortete die Dame, und legte unüberhörbaren Überdruß in diese Silbe. »Nein, heute nachmittag ist er nicht hier, und ich erwarte ihn auch nicht ...« Aber im selben Moment erbleichte sie. Lucy drehte sich um und sah einen Mann durch die Katalogabteilung in den Hauptlesesaal stürmen. Sie erhaschte nur einen kurzen Blick, aber es gab keinen Zweifel: Es war Dr. O'Hanrahan, und seine Anwesenheit bedeutete für sie einen Schock.

Dr. O'Hanrahan ergriff Besitz von einem Schreibpult auf halber Höhe in dem riesigen Saal und ließ seine Bücher, Papiere und eine Aktentasche polternd fallen, so daß die wenigen schläfrigen Studenten um ihn herum aufschraken.

Lucy schob sich zögernd vorwärts, während sie sein furchteinflößendes Gesicht taxierte.

Patrick Virgil O'Hanrahan mochte etwa einsfünfundachtzig groß und um die fünfundsechzig Jahre alt sein, schätzte Lucy; er war ein wenig kahl, das verbliebene weiße Haar eines gottgefälligen Mannes hatte er nach vorn und quer über das Haupt gekämmt; aus dem rosigen Gesicht eines eingefleischten Iren leuchteten stahlblaue Augen, deren Blick jeden Unwissenden und Unentschuldbaren versengen konnten. Ansonsten war er der typische emeritierte Professor: ein Schmerbauch, ein ehemals guter Anzug, der nun abgetragen und um den Gürtel schmuddelig wirkte; und ob er sich bewegte oder ruhig dasaß – er verbreitete immer eine spezielle Atmosphäre um sich, eine eigene Klimazone, die ihn einhüllte. Lucy erinnerte sich an seine dröhnende Rednerstimme, die seine Vorlesungen legendär machte und Anlaß war, seinen Zorn tunlichst zu vermeiden. Sie trat einen Schritt näher.

Sein Arm lag in einer Schlinge, aber ohne Gips oder zumindest Verband, der diese Verletzung erklärt hätte. Sie sah zu, wie er sich hinter das viktorianische Schreibpult zwängte – gerade daß er hineinpaßte – und mit seinem gesunden Arm die Schlinge unbeherrscht herunterriß und auf den Boden warf. Langsam streckte er den kranken Arm aus, zuckte leicht zusammen, bewegte die Finger und rieb sich das offenbar verletzte Ellenbogengelenk.

Lucy trat noch einen Schritt näher.

Ohne aufzublicken, fragte Dr. O'Hanrahan leise: »Kann ich Ihnen behilflich sein, meine Liebe?«

»Sie sind Dr. O'Hanrahan, glaube ich, Sir.«

Immer noch ohne sie anzusehen, sprach er weiter: »Es tut mir leid, wenn ich mich gestern abend danebenbenommen habe, aber zuviel Madeira ist schuld daran. Wenn das Kleid ruiniert ist, geben Sie es einfach in der

Pförtnerloge des All Souls' ab, und ich werde es nur zu gerne richten oder reinigen lassen.«
»Äh, ich glaube, Sie verwechseln mich mit jemand anderem, ich bin...«
Er sah endlich auf und musterte sie mit einem leicht neugierigen Blick.
»Ich bin ... eigentlich hier, um mit Ihnen zu sprechen, Sir.«
Dr. O'Hanrahan ließ sich nicht beirren. »Wenn ich nicht gerade Vater des Kindes ihrer Liebe bin, junge Dame, kann ich mir nicht vorstellen, was wir miteinander zu besprechen haben sollten.«
»Lucy Dantan, Sir. Ich bin vom Fachbereich. Man hat mich geschickt, um, äh, um zu sehen, wie es Ihnen geht.«
Sein Gesichtsausdruck zeigte nicht die geringste Veränderung. »Meine Gesundheit ist bestens, danke sehr«, erwiderte er mit ruhiger Stimme. »Mein Arm ist ein wenig lädiert, nachdem ich gestern abend im Hof gestürzt bin, und mein Magen ist dank des britischen Leitungswassers eine wild wogende See, aber abgesehen davon stehe ich im goldenen Glanz meines Lebensherbstes.« Bei diesen Worten stand er auf und zwängte sich aus dem Schreibpult. Seine Stimme hob sich: »Jetzt wissen Sie, wie es mir geht. Sie können wieder gehen. Gehen Sie weit weg, zurück nach Chicago, und richten Sie meinen Feinden aus, daß sie nicht weiter an mich zu appellieren brauchen.« Er zog die weißen Augenbrauen hoch, und sein Gesichtsausdruck war nun entschieden bösartig. »Dieser Clown Shaughnesy hat Sie geschickt, nicht wahr?«
»Äh, ja, Sir, ich ...«
»Sagen Sie diesem unfähigen Kerl, dieser bedeutungslosen Null, dieser Karikatur eines menschlichen Wesens ...«
Während dieser Tirade fiel Lucy ein, daß Dr. Shaughnesy 1974 Dr. O'Hanrahans Rücktritt als Leiter des Fachbereichs eingefädelt hatte. Zu Dr. O'Hanrahans eigenem Besten, hieß es.
»... wenn er auch nur ein Stückchen von dieser Suchaktion für sich abschneiden möchte, wenn er einen Sekundenbruchteil lang denkt – länger kann er sein Hirn garantiert nicht konzentrieren –, daß der theologische Fund dieses Jahrhunderts eine winzige Höllenchance hat, jemals in die Patrick O'Hanrahan Library und ihr Forschungszentrum am Theologischen Fachbereich zu kommen ...«
Lucy erinnerte sich, daß der Preis für Dr. O'Hanrahans Abgang als Fachbereichsleiter darin bestanden hatte, die Fachbereichsbibliothek nach ihm zu benennen, was nur gerecht war, weil Dr. O'Hanrahan all

ihre Schätze zusammengetragen hatte. Zudem stellte Lucy fest, daß sie zurückwich, während er auf sie zukam.

»... dann ist er ein noch größerer Erpresser und Schwindler, als ich bereits gewußt habe. Ist das klar? Gut. Es war nett, Sie kennengelernt zu haben, Miss Dantan, und ich hoffe, Sie haben einen angenehmen Heimflug.«

»Äh, Sir, ich muß Sie noch nach Gabriel O'Donoghue fragen ...«

Als durchzucke ihn ein elektrischer Schlag, fauchte er: »*Das* ist ein Thema, über das ich nicht diskutiere!«

Im Schweigen nach dieser Antwort hatte Lucy Gelegenheit, sich an die verwickelte Geschichte ihres Freundes Gabriel und Dr. O'Hanrahans zu erinnern. Um Dr. O'Hanrahan ein paar zusätzliche Einkünfte zu verschaffen und ihm einige seiner Amtsprivilegien zu bewahren, hatte man Dr. O'Hanrahan im letzten Herbst an die Universität im Hyde-Park-Viertel berufen, damit er einige Studenten bei ihren Doktorarbeiten betreue. Gabriel war Dr. O'Hanrahan zugeteilt worden, und das ganze Jahr über war diese Beziehung zwischen Betreuer und Betreutem die größte Streßquelle in Gabriels jungem Leben gewesen.

Gabriels Doktorarbeit – eines von fünf Themen im letzten Jahr – hatte auch mit hellenistischem Griechisch zu tun, einem Spezialgebiet Dr. O'Hanrahans. Nichts, was Gabriel schrieb, sagte oder dachte, paßte dem Emeritus, der seinen Schützling schlicht für einen Idioten hielt. Doch wenn Gabriel drohte, ihre monatliche Verabredung abzusagen, schien Dr. O'Hanrahan besorgt und bestand darauf, ihn zu sehen. Einmal gestand Gabriel sogar am Telefon, daß er seit der letzten Zusammenkunft keinen Federstrich gearbeitet hatte, aber Dr. O'Hanrahan sagte, sie sollten sich trotzdem treffen.

Schließlich kam Gabriel der Verdacht, daß der alte Knabe wohl einsam sei. Dann im Januar 1990 fragte Dr. O'Hanrahan völlig überraschend, ob Gabriel sein Forschungsassistent werden wolle. Damit verbunden war eine einmonatige Reise nach Europa: Jerusalem, Rom, Deutschland, Frankreich, England ... Lucy erinnerte sich deutlich an den ekelhaften Wintertag, als Gabriel sie besuchte, um ihr davon zu erzählen.

»Klingt wie eine großartige Gelegenheit, Gabe«, sagte sie.

»Ich weiß«, erwiderte er und schritt in seinem Kapuzenmantel hin und her, wobei er den Teppich voll Schnee tropfte. »Aber eine so lange Zeit mit diesem Menschenfresser!«

»Wahrscheinlich ist er inwendig ganz sanft«, meinte Lucy. »Auf irgendeiner Ebene muß er ja umgänglich sein.«
Nun, da habe ich mich vielleicht geirrt, dachte Lucy jetzt, wieder zurück in der Gegenwart. Sie versuchte es noch einmal: »Entschuldigen Sie, Sir, aber in Chicago weiß kein Mensch, ob Ihr Assistent Gabriel noch lebt oder ob er tot ist ...«
»Es ist mir egal, wenn er tot ist. Mein Assistent ist er jedenfalls nicht mehr, dieser kleine Judas.« Er starrte Lucy wütend an. »Wollen Sie mich jetzt in Ruhe lassen?«
Lucy trat den Rückzug an und nickte ihm einen Abschiedsgruß zu, während er zurück zu seinem Pult stolzierte. Ein paar Studenten hatten die Szene neugierig beobachtet; Lucy sah sich in der Hoffnung auf eine Spur von Mitleid um, fand aber keines.
Lucy stolperte hinaus in die feuchtkühle Luft des grauen Junitags und setzte sich wie andere Studenten auf einen Sims der von einer Kuppel überwölbten Bibliothek. Ihr Auftrag gestaltete sich noch schwieriger, als sie es sich vorgestellt hatte. Was um Himmels willen wird Dr. O'Hanrahan sagen, fragte sich Lucy, wenn ich morgen abend bei dem Akoluthen-Dinner auftauche? Vielleicht hätte sie das eben erwähnen sollen.
Lucy, die sich erschöpft fühlte und die nötige Bettschwere hatte, ging zurück ins Braithwaite College und in ihre spartanische Zelle. Sie entdeckte, zwei Stockwerke tiefer, die modrige Toilette. Dann putzte sie sich an dem Waschbecken in ihrem Zimmer die Zähne, wobei sie feststellte, daß aus dem Warmwasserhahn zwar keineswegs warmes Wasser kam, daß er aber munter in das fleckige Becken weitertropfte, sobald man ihn einmal betätigt hatte. Lucy ließ sich auf dem harten, knarzenden Bett nieder und las im Licht der schwachen Glühbirne in ihrem Reiseführer. Als die Müdigkeit sie überwältigte, murmelte sie mechanisch ein Vaterunser und dankte Gott, daß er sie gesund in dieses fremde Land gebracht hatte.
(Schlaf gut!)
»Und Heiliger Geist«, fügte sie hinzu, »bitte, laß mich bei meinem einzigen kleinen Auftrag für die Universität kein Versager sein!«
(Alles andere als das, Mein Kind.)
Lucy wurde nicht warm zwischen den rauhen, klammen Bettüchern und der muffig riechenden Hundedecke, die es für die Gäste von Braithwaite gab. Sie atmete ein paarmal aus und befürchtete, sie könnte fast ihren

Atem sehen. Schließlich stand sie auf, zog ihren Pullover wieder an und kletterte zurück ins Bett.
Alles war so englisch! Wie aufregend, in Oxford zu sein!

*21. Juni 1990*

Lucy erwachte im ersten Morgengrauen, offenbar noch nicht an ihre neue Zeitzone angepaßt. Sie las weiter in ihrem Reiseführer, dann machte sie sich auf den Weg in den Duschraum auf der anderen Seite des Treppenabsatzes, eine kalte Kammer mit einer Tür, die nicht schloß.
Als sie wieder zurück in ihr Zimmer ging, fand sie eine Hausangestellte vor, die staubsaugte. Ihr Gepäck war spurlos verschwunden. Die Angestellte wiederholte mehrmals: »Ich weiß von nichts, meine Liebe.« Lucy, die zitternd vor Kälte ihren Bademantel zuhielt, traf im Treppenhaus auf eine attraktive, große Brünette mit Baskenmütze, die zu ihren langen Beinen in purpurroten Strümpfen einen kurzen Rock trug und gerade die Stufen emporstieg, eine leere Champagnerflasche im Arm, vielleicht jetzt gerade auf dem Heimweg von einer Party.
»Man hat mich aus dem Zimmer oben hinausgeworfen«, erklärte Lucy empört.
»Wie gemein!« erwiderte das Mädchen mitleidig, mit einem munteren, vornehmen Akzent. »Wenn er Sie nicht wieder hineinläßt, klopfen Sie bei mir, dann werde ich ihm ordentlich in die Eier treten.«
Lucy wanderte durch die Höfe und stellte sich dem neuen Pförtner zum Kampf.
»Sie sind also die aus dem Gästezimmer«, sagte er vorwurfsvoll. »Wir dachten, Sie hätten sich aus dem Staub gemacht, ohne zu bezahlen. Hehe, wir haben Ihre Sachen als Pfand behalten ...« Mit einer Handbewegung deutete er nach hinten, und Lucy sah ihre Reisetasche und ihren Koffer in der Pförtnerloge stehen.
»Kann ich sie bitte haben«, fragte sie, einigermaßen verärgert, und klapperte vor Kälte mit den Zähnen.
»Nicht bevor Sie die Zimmerrechnung von 6 Pfund 25 und eine Extragebühr von 1 Pfund für das Unterstellen Ihrer Sachen bezahlt haben. Sie hätten sich lieber gestern um diese Rechnung kümmern sollen, Miss«, murmelte er.

»Zu Ihrer Information: Ich *habe* gestern bezahlt! Sie können nachsehen!«
Der Pförtner blätterte eine Weile, entdeckte den Eintrag und fragte dann: »Bleiben Sie auch heute nacht?«
»Ich nehme an.«
»Gut, dann bezahlen Sie eben jetzt für die kommende Nacht. Einverstanden?«
Lucy zahlte – auch für das Unterstellen ihres Gepäcks –, und der Pförtner schleifte ihr Gepäck zur Tür. Lucy furchte die Stirn angesichts der Aussicht, es noch einmal die Treppe hinaufschleppen zu müssen.
»Oh, Miss«, sagte der Pförtner, »ich nehme an, Sie wollen eine Frühstücksmarke.«
Lucy überlegte. Ein Frühstück wäre fein. Ja, englisches Frühstück, *scones* und starker Earl Grey in glänzenden Kannen ...
»Wieviel kostet es?«
»1 Pfund 95, wirklich günstig, wirklich.«
»Okay, ich nehme eine Marke.«
Der Mann deutete auf das größte Steingebäude am Rand des gepflegten Hofes. »Das ist die Hall, Sie können sie gar nicht verfehlen. Seien Sie pünktlich um acht Uhr zwanzig an der Tür.«
Lucy schleppte ihr Gepäck wieder die Treppe hinauf, ging zurück in ihr Zimmer, zog sich eilig an, streifte zwei Pullover über, damit ihr warm würde, und rannte die Treppe hinunter, um sich um Punkt acht Uhr zwanzig an der Hall einzufinden. Sie hörte den Lärm eintrudelnder Studenten, das Klappern von Geschirr und Silber – aber die Tür, vor der sie stand, war verschlossen. Sie klopfte. Als keine Antwort kam, ging sie um das Gebäude herum und fand auf der anderen Seite einen kleinen, unscheinbaren Eingang.
»Was glauben Sie wohl, wohin Sie gehen?« schnarrte ein Faktotum, das, mit Knollennase und alkoholgeröteten Wangen wie der Pförtner, ebenfalls aus einem Dickens-Roman hätte stammen können.
»Zum Frühstück?« meinte sie fragend.
»Zeigen Sie Ihre halbe Marke!«
Lucy zeigte die unzerrissene Marke, die in der Mitte perforiert war.
»Ah, die nützt Ihnen jetzt nichts.«
Lucy funkelte den Mann mit amerikanischer Ungeduld an. »Und warum nicht?«
»Sie haben nicht die eine Hälfte zuvor in den Kasten geworfen, also

konnten wir nicht wissen, daß Sie kommen würden, nicht wahr? Nicht, wenn Sie Ihre Marke nicht einwerfen.«

Lucy erklärte, daß der Pförtner ihr diese Marke gerade verkauft habe und daß sie glaubte, dafür werde sie ein Frühstück bekommen.

»O ja, o ja, aber nicht heute. Und außerdem ist es nach halb, sowieso zu spät, um einen Platz zu bekommen.«

Na super, dachte Lucy, als sie wenig später durch die Tore von Braithwaite floh und in die schwache Sonne des englischen Morgens trat, Reiseführer und Stadtplan in der Hand. Sie verbrachte den Tag mit Besichtigungen und schoß Fotos, ein wenig nervös beim Gedanken an die Veranstaltung, die vor ihr lag. Das Akoluthen-Dinner. Um Himmels willen, ich hoffe bloß, sie fragen mich nichts.

Um halb sechs fing sie an, sich feinzumachen. Sie kämmte ihr ansonsten krauses tiefrotes Haar, das die englische Feuchtigkeit weich und glatt gemacht hatte. Sie zog einen konservativen, weiten schwarzen Rock an, schwarze Strümpfe und eine weiße Bluse, ihre Kluft für formelle Anlässe, der offiziellen Uniform der Oxforder Studentinnen nicht mal unähnlich. Pünktlich um halb sieben meldete sie sich schüchtern beim Pförtner des All Souls'. Man wies ihr den Weg zu einem holzgetäfelten Raum im oberen Stockwerk, in dem sich zu jenem Zeitpunkt erst drei Personen eingefunden hatten.

An den Wänden dieses Studierzimmers standen Vitrinen, in denen ausgewählte Gegenstände ausgestellt waren, darunter drei Nobelpreise, die Pfeife eines ehrenwerten Mitglieds, eine lateinisch abgefaßte Wette auf Pergament aus dem 16. Jahrhundert und ein Silberkelch. Sicher hat jedes dieser Stücke seine eigene erhabene Geschichte, die es berechtigt, in diesen Sammlerschränken zu stehen, dachte Lucy. Im übrigen war der Raum elegant eingerichtet, mit typisch englischen Bildern von Fuchsjagden, einem Schwert über dem Kamin, einem langen, dunkelfleckigen Mahagonitisch, der schwer mit Flaschen und Gläsern beladen war, und zwei Dienern, die den Gästen schweigend aufwarteten.

»Sie müssen Miss Dantan sein«, sagte Dr. Whitestone, ein großer, aristokratischer Gentleman mit dem Kragen eines Geistlichen, anglikanischer Vikar von St. Elizabeth. »John Shaughnesy hat geschrieben, Sie würden Pater Ratchetts Platz einnehmen, nicht wahr?« Seine klammen Finger umschlossen ihre Hand.

Erleichtert überließ Lucy sich seiner Führung, und er geleitete sie zu den übrigen Gästen. Sie wurde einem Dominikanerbruder vorgestellt: Pater Philip Beaufoix aus Montreal, der an der amerikanischen Universität in Kairo lehrte. Er war ein kleiner, untersetzter Mann, nach Lucys Schätzung in den Sechzigern, mit einem sanften, olivfarbenen Gesicht und einer großen gallischen Nase, großporig von einem Leben mit geselligem Trunk, was ihn gleichermaßen zugänglich und weise erscheinen ließ. Neben ihm saß Schwester Marie-Berthe, etwa fünfzig Jahre alt, eine Josefinerin, ebenfalls aus der Provinz Quebec stammend und neuerdings an der Herz-Jesu-Akademie in Toulouse tätig. Dr. Whitestone holte ein Tablett mit Likören.

»*Bon soir, mademoiselle*«, sagte Pater Beaufoix mit einer Verbeugung und fuhr dann in fragendem Ton fort: »Dr. Whitestone sagt, Sie stehen irgendwie in Verbindung mit Patrick?«

»Ich komme von der Universität in Chicago. Ich bin eine seiner ... Schülerinnen, könnte man sagen.«

»Sind Sie als Patricks Assistentin hier?« hakte die Schwester nach.

»Äh, nein.«

»Arbeiten Sie vielleicht an einem eigenen Buch?«

»Oh, nein.«

Schwester Marie-Berthe warf Pater Beaufoix einen vielsagenden Blick zu und unterdrückte ein Lächeln. O Gott, dachte Lucy, jetzt halten sie mich für seine Geliebte.

Sie gingen weiter. »Wir sind heute abend die kanadische Abordnung«, flüsterte die Schwester in perfektem nasalem Englisch. »Was immer ich heute abend sage, Philip, Sie werden mir zustimmen, *non?*«

»Warum sollte ich heute abend eine Ausnahme machen?«

Die Tür ging auf, und weitere Akoluthen kamen herein. Die meisten hielt Lucy für in Oxford ansässige Gelehrte. Ein unangenehm aufgekratzter Kollege, Dr. Crispin Gribbles, wurde vorgestellt, ein Mann Ende Vierzig, in dessen Mundwinkeln sich weißer Schaum bildete. Er war ein Gelehrter, der zum St. Ann's College gehörte und im Augenblick einen Katalog der Reliquien von St. Aloysius, der beliebten katholischen Kirche, für all die ausländischen Studenten erstellte, wie er erzählte:

»Oh, es ist furchtbar, Vikar«, sagte Dr. Gribbles zu Dr. Whitestone. »Diese ganzen Spanier, Italiener und Franzosen, die in den Bänken knien und *weinen* – das kann vielleicht ein Anblick sein, wenn diese ausländischen Schülergruppen durchkommen. Fünfzehn, sechzehn Jahre alt, das erstemal von zu Hause fort, können unser Essen nicht ausstehen, können unser Wetter nicht ausstehen, und so kommen sie nach St. Aloysius, um zu weinen.«

Lucy nahm ein kleines Likörglas vom Tablett. Es enthielt ein lavendelfarbenes, aromatisches Getränk, das nach Veilchen zu schmecken schien. Es heiße *Violette,* erklärte die Schwester, und sei ein exquisiter Tropfen aus Toulouse. »Dieses Jahr war ich an der Reihe, einen Aperitif mitzubringen. Jedes Jahr«, fügte sie hinzu, »bringen drei von uns eine Flasche mit etwas Außergewöhnlichem mit, das eine kirchliche Vergangenheit hat. Drei für die Dreifaltigkeit.«

»Was keine allzu schwierige Aufgabe ist«, setzte Pater Beaufoix hinzu, »da die meisten geistigen Getränke irgendwann ihren Ursprung in der Kirche hatten.«

»Ich weiß noch«, sagte Dr. Gribbles, »daß unser *lieber* Patrick O'Hanrahan einmal einen schwarzgebrannten Alkohol aus Amerika mitbrachte und behauptete, wir bekämen ein Produkt von wiedergeborenen Baptisten aus den Südstaaten zu kosten. Typisch O'Hanrahan, muß ich sagen.«

Und während er von dem großen Mann sprach, betrat dieser den Raum. Wenn Dr. O'Hanrahan bei dieser seltenen Gelegenheit, einmal im Jahr, mit seinen Gefährten vereint war, sah er verändert aus – in seinen blauen Augen schien die angenehme Erinnerung an einen schmutzigen Witz zu funkeln. Er trug einen zerknitterten grauen Anzug, dazu eine schwarze Krawatte, und Lucy lächelte, als sie bemerkte, daß der oberste Hemdknopf längst nicht mehr schloß und auch die Krawatte ziemlich locker saß. Aber zerknittert oder nicht – welch ein Anblick! Er umarmte seine alten Freunde, kniff Schwester Marie-Berthe und tat, als wolle er unter ihre Ordenstracht greifen; die Falten um seine Augen wurden tiefer, als er sein dröhnendes Lachen wie einen Schlachtruf ertönen ließ.

Lucy hatte er noch nicht entdeckt. Plötzlich bekam sie Angst, er werde eine öffentliche Szene machen und sie von den Festlichkeiten verbannen, wenn er sie entdeckte. Vielleicht sollte sie die Situation entschärfen, indem sie ihre Anwesenheit selbst kundtat. Sie schlich sich an Dr. O'Hanrahan heran, während er und Pater Beaufoix sich unterhielten.

»Paddy«, sagte der Dominikaner eben, »Sie wollen mir bestimmt erzählen, hinter welcher Sache Sie her sind. Sagen Sie nicht, daß Sie wieder dieser wertlosen *Stephanusgeschichte* nachjagen. *Mon ami,* davon habe ich in meinem Büro in Kairo fünfzehn Kopien herumliegen.«

»Nein«, erwiderte Dr. O'Hanrahan, »kein so Nachfolge-Gesindel wie Stephanus für mich. Nichts weniger als einer von den zwölfen.«
Pater Beaufoix lachte Dr. O'Hanrahan ins Gesicht: »Puh! Sie wollen doch nicht sagen, daß Sie ein *Apostel*evangelium gefunden haben, oder?«
»Sie werden eines Tages alles darüber in den Zeitungen lesen, Philip.«
Lucy schien es plötzlich, daß Pater Beaufoix Dr. O'Hanrahan trotz seines Lächelns auf unangenehme Art aufzog. »Sind Sie sicher, lieber Freund, daß Sie wirklich hinter einem verlorenen Evangelium her sind, oder ist das wieder nur einer Ihrer Pläne, um Ihren Fachbereich in den Ruin zu treiben? Ich nehme an, diese Forschungsreise«, fuhr der Dominikaner fort und klopfte Dr. O'Hanrahan auf den Bauch, »wird Sie zufällig nach Rom und Paris und in jedes Fünf-Sterne-Restaurant auf dem Weg führen.«
Dr. O'Hanrahan antwortete mit einem heiteren Lachen.
»Und auf jeden Fall«, röhrte Pater Beaufoix, ohne Gehässigkeit, aber dennoch beleidigend, »wer wird Ihr Buch für Sie schreiben? Wollen Sie vielleicht im Alter von siebzig Ihr literarisches Debüt anstreben, *n'est-çe pas?*«
»Entschuldigen Sie mich, Philip«, sagte Dr. O'Hanrahan und wandte sich ab, um einen Kellner mit Getränketablett abzupassen, entdeckte aber nur Lucy.
»Hallo«, begrüßte sie ihn mit einem matten Lächeln. »Dr. Shaughnesy hat es arrangiert, daß ich teilnehmen kann.«
»Lucy, nicht wahr?« schnaubte er mit einem Anflug von Feindseligkeit.
»Hören Sie, wenn Sie wollen, daß ich gehe, gehe ich ...«
»Gut, dann gehen Sie!«
»Aber, Sir, es wäre ein unvergeßliches Erlebnis für mich, wenn ich bei diesem Bankett dabeisein könnte.«
»Was verstehen Sie von Theologie? Haben Sie ein Hirn in Ihrem Kopf?«
»Na ja, ich bin graduierte Studentin von der Chicagoer Universität.«
»Also nehme ich an, die Antwort ist *nein*«, betonte er.
Lucy rechtfertigte sich: »Ich habe einen Bakkalaureus in der Fachrichtung Neues Testament, einen Magister in Griechisch, bin durchschnittlich in Latein, und bei Ihnen habe ich Hebräisch gelernt. Ich meine, in den Vorlesungen, zu denen Sie erschienen sind ...«
»Na gut, na gut. Bleiben Sie.«
Nach der *Violette* folgte der Getränkebeitrag eines griechisch-orthodoxen Archimandriten, Pater Basilios, der der Londoner Universität angehörte.

»Dieses Elixier«, verkündete er mit der tiefen Stentorstimme eines Predigers, »ist ein Ouzo, den die Mönche im Kloster von Dionysiou herstellen, ein Ouzo, in dem man eine besondere Zitrusblüte von den Hängen des Berges Athos ziehen läßt. Genießt, meine Freunde, genießt!«
Auch Lucy nahm sich ein kleines Glas von einem Tablett. »Welch reiches Sortiment an Spirituosen«, sagte sie höflich zu Dr. Gribbles.
»Wenn ich es bis zum Jahre 2001 noch mache, bin ich eingeladen zum Mallardfest, bei dem sich alle Fellows von All Souls' um ein Mitglied scharen, das zum Lord Mallard gewählt worden ist; der Lord wird dann inthronisiert und durch die Höfe und über die Dächer getragen. Dieser stark alkoholische Abend findet seinen Höhepunkt in einem Punsch, zu dessen Ingredienzien Entenblut gehört.«
»Ich glaube, den würde ich auslassen, Sir.«
»Es ist eine große Ehre, daran teilzunehmen, meine Liebe«, fügte Dr. Gribbles hinzu, schon ein wenig beschwipst. »Findet nur einmal in hundert Jahren statt.«
Lucy bemerkte, daß Dr. O'Hanrahan den Raum durchquert hatte, um einen gerade angekommenen alten Freund zu begrüßen: Rabbi Mordechai Hersch, aufgewachsen in Brooklyn, wie sein Akzent verriet, und gegenwärtig ein hochgeschätzter Gelehrter an der Hebräischen Universität von Jerusalem. Der Rabbi, schätzte Lucy, mochte in Dr. O'Hanrahans Alter sein, sah aber jünger und ausgeruhter aus, mit einer Habichtnase und einem kurzgeschnittenen grauen Bart, über den er eben nachdenklich strich. Der Rabbi und Dr. O'Hanrahan ergingen sich in Erinnerungen, und Lucy taxierte die New Yorker Art des Rabbi, der darin geübt war, Ungenauigkeiten, Irrtümer oder grobe Dummheit auf eine Weise aufs Korn zu nehmen, die jemand aus dem Mittelwesten barsch gefunden hätte. Er trug einen konservativen schwarzen Anzug und ein Käppi, die Yarmulke; er war der einzige jüdische Geistliche unter den anwesenden Akoluthen.
»Schau, wen wir hier haben, Morey«, sagte Dr. O'Hanrahan schließlich. »Eine Spionin aus Chicago, die herausfinden soll, was der arme Tattergreis Patrick O'Hanrahan so treibt, und ihn möglichst nach Hause bringen soll.«
Der Rabbi zog eine Braue hoch.
Dr. O'Hanrahan fuhr fort. »Sie sagt, sie werde sich wieder aus dem Staub machen, wenn ich ihr Einzelheiten unserer geheimen Mission mitteile.«

»Kein Glück, kleines Mädchen«, erklärte der Rabbi entschieden.
Lucy seufzte und erwiderte, es sei trotzdem nett, den Rabbi kennenzulernen.
»Sehr erfreut«, meinte der Rabbi gleichgültig.
Es trat Stille ein, als angekündigt wurde, das Dinner werde nun serviert. Das Essen fand in der langen Halle der Codrington Library statt. In der Mitte des dunklen Saals, in dem nur drei Kerzenleuchter Licht spendeten, war ein Eichentisch für zwölf Gäste üppig gedeckt. Die Bibliothek wirkte nun wie ein unheimliches Gewölbe; die Kerzen warfen Schatten auf die stummen Schreibpulte und die drohend aufragenden Bücherregale. Alle nahmen Platz; Lucy hatte Dr. O'Hanrahan rechts neben sich und Schwester Marie-Berthe als Gegenüber. Ein Pater Keegan vom University College in Dublin sollte noch kommen; sein Platz blieb einstweilen leer. Ein muslimischer Gelehrter, Dr. Mehmet Abdullah, saß links von Lucy. Aus den Psalmen Davids wurde ein nicht konfessionsgebundener Segen verlesen.
(Bei diesem Haufen vielleicht das Sicherste.)
»Herr«, fügte Lucy für sich noch hinzu, während das Tischgebet gesprochen wurde, »hilf mir, daß ich mich nicht zum Narren mache.«
(Warum nicht? Nichts wäre passender an einem Ort, wo Männer und Frauen zusammenkommen, um über unterschiedliche Dogmatik und Kirchenpolitik zu diskutieren!)
Man widmete sich dem ersten Gang. Lucy löffelte eifrig ihre Schildkrötensuppe und hörte zu, wie der Professor und der Rabbi sich über den Tisch hinweg unterhielten. Ein Diener füllte Lucys Glas mit einem Amontillado. Später, als man Entenleberpastete zu einem Pinot Noir reichte, wurde Rabbi Hersch in eine lebhafte Diskussion über künftige jüdische Ansiedlungen im christlichen Viertel Jerusalems hineingezogen.
»Ich höre zu meinem Entsetzen«, sagte Dr. Abdullah, »daß viele Israelis es befürworten, den Felsendom niederzureißen und den Tempel von Salomo und Herodes wiederaufzubauen.«
»Mnyeh, nur eine Handvoll Fanatiker«, beruhigte ihn der Rabbi, der während der letzten zehn Minuten über Shamir und die Likud-Regierung geschimpft hatte, die mit dem rechten religiösen Flügel liebäugelte. »Wir sprechen über eine Regierung, die mit Angehörigen der jüdischen *lubavitchers* in Brooklyn konform gehen muß, damit die Schlaglöcher auf unseren Highways repariert werden.«

Schwester Marie-Berthe, deren kanadischer Akzent infolge des Alkoholgenusses breiter wurde, nahm kein Blatt vor den Mund: »Ich wünschte, man würde die Grabeskirche niederreißen«, begann sie, entschlossen, den Archimandriten auf die Palme zu bringen. »Es ist ein geschmackloser Steinhaufen; und die Christen tun die ganze Zeit nichts anderes, als sich zu streiten, welcher staubige Winkel wem gehört. Ihre griechischen Freunde, Pater Basilios, machen die Sache auch nicht besser. Ich glaube, al-Hakim hatte die richtige Auffassung«, fügte sie zu Dr. Abdullahs Belustigung noch hinzu.

»Dr. O'Hanrahan«, murmelte Lucy, »wer war al-Hakim?«

»Ich bin nicht hier, um Ihnen alles zu erklären, was Sie nicht wissen. Schlagen Sie es nach!«

Nun folgte Wildbret mit Preiselbeeren und einer leichten Soße, zusammen mit einheimischem englischem Gemüse, Kohlrübchen, Rosenkohl, gebratenem Pastinak. Diener reichten Silbertabletts herum, so daß jeder sich selbst auflegen konnte. Dazu gab es einen starken Rhônewein, der nach dem Aroma des Eichenfasses schmeckte.

»Was ist das?« Lucy stupste Dr. O'Hanrahan und zeigte ihm ein Stück Kohlrübchen auf ihrer Gabel.

»Wenn Sie al-Hakim nachgeschlagen haben, können Sie Gemüse nachschlagen. Steht unter G.«

Der »Pudding-Gang« folgte. Lucy war erstaunt, als anstelle dessen, was sich Amerikaner unter Pudding vorstellen, ein üppiger Schokoladenkuchen aufgetragen wurde. Danach wurden Käse und Cracker – »Biskuits« – gereicht und Bibeln in vielen Versionen und Sprachen für die bevorstehende Diskussion verteilt. Schließlich kamen die Diener ein letztes Mal und brachten Karaffen mit Portwein, Madeira, Sherry, Sauternes und Beaumes de Venise. Lucy spürte, daß ihr Blick bereits verschwommen umherschweifte und von den Gegenständen abglitt, und ihr wurde bewußt, daß sie zuviel getrunken hatte. Sie blieb nun bei Wasser, denn sie wollte um keinen Preis zeigen, daß sie nicht mehr nüchtern war.

»Also los«, sagte der Archimandrit und klopfte mit einem Hämmerchen auf den Tisch, bereit, mit der Diskussion zu beginnen. »Wie Sie alle wissen, ist heute abend der Apostel Paulus unser Thema. Hoffen wir, daß er eine ebenso erbitterte Debatte hervorruft wie unser Thema im letzten Jahr, schiitischer versus sunnitischer Islam.«

Alle lachten bei der Erinnerung an den hitzigen Abend – hitzig, obwohl in der Mehrzahl unvoreingenommene Christen argumentierten. Der Archimandrit mahnte zu Toleranz, Aufgeschlossenheit, guter Laune und Ehrfurcht vor den Schriften ebenso wie vor dem Glauben der übrigen Mitglieder im Akoluthen-Club. Lucy nahm an, daß es sich um die traditionelle Darlegung der Grundregeln handelte. Dann folgte ein Toast. Lucy prostete mit ihrem Wasserglas, und Dr. O'Hanrahan sah sie spöttisch von der Seite an. »Sie sind auf jeden Fall keiner von meinen Aposteln.«

»Beginnen wir mit Rabbi Hersch«, verkündete Pater Basilios.

»Ich danke Ihnen, Archimandrit«, erwiderte der Rabbi und lehnte sich bequem zurück. »Ich danke all meinen Mit-Akoluthen, daß ich die Debatte eröffnen darf. Vielleicht ist es das letzte Wort, das Sie mir erteilen. Zuerst einmal«, erklärte er, »wird der Apostel Paulus von Christen nur ausnehmend schlecht verstanden, weil sie eine schriftliche Überlieferung von mehreren Aposteln Paulus haben. Sie haben Paulus, den jüdischen Reformer, von dem wir in der neutestamentlichen *Apostelgeschichte* lesen. Dann gibt es den Paulus der *Briefe,* einen klugen, kosmopolitischen Mann, früheren Pharisäer und römischen Bürger, der eine neue Religion erfindet. Und schließlich gibt es den Pseudo-Paulus der *Timotheusbriefe* und des *Titusbriefs,* Fälschungen, um die liberaleren Entwicklungen der Kirche zu hemmen, die der frühere Mann, der sich Paulus nannte, eingeleitet hatte. Sehr antisemitisch, der letztgenannte Bursche.«

»Und frauenfeindlich«, setzte die Schwester hinzu.

»Sie sehen also, daß Paulus, so wie Jesus und Johannes der Täufer, ein Nazaräer war. Nein, nicht jemand aus Nazareth – das ist ein absichtliches Mißverständnis aus dem Griechischen. *Nazaraíos* nennt Paulus sich selbst, die gleiche Formbildung wie das Wort *Pharisaíos,* das ein Mitglied der Gruppe der Pharisäer bezeichnet. Die *Apostelgeschichte* selbst sagt in 24,5, daß die Nazaräer eine Sekte sind ...« Der Rabbi blickte in die Bibel, die er während des Essens vorbereitet hatte. »Paulus wird als *ein Hauptführer dieser Sekte* bezeichnet. Und kann einer von Ihnen, die hier versammelt sind, eine einzige alte Bewegung nennen, die ihren Namen nach der Heimatstadt ihres Gründers hat? Natürlich können Sie nicht. Es ist eine Tatsache, der Christen ungern ins Gesicht sehen, aber Jesus und Paulus waren Mitglieder einer historischen jüdischen Bewegung.«

»Eine Frage, Rabbi«, bat Pater Basilios. »Wenn Jesus kein Nazarener im

Sinne von ›aus Nazareth stammend‹, sondern ein Nazaräer war, woher kam er dann?«

»Aus Bethlehem. Jesus wäre niemals in dem Maße akzeptiert worden, wie er es wurde, wenn er kein Abkömmling des Hauses David gewesen wäre. Erinnern Sie sich, die Überlieferung sagt, Elisabeth habe in Ein-Kerim gelebt, etwas außerhalb von Bethlehem, wo Ihre orthodoxen Brüder, Pater, ebenso wie die Katholiken Heiligtümer haben, die an die Heimsuchung Mariä erinnern. Das macht Marias Besuch glaubwürdig. Glaubt irgend jemand hier wirklich, die schwangere Maria habe einen gefahrvollen Hundert-Meilen-Ritt auf einem Esel von Nazareth nach Ein-Kerim unternommen, durch die Wüsten von Samaria, einer verhaßten Provinz, um ihre Cousine zu besuchen, wie Lukas uns glauben machen möchte? Ein-Kerim und Bethlehem liegen keine zehn Meilen auseinander, das ist glaubhafter.«

»Und Sie meinen«, fragte Dr. Gribbles, der sich in rasanter Geschwindigkeit durch einen Berg von Crackers futterte und voller Krümel war, »daß Jesus, Paulus, Johannes und Jakobus der Bruder alle aus einer gescheiterten puristischen Sekte namens Nazaräer kamen?«

»*Nazir* ist hebräisch und bedeutet ›abgesondert, besonders, geweiht‹. Die Nasiräer – oder häufiger: Nazaräer – hielten sich radikal an die Regeln der Schrift und waren Asketen. Außerdem schloß die Bewegung – ebenso wie die geistlichen Ämter bei Jesus und Paulus – Frauen mit ein. Es steht alles in der Thora, im Buch *Numeri*, 6. Ein Nazaräer durfte keinen Wein trinken und keine Leichen ansehen – selbst wenn Mutter oder Vater starben, durfte er nicht in die Nähe des Toten. Erinnern Sie sich an die Worte Jesu, wer ihm folge, müsse Mutter und Vater aufgeben? Als seine Mutter Maria ihn sehen will, fährt er sie an: *Wer ist meine Mutter? Frau, was hast du mit mir zu schaffen?* Das erklärt die familienfeindlichen Elemente bei Jesus. Und dann das Haar. Ein Nazaräer, der einmal geweiht und geschoren war, mußte sein Haar fortan wachsen lassen, so wie es für Johannes den Täufer beschrieben ist. Das *Buch der Richter* berichtet in 13,7, wie Samson zum Nazaräer geweiht wird; als sein Haar danach wieder geschoren wird, läßt Gott es natürlich zu, daß er in die Hände seiner Feinde fällt.«

»Aber«, wandte Dr. Whitestone ein, »wie erklären Sie die Auferweckung des Lazarus durch Jesus, wenn er doch nicht in die Nähe einer Leiche kommen durfte?«

»Weder bei *Matthäus* noch *Markus,* also in den frühesten Evangelien, wird dieses Wunder erwähnt. Ich finde es seltsam, daß Jesus einen Toten erweckt und Markus einen solchen Knüller nicht nennt. Diese Geschichte wurde erst zu Lukas' Zeit aufgenommen.«

Der Rabbi lächelte, während er in der *Apostelgeschichte* blätterte. »Wollen Sie weitere Beweise, daß Paulus ein gläubiger Nazaräer war? Dann nehmen Sie die *Apostelgeschichte,* die randvoll ist mit für euch Christen lästigen Beweisen.« Der Rabbi setzte seine Lesebrille auf: »Paulus sagt in der *Apostelgeschichte,* 26,5: *Sie kennen mich von früher her und wissen, wenn sie der Wahrheit Zeugnis geben wollen, daß ich nach der strengsten Richtung unserer Religion als Pharisäer gelebt habe.* Klingt für mich wie ein braver jüdischer Junge. Dann, wie es die Thora anordnet, vollzieht Paulus am Ende seiner Weihe die nazaräischen Riten, wie sie im Buch *Numeri* dargestellt sind. Schwester, würden Sie den Passus 21,23 für mich lesen?«

Schwester Marie-Berthe begann: »Die Ältesten der Jerusalemer Christen sagen zu Paulus, ich zitiere: *Schließ dich ihnen an, weihe dich mit ihnen und trage für sie die Kosten, damit sie sich das Haupthaar scheren lassen können. Dann werden alle einsehen, daß an den Gerüchten, die über dich verbreitet sind, nichts ist, daß du vielmehr das Gesetz treu beobachtest.*«

»Lesen Sie noch ein wenig weiter, Schwester«, bat der Rabbi.

»*Da nahm Paulus die Männer an sich, weihte sich mit ihnen und ging tags darauf in den Tempel. Dort meldete er das Ende der Weihezeit an, an dem für jeden von ihnen das Opfer dargebracht werden sollte.*«

Der Rabbi unterbrach an dieser Stelle: »Das ist eine Reinigungszeremonie der Nazaräer. Zurück zu Buch *Numeri,* 6,18: *Dann schere der Nazaräer am Eingang des Offenbarungszeltes sein geweihtes Haupt, nehme sein geweihtes Haupthaar und übergebe es dem Feuer, welches unter dem Gemeinschaftsopfer brennt.* Verstehen Sie, was ich meine?«

»Eine unbequeme Tatsache für Sie, Rabbi«, bemerkte Pater Basilios. »Die Nazaräer verboten jeglichen Alkohol. Führte der Prophet Amos die Nazaräer zu seiner Zeit nicht mit Wein in Versuchung? Wie erklären Sie, was Paulus im *1. Brief an Timotheus* geschrieben hat: *Trinke nicht ausschließlich Wasser, sondern genieße deines Magens und deiner häufigen Schwächeanfälle wegen ein wenig Wein?* Beim Letzten Abendmahl gab es Wein, Jesus verwandelte Wasser in Wein ... et cetera.«

Der Rabbi lächelte. »Paulus ist nicht der Verfasser des *1. Timotheusbrie-*

*fes*; und das Letzte Abendmahl halte ich für eine Erfindung des 3. Jahrhunderts – erinnern Sie sich, es taucht nicht einmal in Ihrem *Johannesevangelium* auf. Der Wasser-in-Wein-Verwandlungstrick wird bei *Markus, Matthäus* oder *Lukas* nicht erwähnt, also ist er jüngeren Datums, und auf jeden Fall durften Nazaräer Wein trinken, wenn sie nicht gerade in der Weihezeit waren.«

»Aber angenommen«, begann Pater Beaufoix, »Johannes, Jesus und Paulus kamen ursprünglich tatsächlich aus einer Sekte namens Nazaräer. Was beweist das?«

»Es beweist«, antwortete der Rabbi frohgelaunt, »daß der historische Jesus und die christliche Kirche in Jerusalem nie beabsichtigten, das Judentum über Bord zu werfen; vielmehr wollten sie Nichtjuden aufklären, wie sie es für ihre Mission hielten. Das Gesetz sollte niemals aufgegeben werden. In *Matthäus* 5,17 und 18 heißt es«, zitierte er: »*Meinet nicht, ich sei gekommen, das Gesetz oder die Propheten aufzulösen. Denn wahrlich, ich sage euch: Bis Himmel und Erde vergehen, wird nicht ein Jota oder Häkchen vom Gesetze vergehen* ... Das geistliche Wirken Jesu richtete sich hauptsächlich an Juden, wie die bekannte Stelle in *Matthäus* 10,5 beweist. Jesus sendet seine Jünger aus mit den Worten: *Geht nicht auf den Weg zu den Heiden, und betretet auch keine Stadt der Samariter. Geht vielmehr zu den verlorenen Schafen des Hauses Israel.*«

Der Vikar widersprach: »Das war nur *eine* Phase der geistlichen Tätigkeit. Später befahl Jesus seinen Anhängern, hinaus in die Welt zu gehen.«

»Ja, in diesen erdichteten Auferstehungspassagen, die ich nie für echt gehalten habe. Wie erklären Sie, daß die zwölf Apostel nach Jesu Tod *nicht* vor den Heiden predigen? Jakobus besucht immer noch die Synagoge, nicht wahr? Paddy, irre ich mich da? Lies die Reaktion der Apostel aus *Lukas* vor, nachdem Jesus in den Himmel aufgefahren ist!«

Dr. O'Hanrahan blätterte zum Ende des *Lukasevangeliums*: »*Sie warfen sich anbetend vor ihm nieder und kehrten in großer Freude nach Jerusalem zurück. Die ganze Zeit blieben sie im Tempel und priesen Gott.*«

Der Rabbi sah zufrieden drein. »Das klingt doch nicht nach einer Gruppe, die gegen das Gesetz rebelliert. Aber dann geht Paulus auf Reisen und fängt an, Visionen zu haben. Paulus nimmt sich diese ultra-schrifttreue Sekte vor und verwandelt sie in eine neue Weltreligion: Paulus ist es, der das Christentum erfindet.«

Dr. O'Hanrahan pflichtete bei: »Und die Kirche von Jerusalem, die dem historischen Jesus am nächsten stand, haßte Paulus dafür. Ja, laut *Apostelgeschichte* schlossen Petrus und Paulus Frieden, aber bis ins 4. Jahrhundert gab es eine jüdische Jesus-Kultgemeinde, die Ebioniten, die Paulus ablehnten und der Ansicht waren, er habe alles ruiniert. Erinnern Sie sich an die Brocken aus anti-paulinischen Texten, die Clemens zitiert?«

»Vor allem die Erörterung des Epiphanius über die Korinther«, meldete sich Pater Beaufoix unaufgefordert zu Wort.

Lucy beobachtete, wie Dr. O'Hanrahan den Dominikaner anfunkelte.

»Dreihundert Jahre lang«, fuhr der Rabbi fort, »bis zur Einführung einer Kirche, die Kaiser Konstantins Gestapo zur Verfügung hatte, um die Konkurrenz zu unterdrücken, ist die frühchristliche Kirche geteilter Meinung über Paulus, da die jüdischen Christen ihn für einen Neuerer und Karrieristen hielten – den Paulus, in anderen Worten, den die meisten modernen Christen anerkennen. Ich behaupte, Ladies und Gentlemen, daß *Sie* in den letzten 1800 Jahren der falschen Richtung gefolgt sind, daß Sie sich an verfälschte Evangelien und unechte Paulusbriefe gehalten haben und daß es die Ebioniten der frühen Jahrhunderte waren, die der Tradition des wahren Jesus, eines Rabbi und aufrührerischen Pharisäers, am ehesten gefolgt sind. Jeder von Ihnen, ausgenommen Dr. Abdullah ... ist ein Ketzer!«

Während alle aufschrien, fuhr der Rabbi provozierend fort: »Und für die Juden war seither nichts mehr wie zuvor! Lieber Gott im Himmel, wenn du dein Auserwähltes Volk retten willst, dann bewahre uns vor den Epileptikern! Paulus wurde auf der Straße geblendet, und wir haben die Christen bekommen; Mohammed stürzte in einem Anfall zu Boden, und wir haben die Mohammedaner bekommen. Hab Erbarmen!«

Dr. Abdullah übertönte den Lärm: »Es muß Ihnen doch klar sein, daß es beleidigend ist, Mohammeds Vision einem epileptischen Anfall zuzuschreiben.«

»Dr. Abdullah«, schaltete Vikar Dr. Whitestone sich ein, »wer kann sagen, ob Epilepsie nicht Empfänglichkeit für die höchsten spirituellen Gaben bedeutet? Könnte Epilepsie nicht Gottes Weg sein, einen Propheten zu schaffen?«

»Ich entschuldige mich für jede Kränkung, mein Freund«, erklärte der Rabbi, bevor die Diskussion auf Nebengeleise geraten konnte.

Der Streit um Paulus' Rolle als Verteidiger des jüdischen Glaubens tobte weiter. Lucy entschuldigte sich kurz, um sich in der kleinen Damentoilette

Wasser ins Gesicht zu spritzen. Nie wieder werde ich so viel trinken, versprach sie sich. Und ich sollte wirklich versuchen, irgendwo in dieser Diskussion ein Argument anzubringen. Das würde Dr. O'Hanrahan beeindrucken, und vielleicht wird er mich dann nicht mehr für eine dumme Pute halten. Natürlich besteht dabei das Risiko, daß ich etwas Dummes sage und damit beweise, daß ich tatsächlich eine dumme Pute bin.

Sie ging in die Bibliothek zurück und glitt möglichst unauffällig auf ihren Stuhl.

»Also ich für meinen Teil«, erklärte Schwester Marie-Berthe eben, »könnte es gut verkraften, ein paar von den unechten Büchern zu verlieren, die man Paulus zuschreibt.«

Die Männer rutschten auf den Stühlen herum und warteten darauf, daß sie die Kampflinie festlegte.

»Ich liebe Paulus«, sagte die Schwester. »Rabbi Hersch verteidigt den Paulus der *Apostelgeschichte,* aber ich will den Paulus der *Briefe* verteidigen. Den richtigen Paulus. Nicht den Chauvinisten in diesen deuteropaulinischen Briefen, obwohl ich zugebe, daß die Einfügungen von einem Mitglied der paulinischen Schule stammen. Ich denke, wir sollten erst einmal sehen, ob wir uns darauf einigen können, daß der richtige Paulus der Paulus des *Römerbriefes* ist.«

Die Tischrunde stimmte ohne Umschweife zu.

»Gut«, meinte Schwester Marie-Berthe und blätterte in ihrer Bibel, der neuen, überarbeiteten Standardausgabe, aus der man die sexistischen Stellen getilgt hatte. »Und sind wir uns einig, daß der *Timotheusbrief* nicht der richtige Paulus ist? Sicher wird heutzutage kein ernsthafter Gelehrter Paulus als den Verfasser dieser Schrift verteidigen.«

Der Archimandrit erwiderte ruhig: »Ich bin mir nicht sicher, ob Sie oder unser geschätzter jüdischer Freund mich dazu bewegen können zuzugeben, daß irgendein kanonischer Brief, selbst ein Pastoralbrief, keine inspirierte Schrift ist, Schwester.«

Die Angesprochene hielt an ihrem Argument fest: »Pater, denken Sie als Gelehrter, daß der Autor des *Timotheusbriefes* und der Autor des *Römerbriefes* ein und dieselbe Person ist?«

»Nein, das glaube ich nicht.«

»Der richtige Paulus«, fuhr die Schwester fort und sah in ihre Bibel, »schrieb im *Römerbrief* 16,1 und 2: *Ich empfehle euch aber unsere*

*Schwester Phöbe, die im Dienst der Gemeinde Kenchreä steht, daß ihr sie im Herrn aufnehmt, wie es sich für Heilige geziemt* ... Ein klarer Widerspruch zum *1. Timotheusbrief* 2,11 und 12: *Die Frau soll sich stillschweigend in aller Unterordnung belehren lassen. Zu lehren gestatte ich der Frau nicht. Sie soll auch nicht über den Mann herrschen wollen, sondern sich still verhalten.* Eine Diakonin zu sein – das bedeutet *im Dienst der Gemeinde Kenchreä* – ist also, im Widerspruch zu dem früheren Brief, verboten. Sie sehen, daß die verknöcherten alten Junggesellenpater vor den befreienden Implikationen des Christentums Angst bekamen.«

Lucy trank ein Glas Wasser ums andere. Sie hatte Kopfschmerzen, aber immerhin war sie nicht mehr sternhagelvoll, sondern nur noch beschwipst.

»Aber was, Schwester«, fragte Pater Basilios, während er zurückblätterte, »wollen Sie mit dem *1. Korintherbrief* 14,34 machen?« Er las vor: »*So sollen die Frauen in den Versammlungen schweigen; denn es ist ihnen nicht gestattet zu reden, sondern sie sollen sich unterordnen, wie es auch das Gesetz sagt.* Und so weiter. *Denn es ist unschicklich für eine Frau, in einer Gemeindeversammlung zu reden.* Sicher sind Sie doch der Meinung, daß der *1. Korintherbrief* von Paulus stammt, nicht wahr?«

»Ja, aber nicht diese Passage. Sie wurde in der Zeit des *Timotheusbriefs* hinzugefügt ...«

»Sie können sich nicht einfach herauspicken, was Ihnen in den Kram paßt.«

»Pater, darf ich Sie auf 11,4 im selben Brief verweisen: *Jeder Mann, der beim Beten oder prophetischen Reden etwas auf dem Haupte hat, entweiht sein Haupt. Jede Frau aber, die mit unverhülltem Haupte betet oder prophetisch redet, entweiht ihr Haupt.* Sehen Sie? Im selben Brief bezieht sich Paulus auf Frauen, die prophetisch redeten, was vermutlich laut geschah und nicht sehr still. Ihre spätere Passage ist eine Anstandseinfügung der verknöcherten alten Junggesellen. Ebenso wie niemand Paulus' Edikte über Kopfbedeckungen allzu ernst nimmt, möchte ich auch hoffen, daß wir seinen gleichermaßen kuriosen Sexismus beiseite schieben können.«

Darauf folgten weitere Belanglosigkeiten über lächerliche Verbote der frühen Kirche. Dr. O'Hanrahan ergriff die Gelegenheit, Lucy zuzuflüstern: »Kaum anzunehmen, daß Sie mir neue Finanzmittel aus Chicago bringen, oder?«

Lucy erkannte, daß die Verlockungen des Mammon die Verbindung offenhalten könnten. »Vielleicht. Kommt darauf an, was Sie machen. Und was Sie mir verraten.«

»Viel zu viele Leute wissen bereits, was ich mache«, erwiderte er, »und ich bin nicht gewillt, mich noch einmal betrügen zu lassen.«

»Hat Gabriel Sie betrogen?«

»Ja. Aber ich habe nicht vor, darüber zu sprechen.«

Ein müder Diener erschien wieder mit der Wasserkaraffe neben Lucy; sie gab ihm einen Wink, ihr nachzuschenken. Sie ertappte sich dabei, daß sie Schwester Marie-Berthe anstarrte: eine weltgewandte Gelehrte. Und sie behauptete sich gegen, nun ja, verknöcherte alte Junggesellen, die sich nicht sehr von den alten Griesgramen unterscheiden mochten, die die Pseudo-Paulusbriefe geschrieben hatten. Wo warst du, fragte sich Lucy, als wir dich gebraucht haben, damals im 1. und 2. Jahrhundert nach Christus?

(Es hat viele Marie-Berthes gegeben, das können Wir dir versichern.)

»Typisch Mann, so etwas zu sagen«, erwiderte die Schwester dem Anglokatholiken Dr. Gribbles, der sie mit der Frage gehänselt hatte, ob man Frauen als Priester zulassen dürfe. »Jesus reist mit Frauen, kümmert sich um Frauen, befreit Frauen. Durch die Einführung der christlichen Gemeinde und später der Klöster kann eine Frau plötzlich etwas anderes sein als nur Besitz des Mannes.« In der Hoffnung, Dr. Abdullah in die Diskussion zu ziehen und so den Islam für seine Behandlung der Frauen anprangern zu können, fragte die Schwester: »Auch der Islam wirkte zu Anfang auf dieselbe Art befreiend für die Frauen, nicht wahr, Dr. Abdullah?«

»Sehr befreiend für die damalige Zeit«, stimmte der Gelehrte zu.

Die Schwester fuhr fort: »Mohammed betonte, daß Frauen und Männer vor dem religiösen Gesetz gleich seien. Eine Frau konnte ebenso gegen einen Mann auf Scheidung klagen, wie ein Mann es gegen eine Frau konnte. Sagen Sie mir, Dr. Abdullah, was hat man vor dem Propheten mit den meisten weiblichen Kindern gemacht?«

»Ach! Man hat sie lebend begraben, wie Mohammed in seinem Heiligen Koran, Sure 16,60, berichtet.«

(Ach, die Tränen Osmans, später dritter Kalif. In der Zeit vor Mohammed weinte er nur einmal: als seine kleine Tochter den Staub aus ihres Vaters Bart schüttelte, gerade als er sie, sich windend vor Schmerz, ins Grab legte.)

Schwester Marie-Berthe hob in strengem Tadel den Finger gegen die anwesenden Männer: »Aber man muß den alten Mackern nur genug Zeit lassen, und sie zerstören alle Fortschritte, die von den großen Männern der Religion für die Frauen erreicht worden sind. Nicht mit viel Geld würden Sie mich heute dazu bringen, eine muslimische Frau zu sein, Dr. Abdullah. Frauen in Pakistan, die sich für eine höhere Bildung entschieden haben, wird von Fanatikern an den Universitäten Säure ins Gesicht geschüttet; in Saudi-Arabien ist es ein Verbrechen, wenn eine Frau Auto fährt ... die Beispiele sind zahllos.«

»Ich unterstütze nicht das, was manche im Islam Frauen angetan haben«, begann Dr. Abdullah, »aber es ist doch schwierig, nicht wahr, zu unterscheiden, welche Überlieferungen erleuchtet sind und welche nicht. Die *hadiths,* unsere überlieferten Regeln aus der Zeit des Propheten – möge er in Frieden ruhen –, stellen die Hälfte unserer Religion. Die andere Hälfte ist der Heilige Koran. So wie es im Judentum eine geschriebene Thora, aber ebenso eine mündliche Thora gibt«, erklärte er und lächelte den Rabbi an.

Der Rabbi verzog das Gesicht, weil seine Thora mit dem Koran in Verbindung gebracht wurde, nickte aber gnädig zurück.

»Oh, ich halte das nicht für so verteufelt schwer«, entgegnete die Schwester störrisch. »Fragen Sie nur *mich,* ich werde Ihnen sagen, was dumm ist und nicht von Gott kommt.«

Ich liebe Schwester Marie-Berthe, dachte Lucy. Wo waren diese Nonnen, als ich aufgewachsen bin? Meine Mutter hätte vielleicht ihren Willen bekommen, und ich wäre einem Orden beigetreten, wenn es dort denkende, unabhängige, kämpferische Nonnen als Vorbilder gegeben hätte.

Von neuem ließ sie dieses Stück ihrer Vergangenheit Revue passieren.

Ja, meine Mutter hätte es gern gesehen, wenn ich das wirklich durchgezogen hätte. Es ging schon los mit meiner Namensgeberin, meiner Tante Lucy, der Schwester meiner Mutter. Ich war das zweite von drei Mädchen, ich wurde nach Tante Lucy benannt, und ich war von Anfang an dazu bestimmt, Tante Lucy, die Ordensschwester war, nachzufolgen. Ich sollte die Nonne in der Familie sein, da der vorgesehene Priester in der Familie, mein Bruder Nicholas, ins Priesterseminar Notre-Dame geflohen war, dann das Seminar verlassen hatte, um in die Werbung zu gehen; und nun lebt er in New York, angenehm und herrlich weit weg von der täglichen Plage des Dantan-Familienlebens.

Lucy krümmte sich förmlich, als sie ein altes Bild wieder vor sich sah: Sie war ungefähr sechs Jahre alt. Ihre Mutter hatte mit sieben anderen Frauen ein Kartenkränzchen – mit den Frauen aus ihrem Kardinal-Newman-Gebetskreis. Lucy kam herein, kurz vor der Zeit, in der sie zu Bett gehen mußte, in ihrem Yogi-Bär-Schlafanzug, schloß die Augen, kniete sich hin und sagte für die freundlichen Damen in perfektem Latein das Vaterunser auf. Alle gaben ihr ein Küßchen, waren begeistert von ihr und sagten der stolzen Mutter, ihre Tochter sei eine kleine Heilige. Dieser stürmische Beifall prägte einen großen Teil ihrer frühen Kindheit; ihre Vorbilder fand sie in den Legenden der heiligen Bernadette, der heiligen Faith und leidender Jungfrauen; zu diesen Heiligen konnte sie beten, sie konnte sie nachahmen. Immerhin war sie noch davor zurückgeschreckt, mit der Jungfrau Maria persönlich zu sprechen!
(Was ist mit Schwester Hildegard?)
O Gott, dachte Lucy, und fühlte sich noch deprimierter. Schwester Hildegards Totenwache. Die Frau war ungefähr fünfundachtzig gewesen und hatte schon längst nicht mehr in St. Eulalia unterrichtet, als Lucy dort Schülerin war, aber sie hatte dort seit der Gründung dazugehört. Als sie schließlich starb, verkündete Schwester Miriam, der Schrecken von St. Eulalia, es werde eine Andacht und ein Nachtgebet für Schwester Hildegard geben, und jede Schülerin, die es irgendwie einrichten könne, solle am Samstag zwischen drei und fünf Uhr nachmittags daran teilnehmen. Als ob irgendein Kind freiwillig einen Samstagnachmittag so verbringen würde!
(Aber du hast es getan, Mein Kind.)
Ja. Ich bin hingegangen. Ich und Faith Kopinski, die noch frömmer war als ich. Vierzehn Jahre war ich damals. Stundenlang saß ich in meinem Zimmer und versuchte, mir eine gute Ausrede auszudenken, um nicht hingehen zu müssen, aber ich hatte das Gefühl, Gott, der Heilige Geist und Maria würden mich beobachten; ich dachte an die arme Schwester Hildegard, alt und schwach und jetzt droben im Himmel, und sie würde herabblicken und keine einzige Schülerin aus der Lehranstalt sehen, der sie ihr Leben gewidmet hatte, nicht eine einzige, die gewillt war, Lippenbekenntnis für sie abzulegen. Ich ging kurz hinaus und spielte mit meiner Schwester Cecilia, um mich abzulenken, aber ich fühlte mich miserabel; ich log, sagte, ich wolle mit einer Freundin fernsehen, rannte aber heimlich nach Hause, zog mich um und ging in die Kapelle, wo Schwester Hilde-

gard lag. Nicht einmal eine der Nonnen kam, aber sie hatten wahrscheinlich schon vorher ihre Totenwache gehalten.

(Nein, haben sie nicht.)

Und so kniete ich nieder, zusammen mit Faith, die zehn Minuten später auftauchte, und betete für Schwester Hildegards Seele, obwohl ich sie nicht einmal gekannt hatte, aber ich wollte, daß ... daß man für sie betete. Niemand sollte sterben, ohne daß es zumindest eine Art von Feierlichkeit, von Abschiedsworten gab.

Du lieber Himmel, dachte Lucy, als sie wieder in die Gegenwart zurückkehrte, und fühlte Ekel angesichts so hemmungsloser Frömmigkeit.

(Aber es gibt kein irdisches Gut, das reiner ist als das Gute in den Kindern.)

Lucy blickte auf und riß sich aus ihren Träumereien, als ein weißhaariger, freundlich aussehender Mann in Regenmantel und Hut in den Raum geeilt kam und wortreich schimpfte. Die anderen am Tisch hörten zu reden auf, um ihn zu begrüßen.

»Himmel, jetzt hab' ich glatt das ganze prima Essen verpaßt«, jammerte Pater Keegan. »Aber ich schwör's, das war jetzt das letztemal mit dieser Fluglinie, also wirklich! In der Zeit, die das gedauert hat, hätte ich selber über die Irische See schwimmen können! Gatwick war nahe an meiner Vorstellung von der Hölle, das kann ich euch sagen!«

Schwester Marie-Berthe tröstete ihn: »Ja, Pater, aber die Getränke stehen noch auf dem Tisch.«

Zur Belustigung aller schnappte sich Pater Keegan die Portweinkaraffe und füllte sich ein Glas, noch bevor er den Mantel ablegte und sich auf seinen Platz setzte. »Ach ja, die gute Gabe Gottes steht hier vor uns. Was ist in dieser Flasche neben dir, Paddy?«

»Beaumes de Venise, Pater«, erwiderte Dr. O'Hanrahan.

»He, schieb mal rüber, Junge, aber dalli!«

Nach dem komischen Auftritt des Paters ging die Diskussion weiter. Wenn die Männer in ihrer Familie, dachte Lucy, doch nur eine Unze von Humor in bezug auf das Trinken hätten. Oft schon hatte Lucy die Theorie aufgestellt, daß Sinn für Humor das erste war, was einer Irin oder einem Iren abhanden kam, sobald sie oder er den Fuß auf amerikanischen Boden setzte. Das Trinken und das Frömmeln dagegen kamen unvermindert über den Atlantik, da war Lucy ganz sicher.

»Ich sage Ihnen, Paulus war nicht frauenfeindlich, bis die frühen Kirchen-

väter ihn dazu gemacht haben«, polemisierte Schwester Marie-Berthe immer noch. »Und ich bin sicher, daß Miss Dantan mir zustimmt!«
Lucy registrierte, daß Dr. O'Hanrahan ihr einen abschätzenden Seitenblick zuwarf. »Entschuldigung, Dr. O'Hanrahan«, murmelte sie, »ich habe nicht zugehört. Worum ging es gerade?«
»Um die Stellung der Frauen in der frühen Kirche«, flüsterte er zurück und unterdrückte ein Gähnen. »Worum es schon seit mindestens einer Stunde geht. Verdammter Feminismus!«
»Man könnte argumentieren«, begann Dr. Abdullah, »daß Paulus fast nichts von Christi Lehre oder Ansichten wußte. Er preist eher einen abstrakten Messias als den Jesus, der existiert hat. Er sagt selbst, daß er für drei Jahre fortgegangen sei, um über alles nachzudenken, und daß er absichtlich nicht nach Jerusalem gegangen sei, um mit denen zu sprechen, die Jesus gekannt hatten. Irgendwo im *Römerbrief* steht: *Wir wissen ja nicht, um was wir bitten sollen, wie es sich gehört ...*«
»8 ... 8,26« ergänzte der Archimandrit.
»Denken Sie nur!« fuhr Dr. Abdullah höflich fort. »Paulus hatte nicht einmal vom Vaterunser gehört.«
»Es ist richtig, daß es bei Paulus nur sehr wenige direkte Zitate Jesu gibt«, räumte Dr. Gribbles ein, der den Abend über geschwiegen hatte, seit er Schwester Marie-Berthe geärgert hatte, und der anscheinend nicht genug von den Crackers bekommen konnte, obwohl er sich die von allen anderen zusammengebettelt und vorher schon sämtliche Brotreste verdrückt hatte. »Aber die Evangelien waren ja noch nicht geschrieben, was also hätte Paulus über Jesus lesen können? Und im *1. Korintherbrief* 11,24 zitiert er Jesus beim Abendmahl.«
»Das wirft eine Reihe von Fragen auf«, meinte Dr. O'Hanrahan. »Paulus zitiert Jesus: *Tut dies zu meinem Gedächtnis.* Professor Jeremias hat in den 30er Jahren sehr überzeugend nachgewiesen, daß die Worte in dieser Passage für Paulus zu modern sind. Und natürlich steht dieser Satz in keinem der Evangelien.«
Einige Geistliche, darunter Dr. Gribbles, zogen hastig ihre Bibeln zu Rate, weil sie momentan unsicher waren, ob der vertrauteste Satz aus dem Abendmahl, Herzstück der christlichen Meßfeier, in den vier Evangelien tatsächlich nicht vorkam.
»Jetzt wissen wir«, fuhr Dr. O'Hanrahan selbstzufrieden fort, »daß der Satz *Tut dies zu meinem Gedächtnis* in manche Lukasmanuskripte einge-

fügt wurde, als die Kirche sich immer stärker in die Symbole der Kommunion verliebte, die ebenso wie die Beichte ursprünglich aus Persien stammte. So kam der Satz im 2. Jahrhundert in manche Ausgaben des *Lukasevangeliums.* Aber das legt, meine ich, den Schluß nahe, Dr. Whitestone, daß der Satz um dieselbe Zeit auch den Paulustexten hinzugefügt wurde. Ich bin nicht so sicher, daß Paulus *wirklich* vom Abendmahl wußte. Ich bin nicht einmal sicher, was Jesus darüber gedacht hätte, da er prinzipiell gegen jedes Ritual war.«

Der Rabbi lächelte. »*Dies ist mein Leib, der für euch hingegeben wird,* soll Jesus gesagt haben, aber weder im Hebräischen noch im Aramäischen gibt es eine Entsprechung für *der für euch hingegeben wird.* Das bedeutet: Der Satz war ursprünglich griechisch und stammt jedenfalls nicht von Jesus.«

»Ah«, schaltete sich Pater Basilios ein, »aber Jesus hat Griechisch gesprochen. Er zitiert die Septuaginta, die griechische Übersetzung des Alten Testaments. Er hat in Gadara und im griechischsprachigen Dekapolis gepredigt.«

»Mein Argument ist, daß die Christen nichts Einmaliges haben«, erklärte der Rabbi hitzig. »In der *Genesis* 14,18 sehen wir das Abendmahl vorweggenommen – von Melchisedek – aber von Ihnen kennt ja keiner seinen Pentateuch. Ich glaube, die ›Erfindung‹ des christlichen Abendmahls ist zeitgleich mit dem *Hebräerbrief,* der den frühen Kult um Melchisedek zeigt, der im Neuen Testament, kurios genug, als *unbefleckt* empfangen bezeichnet wird. Unbestreitbar eine Hinzufügung des 2. Jahrhunderts.«

»Wie das Kreuz und auch die Kreuzigung«, behauptete Dr. Abdullah und erntete damit heftigen Widerspruch und interessiertes Gelächter.

Dr. Gribbles räusperte sich und wandte ein: »Mir scheint, daß Paulus eine ganze Menge über den Menschen Jesus weiß, mehr als unser geschätzter Imam zugeben würde. Er spielt auf Christi Demut an. Nicht gerade ein alltäglicher Zug bei einer Messiasgestalt jener Zeit. Und Paulus weiß mit Sicherheit von der Kreuzigung. *Während nämlich die Juden Zeichen fordern und die Griechen Weisheit suchen, predigen wir Christus, den Gekreuzigten,* heißt es im *1. Korintherbrief* 1,22.«

»Seltsam, daß Sie gerade den heranziehen«, entgegnete Dr. O'Hanrahan. »*Während die Juden Zeichen fordern.* Allen Evangelien zufolge, die nach Paulus geschrieben wurden, *hat* Jesus Zeichen, Heilungen und Wunder vollbracht. Paulus dagegen scheint von keinem einzigen Wunder zu wissen.«

Dr. Abdullah zuckte heiter die Achseln.

Dr. O'Hanrahan fuhr fort: »Was die Kreuzigung betrifft, ist Paulus in zuverlässigeren Texten nicht immer so klar. Dr. Gribbles, haben Sie die überarbeitete Standardausgabe da?« Dr. O'Hanrahan fummelte nach seiner Lesebrille. »*Römerbrief* 4,24«, bat er.

Pater Keegan, aufgewärmt nach dem raschen Genuß von vier Gläsern Portwein, beugte sich über sein Buch und las laut vor: »*... sondern auch um unseretwillen, denen es angerechnet werden soll, die wir an den glauben, der unsern Herrn Jesus von den Toten auferweckt hat, der um unserer Übertretungen willen hingeopfert ...*«

»Ah, ah«, meinte Dr. O'Hanrahan. »Wir wissen alle, welches Verb dafür im Griechischen steht.«

»*Paradidonai«,* leistete Lucy ihren ersten Beitrag des Abends.

Ein kurzes, anerkennendes Schweigen folgte ihren Worten.

»Das ist korrekt«, bestätigte Pater Basilios.

»Was nicht bedeutet ›hinopfern‹«, argumentierte Dr. O'Hanrahan weiter. »Es ist dasselbe Verb wie im *1. Korintherbrief* 11,23.« Er blätterte rasch durch die Seiten. »Die Verbform lautet hier *paredidoto,* und das bedeutet nicht ›er wurde verraten‹. Das Verb *paradidonai* bedeutet ›ausliefern‹.«

Der Rabbi unterbrach ihn: »So wie in der Septuaginta Jesaja der leidende Diener ›ausgeliefert‹, also fortgebracht wird.«

»Christen übersetzen dieses Wort immer noch, wie es ihnen paßt – umgebracht, gekreuzigt, verraten«, fuhr Dr. O'Hanrahan fort, »aber Paulus und Teile aller vier Evangelien sagen dies an vielen Stellen nicht notwendigerweise aus. Im Original heißt es ›ausgeliefert‹. Im Hinblick auf den Tod des historischen Jesus ist diese Aussage viel unbestimmter.«

»Unsinn«, erwiderte der Archimandrit ruhig, aber nachdrücklich. »Jesus ist ganz sicher gekreuzigt worden und später in den Himmel aufgefahren.«

»Viele frühe Christen haben das nicht geglaubt, Pater«, widersprach Dr. O'Hanrahan. »Die gnostischen Sekten der Basilianer und Karpokratianer.«

»Das war auch eine Häresie der Korinther, etwas in dieser Richtung«, meinte die Schwester unsicher, gewann dann aber mehr Selbstvertrauen. »Nicht wahr?«

»Richtig«, stimmte Pater Beaufoix zu, stets bereit zu einem Wortwechsel mit dem orthodoxen Besserwisser. »Ihr orthodoxer Gelehrter Photius ist noch im 8. Jahrhundert auf Texte gestoßen, die einigen der Aposteln zugeschrieben wurden und berichten, daß Christus sich nicht hat kreuzigen lassen, sondern eher ... ausgeliefert wurde. Für eine ketzerische Idee war sie auf jeden Fall ganz schön langlebig.«

»Wozu ist man überhaupt noch Christ«, fragte der anglikanische Vikar voller Abscheu, »wenn man das Kreuzopfer nicht anerkennt?«

Dr. Abdullah war hartnäckig: »Sie glauben, Christus sei nur von Bedeutung, wenn es ein Kreuz gibt und Gottes Prophet hingerichtet wird? Sehen Sie sich doch das Schlachthaus an, zu dem der Katholizismus – Verzeihung, Schwester und Pater – geworden ist: nichts als Tränen und Wunden, blutende Herzen Jesu und blutüberströmte Heiligenfiguren. Was hat das damit zu tun, wie man leben, Gott lieben und seinem Nächsten helfen soll, hm?« Dr. Abdullah verschränkte die Arme und beugte sich vor, während alle ihn aufmerksam anblickten. »Nein, der Islam hat keinen Anteil am Kreuz, so wenig wie die frühe christliche Kirche. Moses, David, Elias, Elisha, Mohammed – Gott läßt nicht zu, daß seine Auserwählten von seinen Feinden vernichtet werden! Ich versichere Ihnen, Vikar, etwa 800 Millionen Muslime weltweit lassen sich von Jesu Lehre erbauen, aber nicht von der häretischen Hinzufügung des Kreuzes, die irgendwann im 2. Jahrhundert erfolgte, wie wir glauben. Dasselbe gilt für dieses *Tut dies zu meinem Gedächtnis.* Die Häresie mit dem Kreuz hat Mohammed so erbost, lesen wir bei al-Waaqidi, daß er alles zerstörte, was dieses Symbol des Irrglaubens trug.«

Lucy fühlte sich mutig genug, um zu fragen: »Entschuldigen Sie, Dr. Abdullah, aber ich dachte, es gebe eine Kreuzigung in der muslimischen Lehre.«

»Oh, es hat eine Kreuzigung gegeben, aber nicht Jesus wurde gekreuzigt. Simon von Kyrene oder vielleicht auch Judas, sagen manche Traditionen. Sure 4,155. Uff ... das ist schwierig auf englisch ... *doch ermordeten sie ihn nicht und kreuzigten ihn nicht, sondern einen ihm ähnlichen* – und so weiter und so fort. *Sie wissen nichts von ihm, sondern folgen nur Meinungen; und nicht töteten sie ihn in Wirklichkeit, sondern es erhöhte ihn Allah zu sich.* Die Überlieferung meint, daß statt dessen ein Spion, der ausgesandt worden war, um Jesus in die Falle zu locken, gekreuzigt wurde. Aber sicher ist kein *Guter* an seiner Stelle gekreuzigt worden.«

»Hoffentlich nicht«, sagte Dr. Whitestone und schlug leicht mit dem Hammer auf den Tisch, um die Diskussion zu beenden, »das würde uns den Nachtisch verderben.«
Alle standen vergnügt auf und schlenderten in den angrenzenden Gemeinschaftsraum, wo das Dessert serviert werden sollte, zusammen mit neu gefüllten Karaffen voll Portwein, Sherry, Madeira oder gekühltem Sauternes und mit Schokolade, Gebäck, Kognak und Zigarren.
»Ich dachte, wir hatten den Nachtisch bereits«, sagte Lucy Dr. O'Hanrahan, als sie ins Nebenzimmer gingen.
»Das war Pudding, jetzt kommt das Dessert. Sehen Sie im Lexikon nach!«
»Ja, schon gut.«
Der Rabbi zog den Professor beiseite. »Paddy«, fragte er, »warum machen wir nicht eine kleine Pause und reden mit Keegan über unsere Strategie, hm? Deine Mata Hari lassen wir derweil zurück.«
Pater Keegan, der verärgert aussah, tauchte neben Dr. O'Hanrahan und dem Rabbi auf.
»Kann man Ihnen nicht noch etwas aus der Küche kommen lassen, Pater?«
»Natürlich nicht, nicht hier in England. Die Küche ist zu, und Vorschrift ist Vorschrift.«
»Ich glaube, die übrigen Akoluthen werden es uns erlauben, daß wir uns in ein Pub fortstehlen, damit der arme Mann etwas zu essen bekommt, was meinst du, Patrick?« schlug der Rabbi vor.
»Aber sicher doch«, erwiderte der Professor im selben spitzbübischen Ton. Er geruhte Notiz von Lucy zu nehmen. »Also, meine liebe Lucy, wir sehen, daß wir für Pater Keegan etwas zu essen und für uns ein Pint mit etwas Flüssigem auftreiben.«
»Jawohl«, bekräftigte der Priester.
»Wir sind in etwa einer Stunde wieder zurück, okay?« teilte Dr. O'Hanrahan eher mit, als daß er fragte. »Und dann reden wir über viele Mysterien der Einen Wahren Kirche, hm?«
Lucy nickte betäubt. »Ja, schon okay. Ich setze mich zu den anderen.«
Lucy ging zurück in den getäfelten Raum, in dem sie zuvor ihre Drinks genommen hatten, und stützte sich mit der Hand an der Wand ab. Zuviel Alkohol. Früher hatte sie durchaus einiges vertragen, in den ersten Studentenjahren, aber seit sie fünfundzwanzig war, hatte sie das Trinken fast auf Null reduziert. Erstens schlug sich Alkohol bei ihr sofort auf den

Hüften nieder, und das war Grund genug. Das zweite Motiv für ihre Abstinenz lag darin, daß ihr Vater seit seiner Pensionierung ein noch stärkerer Trinker geworden war. Nicht direkt ein Alkoholiker, nahm sie an, weil er nie betrunken umkippte, aber er trank regelmäßig reichlich, und das einzige, was schlimmer war als Mr. Dantan nach ein paar steifen Drinks – abscheulich, gehässig, überkritisch, zynisch, mißbilligend –, war ein nüchterner Mr. Dantan.

Verschiedene Episoden schossen Lucy durch den Kopf: ein Verkehrsstau, eine Familienfeier oder ein Elterntag in St. Eulalia, sie erinnerte sich, wie vorsichtig ihre Geschwister und ihre Mutter um Dad herumgetanzt waren, denn eine falsche Bemerkung hätte die Explosion bedeutet, das Streichholz am Benzintank, das eine Szene heraufbeschwören und sie alle demütigen würde. Ihre Mutter pflegte ihren Vater in solchen Momenten schleunigst zu einem Abstecher in die Kneipe zu bewegen und dann heimzubringen; dann wich der Druck. Genauso war er, wenn es um sein Essen ging. Es stand noch nicht auf dem Tisch, wenn er um fünf Uhr vom Viehhof heimkam? Sein Zorn entlud sich, ein Schwall von Beschimpfungen ergoß sich, Tiraden über die Unfähigkeit Mrs. Dantans und seiner Kinder; niemand außer ihm leiste irgendeine richtige Arbeit, niemand außer ihm trage etwas bei ... Dann, wie ein dumpfes Tier, wurde er abgefüttert, und dann ging es ihm wieder gut.

Jetzt, da ihr Vater in Rente war, war er nicht mehr nur abends, sondern den ganzen Tag eine Plage im Haus. Er kümmerte sich um alles und »überwachte« alles, erklärte, angesichts der Nichtswürdigkeit seiner Familie sei es kein Wunder, daß nichts getan werde; Dank sei Gott im Himmel, daß er nun daheim sei, um die Dinge ins Lot zu bringen. Ich habe es niemals auch nur für einen Sekundenbruchteil bereut, dachte Lucy, daß ich aus diesem Haus in die Kimbark Street gezogen bin.

Vierzig Minuten verstrichen.

Nach einigem Small talk und Unterhaltungen mit den anderen, die weder an ihrem Leben noch an ihrer Doktorarbeit interessiert schienen, war Lucy sicher, daß Dr. O'Hanrahan sich abgesetzt hatte.

»Dr. Whitestone«, fragte sie, »hat Dr. O'Hanrahan Ihnen gesagt, wohin er und Pater Keegan gegangen sind?«

Dr. Whitestone sah sie gequält an, und Lucy schloß aus diesem Blick, daß das Gerücht, sie sei Dr. O'Hanrahans Geliebte, dank Pater Beaufoix' Liebenswürdigkeit die Runde gemacht hatte.

Aber er antwortete: »Diese Burschen beenden diese Veranstaltung immer mit einem Besuch in der *Turf Tavern.*«

Lucy ließ sich die Adresse sagen, knöpfte ihren Mantel zu und ging hinaus in den Nieselregen und unter der Imitation der Seufzerbrücke hindurch, die sich über die mittelalterliche Straße zum New College, gegründet 1379, spannte. Lucy machte eine Kehrtwendung und sah Studenten, die sich eine Gasse hinunterdrängten, die keine zwei Meter breit war. *St. Bridget's Passage* stand auf dem Straßenschild.

Sie ging die Gasse ebenfalls hinunter, vorbei an einer Straßenlampe, die perfekt in eine viktorianische Sherlock-Holmes-Kinoszenerie gepaßt hätte, und als sie sich zur Seite wandte, kam die *Turf Tavern* am Fuß eines sanften Hügels in Sicht, umgeben von den Rückseiten Oxforder Stadthäuser und Collegegebäude. Das Pub war in einem Fachwerkgebäude aus dem 13. Jahrhundert untergebracht, der Gastraum keine zwei Meter hoch; vor dem Pub hatte man Biertische und Stühle aufgestellt, auf denen sich Studenten an diesem kühlen Frühsommerabend vor prasselnden Feuern zusammendrängten. Der Feuerschein warf gespenstische, heidnische Schatten auf das graue, verwitterte Gestein der Stadtmauer, die den Hof begrenzte. Lucy hatte das Gefühl, die Erinnerung an ein vergangenes, früheres Leben zu spüren, vielleicht in einem Feldlager Alfreds, und am nächsten Tag eine Schlacht gegen die Dänen in Aussicht.

Nachdem sie sich verstohlen umgesehen hatte, entdeckte sie Dr. O'Hanrahan, ausgelassener und deutlich betrunkener als zuvor. Rabbi Hersch und Pater Keegan hörten ihm belustigt zu, der eben mit dröhnender Stimme eine seiner Geschichten zum besten gab.

»... und deshalb«, erklärte er unter heiserem Gelächter, »lasse ich es mir nie nehmen, ins *Mulligan's* zu gehen, wenn ich in Dublin bin, Pater!«

»Ach ja«, meinte der Priester, »die haben ihre Pflicht gegen Sie erfüllt, min Jong. Haben Sie glatt den ganzen Weg zurück zu Dun Laoghaire getragen. Passen Sie bloß auf, daß Sie bei Pater Creech und diesen anderen Bastarden nicht in Ungnade fallen, wenn Sie dort sind.«

Dr. O'Hanrahan nickte. »Keine Sorge in dieser Hinsicht. Ich werde mich mustergültig benehmen, wenn das heißt, daß ich die Schriftrolle in die Hände kriege ...« Er bemerkte Lucy und wechselte sofort das Thema. »Na so was! Meine geliebte Tochter! Kommt ihren alten Papa besuchen!«

Der irische Priester stand auf und schüttelte ihr die Hand. »Aber Paddy,

ich hatte keine Ahnung! Erfreut, Sie kennenzulernen, ich bin Pater Keegan.«
»Ich bin *nicht* seine Tochter, Pater.«
Pater Keegan sah traurig drein. »Aber Paddy, Paddy, in Ihrem Alter ...«
»Nein«, fauchte Lucy, »auch nicht seine Geliebte.«
Dr. O'Hanrahan erklärte heiter: »Sie ist eine Spionin aus Chicago. Sozusagen die CIA.«
»Lucy Dantan, Pater.«
»Sie können sich zu uns setzen, Mädchen«, fuhr Dr. O'Hanrahan fort, »wenn Sie ein Pint von diesem himmlischen Gebräu trinken.«
»Oh, ich glaube, ich sollte besser nichts mehr trinken ...«
»Dann verschwinden Sie, und stören Sie unser Gelage nicht länger!« Dr. O'Hanrahan drückte Pater Keegan zwei Pfundmünzen in die Hand. »Was meinen Sie, Pater? Dogbolter oder Headbanger?«
»Sie ist noch ein junges Ding, Paddy. Fangen wir mit Headbanger an!«
Nachdem Pater Keegan gegangen war, um die Getränke zu holen, wandte sich Lucy an den Rabbi. »Merkt man Ihnen die Wirkung des Alkohols nie an?«
»Nie«, antwortete Dr. O'Hanrahan für den anderen, »er ist der hebräische Sokrates. Trinkt den ganzen Abend über und wirkt nie betrunken – wird sogar noch klarer im Kopf. Ich dagegen«, Dr. O'Hanrahan schwankte ein wenig, als er seine blumige Rede mit ausladenden Gesten unterstrich, »werde lebhafter und lästerlicher.« Seine Aussprache war nun ausgesprochen englisch. »Sitz still, Paddy«, befahl Rabbi Hersch und zog ihn zurück auf seinen Stuhl. »Du bist auch so schon lästerlich genug.«
»Hast deinen Weg durch die St. Bridget's *Passage* gefunden, wie?« fragte O'Hanrahan mit lüsterner Betonung. »St. Brigit, Jungfrau von Irland, Morey«, fuhr er fort. »Nie hat ein Mann einen Weg durch *ihre* Furt gefunden, Gott verdammich.«
»Himmel, jetzt kommt der irische Akzent dran«, seufzte Rabbi Hersch. »Jetzt gibt's wirklich bald Ärger.«
Pater Keegan kam mit einem Pint Headbanger für Lucy. »Auf geht's, meine Liebe. Vorsicht mit dem Stoff!«
Lucy nippte aus Höflichkeit und fand den Geschmack ein wenig seifig. Aber eigentlich, sie nippte wieder, eigentlich nicht schlecht. Ich muß das wohl trinken, wirklich, sagte sie sich. Englisches Bier ist hochgeschätzt, auch wenn es warm und widerlich ist. Ich kann Judy schließlich nicht

sagen, daß ich in einem malerischen englischen Pub war und nichts getrunken habe, oder?
»Ja, das gute alte *Mulligan's*«, sinnierte Dr. O'Hanrahan. »Sollen wir uns dort treffen, Pater? Vor unserem Spezialauftrag!«
»Rufen Sie in der Pfarrei an, Paddy, bevor Sie losfahren.«
Was für ein Spezialauftrag? dachte Lucy und erinnerte sich an den ihren. In einer anderen Ecke des Hofs johlte ein Trupp junger Männer in Ruderklamotten. Einer aus der Mannschaft entblößte eben seinen Hintern, bevor er sinnlos betrunken zu Boden fiel.
»Herrlich, in England zu sein!« rief Dr. O'Hanrahan aus. Auf dem Weg zur Toilette stolperte einer der schmächtigeren Ruderer gegen eine Wand und kotzte alles voll.
»Ah, in England zu sein!« wiederholte Dr. O'Hanrahan. »Jetzt gibst du eine Runde aus, Lucy, liebe Lucy, die Tochter, die ich nie hatte! Cordelia meines Lear, Ruth meiner Naomi!«
Zum erstenmal an diesem Abend ließ der Rabbi ein Kichern hören.
Pater Keegan verbiß sich das Lachen, als Dr. O'Hanrahan schmetterte: »Hol uns noch drei vom selben, o meine Tochter, prangende Blume meines Samens ...«
Lucy, die sich selbst grün im Gesicht fühlte, vor allem, nachdem sie gesehen hatte, wie der Junge dort drüben sich übergeben hatte, hielt sich einen Moment am Stuhl des Priesters fest, bevor sie die Theke ansteuerte. Schluß jetzt, dachte sie, kein Alkohol mehr, nicht für mich. Sie taumelte in das heiße, verräucherte Pub und stellte sich in die Schlange, um ihre Bestellung aufzugeben. Als sie mit ihren Pints zurückkam – war der Tisch leer.
Sie waren fort und hatten ihr ein Schnippchen geschlagen.
»Hallo, du da!« rief eine weibliche Stimme.
Lucy blickte sich um und entdeckte die hochgewachsene Studentin, die sie am Morgen mit Baskenmütze und roten Strümpfen gesehen hatte. Sie saß an einem Tisch neben einem prasselnden Feuer, umringt von vier jungen Männern, von denen drei eben zu einer »Saufparty« aufbrechen wollten. Das Mädchen winkte Lucy heran, und Lucy warf einen genaueren Blick auf den hübschen jungen Mann mit den klaren Gesichtszügen und dichten schwarzen Locken, die ihm in die Augen hingen.
»Willst du diese Pints haben?« fragte Lucy automatisch. Sie stellte die Gläser ab und trat an den Tisch.

»Ich bin Ursula Crewes«, sagte das hochgewachsene Mädchen. Ihren vor sich hinbrütenden Begleiter stellte sie nicht vor. »Du bist Julians amerikanische Freundin, nicht wahr?«
Lucy antwortete nicht gleich, so daß Ursula einfach weiter auf sie einredete: »Du *mußt* einfach zu Tessas Party kommen – es wird jede Menge zu trinken geben, ich schwör's. So, jetzt hab' ich's getan. Jeder denkt, ich sei ein total selbstsüchtiges Miststück, aber ich habe gerade bewiesen, daß ich das nicht bin. Du *mußt* einfach kommen.«
»Äh, ich ...«
»Oh, und außerdem wird es Alex einen Mordsschrecken einjagen, wenn er nach der Semesterpause aus London zurückkommt! Wenn er hört, daß wir uns angefreundet, Erfahrungen ausgetauscht und ekelhafte Sachen über ihn gesagt haben – das müssen wir übrigens tun. Ich fange an. Er ist ein lausiger Liebhaber, wirklich. Zu betrunken oder zu schnell, obwohl du vielleicht die goldene Mitte bei ihm gefunden hast, die mir entgangen ist ...«
Lucy hätte das Mißverständnis, sie hätten gemeinsame Freunde, berichtigen sollen, aber Ursula war zu begeistert von dem, was sie sagte.
»Nein, *viel* war nicht zwischen uns; ich habe mich einfach total zum Narren gemacht, hab' mich ihm auf dem St. John's Ball an den Hals geworfen. Ich war eine *vollendete* Schlampe, das gebe ich zu! Oh, er hat es dir sicher erzählt; ich kann mir nicht vorstellen, daß er so gentlemanlike ist, nicht über mich zu tratschen.«
»Äh, eigentlich ...«
»Du kannst auch später dazukommen«, sprach Ursula weiter, »die Party ist nämlich auf unserem Stockwerk, so daß du sowieso wach gehalten wirst.«
»Ihr könnt in Braithwaite die ganze Nacht lang Parties feiern?«
»Himmel, nein, aber heute abend ist Jim der diensthabende Pförtner, der ist immer stockbesoffen und merkt nie was. Drei Höfe weiter. Also, wir gehen!« Ursula stand zusammen mit ihrem Verehrer auf und wiederholte freundlich ihre Einladung, bevor sie ihren Freund in Richtung der St. Bridget's Passage zog.
Lucy blieb allein mit einem Pint.
»Willst du's immer noch hergeben, Süße?«
Lucy drehte den Kopf und sah am Nachbartisch einen jungen Mann mit dunkelblondem, kurzgeschnittenem Haar, in dunkler Lederjacke und

einem T-Shirt, auf dem eine Karikatur Margaret Thatchers prangte, darunter irgend etwas wie *Fuck the poll tax.* »Klar«, sagte sie.

Der junge Mann stand von seinem Tisch auf und setzte sich zu ihr. »Amerikanerin?«

»Ja. Aus Chicago. Ich heiße Lucy.«

Er war Duncan aus North Shields, oben im Norden, wohin nie ein Tourist kam, deshalb erwartete er nicht, daß sie die Gegend kannte. Lucy war begeistert von dem Singsang, in dem er sprach, auf und ab, als ende jeder Satz in einer Frage. Ob sie von Newcastle gehört habe? Ganz in der Nähe liege North Shields.

Nein, Lucy hatte noch nie davon gehört.

»Woher kennst du Ursula?« fragte Duncan weiter.

»Ich kenne sie überhaupt nicht. Sie meint wohl, daß sie mich von irgendwoher kennt. Ich wohne in einem Gästezimmer in Braithwaite, und ihr Zimmer ist auf demselben Stockwerk.«

»Dieses Haus ist das verfluchte Ende der Zivilisation.« Duncan hatte das Bier in wenigen Zügen geleert.

»In welchem College wohnst du?«

»Braithwaite, ich weiß also, wovon ich rede.« Duncan patschte Lucy plötzlich aufs Knie. »Was is', Schätzchen? Wie wär's mit 'nem Kebab?«

Lucy hatte Probleme, den Newcastler Geordie-Akzent zu enträtseln. Er will einen *Bob,* das bedeutet ein Pfund, überlegte sie. Widerwillig griff sie in die Jackentasche und holte eine Pfundmünze heraus.

»Alles klar, gehen wir.«

Lucy folgte dem Jungen an der Wirtschaft vorbei, die enge Gasse hoch und auf den Radcliffe Square, der bisher ihr wichtigster Orientierungspunkt gewesen war. Es dauerte einen Augenblick, bis sie die Szenerie in sich aufnahm – sie hatte wirklich einen sitzen. Die Kuppel der Radcliffe Camera und die Türme von All Souls' lagen unwirklich in bläuliches Mondlicht getaucht; Millionen von Sternen leuchteten am Himmel. Sie sollte schleunigst zurück ins Gästezimmer gehen, fünf Gläser Wasser trinken, Aspirin nehmen – und ab ins Bett.

»Ich glaube, du bist die erste Amerikanerin, mit der ich je geredet habe. Ich mag dein verfluchtes Land nicht einmal. Keine einzige gescheite Band mehr.«

»Welche magst du denn?« fragte Lucy, der es einen Stich gab, als ihr Land beleidigt wurde.

Duncan nannte ein halbes Dutzend Ein-Hit-Indie-Gruppen, die von keiner Plattenfirma abhängig waren, und Lucy erwiderte lahm, sie habe von ein paar der Bands gehört, kenne sie aber nicht gut. Die letzte englische Kassette, die sie gekauft hatte, stammte von Phil Collins.
»Den kannst du behalten!«
Lucy taxierte Duncan aus den Augenwinkeln. Glaubst du, dieser Typ *mag* dich? Sie dachte darüber nach. Ein bißchen klein für sie, ein wenig ruppig aussehend. Aber plötzlich hatte der Gedanke, einen rauhbeinigen Freund aus den ärmlichen Straßen des Nordens zu haben, einen gewissen Reiz; die sozialkritischen Schwarzweiß-Spätfilme aus dem England der fünfziger Jahre mit Laurence Harvey als Darsteller spulten sich in ihrem Kopf ab. Aber sie hatte ihn gerade erst kennengelernt! Gut, sie würde nein sagen müssen, drolliger Akzent hin oder her. Obwohl, wenn sie recht überlegte, wieso würde sie eigentlich nein sagen *müssen*?
»Ich hab' gesehen, wie du mit diesen Idioten geredet hast«, sagte er und meinte Ursula und ihre Freunde. »Himmel, ich verabscheue Braithwaite. Besoffener Snob-Haufen von lauter Public-School-Gören ...«
Lucy fragte, warum er in Oxford sei, wenn er den Ort so verabscheue.
»Mathe. Und ich kriege Geld, um hierherzukommen, also konnte ich nicht nein sagen. Verflucht langweiliges Fach. Kann auch nichts dagegen machen, daß ich gut darin bin, oder? Ich sollte besser leiser reden«, setzte er hinzu, als ein paar junge Rowdies auf der anderen Straßenseite vorbeikamen, »wenn ich nicht will, daß man mir die Rübe einschlägt.« Während sie weitergingen, versuchte Lucy, seine Worte zu enträtseln. »Es gibt Studenten hier, die dich zusammenschlagen würden, bloß wegen deiner Art zu reden?«
»Nein, die Eingeborenen. Die nehmen jeden Kerl auseinander, der nicht von hier ist. Schlagen die Studenten zusammen. Das kann ich ihnen nicht mal krummnehmen. Kann ihnen überhaupt nichts krummnehmen. Selber schuld, wenn wir jetzt draußen rumlaufen; England hat heute gegen Schweden gespielt.«
»Fußball?« riet Lucy.
»Klar, Fußball.« Duncan spähte durch die Straßen, die jetzt nach elf, nach der Polizeistunde, wie ausgestorben waren. »Ach, keine Sorge. Nix los in diesem Oxford, still wie ein bescheuertes Grab.« Suchend sah er die High Street hinunter. »So was, normal steht der Karren hier!«
Sie beschlossen, es in der St. Aldate's Street vor dem Christ Church College

zu versuchen, das furchteinflößend wie ein Gefängnis im Licht der Strahler aufragte.
»Aber hauptsächlich«, schwadronierte Duncan weiter, »ist Oxford einfach verflucht langweilig. Wenn man wie Ursula in der Clique von dieser blöden Kuh Tessa und genauso saublöd ist, dann ist es okay, aber sonst kannst du diese Stadt vergessen.«
Jetzt entdeckten sie den Imbißwagen: *Ahmed's Döner Kebab.*
Lucy ging auf den einfachen Verkaufskarren zu. Drei Männer warteten vor ihnen – ein Skinhead, ein furchtbar aussehender, traurig schniefender Mann in fleckigem Smoking und ein rosiger, stämmiger Typ in einem Sweatshirt mit dem Guinness-Logo. Alle drei betrunken! Welch seltsame Auswahl der Spezies Mensch man hier in Oxford sieht, dachte Lucy. Duncan half ihr bei der Bestellung ihres Kebab. Ahmed, ein freundlicher Pakistani mit schlechter Haut, schnitt ein Pittabrot auf und füllte es mit Salat, Tomaten, Zwiebeln, scharfer Sauce, zerstoßenem Schafskäse und einigen Scheibchen von dem riesigen Lammfleischzylinder. Lucy bezahlte zwei Pfund.
Lucy und Duncan unterhielten sich weiter, während sie kauend zurück zum Tor von Braithwaite gingen. Lucy hörte sich selbst unerhörte Dinge sagen: Sie reduzierte ihr Alter von achtundzwanzig auf dreiundzwanzig, als Duncan sagte, er sei einundzwanzig; sie erzählte irgendwie, daß sie Dr. O'Hanrahans Assistentin sei und mit ihm durch die Welt reise, auf der Jagd nach verlorenen Evangelien im Mittleren Osten; sie lud Duncan ein, die USA zu besuchen, und sagte, sie werde ihm helfen, die Reise zu bezahlen ...
»Alles in Ordnung, Mädchen?« fragte Duncan besorgt.
Lucy registrierte, daß sie auf einer feuchten Steinmauer saß. Sie fühlte sich mieser als mies.
»Du gibst diesen Kebab gleich wieder von dir, das kann ich dir sagen.«
»Mir geht's hervorragend«, erklärte sie.
Das war das letzte, was sie sagte. Dann wußte sie nichts mehr.

*22. Juni 1990*

Lucy wachte auf und fühlte sich elend. Die Glocken dröhnten viel zu laut und viel zu lang; so ein unnötiger Lärm, zu viele Glocken in der althergebrachten Art des Oxforder Geläutes. Sie drehte sich um und machte die Augen wieder zu, in der Hoffnung, wieder einschlafen zu können.

Nein. Wie schafft O'Hanrahan das? fragte sie sich, während sie vorsichtig die Hand auf ihren hämmernden Kopf legte. Verschiedene Aperitifs in dem getäfelten Zimmer, reichlich Wein, der Headbanger in der *Turf Tavern,* und dieser komische Kebab, den sie gegessen hatte ... Mein Gott! Hatte sie etwa vor diesem *einen* netten britischen Jungen, der ihr fünf Minuten Zeit gewidmet hatte, gekotzt? Herr, sprich zu mir, sag nein, nein!

(Doch, doch!)

Okay, beschloß sie, ich werde einfach in diesem Bett sterben. Seit einem Fest des Theologischen Fachbereichs in ihrem ersten Semester hatte sie nicht mehr so viel getrunken. Kein Wunder, daß man die Pubs hier um elf Uhr schließt, dachte sie, wenn sie *bis* elf Uhr derart trinken. Es muß schon Mittag sein, meinte Lucy.

(Es ist dreiviertel acht.)

Nach einem grausamen Besuch auf der Toilette, weil ihr schlecht war, schleppte sie sich stöhnend wieder ins Bett und hoffte, ihr Magen und das Zimmer, das sich um sie drehte, würden sich beruhigen. Zwei Stunden später wachte sie auf und stellte fest, daß sie doch wieder eingeschlafen war. Sie brachte den Mut auf, den Kopf zu heben, stellte schließlich die Füße auf den Boden und stand langsam auf.

Als sie das geschafft hatte, riskierte sie es, sich auf ihr Bett zu stellen, um aus dem hochgelegenen Fenster im schrägen Dach des Gästezimmers im Braithwaite College zu spähen: ein grauer, regnerischer Vormittag. Sie öffnete das Fenster, damit dringend benötigte frische Luft hereinkam, und horchte auf die »typisch englischen« Geräusche, denen sie eine Bedeutung beimaß, wie es nur ein Tourist zuwege bringt, der das erstemal im Land ist: der Regen, der in einem fremden Rhythmus tropft, die Wortfetzen britischer Gespräche, der Klang des europäischen Martinshorns, das Vorbeirumpeln von Lastwagen mit fremd brummenden Motoren.

Sie zog einen Pullover an, kämmte sich, sah eine Weile in den Spiegel und dachte: Das Ganze wird ein Mißerfolg. Ich kann dem Fachbereich nichts über O'Hanrahans Projekt berichten, und ich habe keinerlei Hinweis darauf, was aus Gabriel geworden ist. Als sie sich die Zähne putzte, wurde ihr erneut übel, und sie legte sich rasch wieder hin. Seufzend starrte sie die Zimmerdecke an. Gabriel O'Donoghue.

Gabriel war mit ihr zusammen im Kindergarten von Bridgeport gewesen, wo er, wie sie, geboren und aufgewachsen war. Er war eine Heulsuse, erinnerte sie sich, ein weinerlicher, braver, katholischer Junge, der »Phasen« durchmachte. Ein Rebell; ein frommer, tugendhafter Ministrant; dann bekam er Ärger, weil er nach Milwaukee getrampt war; dann verkündete er, er werde ein Gelübde als Priester ablegen; dann trug er in der elften Klasse einen Ohrring und war ein Hippie, und in der Abschlußklasse wollte er Schauspieler werden.

Lucy und Gabriel waren vier Jahre lang wieder vereint in der katholischen High School von St. Eulalia; dann wechselte Gabriel auf das Priesterseminar Notre-Dame, stieg wieder aus und ging zurück nach South Bend, um einen Abschluß ausgerechnet in Geographie zu machen, dann bewarb er sich für einen höheren akademischen Grad in Chicago. Er war intelligent und hübsch – auch wenn Judy das bestritt –, und Lucy war früher in ihn verknallt gewesen. Er war groß, hatte einen olivfarbenen Teint, sehr große traurige Augen, und seine Hände hatten etwas an sich, das Lucy anzog. Es war irgendwie so unwahrscheinlich, sich Gabriel als sexuellen Partner vorzustellen, daß Lucy immer wieder darüber nachdenken mußte. Gegen jeden Rat und auch gegen ihren eigenen Willen hatte sie gespürt, daß ihre alte Zuneigung für ihn wieder in ihr hochkroch, als sie zusammen im Hyde-Park-Viertel von Chicago studierten.

»Ich kann mir nicht vorstellen, daß Mr. O'Donoghue eine Frau sehr glücklich macht, wenn du weißt, was ich meine«, hatte Judy vor kurzem gesagt.

»Er hat Freundinnen gehabt«, hatte Lucy ihn verteidigt.

»Ja, aber sie waren *nur* gute Freunde«, hatte Judy erwidert. »Gabe ist anscheinend der einzige, der nicht denkt, daß er eine Tunte ist.«

Tunte, dachte Lucy. Das Vorurteil war so abgenutzt und alt wie dieses Wort.

»Christopher hat mehr Chancen bei Gabriel als du«, erklärte Judy.

Christopher war ein gemeinsamer Freund von ihnen im Fachbereich. Ein sanfter, schmächtiger, katholischer Junge – zum Teufel, was heißt hier Junge, er war immerhin fünfundzwanzig –, der noch schüchterner und schmaler war als Gabriel, fotogen, aber wegen seiner wenig markanten Gesichtszüge in der Realität weniger anziehend. Gabriel war immer sehr angeregt, wenn er mit Christopher zusammen war; Lucy dagegen brachte den Jungen nie dazu, genügend zu sagen, damit sie hätte beurteilen können, ob er intelligent oder dumm war. Sie versuchte manchmal, ihn zu ein paar zusammenhängenden Sätzen zu animieren, aber sehr oft meinte Christopher nur: »*Du* weißt, was ich meine, Gabriel. Wir haben neulich abends darüber gesprochen.«

»Gabriel selbst weiß es vielleicht nicht, aber er will mit Christopher ins Bett. Paß lieber auf, Luce. Du willst doch nicht als Schwulenmami enden.« Das war Judys guter Rat zum Thema. Typisch Judy: völlig sicher, in welche »Kategorie« ein Mensch einzuordnen war.

Aber manche Menschen, so wie Gabriel und übrigens auch Lucy selbst, widersetzten sich einer so einfachen Definition. Gabriel war einfach unsicher, und eines Tages, in einer unvorhersehbaren, unbestimmten Zukunft, stellte Lucy sich vor, würden sie beide in eine Art Liebesaffäre stolpern. Okay, für eine romantische Wunschvorstellung war das ein bißchen vage, aber das war es nun mal, was sie wollte. Darauf hatte sie gesetzt. Seit einigen Jahren schon.

(Aber das war nicht dein einziges Interesse an Gabriel.)

Nein, sie hatten bei ihren Diskussionen spätnachts eine Abmachung getroffen, von der Judy bloß nie etwas hören durfte – ihr Spott wäre ungeheuer. Lucy beneidete Gabriel in gewisser Weise darum, daß er im letzten Jahr den Franziskanern beigetreten war. Zumindest gehörte er irgendwo dazu. Es gab soviel Wichtiges zu tun, und es war sicher von Nutzen, wenn man dabei die Unterstützung eines Ordens hatte. Lucy hatte vorgeschlagen, sie könnte den Klarissinnen beitreten, und vielleicht könnten sie und Gabriel zusammen eine Obdachlosenherberge gründen, vielleicht eine Klinik für Kinder aus Slumvierteln oder ein Hospiz für Aidskranke.

(An diesen Überlegungen war nichts Lächerliches.)

Aber Lucy, die nach ihrem Magisterabschluß an der Uni geblieben war, hatte sich für einen anderen Weg entschieden – sie würde nie Nonne werden. Eine Nonne zu werden hätte eine Niederlage bedeutet. Es hätte bedeutet, vor ihrer Mutter, ihrer jungfräulichen Tante Lucy, der Heiligen Römischen Kirche und all den Greueln der Nonnengemeinschaft von St. Eulalia zu kapitulieren. Gehorsam, Unterwerfung, Demut, Ergebenheit vor Gott im Himmel und vor den verknöcherten alten Junggesellenpatern auf der Erde – das war alles, was die Kirche einer Frau zu bieten hatte.

»Frauen, die ins Kloster gehen«, behauptete Judy wiederholt, »haben einfach Angst vor Sex. Sie sind wie die Kranken im letzten Jahrhundert, die lieber im Bett geblieben sind, als sich dem Leben zu stellen. Oder sie sind Lesbierinnen.«

Himmel, Judy ging ihr auf die Nerven!

Lucy konnte die Gedanken nicht abstellen und zog triste Bilanz: Wenn sie sich schon vor einer religiösen Berufung drückte, wäre es besser gewesen, den Bruch mit achtzehn zu vollziehen, als sie noch Zeit gehabt hätte, ihre Jugend voll auszukosten, zu reisen, Abenteuer zu erleben, Männergeschichten zu haben. Ich stand mit einem Fuß in der profanen Welt und mit dem anderen außerhalb davon, erkannte sie. Die Jahre sind dahingeflogen, bald bin ich 30 und habe zuviel vom Leben verpaßt. Jahr um Jahr ist verstrichen, und ich habe mir immer gesagt, okay Mädchen, *dieses* Jahr wird alles anders. Aber nichts wurde anders. Gemessen an dem, was ich im normalen Leben erlebe, könnte ich ebensogut Nonne sein, grämte sich Lucy. Wenn ich Schwester Marie-Berthe vom Akoluthen-Dinner kennengelernt hätte, als ich noch jünger war, und ihrem Orden von denkenden Frauen beigetreten wäre, nun, das hätte die Sache einfacher gemacht.

»Ich glaube nicht, daß an der Gabriel-Front etwas in Bewegung geraten wird«, hatte Judy vorausgesagt, als sie von Gabriels Wunsch hörte, ein Bettelmönch zu werden. »Warum hörst du nicht auf, dich in diesem gottverdammten Fachbereich umzusehen? In diesem Haufen gibt es doch keinen Mann, der nicht gewaltig verkorkst wäre!«

Lucy stieß bei diesen weichlichen Kirchentypen jedenfalls auf spontane Sympathie. All die zu sehr bemutterten katholischen Jungen, die sie aus der Jugendgruppe von St. Bridget kannte, die Möchtegernschauspieler von der Laientruppe in St. Eulalia, die Hälfte der Kandidaten für das Priesterseminar, unterwegs nach Loyola oder Notre-Dame, die jungen Männer mit hochkirchlichen Neigungen im Fachbereich – zwischen Lucy und diesen Typen entstand immer sofort eine Verbindung. Sie waren vielleicht nicht gerade homosexuell, aber doch vielleicht etwas Ähnliches, eine Orientierung mit dem übelriechenden Makel der Kirche. Lucy mangelte es nie an einer Einladung zum Kaffee, sie hatte nie Probleme, neben wem sie bei einer Vorlesung sitzen sollte. Lucy hatte sich eine Persönlichkeit aufgebaut: die coole, praktizierende katholische Frau, Stil der 90er. Rebellisch, antipäpstlich, reformwillig, aber regelmäßig die Messe besuchend und die Sache ernst nehmend. Jeder konnte die Show des vom Glauben abgefallenen Katholiken abziehen, aber es war weit schwieriger, in der Kirche zu bleiben. Genau das schien das Vertrauen zu untermauern, das junge Männer wie Gabriel und ihre Freunde am Theologischen Fachbereich zu ihr hatten.

»Ich kann mit den Jungs über die Arbeit reden«, erklärte sie Judy einmal. »Ich habe so viele männliche Freunde, weil ich keine weibliche Sicht der Religion habe.«

»Und was ist diese weibliche Sicht, bitte schön?«

»Etwas Unpräzises, Spirituelles, Umklammerndes und Mysteriöses. Versteh doch, Judy, ich kann mit den Besten von ihnen über Theologen und über Doktrinen reden, über das Wesentliche eben. Es ist so, als würde man mit Wirtschaftsstudenten über Aktienindices diskutieren oder mit Sportfans über Baseballregeln. Ich spiele auf dem Augustinus-Feld.«

»Und du hängst mit einem Haufen schwuler, gehemmter Männer herum, die auf jeden Fall nicht mit dir schlafen«, erwiderte Judy, die es nicht zulassen konnte, daß Lucy auch nur einen, einen einzigen kleinen Sieg errang, was ihr gesellschaftliches Leben betraf.

Bei dieser unangenehmen Erinnerung angekommen, beschloß Lucy, nun dem englischen Morgen entgegenzutreten, egal, ob ihr schlecht war oder nicht. Es war fast elf. Zuerst schlenderte sie durch die Oxforder Markthallen, wo dem Kunden keine Unappetitlichkeit des Metzgerhandwerks erspart blieb. Kopfloses Wildgeflügel hing an Haken, mit den Köpfen nach unten hängende Kälber wurden enthäutet, die Eingeweide von Schweinen wurden ganz offen zerhackt und dargeboten. Lucy betrachtete mitfühlend einen einsamen Schweinekopf.

Da ihr wieder schwindlig wurde, beschloß sie, in einem Arbeitercafé innerhalb des Marktes einen festen Halt zu suchen, setzte sich an einen Tisch und bestellte einen starken Tee. Während sie auf ihre Tasse starrte, holte der langweilige Ablauf ihres Lebens in Chicago sie wieder ein und verriegelte die Tore zu neuen Erfahrungen. Na schön, entschied Lucy, vielleicht hat Judy ganz recht. Das ist mein altes Revier: sensible, gehemmte, intelligente Männer mit einer Anlage zu religiösen Gefühlen.

(Und nur Katholiken kommen als Bewerber in Frage?)

Nicht daß Lucy antiprotestantisch gewesen wäre, aber sie erinnerte sich an Christophers Freund Luke, der lutherisch erzogen worden war und ziemlich anziehend auf sie gewirkt hatte, denn er war ein unbeugsamer Charakter und zugleich kontaktfreudig – etwas *Seltenes* in den Kreisen des Theologischen Fachbereichs –, und es schadete auch nicht, daß er Fußball spielte und blond und sexy war. Lucy hatte ihn einmal unter dem Vorwand, ein Buch in ihrem Zimmer abzuladen, hauptsächlich aber, damit Judy einen Blick auf ihn werfen konnte, mit nach Hause gebracht. »Na endlich, jetzt bist du auf dem richtigen Dampfer«, hatte Judy in der Küche geflüstert.

Und Lucy, ermutigt, hatte ziemlich erfolgreich mit Luke geflirtet und hätte vielleicht sogar Chancen bei ihm gehabt, aber eines Abends, bei einer Menge Wein, kamen Christopher, Gabriel, Lucy und Luke auf das Thema Katholizismus versus Protestantismus; Luke gab einen sehr überzeugenden Rückblick auf das letzte Jahrhundert des katholischen Strebens nach Dominanz und weltlicher Herrschaft und erklärte, der römische Katholizismus sei im Niedergang begriffen. Eine amüsante Diskussion über die autoritative päpstliche Unfehlbarkeit flammte auf, und während Gabriel und Luke redeten und Christopher nickte, zog Lucy sich innerlich zurück und dachte: Ich weiß, daß alles, was du über den Katholizismus sagst, absolut wahr ist, Luke, und ich pflichte dir sogar bei, aber du könntest mich nie so lieben, wie ich es brauche, wenn du die Jahrhunderte katholischer Tradition, die zu der komplizierten Person geführt haben, die ich geworden bin, so dumm findest, wie du sagst.

(Meinst du, Mein Kind, deine Liebe würde die Kontroverse nicht überleben oder dein römischer Katholizismus?)

Verflixt, Luke, seufzte sie, wärst du doch ein verträumter Halbagnostiker mit einer verschwommenen New-Age-Vorstellung von einer universellen Ordnung, offen für kuriose Mantras aus dem Osten und neugierig auf alle nur vorstellbaren Kulte – *damit* könnte ich leben. Aber ein Christ und nicht katholisch sein bedeutet unvermeidlich, antikatholisch zu sein, und ich bin sicher, daß wir dieses Problem nie überwinden könnten.

»Das habe ich mir gedacht«, hatte Judy ihr gepredigt, als Lucy versucht hatte, das zu erklären. »Du läßt eine Chance mit einem jungen Gott wie Luke sausen, weil« – und hier ahmte sie sie höhnisch-herabwürdigend nach – »weil er kein Katholik ist wie du. Tribalismus. Deswegen jagen sie sich in Nordirland gegenseitig in die Luft, weil sie so denken, wie du denkst.«

(Es ist etwas dran an dem, was Judy sagt, Lucy.)

Lucy seufzte, irgendwie beschämt, weil sie offenbar bei einer Position angelangt war, die ihre sauertöpfische alte irische Großmutter glühend verteidigt hätte: essen, trinken, leben und atmen nur unter Katholiken.

Tatsache war, hatte Lucy sich selbst unumwunden gesagt, daß sie aus ihren Beziehungen zu Männern einen Riesenpfusch gemacht hatte. Eine Bilanz an Liebesaffären existierte einfach nicht – und schuld daran war sie selbst. Von Lucy hörte man keine weinerlichen Anklagen gegen ihre Erziehung oder ihren katholischen Glauben oder ihre Mutter, die ihr Schuldgefühle einflößte; ihr Leben ohne Liebesbeziehungen hatte sie sich mit ihrem unfehlbaren Sinn für verpaßte Gelegenheiten sorgfältig selbst zusammengeschustert – sie rannte gerade dann davon, wenn sie sich eigentlich nicht vom Fleck hätte rühren sollen, und investierte viel Energie bei der Verfolgung von vagen Möglichkeiten und Sackgassen.

Lucy verließ das Café, noch ein wenig melancholischer, aber entschlossen, Dr. O'Hanrahan aufzuspüren und herauszufinden, wo Gabriel steckte. Die tiefhängenden Wolken waren nun blendend weiß, so daß Lucy blinzeln mußte. Sie spazierte den schmalen Gehsteig entlang, während Metzgerjungen mit altmodischen Strohhüten und gestreiften Schürzen auf ihren Fahrrädern vorbeiflitzten und blutige Fleischstücke an diverse Küchen auslieferten, für weitere Bankette und Festmähler. Lieferanten rollten Bierfässer in die Colleges, Milchmänner brachten Träger voll klirrender Flaschen.

Lucy kam am All Souls' College an und wurde eingelassen, um Dr. O'Hanrahans Gästezimmer aufzusuchen. Sie klopfte vergebens und wollte schon wieder gehen, als sie von drinnen ein Geräusch hörte, ein Knurren oder Knarzen.

»Was ist los?« brummte O'Hanrahan, bevor er die Tür öffnete.

Lucy lächelte und betrachtete den großen Mann in seinen Kleidern, in denen er gestern abend umgekippt sein mußte: »Guten Morgen, Dr. O'Hanrahan.«

»Wer sind Sie?« fragte er mitgenommen, aber ernst. »*Was* sind Sie?«

»Ich bin Lucy Dantan, erinnern Sie sich?«

Er starrte sie an. »Habe ich Sie letzte Nacht in meinem Suff belästigt? Ihnen süße lateinische Redensarten ins Ohr geflüstert?«

Lucy errötete ein wenig. »Äh, nein, Sir.«

»Gott sei Dank, Sie sind *wirklich* nicht mein Typ.«

»Noch sind Sie meiner«, riskierte sie zu sagen. »Ich bin zum Frühstücken gekommen.«
»Oh.« Wieder versuchte er, klar zu denken. »Das haben wir gestern abend ausgemacht, wie?«
Lucy erkannte, daß eine Lüge hier günstig war, und bejahte.
»Okay, okay, ich schütte mir etwas Wasser ins Gesicht, zieh' meine Jacke an und binde eine Krawatte um.«
»Die Krawatte, die Sie umhaben, sieht ganz gut aus.« O'Hanrahan blickte auf sein zerknittertes Hemd und seinen umfangreichen Bauch, sah aber keine Krawatte. Er tastete über die Schulter und zog den schmuddeligen Seidenbinder, auf dem er die ganze Nacht gelegen hatte, wieder nach vorn. »Reizend«, murrte er. »Haben Sie einen bestimmten Ort im Auge, wo wir das Fasten brechen sollen?«
»Wo Sie wollen, Sir.«
O'Hanrahan schlug vor, zum *Randolph Hotel* zu gehen; er ging rasch voran, so daß Lucy, die ihm durch die Innenhöfe nachrannte, immer ein oder zwei Schritte zurück war. Sie nahm allen Mut zusammen und versuchte, persönlich und gesprächig zu sein: »Sie und Pater Beaufoix schienen gestern abend ein wenig, äh, kampflustig zu sein.«
»Wir sind immer so, seit wir uns nach dem Krieg in Beirut kennengelernt haben.« O'Hanrahan überlegte einen Moment, ob er über den Mann herziehen sollte, äußerte dann aber höflich: »Er ist ein Genie in afrikanischen Sprachen, ein wahrhaft ... wahrhaft großer Mann auf seinem Gebiet. Ich kann nur diesen ganzen marxistischen Scheiß nicht ausstehen. Wozu ist man ein progressiver, radikaler Gelehrter, wenn man im nächsten Augenblick eine Kehrtwende macht und eine erstickende Ideologie wie den Marxismus annimmt – noch dazu eine gescheiterte, diskreditierte Orthodoxie ...« Er unterdrückte ein Gähnen. »Wir sind nicht mehr miteinander ausgekommen, seit er mich bei einem öffentlichen Vortrag in Paris über die Ursprünge des Heiligen Geistes angegriffen hat. Ich sagte, *Sie* sei der älteste und ursprünglichste Teil der christlichen Dreifaltigkeit.«
*»Sie?«*
O'Hanrahan kramte in seinen Taschen nach Zigaretten und runzelte die Stirn, als er feststellte, daß er die Packung in seinem Zimmer gelassen hatte. »Einen Augenblick«, sagte er. Er schlüpfte durch einen der vielen Eingänge in die Markthallen und kam kurz darauf mit einer brennenden Zigarette im Mund wieder heraus. »Auch eine?« bot er halbherzig an.

»Äh, nein«, lehnte Lucy ab. »Früher in der Schule habe ich ein bißchen geraucht, aber die Nonnen haben mir die Hölle heiß gemacht ...« O'Hanrahan, das spürte Lucy, war das so egal wie nur irgend etwas. »Der Heilige Geist ist weiblich?« wiederholte sie.

»Allerdings. Der Heilige Geist ist ein Begriff, der aus der jüdischen Vorstellung von der *Sophia,* dem Geist der Weisheit des *Ekklesiastes,* der *Weisheit Salomos* hervorgegangen ist. Zu Jesu Zeiten war sie so populär, daß sie der einzige Rivale war, den Jahwe je hatte; die Weisheit hat dem Monotheismus langsam den Garaus gemacht. Christus benutzte dann das aramäische Wort *ruah,* der Geist, ein Wort mit weiblichem Genus, wie im Hebräischen und im Arabischen heute noch.«

»Wow, ein cooler Gedanke.«

»Nicht nur cool, sondern historisch korrekt«, erklärte Dr. O'Hanrahan, der bei seiner Zigarette und im spätvormittäglichen Treiben der vorbeihastenden Menge auftaute. »Seit 35 000 Jahren gibt es Spuren des Menschen, und praktisch für diese ganze Zeit gibt es auch Spuren einer Großen Mutter oder Erdgöttin. Dann kommen wir ins Zeitalter von Hieronymus, Augustinus und Ambrosius vor etwa 1700 Jahren – und *pffft!* ist unsere Große Mutter futsch. In der frühen Kirche gab es eine Höchste Mutter, den Heiligen Geist. Die größte antike Kirche der Christenheit, die Hagia Sophia in Istanbul, wurde für die Heilige Weisheit erbaut, ebenfalls weiblichen Geschlechts. Aber die Kirchenväter eliminierten alle Spuren von ihr; unter Hieronymus, dem alten Frauenfeind, wurde sie zum Spirit*us* Sanct*us,* wurde also männlich.«

Bis zur Cornmarket Street, dem modernen Boulevard mit schicken Schaufenstern und Doppeldeckerbus-Haltestellen ließen sie sich unbehaglich schweigend inmitten von Auspuffgasen und wochentäglichen Einkäufern dahintreiben.

»Hrrm«, räusperte sich O'Hanrahan schließlich, entschlossen, Konversation zu machen, ohne daß er recht wußte, warum. »Worum geht es bei Ihrer Doktorarbeit?«

»Oh«, antwortete Lucy und atmete tief ein, »ich interessiere mich für die Verschiebungen im korinthischen Alphabet im 4. Jahrhundert v. Chr. Sind Sie vertraut mit der Entwicklung mancher der Buchstaben, wie zum Beispiel des korinthischen *lambda* und *sigma* zu jener Zeit? Ich glaube, es macht einen Unterschied, einen kleinen Unterschied für manche Übersetzungen, und ...«

Es entging ihr nicht, daß O'Hanrahan gähnte, und sie verstummte. Zugleich spürte sie wieder jene Nervosität, die sie immer befiel, wenn sie die Doktorarbeit erwähnte, die im September verlängert werden mußte. »Es ist interessanter, als es vielleicht klingt«, setzte sie zögernd hinzu. (Eigentlich nicht.)

Als sie die George Street überquerten und an der St. Mary Magdalene's Church vorbeikamen, deutete O'Hanrahan auf das Balliol College: »1200 gegründet – als Buße für einen schmutzigen Witz, der in Gegenwart eines Bischofs erzählt worden war, oder dafür, daß man ihn gekidnappt hatte, je nach Leseart. Links von diesen mittelalterlichen Basteien sehen Sie das St. John's College, das College, das den Beaumont Palace Richards II., Geburtsort des Kreuzfahrers Richard Löwenherz und des knickrigen König Johann, niedergerissen hat, um ihn als Fundament für seine Bibliothek voller Schriften von A. E. Housman ...«

»Der Altphilologe? Housman ist einer meiner Helden«, unterbrach ihn Lucy.

»Gott steh' Ihnen bei«, brummte O'Hanrahan. »St. John's war die Heimstatt von Edward Campion, Mitbegründer meines geliebten Trinity College in Dublin, der – und das sage ich als einer, der die Jesuiten kennt – jesuitischer als ein Jesuit war. Fast hätte er Elizabeths Hand ergattert. Die Kirche von England hat ihn daran gehindert und ihm, im protestantischen Geist brüderlicher Liebe, die Eingeweide herausgerissen, ihn gevierteilt und geköpft.«

Während O'Hanrahan Lucy mit Märtyrergeschichten und der Beschreibung gräßlicher Todesarten unterhielt, begriff sie, daß freundlicher, gewinnender Small talk bei Patrick O'Hanrahan weitschweifige, gelehrte Vorträge bedeutete.

»... genauso wie sie es mit Alexander Briant gemacht haben – Streckfolter, Daumenschrauben, Eiserne Jungfrau, Nadeln unter den Fingernägeln. Und mit Kardinal John Fisher. ›Sogar wenn ihr ihm einen roten Hut schickt‹, hat Heinrich VIII. gespottet, ›wird er keinen Kopf mehr haben, um ihn aufzusetzen!‹«

O'Hanrahan selbst hat etwas Tudorianisches an sich, dachte Lucy bei sich.

»Heinrich der VIII. war entschlossen, alle papistische Kunst zu verbrennen, und meine Lieblingsgeschichte erzählt, daß er die Holzstatue von St. Gdarn aus seinem walisischen Dorf holte. Die Dorfbewohner warnten ihn, es gebe die Prophezeiung, die Statue werde einen ganzen Wald in Brand stecken; daraufhin ließ der König John Forest, einen unbußfertigen Katholiken, zusammen mit der Heiligenstatue auf dem Scheiterhaufen verbrennen – womit die Prophezeiung erfüllt war.«

»Es ist schrecklich, an all diese Märtyrertode hier zu denken«, erklärte Lucy ernst.

»Ach, was ist schon ein Scheiterhaufen hier und da, hm? Bringt diese raubgierigen Kirchenleute ein wenig auf Zack. Mir fallen ein halbes Dutzend Prälaten von heute ein, die förmlich danach schreien, auf dem Scheiterhaufen verbrannt zu werden. Kardinal O'Connor in New York, Marzinkus in Chicago, Mahoney in Los Angeles, die ganzen derzeitigen Handlanger von Johannes Paul. Und die ganzen Fernsehprediger, wenn wir schon dabei sind: Swaggart, Tilton, Bullins, Falwell – in die Flammen mit ihnen!«

Lucy stand gegenüber von St. Mary Magdalene's und sah daneben eine Art Wucherung, genannt Martyrs' Memorial: ein freistehender, dreistöckiger, überladener gotischer Turm, der neben einer Reihe mutwillig zerstörter Telefonzellen stand. Eine Gruppe ausländischer Studenten saß auf den Stufen neben dem Spitzturm; sie rauchten und posierten für Fotos. Lucy betrachtete den Turm. »Noch mehr Katholiken, die man ausgeweidet und gevierteilt hat?«

»Protestanten diesmal. *Bloody Mary* am Werk.«

Es war im Jahr 1555.

»Die Bischöfe Latimer, Ridley und Cranmer«, erzählte O'Hanrahan, »wurden alle von ihrem College rasch aufgetischt, als die Inquisition zu Besuch kam. Maria schickte spanische Mönche hierher, die sich um die Inquisition kümmern sollten – wenn eine Inquisition richtig funktionieren soll, muß man die Spanier dabeihaben. Latimer brannte schnell, weil man ihm erlaubte, einen Vorrat an Schießpulver um den Hals zu tragen. Ein *explosiver* Reformer.«

»Oh, Dr. O'Hanrahan«, schauderte Lucy.

»Ridley«, bemerkte O'Hanrahan, scheinbar mit Wonne, »erlitt einen der schlimmsten Tode auf dem Scheiterhaufen, von dem ich je gehört habe. Stunden vergingen, und der Wind blies die Flammen weg von seiner oberen Hälfte, während er bis zur Taille hinauf verbrannt war. ›Ich kann nicht brennen, Gott helfe mir!‹ schrie er immer wieder. Ein Jahr später kam Erzbischof Cranmer an die Reihe, der zuerst widerrufen und gesagt hatte, er werde wieder zurück zum Katholizismus konvertieren, obwohl er, aus Prinzip, auf jeden Fall geröstet werden sollte. Aber auf dem Scheiterhaufen nahm er seinen Widerruf zurück. Er steckte die Hand, die den Widerruf unterzeichnet hatte, in die Flammen, bis sie Feuer fing. So losgesprochen, übergab er bald darauf auch seinen übrigen Körper dem Feuer.«

»Ganz schön grausig.«

»Kardinal Newman kämpfte erbittert darum, das Martyrs' Memorial abzureißen, da er ein Spätkonvertierer zurück nach Rom war. Newman, Pusey, Keble, Hopkins – eine ganze Generation heimlicher Schwuler, die zum Katholizismus oder zumindest zu einer überspannten Hochkirche konvertierten.«

Lucy riß die Augen auf bei diesem Urteil; immerhin hatte ihre Mom einmal einen Kardinal-Newman-Gebetskreis geleitet. Auf der Schwelle des Hotels versicherte ihr O'Hanrahan: »Wann immer Sie brave protestantische Jungs sehen, die Rom in den Arsch kriechen, oder katholische Jungs, die es in einen Orden zieht, haben Sie eine überdurchschnittliche Wahrscheinlichkeit, daß Homosexualität im Spiel ist, denn Katholizismus bedeutet schließlich *Lagerleben*. Die Jungen wollen Verkleiden spielen, in den Ministrantengewändern herumrascheln, die Ringe küssen, das Weihrauchfaß schwingen ...«

Lucy erkannte mürrisch, daß Judy hier einen ungleichen Verbündeten hatte.

O'Hanrahan hielt Lucy die Hoteltür auf. »Auf jeden Fall haben sich die katholischen Orden wieder in Oxford eingeschlichen, trotz aller menschlichen Freudenfeuer. Jetzt gibt es in England mehr praktizierende Katholiken als Anglikaner. Es gibt sogar mehr praktizierende Moslems.«

»Wirklich?«

»Hoffentlich dreht sich Heinrich im Grabe um oder in der Hölle, oder wo immer er ist.«

(Hölle.)

Das Hotel *Randolph*. Die Zwischenstation der Reichen in Oxford, wo es ausgedehnte Fünf-Uhr-Tees und 150-Dollar-Zimmer gab; wo junge Gentlemen private Räume mieteten und sich mit Bollinger-Champagner, 70 Dollar pro Flasche, sinnlos betranken, an Kronleuchtern schaukelten, sich vor den anderen Gästen entblößten, im Suff umkippten oder kotzten und dem Hotel *Randolph* danach dicke Schecks ausschrieben und schworen,

es im nächsten Jahr bestimmt nicht wieder zu tun. Der Frühstücksraum prangte in gedämpfter edwardianischer Pracht, und schweigend bewegten sich Lucy und der Professor zwischen uniformierten Kellnern, Farnen und Oxfords gutgekleideter und leise frühstückender Elite hindurch.
»Englischer Frühstückstee«, murmelte O'Hanrahan und rieb sich die Augen, weil er stärker litt als gewöhnlich, »ist der Espresso unter den Tees. Man kann den Stoff fast fixen.«
Lucy lächelte, nicht ganz sicher, was »fixen« bedeutete.
»Nicht wie die geschmacklosen *Lipton*-Teebeutel in einem Styroporbecher, die man in vielen feinen amerikanischen Häusern bekommt.«
Unter dem Einfluß des englischen Frühstückstees, serviert in einer hübschen Kanne und zu O'Hanrahans Entzücken mit zwei Sorten Zucker in Schälchen und Sahne und Milch in kostbaren Kännchen, beschleunigte sich seine Wiederbelebung. Man legte ihnen die Speisekarte vor. Lucy sah sofort, daß sie nur mit viel Glück unter 15 Pfund davonkommen würde. Sie überlegte, daß sie 20 Pfund in Kleingeld hatte, und dann noch Scheine und Travellerschecks ...
»Guter Mann«, erklärte O'Hanrahan dem langgesichtigen Kellner, »für den Anfang hätte ich gerne Heringe in Sahnesauce auf einem Teller mit einer Scheibe kalter Cantaloupe-Melone und auf der Seite noch eine Scheibe Ihres mildesten schottischen Schinkens – nein, doch lieber *prosciutto*. Ich vermisse *bella Italia ...*«
Lucy rechnete stumm: sechs Pfund plus fünf Pfund macht elf, plus ...
»... danach dann zwei pochierte Eier. Dazu ein knuspriges Muffin und eine Schnitte kanadischer Räucherspeck. Ach, und sehen Sie, auf der Speisekarte steht *black pudding!* Nehmen wir doch eine Portion davon – oder besser zwei, ja?«
Vielleicht akzeptiert man meine Travellerschecks, dachte Lucy, ein großes, feines Hotel wie hier. Verdammt, mach, was du willst, aber nimm bloß nicht das Steak!
»Ach ja, ich glaube, dann eine *petite béarnaise,* noch ein bißchen blutig, bitte.«
»Wie Sie wünschen, Sir. Und für die Miss?«
»Ich glaube, nur Grapefruitsaft, das genügt.«
»Unsinn«, fauchte O'Hanrahan und nahm Lucy die Speisekarte aus der Hand. »Ich bestehe darauf. Ein richtiges englisches Frühstück für meine Tochter.«

Der Kellner zog sich taktisch klug zurück, und Lucy sah O'Hanrahan schüchtern an. »Sie erinnern sich also doch an mich. In der *Turf Tavern* haben Sie mich als Ihre Tochter ausgegeben.«
»Ein kleines bißchen Ähnlichkeit ist da, zu Ihrem Pech«, erklärte er und lachte, bis ihm der Kopf weh tat. »Sie sind römisch-katholisch, stimmt's?«
Lucy nickte.
»Und noch schlimmer als das, *irisch*-römisch-katholisch, wie?«
Sie nickte erneut.
»Ich wußte es«, seufzte er, »dieses tiefrote Haar. Und wie Sie rot geworden sind, als ich gestern abend darauf anspielte, Sie könnten meine Geliebte sein. Dantan, Dantan ... das ist aber kein irischer Name, oder? Oh, sehen Sie!« Ein Kellner kam mit einem Gebäckwagen vorbei, beladen mit Croissants und Kuchen, mit Muffins und Scones, Crumpets, Blätterteiggebäck und einer Reine voller Strudel.
»Entschuldigen Sie«, hielt O'Hanrahan den Mann auf. »Ich hätte gern einen Strudel, ja, das Ding da. Lucy?«
»Etwas von dem Blätterteig, glaube ich«, sagte Lucy; ihre Bank war nun garantiert gesprengt. »Sie haben keinen Platz mehr für alles, was Sie bestellt haben, wenn Sie sich jetzt durch den Gebäckwagen essen.«
»Ich habe gar nicht vor, alles zu essen, was ich bestellt habe. Ich will nur, daß diese Scheißkerle in Chicago dafür zahlen müssen. Was wollten Sie sagen?«
»Dantan«, begann sie, »ist ein bretonischer Name. Irgendwann Ende des 18. Jahrhunderts sind meine Ururur-Irgendwas übergesetzt nach Irland.«
»Garantiert, um dem französischen Antiklerikalismus nach 1790 zu entkommen.«
Lucy war es peinlich, daß sie so wenig über ihre Familiengeschichte wußte, ganz zu schweigen von der Weltgeschichte, die deren Auslöser gewesen war. »Ja, ich vermute«, fuhr sie fort. »Sie kamen gerade rechtzeitig zu den Hungersnöten nach Irland. Nach dem Ersten Weltkrieg ist mein Großvater dann in die Vereinigten Staaten gegangen.«
»Wahrscheinlich *statt* des Ersten Weltkriegs, wenn er ein echter Ire war. Ein Haufen Priester in der Familie, möchte ich wetten.«
Lucy stocherte mit Messer und Gabel in dem Blätterteigstückchen herum. »Ziemlich.«
»Die Bretonen sind die prüdesten Katholiken Europas. Irland war ein Land, in dem sich die Leute gern amüsierten und gern kopulierten, bevor

sie eine Welle bretonischer Priester importierten, die ihnen halfen, die Hungersnot zu überleben, und sie von dieser ganzen *Fortpflanzung* abhielten. Als die Bretonen 1850 fertig waren, lag das durchschnittliche Heiratsalter der Frauen bei achtunddreißig Jahren, der Männer bei fünfzig Jahren. Und sie waren tatsächlich jungfräulich. Sehen Sie sich unsere Insel jetzt nur an! Dank unserer Verwandtschaft puritanischer als die Puritaner.«

Lucy fiel auf, daß O'Hanrahan von *unserer* Insel sprach. So wie ihr Vater. Irgendwo verlief eine Trennlinie zwischen der irisch-amerikanischen Generation ihres Vaters und ihrer eigenen. Sie war kein einziges Mal versucht gewesen, etwas anderes außer den USA als Heimatland zu beanspruchen, und die Unruhen in Ulster hatten für sie keinerlei Romantik. Ihr Vater hatte längst festgestellt, daß es seinen Kindern an Anteilnahme für die Republik mangelte, und er warf ihnen ihre Gleichgültigkeit vor. Als Lucy neun wurde, hatte ihr Vater als Geburtstagsgeschenk einen Scheck unter ihrem Namen an die NORAID überwiesen, damit sie sich an ihren neunten Geburtstag und die neun früheren Grafschaften von Ulster erinnerte. Vielen Dank, Dad.

Lucy kam zur Sache. »Ich glaube, ich habe eine Vorstellung, wohinter Sie her sind, Sir.«

Er zog eine Braue hoch, nur wenig interessiert. »Ach, wirklich?«

Lucy schnitt ihr Blätterteiggebäck in kleine Stücke und versuchte, den Eindruck von Lässigkeit zu vermitteln. »Ja. Ich glaube, Sie sind auf der Spur eines früher verlorengegangenen Evangeliums. Irgend etwas, das sehr alt ist, vielleicht 2. Jahrhundert, sonst wären Sie nicht so aufgeregt. Und es wird einem der zwölf Apostel zugeschrieben.«

»Warum meinen Sie, daß einer der zwölf Apostel der Autor dieses angeblich verlorenen Werks sei?«

»Ich habe gehört, wie Sie das zu Pater Beaufoix sagten, bevor ich mich bemerkbar machen konnte.«

Er schnitt eine Grimasse. »Habe ich das wirklich gesagt?«

»Natürlich kann es auch sein, daß Sie einen Bericht aus dem 1. Jahrhundert gefunden haben. Das würde erklären, warum der Rabbi hier ist.«

O'Hanrahan sah sie fragend an.

»Ich habe Mordechai Hersch im Gelehrtenregister von Braithwaite nachgeschlagen«, fuhr Lucy fort.

»Da stehe ich auch drin, wissen Sie.«

(Willst du ihm die Neuigkeit mitteilen, Lucy?)
Tatsächlich hatte Lucy auch unter Patrick O'Hanrahan nachgeschlagen und den Namen nicht gefunden, aber diplomatisch klug ließ sie die Gelegenheit ungenützt, den Mann darüber in Kenntnis zu setzen. Sie griff in ihre Tasche und holte ihr stets gegenwärtiges Notizbuch hervor. »Rabbi Hersch hat den Lehrstuhl für alte Sprachen, den früher Professor Rosen an der Hebräischen Universität innehatte. Ich habe mir vorgestellt, was so ein Mann mit einem christlichen Dokument in Griechisch anfangen würde. Vielleicht, habe ich mir dann gedacht, stammt dieses Werk aus der Zeit von Flavius Josephus, der sein Spezialgebiet ist.«
Gute Detektivin, dachte der Professor, bevor er sich daran erinnerte, daß er in der Öffentlichkeit mit niemandem mehr über dieses Thema diskutieren wollte. »Ist das alles?«
»Nein. Ich habe mit Dr. Shaughnesy, dem Dekan des Theologischen Fachbereichs, gesprochen.«
»Mit diesem Trottel? Er hat seine lausige Doktorarbeit über Rituale von Freimaurern gemacht, abgeschrieben aus einem Buch! Ich habe ihm gegenüber einmal den Rosetta-Stein erwähnt, und er dachte, das sei die spanische Putzfrau, die freitags immer kommt. Er liest alles in Übersetzung. Ein neuntrangiger Kopf, der dem erstrangigen Fachbereich vorsteht, den ich aufgebaut habe!«
(Das ist keine Art, über den Mann zu reden, der dir den Titel eines Professor emeritus verliehen hat. Und laß Uns auch hinzufügen, daß es aus Freundlichkeit geschah, da du ihn gegen Ende, als er es geschafft hatte, dich aus dem Fachbereich hinauszubekommen und das gesamte Programm vor dem Ruin zu retten, nur noch beschimpft hast. Und was noch wichtiger ist – du kennst die Wahrheit!)
»Sie haben *nichts* in der Hand, Baby«, sagte O'Hanrahan gerade. »Tausend Gelehrte wie ich hoffen, daß sie irgendwann Tausende von Schriftrollen für ihr Institut erwerben können. Ich bin jetzt seit einem halben Jahrhundert in diesem Papyrushandel.«
Stichwort für Lucy, wieder aus ihrem Notizbuch vorzulesen. »Dr. Shaughnesy sagt, Ihre Schwester habe gesagt, Sie hätten alles, was Ihnen gehört, verkauft, um dieses Projekt zu betreiben, einschließlich Ihr Haus ...«
»Die alte Hexe dachte wahrscheinlich, sie würde es bekommen, wenn ich sterbe. Ha!«

»Die Universität weiß, daß Sie sich Ihre Lebensversicherung haben auszahlen lassen. Sie haben vor zwei Monaten angefangen, mit der Kreditkarte des Fachbereichs zu bezahlen ...«
»Diese Schweine haben sie storniert.«
»... bevor man sie storniert hat, und Sie haben an Orten wie Rom, Assisi, Jerusalem, Damaskus, Trier, Antwerpen, noch einmal Jerusalem und Rom Ausgaben in Höhe von 2243 Dollar 86 zusammengebracht ...«
»Himmel, die kommen billig davon! Nur zweitausend Dollar für eine solche Spritztour!«
»Und sie machen sich Sorgen um Gabriel ...«
»Ich habe Ihnen gesagt, daß Sie diesen kleinen Schwulen in meiner Gegenwart nicht mehr erwähnen sollen!«
Lucy duckte sich auf ihrem Stuhl, überzeugt, das Wort »Schwuler« halle bis in die letzte Ecke des Raumes. »Und sie machen sich Sorgen über Ihren ... Ihren Geisteszustand.«
O'Hanrahan lachte laut. »Sie meinen also, ich habe den Alzheimer-Lehrstuhl der Altertumswissenschaften, wie? Wenn diese ganze Sache ausgestanden ist, werden sie sich wünschen, daß sie mich ein wenig besser behandelt hätten.«
Lucy griff wieder in ihre Tasche und zog zwei Briefe heraus. »Der ist von Ihrer Schwester, und der ist von Dr. Shaughnesy.«
»Verbrennen Sie die Dinger!«
Lucy hielt ihm die Briefe dennoch hin. Er nahm den von Dr. Shaughnesy und öffnete ihn mit dem Buttermesser.
»Hmm«, brummte er, während er ihn rasch überflog. »Genau, was ich erwartet habe. Sie wollen, daß ich zurück nach Chicago komme, daß ich aufhöre, mein Geld auszugeben, der Ruf des Fachbereichs, blablabla, sie sind besorgt um *meinen* Ruf et cetera ...« Er gab ihr den Brief wieder zurück. »Diese Schweine würden einen bedeutenden akademischen Fund nicht erkennen, selbst wenn Gott sie mit der Nase darauf stoßen würde.«
In diesem Augenblick rollte die *petite béarnaise* zusammen mit Lucys englischem Frühstück auf einem albern aussehenden, länglichen Servierwagen mit quietschendem Silberdeckel an. Lucy sah auf ihren Teller mit Speck, Spiegeleiern und geröstetem Brot – Butterbrot, das man zusätzlich im Frühstücksfett geröstet hatte, Lucy spürte förmlich, wie ihre Arterien sich verengten – und einer Art gebratenem Kartoffelkuchen mit Kohlstückchen.

»Das nennt man *bubble and squeak*«, erklärte O'Hanrahan, glücklich, das Thema wechseln zu können. »Dieses Stück Bratwurst ist ein *banger*. Und diese Köstlichkeit ist *black pudding.*« Er deutete mit dem Messer auf die beiden schwarzen Scheiben, die Lucy irrtümlich für Wurstpasteten nach amerikanischer Art gehalten hatte.

»Ich bin sozusagen Vegetarierin«, gestand Lucy.

»Lucille, jeder, der hin und wieder Gemüse ißt, ist ›sozusagen Vegetarier‹. Sie wollen mir doch nicht sagen, daß ich das alles umsonst bestellt habe?«

»Nein, aber es wäre mir recht, wenn Sie den Speck und diesen *banger* da nehmen würden. Ich finde es wichtig, auch die Küche anderer Länder zu probieren.«

O'Hanrahan kaute gleichmäßig, während er sprach. »England hat keine Küche. Sogar das Wort *cuisine* mußten sie entlehnen.«

Lucy kaute langsam ein Stückchen von ihrer Blutwurst. Nicht schlecht, aber es schmeckte irgendwie komisch. »Was *ist black pudding?*«

»Geronnenes Tierblut mit Fett- und Fleischstückchen.«

Lucy schluckte das Zeug vor Schreck hinunter und spülte den Mund mit Orangensaft aus. Dann ging sie wieder in die Offensive: »Sehen Sie, es gibt nur zwölf Apostel. Ich weiß praktisch, hinter was Sie her sind, warum sagen Sie es mir also nicht?«

»Weil ich Sie nicht *kenne*«, erklärte O'Hanrahan, während er seinen Speck schnitt.

»Ich bin wirklich vertrauenswürdig.«

»Das hat Gabriel auch von sich behauptet.«

Lucy brannte darauf, nach Gabriel zu fragen, aber das wäre wohl die aussichtsloseste aller Fragen gewesen. »Wenn ich errate, was Sie suchen, sagen Sie es mir dann?« fragte sie höflich.

Lucy dachte, sie werde auf schroffe Zurückweisung stoßen, aber O'Hanrahan sah sie merkwürdig an, wie er es vor kurzem schon einmal getan hatte. Und er überraschte sie: »Ja.«

»Wirklich?«

»Weil ich weiß, daß Sie es nie erraten.«

»Wie oft darf ich raten?«

»Einmal.«

»Einmal ist nicht sehr fair.«

»Was würden Sie vorschlagen, Miss Dantan?«

»Zehnmal wäre prima.« Er würdigte sie nicht einmal einer Antwort.
»Okay, sechs. Fünfzig zu fünfzig.«
Er tunkte ein Stück Steak in die Sauce. »Auch bei zehn Versuchen kämen Sie nicht darauf.«
Ach ja? dachte Lucy.
»Aber was springt für *mich* dabei heraus?« fragte O'Hanrahan und schob ein Stückchen Hering in süßsaurer Sahne in den Mund.
Darüber hatte Lucy nicht nachgedacht. »Ich könnte zurück nach Chicago fliegen und jedem dort erzählen, daß es etwas ganz Aufregendes und Wichtiges ist, hinter dem Sie her sind.«
O'Hanrahan tat so, als schwenke er ein Partyfähnchen. »Juhu, juhu. Laßt die Glocken läuten. Das würde mir ja sooo viel bedeuten«, nickte er sarkastisch.
»Gut, dann schließen wir eine Art Tauschhandel ab«, schlug Lucy vor.
»Dafür, daß ich Sie sechsmal raten lasse?«
»Genau, dafür, daß ich sechsmal raten darf.«
Er sah zur Decke. »Wieviel Geld haben Sie? Wieviel können Sie lockermachen?«
»Ich habe 500 Dollar Taschengeld bekommen, und das kostet wahrscheinlich schon dieses Frühstück.«
»Nur 500?«
»Vielleicht kann ich noch mehr kriegen«, schlug Lucy matt vor.
O'Hanrahan stand auf und tätschelte seinen Bauch. »Miss Dantan, führen Sie ein paar Telefongespräche, und bringen Sie heraus, welche zusätzlichen Mittel Sie für mich bekommen können. Dann reden wir über die Sache, in Ordnung?«
Lucy nickte hastig und griff nach ihrer Handtasche. »Ja klar, okay, aber warten Sie – warten Sie, was ist mit dem Brief Ihrer Schwester?«
»Ins Feuer, ins Feuer!« erwiderte er, während er einfach an ihr vorbeimarschierte. Weg war er.
Weg waren kurz darauf auch 60 Pfund 32 ... oder, wie Lucy umrechnete, 100 Dollar. Während sie zwischen dem eleganten Sheldonian Theatre auf der einen und einer Reihe malerischer Geschäfte, einem Pub und der altehrwürdigen Buchhandlung Blackwells auf der anderen Seite die historische Broad Street hinunterging, sann sie darüber nach, wie sie neue Geldquellen für O'Hanrahan erschließen könnte.
Immerhin, sie hatte die Kreditkarte ihrer älteren Schwester. Cecilia, die

verheiratete, zuverlässige Schwester, die ihrer Mutter all die engelhaften Enkelkinder geschenkt hatte, die die beiden anderen Töchter ihr verweigerten. Ceece wollte Lucy ihre Karte nicht aushändigen, aber Mrs. Dantan bestand darauf, flehte und war kurz davor, in Tränen auszubrechen, wenn sie sich Lucy in Notfällen, in höchster Lebensgefahr, als Opfer von Terroristen, Sturmfluten oder anderer Naturkatastrophen vorstellte, und hatte Cecilia schließlich in einem katastrophengesättigten Monolog, der eines Euripides würdig gewesen wäre, überredet, Lucy die Karte für die Dauer der Reise zu leihen. Kreditlimit 1000 Dollar. Lucy könnte sich ein Darlehen von der Karte nehmen und Cecilia das Geld später zurückzahlen, wenn O'Hanrahan es *ihr* zurückzahlte ... Aber sehen wir den Tatsachen ins Gesicht, seufzte Lucy, das wird wohl nie der Fall sein. Sie beschloß, in der Codrington Library darüber nachzudenken.

Lucy betrat den großen Saal erneut, der nun wieder zu seiner georgianischen Steifheit als totenstiller Ort des Studiums zurückgekehrt war. Und des Schlafs, dachte Lucy, als sie einen jungen Studenten erspähte, dessen Kopf auf das altmodische Schreibpult gesunken war. Sie ging weiter in den Katalogsaal, ohne recht zu wissen, was sie eigentlich wollte.

»Kann ich Ihnen behilflich sein?« fragte eine andere Frau als am Vortag hinter dem Schalter.

»Äh, ja«, antwortete Lucy zu ihrer eigenen Überraschung. »Ich bin Dr. O'Hanrahans Assistentin von der Universität Chicago.«

»Oh, der.«

»Ja, ich soll die Bücher holen, die Dr. O'Hanrahan gestern bestellt hat ...«

»Ich verstehe«, flötete die Dame.

»Aber wenn Sie es ganz korrekt haben wollen«, erklärte Lucy und profitierte von dem Schrecken, den O'Hanrahan verbreitete, »kann ich ihm natürlich ausrichten, er soll selbst herkommen und Ihnen sagen, was er bestellt hat ...«

»Ich hole die Bücher sofort«, flüsterte die Dame. Lucy betrachtete die übrigen Bibliotheksangestellten; jede von ihnen trug eine Brille mit Kettchen, lauter ältere Frauen ohne Ehering und in konservativer englischer Kleidung.

Der Stapel kam. Sir E. A. W. Budges *Contendings of the Apostles*, auf amharisch, wie Lucy bemerkte. Erschienen 1901. Nächstes Buch: etwas von Flamion, auf französisch, *Les Actes apocryphes de l'Apôtre André*, Louvain 1911. Das nächste war die Reproduktion einer alten Ausgabe

des angelsächsischen *Andreas;* auf dem Ledereinband prangte der Verfassername, Cynewulf, und eine römische Zahl verriet, daß es 1623 erschienen war. Origenes' Schrift *Über Lukas.* Die *Stromateis* des Clemens von Alexandria. Der gesamte Hippolytos, der gesamte Sophronius ... Pflichtgetreu notierte sie die Titel in ihr Notizbuch.
»Haben Sie eine Ausgabe der Bibel da?« fragte Lucy die Dame hinter dem Schalter.
»Ungefähr 546. An welches Jahrhundert und welche Sprache dachten Sie denn?«
»Eine normale Bibel genügt.«
Die Frau führte sie zu einem Regal mit Nachschlagewerken, in dem die King James Bible und die moderne Standardausgabe standen. Lucy blätterte im Notizbuch eine neue Seite auf und notierte die Apostel, wie sie im Matthäusevangelium standen.

| | |
|---|---|
| *Petrus* | *Thomas* |
| *Andreas* | *Matthäus* |
| *Jakobus bar-Zebedäus* | *Jakobus bar-Alphäus* |
| *Johannes bar-Zebedäus* | *Thaddäus bar-Jakobus Alphäus* |
| *Philippus* | *Simon der Kanaaniter (der Zelot)* |
| *Bartholomäus* | *Judas Ischarioth* |

Wider Erwarten fand sie im *Johannesevangelium* keine Liste der Apostel. Wichtiger war aber, daß dort ein weiterer Jünger erwähnt war, der bei den anderen nicht auftauchte: Nathanael. Die Kirche war der Meinung, Nathanael sei identisch mit Bartholomäus, aber Lucy fragte sich, ob O'Hanrahan vielleicht etwas wußte, was die Kirche nicht wußte. Wahrscheinlich hatte der Jünger Nathanael bar-Tolomai geheißen. *Lukas* erwähnte einen zweiten Judas, Sohn des Jakobus bar-Alphäus. Dieser Judas mußte also Thaddäus sein. *Markus* und *Matthäus* hatten wahrscheinlich seinen Namen verändert, damit man ihn nicht mit Judas Ischarioth verwechselte. Lucy erinnerte sich an einen Hinweis auf den heiligen Judas, Patron aller Aussichtslosen, den sie einmal auf einer katholischen Gebetskarte gesehen hatte: *Heiliger Judas, glorreicher Apostel, getreuer Diener und Freund Jesu, der Name des Verräters hat bewirkt, daß du von vielen vergessen bist, bitte für mich Elenden ...*
Sechs Versuche, hm?

Gut, Judas Ischarioth scheidet vermutlich aus. Der Gedanke, es könnte ein Judasevangelium geben, ist zwar interessant, aber wohl doch fiktiv, und selbst wenn er eines geschrieben hätte, wer würde es glauben, wenn er es liest? Lucy vermutete, daß sie auch Simon den Zeloten streichen konnte. Jüdische Unabhängigkeitspropaganda wäre von der Kirche kaum bewahrt worden ... es sei denn, er hätte sein Zelotentum aufgegeben. Und ein Simonevangelium würde das Interesse des Rabbi erklären. Bartholomäus, vielleicht. Lucy meinte sich zu erinnern, daß es ein apokryphes *Bartholomäusevangelium* gab, das sie irgendwo einmal gesehen hatte.
Sie schlug im Lexikon unter dem Stichwort nach. Tatsächlich, es gab eine Abschrift eines griechischen *Bartholomäusevangeliums,* die aus dem 4. Jahrhundert stammte, die Verfasser des Eintrags bezweifelten allerdings ihre Authentizität ebenso wie eine imposante Liste von Kirchenvätern, von Origenes bis Hieronymus. Gelasius setzte es per Dekret auf den Index. Sah nicht vielversprechend aus. Aber vielleicht hatte O'Hanrahan eine frühere Abschrift gefunden, irgend etwas, das authentischer war.
»Hallo, Miss O'Hanrahan«, sagte eine sarkastische Stimme neben ihr, so daß Lucy erschrocken zusammenfuhr. Es war Rabbi Hersch. »Ich sehe, wir haben eine Liste der zwölf Apostel«, bemerkte er und warf einen prüfenden Blick darauf. »Ich würde nicht darauf wetten, daß Sie es herausbekommen.«
»Man weiß nie«, erwiderte sie. »Ich könnte es Dr. O'Hanrahan ja aus der Nase ziehen.«
Der Rabbi sah heute salopp aus, braungebrannt und fit, und trug eine Tweedjacke mit Lederflicken an den Ellbogen – ein Überbleibsel aus der akademischen Welt Ende der Sechziger. »Trinken wir zusammen Tee?«
Sie gingen ins *Queen's Lane Cafe* in der High Street, gegenüber von den Prüfungssälen, wo sich im Augenblick eine Traube aufgeregter Studenten in Uniform bildete, um die Examenskandidaten, die bald herauskommen würden, mit Champagner zu bespritzen. Um diese Mittagszeit war das kleine Teestübchen voll, aber der Rabbi und Lucy bahnten sich mit ihren vollen Tassen einen Weg zu einem Fenstertisch.
»Nun wollen wir erst einmal etwas klarstellen«, begann Rabbi Hersch. »Sie sind aus Chicago herübergekommen, um Paddy nach Hause zu schleppen? Ihm auf die Finger zu klopfen?«
»Sir Rabbi, Sie können sich vorstellen, was man im Fachbereich denkt. Ich meine, er hat wirklich ziemlich viel aufs Spiel gesetzt.«

Der Rabbi forderte Lucy mit einer Geste auf, die Sache näher zu erklären.
»Dr. O'Hanrahan hat sein Haus verkauft. Hat sich seine Lebensversicherungspolice auszahlen lassen. Hat seine Bankkonten aufgelöst. Hat die Kreditkarte des Fachbereichs geplündert, und wie ich die Sache sehe, steht er kurz vor dem Limit seiner eigenen Karte.«
Der Rabbi rieb sich die Stirn. »Nunununununu, warum hat er mir das nicht gesagt? Er hat sein Haus verkauft? Zuschüsse, hat er mir gesagt – er werde Zuschüsse bekommen.«
Hoppla, dachte Lucy, der Rabbi hat nichts von alldem gewußt.
»Nein, ich bin sicher, daß keine Zuschüsse bewilligt sind. Aber wenn ich einen positiven Bericht nach Chicago schicken könnte, würden sie ihm vielleicht helfen, ihm vielleicht Geld schicken ...«
»Bah, nie! Zuviel böses Blut.« Der Rabbi zerrte an seinem gepflegten grauen Bart. »Er ist krank, wissen Sie. Geht ihm gar nicht gut.«
»Wirklich?«
»Seine Leber, sein Blutdruck, seine Arterien – Sie haben ja gesehen, wie er auf die Pauke haut.«
»Es ist eine Schande.«
»Und ich werde Ihnen noch etwas sagen, kleines Mädchen. Seit ...«
Lucy nickte schnell, um zu zeigen, daß der Rabbi nicht in die Einzelheiten gehen mußte; sie wußte, daß O'Hanrahan seine Familie, Frau und Sohn, das einzige Kind, vor Jahren durch einen Unfall verloren hatte.
»... seit dem Unfall ist er ins Chaos abgedriftet. Ich dachte, er sei erledigt. Aber er ist wieder da! Der auferstandene O'Hanrahan, lebendig und so strotzend vor Energie, wie ich ihn nie gesehen habe. Ich will nicht zusehen, wie das wieder aufhört. Ich will nicht sehen, daß man ihn fertigmacht oder zurückhält. In gewissem Sinn ist es mir egal, ob er dieses Evangelium findet oder nicht, aber solange er hofft, es zu finden, bleibt er am Leben, hat er etwas, wofür er lebt, kapiert?« Anklagend deutete er mit dem Finger auf Lucy. »Ich will nicht, daß *Sie* sich ihm in den Weg stellen.«
»Nein, Sir.«
Er griff in die Jackentasche und zog eine dünne Brieftasche für Travellerschecks und ein Bündel von 20-Pfund-Scheinen heraus. Er zählte, fünf, sechs ... zehn Scheine zu 20 Pfund ab, steckte alles in die Brieftasche und schob sie Lucy zu. »Sie sagen ihm, daß Chicago ihm das als Geste des guten Willens schickt, okay?«
Lucy nickte und steckte den Umschlag ein.

Rabbi Hersch stand auf, um zu gehen.
»Oh, warten Sie, Sir, darf ich Ihnen zwei Fragen stellen?«
Der Rabbi ließ sich ungeduldig wieder auf den Stuhl sinken.
»Erstens, warum mußten Sie beide gestern abend unbedingt mit Pater Keegan sprechen? Es schien ziemlich wichtig zu sein.«
Der Rabbi zuckte die Achseln. »Was soll ich schon über einen katholischen Priester wissen?«
Lucy fand sein Leugnen nicht überzeugend. »Zweitens, was ist mit Gabriel O'Donoghue, dem Assistenten, passiert?«
»Auch da kann ich Ihnen nicht helfen. Ich weiß wirklich nicht, was aus ihm geworden ist. Ein richtiger *nebbish,* ein Unglücksrabe, dieser Junge.«
Lucy sah enttäuscht aus, daher ging der Rabbi etwas mehr in die Details.
»In Rom ist irgend etwas passiert. Nach monatelangen Verhandlungen sollte Paddy die Schriftrolle, hinter der wir her waren, von ein paar zwielichtigen Antiquitätenhändlern, den ... den, wie hießen sie gleich noch, den Gebrüdern Alberti, bekommen. Gauner durch und durch. Diese Schriftrolle, kleines Mädchen, hatte die Hebräische Universität im Juli 1948 gekauft, und letzten September wurde sie gestohlen. Seither hatte sie ein Dutzend verschiedene Eigentümer, die ihren Wert aber nicht erkannten, und in Rom haben wir sie dann wieder aufgestöbert. Paddy ist nach Italien geeilt, um einen Blick darauf zu werfen.«
»Sie wollten sie kaufen?«
»Natürlich zahlt die Hebräische Universität nur sehr ungern zweimal für dasselbe Ding, in diesem Fall jedoch wären wir dazu bereit gewesen. Aber natürlich wollte ich keine Fälschung kaufen, und so sind Paddy und Gabriel nach Rom gefahren, um sich zu vergewissern, daß es die echte Schriftrolle war.«
Lucy nippte an ihrem Tee. »Und was ist dann passiert?«
»Der Mittelsmann bei diesem schmutzigen Handel war kein anderer als Ihr kleiner Freund Gabriel. Er übergibt den als gedeckt bestätigten Scheck, bekommt die Schriftrolle und soll damit wieder in O'Hanrahans Hotelzimmer zurückkehren. Tut er aber nicht. Er verschwindet.«
»Gabriel?« Lucy gelang es nicht, etwas so Aufregendes in Verbindung mit ihrem alten Freund zu bringen.
»Paddy war völlig verzweifelt«, fuhr der Rabbi fort. Er dachte, man habe Gabriel vielleicht angeschossen oder ihn gekidnappt. Oder schlimmer. Er wandte sich an *Interpol,* an die Carabinieri, an die Botschaft. Und dann

rief Gabriel vom Bahnhof aus an und entschuldigte sich, daß er mit der Schriftrolle abgehauen sei, aber er hat nicht erklärt, warum.«

»Klingt überhaupt nicht nach Gabriel.«

»Wer kann schon sagen, wozu ein Mensch fähig ist?« Rabbi Hersch entschloß sich, Lucy noch ein wenig mehr zu sagen: »Nun, es hat nicht geklappt. Die Antiquitätenhändler hatten, nun ja, ein paar Familienbeziehungen, und Gabriel hat die Schriftrolle gar nicht aus dem Bahnhof von Rom hinausgebracht. Die Gebrüder Alberti erwischten ihn, nahmen die Rolle wieder an sich und wollten nicht länger mit O'Hanrahan oder der Hebräischen Universität verhandeln. Tatsächlich haben sie Paddy nahegelegt, die Stadt schnell zu verlassen, wenn er nicht mit Zement in den Schuhen im Tiber enden wolle, verstehen Sie?«

»Und wer hat sie jetzt?«

»Sie wurde vor zwei Monaten von einem privaten Sammler, einem reichen Deutschen, gekauft. Wir wissen nicht, wer es ist, wir wissen nicht, für wieviel, wir sind nicht sicher, ob er bereit ist zu verkaufen.«

Lucy war wie elektrisiert von der ganzen Geschichte. Wenn sie nur dabeisein könnte! »Wieviel wollten Sie für diese Schriftrolle zahlen?«

Der Rabbi zuckte unverbindlich die Achseln.

»Ich frage mich nur, wie ihr diesen Deutschen bezahlen wollt, wenn Dr. O'Hanrahan sowieso schon fast pleite ist.«

»Wir treiben das Geld schon auf«, antwortete der Rabbi ausweichend.

»Die Hebräische Universität muß ja gut bei Kasse sein.«

Rabbi Hersch dachte einen Augenblick nach, bevor er antwortete: »Das nicht, aber der Staat Israel.«

»Ist diese Schriftrolle denn so bedeutend?«

»Ja, das ist sie.«

»Aber warum sollte irgendein christliches Evangelium ...«

Der Rabbi stand auf. »Es war nett, mit Ihnen Tee zu trinken und zu schwatzen, Miss Dantan, aber ich habe eine Verabredung mit der Kabbala in der Sammlung der Bodleiana, bevor heute abend der *shabbes* anbricht. Vergessen Sie nicht, Paddy das Geld zu geben.«

Lucy nickte; gab es denn keinen Weg, ihn aufzuhalten?

»Und schönen Rückflug nach Amerika. Wenn Sie je das Glück haben sollten, in die Heilige Stadt zu kommen, rufen Sie doch bei mir an, hm?«

»Äh, ja ... vielen Dank, Rabbi«, antwortete sie matt, als er zur Tür hastete und noch einmal winkte, mit den Gedanken bereits anderswo.

Lucy verließ die Teestube und spazierte ziellos in Oxford herum, tief in Gedanken versunken. Sie sah auf zu dem grauen, bewegten Himmel über ihr. Komisch, als sie und der Rabbi vorhin zur Teestube gingen, schien fast die Sonne. Wovon zum Teufel haben diese beiden alten Käuze Wind bekommen? Wie konnte Gabriel Dr. O'Hanrahan betrügen? Wie *konnte* Gabriel nur so etwas ... Heimtückisches und Verwegenes tun? Schließlich stand sie wieder vor O'Hanrahans Zimmer.

»Wer ist da?« rief O'Hanrahan durch die Tür. »Ach, als ob ich es nicht schon wüßte!« Der Professor öffnete die Tür, seine Augen sahen verschlafen aus, sein weißes Haar stand nach allen Richtungen ab.

»Ich wollte Sie nicht bei Ihrem Nickerchen stören ...«

»Ich habe nicht geschlafen«, erklärte er wenig überzeugend, »ich habe gearbeitet. Oder vielmehr, ich habe versucht, hier ein wenig zum Arbeiten zu kommen. Ich dachte, Sie würden erst zurückkommen, wenn ...« Er sah, daß sie ihm eine Scheckhülle, gefüllt mit Pfundnoten, entgegenstreckte. »Oh.«

»Ungefähr 300 Dollar, Sir.« Während er zählte, spähte Lucy dezent in das verrauchte Zimmer: Texte waren auf dem Schreibtisch verstreut, Bücher lagen aufgeschlagen oder mit Lesezeichen versehen herum, ein unordentlicher Koffer lag geöffnet auf dem Bett. Lucy entdeckte darin zerknitterte Kleidungsstücke neben einer großen Kamera und verschiedenen Notizbüchern; neben dem Aschenbecher mit einer glimmenden Zigarre stand ein halbleeres Glas Jamesons. »Gut, gut«, brummte er. »Und trotzdem, wie unzureichend, wenn man es mit meinen riesigen Ausgaben vergleicht. Sie können jetzt gehen«, fügte er hinzu und wollte schon die Tür schließen.

»Warten Sie! Ich habe noch nicht geraten.«

»Wissen Sie«, nörgelte O'Hanrahan, »300 Mäuse für sechs Rateversuche sind verdammt wenig. Hatten wir uns nicht auf 100 Dollar pro Versuch geeinigt?«

»Nein. Hatten wir nicht.« Sie seufzte. »Ich nehme an ... ich nehme an, ich könnte noch ein wenig mehr Geld bekommen«, fügte sie zögernd hinzu und zückte innerlich schon Cecilias Kreditkarte.

O'Hanrahans Gesicht hellte sich auf, ein Lächeln spielte um seine Lippen. »Heute abend, Miss Dantan? Fünfhundert Dollar oder so?«

»Uff, eher um die 300 Dollar, Sir. Jetzt zu meinen Rateversuchen. Ich denke, da die Hebräische Universität so interessiert ist und der Rabbi so

versessen darauf, könnte es eine Schrift von Simon dem Zeloten sein, hinter der Sie her sind, da jüdischer Nationalismus ...«
»Falsch!«
»Oh.« Das war ihr so einleuchtend erschienen. Sie beschloß, zwei Fliegen mit einer Klappe zu schlagen, indem sie auf Jakobus tippte, ohne zu sagen, welchen der beiden sie meinte.
»Leider«, erwiderte der Professor, »weder *Maior* noch *Minor*. Das waren jetzt drei ...«
»Nein! Ich habe *einen* Jakobus geraten.«
O'Hanrahan sah so müde aus, wie ein alter Mann nur aussehen kann.
»Es ist wirklich jemand, der in der Bibel unter den zwölf Aposteln erwähnt wird, ja?«
»Ja, gottverdammt, er steht ganz richtig im Neuen Testament, einer der großen zwölf. Sie haben einfach nicht die Fähigkeit, das herauszubekommen, und unsere kleine Transaktion ist erledigt!« Sachte legte er die Hand auf den Knauf der Tür, bereit, sie zuzuschlagen.
»Sir, wegen Gabriel ...«
»Um Ihnen den Mund zu stopfen«, preßte er hervor, »will ich Ihnen sagen, daß Ihr hinterlistiger kleiner Freund mir gefolgt ist, seit ich aus Rom abgereist bin. Er war überall, wo ich gewesen bin. In Oxford habe ich ihn noch nicht gesehen, aber ich habe auch nicht Ausschau gehalten. Also sagen Sie seinen Eltern – was für Halunken müssen sie sein, um eine solche Ratte zum Sohn zu haben –, daß ihr kleiner Judas noch lebt. Das könnte sich aber rasch ändern, wenn er mir noch einmal über den Weg läuft! Und jetzt, um die *Apostelgeschichte* 15,29 zu zitieren, *Lebt wohl!*«
Er knallte die Tür zu.
Nervös holte Lucy Luft. »Äh, Dr. O'Hanrahan?«
»Waaas?« brüllte es von drinnen.
»Wann soll ich wiederkommen? Ich meine, wenn ich das Geld für Sie habe. Ich meine, es ist eigentlich nicht *meine* Kreditkarte ...«
Die Tür ging auf. O'Hanrahans Stimme dämpfte sich zu einem Säuseln, dennoch verriet sie den Ausbruch, der folgen würde, wenn sie nicht bald ginge. »Ersparen Sie mir die *Invokata* der Eleusinischen Mysterien, mit denen Sie an dieses Geld herankommen. Es ist mir egal. Verkaufen Sie Ihren jungen keuschen Körper auf der Straße. Kommen Sie wieder, bevor die Pubs aufmachen, und Sie finden mich wahrscheinlich zu Hause – kann ich jetzt wieder an meine Arbeit gehen?«

»Ich geh' ja schon ...« Lucy drehte sich um, und während sie die Treppe hinunterrannte, hörte sie, wie die Tür erneut zugeschlagen wurde. So ekelhaft er auch zu ihr war, irgendwie mochte sie ihn trotzdem.
(Weil du ein gutes Herz hast, Lucille.)
400 Dollar von Cecilias Kreditkarte zu bekommen erforderte einen Paß, einen zweiten Ausweis und eine ungewohnte, unamerikanische halbe Stunde Warten am Schalter der Barclays Bank, obwohl nur vier Personen vor ihr in der Schlange standen. Aber schließlich bekam sie das Geld.
Die nächste Stunde verbrachte Lucy damit, Souvenirs einzukaufen: Marmelade aus Oxford für Mom, für Dad würde sie eine Flasche zollfreien irischen Whisky besorgen, und sie sollte besser auch für Cecilia etwas aussuchen, da sie ihre Kreditkarte plünderte ... Das bedeutete, sie brauchte auch etwas für Mary und für ihre Brüder Nick und Kevin. Und Ansichtskarten, Ansichtskarten an alle. Seht ihr? Ich habe *auch* ein aufregendes Leben, das besagte eine Postkarte aus Europa.

*Liebe Judy,*
*stell Dir vor, zwei Tage in England, und schon ist da dieser Typ, Duncan. Aus dem Norden, ganz süß – das würdest sogar Du denken! Und dieser Akzent!*

Lucy las durch, wie sie angefangen hatte, und legte den Stift aus der Hand, unsicher, ob sie die Karte abschicken sollte. Vielleicht würde sich ja noch eine richtige Liebesaffäre ergeben, so daß sie etwas Greifbareres schildern könnte.
(Du meinst: etwas, das mehr der Wahrheit entspricht.)
Lucy las die geschönte Episode mit Duncan noch einmal und zerriß die Karte. Erst lügt man ein kleines bißchen, dann muß man eine ganze Reihe von Lügen erzählen, wenn man gefragt wird, und ehe man sich versieht, hat man sich ein ganzes falsches Leben aufgebaut ... Sie würde Judy ein anderes Abenteuer unter die Nase reiben.
(Was soll diese Besessenheit, die arme Judy auszustechen?)
Auf einer Seite in ihrem Adreßbuch hatte Lucy eine Liste von potentiellen Kartenempfängern notiert. Ledige Tanten, Paten und haufenweise alte Leute, die nie verreisten und nicht glaubten, daß jemand anderswo lebte als in Bridgeport, Chicago, 11. Bezirk, Mayor Daley Land, das Paradies auf dieser irisch-amerikanischen Erde. Ihre Mutter hatte Lucy den Auftrag

gegeben, einem halben Dutzend alter Klatschtanten aus dem Gebetskreis eine Karte aus dem Ausland zu schicken.
»Die alte Miss McGill ist nie irgendwo anders gewesen«, hielt Mutter ihr vor, »und denk doch, wie sehr sie eine Karte aus Übersee schätzen würde! Sie hat für dich gebetet und dein Heranwachsen verfolgt, seit du ein winziges Ding warst, und als man dir die Mandeln herausgenommen hat, hat sie für dich gebetet, und zur Firmung hat sie dir zwei Dollar geschickt, obwohl sie es weiß Gott nicht dick hatte ...«
Diese ganzen lästigen alten Weiber, dachte Lucy.
(Lucy!)
*Einsame* lästige alte Weiber, verbesserte sich Lucy. Alte Frauen, die nichts und niemanden haben. Na schön, ich könnte allen dasselbe schreiben und hoffen, daß sie den Text nicht vergleichen ... aber natürlich *werden* sie das tun. Kaum haben sie die Karte, werden sie schon ans Telefon stürzen, um einander unter die Nase zu reiben, wie wichtig jede sei, daß sie von Mrs. Dantans kleinem Mädchen Post aus Europa bekam.
(Hört sich genauso kleinlich an wie du und Judy.)
Es war vier Uhr, und seit sie mittags mit dem Rabbi Tee getrunken hatte, waren noch dunklere Sturmwolken aufgezogen. Bevor sie sich wieder daranmachte, in der Bibliothek Detektiv zu spielen, entschied sie, daß sie einen Experten vor Ort brauchte. Vielleicht die freundliche junge Frau mit den roten Strümpfen, die auch im Braithwaite wohnte: Ursula. Lucy ging zurück ins College, um sich ihre neue Bekannte zunutze zu machen, die im Hauptfach Englisch studierte. »Reading English«, wie die Briten sagen, obwohl Ursula versicherte, ihr Englischstudium in Oxford erfordere im Grunde sehr wenig Lesen.
»Was für eine Erleichterung«, sagte Ursula fröhlich und räumte einen Stuhl für Lucy frei. »Ich habe darum gebetet, daß jemand vorbeikommt und mich davon abhält, diesen gräßlichen Aufsatz zu schreiben. Ich habe eine Aufsatzkrise im Hinblick auf D. H. Lawrence. Wenn man sich allerdings ansieht, wofür Lawrence das Wort ›Krise‹ benutzt, sollte ich mein Problem besser anders nennen, meinst du nicht?«
»Ich dachte, das Semester ist vorbei«, Lucy konnte Ihre Verwunderung nicht verbergen.
»Na ja, ich war ein unartiges Mädchen, deswegen lassen sie mich noch bleiben und Strafarbeiten schreiben. Zwei Jahre lang hatte ich eine Heidenangst, sie würden mich relegieren, aber mir ist klargeworden, daß

sie sich etwas viel Schlimmeres für mich ausgedacht haben, indem sie mich behalten.«

Lucy musterte Ursulas verrücktes Zimmer: orientalische Teppiche, eine Marmorbüste mit einem kunstvollen edwardianischen Hut auf dem Kopf, Nippes aus der ganzen Welt, Sphinxen aus Onyx, eine kleine afrikanische Maske, ein kitschiger Schiefer Turm von Pisa aus Porzellan, eine beeindruckende Sammlung leerer Champagnerflaschen auf dem Fenstersims.

»Das war Semesterschluß in Trinity«, erklärte Ursula stolz.

Überall verstreut lagen Schleier, Schals, prächtige Kleidungsstücke und bauschige Kissen auf dem obligatorischen Wohnheimmobiliar herum; auf der Kommode standen zahlreiche glanzvolle Fotos, die Ursula mit verschiedenen jungen Männern im Smoking zeigten. Ursula ließ sich auf den Boden plumpsen, zwischen Papiere und Sekundärliteratur, und Gott sei Dank, wie Lucy zu ihrer Erleichterung bemerkte, lagen da auch die *Monarch notes,* Inhaltsangaben der Weltliteratur.

»Ich will dich nicht lange stören, Ursula, aber mit wem kann ich über angelsächsische Dichtung reden?«

»Ach Gott, in Braithwaite könnten dir die meisten helfen. Das ist die Tragik des Ortes.« Ursula reckte sich hinauf zu ihrem Schreibtisch und riß ohne Gewissensbisse ein Blatt aus einem ihrer Lehrbücher. »Hier«, meinte sie, während sie etwas darauf kritzelte, »Dr. Renaldo, Eingang X. Unser Dozent für Angelsächsisch. Er wird überglücklich sein, dir helfen zu können. Wir, seine Schützlinge, wollen weiß Gott so wenig wie möglich mit ihm und Angelsächsisch zu tun haben.«

Mittlerweile hatte es zu regnen begonnen. Der Wind attackierte Lucy aus allen Richtungen und wehte ihr das kalte Nieseln ins Gesicht. Sie senkte den Kopf und ging stoisch weiter, bis sie zu dem Eingang kam. Eine Reihe handgemalter Namensschilder teilte mit, daß Dr. Renaldo in Zimmer 5 zu finden sei. Sie stieg die knarzende, jahrhundertealte Holztreppe hinauf, vorbei an Studentenzimmern, aus denen der Lärm unidentifizierbarer britischer Popgruppen drang. Sie fand Zimmer 5 und klopfte.

Kein Lebenszeichen.

Lucy klopfte erneut und setzte sich schließlich auf die Treppe, um ein wenig zu warten. Einen Augenblick später kam eine Studentin in einem riesigen Bademantel die Treppe herunter und ging gähnend an Lucy vorbei zu einem der Zimmer; offensichtlich war sie jetzt um halb fünf Uhr nachmittags gerade aufgestanden. Lucy amüsierte sich bei dem Gedanken an eine amerikanische Universität, die man nach dem Oxforder System umgewandelt hatte: Studentenschlafzimmer, Fakultätsbüros und die Räume der Professoren – alles in einem Haus. Es würde höchstens eine Woche dauern, bis die Revolution ausbräche.

Lucy hörte, daß sich in Dr. Renaldos Büro etwas rührte. Die Tür ging ungefähr einen Zentimeter weit auf, und ein stahlblaues Auge spähte heraus. »Was wollen Sie?«

»Dr. Renaldo?«

»Hat man Sie vom Gemeinschaftsraum hergeschickt?«

»Dem Gemeinschaftsraum?«

»Oh, warten Sie, ich weiß, wer Sie sind. Es ist wohl doch besser, wenn Sie hereinkommen. Rasch, rasch ...« Der Mann machte die Tür ganz auf und scheuchte Lucy hinein. Sie wurde zu einem viktorianischen Sessel geführt, dessen Polsterung längst durchgesessen war.

Dr. Renaldo zog die Tür hinter sich zu und hastete an seinen großen Eichenholzschreibtisch, während Lucy das Zimmer musterte: dunkel getäfelte Wände, kein Licht außer dem elektrischen Feuer im Steinkamin und dem matten Tageslicht, das durch das alte Fenster mit seinen dicken Scheiben drang; eine Reihe gerahmter Stiche, ein verblichener Sepiaglobus und Stapel von Aufsätzen, dicken Wälzern und Taschenbüchern, vergilbt von jahrzehntelang aufgesogenem Pfeifenrauch. Sie fühlte sich wie in einem Museum.

»Sie sind gekommen, um die Suppe auszulöffeln, wie?« fragte Dr. Renaldo mit hoher, klarer Stimme. Er war ein großer, schlaksiger Mann um die Fünfzig, aber mit einem jungenhaften, etwas zu langen, blonden Haarschopf und einem schief geschnittenen Pony, der ihm in die Stirn hing. Lucy hatte den Verdacht, daß diese Mähne künstlich aufgehellt war. Sie registrierte mit einem raschen Blick sein dunkelgrünes, zerknittertes Smokingjackett mit Monogramm auf der Brusttasche, sein hellblaues Hemd ohne Krawatte, die alten blauen Jeans, den dicken Ledergürtel mit riesiger Schnalle.

»Also«, forderte er sie streng auf. »Ihren Aufsatz, bitte.«

»Meinen Aufsatz?«

Er lachte spöttisch, als er sich auf seinem quietschenden Drehstuhl herumdrehte und nach seiner bereits brennenden Pfeife griff. »Ach, was ist es denn diesmal, hm? Drüsenfieber – diese altehrwürdige Ausrede? Sterbende Verwandte? Trennung vom Freund?« Und mit genüßlich verschluckten britischen Konsonanten: »Rissige Lippen vielleicht? Ich habe all diese Entschuldigungen schon gehört – und die meisten von Ihnen, Miss Campbell-Miers.«

»Äh, entschuldigen Sie, ich ...«

»Jetzt enttäuschen Sie mich bloß nicht. *Tränen,* Miss Campbell-Miers! Tränen will ich sehen! Unter Ihrer besten Darbietung kommen Sie nicht davon!«

»Äh, Dr. Renaldo, ich glaube, Sie verwechseln mich ...«

»Was?« quiekte er. »Oh, wirklich, ich muß schon sagen: ein amerikanischer Akzent! Sie übertreffen sich selbst! Ich nehme an, Sie wollen hier ein Gedächtnisverlust-Szenario durchspielen?«

»Ich heiße Lucy Dantan, Sir, und ich bin wirklich keine von Ihren Studentinnen.«

Er schürzte die Lippen. »Nein?«

»Nein.«

»Sind Sie ganz sicher, daß Sie keine von meinen Erstsemestern sind?«

»Ja, Sir.«

Er zog an seiner Pfeife und dachte darüber nach. »Um so besser für Sie.« Noch ein Zug. »Nein, Sie sehen eigentlich nicht aus wie Miss Campbell-Miers, stimmt. Natürlich tue ich mein Bestes, um meine Studenten so selten wie möglich zu sehen, also verzeihen Sie mir ... Ich nehme nicht an, daß Sie es erwägen, meine Erstsemester in Angelsächsisch zu unterrichten?«

»Ich glaube nicht, daß ich dafür qualifiziert wäre, Sir.«

»*Das* hat die Englische Fakultät bisher kaum von etwas abgehalten.« Er sah ehrlich niedergeschlagen aus, versuchte aber seufzend über seine Verzweiflung hinwegzukommen. Für einen Moment herrschte ein seltsames Schweigen zwischen ihnen, das unmöglich zu brechen schien. Dann fragte er endlich: »Darf ich fragen, was Sie denn in dieses gräßliche Zimmer bringt?«

»Oh, ich will Ihnen nicht viel von Ihrer wertvollen Zeit stehlen, Sir ...«

»Wertvoll?! Sie haben ja keine Ahnung.«

»... aber ich dachte, ob ich Ihnen wohl ein oder zwei Fragen über ein angelsächsisches Versepos stellen könnte. Ich bin als Gast von der Universität Chicago hier.« Plötzlich fühlte sich Lucy unsicher und schmückte ihren Status ein wenig aus. »Ich mache hier einige Forschungsarbeiten für die Chicagoer Universität, und ich verspreche Ihnen, daß ich Sie nicht länger als fünf Minuten stören werde.«

»Oh, keine Eile. Bitte, bleiben Sie stundenlang. Sie müssen mich vor einer todlangweiligen Sitzung im Gemeinschaftsraum der Fellows bewahren.« Der Dozent zog schadenfroh an seiner Pfeife. »Ihr Besuch kommt tatsächlich gerade zur rechten Zeit. Über welches Epos wollen wir sprechen?«
»Über Cynewulfs *Andreas.*«
Renaldo gestattete sich beinahe ein Lächeln. »Erst einmal: Cynewulf hat den *Andreas* nicht geschrieben. Wir können uns kaum vorstellen, daß Cynewulf so etwas verfaßt hat, wie?«
Lucy lächelte in stummer Zustimmung.
»Ich bin überrascht, daß Sie ein Buch gefunden haben, das es fertigbringt, den *Andreas* Cynewulf zuzuschreiben. Dieser Irrtum ist seit Jahrhunderten korrigiert.« Dr. Renaldo verdrehte resigniert die Augen. »Obwohl es einen alten Trottel gibt – natürlich in Cambridge –, der eine Monographie veröffentlicht hat, die trotz unanfechtbarer Beweise und entgegen der weltweiten Meinung immer noch das Gegenteil behauptet.«
Lucy wühlte in ihrer Tasche nach dem kleinen Notizbuch. »Äh, es war ein sehr altes Buch, Sir. Von 1623 ...«
»Ja, der Catherwood-Abdruck des Vercelli-Manuskripts«, erklärte er vergnügt. »Von einer Abschrift des Vercelli-Textes, die wir nicht mehr besitzen, voller Fehler, sehr alt, möglicherweise authentisch. Meine Güte, wie sind Sie denn darauf gestoßen? Ich selbst habe eine kleine, ungelesene Monographie im *Anglo-Saxon Quarterly Register,* Winter 1972, veröffentlicht. Sie haben sie zweifellos in der Universitätsbibliothek in Chicago groß herausgestellt gesehen.«
Lucy lächelte vorsichtig, unsicher, ob das ein Witz sein sollte.
»Hier ist die besagte Zeitschrift.« Dr. Renaldo zog einen schmalen geisteswissenschaftlichen Band aus dem Papierstapel, der vor ihm lag. »Seien Sie doch so freundlich, und lesen Sie die Titel der Beiträge in diesem Quartal laut vor«, fügte er hinzu und reichte Lucy den Band.
Lucy beugte sich vor und las: »Die Parusie im altenglischen *Physiologus.* Der mittelcornische *Beunans Meriasek* und Überbleibsel des Artusromans. Theorien über *Genesis B* nach Linie 441 ...«
»Erwachsene Männer, die ihr Leben diesem erbärmlichen Gegenstand widmen«, unterbrach er sie heiter. »Es ist ein Gerücht im Umlauf, daß die Fakultät Angelsächsisch als Voraussetzung für den Bakkalaureus in Englischer Literatur abschaffen will.«

Lucy konnte nicht erkennen, ob diese Aussicht Dr. Renaldo glücklich machte oder nicht.
»Natürlich ist das unerhört«, fuhr er fort. »Ich mußte diese unerträglich nutzlose Sprache lernen, und ich finde es nur fair, daß jeder andere genauso leiden muß; ich verabscheue den Gedanken, daß künftigen Generationen alles in den Schoß fallen soll. Ich habe das Fach vor allem deshalb als Spezialgebiet gewählt, um sicher zu sein, eine Stelle zu bekommen. Alle Colleges sind gezwungen, einen Dozenten für Angelsächsisch einzustellen. Ich hätte nie einen Posten bekommen, wenn ich mir Fachkenntnis in meiner ersten und größten Liebe angeeignet hätte.«
»Und die wäre, Sir?«
»Lateinische Oden der späten Stuart-Zeit.«
Das einfache schwarze Telefon aus den 30er Jahren auf seinem Schreibtisch klingelte.
»Oh, Miss Dantan, könnten Sie vielleicht rangehen?«
»Ich?«
»Bitte.«
Lucy nahm den Hörer ab. Es war jemand auf der Suche nach Dr. Renaldo, die Zusammenkunft im Gemeinschaftsraum der Fellows sollte beginnen, und man wartete auf ihn. »Ja«, antwortete Lucy, »ich sehe nach, wo er ist ...«
»Ich bin nicht hier«, formte der Gesuchte mit den Lippen.
»Nein, er ist nicht in seinem Büro«, erklärte Lucy. »Nein, ich bin ganz sicher. Was ich hier tue? Äh, auf Dr. Renaldo warten. Ja. Bye-bye.«
Dr. Renaldo sah sie begeistert an, als sie den Hörer auflegte. »Gut gemacht! Da ich nun in Ihrer Schuld stehe, sollte ich Ihnen wohl einen Tee anbieten.«
»Das wäre sehr nett, Sir.« Lucy, die in diesem düsteren Zimmer ebenso fröstelte wie draußen, nahm gern eine Tasse englischen Tee an. Englischer Tee in einem Zimmer in Oxford, von einem richtigen englischen Dozenten gekocht. Zu ihrer Enttäuschung sah sie, daß Dr. Renaldo Instantpulver in eine teefleckige Tasse löffelte.
»Milch?«
»Ja, bitte.«
Dr. Renaldo beugte sich über einen kleinen Kühlschrank, holte einen Half-Pint-Karton Milch heraus und roch daran. Er zuckte zusammen. »Tut mir leid, die scheint hinüber.«

»Macht nichts«, tröstete Lucy.
Dr. Renaldo behalf sich mit Milchpulver, das er einrührte, zusammen mit braunem Zucker, der an dem Zuckerlöffel klebte, den er offenbar oft zum Umrühren hernahm. »Ich nehme nicht an«, meinte er dann, stolz auf sein Werk, »daß Sie lieber einen Sherry gehabt hätten?«
»Nein, wirklich nicht«, bestätigte Lucy, die nach dem vergangenen Abend bereit war, dem Alkohol abzuschwören.
»Ich glaube, das ist das einzige, das mich an diesem abscheulichen Nachmittag vor dem Abgrund bewahrt«, sagte ihr Gastgeber, holte eine Flasche hervor und wischte den Staub von dem alten Etikett. »Die Wärme Andalusiens«, schwärmte er dann unerwartet.
Wieder läutete das Telefon.
»Soll ich?« fragte Lucy.
»Ich wäre Ihnen unendlich dankbar.«
Lucy hob ab und beantwortete höflich Fragen wie vorhin.
»... Nein, Sir, ich habe ihn heute in unserem Kurs ...«
»Tutorenkurs«, soufflierte Dr. Renaldo.
»... in unserem Tutorenkurs erwartet. Ich sitze jetzt gerade hier mit meinem Aufsatz«, fügte sie hinzu und wurde von Dr. Renaldo mit stummem Beifallklatschen belohnt. Die andere Stimme sagte etwas. »Ja, ich weiß, daß für Studenten das Semester vorbei ist«, gab Lucy zu und erinnerte sich an Ursula, »aber meine Leistungen waren dieses Semester schlecht, deswegen hat Dr. Renaldo diese Arbeit von mir verlangt ...«
Dr. Renaldo legte die Hände über die zusammengepreßten Lippen, begeistert von ihrer Erfindung.
Lucy legte die Hand über die Sprechmuschel und flüsterte: »Es ist Dr. Blackwelder; ich soll Ihnen sagen, er weiß, daß Sie hier sitzen, und sie fangen mit der Sitzung nicht an, bevor Sie da sind.«
»Die bluffen nur.«
Lucy wiederholte, Dr. Renaldo sei wirklich nicht da, und äußerte die Vermutung, er könnte ja krank sein.
Nachdem Lucy aufgelegt hatte, fragte sie: »Ist es so schrecklich, an dieser Sitzung teilzunehmen?«
Dr. Renaldo hielt das ansehnlich große Sherryglas gegen das graue Licht. »Allerdings. In Amerika ist das alles ganz vernünftig organisiert, nicht wahr? Man stellt Geschäftsleute ein, die die Collegegeschäfte leiten. Sicherheitskräfte, die für die Sicherheit sorgen. Die Akademiker im einen

Gebäude, die Hilfskräfte im anderen. Wir armen Lehrkräfte hier in Oxford müssen eine Doppelrolle als Dekane für Disziplin, Quartiermeister, Versorgungsoffiziere und Investment Banker spielen. Ich bin, zusätzlich zu meinen anderen Arbeiten, hier in Braithwaite – einem College, liebes Mädchen, das im Niedergang begriffen ist – für das Dessert im Gemeinschaftsraum der Fellows zuständig.«

»Ja, Sir«, nickte sie.

»Wenn die Pfirsiche nicht reif sind, bekomme ich strenge Briefe von meinen Kollegen. Ich stehe noch immer in Ungnade wegen der widerlichen Trauben von Montag abend. Bin ich hier, um mich um den Reifegrad von Obst oder um ernsthafte Forschung zu kümmern?«

Lucy stellte ihren fade schmeckenden Tee beiseite. »Ich wußte nicht, daß die Oxforder Fakultäten sich so einschränken müssen.«

»Das ist der Geiz von Braithwaite, ich schwör's Ihnen. Ich wundere mich, daß wir noch nicht die Bettwäsche wechseln und die Klos schrubben müssen. Vermutlich steht uns diese Demütigung noch bevor, also sollte ich nicht zu laut darüber reden.«

Wieder läutete das Telefon.

Lucy schlug vor, es läuten zu lassen, und Dr. Renaldo stimmte zu. Aber das Gebimmele hörte nicht auf, und schließlich bat er Lucy verärgert, den Hörer abzunehmen.

»Nein«, begann sie, »Dr. Renaldo ist fortgegangen, glaube ich ...«

Dr. Renaldo schnappte sich den Hörer: »Zur Hölle, Blackwelder. *In flagrante delicto,* Teufel noch mal. Ich dachte, es sei abgemacht, daß wir Fellows uns nicht in die Quere kommen, wenn wir gerade im Kampf der Leidenschaften stecken ...« Sein Gesicht hellte sich auf. »O hallo, Liebling, du bist es!«

Seine Frau.

»Liebling, sei ein Schatz und ruf Blackwelder an. Sag ihm, daß ich viel zu krank sei, um zu kommen, ja? Ja, ich nehme an, den Rest des Tages werde ich mich verstecken müssen. Vielleicht kannst du die Jungs rüberschicken, damit sie mich in einem Sack herausschmuggeln.« Seine Frau stimmte offenbar zu, und Dr. Renaldo legte mit zufriedenem Gesichtsausdruck auf.

»Wegen des *Andreas*«, erinnerte Lucy vorsichtig.

»O ja. Die Quelle ist eine ziemlich alte Überlieferung, die in der griechischen und keltischen Welt an verschiedenen Stellen auftaucht. Die Aben-

teuer des Jüngers Andreas und seines Kumpels Matthäus, des Evangelisten.«
»Ja?«
»Na ja, sie wandern herum, vollbringen Wunder, fahren übers Meer, bestehen Abenteuer und entgehen schließlich in Äthiopien gerade noch den Kannibalen.«
Äthiopien, dachte Lucy aufgeregt. Wo Amharisch gesprochen wird; und eines der Bücher, die O'Hanrahan bestellt hatte, war auf amharisch geschrieben. »Basiert es auf einem apokryphen Evangelium?« fragte sie.
»Ich nehme an, es gibt eine Apostelgeschichte von Andreas, irgend so etwas. Während der Zeit der frühen Kirche und im frühen Mittelalter gab es wirklich unzählige Legenden über die Jünger. Man glaubt, daß die früheste Fassung des *Andreas* in Antwerpen liegt. Zu seiner Zeit war das Werk ein internationaler Bestseller.«
Antwerpen. Von dort waren einige von O'Hanrahans Kreditkartenquittungen gekommen.
»Gibt es irgendeine Verbindung nach Trier?«
»Nicht daß ich wüßte.«
Es klopfte an der Tür. Eine gedämpfte Stimme draußen sagte: »Ich weiß, daß Sie da drin sind, Renaldo, also geben Sie auf!«
»Blackwelder«, formte Dr. Renaldo unhörbar mit den Lippen und erhob sich müde von seinem quietschenden Stuhl.
»Ich höre Ihren verdammten Stuhl quietschen!« rief Dr. Blackwelder.
Dr. Renaldo winkte Lucy, sich auf seinen Stuhl zu setzen, während er sich mit glimmender Pfeife in einem Garderobenschrank einschloß.
Dr. Blackwelder kündigte an, er werde hereinkommen, und im nächsten Augenblick stand er auch schon in der Tür.
»Hallo, Sir«, flötete Lucy. »Kann ich etwas für Sie tun?«
»Wo ist er? Wo haben Sie ihn versteckt?«
»Dr. Renaldo, Sir? Ich warte selbst auf ihn. Ich sitze an seinem Schreibtisch ... und lese.«
Dr. Blackwelder war ein kleiner, untersetzter Mann in beigem Wollanzug mit Fliege. Sein Gesicht war weiß und rosa, und er hätte in einem Amateurtheater jederzeit den Dr. Watson spielen können. Mit raschen Schritten ging er durchs Zimmer, überprüfte alle Türen und Schränke und sah unter Stühle und Sofas. Schließlich trat er hinter Lucy und blickte ihr über die Schulter: »Die ›Liges/Lifes‹-Kontroverse im altenglischen *Phoe-*

*nix* und *Guthlac B*, von Sholto B. Renaldo, Fellow am Braithwaite College, Oxford University.« Er starrte Lucy konspirativ an: »Wollen Sie allen Ernstes behaupten, junge Dame, daß Sie etwas so Groteskes und schlecht Recherchiertes wie diese Sammlung von hochgestochenem, unzusammenhängendem Zeug lesen?« Blackwelders feistes Gesicht unterdrückte ein Lachen. Er versuchte Renaldo dazu zu bringen, sich selbst zu verraten.

»Ihr Literaturstudenten tut mir leid«, fuhr Dr. Blackwelder fort und pirschte weiter durchs Zimmer, in die Nähe der Tür, hinter der sich Dr. Renaldo versteckte, »gezwungen, dieses nutzlose Geschwätz zu lernen, damit ein paar zweitrangige Intellektuelle auf ihren lange schon unnützen Posten hocken bleiben und Pfeifen rauchen können, die nach getrocknetem Pferdemist stinken ... und damit sie im Gemeinschaftsraum den feinsten Sherry schlürfen und die kostbaren Freuden ihrer Kollegen vergeuden können.«

»Ja, Sir«, erwiderte Lucy und versuchte, nicht zu Dr. Renaldos Versteck hinzusehen.

»Natürlich«, setzte Blackwelder seine Tirade fort, »hatten wir hier in Braithwaite in der letzten Zeit größte Mühe gehabt, auch nur die bescheidensten Gaumenfreuden zu entdecken. Man braucht keine Bedenken zu haben, den Nektar zu verschwenden, der beim *Dessert* im Gemeinschaftsraum der Fellows als Sherry bezeichnet wird und der so metallisch schmeckt, als hätte man ihn in einer rostigen Wasserleitung destilliert.« Er richtete seine Schmährede jetzt an die Ecke hinter einem abgenutzten Sofa. »Ganz zu schweigen von dem verdorbenen, wurmstichigen Obst, das man uns schamlos jeden Abend vorsetzt. Verfault! Widerlich! Als hätte man es auf einer Müllkippe aufgesammelt ...« Blackwelder stellte sich nun vor die Garderobentür: »Dieses brechreizerregende Aufgebot von widerlichen Süßigkeiten und altbackenen Biskuits, der garantiert schimmelige Käse – und alles hinunterzuspülen mit einem billigen Fusel, den ein vernünftiger Mensch nicht mal benutzen würde, um seinen verstopften Ausguß zu reinigen!«

Blackwelder hatte Tränen von unterdrücktem Gelächter in den Augen. Er beobachtete Lucy, in der Hoffnung auf einen Fingerzeig. »Nein«, schloß er, »vielleicht macht so ein nutzloses Studienfach wie Angelsächsisch in unserem bereits notleidenden Commonwealth auch nichts mehr kaputt, hm? Ich werde also im Gemeinschaftsraum berichten, daß mein lieber Kollege abwesend ist, und seiner Freundin Mrs. Miggins sagen, daß wir über Themen, die ihn betreffen, abstimmen werden. Guten Tag, junge Dame.«

Blackwelder, der seinen Spaß gehabt hatte, verschwand, und vorsichtig spähte Dr. Renaldo in einer Wolke von Pfeifenrauch aus der Garderobe.

»Nichtsdestotrotz, der Sieg ist mein«, erklärte er gelassen. »Jede Stunde ohne Mrs. Miggins' Nähe ist ein Beweis, daß es einen barmherzigen Gott gibt.«

»Ich habe sie leider kennengelernt.«

»Sehen Sie, worauf wir uns eingelassen haben?« fragte er und forderte seinen Stuhl zurück. »Erpicht darauf, daß irgend jemand unsere elendigliche Buchhaltungsarbeit macht, haben wir das College diesen Megären ausgeliefert und kriechen vor ihnen zu Kreuze. Breitbeinig steht sie in der Enge des Colleges, wie der Koloß zu Rhodos! *Wir* geh'n winzig durch zwischen den Riesenbeinen, und jeder sucht schon sein ehrloses ... Obst«, persiflierte er den Barden.

»Also, ich danke Ihnen für die Zeit, die Sie sich genommen haben, Sir.«

»Wollen Sie nicht ...« Er staubte das Revers seines grünen Samtjacketts ab und zog verführerisch die Augenbrauen hoch. »... Wollen Sie nicht noch auf einen Schluck Whiskey bleiben? Ein kleiner Trost an diesem elenden, freudlosen Tag?«

Sie hatte schon von den Oxforder Dozenten gehört. Fing er etwa an, ihr schlüpfrige Anträge zu machen?

»Ich könnte die Heizung für uns andrehen ...«

Größ're Liebe kennt kein Dozent in Oxford ..., dachte Lucy. »Nein, vielen Dank, ich muß wirklich zurück in die Bibliothek. Aber vielen Dank.«

»Oh, kommen Sie wieder einmal vorbei«, erklärte er mit seiner sanften Altstimme. »Ich werde hier sein.«

Lucy setzte ein breites Lächeln auf und schlüpfte hinaus. Hinaus aus Braithwaite, über den Rasen und durch den pfeifenden Wind zurück zum All Souls' und hinauf zu O'Hanrahans Zimmer. Sie klopfte.

»Gehen Sie weg«, brummte eine erschöpfte Stimme von drinnen.

»Entschuldigen Sie, daß ich schon wieder Ihr Nickerchen störe, aber ich ...« Die Tür wurde aufgerissen, und O'Hanrahan sagte gefährlich ruhig: »Ich mache *kein* Nickerchen.«

Bevor er sich in seinen Zorn hineinsteigern konnte, hielt sie ihm rasch das Kuvert mit den 400 Dollar entgegen. Sorgfältig zählte er nach.

»Nicht schlecht, was?« fragte sie. »700 Dollar an einem Nachmittag. Sie sollten mich als Assistentin nehmen.«
»Danke«, sagte er widerwillig. »Wenn einmal das große Buch über diese Sache veröffentlicht wird, bekommen Sie eine Fußnote. Gute Nacht.«
»Halt, ich habe noch nicht geraten!«
»Na los, aber schnell ...«
»Äh, Andreas?«
Falsch!
»Eine frühere Fassung des *Matthäus*, glaube ich. Es ...«
Falsch!
Sie versuchte es mit einer wilden Vermutung: »Kandidat Nummer fünf, Bartholomäus/Nathanael?«
Falsch!
»O nein, ich dachte, ich hätte es.«
Der Professor musterte sie anerkennend. »Sie müssen die Bücher durchgesehen haben, die ich in der Bibliothek bestellt habe. Sie haben wohl bei den Bibliothekarinnen, diesen Stymphalischen Vögeln, intrigiert ...«
»Sind Sie sicher, daß es nicht St. Bart ist?«
»Wissen Sie, seine Reliquien waren einmal hier in Oxford«, erzählte O'Hanrahan.
(Armer St. Bartholomäus, in Indien gehäutet, Schutzpatron aller Gerber und Arbeiter, die mit Häuten zu tun haben. Als großen Gefallen für König Canute, einen dänischen Schläger, der von der zu Kreuze kriechenden Kirche sanktioniert wurde, brachte man einen Arm des Heiligen nach England. Die Sensation der Jahrtausendwende, das können Wir dir versichern.)
»Edward III. ließ St. Bartlemas in Oxford erbauen, soweit ich mich erinnere«, fuhr der Professor fort, »in der die abgezogene, verschrumpelte, schwarz gewordene Haut von St. Bart aufbewahrt wurde. Niemand weiß, was aus dieser Reliquie geworden ist.«
»Ich habe den Verdacht, die Engländer haben sie für eines ihrer Frühstücksgerichte gehalten und sie aufgegessen. Sir, wann können wir jetzt über Sie-wissen-schon-wen reden und besprechen, was ich in Chicago bei Dr. Shaughnesy berichten soll?«
O'Hanrahan sah sie ungewohnt geduldig an. »Okay, wie wäre es morgen beim Frühstück? Um zwölf Uhr im *Randolph*, diesmal werde ich Sie einladen.«

»Meinen Sie es ernst?«
»Und ich werde Ihnen alles sagen; alles wird offengelegt werden. Ich werde Sie mit *gnosis* und vielen Gaben des Geistes tränken.« Er machte das Kreuzzeichen über ihr wie ein Priester.
»Äh, vielen Dank, Sir, ich ...«
Die Tür wurde zugeschlagen.
Sie formte die Hände zu einem Trichter und rief: »Guten Abend, Sir!«
Keine Antwort, aber was soll's. Schließlich würde sie ihre Mission doch noch erfolgreich zu Ende bringen! Und wer weiß, mit Dr. Shaughnesy im Prüfungsausschuß für die Doktorarbeiten würde es vielleicht gar nicht so schwer werden, eine Verlängerung zu bekommen ... Mein Ansehen an der Fakultät wird auf Rekordhöhe steigen, und wie werden sie erst die Geschichten genießen, die ich ihnen über ihren Kollegen, Dr. Patrick Virgil O'Hanrahan, ihre Geißel Gottes, erzählen kann.
Lucy ging vom All Souls' aus die High Street hinauf, wo sie einen Kebab-Stand sah, der an diesem feuchttrüben frühen Abend bereits verkaufte. Sie sah sich um, ob sie Duncan irgendwo entdecken konnte – hauptsächlich, um sich dafür zu entschuldigen, daß sie vor ihm gekotzt hatte und so betrunken gewesen war, und zweitens, um auf den Busch zu klopfen, ob da eine Freundschaft möglich wäre. Vielleicht sogar ein Flirt.
Hey, Judy, vielleicht kann ich die Ansichtskarte doch noch schicken!
Zurück in ihrem Gästezimmer im Braithwaite, zog Lucy ihre kalten, nassen Kleider aus und legte sich aufs Bett, um in ihrem Oxford-Führer zu blättern. Sie wollte wissen, wie es am Ort mit den Franziskanern aussah. Als sie im Index nachsah, stellte sie fest, daß die Franziskaner in Oxford tatsächlich ein Kloster hatten, Greyfriars. Sie sah auf dem Stadtplan nach.
Meinst du etwa ...
Lucy schlüpfte wieder in ihre Jacke, schnappte sich ihren Stadtplan und trat hinaus in den Abend. Die phosphoreszierenden, dunkelgelben Straßenlaternen beleuchteten die alten Colleges und warfen riesige Schatten von Passanten auf altes Gemäuer. Scheinwerferlicht waberte im Nebeldunst über die Straße, und das Ende der Broad Street sah aus, als könne Jack the Ripper gleich auftauchen. Alle Straßen in Oxford waren sehr still, die Pubs hatten jetzt offen, und daher war alles um so ausgestorbener. Lucy fand die richtige Straße und die Hausnummer der Greyfriars Hall,

wo die Franziskaner – mitten im anglikanischen Oxford – ihre Bleibe hatten. Schließlich stand sie eingeschüchtert vor der imposanten Eichentür.
Sie klopfte. Nichts. Vielleicht haben sie eine Freitagabendmesse. Nach einiger Zeit hörte sie drinnen eine Reaktion auf ihr Klopfen. Ein junger Mann in Franziskanerkutte spähte durch die kaum geöffnete Tür.
»Ich möchte bitte Gabriel O'Donoghue sprechen. Es ist sehr wichtig.«
Der junge Mann sah sie unschuldig an. »Der Typ aus Amerika?«
»Das ist er. Er erwartet mich.«
Der Bettelmönch schloß die Tür und verschwand, ohne Lucy hereinzubitten. Sie wartete ungeduldig und sah auf die Uhr. Drei Minuten später tauchte er wieder auf. »Ich glaube nicht, daß jemand da ist, der so heißt.«
Lucy blieb hart. »Nein. Ich bin sicher, daß er hier ist, und wenn Sie ihm sagen, daß es Lucy Dantan ist, kommt er ganz bestimmt heraus.«
»Nein, wirklich«, stammelte er, »es ist niemand da, der so heißt.«
Lucy hörte weiteres Stimmengemurmel hinter der Tür.
Aber dann rief jemand hinter ihr: »Lucy!«
Lucy fuhr herum und sah Gabriel, der in seiner vertrauten Herbstjacke, einem T-Shirt ihrer Alma mater und löchrigen Jeans durch den Nebel auf sie zukam. Er aß einen Döner Kebab. Der Mönch beobachtete sie, bis Gabriel ihm zunickte, daß alles in Ordnung sei.
»Was machst du hier, Lucy?«
»Gabriel, alle haben sich solche Sorgen um dich gemacht. Monatelang hat man nichts von dir gehört!«
Gabriel verdrehte die Augen, während er kaute. Nachdem er hinuntergeschluckt hatte, fragte er: »Hast du das schon einmal probiert? Schmeckt großartig. Man kann sich alles mögliche drauftun lassen ...«
»Ja, ich hab' einen probiert. Gabriel, du mußt mit mir *reden.*«
»Verdammt«, murrte Gabriel zerstreut. »Das ganze Zeug tropft raus ...«
Er hielt seine Pitta hoch; die Serviette war voller Sauce und Tomatenmatsch. »Ich schmeiße das schnell weg ...« Gabriel schlenderte zurück zur Straßenecke, wo ein Abfalleimer stand.
Lucy folgte ihm verärgert: »Gabriel, gib mir eine Antwort. Ich bin's, dein alter Kumpel Lucy!«
Er warf den tropfenden Kebab in den Müll. »Zuerst du. Warum bist du hier?«

»Der Fachbereich hat mich geschickt«, antwortete Lucy, so ruhig sie konnte. »Dr. Shaughnesy dachte schon, du wärst gekidnappt worden oder so etwas – ermordet von Dr. O'Hanrahan.«
Gabriel hob die Hand und kaute an den Fingernägeln. »Die Möglichkeit besteht immer noch.«
»Was ist bloß passiert zwischen euch?«
Gabriels bewegtes Gesicht zeigte deutlich, wie er zuerst versucht war zu sprechen und dann der Versuchung widerstand, wie er erzählen wollte, aber dann beschloß, es doch nicht zu tun. »Ich kann nicht darüber sprechen, Luce. Ich verspreche dir, eines Tages erzähle ich dir die ganze Geschichte.«
Eine tiefe Stimme drang durch den Nebel: »Bruder Gabriel?«
Lucy erschrak, und sogar Gabriel zuckte zusammen. Ein Franziskaner in Ordenstracht kam auf sie zu. Ein Mönch um die Dreißig, die Kapuze über dem Kopf. Er braucht nur noch eine Sense, um wie Gevatter Tod auszusehen, dachte Lucy. Im Dämmerlicht meinte sie zu erkennen, daß er ein südländischer Typ mit dunklen Bartstoppeln war.
»Bruder Vincenzo?« fragte Gabriel.
»Deine Anwesenheit wird gewünscht«, erwiderte der Angesprochene mit leichtem Akzent. Bruder Vincenzo drehte sich um und ging wieder zurück zum Stiftshaus, hielt aber inne, um auf Gabriel zu warten.
»Gabriel«, flüsterte Lucy, »bist du irgendwie in Schwierigkeiten?«
»Nein, nein, nichts in der Art.«
»Oh, komm schon«, bat sie. »Sag mir irgendwas, das ich in Chicago berichten kann. Ich weiß, daß O'Hanrahan irgendein verlorenes Evangelium entdeckt hat, das vielleicht authentisch ist und das jeder haben will – verstehst du? Ich weiß praktisch alles.«
»Wußtest du, daß wahrscheinlich jemand dafür umgebracht worden ist?«
Sie riß nur den Mund auf.
Gabriel war nun am Eingang, und Bruder Vincenzo hielt ihm die Tür auf. »Warum gehst du nicht zurück nach Chicago, so schnell du kannst, und sagst, daß alles in Ordnung ist. Ich habe meine Eltern gestern angerufen, sie machen sich also keine Sorgen mehr, und äh, ich werde bald wieder daheim sein, wirklich bald.«
»Wolltest du den Franziskanerorden nicht wieder verlassen?« fragte Lucy ruhig.
»Ja, wollte ich. Aber die Zeit hier in Europa hat mich die Sache neu

überdenken lassen, dank Dr. O'Hanrahan ironischerweise. Die Franziskaner sind jetzt meine Familie.«
»Gabriel«, drängte sie und zog ihn näher, um ihn zum Abschied zu umarmen, »du bist doch nicht etwa eine Geisel?«
»Patrick ist die Geisel«, erwiderte er leise.
Die Erwähnung von Dr. O'Hanrahans Vornamen brachte Lucy einen Augenblick aus der Fassung.
»Der Professor ist Geisel eines Traums von akademischer Unsterblichkeit, die er wahrscheinlich nicht mehr erreichen wird«, fuhr Gabriel fort. In seinen Augen stand so vieles, das er noch sagen wollte. Aber er wandte sich ab. »Bye, Luce.«
Lucy stand sprachlos da, während Gabriel durch die von Bruder Vincenzo aufgehaltene Tür in den erleuchteten Gang trat. Sie hörte die Tür zufallen. Als sie eben fortgehen wollte, ging die Tür noch einmal auf.
»Oh, warte noch einen Augenblick ...«
Gleich darauf war Gabriel wieder draußen und drückte ihr zehn Ansichtskarten in die Hand: »Kannst du die für mich aufgeben?« fragte er. »Ich muß morgen sehr früh nach Irland aufbrechen, und ich kann sie nicht mehr von hier aus abschicken.«
»Klar«, antwortete Lucy betäubt. »Unsere alte Heimat, wie?«
»Genau. Also, tschüs.«
Abgesehen von all den Rätseln und ihrer Enttäuschung tat es Lucy sehr weh, in einem fremden Land einem alten Freund zu begegnen, ohne diese Gelegenheit gemeinsam zu feiern, über alte Zeiten zu plaudern und zusammen Neues zu erleben. Daß er sie wiedergesehen hatte, schien Gabriel nicht stärker zu berühren, als wenn er zufällig irgendeine Bekannte getroffen hätte. Das deprimierte sie. Und, irgendwie neidisch, ärgerte sie sich darüber, daß er wieder so eng mit den Bettelmönchen verbunden war. Eifersucht, warf sie sich selbst vor. Er gehört irgendwo dazu und du nicht. Ich bin keine Nonne geworden, dachte sie, weil ich weiß, wie wenig Spaß Nonnen haben. Aber ich weiß, daß Mönche sich besser amüsieren, als sie zugeben: der Männerclub schlechthin. Welche Freuden und welchen Trost Gabriel auch immer bei den Franziskanern findet, für mich ist das, wie so viele andere Dinge in seinem Leben, eine verschlossene Tür, verdammt noch mal.
Während Lucy die High Street hinaufging, beschloß sie, die Ansichtskarten zu lesen. Wer weiß? Vielleicht stand auf einer ein versteckter Hilferuf.

Kein Glück. Lauter langweilige, pflichtbewußte, Hier-bin-ich-in-Merry-old-England-Karten, zugeschnitten auf Verwandte und Freunde. Sie überflog die Adressen: Christopher, Luke, Dr. Shaughnesy: »Tut mir leid, daß ich mich nicht gemeldet habe, aber es ist alles in Ordnung.« Und so weiter. Eine Karte war an Judy und Lucy gemeinsam adressiert:

*Liebe Mädels,*
*meine Reise hat mich nach ye oolde Oxforde gebracht, wo ich mich schon fünfzigmal verliebt habe! Ohne den Zölibat würde ich mit allem schlafen, was einen englischen Akzent hat. Wie geht's den verrückten Katzenviechern??? Ich erwarte, daß ihr diese alberne Karte an den Küchenschrank stekt, okay? Gegen Ende des Sommers komme ich zurück, seht bis dahin zu, daß Chicago so bleibt, wie es war.*

*Alles Gute Gabriel*

Rechtschreiben war nie seine Stärke, dachte Lucy, als sie *stekt* sah. Die Karte zeigte eine dieser typischen Oxforder Szenerien, ein hübsches Paar in dunkler Uniform, das auf einem Fahrrad herumflitzte, jung und ausgelassen in der Sonne. Das ist in diesem regnerischen Gefängnis hier noch nie passiert, versicherte Lucy sich selbst. Und was soll das mit diesen »Mädels«? Bekomme ich keine Karte für mich persönlich? fragte sie sich.

Noch deprimierter las sie die Karte an Christopher, voll von Gabriels sprunghaftem, aber weniger nichtssagendem Geplauder, Schilderungen von regennassen Straßen und grauem Himmel, von alten Bänden in Oxforder Bibliotheken, die er mit einem Schauder von Entzücken berühre; Andeutungen darüber, wieviel er Christopher zu erzählen habe, wenn er erst wieder zurück sei. Unterzeichnet: *Lots of love.*

Ich hasse Männer, beschloß Lucy.

Klamm und kalt stand sie vor ihrem Spiegel im Gästezimmer von Braithwaite und wickelte sich aus ihrem Schal. Sie legte ihn sich kurz übers Haar und kreuzte die Enden unter dem Kinn, so daß sie einer heiligen Jungfrau glich, einer tugendhaften puritanischen Maid. Vor dem Hintergrund der Deckenbalken und alten Mauern betrachtete sie dieses beziehungsreiche Bild der Frömmigkeit: Würde sie widerrufen? Würde sie ungebeugt zum Scheiterhaufen schreiten? Wer weiß, ob nicht in ebendiesen Gemäuern

solche Entscheidungen getroffen worden waren, ob sie nicht kummervolle Geister aus dem 16. Jahrhundert zum Leben erweckte? Sie fröstelte plötzlich und wandte sich vom Spiegel ab – genug davon!
Später, nachdem sie das Licht ausgemacht und so lange am Wasserhahn gedreht hatte, bis er nicht mehr tropfte, lag sie im Bett und starrte auf das Schattenmuster auf dem schrägen Deckengebälk. Ich hasse Männer aus noch einem Grund, dachte sie: Ich hasse Männer und alle ihre Geheimbündeleien und Geheimniskrämereien, ihre Codes, Clubs und Projekte. Es würde Gabriel, Rabbi Hersch und Dr. O'Hanrahan umbringen, eine Frau zu ihrem Mantel-und-Degen-Quatsch zuzulassen, egal, welche progressiven, halbfeministischen Äußerungen von einem weiblichen Heiligen Geist et cetera sie auch von sich geben mögen.
Schließlich tröstete sich Lucy: Das Gute daran, eine Frau zu sein, besteht darin, daß sich eine Frau von einem gewissen Zeitpunkt an einfach keinen Pfifferling mehr um etwas schert. Sie würde sich morgen mittag mit O'Hanrahan treffen, sich seine Geschichte anhören, nach Hause fliegen und dem Fachbereich berichten, was sie dort hören wollten, ein wenig beschönigt natürlich – und damit war ihre Pflicht getan. Ein bezahlter Urlaub in England. Und, sie lächelte, ihr blieben noch ein oder zwei Tage für Besichtigungen!
Ich werde mir London ansehen, träumte Lucy vor sich hin. Ich gehe in eine Show, ich sehe mir den Buckingham-Palast, den Tower und Big Ben an. Ich könnte aber auch nach Schottland fahren, das soll ja so großartig sein. Oder vielleicht ein paar Tage nach Frankreich, um mit meinem High-School-Französisch zu glänzen? Sie spürte, daß sie bald einschlafen würde, und sprach gähnend noch rasch ein mechanisches Gebet.
(Besser als gar kein Gebet, das versichern Wir dir.)
Frankreich ist eine gute Idee. Oder ich könnte natürlich auch nach Irland fahren, so wie Gabriel. Ja, das wäre ein großer Knüller für Dad und die ganzen Tanten daheim. Souvenirs aus Cork, irischer Kitsch für Mom, eine Flasche zollfreier Bushmills für Dad, alles ganz echt von der Insel.
Lucy hörte die Glocken der ganzen Stadt elf Uhr schlagen. Komische Leute, diese Engländer, dachte Lucy und kuschelte sich in die Decke. Oxford ist reserviert, bürokratisch und förmlich ... und trotzdem, seufzte sie, gibt es Romantik in dieser Feuchtigkeit, in diesen Steinen, im trübseligen alten Oxford. Natürlich wird sich diese Romantik nicht gerade mich als Ziel aussuchen, fügte sie wehmütig hinzu. Was für ein Tag, was für

ein Tag und was für ein Gedanke: ein weiblicher Heiliger Geist. Irgendwie habe ich das immer gewußt.
(Weil wir uns immer nahe waren, Mein Kind.)
Diese verknöcherten, frauenlosen alten Kirchenväter haben uns Frauen ausgebootet, überlegte Lucy schläfrig. Ich würde gerne selber eine Lanze für Gott brechen.
(Und Wir werden dir diese Chance geben.)

† † †

Zur selben Zeit sah O'Hanrahan auf seine Uhr: 23 Uhr 01.
Er betrachtete seine Fahrkarte nach Holyhead, von wo aus er morgen nachmittag die Fähre über die Irische See nehmen würde, da er grundsätzlich niemals ein Flugzeug bestieg. Aber selbst ich, dachte O'Hanrahan, werde mir wünschen, in einem Flugzeug zu sitzen, wenn ich bei diesem Wetter über diese niederträchtige Wasserfläche fahre.
Es war ein bittersüßer Abschied von Oxford.
Es gibt nichts Trostloseres als einen englischen Bahnhof nach elf Uhr abends, weil die meisten Strecken nachts nicht befahren werden, und etwas Verzweifeltes liegt über den letzten Zügen und den letzten Passagieren, die noch nicht im Bett sind oder im Pub ihr letztes Bier austrinken, sondern sich hinaus in den Regen wagen müssen. O'Hanrahan war in der kalten Dunkelheit zum Ende des Bahnsteigs spaziert, wo man Oxfords nächtliche Skyline sehen konnte, die grüne Erznadel des Nuffield College und die erleuchtete Bibliothek des Lincoln College auf der einen, St. Mary's und Christ Church auf der anderen Seite, und er hatte sich gefragt: Sehe ich diese gesegnete Stadt nun zum letztenmal? Gottes eigener verlorener Sohn, sein stets widerspenstiges, aber intelligentestes Kind?
(Nun mal halblang, Patrick!)
In Oxford, trauerte er, wäre ich ein Erfolg gewesen! Nicht in der rechenschaftspflichtigen akademischen Welt von Amerika mit den obligatorischen Veröffentlichungen, dem Intrigieren um Ämter, dem Gezänk um Finanzen, dem Lackmustest der 90er Jahre auf *political correctness* und den zahllosen Studenten mit ihren nagenden persönlichen Mißerfolgen, die als Doktorarbeiten verkleidet werden ... Nein, in Oxford ist nichts wichtig als lustige Geselligkeit, guter Wein und gelegentlich so nebenbei

eine Kolumne in der *Times,* um einmal alle zehn Jahre zu zeigen, daß man was von seinem Fach versteht. Und sicher nicht diese verdammten Studenten – hier schlagen sie sich selbst durch!

(Warum mußt du ständig über irgendein Leben nachdenken, das du hättest führen können, anstatt über das Leben, das du hast? Haben Wir es dir denn für nichts und wieder nichts gegeben?)

Ich wäre ein Universitätslehrer in der Tradition der mittelalterlichen Magister gewesen, deren Zimmerfenster nie zur Welt außerhalb des Colleges blickten, weil es keine Welt außerhalb des Colleges mit seinen Weinkellern, seinem erstklassigen Essen und den Kollegen, würdig oder unwürdig, *gab.* Außerdem hätte Oxford mich auch gemocht, dachte O'Hanrahan. Hier hätte es nichts ausgemacht, daß ich kein Buch veröffentlicht habe. Lieber Mordechai Hersch, ein ganzes Regal gelehrter Bücher mit seinem Namen hat der. Aber nicht Patrick O'Hanrahan. Nein, er hinterließ ausgelassene Abende in Bars auf der ganzen Welt und das unrühmliche Schauspiel eines alten Iren, den Bauch voll Alkohol und den Kopf voller Geschichten. Ich habe keine Familie, die mein Leben fortsetzt, kein Regal voller Bücher, die ich hinterlassen könnte, keine dauerhafte Entdeckung. Ach, wäre ich so wie dieser Scheißkerl Pater Beaufoix, unsterblich durch seine Gelehrsamkeit und seine Veröffentlichungen – welche Krone hätte ich tragen können!

(Reichtümer dauern nicht ewig; und haben Kronen über alle Generationen Bestand?)

Nun kam der Zug. O'Hanrahan blickte noch einmal auf die Türme und hätte um eine zweite Chance gebetet, seine Gaben noch einmal nützen zu können, weiser diesmal, nutzbringender, wenn er geglaubt hätte, ein solches Gebet würde *ge*hört, geschweige denn *er*hört. Oder wenn er geglaubt hätte, Gebete wirkten überhaupt und seien nicht die vergeblichste Verschwendung von Wörtern, die man sich vorstellen kann.

(Du hast deinen Glauben verloren, Patrick.)

»Ich habe meinen Glauben verloren«, sagte er laut in die regennasse Nacht.

# EINS

*1. Ich hatte meinen Glauben verloren, Josephus.*[1]
*2. Er verließ mich, wie die Blume vom welkenden Stengel fällt, wie die Flut abebbt und den Schlamm unter dem Meer offenbart, er verschwand wie der Mond hinter einer großen Wolke, ging unter wie Helios nächtens im Bett des Eridanus.*[2] *Also war es mit mir! Ich erwachte und fand ungewiß, was einst gewiß war. Und so begannen meine Reisen, mein Bruder, und diese großartige Geschichte, die du lesen wirst – welche sicherlich, wage ich zu behaupten, unter meine bedeutendsten Werke wird gerechnet werden!*
*3. Es ist das sechste Jahr [76 n. Chr.] dieses Ungeheuers Flavius Caesar,*[3] *dessen Habgier grenzenlos ist und dessen Grausamkeit legendär. Doch bringe ich Nachricht deinen tauben Ohren, denn du, mein Bruder, hast diesen Unhold in allem, außer vielleicht im Bett, bedient. Ja, und ich versichere dir, die Juden sagen noch Schlimmeres über dich. So zum Beispiel: »Erst stand da Aliturius auf der Bühne und nun auch du: Josephus, der den Römer spielt, Verräter seines Volkes!«*[4]
*Und bedenke, Aliturius lieferte dem Caesar nur sein Zeugungsglied aus, während du ihm deine Seele hingegeben hast und dazu unseres geliebten Vaters Namen, da du nun ja zu einem »Flavius« Josephus erhöht worden bist. Überdies ist es keine kleine Unverschämtheit, daß du als Historiker dilettierst und mir, deinem älteren Bruder, Konkurrenz machst, dessen Ruhm du durch deine Liebesbriefe an römische Generäle nicht so leicht in den Schatten stellen können wirst, wie du dir vielleicht einbildest. Wirklich, Bruder, ich würde es glauben, erzählte mir jemand, du habest die Hilfe eines Chirurgen gesucht, damit er dir das Hauptkennzeichen des Bundes unseres Volks entferne.*[5]
*4. Vielleicht wirst du dieses Schreiben ins Feuer werfen wie mein letztes, der Ton, den ich hier gegen dich anschlage, kann dir ja nicht gerade angenehm sein. Wirklich, Tesmegan, wir sollten, wenn du mir nachher vorliest, was du geschrieben hast, meine rhetorischen Schläge ein wenig dämpfen. (Tesmegan ist mein Schreiber, den ich hier von meinem letzten Geld angeschafft habe, was sicherlich die letzte Tat meines Lebens gewesen sein wird. Wie muß es dich entzücken zu erfahren, daß du nie wieder von mir hören wirst!) Aber lies weiter, denn siehe, ich verkündige dir große Freude, mein lieber Josephus. Ziemlich ein halbes Jahrhundert*

*lang hat dich nun meine Verbindung mit der Kirche der Nazaräer*[6] *geärgert, und nun gönne ich dir den Triumph der Gewißheit, daß ich am Ende meines Lebens mit meiner Kirche zerfallen bin und kaum zu sagen weiß, wer wen mehr anekelt und enttäuscht, ich meine Kirche oder meine Kirche mich. Im Laufe der letzten zwanzig Jahre ist die nazaräische Kirche traurig heruntergekommen. Aber das brauche ich dir, der du von jeher nur Schmähungen für die Jünger des Lehrers der Rechtschaffenheit*[7] *übrig gehabt hast, kaum zu sagen.*

*5. Aber höre: Mein Glauben an die Gerechtigkeit der Lehre des Erlösers ist unerschüttert – steht felsenfest!*

*Doch der Anführer der Häresien, der sich auf die Lebensgeschichte des Herrn gestürzt hat, zwang mich, Abstand zu nehmen von der Bewegung, die er ins Leben rief, da dieselbe also von gotteslästerlichen Neuerungen überwältigt ward. (Natürlich habe ich, dein Bruder, als Gelehrter und Historiker, mir die Ausrottung aller Irrlehren nach Kräften angelegen sein lassen, aber ich finde heutzutage nicht mehr Gehör als Micha bei Jerobeam.)*[8]

*Ich gedenke dir nun von den letzten zehn Jahren zu berichten, von meiner Suche nach der Wahrheit über den Meister und Seine Jünger; und schließlich, wie ich hier am Ende meines Lebens angelangt bin, im tiefsten Nubien, allein, mittellos, ohne Gefährten oder Synagoge zu meiner Unterstützung. (Tesmegan behauptet, daß ich zumindest in ihm einen Freund habe – also schön, schreib das hin, aber es sei die letzte deiner Unterbrechungen, junger Mann.) Wie Herodot bin ich bei meinem Bericht über Xerxes angelangt.*[9]

*O Gesegnete* Sophia, *sei immer bei mir, da ich nun die letzte meiner Vortrefflichkeiten der Nachwelt anvertraue!*

*6. Mir ist wohl im Gedächtnis, wie sehr du alle meine Mitjünger, deren Bekanntschaft du gemacht hast, mit Verachtung anzusehen beliebtest, mein Josephus, aber du hast mehr gemein mit ihnen, als du glaubst. Zwanzig Jahre vor der Zerstörung unserer Stadt Jerusalem [also im Jahre 50 n. Chr.] verfaßte ich ein dreibändiges Evangelium, das der Erste von uns Jüngern, Petrus, in einem Zornesausbruch verbrannte, wobei er mich in seiner groben, kunstlosen Art wissen ließ, daß ich damit unserer Kirche nicht gedient habe.*

*Ein ähnliches Schicksal war in Philippi meiner* Widerlegung aller Häresien *beschieden, wie ich hörte, obwohl in Privatbibliotheken zu Damaskus*

*und anderswo noch Exemplare davon vorhanden sein sollen, wie auch von meiner* Erklärung des Kosmos, *die, wenngleich vielleicht noch unreif und bei der Lobpreisung der Sophia für meinen heutigen Geschmack eine Spur zu schwärmerisch, doch stellenweise gewiß höchst verdienstvoll ist; ganz zu schweigen von meinem einflußreichen* Märtyrerkatalog *mit ihrer gelehrten Erörterung des Throns, der Kronen, des Wagens, des Diadems und dergleichen Dinge mehr. Eine gewisse Entfremdung meinerseits auch von diesem ebenfalls ziemlich schwärmerischen Werk kann ich nicht leugnen (erinnere mich aber nicht ungern, daß seinerzeit dessen griechischer Stil von vielen gerühmt wurde).*[10] *Es hat mich jedenfalls gefreut zu hören, daß man in Ephesus noch ein Exemplar meiner* Arkadischen Oden *hat, die, wie ich sagen muß, in den literarischen Kreisen Alexandriens einst sehr gut aufgenommen wurden, sowie ein Exemplar meines glänzenden Epos, der* Hebraika, *das, da mache ich mir nichts vor, gewiß alle meine theologischen Abhandlungen lange überleben wird.*
*(Du wirst noch wissen, daß kein Geringerer als Zechariah bar-Sirach*[11] *persönlich die* Hebraika *für das beste Werk seiner Gattung seit den Psalmen Davids hielt; und obwohl du es in keinem deiner vielen Briefe an mich je erwähnt hast, hatte ich immer den Verdacht, daß du es, wenn auch widerwillig, gleichwohl bewunderst. Warum können wir uns von solch falschem Stolz nicht endlich frei machen?)*
*7. Aber nun zu der nie ermüdenden Geschichte, die der Gegenstand dieses Schreibens ist: Klio, möge uns deine feste Hand stets das Schreibrohr führen!*
*Bedauerlicherweise habe ich, in Anbetracht der Tatsache, daß du dich bei den Römern herumtreibst, die unsereinen nur begünstigen, um ihn vielleicht schon im nächsten Augenblick desto besser kreuzigen zu können, keine Ahnung, ob du überhaupt noch unter den Lebenden weilst, während ich dieses Schreiben an dich diktiere. Vielleicht bist du ja auch umgekommen, weil wieder in irgendeiner Gasse Caesareas ein umgekippter Topf Skandal gemacht hat, oder haben dich irgendwelche verzweifelten Veteranen der Sikarier niedergemetzelt.*[12] *Andererseits, warum solltest du dich nicht wohlgenährt des Lebens freuen, der du nun ja Herr auf meinem früheren Gute bist, unserem Familienbesitz, der von Rechts wegen mir gehört und den du dir, wie hier für alle Zeiten festgestellt sei, widerrechtlich angeeignet hast!*
*8. Ich verspreche, mich bei diesem Punkt, dem neuesten unserer Streit-*

*punkte, nicht allzu lange aufzuhalten, aber obwohl seitdem schon sechs Jahre ins Land gegangen sind, erzürnt es mich noch immer, daß dir die Römer zur Belohnung für deine guten Dienste den Besitz überschrieben haben und du dann meine nazaräische wohltätige Stiftung von dem Besitz vertrieben hast. Versteh mich bitte recht: Nicht um meinetwillen und aus verletzter Eigenliebe verüble ich dir, daß du durch deine Intrigen bei den Römern erreicht hast, daß sie dir, dem Jüngeren, den Besitz zuerkannten, der mir, als dem Erstgeborenen, von Rechts wegen zustand.[13] Ich bedaure vielmehr die Waisen und die Alten, die Jungfrauen und Gelehrten, die ich dort untergebracht hatte.*

*In der Tat rieche ich hinter dieser Transaktion das schale Parfüm und den weingeschwängerten Atem meiner ungeliebten Stiefmutter, der schlecht gewählten zweiten Frau meines Vaters! Diese Frau, deine Mutter, eine nie versiegende Quelle giftiger Gehässigkeit gegen mich, hat dich zweifellos zu dieser Tat angestiftet. Obwohl sie Jerusalem selten verließ, wo sie und unser Vater die letzten Jahrzehnte ihres Lebens verbrachten, hat es sie doch gewurmt, daß dieses Landgut diesem höheren Zweck geweiht worden war. Und als dann Jerusalem in Trümmern lag, warf sie natürlich, wie auf unseres Vaters Geld, ein begehrliches Auge auch auf diesen Besitz. Deine überraschende Entscheidung, aus der Priesterschaft auszuscheiden und im Alter von neunundzwanzig Jahren, ohne darin früher Erfahrung gesammelt zu haben, eine militärische Laufbahn zu wählen, brachte sie nur noch mehr auf gegen das »ekelhafte nazaräische Pack«, wie sie, deiner Zustimmung gewiß, meine Glaubensgenossen zu nennen liebte.*

*Ekelhaftes Pack? Nun, wenn das einer findet, der Jahre damit vergeudet hat, vor Nero Caesar und seinem verhurten Weibe zu kriechen in dieser Jauchegrube aller widernatürlichen Laster zu Rom, in Gesellschaft von Hofschranzen, für die der Name »ekelhaftes Pack« gewiß noch viel zu gut wäre! Wäre doch dein enterbter Bruder, der das Blut mit dir teilt, dir so wert!*

*Aber ich will hier wahrlich nicht mit dir streiten.*

*9. Geh hin und besitze den verfluchten Besitz, sogar mit meinem Segen. Freue dich des elenden ruinierten Judäa. Ich kann mir nicht vorstellen, daß die Zeloten, die Rabbis, die Söhne Zadoks und all die Messiasse, die jede Woche neu wie Unkraut aus den Trümmern des Tempels sprießen, dir viel Frieden gönnen werden. Als Judäer haben sie sich jahrhundertelang über nichts, aber auch gar nichts einigen können, bis endlich deine*

*Schande auf die Tagesordnung kam. Da wir derart beide von der Welt, die wir einst bewohnten, verabscheut und geschmäht werden, sollten wir uns doch wohl wie Jakob und Esau zu Sichem*[14] *miteinander versöhnen! In sicherem Besitz des Landguts – das du geraubt wie den Gürtel der Hippolyta – laß Streit und Gehässigkeit zwischen uns enden, und laß uns miteinander reden als Männer der nämlichen Familie. Oder besser noch, als die Gelehrten, die wir sind!*

*10. Und wahrlich, alt wie ich bin, liegt mir wenig daran, ob du mich liebst oder nicht, vielmehr lege ich, wie alle alten Leute, Wert darauf, daß du dir anhörst, was ich dir zu sagen habe. Du magst wenig Zuneigung zu dem älteren Bruder haben, der dich erzog und in deinen Studien ermutigte, du magst mich noch immer für dumm und verantwortungslos halten, meine Forschungen als lächerlich und die Werte des Meisters als dem Untergang geweiht betrachten. Aber wenigstens sieh dir an, was ich gesehen habe; bedenke, daß ich nach Tarsus und Tyrus gereist bin, auch nach Antiochien und Alexandrien, daß ich mit Kelten und Kaukasiern, mit Paphlagoniern und Persern gesprochen habe und dir nun unter sehr bedrängten Verhältnissen aus Meroe schreibe!*[15] *Während du prächtig in manche Stadt einmarschiert bist, mit Herrschern Umgang hattest und an feinen Tafeln saßest, bin ich oft als Fremder eingetreten, als Bettler, der die Freundlichkeit der Stadt nahm, und glaube mir, ich kann von meinen Reisen eine ebenso wahre Geschichte schreiben.*

*11. Ich ermahne dich,*[16] *mein Bruder, lies weiter und lerne!*

*Du wirst die Bosheit der Feinde der Nazaräer nicht für möglich halten: Es wimmelt von falschen Messiassen! Ein Leben zu nehmen bedeutet dieser Tage gar nichts; keine Gotteslästerung ist zu scheußlich, keine Lüge zu absurd, als daß sich nicht gleich jemand fände, der sie glaubt und verteidigt, keine Selbstverstümmelung ist zu grauenhaft, als daß sie nicht begeistert praktiziert würde. Obgleich du im Felde viel gesehen haben wirst, wird es dir den Schlaf rauben, wenn ich dir erzähle, daß ich selbst, dein eigener Bruder, an den Fleischtöpfen unserer Feinde mit Unkeuschheit und Sodomie*[17] *bedroht wurde! Die Hure Helena, deren schlechter Ruf wohlverdient ist! (Du weißt, daß ich von jeher der Überzeugung war, daß Verfeinerung der Seele allein durch jungfräuliche Keuschheit und Freiheit von der Unterwerfung unter die Sünde*[18] *zu erzielen ist.) Noch jetzt befällt mich ein Grauen, wenn ich an sie denke und an ihre höllischen Lenden …*

*12. Ach, aber der junge Tesmegan wird müde, und ich werde mit der Erzählung meiner Reisen erst morgen beginnen. Wie ich mit manchen Ablenkungen und Unterbrechungen im Laufe der letztvergangenen zehn Jahre zu meiner Wanderschaft kam auf der Suche nach einem wahrhaftigen Bericht über den Ursprung unserer Kirche nach dem Zeugnis der ersten Jünger, Nachfolger und Bekannten des Herrn.*
*13. Mein lieber Bruder Josephus, während meines Aufenthalts in Alexandrien, dieser zivilisiertesten aller Städte, habe ich im vergangenen Jahr [75 n. Chr.] gelesen, was ich von deiner Geschichte über die endlosen Streitigkeiten unseres Volkes auftreiben konnte. Ich halte dieses Jugendwerk wirklich für sehr vielversprechend und versichere dir, daß du eines Tages imstande sein wirst, eine wirklich erstklassige historische Darstellung zu komponieren! Wie zu erwarten, hast du alles ausgelassen, was du über den Meister hättest schreiben können und über die Kirche, die jahrzehntelang die Heimat deines Bruders war. Welch kindischer Trotz hat dich da bewogen, gegen die Pflichten des Historikers zu verstoßen!*[19]
*14. Und bitte, gestatte mir eine weitere kritische Anmerkung: Dein ständiges Buhlen um die Gunst des Titus macht die Lektüre deines Werkes über weite Strecken äußerst peinlich. Titus widmete sich der Vernichtung des jüdischen Geschlechts und gestattete sich zu diesem Zweck jede menschenmögliche Grausamkeit, Ausschweifung und Sodomie. Weil er glaubte, die Juden hätten angesichts des sicheren Falls von Jerusalem ihre Schätze verschluckt, sah Titus dabei zu, wie den Bürgern bei lebendigem Leib die Bäuche aufgeschnitten und ihre Eingeweide nach Goldstücken durchsucht wurden etc.*[20] *Und solch einem Mann zu schmeicheln schämst du dich nicht? Aber ich will nicht schon wieder Streit anfangen.*
*15. Kehren wir statt dessen an den Anfang meiner Kümmernisse zurück, der war in jenem zwölften Jahr von Nero Caesars greulichem Regiment [66 n. Chr.], als es keines inspirierten Daniels bedurfte für die Prophezeiung, daß dem Lande Judäa in allernächster Zukunft Krieg und gänzliche Vernichtung drohten, da das jeder Blinde mit Krückstock sah. Vier Jahre zuvor war Jakobus, der Führer der nazaräischen Gemeinde in Jerusalem, der Blutsbruder des Meisters, auf Betreiben der Sadduzäer hingerichtet worden.*[21] *Die Nazaräer haben sich von diesem Verlust nie erholt. Nun habe ich, dein Bruder, ein Gelehrter und Historiker, mich selbst zwar den verwaisten Stuhl des Patriarchen einzunehmen wiederholt bereit erklärt,*

*jedoch hat der Pöbel von Jerusalem statt meiner einen ungebildeten jungen Mann namens Simon erhöht.*[22] *Dieser Knabe konnte sich nicht einmal von einem Besuch zum nächsten meinen Namen merken.*
*Simon leitete gedankenlos die Nazaräer zum Gebet und zum abendlichen Liebesmahl am Freitag und dann am Sabbat zum Opfer im Tempel.*[23]
*Darauf hingewiesen, daß ich allerdings einer der originalen zwölf Jünger des Meisters sei, hieß mich Simon mit Küssen willkommen, berührte meine Hände und drückte mir seine Tränen in die Hand, strich dann seine Tränen über meine Füße und wollte endlich seine Tränen mit meinen mischen – Tränen von meinen Augen, die den Meister gesehen haben, mit seinen Tränen –, er, der Ihn niemals sah. Dieses Weinen und Spektakel dauerte mehrere Minuten lang.*
*16. Mein eigenes Wirken auf dem Felde der nazaräischen Mission verbreitete freilich um meine Person – die Wahrheit zu sagen – eine Aura von Pleite.*[24]
*Ich ward verhöhnt, aus den Dörfern getrieben und wäre einst in Hebron fast gesteinigt worden, weil wir nicht mit einem Wunder aufwarten konnten wie irgendwelche Wochenmarktsmagier. Ein Mazedonier namens Epaphrodius, der mir mit seinem Gewinsel und Gestichel monatelang zugesetzt hatte, war mein Gehilfe. Er schwärzte mich denn auch gleich bei Simon an und sagte, meine Predigten seien den Samaritern zu hoch gewesen, was doch wirklich nicht meine Schuld war, denn wer kann sich auf das Niveau der* kuthim[25] *hinabbegeben? Ich bat Simon, mich von zukünftiger Missionstätigkeit zu befreien und mir zu gestatten, mich nach Alexandrien zu begeben, wo ich besser hinpaßte und eher imstande sein würde, zu evangelisieren und zu lehren.*
*Worauf er mir erwiderte:*
*»Mein höchst gesegneter Presbyter, es steht uns nicht frei hinzugehen, wo wir hinpassen und es uns behagen mag. Du kannst niemals wissen, was der Herr für dich tun kann, ehe du dich nicht um Seinetwillen in eine schwierige Lage begeben hast.«*
*17. Ich erklärte diesem Naseweis, daß ich nicht sähe, wieviel Schwierigkeiten auszustehen der Herr und Meister des Universums mir noch zumuten könnte nach dem Empfang, den man uns in Gadara bereitete, einem Ort, wohin der Lehrer selbst das Evangelium gebracht hat.*[26] *Ja, ich tadelte die Gemeinde von Gadara und ihre Schaustellerei und falsche Religiosität während des Liebesmahls: Die Frauen gerieten in Raserei, als*

*wären Teufel in sie gefahren, rissen sich die Kleider vom Leibe, redeten in Zungen, einfach widerlich.*

*18. Schließlich tat man mir Gewalt an bei einer Hochzeit. In meiner Jugend waren, wie mir noch gut erinnerlich ist, Hochzeiten heilige und feierliche Angelegenheiten, aber heutzutage kann man von Glück sagen, wenn am Ende dieser Feiern noch jemand nüchtern ist, und der Segen des Allerhöchsten ruht gewiß auf dem Ereignis, wenn am Ende der unvermeidlichen betrunkenen Schlägerei noch mindestens fünf Familienangehörige nicht in ihrem Blute liegen. Epaphrodius und ich wurden eingeladen. Zu meinem Verdruß gab man uns nicht den Vorsitz bei der Zeremonie, obwohl wir zweifellos höheren Ranges waren als irgendwer sonst in dieser scheußlichen, den Mammon vergötzenden Stadt.*

*Die Braut kam ganz in Safran, den gelbroten Schleier und die Kränze über sechs lächerliche falsche Zöpfe drapiert, genau wie die Vestalinnen sich zurechtzumachen pflegen. Bei den Gelübden, die das junge Paar dann herunterrasselte, habe ich nur die Anrufung des Zeus und der Hera vermißt, und dann wurde trotz meines Protests ein heidnischer Centurio – denn es ist jetzt sehr in Mode, Römer zu solchen Feiern zu bitten – aufgefordert, als* auspex *die Eingeweide eines riesigen Mutterschafs zu beschauen, das man opferte, wobei der Gott Israels nur eben kurz ersucht wurde, die Eingeweide günstig angeordnet sein zu lassen ... Ist das nicht unglaublich? Dabei waren diese Leute gute gadarenische Juden – aber so heruntergekommen wie die sind wir heute in den äußeren Provinzen überall. Der Ring der widerwärtigen Braut, ein prangender Beweis des neuen Reichtums der Familie des Bräutigams, wurde stolz herumgezeigt, und dann kam das Fest, eine Orgie mit schalem, übermäßig gewässertem Wein und miserablem Entertainment – unzüchtiges Tanzen, natürlich junge Männer und junge Frauen zusammen, man glaubte den Troßhuren nach einer Schlacht zuzusehen! Und schließlich, nach viel zotiger Neckerei nahm der Bräutigam die junge Braut (ich würde vor Überraschung sterben, wenn sie noch unbefleckt gewesen sein sollte) und trug sie über die Schwelle ihres neuen Hauses, in einem Hagel von Nüssen.*

*19. Es war während des Hagels dieser Nüsse, welche, wie ich dir wohl nicht zu erzählen brauche, zwei männlichen Körperteilen ähneln, die in der Hochzeitsnacht Gelegenheit erhalten sollten, ihre Nützlichkeit zu beweisen, daß die Verdrießlichkeiten für mich ernstlich anfingen. Da ich meinen moralischen Vorbehalt gegen das unwürdige Treiben unmißver-*

*ständlich zu erkennen gegeben hatte, machten sich viele der anwesenden Knaben einen Spaß daraus, mich mit diesen Nüssen zu beschmeißen, und hätten mir dabei fast ein Auge ausgeworfen. Als ich schimpfend hinter ihnen her lief, stürzten sich die Bengel im Verein auf mich und stießen mich von der Terrasse des Hauses einen Wiesenabhang hinab, wo ich, unter dem Gelächter der Menge, schließlich zwischen Kot und Mist auf einem stinkenden Treberhaufen landete, der als Frühstück für das Vieh dort lag.*

*20. Die nazaräische Gemeinde von Gadara vergrößerte ihre Schande noch durch die Forderung, daß Epaphrodius und ich verschwinden sollten. Ich erwiderte darauf wie Jeremias, indem ich ihre Sünden tadelte, zumal ihre Angeberei mit dem Geist, von dem sie besessen sein wollten, bei dem es sich sehr viel wahrscheinlicher, wie ich ihnen zu verstehen gab, um denjenigen des Belial handelte als um den der Sophia. (Obwohl mein Glauben an die Nazaräer erschüttert ist, verehre ich die Sophia noch immer und glaube, daß sie uns zu praktischeren und nützlicheren Zwecken bewegt, als uns wie die Tollhäusler, Schaum vor dem Munde, auf dem staubigen Boden der Synagogen zu wälzen.)*[27]

*21. Nach unserer Rückkehr erzählte der alberne Epaphrodius dem Simon, unserem Kinderhierarchen, er habe für die unverschämten Gadarener Verständnis. Simon meinte, daß mein Glauben wohl trocken sei und neuer Begeisterung bedürfe, und diese Zumutung wies ich entschieden ab, obwohl, wie ich dir nun gestehen will, mein Bruder, der Mann nicht so unrecht hatte. Simon sah mich eine Zeitlang an und riet mir schließlich, einen anderen Jünger aufzusuchen, Judas Didymus [Thomas],*[28] *der unerschütterlich stark im Glauben sei und imstande, mir zu helfen und mein schwindendes Vertrauen in die Nazaräer neu zu beleben sowie mich die Künste der Evangelisation zu lehren.*

*Ach, leider hat mich Thomas nie gemocht und ich ihn auch nicht. Er war ein Grobian und sprach ohne Überlegung. Er war überdies auch gegen meine Aufnahme in die Schar der Jünger, aber auf diesen perversen Schwindel komme ich noch bei anderer Gelegenheit zurück [siehe unten Drei, 23–27]. Nichtsdestoweniger beschloß ich, Thomas aufzusuchen, teilweise um die Geschichte vervollständigen zu können, die du hier liest. (Damals ließ ich mir nicht träumen, daß mein eigener kleiner Bruder, noch keine vierzig Jahre alt, mit einem leichtgewichtigen eigenen historischen Werk mir beim Publikum zuvorkommen würde!)*

*22. Um die Zeit der Thronbesteigung Neros [um 54 n. Chr.] – wie man allgemein sagt, obwohl ich nicht weiß, was an dem Ort, auf dem die römischen Kaiser hocken, groß zu besteigen sein soll – brach Thomas zu den Medern auf und zu den gefürchteten Parthern, wilden Völkern, die zwischen Euphrat und Tigris wohnen und in der Wildnis jenseits dieser Flüsse. Nun gibt es einen arabischen Händler, Duldul ibn-Waswasah aus Saba, der mit Essenzen, Ölen und Weihrauch Handel treibt und mir auf meinen früheren Reisen an den Rändern unseres Mittelmeers schon manchen Dienst geleistet hatte. Für ein paar Schekel beantwortete einem dieser Mann jede Frage nach jeder beliebigen Verkehrsverbindung in der ganzen Ökumene, und für den doppelten Betrag konnte man sogar hoffen, die Wahrheit darüber von ihm zu hören. Nachdem er mir das Doppelte der Summe, die ich höchstens hatte ausgeben wollen, abgeknöpft hatte, riet mir Waswasah, in Eleuph[29] am Arabischen Meerbusen nach dem Gesuchten zu fragen. Der Weg dahin führt durch Nabatäa und meistenteils schreckliche Wüsten. Ich beschloß, mir für diese Reise einen Diener zu beschaffen und im Monat Tebeth des gleichen Jahres [nämlich zwischen Dezember 66 und Januar 67 n. Chr.] aufzubrechen, da der Weg durch die Wüste im Winter weniger beschwerlich zu sein versprach.*

*23. Um mir einen Reisegefährten und Schreiber zu beschaffen, wandte ich mich an einen ehemaligen Schulkameraden, mit dem mich die Erinnerung an die gemeinsam bei griechischen Studien in Alexandrien verlebten Jugendjahre verband,[30] den lieben Jason, der, wie ich wußte, Söhne im Überfluß hatte. Übrigens habe ich mit Jason – es gab keinen schöneren Jüngling in ganz Judäa – meine erste nicht von meinem Erzieher Polykrates (der seinerseits einen Widerwillen gegen das Priesterwesen, aber auch gegen den Lehrer der Rechtschaffenheit gefaßt hatte) geleitete und beaufsichtigte Reise nach Jerusalem gemacht.*

*Jason und ich waren beide im siebzehnten Lebensjahr und entschlossen, die zwanzig Meilen weite Reise wie rechte Männer zu machen. Wir schleppten also Waffen mit, genug, ein kleines Heer auszurüsten, was, wie mir gut erinnerlich ist, meinen Vater nicht wenig amüsierte. Sorgen machte meinem Vater eher, daß wir in den von Lastern aller Art erfüllten Gassen Jerusalems unter die Räder kommen könnten, war Jerusalem doch längst eine Höhle aller Greuel, ein Hort aller Art von Hurerei geworden.[31] Doch sind wohl nie zwei reinere junge Männer fromm in Jerusalem eingezogen als damals wir beide.*

*Ach, und das war das fünfte und letzte Mal, daß ich den Lehrer erblickte ... Wenn ich nur noch einmal in Sein Gesicht blicken könnte, gewiß würden alle meine Zweifel verfliegen wie vom Wind weggeblasen. Es gibt so viele Fragen, die ich Ihm hätte stellen sollen, so viel, das nur Er allein mir sagen konnte!*

*24. Jason heiratete ein nazaräisches Mädchen aus guter Familie – erinnerst du dich noch deines Essener-Freundes Tobias bar-Tobias, deines Mitschülers bei jenem tollen Banus, den du damals angebetet hast und dem du in die judäische Wüste folgtest, als wir anderen bei der Ernte schufteten?*[32] *Jason hat die Halbschwester dieses Tobias, Pontica heißt sie, geheiratet, und sie haben sechs Söhne zusammen, und da sie von diesen noch zwei am Halse hatten (nur die vier älteren waren schon aus dem Hause), waren sie entzückt zu hören, daß ich ihren Jüngsten, Xenon, als meinen Reisegefährten und Sekretär anstellen wollte.*

*(Zwar ist es betrüblich, daß Jason glaubte heiraten zu müssen, doch immerhin ist das ja wirklich noch besser als die* Gehenna *– das ist einer der wenigen Punkte, wo ich mit dem Großen Häretiker, wie ich zugeben muß, einer Meinung bin.*[33] *Jason hatte das Zeug zu einem großen Evangelisten der Nazaräer, und wie ich ihn da auf seinem Landgut sah, von alltäglichen Sorgen geplagt und von den plärrenden Kindern zahlreicher, infolge der kriegerischen Ereignisse verwitweter Töchter, war ich glücklich, daß Gott mir die Kraft gegeben hatte, nicht vom Wege keuscher Ehelosigkeit abzuweichen!)*

*25. Jason wies mich zu einem Feld im Norden seines Besitzes, wo ich den Jüngling fand, einen stämmigen, rothaarigen Burschen mit breitem Kinn, der da mit einigen Knechten eine steinerne Mauer baute. Ich bemerkte sofort, daß die Steine aufs Geratewohl und ohne Rücksicht auf die Form eines jeden übereinandergestapelt wurden, und so sagte ich, daß diese Mauer eines Tages gewiß einstürzen werde.*

*Mit der ganzen Unbekümmertheit eines Knaben in seinem sechzehnten Lebensjahr sagte darauf Xenon: »Wenn sie einstürzt, komme ich wieder her und baue sie wieder auf.«*

*Ich sagte zu ihm: »Aber sie wird wahrscheinlich nicht schon zu deinen Lebzeiten einstürzen. Die Söhne eines deiner Brüder werden sie wieder aufbauen müssen.«*

*»Um so besser also«, sagte er zu mir.*

*Ich meinte zu erkennen, daß er mit dieser Aufgabe unterfordert war und seine rasche Intelligenz einer strengen Zucht bedürfe. Ich trug ihm meine Absicht vor, ihn als meinen Schreiber in fremde Länder mitzunehmen auf der Suche nach den zerstreuten Resten der wahren nazaräischen Kirche des Neuen Bundes, die ich wiederzufinden hoffte. Ich fragte ihn: »Bist du ein Nazaräer?«*

*»Mein Vater ist einer«, erwiderte er mir.*

*Na schön, dachte ich. Besser vielleicht, wenn er nicht zu religiös ist, denn schließlich hat ein Übermaß an Religiosität unsere Bewegung in ihre gegenwärtigen Schwierigkeiten gebracht. Ich fragte ihn also weiter, ob er mutig sei.*

*»Nicht besonders«, sagte er, »aber ich nehme an, ich würde doch noch lieber in Äthiopien sterben als Steine aufschichten in dieser Wüste für meiner Brüder Kinder und meiner Brüder Herden.«*

*26. So ward denn beschlossen, daß er mich begleiten und mir als Schreiber dienen sollte. Schon auf dem Rückweg zu meinem näher bei Jerusalem gelegenen Gut merkte ich, daß es mit seiner Schreibkunst nicht weit her war, und als ich bemerkte, daß er, anstatt wie diktiert* πόνος *(mühevolle Arbeit) zu schreiben,* πότος *(Trinkgelage) zu Papier gebracht hatte, hatte ich nicht übel Lust, nach Bethzur zurückzukehren und dem guten Jason die fernere Beschäftigung seines hoffnungsvollen Sprößlings beim Mauerbau zu empfehlen, doch versprach der Knabe, seine Fähigkeiten würden mit der Übung zunehmen, und das ließ ich gelten. Hätte ich gewußt, was uns bevorstand! Wahrlich, es wäre für diesen Knaben besser gewesen, wenn er mich nie zu Gesicht gekriegt hätte! Oder ist das nicht doch ein bißchen zu stark, da er ja schließlich mit dem Leben davongekommen ist und sich wohl befindet? Immerhin: Welches Opfer hat mir doch dieser Jüngling gebracht! Aber davon mehr, wenn meine epische Erzählung bis zu diesem Punkte fortgeschritten sein wird.*

*Rückblickend finde ich es nicht weiter verwunderlich, daß der arme Xenon mit dem Meister und Seinen Lehren so wenig anfangen konnte, denn das südliche Judäa mit dem idumäischen oder edomitischen Makel war von den verderblichsten Häresien erfüllt. Auf die Gefahr hin, manches zu wiederholen, das ich in meiner umfassenden* Widerlegung aller Häresien *bereits abgehandelt habe, werde ich doch etliche von den verdammungswürdigen Bewegungen beschreiben, die zwischen Jerusalem und Eleuph grassieren.*

*27. Zunächst sind da die Kinder Adams, die jedem Anstand hohnsprechen mit ihrer ekelhaften Nacktkultur. In welcher ihrer Kommunen gibt es nicht haufenweise ledige Mütter?*

*28. Eine ganz besonders ungeheuerliche Sekte von Häretikern, die schon oft totgesagt wurde, aber jedesmal nur um so kräftiger wieder auferstanden ist, sind die Ophiten, die zwischen Jamnia in Samaria und dem elenden Ekron ihr Unwesen treiben. Diese Sekte nahm den Meister bei dem guten Wort, das Er einst für jene Schlange einlegte, die Petrus in der Nähe des Hauses zu Bethanien töten wollte.*[34] *Der Meister wollte keinem Lebewesen übel. Auf Grund dieses unschuldigen Zwischenfalls gedenken also diese Ophiten darin des Meisters, zunächst indem sie um Giftschlangen einen großen Bogen machen, doch es dauert nicht lange, bis sie sich ungefährliche verschaffen und die Schlange zum Mittelpunkt ihrer Andacht wird. Aus Zypern, Kreta, Clauda und der Kyrenaika*[35] *– wo jedes schmutzige Ding erhoben und angebetet wird – schleichen sich die alten heidnischen Riten wieder ein, wie immer begünstigt und gefördert von leichtgläubigen Weibern.*

*Kretische Frauen von kolossaler Gestalt, wahre Minotaurinnen, entkleiden sich und schmieren sich mit balsamischen Ölen ein, desgleichen die Schlange, die ihren Weg in schauerliche Leibesöffnungen findet, währenddessen die Frauen – von Gott penetriert – in Krämpfe und Ekstasen verfallen, all das aber habe ich schon in meiner* Widerlegung aller Häresien *hinreichend gegeißelt, so daß eine Fortsetzung dieser Aufzählung verdammenswürdiger Greuel sich hier erübrigt. Aber die Schlangen können einem leid tun.*

*29. Und überall, selbst in Jerusalem, sind die Heliogenesier, die versuchen, das Leben des Herrn der Fabel von Mithras anzugleichen. Zum Beispiel erklären sie die schreckliche Finsternis und den Sturm am Tage der Hinrichtung des Lehrers mit der Verdunkelung der Sonne selbst, mit welcher der Meister irgendwie gleicher Natur sei. Es ist schon ärgerlich genug, daß Mithras nach drei Tagen von den Toten auferstanden sein soll, ebenso wie das die Nazaräer vom Meister behaupten.*[36]

*30. Im Vorübergehen will ich hier noch eine Häresie erwähnen, die kraft des römischen Einflusses in unserer Welt um sich greift, insbesondere zu Askalon im Philisterland, wo man keine Treue gegenüber dem Guten mehr kennt: Juden und Nazaräer schämen sich dort nicht, die abscheulichen Riten zu Ehren des Attis zu praktizieren. Da der Erlöser an einem Holze starb, in der Blüte Seiner Jahre, glauben die Verehrer des Attis,*

*dieser Dämon sei in der Gestalt des Erlösers wiedergekehrt.[37] Nach außen hin gehorchen diese Leute den Geboten der Orthodoxie, doch betritt man ihre Häuser, findet man dort immer in einer Ecke eine fünf oder sechs Ellen hohe, geschmückte Fichte mit reichen Opfergaben unter den Zweigen und brennenden Kerzen ringsum. Wie lange, o Herr, werden diese bösartigen Überlebsel uns noch anhängen?[38]*
*31. Aber weiter und zu der bisher schlimmsten Häresie! Xenon und ich durchquerten Beerseba, jenseits welchen Orts die Einöden und räuberischen Überfälle der Wüste winkten. Bald fanden wir dort einen Zug von Kaufleuten, die mit einer römischen Militäreskorte nach Eleuph unterwegs waren, um dort für den römischen Markt bestimmte Spezereien zu kaufen. Die Eskorte war für die Sicherheit der Reisenden höchst erforderlich, da sich in jener Zeit die Überfälle häuften. In den Wüsten, welche man auf dem Weg nach Eleuph durchquert, trieben vor allem die Kelephäer ihr gefährliches Unwesen.*
*Die Kelephäer sind von allen Sekten, die die Kastration praktizieren, diejenigen, die den meisten Schaden anrichten. Nachdem sie ihre häretischen Überzeugungen zuerst den Essenern und den Täufern beigebracht haben, breiten sie jetzt ihre Greuel selbst unter den Nazaräern aus.[39] Und mit der Kastration begnügen sich diese Leute noch nicht einmal, sondern praktizieren überdies noch andere unvorstellbar scheußliche Verstümmelungen – und all das im Namen des Herrn!*
*32. Ein Kelephäer-Novize muß sich einer langen, qualvollen Initiation unterziehen. Die Ältesten binden ihn an einen Pfahl und schlagen ihn, bis er die schmutzigsten Sünden beichtet, und am Ende wird der Neuling kastriert und muß dann, nach vollbrachter Operation, mit ansehen, wie seine Hoden vernichtet werden, was auf verschiedene Weise vonstatten gehen kann und wozu man sich eines Hammers, eines Fleischermessers, aber auch des Feuers bedient, nach Belieben.[40] Dieser Teil der Zeremonie heißt »zweite Taufe«, das Abwerfen der alten Behälter der Sünde, und soll der Anfang der Wiedergeburt sein und was dergleichen Quatsch mehr ist. Neuerdings haben die Kelephäer auch einen weiblichen Orden, dessen Angehörige sich bei vollem Bewußtsein mit glühenden Nadeln die Scheide zunähen lassen, damit sie nie und nimmer empfangen können. Und um nicht durch ihre Erscheinung die Brüder in Versuchung zu führen, lassen sie sich nicht nur das Haar scheren, sondern auch die Brüste abschneiden; und wenngleich man mit der Absicht, die natürliche weibliche Lüsternheit*

*und Zuchtlosigkeit zu zügeln, schlechterdings nur einverstanden sein kann, scheint mir doch, daß diese Maßnahmen eine Spur zu weit gehen. (Ich sehe den jungen Tesmegan schmunzeln, denn in Äthiopien werden die Frauen so groß wie Wasserbüffel, gönnen sich so viele Männer, wie sie wollen, zu unziemlicher Fleischeslust und kastrieren dann den Rest. Als ob es bei den Römern mit solchen wie Sporus und Pindymion und Darius nicht schon hinreichend Verstümmelungen unterworfener Völker gäbe und wir noch irgendein Maß voll machen müßten.*[41] *Solche Geschichten über uns Juden empfehlen uns nur den Wilden, wenn man's recht bedenkt – ja, Tesmegan, schreib auf, was ich sage, jedes Wort.)*

*33. Ein Wort über ihren Pseudo-Messias Kelephus, den Hohenpriester der Bewegung. Jeden Sabbat pflegte er sich in einem umständlichen Ritus in tiefste Erniedrigung hineinzusteigern und sich dann vor den Pöbel zu stellen und zu verheißen, daß der Menschensohn erscheinen und den anstößigsten ihm noch verbliebenen Körperteil berühren werde, und während er dann in Verzückung fiel, ließ er sich den angeblich vom Meister zur Amputation empfohlenen Teil seiner selbst – ein Glied eines Fingers oder eines Zehs oder sonst irgendein Stück Fleisch – mit Zangen vom Leibe reißen oder mit einer Säge absägen, wie es am praktischsten war. Die Gemeinde wurde durch dieses Schauspiel stets zu Orgien der Selbstkasteiung hingerissen. Den verzückten Kelephus bettete man nach der Operation auf ein Bett von Dornen. Wenn er dann erwachte, pflegte er durch die benachbarten Dörfer zu wandern, sich verhöhnen und wie einen Aussätzigen behandeln zu lassen, alles zu Ehren des Größten Märtyrers, des Menschensohns, um dann endlich, nach Hause zurückgekehrt, anzuordnen, daß man ihn in die Jauchegrube versenke.*

*Die einzigen Schriften, die uns von ihm hinterblieben sind – denn die meisten wurden auf Felix' [des Landpflegers] Befehl verbrannt –, handeln von Salben und Säften, die geeignet sind, die Schmerzen offener Wunden zu verschärfen. Übrigens riskierte er bei diesen Bußübungen nie wirklich sein Leben, lag ihm doch sehr viel daran, sich von seinen Leiden möglichst schnell hinreichend wieder zu erholen, um sich von neuem quälen lassen zu können …*

*Ach, aber genug davon, ich sehe, daß es meinem Schreiber graust.*

*34. Überzeugt von der Wirksamkeit meines Entschlusses zu jungfräulicher Keuschheit, wie ich bin, scheint es mir von erbärmlicher Feigheit zu zeugen, daß diese Sektierer sich die Versuchungen, die sich unser immer wieder zu bemächtigen trachten, mit dem Rasiermesser oder sonst roher Gewalt vom Leibe zu schaffen wünschen. Denn wenn nicht mehr jeden Tag von neuem die Begierden und Versuchungen in uns aufsteigen, weil wir uns der Kraft zu sündigen begeben haben, wie können wir die Stärke des Meisters kennenlernen, der sich niemals auch nur mit einem unreinen Gedanken besudelte?*

*35. Aber um zu meinen Geschichten zurückzukehren: Als wir Eleuph erreichten, fanden Xenon und ich dort ein einziges großes Hurenhaus. Hier nämlich trafen sich die Händler, die aus Arabien kamen und nach Indien oder noch weiter, nach China, gingen, hier wurden Waren umgeschlagen aus den Weihrauchländern des Südens und den dunklen Ländern des Nordens, jenseits des Partherreichs. Und so war dort jedwede Lust käuflich, und die klingende Münze übertönte das Gewissen, welches den Müttern befiehlt, die Ehre ihrer Töchter zu wahren.*

*Als Xenon und ich die Hauptstraßen entlang zum Hafen hinuntergingen, präsentierten sich uns an den Fenstern der Obergeschosse fette Weiber, die ihre ölglänzenden Brüste zur Schau stellten, und auch Lustknaben*[42]*, noch keine dreizehn Jahre alt, bemalt und lackiert wie babylonische Tempelhuren, riefen uns nach, welche Dienste sie mir und Xenon zu leisten willens seien. Ich hielt Xenon die Ohren zu, bis wir an eine Ecke kamen, wo auf einem Dach ein Weib saß, massig wie ein Elefant, deren ungeheurer Bauch und schlaffe Brüste ihr auf die fetten Schenkel hingen. Diese leitete mit starker Stimme den Pöbel auf der Straße zu einem schweinischen Lobgesang auf ihre Reize an und warf Xenon eine Muschelkette zu, die dem armen Jungen anscheinend einen Rabatt oder Preisnachlaß verhieß. Jedenfalls bewog mich dieses Schauspiel, die Hände von Xenons Ohren zu nehmen, um ihm statt dieser nun die Augen zuzuhalten. Wollte ich doch, wenn irgend möglich, einen dauernden Schaden von seiner jungen Seele fernhalten.*

*36. Am Strand angelangt, erkundigten wir uns nach der nächsten Synagoge. Der Rabbi dort spuckte aus, als wir nach Thomas fragten, aber überhaupt kann man nicht sagen, daß Eleuph viel von Gott wußte. Immerhin informierte uns dieser heruntergekommene Pharisäer schließlich, daß wir den Harem dieses Thomas, nach dem wir fragten, in der Altstadt, da und da, finden würden. Da wir nun in die winkeligen engen Gassen der Altstadt eindrangen, rückte uns das allgegenwärtige Laster noch näher auf den Leib. Wir aber gaben Geld nur aus für Auskünfte über den Aufenthalt dessen, den wir suchten (denn bezahlen ließen sich diese Huren und Kupplerinnen auch für solche Gefälligkeiten) – und so fanden wir schließlich das Haus des Thomas.*

*Ich war einigermaßen unangenehm berührt zu finden, daß Thomas, der, wenn ich mich recht erinnere, im letzten Lebensjahr des Meisters eben jung verheiratet war, inzwischen die Zahl seiner Gattinnen um sieben vermehrt hatte, darunter eine Inderin, eine Partherin – die sich nahe beim Herd einen zoroastrischen Altar aufgebaut hatte – sowie eine hochgewachsene, vornehme Negerin aus Punt.*[43]

*37. Bei der Rückkehr von den Werften hieß mich Thomas herzlich willkommen. Es schien ihn sehr zu amüsieren, an diesem von der Welt der feineren Lebensart recht abgelegenen Ort ausgerechnet mich sich einfinden zu sehen.*

*Nachdem ich höflich und ohne Wärme die Schönheit seiner vielen Frauen gepriesen hatte, fragte ich ihn, ob seine Vielweiberei nicht gegen das Gesetz verstoße.*

*»Das Gesetz ist nicht mehr«, sagte er, sichtlich zufrieden. »Wenn wir irgendwas vom Herrn gelernt haben, dann, daß das verdammte Gesetz sich erledigt hat.«*

*Diese Denkungsart habe ich im Sinn, lieber Josephus, wenn ich die mangelnde Wertschätzung der rechten Lehre und positiven Gesetze bei den Nazaräern beklage! Der Herr wollte doch wohl schließlich nicht, daß jeder nur tut, wozu er Lust hat.*

*Ich rief ihm in Erinnerung, daß, bis Himmel und Erde zergeht, wird nicht zergehen der kleinste Buchstabe noch ein Tüttel vom Gesetz,*[44] *da denn der Herr das Gesetz achtete.*

*38. Abrupt erwiderte er mir: »Wie ich sehe, hast du dich nicht geändert. Du willst die Heiligen mit doktrinären Streitigkeiten erschöpfen. Du solltest nach Ephesus gehen und dich mit Johannes herumzanken, der für dergleichen Haarspaltereien einen unerschöpflichen Vorrat übelriechenden Atems hat.«*

*Es war natürlich zwecklos, aber ich hielt ihm einen Vortrag über die Notwendigkeit jungfräulicher Keuschheit und die Schwierigkeit, dem Allerhöchsten zu dienen, wenn man acht Frauen und ebenso viele Familien ernähren muß.*

*39. Aber Thomas lachte nur und gestand, daß er in verschiedenen Häfen des Morgenlandes noch vier oder fünf weitere Frauen habe, auch belehrte er mich, daß man eine karmanische Frau*[45] *für weniger als einen* rebah *im Monat unterhalten könne, da der Wechselkurs für die römische Währung dort sehr günstig sei, und daß man zum gleichen Preis auch noch die Gunst aller Schwestern dieser Frau genieße, denn das sei in Karmanien Brauch. Übrigens, fiel ihm ein, habe er auch noch eine Witwe in Ktesiphon, die ihn anbete.*

*Mit einem der geistreichen Scherze, für die ich zu Recht berühmt bin, bemerkte ich: »Sieh zu, daß du auf deinen Reisen dort nicht irgendwann auf dem Theater debütierst wie seinerzeit Crassus.«*[46]

*Thomas behauptete, gar nicht genau zu wissen, wie viele Frauen er eigentlich habe! (Ich mache auf diese Gemeinheit meines Freundes nur aufmerksam, um zukünftigen Historikern das Urteil über ihn zu erleichtern.) Er gab mir überdies zu bedenken, daß ich als einziger der Jünger unverheiratet geblieben war. Selbst Johannes, der sich, wie wir beide wußten und einräumten, um des Himmelreichs willen zum Eunuchen gemacht hat, hat in jungen Jahren irgendein armes Bauernmädchen zum Weibe genommen.*[47]

*40. Das Essen war recht schmackhaft, allerdings mit einer Fülle ungewöhnlicher Gewürze angereichert, die mir später einiges Bauchgrimmen verursachten. Ehe ich mit dem Bekenntnis meiner eigenen geistlichen Kümmernisse herausrückte, erkundigte ich mich nach der Wahrheit dessen, was alle Welt über den Jünger Thomas hat erzählen hören. »Viel wird gesagt, wenn die Geschichte erzählt wird«, sagte ich zu ihm, »über deinen Unglauben hinsichtlich der letzten Tage des Herrn.«*

*Da lachte Thomas rülpsend und goß sich Wein nach. Ich bemerkte, daß Xenon, der an reinen Wein in diesen Quantitäten nicht gewöhnt war, uns mit besorgtem Blick ansah. »Ja, ich habe bezweifelt, daß Er von den Toten auferstanden ist«, antwortete mir Thomas. »Weiß noch immer nicht, ob ich daran glauben soll!«*

*(Ich persönlich war, wie hier festgestellt sein soll, während der Tage der Hinrichtung des Meisters in Geschäften aus der Stadt abwesend auf unserem Landgut. Ich bin nicht stolz darauf. Immerhin behaupte ich jetzt nicht wie andere, bei Seinem letzten Gang an Seiner Seite gewesen zu sein, und bekenne meine Schwäche und Untreue. Und ich werde meinen Lesern auch sagen, was wenige Jünger zuzugeben willens sind, daß die Erscheinungen und Lehren des Meisters nach Seiner Rückkehr von den Toten sehr geheimnisvoll und Gegenstand erheblicher Verwirrung sind.)*

*41. Thomas sagte zu mir: »Ich weiß nicht genau, ob Er am Kreuz starb. Angenagelt haben sie Ihn, soviel ist sicher, aber viele halten das tagelang aus. Er hingegen scheint schon nach ein paar Stunden den Geist aufgegeben zu haben.«*
*»Du willst doch hoffentlich nicht behaupten, daß der Herr sich für ein Täuschungsmanöver hergegeben hat«, protestierte ich.*
*Thomas erwiderte: »Ach, Er mag scheintot gewesen sein, als sie Ihn ins Grab legten. Die Frauen versorgten Seine Wunden, Er hielt ein langes Schläfchen, und als Er erwachte, mag Er selbst gedacht haben, Er sei von den Toten auferstanden. Wer kann behaupten zu wissen, was da wirklich passiert ist?«*
*»Deine Zweifel dürfen niemals öffentlich bekannt werden«, beschwor ich ihn.*
*»Aber weshalb sollte ich ein Geheimnis daraus machen? Glaubst du, daß nicht auch die Pharisäer von diesen Sachen reden? Mir ist im übrigen egal, was die Leute sagen. Was der Lehrer lebte und lehrte, ist vollkommen ausreichend für mich. Das Theologisieren überlasse ich dir und Johannes mit seinen sternäugigen Lustknaben! Dank dem Höchsten war ich kein Gelehrter, kein verfluchter Priester – dank Seiner ewig währenden Gnade!«*
*42. Ich, wie allgemein bekannt ist, gelte in etwa als Gelehrter und Historiker und plädierte deshalb für die Notwendigkeit gelehrter Studien zur Erkenntnis der Wahrheit.*
*Thomas hatte keinerlei Einsehen und wütete: »Die Rabbiner haben der Thora das Leben ausgetrieben, und wenn du, mein Freund, deinen Willen kriegtest, dann würdest du auch den Meister zwischen Löschpapier pressen.«*
*Die Erwähnung des Löschpapiers erinnerte ihn an seinen Durst, und abermals schenkte er sich Wein nach. Er war jetzt ganz betrunken. Ich fragte, ob er meine* Widerlegung aller Häresien *gelesen habe. Meines Erachtens vereinfachte er viel zu sehr.*
*Thomas sagte zu mir: »Die gute alte Nächstenliebe ist dir also zu einfach, was? Warum ist's dann so schwierig, die Leute dazu zu bringen, sie zu üben? Ich glaube, was die Neubekehrten abschreckt, ist Johannes' Gerede von der Ewigen Sohnschaft und ob das Wort oder der Heilige Geist vor dem Vater war – als ob Jahwe ein Vater wäre, wie ich ein Vater bin! Erstaunlich, daß uns Jahwe nicht sofort zerschmettert dafür, daß wir ihm*

*mit solchen Ideen kommen! Du tust mir wirklich leid, mein Freund, da haben sie versucht, einen verfluchten griechischen Stutzer aus dir zu machen, aber du hast jüdisches Blut in den Adern, und nun stehst du mit einem Fuß im Tempel zu Jerusalem, mit dem anderen in unserer neuen Synagoge, und irgendwie willst du auch noch mit den Römern Schritt halten – armer Kerl, sage ich, kein Wunder, daß du aussiehst, als ob du keinen gesunden Schlaf hättest!«*

*43. Thomas erzählte mir des weiteren, daß meine Aufnahme in die Schar der Jünger aus Gründen beschlossen worden sei, die meiner etwaigen Begabung zur Heiligkeit ganz fern liegen. »Ich werde dir die verdammte Wahrheit erzählen, denn die anderen werden sich hüten, es zu tun! Du hattest Geld, ein Landgut und einen duldsamen Vater, du bist akademisch gebildet, kannst also Briefe schreiben ..., obwohl du im Endeffekt, wie ich höre, nur Zeug zum Feueranmachen geschrieben zu haben scheinst!« Dieser Bemerkung entnahm ich, daß die Nachricht von Petrus' Zerstörung meines letzten Evangeliums schon bis nach Eleuph gedrungen war. (Ich hielt es für das beste, mich deswegen nicht auf eine Diskussion mit ihm einzulassen, nahm mir aber vor, Thomas ein Exemplar meiner* Widerlegung aller Häresien *zu schicken, sobald ich wieder in Jerusalem wäre und Xenon dort, unter meiner Anleitung, eine Kopie für ihn abgeschrieben hätte.)*

*44. Thomas sagte zu mir: »Erzähl mir bloß nicht, daß du nie auf die Idee gekommen bist, daß wir damals nur hinter deinem Geld und Besitz her waren, mein Bester!« Also sprach er und schlug mir dabei auf die Schulter wie einem alten Zechkumpan. Und dann sagte er: »Du warst erst sechzehn! Glaubst du, in dem Alter hätten wir dich um deiner Weisheit und Reife willen aufgenommen?«*

*Und ich hoffe, Josephus, mein eigener Bruder, du weißt einzuschätzen, wie schwer es mir fällt, hier für die Nachwelt festzustellen, daß die Nazaräer mich meines Geldes wegen aufnahmen, das ich ihnen willig gab, weshalb du mich verspottetest. Ich hoffe auch, daß deine Schadenfreude deswegen aufgewogen werden möge durch ein wenig Mitleid mit mir, der ich nun auf meine alten Tage, der nazaräischen Bewegung entfremdet, hier in der Fremde umherirre. Die Gottsuche ist ein Unternehmen für junge Leute, nicht für die erschöpften und geschwächten Alten, deren Seelen sollten sein wie steinerne Tafeln, in welche der Name Gottes unauslöschlich eingegraben ist.*

*»Nein, geh und frage Petrus«, sagte Thomas dann zu mir, »wenn du das nächstemal nach Antiochien kommst, und er wird dir sagen, warum du erwählt worden bist. Es wäre besser gewesen für dich, mein Freund, du hättest dir ein Beispiel an Judas genommen, der sich in seinem Tuchladen in Beerseba zur Ruhe gesetzt hat.«*
*Wie die des Judas ließ ich Xenon auch die Adresse des Johannes notieren – dessen Gelehrsamkeit mich nicht weniger abstieß als Thomas, um die Wahrheit zu sagen – und beschloß, beide demnächst aufzusuchen. Xenon litt jetzt an einem Schluckauf, und ich merkte, daß er kaum noch das Schreibrohr halten konnte. (Ein Schluck aus seinem Becher bestätigte mich in dem Verdacht, daß Thomas meinem Schreiber unverdünnten Wein eingeschenkt hatte.)*
*45. Ehe ich Einspruch erheben konnte, stand Thomas auf, half Xenon auf die Füße und schickte sich an, ihn auf einen Spaziergang mitzunehmen. Er dröhnte: »Wenn du Evangelien suchst, warum siehst du dir nicht mal an, was ich bezeugt habe!«*
*Ich verlieh meinem Erstaunen Ausdruck darüber, daß er sich die Zeit für Aufzeichnungen genommen haben sollte.*
*Thomas sagte zu mir: »Aber natürlich. Meine Frau Sepphora hat darauf bestanden. Sie nimmt alle meine Diktate auf!«*
*Eine Frau! Xenon schwankte, und so legte Thomas einen Arm um ihn und brachte ihn an die frische Luft, während ich im Hause sitzen blieb, wo mir seine Frau und Amanuensis Sepphora ein elendes arabisches Gesöff zu trinken und einen Haufen Schriftrollen zu lesen gab.*
*Ich fragte Sepphora: »Weshalb hat sich Thomas nicht einen seiner vielen Söhne als Schreiber herangezogen?«*
*Sie sagte: »Weshalb sollte er, da wir unsere Söhne zum Arbeiten brauchen? Irgend jemand muß doch die Arbeit machen, während er herumläuft und predigt, daß der Messias schon gekommen und von den Römern getötet worden sei.«*
*Ich entnahm dieser abschätzigen Bemerkung, daß sie keine Nazaräerin war. Doch um Gewißheit zu erlangen, fragte ich sie.*
*»Nein«, antwortete sie, »aber schließlich bin ich dem Mann auch nie begegnet, und was ich von Johannes dem Täufer gesehen habe, war furchtbar.«*
*Ja, der Täufer war furchtbar, aber darauf beabsichtige ich gleich noch zurückzukommen [siehe unten, Vier, 5–6].*

*Sepphora fuhr fort: »Warum sollte mein Mann einen Schreiber anstellen, da ich selber doch in den Gesetzen Mose und den Propheten mich bestens auskenne?«*

*46. Und das sagte mir eine Frau! Ich rief mir zu meiner Beruhigung in Erinnerung, daß unser ewiger Geist der Weisheit, die Sophia, die kraft ihrer Reinheit alle Dinge durchdringt*[48] *und erfüllt, so weiblich ist wie die Erde, auf der wir wandeln. Das gelehrte Studium ist zweifellos eine Arbeit, zu der Männer besser taugen, aber etwas Gelehrsamkeit kann wohl auch den Frauen nicht schaden und mag überdies junge Mädchen gegen den Verlust ihrer Jungfräulichkeit beschützen (ohne welche an eine Verbesserung ihrer Stellung in der Welt nicht zu denken ist).*

*Ich will gleich sagen, daß, was Thomas da diktiert hatte, höchst heterodox war. Nicht ohne einen gewissen aramäischen Witz, auch nicht einer gewissen geistigen Geradlinigkeit ermangelnd, aber jedenfalls hatte Thomas auf seinen Reisen zu viel aufgeschnappt, was der Klarheit seines Denkens nicht gerade zugute kam. Ich bin das Licht, das Dunkelheit ist, das Eis im Innersten des Feuers, der Erste ist der Letzte – derart ermüdendes orientalisches Zeug.*[49]

*47. Nachdem wir anderntags noch etliche andere Angehörige der nicht eben glänzenden nazaräischen Gemeinde des Orts besucht hatten – ein paar Greise und ehemalige Prostituierte –, war ich bereit, die dreckige Stadt zu verlassen und mich auf den Weg nach Beerseba zu Judas zu machen.*

*Ich fragte Thomas: »Hat Judas irgendein geistliches Amt?«*

*»Nicht daß ich wüßte«, antwortete er. »Und das ist wohl auch gut, so wie der stottert.«*

*Aber gar nichts zu tun!*

*»Vielleicht ist es seine Bestimmung, gar nichts zu tun«, sagte Thomas. »Also dann, mein Freund«, fuhr er fort, wobei er mir, wie es seine Art war, auf die Schulter klopfte, »wer weiß, ob wir uns jemals wiedersehn. Ich fahre wieder nach Indien, und in meinem Alter kann ich nicht erwarten, noch viele solche Reisen zu überstehen. Ich fahre ab, um zu beenden, was ich angefangen habe. Oder vielmehr, was Er angefangen hat.«*

*48. Hier nun meinte ich, es sei doch das beste, aufrichtig zu sein und Thomas meinen seelischen Zustand zu offenbaren. Ich neidete ihm die Gewißheit seines Glaubens und beichtete ihm, daß ich dieselbe mit einer*

*Heftigkeit für mich begehrte, die zweifellos sündig sei. Es hätte mich nicht gewundert, wenn er sich über mich lustig gemacht hätte, aber er sprach mit Wärme zu mir, was mir davon zu zeugen schien, daß er trotz seiner rauhen Schale schließlich doch ein gutes Herz hatte.*

*»Ich sage dir, was du machst«, sagte Thomas zu mir. »Du kümmerst dich um die Alten und vielleicht die Kranken, so wie Er es angeordnet hat.«*

*Dafür sei ich nicht begabt, ließ ich ihn wissen.*

*»Dann eben um die Gefangenen, sobald du in Jerusalem zurück bist. Wir sollen sie besuchen, sagt der Herr. Da lernt man die Welt kennen, wenn man die armen Kerle im prätorianischen Kerker schmachten sieht – und diese römischen Schweine!«*

*49. Ich aber sagte: »Ich bin auch für diese Aufgabe nicht geeignet. Wenn ich mit Leuten der unteren Klassen spreche, pflegen sie mich auszulachen und zu verspotten.«*

*»Und braucht ein Gefangener etwa keine Gelegenheit zu lachen? Ich meine wirklich, hat er sonst was zu lachen? Siehst du also nicht, welchen Dienst du ihnen leisten könntest, mein Gefährte?«*

*Ich will nur bekennen, daß ich zutiefst frustriert war, als ich nun zu Thomas sagte: »Du hältst mich wohl für schwachsinnig?«*

*Da umarmte mich Thomas und gab mir den Kuß der Agape. »Aber als meinen Bruder vor dem Lehrer der Rechtschaffenheit liebe ich dich von ganzem Herzen«, sagte er zu mir. »Ich liebe dich wegen des Platzes, den auch du in der Weltordnung einnimmst. Ich liebe dich um der Rolle willen, die zu spielen du geboren wurdest!«*

*50. Aber welche Rolle ist das?*

*Und doch, wie oft habe ich mich in meinen Gebeten um Antwort auf diese Frage an Gott gewandt. Meine Gelehrtheit, meinen Forscherfleiß, meine literarische Begabung, mein makelloses Griechisch, meine philosophische Bildung – wie konnte all das Ihm zu größtem Nutzen verwendet werden? fragte ich Ihn. Leider habe ich nie eine eindeutige Antwort bekommen.*

*Und das war das letztemal, daß ich Thomas sah.*

*51. Xenon und ich machten uns auf den Rückweg nach Beerseba, und viele von den Frauen auf den Straßen riefen dem Jungen vertraulich klingende Grüße zu, und mir kam der grauenhafte Verdacht, daß Thomas ihn in eine dieser Höhlen des Lasters geführt haben mochte. Ich ermahnte Xenon, mir die Wahrheit zu sagen, und schüchtern beteuerte er seine Unschuld, von der ich mich nach vielen Minuten strenger Befragung*

*schließlich überzeugte. Ein Halunke, dieser Thomas. Aber so ausschweifend er persönlich auch sein mochte, weiß ich doch, daß er sich geschämt hätte, den jungen Xenon ins Hurenhaus zu führen, schon aus Rücksicht auf mich, da ihm ja wohl bekannt sein mußte, welchen Wert ich auf jungfräuliche Keuschheit als Mittel zur Verfeinerung der Seele lege.*
*Die Einzelheiten unserer Reise zurück nach Beerseba übergehe ich, denn das ist ohne Frage die langweiligste und heißeste Gegend, durch die man in diesem Lande reisen kann.*
*52. Judas [50] hatte einen Tuchladen, der nur dank seiner Frau florierte. »Ich habe keinen Kopf für Zahlen«, sagte er zu mir, als sei er stolz darauf, daß seine Frau das Geschäft führte. Judas sah noch immer so aus, wie ich mich seiner erinnerte. Sein Haar war noch dunkel, und er hatte die Augen eines Sanftmütigen. Er war auch noch ebenso schüchtern, wie ich ihn in Erinnerung hatte, und sprach noch immer nur, wenn es unbedingt sein mußte; welche Überwindung ihn das kostete, merkte man während der ersten Minuten an seinem Stottern.*
*Ich fragte ihn, ob es eine nazaräische Synagoge gebe in Beerseba.*
*53. »Es gibt keine«, sagte er mühevoll. »Aber meine Frau bringt Leute zum Beten ins Haus. Und es kommen Pilger.«*
*Ich fragte nach dem Ziel der Pilger.*
*»Zu dir müssen doch auch Pilger kommen«, sagte er. »Sie kommen, weil ich den Lehrer der Rechtschaffenheit gekannt habe und einer der zwölf war. Einmal die Woche oder öfter kommt jemand hier durch, der meine Hand berühren und mit mir beten will.«*
*Ich fragte, wie er solchen Wünschen entspreche.*
*Er sagte zu mir: »Ach, ich glaube nicht, daß der Herr es mir gegeben hat, an einer Heilung mitzuwirken, obwohl ich ziemlich sicher bin, daß ich ein- oder zweimal etwas habe helfen können. Aber sie fragen nach Ihm, und ich stammle, so gut es geht, heraus, woran ich mich erinnere, wenn auch nach all den Jahren meine Erinnerung nicht mehr sehr deutlich ist. Geht es dir nicht auch so?«*
*Ja, allerdings! Und aus ebendiesem Grunde, sagte ich, hätte ich mich auf diese Reisen begeben! Um die Wahrheit wieder aufzuspüren, die Wahrheit jener kostbaren wenigen Jahre, die Er unter uns weilte.*
*»Du hattest immer zuviel Geld«, sagte Judas, ich glaube, im Scherz.*
*54. »Sage mir«, fragte ich Judas, »warum bist du nicht mit dem Evangelium durch die Lande gezogen?«*

*Er lachte. »So wie ich rede? Manchmal versagt mir die Stimme so vollkommen, daß ich die Fragen der Pilger nur mit Gebärden bejahen oder verneinen kann. Ich frage mich, ob ich nicht manchmal Irrtümer genährt oder bestätigt habe, denn manche Alten und Siechen haben sich die unglaublichsten Fabeln in den Kopf gesetzt. Vor zwei Tagen war ein blutflüssiges Weib hier, wattebleich. Sie hatte erzählen hören, daß der Meister gesagt habe, eine, die solche Blutungen leiden muß, könne sicher sein, in den Himmel zu kommen, denn sie sei schon mit Blut reingewaschen. Du siehst, wie verwirrt sie war.«*
*»Und hast du sie eines Besseren belehrt?«*
*»Nein, habe ich nicht«, sagte Judas, in sein Stottern zurückfallend.*
*Soweit ich ihn verstand, bestätigte er die Frau vielmehr in ihrem Irrtum. Anscheinend war er überzeugt, daß der Herr der Frau den Gefallen auch seinerseits getan oder sie vielleicht geheilt hätte, obwohl es rätselhaft war, warum er manche heilte und andere nicht. Ich weiß noch, wie einst Thomas den Herrn fragte, warum Gott, wenn er doch der Gott der Liebe ist, nicht die Aussätzigen vor der Stadt besuchte und sie alle durch die Bank heilte. Der Herr gab ihm darauf keine Antwort. Sind das Geheimnisse, deren Grund uns immer verborgen bleiben wird?*
*55. Wiederholt sagte Judas zu mir: »Verstehst du nicht, mein Freund, daß es schon reichte, daß sie so gläubig war, zu mir zu kommen? Solchen Glauben wird Gott belohnen. Nein, ich konnte ihr nicht helfen, obwohl sie doch aus ihrem Dorf durch die Wüste bis zu meiner Tür gepilgert war. Aber ins Himmelreich führen wird sie dieser Weg gewiß.«*
*Ich muß hier eine gewisse Verzweiflung angesichts dieser laxen Auslegung der Lehren des Meisters bekennen. Mir ist bei der Erinnerung daran gar nicht wohl, aber ich fürchte, daß ich nicht eben sehr nett zu Judas war; ich fragte ihn, ob er meine, mit seinen kuriosen Auslegungen der Lehre des Meisters auch nur einer einzigen Seele den Weg ins Himmelreich geebnet zu haben. Moses habe schließlich auch gestottert und trotzdem ein ganzes Volk erlöst.[51] Wozu wohl er, Judas, vom Herrn erwählt worden sei?*
*Judas gab mir den brüderlichen Friedenskuß. Dann sagte er: »Ist es nicht möglich, daß eben die Seele, die der Herr zu retten beabsichtigte, meine war?«*
*56. Ich erklärte Judas, daß ich es unwahrscheinlich fände, daß der Herr, da Er aus dem ganzen Menschengeschlecht nur zwölf Jünger auswählte,*

*mit der Ernte zu beginnen, die vor dem Ende der Zeiten einzubringen ist, Seine Wahl so ungeschickt getroffen haben sollte, daß einer der ausgewählten Arbeiter am Ende nicht mehr sollte vorzuweisen haben als seine eigene Seele.*

*»Du hältst es also für Verschwendung«, erwiderte Judas, »daß durch meine Aufnahme in die Schar der Jünger des Herrn nur meine eigene Seele für das Himmelreich gewonnen sein sollte. Aber ich sage dir, ich glaube, Er wußte, was Er tat. Könnte es nicht sein, daß der Meister die Welt ins Auge faßte, sah, daß ich verwirrt war, und mich zu sich holte auf die einzige Weise, in der Ihm das möglich war?«*

*Aber wie unpraktisch!*

*Judas lachte und sagte: »Aber war Er denn jemals praktisch?« Judas legte dann eine Hand auf mich und berührte mit der anderen sein Herz. »Trotz all deiner Gelehrtheit, mein Bruder, glaube ich Ihn doch besser zu kennen als du.«*

*57. Und als ich an jenem Abend Beerseba verließ, blickte ich hinüber zu Xenon, der auf dem mir zur Seite trottenden Maultier schlief, ließ den Blick weiter über die sandige Einöde schweifen, in der wir unterwegs waren, und fragte mich, ob wohl wirklich Gott Seinen wahren Propheten gesandt hatte, Leute wie Judas höchstpersönlich zu erlösen – in welchem Fall der Höchste Vater Seine Kinder ja allerdings sehr lieben muß. Aber zu welchem Ende war dann ich zu den Jüngern des Meisters versammelt worden? Was gewann Er durch einen so elenden Kerl wie mich?*

# IRLAND

Da war ein Betteljunge in Burren, der war gar einfältig und hatte keine Gesundheit, und wo er auch nur ein paar Schritte ging, fiel er gleich hin. Und der träumte zweimal, daß er zu Sankt Brigittas gesegnetem Brunnen auf die Klippen gehe und finde Gesundheit dort. So machte er sich auf zu dem Brunnen, und als er hinkam, fiel er hinein und ertrank ... und kann man annehmen, daß er nun im Himmel ist.

Alte irische Legende,
gesammelt von LADY GREGORY

Konnten nicht eine Geschichte finden von einem ungebrochenen frohen Geist, kein Ende, das des Anfangs würdig war. Junge Männer haben davon keine Ahnung. Aufmerksame alte Männer wissen es sehr wohl; und wenn sie wissen, was die alten Bücher sagen und daß nichts Bessres ist zu haben, wissen sie, warum ein alter Mann von Sinnen sein sollte.

aus »Why should Not old Men Be Mad?«,
*Last Poems, 1939, von W. B.* YEATS

Heute morgen von der taufrischen Schnellstraße sah ich das neue Lager für die Internierten. Eine Bombe hatte einen Krater von frischem Lehm am Straßenrand gemacht, und darüber unter den Bäumen markierten Maschinengewehrposten eine echte Palisade. Da war dieser weiße Nebel, den man in niedrigen Lagen hat, und es war Déjà-vu, irgendein Film über Stalag 17, ein schlechter Traum ohne Ton. Gibt es ein Leben vor dem Tode? Das ist angekreidet in Ballymurphy. Auskommen mit Schmerz, kohärentes Elend, ein Happen und Schluck, wir klammern wieder uns an unser kleines Schicksal.

aus »Whatever You Say Say Nothing«,
*North*,1975, *von* SEAMUS HEANEY

Im Namen des Früheren und des Späteren und ihres Holocausts, Allmänn.

JAMES JOYCE,
*Finnegans Wake*, 1939

## DUBLIN
*26. Juni 1990*

Lucy fand, daß Dublin zwar moderner war, als sie es sich vorgestellt hatte, aber doch eher eine große Stadt als eine wirkliche Metropole; eine Stadt, in der man trotz der kürzlich begangenen Tausendjahrfeier nicht die alten verwinkelten Gassen oder das Kopfsteinpflaster fand, die es in malerischeren europäischen Hauptstädten gab. Die Stadt schien ihr steif und georgianisch, wo sie groß und imposant war, und schäbig, wo sie nicht groß war. Lucy stand in der O'Connell Street am Liffey River und kämpfte gegen ihre Enttäuschung an: Warum nur war das legendäre, vielbeschworene Dublin nicht so etwas wie Paris oder doch zumindest liebenswert wie Oxford?

(Gib der Stadt Zeit! Dublin wird dir ans Herz wachsen.)

Es war früh am Abend. Der Pendelbus vom Flughafen hatte Lucy am Fremdenverkehrsamt abgesetzt, wo sie einen einfachen Stadtplan erstand, auf dem die freundliche Frau im Büro ihr das *Mulligan's Pub* markierte. Dann spazierte sie an modernen Fast-food-Ständen entlang, vorbei an der Post. Ob das *die* Post war vom Aufstand im Jahr 1916? Sie hatte die Hauptbrücke über den Liffey überquert, die riesigen Neonschilder registriert, die man an allen Plätzen findet, die dem Times Square ähneln sollen; dann war sie am Fluß entlanggegangen und hatte auf die Sprechweise der Leute gelauscht – manches im Dubliner Dialekt klang überraschend amerikanisch-breit. Sie hatte rotbackige Gesichter betrachtet, hübsche, hellhäutige Frauen mit goldblondem Haar und Rotschöpfe und hatte schließlich auch Irlands großen Weltexport entdeckt, den alten Trunkenbold mit einer faltigen Karikatur als Gesicht, in alte Lumpen gekleidet, der auf unsicheren Beinen auf sein nächstes Guinness zutorkelte.

»Ham Se'n bißchen was für mich?« schnorrte einer.

»Tut mir leid, ich hab' kein Kleingeld.« Lucy ging schnell vorbei.

»Gottes Segen trotzdem«, sagte der Alte und tippte höflich an seine Mütze.

Ein paar Straßen vom Fluß entfernt, in einer düsteren, schmutzigen Gasse war das *Mulligan's*. Lucy spähte hinein, um zu sehen, ob es eine reine Männerbastion war, in der rotgesichtige Arbeiter Dart spielten und ihre Pints hinunterkippten, aber zu ihrer Erleichterung war das Publikum gemischt. Lucy registrierte die metallene Decke des Raums und den

gefliesten Boden, die reichverzierte Vitrine aus dunklem Holz mit den diversen Alkoholika und die mattierten Spiegel, die sich an der Bar entlangzogen. In anderen Ländern wurden die Kathedralen mit Altarbildern und Skulpturen ausgestattet – hier in Irland steckte man die größte Kunstfertigkeit offensichtlich in diese barocken Meisterwerke von Pubs. Aha: Da hinten, Rabbi Hersch zur einen, Pater Keegan zur anderen Seite, entdeckte sie ihren Mann; ein junger Bursche saß lachend mit den dreien am Tisch.
»Ich weigere mich zu glauben«, sagte der Priester gerade, »daß es etwas geben soll, das einem nicht schließlich doch schmeckt – etwas Alkoholisches, meine ich.«
Der Rabbi beharrte darauf, daß *mou-tai* untrinkbar sei.
»In Korea«, pflichtete O'Hanrahan ihm bei, »ergatterte die Armee eine Kiste von dem Zeug aus der Volksrepublik China. Ein ganzer Zug Soldaten, die nach einem Drink lechzten. Wir brachten das Zeug nicht runter, Pater. Ein Schluck würde dich davon überzeugen.«
»Ich bin erschüttert«, erwiderte Pater Keegan traurig, »daß ausgerechnet du mir so kommst, Paddy.«
»Nicht nur *mou-tai,* sondern auch *pulque* in Mexiko. 1964 habe ich die faszinierende Jesuitenbibliothek in Guadalupe, Zacatecas, katalogisiert, wo man die ...«
»Ist doch völlig egal, Mann«, unterbrach ihn Pater Keegan zielstrebig. »Was ist nun mit diesem Getränk?«
»Es heißt *pulque«,* führte O'Hanrahan aus, »sieht aus wie Milch und wird aus Agavensaft gemacht, aber in dem Gesöff war auch gegorene Kaktusfrucht, stark wie Schwarzgebrannter. Ich war in einer ganz urigen, primitiven Kantine. Unten an der Bar entlang lief ein Trog, ein Pißbecken, das auf die Straße geleitet wurde.« Die Männer brüllten beschwipst vor Lachen. »Man braucht nicht aufzustehen, Pater. Man trinkt und kann direkt an die Bar pinkeln.«
»Mutter Gottes«, meinte der Priester, »in Mexiko sind sie uns technologisch voraus, wer hätte das gedacht?«
»Hast du Beatrice zu einem solchen Trip mitgenommen?« fragte der Rabbi.
»Nein, ich habe sie in Chicago gelassen wie immer«, erwiderte O'Hanrahan.
»Kein Wunder, daß es mit deiner Ehe nicht gestimmt hat«, sagte Pater

Keegan so geradeheraus, daß man ihm nicht böse sein konnte. Dennoch veranlaßte die Bemerkung O'Hanrahan, das Thema zu wechseln: »Wer muß jetzt eine Runde ausgeben?«
Lucy räusperte sich. »Ich bin dran.«
O'Hanrahan starrte sie ungläubig an. »*Sie?* Wer von meinen Leuten hat mich verraten?«
»So was«, sagte Pater Keegan und stand auf, »deine Tochter, Paddy. Und ein hübsches junges Ding ist sie ...«
»Sie ist *nicht* meine Tochter.«
Lucy erklärte, nach dem ganzen Gerede in Oxford über das *Mulligan's* habe sie sich nicht vorstellen können, O'Hanrahan anderswo zu finden. Insgeheim musterte sie den Jungen, der ihr gegenübersaß; um die sechsundzwanzig, die Haut ein wenig sommersprossig, leuchtendrotes Haar, graugrüne Augen.
Der junge Mann neigte den Kopf: »Stellen Sie mich vor, Paddy.«
Sprach jeder außer ihr Dr. O'Hanrahan mit Vornamen an?
»Sie bleibt nicht so lange, daß ihr euch kennenlernen könntet«, antwortete der Professor.
»Ich heiße David McCall«, ergriff der junge Mann nun selbst die Initiative.
»Lucy Dantan. Was wollen die Herren trinken?«
Guinness!
»Gut. Und wenn ich zurück bin, sprechen wir über den heiligen Matthias.« Sie verließ den Tisch.
Das sollte sie eigentlich davon abhalten, einfach davonzulaufen, dachte sie auf dem Weg zur Bar. Aber Lucy erfuhr, daß Guinness-Zapfen in Dublin eine Sache für sich ist und daß es minutenlang dauert, während der Wirt einschenkt, den Schaum sich setzen läßt, nachschenkt und so weiter. Sie bestellte also und ging zurück zum Tisch.
»Sie haben mir meinen letzten Rateversuch vorenthalten, Sir«, erklärte sie und setzte sich auf einen niedrigen Pub-Stuhl. »Aber das war gar nicht schlecht, denn so hatte ich genug Zeit, um herauszufinden, daß der in Frage kommende Apostel Matthias ist.«
»Sie meinen Matthäus?« fragte David, der keine Ahnung hatte, auf welche Rateversuche sie anspielte.
»Ich meine den *dreizehnten* der zwölf Apostel.«
»Pater«, bat David, »ich dachte immer, es habe nur zwölf gegeben.«

»*Apostelgeschichte,* Kapitel 1, Vers 20 und irgendwas. Matthias war der dreizehnte Apostel«, erklärte ihm Pater Keegan, der das Gespräch lieber wieder auf die Getränke der Welt gebracht hätte. »Der Ersatz für Judas, nachdem dieser Selbstmord begangen hatte. Matthias könnte man sozusagen eine Trivial-Frage zum Neuen Testament nennen.«

»Ich habe mir die Bücher kommen lassen, die Sie in der Codrington Library bestellt hatten«, fuhr Lucy fort und registrierte O'Hanrahans finsteren Blick. »Ich habe den *Andreas* und äthiopische Bücher in Amharisch gesehen. Von den Kreditkarten-Quittungen, die an den Theologischen Fachbereich in Chicago gekommen sind, wußte ich außerdem, daß Sie in Trier waren. Ich habe mit einem Oxforder Dozenten über den *Andreas* gesprochen, und er sagte, es gehe dabei um die Abenteuer von Andreas und Matthäus – aber Sie sagten mir, in dem Evangelium gehe es weder um Andreas noch Matthäus. Dann habe ich mir ein paar von den griechischen Apokryphen angesehen, die Sie in der Bibliothek bestellt hatten, und in einem Band habe ich eine *Apostelgeschichte von Andreas und Matthias* aus dem 4. Jahrhundert gefunden. Matthäus und Matthias – wegen ihrer großen Ähnlichkeit sind die beiden Namen im Laufe der Jahre immer wieder verwechselt worden. Sowohl das angelsächsische Versepos wie auch die griechische Apostelgeschichte erzählen von Andreas' und Matthias' Abenteuern in Äthiopien.«

»Oh, sie ist eine richtige Detektivin«, staunte David.

O'Hanrahan kapitulierte mit einem Seufzer. »Wo ist mein Guinness?«

Lucy ging zurück an die Bar, bezahlte und brachte zwei Bier mit. David sprang auf, um die beiden übrigen Gläser zu holen, und blinzelte ihr beim Vorbeigehen zu.

O Mann, dachte Lucy, der ist ja goldig.

»Der Rest paßte dann schnell zusammen«, erzählte Lucy weiter, als sie wieder am Tisch saß. »Die Reliquien von Matthias wurden von Kaiser Konstantin in Trier in einen Schrein gelegt. Das erklärt, warum Sie dort die Archive eingesehen haben.«

»Ich habe den neuen Jahrgang des Piesporter Riesling probiert«, sagte O'Hanrahan unschuldig.

»Darauf trinke ich«, schaltete sich der Pater ein. »Was nun dieses Gesöff *mou-tai* angeht, Paddy, du hast gesagt ...«

Lucy machte ihre große Reisetasche auf, holte ihr eselsohriges Notizbuch heraus und blätterte ihr Gekritzel durch.

»Oh, Gnade«, seufzte Pater Keegan, »an diesem Tisch wird's ernst. Also vergiß nicht unsere Abmachung, Paddy, um Mitternacht.«
»Wer könnte das vergessen? Du willst doch jetzt nicht gehen, Pater?«
»Nö, nö, nöö«, antwortete der bedrückt und wünschte sich vielleicht, er könnte gehen.
Lucy begann: »Das *Matthiasevangelium* wird zuerst bei Clemens von Alexandria erwähnt, also hat es 170 n. Chr. bereits existiert. Clemens erwähnt, das Werk habe eine streng sexualfeindliche Moral ...«
Pater Keegan gab sich kaum Mühe, einen Rülpser zu unterdrücken. »Hmmm, dem haben wir das also zu verdanken. Die ganzen Jahre hab' ich gedacht, das sei eine irische Doktrin.«
Lucy fuhr fort. »Bei Irenäus wird der heilige Matthias erwähnt, aber das gibt nicht besonders viel her. Dann haben wir schließlich Eusebius, den ersten großen byzantinischen Historiker, zirka 324 ...«
»Wir wissen, wer Eusebius ist«, unterbrach O'Hanrahan beißend spöttisch.
»Er listet alle existierenden Evangelien auf. Das Neue Testament, so wie wir es kennen, gab es natürlich noch nicht, und es gab alle möglichen Evangelien, häretische und andere, die im Umlauf waren. Eusebius ordnet Matthias als häretisch ein, obwohl es nicht den Anschein hat, als habe er ihn tatsächlich gelesen. Und das bedeutet, daß in den nächsten Jahrzehnten vermutlich alle Abschriften davon verbrannt worden sind.« Lucy legte ihr Notizbuch aus der Hand. »Aber wir wissen ja wohl«, fuhr sie fort, und alle folgten ihr aufmerksam, »daß man etwas, das man für alle Zeiten bewahren will, nur mit Bann belegen und in den Untergrund treiben muß. Die frühe Kirche und im übrigen auch« – sie warf dem Rabbi einen Blick zu – »die Mischna und der Talmud sind Beispiele dafür, wie die Schriften grimmig verfolgter Völker die Zeit überdauern. Ich glaube daher, daß jemand das *Matthiasevangelium* in eine relativ unbekannte afrikanische Sprache übersetzt hat – und die Schriftrolle so überlebte.«
»Wie kommen Sie darauf?« fragte O'Hanrahan unsicher.
»Weil Sie diese ganzen afrikanischen Bücher bestellt hatten, und außerdem, so wie Sie und der Rabbi darüber reden, ist ziemlich klar, daß es noch nicht übersetzt ist. Und Sie beide zusammen, Sie können alles lesen.«
»Und was tun wir dann in Dublin?« fragte der Rabbi, der wissen wollte, wie durchschaubar ihr Vorgehen für einen Außenseiter war.

Lucy pokerte. »Wer hatte die Schriftrolle zuletzt nach dem Zwischenfall in Rom – irgendein deutscher Typ, sagten Sie, Rabbi, stimmt's? Wer immer diese Rolle hatte, muß bereit sein, sie Ihnen zu verkaufen. Obwohl«, sie warf Pater Keegan einen Seitenblick zu, »ich zufällig gehört habe, Geld sei nicht nötig. Also will irgend jemand Ihnen die Rolle vielleicht einfach *geben*. Oder es ist ein so hoffnungsloser Fall, sie selbst zu übersetzen, daß man Sie beide dafür angeheuert hat.«

O'Hanrahan wurde ärgerlich: »Woher wissen Sie über den Deutschen und Rom Bescheid?«

Der Rabbi klopfte ihm aufs Knie. »Ich habe ihr ein bißchen was erzählt, weil ich dachte, sie fliegt heim. Mein Fehler.«

David lächelte, aber als er sah, daß O'Hanrahan die Sache gar nicht auf die leichte Schulter nahm, wurde sein Gesicht wieder ernst.

Einen Augenblick schwiegen alle.

»Nicht schlecht«, sagte O'Hanrahan dann. »Was haben Sie nun vor mit diesem erläuternden Bericht?« Er blickte tief in sein Glas, als wolle er dort Erleuchtung finden. »Ich nehme nicht an, daß Sie uns den Gefallen tun werden, sich praktischerweise von einem Bus anfahren zu lassen und Gedächtnisverlust zu erleiden.«

Die gesellige Stimmung am Tisch war verflogen, und niemand hatte mehr etwas zu sagen. Pater Keegan stand auf und erinnerte O'Hanrahan noch einmal unheilschwanger daran, daß sie ein Rendezvous mit ihrem Los und Schicksal hatten!

»Ich bin jetzt auch groggy, Jungs«, sagte der Rabbi und stand gleichfalls auf. »Ich nehme mir ein Taxi zurück zu Mrs. O'Feagh.«

»Wohnen Sie alle dort?« fragte Lucy.

Alle funkelten sie an, als wollten sie sagen: alle außer dir.

»David, mein Junge«, mahnte O'Hanrahan und knöpfte seinen Mantel zu, »morgen pünktlich um elf vor Mrs. O'Feaghs Pension.«

»Ich werde dasein«, versprach er.

O'Hanrahan und Rabbi Hersch brachen auf und ließen David und Lucy allein sitzen. Einen Moment herrschte Schweigen, aber es war ein freundliches.

»Äh, ich könnte dich ja zu dem Bed-and-Breakfast bringen, weißt du«, meinte David hilfsbereit. »Ich muß noch in meinem Postfach im College nachschauen, ob mir jemand ein Briefchen reingeworfen hat, und dann könnten wir, äh ...«

»... zu dieser Pension gehen.«

»Genau.«

Lucy hatte plötzlich das dringende Bedürfnis, in einen Spiegel zu sehen. Sie entschuldigte sich und stand vor ihrem verzerrten Abbild in einem kleinen Spiegel, der an einem Handtuchspender hing. Ihr kastanienrotes Haar war vom Wind an Deck der Fähre zerzaust und sah zufällig ganz flott aus, wild und modisch. Ihre lange Jacke kaschierte bestimmte Stellen ihrer Figur, und der Schal verbarg ein kleines Doppelkinn, obwohl sie schon geübt darin war, in Gegenwart von attraktiven jungen Männern den Kopf hoch zu halten. O verflixt, sie machte sich ja lächerlich. Sie ging wohl besser wieder hinaus, damit er nicht dachte, daß sie sich extra für ihn herrichtete, wie sie es gerade tat.

Die Straßen Dublins waren laut und turbulent. Lucy, immer noch mit ihrer schweren Tasche, ging neben David her; er lotste sie an einem Teenager vorbei, in dessen Gesicht das Leid der ganzen Menschheit stand, während er im Rinnstein kniete und sich erbrach.

»Wetten, er hat heute Geburtstag«, erklärte David. »Es tut weh, so etwas mitanzusehen – ich sehe mich selber an seiner Stelle, weißt du?«

»So ist es mir in Oxford ergangen«, gestand Lucy.

Beim Thema Universität erwähnte Lucy, daß sie an der Universität von Chicago sei, während David erwähnte, daß er an der Dubliner Universität, am Trinity College, studiere. Lucy wunderte sich laut, wie David zu der Gunst gekommen sei, Dr. O'Hanrahan beim Vornamen zu nennen.

»Er ist ein alter Freund der Familie«, antwortete David, »und ich kann zu ihm sagen, was ich will.«

»Wie hast du ihn kennengelernt?«

»In der Nähe von Ballywaycross, im County Antrim, von wo ich stamme, aus dem nördlichen Teil ...« Lucy schienen diese geographischen Angaben nichts zu sagen, aber er fuhr fort. »Dort ist eine Insel, Rathlin Island, und da war immer ein Zufluchtsort der Jesuiten.«

»Rathlin Island.«

»Als ich noch ein Kind war, vor den Unruhen, war das eine Art Zuflucht für große Geister wie O'Hanrahan. Seit ich erwachsen bin, war ich selber nie mehr auf der Insel – nicht daß sie mich in ihrer Kirche gerne gesehen hätten, ich bin kein religiöser Typ. Na egal, Patrick war ein dutzendmal oder öfter auf Rathlin, aber er kam natürlich immer wieder mal rüber nach Ballywaycross, um ein paar Pints zu kippen, weil es auf der Insel

überhaupt nichts gibt, keine Stadt, keine Pubs, gar nichts. Mein Vater hatte eine Art Fährbetrieb nach Rathlin, bevor er in der Konservenfabrik angefangen hat, und so haben Patrick und er sich kennengelernt und unheimlich gut verstanden.«
»Aha«, erwiderte Lucy.
»Zum letztenmal haben wir Patrick so um 1973 gesehen, weißt du, bevor sein Sohn diesen Unfall hatte, Gott helfe ihm. Ich war wohl nicht älter als sieben oder acht. Und dann sind die Hare Krishnas da aufgetaucht. Das Wetter ist so mies, ich kann mir gar nicht vorstellen, wie sie da in ihren leichten Gewändern rumtanzen, du vielleicht?«
Lucy rechnete schnell ein wenig nach: David mußte um die 24 oder 25 sein. Auf jeden Fall gesetzliches Heiratsalter.
David erbot sich endlich, ihren Koffer zu tragen. Lucy überließ ihm das schwere Gepäckstück, und David meinte, am besten ziehe man es auf seinen Rollen hinter sich her. Wie versprochen, führte er sie durch die eleganten Höfe des Trinity College, an den hohen Gewölben aus grauem Stein und den neoklassizistischen Fassaden vorbei, die nachts angestrahlt waren, und vorbei an lachenden, geschäftigen Studentengruppen, die viel lebendiger und amerikanischer wirkten als die niedergedrückte, schniefende, farblose Gesellschaft in Oxford. David stellte fest, daß er keine Post bekommen hatte, und so gingen Lucy und er einen leichten Hügel hinunter zur Bushaltestelle, wobei ihnen der Koffer immer wieder gegen die Fersen rollte, um zu dem Bed-and-Breakfast zu fahren.
»Was haben Dr. O'Hanrahan und Pater Keegan vor? Diese geheime Mission um Mitternacht?« fragte Lucy.
»Mir haben sie's nicht genau verraten.«
Lucy war sicher. »Bestimmt wird ihnen *heute abend* die Schriftrolle übergeben.«
Sie erklärte David, daß sie von der Universität O'Hanrahan nachgeschickt worden sei, um für den Fachbereich herauszubekommen, ob er dem Fund des Jahrhunderts auf den Fersen oder einfach verrückt sei.
»Nein, ich glaub' nicht, daß er verrückt ist«, meinte David.
Als Lucy David schließlich von den Abenteuern des Professors während der letzten drei Monate erzählt hatte, war er ebenso neugierig wie sie.
»Warum fahren wir ihnen nicht hinterher?« schlug David vor. »Ich habe letzte Woche das Auto von zu Hause mitgenommen, damit ich Patrick zu meinen Leuten bringen kann.«

Lucy stellte ihr Gepäck rasch in Mrs. O'Feaghs Bed-and-Breakfast unter, während David ein paar Straßen weiterging, wo er geparkt hatte, weil man dort nie einen Strafzettel bekam. Ein paar Minuten später fuhr er vor der Pension vor, Lucy hüpfte ins Auto, und David fuhr zu Pater Keegans Kirche, Unsere Liebe Frau von den ewigen Sorgen.

Sie parkten und warteten, bis es Mitternacht wurde.

»Könnte aufregend werden«, meinte David.

Nach zehn Minuten war beiden ein wenig kalt. Auch nach zwanzig Minuten hatte sich nichts Aufregendes ereignet. Lucy hörte David zu, der von seinem Landmaschinenbaustudium erzählte, konzentrierte sich aber vor allem auf seine hübschen Gesichtszüge, die vom bläulichen Licht der Straßenlaternen beschienen wurden. Sie stellte fest, daß sie in seinen unwiderstehlichen irischen Akzent und die Gesten seiner plumpen, sommersprossigen Hände vernarrt war. Und wie er blinzelte, wenn er etwas Interessantes zu sagen hatte, und wie er dann lächelte, so natürlich und offenherzig.

»Also, was meinst du?« fragte David.

»Äh, tut mir leid ... wozu denn genau?«

»Ob du morgen mit Dr. O'Hanrahan und dem Rabbi nach Antrim kommen willst?«

»Ich bin sicher, daß sie sehr viel dagegen hätten«, antwortete sie und verbarg ihr Entzücken.

»Patrick ist ein zahnloser Hund, wirklich. Nur Gebell und nichts dahinter. Du brauchst keine Rücksicht darauf zu nehmen – sag ihm, du kommst mit, und basta. Die beiden kommen auf den Rücksitz, und du sitzt vorn neben mir.«

Wo genau lag dieses Antrim? Egal, sie würde hinfahren! »Aber das gibt bestimmt Ärger.«

»Ich würd's dir schon sagen, wenn es so wäre! Ich hätte es gern, wenn du mitkommst, und außerdem habe ich noch einen Hintergedanken dabei, wirst schon sehen.«

Wahrscheinlich nicht denselben wie ich, dachte Lucy.

»Ich würde gern in die Staaten gehen«, erklärte David. »Eine Zeitlang, weißt du. Jeder fährt rüber, aber es ist schwierig, das Visum zu kriegen, weil man illegal arbeiten kann, sobald man drüben ist, und keiner erwischt einen. Wir verlieren unseren Akzent *wie nix.*« Er schnalzte mit den Fingern. »Wenn ich in die Staaten gehe, brauche ich jemanden, bei dem ich am Anfang bleiben kann oder der mir ein bißchen was zeigt, und Chicago ist so gut wie jede Stadt. Bloß zu viele Iren gibt's dort.«

Lucy lachte.

»Das ist das Tolle an der Entwicklungsarbeit in Afrika. Ich möchte gern irgendwohin, wo niemand rothaarig ist und sich vollsäuft und dieses verdammte ›Molly Malone‹ singt, weißt du?«

Hoffentlich besucht er mich, dachte Lucy. Vielleicht muß ich Judy abmurksen, damit ich die Wohnung für mich habe, aber das könnte ich mit meinem Gewissen vereinbaren ...

(Lucy, also wirklich!)

Ich könnte ihn zu Daddy und Mommy mitbringen, dachte sie.

(Ein bißchen voreilig, Mein Kind.)

Da David aus Nordirland stammte, fragte sie sich plötzlich, ob er katholisch oder protestantisch war.

(Für Uns macht das keinen Unterschied, warum sollte es für dich einer sein?)

»Schau«, flüsterte er eindringlich.

Pater Keegan und O'Hanrahan stolperten lachend aus der Sakristei.

»Holen wahrscheinlich gerade das Auto«, meinte David.

»Glaubst du, daß sie eine längere Fahrt vorhaben?«

»Ich hoffe nicht, ich hab' nämlich nicht viel Benzin im Tank.«

Kurz darauf tauchte mit knirschender Kupplung und jaulenden Gängen ein kleines schwarzes Auto aus einer Seitenstraße auf. David wartete, bis es um die Ecke verschwunden war, bevor er den Motor anließ, die Scheinwerfer einschaltete und ihm folgte.

»Wie im Fernsehen«, schwärmte David. »Wetten, in Amerika seid ihr an so was schon lange gewöhnt ...«

Er setzte seinen Wagen hinter das kleine Auto, während Lucy sich unnötigerweise duckte. Die beiden Fahrzeuge steuerten aus dem Tal der Dubliner Innenstadt heraus, bis sie durch Wohnstraßen und Hügelketten kamen; die Häuser waren nun dunkel, und die Bewohner schliefen. Vor Dun Laoghaire gab die Straße einen Blick auf die Dubliner Bucht frei, die an diesem Abend spiegelglatt das Mondlicht reflektierte; Tanker und Schiffe aus fremden Ländern lagen ruhig vor Anker, die einzige Bewegung in der Bucht kam von einer Autofähre nach Wales, deren blinkende Lichter sich im stillen schwarzen Wasser spiegelten.

»Die Tankuhr zeigt gerade noch ein Achtel«, bemerkte David besorgt.

»Ich zahl' dir das Benzin«, murmelte Lucy.
»Das ist es nicht, was mir Sorgen macht.«
Aber da wurde Pater Keegans Auto vor einem altmodischen irischen Wegweiser langsamer; zahlreiche Schilder – schwarze Schrift auf weißem Grund – zeigten in alle möglichen Richtungen: Wicklow lag 17 Meilen vor ihnen, Dublin 13 Meilen hinter ihnen, und eine schmale, heckengesäumte Straße führte nach Enniskerry und zur drei Meilen entfernten St. Rodan's Chapel. Der Pater bog in die Richtung der Chapel ein. David bremste zwar, fuhr aber zunächst an der Abzweigung vorbei, damit sie nicht bemerkt würden. Er fuhr noch ein kleines Stückchen, dann drehte er um.
»St. Rodan's Chapel«, meinte Lucy nachdenklich. »Glaubst du, die große Übergabe soll dort stattfinden?«
(St. Rodan im Jahre 570. Während er gegen einen widerspenstigen Heidenkönig kämpfte, stellte sich unser erfinderischer Rodan dem größten Fluchwettbewerb Irlands, bei dem er das Druidenheiligtum Tara in Grund und Boden redete und dem König wünschte, er möge behandelt werden wie ein Tier, dem die Haut abgezogen wird, und ein Fisch, der in siedendem Wasser gekocht wird; er wünschte ihm, ein glühendheißer Nagel möge seine Zunge am Gaumen festnageln, Larven, Maden, Würmer und kleine Neunaugen mit Hornzähnen möchten ihn von innen her zerfressen. Wieder einmal siegte die Christenheit.)
»Ich war als Kind mal dort«, erzählte David. »Es ist eine alte keltische Kirche, um 1000 oder so, wie Glendalough. Ruinen eines Rundturms, weißt du?«
Lucy nickte, die Besonderheiten keltischer Architektur sagten ihr nicht viel.
Langsam fuhren David und Lucy die Landstraße hinunter nach Enniskerry, einem Dorf an einer Straßenkreuzung, dann bogen sie in eine schmalere Straße ein, bis sie die Kapelle erreichten, die in einer Kiefernlichtung lag. Pater Keegans Wagen parkte davor. Aus der Kapelle drang flackernder Lichtschein heraus; die Tür war nur angelehnt.
»Pater Keegan ist verantwortlich für eine Reihe heiliger Stätten und Schreine in dieser Gegend. Er ist sozusagen ein Lokalhistoriker, schreibt immer Sachen für die Zeitung. Wahrscheinlich hat er die Schlüssel zu St. Rodan«, erklärte David.
Ein entmutigender Gedanke ergriff Besitz von Lucy: Wenn die in die Sache

verwickelten Parteien zu diesen skrupellosen Sammlern oder ausländischen Händlern gehörten und bewaffnet und gefährlich waren? Wenn Gabriel doch nicht dramatisiert hatte mit seiner Behauptung, vermutlich sei dieses Dokuments wegen schon jemand umgebracht worden? Und wenn Lucys und Davids Anwesenheit die bevorstehende Transaktion gefährdete?

»Vielleicht war das blöd von uns«, sagte sie langsam. »Vielleicht bringen wir den ganzen Handel zum Platzen, weil wir hier sind.«

David kletterte aus dem Auto. »Ach was, werfen wir doch einmal einen kurzen Blick hinein!«

»David«, zischte Lucy und stieg ebenfalls aus. »Nein! Was ist, wenn wir die große Übergabe versauen? Dr. O'Hanrahan bringt uns um!«

»Ich kenne Pater Keegan schon eine Weile und Patrick, seit ich klein war, Lucy. Sie halten es garantiert für einen Heidenspaß, daß wir ihnen nachgefahren sind. Los, ich sag dir, wir tauchen plötzlich auf und jagen ihnen einen Mordsschrecken ein!«

»Ich bereu's jetzt, daß wir das gemacht haben«, erwiderte Lucy, die sich vor O'Hanrahans sicherem Jähzornanfall fürchtete.

David schlich sich zur Tür der Kapelle und spähte hinein. Er winkte Lucy, sie solle auch kommen. Widerstrebend und vorsichtig ging sie auf Zehenspitzen über den Kies und warf einen Blick nach drinnen. Es war eine einfache, dumpfige Steinkirche ohne großen Schmuck; ein keltisches Kruzifix – ein Kreuz mit einem Kreis um den Kreuzungspunkt der Balken – stand auf dem Altar, und der Raum wurde nur durch ein paar Kerzen erleuchtet. Pater Keegan zündete gerade noch eine Kerze an und gluckste über irgend etwas in sich hinein, aber ihre widerhallenden, undeutlichen Stimmen waren nicht zu verstehen. O'Hanrahan hatte einen Kerzenleuchter in der Hand und zündete daran eben ein Zigarre an. Pater Keegan zog einen verrosteten alten Schlüsselbund hervor und sperrte ein Gitter auf, das zu einem Keller unter dem Altar führte ... eine alte Krypta! Was für ein wunderbares Versteck, dachte Lucy. Ein Untergeschoß, das sicherlich aus den Tagen der verlorenen keltischen Mysterien Irlands stammte, dem Zeitalter von Patrick und Columkille ...

»Die Schriftrolle muß in der Krypta sein«, flüsterte Lucy.

David sah belustigt aus.

»Was ist denn so komisch?« fragte sie und lächelte zurück.

»Nichts.«

Aber dann hörten sie einen triumphierenden Schrei von drinnen. Lucy und David kauerten sich auf den Stufen zusammen, spähten in die dunkle Kirche, und O'Hanrahan half Pater Keegan wieder aus dem Keller. Der Priester hatte eine Art Benzinkanister in der Hand, der aussah wie die, mit denen man in Amerika Rasenmäher füllte. Dann kam O'Hanrahan mit einem Kelch aus einem Abendmahlsschrein. David kicherte.

»Was machen sie bloß?« fragte Lucy.

»Ich hab's gewußt, ich hab's gewußt ...« David lachte.

*Poteen,* ausgesprochen Puh-sheen. Der irische Schwarzgebrannte. Destilliert in so manchem Kirchenkeller in den goldenen Tagen des kirchlichen Gepichels im 19. Jahrhundert, nun eine fast verlorene Braukunst. »Verlaß dich drauf, daß Pater Keegan weiß, wo man das Zeug herbekommt, und verlaß dich drauf, daß O'Hanrahan es sich sogar aus dem Heiligen Gral die Kehle hinunterschütten würde«, erklärte David flüsternd.

»Ich hatte so ein Gefühl!« David setzte sich auf die Kirchenstufen.

»Und mich hast du denken lassen, das habe etwas mit der Schriftrolle zu tun«, protestierte Lucy und gab ihm einen Schubs. »Damit ich wie ein Idiot aussehe.«

»Nööö, bei meiner Ehre. Aber verstehst du, sie haben von diesem *poteen* geredet, bevor du gekommen bist. Darüber hatten wir gerade gesprochen, die verschiedenen Schnäpse, die es auf der Welt gibt. Deswegen hatte ich das Gefühl, daß es darum gehen könnte.«

Lucy lächelte ihn an. »Willst du klopfen und dir ein Gläschen holen?«

Er schüttelte den Kopf. »Von dem Zeug kannst du blind werden. Oder schlimmer, es kann bewirken, daß ein Mann, äh ... na ja, untauglich wird ...«

Das können wir nicht gebrauchen, dachte Lucy und rückte ein wenig näher.

»Wir bleiben hier sitzen und jagen ihnen einen Riesenschrecken ein, wenn sie herauskommen«, schlug David vor. Beide sahen auf zu einem Riß in den Wolken, einem Fenster zu einem sternklaren Nachthimmel. »Hm, ganz schön für Juni, aber ein bißchen kalt. Kein Regen, bloß ein bißchen bewölkt. Hinter der da kann man den Mond sehen ... siehst du? Noch nicht ganz voll.«

Lucy spürte, daß ihnen der Gesprächsstoff ausging. Sie zermarterte sich das Hirn nach den Tips, die in den Frauenzeitschriften standen, die sie und Judy in der Wohnung herumliegen hatten. Sie erinnerte sich an den

Ratschlag, man solle den Mann dazu bringen, über sich selbst zu reden.
»Du machst Landmaschinenbau, hast du erzählt, ja?« begann sie.
»Na ja, ziemlich langweilig, darüber zu reden«, antwortete er und streckte die Beine aus. »Diplom. Landmaschinenbau für die Dritte Welt, Afrika und so weiter. Wie kann man dem Sudan oder Somalia helfen, sich selbst zu ernähren? Oft gibt es in diesen Ländern genügend Hilfe, genügend Ressourcen, es fehlt bloß eine anständige Regierung. Und Glück. Ich gehe jeden Sommer mit *Austcare* sechs Wochen lang in ein Flüchtlingslager, um mitzuhelfen. Ich glaube, diesen August bin ich im Sudan, vielleicht auch in Äthiopien. Die ganzen Typen, die verrückt genug sind, um dort hinzugehen, sind wirklich großartig – du würdest Georgie und Bobby mögen. Himmel, ich wette, ihr würdet euch alle verstehen.«
»Bist du jedes Jahr mit derselben Gruppe da unten?«
»Na ja, es ist erst mein drittes Jahr. Ich habe mich freiwillig für Äthiopien gemeldet. Diese armen Schweine hatten das größte Pech, seit die Russen Haile Selassie zum Teufel gehauen haben.«
»Dieser verrückte Kaiser?« meinte Lucy, die sich daran zu erinnern versuchte, was sie je über diesen Teil der Welt erfahren hatte.
»Es ist ein christliches Land, weißt du. Er war nicht nur Kaiser, sondern der Löwe von Judäa, ein Abkömmling von König Salomo – ob du's glaubst oder nicht, wir haben eine Handvoll Rastas hier in Dublin, die Haare zusammengeflochten und so, die ihn für einen Gott halten. Und weil man nie Selassies Leiche gesehen hat, behaupten manche, er werde zurückkommen, kurz vor dem Jüngsten Tag, und Äthiopien zum Königreich Gottes machen.«
Lucy fühlte sich glücklich, mit David hier im irischen Mondlicht auf den Stufen einer alten Kirche zu sitzen ... aber auch unglücklich, weil sie sich plötzlich so provinziell vorkam, so unbewandert und fad. »Muß schon eine tolle Sache sein, Afrika kennenzulernen«, sagte sie schließlich. »Bestimmt bekommt man eine Menge Spritzen.«
»Himmel ja, fürchterlich – Typhus ist die schlimmste. Wie ich gesagt hab', *Austcare* schickt uns jeweils für sechs Wochen hin, aber länger würde mein westlicher Magen das auch gar nicht aushalten. Die nächsten drei Monate brauche ich immer, um mich zu erholen.«
Fast eine Stunde verstrich, während Lucy eine Frage nach der anderen stellte, voller Interesse an Afrika, aber noch hingerissener, weil sie David so eifrig erzählen hörte. Dann ging hinter ihnen die Kapellentür auf, und

ein schriller Schrei des Paters ertönte, gefolgt von einer Reihe von Anrufen an den heiligen Dingsbums und Mutter Dingsda und Flüchen zu St. Soundso.
»Ihr habt mich zu Tode erschreckt, ihr zwei!« rief Pater Keegan, bevor er wieder lächeln konnte. »Ah, aber es ist ganz gut, daß ihr hier seid! Ich war schon drauf und dran, in die Stadt zu fahren und jemanden zu holen, der bei Paddy mit Hand anlegt.«
»Ist er krank?« fragte Lucy und sprang auf.
»Na ja, krank nicht gerade«, antwortete der Priester. »Er muß einfach zurück in sein B & B und sich erholen.«
David und Lucy traten in die Kapelle und sahen O'Hanrahan auf der vordersten Kirchenbank mit rotem Gesicht liegen, laut schnarchend.
»Ach, ich hab's ihm gesagt, daß dieses Zeug stark ist«, erklärte Pater Keegan.
Lucy und David sahen mißtrauisch auf den Kelch. David steckte schließlich den kleinen Finger in das rötliche Gebräu und probierte. Er schnaubte wie ein Pferd. »Gütiger Gott!« rief er.
*»Gebt das starke Getränk dem Verzweifelnden und den Wein dem Verbitterten«*, zitierte der Pater. *»Er trinke, dann vergißt er seine Armut und denkt nicht mehr seiner Mühsal.* Das, mein Junge ist das Wort Gottes aus ...«
»Buch der Sprüche, Pater«, half Lucy. Sie erinnerte sich, daß dieses Zitat einmal auf der Einladung zu einer Cocktailparty des Theologischen Fachbereichs abgedruckt gewesen war.
Pater Keegan, beschwipst und ausgelassen, zauste Davids Schopf. »Ach, David, mein Junge, du bist mir ein braver Christenjunge! Vor dem Krieg hätte man dein Studium bezahlt, daß du ein Priester wirst, das sag' ich dir. Den Bischofssitz hättste bekommen.«
»Ich bin protestantisch erzogen, Pater.«
Lucys Hoffnung sank; die erträumte Verbindung war bedroht.
»Ach, du bist Ire – und damit Ehrenkatholik«, beharrte der Priester.
Gemeinsam schafften es David und der Pater, O'Hanrahan, der wirr vor sich hinbrabbelte, auf die Beine zu stellen. Lucy blies die Kerzen aus und hielt die Tür auf, während die Männer O'Hanrahan aus der Kapelle schleiften und auf den Rücksitz von Pater Keegans Auto setzten.
»O'Feaghs Bed-and-Breakfast, ja?« fragte der Priester, außer Atem und unsicher schwankend.

»Lassen Sie doch mich fahren, Pater«, bot David sich an. Lucy setzte sich auf den Rücksitz zu O'Hanrahan, der nun wieder schnarchte. Der Pater nahm auf dem Beifahrersitz Platz und war rasch hinüber.
David fischte die Schlüssel aus Keegan's Priesterrock und ließ den Wagen an. »Na gut, muß ich meinen Wagen eben morgen holen«, meinte er und lachte. »Paddy wird mir ein Taxi zahlen müssen, sonst kommt er nie nach Ballywaycross.«
Lucy fragte, ob O'Hanrahan wirklich nur nach Nordirland fahren werde, um Davids Familie zu besuchen.
»Nein, Patrick und der alte Jude sind hinter irgend etwas her, aber ich weiß nicht, was es ist. Pater O'Keegan weiß Bescheid, glaube ich. Er hat heute abend mal über eine Art Handel gesprochen, aber mir hat das Ganze nichts gesagt.« Als er um die Ecke bog und die Irische See wieder in Sicht kam, fügte David hinzu: »Du bist ein mutiges Mädchen.«
»Wieso?«
»Und gescheit. Mit Patrick zusammenzuarbeiten.«
»Ich arbeite noch nicht mit ihm zusammen. Es wäre prima, wenn es eines Tages dazu käme. Aber er ist so ein Brummbär.«
Diesen Einwand wischte David beiseite. »Du brauchst nur rauszukriegen, wie du ihn behandeln mußt.«
Ich bezweifle, daß ich die Chance dazu haben werde, dachte Lucy, eigenartig traurig bei diesem Gedanken.

## COUNTY ANTRIM

*27. Juni 1990*

O'Hanrahan blinzelte ins Tageslicht; langsam sah er die wasserfleckige Zimmerdecke klar über sich. Hm, dachte er, ich bin in Mrs. O'Feaghs Frühstückspension. Wie bin ich hierhergekommen? Ohne den Kopf zu bewegen, sah er nach, ob er seine Krawatte trug ... ja. Wahrscheinlich der Rabbi. Nein, nach dem *Mulligan's* haben wir ihn verloren. Pater Keegan? Könnte sein. Warte. Nein, lieber Gott, nicht die Erniedrigung vor *Lucy*, der unentrinnbaren St. Lucy, jungfräuliche Märtyrerin, mit den gesegneten, immer wachsamen Augen, *lux eterna!* Aber er hatte dieses unerbittliche Gefühl, daß sie dort bei der Kapelle gewesen war ...

(Ja, laß dich daran erinnern: wieder einmal betrunken, einen Narren aus dir machend, die Gehirnzellen verschwendend, die du noch übrig hast.)
Es klopfte.
O'Hanrahan hob den Arm, um auf die Uhr zu sehen. Es konnte noch nicht das Zimmermädchen sein. Als er den Kopf hob, um zur Tür zu sehen, stöhnte er vor Schmerz.
»Bis gleich, beim Frühstück, Dr. O'Hanrahan«, sagte Lucy durch die Tür.
O'Hanrahan drehte steif den Kopf, zuerst nach rechts, dann nach links. *Könnte* schlimmer sein. Ein Kater ungefähr Stufe fünf auf der Skala von eins bis zehn. Die fünf Zigarren hintereinander hätte es wirklich nicht gebraucht, dachte er vernünftig, als er den schlechten Geschmack im Mund spürte. Wo ist der Spiegel? O'Hanrahan hatte sich angewöhnt, sein weißes Haar so zu frisieren, daß man möglichst wenig kahle Stellen sah; er konnte sich waschen, rasieren und die Zähne putzen, ohne direkt in den Spiegel zu sehen. Aber heute sah er hinein. Ich sehe den Totenschädel unter meinem Gesicht, dachte er. Erinnere mich nicht, erinnere mich nicht ...
(Aber du hast es nötig, daß man dich erinnert.)
O'Hanrahan wohnte nur wegen des Frühstücks in Mrs. O'Feaghs Bed-and-Breakfast – weiß Gott, wie in den meisten Dubliner Gasthöfen gab es weder heißes Wasser noch ein bequemes Bett oder gar eine Heizung, die in der kalten Nacht genügend wärmte. Aber dafür zeichnete sich die Pension dadurch aus, daß Mrs. O'Feagh am Morgen ordentlich auftrug.
O'Hanrahan machte sich auf den Weg in den Frühstücksraum, der wie alle irischen Frühstücksräume ein Museum voll von kitschigem Krimskrams war; mit 3D-Postkarten von John F. Kennedy und Papst Johannes Paul II. Er besah sich die anderen Gäste: ein älteres Paar, zwei laut redende amerikanische Rucksacktouristen, die wahrscheinlich ganz Europa in einem Monat abhakten, und eine alte irische Vettel in der Ecke.
(Sie ist jünger als du, Patrick.)
»Hier bitte, Sir«, sagte Mrs. O'Feaghs pickelige Enkelin und stellte einen Teller und eine Kanne mit schwarzem Kaffee vor ihn auf den Tisch.
Sieh mal an: Zwei Eier – ein Frühstücksei mehr als üblich, so wie Amerikaner es mögen; zwei richtige irische Schweinswürstchen – nicht diese sägemehlgefüllten Brot- und Pappdeckelrollen, die man in Her Majesty's Vereinigtem Königreich als Würstchen bezeichnete; eine dicke Scheibe Räucherschinken mit Fettrand, zwei Scheiben *black pudding*, ein

Stapel Toastbrot, und, etwas verloren unter diesen Deftigkeiten, auch Marmelade und Konfitüre ...

»Guten Morgen, Dr. O'Hanrahan.«

Mit Mühe hob er den Blick, um Lucy anzusehen.

»Haben Sie gut geschlafen?« fragte sie, betont fröhlich, und blieb unschlüssig vor seinem Tisch stehen.

»Was geht Sie das an?«

»Ich meine nur, dieses Zeug hat so stark ausgesehen, und Sie haben ...«

»Soviel davon getrunken?« O'Hanrahan begann den Tisch umzudecken, er zog sogar die Marmeladen und Salz und Pfeffer auf seine Seite herüber. »Ich bin längst über den Punkt hinaus, Miss Dantan, daß ich am nächsten Morgen mit Katzenjammer büßen muß. Ich habe ein langfristiges Konto. In meinem Alter hat man den Kater erst am Nachmittag oder vielleicht am frühen Abend, und bis dahin ...«, in einem schwungvollen schwarzen Bogen goß er sich den starken Kaffee ein, »... bis dahin trinkt man sowieso schon wieder. Ich muß also nie dafür büßen, wenn Sie sich das fragen sollten.«

Dann gab er noch seine Paddy-der-Priester-Nummer zum besten: »Ich laß anschreiben, und bezahlen tu ich erst dann, wenn der ganz Große mich ruft – mögen alle Heiligen uns schützen.«

(Könnte früher sein, als du denkst, Paddy.)

Lucy glitt auf den Stuhl ihm gegenüber und wartete auf Protest, aber O'Hanrahan fehlte die Energie dazu.

Mrs. O'Feaghs Enkelin kam erneut: »Kaffee oder Tee, Miss?«

»Äh, Tee, danke.« Als das Mädchen zurück in die Küche ging, fragte Lucy: »Was kostet das Frühstück, das Sie da haben?«

»Wir sind in einem Bed-and-Breakfast, Miss Dantan, Sie haben bereits dafür bezahlt.«

Lucy winkte dem jungen Mädchen, und ausnahmsweise betrachtete O'Hanrahan sie. Derselbe sackartige Pulli, dieselbe Brille mit den dicken, runden Gläsern, traurig hängendes, kastanienrotes Haar mit zotteligen Ponyfransen. Die Enkelin kam mit einer Teekanne, und O'Hanrahan musterte auch sie: blaß, pummelig, picklig, sackartiger Pullover, dunkle Strümpfe – der Niedergang der irischen Maid.

»Haben Sie Getreideflocken oder Weizenkleie?« fragte Lucy.

»Ich glaube, wir haben Cornflakes. Und wir haben ganz sicher *porridge.* Möchten Sie nicht das warme Frühstück, Miss?«

»Äh, wissen Sie, mein Magen ist ein bißchen durcheinander, und ich glaube, *porridge* würde ihm besser bekommen.«
Die Enkelin verschwand.
»Sie wollen doch nicht etwa in meiner Gegenwart Haferschleim essen«, brummte O'Hanrahan mit einer Stimme, die aufgrund der Zigarren eine Oktave tiefer war als gewöhnlich, »ekelhaften, farblosen irischen Haferschleim?«
»Soll ich mich an einen Tisch da drüben setzen, Sir?«
»Ich will, daß Sie sich an einen Tisch irgendwo in Chicago setzen.«
»Wenn mein Frühstück kommt, gehe ich.« Lucy nahm ihre riesige braune Handtasche vom Boden und fing an, darin herumzuwühlen. »Also, der Brief von Ihrer Schwester ...«
»Vernichten Sie ihn, habe ich gesagt!«
»Nicht einmal neugierig?« Lucy steckte den Brief wieder ein und fragte unschuldig: »Was ist auf Rathlin Island, Sir?«
Er sah ein wenig verblüfft drein, dann entspannte sich sein Gesicht wieder. »Sie haben also mit dem jungen McCall geredet, wie?«
Lucys *porridge* wurde auf den Tisch gestellt.
»Nun?« fragte O'Hanrahan.
»Was: *nun?*«
»Wollen Sie meine Augen nicht von Ihrem Anblick befreien?«
Lucy packte ihre Sachen. »Sie werden mich später sowieso wieder sehen.«
Wäre O'Hanrahan um diese Zeit im Besitz eines funktionierenden Gehirns gewesen, hätte er gegen ihre weitere Anwesenheit Einspruch erhoben, aber erst als David vor dem Bed-and-Breakfast vorfuhr, wo O'Hanrahan und Rabbi Hersch mit ihrem Reisegepäck auf dem Bordstein warteten, begriff er, daß Lucy mit ihnen ins County Antrim fahren würde.
»Ich habe das nun mal beschlossen, Patrick«, sagte David breit lächelnd. »Sie können aufhören mit Ihrem Gepolter und einsteigen.«
Nach weiteren Drohungen Davids, er werde losfahren und sie alle stehenlassen, gab es eine Unterbrechung der Feindseligkeiten. David verstaute die Taschen im Kofferraum.
»Shaughnesy wird mir seine Einmischung büßen!« schwor O'Hanrahan.
Der Rabbi deutete mit dem Finger auf Lucy. *»Sie«,* bellte er, »sind mehr im Weg, als Sie wissen.«
David lachte unbekümmert, aber Lucy sah, daß die beiden ehrlich verstimmt waren. »Aber könnt ihr mir denn was vorwerfen?« fragte David

und blinzelte Lucy zu. »Sie wird mich in Chicago sechs Monate lang auf ihrem Sofa verstauen, also kann sie auch die Pracht von Ballywaycross sehen.«

Rabbi Hersch und O'Hanrahan teilten sich grimmig den Rücksitz des Sedan, David und Lucy saßen vorne. Während die Straße flott an ihnen vorbeiglitt, wich die Litanei von Beschwerden, die vom Rücksitz kam, schließlich anerkennenden Bemerkungen über die regennasse Landschaft. Nach einer Stunde Fahrt sahen sie ein Schild, das eine Abzweigung nach Tara ankündigte.

»Das richtige Tara?« staunte Lucy.

»Gott ist mein Zeuge«, antwortete O'Hanrahan mit übertriebenem Südstaatenakzent, »niiie mehr will ich auf dem Rücksitz sitzen!«

»Ja«, bestätigte David, »die berühmte Hauptstätte der Druiden, der Petersdom des finsteren Mittelalters.«

»Oder genauer, das Jerusalem«, ließ sich der Rabbi vernehmen. »Kennen Sie die hartnäckige Legende, daß Jeremias mit den Tempelschätzen, darunter auch die Harfe König Davids, hierhergeflohen ist? Das ist der Ursprung der Harfenobsession im irischen Sagengut.«

»Dann soll ich also, jedesmal wenn ich mir ein Guinness mit dem Harfen-Emblem genehmige, an den Alten Bund denken?« fragte O'Hanrahan eifrig.

Sie fuhren an der Abzweigung nach Tara vorbei.

»Oooooh, all ihr Heiligen, behüüütet uns ...« Wieder einmal Paddy der Priester. »Welch ein Gefühl, den erlauchten Boden zu kreuzen, auf dem schon St. Padraig von Irland, mein Patron und Namensvetter, mit seinen heiligen Füßen gewandelt ist!«

»Erzählen Sie mir eine Geschichte, Paddy«, bat der Rabbi.

»Okay. Im 4. Jahrhundert wurde St. Patrick nach Tara gebracht, um dort mit den Druiden zu wetteifern. Der König hatte zwei Häuser bauen lassen, und ein Druidenschüler ging in das eine, ein christlicher Schüler St. Patricks in das andere. Der König steckte beide Häuser in Brand. Obwohl die Druiden ein bißchen gemogelt und ihr Haus aus grünem Holz gebaut hatten, das nicht so leicht brennt, starb nur der Druidenschüler in den Flammen. So wurde der König bekehrt.«

»Typisch für die Christen«, kommentierte der Rabbi. »Sie waren auch groß darin, Juden zu bekehren, bevor sie sie rösteten.«

Die Straße bot hübsche Bilder: Links und rechts lagen irische Städtchen zwischen den Hügelketten; graue Schieferdörfer mit Spitztürmen und Glockentürmen, die aus dem Nieselregen aufragten. Einmal kamen sie an einer lebensgroßen Kreuzigungsszene vorbei, die am Straßenrand stand, ein Gipschristus an einem etagenhohen Kreuz, die düsteren Worte und die Blutstropfen waren in flammendem Rot frisch gemalt.

»Jesus am Stiel«, kommentierte O'Hanrahan.

Ein Pub, an dem sie vorbeikamen, löste einen weiteren Monolog O'Hanrahans aus. »Es ist tröstlich zu sehen, in wie vielen keltischen Heiligenlegenden vom Saufen die Rede ist. St. Brigit hatte eines Tages zuwenig zu trinken im Haus, als St. Patrick persönlich zu Besuch kam. Daher servierte sie Patrick und seinen Geistlichen das Wasser, in dem sie an jenem Morgen gebadet hatte: Es war so rein und köstlich, daß sie wirklich meinten, es sei das feinste Bier, das sie je gekostet hatten.«

»Wow«, sagte Lucy. »Übrigens, ich bin in St. Bridget's in Chicagos Bridgeport zur Schule gegangen.«

»Sie sind dort aufgewachsen?« fragte O'Hanrahan. »Das erklärt einiges.«

Hinter Dundalk gerieten sie in einen ansehnlichen Stau. Sie waren an der Grenze zu Nordirland angelangt.

»An Wochenenden sind die Schlangen mörderisch«, erklärte David, während sie sich zentimeterweise auf den Kontrollpunkt zubewegten, eine lange Reihe anderer Autos vor sich, die ungefähr eine Meile lang war. Lucy sah nervös auf die Bunker, die Soldaten im Teenageralter mit Maschinengewehren und die Zementbarrieren auf der Straße vor ihnen. Was war die neueste Masche der IRA? Sie entführten ein Auto samt Passagieren und drohten, die anderen Insassen umzubringen, wenn der Fahrer sich weigerte, eine Bombe zum Checkpoint zu transportieren und so sein eigenes Leben aufs Spiel zu setzen.

Ein Kleinbus vor ihnen wurde ausgeräumt: Lucy sah eine dicke, ärmlich gekleidete Frau, die man vom Vordersitz geholt hatte, einen Rattenschwanz von fünf kränklichen Kindern hinter sich. Katholiken. Der Mann wurde gefilzt.

»Ist das hier eine verrufene Gegend?« fragte Lucy, die angesichts so vieler Waffen immer nervöser wurde.

»An der Grenze gibt es überhaupt keine gute Gegend«, antwortete David. »Aber zur Zeit bringt die IRA in der Hauptsache nur noch Soldaten um. Sie haben diese Marschkapelle in England in die Luft gejagt, aber die war mit dem Militär verbunden. Rechtfertigen können sie da jeden – erinnere dich nur daran, daß sie Mountbatten und seine Enkel zu militärischen Zielobjekten proklamiert haben.«

Lucy registrierte, daß die Straßenschilder hier anders aussahen. Keine gälischen Namen mehr unter den englischen, keine Kilometerangaben mehr, nur noch Meilen. Sie bewegten sich auf ein Schild zu, das ankündigte, bis Newry seien es fünf Meilen.

»Rabbi, erinnert Sie das nicht ein bißchen an die Westbank?« rief David fröhlich nach hinten.

»Es ist sonniger dort«, erwiderte Hersch und sah seufzend auf seine verschränkten Hände.

»Waren Sie schon einmal in Nordirland?« wollte David jetzt auf einmal wissen.

»Ich bin zum ersten- und vermutlich zum letztenmal hier. Das kann ich zu Hause auch haben.«

Lucy erblickte zehn weiße Straßenkreuze. Sie näherten sich dem Grenzposten ... wie alt er wohl war? Neunzehn? Er fragte nach ihren Pässen, mit dem Akzent der nordenglischen Arbeiterklasse.

»Sollte eigentlich kein Problem sein«, meinte David leise, traute sich aber doch nicht, das als sicher vorauszusagen. »Drei Amerikaner, und ich habe meinen U.K.-Paß.«

Lucy besah sich den Bunker neben ihnen, die in Tarnfarbe gestrichenen Metall- und Betonwände zu beiden Seiten der Straße – Schutzwälle für den Fall, daß eine Autobombe hochging – und die Videokameras, die sie filmten. Und sie warf einen Blick zurück auf die arme irische Familie, die verängstigt neben den bewaffneten Grenzposten stand, das jüngste Kind nur Zentimeter von dem halbautomatischen Gewehr entfernt, während ihr Kleinbus durchsucht wurde.

»An dieser Grenze habe ich einmal stundenlang gestanden«, erzählte O'Hanrahan leise. »Es war 1972, als ich deine Leute besuchen wollte, David. Ich hatte das Auto voll mit Untersuchungen über die Keltische Kirche, und diese Trottel dachten, ich sei eine Art militanter Katholik. Jeder Amerikaner, der O'Hanrahan heißt, könnte schließlich Geld für die NORAID nach Ulster bringen.«

Lucy schrak zusammen, als sie hörte, daß die NORAID erwähnt wurde, als gehöre sie selbst dazu. Natürlich, dank Dad gab es irgendwo einen Scheck auf ihren Namen für die Organisation.

»Was machen Sie bloß hier?« fragte der Grenzsoldat spöttisch und gab die Pässe zurück.
David antwortete höflich: »Ich lebe in Ballywaycross, und die anderen sind Freunde meiner Eltern, die von Dublin kommen. Aus Amerika, sie machen Urlaub hier und ...«
»Ullroight«, meinte der Grenzposten uninteressiert und winkte sie ein Stück weiter, wo ein anderer das Auto nach irgendwelchen Sprengvorrichtungen inspizierte. Schließlich konnten sie weiterfahren.
Lucy betrachtete prüfend die Landschaft draußen, auf der Suche nach Hinweisen auf irgendwelches Leben. Alles sah eigentlich friedlich aus. Das Straßenpflaster war in besserem Zustand als in der irischen Republik. Forkhill war die erste Abzweigung, eher ein Militärstützpunkt und ein bewaffnetes Lager als eine Stadt. Wie David erklärte, hatten viele Städte im Süden von Ulster keine Einnahmen mehr, die Industrie hatte sich abgesetzt, aber die billigen Bodenpreise hatten die Armee angelockt. Und so war eine Gegend, die einst träge und friedlich gewesen war, zum Schlachtfeld geworden. Bessbrook war ein solches Dorf, das im Niedergang begriffen war. 1976 hatten im benachbarten Whitecross drei katholische Brüder vor dem Fernseher gesessen, als protestantische Terroristen in ihre Wohnung eindrangen und sie erschossen. Kurz darauf sprengten in Balldougan protestantische Terroristen eine Familienfeier und erschossen zwei Brüder und einen Onkel vor den Augen ihrer Kinder. Im Gegenzug lauerten Katholiken einem Bus voll protestantischer Arbeiter aus Bessbrook auf, ließen die Insassen heraustreten, fragten, wer katholisch und wer protestantisch sei, und brachten die elf Protestanten um.
Newry hatten sie nun fast hinter sich. Hin und wieder, wenn sie durch einen der dichter besiedelten Außenbezirke kamen, fuhr David langsamer, und Lucy erspähte hier eine Gruppe von Soldaten in Kampfanzügen, die um einen Dorfplatz schlenderten, dort an einer Mauer ein Graffiti *Zerschlagt die Herrschaft der Engländer* auf dem Hintergrund der orange-grün-weißen Trikolore.
»Sind diese Städte alle geteilt?« fragte Lucy. »Auf der einen Seite Katholiken, auf der anderen Protestanten?«
»Hier gibt's nicht besonders viele Protestanten«, antwortete David. »Hauptsächlich Katholiken. Es ist die reinste Idiotie, daß die Engländer beschlossen haben, dieses County zu behalten, denn sie haben gar nichts

davon. Die Katholen und Evangelen sind ganz gut miteinander zurechtgekommen, bevor die Briten ihre Armeestützpunkte hier aufbauten.«
Ein großes blaues Verkehrsschild, englisches System, teilte mit, daß vor ihnen die Autobahn begann, die ins Zentrum von Belfast führte. Eine Stadt, die knapp hinter Beirut rangiert, was den Ruf betrifft, dachte Lucy erbittert. Aber die Leute leben hier, oder nicht? Sie gehen einkaufen und ins Pub und führen ihr Leben weiter, überlegte sie im nächsten Augenblick. Während ich lediglich in einem Auto durch die Stadt fahre.
»Sollen wir uns in der *Crown* ein Pint gönnen, Patrick?« fragte David.
»Oh.« O'Hanrahan leckte sich die Lippen. »Morey, du mußt die *Crown* sehen. Das beste Pub im Vereinigten Königreich.«
Genau, dachte Lucy resigniert, *so also* werden wir sterben: in die Luft gejagt in einem Pub in Belfast, damit O'Hanrahan etwas zu trinken bekommt.
»Die Schneiderei ist in Andersonstown«, teilte O'Hanrahan nach einem Blick in sein Adreßbuch mit.
»Oh, das ist ein reizendes Viertel«, antwortete David unglücklich. »Wenn ich gewußt hätte, wo dieses Geschäft liegt, hätte ich es nicht freiwillig übernommen, Sie zu fahren, Patrick.«
»Irgendwo habe ich von diesem Viertel gehört«, grübelte Lucy.
David rekapitulierte: 1969, als die Unruhen ihren Höhepunkt erreicht hatten, waren etwa hundert britische Soldaten von der IRA umgebracht worden, die ursprünglich gekommen waren, um die Katholiken zu schützen. Ein »Glanzstück« der IRA war die Explosion von 22 Bomben auf einem Quadratkilometer in der Innenstadt von Belfast, während zugleich der Schnellzug Dublin-Belfast zum Entgleisen gebracht wurde. Tausende von Menschen gerieten in Panik inmitten der Bomben, die alle paar Minuten hochgingen, und als einige hundert sich in einer Wartehalle an einer Bushaltestelle zusammenkauerten, um das Ende der Explosionen abzuwarten, ging davor eine Autobombe der IRA los, die sechs Leute tötete – Blut spritzte durch den ganzen Wartesaal, und Körperteile flogen durch die Luft.
David passierte die Falls Road, die einen Ruf hatte, zu dem keiner im Auto einen Kommentar nötig fand.
»Paddy, warum haben Sie diesen Anzug nicht in Dublin gekauft?« fragte der Rabbi, während er die Leute auf den Gehsteigen beobachtete, die grimassenschneidend dem Regen auszuweichen versuchten.

»Hier ist es billiger, und sie machen gute Arbeit«, entgegnete O'Hanrahan. »Ich habe mir schon zwei Anzüge da gekauft.« O'Hanrahan erriet, daß seine Begleiter ein wenig nervös waren, es aber nicht zugeben wollten; schließlich war es, statistisch gesehen, wenig wahrscheinlich, daß sie ausgerechnet in eine dieser gewaltsamen Konfessionsauseinandersetzungen gerieten. »Schaut, Leute«, begann er mit künstlicher Ruhe, »ich flitze in den Laden, hole meinen Anzug, flitze wieder raus, und dann sind wir auch schon weg. Ich sag' euch, man kann eine Stadt nicht nach ihren Problemen beurteilen. Belfast ist eine Wucht.«

»Genau. *Kabuummm!*« sagte David.

O'Hanrahan fuhr unbeirrt fort: »Die Leute sind warmherzig, haben Sinn für Humor, sind großzügig; und daß man in Belfast nicht dauernd von diesem zuckrigen Herz-und-Blumen-Scheiß behelligt wird, finde ich ziemlich erfrischend, also schauen Sie nicht länger drein wie ein verschrecktes Karnickel, Dantan.«

»Ja, die Stadt ist nicht mehr, was sie war«, beteuerte David.

Lucy betrachtete im Vorbeifahren die unbebauten Grundstücke, dann wieder Häuserwände, die mit riesigen Slogans bemalt waren: *Unser Tag wird kommen,* daneben eine Karikatur von Margaret Thatcher, verkleidet als Faschistin in hohen Stiefeln, eine Kombination aus Hakenkreuz und Union Jack auf dem Helm, triumphierend über einem Grab schwebend. Der aufgemalte Grabstein war mehrmals mit stets wechselnden Inschriften übermalt worden, registrierte Lucy. Jetzt gerade waren die Namen von Kindern aufgelistet, die von Gummigeschossen der englischen Armee getötet worden waren.

An der nächsten Ampel las Lucy ein Plakat, das an einer Straßenlampe hing: *Stoppt die Folterungen.* Darunter standen die Anklagen von Amnesty International gegen Folterungen, Schläge, gesetzwidrige Verhaftungen, willkürliche Erschießungen. Daneben *das* Motiv des 20. Jahrhunderts: das zerschlagene Gesicht eines Gefangenen in gerasterter Großaufnahme.

»Da ist es!« rief O'Hanrahan.

David parkte den Wagen am Straßenrand. O'Hanrahans Ziel war ein Kleidergeschäft für Geistliche auf der gegenüberliegenden Seite; im Schaufenster hing ein verblichenes Poster von Johannes Paul II. Lucy sah zu, wie O'Hanrahan, den Kragen hochgeschlagen, um die Pfützen herumhüpfte und das Geschäft betrat.

»Sollen wir nun an der *Crown* haltmachen, Rabbi?« fragte David.
»Um ganz ehrlich zu sein, ich hätte nichts dagegen, wenn wir das hinter uns bringen und weiter nach Ballywaycross fahren«, erwiderte der Rabbi. »Bei diesem Wetter. Außerdem fängt bald der Feierabendverkehr an.«
»Das ist ein Argument«, stimmte David zu, obwohl es noch nicht einmal zwei Uhr nachmittags war.
Lucy hörte stoisch auf die Regentropfen, die auf das Autodach pladderten. Endlich tauchte O'Hanrahan wieder auf, mit einem schwarzen, in Zellophan verpackten Anzug auf einem Bügel. Er rannte über die Straße und wurde fast überfahren, weil er nicht auf den englischen Linksverkehr achtete.
»Fast hätte es doch einen Märtyrer in Andersonstown gegeben, Paddy!« bemerkte der Rabbi gutmütig, als O'Hanrahan sich wieder auf den Rücksitz zwängte.
»Fast«, grinste der Professor.
Weiter ging die Fahrt, und Lucy seufzte erleichtert auf.
»Ich hab' was für Sie mitgebracht«, sagte O'Hanrahan zu Rabbi Hersch und überreichte ihm ein Büchlein mit Ablaß- und Rosenkranzgebeten, gesegnet von den Priestern in Knock. Knock, erinnerte O'Hanrahan seinen Freund, war zugleich das Lourdes, das Disneyland und der Praise-The-Lord-Club Irlands.
Sehr erleichtert fuhr David auf der Falls Road Richtung Innenstadt; er machte seine Begleiter auf die seit jeher militanten Wohnblocks in der Divis Street aufmerksam. Auf den Dächern flatterte die irische Trikolore: ein bewaffnetes Lager, in dem republikanische Selbstschutzgruppen patrouillierten, ein verbotener Bezirk für Protestanten. Parallel dazu auf der anderen Seite war die Polizeiwache Hastings Street, die *Royal Ulster Constabulary;* die Polizisten fuhren in metallgepanzerten Rovern herum und waren mit halbautomatischen Maschinengewehren und der kompletten Ausrüstung für einen kleinen Krieg ausgestattet. Die Polizeistation hätte aus dem Osteuropa vor 1989 stammen können: Stacheldraht, Fernsehkameras, Bunker, besetzt mit Offizieren, die Maschinengewehre trugen.
Als sie in den überwiegend protestantischen Norden der Stadt kamen, leuchteten ihnen von den Häusermauern ebenfalls riesige politische Symbole und Slogans entgegen; eine große rote Hand, die Rote Hand von Ulster, zu einer Faust geballt, die nicht gewillt ist, ihren Griff zu

lockern. Eigentlich ganz ruhige Straßen durch Wohnviertel waren mit Straßensperren aus Beton und automatischen Toren bewehrt, um einen mit einer Autobombe heranrasenden Wagen zu stoppen. Die nächste Ampel zeigte Rot, und David bremste vor der Kreuzung. Ein zweites Auto blieb neben ihnen stehen. Lucy sah zwei ältere Männer; der Fahrer hatte graue Bartstoppeln auf dem tiefgefurchten Gesicht; sein Beifahrer schien leise zu fluchen, und dann brüllte er etwas, so daß man seine Zahnlücken sah.

Lucy gefror das Blut in den Adern.

»O Mann, da haben wir den Schlamassel ...«, flüsterte Rabbi Hersch und rollte die Augen nach oben.

Das rostige Auto neben ihnen ließ den Motor aufheulen. Keiner sprach aus, was offensichtlich war: Die beiden übellaunigen Männer hatten ohne Zweifel eine Waffe im Auto.

»Nette Burschen«, sagte David ruhig.

»Sagen wir ihnen doch, daß wir einen Juden auf dem Rücksitz haben«, meinte O'Hanrahan ebenso ruhig.

»Hey, ich wette, ich käme noch eher gelegen als ihr Papisten«, erwiderte der Rabbi.

Die Ampel schaltete auf Grün, und David fuhr langsam an; die beiden Männer blieben in genau demselben Tempo neben ihnen.

Lucy blickte hinunter auf ihre Füße – in der Hoffnung, das Auto werde weg sein, wenn sie die Augen wieder hob. Schlechtgelaunte alte Männer, die auf Scherereien aus waren. Auf der Suche nach einem leichten Opfer, von dem sie in ihrem Ulster Club prahlen konnten, erpicht auf die freie Runde, die im Pub spendiert wurde, wenn man ein Held war und einem Katholiken eine Kugel in den Kopf gejagt hatte. Nein, sagte Lucy zu sich selbst, es passiert nicht jeden Tag. Aber es passiert, und es gibt keine Regeln, wann und warum es passiert, es kommt einfach immer wieder vor, die blinde, automatische, gedankenlose Bereitschaft, mit dem Morden weiterzumachen.

Der unrasierte Fahrer schaltete einen Gang höher, und der Wagen brauste mit quietschenden Reifen an ihnen vorbei.

»Na, die haben's uns gezeigt, hm?« meinte David.

Lucy sah auf ein ausgebranntes Wohnhaus, ähnlich wie manche in der South Side von Chicago. Wie an den dunklen Orten amerikanischer Armut wohnten auch hier Menschen. Vom dritten Stockwerk aufwärts entdeckte Lucy Wäscheleinen und andere Zeichen von Leben. Die beiden unteren ausgebrannten Stockwerke waren mit Brettern zugenagelt und mit Ziegelsteinen zugemauert, so daß niemand in die Räume schießen oder eine Granate hochgehen lassen konnte. Und ein neuer Spruch im Graffiti-Krieg war zu lesen: *Rambos raus aus Stone's Army ... Euch drekigen Bastards haben wirs auf dem Fridhof gezeigt.*

Nach einem peinlichen Augenblick der Scham darüber, daß Amerika der Welt *Rambo* geschenkt hatte, starrte Lucy auf die Rechtschreibfehler und versuchte die Armut und Unwissenheit zu ermessen, die den Nährboden für die Probleme hier bildeten. »Stone's Army?« fragte sie sich laut.

»Du weißt schon«, erklärte David, »dieser Protestant, der die Leute auf dem Friedhof zusammengeschossen hat. Ich dachte, die ganze Welt hätte das im Fernsehen miterlebt. Aber jetzt sehen wir dann bald eine Burg«, betonte er hoffnungsvoll, als sie auf die Autobahn kamen und Belfast rasch hinter sich ließen. »Vielleicht können wir das verdammte Thema jetzt wechseln?«

»Ja, reden wir von etwas anderem«, stimmte Rabbi Hersch zu.

»Eine große normannische Festung ist das übrigens, Carrickfergus Castle«, kündigte David an. »Und dann fahren wir die Küste entlang nach Ballywaycross.«

Ein paar Minuten später kam rechts der nördliche Kanal der Irischen See in Sicht. Die bisher sechsspurige Autobahn wurde zuerst vierspurig, dann mündete sie, zweispurig, in die stark befahrene, kurvenreiche Küstenstraße. Bald tauchten Hügel, dann Berge auf, schließlich kleine Fischerdörfer am Fuße der Klippen, kleine Städte, die an diesem rauhen Tag kalt und einsam, aber nicht abweisend wirkten. Die Pub-Schilder schwankten im Wind, und zu ihrer Überraschung sahen sie sogar eine Gruppe blasser Jungen in Shorts Fußball spielen, während der kalte Regen auf sie niederprasselte.

»Oooh«, seufzte David, »das tut ja weh, das zu sehen! Ich erinnere mich noch daran, daß ich auch an solchen Tagen draußen war.«

Der Himmel blieb eine öde Fläche, fast winterabendweiß. Die Hügel von Antrim waren braun; hier und da schienen ein Bauernhof oder ein Garten hinter einem einzelnen Haus in dem schmutzfarbenen Gestrüpp um Ordnung bemüht. Die Fischerdörfer, durch die sie fuhren, sahen ruhig und zufrieden aus, Rauch quoll aus den Kaminen, hinter vergilbten Vorhängen brannte Licht. Lucy zog die lange Jacke etwas enger um sich und wünschte, sie wäre irgendwo drinnen. Wie friedlich war das nach Belfast, wie sehr konnte man sich hier einreden, daß sinnlose Gewalt und Haß diese äußerste Ecke Irlands nie erschüttert hätten. Lucy hatte im Vorbeifahren nur automatisch die Straßenschilder gelesen, erst am Ortseingang von Ballywaycross achtete sie wieder bewußt auf die Umgebung.

Das Dorf zählte nicht mehr als 500 Einwohner und war angelegt wie ein Y, dessen eine Gabel abseits der Hauptstraße einen Hügel hinaufführte, wo sie bald in eine schmutzige Dorfstraße überging. Die Häuser lagen, wie es typisch für die Britischen Inseln ist, direkt an der Straße, und manche Eingangstüren waren ebenfalls der Straße zugewandt, so daß lediglich ein schmaler Pflasterstreifen und eine schmale Abflußrinne das Wohnzimmer vom Verkehr trennten.

»*Die Crown!*« rief O'Hanrahan fröhlich, als er das eine der beiden Pubs im Dorf erblickte. »Setz uns hier ab, Master David.«

Junge, schon wieder ein Pub mit diesem Namen. Diese Evangelen müssen die Krone schon sehr lieben, dachte Lucy. In jeder kleineren und größeren Stadt gab es offenbar eine solche alkoholische Huldigung an Ihre Majestät.

David fuhr über die einzige Kreuzung und den Zebrastreifen. Das *Crown Inn,* gegründet 1723, wie das in der steifen Meeresbrise knarzende Schild mitteilte, war die einzige Unterkunft im Ort. Der Wind war so stürmisch, daß sie alle nur widerstrebend aus dem Auto stiegen.

»Das ist das Meer«, erklärte David und deutete den Hügel hinunter auf die Hauptstraße, während er den Kragen hochstellte. »Man kann's zwar nicht richtig sehen, weil es so schifft, aber es ist da.«

O'Hanrahan nahm seinen Koffer und drückte seine Aktentasche im strömenden Regen an sich; der Rabbi holte seine kleine Flugtasche aus dem Kofferraum. Sie marschierten in die *Crown,* um zwei der fünf Zimmer im Gasthof über dem Pub zu mieten.

»Davey, min Jong!« rief ein Mann mittleren Alters, der den Kopf zur Tür herausstreckte.

Es war Mr. Robert McCall. David eilte zu seinem Vater, um ihm zaghaft auf die Schulter zu klopfen; Lucy folgte. Nacheinander drängten sich alle in das Pub. Mr. McCall war ein dunkelhaariger Mann mit wettergegerbter Haut, auf eine rauhbeinige Art gut aussehend, mit denselben blinzelnden, lachenden Augen wie sein Sohn. Er hatte heute früher mit der Arbeit in

der Konservenfabrik aufgehört – das war das einzige, was Lucy verstand, ansonsten fand sie seinen Akzent völlig undurchdringlich.
»Na, Junge, wer ist das Mädchen?« fragte Mr. McCall, nachdem er sich kurz mit seinem Sohn über das Semester im Trinity unterhalten hatte.
»Dad, das ist Lucy Dantan.«
Allgemeines Händeschütteln, während Lucy sich vor einer Unterhaltung fürchtete, weil sie den breiten irischen Akzent nicht verstand. »Wie halten Sie bloß den mißratnen Bengel da aus?« fragte Mr. McCall Lucy, die nur höflich lächelte.
»Wir kommen gleich wieder runter«, kündigte David an.
David und Lucy stiegen in das Auto und fuhren die Abzweigung hinauf, einen steilen Hügel, auf beiden Seiten gesäumt von Reihenhäusern, während oben nur noch Einzelanwesen standen und die Straße in einen Feldweg überging. Hinter einem Wall niedriger Bäume und Büsche lag das Haus der McCalls, ein einfacher Bungalow mit einem rostigen Stahldach und einem Steinfundament. Sie rannten mit ihren Taschen zum Seiteneingang.
Das Haus erinnerte Lucy an das ihrer Großeltern, weil alle Gegenstände behaglich abgenutzt und altmodisch aussahen, alte Bilder, alte Bücher, der Küchengeruch, der alle Räume erfüllte, das Prasseln eines fröhlichen Feuers. Davids Mutter, Mary McCall, war eine hübsche Frau, die nicht aussah wie fünfzig, mit glatter weißer Haut und rosigen Backen, wie man sie nur in diesem Wetter bekommt, und rabenschwarzem Haar, in dem man hier und da eine graue Strähne sah. Sie führte Lucy in das Schlafzimmer von Fiona, Davids ein Jahr jüngerer Schwester, die am Queen's College in Belfast studierte. Lucy setzte sich aufs Bett, wurde mit Handtüchern versorgt und mußte einen Schwall freundlicher, neugieriger Fragen über sich ergehen lassen. Mrs. McCall erzählte von ihrer einzigen Reise in die USA und ihrem bruchstückhaften Wissen über Chicago. Dann entschuldigte sie sich, weil sie ihren Sohn ausschelten wollte, der bei einer Rauferei bereits den fünften Schal verloren hatte.
Lucy lehnte sich auf dem ordentlich gemachten Bett zurück; aus dem Kopfkissen stieg der Geruch des alten Hauses und frischer Wäsche. Der Sturm hatte sie müde gemacht, und sie lauschte auf das Regengeräusch. Bei diesem Wetter ist es kein Wunder, dachte sie, daß die Iren immer zu Hause geblieben sind und gesungen und Geschichten erzählt und sich zu den geselligen Menschen entwickelt haben, die sie sind.

David steckte den Kopf herein: »Die *Crown* wartet!«
Nach einem Drei-Minuten-Rennen mit Regenschirm den Hügel hinunter, bei dem sie sich hauptsächlich darauf konzentrierten, nicht in den Schlamm neben den Trittsteinen zu platschen, fanden sie O'Hanrahan, den Rabbi und Mr. McCall im Pub neben dem Kamin. Sieben Dorfbewohner hatten sich um sie geschart, um O'Hanrahans Geschichten zuzuhören.
»Es ist wahr«, gab O'Hanrahan gerade eine seiner keltischen Sauflegenden zum besten, »der erste keltische Heilige war ein Weinhändler. Ich würde so was doch nicht erfinden!«
Mr. McCall lachte, lachte sehr unbeschwert. »Sie erzählen uns einfach, was wir hören woll'n, Mann!«
»Ich spreche von dem hochheiligen St. Theodotus, der am 18. Mai 303 den Märtyrertod starb.«
Jack, der Wirt, fragte gutmütig: »Ist er dann ein Katholik oder ein Presbyterianer?«
»Orthodox«, erwiderte O'Hanrahan diplomatisch. »Theodotus war ein Kelte aus Galatia. Der Name bedeutet ›Keltische Stadt‹, und seine Wurzel steckt auch in Wörtern wie ›gälisch‹, ›gallisch‹, ›gaulois‹ und in Ortsnamen wie ›Galway‹, ›Galizien‹ und ›Portugal‹ und den Bezeichnungen anderer Orte, wo wir alten Kelten herumgekommen sind. Er besaß eine Schenke und verwandelte sie in eine Heimstatt für die Notleidenden und Bedürftigen, den Bodensatz der Gesellschaft.«
»Wie die *Crown* hier in Ballywaycross«, meinte Mr. McCall, und die Runde lachte schallend.
Als sie hinausgingen, war der Himmel klar. Klar wie ein eisiger Winterhimmel, mit zahllosen, deutlich sichtbaren Sternen. Das Wetter wechsle oft so schnell, erklärte David, als er O'Hanrahan, seinen Vater und Rabbi Hersch unerwartet überholte, um Lucys Arm zu nehmen.
»Ich kann diesen Berg nicht ausstehen«, sagte er. »Nach ein paar Pints kommt er mir vor wie die beschissenen Alpen. Wenn ich einmal reich bin, baue ich einen Tunnel von der *Crown* bis unter mein Haus und dann einen Fahrstuhl direkt in mein Schlafzimmer. Vielleicht stelle ich das Bett gleich in den Aufzug, weißt du?«
Lucy lachte und versuchte, ihren Arm federleicht zu machen, damit David ihn nicht losließ. »Warum stellst du dein Bett nicht einfach in die Bar – ins Pub, meine ich.«

»Ah, das wäre vielleicht das richtige. Du magst unser Guinness nicht?«
Lucy hatte ihr großes Pint nicht ausgetrunken. »Es ist schon okay …«
»Nee, du kannst dich nicht damit anfreunden, sag's ruhig. Wenn wir wieder dort sind, nimmst du ein Harp. Jetzt kriegt man in Irland sogar dieses miserable Budweiser. Versteh' nicht, wie man amerikanisches Bier trinken kann.«
»Ich trinke eigentlich überhaupt nicht viel.« Wahrscheinlich kommt das in Irland einem Todesstoß gleich, dachte Lucy.
»Um so besser. Auf diese Art behältst du deine mädchenhafte Figur, wenn du nicht jeden Abend in Guinness ertrinkst. Nicht wie unsere Mädchen hier.«
Das war das erste freiwillige Kompliment, das ihre Figur je von einem jungen Mann bekommen hatte. Das mußte in Stein gemeißelt werden, in einem ganz besonders gehüteten und gehegten Teil ihres Gedächtnisses aufbewahrt werden! Hast du *das* gehört, Judy?
»Was lacht ihr denn wie die Blöden?« fragte David die Männer hinter ihnen. Auch Lucy drehte sich um und sah die drei Männer kichern wie Schuljungen. »Ach so. Das Gebetsheft aus Knock.« Die Broschüre, die O'Hanrahan für fünfzig Pence aus dem geistlichen Laden in Belfast mitgenommen hatte.
»Knock?« fragte Lucy.
»Dieses Dorf, weißt du, Lucy, wo sich alle Einwohner betrunken und sich dann eingeredet haben, sie sähen die heilige Jungfrau, Josef, die Engel und das Lamm Gottes. Das erstemal, daß je das Lamm gesehen wurde. 1880 und irgendwas. Der Papst war da, und sie haben so eine Riesenscheune gebaut – es ist wirklich unglaublich gräßlich.«
»Wie Lourdes und so?«
»Bestimmt schlimmer, weil wir Iren sind und keinen Geschmack haben. Ein Schild, wo draufsteht, Toiletten in dieser Richtung, der heilige Wasserhahn in jener Richtung – man kann sich nicht mal drüber lustig machen, weil es sich selbst viel zu gut auf den Arm nimmt.«
Als sie zurück im Haus waren, verkündete Mrs. McCall, es dauere noch ein halbes Stündchen, bis das Abendessen auf den Tisch komme – ein Essen, das sie schon riechen konnten: Hühnerbrühe, Lauch und Kohl, die bereits einige Zeit zusammen im Topf köchelten.
»Riecht sagenhaft, Mary«, lobte der Rabbi. »Ich verkauf' mein Erstgeburtsrecht dafür.«

David machte eine freche Bemerkung zu seiner Mutter, warum in Gottes Namen sie nach ihnen rufe, wenn es noch so lange bis zum Essen dauere. Sein Vater stimmte zu und verlangte, in seiner Burg müsse das Essen schon auf ihn warten, wenn er zur Tür hereinspaziere. Aber Mary McCall machte kurzen Prozeß mit ihnen, gab ihrem Sohn mit dem Schöpflöffel einen Klaps auf den Hintern und drohte ihrem Mann, der roch »wie eine Pommes-Bude«, sie werde ihn fritieren und in die gestrige Zeitung einwickeln, wenn er nicht sofort unter die Dusche gehe.
»Habt ihr von Ballinspittal gehört?« fragte David. »1988 gab es dort eine Marienstatue, die sich bewegte – jeder konnte es sehen. Die Leute kamen aus ganz Irland, um sich dieses Ding anzusehen, Zeitungen und Fernsehen – *jeder* hat's gesehen. Sogar Protestanten. Und dann ist jedes Dorf darauf abgefahren. Wir hatten tanzende Statuen, die Muttergottes, die den Hula-Hoop getanzt hat.«
Mrs. McCall sah aus der Küche herein und empfahl etwas mehr Höflichkeit und Ehrfurcht, wenn es um die Frau gehe, die den Heiland geboren hat.
»Na ja, jedenfalls«, fuhr David unbeirrt fort, »ist die *Irish Times* zu dem Schluß gekommen, wenn man lange genug in einer Menschenmenge stehe und auf einen Gegenstand starre, dann *müsse* er sich schließlich bewegen.«
»Wie in Fatima«, stimmte O'Hanrahan zu. »Es gibt wohl an die tausend verschiedene Berichte darüber, was dort geschehen ist, und das ist kaum erstaunlich, wenn 70 000 wunderlechzende Katholiken stundenlang in die Sonne starren.«
Der Rabbi blätterte eifrig in dem Ablaßgebetsbuch aus Knock. Die Freudenreichen Geheimnisse, die Liebe Frau von Guadalupe, Unsere liebe Rosenkranzjungfrau in Fatima; und die Heiligen Visionen von Medjugorje – vom Vatikan nicht gebilligt, aber in den 80er Jahren waren sie Jugoslawiens Touristenattraktion Nummer eins; die Leute ließen sich Termine in den Kinderheimen geben, um die täglichen Gespräche der Kleinen mit Maria zu beobachten. Unsere Liebe Frau vom Skapulier, bitte für mich, St. Katharina, bitte für mich, St. Georg, St. Christoph – nach dem 2. Vatikanischen Konzil alles ungesetzliche Heilige, aber der Rummel hat in Irland schon zu lange gedauert, als daß man ihn jetzt noch hätte bremsen können.
Laut las der Rabbi vor: »Ein einziges ›Gegrüßet seist du, Maria‹ bringt

500 Tage Ablaß ein. ›Salve Regina‹ erspart einem fünf Jahre Fegefeuer, das ›Anima Christi‹ 300 Tage ...«

»Aber, Morey«, unterbrach ihn O'Hanrahan freudestrahlend, »wenn man das ›Anima Christi‹ nach der Heiligen Kommunion betet, kriegt man *sieben Jahre* erlassen. So sagte unser Ordensgründer, mein Führer Ignatius von Loyola.«

Rabbi Hersch hatte noch mehr zu bieten: »Hier ist der Knüller. Wenn man nur *hört*, wie jemand die ›Drei Sehr Schönen Gebete für den Sterbenden‹ sagt, bekommt man sage und schreibe *400 Jahre* Ablaß.«

»Das wäre das richtige für dich, Patrick«, grinste David.

»Und wenn man sagt: ›Ewiger Vater, ich schenke dir die Wunden Unseres Herrn Jesu Christi, um die Wunden unserer Seelen zu heilen‹, bekommt man 300 Tage. Nu, einfach so bekommt ihr 300 Tage?«

»Aber nur mit dem Rosenkranz mit den großen Perlen. Zum kleineren Rosenkranz gehört ein anderer Spruch«, präzisierte O'Hanrahan.

»Woher wißt ihr eigentlich diesen ganzen Unsinn?« staunte der Rabbi. Er warf einen Blick auf Lucy und las das Mißfallen auf ihrem Gesicht. Sie saß abseits von der Gruppe, nicht besonders erbaut über das vertraute Spiel »Laßt uns den römischen Katholizismus in Stücke reißen«.

»Hey, Paddy«, sagte Rabbi Hersch provozierend, »ich glaube, wir beleidigen Lucy. Sie glaubt an das ganze Zeug.«

»Niemand glaubt alles, was in diesen Gebetbüchern steht«, entgegnete Lucy.

Aber sie wußte genau, daß ihre ledigen Tanten und deren schwarzgekleidete Gefährtinnen, die ihre tägliche Prozession die Archer Street hinunter nach St. Bridget und wieder zurück abhielten, alles glaubten, jedes noch so lächerliche Detail; daß sie dem Heiligen Kind von Prag Rosenkränze weihten, warum auch immer diese juwelenbesetzte Babypuppe so populär geworden war.

(Ja, das hat Uns auch ziemlich verblüfft.)

»Gebt mir etwas, das ich brauchen kann«, verlangte O'Hanrahan. »Etwas, mit dem mir Jahrhunderte im Fegefeuer erlassen werden.«

»Sie werden diese Jahrhunderte tatsächlich brauchen, wenn Sie so weiterwitzeln«, rief Mrs. McCall durch die Tür. Sie schien jedoch nicht ernstlich verstimmt. »Nicht daß wir ans Fegefeuer glaubten, aber ich wäre Ihnen dankbar, Patrick, wenn Sie in meinem Wohnzimmer keine gotteslästerlichen Reden führten.«

Der Rabbi ließ sich nicht bremsen. »Oh, wartet«, sagte er, blätterte eine Seite weiter und las vor: »*St. Bridget von Schweden wollte wissen, wie viele Schläge unser Heiland während seiner Passion erhalten hatte, und Jesus, Unser Heiligster Herr und Erlöser, erschien ihr und sagte: ›Ich habe 5480 Schläge auf meinen Körper erhalten.‹* Und hier ist die Vorschrift: 15 Gebete pro Tag, und das ein Jahr lang, macht ungefähr 5480.«
(Hätte O'Hanrahan unten in der *Crown* nicht drei Guinness getrunken, so könnte er sich vielleicht daran erinnern, daß Papst Leo XIII. die Zahl von 6666 Schlägen direkt auf Jesu Körper für wahr gehalten hatte, darunter 150 Schläge auf den Kopf, 108 Stöße gegen die Schulter; 24mal hatte man Jesus am Haar gezogen, 23mal am Bart, dazu kam eine Reihe von Dornenwunden – die Dornenkrone bestand aus 72 Dornen, die den Heiland 110mal leicht stachen und ihm drei tödliche Wunden an der Stirn beibrachten; weiter gab es noch 1008 andere Verspottungen, 180mal spuckten sie Jesus ins Gesicht; das absolute Glanzstück war Leos Zählung der Blutstropfen: 28 430. Diese bedeutenden Berechnungen wurden im übrigen am 5. April 1890 angestellt.)
»Was ist der Heilige Brief?« fragte David, der über die Schulter des Rabbi auf die nächste Seite sah.
Lucy sah, wie der Professor auflebte, als seine Sachkenntnis gefragt war. »Man war der Meinung, Jesus könne in seinen letzten Stunden etwas zu Papier gebracht haben. Als das Heilige Grab entdeckt wurde, befand sich vermutlich im Bereich der Krypta in einem Silberkästchen ein Brief, den Christus mit eigener Hand geschrieben hatte. In diesem Brief hinterließ er Anweisungen, wie viele Glorias, Vaterunser und Aves für wie viele Tage oder Jahre weniger im Fegefeuer gebetet werden mußten. Der heilige Gregor betete den Brief an und verkündete, daß niemandem, der eine Abschrift davon bei sich trage, etwas Böses zustoßen könne.«
David, nach seinen zwei Pints aufgekratzt, stieß hervor: »Ich verstehe einfach nicht, wie Katholiken so verdammt doof sein können!«
Lucy fühlte sich in Abwehrhaltung. Schlimmer, sie wußte, daß sie eingeschnappt wirkte, und David sollte doch nicht meinen, sie gehöre zur Rosenkranzbrigade der nächsten Unseren Lieben Frau für prompte Hilfeleistung.
»Aber noch interessanter«, fuhr O'Hanrahan fort, »ist die fortdauernde Behauptung der Nestorianer und Armenier, daß Jesus *tatsächlich* geschrieben und berühmte Korrespondenzen geführt habe.«

O'Hanrahan erzählte von Jesu Brief an den Erzbischof Abargus, in dem er jenen beglückwünschte, daß er sein Königreich zum Christentum bekehrt habe, und außerdem versprach, den König zu heilen. Als der König gesund war, nahm er an seinem Hof in Edessa das Christentum an, woraus die armenische Kirche hervorging. Als Dreingabe drückte Jesus sein Gesicht auf wundersame Weise in einem Tuch ab und schickte es ebenfalls an Abargus.

»All das ist fast vergessen«, schloß O'Hanrahan, »aber Jahrhunderte vergingen, und Tausende starben auf dem Schlachtfeld bei Kämpfen um den Besitz des Originaltextes und des Heiligen Schweißtuchs.«

»Bißchen wie Tom Jones«, bemerkte David. »Und Elvis. Ihr wißt schon, sie haben sich während der Konzerte mit Handtüchern den Schweiß abgewischt und sie dann unter die kreischende Menge geworfen. Frauen haben ihre Höschen und Hemdchen auf die Bühne geworfen, und Elvis hat sich die schweißnasse Stirn damit abgerieben und sie wieder zurückgeschmissen.«

»Vielleicht ist beim Einzug nach Jerusalem etwas Ähnliches passiert«, meinte Rabbi Hersch.

O'Hanrahan nickte weise. »Vielleicht gibt es irgendwo ein Heiliges Unterhöschen mit dem Gesicht Jesu, das darauf abgedruckt ist ...«

»Schluß, jetzt hab' ich aber genug gehört! Wenn unser Haus heute nacht vom Blitz getroffen wird, dann wissen wir, warum!« Mrs. McCall protestierte gegen ein Zimmer voll unbußfertiger Schuljungen, während Lucy abseits saß und ein gezwungenes Lächeln aufsetzte. »Oh, ihr lacht über mich? Und wenn ich Ihnen kein Abendessen auftische, Patrick – das würden Sie nicht so lustig finden, nicht wahr? Es ist in fünf Minuten fertig, und ich will kein gotteslästerliches Wort mehr hören!«

Aber es gab kein Halten mehr. David blätterte seinerseits durch das Gebetbuch. »Patrick, was soll das Zeug über die Heilige Schulterwunde Christi?«

Fröhlich erklärte O'Hanrahan: »St. Bernhard, der alte Verbrecher, fragte Jesus in einem mystischen Gespräch, welches sein größtes Leiden gewesen sei, über das nicht berichtet würde.« Er las aus dem Gebetbuch vor: *»Während ich Mein Kreuz über den Leidensweg trug, hatte ich auf Meiner Schulter eine quälende Wunde, die mehr schmerzte als die anderen und über die von den Menschen nicht berichtet wird. Ehre diese Wunde mit deiner Andacht ...«*

»Ich frage mich«, überlegte Rabbi Hersch, »ob sich Jesus während seiner Passion nicht den Zeh angestoßen hat. Paddy, vielleicht ist noch Zeit, daß du dir einen Namen machst.«

»Ja, ich könnte die Lobrede auf den Heiligen Angestoßenen Zeh Christi schreiben. Wir könnten eine Dekade von Rosenkränzen einführen, für jeden der Zehn Heiligen Zehen ...«

Aus der Küche kam ein unmißverständliches Räuspern.

Der Rabbi antwortete: »Paddy kann nichts dagegen machen, Mary. Er ist ein Jesuit! Ungehorsam steckt ihm im Blut!«

»*Ehemaliger* Jesuit!«

Das war eine Neuigkeit für Lucy. Sie richtete sich gerade auf.

»So etwas wie einen abgefallenen Jesuiten gibt es gar nicht«, verbesserte der Rabbi. »Einmal Jesuit, immer Jesuit. Egal, ob du ein guter oder ein schlechter Jesuit bist, du bist immer noch ein Jesuit. Ich hab' sogar nie einen anständigen Jesuiten kennengelernt, der *kein* abgefallener Jesuit gewesen wäre.«

Angesichts dieser Enthüllung mußte Lucy ihre Gedanken ordnen. O'Hanrahan hatte ein *Ordensgelübde* abgelegt? War in ein Kloster eingetreten? Ein Jesuit, Diener Seiner Heiligkeit des Papstes, Statthalter Christi auf Erden, Nachfolger des Apostels Petrus?

(Ganz richtig!)

Hm, grübelte Lucy, in gewisser Weise ergab das durchaus einen Sinn. Priester in amerikanischen Theologieseminaren, radikale Dominikaner und die meisten Jesuiten, die sie kennengelernt hatte, machten sich heutzutage mehr über den Katholizismus lustig als Martin Luther und Reverend Ian Paisley zusammen ... Und ein Mann aus O'Hanrahans Generation und mit seinen intellektuellen Fähigkeiten würde – ja, seine Wahl mußte ganz natürlich auf ein Jesuitenseminar fallen.

Lucy hatte Schwierigkeiten, sich den jungen O'Hanrahan vorzustellen, der ewige Treue zur Einen Wahren Kirche schwor, sich langen Stunden des Gebets und der Disziplin unterwarf ... Irgendwann in seiner Vergangenheit muß er ein bißchen wie ich gewesen sein, dachte Lucy. Ein ernster, praktizierender Katholik, vielleicht mit einer Mutter, die gerne einen Priester als Sohn haben wollte. Ein warmer Gedanke stieg in ihr auf: Dr. O'Hanrahan ist so barsch zu mir, weil ich ihn daran erinnere, wie er einmal war; ein Patrick O'Hanrahan, der kniete und den Ring küßte – ein Patrick, den er am liebsten vergessen hätte!

Abendessen. Alle drängten sich um den Küchentisch, auf Klappstühlen, die Mrs. McCall aus der Garage geholt hatte.
Mr. McCall tauchte aus dem hinteren Teil des Hauses auf, frisch rasiert, gekämmt und nicht mehr nach Konservenfabrik riechend. Er ließ die gestrige Zeitung aus dem Pub neben seiner Frau, die gerade eine Portion auf O'Hanrahans Teller schöpfte, auf den Tisch fallen. »Da ist die Zeitung«, erinnerte er. »Willst mich immer noch darin einwickeln?«
Mrs. McCall ließ ein »tsts« hören, als sie einen Blick auf die Belfaster Schlagzeile warf, eine Reportage über Mütter, die bei den gewalttätigen Auseinandersetzungen zwischen den Konfessionen mehr als einen Sohn verloren hatten. Die arme Mrs. Graham und ihre drei Jungen, die aus reiner Bosheit von der IRA erschossen worden waren, einfach als sportliche Leistung. »Genauso schlimm wie diese arme Mrs. O'Malley in Derry«, sagte sie und schob die Zeitung heftig zur Seite, als wolle sie ihre Mißbilligung ausdrücken. »Sie hat bei den Unruhen vier Söhne verloren.«
David füllte sich selbst den Teller. »He, Mum, man sollte eine Art Wettkasse haben, weißt du? Welche von den alten Mädchen als nächste noch einen verliert.«
Mr. McCall lachte gackernd. Lucy war zutiefst schockiert über diesen schwarzen Humor, aber sie bemerkte, daß sogar Mrs. McCall hinter vorgehaltener Hand lächelte. »David«, tadelte sie halbherzig.
»Man könnte es so machen wie bei der Lotterie«, fuhr ihr Sohn fort. »Ich meine, man könnte einen Fünfer darauf setzen, daß Old Lady O'Malley bis Weihnachten noch einen Sohn verliert, so ungefähr.«
»Und wenn ihm nur das Knie zerschmettert wird, gibt's den halben Gewinn«, unterstützte ihn sein Vater.
»Schluß, ihr beide!« rief Mary McCall.
»Verdammt, sie sind selber schuld«, sagte David, setzte sich und riß ein Stück Sodabrot ab. »Und wenn man die Jungs erwischt, die die O'Malley-Jungs umgebracht haben, sollte man ihnen gleich zweimal den Prozeß machen – einmal wegen Mordes und einmal, weil wir ihretwegen im Fernsehen dauernd diese alten Weiber sehen müssen, die über ihre herumballernden und bombenbastelnden kleinen Engel heulen!«
Der Rabbi spielte den Gedanken weiter: »Und wenn eine Frau zwei Söhne verloren hat, David?«
»Na, dann verdoppelt sich der Gewinn natürlich.«
Klar, fiel Lucy ein, in der unmittelbaren Nachbarschaft von Belfast und

Derry muß die zynische Ader der Iren ja zum schwarzen Humor werden: grimmiges Wetter, grimmige Geschichte, grimmiger Humor.
Nach dem Essen – und nachdem die Männer zunächst ein großes Theater gemacht hatten, sie würden abwaschen, ohne es dann zu tun – wurde der Abend unten in der *Crown* fortgesetzt. David und Lucy gingen den Hügel wieder zusammen hinunter, während die anderen durstig voranmarschierten.
»Verstehst du«, sagte David, »mir ist es hier oben wirklich lieber als in Dublin, dieser alten Trotzburg Gottes.«
»Du magst Dublin nicht?«
»Es ist auf seine Art großartig, aber wenn die Leute einen ihrer Leprechaun-Kobolde zum Bürgermeister wählen könnten, würden sie es für die verdammten Touristen tun, glaub' ich.« Vergnügt lächelnd hörte Lucy seinem Geschimpfe zu. »Was funktionierende Telefone und funktionierende Installationen betrifft, ist die Stadt wie ein Dritte-Welt-Land – nicht gerade ein Ruhmesblatt für diese britischen Wichser. Einmal bin ich die O'Connell Street hinuntergegangen, und da sitzt so ein übriggebliebener, mottenzerfressener Hippie mit einem Schild um den Hals und sagt, für ein Pfund werde er ein Gedicht rezitieren!« David stieß einen wütenden Schrei aus. »Um ihn zu verarschen, hab' ich ihn gefragt, was er aufsagen könnte, und er fängt – man hält's nicht aus – mit so einem U2-Songtext an. *Das* ist Dublin, wie es leibt und lebt. Nein, wenn es in Belfast eine Zukunft gäbe, wäre es mir viel lieber, aber es gibt keine, also ist im Moment für mich die Republik angesagt.«
Mit all den verdammten Katholiken, dachte Lucy.
Sie erwog die schlechten Seiten des Katholizismus: die IRA, die ignoranten Priester, die die Kleinstadtpolitik in der Republik diktieren, die Visionen vom Heiligen Lamm in Knock, die tanzenden Statuen in Ballinspittal, die Republik, die Ende des 20. Jahrhunderts die Scheidung verbietet, die Jungfrau Maria als Königin Irlands, die Wählerschaft, die tut, was dieser besonders rückständige Papst will ...
Lucy fühlte sich momentan im feindlichen Lager. Gott, ihr Name stand irgendwo unter einer Spende für die NORAID, also war sie es genaugenommen. Wahrhaftig, sie hatte bisher nie daran gezweifelt, daß die Protestanten die Katholiken 500 Jahre lang in ihrem ehemals eigenen Land erbärmlich behandelt hatten. Aber wie *erwartete* denn ein gläubiger Bauernpöbel mit mindestens elf Kindern pro Familie und seiner Unter-

stützung eines mittelalterlichen päpstlichen Machtanspruchs von der mächtigsten Nation des 19. Jahrhunderts behandelt zu werden? Sie spürte einen kalten Mangel an Sympathie für die Katholiken, diese weinerlichen, ständig leidenden professionellen Opfer, die nach Vergeltung für etwas greinten, was Heinrich VIII. getan hatte.

Lucy sah auch die Komplexität des Problems, ein akzeptables Bild für sich selbst zu finden, wenn sie nach Irland zöge. Eine intellektuelle praktizierende Katholikin in den Vereinigten Staaten zu sein war eine Sache – das hatte eine gewisse Attraktivität, bot den Trost einer elitären Minderheit. Etwas bewußt Altmodisches haftete dieser Entscheidung an, man konnte sie tragen wie eine Art Outfit, um andere zu schockieren oder um seine zeitweilige Solidarität mit anderen Katholiken auszudrücken. Aber hier in Irland bewies es nur, daß man den uralten Aberglauben der Insel nicht überwunden hatte – oder schlimmer, daß man in dem hoffnungslosen Zank zwischen Katholiken und Protestanten Partei ergriff. Hier zu leben würde jedes religiöse Gefühl in mir abtöten, das ich je hatte, dachte Lucy. (Nein, aber es könnte sich verheerend auf deine konfessionelle Solidarität auswirken.)

Stunden später kam Lucy zurück in Fionas Zimmer, nachdem David beim Rückweg aus dem Pub wieder ihren Arm genommen hatte; sie fühlte sich seltsam wach und schwindelig, glücklicher als seit Jahren. Sie kämmte ihr Haar und betrachtete Fotos von David auf Fionas Kommode, ein jüngerer David auf verblaßten Schnappschüssen von Kindergeburtstagen. Fionas Bild hing an der Wand. Das Mädchen sah ein wenig unscheinbar aus, aber Lucy schloß aus dem Gesichtsausdruck, daß auch sie den Witz und die Respektlosigkeit der McCalls geerbt hatte. Sie kroch ins Bett und rollte sich unter den vielen Decken zusammen, um einzuschlafen.

Doch Nordirland ließ sie nicht in Ruhe. Nicht einmal zehn Minuten lang konnte Lucy sich entspannen, ohne ihren eigenen Katholizismus und die knapp verfehlte Laufbahn als Nonne kritisch zu überprüfen. Lucy dachte an ihre Freundin im katholischen Horrorkabinett von St. Eulalia und an der High-School, Faith Kopinski. Ich wette, sie ist mittlerweile Nonne. (Es hat Faith verletzt, daß du sie nach der High-School hast fallenlassen, Lucy. Deine Motive waren nicht ganz rein.)

Lucy fühlte einen Stich von Schuldgefühl, wenn sie an Faith dachte. War dieses weinerliche, überempfindliche Mädchen wirklich ihre beste Schulfreundin gewesen? Lucy lächelte: Ein Mädchen, das Faith, Chastity oder

Hope genannt wird, endet normalerweise, wie jeder, der an einer katholischen Schule gewesen ist, bestätigen kann, in der High-School als *das* leichte Mädchen, die Schulschlampe, die auf dem Gang Drogen verkauft. Aber Faith, die so prüde und folgsam fromm war wie jedes Mädchen in St. Eulalia, hatte ihrem Namen alle Ehre gemacht.

Faith war alles andere als beliebt, aber das waren auch Lucy und ihr unzertrennlicher Schulkamerad Gabriel nicht, der von den Jungen wegen seiner Schwächlichkeit und Unsportlichkeit unbarmherzig verspottet wurde; Lucy hatte sich instinktiv mit den Schwachen zusammengetan, die, wie sie, auf der Schattenseite schulischen Ruhms standen. Einmal hatte sie vor der Sportstunde zu Faith hinübergesehen, die sich gerade umzog, und ihr war aufgefallen, wie nackt Faith wirkte, wenn sie sich auszog, wie weiß und dünn und zerbrechlich sie aussah und wie rot ihr Gesicht war vor reiner, tiefer Scham vor sich selbst.

So hatte Lucy irgendwann in der neunten Klasse aufgehört, sie zu meiden, und hatte sich im Speisesaal neben sie gesetzt. Faith sprach über Jungen nur in einer abstrakten Form und immer wie über etwas, für das andere Mädchen besser geschaffen waren; sie ging nie aus, auch nicht ins Kino, und hatte in ihrer Freizeit nur mit Cousinen Umgang; sie wußte nicht, welche Schallplatten oder Fernsehshows cool waren, und schien nicht einmal zu wissen, was ihr entging. Darin zumindest unterschieden sich Lucy und Faith grundlegend – Lucy wußte immer ganz genau, was sie versäumte.

Einmal hatte sich Christian Hall beim Mittagessen neben sie gesetzt.

Christian entsprach, im Gegensatz zu Faith, der Namensregel, und sein völliges Heidentum verdrehte Lucy den Kopf. Er war der Sportler der Schule, der Held der Basketballmannschaft, mit breiten Schultern und muskulösen, glatten Oberarmen, die er in einem so engen St. Eulalia-T-Shirt zur Schau stellte, daß Lucys liederliche Schwester Mary, die Cheerleader war, sich endlos darüber auslassen konnte. Nein, Lucy hatte keine Chance bei jemandem wie Christian, und daß er sich an diesem Tag an ihren Tisch setzte, geschah einzig deshalb, weil Lucy und Faith in dem Spiel um die Beliebtheitsskala keine Rolle spielten; sie waren noch weniger als unbeliebt: Sie waren *unsichtbar* und nichtexistent, und er sah schlichtweg durch sie hindurch.

Lucy hatte das Gefühl, zu Faith' Bestem müsse sie etwas zu Christian sagen, denn Lucy war immer die Wagemutigere, und sie genoß ihre Rolle als die verwegenere Freundin. Also hatte Lucy in gezwungen-leichtem Ton *hi* zu Christian gesagt und ihm zu seinen 22 Punkten gegen die Schule Marie Curie gratuliert.

»Uh, ja«, antwortete er, nahm Lucy beiläufig zur Kenntnis und sah sich um, ob jemand sie beobachtete. Dann, nach einer Minute, fragte er noch: »Du bist Marys Schwester, oder?«

»Ja«, sagte Lucy, und das war's auch schon, die ersehnte Unterhaltung.

Lucy schwor sich, ihre jüngere Schwester umzubringen, wenn die das Glück haben sollte, mit Christian auszugehen – na ja, Mary »ging nicht mit jemandem aus«, sie »knutschte mit jemandem« und weiß Gott was sonst noch, schon mit 16. Egal. Lucy starrte Christian heimlich an, bewunderte seine langen Arme und Beine und versuchte sich vorzustellen, wie es wäre, seine Freundin zu sein, wie es wäre, ihn zu küssen oder ihn zu umarmen, und sie sann nach über die tiefe Kluft, die ihr Leben von seinem trennte, darüber, wie leicht es für ihn war, er zu sein, und wie schwierig es für sie war, sie zu sein, die nur den schwachen Trost eines Mortadella-Sandwichs hatte, das sie mit Faith teilte.

Wenn die gefürchtete Schwester Miriam über die Sünden Magdalenas schwadronierte, war es immer Christian, der einen gespielt unschuldigen Gesichtsausdruck aufsetzte und die Hand hob.

»Schwester?« fragte er. »Was genau *waren* denn Magdalenas Sünden?«

Andere kicherten, und Schwester Miriam antwortete, daß Christian ganz genau wisse, welche Sünden ...

»Nein, ehrlich ... Ich hab' diesen Teil nicht gelesen.«

Schwester Miriam hätte eher glauben können, daß Christian sonst gar nichts wußte – Christian, den sie nicht ausstehen konnte, weil seine unbekümmerten Gliedmaßen eine Beleidigung für sie waren, weil er so großspurig in den Gängen umherstolzierte, alle Kleiderordnungen mißachtete und laut mit den älteren Jungen lachte. Sie funkelte ihn mit unverhohlenem Haß an, dem Haß für diesen höhnischen 16jährigen Potenzbolzen, der sich über sie lustig machte. »Sie war eine gefallene Frau«, stieß sie endlich hervor.

»Gefallen? Sie meinen, sie ist irgendwo hinuntergefallen?«

Wieder Gekicher. Und Schwester Miriam kochte innerlich, während er sie nach den exakten Details der Sünden Maria Magdalenas ausquetschte und schließlich mit der unbeantwortbaren Frage auftrumpfte: »Wo steht das in der Bibel?«

Denn natürlich steht dort nichts. Es gibt keine einzige Stelle, die sagt, daß Maria Magdalena eine Hure war. Es war zwar ein Klugscheißersieg, den Christian errungen hatte, aber auf seine Art war er doch raffinierter als Schwester Miriam. Und mehr als um sein hübsches Aussehen, seine Beliebtheit und seine Eigenliebe beneidete Lucy ihn um seine sorglose Seele, seine sündenlose und schuldlose Welt. Ach, könnte man in Armen wie den seinen dorthin getragen werden.

Aber welche Chance hatte Lucy umgekehrt, in dieser Umgebung eine Braut Christi zu werden? Der Schaden, den St. Eulalia angerichtet hatte, war unheilbar: Schwester Belinda, so begriffsstutzig und fett – Zielscheibe von hundert Witzen pro Tag; die alten konfusen Schwestern; die junge Schwester Hilda, die wegen ihres Charakters Schwester Hitler genannt wurde – daß sie einen Schnurrbart hatte, paßte ganz gut dazu. Die einzige lustige Nonne war die Basketballtrainerin der Mädchen, Schwester Victoria, die gern pichelte und stets Schwester Vickie genannt wurde. Sie und ihr Freund Pater Kennedy, dem Alkohol ebenfalls nicht abgeneigt und mit einer unbändigen irischen Vorliebe für derbe Witze und boshafte Bemerkungen über die Nonnen, mit denen er zusammenarbeiten mußte ... Gott, wie hatte es diese beiden bloß nach St. Eulalia verschlagen? Die gemeine, sauertöpfische alte Schwester Miriam dagegen war eine wandelnde Werbung für den Protestantismus, bestes Ausstellungsstück für Reverend Paisley – vielleicht sogar fürs Heidentum.

Schwester Miriam, die Damenbinden in dem Automaten im Mädchenraum zählte, die Mädchen zusammentrommelte und wissen wollte, welches Mädchen eine Binde genommen hatte, ohne es erst mit ihr abzusprechen.

»Ich will, daß euch klar ist«, erklärte sie in ihrer Strafpredigt, »daß diejenige, die diese Monatsbinde genommen hat, etwas ganz, ganz Schlimmes getan hat ...«

Lucy war nicht sicher, was das Schlimme war: die Periode zu haben oder eine Binde zu nehmen – oder beides. Schwester Miriam hatte vom Rektor die Erlaubnis bekommen, die Schließfächer der Mädchen zu kontrollieren; eines Abends machte sie sich über die Tagebücher her und trieb dann die Mädchen mit ihren Geständnissen in die Ecke: Sie las ihre schmutzigen, sexbesessenen, perversen und abscheulichen Worte laut vor und bot sie dem prüfenden Blick Pater Doogans dar, der die Mädchen ihrer verdammenswerten Handlungen wegen mitleidig ansah.

Himmel, was war das für eine Verbrecherin gewesen.
Pater Kennedy, intelligent und lebendig, eng befreundet mit der Paria-Schwester Vickie, war Schwester Miriams Todfeind. Schwester Miriam erschnüffelte den leisesten Hauch von Whisky-Atem an ihm und fing entweder an mit einer Moralpredigt, verkündete, daß sie ihn irgendwann beim Erzbischof anzeigen werde – man vermutete allerdings, daß die Drohung nicht ernst gemeint sei –, oder versuchte eine ihrer nutzloseren Taktiken: platzte in seine Geschichtsstunde hinein, setzte sich in die hinterste Reihe und starrte ihn selbstgerecht an.
Pater Kennedy war unvergleichlich, wenn er in Form war, ein geborener Dominikaner, stets bereit, sich von seinen eigenen Geschichten fortreißen zu lassen; Quellen hatte er seit Ewigkeiten nicht gelesen, er vertraute vielmehr seinem eigenen Kopf und dem, woran er sich erinnerte oder zu erinnern glaubte, was er in Wirklichkeit aber umgeschrieben und verbessert hatte. Nach dem Mittagessen, wenn er mit Schwester Vickie ein wenig ins Weinglas geschaut hatte, war sein Gesicht immer besonders rot, und Lucy, Faith und die übrige Klasse hörten zu, wenn er dröhnte, was für ein fettes Schwein Thomas von Aquin gewesen sei, derselbe Mann, der gefordert hatte, man solle alles nur in Maßen genießen! Bei seiner Beerdigung brauchte man zwölf Brüder und einen Zwei-auf-vier-Meter-Sarg, um den fetten Doktor ins Grab zu bringen. »Fetter«, rief Pater Kennedy, »als manche Schwestern in St. Eulalia!« Die Klasse lachte, und Pater Kennedy, so ermutigt, beschrieb weiter Thomas von Aquins Fettleibigkeit und imitierte dabei, wie Aquin alias Schwester Belinda durch die Gänge watschelte.
Und hinten im Klassenzimmer saß Schwester Miriam, ein Taschentuch in der Hand, ach wie leidend, und weinte leise vor sich hin. Bis schließlich jedes Kind sich umdrehte und sie sah, bis ihre Tränen von jedem bemerkt worden waren und sich endlich verlegenes Schweigen über die Klasse senkte.
»Was haben Sie denn für ein Problem, Schwester?« brummte der Pater dann, ernüchtert und verärgert.
»Ihre Seele«, schniefte Schwester Miriam trübsinnig als Antwort.
Und offenbar hatte ihre Drohung, den Erzbischof zu benachrichtigen, doch eine Basis, denn eines Nachmittags, als Lucy und Faith in der Kirchengeschichtsstunde saßen, kam Schwester Miriam herein und stellte sich majestätisch, triumphierend, *in gloria* hinter das Podium: »Pater

Kennedy ist versetzt worden«, erklärte sie volltönend, und die Schüler stöhnten innerlich auf. Noch tiefere Verzweiflung überkam die Klasse, als bekannt wurde, daß Schwester Miriam, der nun Gerechtigkeit widerfahren war, an seine Stelle treten sollte. Der Pater, so ging das Gerücht, sei an eine hinterwäldlerische, verarmte Jungenschule in Hammond, Indiana, versetzt worden und dort als Bibliothekar tätig – ein Abstieg, eine Bestrafung; und gleich danach kam Schwester Vickie an die Reihe, die ebenfalls geschaßt wurde. Vielleicht war der beliebte Schülerklatsch über ihre Liebesaffäre weitergetragen worden, und der Erzbischof hatte ihn ernst genommen. Vielleicht hatte die Geschichte ja sogar gestimmt.

So hatten sie nun also Kirchengeschichte bei Schwester Miriam, und es war Schluß mit den schwierigen gelehrten Texten, mit dem *Gottesstaat* von Augustinus, der *Summa Theologica* Thomas von Aquins; Schluß mit dem Pseudo-Dionysius, Schluß mit Justinus dem Märtyrer, mit Origenes, Tertullian, Basilius dem Großen und Isidor von Sevilla. Schwester Miriam beschloß, ihre Textgrundlage solle *Siege der Märtyrer* von Alphonsus de Liguori sein.

»Procopius, durch die Weigerung der heiligen Agnes, ihn zu heiraten, nicht entmutigt, belästigte sie weiterhin«, erklärte sie etwa während der fünf Wochen, die den Märtyrer-Jungfrauen gewidmet waren. Sie las aus St. Alphonsus vor: *»Procopius ließ nicht ab von seinen fruchtlosen Forderungen, bis endlich die Heilige, die sich von seinen unwillkommenen Aufmerksamkeiten befreien wollte, zu ihm sagte: ›Fort von mir, du Fraß der Vergänglichkeit! Ich bin bereits einem anderen und weit besseren Gemahl versprochen. Er ist der König des Himmelreichs, dem ich mein ganzes Sein geweiht habe.‹«*

Schwester Miriam ging förmlich auf in dieser heftigen Gemütsbewegung. Laut rief sie die an die Verfolger der jungfräulichen Märtyrerinnen gerichteten Verweigerungen und Abweisungen, als hätte sie die Gelegenheit gehabt, selbst genau diese Worte zu sprechen. Und wie sie in den verschiedenen Martyrien schwelgen konnte: das Rad der heiligen Katharina, das Gott in Flammen aufgehen ließ, bevor die Heilige dann unvermeidlich geköpft wurde; die Zangen und glühenden Kohlen und Feuerroste und das kochendheiße Pech. Und wenn es um die Märtyrerinnen St. Lucia und St. Faith ging, wie heiß wurde es da den beiden errötenden Namensvetterinnen im Schein des ungewollt erregten Aufsehens, während die übrige Klasse über ihre gottgewollte Jungfräulichkeit kicherte.

»Im Jahre 304«, erklärte Schwester Miriam ernst, immer glücklich, ihre Märtyrergeschichten als historische Tatsachen erscheinen zu lassen, »vollbrachte Agnes ihr glorreiches Martyrium.« Schwester Miriam seufzte schwer und suchte wieder in ihrem Buch: *»Der Präfekt wollte Agnes schließlich einschüchtern mit der Drohung, sie an einen schändlichen Ort zu bringen, damit sie dort … entehrt werde …«*
Das muß ein Puff sein, dachte Lucy, und *entehrt* bedeutet, daß sie Sex mit einem Mann hat. Während sie St. Alphonsus' prüde Ausdrucksweise zu enträtseln versuchten, wurden Schwester Miriams märtyrergeplagte Geschichtsklassen natürlich weit sexbesessener als zu Zeiten des direkten Pater Kennedy.
*»Aber wenn ein Mann sich ihr in schamloser Absicht näherte …«*
Sie ficken will, dachte Lucy und warf einen verstohlenen Blick auf Faith, der die untergründigeren Dinge vielleicht entgangen waren, sosehr sie Schwester Miriams Heiligengeschichten auch schätzen mochte.
*»… wurde er von solcher Ehrfurcht erfüllt, daß er die Heilige nicht ansehen konnte. Nur ein unbesonnener junger Mann wollte ihr Gewalt antun, doch wie Kardinal Orsi hier bemerkt, erfuhr der unreine Schurke rasch, wie eifersüchtig der Gemahl der Jungfrauen sie verteidigt, denn ein Blitzschlag traf ihn, so daß er tot zu Boden fiel.«*
Heiter blickte Schwester Miriam auf die ihr anvertraute Generation junger Katholiken mit ihren frischen, interessierten Gesichtern, ohne den leisesten Verdacht, daß diese Jugendlichen in den Tiefen ihrer Pubertät aufgerührt waren und sich eine Agnes mit gespreizten Beinen im Bordell vorstellten, dazu einen splitternackten Mann, der es ihr gerade besorgen wollte, bevor Christus mit Seinen Blitzen alles verdarb.
Eine halbe Stunde später war Agnes auf dem Scheiterhaufen.
*»Der Scheiterhaufen war errichtet, die Heilige wurde auf ihm festgebunden und unvermittelt das Feuer entzündet; aber die Flammen wichen von ihr und verzehrten viele der Götzenanbeter, die der Hinrichtung beiwohnten …«*
Hier erlaubte sich Christian ein leises, ungläubiges Schnauben.
Wie in all diesen Geschichten köpften die Heiden schließlich die Heilige, trotz aller Blitze und Blendungen und Wunder auf dem Scheiterhaufen.
Bewegt von unterdrückten Gefühlen, blökte Miriam: *»Der Henker zitterte, den Schlag zu führen, aber die Heilige ermunterte ihn mit den Worten: ›Töte ihn rasch, diesen Körper, der anderen Lust bereiten könnte, zur*

*Beleidigung meines himmlischen Verlobten. Hab keine Furcht, mir den Tod zu geben.«*

Sex, nichts als Sex!

Lucy hatte sich einmal mit Luke, ihrem evangelischen Freund in Chicago, unterhalten. Er versicherte ihr, er habe nicht gewußt, was ein Hymen eigentlich *sei,* ehe er ins College kam. Kein Katholik, der darüber nicht Bescheid gewußt hätte! Nein, nein! In Schwester Miriams Vorlesungen begriff es jeder: St. Agatha, der die Brüste abgeschnitten wurden; St. Dionysia, die zusah, wie ihr Kind mit Geißeln zu Tode gequält wurde; die Nonne St. Febronia, deren Körper eine einzige Wunde war, denn man hatte ihr die Zähne ausgerissen und sie dann langsam über einem Feuer rösten lassen; St. Cecilia, deren Familie man umgebracht hatte, während sie in einen Ofen gesteckt wurde und dort verbrannte und erstickte; St. Justina, die langsam in kochendem Pech umkam; St. Anastasia wurde die Zunge herausgerissen, ihre Brüste wurden mit glühenden Zangen vom Körper gerissen, jedes Glied wurde ihr gebrochen und glühende Kohlen wurden auf ihre Wunden gelegt; St. Faith, noch nicht einmal elf Jahre alt, landete auf dem Feuerrost; St. Lucia wurde geblendet und geköpft ... Aber immer, wenn die Jungfrauen in ein Bordell geschickt wurden oder von einer Verlobung bedroht waren, dann stiegen Engel hernieder, dann erschienen Flammenschwerter, dann fielen Männer blind oder tot zu Boden, die Erde öffnete sich oder unsichtbare Mauern wurden errichtet! Der Gott der Katholiken hatte zu diesem Thema einen klaren Standpunkt: Reißt diese hübschen jungen Dinger auseinander, quält sie mit allen Foltern, die euch nur einfallen, aber *nicht das Jungfernhäutchen!* Nicht das kostbare, unzerstörbare Hymen geheiligter Jungfräulichkeit! Als Lucy einmal in der Bücherei der Loyola-Universität herumstöberte, hatte sie Karl Rahners theologische Essays aus dem Regal gezogen – Rahner, der rebellische Jesuit, immer kurz vor der Exkommunizierung, einer der progressivsten Denker in der Kirche –, und sogar hier fand sie eine theologische Betrachtung über das Hymen der Jungfrau Maria und die tiefere Bedeutung der Tatsache, daß es noch heil war, als sie Jesus gebar; die theologische *Notwendigkeit,* daß es intakt blieb, *in partem.*

O Männlicher Vater, gab es denn kein Entrinnen? Männer haben das Glück, eine Seele zu haben, aber katholische Frauen haben nur dieses unsägliche Häutchen, in dem sich jeder Wert, jede Verdammnis, jede Abbüßung bündeln.

*»Und die innigst geliebte Agnes«*, fuhr Schwester Miriam fort, atmete tief und bekreuzigte sich, *»hob ihre Augen gen Himmel und flehte Jesus an, ihre Seele und diese zarte Jungfrau zu empfangen ...«*
Lucy sah, wie Faith bei dem Wort »Jungfrau« errötete. Auch Lucy wurde damals noch rot, wenn die Rede von Jungfrauen war. Nicht bei der Formel »Heilige Jungfrau Maria«, das war automatisch und abgenutzt, aber wenn man über Jungfräulichkeit und diesen Aspekt eines angemessenen christlichen Lebens von Frauen diskutierte, und besonders rot wurde Lucy, wenn sie vor der Klasse vortragen mußte und sich vorstellen konnte, wie ihre Mitschüler kicherten, oder wenn sie Christians unausgesprochenen Spott spürte.
*»... diese zarte Jungfrau empfing den Todesstreich und ging ein in Unseren Heiland, um die Krone ihres Triumphs zu empfangen!«*
Während eines besonders gräßlichen Berichts über das Martyrium der heiligen Potamiena beugte sich Faith einmal zu Lucy hinüber.
(Potamiena, die darum bat, langsam in kochendes Pech getaucht zu werden, damit sie noch mehr für ihren göttlichen Gemahl leiden konnte. Wie sollten Wir das vergessen!)
Faith riskierte damals ihre vielleicht einzige respektlose Bemerkung: »Wenn man es nicht besser wüßte, könnte man meinen, Schwester Miriam ist traurig darüber, daß sie nie auf dem Scheiterhaufen verbrannt werden wird ...«
Und Lucy wirkte derart überrascht, Faith so etwas sagen zu hören, daß Faith sofort errötete und augenblicklich bereute. Wetten, daß Faith diese Todsünde noch am selben Abend Pater Doogan gebeichtet hat ... und wetten, daß sich Pater Doogan in seinem Beichtstuhl heimlich ein Lachen verkneifen mußte?
(Das mußte er.)
Und auf jeden Fall irrte sich die arme Faith. Schwester Miriam wünschte sich keineswegs, daß ihr Glaube durch ein Martyrium auf die Probe gestellt werde. Für Schwester Miriam war ihr ganzes Leben ohnehin ein hartes Martyrium.
Schwester Miriam, die einen Dispens vom Kloster hatte, lebte zusammen mit ihrer Mutter, die in den Siebzigern war, und unglaublicherweise mit der Mutter ihrer Mutter, die in den Neunzigern war: zwei Frauen, die bitter und böse auf sie waren, aber ohne die Schwester Miriam nicht hätte leben können. Bei jedem Wutanfall und jeder Demütigung, die sie von

den beiden Frauen hinnehmen mußte; jedesmal, wenn sie die Bettpfanne auswusch, ohne daß es ihr gedankt worden wäre; jedesmal, wenn ihre Mutter sie wieder darauf hinwies, welche Zukunft sie sich für ihre Tochter gewünscht hätte, fühlte Miriam sich von ihrem Martyrium erfüllt, das nur sie und Unsere liebe Frau kannten: ihr Kreuz, das sie tragen mußte, die Art und Weise, wie sie ihre jugendliche Häßlichkeit erlebt hatte und wie ihr Leben als alte Jungfer aussah.

Lucy, das bevorzugte Opfer der Schwester, fürchtete den Tag, an dem Schwester Miriams Großmutter sterben würde, denn Miriams Leiden würde grenzenlos sein. Statt zu akzeptieren, daß ein neunzig Jahre altes Leben einmal enden muß und vielleicht gnädig endet, würde sie lediglich ihren Verlust sehen, ihre Verlassenheit, den Todesfall, der sie heimgesucht hatte; und sie würde die Gelegenheit wahrnehmen, die Frustration und absolute Schäbigkeit ihres Lebens in einer geheiligten Trauerzeit zu kompensieren. Und Gott helfe Schwester Miriam, dachte Lucy, wenn auch für ihre Mutter die Zeit kam zu sterben – dieser Verlust wäre sämtliche Foltern, abgeschnittenen Brüste, glühenden Zangen und Streckbänke im St. Alphonsus wert. Niemand würde je mehr leiden oder größere Bitterkeit ertragen als Schwester Miriam. Und wie noch volltönender und tiefempfundener würden die Vorträge über die jungfräulichen Märtyrerinnen in der Kirchengeschichtsstunde ausfallen, die noch nicht geborene Schüler am St. Eulalia einst noch würden ertragen müssen.

Als Lucy einmal ihren bitteren Haß gegen Schwester Miriam gebeichtet hatte, mußte sie auf Geheiß Pater Doogans nach dem Rosenkranz ein speziell für Schwester Miriam bestimmtes, liebevolles Gebet sprechen. Ziemlich ausdruckslos und oberflächlich, aber nicht ohne Freundlichkeit, hatte Lucy gebetet, der Heilige Geist möge Schwester Miriam stärken und ihr beistehen, wenn die Katastrophe, die über ihrem Leben schwebte – diese beiden Todesfälle –, einmal eintreten würde.

(Es ist eine Schmutzarbeit, Lucille, aber jemand muß sie machen. Und ich bin stolz auf dich. Miriam ist unglücklich, aber du hast in gewisser Weise Mitleid mit ihr. Liebe Lucy, manchmal bist du wirklich eines von Meinen Kindern.)

Arme Faith, dachte Lucy, die langsam schläfrig wurde.

Zweifellos war Faith mittlerweile bei den Schwestern. Wie hatten sie sie wohl umworben und ihr schöngetan, als sie noch schwankte, ob sie das Gelübde ablegen sollte oder nicht. Wie freundschaftlich war Schwester

Miriam ihr in dieser Situation bestimmt entgegengekommen, hatte ihre Ängste beschwichtigt und den Lohn eines keuschen Lebens beschrieben – so lange, bis Faith unter vielen Tränen und großer Theatralik das Gelübde schließlich abgelegt hatte und Nonne geworden war. Und wie mochten sie dann über sie hergefallen sein. »Glaub ja nicht, daß du besondere Privilegien hast, bloß weil du neu bist!« Wie eifersüchtig würden sie auf ihre Jugend sein und auf ihre Beliebtheit bei den Schülern. Ja, sie würden Faith' Charakter untergraben, sie disziplinieren und kritisieren, sie zerstören und fertigmachen, bis sie, wenn sie ins mittlere Alter kam, schließlich ebenso verbittert war wie sie. Oh, dachte Lucy, das ist garantiert der Tiefpunkt weiblichen Verhaltens in der Geschichte der Menschheit: die Gehässigkeit von Nonnen.

Und Frauen wie diese hatte Lucy einmal zu ihren Lebensgefährtinnen machen wollen! Ihre Mutter hatte gehofft, daß sie diesem Weg folgen würde – ihre eigene Mutter, die sie liebte, die nur das Beste für die Tochter hätte wünschen sollen! Ebenso zu enden wie ihre Tante Lucy, nach der sie benannt war: genauso schlimm wie jede von ihnen, fähig dazu, Selbstgerechtigkeit und Mißbilligung aus jeder Pore zu verströmen; fähig dazu, sich unentwegt daran zu erinnern, mit wem man eine Rechnung zu begleichen hatte; fähig zu Groll und Kleinlichkeit; unfähig selbst zur geringsten Ausstrahlung von Liebe. Dann lieber ein Luder wie ihre Schwester Mary, lieber ein Christian Hall mit allen Konsequenzen!

(Wir können Uns vorstellen, mit welchen Augen du die Sache ansehen würdest.)

Ja, dachte Lucy, als die Müdigkeit sie langsam überwältigte, Christian hat bestimmt gut ausgesehen, aber ehrlich, an David McCall kommt er nicht heran.

*28. Juni 1990*

Gegen Mittag saßen O'Hanrahan, Rabbi Hersch und Lucy im nahezu ausgestorbenen Pub. Sie sahen auf die Uhr, seufzten, scharrten nervös mit den Füßen, und der Professor las mehrmals hintereinander dasselbe Kapitel in einem Buch über afrikanische Schriftarten.

»Wissen Sie«, sagte der Rabbi, »Philips Buch ist der grundlegende Beitrag zu diesem Thema.«

»Dieser Text ist vollkommen hinreichend.« O'Hanrahan war nicht erbaut darüber, daß Pater Beaufoix' Ruhm wieder einmal bestätigt wurde.
Lucy stieß einen hörbaren Seufzer der Langeweile aus und hoffte, jemand werde mit ihr reden. Die meisten Arbeiter aus dem Dorf arbeiteten in der Konservenfabrik, hatte man ihr gesagt, und Mittagessenszeit war erst um ein Uhr; dann würde das Pub wieder lebendig werden. Eine alte Frau saß am Feuer, einen Hund zu ihren Füßen, und schlürfte ein Guinness. Weiter saß ein Mann mittleren Alters mit Golfmütze, kariertem Sportjackett, hellgrünem Hemd mit schmaler Krawatte und Krawattennadel und zitronengelber Golfhose im Raum, als sei er gerade vom Golfplatz gekommen.
»Wer ist dieser Kerl? Kann es sein, daß Pater Keegan etwas falsch verstanden hat, Paddy?« fragte Rabbi Hersch.
»Er ist erst eine halbe Stunde zu spät dran.«
In diesem Augenblick ging die Tür auf, und sie hörten das Glöckchen bimmeln. Ein großer schlanker Mann in einem langen schwarzen Mantel, mit schütterem Haar und bleichem, düsterem Gesicht, kam herein. Jack, der Wirt, beäugte den Fremden mißtrauisch, aber als er sah, daß er an O'Hanrahans Tisch trat, konzentrierte er sich wieder darauf, Pint-Gläser zu polieren.
»Dr. O'Hanrahan?« fragte der Mann und sah zuerst den Rabbi an.
Der Professor stellte sich vor.
Der Fremde betrachtete Lucy und Rabbi Hersch. »Und wer ...«
»Das sind Mr. Hersch, mein Kollege von der Hebräischen Universität, und Miss Dantan, meine Assistentin an der Universität von Chicago. Bitte, setzen Sie sich.« Wie Lucy auffiel, verschwieg der Professor, daß Mr. Hersch Rabbiner war.
Der bleiche Mann setzte sich, ohne sich vorzustellen; knapp und mit einem wohlerzogenen britischen Akzent kam er sogleich zur Sache: »Es ist wohl unnötig zu sagen, daß diese Transaktion unter größtmöglicher Geheimhaltung und Vorsicht vor sich gehen muß. Es war nicht leicht, dieses Dokument zu erwerben, und es muß klar sein, daß der Pater General Sie hergerufen hat, weil Sie unsere größte Hoffnung sind, besagtes Dokument zu entschlüsseln. Es ist Eigentum des ... des Ordens, und das muß es bleiben.«
Lucy blickte auf den Rabbi, der seinerseits rasch zu O'Hanrahan sah.
»Natürlich«, antwortete O'Hanrahan einfach.
»Ich werde Ihnen ein wenig von der Geschichte dieser Schriftrolle erzäh-

len. Der Sammler, ein Deutscher, der sie im April dieses Jahres in Rom gekauft hat, begriff nicht, wie wertvoll sie ist. Tatsächlich gab sich ein Angehöriger unseres Ordens als Sachverständiger aus und teilte ihm mit, diese Schriftrolle sei eine unbedeutende Kuriosität. Kurz darauf brachte der deutsche Sammler die Schriftrolle auf den Markt. Wir schickten einen anderen Bruder, Pater Quinn, den Sie auf Rathlin Island kennenlernen werden. Pater Quinn, der sich als Antiquitätensammler ausgab, zeigte leichtes Interesse an diesem Dokument und auch an einer anderen Schriftrolle. Wir kamen zu dem Schluß, wenn wir zwei Rollen kauften, müsse der Deutsche den Eindruck haben, er habe uns mit der zweiten betrogen, dabei galt unser Interesse ja von vornherein nur der ersten.«

»Sehr empfehlenswert«, sagte O'Hanrahan ungeduldig.

»Sie ist nun bei uns in unserer Abgeschiedenheit auf Rathlin Island.« Der Mann hielt inne, um sich der Aufmerksamkeit seiner Zuhörer zu vergewissern. Mit einem Blick nach rechts und nach links stellte er fest, daß kein Unbefugter zuhörte, und fuhr fort: »Sie werden irgendwann heute nachmittag ein Boot mieten. Vier Uhr nachmittags würde uns sehr gut passen. Wir werden uns mit Ihnen zusammensetzen, über die Abmachungen sprechen, und ich hoffe, Pater, daß Sie gemeinsam eine Messe mit uns feiern.«

O'Hanrahan nickte heiter.

»Sehr gut. Bis später dann.«

Der Mann wickelte sich wieder fest in seinen Mantel und ging.

Jeder rutschte auf seinem Stuhl herum, als die Tür des Pubs sich schloß, und atmete freier.

*»Pater?«* fragte Lucy in der nächsten Sekunde.

»Pater Patrick O'Hanrahan, Societas Jesu, ein Mitglied der Kompanie«, antwortete Rabbi Hersch.

»Miss Dantan«, begann O'Hanrahan ohne den gewohnten Humor, »es ist kaum wahrscheinlich, daß diese Leute die Schriftrolle einem abtrünnigen Jesuiten geben, daher bin ich für den Augenblick zu meinem früheren Beruf zurückgekehrt. Deshalb haben wir in Belfast angehalten, um mein Priestergewand abzuholen. Morey, hör auf zu grinsen.«

»Haha, es wird eine Freude sein, dich wieder einmal mit Priesterkragen zu sehen. Das letztemal war mir dieser Anblick 1950 in Jerusalem vergönnt.«

»Ich fahre allein auf die Insel, wenn du nichts dagegen hast.«

»Unsinn«, widersprach sein Freund. »Es geht um die Schriftrolle meiner Universität, und ich will sichergehen, daß du *mit* ihr wieder von der Insel runterkommst.«
»Glaubst du wirklich, Morey«, fragte O'Hanrahan, »daß es leichter wird, mit diesen Spinnern zu verhandeln, wenn ich einen Rabbiner dabeihabe? Schau her, ich habe Pater Creech 1956 kennengelernt, und damals war er ein kompletter Irrer. Er hatte einen Superplan, um die Sowjetunion lahmzulegen, damit der Westen angreifen und eine Regierung einsetzen könne, die der Heiligen Römischen Kirche gewogen sei. Und ...«
»Nur weiter«, meinte der Rabbi.
O'Hanrahan senkte die Stimme. »Es heißt, daß dieser Orden maßgeblich daran beteiligt war, auf Geheiß von Pius XII. Tausende von Nazis und Kriegsverbrechern von Europa nach Argentinien zu schmuggeln – das ist nur ein Gerücht, aber es würde mich nicht wundern, wenn die Sache stimmte. Pater Keegan hat mehr Kontakt zu ihnen, und er sagt, sie haben immer noch ein Programm zur Bekehrung der Juden.«
»Programm oder *Pogrom?*«
»Ich dachte, die Jesuiten seien nicht mehr antisemitisch«, mischte Lucy sich ein.
Die beiden Männer sahen erst sie und dann einander an.
»Diese Mönche auf der Insel sind nicht gerade Ihre eingetragenen Jesuiten«, sagte der Professor.
»Wer *sind* sie denn dann?«
»Sie sind eine Splittergruppe«, erklärte O'Hanrahan langsam, »aber darüber hinaus kann ich Ihnen auch nicht sehr viel mehr sagen. Wir verdanken dieses Zusammentreffen Pater Keegan, der ihr Mittelsmann in Dublin ist, aber er hat mir nicht sehr viel über sie erzählt.«
»Kann ich auch mitkommen?« fragte Lucy.
»Nein«, sagte O'Hanrahan.
»Doch«, widersprach der Rabbi. »Es wird die Feuerglut ein wenig von mir ablenken, wenn noch jemand anderer dabei ist.«
Lucy war baß erstaunt. Seit wann stieß ihre Anwesenheit auf die Billigung des Rabbis?
O'Hanrahan starrte aus dem Fenster in den stürmischen Tag; der Wind peitschte den Regen gegen die Glasscheiben. »Das wird eine heitere Überfahrt«, brummte er. »Mal sehen, ob ich in dem kleinen Laden an der Ecke Dramamin-Tabletten bekomme.« Er stand auf und kippte den Rest

seines Bushmill Black hinunter. »Aaaah. Dann ziehe ich mir wohl besser mein Pinguinkostüm an und arbeite ein paar lateinische Begrüßungen für unsere Gastgeber aus.« Er verbeugte sich und ging nach oben.

Lucy wartete, bis er außer Hörweite war. »Danke, daß Sie mich mitkommen lassen, Rabbi«, sagte sie dann.

»Ich habe meine Gründe.«

»Wissen *Sie*«, fragte sie so taktvoll wie möglich, »wer diese Leute auf Rathlin Island sind?«

Der Rabbi starrte in seinen Kaffee. »Ganz ehrlich, kleines Mädchen, ich weiß nicht genau, mit wem wir es da zu tun haben. Irgendeine Splittergruppe, wie Patrick gesagt hat.«

»Glauben Sie, daß sie gefährlich sind?«

»Alle Fanatiker sind gefährlich.«

Gegen halb vier Uhr nachmittags tauchte Lucy aus ihrem Zimmer auf, gekleidet in ihren weiten Pulli über einem Flanellhemd, in Jeans und einen langen Mantel, der Davids Schwester gehörte und den sie sich für ihren Aufenthalt in Ballywaycross ausgeliehen hatte. Außerdem hatte sie sich von den McCalls einen Rucksack geborgt, um etwas förmlichere Kleidung mitzunehmen: einen dunklen Rock und eine Bluse. O'Hanrahan war in vollem Priesterornat, und der Rabbi hatte etwas Warmes angezogen, das keinen Hinweis auf seine Religion gab. Der Regen hatte nachgelassen. Die drei gingen die Hauptstraße ein paar hundert Meter hinunter bis zu den Klippen und dann den schlammigen Weg entlang bis zu einigen Betonstufen, wo die Fischerboote ihre Anlegestelle hatten.

»Ich wünschte, ihr beide würdet hierbleiben«, sagte O'Hanrahan. »Sobald wir von hier losgefahren sind, muß ich mit meiner Komödie als Jesuit das Blaue vom Himmel herunterlügen, und ich will nicht, daß ihr mich auslacht.«

»Glaub mir, Paddy«, sagte der Rabbi, »nichts an der Sache kommt mir witzig vor. Sehen wir zu, daß wir die Schriftrolle in die Hand bekommen, und dann hauen wir ab.«

»Wohin denn? Sobald wir einmal dort drüben sind, sitzen wir fest, bis sie uns ein Boot holen.«

»Ich habe nicht die leiseste Absicht, dort drüben zu bleiben. Holen wir Matthias, und fahren wir heute abend noch zurück!«
»Ich habe in dieser Sache nicht das Sagen, Morey«, entgegnete O'Hanrahan verdrießlich.
Mr. McCall kam von der Anlegestelle herauf und schüttelte den Kopf: zu stürmisch. Sein Freund würde sie nicht hinüberbringen, zumindest nicht auf einem so kleinen Boot. In Ballycastle gebe es aber einen Mr. Sweeney, der sogar bei noch schlimmerem Seegang hinausfahre. Einen Augenblick später kletterten sie alle in den Sedan der McCalls, und Mr. McCall fuhr sie die zwölf Meilen an den Landungssteg von Ballycastle. Der Fährmann Mr. Sweeney unterhielt in den Spätsommermonaten einen Fährdienst nach Rathlin Island, und wenn auch nicht sehr begeistert, war er schließlich doch bereit, sie für zwanzig Pfund vor dem heraufziehenden Sturm überzusetzen.
»Sie meinen, der Sturm ist noch gar nicht da?« fragte Lucy.
O'Hanrahan runzelte die Stirn. »Noch können Sie abspringen.«
»Sie bleiben, kleines Mädchen«, flüsterte der Rabbi.
Den drei Pilgerfahrern zog sich der Magen zusammen, als sie das kleine Boot auf den Wellen tanzen sahen.
»Aye, ich würrrd' ja nich mein Boot aufs Wasser setzen bei diesem Drrreckswettter, pladdert ja schon den ganzen Tag!« rief Mr. Sweeney Lucy ins Ohr, um den heulenden Wind zu übertönen.
»Entschuldigen Sie, Sir, aber ich spreche nicht Gälisch.«
»Das is Englisch«, sagte Mr. Sweeney.
Lucy runzelte die Stirn, als sie zusah, wie das leichte Boot auf und ab schaukelte, während die Wellen gegen die Mole schlugen. Weiter im Westen, bei Carrick-A-Rede, klatschte das Wasser gegen die Klippen, so daß die Vögel auseinandergescheucht wurden.
Mr. Sweeney kletterte unsicher in sein Boot und ließ unter Flüchen, Gebrumm und Untergangsprophezeiungen den Motor an. Er warf Lucy, dem Rabbi und »Pater« O'Hanrahan feuchte Rettungswesten zu, die modrig rochen. Es war bereits eine Kampfaufgabe gewesen, in das Boot zu steigen; nachdem es vom Steg abgelegt hatte, klammerte sich Lucy an das Dollbord. O heiliger Christophorus, dachte sie ... nee, der ist nur erfunden. St. Clemens, festgebunden am Anker und über Bord geworfen ... unter diesen Umständen nicht gerade ein erbauender Gedanke. Paulus? Auf jenem Schiff ist nahezu jeder ertrunken, außer dem Heiligen, und ich

bin keine Heilige, also wende ich mich wohl besser gleich an ganz oben, dachte sie und sprach lautlos ein Vaterunser.
(Wir haben nicht verlangt, daß du bei einem Sturm in dieses winzige Boot steigst.)
Heiliger Geist, schloß Lucy, die Augen fest zusammengekniffen, gebe, daß diese Reise ein Erfolg wird, wenn es Dein Wille ist ...
(Oh, halt dich fest!)
Es war schlimmer, als sie erwartet hatte. Sie konnte die Wellenberge sehen, die auf das Boot zukamen; es schien keine Regeln zu geben, welche Wogen das Boot wie eine Wippe nach oben schleuderten und in welche es hinunterstürzte. Da sie die Küste hinter sich gelassen hatten, überfiel der Wind das Boot nun ungehindert; der Sturm peitschte Lucy das salzige, zerzauste Haar ins Gesicht. Mr. Sweeney formte die Hände zu einem Trichter und rief dem Rabbi etwas zu, der die Worte an O'Hanrahan weitergab: Rathlin Island hatte einen Anlegekai aus Beton, und Mr. Sweeney würde es nicht riskieren, daß sein Boot bei diesem Wellengang am Beton zerschmetterte.
»Bringen Sie uns ins Seichte, dann springen wir aus dem Boot und waten an die Küste«, erklärte der Rabbi entschlossen.
Das Nieseln steigerte sich zu starkem Regen. Der eisige Wind peitschte Lucy stechende Tropfen ins Gesicht, und ihre ganze Energie konzentrierte sich auf das Leben nach dieser Bootsfahrt. »Was?« brüllte sie über die Sturmböen hinweg. »Wir sollen an Land schwimmen?«
»Waten«, rief der Rabbi zurück. »Sonst kommen wir nicht hin.«
»Jetzt fahrn wir übern See, übern See, übern See-he-hee!« sang O'Hanrahan, der sich über ihr Elend lustig machte.
Rathlin Island lag drohend vor ihnen; windgezaust und öd hob es sich gegen einen stürmischen Nachmittagshimmel ab, der grimmig grollte und tobte, als berge er den Zorn des alttestamentarischen Gottes, der wohl ein verärgerter Schotte war; die Wolken wurden hier und da von schaurigen Sommerblitzen wie von innen her beleuchtet. Bei jedem Donnergrollen verfluchte Mr. Sweeney dieses Wagnis und errechnete die Nähe des Blitzes und das Zentrum des Sturms. Lucy wischte sich den Regen vom Gesicht und sah eine schwarzgekleidete Gestalt auf dem braunen, baumlosen Hügel stehen, der über der felsigen Küste aufragte. Nicht derselbe Mann wie heute mittag. Der Priester oder Mönch stand völlig regungslos da und beobachtete sie.

»Unser Empfangskomitee«, sagte der Rabbi und kauerte sich neben Lucy zusammen.
Als Mr. Sweeney das Boot weiter ins Seichte, eine halbmondförmige Bucht mit aufgewühltem, graublauem Wasser, steuerte, konnte Lucy erkennen, daß der Mönch einen altmodischen Priesterrock trug.
»Kann Se nich näher ranbringen, zu gefährlich!« brüllte Mr. Sweeney. Dann drückte er Lucy eine fest mit Gummi verschnürte Plastiktüte mit ein paar Briefen darin in die Hand. »Die Post!« schrie er und wies sie mit einer Kopfbewegung in Richtung auf Rathlin Island an, dort Briefträgerdienste zu leisten. Während Lucy und Mr. Sweeney sich über die eine Seite des Boots lehnten, ließ sich der Rabbi auf der anderen Seite in das etwa meterhohe Wasser gleiten.
»Huhuuuuu!« schrie er zugleich lachend und vor Kälteschmerz schaudernd. Er schnipste mit den Fingern, Lucy solle nachkommen.
»Wollen Sie mich tragen?«
»Ritterlichkeit ist eine *christliche* Vorstellung!« schrie er zurück und watete hastig auf die Küste zu.
O'Hanrahan folgte ihm, verlor das Gleichgewicht und fiel der Länge nach ins Wasser. Er stand sofort wieder auf und stieß einen erschrockenen Schrei aus. Lucy mußte gegen ihren Willen lächeln, und sogar Rabbi Hersch, der schon am Ufer stand, krümmte sich vor schadenfrohem Lachen.
O'Hanrahan winkte Lucy, sie solle aus dem Boot springen und seine Hand nehmen.
Das ist ein Abenteuer, munterte Lucy sich selbst auf, in der Hoffnung, daß die folgenden Minuten dadurch erträglicher würden. Eine Welle schwappte gegen das Boot und spritzte sie von oben bis unten naß, also würde sie wohl auch nicht mehr sehr viel nässer, wenn sie ins Wasser sprang ...
Folterqual! Elend! Sie klammerte sich an die Hand des Professors und hielt den Rucksack hoch über dem Wasser, und so wateten sie auf den Kiesstrand zu, der ungefähr zehn Meter vor ihnen lag.
Der Rabbi schälte sich gerade aus seiner Schwimmweste und warf sie zurück ins Boot, O'Hanrahan folgte seinem Beispiel. Mr. Sweeney konnte die Westen nicht fangen, fischte sie aber mit einer Stange aus dem Wasser. Lucy hatte die ihre so fest zugeknotet, daß sie und der Rabbi ein paar Minuten beschäftigt waren, sie wieder aufzulösen.

»Ich erfriere!«
»Sind Sie bei den Pfadfinderinnen? Was haben Sie da bloß für gordische Knoten, Jesus im Himmel ...«
»Schnell!« schrie sie und umklammerte ihren Rucksack und die Posttüte mit blauen Fingern.
Schließlich warf der Rabbi auch Lucys Weste zurück ins Boot, und Mr. Sweeney aus Ballycastle, der sich selbst für diesen Wahnsinn verfluchte, machte sich eilends auf den Weg zurück zum Festland. Lucy, O'Hanrahan und Rabbi Hersch stiegen den Hügel hinauf zu dem schwarzgekleideten Fremden, der keinerlei Anstalten machte, sie zu begrüßen, ihnen zu helfen oder sie zu führen.
»Jesuitische Gastfreundschaft?« knurrte Lucy.
»Warten Sie nur, bis Sie die Bude von innen sehen«, antwortete O'Hanrahan.
Als sie sich dem Priester näherten, stellte Lucy fest, daß er noch recht jung war, in den Dreißigern; er schien keine Notiz von dem Regen zu nehmen, der ihm über den unbedeckten Kopf und über das bartlose, wachsbleiche Gesicht strömte; unter den Augen lagen dunkle Ringe, als werde der Mann ständig schlecht ernährt.
»Wir gehen jetzt in die Kapelle«, sagte er nur, drehte sich um und schritt voran.
Der Regen prasselte auf sie nieder, und der Wind blies ihnen unter die Kleider, während sie über das Heidekraut zu einem Kiesweg stapften. Lungenentzündung, dachte Lucy resigniert, oder zumindest eine fiebrige Grippe.
Endlich sahen sie vor sich in einer Mulde ein paar weißgetünchte, einfache Bauernhütten aus Stein, gesäumt von knorrigen windgezausten Bäumen und Büschen. Hier erwartete sie ein zweiter Priester – der Mann, der sie in der *Crown* aufgesucht hatte. Lucy holte die Post aus der Tüte und überreichte sie, so ungezwungen sie konnte, während sie auf die Namen spähte, die auf den Umschlägen standen: Rev. D. Quinn, SJ; Rev. T. O'Reilly, SJ; ein paar Briefe waren an einen Pater General adressiert – F. Theophilus Creech. Auf einem der Briefe waren eine dreistöckige Mitra und darunter eine Inschrift aufgedruckt ... Aber man riß ihr die Briefe aus der Hand, bevor sie mehr erkennen konnte.
»Willkommen in der Kapelle des *Holy Saviour,* unseres Heiligen Erlösers«, sagte der junge Priester ohne besonderen Ausdruck in der Stimme.

»Ich bin Pater Quinn, wenn Sie etwas brauchen sollten. Ich muß gestehen, Pater, daß ich dachte, Sie würden allein kommen.«
Während O'Hanrahan Ausreden vorbrachte, begann Lucy sich im Dämmerlicht zu orientieren: Sie stand in einer Halle, in der es kaum wärmer war als draußen; eine doppelte Tür führte in eine kleine, aus Stein gemauerte Kapelle. Hinter ihnen befand sich eine große, dunkle Holztür, die nun knarzend geöffnet wurde. Pater Quinn ging voraus in einen kurzen Gang, an dessen Seiten in gleichmäßigen Abständen Türen waren. Wie ein kleines Gefängnis, dachte Lucy, doch sie begriff, daß in diesem Gebäude sechs Mönchszellen untergebracht waren. Der Rabbi bekam die Zelle am Ende des Ganges, Lucy den Raum gegenüber, und O'Hanrahan wurde diagonal zu ihrer Tür untergebracht.
Pater Quinn sah kurz herein und drehte das Licht an, eine kleine schwache Glühbirne, die von der Decke hing. »Um halb acht, nach dem Abendessen, wird der Generator abgeschaltet«, erklärte der Pater mit seiner ausdruckslosen Stimme, »aber wir bringen Ihnen eine Kerze. Auch die Heizung bleibt nur bis zu dieser Zeit an, daher sollten Sie Ihre nassen Schuhe und Kleider jetzt gleich auf den Heizkörper legen. Sie haben eine Uhr, wie ich sehe. Abendessen ist um sechs im Refektorium. In der Kapelle findet eine kurze Gebetszusammenkunft statt – aber Sie als Frau bitten wir, nicht daran teilzunehmen.« Dann verschwand er und schloß die Tür.
Lucy sah sich um: Es gab ein Feldbett, daneben einen Nachttisch mit Bibel und Schublade für die wenigen persönlichen Dinge; an der Wand mit einem gotisch-schmalen Spalt als Fenster stand ein weiterer Tisch mit einem Stuhl. Nachdem Lucy Schuhe, Socken, Jeans und den geborgten Wintermantel über den kaum warmen Heizkörper drapiert hatte, zog sie ihre trockenen Sachen an und legte sich auf das Bett.
Eine Nonne könnte ich vielleicht sein, dachte sie respektlos, aber nie ein Mönch. Zehn Minuten in einer Mönchszelle, und ich hasse es schon. Sexistische Jesuitenschweine. Sie sah auf die Uhr: Viertel vor fünf. Sie beschloß, ein Nickerchen zu machen, und hoffte, eine innere Uhr würde sie rechtzeitig zum Essen wecken.
Aber es war Rabbi Hersch, der sie weckte. »Abendessen«, sagte er leise, nachdem er an die Tür geklopft hatte.
Lucy setzte sich auf und wußte zuerst nicht, wo sie war. Der Rabbi öffnete die Tür und sah herein. »Paddy ist seit einer Stunde beim Beten und hat bei einer Messe assistiert, wenn Sie das glauben können.«

»Nein«, erwiderte sie, »aber eigentlich finde ich alles hier unglaublich.«
»Also, kleines Mädchen, hören Sie gut zu, was beim Abendessen so gesprochen wird, und danach erzählen Sie mir alles.«
Lucy sah den Rabbi ein wenig erstaunt an.
»Das meiste wird auf lateinisch sein«, fügte er hinzu.
»Aber Sie ... wollen Sie sagen, daß Sie nicht ...«
»Wann braucht ein Jude wohl Latein, hm? Ich kann es lesen, aber nicht sprechen – oder gar verstehen, wenn schnell geredet wird. Da fängt Ihre Aufgabe an.«
»Deswegen wollten Sie, daß ich mitkomme?«
»Genau.«
Lucy überlegte einen Moment. »Sie haben also kein Vertrauen zu Dr. O'Hanrahan, daß er mit diesen Leuten verhandelt und diese Schriftrolle bekommt?« fragte sie vorsichtig.
»Zu Paddy habe ich Vertrauen. Aber diesen Leuten hier traue ich nicht.«
Im Moment war Lucy froh, eine Art Beziehung zu dem Rabbi zu haben. »Wissen Sie, Sir, als ich die Post abgegeben habe, ist mir aufgefallen, daß hinter den Namen SJ stand, Societas Jesu, Jesuiten. Ich finde es seltsam, daß diese beiden Priester, Quinn und O'Reilly, sieben Jahre Schulungen und strenge Erziehung mitmachen, um Jesuitenpater zu werden, und dann nur diesem komischen Pater General Creech als Mesner dienen. Eine Verschwendung von qualifizierten jesuitischen Arbeitskräften, meinen Sie nicht?«
»Ja, aber diese Männer hier scheinen ja auch nicht gerade Durchschnittsjesuiten zu sein, oder?«
Lucy fuhr sich mit der Bürste durchs Haar und begleitete dann den Rabbi leise den Gang hinunter. Sie kamen an der Kapelle vorbei, wo die beiden Priester und O'Hanrahan, alle im Meßgewand, in flackerndem Kerzenlicht und waberndem Weihrauch am Kommunionstisch standen. Im Mittelpunkt des Ritus stand ein alter, ausgemergelter Mann mit Glatze und buschigen grauen Augenbrauen, der aussah wie eine Eule: Pater Creech, wie Lucy vermutete.
Rabbi Hersch und Lucy, unsichtbar in der Dunkelheit, blieben einen Moment an der Tür zur Kapelle stehen. »*... Et dimitte nobis debita nostra sicut et nos dimittimus debitoribus nostris*«, intonierte der ältere Priester.
»Das Vaterunser«, flüsterte Lucy dem Rabbi zu.
»Eine große Hilfe sind Sie. Das kennt ja wohl jeder.«

Bald darauf wurde der Segen erteilt, und die Meßfeier war beendet. Ehrfürchtig wurden Patene und Kelch wieder eingeschlossen, das Weihrauchfaß und die Kerzen ausgeblasen. Die drei Patres und O'Hanrahan kamen heraus.
Pater Creech musterte Lucy und Rabbi Hersch ohne ein Lächeln, als die beiden ihm vorgestellt wurden. »Gott segne euch«, sagte er, reichte ihnen aber, ostentativ, nicht die Hand. »Gehen wir ins Refektorium«, schlug er vor und wandte sich in diese Richtung.
O'Hanrahan, der nicht aus der Rolle fiel, folgte ihm fromm.
»Gehen wir ins Refektorium«, äffte der Rabbi leise nach. Lucy spähte noch einmal in die Kapelle und las das lateinische Motto über dem Altar: *Causam facti in nostro corde perpetue concludimus.* Sie verzog das Gesicht ein wenig.
»Sagt Ihnen das etwas?« fragte Rabbi Hersch.
»Ich habe das schon einmal irgendwo gelesen ...«
Der Pater General saß an der Stirnseite des langen Tisches. Pater O'Reilly zündete die Kerzen an und löschte die schwache Glühbirne. Pater Quinn ging in die Küche, um das kärgliche Mahl zu holen: hartes Brot, gekochter und geschnittener Lauch, faserig und zäh, ein Stück hausgemachter Blauschimmelkäse, der schon bröselig war, und eine Scheibe Kochfisch.
Pater Creech sprach den Segen. Auf lateinisch pries er die Wohltätigkeit Gottes, den Ruhm und die Schätze der römisch-katholischen Kirche, der Einzig Wahren Kirche etc. – und dieses Mahl, ein weiteres Zeichen Seiner Mildtätigkeit ...
Der Rabbi sah mißmutig zu Lucy hinüber. Und Lucy erwiderte den Blick. Dann sahen beide auf O'Hanrahan.
O'Hanrahan funkelte sie an.
Der Sprechgesang dauerte noch weitere fünf Minuten. *»Laß uns Deine Wohltaten nie ganz genießen«*, intonierte Pater Creech mit hoher Stimme seine gedrechselten lateinischen Sätze, *»nicht das kleinste Stückchen sollen wir als gegeben hinnehmen, solange unsere Mission auf Erden nicht erfüllt ist: die Wiedererrichtung der höchsten allmächtigen Kirche unter dem Vorsitz Seiner Heiligkeit, des Pontifex Maximus, des Bischofs von Rom, und die Wiedervereinigung der Ecclesia triumphans unter ihm, dem Stellvertreter Christi auf Erden ...«*
Lucy warf erneut einen Blick auf Rabbi Hersch, der sich ein Stückchen

Fisch vom Teller stibitzt hatte. Er verstand wohl schon seit ein paar Sätzen nichts mehr von dem Latein.

Dann endlich: »*... in nomine Jesu Hominum Salvatoris, Nazareni, Regis Judaeorum. Amen.*«

Der Rabbi zuckte ein wenig zusammen, als vom König der Juden die Rede war, während Lucy und die übrigen schweigend zu essen begannen. Pater Quinn holte einen Krug mit Wasser, das nach Säure schmeckte; wahrscheinlich Regenwasser, dachte Lucy. Bei jeder Geste wandte Pater Quinn sich mit einem lateinischen Pluralis majestatis an Pater Creech – *permittetis*? –, um seine Erlaubnis einzuholen. Pater Creech verkörperte offenbar den Orden selbst. Mit einem feierlichen Nicken erteilte Pater Creech seinen Lakaien die Erlaubnis, das zu tun, worum sie baten: das Wasser einschenken zu dürfen, die Teller nehmen zu dürfen. Er erlaubte ihnen sogar, diese knauserige Gabe zu essen. Lucy erkannte, daß die Demonstration bedingungslosen, blinden Gehorsams das vorrangige Ritual dieses Abendessens war. Wieder blickte sie auf den Rabbi, der niedergeschlagen an seiner kargen Ration kaute.

O'Hanrahan fragte leise: »Wenn ich vielleicht sprechen dürfte, Pater ...«

»*Populus Dei est Romanus et lingua est Latina, Pater.*«

Somit informiert, daß Latein die einzig erlaubte Sprache sei, begann O'Hanrahan von neuem, bat zuerst um Entschuldigung und fragte dann, ob er etwas sagen dürfe. Pater Creech nickte. Lucy beobachtete, wie der Pater General seine kleine Fischportion in klitzekleine Stücke schnitt, und verspürte Abscheu, als seine Zunge wie ein Reptil aus seinem Mund schnellte, um jeden winzigen, kostbaren Bissen gewissenhaft auszukosten. In fließendem Latein fragte O'Hanrahan, wann er die wundersame Schriftrolle sehen könne, die sie beide so überaus hoch schätzten.

»Vielleicht nach den Abendgebeten«, antwortete Pater Creech.

O'Hanrahan fuhr fort, die Sprache der Schriftrolle sei, nach allem, was er wisse, sehr kompliziert und unbekannt. Um ihre göttlichen Rätsel zu lösen, müsse er sie wohl in einige der größten Bibliotheken der Welt mitnehmen.

Pater Creech nahm ein paar Schlucke Wasser – Lucy fiel auf, daß er die Schlückchen ebenso zählte wie seine Bissen, wohl um irgendeiner heiligen Zahl zu entsprechen, zwölf vielleicht. Schließlich erwiderte er, er könne sich nicht auf längere Zeit von diesem Dokument trennen, das ihnen so teuer sei, und außerdem sei es eindeutig eine Bekundung des göttlichen

Willens, daß sie es bekommen hätten, obwohl so viele andere es haben wollten. Zum Ruhm des Papstes, des Stellvertreters Christi auf Erden ... Vielleicht sei es aber nicht authentisch, wandte O'Hanrahan ein.
Sicher sei das ein unechtes Evangelium, entgegnete Pater Creech, sicher könne das nicht das echte Matthias-Evangelium sein, wie das Gerücht ging.
»*Si inventum erit, fuisset inutile*«, sinnierte O'Hanrahan und wechselte vom Futur der Vergangenheit ins Plusquamperfekt.
Lucy schmerzte schon der Kopf, während sie versuchte, alles zu verstehen, und sie bemerkte, daß auch die Patres Quinn und O'Reilly Mühe hatten, O'Hanrahan in die Randzonen der Grammatik zu folgen.
O'Hanrahan erklärte, es liege ganz in seiner Absicht, daß Pater Creech im Besitz der Schriftrolle bleibe, er bitte nur darum, sie – natürlich begleitet von einem der jüngeren Patres – aufs Festland mitnehmen und fotografieren zu dürfen. Mit Hilfe dieser Fotografien könne er dieses geheimnisvolle Schriftstück übersetzen.
Warum nicht die dafür nötige Ausrüstung auf die Insel bringen? schlug Pater Creech vor.
Lucy sah, daß O'Hanrahan eine Sekunde um eine Antwort verlegen war, aber dann konterte er: Weil man sehen müsse, ob die Abzüge auch gut genug seien, ansonsten müsse man neue machen, sagte er. In Ballycastle gebe es sicher ein Fotogeschäft. Man könne die Bilder dort gleich entwickeln lassen und prüfen, ob sie den Anforderungen genügten. Dann könne Pater Quinn oder Pater O'Reilly die Schriftrolle wieder mit zurück auf Rathlin Island nehmen.
Nun, wenn das nötig sei, willigte Pater Creech ein, der sich – wie Lucy erriet – bei diesem Übermaß an Entgegenkommen wie der Papst selbst fühlte. Weiter schlug der Pater vor, nach dem Essen sollten die Gäste in sein Arbeitszimmer kommen, um die Angelegenheit weniger förmlich zu erörtern. Pater O'Reilly wurde geschickt, um ein Feuer anzuzünden. Wieder wurde eine lateinische Erlaubnis erteilt, wieder kniete der niedere Pater nieder, um den Ring zu küssen und einen mechanischen Segen zu empfangen, bevor er davoneilte, um den Befehl auszuführen.
Lucy blickte auf den Rabbi, der ein Gähnen unterdrückte, dann auf ihren Teller. Über der schlichten blauen Linie, die den Teller umrandete, stand eine verblaßte römische Zahl: MDCCLXXIII.
Der Pater General stand plötzlich auf, und die anderen erhoben sich

ebenfalls. Das Zeremoniell der Segnung dauerte einige Minuten, es folgten zahlreiche Kratzfüße und Bitten um Erlaubnis, sich entfernen zu dürfen; schließlich begleiteten O'Hanrahan, Rabbi Hersch und Lucy Pater Creech in sein Arbeitszimmer. Nach einigen Demutsgesten verließen Pater Quinn und Pater O'Reilly, die das Feuer angezündet hatten, den Raum.
Lucy sah sich in der Bibliothek um, dem bisher wärmsten Zimmer in diesem Gebäude. Jahrhundertealte, ledergebundene Bände waren in den Regalen aufgereiht, auf dem Steinboden lag ein abgenutzter Teppich, neben dem Kamin standen mehrere Stühle; ein großes Fenster klapperte windgebeutelt in seinem Rahmen.
»Bitte, mein Kind«, sagte Pater Creech mit seiner Baritonstimme zu Lucy, nun auf englisch. Mit einem dürren, gichtigen Finger deutete er auf das Fenster: »Sehen Sie hinaus auf die Ursprünge dieses heiligen Ortes.« Er zeigte ihr, wie sie die Augen mit den Händen gegen das Licht abschirmen sollte, damit sie durch das Fenster sehen konnte: Auf diesem Breitengrad war es noch nicht ganz dunkel, der Horizont zeigte einen unirdischen Himmelsstreifen von einem seltsamen, lichtlosen Blau, einen Rest des Tageslichts, wie ein unwilliger Gefangener des Nordens. Lucy hörte, wie der Wind durch das Gesims pfiff und heulte. Sie sah die Umrisse eines steinernen Altars, einen Mauerrest und ein eisernes keltisches Kreuz, das in der Mitte der Ruine stand. Dahinter beugten sich Bäume im erbarmungslosen Wind, gekrümmt und mit den Ästen rudernd, zeigten sie doch nur einen kurzen Augenblick ihrer Jahrhunderte währenden Pein. Die Trostlosigkeit dieses Platzes erfüllte Lucy mit Schrecken. Wie konnte jemand je in diesem rauhen Wetter überleben?
(St. Bartholomäus ging im 12. Jahrhundert auf eine Felseninsel der Farne Islands in der Nordsee, nur von Vögeln bewohnt und von Stürmen umtost; doch am Horizont konnte er Aelwin sehen. Eines Tages watete Aelwin durch das eisige Wasser zu Bartholomäus hinüber und sagte ihm, er solle fortgehen, aber der tat es nicht, und so suchte sich Aelwin schmollend einen anderen unwirtlichen Ort. Doch dann kam Prior Thomas auf die Inseln, um dort fast zu erfrieren, und er und der heilige Bartholomäus mußten sich die Algen und Vogeleier teilen; jeder der beiden verbrachte Jahre damit zu beten, der andere möge verschwinden oder hinaus ins Meer geschwemmt werden, so daß er selbst wieder allein sein könnte. So allein wie St. Drythelm im 8. Jahrhundert, der, ins Gebet versunken, so lange in einem Fluß stand, bis das Wasser um ihn herum

zu Eis wurde und seine Füße festfroren. Allein wie St. Pyron von Wales, der seinen Andachtsraum jeden Tag im weichen Sand baute, so daß die Flut seine Hütte jeden Tag zerstörte und ihn so an die Vergänglichkeit der Menschenwelt mahnte.)

»Vor tausend Jahren war es wärmer als heute«, sagte O'Hanrahan gutmütig. »Grönland war grün, Neufundland hieß Rebland, und dort und in England wurde Wein angebaut. Die Shetland- und Orkneyinseln waren bewohnt von prähistorischen Menschen.«

»Aber bestimmt waren die Stürme genauso schlimm wie heute«, meinte der Rabbi.

Dann ging das Licht aus. Das Summen des Generators war verstummt.

Alle vier blieben an ihrem Platz stehen, bis die Augen sich an die schwache Helligkeit, die die Kohlenglut im Kamin verbreitete, gewöhnt hatten; währenddessen fegte der Sturm ums Haus und ließ das Gebälk erzittern.

Das hagere Gesicht von Pater General Creech sah im Feuerschein gespenstisch und streng aus. »Die Iren retteten die Christenheit vor der Vernichtung durch die Barbarenhorden«, murmelte er, ein Buch auf dem Schoß. »Großbritannien wurde zweimal von Rom zivilisiert, zuerst von den alten Römern, dann von den römisch-katholischen Kelten.«

Angesichts dieser beschönigenden Darstellung runzelte O'Hanrahan die Stirn. Die keltische Kirche und die moderne römisch-katholische Kirche waren Welten voneinander entfernt, und beim Konzil von Whitby im Jahre 664 wurde die keltische Kirche praktisch ausgelöscht.

»Sogar heute verdankt England das, was es an Menschlichem hat, in größerem Maße, als es zugeben will, der keltischen Rasse. Sie behaupten natürlich, es sei umgekehrt, aber die Zivilisation hat sich von Westen nach Osten ausgebreitet. Sie behaupten, daß Patrick, der die Iren für das Evangelium gewann, Brite gewesen sei, aber das ist eine Fehldeutung. Er war Bretone, nicht Brite, und die Bretonen sind Kelten«, fuhr Pater Creech fort.

Diese Protzerei mit keltischer Tugend ließ Lucy unbeeindruckt.

»Dieser Altar da draußen, meine Tochter, ist alles, was von der ursprünglichen Kirche zum Heiligen Erlöser, erbaut 562 von St. Columkille, der Britannien 564 bekehrte, noch übrig ist. Überall auf den nördlichen Inseln sind noch Überreste seiner Kirchen.«

Columkille, fügte O'Hanrahan zu Lucys Information hinzu, habe sein geistliches Wirken auf die Heilige Insel Iona konzentriert, in der Nähe der Insel Mull westlich vom schottischen Hochland. »Als Columkille starb«, fuhr O'Hanrahan fort, »legte man seinen Leichnam auf eine Bahre und ließ ihn von Iona aus wegtreiben. Er fand seinen Weg zurück nach Irland, wo sich zwischen den Gräbern von Patrick und Brigit der Boden auftat und den Toten empfing.«

Aber Pater Creech sah O'Hanrahan streng an, und der Professor brach mitten in der Legende ab.

»Wenn das Ende der Welt kommt, und das wird bald sein«, seufzte der Pater General und betrachtete im roten Feuerschein prüfend seine geäderten, knochigen Hände, »wird das Tal Columkilles in Donegal gemäß der Prophezeiung unversehrt bleiben, glauben wir. Bei diesem letzten Großbrand im Kampf mit dem Antichrist wird Irland verschont bleiben, hat Columkille vorhergesagt, denn die Wasser werden sich erheben und es bedecken.« Er stieß ein unfrohes Lachen aus. »Bei der globalen Erwärmung lesen wir schon von den Wassern, die sich heben. London errichtet einen Damm, damit der Ozean nicht die Themse hinunterbraust.«

»Die Prophezeiungen des heiligen Malachias«, fügte O'Hanrahan ruhig hinzu.

»Die Zeichen der Endzeit«, nickte Pater Creech.

»Dr. ... Pater O'Hanrahan«, fragte Lucy, »was genau sind die Prophezeiungen des heiligen Malachias?«

Der Professor erklärte: Malachias war ein Ire, der, beginnend mit Papst Coelestin II. im Jahre 1143, lateinische Motti für alle Päpste bis zum Ende der Welt festlegte. Das dritte Motto lautete *De Rure Albo,* und tatsächlich war der dritte Papst nach Coelestin, sechs Jahre nach Malachias' Tod, Nicholas Breakspear, der einzige englische Papst – also aus dem Lande des Alban –, und er war wirklich in der Nähe von St. Alban geboren worden. Gregor XII., Bischof von Nigropontis, war als *Nauta de Ponte Nigro* (1406) prophezeit worden; der verruchte Alexander VI., Bischof von Albano und Porto, als *Bos Albanus in Porto* (1492); Benedict XV., Papst während des Ersten Weltkriegs, begleitete das Motto *Regio depopulata,* verwüstete Region ...

(Alles in allem ein riesiger Schwindel von Kardinal Simoncelli und anderen, die alles retuschierten, damit St. Malachias besser wirke. Aber trotz der nicht anwendbaren Motti, der betrügerischen Veränderungen, trotz der Päpste, die ihre Wappen frisierten, damit Malachias' Motto paßte und sie legitimiert wären, so wie etwa Clemens XI. im 18. Jahrhundert, müssen Wir zugeben, daß es einige erstaunliche Übereinstimmungen gibt.)

»Und es sind nur noch zwei Motti übrig«, erklärte O'Hanrahan. »Nur noch zwei bis zum Ende. Es kommt darauf an, wie man die letzten Päpste zählt, etwa ob man Johannes Paul I., der kaum länger als einen Monat Papst war, mitrechnet.«

»Das Motto war *De medietate lunae*«, sagte Pater Creech. »Vom Halbmond. Es könnte sich auf die kurze Regentschaft von Johannes Paul I. beziehen, nicht länger als die Phase des Mondes ... oder es bezieht sich auf Johannes Paul II., der sicher gegen den Halbmond des Nahen Ostens kämpfen wird: den Islam.«

»Und danach?« fragte Lucy, ein wenig verzagt angesichts der drohenden Apokalypse.

»*De labore solis,* von der Mühe der Sonne«, antwortete Pater Creech. »Die bevorstehende Umweltkatastrophe. Das ist das Motto des Pontifikats, das den endgültigen Krieg zwischen dem Antichrist und dem Erwählten erleben soll. Gefolgt von *Gloria olivae.*«

»Der Ruhm des Ölbaums«, übersetzte Lucy.

»Die Herrschaft des Friedens, bevor Christus selbst auf den Thron zurückkehrt, den die Eine Wahre Kirche durch die Jahrhunderte für ihn bewahrt hat.«

»Herrje«, murmelte der Rabbi leise.

»Und zuletzt *Petrus Romanus*«, fuhr Pater Creech fort. »Petrus von Rom. Der erste und der letzte Papst, der in Herrlichkeit zurückkehren wird, um zur Rechten Christi, unseres Herrn, zu sitzen, während Er über diese Welt des Irrglaubens richtet.«

Rabbi Hersch erhob sich mit einem gezwungenen Lächeln und streckte sich. »Würden Sie mich entschuldigen? Ich möchte noch ein wenig lesen und dann zu Bett gehen.«

Pater Creech wünschte dem Rabbi keine gute Nacht, sondern erwiderte sein gequältes Lächeln und hob die alte Hand zu einer unvollendeten, halbherzigen Geste. Dann wandte er sich wieder dem Buch zu, das er aus dem Regal genommen hatte. »Möchtest du hören, was den Engländern am Ende für ihre Frevelhaftigkeit widerfahren wird, meine Tochter?«

Lucy rückte den Stuhl des Rabbis näher ans Feuer. Das war wie Geistergeschichten im Ferienlager.

»Columkille aus den 590er Jahren«, begann der Pater General, »in

Übersetzung natürlich. *Der reine Gäle wird fortfliegen ins Exil in die westlichen und östlichen Regionen der Welt; die Knappheit des Landes und drückende Schulden, ohne eine Unehrlichkeit seinerseits, werden Ruin über ihn bringen ...* Und das stimmt auch, nicht wahr? Die Iren haben sich über die ganze Welt ausgebreitet, im Westen nach Amerika, im Osten nach Australien. Die Engländer *sollen von überallher zermürbt werden, wie ein Rehkitz, das umringt ist von einer Meute gefräßiger Hunde, sollen die Angelsachsen inmitten ihrer Feinde stehen.* Schon suchen ihre kolonialistischen Missetaten sie an den eigenen Küsten heim. Die Geißel des Islam ...«

Lucy wechselte einen Blick mit O'Hanrahan. Sie hätte zu gerne allein mit dem Professor gesprochen, ohne Pater Pech und Schwefel.

»*Danach sollen die Angelsachsen zu einem verrufenen Volk zusammenschrumpfen, und ihrem künftigen Gedeihen soll jedes Hindernis entgegenstehen; weil sie sich nicht an Gerechtigkeit und Redlichkeit gehalten haben, sollen sie für immer von der Macht ausgeschlossen sein* – und das meiste davon ist jetzt schon wahr«, fuhr der Pater fort und schloß das Buch. »Drei Zeichen in England sagen laut Columkille das Ende der Zeiten vorher. Der Brand des Londoner Tower, der Brand in den Docks – beides ist bereits geschehen – und schließlich die Zerstörung der Bank von England, was noch nicht passiert ist. Aber mit der Europäischen Währungsunion werden sich alle Zeichen erfüllt haben.«

»Wenn alles unter Wasser steht, wird das nicht mehr allzuviel ausmachen«, begann Lucy, aber sie sah sofort, daß Pater Creech nichts für Leichtfertigkeit übrig hatte. »Ich glaube«, sagte sie und stand auf, um zu gehen, »daß ich noch ein wenig in meiner Bibel lesen werde; wir sehen uns dann morgen wieder.«

Sie hoffte, O'Hanrahan werde sie zur Tür bringen, so daß sie ein paar Worte wechseln konnten, aber er blieb sitzen.

»Gute Nacht, Pater«, verabschiedete sie sich von ihrem Gastgeber und nickte auch O'Hanrahan zu.

»Gute Nacht, meine Tochter«, erwiderte der mit einem heimlichen Blinzeln.

Lucy tastete sich zu der großen Eichentür und öffnete sie. Das einzige Licht kam von einer Votivkerze unter einer Marienstatue in einer Nische am Ende des Korridors. Draußen tobte der Wind und rüttelte am Dach und an den Fensterläden. Sie ging an der Kapelle des Heiligen Erlösers

vorbei, in der in unendlicher Einsamkeit eine rote Kerze den Schatten des Kreuzes flackernd an die Steinmauer warf. Lucy standen fast die Haare zu Berge, und sie hatte das Gefühl, das Ende der Zeiten könne jetzt in diesem Kloster beginnen. Sie eilte weiter zu ihrem Zimmer, fischte in ihrer Tasche nach den Streichhölzern, zündete eines an, schirmte die Flamme mit der Hand ab und trat rasch in die Zelle. Als sie aufsah, blickte sie dem Rabbi ins Gesicht.
»Jesus!« schrie sie auf und ließ das Streichholz fallen.
»Ich habe hier auf Sie gewartet ...«
»Sie haben mich zu Tode erschreckt ...« Lucy fummelte erneut nach ihren Streichhölzern.
»Tut mir leid, ich bin fast eingeschlafen, während ich auf Sie gewartet habe. Ein fröhlicher Bursche, dieser Pater Creech, wie? Warum stellt er nicht einfach der IRA einen Scheck aus, und damit hat sich's dann?«
Lucy, deren Herz noch immer wild klopfte, setzte sich auf das Bett und zündete ein neues Streichholz an. »Ich bekomme eine Gänsehaut, wenn ich ihn sehe. Bei allen Mönchen hier läuft es mir kalt über den Rücken.«
»Es ist harte Arbeit, dafür zu kämpfen, daß die Welt vor Rom niederkniet«, erwiderte der Rabbi und rieb sich die Augen.
Lucy zündete die Kerze auf ihrem Nachttisch an. »Eigentlich habe ich gedacht, daß Rom in diesem Jahrzehnt auf der Hitliste der Jesuiten nicht gerade ganz oben stehe.« Lucy fuhr fort, laut nachzudenken. »Pater Arrupe, der letzte Pater General in Rom, hat die meiste Zeit damit verbracht, gegen Johannes Paul II. zu wühlen. Und das ist auch so eine Sache. Erinnern Sie sich an die Post aus der Posttüte? Ein Umschlag war an den Pater General adressiert, und den ganzen Abend über haben die Priester ihn auf lateinisch so genannt, Pater General. Aber es gibt nur einen General der Jesuiten, und der sitzt in Rom. Pater Creech ist das nicht. Ich bin mir nicht sicher, Rabbi, ob das hier eine Splittergruppe ist. Ich glaube, diese Leute halten *sich* für die wahren Jesuiten, während die modernen Jesuiten, die *wir* anerkennen, für sie die Splittergruppe sind. Diese Mönche hier sind Ultramontane, wie die Gegner der Katholiken das früher genannt haben.«
Der Rabbi übersetzte den Begriff: »Jenseits der Berge?«
»Ja«, bestätigte Lucy und erinnerte sich an ihre Lektionen in Kirchengeschichte. »Im 19. Jahrhundert war das ein Spottname für fanatische propäpstliche Geistliche, Bewegungen und Publikationen. ›Jenseits der

Alpen‹, unten in Rom und im Mittelmeerraum, im Gegensatz zu den *Cismontanen,* der fortschrittlichen nordeuropäischen Welt.«
Ein lautes Donnergrollen dröhnte durch die feuchten Steine der Herberge und hallte in rauhem Brummen nach. Lucy schauderte und legte sich die kratzige Wolldecke um. »Mein Gott«, sagte sie langsam, und plötzlich paßten die Gerüchte, das Geschwätz und all das Hörensagen zusammen. »Er ist ... Creech ist der schwarze Papst der Ignatianer.«
Der Rabbi sah sie voll Unbehagen an.
Lucy redete einfach drauflos; die römische Ziffer auf dem Teller kam ihr wieder in den Sinn: »Natürlich, 1773! Man hört Gerüchte über solche Dinge, aber ...«
Er berührte sie am Ärmel. »Schsch, leise. Sagen Sie mir, was Ihrer Meinung nach hier vorgeht.«
»Und das Motto in der Kapelle: *Den Grund für diesen Akt halten Wir verschlossen in Unserem Herzen.*«
»Wollen Sie mir bitte sagen, wovon Sie sprechen?«
Sie senkte die Stimme. »1773 hat Papst Clemens der ... der XIV., glaube ich ...«
»Weiter!«
»Papst Clemens löste den Jesuitenorden auf, mit genau den Worten, die über dem Altar in der Kapelle eingemeißelt sind: Den Grund für diesen Akt halten Wir verschlossen in Unserem Herzen. Man nahm an, er habe sie unter Kirchenbann gestellt, weil die Jesuiten zu gefährlich intrigierten, vielleicht sogar gegen ihn intrigierten, um ihn abzusetzen. Aber vielleicht ist es gar nicht so.«
Der Rabbi saß erwartungsvoll da.
»Vielleicht wollte der Papst nur eine Säuberungsaktion durchführen und den größten Teil des damaligen Jesuitenordens ausschließen. Aber heimlich, so geht das Gerücht, gründete Clemens vielleicht eine Elitetruppe von Jesuiten, um den Orden trotz des Kirchenbanns am Leben zu halten. Die Ignatianer – so wollten sie sich nennen.«
»Die Ignatianer.«
»Genau. Ich meine, in den Jahren nach 1770 waren die Jesuiten nirgendwo in Europa willkommen, nicht wahr? Von einer intellektuellen Geheimpolizei, die das Schicksal von Nationen kontrollierte, waren sie zu einer verhaßten Gruppe korrupter Mönche geworden – sie waren bei keiner Verschwörung mehr erfolgreich.«

»Also sind sie in den Untergrund gegangen, wie? Und hier sind sie nun, bis zu diesem Tag?«

»Und im 19. Jahrhundert, als die Jesuiten wieder einen Orden gründen durften, müssen die Ignatianer weitergemacht haben. Sie betrachteten sich als den wahren, reinen Orden im Geiste von Ignatius von Loyola, gefördert auf Geheiß des Papstes. Die anderen, offiziellen Jesuiten von heute sind dem Vatikan weiß Gott alles andere als freundlich gesinnt.«

(Das kann man wohl sagen.)

Lucy zählte einige der bekannteren Beispiele jesuitischen Ungehorsams auf: Patres an amerikanischen Priesterseminaren, die sich gegen die Unfehlbarkeit des Papstes wandten; Jesuiten, die ein Auge zudrückten, wenn afrikanische Magie oder kleinere hinduistische Gottheiten Aufnahme in die Messe fanden; James Carney SJ, der eine Guerillaeinheit in Honduras anführte; Jesuiten im Kabinett der Sandinisten; jesuitischer Einfluß, der 1983 dahinterstand, daß Johannes Paul II. bei einer öffentlichen Messe in El Salvador ausgepfiffen wurde; der radikale Arthur McGovern SJ; die christlich-maoistische Bewegung, die von Jesuiten angeführt wurde; der radikale Karl Rahner, SJ; die Kritik der Jesuiten am Zölibat und am päpstlichen Widerstand gegen Homosexualität und Geburtenkontrolle.

»Und die Liste kann man beliebig weiterführen«, sagte Lucy, bevor sie in Gedanken versank. Alles ergab einen Sinn, wenn man davon ausging, wie diese raffinierten *wahren* Jesuiten dachten. Wer würde die Ignatianer beachten, die weitab von der Küste des protestantischen Nordirland auf einer entlegenen Insel saßen? Und diese Gebete während des Abendessens: für ein katholisches England, für ein vereintes Irland; die Pläne, Irland in einen päpstlichen Staat zu verwandeln, mit Seiner Heiligkeit als Priesterkönig …

Der Rabbi seufzte. »Wir müssen die Schriftrolle des Matthias aus den Händen dieser Clowns bekommen. Worum ging es denn eigentlich die ganze Zeit bei diesem Abendessen? Als Paddy mit dem passivischen Futur in der Vergangenheit angefangen hat, habe ich wirklich kein Wort mehr verstanden.«

»Sie wollen uns die Schriftrolle nur überlassen, damit wir sie fotografieren können, und unter der Bedingung, daß wir von einem der Patres hier begleitet werden. Und ich muß sagen, Rabbi, daß Pater Creech gar nicht so klang, als habe er die Absicht, die Rolle an die Hebräische Universität zurückzugeben. Einmal hat er geschworen, die Schriftrolle werde ihm nie aus den Augen oder seinen schützenden Händen kommen.«

Der Rabbi rieb sich das Kinn. »Zur Hölle damit. Dieses Evangelium ist Eigentum der Hebräischen Universität, und wir müssen es uns zurückklauen.«

Lucy hüllte sich fester in ihre Decke. »Die Ignatianer können überall sein, Rabbi. Sogar in Jerusalem. Sie werden sich einfach etwas ausdenken, wie sie die Rolle erneut stehlen können.«

Rabbi Hersch lachte. »Wenn ich sie einmal in die Hand bekomme, kleines Mädchen, haben sie keine Chance mehr, sie zurückzubekommen. Wenn es nötig ist, hilft mir die israelische Armee, sie zu bewachen.« Er schlug sich auf die Knie. »Okay. Als allererstes müssen wir mit dem Ding von dieser Insel herunterkommen. Zweitens müssen wir den Bodyguard-Priester loswerden. Drittens, Paddy und ich entwischen nach Jerusalem, und Sie fliegen zurück nach Chicago.«

Lucy war enttäuscht. »Rabbi, ich will bleiben und Ihnen beiden helfen. Das wäre meine akademische Karriere! Warum wollen Sie mich dauernd fortschicken?«

Er sah sie fest an. »Rabbi Jacob Rosen, mein Vorgänger auf dem Lehrstuhl für Alte Sprachen an der Hebräischen Universität, ist vermutlich umgebracht worden. Die Schriftrolle verschwand an dem Tag, als er eine Treppe hinunterstürzte und sich dabei den Hals brach. So verlor die Hebräische Universität die Schriftrolle zum erstenmal.«

Lucy wurde blaß.

»Sie verstehen also«, fuhr der Rabbi fort, während er sich erhob, »es geht nicht darum, daß wir Sie nicht ins Herz geschlossen hätten, aber wir wollen nicht, daß Sie gekidnappt werden, wir wollen nicht, daß Sie bedroht werden, wir wollen nicht, daß Sie umgebracht werden. Über diesem angenehmen Gedanken wollen Sie nun sicher einschlafen«, setzte er hinzu, als er die Tür öffnete, um zu gehen.

Es ist ein Glück, dachte Lucy, wenn ich überhaupt schlafen kann.

*29. Juni 1990*

Am nächsten Morgen klopfte Pater Quinn, um Lucy zu wecken. »Packen Sie Ihre Sachen zusammen«, sagte er, »Sie werden noch vor elf Uhr aufbrechen.«

Lucy hatte Kopfschmerzen und eine kalte Nase. »Ich fühle mich, als wäre ich gerade erst vor ein paar Minuten eingeschlafen«, murrte sie laut vor sich hin.

Nachdem sie ihre kaum trockenen Kleider in den Rucksack gestopft und im Refektorium trockenes Brot und heißen, bitteren Tee zu sich genommen hatte, wurde ihr mitgeteilt, daß Pater Creech für mindestens eine Stunde im Gebet versunken sei. Man schlug ihr vor, einen Gang über die Insel zu machen. Der Rabbi saß in Pater Creechs Bibliothek, und O'Hanrahan war zu einem Spaziergang aufgebrochen.

»In einer Stunde«, sagte Pater Quinn, »wird der Pater General die Schriftrolle aus dem Tresorraum bringen. Man hat mir gesagt, daß es Ihnen erlaubt ist, sie zu sehen.«

Lucy nickte höflich, um ihre Dankbarkeit zu zeigen.

Kein Fenster in dem dämmrigen Kloster war groß genug, um Lucys Verdacht zu bestätigen, daß die Sonne schien, aber als sie aus der Tür trat, sah sie, daß der Wind der letzten Nacht den Himmel reingefegt hatte. Sie wandte das Gesicht dem warmen, weißen Sonnenlicht zu: der erste Sonnenschein, den sie in Irland erlebte. Ihr Eindruck von diesem Land wandelte sich: Die grünen Hügel auf dem Festland leuchteten, im funkelnden Atlantik mischten sich tiefe Blautöne, die schreienden Möwen, die herabstießen und ins Wasser tauchten, waren jungfräulich weiß, und sogar das braune Moorgebüsch war übersät von kleinen purpurfarbenen und hellroten Blüten.

Lucy ging den Pfad hinunter, den sie gestern von der Küste heraufgekommen waren, und bog dann ab, um einen kleinen Hügel zu erklimmen. Von diesem Aussichtspunkt sah sie den Sandstrand, die Bootsanlegestelle, ein paar weißgetünchte Cottages im Westen – es war wohl doch keine so verlassene und abstoßende Insel. Und schließlich entdeckte sie auch O'Hanrahan, der in seinem Priestergewand den Strand entlangspazierte.

»Hallo, Dr. O'Hanrahan!« rief sie laut und schreckte den Wanderer aus seinen Gedanken.

O'Hanrahan quittierte ihre Anwesenheit mit einem kurzen Lächeln.

Lucy, beeindruckt von der Schönheit der Landschaft, hatte das Gefühl, eine persönliche Frage sei jetzt nicht ungelegen. »Ich wußte nicht, daß Sie Jesuit waren, Sir. Wann – äh – wann sind Sie denn wieder ausgetreten?«
Er blieb stehen, und Lucy fragte sich plötzlich, ob sie ihn beleidigt oder, genauso schlimm, in einem Augenblick der Kontemplation gestört hatte. Schließlich antwortete O'Hanrahan: »Ich habe mein Gelübde zurückgenommen, als ich geheiratet habe. Aus irgendeinem Grund wollte Ignatius von Loyola, daß seine Ordensbrüder unverheiratet bleiben.«
Lucy hatte das Gefühl, sie könnte ihre Aufdringlichkeit ausgleichen, indem sie etwas über sich selbst mitteilte: »Wissen Sie, ich wäre selbst fast Nonne geworden.«
»Kaum überraschend«, antwortete er und ging ein paar Schritte auf das Wasser zu.
Sie bemerkte seinen Spott, dachte aber, es sei ein Scherz. »Nein, wirklich. Gabriel und ich hatten einen Plan gefaßt. Er sollte Franziskaner werden und ich eine Klarissin, und zusammen wollten wir in Chicago irgendein Ghetto-Projekt aufbauen oder vielleicht nach Lateinamerika gehen.« Bei ihrem Versuch, so liebenswert wie möglich zu sein, hatte sie unsicheres Gelände betreten, indem sie Gabriel erwähnte.
»Ihr Freund Gabriel«, sagte O'Hanrahan, »weiß überhaupt nicht, was er will. Er ändert jede Woche seine Meinung; Priester, Mönch, Schauspieler, Gelehrter – und *Dieb*«, setzte er nach einer kleinen Pause hinzu.
Lucy wechselte diplomatisch das Thema. »Werden wir die Schriftrolle bekommen, Sir?«
*»Wir?«* fragte er laut. Doch dann tat ihm seine Grobheit leid, und er fuhr in umgänglicherem Ton fort: »Der Plan ist folgendermaßen. Pater O'Reilly wird uns nach Ballywaycross begleiten, wo wir Fotos von der Schriftrolle machen werden.«
»Und dann setzen Sie sich mit ihr ab.«
»Das wird Morey tun. Ich werde Pater Creech erklären, daß Rabbi Hersch lediglich das gestohlene Eigentum seiner Universität zurückgestohlen hat – und daß ich keine Ahnung davon hatte. Oder so etwas. Dann werde ich mich mit Morey in Jerusalem zusammentun, das Ding übersetzen und meinen Fund veröffentlichen.«
»Und dann weltberühmt sein.«
»Genau, das ist der Plan.«

Lucy wünschte aus tiefstem Herzen, zu diesem Team zu gehören, aber sie sah keine Lücke, durch die sie hineinschlüpfen könnte. Statt dessen beschloß sie, Dr. O'Hanrahan mit ihren Schlußfolgerungen über die Ignatianer zu beeindrucken. O'Hanrahan lächelte, als sie erzählte, wie sie die Ignatianer mit Hilfe der römischen Jahreszahl auf dem Teller identifiziert hatte.

Er wandte den Blick von der Küste ab. »Sie sind eine intelligente Frau, Miss Dantan. Wirklich verschwendet an der Universität.« Er begann den Pfad zum höchsten Hügel der Insel hinaufzusteigen, und er war rot im Gesicht und außer Atem, als sie die sanfte Erhebung erklommen hatten. Lucy war kaum besser in Form.

»Sehen Sie?« deutete er mit der Hand, als sie oben waren. »Das ist die Insel Kintyre, an die zwanzig Meilen entfernt von hier. Schottland.«

»Irland und Schottland liegen so nahe beieinander?«

»Zur Zeit des heiligen Beda wurden die Iren Schotten genannt. Lange bevor die Bewohner von Ulster sich über Protestantismus und Katholizismus in den Haaren liegen konnten, haben sie hier über andere Dinge gestritten, über alles mögliche. Einer der am längsten dauernden Familienkräche in Europa.«

O'Hanrahan erzählte Lucy die Geschichte des Teufelsdamms, einer vulkanischen Basaltformation, die aussah wie eine riesige Treppe und ein paar Meilen weiter westlich zum Meer hinabführte: die Treppe des Finn MacCool. Jener war in die Lehre gegangen bei dem Druidenmeister Finegas, der den Lachs des Wissens gegessen und aus dem Fluß Boyne getrunken hatte, in den von einem Baum die Nuß der Weisheit gefallen war. Finn und sein Feind Benandonner befehdeten einander heftig an dieser Küste; sie bewarfen sich mit Felsbrocken. Einer von Benandonners Würfen traf daneben und klatschte zwischen Irland und England ins Meer; das war die Insel Man, benannt nach dem Meeresgott Mananan, der den Felsen bequemerweise als Thron benutzte – das heißt, wenn er nicht gerade das Wasser um Irland aufwühlte, um Invasoren fernzuhalten.

»Aber wichtiger ist«, fügte O'Hanrahan hinzu, »daß MacCools Haushofmeister vom heiligen Patrick zum Christentum bekehrt wurde.«

(Patrick legte seine Hand auf das Herz des jungen Keelta und sagte folgendes: *Von mir zu dir, im Haus oder außerhalb des Hauses, an welchem Ort auch immer Gott Seine Hand auf dich legen wird, gebe ich dir den Himmel.*)

Lucy lächelte amüsiert. »Wollen Sie sagen, daß Rathlin Island ein Felsbrocken ist, der danebengeworfen wurde?«

»Oh, hier gibt es Legenden für alles und jedes, für jede Bucht und für jeden Fluß. Dank meines Namenspatrons ist das meiste verlorengegangen. St. Patrick hat damit geprahlt, daß er Tausende von Bänden mit Legenden und Literatur verbrannte, als er die Eine Wahre Kirche nach Irland brachte. Das war vor 1600 Jahren, aber es bringt mich immer noch in Rage. Hätte diese Insel eine noch schlimmere Sünde begehen können?«

O'Hanrahan erzählte seine Lieblingssagen: daß Irland im 7. Jahrhundert 300 verschiedene Männer namens Colman heiligsprach; daß Colman von Kilmacduagh eine hochgepriesene Stubenfliege hatte, die ihm wichtige Bibelstellen markierte; daß man bis zur Generation von O'Hanrahans Großvater geglaubt hatte, Schmetterlinge seien Seelen, die auf eine freie Stelle im Fegefeuer warteten; daß St. Kenneth die Mäuse aus der Grafschaft Laoighis verbannen mußte, weil sie immer seine Schuhe zernagten; daß St. Kieran von Saighir einen Fuchs, einen Dachs und einen Wolf hatte, die ihm zu Diensten waren, ihm seine Mönchszellen bauten und den Kohl kochten – bis eines Tages der Fuchs mit seinen Schuhen davonrannte.

»Schuhe waren offensichtlich eine fixe Idee«, konstatierte Lucy.

»Nur wenige keltische Heilige haben keine Verbindung zum Tierreich«, erzählte O'Hanrahan weiter. »Da gab's den armen St. Kieran von Clonmacnoise mit seinem Wolf, der die Lateinaufgaben zu seinem Lehrer brachte, bis das Tier eines Tages die Mappe fraß. Dieser Wolf war ein Cousin der Wölfin, die St. Ailbe als Kind gesäugt hatte, bevor St. Ailbe, der heilige Abenteurer, sich ins Gelobte Land aufmachte, ebenso wie St. Brendan, der Seefahrer von Tralee, der auf seinen Fahrten mit vielen Tücken des Teufels und eifersüchtiger Meeresgötter fertig werden mußte und viele Ungeheuer überwältigte. So wie auch der gute St. Collen«, beendete O'Hanrahan seine Aufzählung mit leichtem irischem Akzent, »der nach Wales gehen mußte, um eine Riesin zu töten, die nicht verschwinden wollte.«

(Diese Geschichte ist tatsächlich wahr.)

Lucy blickte nach Westen über den kalten Atlantik und war sich bewußt, daß das nächste Land bereits Nordamerika war. Als sie sich wieder umdrehte, erschrak sie: Pater O'Reilly stand vor ihnen auf dem Pfad, die Arme verschränkt und mit finsterem, fanatischem Blick.

»Es ist Zeit, die Schriftrolle anzusehen«, sagte er kalt und drehte sich wieder dem Kloster zu. Lucy beobachtete, wie der Wind seine Kutte nach hinten wehte, so daß man seinen dürren Körper darunter erkennen konnte. Wahrscheinlich, dachte sie, geht er in dieser fadenscheinigen Kutte hinaus in die Kälte, um das, was er noch an Körper hat, um so besser zu erniedrigen. Katholiken und ihre Vorliebe für das Leiden. Lucy wünschte, sie könnte einen Orden gründen, in dem man sich für Gott *überfraß*.

(Danke, wir haben schon die Benediktiner.)

O'Hanrahan, Rabbi Hersch und Lucy versammelten sich um einen Tisch in Pater Creechs Bibliothek; die beiden anderen Patres schlichen im Hintergrund herum und warteten auf weitere Demütigungen. Pater Creech öffnete ein zylindrisches Schriftrollenkästchen von etwa einem halben Meter Durchmesser und holte eine luftdicht verschlossene Hülle heraus, in der die Papyrusrolle lag. Dann trat er beiseite und unterwarf sich dem Urteil Dr. O'Hanrahans, der Chirurgenhandschuhe übergestreift hatte, um nirgendwo Fettrückstände zu hinterlassen. Sachkundig nahm er die trockene Papyrusrolle heraus und rollte sie ganz langsam auseinander.

»Sie ist in großartigem Zustand«, flüsterte er.

»Ich habe das Spray in Ballywaycross«, sagte Rabbi Hersch, der ein teures Fixiermittel aus dem Museum von Jerusalem mitgebracht hatte, das verhindern sollte, daß die Rolle zerbröckelte; allerdings sah es so aus, als sei sie von früheren Besitzern bereits mehrmals behandelt worden.

»Schön«, hauchte O'Hanrahan, als wolle er gleich weinen.

Auch Rabbi Hersch war beeindruckt. »Sie ist es. Ich habe sie nur einmal gesehen, aber sie ist es, ich bin sicher.« Lucy glaubte zu sehen, daß die Lippe des Rabbis ein wenig zitterte. »Vor vierzig Jahren«, setzte er mit rauher Stimme hinzu.

Lucy spähte den beiden über die Schultern.

»Ich habe nie etwas gesehen, das dieser Schrift gleicht«, grübelte der Rabbi und deutete auf ein nach links geöffnetes E. »Sieh dir das an! Mir fällt keine post-phönizische Sprache ein, ausgenommen das Hebräische, in der ein E nicht irgendwie aussieht wie ein E ... aber trotzdem, was könnte das Wort heißen? E, Buchstabe, E, E, Buchstabe, Buchstabe, E?«

»Manche von den Buchstaben sehen semitisch aus«, sagte O'Hanrahan. »Dieser da ...« Er deutete auf ein Zeichen, das aussah wie eine Vier. »Das muß wohl ein R sein, oder, wie in den aramäischen Papyri von Elephan-

tine, ein D. Aber was für ein Wort könnte mit den zwei Buchstaben, die am Anfang stehen, beginnen?«
»Nun, falls es eine semitische Sprache ist, gibt es keine Vokale.«
»Warum sind die Einheiten dann so lang?« O'Hanrahan wies darauf hin, daß jedes Wort, besser: jede Buchstabeneinheit durch einen Doppelpunkt von der nächsten getrennt war und oft aus neun oder zehn Buchstaben in Folge bestand – ziemlich lange für eine semitische Sprache, auch wenn es vielleicht kein äthiopischer Dialekt war. An manchen Stellen fand man zwei aufeinanderfolgende Doppelpunkte. Wenn diese Zeichen, wie in manchen afrikanischen Sprachen, das Satzende markierten, waren manche Sätze in dieser Schriftrolle endlos lang. Und wo waren die kurzen Wörter, die »der« oder »und« oder ähnliches bedeuteten? Alle starrten auf eine Zeile:

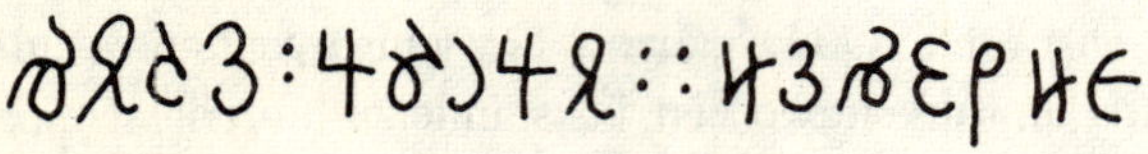

»Oder es könnte sein wie bei der Stele von Tyrus«, äußerte O'Hanrahan eine seiner Befürchtungen. »1964 habe ich an diesem Ding ein bißchen herumgepfuscht. Weißt du, Morey, wenn eine Kultur das Alphabet einer anderen Kultur übernommen hat, um damit die eigene Phonetik wiederzugeben.«
»O Herr des Universums, bloß das nicht!«
Wie bei den Schriftrollen vom Toten Meer gab es, abgesehen von den Doppelpunkten zwischen Worteinheiten, anscheinend keine Interpunktion – wo die Sätze aufhörten oder anfingen, konnte man nur raten. Der Text war auf der Rolle in sieben dicht beschriebene Textblöcke aufgeteilt – sieben Kapitel, wie O'Hanrahan vermutete. Ärgerlich war, daß am Ende des siebten Blocks die Schrift über den Rand hinauslief, als sei etwas von der Rolle abgerissen.
O'Hanrahan starrte bedrückt auf den siebten Textblock. »Es sieht aus, als hätte man ein Messer oder so etwas benützt, um das letzte Stück abzutrennen. Ich meine, es war kein natürlicher Verschleiß.«
Rabbi Rosen, erklärte Hersch, habe vor vierzig Jahren begonnen, diese Schriftrolle an der Hebräischen Universität zu entschlüsseln; er habe seinen Kollegen gesagt, das letzte Segment sei lose und er habe es abgelöst, um es später sorgfältig wieder anzustückeln.

»Als Rosen starb«, ergänzte O'Hanrahan die Geschichte für Lucy, »verschwand die Rolle und auch das abgetrennte letzte Kapitel. Hoffen wir, daß sie keinen überraschenden Schluß hat«, setzte er hinzu, verärgert, weil das Dokument nicht unversehrt war.

»Jacob Rosen hat gesagt, vor allem das letzte Kapitel werde einschlagen wie eine Bombe, aber er hat mir nie anvertraut, was darin steht. Ich bin nicht sicher, ob er lange genug gelebt hat, um die Rolle bis zu dieser Stelle zu übersetzen. Wer weiß? Vielleicht hat dieser Deutsche«, überlegte Hersch und wandte sich an Pater Creech, »das letzte Kapitel zurückbehalten, weil er hofft, Sie würden sich dumm und dämlich dafür zahlen.«

Sehr wahrscheinlich, dachte O'Hanrahan. Als feststand, wie bedeutend die Schriftrollen vom Toten Meer waren, hatten die Beduinenhändler die noch übrigen Papyrusfragmente in außerordentlich teure kleine Stückchen aufgeteilt, um das Maximum an Profit herauszuholen. Und als diese Qumran-Rollen übersetzt waren, hatten Gelehrte – ebenso pervers – die übrigen Fragmente gehortet, weil sie hofften, ihre eigene Bedeutung zu steigern, indem sie der Öffentlichkeit ihre Gelehrsamkeit vorenthielten. Die Menschen sind niederträchtig, dachte O'Hanrahan einmal mehr.

»Also, auf ins Fotolabor«, sagte der Rabbi.

Die drei Pilger und der wachsame Pater O'Reilly gingen kurz nach halb elf Uhr hinunter zu dem Betonkai. Die Überfahrt war diesmal ruhiger, und die Sonne schien. Sie riefen bei den McCalls an, und Mary kam nach Ballycastle, um sie abzuholen.

Lucy kam gleich mit zu den McCalls, während der Professor, Rabbi Hersch und Pater O'Reilly sich in der *Crown* absetzen ließen.

»Das wird noch das reinste Seebad hier«, meinte Jack, der Wirt und Zimmervermieter, und erklärte, er habe gerade noch ein Zimmer für diesen O'Reilly übrig, und zwar oben im ersten Stock neben Rabbi Hersch und O'Hanrahan. »Ich glaube, wir werden eine Touristenattraktion. Überall Amerikaner.«

Pater O'Reilly, der sich nicht als Priester eintrug, stellte lediglich seine kleine Tasche in seinem Zimmer ab und ließ sich dann bei O'Hanrahan im bequemsten Sessel nieder.

O'Hanrahan öffnete seinen großen Koffer und packte eine kleine Kamera aus. Der Rabbi stellte Lampen richtig ein und zog die Vorhänge auf, damit sie besseres Licht für die Aufnahmen hatten. Jedesmal wenn O'Hanrahan

und Mordechai Hersch Blickkontakt hatten, stellten sie einander die eine stumme Frage: Was sollen wir bloß tun, um diesen lästigen Kerl loszuwerden?
In der Zwischenzeit breitete der Professor die Schriftrolle auf einem sauberen weißen Leintuch aus.
»Wir brauchen wirklich ein Stativ, damit die Bilder scharf werden«, schlug Rabbi Hersch vor. »Du mit deinem Tatterich, Paddy, das kannst du vergessen.«
»Ich habe keinen Tatterich ...«
Es klopfte an der Tür: »Ich bin's.«
»Gehen Sie fort«, brummte der Rabbi.
»Vor allem, wenn Sie Lucy heißen«, setzte O'Hanrahan hinzu.
»Haha. Machen Sie die Tür auf, und ich werde Ihnen für heute nicht mehr zur Last fallen.« Nachdem sie sich damit abgefunden hatte, von diesem Projekt ausgeschlossen zu sein, hatte Lucy beschlossen, den Tag mit David zu verbringen, dessen Gesellschaft ihr ohnehin lieber war als die der alten Brummbären.
O'Hanrahan öffnete die Tür. »Ich habe die Direktion gebeten, mir ein orientalisches Mädchen heraufzuschicken, das mit allen erotischen Künsten des Ostens vertraut ist. Und seht, was ich bekomme!«
»Tut's die East Side von Chicago auch?« Lucy schob sich an O'Hanrahan vorbei ins Zimmer und warf einen Blick auf Pater O'Reilly, der schweigend die behelfsmäßigen Vorkehrungen für die Fotos beobachtete. O'Hanrahan, das Gesicht von dem ignatianischen Pater abgewandt, verdrehte frustriert die Augen in Lucys Richtung.
»Pater O'Reilly«, bot Lucy an, »wollen Sie zu Mittag essen oder so? Das hier kann nicht sehr interessant für Sie sein.«
Der Angesprochene brachte immerhin die Energie auf, zu antworten, daß er sich wohl fühle, wo er sei.
Lucy versuchte daraufhin, ihr professionelles Interesse zu zeigen. »Was fotografieren Sie nun, Sir?« fragte sie den Rabbi.
»Ich mache Fotos vom Familienausflug. Das ist Yellowstone«, murmelte er zerstreut.
Lucy spazierte geistesabwesend zu O'Hanrahans kleinem Schreibtisch und betrachtete einige Bände wissenschaftlicher Literatur: eine Bibliographie, welche Texte in welchen weltberühmten Bibliotheken lagen; Textbücher über afrikanische Schriften; ein Buch über äthiopische und

nubische christliche Dialekte; äthiopische Etymologien; ein Buch mit einem arabischen Titel, den sie nicht verstand ...

*»Entschuldigen Sie«,* zischte der Rabbi.

Lucy bemerkte, daß sie einen Schatten auf die Schriftrolle warf, wenn sie neben dem Schreibtisch stand. »Oh, pardon.« Man sollte meinen, der Mann wäre, nach unserem mitternächtlichen Rendezvous, ein wenig freundlicher, dachte sie.

»Warum gehen Sie nicht mit David zum Spielen?« schlug O'Hanrahan vor.

Er hatte ein Zahnputzglas mit Eis und einem Whiskeyrest in der Hand.

»Genau das hatte ich vor«, erwiderte sie. »Warum veröffentlichen Sie nicht ein paar von den Bildern, um zu sehen, wer etwas Nützliches wissen könnte?«

Zum erstenmal in Lucys Gegenwart lachte der Rabbi herzlich, und auch O'Hanrahan gluckste in sich hinein. »Sind Sie wirklich so naiv, Miss Dantan? Sie glauben, wir Gelehrten sind alle eine glückliche Familie, die sich ihre Entdeckungen teilt?«

»Okay, okay. Dumme Frage.« Sie errötete über ihren Mangel an Verstand. Beiläufig fragte sie: »Vermutlich wollen Sie mir keine Abzüge von diesen Fotos überlassen ...«

»Nein!« antworteten alle drei Männer im Raum wie aus einem Munde.

Lucy lächelte trotzdem. »Man kann nie wissen. Vielleicht hätte ich ja Glück und würde das Rätsel lösen. Erinnern Sie sich, Dr. O'Hanrahan, jemand hat *Sie* 1948 die Schriftrollen vom Toten Meer sehen lassen.«

O'Hanrahan schob sie zur Tür. »Ich würde Sie ja gerne dabeihaben, aber leider würde ich dann Ihren Fortschritt bei Ihrer *zukunftsweisenden* Doktorarbeit über korinthische Schriftunterschiede im 4. Jahrhundert v. Chr. behindern. Könnte ich das künftigen Gelehrtengenerationen antun?«

Lucy sah sich auf den Gang gescheucht. »Meinen Sie, ich sollte das Thema wechseln, Dr. O'Hanrahan? Ich meine, wenn Sie mir ein anderes Thema empfehlen, würde ich ...«

»Ja, und wenn Sie heute ein Flugzeug von Belfast aus nehmen, kommen Sie rechtzeitig zurück nach Chicago, um innerhalb von 24 Stunden ein neues Thema einzureichen. Bye-bye.«

O'Hanrahan knallte die Tür zu, aber sein Gesicht zeigte ein Lächeln.

Es war ein sonniger Vormittag mit fast weißem Licht in Ballywaycross, und die meisten Häuser lagen still und verlassen, da die Fischer und die

Pendler in andere Ortschaften längst unterwegs waren. Eine Spur von Torfrauch hing über den Kaminen, ein würziger Geruch, der in die Nase stieg. Lucy ging aus der *Crown* zurück zum Haus der McCalls, den Hügel hinauf, vorbei an den weiß und rosa gestrichenen Häusern, die alle sehr ähnlich aussahen; manche waren aus Backstein, und der Abwechslung halber waren die Türen in verschiedenen Farben bemalt. Während sie den Berg hinaufstapfte, spürte sie die Wärme der Sonne und zugleich die beißend-frische Meeresbrise. Über ihr kreischte ein Schwarm Möwen, die gegen die Windrichtung fast in der Luft standen und Lucy neugierig betrachteten, als teilten auch sie die Faszination der Iren für jeden Neuankömmling.

»Herein, herein«, rief Mrs. McCall begeistert, und ihre Augen leuchteten freundlich bei der Begrüßung. »Denken Sie bloß, David ist natürlich noch nicht aufgestanden, und jetzt ist schon Mittag, der Herr steh' uns bei! Ein Leben im Müßiggang führt ihr Studenten! Ah, aber ich wette, daß Sie ein Mädchen sind, das früh aufsteht, wie es sich gehört!«

»Nein«, lachte Lucy, als sie ins Wohnzimmer geführt wurde. »Ich fürchte, ich bin genauso schlimm. Ich schlafe immer lange, wenn ich nur kann, wie David.«

(Lucy, du hast in Chicago jahrelang nicht eine einzige Vorlesung versäumt.)

»Daaaaavid!« rief seine Mutter. »Raus aus den Federn, Junge. Hör auf, rumzudösen, Besuch ist da!«

»Äh, Sie brauchen ihn meinetwegen nicht zu wecken ...«

»David! Lucy ist da!« Lucy hörte, daß sich etwas rührte, als Mrs. McCall sich wieder ihr zuwandte. »Wir verwöhnen ihn, das ist's. Ich glaube, er geht schon bald nach Afrika, deswegen meinen wir, es schadet nichts, wenn wir ihn jetzt ein bißchen verhätscheln.«

»Wann beginnt denn seine Mission, Mrs. McCall?«

»Oh, ich würde Ihnen bestimmt etwas Falsches sagen. Fragen Sie lieber David, und lassen Sie sich seine Adresse geben, damit Sie ihm schreiben können, wenn Sie wollen. Sein Vater ist kein großer Briefeschreiber, und meine kläglichen Versuche sind auch nicht viel besser.«

David, in T-Shirt und Boxershorts, das rote Haar völlig verstrubbelt, kam eilig ins Zimmer: »Morgen, Morgen.«

Mrs. McCall fand es unglaublich, daß er sich »in Unterhosen« vor einer Besucherin zeigte – kein Fünkchen Anstand mehr, das war der Beweis.

David bat seine Mutter, für alle Tee zu bringen, und bevor er wieder in sein Schlafzimmer ging, blieb er noch einmal an der Wohnzimmertür stehen, um zu schwatzen: »Ich weiß nicht, wieso sie so prüde geworden ist«, flüsterte er, bevor er zu einem gigantischen Gähnen ansetzte. »Ich bin überhaupt noch nicht ganz da. Das sind meine besten Boxershorts – sogar mit Kleeblättern drauf, richtig irische Folklore ...«

*Wumms!* Seine Mutter gab ihm ohne Vorwarnung einen Klaps auf den Hintern. »Zieh dir was Anständiges an, bevor ich ...«

»Lucy hat nicht gesagt, daß sie etwas dagegen hat. Ich hab' sie sogar ertappt, wie sie mich angeschaut hat.«

Mrs. McCall riß die Augen weit auf: »Ich ... also ... du bist nicht so groß, daß ich es nicht mehr mit dir aufnehmen könnte!« Nachdem er gegangen war, um sich etwas anzuziehen, vertraute Mary McCall Lucy an: »Das hat Dublin aus ihm gemacht. *Ich* hab' ihm Manieren beigebracht. Da schickt man sie auf die Universität, und das kommt dabei raus.«

Einen Augenblick war es still im Haus.

»Tee ist fertig«, sagte Mrs. McCall, als sie wieder ins Wohnzimmer kam. »Haben Sie schon gefrühstückt, meine Liebe? Wir hätten noch *pairtch* warm.«

*Pairtch?* Ein Fisch? Oh: *porridge.* »Nein, Ma'am, aber vielen Dank.«

Lucy reckte den Hals über den Rand des Sofas, um sich die Kinderfotos der McCalls anzusehen. David als Kind sah ziemlich genauso aus wie jetzt – mehr Sommersprossen, das Haar röter leuchtend, aber schon dasselbe Selbstbewußtsein. Sie stellte sich die Situation vor: alle an einem sonnigen Tag im Hof; David, der sich für seinen Vater als neunmalkluger kleiner Junge in Positur stellte und das smarte Gesicht eines Neunjährigen aufsetzte, der erwachsen spielt. Das Foto war unter seinem Glasrahmen vergilbt, und der Himmel war jetzt grün – aber David war David.

»Hier ist Ihr Tee«, sagte Mrs. McCall und stellte die Tasse vor sie hin. »Jetzt lassen Sie sich von David zum Teufelsdamm bringen. Das wollen Sie bestimmt gern sehen.«

David stürmte wieder ins Zimmer, jetzt in Trinity-College-Sweatshirt und ausgewaschenen Jeans, das Haar immer noch nach allen Richtungen abstehend.

»Du willst doch nicht rausgehen mit einem Kopf, der aussieht wie ein Rattennest«, protestierte seine Mutter und sah aus, als hätte sie ihn im Rinnstein entdeckt. »Ein richtiger Penner bist du.«

»Ich wollte Lucy mit zu unserer Steinsäule nehmen.«
Mrs. McCall war nicht einverstanden. »Ihr bleibt bis zur Nasenspitze im Schlamm stecken, wenn ihr da hinaufgeht. Zieht auf jeden Fall Stiefel an; im Schuppen ist noch ein übriges Paar.«
David lieh sich den Mini seines Cousins Bruce, weil Mrs. McCall das Auto der Familie für O'Hanrahans Besorgungen bereithalten wollte, und fuhr mit Lucy die Küstenstraße von Antrim entlang, um die verschiedenen Sehenswürdigkeiten zu besichtigen. Dieses Land schien von Stacheldraht und den Graffiti-Kriegen in den Städten unendlich weit entfernt zu sein – nichts war zu sehen, das die hügelige grüne Landschaft beeinträchtigt hätte. Lucy sah weiße Kreidefelsen wie auf den Bildern von Dover; Brutplätze von Seevögeln; den Teufelsdamm aus O'Hanrahans Erzählungen. Danach verbrachten sie eine Weile im Andenkenladen, damit Lucy sich mit einem neuen Ansichtskartenvorrat versorgen konnte. Sie besichtigten die Bushmill-Whiskeybrennerei und bekamen eine Gratisprobe, die Lucy innerlich wärmte. Sie kaufte eine Flasche des dreifach Gebrannten für ihren Vater. Wenn es um Whiskey ging, konnte er auch eine protestantische Herkunft verzeihen.
»Ich wette, Patrick würde diesen Laden leer trinken«, sagte David. »Das wäre seine letzte Tour, meinst du nicht? Bringen wir ihm eine Flasche mit, hm?«
Lucy stimmte zu: Damit konnte sie sich weiter einschmeicheln.
»Hat nun eigentlich alles geklappt?« fragte David, als sie am Ende ihrer Runde durch einen Raum mit Flaschen und Fässern kamen.
»Ja, sie haben das bekommen, weswegen sie hierhergefahren sind«, erwiderte Lucy zerstreut. »Mich halten Sie natürlich draußen, also bin *ich* wahrscheinlich umsonst hergekommen.«
»Wie kannst du das sagen? Wir beide haben uns kennengelernt, oder?«
Lucy spürte, daß sie rot wurde, und ging etwas schneller, damit er diese Schulmädchenreaktion nicht bemerkte. Innerlich ging sie mit sich ins Gericht, weil sie ihm nicht wenigstens gedankt und das Kompliment erwidert hatte. Ich bin eine Niete, sagte sie sich.
Zurück in Ballywaycross, fuhr David nach Hause, um sich für den schlammigen Aufstieg zur Steinsäule zu rüsten, und Lucy ließ sich in der *Crown* absetzen. Das Pub war nachmittags geschlossen. Sie ging durch einen Seiteneingang für Übernachtungsgäste und stieg die Treppe zu O'Hanrahans Zimmer hinauf.

»Ich bin's«, rief sie, nachdem sie geklopft hatte.
O'Hanrahan machte die Tür einen winzigen Spalt auf und erspähte die Whiskeyflasche. »Aha, Sie waren an der heiligen Quelle.«
»Für Sie«, erklärte Lucy und hielt ihm die Flasche entgegen.
O'Hanrahan, der nun nicht mehr unfreundlich sein konnte, ließ sie herein. Das Zimmer war wieder im Normalzustand, und Rabbi Hersch saß vor einem Stapel Dias und Abzügen. »Wo ist das Evangelium?« fragte sie.
»Unten im Safe«, erwiderte der Rabbi und hielt ein Dia gegen das Licht. »O'Reilly hat dem Wirt gesagt, daß er es im Tresorraum einschließen soll, also konnten wir nicht gut hinuntergehen und Jack bitten, uns die Rolle zu geben. Aber wir sind dabei, verschiedene Möglichkeiten auszuarbeiten.«
O'Hanrahan betrachtete mit zusammengekniffenen Augen ein Foto, das er unter eine Lampe hielt. »Mary McCall hat uns nach Ballycastle gefahren, und wir haben uns im Schnellverfahren diese Abzüge entwickeln lassen ... He, das ist unscharf«, setzte er hinzu, während er das Foto durch eine kleine Lupe prüfte.
»Wo ist Pater O'Reilly?«
»In seinem Zimmer, beim Mittagessen. Brot und Haferschleim vermutlich. Zu einem Drink konnten wir ihn nicht überreden.« Das Gespräch stockte, und Lucy hatte wieder das Gefühl, im Weg zu sein. Schließlich verfügte der Professor: »Gehen Sie wieder mit David zum Spielen!«
»Schon gut.«
O'Hanrahan sah sie boshaft an. »Sie mögen ihn, nicht wahr?«
»Ich würde Ihnen sagen, ob ja oder nein, aber wahrscheinlich würden Sie rasch herausfinden, wie Sie mich damit in Verlegenheit bringen können.«
»Wie gut Sie mich schon kennen.« Er schloß die Tür hinter ihr.
Als sie zum Haus der McCalls kam, saß David neben dem Feuer, die Beine hochgelegt. »Also, holen wir die Stiefel, und gehen wir zur Steinsäule, bevor es wieder schifft«, schlug er vor.
In ihren hohen Gummistiefeln stapften sie bis zu einem Zauntritt am Ende der Straße, hinter dem es auf der Nordseite sehr matschig war – Pfützen, die nie austrocknen würden. Mit viel Gekreische, Geplatsche und Gelächter gelang es Lucy, einen Halt auf dem Zauntritt zu finden und hinüberzuspringen, nur um auf der anderen Seite noch tiefer einzusinken.
»Deine Mutter hat recht gehabt!« rief sie.
Das kurze Gras war glitschig, und Lucy rutschte immer wieder ein paar

Schritte zurück. Als sie voller Vertrauen auf einen zuverlässig aussehenden, eingegrabenen Stein treten wollte, glitt sie endgültig aus und fiel hin. Mein Gott, ich sehe aus wie ein Tolpatsch, dachte Lucy, bevor ihr einfiel, daß sie ja auch eine Maid in Bedrängnis sein konnte.
»Lebst du noch?« rief David, als er zu ihr stapfte, um ihr zu helfen.
Lucy schlug vor, sie sollten sich den restlichen Weg lang an den Händen halten, und David unterhielt sie mit Wikingergeschichten. Die Wikinger griffen häufig an diesen Küsten an, und die Männer verschanzten sich dann in ihrem *dun,* ihrer Festung. Ihr Hab und Gut legten sie an den Strand. Wenn die Wikinger von langen Seefahrten erschöpft waren, gaben sie sich mit dieser leichten Diebesbeute zufrieden. Ihre Frauen schickten die Kelten nach draußen, während die Männer in der Burg blieben und zusahen, wie sie vergewaltigt wurden. Und wenn die Wikinger dann immer noch die Burg haben wollten, dann mußten die Männer kämpfen!
»Aha, die irischen Gentlemen«, meinte Lucy.
Aber David sagte, er könne die ganze Geschichte so nicht glauben. Man stelle sich vor, Männer, die zusahen, wie ihre Töchter und Mütter vergewaltigt würden. Nein, hinter der Geschichte mußte mehr stecken.
»Ich kann mir denken, daß die Männer vorgeschlagen haben zu kämpfen«, spekulierte David, »aber die Frauen sagten dann, nein, nein, ihr dürft die Burg nicht aufs Spiel setzen. Wir laufen an den Strand hinunter und opfern uns. Und unten am Strand haben sie gewunken und geschrien, he, Sven, Erik, hallo Jungs, hierher!«
Lucy senkte den Kopf und lachte.
»Klar, stell dir vor, die Skandinavier haben ziemlich gut ausgesehen, weißt du. Groß und attraktiv. Dagegen die Kelten, bah, kleine Zwerge, und in Irland ist sowieso niemand sexy, das ist bestimmt schon seit Jahrhunderten so. Das war der freie Abend für die Mädels, als die Wikinger vorbeigekommen sind.«
(Nach der Verfügung von St. Adoman aus dem Jahre 556 sollten Frauen die Invasionen der Wikinger passiv ertragen oder sich verhalten wie St. Ebba und ihre Klosterschwestern, die sich die Nasen abschnitten, um für die Wikinger nicht mehr attraktiv zu sein. Auf diese Weise konnten sie eher ihre kostbare Jungfräulichkeit bewahren.)
Schließlich waren Lucy und David oben angelangt, und Lucy berührte den Menhir. »Das ist unsere Steinsäule«, schnaufte David außer Atem.

»Neolithisch oder megalithisch, was weiß ich. Zweitausend vor Christus – irgend so was.«
Lucy spürte den geriffelten kalten Granit unter den Fingern. Ein Pärchen – Constance und Peter – hatte an einer Stelle seine Liebeserklärung hingekritzelt.
»Widerlich, diese Leute«, knurrte David. »Auf einem solchen Denkmal herumzuschmieren!«
Lucy war froh, daß sie nicht vorgeschlagen hatte, auf die andere Seite *Lucy Liebt David* zu schreiben.
Bevor sie wieder hinunterstiegen – oder auf dem Hintern hinunterrutschten, fürchtete Lucy –, betrachtete sie die Tallandschaft jenseits der Stadt; das Dorf, die sanften Hügel, die zum Atlantik hin abfielen, die kurvige, von einer Steinmauer eingefaßte Straße, die sich harmonisch in die Landschaft fügte. Im Norden war der Himmel so klar, daß sie ein Eck von Rathlin Island erkennen konnte.
»Hast du einen Freund, Lucy?« fragte David.
Panik. »Oh. Äh, na ja ...« Irgendwie entglitten ihr alle Möglichkeiten, die der Augenblick bot, und eine automatische Reaktion stieg in ihr auf: »Da ist Gabriel, und wir sind gewissermaßen – äh, nein, nichts Offizielles, wirklich. Wir sind zusammen aufgewachsen.«
»Ach, eine Sandkastenliebe?«
»Ja, so ähnlich, aber ich meine, eigentlich nichts Festes, wirklich ...«
»Ich habe mir schon gedacht, daß daheim jemand auf dich wartet.«
Sie stiegen langsam den Hügel hinunter, und Lucy spürte nur Finsternis in sich! Sie spielte das Gespräch noch einmal durch und tränkte ihre Dummheit mit der beißendsten Säure des Bedauerns. Nachdem sie einen Augenblick lang heftig abgeleugnet hatte, senkte sich ein vertrautes Brüten über ihr Gemüt: Du bist ein Feigling. Was hätte passieren können, wenn sie geantwortet hätte: Niemand, dem ich für dich nicht den Laufpaß geben könnte, David McCall. Die allerschlimmste vorstellbare Katastrophe wäre gewesen, daß er sie sachte zurückgewiesen hätte – und wie nett hätte er das gemacht, ohne etwas Endgültiges zu sagen –, und sie hätte so tun können, als sei sie nur ein wenig unernst und zum Flirten geneigt ... Manchen Frauen flog dieses taktische Geschick einfach zu. Oh, zum Teufel mit David, dachte sie, während sie den matschigen Weg hinunterschlitterte, zum Teufel mit meiner Erziehung, zum Teufel mit mir, zum Teufel mit jedem.

Allmählich gewann Lucy ihr seelisches Gleichgewicht wieder. Bei den McCalls angekommen, zogen David und sie sich um, warfen ihre schmutzigen Kleider in die Waschmaschine und plauderten bei einer Tasse Tee. Sie kamen auf Chicago zu sprechen, und Lucy fühlte sich im Handumdrehen bereit, mit ihm die absolute Superbesichtigungstour zu machen. Genau, in Chicago – dann war *sie* am Zug! Lucy begann sich zuversichtlicher und glücklicher zu fühlen, als sie den großen Showdown weit genug verschoben hatte.

Beim Thema Chicago wurde Lucy außerdem kribbelig, sich endlich einmal bei Judy zu melden oder vielleicht zu Hause anzurufen. Sie hatte nicht von Dublin aus angerufen, wie sie es vorgehabt hatte, und jetzt waren schon drei Tage vergangen. Sie beschloß, rasch hinunter zur Bushaltestelle zu gehen und von dort aus mit Judy zu telefonieren und nachzufragen, ob vielleicht dringende Nachrichten vom Fachbereich gekommen seien.

»Du kannst ruhig von hier aus anrufen«, bot David an.

»Nein, das ist zu teuer. Ich hole mir schnell so eine Telefonkarte und rufe von der Zelle unten an.«

Wenig später marschierte Lucy durch den windigen Nachmittag zur Bushaltestelle, wo Telefonkarten verkauft wurden und ein öffentliches Telefon stand. Eine wachsame Möwe krächzte über ihr und stieg mit den Windböen höher; die tiefhängenden Regenwolken bewegten sich so schnell wie in Chicago und nahmen diesem irischen Nachmittag mit ihrem grauen Nieseln schon früh das Licht.

Die Bushaltestelle war wie ausgestorben. Es war fünf vor sechs, und um sechs Uhr fuhr ein Bus. Aber niemand wartete. Der einzige Mensch war der Verkäufer, dem sowohl der Kiosk wie der Tante-Emma-Laden gehörten. Lucy kaufte eine Telefonkarte für zehn Pfund und ging zu dem Telefon, das an der Ladenmauer angebracht war. Sie wählte die Nummer des Fachbereichs und wartete auf eine Verbindung, hörte aber nur ein Klicken und Tuten, während die Technik das Unmögliche versuchte, eine Telefonverbindung zwischen Irland und Amerika herzustellen.

Jemand berührte sie an der Schulter. »Hi, Luce.«

»Gabe!« stieß sie hervor und hängte den Hörer sofort auf. »Was ... was machst *du* hier?«

Gabriel wich einen Schritt zurück, die Hände nervös zusammengepreßt, wie er es schon als Kind gemacht hatte. »Ist das wirklich eine Überraschung für dich? Ich dachte, O'Hanrahan hätte uns schon entdeckt und wüßte, daß wir hier sind.« Das »wir« bezog sich auf Gabriel und den kleinen, brutal aussehenden Mann mit den südländischen Gesichtszügen und einer Narbe quer über Lippe und Wange, der neben zwei Koffern stand. Halt, dachte Lucy, den habe ich doch schon bei den Greyfriars in Oxford gesehen. »Der Wirt hat gesagt, die *Crown* sei voll von amerikanischen Touristen, aber wie kommt es, daß wir euch beide nicht getroffen haben?« fragte sie.

»Wir waren nicht in der *Crown*, wir haben drüben in Ballycastle gewohnt. Luce, es ist gut, daß ich dir über den Weg gelaufen bin, weil ich Patrick dann keine Nachricht hinterlassen muß.« Gabriel fröstelte in seiner Windjacke, die für das nordirische Wetter viel zu dünn war.

Aber Lucy ging das zu schnell. »Warte, Gabe, können wir nicht zusammen Tee trinken oder so? Wir müssen miteinander reden!« Sie legte ihm die Hand auf den Arm, damit er nicht entwischen konnte.

»Ich kann nicht. Bruder Vincenzo und ich müssen den Bus zurück nach Belfast erwischen.«

Lucy warf einen Blick auf den gewalttätig aussehenden Mann neben den Taschen. »*Der* ist ein Mönch? Er sieht eher aus wie ein Ganove.«

»Er *war* einer«, flüsterte Gabriel. »Bevor er Gott gefunden hat. Der beste Fassadenkletterer von Neapel. Er war drei Jahre im Gefängnis, als ...«

»Gabriel, bitte, was war zwischen dir und Dr. O'Hanrahan in Italien? Bist du wirklich hinter seinem Rücken mit der Schriftrolle abgehauen?«

Gabriel zuckte zusammen und trat nervös von einem Fuß auf den anderen. »Eines Tages, wenn er alles herausfindet, wird er mir bestimmt dankbar sein, weißt du.«

Der Kioskbesitzer verkündete mit lauter Stimme und so wichtigtuerisch, als sei er Vorsteher eines Großstadtbahnhofs, der versammelten Menge von drei Personen, daß gleich der Bus nach Belfast – über Armoy, The Drones, Killigan Bridge und Ballymena – ankommen werde. Lucy erspähte den Bus, der sich auf der schmalen Landstraße schnaufend über die letzten zwei Hügel heranquälte.

»Wenn er *was* herausfindet?« bohrte Lucy weiter.

Aber Gabriel war mit den Gedanken woanders. »The Drones? Ist das nicht ein bekannter Ferienort?«

Lucy war der Verzweiflung nahe. »Gabe, was geht hier vor?«

Gabriel drehte sich um, als Pater Vincenzo sich räusperte, um auf die

Ankunft des Busses aufmerksam zu machen. »Irgendwann werde ich dir alles erzählen, aber jetzt würde das nur alles verderben. Ich kann dir jetzt nur so viel sagen: Fahr nach Hause! O'Hanrahan ist in Gefahr, und wenn du bei ihm bleibst, bist du es auch. Diese Schriftrolle ist eine Menge wert, und deshalb wollen einige sehr gefährliche Leute sie in die Hände bekommen. Sie sollte mit Waffen bewacht werden, irgendwo an einem Ort, der sicherer ist als O'Hanrahans Hosentasche.«

Lucy und Gabriel standen verlegen da, als der Bus am Straßenrand hielt und eine junge Frau als einzige ausstieg. Der Kioskbesitzer packte die Koffer der beiden Männer in den Stauraum des Busses.

»Du fährst also bald zurück nach Chicago, ja?« fragte Gabriel.

»Ja, ich glaube schon. Kommst du nicht auch nach Hause?«

»Äh, ich habe beschlossen, daß mein Leben ...« Offensichtlich beschloß Gabriel, sich nicht in Details zu verzetteln, während der Bus schon abfahrbereit dastand. »Ich habe in den letzten paar Monaten über so vieles in meinem Leben entschieden. Ich glaube, wenn diese Sache ausgestanden ist, gehe ich nach Lateinamerika, irgendwo in ein Dritte-Welt-Land. Ich habe die akademische Welt satt, verstehst du? Ich bin nicht mehr Freds und Eileens kleiner Junge in Halsted, der über dem Farbengeschäft wohnt.«

Lucy erinnerte sich an verschiedene andere Situationen, als Gabriel ebenfalls verkündete, er habe sein Leben jetzt in Ordnung gebracht.

»Jetzt die Nachricht für Patrick, die sehr wichtig ist. Richte ihm aus, daß er mich in Assisi wiedertrifft, wenn er kommen will.«

Lucy bezweifelte, daß Dr. O'Hanrahan Bruder Gabriel in Assisi einen freundschaftlichen Besuch abstatten würde, aber sie versprach, es auszurichten.

Bruder Vincenzo stieg wortlos in den Bus, während Gabriel ihr noch zurief: »Komm auch einmal zu Besuch nach Assisi!«

Lucy fühlte sich ganz schwindelig vor ungestellten Fragen und unbefriedigenden Halbantworten; aber als sie Gabriel einen Abschiedskuß geben wollte, sprang er rasch in den Bus und setzte sich an ein Fenster.

»Bye-bye, Gabe«, sagte sie und winkte matt. Gleich darauf setzte der Bus seine Fahrt nach Belfast fort. Lucy sah, wie er in einer Abgaswolke davonratterte und immer leiser wurde, während er sich der Straßenbiegung näherte. Lucy starrte ihm nach, bis sie bemerkte, daß sie nur noch die fernen Hügel sah, deren struppiges Gebüsch von der salzigen Brise

gezaust wurde; im Licht des frühen Abends hatte die Landschaft nicht mehr Farbe als ein Schwarzweißfoto.
Lucy steckte ihre Telefonkarte ein und dachte, sie sollte O'Hanrahan besser gleich von dieser Begegnung erzählen. Sie war nicht ganz sicher, was sie ihm eigentlich sagen sollte – vielleicht nur, daß sie Gabriel wiedergesehen hatte.
In der *Crown* hatte O'Hanrahan eine fröhliche Runde um sich versammelt: Mr. McCall, David, Mrs. McCall, die an einem Half-Pint nippte, und noch ein paar interessierte Zuhörer.
»Lucille!« rief der Professor und hob grüßend sein Guinness.
»Guten Abend, Dr. O'Hanrahan.« Sie bemerkte, daß ihr Wachhund Pater O'Reilly fehlte. »Ist der Pater nicht da?«
»Zurückgefahren in sein Kloster«, antwortete der Professor und deutete auf eine Nachricht, die der Pater ihnen hinterlassen hatte. »Ich habe gerade mit diesem Ignoranten diskutiert.« Er meinte Mr. McCall, der angeheitert lachte, »daß es die O'Irgendwas waren, die Irland bekannt gemacht haben, mehr als die McIrgendwas.«
»Völliger Blödsinn!« widersprach Mr. McCall, während ihm seine Frau die Hand auf den Arm legte, um ihn zurückzuhalten.
Der scherzhafte Streit, an dem sich jeder beteiligte, ging weiter, nur Lucy achtete nicht auf die Diskussion, und sie sah, daß auch David wie gelähmt dasaß. Nach ihrem schlechten Schlaf in der Nacht auf Rathlin Island war sie müde und wollte gerne früh ins Bett. Vielleicht sollte sie noch irgend etwas Alkoholfreies trinken und sich dann zurückziehen.
»Kann ich Ihnen ein Bier holen, meine Liebe?« bot Mr. McCall an.
»Nur ein Cola«, bat sie. »Gibt es hier Cola light?«
Davon hatte man hierzulande noch nie gehört.
»Dann einfach ein Cola.« Lucy nahm Pater O'Reillys Nachricht und faltete sie zusammen und wieder auseinander, um sich zu beschäftigen.

> *Gentlemen,*
> *ich mußte unerwartet zurück in unsere Erlöserkirche des* Holy Savior, *wo viele Pflichten auf mich warten. Ich werde abends wiederkommen, damit wir weiter über unsere Angelegenheit sprechen können.*
>
> *Pater O'Reilly, SJ*

Sicher ist er stolz auf das SJ, dachte Lucy. »Dr. O'Hanrahan«, unterbrach sie eine seiner Geschichten. »Es gibt etwas, worüber wir sprechen sollten ...«
»Später, Honey«, flocht er nur in die schlüpfrige Geschichte ein, die er gerade zum besten gab.
»Musikbox«, sagte David mit einer Kopfbewegung zu Lucy.
Sie gingen zur Musikbox und sahen sich die dürftige Songauswahl der *Crown* an. Eine Menge irischer Standardnummern, die Dubliners, die Fureys; ein paar zeitgenössische Stücke, Sinead O'Connor, die Pogues, U2, alles, was es auch in den Musikboxen der irischen Bars in Chicago zu hören gab.
Der Pekinese am Kamin bellte, als jemand ihm zu nahe kam. Die alte Frau zog ihr Schoßhündchen an der Leine näher zu sich, um es zu trösten.
»Gott«, meinte Lucy, »diese Frau sitzt schon seit heute vormittag hier.«
»Das ist Mrs. McCready, sie lebt praktisch hier. Nur von drei bis fünf muß sie nach Hause gehen, weil das Pub dann zu hat.« Der Hund jaulte immer noch, obwohl sein Frauchen in Babysprache auf ihn einredete.
»Wenn ich mich nur so anziehen könnte, dann wäre mein gesellschaftliches Leben vielleicht ausgefüllter«, fuhr David fort und deutete mit einer Kopfbewegung auf den Mann, den Lucy auch bereits gesehen hatte. Jetzt trug er ein pinkfarbenes Sportjackett, eine gestreifte Krawatte, ein hellgrünes Hemd, Golfhosen aus Polyester in etwas dunklerem Grün und Gamaschen.
David warf eine Münze in die Musikbox. »Komm, suchen wir etwas aus!«
Die Titel waren handgekritzelt: »Die Blume aus dem schönen Strabane«, »Die braune Colleen (die ich im County Down gefunden habe)« und »Mein Liebchen hat schwarzes Haar«.
»Ooh, das ist schön schnulzig«, sagte David. »Spielen wir das. Das bringt die alten Männer zum Singen.«
Bloß nicht, dachte Lucy. Sie unterbrach den Professor mitten in seiner Geschichte. »Dr. O'Hanrahan, kann ich einen Augenblick mit Ihnen sprechen?«
Sie mußte es so ernst gesagt haben, daß er der Versuchung widerstand, sie anzuschreien. Er verließ die Runde und ging mit Lucy in ein ruhigeres Eck. Sie hatte Pater O'Reillys Zettel in der Hand. »Pater O'Reilly ist Ire oder vielleicht Engländer, nicht wahr?«
»Ja.«

»Warum schreibt er dann *Savior* – ohne *u*?«
Während O'Hanrahan die Notiz noch einmal las, legte sich ein besorgter Ausdruck über sein Gesicht. »Morey, komm mal her!« rief er dem Rabbi zu. Hersch entschuldigte sich diskret, kam zu ihnen und betrachtete die Notiz ebenfalls.
»Entschuldigung, Jack«, fragte O'Hanrahan den Wirt, der hinter dem Tresen hantierte, »haben Sie diesen O'Reilly irgendwann am Nachmittag einmal gesehen?«
»Nur vor dem Mittagessen, zusammen mit euch«, antwortete Jack.
»Nachdem er Ihnen das Päckchen für den Safe gegeben hat?«
Jack erklärte, seine Frau habe gegen halb fünf Uhr nachmittags ein Tablett mit Kaffee ins Zimmer des Mannes gebracht. Er rief sie aus der Küche. Martha kam heraus, eine stämmige, rotbackige Frau, die sich die Stirn mit der Schürze abwischte, weil sie gerade mit dem Kochen beschäftigt war.
»Ja«, gab sie ein wenig verärgert Auskunft. »Er hat mich gebeten, das Tablett vor der Zimmertür stehenzulassen. Ein bißchen später war ich noch einmal oben, da war es verschwunden. Ich habe geklopft, weil ich das Geschirr wieder holen wollte, aber er hat nicht geantwortet.«
Alle fünf drehten sofort die Köpfe zu den Haken, an denen die Schlüssel hingen. O'Reillys Schlüssel fehlte, er mußte ihn also noch haben.
»Haben Sie einen Dietrich?« fragte O'Hanrahan nervös.
Jack hatte. Seine Frau übernahm die Bar, die übrigen gingen hinter O'Hanrahan die Treppe hinauf. Lucy bemerkte, daß David ihnen verwirrt nachstarrte. »Mein Liebchen hat schwarzes Haar« begann zu spielen.
O'Hanrahan klopfte an die Tür von Zimmer 3. Nichts zu hören. Jack holte tief Luft und öffnete die Tür mit seinem Dietrich.
Pater O'Reilly lag tief schlafend in seinen Kleidern auf dem Bett. Der Rabbi schüttelte ihn. Aber der Pater wachte nicht auf.
»Er lebt aber noch, oder?« fragte Lucy.
»Der Atem ist sehr flach«, antwortete der Rabbi, der sich tiefer über den Priester gebeugt hatte.
O'Hanrahan inspizierte das Tablett. In der Tasse war noch ein Kaffeerest, der mit einem seltsamen Film überzogen war, in dem sich das Licht wie in einem Ölfleck brach. »Irgend etwas ist in diesem Kaffee«, erklärte O'Hanrahan, der an der Tasse roch. »Ein Betäubungsmittel.«
»Meine Frau würde nie ...« begann Jack.

»Jack, niemand sagt, daß es *Ihr* Kaffee ist. Das Tablett hat eine Weile auf dem Gang gestanden, und jemand kann etwas hineingetan haben.«
Lucy beobachtete den Rabbi, der so tat, als mache er sich große Sorgen um diesen unsympathischen Mann. Du glaubst doch nicht, daß O'Hanrahan und der Rabbi zu diesem Mittel gegriffen haben ...
Von unten war Tumult zu hören, der sich nach einer Rauferei anhörte. Martha scheuchte mit lauter Stimme jemanden aus dem Pub.
»Was ist denn jetzt schon wieder?« stöhnte Jack. »Ich rufe einen Krankenwagen«, bot er an, als er das Zimmer verließ, gefolgt von den drei anderen.
»Jack!« rief seine Frau, die am Fuß der Treppe stand. Sie war einem hysterischen Anfall nahe und sah aus, als würde sie gleich weinen.
»Ist ja gut, meine Liebe, wir rufen einen Arzt ...«
»Nein! Der Mann am Telefon!« jammerte sie.
Lucy sah sich im Pub um. Es war leer.
Martha hatte alle hinausgeschickt. Lucy sah zum Fenster hinaus und erblickte David, der ihr winkte, daß sie auch kommen solle.
Jack nahm den Hörer. »Ja?« fragte er, doch im nächsten Augenblick verließ ihn die Fassung. »Sieben Uhr, sagen Sie?«
Lucy sah unwillkürlich auf die Uhr im Pub: drei Minuten vor sieben. Die Wirtin machte rasch die Kasse auf und wollte das Geld herausholen, aber ihr Mann fauchte: »Dafür ist keine Zeit mehr!« Er knallte den Hörer auf die Gabel. »Raus hier!«
»Was ist los?« fragte O'Hanrahan.
»Eine Bombendrohung«, stammelte Jack.
Lucy spürte, wie ihr alles Blut aus dem Gesicht wich. Sie, der Rabbi und O'Hanrahan hasteten sofort zur Tür, gefolgt von der Wirtin, die sich die Schürzentaschen voller Geld gestopft hatte.
Jack mißachtete seine eigenen Befehle und rannte noch einmal zurück. Seine Frau protestierte, aber er war im Handumdrehen wieder auf der Straße. »Ich hab' sie gesehen!« schrie er den draußen Versammelten zu. »Weg von dem Fenster! Da drin ist wirklich eine Bombe!«
»Ich glaube, vorhin war noch ein Mann auf der Toilette«, jammerte Martha und rang die Hände. »Und ich seh' ihn hier draußen nicht ...«
»Nicht hier«, sagte Mrs. McCall zitternd und klammerte sich an die Hand ihres Mannes. »Lieber Gott, bitte nicht auch noch *hier*. Ich dachte, wir würden verschont bleiben.«

»Wir hatten nie Probleme hier«, sagte ein älterer Mann bitter. »Das sind diese ganzen Fremden aus der Stadt ...«
Mrs. McCall fuhr ihm scharf über den Mund: »Sie sind bei mir zu Besuch, Connor, und ich will kein Wort gegen sie hören!«
»Aber es sind doch Römische, oder? Katholiken!«
Das hat sich ja schnell herumgesprochen, dachte Lucy und wich einen Schritt zurück.
Zwei Minuten vor sieben. Lucy hörte dem ungläubigen Gemurmel der Dorfbewohner zu. Manche klopften an Haustüren oder riefen bei den Nachbarn des Pubs an, um die Leute auf die Straße zu holen.
O'Hanrahan legte Lucy die Hand auf die Schulter und zog auch den Rabbi näher. »Das hat nichts mit dem Religionskrieg zu tun«, sagte er leise, »sondern mit der Matthias-Schriftrolle. Und die ist, verflucht noch mal, im Safe des Pubs.«
»Richtig«, fauchte der Rabbi, »dieser gottverdammte Safe. Wir hätten sie uns schnappen und abhauen sollen, Paddy!«
Eine Minute vor sieben.
»Das ist furchtbar«, sagte Lucy. Wir haben das über die Stadt gebracht, dachte sie. Gabriel hat recht. Es ist gefährlich. Matthias, was auch immer er zu sagen hat, ist ein Unruhestifter, und ich fliege heim, sobald ich nach Dublin zurück kann – diese Indiana-Jones-Spielerei überlasse ich den alten Männern. Der Uhrzeiger auf dem Glockenturm der grauen presbyterianischen Steinkirche sprang auf sieben. Es begann zu läuten.
Und dann ertönte die Explosion: ein gedämpftes *Plop*.
Jeder fuhr bei dem Geräusch ängstlich zusammen, aber weder zersplitterte das Pubfenster, noch stieg eine Feuerkugel auf oder sonst etwas dieser Art. Die Menschenmenge reagierte eher mit Neugier als mit Empörung oder Schrecken. »Dieses *Plop* war wie ein kleiner Feuerwerkskörper am Guy-Fawkes-Tag«, sagte jemand.
Ein alter Mann brummte zu seiner Frau: »Das war's nicht wert, mich aus dem Bett zu holen, was, May?«
Jack wollte hineingehen, aber viele schrien ihm zu, er solle da bleiben. Vielleicht hatte eine größere Bombe nicht richtig gezündet. Vielleicht war das eine Falle: ein harmloser Knall, alle gehen wieder hinein, und dann explodiert es erst richtig. Ruf die Polizei, Jack, riefen sie, die Spezialeinheit.

Alles lief durcheinander. O'Hanrahan, der Rabbi und Lucy warteten und fragten sich, was wohl los sein mochte.
»Oh, Gott sei Dank«, sagte Martha zu ihrem Mann. »Da ist er. Ich dachte, er sei auf der Toilette.«
Von der Straßengabelung, die zum Meer führte, kam der Mann in dem schreiend geschmacklosen Aufzug, den David und Lucy vorher schon bemerkt hatten. Martha und Jack versuchten, ihn auf sich aufmerksam zu machen, aber er ging auf den kleinen Laden zu. Die Menge beschäftigte sich wieder mit der Frage, ob man die Polizei holen solle und ob man Soldaten in der Stadt wolle oder nicht ... Lucy folgte mittlerweile dem protzig gekleideten Mann, der etwa hundert Meter vom Zentrum des Geschehens entfernt seine Autoschlüssel aus der Tasche fischte und in einen Cadillac stieg. Lucy ging noch etwas näher. Der Mann fuhr in Richtung Belfast davon, und Lucy begann zu rennen, um noch einen Blick auf das Nummernschild zu erhaschen. Das Nationalitätenkennzeichen war ein D.
»Jemand, den Sie kennen?« fragte O'Hanrahan, der Lucys Interesse bemerkt hatte.
»Für welches Land steht D?« fragte sie.
»Deutschland«, antwortete der Rabbi.
»Und was macht ein deutsches Auto in Ballywaycross?« fragte sie sich laut.
»Die Schriftrolle stehlen, das ist es!« rief O'Hanrahan und drängte sich durch die Menschenmenge zum Pub. Mittlerweile war das ganze Dorf auf den Beinen, alle diskutierten über diesen Vorfall, den ersten, den es hier je gegeben hatte. Die Unruhen! Die Unruhen! Jack stand vor der Tür der *Crown* und paßte auf.
»Wir sollten nicht hineingehen, bevor die Polizei da ist«, sagte er.
»Jack, das hat nichts mit Religion zu tun, das war ein *Diebstahl*«, erklärte O'Hanrahan. »Sie waren hinter dem her, was in Ihrem Safe war.«
»Ich habe nichts so Wertvolles«, widersprach Jack.
»Aber O'Reilly«, erinnerte O'Hanrahan. »Das Päckchen, das er Ihnen gegeben hat.«
Jack gab nach. »Okay, dann schnell!«
Der Hauptraum des Pubs war unbeschädigt, abgesehen von etwas Sägemehl und dem beißenden Rauchgeruch gab es keine Spur einer Explosion. Hinter der Theke waren Gläser zerbrochen, und ein paar Flaschen waren

vom Regal gekippt; der Safe stand weit offen, und die Holzverkleidung war verkohlt.

»Sehen Sie sich das an«, sagte Jack und rieb sich den Kopf. »Sie haben die Urkunden dagelassen, das Scheckbuch von den Brauereien – ha, da hätten sie sich einen schönen Tag damit machen können! – Stellen Sie sich das vor! Sogar das Geld haben sie nicht genommen ...«

Aber die Schriftrolle war weg.

»Das ist das Ding, das ich für eine Bombe gehalten habe«, erklärte Jack und deutete auf einen kleinen Metallbehälter in der Größe einer Kleenexschachtel und mit einem blinkenden Licht auf dem Deckel.

O'Hanrahan und der Rabbi verspürten beide innere Panik, es könnte eine nicht explodierte Bombe sein, aber Jack hatte das Kästchen bereits voller Wut gepackt und schüttelte es: Zwei Batterien waren in der primitiven Scheinbombe.

Kurz darauf erschien die Polizei, und während die Nachbarn herumwuselten, die Wirtsleute fluchten und den Schaden zu taxieren versuchten und alle mit schwarzem Humor den Diebstahl kommentierten, schlichen zwei niedergeschlagene Gestalten die Hintertreppe zu ihren Zimmern hinauf.

O'Hanrahan sperrte kopfschüttelnd seine Tür auf und ging geradewegs auf den Schreibtisch zu, in dessen Schublade der Bushmills Black lag, Davids und Lucys Geschenk. »Du kannst bestimmt auch einen Schluck gebrauchen, Mordechai?«

»Einen großen Schluck«, antwortete der Rabbi und setzte sich erschöpft auf die Bettkante. O'Hanrahan wusch das Zahnputzglas am Waschbekken aus, goß ein und reichte es dem Freund. Er betrachtete sich im Spiegel und stellte fest, daß er so alt aussah, daß er sich selbst kaum wiedererkannte – Erschöpfung, die schon in Verfall überging.

»Fast«, stöhnte der Rabbi mutlos und starrte auf seine leeren Hände. »Als Pater O'Reilly heute nachmittag verschwand, hätten wir merken müssen, daß etwas im Busch war. Dieser lausige *Kraut* muß den Schlägertypen angeheuert haben, ihm die Schriftrolle zurückzustehlen.«

»Und sie ist uns knapp durch die Lappen gegangen«, antwortete O'Hanrahan tonlos. Er kippte einen kräftigen Schluck Whiskey hinunter. »Zumindest haben wir unsere Abzüge, an denen wir arbeiten können.«

Der Rabbi nickte.

Aber das war nur ein schwacher Trost. Selbst wenn es ihnen gelang, das fotografierte Evangelium zu übersetzen, würde ihnen ohne das Original vermutlich niemand glauben. Nein, es mußte wie ein übler Scherz klingen: Ja, es ist ein Bericht über Christus aus dem 1. Jahrhundert; ja, es ist revolutionär, aber wir haben die Original-Schriftrolle nicht – Sie müssen sich mit unserem Wort begnügen.

O'Hanrahan begann laut zu denken. »Du hast vermutlich recht: Dieser Deutsche hat spitzgekriegt, daß die Ignatianer ihn angeschwindelt haben, und er hat jemanden hergeschickt, der die Rolle wieder stehlen sollte. Wie lange wird es wohl dauern, bis er sie auf den Schwarzmarkt bringt?«

»Vielleicht will er sie überhaupt nicht mehr verkaufen.«

»Aber er wird sie übersetzen wollen, nicht wahr? Wenn wir Glück haben, braucht dieser reiche Sammler uns trotzdem, um sie zu übersetzen, und wird Kontakt zu uns aufnehmen ...«

»Vierzig Jahre lang sind wir hinter diesem Ding hergewesen. Vierzig Jahre, Paddy.«

»Matthias ist uns schon ein dutzendmal durch die Lappen gegangen, und vielleicht entschlüpft er uns noch ein dutzendmal.«

Lucy räusperte sich, um auf sich aufmerksam zu machen.

Der Professor klopfte auf die Whiskeyflasche. »Oh, Sie sind's, Luce. Holen Sie sich ein Glas und einen Stuhl.«

»Die Schriftrolle ist also wirklich gestohlen worden?« begann sie unsicher.

»Ja. Matthias ist uns wieder aus den Händen geglitten. Nun holen Sie sich schon ein Glas und einen Stuhl!«

»Nein, danke«, lehnte sie ab. »Wissen Sie, dieser Whiskey ist so stark, und meine Verdauung war ...« O'Hanrahans Blick des Abscheus für ihren Gesundheitszustand war furchterregend. Der Rabbi hatte Lucys Anwesenheit noch gar nicht zur Kenntnis genommen. Sie nahm ihren Mut zusammen: »Dr. O'Hanrahan?«

»Hm?« fragte er tief aus seinem Glas.

»Ich glaube, ich weiß, wer sie gestohlen hat.«

O'Hanrahan meinte, sie wolle einen dummen Rateversuch anstellen. »Lassen Sie hören!«

»Die Franziskaner.«

O'Hanrahan sah sie an.

»Ich glaube, die Franziskaner haben die Rolle gestohlen, weil sie nicht wollen, daß Sie und die Jesuiten sie haben.«

»Haben Sie einen Beweis dafür?« fragte der Rabbi.
»Gabriel.«
O'Hanrahan stand auf. »*Gabriel* war hier in Ballywaycross? Sie haben ihn gesehen?«
»Ja.«
Jetzt erhob sich auch der Rabbi. »Setzen Sie sich, kleines Mädchen, und erzählen Sie von Anfang an!«
O'Hanrahan nahm das Glas des Rabbi zurück, schenkte Lucy ein wenig ein, gab ihr das Glas in die Hand und drückte sie unerbittlich auf seinen Stuhl, während der Rabbi die Tür schloß.
Lucy holte tief Luft. »Vor ungefähr eineinhalb Stunden bin ich Gabriel über den Weg gelaufen. Wir haben uns an der Bushaltestelle getroffen, weil ich von dort aus anrufen wollte – mich wieder einmal in Chicago melden, wissen Sie. Gabriel und ich haben uns unterhalten ...«
»Haben Sie ihm gesagt, daß wir die Schriftrolle haben?« fragte der Rabbi.
»Ich glaube, er wußte es schon.« Sie versuchte, besonders weiblich und verzweifelt zu klingen. »Wenn Sie beide mit mir geredet und mir nur ein winziges Fitzelchen von dem erklärt hätten, was Sie vorhaben, hätte ich vielleicht den taktisch richtigen Schachzug machen können – also funkeln Sie mich nicht so an!«
O'Hanrahan setzte sich wieder auf sein Bett und beugte sich vor. »Und hat er Ihnen gesagt, warum er mir damals in Rom den Matthias gestohlen hat?«
»Nicht direkt, aber ich glaube, ich weiß es.«
Die beiden Männer warteten.
»Ich glaube«, begann Lucy, »er sollte die Rolle stehlen und zu den Franziskanern bringen. In Italien hat er die Sache verpfuscht, aber ich glaube, jetzt hat er das, wohinter er her war.«
Der Rabbi schüttelte den Kopf. »Dieser kleine Unglücksrabe? Der Junge kann sich nicht einmal ohne Hilfe die Schuhe zubinden. Wie sollte er einen Safe sprengen?«
Lucy schluckte. »Ich glaube, es war Bruder Vincenzo, der sie eigentlich gestohlen hat. Sie sind hereingekommen, als das Pub von drei bis fünf Uhr geschlossen war.«
O'Hanrahan starrte sie ungläubig an. »*Wer* ist Bruder Vincenzo?«
»Der Typ, der mit Gabriel zusammen unterwegs ist. Sie haben recht,

Rabbi, Sir, Gabriel könnte keinen Safe aufbrechen, aber Bruder Vincenzo, und zwar ohne Sprengstoff.« Die Männer starrten sie weiterhin groß an. »Er hat sich nach einem Leben als Krimineller in Neapel zum Katholizismus bekehrt, nachdem er im Gefängnis war. Jetzt ist er Bettelmönch. Ich bin den beiden in Oxford über den Weg gelaufen. Und heute sind sie mit dem Sechs-Uhr-Bus nach Belfast gefahren.«

Der Rabbi legte nachdenklich einen Finger an die Wange.

»Aber *sie* haben den Safe nicht gesprengt, Dr. O'Hanrahan«, erklärte Lucy weiter und holte tief Luft. »Ich glaube, jemand anderer, der Mann in dem deutschen Auto, hat versucht, die Rolle zu stehlen. Und er hat den Safe aufgesprengt, aber da war es schon zu spät – Gabriel hatte sie bereits. Wie gesagt, Gabriel ist mit dem Bus um sechs abgefahren.«

»Und der Safe ist um sieben Uhr gesprengt worden ...«, sagte O'Hanrahan.

Nach einer Pause meinte Lucy langsam: »Gabriel hat gesagt, wir seien alle in großer Gefahr; wirklich gefährliche Leute seien hinter der Rolle her und könnten Sie umbringen, Sir, und mich auch, wenn ich länger bei Ihnen bleibe. Er sagte, die Rolle sei nur unter bewaffneter Bewachung sicher. Und dann hat er noch gesagt ...«

O'Hanrahan spürte, daß er gegen seinen Willen lächeln mußte. »Was?«

»Er hat gesagt, er hoffe, daß ich einmal nach Assisi komme. Sie wissen schon, Assisi, Sir, wo St. Franziskus den Orden gegründet hat ...«

»Ich weiß, wo dieses verdammte Assisi liegt, Lucy – was hat er noch gesagt?«

»Ich soll Ihnen sagen, daß Sie ihn in Assisi aufsuchen sollen.«

»Sind Sie sicher, daß er nach Assisi wollte?« fragte der Rabbi.

»Äh, ja.«

Rabbi Hersch atmete auf. »Ich hoffe, das ist wahr, Paddy. Ich hoffe, die Franziskaner *haben* die Rolle!«

O'Hanrahan rieb sich die Hände. »Vielleicht sind wir doch noch nicht ganz aus dem Rennen!«

»Hör zu, ich fliege zurück nach Jerusalem, bevor mein Fachbereich mich umbringt«, schlug Rabbi Hersch vor. »Du siehst nach, was in Assisi los ist. Sobald du das Ding wieder in die Hände bekommst, rufst du mich sofort an und sagst mir Bescheid, wie wir vorgehen sollen.«

O'Hanrahan war schon dabei, Kleider und Papiere zusammenzuraffen und in seinen Koffer zu packen, den er auf sein Bett gelegt hatte. »Genau.

Wenn wir uns beeilen, können wir heute abend noch nach Belfast kommen und den Nachtbus nach Dublin nehmen ...«

»Machst du Witze?« rief der Rabbi bestürzt. »Verdammt noch mal, steig endlich mal in ein Flugzeug!«

»Mordechai Hersch«, wies O'Hanrahan ihn zurecht, während er sein Rasierzeug in den Koffer warf, »ich bin mit diesem Projekt nicht so weit gediehen, um bei einem Flugzeugabsturz zu sterben. Seit zwanzig Jahren bin ich nicht geflogen. Ich nehme die Fähre nach Cherbourg, den Zug nach Paris und dann ...«

»Was? Irgendwann im nächsten Jahrhundert kommst du dann vielleicht an!«

O'Hanrahan überprüfte noch einmal sein Rasierzeug. »Schau, ich habe Abzüge von den Fotos, und du hast die Dias. Ich will ein wenig Zeit haben, um an dieser geheimnisvollen Schrift zu arbeiten.« O'Hanrahan entdeckte ein kleines weißes Medizinfläschchen, das er wieder herausnahm. »Natürlich, vielleicht wollen die Franziskaner uns die Rolle nicht zurückgeben ...«, fügte er nervös hinzu.

»Sie ist Eigentum der Hebräischen Universität. Sag ihnen das!«

»Sie werden uns ernster nehmen«, erklärte O'Hanrahan und legte die Whiskeyflasche zärtlich und ehrfürchtig auf die Kleider, »wenn sie glauben, daß wir auf die Übersetzung gekommen sind.«

O'Hanrahan drehte sich um und sah Lucy auf ihrem Stuhl sitzen, das Whiskeyglas immer noch unberührt. Er nahm es ihr aus der Hand und stürzte das Getränk in einem Zug hinunter. »Aaaah! Zumindest verlassen Sie uns glücklicher, Miss Dantan, als Sie uns gefunden haben.«

»Danke für die Information«, sagte der Rabbi mechanisch. »Und *sayonara*, kleines Mädchen. Und noch einmal, wenn Sie je das Glück haben, in die Heilige Stadt Jerusalem zu kommen, schauen Sie bei mir vorbei.«

Das sagt er ohne die geringste Überzeugung, dachte Lucy.

»Und lassen Sie *mich* noch sagen«, fuhr O'Hanrahan fort, während er ungeschickt den Reißverschluß seines Koffers zuzog, »wenn Sie das nächstemal hinter jemandem herfahren, der eine Schriftrolle auf dem geistlichen Schwarzmarkt aufspüren will, dann denken Sie daran, den Leuten, mit denen Sie zusammenarbeiten, *alles* mitzuteilen, damit solche kleinen Pannen nicht passieren ...«

»Dr. O'Hanrahan, Sie haben mir ziemlich deutlich zu verstehen gegeben, daß Sie mich den ganzen Tag nicht sprechen wollten!«

»Sie sollten sich nicht mit Spitzfindigkeiten aufhalten«, erwiderte er und bekam den Koffer endlich zu. »Morey, wir treffen uns in fünf Minuten unten.«

»Ich rufe ein Taxi, Paddy.«

Nachdem der Rabbi das Zimmer verlassen hatte, nahm O'Hanrahan das weiße Medizinfläschchen und steckte es Lucy in die Hand.

»Was ist das?« fragte sie.

»Lomotil. Für Ihren ständig rumorenden Magen. Ein fairer Tausch für den Bushmills, okay?«

O'Hanrahan setzte sich aufs Bett, um Luft zu holen; in seinem Kopf schwirrte es. Es war still im Zimmer, aber von der Straße unten hörte man den Lärm von Polizeisirenen und aus dem Pub die Aufräumarbeiten und das nervöse Lachen der Gäste, die zu ihren Pints zurückkehrten, um die Angst hinunterzuspülen, die sie ausgestanden hatten.

»Sie sind nicht wütend auf mich?« wunderte sich Lucy.

»Natürlich bin ich das. Sie hätten es mir augenblicklich sagen müssen, daß Sie mit dieser halben Portion Gabriel gesprochen haben – Sie hätten diesen Wurm zu Boden werfen und festhalten sollen, bis ich ihn auseinandergenommen hätte.«

O'Hanrahan stand auf und nahm seinen Koffer. »Na schön, Lucy. Alles ist verziehen, und ich entschuldige mich dafür, daß ich so ungesellig war.« Er machte das Kreuzzeichen auf Lucys Stirn: »*Sine, Domina mea, sine me flere; tu innocens es, ego sum peccator.* Geh in Frieden! Und sehen Sie immer in der Zeitung nach!«

»Was?«

»Wenn ich Matthias in die Hand bekomme und ihn übersetze, meine Liebe, werde ich weltweit in den Schlagzeilen sein.« Er blinzelte ihr zu. »Und auf Ihre winzige, unbedeutende Weise haben Sie eine Rolle dabei gespielt.«

Sie lächelte matt. »Vielen Dank.«

Und schon war O'Hanrahan fort.

Lucy stand auf. Sie würde zurück zu David müssen, um ihre Sachen zu holen; dann nach Dublin und dort ein Flugzeug nach Hause nehmen. Sie ging die Treppe hinunter und betrat das Pub, in dem es immer noch nach versengtem Sägemehl und Zement roch, eben als O'Hanrahan und der Rabbi zur Tür hinausgingen. Der Professor, der sich noch eine halbe Flasche Whiskey gekauft hatte, schwenkte sie und lachte über etwas, das

der Rabbi sagte; beide waren wieder so lustig und munter, wie sie nur sein konnten. Die alten Trottel. Die Spezialeinheiten waren bisher noch nicht gekommen, und der Wirt wollte darauf bestehen, daß die beiden blieben, um Fragen zu beantworten, aber sie waren nicht aufzuhalten. Dann sah Lucy, wie die beiden in ein Taxi stiegen und davonfuhren.
Sie schaute ihnen nach und fühlte sich betrogen, weil das Abenteuer nun ohne sie weiterging.

*30. Juni 1990*

Lucy hätte während der dreistündigen Autofahrt Gelegenheit gehabt, eine Art Abschiedsrede zu halten und David zu sagen, daß sie ihn wirklich mochte, aber sie sprachen über andere Dinge, und Lucy fragte sich, ob David ihre Verlegenheit spürte. Am Abend zuvor hatte Lucy einen Brief mit ihrem Namen, ihrer Adresse, Telefonnummer und allen sonstigen wichtigen Details geschrieben und ein paar Zeilen hinzugefügt, wie sehr sie sich freue, ihn kennengelernt zu haben, und daß ihr Sofa immer für ihn bereitstehe ... sie hatte einen Augenblick überlegt, ob sie es zweideutig formulieren sollte, indem sie von ihrem *Bettsofa* schrieb ... Nein, nicht mein Stil, hatte sie dann entschieden. Ich könnte den Witz machen, aber dann würde es für alle Zeiten immer nur ein Witz sein. Und einmal will ich nicht Lucy der Kumpel sein, die Lucy, die Witze macht, die Freundin, der man vertrauen kann.
Als sie sich dem Stadtrand von Dublin näherten und auf den Schildern schon angekündigt wurde, wie weit es zum Flughafen war, wurde Lucy bewußt, daß sie die Minuten zählte.
(Warum kannst du nicht über das sprechen, was du im Herzen fühlst?)
Ich bin ein Feigling, ich bin ein Versager. Ich bin nicht hübsch genug, um berechtigt zu sein, den ersten Schritt zu machen ...
(Aber du bist auf eine Art schön, die er sehen kann.)
Sie seufzte, als sie die Ausfahrt nahmen und dann durch den Eingang zum Parkplatz fuhren; als sie mit ihrem Gepäck ins Flughafengebäude gingen; als sie die Halle betraten, um Lucys Gepäck aufzugeben und ein Ticket nach London zu kaufen, von wo aus sie ein Rückflugticket nach Chicago hatte.
»Ich will nicht zurück«, sagte Lucy schwermütig.

»Ich habe gerade gedacht, wie gerne ich mit dir ins Flugzeug steigen würde«, lächelte David.
Will er die Vereinigten Staaten so gerne sehen, fragte sich Lucy, oder mich besuchen?
»Auf jeden Fall«, erwiderte sie verlegen, da sie wußte, daß er zurück nach Dublin zu einem Seminar mußte, »hier ist ein Brief mit meiner Adresse und Telefonnummer ... und so weiter.« Lucy spürte, daß ihre Fähigkeit, etwas Romantischeres zu sagen, noch mehr schrumpfte; ihr Herz fügte sich trübe in die Niederlage.
*(Denn wenn die Träume in den Himmel schießen, werden leere Worte immer mehr.)*
David verabschiedete sich also und klopfte ihr verlegen auf die Schulter. Beide wußten nichts mehr zu sagen und redeten nur noch Unsinn.
»Besuch mich in Chicago, wenn du mal hinkommst.«
»Ja, wenn ich da bin, komm ich zu dir.«
David küßte Lucy auf die Wange, und sie winkte ihm noch zu. Aber dann kam er noch einmal angerannt: »Verflixt, so was Dummes, jetzt hab' ich das vollkommen vergessen.« Er hielt ihr einen Umschlag hin. »Für Dr. O'Hanrahan«, sagte er. »Aus irgendeinem Grund ist es zu uns gebracht worden.«
Lucy warf einen Blick auf den Umschlag. Er hat keine Briefmarke, stellte sie fest.
»Er muß direkt vom Postamt unten an der Straße überbracht worden sein, spezielle Nachtpost oder so etwas.«
Lucy fragte sich, ob sie den Brief aufmachen sollte. »Dr. O'Hanrahan ist weiß Gott wo.«
»Vielleicht kannst du es an den Rabbi weiterschicken.«
»Ja, das ist eine Idee«, nickte sie, obwohl sie auch Herschs Adresse nicht hatte.
»Okay, also jetzt wirklich tschüs.«
»Ja, ich wünsch' dir noch ein gutes Semester am Trinity und so. Und paß später in Afrika auf dich auf. Laß dich nicht von einer – wie heißen sie? – einer Tsetsefliege stechen!«
»Ich nehme mir ein Spray mit«, grinste er.
Diesmal war es ein Abschied, den man in besserer Erinnerung behalten konnte; David winkte glücklich, voll Wärme für seine neue Bekannte. Lucy schloß einen Augenblick die Augen: David. Ach ja, in einer anderen

Welt hättest du vielleicht eine Liebesgeschichte mit so jemandem haben können, ihn vielleicht sogar heiraten, mit ihm seßhaft und vor dem Fernseher fett werden können. Aber nicht in dieser Welt.
Geistesabwesend öffnete sie den Brief für O'Hanrahan. Eine Nachricht vom Schatzmeister, vermutlich vom Altphilologischen Fachbereich in Chicago, und ... na so etwas: eine Kreditkarte!

*Dr. O'Hanrahan:*
*Anbei Kreditkarte für Ihre Forschungen. Wir bitten um regelmäßigen kurzen Bericht. Fax: 312–555–2937.*
*John Smith, Schatzmeister*

Lucy betrachtete die VISA-Card: *Corporate Account* stand darauf und darunter *Patrick O'Hanrahan.* Chicago kam endlich für ihn auf! Aber das war nicht alles. Es lag noch eine internationale Geldanweisung auf ihren Namen bei, über – gütiger Gott – *tausend Dollar.*
Dr. O'Hanrahan, rief Lucy innerlich, Sie sind zu schnell abgereist! Lucy überlegte, wie sie dem Professor die Karte nachschicken könnte.
Zuerst ging sie zum Schalter der Bank of Ireland in der Flughafenhalle und löste ihre Geldanweisung ein. Dann ging sie ins Reisebüro. »Entschuldigen Sie«, sagte sie zu der Dame hinter dem Alitalia-Schalter, »auf der Tafel steht, daß um 16 Uhr 30 ein Flug nach Mailand geht. Sind da noch Plätze frei?«
»Ja, Miss.«
»Wieviel kostet das?«
Dann ging sie zu einem Eurail-Informationsschalter und fragte, ob sie einen Fahrplan für den Kontinent kaufen könne.
»Wenn mein Freund heute morgen also mit der Fähre nach Cherbourg gefahren ist, kommt er heute abend in Paris an, und wie kommt er von dort aus dann nach Assisi?« erkundigte sie sich und umringelte die Möglichkeiten im Fahrplan.
»Er muß also auf jeden Fall über Florenz fahren, nicht wahr?«
Am späten Nachmittag saß sie in einem italienischen Flugzeug, das zur Startbahn rollte. In ihrer Brieftasche hatte sie das eingelöste Geld, minus den Preis für das Flugticket, und einen Stapel Lirescheine für einen kurzen Aufenthalt in Italien.
Dank des gütigen Himmels flog Lucy Dantan nach Italien! Sie hatte das

Land immer schon sehen wollen. Sie würde den Professor finden, ihm seine Kreditkarte geben, auf Kosten des Fachbereichs die Sehenswürdigkeiten besichtigen und dann direkt nach Hause fliegen. Es war das Aufregendste, Impulsivste und vielleicht das Beste, das sie je in ihrem Leben getan hatte! Judy würde grün werden vor Neid. »Du bist auch noch in Italien gewesen!« würde sie jammern, für immer verurteilt zu einem Leben in der Kimbark Street.

Mit einem *Bing* leuchtete das *Allacciate le cinture di sicurezza*-Schild auf, und Lucy schnallte sich an.

»Vater unser, der du bist im Himmel ...«

Wie immer sprach Lucy vor dem Flug ein Stoßgebet. Aber hier war sie nicht allein: Der Anteil der Katholiken bei diesem Flug von Irland nach Italien war an den vielen Christophorus-Medaillen deutlich sichtbar.

»... und segne David McCall und seine Familie und alle, die mir in Nordirland mit solcher Freundlichkeit und Großzügigkeit begegnet sind, und segne Nordirland selbst, und hilf ihm bei seinen Unruhen, und bewege die Menschen dazu, künftig besser zu werden, Katholiken und Protestanten ...«

Das Flugzeug gewann an Geschwindigkeit.

»... und ich bitte den Heiligen Geist, daß er bei dieser Reise mit dem Captain und der Crew und allen Passagieren sein möge und uns heil und unversehrt bewahrt.«

(Du hast es kapiert, Lucy.)

»Aber wie in allem, dein Wille geschehe. Amen.«

Abheben. Die Passagiere auf der rechten Seite, die nun im grellen Nachmittagslicht blinzelten, sahen hinaus über Irland, das unter ihnen versank. Zwischen den Cumuluswolken und ihren bizarren Formen, zwischen dem blauen Himmel und dem Meer unten lag das regengesättigte Grün Irlands, das sich nun im Sonnenlicht zeigte, hellgrün unter den Schatten der Wolken, smaragdgrün auf den Feldern und den sanften, windumtosten Hügeln im County Willock, tief jadegrün in den südlichen Wäldern und wieder anders, etwa wie grünes Glas, das man gegen die Sonne hält, um die Bauernhöfe weiter im Landesinneren. Und Lucy, mit den Geschichten von Patrick und Brigit, den Prophezeiungen von Malachias und Columkille, der Mischung aus hysterischer Marienverehrung und neurotischer Zählerei heiliger Wunden und vor allem mit O'Hanrahans Schwärmereien im Kopf, sah nach unten und dachte: Ja, Eire, du bist das perfekte Land für Mythen und Legenden, genau richtig für ein Feenreich, und zwischen deinen Sümpfen und Seen und Tälern kann ich mir die Kelten und frühen Christen vorstellen, wie sie, umgeben von ihren runden Steinwällen, tanzen, am Feuer Lügenmärchen erzählen und über eine Zauberkraft staunen, die nicht gänzlich ihre eigene Erfindung ist.

Als sie sich vom Fenster abwandte, hatte sie das Gefühl, daß sie innerlich gereift war, daß sie ein wenig gelernt hatte, was man ist und was man niemals zu sein braucht, woher man kommt und wo man nicht zu enden hofft. Sie hatte sich eine *Irish Times* als Fluglektüre gekauft, die unten auf der Titelseite über drei Brüder berichtete. Einer war umgebracht worden, der andere saß unter einem fadenscheinigen Vorwand in einem englischen Gefängnis, und dem dritten waren am Abend zuvor die Knie zertrümmert worden – man hatte ihn am Boden festgehalten, während jemand mit einem Schlagbohrer seine Kniescheiben durchbohrte. Die neueste Methode der IRA, die ihn irrtümlicherweise für einen Spitzel gehalten hatte.

Er war vierzehn. Er lag im Krankenhaus und wollte jedermann mitteilen, daß er trotz dieses Irrtums immer noch ein Freund der IRA sei, und um sein Bett standen Gerry Adams, mehrere Mitglieder der Sinn-Fein-Partei und alte, abstoßende Trunkenbolde in Kampfanzügen, die dem Jungen, der einen Blumenstrauß in den Farben der irischen Trikolore in der Hand hielt und für das Foto lächelte, eine Uniformmütze aufsetzten.

Und Lucy dachte traurig: Armes Irland, du hast deine Insel versaut. Die einzige, die du hast. Tausend Jahre lang hast du dich verteidigt, bist den Römern entkommen, hast die Sachsen und die Dänen in die Flucht geschlagen, die Engländer zum größten Teil davongejagt, nur damit die Iren sich jetzt gegenseitig umbringen und einander in den Straßen von Ulster mit britischen Gewehren und libyscher Munition niedermähen. Und im Namen keines Geringeren als des Gottes, der euch so wohlwollend eure guten Herzen und euer Talent für Lyrik und Lieder geschenkt hat, der euch Zauberei und Aberglauben erlaubt hat, nachdem Er der übrigen Christenheit befohlen hatte, sie zu überwinden. Und jetzt bringt ihr dem Körper Christi Narben bei, die nicht verheilen werden.

Lucy sah durch das Fenster auf den leuchtenden Himmel im Westen und war nicht das erste Kind amerikanischer Immigranten, das dachte: Gott sei Dank ist irgend jemand irgendwann auf ein Schiff gestiegen, so daß ich in Amerika geboren bin und nicht in den Straßen von Belfast.

## ZWEI

*1. Ich hoffe, man wird mir verzeihen, wenn ich nun, bei der Beschreibung der Begeisterung, mit welcher ich meines Weges zog, hinauf dahin, wo einst Jerusalem stand, eigene Verse zitiere. Alles, was der Polis zustieß, hat sie sich wahrlich selber zugezogen, aber wer gedächte nicht gleichwohl ihrer früheren Schönheit und ihres alten Glanzes? Gewiß ist die vielgerühmte Stelle der* Hebraika *bekannt, wo ich sage:*

*O goldene Türme, o Straßen von Beryll!*[1]
*Deren Steine vor Freuden sangen und sprangen ...*

*2. Aus der Wüste kommend, nahmen Xenon und ich unseren Weg über Bethzur, was Xenon Gelegenheit gab, seine Eltern zu besuchen und ihnen von den Abenteuern zu erzählen, die er unterwegs erlebt hatte. Xenons Vater Jason hatte beschlossen, daß der Junge, anstatt sich gleich dem Verkündigungsdienst zu widmen, zunächst bei seinem Onkel zu Ephesus ein Handwerk erlernen sollte. Wir vereinbarten, daß er mich bis dorthin begleiten würde.*

*Und so wandten sich mein junger Schutzbefohlener und ich gen Jerusalem, denn nahe bei der Stadt liegt ja, was damals noch mein Erbgut und Sitz einer nazaräischen Gemeinde war; dort wollte ich nach dem Rechten sehen. Leider fand ich den Frieden der Gemeinde gestört, denn in den wenigen Wochen meiner Abwesenheit war allerlei kleinliches Gezänk ausgebrochen. Ein zur Gemeinde gehörendes Brüderpaar hatte sich den Erlös aus dem Verkauf unserer Oliven angeeignet und mußte deshalb ausgestoßen werden. Wie du weißt, leben wir gemeinschaftlich, wie der Meister uns gebot, teilen alles, Verlust und Gewinn, um die Greuel des Wuchers und der Vergötzung des Mammons, die anzuprangern der Meister nicht müde wurde, derart zu vermeiden.*

*3. Da damals jener unsinnige, zum Scheitern verurteilte Aufstand ringsum das Land unsicher machte, blieben während des ganzen Frühjahrs und Sommers [des Jahres 67 n. Chr.] Xenon und ich im Schoße meiner nazaräischen Gemeinde. Unterdessen lernte der junge Mann unsere Regeln, gewann mit seiner einfachen, offenen Art die Freundschaft aller, zumal der Frauen, denen bei ihren Arbeiten zu helfen er sich nicht scheute. Wenn ich daran denke, wie nun meine edle Schar von Nazaräern den*

*Stürmen und Übeln der Landstraße trotzen muß! Denn das hast du mit einer einzigen Handbewegung zu verfügen geruht, als du dir widerrechtlich mein Erbgut aneignetest und jene unter uns lebenden Heiligen emittiertest!*

*Aber wir wollen darauf nicht immer wieder zurückkommen.*

*4. Niemand, meinte ich, sei besser imstande, mir die Geheimnisse der Zeit nach der Hinrichtung des Herrn zu erklären, als Joseph [von Arimathia], welcher dem Lehrer das eigene Grab überlassen hatte.*

*O köstliche Gabe!*

*Joseph war schon zur Zeit des Ungeheuers Cuspius Fadus [Prokurator von 44 bis 46 n. Chr.] gestorben, doch hoffte ich, in Arimathia von dem, was er gewußt hatte, noch einiges zu erfahren. Auch diesmal wandte ich mich zuerst um Auskunft an Duldul ibn-Waswasah, der viele Münzen von mir erpreßte, ehe er verriet, wo ich Josephs abgelegenes Landgut finden könne. Josephs Besitz war, ähnlich wie mein Gut, in eine Begegnungsstätte für Nazaräer umgewandelt worden. Xenon und ich schlossen uns einer Gruppe von Kaufleuten an, die unter dem Schutz einer Soldateneskorte reisten – in der Gegend, die wir durchqueren mußten, wimmelte es von Banditen –, und nach zweieinhalb Tagesmärschen erreichten wir Arimathia. Josephs Gemeinschaft war, wie wir fanden, eine rabbinische Schule für – mach dich auf eine Überraschung gefaßt, mein Bruder! – nazaräische Frauen!*

*5. Die Frauen sahen aus wie Beduinen – so vermummt, daß man nur ihre Gesichter und Hände erblickte. Ich hätte erwartet, die Schülerinnen eines solchen Instituts nicht sonderlich attraktiv zu finden. Bietet sich eine solche Gemeinschaft nicht an als Zufluchtsort für unverheiratbare Töchter und mittellose Witwen? Doch weit gefehlt! Manche dieser Frauen waren so schön, daß sie auch ohne Mitgift jederzeit einen Mann gefunden hätten; und nun leuchtete mir die Notwendigkeit einer uneinnehmbaren Befestigung des Orts ein, denn es gibt keinen Zweifel, was marodierende römische Soldateska diesem Hort schöner Helenen angetan hätte. Ich erinnerte mich der Verse, mit denen in meinen* Hebraika *König David sein Entzücken beim ersten Anblick der Töchter Jerusalems kundtut:*

*O Traube von Zyperblumen, dein Büschel Myrrhen,*
*wie von fern ich deine Düfte trinke und deine Narde rieche.*[2]

*Dergestalt waren die Schönheiten dieses Orts! Wie weise und trefflich, daß sie ihren Wert nicht beschmutzten auf jenem Marktplatz, wo ihn Heiratsvermittler verhökern und alle Frauen zu Tavernenhuren verkommen, mehr oder weniger. Wieviel schöner der fleckenlose Pfad der Keuschheit, die wahre Kirche als einziger Bräutigam!*

*6. Leider mochte ich die Leiterin der Gemeinschaft, Marjam, nicht besonders. Marjam war eine Schwester jenes Lazarus, den der Herr von einem unheilbar scheinenden Blutfluß geheilt hat.[3] Lazarus schien mir ein stiller, geduldig in die Herrschaft von Frauen ergebener Mann zu sein, und daß unser Meister gerade ihn einer besonderen Zuneigung würdigte, hat mich immer ein bißchen gewundert. Unerträglicher war seine Schwester Martha, zänkisch und herrschsüchtig in der eigentümlichen Mischung, die bei uns Juden so besonders häufig vorzukommen scheint. Mit Martha habe ich mich wiederholt gestritten, bei verschiedenen Versammlungen des Lehrers, bei denen sie sich um alle häuslichen Angelegenheiten kümmerte – Verpflegung, Wäsche, Näharbeiten und dergleichen. Im Rückblick muß ich sagen, daß es ein Segen war, daß die Frauen sich dieser Sachen annahmen, denn den Herrn kümmerten praktische Belange so wenig, daß Er es kaum gemerkt hätte, wenn Ihm die durchgelaufenen Sandalen und zerlumpten Kleider vom Leibe gefallen wären. Mit Martha habe ich's mir schon als Sechzehnjähriger ein für allemal verdorben durch eine vorlaute, harmlose Bemerkung über die Qualität einer Brühe, die sie uns einmal vorsetzte und die schmeckte, als wäre sie aus Aas und Heu zusammengekocht worden.*

*7. Marjam war die würdigere der Schwestern, aber mit dem beklagenswerten Ehrgeiz geschlagen, bei gelehrten Diskussionen unter Männern mitzureden. Ich fand sie, wie ich mich ihrer erinnerte, gut aussehend, wenn auch immer sehr ernst, eine der Frauen, die bei ihren alltäglichen Pflichten oder den ihnen gestellten Aufgaben niemals verträumt sind oder die gewöhnlichen Sorgen, die Gott zum Los des Weibes gemacht hat, auf die leichte Schulter nehmen. Sie erklärte zum Beispiel: »Manche deiner Behauptungen sind vollkommen falsch, das kann ich dir versichern.« (Sie sagte das in einem so hochmütigen Ton, wie ich ihn von keiner anderen Frau gehört zu haben mich erinnern kann.) »Du behauptest zum Beispiel, daß die Meditation über den Allerhöchsten bei jungen Frauen, wenn diese sich derselben reinen Herzens befleißigen, das Ausbleiben der Monatsblutung zur Folge hat.«*

*(Wie allgemein bekannt ist.)*
*»Es entspricht aber Gottes Plan«, erklärte mir Marjam, »daß wir sind, wie wir sind; es gefällt ihm, daß wir so sind. In meinen Unterhaltungen mit dem Lehrer habe ich von dessen eigenen Lippen gehört, daß das Gesetz, das so unaufhörlich mit unserer Unreinheit beschäftigt ist, nicht von Gott stammt, sondern gänzlich Menschenwerk ist.« (Aber solche Sprüche hört man heutzutage von den Frauen ja allenthalben.)*
*8. Marjam fuhr fort: »Unseren irdischen Vätern zufolge wären wir mehr unrein als rein. Wer einen Leichnam berührt, verunreinigt sich*[4] *– aber niemals sieht man Männer, die Sterbende trösten oder die Leichen der Verstorbenen salben. Alle Regeln bestätigen, daß wir unrein und unheilig sind, doch Er, welcher Sich Selbst hingab, schloß sich diesem Vorurteil nicht an.«*
*Du erwartest wahrscheinlich, mein Bruder, daß ich diese nach dem Muster der Schule von Jawneh*[5] *gegründete weibliche Gemeinschaft mißbillige, aber dem ist nicht so; ich will jene Frauen, die es ernst meinten, nicht tadeln. (Überhaupt hat sich meine Meinung hinsichtlich der Frauen und unserer Kirche ein wenig geändert, aber mehr davon, wenn ich bei dem Bericht von meiner Reise nach Ägypten auf Maria von Magdala zu sprechen kommen [siehe Fünf, 21–36]). Nein, eine gedämpfte Lobpreisung meinerseits soll der Gemeinschaft immerhin zuteil werden, wegen des von allen dort abgelegten Gelübdes der jungfräulichen Keuschheit, die nach meiner festen Überzeugung das Gerät zur Verfeinerung der Seele ist. Überdies schien Marjam meine Widerlegung aller Häresien gründlich zu kennen, was ja sehr für sie spricht.*
*9. Marjam führte mich durch ihr Kloster, aber unterdessen schien's mir geraten, Xenon fürs erste im entlegensten Küchenschuppen der Ansiedlung, so weit wie nur möglich entfernt vom Herzen dieser rein weiblichen Gemeinschaft, unterbringen zu lassen, und wahrlich, so war's würdig und recht. Zwei Schwestern führten ihn also zu den Kochtöpfen, während mich Marjam in ihre Kammer geleitete, wo auf zahlreichen Rollen allerlei Schrifttum vorhanden war. Ich bemerkte den* Ecclesiasticus, *eine ziemlich flüchtig angefertigte Abschrift der* Weisheit Salomos, *natürlich das häretische* Buch Esther, *(was in einem derartig unorthodoxen Etablissement ja nicht überraschen konnte) und viele andere Werke geringeren Gewichts. Sie fragte, ob ich Saulus' neuestes Sendschreiben sehen wolle. Meine ablehnenden Worte machten keinen Hehl daraus, daß das keines-*

*wegs der Fall war. Dieser verfluchte Saulus von Tarsus, der Große Häretiker, hatte Gewalt also auch hier![6]*

*Marjam rief aus: »Paulus läßt Frauen zum Diakonat und zum Kirchenvorstand zu! Der heilige Mann hat rings um das große Meer eine Kirche der Frauen erbaut. Und den Frauen wird das Wachsen und Gedeihen der Kirche zu danken sein!«[7]*

*10. Jerusalem, rief ich ihr in Erinnerung, schätzte als ersten unter den Jüngern des Herrn noch immer Petrus ein.*

*»Was hat denn Jerusalem uns zu sagen?« erwiderte sie in gleichgültigem Ton. »Die Kirche ist überall, wo menschliche Herzen Seine Lehre annehmen, und Führer ist, wer den Bettler an der Hand nimmt und ihn zu einer warmen Mahlzeit führt. Was? Soll denn wirklich dieser alte Narr Petrus, schwer von Begriff und unverständig wie der Felsen, von dem er seinen Namen hat, über uns sitzen wie ein aufgeblasener Pharisäer? Wie ich von einer nazaräischen Schwester aus Rom höre, geht unser Petrus dort in die pharisäische Synagoge im jüdischen Viertel, der ist doch bald Nazaräer, bald Pharisäer, wie es ihm gerade paßt! Paulus allein unter den Männern vermag die Lehren des Meisters in ihrer ganzen Tiefe zu erfassen.«*

*11. Saulus, der dem Meister nie begegnet ist! Wie ich in meiner Widerlegung aller Häresien unmißverständlich dargelegt habe, habe ich mit eigenen Augen gesehen, daß Saulus den Tempelpöbel anführte, als dieser fünf von uns bekehrte Heiden vor dem Stadttor steinigte. Ich habe auch mit eigenen Ohren gehört, daß Saulus die Nazaräer vor dem Sanhedrin der schlimmsten Verbrechen bezichtigte, ich habe gehört, wie er den Pharisäern zuredete, uns auszurotten; und, was wichtiger ist, einige meiner alten Schulkameraden, die dann gemeinsam mit diesem Saulus bei dem großen Gamaliel studierten, versichern mir, daß er keinen Funken menschlicher Wärme hat. Und ausgerechnet diesen Kilikier stellen sie uns jetzt wie einen neuen Typhon als unseren Vorkämpfer hin![8]*

*»Wenn du nur seine Rundschreiben lesen würdest«, sagte erwartungsgemäß Marjam. »Du würdest einen gewandelten Menschen kennenlernen!«*

*12. Aber mein Haupteinwand, den zu wiederholen ich nie müde werde, war dieser: Wenn man diesem Saulus von Tarsus göttliche Inspiration und Leitung zugestand, sprach man damit dem Erdenwallen des Meisters hohn. Denn das läuft doch auf die Behauptung hinaus, daß das Leben und die Sendung des Erlösers nicht hinreichend waren, Seine Kirche zu bilden, daß sich also der Allerhöchste verrechnet und eine zusätzliche Person habe in Anspruch nehmen müssen.*

*»Aber das ist doch genau, was der Allerhöchste gemacht hat«, sagte Marjam in aller Seelenruhe. »Ich bitte dich, glaubst du denn wirklich, daß die zwölf sich hinreichend bemüht haben? Jakobus war doch, ehe sie ihn steinigten, von einem Pharisäer kaum zu unterscheiden; Judas, Philippus und Nathanael haben meines Wissens Seiner Kirche nur eine Handvoll Seelen gewonnen, und die Neophyten, die wir den Bemühungen von Jakobus bar-Alphäus, Johannes und Thomas verdanken, machen uns doch nur lächerlich. Und wie steht's mit dir selbst, Matthias? Was wird von dir geschrieben werden?«*

*Ich referiere diese freche Antwort einerseits, um dich mit dem Charakter der Rednerin bekannt zu machen, andererseits aber auch, weil ich dieser demütigenden Einschätzung unserer Leistungen meine Zustimmung nicht ganz verweigern kann. Die Jünger stehen schließlich und endlich doch als ziemlich kläglicher Haufen da. Muß ich mich selbst bestrafen, indem ich dir, Josephus, in Erinnerung rufe, wie keiner von uns, Johannes allein ausgenommen, den Meister an den Ort der Hinrichtung begleitete? (Zu bedenken ist allerdings, daß Johannes damals zwanzig Jahre alt war, aber aussah wie fünfzehn, weshalb er damit viel weniger riskierte als einer der anderen; aus diesem Grund habe ich's allmählich satt, von Johannes und seiner Wacht am Kreuz zu hören.) Nein, vielleicht verließ sich der Allerhöchste Vater zu sehr auf das Urteil des Erlösers, wie denn auch der Erlöser sich zu sehr auf die fehlbaren, ungenügenden Menschen verließ, die Er auswählte, das Licht der Wahrheit in Seiner Abwesenheit weiterhin leuchten zu lassen.*

*13. Marjam sagte weiter zu mir: »Als ich hierher nach Arimathia kam, hörte ich, daß Nathanael[9] auf einem Bratrost geröstet ward, und dementsprechend haben wir Schwestern zu Gott gebetet, er möge den dafür Verantwortlichen vergeben. Dann, einige Jahre später, erfuhren wir, daß er in Griechenland in kochendes Pech geworfen worden sei. Dementsprechend beteten wir also erneut. Dann ist er, unterwegs zu den Medern, vor einem Jahr hier durchgekommen, quicklebendig und unversengt. Kürzlich haben wir nun die Nachricht erhalten, daß er sein glorreiches Martyrium von neuem angetreten habe, diesmal sollen ihm die Parther die Eingeweide aus dem Leib gerissen haben. Du selbst, Bruder Matthias, hast mit*

*deinem* Märtyrerkatalog *zu diesem Übelkeit verursachenden Märtyrer- und Reliquienkult wohl mehr als nur eine Kleinigkeit beigetragen.«*
*(Man ist doch zum Ausdruck eines gewissen Erstaunens angesichts der Gelehrtheit und Belesenheit dieser bemerkenswerten Frau genötigt.)*
*14. Indessen tadelte sie das erwähnte Jugendwerk nicht ganz zu Unrecht, indem sie zu mir sagte: »Die Hälfte von dem, was du darin verzeichnest, ist vollkommener Unsinn.«*
*Ich lasse diese Bemerkung stehen, weil ich inzwischen eingesehen habe, daß meine Quellen zweifelhaft waren, wenn ich auch zur Zeit der Niederschrift besagten Werkes noch keinen Grund hatte, an ihnen zu zweifeln. Gewisse Leiden verdienten, wie ich in dem fraglichen Werk darlegte, himmlischen Lorbeer, andere, vollständigere und gräßlichere, eine Krone, während die allergrausigsten mit einem Diadem belohnt wurden.*[10] *Einige, wie Jakobus, unser erster Märtyrer, dürfen im Angesicht des Throns sitzen, auf welchem der Meister nun thront in Erwartung des Gerichts, das Er über jeden von uns halten wird.*[11] *Ich fürchte, daß mich eine gewisse Schwärmerei überkam, als ich diese Abstufungen des Martyriums verbuchte, und bin jetzt, in reiferem Alter, nicht mehr so sicher, daß auf die mystischen Quellen und Rabbis, die ich bei der Kompilation meines Werks zu Rate zog, Verlaß war. Hinsichtlich der langen Traktate über die Martyrien unserer Kirche will ich nur bemerken, daß ich dafür Jakobus [bar-Alphäus] zu danken hatte.*
*15. Marjam fuhrt fort: »Warum sind Männer so? Ist es nicht genug, zu tun, was zu tun uns der Herr geboten hat? Was müßt ihr diese Phantasiegebilde errichten über Seiner Wahrheit, einer Wahrheit, wie sie einfacher und schnörkelloser gar nicht denkbar ist?«*
*Ich erwähnte, daß, wie sie wohl wisse, der Jünger Jakobus sich für die Mehrzahl meiner Berichte verbürgte.*
*»Dann solltest du nach Ptolemais gehen«, belehrte sie mich, »da schreibt dieser Sohn des Alphäus seine Traktate. Welche Kirche ist so klein, welche nazaräische Gemeinde so unbedeutend, daß sie von den Sendschreiben des Jakobus verschont würde? Eigenhändigen, wie ich wenigstens vermute! Martyrologien produziert der am laufenden Band, abwechselnd mit Aufforderungen zum Martyrium, doch beobachten wir Schwestern, daß er es sich selbst dabei an nichts mangeln läßt und im Laufe der Jahrzehnte dick und rund geworden ist! Er hat nämlich von einer ihm sehr ergebenen reichen Witwe ein herrliches Landgut geerbt.« Marjam schloß: »Als wenn*

*ihm das noch nicht reichte, hat er auch haufenweise Reliquien und Fetzen der Geschichte des Meisters gesammelt und nimmt eine Gebühr für die Erlaubnis, dieses ekelhafte Zeug zu küssen oder Wunden und Gebreste damit zu berühren.«*
*16. Ich beschloß auf der Stelle, Jakobus aufzusuchen, und sei es nur, um ihm eine Moralpredigt zu halten. Insgeheim freilich wollte ich in Erfahrung bringen, ob nicht vielleicht Jakobus wie ich selbst die anfängliche Inbrunst seines Glaubens verloren und sich deshalb der von Marjam getadelten zynischen Industrie zugewandt hätte.*
*17. Dann ging ich auf die Suche nach Xenon, der verschwunden war. Es dauerte eine ganze Weile, bis ich ihn fand, da er eben mit zweien von den Schwestern aus den Ställen kam; er war reichlich komisch anzusehen, da er auf Grund irgendeines jugendlichen Mißgeschicks über und über mit Heu bedeckt war. Ich fragte ihn, ob die Besichtigung ihm Spaß gemacht habe, und ersuchte ihn, mir über die bemerkenswertesten Eigentümlichkeiten der Gemeinschaft Bericht zu erstatten. Dabei versagte er kläglich. (Die Unaufmerksamkeit der heutigen Jugend ist nachgerade erschrekkend. Die Kinder werden nicht mehr dazu erzogen, auf Einzelheiten zu achten. Ich frage mich, ob aus dieser arbeitsscheuen Generation auch nur ein einziger Historiker hervorgehen wird.) Er konnte sich auf Anhieb nicht einmal erinnern, was sie ihm zu essen gegeben hatten, und wußte mir auch die Namen der Schwestern nicht zu nennen, die so viel Zeit für seine Unterhaltung geopfert hatten, während ich mit ihrer Oberin sprach. Ich hatte gehofft, daß ihre beispielhafte Jungfräulichkeit – unüberwindlicher Triumph! – ihn beeindrucken würde, doch errötete er nur tief, als ich das Thema zur Sprache brachte.*
*So unschuldig sind diese jungen Burschen vom Lande!*
*18. Am folgenden Abend erreichten wir das bescheidene Städtchen Apollonia und blieben dort ziemlich eine Woche bei nazaräischen Glaubensbrüdern.*
*Zu Beginn des Monats Tisri [im September 67 n. Chr.] nahmen wir ein Schiff, das uns nach Ptolemais brachte, wo es von kürzlich eingetroffenen Römern wimmelte, die wie eh und je darauf brannten, die jüdischen Aufstände ein für allemal niederzuschlagen. Du, mein Bruder, hattest schon die priesterlichen Gewänder ausgezogen und die Tunika eines Generals angelegt.*
*Die nazaräische Synagoge zu Ptolemais war voller hysterischer alter*

*Leute, die davon überzeugt waren, daß das Ende der Zeiten angebrochen sei; hatte doch der Meister gesagt, Seine Generation werde die Zerstörung Jerusalems erleben, und in jenen Tagen meinte man, Gott werde eher mit der Welt ein Ende machen, als untätig dabei zusehen, wie die Heiden den Tempel demolierten.*[12] *Die Gemeindeältesten verbreiteten Geschichten von Schlünden, die sich in der Erde auftun und das mittelländische Meer verschlingen würden; jeder Bergesgipfel wurde verdächtigt, Feuer speien zu wollen, aus jeder dunklen Wolke erwartete man Pech und Schwefel niedergehen zu sehen. Es hieß, daß in der Woche der Ankunft der römischen Legion ein Mutterschaf gekalbt und eine Kuh gelammt habe, beide Mißgeburten seien alsbald getötet und ihre Köpfe dem Sohn des Alphäus zugeschickt worden für seine Sammlung von Zeichen und Wundern und Reliquien.*[13]

*19. Auf der höchsten Erhebung am Rande von Ptolemais liegt ein ansehnlicher Besitz; mehrere Villen liegen dort inmitten von Zedern und Zypressen. Wie wir erfuhren, hatte eine römische Witwe, die mit einem Juden verheiratet gewesen war, das Anwesen der nazaräischen Gemeinde als Versammlungsort hinterlassen; und dazu diente es in der Tat jeden Freitag. Ansonsten wohnte dort sehr prächtig Jakobus bar-Alphäus, der tüchtigste und gerissenste der Jünger.*

*Während viele der zwölf einfache Leute, ungeschliffene Männer vom Lande waren, wie Thomas oder Simon oder auch der tölpelhafte alte Petrus, ließ sich Jakobus bar-Alphäus seine bescheidene Herkunft nicht anmerken und hatte sich im Selbststudium auch eine beachtliche Schriftgelehrtheit erworben. Seine Mutter hätte ihn zweifellos gern unter den Pharisäern gesehen, doch unterschätzte sie die Tiefe des Abgrunds, der Männer vom Schlage ihres Sohnes – galiläisches Landvolk – von den feinen Leuten in Jerusalem trennt.*[14] *Dennoch hatte er es jedenfalls zu einem Leben in Reichtum und Behaglichkeit gebracht, wie seine füllige Gestalt und sein gichtiges Hinken verrieten. Seine Augen allerdings waren noch dieselben, derer ich mich aus unseren jüngeren Jahren erinnerte, so wach und aufmerksam, als könnten sie nicht nur sehen, sondern auch hören.*

*20. Xenon war müde und aß in der Küche und schien an der ungehobelten Unterhaltung der gleichaltrigen Küchenjungen seinen Spaß zu haben. Ich ließ ihn deshalb in deren Gesellschaft und war's zufrieden, daß er in der Kammer dieser neuen Freunde übernachtete. (Wobei ich mir in Erinne-*

*rung rief, daß man auf langen Reisen seinem Schreiber hin und wieder einiges Vergnügen gönnen muß, da er sonst die Lust an der Missionsarbeit verlieren mag.)*

*Unterdessen ließ mich Jakobus einen Blick auf seine Reliquiensammlung werfen. Er hatte einen ganzen Haufen Tücher, die während Seiner Hinrichtung mit dem Blute des Meisters getränkt worden waren, sowie ein mit Seinem Blut gefülltes Fläschchen, das zwar eingetrocknet war, doch wenn man es von neuem verflüssigte, heilende Kräfte von ungewöhnlicher Intensität entfaltete. Außerdem gab es in dieser Sammlung Sandalen, Stückchen von einem Gewand, einen Wanderstab von einem Ast des Baums, aus dem das Kreuz gemacht ward*[15] *– wie schon zuvor der Stab des Moses –, sowie Haarlocken und Stücke der Kleidung der Mutter des Meisters, von welchen Reliquien sich verzweifelte unfruchtbare nazaräische Frauen Kindersegen versprachen.*

*21. Auch eine Blechbüchse zeigte mir Jakobus, sie enthalte eine Hand des anderen, als Märtyrer des Glaubens gestorbenen, Jakobus, des ehemaligen Führers der jerusalemitischen Gemeinde; ob ich die kostbare Reliquie sehen und küssen wolle, fragte er.*

*Die abgeschnittene Hand war in Balsam konserviert, der den Aasgeruch durch seinen balsamischen Duft wohl verdrängen sollte, doch resultierte aus der Mischung ein Gestank, der einem die Büchse schon von drei Meilen gegen den Wind widerwärtig gemacht hätte. Ich erklärte Jakobus, daß dem Gesetz zufolge die Berührung von dergleichen verunreinige – wobei kaum vorstellbar ist, daß der Gesetzgeber so frevelhaftes Verhalten auch nur für menschenmöglich gehalten hat! Ich sagte, daß ich die Hand durchaus nicht sehen, geschweige denn küssen wollte, und ermahnte Jakobus, von seiner Grabräuberei und Leichenfledderei abzulassen.*

*»Ach«, sagte Jakobus darauf zu mir. »Wie ich sehe, rühren diese Sachen dich, meinen Freund und des Meisters großen Jünger, nicht die Bohne. Doch manche freuen sich ihres Anblicks kaum weniger, als schauten sie den offenen Himmel!«*

*22. Jakobus fand keine meiner Bemerkungen – von denen etliche doch ziemlich scharf waren – im mindesten beleidigend. Ich sah seine Hausbedienten – alles junge syrische Frauen – und sparte mir die Frage, wie er's mit der Keuschheit halte. Statt dessen redeten wir von seinen Schriften und von den Textausgaben der überlieferten Zeugnisse vom Leben und Wirken des Meisters, die sein Scriptorium veröffentlichte. In seiner Bi-*

*bliothek bemerkte ich die unvermeidliche Sammlung hohler Sprüche des aufgeblasenen Johannes, verschiedene Schriften des januskópfigen Saulus-Paulus, der vor allem den Ehrgeiz zu haben scheint, mit seinen Bemühungen Bücherregale zu füllen. Schließlich allerdings zeigte mir Jakobus, daß er auch meine eigenen Sendschreiben und sonstigen literarischen Arbeiten sammelte, womit er meinen polemischen Eifer um eine Kleinigkeit besänftigte. Ich fragte ihn allerdings, ob ihm die Zweifelhaftigkeit einiger der Quellen seiner – und so später meiner – Berichte über die seligen Märtyrer bekannt sei.*

*»Meine Quelle ist die Arena da drüben«, sagte Jakobus. »Je gräßlicher das Ende, je aufgeregter die Menge, desto sicherer die Legende. Meine Briefe und Berichte zirkulieren in allen Ländern rings um das große mittelländische Meer. Ich meine, ich darf, ohne zu übertreiben, behaupten, daß ich viele zu unserer Lebensweise bekehrt habe. Nein, ich werde noch mehr behaupten: Ich habe der nazaräischen Kirche mehr Seelen zugeführt als irgendein anderer Jünger, und niemand kann diese Behauptung widerlegen.«*

*Und tatsächlich würde ich nun, da ich ziemlich weit in der Welt herumgekommen bin, traurig einräumen, daß viel für die Wahrheit dieser Behauptung spricht.*

*23. Dort in Ptolemais, einer Hafenstadt der Phönizier, wo das judäische Gesetz nicht mehr gilt, gedeihen unzählige Sünden, Laster und gottlose Frevel, von denen vielleicht die Gladiatorenspiele die schlimmsten sind, wo Gefangene gefoltert und heilige Männer den wilden Tieren zum Fraß vorgeworfen werden, nur um den unstillbaren Blutdurst der Römer zu stillen. Jakobus erzählte mir, daß unter den Verbrechern, die am folgenden Nachmittag in der Arena sterben sollten, auch etliche Nazaräer sein würden.*

*Er sagte zu mir: »Du, lieber Bruder Matthias, solltest diesen Spielen einmal beiwohnen und dir ansehen, was unseren Eroberern als leichte Unterhaltung gilt.«*

*Ich sagte, daß meine Anwesenheit ihnen ja nur ermöglichen würde, auch mich den Märtyrertod sterben zu lassen.*

*Und Jakobus erwiderte: »Im Gegenteil, du bist ein Mann von großem Vermögen und Ansehen, und dein Bruder ist ein Günstling der Kaiserin.*[16] *Ja, es heißt sogar, er sei praktisch der Geliebte Neros selbst gewesen.«*

*(Solche Bemerkungen sollten dich lehren, lieber Bruder, wie du, trotz*

*deiner vorübergehenden militärischen Anstrengungen im Dienste deines Vaterlandes, bei unserem Volk angesehen bist.)*

*24. Jakobus fuhr fort: »Nein, du hast nichts zu befürchten. Metilius[17] will an den paar Nazaräern nur ein Exempel statuieren und hat nicht die geringste Lust, gerade hier den Ausbruch des wer weiß wievielten jüdischen Aufstands zu provozieren. Übrigens glaubt er sogar, daß er, wie auf die Samariter, auf die Nazaräer als Bundesgenossen gegen die Judäer rechnen kann, da diese ja aus ihrer abgrundtiefen Verachtung jener keinen Hehl machen. Und es kann gut sein, daß Metilius sich nicht irrt.«*

*Ich fragte, was mit unseren nazaräischen Brüdern am folgenden Tag in der Arena geschehen werde.*

*Er sagte mir: »Im Vergleich zu der Beschreibung, die ich davon zu liefern gedenke, wird das Spektakel zahm sein. Die Römer haben den Dieb Palidorus gefaßt, einen wenig liebenswerten syrischen Halunken. Die Menge wird für diesen Bengel kaum Partei ergreifen. Ich habe ihn schon heute früh besucht und ihm für etwas Bargeld, das seiner Mutter zugute kommen wird, eine Menge Reliquien seiner selbst abgekauft.«*

*»Seine arme Mutter!«*

*Jakobus sagte zu mir: »Im Gegenteil, sie ist die schlimmste Säuferin und Kupplerin an dieser Küste. Keiner von den beiden ist wirklich nazaräisch. Aber sie sind ein- oder zweimal zu den Versammlungen hier gekommen. Und dann ist da noch die Jungfrau Rachel.«*

*Ich machte meiner Entrüstung über den einer Jungfrau drohenden grausamen Tod mit besonderem Nachdruck Luft. Jedenfalls sollte sie die Krone des Martyriums, mit einem hundertfältigen Diadem geschmückt, tragen!*

*25. Aber Jakobus sagte zu mir: »Diese Rachel, mein Bruder, wünscht sich schon seit einer ganzen Weile nichts sehnlicher als den Märtyrertod. Man hat sie in Tyrus schon einmal den wilden Tieren vorgeworfen, die sich dort aber geweigert haben anzubeißen.«*

*Ob er darin nicht ein göttliches Wunder erblicke?*

*Jakobus verneinte. Er sagte zu mir: »Rachel ist eine verblühte Frau, mehr als fünfundzwanzig Jahre alt.« Dann fuhr er fort, als erzähle er einen Witz, über den wir beide lachen könnten: »Normalerweise stecken die Römer unsere Jungfrauen in ein Hurenhaus und lassen die Legionen sich mit ihnen amüsieren. Aber Rachel wollen sie gleich in die Arena schaffen, wo sie auf eine Spule abgewickelt werden soll.«[18]*

*26. Dann sagte Jakobus zu mir: »Du scheinst neuerdings meine Märtyrerakten heftig zu mißbilligen, aber ich schicke sie dir doch schon seit Jahren zur Vervielfältigung und Benutzung bei der Predigt des Evangeliums. Sind sie dir denn wirklich nicht von Nutzen gewesen? Denk doch bloß an Mariamne, die in einen Ofen gesetzt ward, so daß nur der Kopf oben herausschaute, welchen Ofen man dann langsam heizte. Und wie fandest du denn die Geschichte von dem Jungen Jonathan, der noch nicht fünfzehn war, als man ihn auf den Boden pfählte, mit Aas bedeckte und dann hungrige Raubvögel auf ihn losließ?*
*Hast du denn nicht gemerkt, daß solche Verfolgungen das Wachstum unserer Kirche unerhört verstärkt und beschleunigt haben? Ich verspreche dir, mein lieber Matthias, daß, falls du dich selbst, wie Onias der Gerechte und die Pharisäer früherer Zeiten*[19]*, als Märtyrer aufopfern wolltest, eine Vielzahl von Gebeten dir sicher wären. Reihenweise würden die Pilger hier anstehen, ihre Tränen in deinen blutbefleckten Mantel zu weinen. Reizt dich die Aussicht nicht? Aber vielleicht glaubst du ja nicht, was du in deinem Märtyrerkatalog geschrieben hast. Glaubst du nicht, daß dein eigenes Martyrium dir einen Platz auf dem sechsten Thron einbringen würde und eine perfekte Krone von feinstem Porphyr dazu – oder war es Chrysolith?«*
*(Ich weiß nicht, ob Jakobus sich mit diesen Äußerungen über mein Jugendwerk lustig machen wollte, von dem ich mich schließlich schon selber distanziert habe, obwohl manche Teile desselben noch immer ihren Wert haben und allgemein zugegeben wird, daß es als rein literarische Leistung eines Autors, der Griechisch nicht als Muttersprache schreibt, ganz außerordentlich verdienstlich ist.)*
*27. Was die eigenen Schriften des Jakobus angeht, so habe ich hier keine zur Hand, aber ich nehme an, daß du dergleichen Erzählungen kennst.*[20] *Eine nackte junge Frau wird in die Arena geführt und an einen Pfahl gebunden, die Menge brüllt, denn schließlich ist das genau, was der heutige verdorbene Publikumsgeschmack fordert. Dann wird ein Stier aus dem Käfig gelassen und droht sie auf die Hörner zu nehmen. »Hinweg mit dir, o du vom Teufel besessenes Untier«, ruft sie aus – oder irgendeinen ähnlichen Unsinn –, und lammfromm leckt ihr der Stier die Hände. Dann wird ein wilder, hungriger Löwe auf sie gehetzt. »Hebe dich hinweg, o edles Tier, und trotze nicht dem Willen deines Schöpfers« usw. Und der Löwe wendet sich gegen seine römischen Wärter und verspeist deren fünf.*

*Dann wird ein Soldat in die Arena geschickt, der ihr das Fleisch mit glühenden Harken kämmen soll. Doch ein Blick in ihre Augen überwältigt den Soldaten, und er fragt sie: »Woher, edle Dame, nimmst du so viel Kraft?« Und sie sagt: »Aus einer Liebe, höher als der Gott Abrahams, und mit Hilfe des Menschensohns aus dem Hause Davids, der uns dereinst alle richten wird, Juden und Heiden.« Und so lobpreist sie Gott, bis der Henkersknecht bekehrt ist und seinerseits das Martyrium begehrt. Und also befiehlt der Kaiser – denn den Vorsitz hat in diesen Geschichten immer ein sehr hohes Tier, meist sogar der Kaiser höchstpersönlich, aber niemals der subalterne zweite Sekretär des Prokurators, den man in der Wirklichkeit bei solchen Veranstaltungen gewöhnlich nur zu sehen bekommt –, befiehlt also der durch ihre edle Standhaftigkeit bis aufs Blut gereizte zweite Sekretär des Prokurators, ich meine natürlich, der Kaiser, ihr ohne weiteren Firlefanz den Kopf abzuschlagen. Und unter frommen Gebeten läßt sie das dann, ohne mit der Wimper zu zucken, geschehen.*
*Es sind das die gleichen Geschichten, die während der Verfolgungen unter Antiochus IV. die Peruschim in Umlauf brachten, über alles glaubwürdige Maß hinaus fabelhaft ausgeschmückt und aufgeblasen. In Askalon kann man den Strick küssen, an den Simon ben-Scheta allein aus eigener Kraft achtzig Hexen hängte; in Jericho kann man eine Zitrone mit den Lippen berühren, die ein dafür mit dem Märtyrertod belohnter Pharisäer nach jener bösen Wurzel, dem Alexander Jannäus, warf, als derselbe sich erfrechte, beim Laubhüttenfest als Hoherpriester amtieren zu wollen.*[21]
*Ich kann zuversichtlich sagen, daß, unbeschadet des blühenden Handels unseres Jakobus, unsere Kirche diesen überspannten Kult der Märtyrer und ihrer Reliquien nicht mehr lange nötig haben wird, gottlob!*
*28. Schlimmer allerdings als Jakobus' Reliquienhandel ist die Unzuverlässigkeit seiner evangelischen Schriften. So hat er in seiner Bibliothek eine Schrift über das Leben Mariens, der Mutter des Herrn, darin eine Geschichte der von Ihm schon im zartesten Alter vollbrachten Wunder; in jenem Buche ist buchstäblich kein Wort wahr.*
*Da diskutiert der Erlöser schon als Säugling mit den Schriftgelehrten, macht aus Ton Vögel, die dann davonfliegen (wie alle jüdischen Mystiker seit über hundert Jahren solche Vögel gemacht haben), tötet Spielkameraden, um sie wieder zum Leben zu erwecken, und was dergleichen Fabeln mehr sind.*[22] *Jakobus beendet sein Evangelium mit absurden Mären über den Esel, auf dem der Meister in Jerusalem einzog: Die Leute liefen ihm*

*auf der Straße hinterdrein, um die Goldmünzen und Diamanten aufzusammeln, die das gute Tier fallen ließ, jedesmal wenn es den Schwanz hob. Aber schon vorher ist an solchen Wundern kein Mangel. Die Fische, die Andreas und Petrus fingen, als sie in Anwesenheit des Herrn die Netze auswarfen, sangen hosianna! Der Jordan ändert seine Richtung, dem Erlöser zuliebe. Der Herr geht auf dem Wasser zu Johannes dem Täufer, der im Jordan steht, worauf dann auch dieser sich auf die Wellen stellt, doch nicht lange, denn er ist nicht der Gesalbte Gottes und geht daher gleich wieder unter ...*[23] *Es ist unmöglich, alle diese lächerlichen Auswüchse aufzuzählen.*

*29. Eine von Jakobus' Erfindungen war mir besonders anstößig, weshalb ich ihn mit besonderer Strenge tadelte: Sechs persische Magier sollen die Geburt des Meisters durch ihre Aufwartung dabei geheiligt haben. Dem kann nicht entschieden genug widersprochen werden! Die dämonischen Magier der Perser in das Leben des Meisters einzuführen, als wäre deren Zustimmung zu Gottes Heiligem Willen erforderlich!*[24]

*»Aber, mein Bruder«, sagte Jakobus zu mir. »Wir machen große Fortschritte in Persien, wo sie den Meister schon höher achten als ihren eigenen Mithras! Ich habe ihnen ein Stück von einer seiner Windeln nach Gabae [Isfahan] geschickt, daß sie's da anbeten. Die harmlose Geschichte von den Weisen aus dem Morgenlande dient also einem guten Zweck! Vielleicht gelingt's uns so, ein großes Stück Volk in Abrahams Schoß zu führen!«*[25]

*30. Mein Sarkasmus war wohl unüberhörbar, als ich sagte, ich hätte seiner Darstellung mit großem Interesse entnommen, daß der Meister gleich nach der Geburt mit Seinen Eltern habe nach Ägypten fliehen müssen.*

*»Er muß nach Ägypten«, erklärte mir Jakobus, »denn der Prophet Jesaja hat gesagt, daß der Messias aus Ägypten kommen werde. Also habe ich geschrieben, daß die Eltern des Meisters vor dem Zorn des Herodes mit dem Neugeborenen nach Ägypten flohen.«*

*Ich protestierte. »Hunderte von Meilen durch die Wüste in Feindesland sollen sie Zuflucht gesucht haben? Hier in Ptolemais, keine dreißig Meilen weit, wären sie in größerer Sicherheit vor Herodes gewesen als bei den Ägyptern. Wie kannst du erwartet haben, daß dir jemand den Unsinn glaubt, den du da geschrieben hast?«*

*31. Darauf sagte Jacobus zu mir: »Matthias, mein Bruder, es ist äußerst*

*strittig, sogar unter Nazaräern, ob der Sohn Josephs tatsächlich der ersehnte Messias war. Er ist allerdings vom Stamme Davids und aus Bethlehem gebürtig, aber viele Prophezeiungen hat er weniger offensichtlich erfüllt. Es ist also wichtig, daß das Leben, das wir beschreiben, möglichst viele Prophezeiungen möglichst unmißverständlich erfüllt – habe ich recht? Unser Lehrer war nicht armer Leute Kind. Wir wissen, daß Sein Vater Zimmermann war und im Geld schwamm![26] Seine Mutter war, sagen nun die Sadduzäer, schon vor der Hochzeit schwanger ...«*
*Was für Lügen werden sie nicht erzählen?*
*Jakobus fuhr fort: »Seine Feinde sagen, er sei der Bankert einer Hure vom ägyptischen Hof und eines Römers. Sie sagen, Maria gebar ihn allein, verlassen von ihrem Freier; verachtet und verspottet von ihrer Familie und ihrem Dorf, habe sie sich am Wegesrand niedergehockt und sich mit einem Strick an den Stamm einer Palme gebunden, um dann, so gestützt, zu entbinden.«[27]*
*32. Ich fragte, ob Gott irgendwelcher Täuschungen bedürfe, um aus dem Menschensohn mehr zu machen, als Er ist. Sei doch, was Er gewesen sei, das Allerhöchste schon gewesen!*
*Jakobus sagte darauf: »Die Nazaräer des Kreises um Johannes Markus in Damaskus sind der Überzeugung, daß der Messias von einer Jungfrau geboren sein muß, ich meine, einer Jungfrau, die nie ein Mann erkannt hat, wenn du verstehst, was ich sagen will.«*
*Natürlich, warum sollte Er von schlechteren Eltern sein als Mithras und Osiris und Tammuz, die bekanntlich, einer wie der andere, Söhne von unberührten Jungfrauen sind![28]*
*33. Jakobus fragte mich: »Wie sollen wir die Heiden erreichen, deren Religionen solche Wunder haben, wenn nicht durch die Mysterien der Geburt des Herrn? Du selbst hast Seine Mutter Maria stundenlang von ihrem kleinen Engel reden hören – versuche aber einer, daraus ein Evangelium zu machen! Seine Geburt ist im Grunde ohne wirkliches Interesse, weshalb sollen wir sie also nicht ein bißchen interessanter machen, um die Heiden für ihn zu interessieren, denen man übrigens, unter uns gesagt, jeden Bären aufbinden kann. Viel schwerer würde es nämlich sein, mein lieber Matthias, sie dazu zu bringen, eine deiner gelehrten Abhandlungen zu lesen.«*
*»Doch«, sagte ich, »nichtsdestoweniger wäre es mir lieber, wir könnten sie in das Reich bringen, in dem wir sie einfach lieben.«*

*Jakobus erwiderte darauf: »Geh hin, und versuche deine römischen und syrischen Nächsten zu lieben heute abend in Ptolemais, und sieh zu, wie weit du damit kommst. Gerade du solltest mir nicht Nächstenliebe predigen. Ich habe nie einen hochmütigeren Mann gekannt als dich, Bruder Matthias. Du machst ja keinen Hehl daraus, daß du dich für besser hältst als irgendeinen anderen von den Zwölfen, einschließlich meiner selbst mit meiner geringen Geburt! Das würde ich gerne erleben, wie du die Bekehrung der Heiden allein mit brüderlicher Liebe in Angriff nimmst.«*

*34. Mein Josephus, als angehender Historiker wirst du wissen, was ich, dein Bruder, schon seit geraumer Zeit weiß, daß nämlich in diesem elenden Lande nach dem Tode eines bedeutenden Mannes – sei er ein Prophet, König oder Rabbi – keine zehn Jahre vergehen, ehe wir ihn mit Kränzen und Girlanden von Legenden und Mythen aufputzen wie einen General der alten Zeit. Und wieviel Sorgfalt ich auch für meine eigene Geschichte aufwende – werde ich jemals wissen, wie alles wirklich gewesen ist? Ach, hätte ich nur dem Meister mehr Fragen gestellt! Wie wünschte ich, jedes Wort gehört zu haben, das Er gesprochen hat!*

*Wie ich dir schon früher einmal geschrieben habe, Josephus, habe ich nur eine einzige lange Unterredung mit dem Lehrer der Rechtschaffenheit gehabt, und mit der Zuversicht des Sechzehnjährigen verließ ich mich dabei auf mein Gedächtnis – jetzt bedauere ich zutiefst, daß ich nicht – wie Matthäus und Johannes – jede Seiner Äußerungen sofort aufgeschrieben habe. Bei den wenigen Gelegenheiten, da ich mit dem Lehrer allein war, war Er reine menschliche Güte, bei keinem anderen habe ich je eine solche Ausstrahlung von Liebe und Reinheit erlebt. Die Ehrfurcht lähmte mir die Zunge, so daß ich nur Allgemeinplätze und Banalitäten herausbrachte. Wie gering muß deshalb der Größte unter uns von deinem elenden Bruder gedacht haben!*

*35. Am nächsten Morgen fand ich Jakobus, den die Gicht nicht hatte schlafen lassen, schon vor Sonnenaufgang auf der Terrasse, die Aussicht auf das Meer gewährt. Ich fragte ihn, ob er nicht doch etwas von der wahren Kirche im Herzen habe; ob ihm nicht die Freundlichkeit und Liebe des Erlösers erinnerlich seien. Was, fragte ich, wenn nun der Lehrer der Rechtschaffenheit wiederkäme, wie er's verheißen hat, und Jakobus' schamloses Geschäft sähe, wie er die Römer schmierte, die Martyrien aufdonnerte und von alledem in Glanz und Reichtum lebte?*

*Ohne zu zögern, erwiderte mir Jakobus: »Du tust mir unrecht. Was ich hier mache, ist, was alle frommen Männer tun, genauso hat man von Daniel und Elias Märchen erzählt, genauso hat Esra ganz nach seinem Geschmack die Spreu vom Weizen gesondert.[29] Denn solche Fabeln sind es, welche die Massen bewegen.«*

*36. Jakobus führte mich an die Brüstung der Terrasse, und wir blickten auf Ptolemais hinab, das sich nun kurz vor Sonnenaufgang zu regen begann. An den Hängen krähten die Hähne, und man hörte die Glocken des Viehs, das sich den Schlaf aus den Gliedern schüttelte.*

*Angesichts dieser friedlichen Szene fühlte sich Jakobus zu folgendem Geständnis bewegt: »Nein, mein Bruder, schon seit langem erfüllt der Herr mein Herz nicht mehr in der Weise, von der du sprichst. Ich blicke zurück auf jene Tage und finde, daß wir damals jung waren und hoffnungsvoll und ganz gewillt, all das zu sehen, das wir sahen. Ich wollte so sehr an der Seite des Gesalbten gehen – du kannst dir das gar nicht vorstellen! Dazu hatte meine Mutter mich erzogen. Und als wir zum Passahfest in Jerusalem einzogen, als die Menge Seinen Namen sang und das Knie vor Ihm beugte ...*

*Doch dann erklärte Er den Priestern, daß Er den Tempel zerstören und in drei Tagen wieder aufbauen könne.[30] Das geschah aber nicht, und mit einemmal erschien Er mir als ein Mann, der sich täuschte. Heilig und mit ungeheurer Kraft begabt, aber doch im Irrtum hinsichtlich Seiner Rolle. Und der Pöbel, als Er diesen wunderbaren Abriß und Wiederaufbau nicht zu sehen kriegte ... es war der gleiche Pöbel, der die Straßen säumte, um Ihn anzuspeien und zu verspotten, als Er sein Kreuz zum westlichen Tor tragen mußte. Und durch meine Schriften und wundertätigen Reliquien werde ich Ihn an diesem Pöbel rächen und dafür sorgen, daß er vor Ihm zu Kreuze kriecht; mit Heulen und Zähneklappern.«*

*37. Und was er von der Auferstehung des Lehrers der Rechtschaffenheit aus dem Grabe denke, fragte ich. Jakobus sagte zu mir: »Diese wenigen Stunden in diesen seltsamen Tagen, da Er wiederum erschien, vergingen wie in einem Traum. Da kannst du jeden beliebigen Seiner Jünger fragen, Matthias. Keiner wird dir die gleiche Geschichte erzählen! Über das, was da passiert ist, ist jeder anderer Meinung.«[31]*

*Seine Antwort fürchtend fragte ich weiter, ob nach seinem Gefühl die Auferstehung des Herrn eine Illusion oder, noch schlimmer, vorgetäuscht gewesen sei. Denn ich sei ja nicht dabeigewesen.*

*Jakobus sagte zu mir: »Nein, es war keine Illusion. Ich bin ganz sicher, es war Er. Obwohl ich's in manchen Nächten selbst nicht glauben möchte. Es ist seltsam. Daß ich Ihn von den Toten erstanden gesehen habe, hat es mir nicht leichter gemacht, die Tatsache anzuerkennen.«*
*Hier umarmte er mich und gab mir den brüderlichen Friedenskuß.*
*38. Und Jakobus sagte beim Abschied: »Denke an die zukünftigen Jahrtausende, Matthias. Wie wir Moses verehren, werden sie den Meister verehren, und wieviel leichter werden sie es haben! Sie, die Ihn nie gekannt haben, können sich Ihn auf den Wolken vorstellen, von Engeln emporgetragen, himmlischen Glanz verbreitend, während wir armen Seelen Ihn bei Seiner leiblichen Notdurft sahen, schnarchend unter einem Baum, über einen von Petrus' hoffnungslosen Witzen lachend. Du mißbilligst mein Treiben noch immer, aber ich gebe den zukünftigen Generationen einen Glauben, der für sie faßlich sein wird. Ich schaffe ihnen das Bild eines Meisters, das ihnen einleuchten wird.«*
*Und so, jeder bei seiner Auffassung des geistlichen Amts verbleibend, schieden wir in Frieden voneinander.*
*39. Xenon und ich gingen dann zum Hafen hinunter. Xenon hatte mit den gutmütigen Hausbediensteten in Jakobus' wohlversehenem Weinkeller geschlafen, wohl wegen der dortigen Feuchtigkeit aber leider nicht sehr erholsam, denn der Junge wurde vormittags wiederholt von heftiger Übelkeit befallen und blieb während des ganzen Tages reizbar, brachte kein klares Wort heraus und schien fürchterliche Mühe zu haben, die Augen offenzuhalten. (Ich bin froh, daß ich in meinem Alter nicht mehr so viel Schlaf brauche wie die jungen Leute.)*
*40. Ich muß dir gestehen, daß die Erinnerung an Jakobus mich bis auf den heutigen Tag nicht in Ruhe läßt. Spät in der Nacht erscheint mir sein Bild, wie er bei Kerzenschein eifrig irgendeine neue Fabel zu Papier bringt, die irgendeine alte Prophezeiung bestätigt, wie er lachend einen Hundeknochen in ein kostbares Futteral steckt und als Reliquie eines seligen Märtyrers deklariert – und mit alledem die Religion zu befördern meint. Ich frage dich als einen, der, genau wie ich, selbst Geschichte schreibt und an Gott glaubt, Josephus: Ist es wirklich immer so gewesen? Legenden und Mirakel von anonymen frommen Männern, die es gut meinten, doch der Wahrheit damit schlechte Dienste leisteten?*

# Italien

Bring an die Orte mich, die du genannt,
Und laß mich bald Sanct Petri Pforte sehen,
Er ging; ich säumte nicht, ihm nachzugehen.

DANTE,
*Göttliche Komödie;* Hölle, 1, 133–136 (1320)

Die größten Reisenden sind nicht über die Grenzen ihrer eigenen Welt hinausgekommen; sie sind den Pfaden ihrer eigenen Seelen gefolgt, von Gut und Böse, Moral und Erlösung.

CARLO LEVI,
*Christus kam nur bis Eboli* (1947)

Dann bemerkte der Magnifico Giuliano: »Dem könnte man hinzufügen, was Nicoletto zu sagen pflegte, daß wir selten einen Advokaten finden, der in eigener Sache vor Gericht steht, einen Arzt, der Arznei nimmt, oder einen Theologen, der ein guter Christ ist.«

BALDASSARE CASTIGLIONE,
*Der Hofmann,* 2. Buch, § 66 (1528)

Ich bin wie Gott, so einsam wie er, so eitel und so verzweifelt, unfähig, eines von meinen Geschöpfen zu sein. Sie wohnen in meinem Licht, während ich in unerträglicher Finsternis wohne, der Quelle jenes Lichts.

UMBERTO ECO,
*Das Foucaultsche Pendel* (1989)

Irgendwann in den noch dunklen frühen Morgenstunden erwachte O'Hanrahan, groggy von einer Viertelliterflasche Brandy. Der Zug stand. Es war kalt.

O'Hanrahan sah sich in dem Abteil erster Klasse um. Ein Mann, der sich auf zwei Sitzen ausgestreckt hatte, zugedeckt mit seinem Mantel, und leise schnarchte, wirkte eher gequält als friedlich. Ein deutscher Teenager mit Brille und Rucksack, in T-Shirt und Shorts, schlief ebenfalls, die langen, mageren und hell behaarten Beine von sich gestreckt. Neben O'Hanrahan saß eine Frau in würdiger Haltung, die Augen geschlossen wie in höflicher Meditation, eine Veteranin des Nachtzugs. Der Professor, der am Fenster saß, prüfte nach, ob es auch wirklich ganz geschlossen war. Sie mußten irgendwo in den Alpen sein, vermutete er. Mit dem Finger hob er das Rouleau ein wenig, um hinauszuspähen auf eine Szenerie, wie sie jedem Zugreisenden auf dem Kontinent vertraut war: eine Grenzstation irgendwo, fluoreszierende Scheinwerfer, schläfrige Beamte, die lachten und kurze, stinkende europäische Zigaretten rauchten. Von Zeit zu Zeit hörte man einen melodischen Ton und eine körperlose Ansage aus dem Lautsprecher, in einer Art Metasprache, die niemand ganz verstand, noch einen Ton, dann wieder Stille.

Und jetzt schrillte die Signalpfeife, was bedeutete, daß sie die Station verließen. Als der Zug mit einem Ruck anfuhr und die Schläfer wieder in seinen Rhythmus fielen, sah O'Hanrahan das Schild, weiße Buchstaben auf metallischem Blau: *Domodossola.* Er mußte lächeln: Ich bin wieder einmal in Italien.

Die Vorfreude auf die italienische Sonne, auf die Plätze, das Essen und das Trinken, das warm empfundene Wissen, ja, jetzt liegt das übrige zweckmäßige Europa hinter mir, ich bin wieder in dem Land, das die Sprache des Herzens spricht. Nach Italien reist man nicht, sondern man kehrt heim. Einst, in einem früheren, glücklicheren Leben habe ich hier geliebt und auf Knien gebetet, hier in diesem Land, in dem Reiche und Kirchen, Tyrannen und *condottieri,* Päpste und Prinzen, Götter und Tempel aufgestiegen und gestürzt sind, wo aber immer, *immer* die Ehrfurcht vor dem Schönen blieb. *Cara Italia,* die erste Jugendliebe der Welt ...

Das nächstemal wurde O'Hanrahan im Mailänder Hauptbahnhof wach, Mussolinis faschistischer Kathedrale für die italienische Eisenbahn. Die Reisegefährten von vorhin waren nicht mehr im Abteil, aber eine korpulente Signora war eben hinzugekommen, eine Großmutter vermutlich, beladen mit Einkaufstaschen voll frischem Brot, Fleisch und Käse. Sie nickte O'Hanrahan grüßend zu und war schon eingeschlafen, als sie losfuhren.

Als der Zug seinen Weg durch die vielen Gleise fortsetzte, bemerkte O'Hanrahan, daß jemand überall das o von *Milano* mit blauer Farbe übersprüht hatte. Lombardische Separatisten, die gegen die italienische Sprache waren! O'Hanrahan lächelte wieder. O Europa, du wirst es nie müde, die alten nationalistischen Kämpfe wiederaufleben zu lassen. Ja, ja, die EG und 1993 und so weiter, aber erlaube einem alten Mann, der deine Geschichte kennt, einen höflichen Zweifel an deiner Fähigkeit, deine Völker länger als ein paar Generationen miteinander auskommen zu lassen.

»Signore?«

O'Hanrahan wandte sich um und sah den Verkäufer mit der Minibar an der Abteiltür stehen.

*»Si, grazie«,* erwiderte er und bestellte einen Kaffee und ein süßes Brötchen in einer Zellophanhülle. Der Verkäufer schob weiter, und O'Hanrahan sah, wie die Signora sich bequemer in ihren Sitz kuschelte. Erste Klasse macht einen himmelweiten Unterschied aus. Das und die Flasche Brandy, die er am Gare de Lyon in Paris gekauft hatte, ehe er den Nachtzug nach Florenz bestieg.

*»Excuse me, sorry ...«*

Der Professor hörte eine vertraute Stimme auf dem Gang.

»Entschuldigen Sie ... *scusi* ...«

Abteiltüren wurden auf- und wieder zugeschoben. Dann steckte Lucy den Kopf in sein Abteil: »Dr. O'Hanrahan!« strahlte sie. »Gott sei Dank, ich habe Sie gefunden!«

O'Hanrahan war sprachlos. Lucy zerrte ihren dickbauchigen Koffer in das Abteil. Sie versuchte ihn auf die Ablage zu hieven, schaffte es aber nur zur Hälfte. »Puh, Dr. O'Hanrahan, könnten Sie mir helfen?«

Er rührte sich nicht von der Stelle.

Schließlich gelang es ihr, den Koffer im Gepäcknetz über dem Sitz zu verstauen. Sie setzte sich, immer noch strahlend, und sah ihn durch ihre dicken, runden Brillengläser an, die er haßte, zwei Kreise, rund wie ihr Gesicht. Ihr Haar war wirklich zu beanstanden, wie es ihr widerspenstig ins Gesicht hing. Und sie hatte *schon wieder* denselben grauen, poncho-

artigen Pullover an, groß wie ein Zirkuszelt, den sie anscheinend jeden Tag trug, den Gott werden ließ.
»Für diesen Pullover wird es in Florenz zu heiß sein«, sagte er nach langem Schweigen. »Dann werden wir wenigstens sehen, ob Sie noch etwas anderes dabeihaben.«
Sie sah an sich herunter. »Sie mögen diesen Pulli nicht?«
»Ich will nicht mit Ihnen Konversation machen.«
Lucy sah in ihre große Tasche. »Wenn ich Ihnen sage, was ich mitbringe, werden Sie sich freuen, mich zu sehen. Sind Sie nicht neugierig, wie ich Sie gefunden habe? Ich habe die Abendmaschine von Dublin nach Mailand genommen, dann ein Taxi vom Flughafen zum Bahnhof, bin in diesen Zug gestiegen und habe gewartet, bis die Sonne aufgegangen ist, um in jedem Abteil nachzusehen. Ich wußte, daß Sie nicht zweiter Klasse fahren würden.«
O'Hanrahan verschränkte unbeeindruckt die Arme.
Sie zog einen Fahrplan aus der Tasche: »Es war egal, wann Sie aus Paris abgefahren sind«, erklärte sie, »Sie mußten entweder mit dem Morgenzug – diesem hier – nach Mailand kommen, oder Sie hätten über Turin fahren können, sehen Sie?« Sie hielt den Fahrplan hoch. »Ich diesem Fall hätte ich Sie in Florenz eingeholt. Sehen Sie hier – diese schwarze Linie?«
»Hören Sie auf, mir damit vor der Nase herumzufuchteln. Sie wecken die Signora.«
Lucy fischte in der Reisetasche nach ihrer Brieftasche. Sie reichte O'Hanrahan die Kreditkarte: »Sie werden sich freuen, das zu sehen. Und hier ist das Telegramm, mit dem man sie geschickt hat. Es ist in Ballywaycross angekommen, nachdem Sie weg waren.«
Endlich rührte sich der Professor. »Lassen Sie sehen ...« Ein Lächeln spielte um seinen Mund, wurde aber schnell unterdrückt. »Kaum zu glauben. Wer hätte gedacht, daß Chicago einen Cent ausspucken würde?« Er gab ihr das Telegramm zurück und musterte die Kreditkarte: *Patrick O'Hanrahan,* und unter dem Logo: *Corporate Account.* »Wer zum Teufel ist John Smith?« fragte er.
»Schatzmeister der Universität?«
»Nie von ihm gehört, aber ich wüßte auch nicht, wer tatsächlich Schatzmeister der Universität *ist.* Klingt eher wie ein Name, unter dem man in einem billigen Motel absteigt.«
»Das hab' ich mir auch gedacht.«

»Was wissen Sie schon von billigen Motels?« Liebevoll steckte O'Hanrahan die VisaCard in seine Brieftasche. »Wie hoch wohl das Limit ist?«
Lucy zog den Brief seiner Schwester aus der Tasche. »Und jetzt, Sir, da Sie schon einmal in Leselaune sind ...«
O'Hanrahan riß ihr den Brief aus der Hand und machte das Fenster auf, um ihn hinauszuwerfen. »Nein!« schrie Lucy, und die Signora wurde wach. Sie funkelte beide mißbilligend an, und sie verharrten regungslos, bis die Dame die Augen wieder geschlossen hatte. Als O'Hanrahan das Fenster wieder zuschob, flüsterte er Lucy zu: »Ich weiß jedes Wort, das drinsteht, ohne ihn gelesen zu haben. Die alte Streitaxt kann mich nicht überraschen.«
Unbeeindruckt hielt Lucy ihm den Brief hin.
»Na gut, na gut ...« O'Hanrahan begann vorzulesen:

*Lieber Patrick,*
*als man mich benachrichtigt hat, daß Du Deins und Beatrices Haus verkauft und Deine Bankkonten aufgelöst hast ...*

»*Deins*, um Himmels willen«, unterbrach er. »Sehen Sie, woher ich mich hochgearbeitet habe?«

*... war ich zuerst in Panik und dachte, Du bist psychisch oder finanziell in Schwierigkeiten. Aber jetzt höre ich von Dr. Shaughnesy, daß Du in Europa bist, auf den Putz haust, Dein Geld verschwendest und zweifellos vertrinkst. Wenn Du glaubst, Du kannst es mir zeigen, wenn Du jeden Cent durchbringst, den Du hast, dann täuschst Du Dich gewaltig, denn ich will keinen Cent von Dir.*

»Hm, die häßliche Hexe von Wisconsin dachte, sie bekäme einmal ein wertvolles Grundstück im Forest Park.« O'Hanrahan wandte sich wieder an Lucy. »Ich nehme an, Sie haben diesen Brief gelesen.«
Lucy, die nicht lügen konnte, wenn man sie etwas direkt fragte, nickte schuldbewußt.

*Und Du täuschst Dich auch gewaltig, wenn Du meinst, daß ich mich ruinieren werde, wenn Du zurückkommst. Du bist ein kranker Mann, und Du wirst mehr brauchen, als ich auf der Bank habe oder was Du aus deiner Pension bekommst, um das durchzustehen. Diese kleine Sauftour in Europa hat Dir daher jede Chance auf eine würdige Behandlung genommen.*

»Hehee«, höhnte O'Hanrahan und überflog die nächsten beiden Seiten, »sie nörgelt und nörgelt immer so weiter.«

Rasch fragte Lucy. »Sind Sie wirklich krank, Dr. O'Hanrahan?«

»Catherine O'Hanrahan hat seit 1974 versucht, mich in eine Klinik zu stecken oder einweisen zu lassen, um mein Leben dirigieren zu können. So wie sie fast zwanzig Jahre lang das Leben meiner Mutter dirigiert hat – sie fühlt sich nur an einem Sterbebett wohl. Wenn ich ihr einen Festtag bereiten wollte, würde ich in der Gosse enden, wie sie es prophezeit, so daß sie mich retten und die Märtyrerkrone erlangen könnte.«

Lucy lächelte freundlich, obwohl sie sicher war, daß hinter der Geschichte doch mehr steckte. Sie wartete einen Augenblick. »Rabbi Hersch hat auch gesagt, daß Sie krank sind.«

»Was soll das, ist das eine Verschwörung? Finden Sie, daß ich aussehe, als stünde ich schon mit einem Bein im Grab?«

»O nein, Sir, wirklich, für Ihr Alter ...«

»Normales Rentenalter«, knurrte er wütend. Dann, mehr zu sich selbst, schwor er sich, mit Rabbi Hersch ein Wörtchen zu reden, wenn er ihn das nächste Mal sähe. »Ich bin vollkommen gesund.«

»Das sagt mein Vater auch, Sir, aber sein Organismus ist ein einziges großes Geschwür. Das liegt bei uns in der Familie. Zu viele Sorgen, aber das ist sehr katholisch ...« O'Hanrahan funkelte sie an, daher fragte sie statt dessen: »Hat Ihre Schwester nicht recht, Dr. O'Hanrahan? Ich meine, wenn Sie Ihr ganzes, na ja, Ihr ganzes Geld ausgeben, was machen Sie dann, wenn Sie ... ich meine, wenn Sie in Pension gehen?«

O'Hanrahan hatte nicht die Absicht, seine Pläne für den Ruhestand mit Lucy zu diskutieren. »Der große Dr. O'Hanrahan wird sich mit strahlendem Ruhm zurückziehen. Der Ruhm Zions, ein Engelreich der Herrlichkeit, ein silbergrauer Kopf und eine Ruhmeskrone – wir sind nicht so wählerisch. Dieses Evangelium, hinter dem ich her bin, bedeutet *alles*. Vielleicht werde ich sogar exkommuniziert, die höchste Auszeichnung, die einem die katholische Kirche gewährt.«

Lucy lächelte wider Willen.

»Zuschüsse, Forschungsstipendien, Berufungen.« Er hielt inne, denn ihm

war bewußt, daß er nicht so sicher war wie seine Worte. »Ich werde respektiert sein«, fügte er hinzu.
»Sie sind bereits respektiert, Dr. O'Hanrahan.«
Ja, man hat mich einmal respektiert, Leute, die nun fast alle tot sind ... Und ja, in meinem kleinen theologischen Zirkel würde ich wohl auch ein oder zwei freundliche Worte bekommen, aber was ist mit den kommenden Jahrhunderten? Gedankenversunken erinnerte sich O'Hanrahan an seine früheren Glanzleistungen: Weißt du noch, als du ein Jesuitennovize an der Amerikanischen Universität von Beirut warst, Paddy? 1949? Weißt du noch, wie schnell du die Dankeshymnen in den Schriftrollen vom Toten Meer entschlüsselt hast? Zum Teil von *dir* übersetzt, dem vierundzwanzigjährigen jungen Spund, dem Goy! Professor Albright – dieses *Genie,* der zu den Ersten gehörte, die den Wert dieser Schriftrollen erkannt hatten –, erinnerst du dich an das Lob, mit dem man dich überhäuft hat? Diese israelischen Gelehrten, Sukenik und sein Sohn; diese meisterhaften Franzosen, Dupont-Sommer und de Vaux ... Ein schwindelerregender Wirbel von Schmeicheleien und Versprechungen, daß du sie alle in den Schatten stellen würdest!
(Und was ist geschehen, Paddy?)
O'Hanrahan spürte das Ansteigen des Adrenalins, diese unentrinnbare innerliche Anspannung: Habe ich noch Zeit genug? Zeit, um in die Reihen dieser akademischen Unsterblichkeit aufgenommen zu werden? Zeit, um noch ein paar Punkte zu ergattern? Lucy war mittlerweile ein wenig zusammengesunken, ihre Lider waren schwer.
»Haben Sie schon geschlafen?« fragte O'Hanrahan.
»Ein bißchen. Im Flugzeug eine Weile und hier im Zug auch, in der zweiten Klasse. Aber ich bin halb verhungert.«
O'Hanrahan bot ihr das klebrige Brötchen in Zellophan an.
Lucy überlegte und schüttelte den Kopf. »Besser nicht«, flüsterte sie. »Ich habe immer noch Durchfall.«
Die Signora im Abteil brachte sich unter Schnarchen und Grunzen in ein bequemere Lage.
»Warum haben Sie nicht das Zeug genommen, das ich Ihnen gegeben habe?«
»Ich hab's genommen, Sir. Es hat noch nicht gewirkt, bei dieser ganzen Herumreiserei. Ich glaube, es war Mrs. McCalls Irish Stew. Wissen Sie, ich esse normalerweise nicht viel Fleisch, und ...«

»*Scusi*«, sagte ein Mann, der die Abteiltür aufriß. Ein kleiner Mann mit dunklem, lockigen Haar, der fast arabisch aussah. Er starrte zuerst Lucy und dann O'Hanrahan an, schließlich warf er einen Blick auf O'Hanrahans Mappe auf der Gepäckablage. O'Hanrahan schrak zusammen und fragte sich schon, ob der Mann sich die Mappe schnappen wollte, aber dann hörten sie alle den Schaffner auf dem Gang, der die Fahrkarten prüfte. Der dunkelhaarige Mann sah den Schaffner kommen, fluchte leise, knallte die Abteiltür zu und verschwand.

Lucy sah O'Hanrahan an. »Was war das denn?«

»Ein Freund von Ihnen, Miss Dantan?« O'Hanrahan nahm seine Mappe herunter und hielt sie schützend auf seinem Schoß fest.

Der Schaffner tauchte auf. »*I biglietti, per favore.*«

Lucy flüsterte dem Professor dringlich zu, er solle auf italienisch erklären, daß sie den Aufpreis für die erste Klasse bezahlen werde.

Während die beiden Männer umständlich verhandelten, fuhr der Zug weiter durch das flache Bauernland der Reggio Emilia, das ähnlich aussah wie die Felder im ländlichen Illinois. Lucy hatte das Bedürfnis, in diesem Land, das schon wieder etwas ganz Neues für sie war, Vertrautes zu erkennen. Bald kamen Sie durch Parma, dann durch Modena, Städtenamen, die Lucy aus der mittelalterlichen Kirchengeschichte oder der Literatur kannte – was für Aufregungen und Entdeckungen warteten hinter diesen Bahnhofsschildern ... Dann kam Bologna. Als sie wieder aus dem Hauptbahnhof hinausfuhren, reckte sie den Hals aus dem Fenster, um die Dome und Türme und die ockerfarbenen Hochhäuser zu sehen. O'Hanrahan nickte ein, und sie vermißte seine Geschichten ... aber natürlich hätte sie es nie gewagt, seinen Zorn zu erregen, weil sie ihn weckte...

Aber bald, aus der Ebene aufragend, kam der Apennin. Der Zug schlängelte sich durch eine Reihe langer Tunnels, so daß es zeitweise dunkel wurde, was Lucy einerseits faszinierte, aber auch konsternierte, denn sie wünschte begierig, hinauszusehen und die Landschaft in sich aufzunehmen. Ein rascher Blick auf eine luxuriöse Villa. Ein paar Sekunden sah man die nahe *Autostrada,* ein vierspuriges Wunder der Straßenbaukunst mit hohen Brücken und Tunnels. Zwischen zwei weiteren Tunnels erhaschte sie einen Blick auf einen Bauernhof und auf Weinberge – und konnte das ein Maultier vor einem Bauernkarren voller Früchte sein? War es möglich, daß Italien in dieser Berglandschaft so malerisch geblieben war?

Als O'Hanrahan kurz die Augen öffnete, stürzte sich Lucy gleich mit einer Frage auf ihn: »Wie lange bleiben wir in Florenz?«
Schläfrig schloß er die Augen wieder, als höre er sie gar nicht, doch dann erwiderte er: »Lange genug, um Sie in ein Flugzeug nach Chicago zu setzen.«

FLORENZ
*1. Juli 1990*

Eine Stunde später, nach zahlreichen anderen Stationen, fuhr der Zug in den Bahnhof Santa Maria Novella ein. O'Hanrahan stand auf und nahm seine Tasche, ohne zu Lucy ein Wort zu sagen.
»Steigen wir aus?« fragte sie.
»Könnte sein.«
Lucy zerrte in panischer Hast ihren Koffer aus dem Netz und folgte O'Hanrahan.
»Fahren wir auch nach Assisi?« murmelte sie, während sie ihren Koffer, ein paar Schritte hinter ihm, durch den Bahnhof zog.
»*Wir* fahren nicht nach Assisi. *Ich* fahre nach Assisi, sobald ich mit den Franziskanern hier gesprochen habe. Florenz ist für Assisi der traditionelle Umschlagplatz für jeden Klatsch, weil die hier eingesetzten Franziskaner in der Regel vom großen Geschäft der Zentrale weiter im Süden ausgeschlossen sind. Außerdem ist hier eine Bibliothek, in die ich hineinschauen möchte – aber nichts davon geht Sie auch nur im entferntesten an.«
Lucy folgte O'Hanrahan, vorbei an Ansichtskartenständen und einem Heer von skandinavischen Rucksacktouristen, über kopfsteingepflasterte Straßen; junge Pärchen auf Vespas und *motorini* sausten vorbei.
Einen Häuserblock vom Bahnhof entfernt bog O'Hanrahan in eine schmale Straße voller Hotels ein. »Ich habe eine Menge zu tun«, sagte er zu Lucy, während er nach der funkelnagelneuen Kreditkarte fischte. »Also gehen Sie, und spielen Sie Touristin. Nicht einmal *ich* bin so grausam, Sie in ein Flugzeug zu setzen, ohne Ihnen einen Tag in Florenz zu gönnen. Verduften Sie jetzt, und stören Sie mich nicht!«
O'Hanrahan meldete sie beide im Hotel Davide an, dann fuhren sie im Lift in den dritten Stock. Lucy, bemerkte er fast liebevoll, hatte weit

aufgerissene Augen und sog alles begierig in sich auf, beeindruckt von den hohen Decken der Räume und den Fenstertüren und dem kleinen Steinbalkon ... Dieses recht durchschnittliche europäische Hotelzimmer war für sie etwas höchst Romantisches und Italienisches.

Sie machte sich bald auf in die Stadt. Den halben Nachmittag verbrachte sie in den Uffizien; nach vier Uhr, als die Kirchen wieder geöffnet waren, besuchte sie, mit einem Reiseführer bewaffnet, ein halbes Dutzend davon, deren Namen sie sich nicht merken konnte; Madonnen und Meisterwerke der Kunst wirbelten fröhlich in ihrem Kopf durcheinander – es war viel zuviel, um alles auseinanderhalten zu können. Die Tasche voller Ansichtskarten, trottete Lucy wieder zurück ins Hotel und holte ihren Zimmerschlüssel bei dem halb schlafenden Jungen an der Rezeption, der sie nicht einmal ansah. Als sie um die Ecke des Korridors bog, sah sie O'Hanrahan ausgehbereit aus seinem Zimmer kommen.

»Hallo, Dr. O'Hanrahan!«

»Hmp.«

»Ich wollte Ihnen nur sagen, daß ich wieder aus den Uffizien zurück bin.«

»Gefällt Ihnen das? Soviel Kunst auf einmal?«

»Es ist das größte Museum, in dem ich je gewesen bin!«

»Haben Sie die Petition unterschrieben, auf der die Leute Unterschriften sammeln, daß die Uffizien nicht abgerissen werden, damit man ein *Holiday Inn* an ihre Stelle bauen kann?«

Lucy, die in Europa immer noch alles für möglich hielt, protestierte: »Das *können* sie nicht tun – das Gebäude ist so schön ...« Dann erkannte sie an O'Hanrahans Gesichtsausdruck, daß er sie neckte. Natürlich! »Oh, Sir, gehen wir zum Abendessen?«

»Nein, wir gehen nicht zum Abendessen. Ich gehe mit ein paar Klosterbrüdern und dem Kustos der Biblioteca Laurenziana zum Abendessen, nachdem ich einen Blick in ihren Katalog geworfen habe.«

»Ich spreche nicht Italienisch, wissen Sie. Und ich glaube nicht, daß ich mit meinem Latein weiterkomme.« O'Hanrahan sah sie nicht einmal an. »Ich muß mich sonst ganz allein durchschlagen, und ich habe nicht mehr viel Geld ...«

»Sie hätten heimfliegen sollen, als Sie die Möglichkeit dazu hatten.«

Lucy stemmte die rechte Hand in die Hüfte. »Wenn ich das getan hätte, dann hätten Sie jetzt keine Kreditkarte, und wir würden heute nacht nicht in einem so hübschen Hotel sein, nicht wahr?«

O'Hanrahan lenkte ein. Er zog seine Brieftasche heraus und gab Lucy einen 50 000-Lire-Schein. »Das sollte reichen. Deuten Sie in einer Bäckerei einfach auf ein Stück Pizza. Kaufen Sie sich ein Eis.«
»Ich habe in Chicago schon einmal italienisches Eis probiert. In der Michigan Avenue gibt es eine Eisdiele ...«
»Guuuuut«, säuselte der Professor im Gehen, »wenn Sie zurückkommen, wird es sein, als wären Sie nie fortgewesen.«
Lucy stellte schnell fest, daß es kein Problem war, sich in den Läden auf englisch zu verständigen; manche Verkäufer waren sogar sehr nett. Sie kaufte sich eine Tüte Eis für 2500 Lire: *stracciatella, zuppa inglese und zabaione*. Sie wollte das probieren, was in ihren Ohren am exotischsten klang. Dann spazierte sie herum und bewunderte die Gebäude und Palazzi und das bunte Menschengemisch. Bald stand sie vor dem Palazzo Vecchio mit seinem zinnenbewehrten hohen Turm. Am Fuße dieses goldfarbenen mittelalterlichen Wolkenkratzers wuselte das pralle Leben: Florentiner, schön und selbstsicher, die mit ihren Einkäufen auf dem Weg nach Hause oder in ein Restaurant waren; Straßenmusikanten; Touristen aus allen Ländern Europas und jede Menge Amerikaner. Und wo amerikanische Mädchen im Collegealter auftauchten, hatten sie junge Florentiner im Schlepptau. Berittene Polizisten patrouillierten gleichgültig vorbei. Und überall gurrten die Tauben, die den Platz in Besitz genommen hatten, und immer wieder flatterte plötzlich ein aufgescheuchter Schwarm in die Luft.
Ich könnte für immer hier bleiben, dachte Lucy.
Nachdem sie fasziniert den größten Teil der Altstadt durchwandert hatte, kehrte sie ins Hotel zurück, müde bis in die Knochen. Sie steckte einen Zettel an O'Hanrahans Tür:

*Dr. O'Hanrahan,*
*hatten Sie einen schönen Abend? Haben Sie irgend etwas Wichtiges herausgefunden? Wenn ja, kommen Sie bitte bei mir vorbei, und erzählen Sie es mir, ich bin bestimmt noch wach.*

*Lucy*

Lucy lag im Bett, erschöpft, aber hellwach nach den Wundern dieses Tages. Es war, als hätte ihr jemand zugeflüstert: Siehst du, wieviel du von deinem Leben vergeudet hast? *Das alles ist schon immer hier gewesen,*

*Lucille.* Und wie die Studenten und die jungen Leute Anfang Zwanzig heute abend auf der Piazza hättest auch du schon vor Jahren hier sein können. Sie dachte an die Mädchen auf dem Platz – Himmel, wie die amerikanischen Stimmen, nasal und viel zu laut, in anderen Ländern auffielen; sie verstand, warum Ausländer sich über Amerikaner beklagten. Diese Mädchen sind auch nicht attraktiver als ich, wenn ich mich herrichte, dachte Lucy, und sie werden von italienischen Verehrern belagert. Manche von diesen Jungen sahen unglaublich ärmlich aus ... aber alle wirkten, als hätten sie eine Menge Spaß. Ein kleiner Sommerflirt. Etwas, wovon sie erzählen können, wenn sie wieder zu Hause sind. Etwas, was ich gerne Judy erzählen würde.

Lucy ließ sich den Besuch bei David McCall noch einmal durch den Kopf gehen. Sie war ziemlich sicher, daß er sie mochte und an ihr interessiert war, und sie hatte nur wieder diesen alten Blödsinn gemacht, um sicherzugehen, daß der Flirt nicht über einen bestimmten Punkt hinausging – aus Angst, abgewiesen zu werden. Wäre es so schlimm gewesen, ihr Interesse offen und direkt zu bekennen? Gott, dachte sie, was hatte ich bei David zu verlieren, nachdem ich mich zu Hause im Fachbereich wegen dieses Vito zum Narren gemacht habe? Vito war ein kleiner, dunkelhaariger Italiener, der von Frauen angehimmelt wurde – besonders seines Hintern wegen, den vor allem Judy bewunderte, die Kennerin schlechthin. Und Lucy hatte einmal so sehr mit ihm geflirtet, daß Vito ihr sehr freundlich klargemacht hatte, er sei schon vergeben. Judy und Lucy waren allerdings sicher, daß er wohl zu haben war; außerdem sah keine seiner Freundinnen besser aus als sie beide, sondern schlechter, Gott sei Dank, viel schlechter!

Vitos Bruder sah von hinten genauso aus und wurde oft mit Vito verwechselt, daher nannte man ihn den Deutero-Vito. Im Winter, wenn jeder dick eingepackt war, sahen alle kleinen, südländischen Typen ein bißchen aus wie Vito, und Lucy erinnerte sich an den Tag, als sie in der Theologen-Cafeteria für schallendes Gelächter sorgte, indem sie zwei oder drei Pseudo-Vitos identifizierte – zusätzlich zu Deutero-Vito.

Na ja, der Humor von Theologiestudenten.

Lucy hörte, daß am Ende des Korridors leise der Lift hielt. Sie lauschte. Die Schritte stockten. War es O'Hanrahan, der ihren Zettel las? Sie hörte, daß Papier zerknüllt wurde, dann wurde die Tür aufgeschlossen und wieder zugemacht. Lucy war neugierig. Sie schlüpfte aus dem Bett und

spähte auf den Gang hinaus: Ihr Zettel lag zusammengeknüllt auf dem Boden vor O'Hanrahans Tür.
Bisher finde ich Italien wunderschön, dachte sie, als sie wieder im Bett lag und an die Decke starrte, aber ich wünschte, ich wäre nicht allein hier.

*2. Juli 1990*

Was für ein Tag! Der Himmel, vom Wind reingefegt, war von unendlich tiefem Blau. Die Sonne schien klar an diesem Morgen und ließ die blaßgelben oder tieforangefarbenen Ziegelmauern der Paläste und Wohnhäuser flammend leuchten – und auf den glücklichen Sterblichen, der sich hier mit offenen Augen umschauen wollte, wartete der schwindelerregende Kontrast zwischen diesem warmen Ocker und dem Lapislazuli des Himmels. Lucy war berauscht: War es nicht dieses Wetter, das die Renaissance hervorgebracht, die sensiblen Künstler entflammt, die Dichter getröstet und die Welt dazu angespornt hatte, aus dem finsteren Mittelalter ins strahlende Licht der Neuzeit zu treten? Hatte Gott an einem solchen Tag sein Versprechen wahr gemacht und einen Engel zu Maria geschickt, der ihr verkündete, was ihr widerfahren sollte? Nehmen wir den Engel aus Leonardos *Verkündigung* und eine Jungfrau von Botticelli – Lucy war nicht so wählerisch, welche es genau sein sollte – und das Jesuskind aus Michelangelos *Rundbild mit der Heiligen Familie* für Angelo Doni.
(Ohne die fünf fröhlichen Strichjungen im Hintergrund? Was hat man dem Mann alles durchgehen lassen!)
Lucy schwirrte der Kopf von Renaissance und romantischer Verzauberung – was war heute morgen los mit ihr? Beruhig dich wieder, sagte sie zu sich selbst, als sie in den Spiegel sah und sich das Haar kämmte. Pullover an, in die ausgebeulten Jeans geschlüpft und Brille auf; Reiseführer, Fotoapparat und ein paar noch nicht geschriebene Ansichtskarten in die Tasche gepackt. Der Professor wartete unten auf sie, denn er hatte sich heute morgen widerwillig erboten, ihr ein oder zwei Sachen zu zeigen, bevor er sie in ein Flugzeug nach Chicago setzen wollte. Hinaus aus dem Zimmer, die Treppe hinunter, diese glatten Marmorstufen mit dem kühlen Metallgeländer, Schlüssel an der Rezeption abgeben und dann

hinaus in dieses wundervolle, zum Leben erweckende Licht, die warme, himmlische Luft ...
»Verdammt«, sagte O'Hanrahan, »wollen Sie etwa in diesem unmöglichen Pullover herumrennen? Und, Jesus, verschonen Sie mich einmal mit diesem gräßlichen Nasenfahrrad – Sie haben gesagt, daß Sie Kontaktlinsen haben. Ich soll mich schließlich mit Ihnen sehen lassen. Haben Sie denn wirklich nichts anderes zum Anziehen dabei?«
Lucy spürte, wie sie tiefrot wurde, und stammelte: »Ich dachte, ich würde nur nach England fliegen, wo es kalt ist, und bloß für ein Wochenende ...« Und sie wußte, daß ihre Unterlippe zitterte und ihre Augen sich mit Tränen füllten. Ausgerechnet vor *dem* Menschen, dem sie nicht das geringste Gefühl zeigen wollte.
»Schon gut ... regen Sie sich nicht auf.« O'Hanrahan sah ein, daß er zu weit gegangen war.
Einen Augenblick herrschte verlegenes Schweigen, während beide feststellen wollten, wie sehr Lucy außer Fassung war.
»Hören Sie auf, die ganze Zeit auf mir herumzuhacken«, schniefte sie schließlich und wandte sich ab.
»Hören Sie, es tut mir leid, aber ich bin so daran gewöhnt, solo zu reisen oder doch ...«
Rasch wischte sie sich die Augen hinter den Brillengläsern. In diesem Moment kam ein runzliger Florentiner, häßlich wie ein Wasserspeier, mit einem Fahrrad voller Brot auf sie zu und starrte sie an.
»He, weg hier«, sagte O'Hanrahan und winkte den Mann weiter.
Lucy lachte, aber es klang wie ein Schluchzen. Dieser Clown muß gedacht haben, wir hätten einen Liebeskrach. Alter Knacker und nicht besonders hübsches junges Ding.
»Wo haben die hier bloß solche Leute her?« meinte O'Hanrahan, der sich bemühte, etwas Neutrales zu sagen. »Also, Luce. Ich verspreche ein Moratorium von vierundzwanzig Stunden, in denen ich Sie nicht wie Dreck behandle. Wie wär's damit?« Er reichte ihr sein Taschentuch.
»Ich glaube nicht«, erwiderte sie und putzte sich die Nase, »daß Sie es schaffen, vierundzwanzig Stunden lang nett zu sein.«
»Ich auch nicht. Aber die nächsten zwanzig Minuten oder so müßte es klappen.«
Lucy, die ihre Fassung wiedergewann, lächelte. »Das ist meine Periode«, vertraute sie ihm an. »Da bin ich immer so empfindlich und launisch.«

O'Hanrahan legte ihr den Arm um die Schultern und schnitt ihr das Wort ab. »Ich will nichts über Ihre Periode hören und auch nichts über Ihren Durchfall. Ich will heute einfach einen netten Tag mit Ihnen in Florenz verbringen, okay? Wir gehen auf den Markt, was meinen Sie?«

Schniefend lief sie zurück auf ihr Zimmer.

(Zufrieden mit dir, Patrick?)

Eine Erinnerung kam O'Hanrahan wieder ins Gedächtnis, die Erinnerung an seine in Tränen aufgelöste Frau, daran, wie ihr Gesicht sich rötete und ihre Lippen zitterten, wenn sie weinte. Wozu er Beatrice oft Grund gegeben hatte.

(Und nicht ohne Vergnügen daran.)

Was bin ich bloß für ein Leuteschinder geworden – das Abscheulichste, was man sich auf der Welt vorstellen kann, ein giftiger, verbitterter alter Kerl, der auf den Hilflosen herumtrampelt und kleine Mädchen zum Weinen bringt ...

Lucy richtete sich währenddessen wieder her, setzte rasch die gefürchteten Kontaktlinsen ein und war wie der Blitz wieder zurück, verlegen, aber irgendwie erleichtert.

Erste Station: die *Spanische Kapelle* von Santa Maria Novella und der *Chiostro Verde*, der Grüne Kreuzgang, mit einem Fragment von Uccellos Darstellung der Sintflut und der Arche Noah. »Weiß Gott, mit was für Drogen der Mann sich aufgeputscht hat«, bemerkte O'Hanrahan. Uccello, der erste Surrealist. Zweite Station: San Lorenzo. Brunelleschis anmutiges Hauptschiff und ein Fresko von Bronzino, das den bedauernswerten heiligen Laurentius auf dem Rost zeigt, ein hysterisches Martyrium wie aus einem psychedelischen Monumentalfilm; in der Neuen Sakristei Michelangelos Grabmäler für die Medicis mit den berühmten Liegefiguren des Abends und des Morgens.

»Der Mann konnte keine Titten meißeln«, klärte O'Hanrahan Lucy auf.

Im Schatten von San Lorenzo der Florentiner Markt; Stand um Stand voll Lederwaren, Schmuck, Keramik, grellen Hemden, lächerlichen Halstüchern und Souvenir-T-Shirts – ein lärmendes und buntes Durcheinander, herrlich italienisch. O'Hanrahan drängelte sich durch die Touristenscharen, und Lucy, die eine Menge Sachen sah, die sie hätte haben wollen, folgte brav. Vor einem Stand mit blusigen, ärmellosen italienischen Kleidern blieb der Professor stehen. Er nahm eines, ein seidiges weißes Kleid mit blauen Punkten, und hielt es Lucy hin. »Gefällt es Ihnen?«

Sie kicherte. »Mir? Das ist nicht mein Stil.«
»Sie *haben* keinen Stil«, korrigierte er sie freundlich. »Aber ich bin gerade erst dabei, mit meiner Mission anzufangen und mein Talent zu entwikkeln.«
Der Mann hinter dem Stand, der eines der leuchtend rot und grün gemusterten Hemden trug, die um ihn herumhingen, nahm die Zigarette aus dem Mund und beteiligte sich an der Diskussion. »*Si*, die Signorina würde *biuutiful* aussehen in dem Kleid.«
Nach einer kurzen Debatte über die europäische Kleidergröße der Signorina schlüpfte Lucy in die Umkleidekabine – genaugenommen zwischen zwei Bettlaken, die hinter dem Stand aufgehängt waren. Rechts konnte man in die Kabine des Nachbarstandes sehen. Ein junger Italiener probierte gerade Jeans an. Ein mit *stars and stripes* geschmücktes Etikett verriet die Herkunft: USA. Das sollte wohl Europäer zum Kauf reizen ... Der Junge sah lächelnd zu Lucy herüber, zuckte die Achseln und sagte etwas auf italienisch, nicht im mindesten verlegen darüber, daß sie ihn in Boxershorts sah. Er hat ja auch keinen Grund, sich zu genieren, dachte Lucy, er sieht *super* aus. Nachdem er fort war, schlüpfte Lucy aus ihrem Pullover und den ausgebeulten Jeans und zog das Kleid an. Ein höchstens einen Meter zwanzig hoher, schmaler Spiegel lehnte an einem Pfosten, so daß es schwierig war, sich selbst zu beurteilen.
Aber Lucy war klar: Sie konnte in diesem Kleid nicht in die Öffentlichkeit gehen. Erstens waren ihre Schultern weißer als weiß, und sie würde bald aussehen wie ein Hummer. Außerdem hatte sie nicht gerade die attraktivsten Oberarme der Welt; diese Körperregion hatte in den letzten Jahren mit Hüften und Schenkeln darum gewetteifert, das meiste Fett anzulegen. Dazu bedenkliche Stoppeln in den Achselhöhlen ...
»Kommen Sie! Hören Sie auf, Zeit zu schinden!« rief O'Hanrahan.
Das Kleid reichte ihr bis zu den Knien, und das war auch gut so, denn ihre Schenkel brauchten nicht zur Schau gestellt zu werden ... besser, sie ging jetzt hinaus und brachte es hinter sich.
»Sehen Sie?« sagte sie rasch, »das steht mir einfach nicht, und es betont meinen fetten Hintern ...«
Zu ihrem Erstaunen klatschte O'Hanrahan ihr auf denselben. »Das ist ein prima Hintern, Signorina. Wir sind im Land der prallen Hinterteile. Hier im südländischen Klima werden Männer von gebärfreudigen Hüften angeturnt.« Er trat einen Schritt zurück und betrachtete sein Werk.

»Halten Sie sich gerade, Schultern zurück – haben Sie zum erstenmal ein Kleid an? Hat Ihre Mutter Ihnen keine Haltung beigebracht?«
Lucy straffte die Schultern. »Kaum.«
»Was halten Sie davon?« fragte O'Hanrahan das amerikanische Yuppie-Touristenpärchen, das ebenfalls die Waren an diesem Stand musterte.
»Es braucht einen Gürtel«, antwortete die Frau ernst.
Die beiden waren Steve und Donna aus Michigan. Wirklich, und woher da? Birmingham bei Detroit? Du bist aus Chicago, von der Universität? Wie lange bist du schon hier? Macht's Spaß? Ist Florenz nicht hübsch? Ja, Florenz ist sehr hübsch ...
»Ja, wirklich hübsch«, beendete O'Hanrahan diesen Austausch von Banalitäten. »Donna, welche Farbe soll der Gürtel für dieses Kleid haben?«
»Rot ... ungefähr so breit«, erwiderte sie und zeigte die Breite mit den Händen.
»Wie wär's mit Grün?« schlug Steve vor.
»Grün zu blauen Punkten auf weißem Grund?« Donna schüttelte den Kopf. »Bloß gut, daß du nicht in der Modebranche bist, *sweetheart.*«
Lucy dachte eigentlich, ein grüner Gürtel sei ganz hübsch. Aber die Entscheidung fiel zugunsten eines roten, was einen roten Hut erforderte.
»Dr. O'Hanrahan«, protestierte Lucy, »Sie brauchen mir nicht noch mehr Sachen zu kaufen.«
»Ruhe«, beharrte er und griff nach einem scharlachroten, runden Schlapphut aus Stroh, der ein wenig zu groß war. »Steve, Donna. Wir brauchen Ihr Urteil.«
Steve sagte, der Hut müsse im Durchmesser kleiner sein, Donna sagte, nein, Unsinn, er solle noch größer und gewagter sein. Man war schließlich in Italien, und alles konnte ein bißchen übertrieben sein. Ein irisch-amerikanisch aussehender junger Mann, rotbraunes Haar und Sommersprossen, mit einem ländlichen US-Akzent, den Lucy heraushörte, versuchte sich nach dem Preis für eine Brieftasche zu erkundigen. Er hatte Lucy schon seit einer Weile verstohlene Blicke zugeworfen, was O'Hanrahan bemerkte. »Entschuldigen Sie, junger Mann«, sagte er, »aber wir brauchen Ihren modischen Rat.«
Bereitwillig wandte der Junge sich ihnen zu.
»Ich glaube, ein wirklich großer Hut«, erklärte er und beendete so die Pattsituation.

Er hieß Farley, kam aus Louisiana und war das erstemal in Florenz. Du auch das erstemal? Warst du in den Uffizien? Woanders auch schon? Florenz ist hübsch, nicht? Ja, klar, Florenz ist hübsch ...

»Nun gut«, unterbrach O'Hanrahan erneut, »ich glaube, langsam sehen wir ganz präsentabel aus ...« Donna, Steve, Farley und O'Hanrahan traten ein wenig zurück, um das fertige Produkt zu betrachten. »Sonnenbrille«, bemerkte O'Hanrahan. »Dieses Bild aus den Seiten von *Moda* braucht eine Sonnenbrille.«

Nach einem Chor von *seeya around* und *have a nice trip* ließen Lucy und ihr Begleiter die anderen stehen und gingen weiter zu einem Stand mit Sonnenbrillen. Vor einem lächerlich kleinen Spiegel probierten sie mehrere Modelle. Um Lucy zum Lachen zu bringen, setzte O'Hanrahan eine Plastikbrille mit herzförmigen Gläsern auf: »Steht sie mir?«

Lachend schüttelte sie den Kopf. »Sie trauen sich ja doch nicht, sie aufzusetzen, wenn Sie nach Assisi fahren. Oder vielleicht auch in Rom, bei einer Papstaudienz.«

»Ich glaube, sie unterstreicht den Rang, der mir zukommt.«

»Sie sehen aus wie Elton John.«

»Wer?« Er fragte, ob Elton John etwas mit Johannes dem Täufer, Johannes dem Evangelisten, Papst Johannes, Johannes vom Kreuz, Johannes Chrysostomos, Johannes dem Stummen, Johannes dem Almosengeber, Johannes von Gott oder Johannes von Capestrano zu tun habe.

»Sie leben im falschen Jahrtausend, Dr. O'Hanrahan.«

»*Da* haben wir die richtige.« Er reichte Lucy eine große schwarze Standard-Sonnenbrille, die anonym machte.

»Mit dem Wagenrad von Hut und der Sonnenbrille halten die Leute mich wahrscheinlich für einen Popstar, der inkognito bleiben möchte.«

»Heute abend«, versprach O'Hanrahan lebhaft gestikulierend, »werden die Casanovas, *i lupi,* aus ihren Höhlen kommen und sich an die heiße reiche *milionaria americana* heranpirschen, *capisce?*«

»Ich habe meine Zweifel, ob irgend jemand sich heute abend an mich heranpirschen wird. Zuviel Konkurrenz von meinen Landsmänninnen.« Lucy senkte übermütig den Kopf und spähte über die Gläser ihrer Sonnenbrille. »Und von so zweifelhafter Tugend.«

Mittagessenszeit.

»Was darf's denn sein?« fragte O'Hanrahan und studierte die Speisekarte. Sie saßen in einem Straßenrestaurant auf der Piazza della Repubblica, einem modernen Platz mit vielen Bushaltestellen, wo sich, trotz reizlosester Aussicht, Café an Café reiht. »Vielleicht ein wenig Haferbrei oder Schleimsuppe? Etwas, um Ihren ständig aufgewühlten Magen zu beruhigen?«

Lucy verbarg ihr Lächeln hinter der großen Speisekarte.

»Wahrscheinlich gehören Sie zu diesen amerikanischen Mädchen«, wechselte er plötzlich seine Meinung, »die nach Italien kommen und nach einem Hamburger mit Pommes suchen ...«

Sie legte die Speisekarte auf den Tisch. »Bestellen Sie für uns beide. Tun Sie Ihr Schlechtestes.«

O'Hanrahan bestellte in rapidem Italienisch bei dem narzißtischen Kellner – Lucy versuchte zu verstehen, aber es gelang ihr nicht. Zuerst kam eine Flasche Chianti auf den Tisch.

O'Hanrahan schenkte ein: »Ein Glas, Signorina?«

»Huch, Sir, das reicht.«

»Sie wollen mich diesen Nektar doch nicht ganz allein trinken lassen?«

»Wein bringt meinen Magen immer durcheinander. Ich trinke wirklich fast nie Alkohol.«

O'Hanrahan lächelte gekünstelt. »Das habe ich bemerkt.«

Nachdem Lucy einen ganzen Korb mit warmem italienischen Brot verputzt hatte, kam der erste Gang, *spaghetti aglio e olio,* so einfach und doch vollkommen – nur Öl und geröstete Knoblauchstückchen. Den nächsten Gang musterte Lucy ein wenig ratlos.

»Sieht aus wie kleine Oktopusse. Oder sagt man Oktopi?« Sie sah O'Hanrahan fragend an.

»*Calamari*«, nickte O'Hanrahan, der schon beim vierten Glas Chianti war. »Und hier auch ein bißchen Oktopus. In Vinaigrette.«

Lucy, wild entschlossen, ebenso kosmopolitisch zu sein wie ihr Aufzug, biß zuversichtlich in das erste Stück. »*Deliziosi*«, erklärte sie, bevor O'Hanrahan das Genus korrigierte. Sie verschlang ihre Portion und stibitzte sogar noch ein Stück von O'Hanrahans Teller, bevor der dritte Gang kam: etwas Orangefarbenes, Schwammiges.

»Mmmmmh«, sagte Lucy, als sie ein wenig probiert hatte. Zuerst schmeckte es köstlich. Dann prüfte sie es noch einmal. »Komische Konsistenz.« Mit Mühe schluckte sie. »Bei dem bin ich mir nicht so ganz sicher.«

»Aus fünf verschiedenen Innereien besteht das weltberühmte Florentiner

Kuttelgericht, so wie es in der Kuh fünf verschiedene Magengewebe gibt – dieses kreuz- und querfasrige, fleischige Zeug hier«, er deutete mit dem Messer auf die Kutteln, die er meinte. »Und dieses Stück hier sieht fast wie Tentakeln aus, diese kleinen Saugnäpfe hier, sehen Sie?«
Lucy, ein wenig blasser, nickte kurz.
»Hmmmmm.« O'Hanrahan spießte eine Kuttel auf, tunkte sie tief in die Tomatensoße und steckte sie in den Mund. »Glücklicherweise ist unsere Miss Dantan keine Spießerin. *Sie* wird nicht die Nase über internationale Küche rümpfen, oder?«
»Nein«, erklärte Lucy, »tut sie nicht.«
O'Hanrahan blickte über den Platz, während er ein Stück Brot abbrach. »Es ist ein Wunder, daß Italien je einen Kult der Armut und des Zölibats entwickelt hat – so schön, wie jeder hier ist, so gut, wie der Wein ist, und so schmackhaft, wie das Essen ist. *Il Poverello* und die Märtyrer-Jungfrauen. Haben Sie sich einmal mit Ihrer Namenspatronin beschäftigt?«
»Der heiligen Lucy?«
»Santaaa Luciia«, schmetterte O'Hanrahan.
Lucy legte die Gabel nieder und erinnerte sich an Schwester Miriams Stunden in St. Eulalia. »Irgendwo in Sizilien?« riet sie. »Zur Zeit der Römer. Ein Mädchen, das vor die Wahl gestellt war, entweder durch einen reichen römischen Prinzen die Jungfräulichkeit zu verlieren oder unter unsäglichen Foltern zu sterben – sie hat sich für die unsäglichen Foltern entschieden.«
»Sehr gut. Lucia, die gesegnete und hochheilige Märtyrer-Jungfrau von Syrakus, lebte Ende des 2. Jahrhunderts und wird oft mit einer Schüssel dargestellt, in der ihre ausgerissenen Augen liegen«, ergänzte O'Hanrahan tröstlich.
Lucy kaute langsamer an ihren Kutteln.
»Eine Legende erzählt, daß die Römer sie ihr ausgerissen haben. Aber das ist nicht die ältere, beliebtere sizilianische Legende.«
»Und die wäre?«
»Sie hatte einen christlichen Freund, der sie heiraten wollte«, fuhr O'Hanrahan fort und stibitzte noch ein Stück von Lucys Kutteln. »Aber«, er hob bedeutungsvoll die Gabel, »er würde ihre spirituelle Heirat mit dem Herrn respektieren. Doch ihre Rundungen, ihre Lieblichkeit, ihre wogenden sizilianischen Brüste führten ihn in Versuchung ...«
»Ich warte.«

»Und er spürte Lust im Herzen, wenn er in ihre klaren blauen Augen sah. So riß sich das brave Mädchen die Augen heraus und reichte sie ihm auf einer Schüssel.«
Unbeeindruckt brach sich Lucy ein Stück Brot ab. »Keine Angst, Dr. O'Hanrahan, diese Augen bleiben schön drin.«
»In Venedig können Sie ihren unverwesten Arm sehen.«
»Unverwesten Arm?«
O'Hanrahan schenkte sich das vorletzte Glas aus der Flasche ein. »Viele italienische Jungfrauen haben sich geweigert, nach der Erlösung von den irdischen Qualen zu verfaulen. Ein Stückchen weiter von hier liegt Lucca. Eine hübsche toskanische Stadt. In irgendeiner Kirche, den Namen habe ich vergessen, kann man die heilige Jungfrau von Lucca, Santa Zita, sehen, unverwest seit dem 13. Jahrhundert, ohne Formaldehyd, ohne Präparierung. Sie wird in einem Glaskasten ausgestellt, völlig vertrocknet und verstaubt. Wahrscheinlich so, wie sie im Leben war.«
Lucy hatte gerade wieder den Mund voller Kutteln.
»Und immer an einem bestimmten Tag im April gehen die alten Witwen und die Gläubigen in einer Schlange in die Kirche und *küssen* die Mumie auf ihren morschen, unfruchtbaren Bauch. Sie streicheln die verschrumpelten Hände und Füße. Die Sauce schmeckt wirklich gut, nicht? Und zu schade, daß Sie bei dieser Reise nicht noch Cascia mitnehmen können.«
(Die gesegnete und höchst verehrungswürdige Santa Margherita, Wundertäterin von Cascia, die Heilige des Unmöglichen.)
O'Hanrahan ergötzte seine Tischdame: »Während Margherita darum betete, man möge ihr qualvolle Prüfungen schicken, ließ Gott in Seiner unendlichen Gnade einen Dorn von einem Altarbild auf wundersame Weise auf die betende Rita herabfliegen und ihre Stirn durchbohren, so daß sie eine offene, eiternde Wunde hatte, die ihr Leben lang einen unerträglichen, fauligen Gestank verströmte. Welch göttliche Gunst!«
(Paß auf, Patrick!)
»Als sie starb, schien Licht aus dieser Wunde«, fügte er hinzu.
»Erzählen Sie«, sagte Lucy und aß entschlossen weiter.
»Mittlerweile gibt es eine katholische Checkliste, was als Unverwestheit gilt und was nicht, Lucy, falls Sie schon im voraus planen wollen. *De cadaverum incorruptione* von Benedikt IX., wonach erlaubt ist, daß die Haut verfärbt – schwarz oder blau – sein kann, aber die Gelenke müssen beweglich sein, und die Glieder sollten nicht abfallen, wenn sie bewegt

werden. Der Körper sollte noch Feuchtigkeit enthalten. Oft findet man geronnenes oder frisches Blut auf den Wunden der Heiligen, da heilige Männer über die Jahrhunderte die kostbaren Reliquien zerschneiden und aufteilen. Oder sie müssen zur Reparatur.«

»Reparatur?«

»Gewisse Reparaturen sind erlaubt«, fuhr O'Hanrahan fort. »Santa Margheritas Wange gab 1650 nach und sank in das Gesicht ein, wurde aber liebevoll mit einem Faden repariert.«

»Faszinierend.«

Fröhlich erzählte O'Hanrahan von Teresa von Avila und ihrer Kumpanin, Mutter Maria von Jesus, die er als die »große Doppelnummer der Unverwestheit« ankündigte. Während die verschiedenen Teile Teresas einen himmlischen Duft verströmten, floß aus Mutter Marias Händen eine heilige Flüssigkeit. Von einem göttlichen Leck wurde berichtet, als ein Priester St. Teresas Hand als Reliquie amputierte, bevor er sich einen ihrer Finger abschnitt, den er als geliebtes Andenken mit sich trug. Einer von Teresas Füßen kam nach Rom, eine Wange wurde abgeschnitten und nach Madrid geschickt, wo sie während des spanischen Bürgerkriegs gestohlen wurde, so wie ihre linke Hand, die schließlich in Francos Privatsammlung landete.

»Er muß gedacht haben«, spekulierte O'Hanrahan, »daß diese Amputation bei Gott Fürsprache für seine vielen Verbrechen einlegen könnte.«

(Hat sie nicht.)

»Ich war in Teresas Kloster in Spanien, Alba de Torres, mein liebes Mädchen. Man kann ihr Herz und ihren linken Arm sehen. Kennen Sie Berninis berühmte Statue der heiligen Teresa in Ekstase?« Lucy nickte. »Das am meisten überschätzte Stück Ramsch in der abendländischen Kunst. Na ja, auf jeden Fall wurde Teresas Herz während eines ihrer Erregungszustände vom Flammenpfeil eines Engels durchbohrt, und die Nonnen können einem den *genauen* Punkt zeigen, wo der Pfeil ihre Aorta durchstoßen hat.«

(1872 bestätigte eine Autopsie die Durchbohrung ihres damals 300 Jahre alten Herzens. Wissenschaft im Dienst der Religion.)

»Aber das ist nicht die einzige heilige Pumpe, die geboten wird«, setzte O'Hanrahan hinzu, dessen Geschichtenvorrat bei weitem noch nicht erschöpft war. »Was ist mit der wunderbaren Unverwestheit der Clara von Montefalco?«

Lucy sah grimmig drein. »Was ist damit?«
»Ihr unbeflecktes Herz!«
(Clara behauptete bis zu ihrem Tod mit vierzig Jahren, daß die Passion des Herrn sich unwiderruflich in ihr Herz eingeprägt habe. Nur zu, erzähl es, Patrick!)
»Da ihr gesegneter, hochheiliger Körper unverwest war ...«
»Weiß denn überhaupt irgend jemand in diesem Land, wie man verfault?« fragte Lucy und legte endgültig die Gabel aus der Hand.
»Da ihre gesegnete Reliquie unverwest war«, fuhr O'Hanrahan fort, »hat man sie aufgeschnitten, um nach der Passion des Herrn zu suchen, und tatsächlich waren wunderbare Zeichen auf ihrem Herzen aufgedrückt.«
Auf Claras abnorm erweitertem Herzen fand man eine weiße Gewebeerhebung in Form eines Kruzifixes; die Gestalt war perfekt umrissen und vollkommen weiß, mit Ausnahme eines scharlachroten Punkts an der Seite – Christi Speerwunde. Ein kleiner Ring harter Nervenfasern formte eine Dornenkrone. Ein harter, weißlicher Nerv mit verdicktem Ende – die gefürchtete Geißel! Dunkle, scharfe Fasern waren in das angeschwollene Herz gedrungen – die Nägel, die man durch die Hände und Füße des Erlösers getrieben hatte. Ein weiteres hartes Nervengewebe mit einem weichen Gewebe am Ende wurde als der Essigschwamm bei der Kreuzigung identifiziert. Als man in Claras unverwestem Leichnam nach anderen Wundern herumsuchte, fand man drei nußgroße Gallensteine, exakt gleich in Größe, Gewicht und Art.
»Die heilige Dreifaltigkeit!« verkündete O'Hanrahan.
»Igitt«, meinte Lucy.
»Nachtisch?«
»O ja«, antwortete sie, in der Hoffnung, den eingebildeten schlechten Geschmack aus dem Mund zu bekommen. O'Hanrahan entschied sich für *mousse al cioccolato,* Lucy für eine *cassata siciliana,* zu Ehren von Santa Lucia.
Als Lucy anfing, sich ihren Kuchen schmecken zu lassen, dozierte O'Hanrahan weiter: »Natürlich müssen wir den Rat von Johannes aus Damaskus, dem großen Kirchengelehrten, berücksichtigen.«
»Ach ja?«
(Im 8. Jahrhundert konnte Johannes eine Erklärung für die Wunder der heiligen Leichname, aus denen Flüssigkeit ausströmte, geben: *Christus gibt uns die Reliquien von Heiligen als heilbringende Quellen, durch die*

*Segen und Heilung fließen*, schrieb Johannes. *Denn wenn auf Gottes Wort hin aus hartem Felsen in der Wildnis Wasser strömte ..., warum soll es dann unglaublich erscheinen, daß heilende Medizin aus den Reliquien von Heiligen tropft?)*
»Der verehrungswürdige Beda berichtet von dem Handel mit den Reliquien von St. Chad in Litchfield, wo es dem Pilger gestattet wurde, Staub von St. Chad in ein Gebräu zu mischen oder einen Knochen in einer Brühe für heilende Medizin zu kochen. Karl VI. von Spanien war so krank, daß man den unverwesten Leichnam eines Heiligen holte und ihn neben ihn ins Krankenbett legte. Eine wunderbare Genesung folgte.«
»Klar, aus *dem* Bett würde ich auch gerne herauskommen.«
Jahrhundertelang, erklärte O'Hanrahan, machten sich Pilger auf zur Capella di Sant'Agata in Sizilien, um die abgeschnittenen Brüste der Heiligen zu betrachten, die unter Glas bewahrt wurden. »Grausamer Mann«, imitierte O'Hanrahan Agatas Rolle, als sie ihren römischen Folterer anflehte, »hast du deine Mutter vergessen und ihre Brüste, die dich genährt haben? Aber keine Angst, Lucy, diese abgetrennten Brüste wurden mit Juwelen und wertvollen Steinen eingelegt, und Pilger kamen zu Tausenden, um von ihrer ausgedörrten Reliquie zu trinken ... von dieser hochverehrtesten Sickerflüssigkeit.«
Lucy fragte sich, ob ihr Schweigen sich als ansteckend erweisen würde.
»Können Sie sich das nun vorstellen, Lucy? Die Leidenden und unheilbar Kranken, mit zitternden, gelähmten Händen, die Augen andächtig geschlossen, die vom Priester den Kelch mit dem dicken schwarzen Extrakt ihres jahrhundertealten Körpers entgegennehmen. Wieviel bezahlten die Reichen wohl an Rom für so ein unschätzbares Schlückchen?«
(Die Araber, Meine gesegneten Kinder Ishmaels, haben mit diesem Geschäft zum Glück Schluß gemacht, als sie Sizilien eroberten.)
»Und Sie«, sagte Lucy zu Professor O'Hanrahan, »handeln mit den abstoßendsten Geschichten, die gerade zur Verfügung sind.«
»Sind Sie nicht stolz auf Ihr prachtvolles kirchliches Erbe?«
»Wo ist Oliver Cromwell, wenn man ihn gerade braucht?«
»In Sizilien gibt es eine Menge toller Sachen, Lucia. In Palermo ist der Convento dei Cappuccini.«
»Apropos, könnten wir vielleicht einen Cappuccino haben?«
Heute gehorchte O'Hanrahan ihrer geringsten Laune. Kaffee wurde bestellt, und als Abschluß nahm O'Hanrahan noch einen Benedictine –

wollte Lucy ihm Gesellschaft leisten? Nein, sie hatte nicht einmal ihr Gläschen Chianti ausgetrunken.
»Weiter, Dr. O'Hanrahan. Der Konvent der Kapuziner.«
»Die Mönche dort, die ganz wörtlich an die körperliche Auferstehung und auch an das *memento mori* glaubten«, erklärte der Professor, »hatten in ihrem ausgeklügelten System von Kellern und Katakomben alle Leichname derer aufbewahrt, die dort um diese Gnade ersucht hatten. Besucher konnten Raum um Raum und Kammer um Kammer voll einbalsamierter Leichen besichtigen, Reihe um Reihe an den Mauern aufgeschichtet. Manche waren gut erhalten, manche verfaulten ziemlich offensichtlich. Alle waren braun und mumifiziert, und alle trugen die Kleider ihrer Epoche – hier neapolitanische Pracht aus dem 19. Jahrhundert, hier niederer Adel aus dem 18. Jahrhundert, hier etwas ziemlich Frisches aus den 30er Jahren. Besonders interessant für die unerschöpfliche Zahl weinender, schwarzgekleideter Sizilianerinnen sind die Kinder, die in ihrer Mumifizierung weniger unnatürlich wirken. Die ›braunen Kleinen‹ sahen aus, als schliefen sie, zusammengerollt neben ihren Spielsachen, Blumen auf der Brust, die sie mit ihren Händchen festhielten. Die Frauen wollten einem so schönen, schlummernden *bambino* einen gesegneten Kuß geben ... Einem ausgestopften Baby, vor Jahrhunderten präpariert!«
»Ah ja«, meinte Lucy, die es nun an der Zeit fand, sich loszueisen. »Es wäre eine Schande, hier etwas Besichtigenswertes auszulassen.« Seufzend packte sie ihre Sachen zusammen. »Die Kirchen sind bald wieder offen. Der Tourist ist wieder gefordert.«
»Oh. Gehen Sie schon?«
(Was ist los, Patrick? Erinnerst du dich daran, wie es ist, herzlich zu jemandem zu sein? Hat diese kurze Erfahrung einer menschlichen Beziehung deine Jahre barscher Einsamkeit aufgestört? Sag Lucy, daß du es gerne hättest, wenn sie bliebe, und sie wird den Nachmittag mit dir verbringen.)
Lucy stand auf und bat O'Hanrahan, ihr schöne Kirchen zu empfehlen. »Keine Leichen mit Leck, bitte.«
»Hm. Das engt hier in Italien die Wahl drastisch ein. Haben Sie die schönste Kirche in Florenz schon gesehen? San Miniato al Monte?«
»Wo ist das?«
Der Professor begleitete seine Erklärungen mit umständlichen Gesten; über den Ponte Vecchio, den großen Hügel hinauf etc. Er selbst, dachte

er grimmig, würde wohl zurück in die *pensione* gehen. »Ich glaube, der Nachmittag erfordert eine Siesta«, erklärte er seine eigenen Pläne.
»Ich dachte, das sei was Spanisches, nichts Italienisches.«
Der Professor goß Lucys ungetrunkenen Chianti in sein Glas. »Über so eine Spitzfindigkeit gehe ich hinweg«, sagte er. »Die Spanier und Karl V. haben Florenz besiegt, äh, um 1521.«
(1529, Karl V., in geheimer Absprache mit den Medici, die 1531 zu Herzögen erhoben wurden.)
»*Il professore* macht ein ausgedehntes Nickerchen«, sagte er gähnend. »Heute abend bin ich dann wieder in der franziskanischen Bibliothek, damit ich morgen unsere Brüder in Assisi einschüchtern kann. Übrigens, in Neapel heißt die Siesta *controra:* ›gegen die Uhr‹ auf neapolitanisch. Aber auch Neapel hatte seinen Anteil an spanischem Einfluß. Erinnern Sie mich daran, daß ich Ihnen vom Goldenen Zeitalter des spanischen Katholizismus erzähle ...«
»Ja, ich gehe jetzt wohl mal besser los.« Lucy zückte ihren Geldbeutel, um ihren Anteil zu zahlen.
»Nein, das geht auf meine Rechnung.« Warnend hob er den Finger. »Aber vergessen Sie nicht, morgen geht alles wieder seinen normalen Gang.«
»Aye, aye, Sir. San Miniato.«
»Geköpft auf dem großen Platz neben dem Dom, von den Römern, im 3. Jahrhundert. Nachdem Minias enthauptet worden war, nahm er seinen Kopf und ging bis auf den Hügel außerhalb der Stadt. Dort wurde dann seine Kirche erbaut.« O'Hanrahan atmete tief aus. Das war die längste Unterhaltung, die er seit Monaten geführt hatte. Wie hatten doch seine Geistesgaben und sein Talent als Geschichtenerzähler in den letzten zehn Jahren brach gelegen! Niemand, der ihn zu schätzen wußte; kein Publikum zum Unterhalten – und O'Hanrahan rühmte sich, ein guter Unterhalter zu sein. Aber er kapitulierte. »Bis später dann.«
O'Hanrahan sah Lucy nach und trank ihren Wein, was ihn sentimental und traurig machte. Manchmal, dachte er, in stillen Augenblicken, wenn die Reste des Mittagessens vor mir stehen und ich ein wenig Wein intus habe, fühle ich mich einsam.
(Du brauchst Lucy nur darum zu bitten, deine Assistentin zu werden – Lucy, die sich danach sehnt, eine getreue Dienerin zu sein.)
O nein, dachte O'Hanrahan und erfand Gegengründe. Ich weiß, welcher Typ Lucy ist – Beatrice war dieser Typ, meine Schwester Catherine auch.

Eine kleine puritanische Seele, die nichts vom Leben weiß, die mit zunehmendem Alter besserwisserisch und sittenstreng wird, eine Nörglerin …
(Glaubst du nicht, du könntest ihr helfen, einen anderen Weg zu gehen?)
Ich habe genügend Kampfaufträge, dachte er schließlich und griff nach seiner Brieftasche.

† † †

Lucy hatte den Weg zur empfohlenen Kirche gefunden und war nun in der brütenden Hitze auf halber Höhe der Treppe, die kurvig nach oben führte. Das Wunder bestand nicht darin, daß der heilige Minias mit seinem abgehauenen Kopf herumlief, dachte Lucy, sondern darin, daß er diese Treppen auf einmal erklommen hat … Sie registrierte einige Touristen, die sie früher schon gesehen hatte. Auf der entmutigend langen Treppe, die schließlich zur Kirche selbst hinaufführte, kam sie an dem Paar vorbei, das sie heute vormittag in Modedingen beraten hatte, Steve und – wie war der Name noch gewesen? – Donna.
»Hallo«, sagten sie.
»Auch gerade auf dem Rundgang?« schnaufte Lucy außer Atem.
»Ja«, antwortete Donna, »das Großartige an dieser Kirche ist, daß es nach der Besichtigung auf jeden Fall abwärts geht, egal, wohin man will.«
Müde lachend setzten alle ihren Weg fort.
O'Hanrahan hat recht gehabt, dachte Lucy vor dem Kirchenportal, das ist die Kirche, die alle anderen Kirchen imitiert haben. Jedes Quadrat, jeder Bogen aus weißem Marmor war mit Mustern aus dunkelgrünem Marmor eingelegt, Kästchen in Kreisen, dreifache Muster unter den Bögen, und wenn man weiter nach oben blickte, sah man byzantinische Goldmosaike unter dem Dach und darum herum ein verwirrendes Durcheinander aus grünweißen Zickzack- und Schachbrettornamenten, eine Fassade, die kultiviert und amateurhaft zugleich wirkte, so wie das 13. Jahrhundert, das sie hervorgebracht hatte.
Das Innere war wild gewordene Geometrie, grünliche Rechtecke in Rauten, diese wiederum in Kreisen, innerhalb von Bögen, auf dem Fußboden und an den Wänden bis zur Altarapsis. In der Kirche war es dunkel und kühl, und Lucy preßte ihre Wange gegen den glatten Marmor

einer Säule, während ihre Augen sich an das Dämmerlicht gewöhnten. Ein Tourist steckte weiter vorn, nahe dem Altar, eine Münze in einen Kasten, und für dreißig Sekunden warf ein Scheinwerfer goldenes Licht auf das Mosaik in der Apsis. Christus auf dem Thron erschien, der mit alterslosen byzantinischen Augen auf den Büßer herabstarrt und mit weisem Mitleid in das Herz des Sünders blickt. Ein Christus der Liebe, aber auch des Gerichts und der Traurigkeit. *Du allein, mein Herr, kennst mein Herz.*

»Sieht prima aus, nicht?«

Der Junge vom Land. Lucy tauchte aus ihrer Träumerei auf. »Farley, stimmt's?«

»Farley, stimmt«, erwiderte er. »Ist doch hübsch, oder?«

Dann war die Zeit für die Münze abgelaufen, und die Kirche versank wieder in kühlem Dunkel.

»Es gibt einfach zuviel zu sehen in dieser Stadt, Lucy«, sagte Farley und hob als Beweis kurz einen *Let's Go*-Reiseführer hoch. »Ungefähr einen Monat bräuchte es, wenn man das alles sehen will, denk' ich mir. Eins muß man den Katholischen ja lassen, sie haben da ein paar nette Kirchen gebaut.«

»Du bist nicht katholisch, Farley?«

»Nein, Ma'am. Mitglied der Pfingstgemeinde. Und stolz darauf.«

Stolz worauf? fragte sich Lucy. Ekstatische Reden halten und sich im Fernsehen auf dem Fußboden rollen, unter Anleitung eines ungebildeten, bigotten TV-Geistlichen; häßliche Kirchen bauen lassen, die aussehen wie Lagerhäuser; und schließlich fällt die Gemeinde auseinander, oder der Prediger wird mit einem Chorjungen, einer minderjährigen Prostituierten oder mit einer verheirateten Frau erwischt. Stolz darauf?

(Denk an die Gallensteine der heiligen Clara, Mein Kind. Hat eines Unserer Kinder der Versuchung widerstanden, den Glauben zu einer Schaubude zu machen?)

»Hier gibt's wohl nicht viel im Stil der Pfingstgemeinde«, meinte Lucy.

»Nichts. Mein Daddy sagt, es müsse eine Wiedererweckung des Heiligen Geistes geben, hier in Europa. Er sagt, der ganze Kontinent müsse wiedergeboren werden.«

»Florenz *ist* wiedergeboren worden«, erklärte Lucy höflich. »Die Renaissance.«

»Wie?«

»Renaissance. Bedeutet Wiedergeburt.«

Farley nickte verständnislos.

»Na ja«, seufzte sie und sah zur Tür. »Ich glaube, ich mache mich jetzt auf den Weg ...«

»Gehen wir zusammen zurück in die Stadt?«

»Äh, na ja ... Ich meine, eigentlich wollte ich mir den Sonnenuntergang vom Piazzale Michelangelo aus ansehen.«

Farleys Miene hellte sich auf. »Klingt gut. Ich wollte ein bißchen mit dir reden.«

»Worüber?« fragte Lucy grimmig.

»Äh ... na ja, ich bin sozusagen im Auftrag meiner Bibelgesellschaft und meiner Kirche unterwegs. Mein Daddy hat mir gesagt ...« Er hatte Probleme, den Satz herauszubekommen. »Also, erst mal eine Frage«, räusperte er sich hastig. »Kennst du Jesus als deinen persönlichen Erretter?«

O Mann. Das fehlte gerade noch. »Ja«, antwortete Lucy, »kenne ich.«

»Wirklich?«

»Ja. Ich studiere an der Universität von Chicago, Fachbereich Theologie. Mein Spezialgebiet ist das Griechisch des Neuen Testaments, ich beherrsche fließend Latein, kann ein bißchen die aramäische Schrift nachzeichnen und einigermaßen Hebräisch lesen – ich kann also die heiligen Texte lesen, Farley.«

»Wow! Du solltest vielleicht nach Louisiana kommen und uns das alles beibringen.«

»Man weiß nie«, erwiderte Lucy, die feststellte, daß dieser Provinzjunge unter seinem Myrtle-Beach-T-Shirt attraktiv und stämmig gebaut war. »Ich muß los, also, vielleicht bis bald mal.«

»Schon was vor für heute abend?«

»Ja«, erklärte sie übertrieben förmlich. »Ich muß packen, weil ich morgen nach Assisi aufbreche.«

»Oh. Schade. Ich habe gehofft, wir könnten ein bißchen zusammen rumziehen.«

Lucy versuchte es mit einer anderen Methode. »Schau, Farley, du kannst mich nicht bekehren, weil ich schon auf deiner Seite bin. Es gibt hier haufenweise Touristen, die Jesus nicht als ihren persönlichen Erretter kennen.«

»Ja«, murmelte er niedergeschlagen.
»Also, bye-bye.«
Sie ging hinaus in die Sonne, die nun schwächer und dunkelgelb war und sich anschickte, in Richtung Pisa unterzugehen. Vom Eingangsportal der Kirche aus hatte man einen großartigen Blick über Florenz, wie vom Piazzale Michelangelo ein paar hundert Meter weiter nördlich, aber von hier aus sah man auch die alte Stadtmauer und die Villen auf den benachbarten Hügeln. So wenig hatte sich seit der spätrömischen Zeit verändert, der Reichtum inmitten der wie maßgeschneiderten Zedern, ein wuchernder Eukalyptus über einer Villa mit rotem Ziegeldach, Terrassen aus sandfarbenem Stein, Vasen auf anmutigen Balkonen, die vertikalen Linien der Zypressen auf den sanften Hügelketten. Hinter den Villen reihten sich Weinstöcke die steileren Hügel hinauf, unterbrochen nur von einer Landstraße.
»Das wäre doch was, in so einem Haus zu leben, wie?« fragte Farley, der neben ihr auftauchte.
»Gesegnet sind die Armen«, erinnerte ihn Lucy. »Also, Farley, noch mal ciao!«
»Das war nicht der wirkliche Grund, warum ich etwas mit dir zusammen unternehmen wollte«, fügte er hinzu, als sie weiterging. »Ich meine, daß ich wiedergeboren bin.«
Lucy tat so, als höre sie nichts, und ging weiter die Stufen hinunter und durch den Park zum Piazzale Michelangelo mit seinem Rundblick über die Stadt. Erst dann dämmerte es ihr: Lucy, dieser Junge mit seiner kläglichen Bist-du-gerettet-Masche hat *versucht, dich aufzureißen!*
Siehst du, was ein neues Outfit ausmacht? Das und die inzwischen leicht geröteten Schultern, die ihr nun undeutlich bewußt wurden. Armer Kerl, ausgerechnet Jesus als Vorwand, jemanden aufzureißen! Nach Irland und David war Lucys Interesse für Rotschöpfe gestiegen, da sie erstklassige Exemplare gesehen hatte. Na schön, vielleicht war Farley auf seine etwas trottelige Hündchenart ganz niedlich, aber wer konnte diesen Akzent ernst nehmen?
Vielleicht hätte sie sich heute abend mit ihm auf einen Drink treffen sollen. Natürlich, wahrscheinlich trinkt er auch nicht mehr als ich. Ich hätte eine Weile mit ihm spazierengehen und ihm dann den Laufpaß geben können, wenn er sich als gräßlich herausgestellt hätte ... Er *ist* gräßlich, das weiß ich bereits. Aber dann dachte Lucy: Ich sollte mir etwas zusammenphan-

tasieren und eine Romanze erfinden, die ich Judy schreiben könnte, ihr erzählen, er sei ein Gentleman aus dem Süden, altes Geld, noch von vor dem Sezessionskrieg – das wird sie umbringen. Es wird sie fertigmachen zu denken, daß ich hier in Europa auf den Putz haue. Ich schreibe ihr heute abend.

Wieder Treppen, diesmal in die richtige Richtung – nach unten.

Lucy spazierte am Arno entlang, über den Ponte Vecchio und die vertrauten Straßen hinunter zum Hotel. Sie kam mit heißen, wundgelaufenen Füßen an und sehnte sich danach, die Schuhe auszuziehen und barfuß die kühle Marmortreppe hinaufzugehen. Sie warf einen flüchtigen Blick auf den Mann, der in der Eingangshalle herumlungerte ... O weh!

Der Mann von gestern aus dem Zug. Der Mann, der den Kopf durch ihre Abteiltür gesteckt hatte und davongelaufen war, als der Schaffner kam. Der dunkelhäutige Mann redete auf den Jungen hinter der Rezeption ein, der in seinem Mini-Fernseher ein Fußballspiel verfolgte. Der Junge blickte auf, erkannte Lucy und schob ihr ihren Zimmerschlüssel zu. Der Mann drehte sich zu ihr um, las blinzelnd die Nummer auf ihrem Schlüssel und sah dann wieder Lucy an, als versuche er, eine Entscheidung zu treffen. Auch sie musterte ihn eine Sekunde lang abschätzend: deutlich sichtbare Bartstoppeln, dunkler, schlecht sitzender Anzug, Krawatte mit aufdringlichem Muster, ein wahrer Kinogangster. Zu dumm, daß sie das Italienisch der beiden nicht verstand. Doch sie hörte, daß der Fremde O'Hanrahans Namen erwähnte.

Lucy beschloß, nicht auf den Lift zu warten. Rasch lief sie die drei Stockwerke hinauf zu O'Hanrahans Zimmer und klopfte.

»Ich bin nicht da ...«

»Es ist wirklich wichtig – lassen Sie mich hinein!«

Er knurrte; wahrscheinlich war er noch bei seiner Siesta.

Sie klopfte wieder. »Unten ist der Kerl, den wir im Zug gesehen haben. Und er will zu Ihnen, aber sie lassen ihn nicht herauf.«

Drinnen raschelte es. Die Tür ging auf, und O'Hanrahan stand vor ihr, ohne Jackett und mit gelockerter Krawatte. »Er will zu *mir?*«

»Der Kerl, der in unser Abteil gekommen ist und Ihre Aktentasche angesehen hat, als würde er gleich mit ihr verschwinden. Der aussieht wie ein Ganove«, fügte sie nervös hinzu. »Ich habe gehört, daß er Ihren Namen gesagt hat.«

»Kein Priesterkragen? Er ist kein Mönch?«

In diesem Augenblick hörten sie, wie der Lift unten losfuhr. Jemand kam – vielleicht auf ihr Stockwerk.
»Der Junge unten sah so aus, als würde er gleich nachgeben«, erklärte Lucy angespannt. »Und der Kerl hat meinen Schlüssel gesehen.«
Der Lift surrte an den ersten beiden Stockwerken vorbei und bewegte sich auf ihres zu.
»Kommen Sie«, sagte O'Hanrahan und schob Lucy den Gang entlang zu ihrem Zimmer, nachdem er seines rasch geschlossen hatte. Sie fummelte mit dem Schlüssel herum, versuchte, ihn ins Schloß zu bekommen. Der Lift blieb stehen, die Metalltür ging klappernd auf. Schloß sich wieder. Sie hörten Schritte ... und als Lucy endlich ihre Tür aufgemacht hatte und sie in ihrem Zimmer waren, kam der Mann ums Eck. Leise schlossen sie die Tür hinter sich, und Lucy biß an ihren Fingernägeln herum, während O'Hanrahan niederkniete und am Schlüsselloch lauschte.
Stille. Dann ein Klopfen an O'Hanrahans Tür.
»Das ist er«, flüsterte Lucy.
Noch einmal klopfte es. Dann folgte lautes, unhöfliches Gepolter an der Tür, das Tote auferweckt hätte. Lucy lief es kalt den Rücken hinunter. Dann hörten sie den Mann, wer immer es war, am Schloß zu O'Hanrahans Suite herumfummeln.
»Was macht er?« flüsterte Lucy.
»Er versucht, in mein Zimmer einzubrechen.«
»Wo ist Ihre Aktenmappe?«
»Im Hotelsafe, Gott sei Dank. Für unsere Sightseeing-Tour heute vormittag habe ich sie nicht herausgenommen ...«
Sie hörten ein Knirschen. Der Mann hatte das Schloß aufgebrochen und war jetzt in O'Hanrahans Zimmer, zwei Türen weiter. O'Hanrahan preßte sich gegen die Tür und versuchte zu horchen. Er hörte eine Lampe zerbrechen, dann eine Flasche. Lucy preßte die Hand auf den Mund und schüttelte den Kopf ... Der Mann nahm O'Hanrahans Zimmer auseinander. Weiterer Lärm, dann eine Pause. O'Hanrahan strich sich nachdenklich übers Kinn; Lucy schien er unnormal ruhig.
»Was sollen wir tun?« flüsterte sie.
»Er wird das Evangelium nicht finden und wieder abhauen.«
Sie hörten, wie die Tür geschlossen wurde.
»Nun?« formte Lucy fragend mit den Lippen.
O'Hanrahan zuckte die Achseln.

Wieder Schritte, langsame, vorsichtige Schritte. Sie kamen auf sie zu, auf Lucys Zimmer. Er stand direkt vor der Tür. Dann ging der Fremde ein Stückchen weiter und blieb wieder stehen.
Stille.
»Ist er fort?« fragte Lucy laut.
O'Hanrahan wurde bleich, drehte sich um und brachte sie mit einer Geste zum Schweigen – *das hat er vielleicht gehört,* sagten ihr seine Augen.
Schritte, diesmal zurück zu Lucys Zimmer. Vor der Tür blieb der Mann stehen. O'Hanrahan hörte die Sohlen leise quietschen.
Es klopfte.
Lucy biß sich auf den Finger, bis er blutete; O'Hanrahan schlich ein paar Schritte von der Tür fort und zog Lucy näher an sich, als sie sich hinter dem zimmerhohen italienischen Kleiderschrank versteckten. Lucy sah sich nach einem Telefon um, mit dem sie um Hilfe hätten rufen können, aber es gab keines.
Wieder klopfte es.
Beide hielten den Atem an und standen wie erstarrt in der Zimmerecke. Lucy schloß die Augen.
Der Mann begann das Schloß aufzubrechen; ein Schraubenzieher oder etwas Ähnliches wurde in das Schlüsselloch gesteckt und herumgedreht, der Türknauf bewegte sich …
»*Aiuto* heißt Hilfe, *stupro* Vergewaltigung. Wenn er aufbricht, schreien Sie sich die Lunge aus dem Leib.« Lucy begann zu wimmern. »Los«, zischte O'Hanrahan unmißverständlich und blieb hinter dem Schrank, so daß man ihn von der Tür aus nicht sehen konnte.
Lucy bewegte sich auf die Tür zu.
*Wumm!* Die Tür sprang auf. Der dunkelhäutige Mann sah auf und starrte Lucy überrascht an. Einen Moment lang war sie wie erstarrt. Er machte einen Schritt auf sie zu, und instinktiv wußte sie, daß er ihr den Mund zuhalten wollte.
»*Stupro! Aiuto! Aiuto! Stupro!*« Dann stieß sie einen markerschütternden, langen Schrei aus.
Der Mann sah sich rasch im Zimmer um, wonach immer er suchte, dann warf er Lucy einen grimmigen Blick zu, der Rache verhieß, und floh Richtung Ausgang.
»*Aiuto! Stupro!*«
»Nein, Darling, Sie müssen das *u* mehr betonen«, gerierte sich O'Hanra-

han wieder als Sprachlehrer, während er hinter dem Wandschrank hervorkam. »Sie können aufhören, Miss Dantan.«
O'Hanrahan verließ ihr Zimmer, um nachzusehen, was aus dem seinen geworden war.
Ein Zimmermädchen kam keuchend angerannt: »*Cosa sta succedendo?*« Dann sah sie das aufgebrochene Schloß. »*No, no, no ... mamma mia ... É ferita?* Sie Amerikanerin?«
Lucy ging in das Zimmer des Professors – es war völlig auf den Kopf gestellt: die Lampe zerbrochen, die Kleider überall verstreut, eine Flasche Eau de Cologne zerschlagen, O'Hanrahans *Herald Tribune* zerfleddert. Der Einbrecher hatte seine Wut darüber dokumentieren wollen, daß er nicht gefunden hatte, was er suchte.
O'Hanrahan schaute ins Badezimmer: »Verdammter Kerl!«
»Was ist?« fragte Lucy, immer noch zitternd. Das Zimmermädchen, das hinter Lucy herkam, sah auch das aufgebrochene Schloß von O'Hanrahans Zimmer. »*Mi dispiace, signore ... Maria ...*«, flüsterte es erstaunt, bevor es nach unten hastete, um Bescheid zu sagen.
»Zur Hölle soll er fahren, dieser miese, zweitklassige Ganove!«
»Mein Gott, Sir, was ist los?«
»Er hat meine Flasche hausgebrauten Grappa zerschlagen«, donnerte O'Hanrahan. »Jahrhunderte, *Jahrhunderte,* Lucy, war ich hinter dem Zeug her. Er hat das einfach aus Rachsucht getan! Auf dem Badezimmerboden zerschmettert ...«
»*Darüber* regen Sie sich auf? Dieser Kerl will uns umbringen, und Sie machen sich Sorgen wegen Ihres Grappa?«
O'Hanrahan war wieder ruhig. »Er will uns nicht umbringen, er will das *Matthiasevangelium.* Irgend jemand hat ihn angeheuert, die Schriftrolle von uns zu stehlen, vielleicht die Ignatianer – sie sind auf jeden Fall stocksauer auf uns. Wer auch immer es ist«, überlegte O'Hanrahan weiter, »weiß nicht, daß wir die Rolle gar nicht haben.«
Lucys Herz hörte auf zu rasen, und sie begann, wieder normal zu atmen.
»Darauf war ich nicht gefaßt«, sagte sie. »Ich war nicht gefaßt auf ... worüber lachen Sie?«
»Hahaha«, setzte er sein gezwungenes Lachen fort und hob ein paar Kleidungsstücke auf, nur um sie noch mehr durcheinanderzubringen.
»Macht es Ihnen etwas aus, mir zu sagen, was daran so lustig ist?«
»Nichts ist lustig. Aber etwas ist sehr beruhigend.« Er drehte seinen Koffer

um und schüttete den Rest des Inhalts heraus. »Daß jemand so interessiert an dem ist, was wir selbst suchen, daß er einen Ganoven anheuert, um es zu stehlen.« O'Hanrahan lachte weiter, immer ausgelassener. »Und Lucy, *brava! Brava!*« Unerwartet packte er sie an den sonnenverbrannten Schultern und küßte sie auf die Wange. »Was für Lungen!«
»Ist es das, was ich zu erwarten habe, wenn ich weiter mit Ihnen reise?«
»Haha«, grinste er wieder, entzückt über den ganzen Vorfall, »ich habe den Verdacht, es wird noch schlimmer.«
Lucy konnte kaum mehr stehen und sah auch so aus.
»Aber, aber«, fügte O'Hanrahan hinzu, »das ist doch auch eine Art Spaß, nicht?«
»Ich habe nicht erwartet, daß wir von Ganoven verfolgt würden, Dr. O'Hanrahan. Ich glaube, ich fliege besser nach Hause.«
»Na, *was* habe ich Ihnen gesagt?«
Sie sah zu Boden. »Sie haben mir die ganze Zeit gesagt, ich solle nach Hause gehen, und nun verstehe ich, was Sie meinen, Sir. Ich werde mich ganz ruhig aus dem Staub machen. Ich denke, Sie sollten mich besser zum Flughafen bringen.«
O'Hanrahan stimmte beinahe zu, hielt aber plötzlich inne. Er war sich bewußt, daß er mit offenem Mund dastand und dabei war, eine Niete zu ziehen. Verdammt, er hatte sich an dieses Eine-Frau-Publikum gewöhnt. (Dann bitte sie zu bleiben.)
Oh, ich kann nicht, dachte er, nicht nach all meinem Geschimpfe.
(Schon wieder zahlst du den Preis für deinen Stolz, Patrick. Wir haben Dinge in Bewegung gesetzt – mach jetzt weiter!)
O'Hanrahan beschäftigte sich damit, eine billige Vase auf seinem Nachttisch kaputtzumachen, die dem Einbrecher entgangen war. Es ist eine Schande, daß Lucy geht, denn ich könnte dem Mädchen wirklich helfen. Sie ist auf dem Weg, eine römisch-katholische Katastrophe zu werden, eine zukünftige Beatrice. O'Hanrahan sah alles wie in Scharfeinstellung: Lucy wird den ersten Flegel in Bridgeport heiraten, der sie haben will, einen Verlierertyp, dem sie romantisch ihr Leben weihen wird, um ihn zu ändern. Und wenn dann offensichtlich wird, daß diese katholische Null ein Leben lang ein Trottel bleibt, wird sie dem ältesten, traditionellsten Orden irischer Frauen beitreten: den unzufriedenen Nörglerinnen, durch die Heirat unglücklich und durch die alles verbitternde Eine Wahre und Heilige Katholische Kirche moralisch überheblich gemacht ...

»Sir?« fragte Lucy, die immer noch auf eine Antwort wartete.
»Ich bringe Sie nicht zu dem gottverdammten Flughafen«, fauchte er. »Nehmen Sie sich ein Taxi«, fügte er hinzu, während er sein Rasierzeug auf den Fußboden kippte.
»Dr. O'Hanrahan«, fragte Lucy ebenso ruhig wie er, »warum bringen Sie Ihr Zimmer noch mehr in Unordnung?«
»Warten Sie's ab.«
Einen Augenblick später erschien der Hoteldirektor, ein dünner, kahlköpfiger Mann mit einem dichten Schnurrbart: »Signore, ich entschuldige mich! Ich kann es nicht glauben!« Er sah sich im Zimmer um, betrachtete das aufgebrochene Schloß und murmelte etwas auf italienisch, das mit dem Jungen an der Rezeption zu tun hatte, der gefeuert werden sollte, wie Lucy erriet. »Ich kann nicht glauben, daß so etwas im Hotel Davide passiert ist!«
O'Hanrahan fiel mit einem gespielten Wutanfall über den Mann her: Wie konnte das Haus es *wagen,* seine Gäste von einem Kriminellen ausrauben zu lassen! Warte nur, bis *Fodor und Frommer* und das *New York Times Travel Magazine,* für das er arbeite, von dem Vorfall hörten! Wo blieben denn die Carabinieri? Natürlich müsse das Hotel für alles haften, was gestohlen worden sei ...
»Die Carabinieri, Signore?«
Kein Hotelier will die Carabinieri im Haus oder den *Frommer*-Reiseführer am Hals haben, daher bat der Direktor O'Hanrahan zu einem besänftigenden Glas Amaro in sein Büro, wo man über den bedauerlichen Vorfall sprechen könne, und bestimmt würden sie beide zu einer – wie sagte man in Amerika? – Einigung kommen, nicht wahr?
Lucy ging in ihr Zimmer, um sich zu entspannen und von der ganzen Aufregung zu erholen, und legte sich aufs Bett, bis sie sich ruhiger fühlte. Vor die nun unverschließbare Tür schob sie einen Stuhl.
»Raus aus den Federn«, sagte O'Hanrahan – wie ihr vorkam, nur einen Augenblick später. Sie mußte eingenickt sein. Lucy sah zum Fenster, und draußen war es dunkel.
»Was ist los?« fragte sie, als O'Hanrahan den Stuhl zur Seite schob.
Der Professor berichtete: Um Öffentlichkeit zu vermeiden und die Sache außergerichtlich beizulegen, hatte der Hoteldirektor O'Hanrahans Grappa durch eine edle Sorte ersetzt, die sein Sekretär gekauft hatte, während sie verhandelten, und das gestohlene Geld ...

»Welches gestohlene Geld?«
»Das Bargeld für alle Fälle, das ich bei meinem Rasierzeug aufbewahre. Der Direktor war mehr als glücklich, es mir zu ersetzen.«
Lucy setzte sich im Bett auf. »Ich habe mir selbst leid getan, aber nun sollte mir wohl eher der Direktor leid tun. Sie haben ... haben das einfach erfunden, um Geld aus dem armen Mann herauszulocken?«
»Armer Mann? Bei dem, was dieses Neppetablissement verlangt? Außerdem habe ich dieses Geld für *Sie* enteignet, Miss Dantan. Für Reisespesen. Wir können nicht alles über die Kreditkarte laufen lassen.«
Lucy stand auf und fing an, ihre Sachen zu packen; die ungeschriebenen Ansichtskarten schob sie in die Handtasche. »Ich will Ihr erschwindeltes Geld nicht. Obwohl ich es nehme, wenn es mir hilft, zum Flughafen zu kommen.«
»Aber Sie bekommen heute abend keinen Flug mehr nach Amerika.«
Sie sah auf die Uhr. »Es ist noch nicht spät.«
»Für den Flughafen von Florenz schon. Sie könnten vielleicht noch nach London kommen, die Nacht auf einem Stuhl in der Flughafenhalle verbringen und dann morgen in die Staaten weiterfliegen.«
Lucy warf ihre Handtasche in den Koffer. »Egal was, Hauptsache, ich komme aus diesem Schwarzmarkt heraus.«
»Wie wollen Sie Ihr Ticket bezahlen?«
»Mit Ihrer Kreditkarte«, sagte sie hoffnungsvoll.
»Ich fahre weder dreißig Meilen mit Ihnen bis zum Flughafen, damit Sie mit meiner Kreditkarte bezahlen können, noch werde ich Ihnen die Karte geben. Ich fahre mit dem *locale* um 23 Uhr nach Assisi, und ich werde den Zug nicht versäumen.«
In Lucys Augen blitzten Enttäuschung und Ärger. »Und wie soll ich bitte hier herauskommen? Ich bleibe nicht hier, wenn alle fünf Minuten ein angeheuerter Schläger in mein Zimmer einbrechen kann!«
»Es geht ihnen nicht um Sie, sie wollen *mich* haben und nur, weil sie der Meinung sind, ich hätte die Schriftrolle *hier*.« Mit *hier* meinte O'Hanrahan die Mappe, die er nun eng an sich gedrückt hielt.
Lucy saß auf dem Bett und fragte sich, was sie tun sollte. O'Hanrahan schlagen war eine ihrer Optionen, dem alten Ziegenbock gegen das Schienbein treten, so hart sie konnte.
(Patrick, du könntest die Situation ein bißchen entspannen.)
»Lucy«, sagte O'Hanrahan widerwillig, »diese Schriftrolle könnte ein

Pseudo-Evangelium aus dem 2. Jahrhundert sein oder eine Fälschung aus dem Mittelalter, es kann ein halbes Dutzend anderer Dinge sein. Aber die Ignatianer haben sich sehr bemüht, die Rolle zu bekommen, und die Franziskaner haben sich sehr bemüht, sie zu stehlen, und Mordechai Hersch und die Hebräische Universität haben vierzig Jahre Zeit und eine Tonne Geld investiert, um sie aufzuspüren, und jetzt wissen wir, daß noch jemand anderer sie haben will. Und, gütiger Gott, wir haben eine Kreditkarte von der Chicago University, also wollen *die* das Ding auch haben. Legt das nicht den Schluß nahe, daß wir da einer Sache auf der Spur sind?«

Lucy sagte noch immer nichts.

»Wissen Sie, Schätzchen, Sie können bleiben und mit mir zusammenarbeiten, wenn Sie wollen. Vielleicht ... vielleicht wollen Sie nicht bleiben, ich könnte es Ihnen nicht verübeln. Sie sind nicht glücklich, es geht Ihnen nicht gut. Sie beklagen sich die ganze Zeit, Sie verabscheuen mich ...«

»Ich *bin* glücklich, ich beklage mich *nicht* die ganze Zeit, Dr. O'Hanrahan, und ... und ich verabscheue Sie *nicht*. Aber verstehen Sie nicht, daß diese Mantel-und-Degen-Geschichte irgendwie ziemlich unheimlich ist?«

Er zuckte die Achseln. Beide schwiegen. Dann ging O'Hanrahan aus dem Zimmer und ein paar Schritte Richtung Korridor.

Lucy rief: »Warten Sie!«

O'Hanrahan steckte den Kopf wieder durch die Tür, den weißhaarigen, rotgesichtigen, strahlenden Kopf eines Wracks von altem Mann mit unwiderstehlichen Augen. »Jaaaa?«

»Gibt es in Assisi einen Flughafen?«

»Im Prinzip nicht.«

»Wohin fahren wir, wenn wir in Assisi waren?«

»Nach Rom zu den Bibliotheken des Vatikans, denke ich, wenn wir die Schriftrolle bekommen.«

»Ich wollte Rom schon immer sehen.«

»Die Hure Babylons«, sagte O'Hanrahan ernst.

Nach vielen Kratzfüßen und Entschuldigungen des überaus öligen Direktors verließen sie das Hotel durch den Hintereingang, für den Fall, daß kriminelle Elemente am Vordereingang auf sie warteten. Sie schlängelten sich durch ein Labyrinth schmaler Gassen und nahmen einen Häuserblock weiter ein Taxi.

»Der Bahnhof ist doch gleich hier ums Eck«, machte Lucy den Professor aufmerksam.

»Wir fahren einen Umweg, damit wir feststellen können, ob jemand daran interessiert ist, uns zu folgen«, erklärte O'Hanrahan und verstaute seinen Koffer. »Wir werden nicht gerade eine ruhige Nacht haben, wenn uns ein Gangster bis in den Zug verfolgt.«
Lucy schlüpfte auf den Rücksitz. »Ich weiß immer noch nicht recht ...«
O'Hanrahan setzte sich neben sie. »Rom wird Ihnen gefallen, ich verspreche es.«
»Rom, ja! *Biuutiful ciiity!*« stimmte der Taxifahrer zu.
»*Bellissima*«, erwiderte O'Hanrahan. »*Santa Croce, per favore, signore.*«
In verwegener Fahrt ratterte das Taxi über das Kopfsteinpflaster des schmutzigen, überlaufenen, touristischen, unfreundlichen, arroganten, spießigen Florenz – der großartigsten Stadt der Welt – und raste in gefährlicher Geschwindigkeit durch das alte Viertel bis Santa Croce. O'Hanrahan sah immer wieder durch das Heckfenster, aber nichts deutete auf eine Verfolgung hin – also keine Hoffnung auf eine Autojagdszene. Als sie an der Piazza Santa Croce ankamen, erklärte O'Hanrahan dem Fahrer, seine Tochter habe einen letzten Blick auf die Kirche werfen wollen, und wies ihn an, wieder zurück zum Bahnhof zu fahren.
»*Very biuutiful,* Santa Croce, ja?« meinte der Fahrer.
»Ja, sehr schön«, erwiderte Lucy, die sich entschieden unwohl in ihrer Haut fühlte, und ließ sich tiefer in den Sitz sinken. »Meine Mutter würde es mir vermutlich nicht verzeihen, wenn ich in Italien bin, ohne mir den Segen des Papstes zu holen«, sagte sie.
»Ja«, bestätigte der Fahrer, »Johannes Paul II.«
»Sie wollen den Auftritt dieses Burschen nicht verpassen? Seine Messen sollen ziemlich miserabel sein, habe ich gehört. Kaufen Sie Ihrer Mutter ein paar Kitschandenken, ein paar Plastikkruzifixe.« O'Hanrahan ahmte den Akzent des Fahrers mit der übertriebenen Betonung der zweiten Silbe nach, so daß Lucy lachen mußte. Gleich darauf stupste sie O'Hanrahan und zeigte auf das Handschuhfach: ein Bild von Johannes Paul II., eine kleine Krippenszene, ein Kreuz, die allgegenwärtige Maria. Am Rückspiegel baumelten verschiedene Medaillons, um den Taxameter wand sich ein Rosenkranz.
»In Rom gibt es so viel dummes Zeug, daß Sie Ihrer Mutter ein Stück vom echten Kreuz mitbringen können.«
»Das würde ihr gefallen.«
»Ist es nicht interessant, daß es immer ein Stück vom *echten* Kreuz ist?

Sogar die Kirche mußte darauf bestehen, weil immer so viele Fälschungen im Umlauf waren.« Lucy richtete sich ein bißchen in ihrem Sitz auf und sah O'Hanrahan an, der bereits zu einem anderen Thema abgeschweift war: »Santa Croce del Gerusalemme, eine der sieben Pilgerkirchen in Rom, 327 erbaut von Konstantins Mutter, gleich nach ihrem Auftrag, in Jerusalem das Kreuz zu finden. Ich stelle mir vor, daß Konstantin seine Mutter so weit wie möglich weggeschickt hat, um sie aus dem Weg zu haben ...« O'Hanrahan streckte sich und gähnte entspannt. »Sie können in Rom ins Flugzeug steigen, Miss Dantan, aber erinnern Sie sich daran, was ich Ihnen jetzt sage. Denkende Christen, Gebildete wie Sie und sogar so heidnische schwarze Schafe wie ich, haben in diesem Jahrhundert eine Kampfaufgabe. Manches von dem, was wir über das Christentum wissen, ist Schrott, manches ist sicherlich wahr. Manche der Zitate von Paulus und Jesus im Neuen Testament sind das Werk einer übereifrigen frühen Kirche, manche Zitate sind korrekt. Manche Lehren des Christentums haben eine göttliche Substanz, andere Praktiken sind verdorben, verkommen und mit Sicherheit schlecht. Sie und ich, Gelehrte und kluge Männer und Frauen«, er legte ihr die Hand auf die Schulter, »suchen zwischen den Zahnstochern und Kreuzsplittern, dem Treibholz und dem anderen gefälschten Brennmaterial herum, weil wir irgendwann eines Tages vielleicht ein Stück des echten Kreuzes vor uns sehen können.«

Sie waren am Bahnhof.

O'Hanrahan bat Lucy, in der Damentoilette zu warten, während er sich in einer der endlosen Schlangen anstellte, um zwei Fahrkarten zu besorgen. Während er wartete, musterte der Professor die Leute: Alle schienen koscher zu sein, dürftig gekleidete Touristen im Teenageralter, ein Meer von Rucksäcken, Jugendliche, die zuwenig Geld hatten oder zu spät dran waren, um sich ein Hotel zu suchen, und auf dem Boden des Bahnhofes kampieren wollten. O'Hanrahan ging zurück zur Damentoilette, wo Lucy ängstlich durch die Tür spähte.

»Ist die Luft rein, Dr. O'Hanrahan?«

»Wie heißt das Losungswort?« zischte der Professor.

»Ich habe Angst, und Sie finden das lustig. Geben Sie mir meine Fahrkarte.«

Er reichte ihr das Ticket und imitierte die rauhe Stimme eines Spionagefilmhelden: »Wenn ich es nicht schaffe, Lucy ... sagen Sie dem Hauptquartier, Little Miss Muffin wird um zehn Uhr ihre Hand in der

Keksdose haben und *There'll be Bluebirds over The White Cliffs of Dover* singen.«
Lucy grub O'Hanrahan die Fingernägel in den Arm: »O mein Gott ...«
»Was ist?«
Lucy zog den Reisegefährten hinter einen Zeitungsstand und duckte sich. »Der Mann da«, flüsterte sie, »in dem geschmacklosen Anzug.«
O'Hanrahan, der sich nicht duckte, sah sich im Bahnhof um. »Wir sind in Italien, Luce, Sie müssen mir schon ein paar Anhaltspunkte mehr geben.«
Lucy schlug ihm ungeduldig auf den Ellbogen. »Der große Mann, ziemlich blond: hellblaues Jackett, gelbkariertes Hemd, grellfarbene Streifenkrawatte.«
O'Hanrahan beobachtete den Mann, der eine Zeitung las. »Sieh mal einer an!«
»Das ist der Kerl, der mit dem Auto davongefahren ist, nachdem der Safe im Pub ausgeraubt worden war, nicht? Der Kerl mit dem deutschen Auto.«
»Kommen Sie, lassen wir uns von ihm sehen«, erklärte O'Hanrahan ganz ruhig.
Kühn gingen sie direkt an dem Blonden vorbei. O'Hanrahan gelang es, laut zu niesen, damit der Mann von seiner Zeitschrift aufblickte. Dann bog er entschlossen zu Gleis 14 ab, wo bereits der Zug nach Rom stand.
»Fahren wir jetzt nach Rom?« fragte Lucy.
»Wir warten nur so lange in dem Zug, bis unser Freund auch einsteigt.«
Sie stiegen mit ihren Koffern in den leeren Waggon erster Klasse und trödelten in Türnähe herum. O'Hanrahan ging in ein Abteil und sah hinaus, wann der Zug abfahren sollte. Herr Billiganzug, vermutlich ohne Fahrkarte, eilte zum Zug und sprang ein paar Waggons weiter hinein. Der Schaffner auf dem Bahnsteig sah auf die Uhr – noch eine Minute bis zur Abfahrt.
»Machen Sie sich bereit«, sagte O'Hanrahan zu Lucy, die auf seine Anweisung die Koffer schon zu der Tür getragen hatte, die *nicht* auf den Bahnsteig führte.
Der Schaffner pfiff.
»Jetzt!« befahl O'Hanrahan. Lucy öffnete die Tür, die zu den Gleisen auf der anderen Seite führte, und kletterte hinunter, gefolgt von ihrem schnaufenden, atemlosen Gefährten. O'Hanrahan griff nach den Koffern und

zog sie heraus, während der Zug sich ratternd in Bewegung setzte. Dann liefen sie über das Nebengleis zum nächsten Bahnsteig.

»Verstecken Sie sich hinter der Fahrplantafel«, keuchte O'Hanrahan, als Lucy unter den amüsierten Blicken anderer Reisender, die die offensichtliche Routenänderung in letzter Minute beobachteten, auf den Bahnsteig kletterte. Auch O'Hanrahan folgte ihr hinter die Tafel mit den *arrivi* und *partenze,* hinter der man sie von dem abfahrenden Zug aus nicht sehen konnte.

Bald war der Zug nach Rom außer Sicht.

O'Hanrahan und Lucy sahen sich um, ob auf dem Bahnsteig gegenüber etwas von dem Mann im geschmacklosen Anzug zu sehen war. Aber anscheinend war der wirklich unterwegs nach Rom.

»Was jetzt?« fragte Lucy, während O'Hanrahan, hochrot im Gesicht, langsam wieder zu Atem kam.

»Nach meinem Herzanfall«, hustete er und ließ sich auf eine Bank sinken, »würde ich sagen, etwas zu trinken wäre angebracht.«

»Ich glaube nicht, daß Alkohol gut für meine Verdauung wäre, Sir«, erwiderte Lucy geistesabwesend.

Nach einem Abstecher in die Bar, wo O'Hanrahan sich ein Gläschen genehmigte, gingen sie zu einem Nahverkehrszug, der zwischen Florenz und Arezzo an jeder Station hielt. Um 2.30 Uhr morgens mußten sie in Arezzo in den Zug Richtung Perugia umsteigen, mit dem sie im Morgengrauen in Assisi ankommen würden. Dieser Zug war so langsam und unpraktisch, daß wohl niemand auf den Verdacht kommen würde, sie könnten darin sitzen. Sie fanden ein Abteil erster Klasse für sich allein, und O'Hanrahan holte seine hochgeschätzte Grappaflasche heraus.

»Geschafft«, seufzte er, als der Zug anfuhr. »Sagen Sie Florenz auf Wiedersehen.«

»*Ciao*«, sagte Lucy leise und starrte gebannt aus dem Fenster, obwohl es nichts Hübsches zu sehen gab.

»Bringen wir mal den toskanischen Akzent auf Vordermann«, erklärte O'Hanrahan, nahm einen Schluck Grappa und schüttelte sich. »Brr, Baby. *Ciao* ist schon ganz prima, aber das spricht man nicht *tsch* aus. Können Sie das *ci* wie ein *t* aussprechen? *Tiao*. So?«

Nach dieser Italienischlektion drehte O'Hanrahan das Licht im Abteil aus, zog die Vorhänge zu, streckte sich, faltete die Hände über dem Bauch und schloß die Augen. Lucy hatte sich überreden lassen, einen Schluck

Grappa zu trinken, um etwas ruhiger zu werden. Junge, sie spürte den Alkohol! Sie wurde schläfrig und starrte aus dem Fenster, während die Lichter von Florenz immer kleiner wurden. In der hellen Mondnacht konnte sie die schwarze Silhouette des Apennin erkennen, und auf den Bergen sah man hier und da das Licht eines Bauernhauses oder einer luxuriösen Villa – sie sehnte sich danach, die Landschaft zu sehen, aber ihre Phantasie war genauso gut. Was mache ich hier? lachte sie leise in sich hinein. Und in der nächsten Minute, als sie O'Hanrahan, einen schlafenden Jupiter, betrachtete, dachte sie: Soll ich je wieder heimfahren? Habe ich denn vor diesen letzten Tagen überhaupt gelebt?
Sie fing ein Gebet an, über dem sie einschlief, und in ihren Träumen, begleitet vom Geräusch des fahrenden Zuges, sah sie ein buntes Durcheinander von Reliquien, Fresken, Ansichtskarten, Heiligen, Legenden und schönen toskanischen Gesichtern. Und heute abend brauchte sie kein Gebet, weil in ihrem Herzen, wie es so vielen zuvor ergangen war, der gesegnete Name gesprochen worden war: *Italia*.

## ASSISI
*3. Juli 1990*

O'Hanrahan kam bereits aus dem Waschraum erster Klasse zurück, rasiert und nach Rasierwasser duftend, mit rotem Gesicht und hellwach, als Lucy eben erwachte.
Sie gähnte. »Ist Assisi ein hübscher Ort?«
»Einer der großartigsten in diesem Land. Die Basilika des heiligen Franziskus ist ein Palast von Kirche. Sensationell!«
(Aber gibt es einen unter Uns, der Franziskus kennt und ihn beim Anblick dieses Palastes unter den Kirchen nicht sagen hört: So viel Geld, um diese Kirche zu bauen! Denkt an die Armen, die man damit hätte speisen können! Jesus hat zwar gesagt: *Die Armen werden immer mit uns sein*, aber man stellt sich vor, wie Franziskus beharrt: Nur ein Grund mehr, warum man die Kirche *nicht* hätte bauen sollen.)
»Auf jeden Fall«, dozierte O'Hanrahan, der morgens um 5.57 Uhr überraschende Energie zeigte, »ist es anderen verehrten Franziskanern nicht so gut ergangen. Hören Sie zu?«

»Hmmm«, nickte Lucy blinzelnd, »ja, bin schon da.«
»Hinter dem Apennin, in Padua, können Sie die große Kathedrale des heiligen Antonius besichtigen, eines Franziskaners, der fünf Jahre nach Franziskus gestorben ist. Antonius ist zur selben Zeit in seiner Geburtsstadt Lissabon und in Italien erschienen, um seinen Vater von einer Mordanklage freizubekommen. Er erweckte den Ermordeten zum Leben, ließ ihn den wahren Mörder beschuldigen und anschließend wieder sterben.«
(Bestimmt das Wunder der großen Heiligen, das am wenigsten gentlemanlike ist.)
»Antonius wurde 1263 von Bonaventura, diesem lästigen alten Knacker, wieder ausgegraben.« O'Hanrahan wußte, daß die folgende Geschichte Lucy beleben würde: »Nur die Zunge und der obere Nasenrücken von Antonius waren am ansonsten verfaulten Leichnam unverwest geblieben.«
»Ich kann's nicht fassen, daß Sie so etwas vor dem Frühstück erzählen können«, meinte Lucy.
»Und Bonaventura nahm die Stücke von Antonius' gesegnetem Mund und führte die vertrocknete, geschwollene Zunge an seine Lippen, um sie mit Küssen zu bedecken ...«
»Ich hatte gleich das Gefühl, daß sich das wieder zu etwas Scheußlichem, Italienischem entwickeln würde«, sagte Lucy, während der Zug kurz vor der Haltestelle langsamer wurde.
»Das gibt dem Zungenkuß einen ganz neuen Drive, meinen Sie nicht? *Il bacio alla francescana,* sozusagen, hm?«
Langsam rumpelte der Zug in den Bahnhof von Assisi.
Lucy und der Professor stiegen aus ihrem altmodischen Waggon, die Koffer hinter sich herschleifend. Lucy stellte fest, daß insgesamt nur fünf Passagiere hier am frühen Morgen ausstiegen. Der Bahnhof war menschenleer; Nebel lag über den grünen Feldern hinter den Gleisen. Der Schaffner pfiff, und der Zug zuckelte weiter Richtung Spoleto.
O'Hanrahan deutete mit dem Kinn nach Norden. »Hinter diesen Bergen, Luce, liegen Loreto und das Heilige Haus.«
Davon hatte Lucy gehört. »Marias Haus, nicht wahr? Das von Nazareth herübergeflogen und in Italien gelandet ist.«
1294. In jenem Jahr begann das Haus, in dem die Jungfrau die Botschaft empfing, daß sie das Christkind gebären sollte, rund ums Mittelmeer

herumzuhüpfen. Nachdem die *Casa Santa* in Jugoslawien aufgesetzt hatte, erhob sie sich noch einmal in die Lüfte und landete auf einem Hügel nahe Ancona. Trotz seines verdächtig italienischen Aussehens und obwohl es aus italienischen Ziegeln gebaut ist, schickte Rom eine Mannschaft, die die Fakten prüfen und die Geschichte bestätigen sollte; und tatsächlich, in Nazareth war dort, wo das Haus Marias gestanden hatte, eine Lücke, und man stellte Messungen an, um zu beweisen, daß es keinen Zweifel geben konnte.

(Pilgern wird vom Vatikan Mut gemacht: *Es ist das Haus Unserer Lieben Frau, das Haus, in dem Sie die Verkündigung entgegennahm. Es ist erfüllt vom Heiligen Geist. Maria lebte und weilte hier in Ihrer Heiligkeit.* Johannes Paul II. Im Jahre 1984!)

»Und ohne einen auch nur klitzekleinen Funken Ironie«, fuhr O'Hanrahan fort, »hat Rom das fliegende Haus und seine Madonna zum Schutzpatron der Flieger erklärt.« Er lachte in sich hinein. »Als Katholik muß man eine Neigung für diese Art von Blödsinn entwickeln, oder man wird verrückt. Es macht den leeren weltlichen Machtanspruch von Pius IX., dem schlechtesten Papst seit dem Mittelalter, um so unerträglicher. Habe ich je ...« O'Hanrahan blieb wie erstarrt stehen, eben als sie in die Bahnhofshalle eintreten wollten. Lucy sah, was ihn mitten in seinen Ausführungen unterbrochen hatte: Gabriel, in seiner Mönchskutte, schlief, unbequem zusammengesunken, auf einer Bank. Sein magerer Körper schien in dem derben braunen Tuch wie verloren. Lucy sah zu, wie O'Hanrahan zu der Bank hinüberging und Gabriel abrupt weckte, indem er ihm mit voller Lautstärke den Anfang der Morgenliturgie in die Ohren brüllte: »*Pulsi procul torporibus, surgamus omnes ocius,* du kleiner Judas!«

Gabriel schreckte hoch. »Oh, hallo Patrick.«

»Soll ich dich hier opfern, oder soll ich dich von den Mauern der Basilika stürzen?«

Gabriel versuchte, rasch wach zu werden. »Äh, kann ich erklären ...«

»Ich habe zwei Monate lang auf eine Erklärung gewartet, du lächerlicher Zwerg«, erwiderte O'Hanrahan. »Nun bin ich nicht mehr so einfach zufriedenzustellen!«

O'Hanrahan marschierte vor seinem früheren Assistenten auf und ab und unterstrich jeden Anklagepunkt, indem er den Finger vorschnellen ließ, so daß Gabriel jedesmal zusammenzuckte: »Als du gesagt hast, du würdest mich begleiten, hattest du damit Loyalität gegenüber dem Projekt geschworen. Verdammt, Gabriel, du hast mir gesagt, du wolltest aus dem Franziskanerorden *austreten*! Wie haben sie sich an dich herangemacht? Haben sie dich einer Gehirnwäsche unterzogen? Zahlen sie dir dreißig Silberlinge? Du hast die Rolle von mir *gestohlen,* Gabriel. *Zweimal!* Ich habe nicht gedacht, daß du zu einer solchen Art von Betrug fähig wärst ...«

»Patrick, wenn du mir nur ...«

»Die Schriftrolle ist *hier,* oder?«

»Ja, und man erwartet dich in Santa Maria degli Angeli.« Gabriel sah Lucy an und fügte hinzu: »Ich rufe dort an und sage Bescheid, daß du auch kommst.« Er nützte die kurze Pause in der Tirade aus und bat um ein wenig Mitleid: »Seit zwei Tagen kampiere ich schon hier, damit ich dich sicher erwische.«

»Du hast mich allerdings erwischt«, fauchte O'Hanrahan. »Ich gehe nach Santa Maria, und im Laufe des Vormittags werde ich mit deinen Oberen sprechen und herausfinden, was ihr im Schilde führt. Und da ich nicht mit dir sprechen muß, werde ich das auch nicht tun, denke ich.«

O'Hanrahan nahm seinen Koffer und seine Mappe und stürmte aus dem Bahnhofsgebäude. Gabriel sah kummervoll zu Lucy auf.

»Patrick wollte meine Geschichte wohl nicht hören. Er wird sich freuen, wenn er die ganze Geschichte erfährt. Weißt du, Lucy, wir müssen einmal miteinander reden.«

Lucy wurde von einer Welle mütterlicher Instinkte überwältigt; sie spürte Freude über dieses Wiedersehen, ein undeutliches Gefühl, daß ihr Verhältnis doch nicht distanziert war, und ein schmerzliches Begehren. Sie hatte wirklich die Absicht – nein, diesmal *wirklich* –, ihr Zusammensein nicht enden zu lassen, ohne ihren Freund um eine Klärung ihrer unausgesprochenen Halbromanze zu bitten. David McCall war nur ein Übungslauf für dieses Zusammentreffen gewesen.

»Luuucy!« brüllte O'Hanrahan von draußen. Er hatte ein Taxi gefunden und knuffte eben den Fahrer wach.

Lucy wäre gerne noch geblieben, aber sie fürchtete O'Hanrahans Zorn, daher sagte sie zu Gabriel: »Setz dich in Verbindung mit mir« und hastete mit ihrem Gepäck zum wartenden Taxi.

Santa Maria degli Angeli ist ein Vorort in der Ebene vor dem mittelalterlichen Assisi auf dem Hügel. Franziskus hatte allem den Rücken kehren wollen und seinen Orden hier in der Portiuncula gegründet, einer Ziegelhütte, die jetzt mit einer glänzenden Ikone und anderen Opfergaben überladen war; daneben steht die Kapelle, in der Franziskus an einer verpfuschten medizinischen Behandlung starb, und auch der Rosenbusch ist hier, in den sich der heilige Franz in einem Anfall weltlicher Versuchung gestürzt hatte. Zu Ehren seines Blutes wurden die weißen Blüten rot, und die Dornen fielen zum Zeichen der Ehrerbietung unverzüglich ab. All diese Stätten liegen innerhalb der riesigen Basilika Santa Maria degli Angeli, dem offiziellen Hauptquartier der Bettelorden der Franziskaner und Klarissinnen. Im Dorf mit seinen Parkplätzen für Reisebusse, mit religiösen Buchhandlungen, Andenkenläden und Herbergen für Minoriten und Minoritinnen auf Besuch ist auch die Verwaltung des heiligen Ordens untergebracht.

Wie Gabriel versprochen hatte, wurden sie im Hauptquartier der Franziskaner erwartet. Sie bekamen Zimmer, in denen sie wohnen konnten, solange sie wollten – und Kutten zum Anziehen.

»Die machen Witze«, sagte Lucy.

»Man hat Sie zu Ihrem eigenen Schutz mit einer Kutte ausgestattet«, erklärte O'Hanrahan einfach.

»Muß ich sie anziehen?«

»Hier, nehmen Sie, Schwester Lucy.« O'Hanrahan hängte ihr die Tracht über den widerstrebenden Arm. »Sie können nicht dauernd mit Ihrem riesigen roten Hut herumlaufen – damit würden wir sicher entdeckt.«

»Bis gestern *hatte* ich diesen Hut nicht, wie Sie sich wohl erinnern.«

»Das ist Ihr Schlüssel«, fuhr er fort und drückte ihn ihr in die Hand. »Ihr Klarissinnen seid da drüben ...« Er deutete auf die Gebäude auf der anderen Hofseite. »Eine Zelle für Sie allein. Aber passen Sie auf, wir Bettelmönche werden später am Abend eine kleine Jagd auf Unterhöschen veranstalten!«

Sie sah ihn nur an, keineswegs belustigt.

»Natürlich, wie ich höre, sind die armen Klarissinnen zu arm, um unter diesen Kutten noch etwas zu tragen, wie? Außer dieser Art von rosafarbenen Schlüpfern ohne Zwickel, die im *National Catholic Reporter* inseriert sind.«

Lucy schüttelte unwillig den Kopf. »*Ein* einziger Blitzstrahl ist alles, was nötig wäre, Dr. O'Hanrahan. Ein Blitz von oben, und Sie wären hin.«

»Deswegen sage ich solche Dinge nur im Haus. Gehen Sie!«

Und Lucy ging. Sie meldete sich bei einer freundlichen Schwester, die ein paar Brocken Englisch sprach. Lucy fragte nach einer Waschküche, und es gab eine Schwester, die für diese niedere Arbeit zuständig war; allerdings holte sie Lucys schmutzige Kleider nicht mit dem freudigen Lächeln ab, das ihrem Gelübde demütigen Gehorsams angemessen gewesen wäre. Lucy setzte sich in ihrem Zimmer im zweiten Stock, mit Blick auf die Rückseite der Basilika Santa Maria degli Angeli – ein scheußliches, monumentales Ding! –, auf ihr Bett und betrachtete die Kutte.

Sieht so aus, als würde Mutter doch noch ihren Willen bekommen: Lucy im Ordenskleid, Schwester Lucy, Braut Christi. Sie zog sich aus und schlüpfte in die Tracht. Eine moderne Tracht, richtig modisch, funktional für Wohltätigkeitsarbeit, ein knielanger Rock, ein eleganter Kragen und ein Perlengürtel, eigentlich todschick.

† † †

O'Hanrahan bestellte im Refektorium ein leichtes, unbefriedigendes Frühstück, legte die Franziskanertracht an und fuhr mit dem Bus nach Assisi: eine Stadt aus sorgfältig aufgeschichtetem rosa und weißen Felsgestein, die im Süden den Konturen der höheren Hügel folgt und im Norden im riesigen Festungsbollwerk der Basilika San Francesco kulminiert, die dem umbrischen Bauernland darunter massiv ihren Willen aufzwingt. Wie lange war es her, daß O'Hanrahan durch die Gassen und Durchgänge zwischen roh behauenen, bröckeligen Mauern spaziert und die abgetretenen, glatten Marmorstraßen hinauf und hinunter gegangen war, in dieser Stadt aus keuschem weißen Stein, die jeden Tag von der brennenden Sonne in ihrer mittelalterlichen Form konserviert wird und vom tiefblauen italienischen Himmel absticht, der Welt ihre Reinheit und ihren heiligen Ruhm verkündend.

O'Hanrahan stieg aus dem Bus und betrat eine niedrige Bar-Pasticceria, um einen starken, belebenden Kaffee zu trinken und ein kleines Gebäckstück zu essen. Das ist der Unterschied zwischen Frankreich und Italien, dachte er: In Italien schmeckt der Kuchen immer genauso gut, wie er aussieht. Ein Blick auf die Uhr zeigte, daß es neun war. Besser, er ließ sich jetzt gleich auf einen Wortwechsel mit den Franziskanern ein ...

O'Hanrahan ging auf die Basilika des heiligen Francesco zu, zwei prachtvolle Kirchen, die übereinander gebaut waren: die Unterkirche, ein Untergeschoß mit Gewölben und Schatten, und die Oberkirche, die gotische Perfektion Italiens, ein langes Schiff, überkrönt mit einem Dach von einem Aquamarinblau, das der sardischen Küste würdig gewesen wäre, besetzt mit goldenen Sternen; an den Wänden Giottos berühmte Fresken, die das Leben des heiligen Franz darstellen – den Verzicht auf das väterliche Erbe, die dunkle Nacht der Seele, den Empfang der Stigmata ...

»*Professore O'Hanana ...*«

»Das bin ich«, gab sich O'Hanrahan dem jungen, Englisch radebrechenden Novizen zu erkennen.

»Sie wollen miitkommen? Hier. Miit miir?« fragte er unsicher.

O'Hanrahan folgte dem lustlos wirkenden jungen Mann durch eine Reihe alter Gänge, über knarzende Holzböden, vorbei an Wandteppichen, die renovierungsbedürftige Stellen verbergen sollten, und Teppichen auf den schiefen Dielen, die dasselbe bezweckten. Der Professor wurde auf einem wuchtigen Sofa zurückgelassen, in einem Zimmer, in dem eine Minoritin langsam auf einer mechanischen Schreibmaschine tippte. Ein moderner Wandteppich aus den sechziger Jahren hing hier, der damals sicher absolut up to date war, jetzt aber grell und auffällig wirkte, zudem an vielen Stellen geflickt war. An einer anderen Wand, neben einem Bücherschrank mit Bänden, von denen manche vielleicht seit den Zeiten des heiligen Franz nicht mehr geöffnet worden waren, stand eine Reihe kleiner Statuen, darunter eine Plastik-Maria, ein knieender, stigmatisierter Franziskus. Jesses, dachte O'Hanrahan, sie haben die Künstler der Welt zur Verfügung, und das ist alles, was sie fertigbringen ...

»*Professore*«, sagte ein kleiner Mann, der auf der Schwelle zum angrenzenden Zimmer stand. »Willkommen in Assisi, willkommen!«

O'Hanrahan stand auf und bekam zwei Bruderküsse von dem Pater – Pater Paco Vico, wie sich herausstellte, einer der leitenden Bibliothekare des Ordens. O'Hanrahan bot an, Italienisch zu sprechen.

»No, no«, rümpfte Pater Vico die Nase, »*il mio inglese é perfetto!*« Er küßte seine Fingerspitzen. »Wir werden eine schöne Unterhaltung führen, ja?«

O'Hanrahan, der sich mit einem Urteil zurückhielt, folgte dem Bettelmönch in sein Büro, das einfach und zweckdienlich war – gelbbraune Gipswände, Bücherregale, ein schlichtes Kruzifix an einer Wand, ein Fenster mit Ausblick auf die hügelige Landschaft.

»Sie sind Ire, nicht wahr?« fragte Vico und setzte sich an seinen Schreibtisch, wo sein großer Stuhl ihn schier verschluckte.
»Ja, irisch-amerikanisch.«
»Dann möchten Sie morgens eine Tasse Tee, ja?«
Nein. Aber O'Hanrahan sagte höflich ja, das wäre sehr nett.
Pater Vico drückte auf einen irritierenden Summer, und der Novize kam nach einem kurzen Klopfen herein. Der Novize bekam die Anweisung, Tee zu holen.
»*Tè?*« brummte der Novize. »*Non ce n'è. Dove trovo del tè a quest'ora del mattino, padre?*«
»*Antonio, sono impegnato. Ma non sarà così difficile! Ora vai, per cortesia.*«
Der Novize schnaubte wie ein Pferd und wandte sich zum Gehen.
O'Hanrahan räusperte sich. »Wenn es Schwierigkeiten macht ...«
»Kein Problem, kein Problem.« Mit einer weit ausholenden Handbewegung setzte Pater Vico hinzu: »Wir sind eine internationale Gemeinschaft. Kosmopolitisch, wie?«
»Ja, Pater.« O'Hanrahan versuchte, zur Sache zu kommen. »Was die Schriftrolle angeht, die der junge Bruder Gabriel aus dem Safe, äh, entfernt hat ...«
Mit einer Geste brachte Pater Vico ihn zum Schweigen. »Schsch, warten Sie.« Er hob die Hände und lächelte ausdruckslos. »Warten Sie, bis Ihr Tee da ist. Ich glaube nicht, daß der junge Antonio etwas zu hören braucht, *capisce?*«
O'Hanrahan seufzte zustimmend.
Eine Minute verstrich. Einmal sah O'Hanrahan Pater Vico an, und sie lächelten einander zu. Dann kam Antonio mit einem Pappbecher, in dem ein Teebeutel schwamm, herein.
»*Una coppa? Una coppa di carta? Che bella, Antonio – ma non abbiamo qualcosa di meglio? Antonio, Antonio ...*«
O'Hanrahan hörte zu, wie sie über die Unschicklichkeit des Pappbechers stritten, und außerdem fehle die Milch – »*Con latte, ti dicevo, Antonio*« –, also machte Antonio sich noch einmal auf den Weg. O'Hanrahans Tee kam schließlich kalt – in einer Souvenirtasse mit einem Bild von Assisi darauf.
»Ist der Tee in Ordnung?«
»Prima.«

»Ganz bestimmt?«

O'Hanrahan hatte nicht vor, eine zweite Runde Teekochen auszulösen.

»*È superbo, signore.*«

Offensichtlich zufrieden lehnte sich Pater Vico zurück. »*Bene, bene.*«

O'Hanrahan lächelte höflich.

»Was ist diese Schriftrolle, *esattamente,* hm?«

»Pater, wissen *Sie* nicht, was diese Rolle ist?«

»*Si, si* – natürlich weiß ich, was sie angeblich ist. Was Ihr Assistent Gabriel gesagt hat. Er sagt«, hier blickte Pater Vico zur Decke, »es sei ein Evangelium des Apostels Matthias, ja?« Ernst legte der Pater die Hände zusammen. »Aber das ist doch nicht möglich, oder?«

O'Hanrahan hütete sich, die Schriftrolle den Franziskanern als zu wertvoll erscheinen zu lassen, so daß sie sie womöglich behalten wollten. »Natürlich«, begann er, »weiß ich es nicht. Es könnte eine Fälschung sein, ein Pseudo-Evangelium, das Jahrhunderte nach Matthias geschrieben wurde, eine wertlose Kuriosität. Ich hatte noch keine Chance, den Text zu übersetzen. Schließlich hat Bruder Gabriel sie mir zweimal gestohlen.«

Pater Vico fuhr unbeirrt fort: »Die Schrift ist seltsam, nicht wahr? Wir haben hier selbst versucht, sie zu – wie sagt man – *decifrare?*«

»Zu entschlüsseln.«

»Zu entschlüsseln, ja. Wir können es nicht. Wir haben diese Schrift nie zuvor gesehen. Unser Hauptbibliothekar sagt, sie sieht aus wie, äh, wie war das noch?« Pater Vico suchte auf seinem unordentlichen Schreibtisch nach einem kleinen Zettel, sah hier nach, sah da nach ... Ah, da war er. Dann suchte er seine Brille. Er machte diese Schublade auf – nichts –, zog jene Schublade auf, auch nichts ... Er hatte sie doch vor einer Minute noch gehabt – vielleicht neben dem Bücherschrank, nein. Nicht in seiner Kutte, aber er sah trotzdem nach. Ach, da war sie ja, vor ihm auf dem Schreibtisch. Er setzte sie auf und warf einen Blick auf das Wort, das er so sorgfältig aufgeschrieben hatte: »Ja. Oxyrhee ... ocherick ...«

»Oxyrhynchene«, half ihm O'Hanrahan, höchst ungeduldig. »Ja, es ist ähnlich – Ihr Bibliothekar ist sehr gescheit. Aber leider, es ist nicht Oxyrhynchene.«

»Nein«, seufzte Pater Vico und faltete seinen Zettel zusammen, »es ist nicht Oxyrhy ... Oxyrhy ...«

»Oxyrhynchene.«

»Nein, das ist es nicht.«

Einen Augenblick herrschte Schweigen.
»Sie *haben* die Schriftrolle doch, Pater?« fragte O'Hanrahan.
Als wäre das eine nachträgliche Überlegung, nickte Pater Vico zerstreut.
»Ähm, ja, ja, wir haben sie. Mit Ausnahme eines letzten Kapitels.«
»Ja, das Schlußkapitel fehlt.«
»Nun, das, was da ist, haben wir.«
»Natürlich ist die Rolle Eigentum der Hebräischen Universität in Jerusalem«, erinnerte der Professor.
»Natürlich ... sie haben sie oft verloren, nicht wahr?«
»Sie ist gestohlen worden, Pater«, verbesserte O'Hanrahan taktvoll.
»Und jetzt haben wir sie hier, nicht wahr?« Pater Vico lehnte sich auf seinem Stuhl zurück und sah zur Decke, auf die alten Holzbalken. Er sah auf die Wand, an der ein Gobelin mit einem Motiv von Giottos Fresken aus der Kirche nebenan hing: der heilige Franz vor seinem Vater. Dann sah Pater Vico zum Fenster hinaus. »Natürlich«, sagte er höflich, »werden wir überglücklich sein, die Schriftrolle der Hebräischen Universität zurückgeben zu können. Zu gegebener Zeit.«
»Zu gegebener Zeit?«
»Jawohl. Wir würden darauf bestehen, *professore,* daß Sie selbst die Schriftrolle übersetzen.« Pater Vico starrte weiterhin aus dem Fenster. »So viele Leute, die sie nicht besitzen sollten, sind hinter ihr her – daher meinen wir, es ist am besten, Sie arbeiten unter unserem Schutz daran. In Assisi.«
O'Hanrahan versagte sich jeden Kommentar.
»Sie darf nicht in die falschen Hände fallen, *professore* – der Schwarzmarkt, ein privater Sammler. Ich sage Ihnen, wir haben erfahren, daß einer unserer griechisch-orthodoxen Brüder im Geist der Dekrete von Papst Gelasius versucht hat, sich diese Rolle anzueignen, um sie zu vernichten, dem Feuer zu übergeben.« Er holte tief Luft. »Ja, ja, es ist wahr.«
Das war neu für O'Hanrahan.
»Ja, ein fanatischer Frater, der in Assisi herumschleicht – ein Grund, um besorgt zu sein, wie?«
»Vielleicht irren Sie sich«, meinte O'Hanrahan, dem es bei diesem Gedanken ganz kalt wurde.
Pater Vico, der sah, daß er O'Hanrahans Aufmerksamkeit erregt hatte, fuhr fort: »Im letzten Monat hatten wir einen Besuch von diesem Frater.

Ganz Italien hat er bereist, in jeder Bibliothek, jeder alten Sammlung ist er gewesen. Er fragt ganz offen nach dem Evangelium des Matthias.«

O'Hanrahan dachte mittlerweile über die verschiedenen Möglichkeiten nach. Er war Ende Mai in der Athener Bibliothek gewesen, um nach Schriftrollen des Eusebius zu forschen, außerdem war er in der Bibliothek des Metropoliten von Athen gewesen, um sich afrikanische Schriftrollen anzusehen ... es war nicht ganz auszuschließen, daß ein Bibliothekar zwei und zwei zusammengezählt hatte. Oder wahrscheinlicher, dachte O'Hanrahan, habe ich selbst zuviel herumgeplappert. O Gott. In den letzten vierzig Jahren hatte er jedem, der ihm zuhören wollte, erzählt, daß eine solche Schriftrolle existiere und er die Absicht habe, sie zu finden!

O'Hanrahan versuchte sich zu beruhigen. »Vielleicht ist Ihr fanatischer Frater gar kein Mönch, Pater. Vielleicht ist er ein verkleideter Sammler?«

Das glaubte Pater Vico nicht. »O nein, er ist ein Mönch – das weiß ich gut. Grauer Bart, schwarze Kutte, ein alter Mann.«

Eine Beschreibung, die auf jeden orthodoxen Mönch der Welt paßt, dachte O'Hanrahan.

»Er wird vielleicht ein Problem sein«, sagte Pater Vico. »So wie die Mafia.«

»Die ... die Mafia?«

»Ja. Deshalb haben *wir* die Rolle gestohlen, damit sie uns nicht zuvorkam.«

»Die Mafia?« wiederholte der Professor wie benommen.

Nun war Pater Vico völlig konzentriert; er beugte sich vor und senkte die Stimme. »Für einen Mann wie Sie, der weiß, wie die Dinge in Rom laufen, ist es sicherlich kein Schock zu hören, daß die Mafia tut, was der Papst will. Haben Sie schon davon gehört? Das ist sicher nicht ohne ein Körnchen Wahrheit.«

Die Mafiosi hielten sich selbst für gute Katholiken, erläuterte der Pater, und obwohl der Vatikan ihre Tätigkeiten kaum sanktioniere oder Geld wasche, weise er auch nicht zurück, was im Geiste christlicher Buße gegeben werde ... »Das läuft wie geschmiert, nicht wahr? Der Papst teilt den Kardinälen seine Wünsche mit, die sie den Bischöfen gegenüber erwähnen, die Bischöfe wiederum sprechen beim Mittagessen in den *trattorie* von Trastevere darüber.« Pater Vicos Hände beschrieben ein sich unablässig drehendes Rad. »Und bald weiß es jeder Pfarrer in der Diözese, alle wissen es. Was der Papst will, ist in Rom kein Geheimnis.«

Ob der Besucher gestern nachmittag in Florenz ein Abgesandter der Mafia gewesen sein konnte? O'Hanrahan beschloß, diesen Vorfall nicht zu erwähnen, denn er traute auch den Franziskanern nicht.
Pater Vico sah wieder aus dem Fenster und lachte leise. »Die Mafia, die 'Ndrangheta, die Camorra, wer auch immer, sie denken, wenn sie dem Papst einen Gefallen tun, indem sie ihm die Schriftrolle bringen – ah, wer könnte sagen, was das einbringt? Hunderte von Jahren Fegefeuer weniger, wer weiß?« Heiter lehnte sich Pater Vico auf seinem Stuhl zurück. »Und der Vatikan, wie auch immer er sie in die Hände bekommt, *will* sie haben.«
»Warum?«
»Um sie zu verbrennen«, erklärte der Pater schlicht. »Die Rolle ist sehr gefährlich, nicht? Ein Evangelium aus dem 1. Jahrhundert, das älteste existierende Evangelium der Welt.« Pater Vico, der offenbar scharfsinniger war, als es zuerst den Anschein gehabt hatte, zog die Augenbrauen hoch. »Ein Evangelium ohne einen Papst? Vielleicht ... vielleicht würde diese Schriftrolle unsere Vorstellung von Kirche revolutionieren. Vielleicht wäre Armut und Nächstenliebe die Botschaft, so wie Jesus gelehrt hat, so wie der heilige Franziskus gelehrt hat. Vielleicht war niemals beabsichtigt, daß es eine Hauptkirche geben sollte, hm? Vielleicht keine Priester, das ist fast sicher. Und wenn dieses Werk zeigt, daß Jesus *nicht* von den Toten auferstanden ist?«
Pater Vico zuckte die Achseln und legte wieder die Hände zusammen. »Das, es mag Sie überraschen, würde für unseren Orden keinen großen Unterschied bedeuten. Die Armen speisen – *das* zählt. Die Nackten kleiden – *das* zählt. Die Welt von Faschismus, Tyrannei, Armut und Unterdrückung befreien – *das* zählt. Sollte Christus nur ein heiligmäßiger Mann gewesen sein«, er zuckte wieder die Achseln, »viele hier unter uns würden deswegen in ihrer Mission nicht schwankend werden.« Er sah O'Hanrahan direkt in die Augen. »Aber welch ungeheuren Unterschied würde es für den Papst bedeuten!«
O'Hanrahan spürte, wie ein Lächeln über sein Gesicht glitt. Er hatte das vermißt, die *Romanità:* die Machenschaften und Intrigen der Kirche. Der Jesuit in ihm wurde wach. Und warum sollte den Franziskanern nicht daran gelegen sein, daß diese Schriftrolle nicht in päpstliche Hände kam? Seit Papst Paul VI. alles zur Hölle gehen ließ, hatten die römisch-katholischen Orden dem allzu anspruchsvollen Papsttum stets eine mächtige

Opposition entgegengesetzt – am stärksten die Jesuiten und Franziskaner, aber auch die *Maryknoll Fathers,* die Karmeliter, faktisch jeder bedeutende Gelehrte in jedem bedeutenden nordamerikanischen Seminar, Befreiungstheologen, eine große Anzahl von progressiven linken und sozialistischen Katholiken.

»Wie ich sehe, denken Sie wohl darüber nach, nicht wahr?« fragte der Pater.

O'Hanrahan nickte mit einem höflichen Lächeln. Seit dem katastrophalen, kriminellen Pius XII. hat es keinen Papst gegeben, der in bezug auf seine göttliche Autorität konservativer war als Johannes Paul II. Nicht nur, daß er sich bei den Wahlen der Jesuiten einmischte – er hat sogar den in Klöstern lebenden Karmelitern ins Handwerk pfuschen wollen und verlangt, sie sollten zu den uneinhaltbaren Ordensregeln der heiligen Teresa von Avila von 1581 zurückkehren. Johannes Pauls Kardinal Casaroli, der augenblickliche Zuchtmeister, hatte den Nonnen mitgeteilt, wenn sie nicht in mittelalterlichen Verhältnissen leben wollten, hätten sie ihren Orden zu verlassen.

(Dem unfehlbaren Geist scheint es entgangen zu sein, daß Paul VI. die Modernisierung der Karmeliter gebilligt hatte.)

Die Dominikaner, die darauf beharrten, ihren eigenen Weg zu gehen, wählten 1983 Pater Damian Byrne, einen Anhänger des beim Papst in Ungnade gefallenen Eduard Schillebeeckx. Dann verlagerte sich der Kampf hierher, nach Assisi, als 1985 der Generalobere gewählt wurde. Johannes Paul II. veröffentlichte damals einen barschen offenen Brief, in dem er die Franziskaner aufforderte, zum Gehorsam der ursprünglichen Ordensregel zurückzukehren. Die Wahl, die am Jahrestag des Mordversuchs an Johannes Paul II. abgehalten wurde, fiel auf den progressiven kalifornischen Pater John Vaughan, der mit großer Mehrheit in seinem Amt bestätigt wurde. Seine Antrittsrede war gespickt mit Anliegen der Dritten Welt, mit Themen wie Kriege und Flüchtlinge, dem langsamen Abrücken von Kapitalismus und Materialismus – die einzige Richtschnur sei »absolute Treue zum Evangelium«.

Ja, dachte O'Hanrahan nun, Treue zu den Berichten aus dem Evangelium und zu den frühen Christengemeinden, ohne Priester und ohne Bischöfe, würde in Rom keinen Anklang finden, und das *Matthiasevangelium* wäre zweifellos eine Trumpfkarte in jeder theologischen Debatte, wenn die Franziskaner weiterhin ihren eigenen Weg gingen ... Pater Vico war taktisch raffiniert: Man durfte den Vatikan auf keinen Fall in die Nähe der Schriftrolle kommen lassen.

»Wir würden gerne, wenn es möglich ist, Ihre Arbeit an diesem Schriftstück überwachen«, fuhr Pater Vico langsam und vorsichtig fort. »Wenn es revolutionär ist, dieses neue Evangelium, wenn es echt ist, wollen wir Sie und Ihre Ergebnisse unterstützen. Rom natürlich wird sich beeilen, Sie loszuwerden.«

Jede Wette, wenn man daran denkt, wie der Vatikan ursprünglich die Schriftrollen vom Toten Meer verurteilt hat, stimmte O'Hanrahan im stillen zu.

»Sie verzeihen uns unsere Vermessenheit, daß wir den Jesuiten die Schriftrolle abgenommen haben, hm?« Pater Vico lächelte O'Hanrahan zaghaft an. »Viele von dieser Gesellschaft Jesu sind ziemlich konservativ – diese sogenannten Ignatianer, die sich an den Eid vollkommener Treue zum Bischof von Rom halten.«

O'Hanrahan lächelte verbindlich zurück. »Und nachdem ich die Schriftrolle übersetzt habe, Pater, wird sie ihrem rechtmäßigen Besitzer zurückgegeben, der Hebräischen Universität?«

»Natürlich. Wenn die Wahrheit über das, was drinsteht, bekannt ist. Wenn die Welt Bescheid weiß.«

»Da ist noch ein Problem, Monsignore«, fuhr der Professor fort.

»Ich fürchte, in Assisi habe ich nicht die nötigen Hilfsmittel, um in die Geheimnisse dieses Dokuments einzudringen.«

Pater Vico nickte ausdruckslos.

»Ich nehme an, daß ich in die Vatikanbibliothek gehen muß, vielleicht in die griechischen Klöster, möglicherweise muß ich mit der Rolle nach Jerusalem oder Kairo – ich glaube nämlich, daß sie in irgendeiner geheimnisvollen afrikanischen Sprache geschrieben ist.«

Wieder lächelte Pater Vico. »Das ist kein Problem, *professore*. Wir haben überall Kirchen, nicht? Und gehe ich recht in der Annahme, daß Sie den Text fotografiert haben?«

Der Professor bestätigte das. »Aber ganz offen, mein Freund, ich möchte Sie bitten, mich die Schriftrolle *jetzt* sehen zu lassen.«

Pater Vico erwog das sorgsam, dann stimmte er zu. »Es ist gut, daß Sie bei dieser Sache niemandem trauen. Nicht einmal mir. Antonio!«

Antonio, der befürchtet hatte, man wolle ihn noch einmal nach einem Getränk schicken, bekam Anweisung, den Safe hereinzubringen. Im

Vorzimmer kramte er einen riesigen, klirrenden Schlüsselbund heraus und schloß eine Schranktür auf, die drei Schlösser hatte. Zum Vorschein kam ein kleiner Kombinationssafe auf Rädern. Mühsam rollte Antonio ihn über den unregelmäßigen Fußboden und die Teppichränder, die Widerstand boten.

»Er ist vollkommen sicher, *professore*«, sagte Pater Vico stolz.

O'Hanrahan starrte auf den lächerlichen kleinen Safe. »Aber der kann doch sicherlich aufgebrochen werden«, begann er.

»Ich allein«, erklärte Pater Vico und hob den Finger, »ich allein kenne die Kombination, und ich allein habe die Schlüssel zu dem Raum, in dem er steht. Fragen Sie Ihren Assistenten Gabriel. Er hat mit eigenen Augen gesehen, wie ich unseren Schatz in diesen Safe gelegt habe.«

O'Hanrahan forderte beharrlich, das Dokument *dennoch* sehen zu wollen.

»Na ja, gut ...«

Mit knackenden Gelenken ging Pater Vico in die Knie, stöhnend und seine steifen Knochen verwünschend, und nachdem er Antonio und den Professor aufgefordert hatte wegzusehen, öffnete er den Safe und überreichte O'Hanrahan die Rolle in einem schützenden, luftundurchlässigen Umschlag aus durchsichtigem Plastik.

Genau, das war sie.

»Wo immer Sie hinfahren müssen, werden wir Ihnen mit dem Originalmanuskript folgen, bewacht von unseren Brüdern, sicher und in unseren Händen. Kennen Sie San Francesco a Ripa in Trastevere?«

O'Hanrahan und der Pater vereinbarten, daß sie in Rom in diesem Stützpunkt der Franziskaner im Schatten des Vatikanstaats wieder zusammentreffen wollten. Pater Vico bot O'Hanrahan an, er und Bruder Gabriel könnten dort auch wohnen, wenn sie wollten.

»Ich habe keine weitere Verwendung für Gabriels Dienste«, stellte O'Hanrahan klar. »Wenn er fähig war, *mich* zu betrügen, könnte er auch fähig sein, *uns* zu betrügen. Er hätte die Rollen nicht zu stehlen brauchen, Pater. Wenn er mir die Sache so dargelegt hätte, wie Sie es getan haben, hätte ich sie Ihnen gegeben.«

Pater Vico tat das mit einer Handbewegung ab. »Seien Sie nicht zu hart mit ihm. Wir haben ihm nicht alles erklärt. Wir haben ihm nur gesagt, es sei äußerst dringend, daß er uns den *Matthias* bringe. Wir wollten ihn nicht mit Geschichten von Mafiosi und päpstlicher Politik beunruhigen.«

Pater Vico setzte ein etwas gezwungenes Lächeln auf. »Jetzt sind Sie hier, und die Rolle ist auch hier, und wir sind alle glücklich ... kein Grund mehr für Ärger.«
O'Hanrahan nickte ohne große Begeisterung.
»Ihr Tee ist kalt – wir haben geredet, und ich habe Sie ihn nicht trinken lassen. *Mi dispiace,* ich werde Ihnen frischen Tee bringen lassen ...«
»Nein, es ist schon in Ordnung.«
»Es ist kein Problem ...«
»Nein, vielen Dank, wirklich nicht ...«
»Aber es ist kein Problem ...«
Et cetera.

† † †

Lucy sah sich mittlerweile die Sehenswürdigkeiten in der Stadt an. Sie hatte ein Schläfchen gemacht und war gegen elf von einer Schwester geweckt worden, die ihr sagte, es sei eine Nachricht für sie da. Eifrig war sie die Treppe zum Empfang hinuntergerannt, in der Hoffnung, Gabriel habe sich gemeldet, aber es war nur ein Anruf von Dr. O'Hanrahan, der ihr befahl, um Punkt 13.30 Uhr zum unteren Eingang der Basilika von Assisi zu kommen.
»Lucy!« dröhnte O'Hanrahan.
»Dr. O'Hanrahan!« rief sie und eilte über den Parkplatz, um ihm ihren Fotoapparat in die Hand zu drücken. »Könnten Sie bitte? Ein Foto von mir vor der Basilika? In meiner Nonnentracht. Bestimmt kann ich es eines Tages für einen guten Witz brauchen.«
O'Hanrahan erfüllte Lucy die Bitte, aber täuschen konnte sie ihn nicht. Er wußte: Es war ein prickelndes Gefühl für sie, sich hier fotografieren zu lassen, in der Uniform der Klarissinnen. Wie schon in Irland ging es O'Hanrahan durch den Kopf: Wie machen wir das bloß? Wir nehmen unsere jungen katholischen Frauen und sperren sie ein, kastrieren sie, quälen sie mit Keuschheit und Entsagung. Armes Mädchen, dachte er, als er die Kamera auf Lucy richtete. »Entspannen Sie Ihr Gesicht«, sagte er.
»Es *ist* entspannt«, widersprach Lucy, obwohl sie ein starres Fotografiergesicht aufgesetzt hatte.

O'Hanrahan drückte auf den Auslöser – er wollte endlich zum Mittagessen.

Sie gingen in ein Restaurant in der Via San Ruffino, in dem der Professor vor Jahren schon gewesen war. Eigentümer und Speisekarte hatten gewechselt, man nahm nun Kreditkarten an und die alte Idylle war offenbar ruiniert, aber es war zu heiß, um etwas Malerisches zu suchen. Also hatten sie sich mit dem kleinen Lokal zu begnügen. O'Hanrahan prüfte sofort die Weinregale an der Wand.

»Rosé? Die Gelegenheit müssen wir nutzen«, sagte er, winkte der Kellnerin und bestellte eine Flasche umbrischen Rosato aus der Gegend. Die Kellnerin wußte allerdings nicht, welcher Winzer diesen Nektar herstellte.

»*Der Name des Rosé*«, witzelte O'Hanrahan, aber Lucy bemerkte es gar nicht. Egal. Er schenkte den rosafarbenen Wein ein; Lucy feierte den Tag mit einem halben Glas.

»Ich sehe, der Geist der Verneinung ist ungeschwächt«, bemerkte O'Hanrahan.

»Wenn ich ein ganzes Glas trinke, schlafe ich sofort ein, und das will ich nicht, weil diese Stadt so wundervoll ist. Heute vormittag war ich oben in Santa Chiara.«

»Haben Sie die verschleierten Nonnen gesehen?«

»Ja.« Lucy nippte am Rosato. »Klaras unverwester Leichnam war da, dunkel und verschrumpelt. Ich habe sofort an Sie gedacht.«

(Klara war nicht so eine Zimperliese, wie die Heftchenbiographen glauben machen wollen. Als der unschlagbare Friedrich Barbarossa auf Assisi zumarschierte, steckte Klara die geheiligte Hostie in eine Monstranz und stieg auf den höchsten Punkt der Stadtmauern. Der Anblick der Kranken dort oben im Wind, gestützt von Mitschwestern, erfüllt von einer Macht, die nicht von dieser Welt ist, brachte Friedrich untypischerweise dazu, wieder abzuziehen. Das unbewaffnete Assisi wurde verschont.)

»Es gibt so viele Legenden«, sagte Lucy. »In meinem Führer steht, die vielzitierten Stigmata des Franziskus hätten nie existiert. *Er* sah sie, aber sie waren nicht auf seinem Körper. Das ist die berühmteste Geschichte über den heiligen Franz, und sie ist nicht einmal wahr.«

»Dasselbe wie bei Katharina von Siena«, erwiderte O'Hanrahan und riß sich ein Stück Brot ab. »Auch sie war die einzige, die ihre Stigmata sehen konnte. Und ihren Ehering.« Der Professor sah Lucy mit funkelnden Augen an.

Soll ich fragen? dachte Lucy.
(Du schiebst das Unvermeidliche nur hinaus, wenn du es nicht tust.)
Die Nudeln kamen, und Lucy beschloß, eine Wiederholung des unappetitlichen Vortrags von gestern zu riskieren. »Katharinas Ehering?«
O'Hanrahan ließ sich näher aus: »Die heilige Katharina von Siena, die die Kunst des 14. Jahrhunderts, Masochismus und Selbstgeißelung, praktizierte, die erste berühmte Anorektikerin und Bulimikerin – die sich selbst bestrafte, indem sie alles erbrach, was sie gegessen hatte, die dem Satz ›Eßt Schmutz‹ einen neuen Klang gab, weil sie es wirklich tat –, war glücklich, ihre mystischen Visionen mitzuteilen. Dazu gehörte eine Hochzeit mit Christus, bei der die Heilige Jungfrau ihrem Sohn den Segen gab und Christus die Himmelsleiter herunterstieg, um Katharina in ihren Entrückungen und Ekstasen zu umarmen. Als Zeichen ihrer Verbindung steckte Christus ihr seine abgeschnittene Vorhaut als Ehering an den Finger.«
Lucy kaute langsamer an ihren *ditali* in Sahnesoße. »Sie wollen mich schon wieder fertigmachen, nicht wahr?«
»Später in ihrem Leben, Schwester Lucy, veränderte dieser Ring, den sie als Zeichen ihrer göttlichen Demut als einzige sehen konnte, sein Aussehen, und sie wurde blind von seinem Glanz, als sie auf ihre Hand sah, so übervoll von den Juwelen des Himmels war sie, so blendend war Christi rubinverzierte, diamantbesetzte Vorhaut.«
»Diese Frau wurde *heiliggesprochen?*«
»Komische Sache«, meinte O'Hanrahan und ließ sich seine Nudeln schmecken, »der Spinner der einen Generation, auf dem Scheiterhaufen verbrannt, wird der Heilige der nächsten Generation. Bring diese Vorhautstory im späten 17. Jahrhundert in Salem, Massachusetts, daher, und schau zu, wohin sie dich bringt. Der heilige Antonius hat die heilige Hostie an ein Maultier verfüttert, um zu zeigen, daß sogar die Tiere sich nach der Eucharistie sehnen, während die Menschen faul geworden waren und nicht in die Kirche gingen. Die Kirche hat Tausende von Juden für weniger einfallsreiche Entweihungen umgebracht.«
»Also, wenn es geht, sprechen wir nicht mehr von göttlichen Körperteilen ...«
»Sie meinen, wie etwa die heilige Plazenta?«
Lucy sah O'Hanrahan ungläubig an.
»Doch, wirklich, es gab eine Reliquie der heiligen Plazenta und eine

Reliquie der heiligen Nabelschnur, beides zur Zeit Karls des Großen in der Schatzkammer des St. Johannes im Lateran. Wenn schon allein die Berührung von Christi Gewandsaum Heilung bringen konnte, kann man sich vorstellen, daß man auch einen Weg zur Plazenta fand. Antike und mediterrane Völker haben die Plazenta gewöhnlich gegessen, eine Art Volksbrauch. Vielleicht war die Plazenta im Lateran nicht die echte, die Maria und Josef sich gekocht hatten. Ein bißchen Salz, ein bißchen Knoblauch ...«

Lucy kaute entschlossen. »Kann es denn bei einer göttlichen Geburt, bei einer Frau, die unbefleckt empfangen hat, überhaupt eine Plazenta geben?«

»Das ist die Art von Fragen – etwa, ob Christus einen Nabel hatte –, von denen die mittelalterliche Kirche besessen war. Man sieht Ikonen und Gemälde der Kreuzigung mit und ohne Nabel, je nachdem, wie der Künstler es mit dem Menschsein Christi hielt. Interessanter wäre aber Marias Physiologie.« O'Hanrahan riß ein Stück Brot ab. »Glauben Sie, daß für sie eine Klitoris vorgesehen war?«

Lucy spuckte fast den Wein über den Tisch. »Pardon«, stammelte sie.

»Wenn sie ohne Sünde empfangen hat und von den Griechen für *Theotokos,* die Gottesgebärerin, und von der katholischen Kirche für ein halbheiliges, Vollkommenheit austragendes Gefäß gehalten wird, muß man sich fragen, ob sie die Voraussetzung zu solch sündiger Stimulierung hatte.«

»Man muß sich *nicht* fragen«, widersprach Lucy, die ihre Sprache wiedergefunden hatte. »Ihnen zuzuhören genügt, um protestantisch werden zu wollen.«

»Seltsam, daß Sie das gerade in Assisi sagen. Franziskus *war* der erste Protestant, da er Treue zum Evangelium stärker predigte als Kirchentradition. Ein paar Generationen lang wurden Franziskaner auf dem Scheiterhaufen verbrannt, weil sie den Papst zur Armut mahnten. Eines meiner Lieblingsstückchen aus dem Denken des Vatikans ist das *Quia vir reprobus* von Johannes XXII. aus dem 14. Jahrhundert. Das Papsttum hatte nur den Wunsch, die Menschheit zu dem Zustand vor dem Sündenfall zurückzuführen.«

(*Quia vir reprobus* war eine gediegene Verteidigung des päpstlichen Materialismus, die darauf beharrte, daß Christus seinen Aposteln Besitz erlaubte. Johannes entschied, daß Gott Adam und Eva das Paradies als

*Eigentum* gegeben hatte, als Anlage und Grundeigentum, das sie besitzen sollten.)

»O Junge«, sagte Lucy. O'Hanrahan schenkte sich noch ein Glas ein, und Lucy erlaubte ihm, auch ihr ein halbes Glas nachzugießen, während sie innerlich rechnete. »Wollen Sie behaupten«, fragte sie dann, »daß es seit der Zeit von Avignon bis zu Johannes XXIII., der Papst war, als ich aufgewachsen bin, keinen Papst Johannes mehr gegeben hat?«

(Unser geliebter Johannes XXIII., der kurz regierende Papst der sechziger Jahre, war ein großer Anhänger des heiligen Johannes und versuchte, den Namen zu rehabilitieren, den häufigsten in der päpstlichen Nomenklatur, aber auch einer der am meisten besudelten. Hätte unser Johannes länger gelebt, hätte er vielleicht den Katholizismus rehabilitiert.)

»Johannes war ein unglückseliger Name«, erklärte O'Hanrahan, der sich die einzelnen Vertreter ins Gedächtnis rief. »Johannes I. reiste 526 nach Byzanz und wurde so luxuriös empfangen, daß König Theoderich von Italien eifersüchtig wurde – der Papst mußte daher bis zu seinem Tode im Gefängnis schmachten. Johannes III. wurde von den Langobarden aus Rom gejagt. Johannes VIII. war der erste Papst, der ermordet wurde – zuerst versuchte man erfolglos, ihn zu vergiften, dann knüppelte man ihn zu Tode. Johannes XII. verwandelte den Lateran in ein Bordell mit einem orientalischen Harem und umgab sich mit Höflingen und Jungfrauen, die er schändete; mehrere Synoden traten zusammen, um ihn abzusetzen, aber sie hätten sich die Mühe sparen können, denn sein sexueller Appetit zerrüttete seine Gesundheit, und während er es im päpstlichen Bett mit einer verheirateten Frau trieb, erlitt er einen Schlaganfall ... mit siebenundzwanzig.«

»Flottes Tempo«, meinte Lucy beeindruckt.

O'Hanrahans Liste ging weiter. »Johannes XIV. wurde von einem anderen Anwärter auf den Heiligen Stuhl abgesetzt und ins Gefängnis geworfen, wo man ihn verhungern ließ. Und ein Papst Johannes war natürlich eine Frau.«

Lucy war skeptisch.

»Sehen Sie sich den Dom von Siena an«, schlug O'Hanrahan vor. »Zwischen den Vergoldungen und Marmorstreifen dieses Tempels ghibellinischer Prachtentfaltung stehen Statuen von jedem Papst bis in die heutige Zeit. Und darunter ist die Büste einer Frau. Reformatoren wie Hus, Luther und Calvin wußten von Päpstin Johanna und verwendeten sie als Argument in ihren Tiraden gegen Roms Korruptheit. Und Rom hat es nie abgestritten.«

(Folgendes ist passiert: Unter all den Kutten und Roben hatte es im 9. Jahrhundert eine junge Frau von großer Gelehrsamkeit und Frömmigkeit fertiggebracht, alle übrigen Kardinäle zu täuschen und zum Papst gewählt zu werden. Zwei Jahre regierte sie, geliebt vom Volk, und wurde erst als Frau entdeckt, als sie während einer öffentlichen Prozession niederkam ... Das arme Ding war so weltfremd, daß sie von den Mechanismen des Geschlechts nichts verstand, was ein skrupelloser Priester ausnützte. Zu manchen Zeiten vergaß Päpstin Johanna wirklich, daß sie eine Frau war. Aber jetzt ist sie bei Uns, wo es nicht Mann noch Frau gibt.)

»Und bis zum heutigen Tag vermeiden päpstliche Prozessionen die alte Route zwischen dem Kolosseum und San Clemente«, schloß O'Hanrahan.

»Cool.« Lucy war sehr einverstanden mit einem Papsttum, das gleiche Chancen bot.

»Johannes XVI.«, berichtete O'Hanrahan genüßlich weiter, »zog sich den Zorn des Heiligen Römischen Kaisers zu. Man stach ihm die Augen aus, schnitt ihm die Nase und die Lippen ab, verstümmelte seine Hände und setzte ihn dann rückwärts auf ein Maultier und ließ ihn so durch die Stadt paradieren, wo der Mob, immer bereit zu einer Schau, ihn mit Abfall und Dung bewarf. Dann ließ man ihn in einem Kloster verfaulen. Er lebte noch Jahre.«

»Ich glaube, wir hatten genug von den Päpsten Johannes, danke«, sagte Lucy.

»Über Johannes XXI. stürzte die Decke ein.«

»Ist mir egal.«

Bald darauf saßen Lucy und der Professor allein in der Trattoria und verstanden den Wink der Mamma, die auftauchte, um krümelige Tischdecken einzusammeln und den Boden zu fegen – sie war ungeduldig, aber dennoch drängte sie die beiden *religiosi* nicht ganz offen zur Eile. Sie bezahlten und blieben noch einen Augenblick draußen stehen, um ihre nachmittäglichen Aktivitäten abzusprechen.

»Ich gehe zurück ins Kloster und nehme mir die Schriftrolle vor«, teilte O'Hanrahan mit. »Es ist Zeitverschwendung, aber ich dachte mir, ich würde in der Bibliothek hier einmal nachsehen, ob irgend etwas über Matthias oder Proto-Oxyrhynchene zum Vorschein kommt.«

»Das Wort kommt mir bekannt vor. Oxy …«
O'Hanrahan hätte sich ein glückliches Leben vorstellen können, ohne das verdammte Wort je noch einmal sagen zu müssen. »Oxyrhynchus war eine römische Stadt in Ägypten, und der afrikanisch beeinflußte Dialekt früher koptischer Schriften ist Oxyrhynchene.«
»Klingt wie eine Medizin gegen Akne.« Plötzlich veränderte sich Lucys Gesichtsausdruck. »Ich fasse es nicht.«
»Was?« O'Hanrahan drehte sich um und sah eine strahlende, winkende Gestalt näher kommen. »Ha, das ist der Typ von gestern …«
»Farley«, bestätigte Lucy verdutzt.
»Er mag Sie, Schwester Lucy. Ich habe auf dem Markt beobachtet, wie er Ihnen Blicke zugeworfen hat. Wir sind nicht mehr lang in Assisi, Sie haben also nicht viel Zeit. Wenn es das große Date werden soll, müssen Sie fix sein.«
Farley trat lächelnd zu ihnen. Einen Moment war er irritiert wegen Lucys Nonnengewand und fragte sich, ob er sich täuschte. »Hi, Lucy, erinnerst du dich an mich?«
»Hi, Farley«, brachte Lucy leicht errötend heraus.
»Mann, du bist wirklich katholisch, wie?«
»Was führt dich nach Assisi?« fragte Lucy und wünschte, der Professor dräue nicht mit seiner hochragenden Gestalt über ihnen beiden.
»Na ja, ich wollte eigentlich direkt nach Rom, aber du hast gesagt, Assisi ist sehenswert, und da bin ich.«
»So ein Zufall«, mischte sich O'Hanrahan ein und legte Farley väterlich die Hand auf die Schulter. »Wir fahren auch als nächstes nach Rom, eine Woche lang oder so. Sie müssen uns besuchen. Das heißt, wenn Schwester Lucy nicht gerade ihre spezielle Arbeit für den Papst erledigt.«
»*Schwester* Lucy?« fragte Farley niedergeschlagen. »Oh, hallo Sir. Ich habe Sie in Ihrer Mönchstracht nicht erkannt.«
O'Hanrahan schaltete wieder um zu seiner altvertrauten Nummer als hyperirischer Priester: »Lucy, Darling, ich muß zur Messe und dann ein Gläschen mit dem Bischof picheln. Gottes Segen, Schwester.« Er machte mehrere Kreuzzeichen über der nicht eben erfreuten Lucy, dann auch über Farley. »Gottes Segen, mein Junge. *Virgo virginum praeclara, mihi iam non sis amara.* Vergessen Sie nicht, Schwester, Beichte um neun Uhr abends. In meinem Zimmer!«
Dann marschierte er die Straße hinunter zum Hauptplatz und ließ einen

perplexen Farley zurück. Immerhin fühlte der sich in seiner Vorstellung von katholischem Hokuspokus mehr als bestätigt.
»Achte nicht auf Pater O'Hanrahan«, sagte Lucy und setzte eine selige Miene auf.
»Ich habe nicht gewußt, daß du Nonne bist.«
»Vielleicht trete ich ja bald aus dem Orden aus.«
»Kannst du das?«
»Mit Erlaubnis des Papstes«, nickte sie, ein wenig ärgerlich über sich selbst, weil sie mit ihrem schlichten Bekannten solche Spielchen machte. Heute war Farleys Outfit modisch eine Stufe tiefer gesunken – Jeans, T-Shirt und eine John-Deer-Farmermütze als Sonnenschutz. Aber er hat die Art Aussehen, die einem langsam ans Herz wächst, dachte Lucy.
»Mein Daddy sagt, der Papst ist auch nichts Besseres als jeder andere – und daß er so ein großes Tier ist, war nicht wirklich das Werk von Jesus.«
»Eine Menge Franziskaner würden dir da sofort zustimmen, Farley«, erwiderte Lucy, nach einer Fluchtmöglichkeit suchend. »Bist du allein unterwegs?«
»O nein. Ich bin mit ein paar Leuten von meiner Schule hier, meinem Bible College in Louisiana, von dem ich dir erzählt habe. Wir fahren nach Rom, Nazareth und Jerusalem.«
»Richtig«, sagte Lucy und blieb am Eingang einer kleinen Kirche stehen. San Francesco Piccolino, wie das Schild mitteilte. »Ich glaube, ich muß jetzt meinen Rosenkranz beten, Farley.« Armer Junge, dachte sie, er ist wirklich enttäuscht, daß wir nicht Freunde sein können. Okay, er ist nicht das Allerletzte, auf seine Südstaatenart – direkt raus aus der Scheune – ganz süß, aber du kannst etwas Besseres haben, ungeachtet deiner bisherigen nichtexistenten Eroberungsliste ...
»Kann ich dir dabei zusehen?«
»Wie bitte?«
»Beim Rosenkranz beten. Ich bin ein bißchen neugierig. Betest du zur Jungfrau Maria?«
Lucy verschränkte die Arme. »Das könnte man. Zu Jesus, zu Gott, zum Heiligen Geist, den ich vorziehe, und zu den Heiligen. Man kann zu einem oder zu allen beten; jedem seine persönliche Zusammenstellung.«
Farley schüttelte den Kopf, nicht überzeugt. »Ich glaube nicht, daß man von euch erwartet, zu Leuten wie Franziskus zu beten.«

»Johann Calvin, der radikalste protestantische Reformer und Gegner der katholischen Kirche, hielt das Beharren in der Gnade der Heiligen für eine Doktrin, Farley. *1. Korintherbrief* 6,2: *Wißt ihr denn nicht, daß die Heiligen die Welt richten werden?*«
Farley lächelte breit. »Wow, du kennst deine Bibel aber, Lucy! Oh – Schwester Lucy.«
»Aber ich stimme zu, daß der Heiligenrummel in einem Land wie Italien außer Kontrolle ist. Fast schon Götzenverehrung.«
»Klar«, stimmte Farley zu; er sprudelte eine Reihe von Fragen hervor, ohne erkennen zu lassen, daß sein Redefluß in absehbarer Zeit versiegen würde.
»Und was ist mit dir, Farley?« fragte Lucy und hoffte auf eine Pause in ihrer katholischen *Summa theologica.*
Sie erfuhr, daß er nach dem Fernsehprediger Farley Bullins benannt war; sein Bruder hieß mit Vornamen Billy Graham, seine Schwester Katherine Kuhlmann, und sie hatte gerade ein Baby bekommen, das ursprünglich Jimmy Swaggart Jones heißen sollte, aber nach Mr. Swaggarts Fehltritt kam das nicht mehr in Frage; Swaggart war ohnehin kein besonders hübscher zweiter Vorname, wie? In Louisiana war es zwar genauso heiß wie in Italien, aber doch schlimmer, weil feuchter. In Gulfport, wo Farleys Familie die Ferien verbrachte, wurde es manchmal so feucht, daß man nicht aus dem Motelzimmer gehen konnte ...
»Ah, das sind die Glocken«, erklärte Lucy, als es vier Uhr läutete und Zeit zur Messe war. »Ich muß los«, erklärte sie nachdrücklich. Wenn die Unterhaltung schon auf das Niveau des Wetters gesunken war, war es offenbar an der Zeit, sich in die gnädigen Arme der Kirche zu werfen.
»Okay«, seufzte Farley, »ich wohne im *Albergo de Spoleto.* Wenn du heute abend vielleicht vorbeischauen magst ...« Farley scharrte ein wenig mit den Füßen. »Wir könnten was Italienisches essen oder so.« Einen Augenblick ergriff ihn Panik. »Das heißt, wenn du nicht irgendwas Religiöses machst, irgendeine Art *Fasten* oder so.«
Hartnäckiger Junge. Ließ sich von der Ordenskutte nicht entmutigen.
»Vielleicht komme ich später vorbei«, sagte Lucy, bevor sie endgültig in die Kirche schlüpfte.
»Vielleicht sehen wir uns in Rom?«
Aber Lucy war bereits in Sicherheit. Erschöpft saß sie da, die Füße wund vom Laufen, aber entzückt von Assisi, voll Vorfreude auf Rom und

schläfrig nach ihren zwei halben Gläsern Rosato von Assisi. Diese Kirchen boten Asyl vor der unerbittlichen italienischen Sonne. Wie wohltuend der kühle Schatten war ... Wenn sie jetzt nicht sofort zurück in die Herberge ging und ein Nickerchen machte, würde sie wirklich an Ort und Stelle einschlafen.

† † †

Bevor Lucy sich hinlegte, faxte sie pflichtbewußt einen Bericht über ihre Fortschritte nach Chicago, in dem sie, auf O'Hanrahans Drängen, lediglich mitteilte, alles gehe gut, und andere vage Dinge. Inzwischen war eine Nachricht für sie gekommen, die die Schwestern ihr aushändigten.
Nach ihrem Schläfchen beschloß Lucy, in die Stadt zu gehen, und begann, sich herzurichten. Sie besprühte sich mit Parfüm – huch, ich wette, das ist tabu für eine Klarissin. Aber vielleicht merkt's ja niemand.
Sie sah aus dem Fenster auf die Rückseite der Basilika Santa Maria, die hübscher war als die Vorderseite. Im Schatten des frühen Abends spielten Kinder unter ihrem Fenster im staubigen Kirchhof, streitend, kreischend, juchzend, brüllend, und die Große begründete gerade, warum sie die Kleine gehauen hatte. Kinderspiele kennen anscheinend nicht viele Variationen. Lucy winkte dem kleinen Mädchen zu – war sie fünf? sechs? –, das sich im Schmutz amüsierte und zufrieden darin schwelgte, wild und braungebrannt. Das Mädchen sah empor zu Lucy und zeigte, daß es für die Schwester ein Kreuzzeichen machen konnte. Beifällig machte Lucy ebenfalls das Kreuz. In diesem Aufzug bin ich eine gezeichnete Frau, dachte Lucy und prüfte ihre Erscheinung noch einmal im Spiegel, bevor sie hinausging in den umbrischen Abend.
Zufällig kam Lucy im Hof an O'Hanrahan vorbei, der in Begleitung zweier Mönche war, von denen einer eine dekorative Flasche mit einem smaragdgrünen Likör im Arm trug.
»Huuiii, Schwester Lucy!«
Okay, vielleicht doch ein bißchen zuviel Parfüm. »Ich dachte«, lächelte sie, »ich sehe mir einmal das Nachtleben von Assisi an.«
Einer der Mönche, ein Amerikaner, meinte: »Nachtleben in dieser Stadt? Seit den Tagen des heiligen Franz ist es nicht besser geworden.«
O'Hanrahan kam einen Schritt näher. »Schwester Lucy, ich denke, Sie

wissen, daß Ihr Gelübde kein solches Schwelgen in fleischlichem Vergnügen erlaubt.«

»Gute Nacht, Dr. O'Hanrahan.«

»Grüße an Farley«, rief O'Hanrahan ihr nach. »Und denken Sie daran, um Mitternacht fahren wir nach Rom ab!«

Lucy nahm den Bus nach Assisi; ein junger Mann bot ihr einen Sitzplatz an. Ihr gegenüber saßen ein Junge und ein Mädchen, ineinander verschlungen wie alle jugendlichen Pärchen Italiens; sie küßten einander alle paar Sekunden, die Hände auf den Beinen des anderen, aneinandergekuschelt, sich gegenseitig im Haar wühlend ... Aber sie hörten damit auf, als Lucy – Schwester Lucy – sich auf den Sitz gegenüber setzte. Das Mädchen lächelte Lucy freundlich an, und Lucy blinzelte zurück. Sie konnte sich ihre Unterhaltung vorstellen, wenn sie aus dem Bus gestiegen waren: Warum hast du aufgehört, mich zu küssen? Das Mädchen würde antworten, es habe nicht gewollt, daß die *suora* fühle, ihr gehe in Liebesdingen etwas ab – das arme Ding! Dann würden beide lachen und wieder anfangen, sich zu küssen, um die verlorenen Augenblicke aufzuholen.

Ehe sie sich's versah, war sie schon an der Haltestelle Piazza del Commune, dem Zentrum von Assisi, mit ein paar Cafés, Andenkenläden, einer anscheinend mittelalterlichen Stadthalle mit einem alten Turm und – als bräuchte Assisi noch eine Sehenswürdigkeit – einem zerfallenden römischen Tempel. Sie griff in die Tasche ihrer Tracht nach der Notiz, die man ihr gegeben hatte ... acht Uhr abends am Tempel der Minerva. Als habe die Glocke auf dem Platz ihren Zettel gelesen, begann sie nun die Stunde zu schlagen. Lucy ging zum Tempel, der jetzt von mittelalterlichen Gebäuden in derselben Höhe umgeben war, was irgendwie komisch wirkte. Minerva war Jupiters jungfräuliche Lieblingstochter; nun war die Kirche Maria geweiht. Lucy stellte sich O'Hanrahans Kommentar vor: kein wesentlicher Unterschied.

Sie konnte es kaum erwarten, daß Gabriel kam.

Lucy hatte ihren Irrtum mit David McCall hinter sich; er erschien ihr nur mehr als eine ferne Möglichkeit – wie jemand, der auf der anderen Seite eines Abgrunds steht. Nein, sie sollte ihre Aufmerksamkeit lieber wieder Gabriel zuwenden: ein netter katholischer Junge aus Bridgeport, der mich versteht ...

»Ein langer Weg von der Archer Road, wie?« hörte sie ihn hinter sich sagen.

Lucy wirbelte herum und sah Gabriel, immer noch in seiner Mönchskutte. Lächelnd trat er zu ihr, umarmte sie, küßte sie auf die Wange. Dann stand er da, auf den Fußballen wippend vor Freude, seine alte Freundin wiederzusehen. »Es ist vorbei!« sagte er mit seiner hohen Stimme. »Meine Mission ist beendet, und jetzt kann ich zum erstenmal seit Monaten nachts wieder ruhig schlafen! Weißt du, ich wollte in Oxford und in Ballywaycross mit dir reden – aber ich konnte einfach nicht, bis ich das alles hinter mir hatte, Luce.« »Ich verstehe«, antwortete sie ehrlich. »Aber jetzt scheint sich mit O'Hanrahan ja alles zum Besten gewendet zu haben, wie?«

Sie spazierten zu einem Café in der Nähe, nicht weit von dem Lokal, in dem Lucy und der Professor gegessen hatten. Draußen standen nur vier Tische, alle besetzt. Sie warteten ein wenig, und schließlich brachen zwei junge Mädchen auf, die beim Gehen anscheinend über den Bruder und die Schwester kicherten und sich eine Szene wie aus Boccaccio vorstellten, schäkernde *religiosi*. Nun, Lucy hoffte so ungefähr dasselbe.

»Ich liebe Assisi«, sagte Gabriel. »Es war wirklich etwas ganz Besonderes, hier zu sein und zu sehen, wo der heilige Franziskus gelebt hat. Ich meine, du kennst mich doch, was habe ich mich schon um Franziskus geschert? Aber in vieler Hinsicht war er wie ich. Er war oft depressiv, er hat Gedichte geschrieben.« Er rollte die großen braunen Augen komisch gen Himmel. »Hey, erinnerst du dich an meine Klassiker? Meine großen Gedichte im ersten Studienjahr?«

»Ich erinnere mich«, erwiderte Lucy.

Das Café war ein Jugendtreff, und die *ragazzi* schienen es übelzunehmen, daß der Mönch und die Nonne in ihre Sphäre eingedrungen waren. Der Schwall schlechter italienischer Popmusik mit zu lauten Instrumenten, immer wieder unterbrochen von derselben Madonna-Single, plärrte ihnen zusammen mit den Videospielen an der Bar ins Ohr. Ein Kellner brachte ihnen gleichgültig die bestellten Getränke, einen Cappuccino für Lucy und für Gabriel eine grüne Limonellengranita, die er durch einen Strohhalm schlürfte.

»Na ja, auf alle Fälle«, sagte Gabriel, und seine großen Hände deuteten nichtssagende Gesten an, »sind manche der Brüder, die man hier kennenlernt, etwas ganz anderes, Lucy. Marxisten, Waffenschmuggler für die Dritte Welt, ein kanadischer Bruder hat gelehrt, es sei unsere Pflicht, Leute wie Pinochet oder Ceausescu zu ermorden – kannst du dir das vorstellen?« Er redete weiter, und Lucy fiel in eine alte Gewohnheit zurück: so zu tun, als höre sie Gabriel zu. Gabriel, dachte sie, hat sich seit der Zeit in St. Eulalia nicht sehr verändert: ein wenig blasser, ein melancholischer Oliventon der Haut, die großen braunen Augen intelligenter, als er ist, nützlich vor allem, wenn er in großer Schau demonstrieren will, wie empfindsam er ist. Obwohl diese Eigenschaft für Lucy nicht unbedingt bedeutete, daß jemand auch *gut* ist.

»... also bin ich dem Orden eben beigetreten, um meinen wahren Gefühlen auszuweichen, weil ich gehofft habe, mich dadurch in Gottes Augen wieder zu reinigen, ich hab' ja gewußt, was für ein Scheißkerl ich war. Weißt du, ich hab's irgendwie nie geschafft, meine eigene Selbstachtung zu stärken ...«

Ja, sie würde ihn immer ein bißchen lieben. Eine realistische, gereifte, nicht mehr das Innerste des Herzens aufwühlende Liebe. Judy, der Gabriel auf eine ironische Art zugetan war, hatte ihn unbarmherzig auf den Müll geworfen: »Ich kann mir nicht vorstellen, daß er eine Frau im Bett sehr glücklich macht – du weißt, was ich meine.«

Judy – größte Expertin der Welt über Leute im Bett.

Gabriel redete weiter drauflos. »Ich meine, es läuft doch immer auf Sex hinaus, nicht wahr? Wenn man das nicht mit achtzehn oder so auf die Reihe kriegt, hat man eine ziemlich üble Zeit vor sich, und du weißt gar nicht, wieviel Zeit ich damit verbracht habe, mich über diese Sache zu grämen ...«

Armer Gabriel, dachte Lucy. Und auch arme Lucy. Ich hätte dich in mein Zimmer zerren sollen, als wir siebzehn waren, auch wenn du geschrien und um dich geschlagen hättest. Ich hätte die Stofftiere vom Bett fegen und die Marienstatue auf der Ablage umdrehen sollen – und wir hätten damals auf der Stelle mit unserem Leben angefangen. Wie anders, wie unschuldig hätte unser Leben nach einem solchen Augenblick weitergehen können! Wie normal!

»... und deswegen war es eigentlich so wichtig, mich mit dir zu treffen, weißt du, um dir all das zu sagen. Ich meine, seit Jahren habe ich gedacht, ich sollte austreten, weil ich dem Orden Schande mache, aber dann hat Pater Gordon gesagt, wenn ich meinte, Homosexualität sei eine Sünde, dann sollte ich im Orden bleiben und büßen, indem ich aus meinem Leben etwas Gutes mache. Ich glaube, Pater Gordon und eine ganze Menge Mönche halten es *nicht* für eine Sünde ...«

Was sollte das mit der Homosexualität?

»... und im Herbst gehe ich also mit der Mission nach El Salvador oder Nicaragua; ich gebe dir meine Adresse, damit du mir schreiben kannst, und ich habe deine, okay?«
»Äh, warte eine Sekunde, Gabe. Was soll das heißen mit dem Schwulsein?«
Er stärkte sich mit einem Schluck. »Ich glaube, ich bin schwul. Das heißt, ich *weiß*, daß ich es bin. Aber du bist wahrscheinlich schon draufgekommen. Außerdem war ich sicher, daß Judy es dir gesagt hat.«
»Judy?«
»Ich habe mit ihr ein bißchen darüber geredet, weil sie Psychologin ist und so.«
Lucy starrte in ihren Cappuccino.
Teufel auch, worüber sollte sie sich zuerst aufregen? Über Judys Aufstieg zur Vertrauten oder über Dads Triumph, schließlich doch in einem Punkt recht gehabt zu haben – schon ewig hatte er Gabriel den »kleinen Homo« genannt. Verdammt, er geht zurück nach Chicago und tut es mit diesem kleinen Versager Christopher.
»Es ist doch kein zu großer Schock für dich, oder?« fragte Gabriel und betrachtete seinen Strohhalm. »Weißt du, ich hoffe, du kannst mich da irgendwie unterstützen.«
Lucy fragte nur: »Aber du gehst zurück und bleibst im Orden?«
»Glaub' schon.«
Lucy registrierte geistesabwesend, daß sein Mund und seine Zunge grün vom Limonengetränk waren.
»Wie geht es Patrick?« fragte Gabriel einen Augenblick später.
Lucy war nicht in der Lage, klar zu denken, sondern kaute immer noch auf den Fakten herum: keusch, Franziskanermönch und schwul. Mutter hat es dir ja gesagt, daß die Geschichte nicht mit einer Hochzeit enden wird, und Mutter hatte recht damit. Und Judy. O Gott. Judys *Ich hab's dir ja gleich gesagt* wird die ganze Welt hören ...
»Lucy? Wie geht's Dr. O'Hanrahan?«
»Oh«, antwortete sie zerstreut, »so wie immer.« Es war zu früh, um zu sagen, wie sie sich fühlte; sie wollte die Sache erst allein mit sich abklären.
»Dr. O'Hanrahan war wütend – *ist* wütend, weil du die Schriftrolle gestohlen hast. Natürlich scheint die Sache mittlerweile ausgestanden, also kannst du's vielleicht wieder zurechtbiegen.«
Gabriel holte tief Atem und wählte seine Worte sehr sorgfältig. »Ich habe

mich sehr unbehaglich gefühlt, als ich bei ihm gearbeitet habe. Er ist sehr ... väterlich geworden.«
»Du glaubst, er hat versucht ...«
»O nein, nein, nichts in dieser Art. Ich bin sicher, er ist grundanständig. Oder war es zumindest, du weißt ja, es sind tausend Gerüchte über Techtelmechtel im Umlauf – er mit Sekretärinnen oder Studentinnen.«
Nein, Lucy wußte nichts davon.
»Damals in den *swinging sixties*«, fuhr er fort. »Ich bezweifle, daß er im Augenblick zu viel fähig ist – du weißt, was ich meine?« Gabriel wandte sich wieder dem Thema zu, daß er sich bei dem Professor unbehaglich gefühlt habe. »Ich hatte den Eindruck, sein Ersatzsohn zu werden, verstehst du?«
Das kann doch nicht sein, dachte Lucy. O'Hanrahan, der nach menschlichem Kontakt sucht?
In dem leisen, vertraulichen Tonfall, den Gabriel immer hatte, wenn er über ernste Dinge sprach, fuhr er fort: »Er hat doch vor Jahren seinen Sohn und seine Frau durch einen Unfall verloren.«
Das wußte Lucy, aber O'Hanrahans ausgelassenes Gepolter hatte nie den Anschein erweckt, daß er immer noch trauere. »Das war aber doch schon ... so um 1973?« fragte sie.
»Ja, aber man kommt nicht darüber hinweg, seine ganze Familie zu verlieren, oder?«
»Nein, vermutlich nicht.«
»Wenn ich bei den Sachregistern, die wir benützt haben, etwas aus dem Griechischen falsch übersetzt habe ... ja, dann ist er einfach *zu* sehr ausgeflippt. Dauernd hat er von großen Plänen für mich gesprochen, wo er einen akademischen Job für mich auftun würde, als ob ich sein kleiner Junge wäre ... Und als ich in Rom versucht habe, mit der Schriftrolle abzuhauen, hat er das wahrscheinlich empfunden, als hätte ich ihm persönlich ein Messer in den Rücken gestoßen.«
»Ja, hat er.«
»Patrick ist ein sehr unglücklicher Mann.«
»Dr. O'Hanrahan?«
»Ja. Siehst du das nicht?«
Nein. Der Professor schien von einer dicken, undurchdringlichen Mauer umgeben zu sein, er erschien ihr als ein Titan, eine wandelnde Enzyklopädie aller Zeitalter, kombiniert mit ein wenig amerikanischem Spießbür-

gertum, ein Sokrates des schlüpfrigen Humors ... nein, Sokrates war irgendwie netter. Tertullian, so jemand etwa. In Wahrheit hatte sie einfach zuviel Ehrfurcht vor ihm und war zu verängstigt, um auf den Gedanken zu kommen, er sei ein menschliches Wesen, gar ein trauerndes.

»Hast du je ein Bild seiner Familie gesehen?« fragte Gabriel.

»Nein.«

»Seine Frau war Krankenschwester im Koreakrieg. Sie ist seinetwegen aus dem Orden ausgetreten, und er ist ihretwegen weg von den Jesuiten. Hast du das nicht gewußt?«

»Nicht alles.«

»Jedenfalls hat er in der Brieftasche ein Schwarzweißfoto von seinem Sohn, ein Bild aus einem College-Jahrbuch. Wirklich, wir könnten Zwillinge sein.«

»Du und Dr. O'Hanrahans Sohn?«

Gabriel trank sein Glas aus und schlürfte den Rest laut mit dem Strohhalm. »Ich habe auch das Gefühl, daß er ziemlich krank ist.«

Lucy seufzte. Die am schlechtesten informierte Person auf dem ganzen Globus.

»In Rom hat es ihn einmal wirklich böse erwischt. Hast du das schon mal gesehen? Seine Hände und Füße sind überhaupt nicht mehr durchblutet, und er bricht zusammen. Zirrhose oder Diabetes oder sonst etwas.« Die Uhr schlug halb neun. »Hey, ich muß los. Das Kloster hat um neun Zapfenstreich. Ich will nicht gern ausgesperrt werden oder so.« In übertriebenem Tuntenfalsett setzte er hinzu: »Wer weiß, was heute nach der Abendmesse noch passiert, hm?« Dann lachte er. »Ich mache nur Witze, Lucy.«

Männer, dachte Lucy. Ob ich wohl je lerne, mir die richtigen auszusuchen.

Lucy begleitete Gabriel zurück zur Basilika und wurde mit einem festen Händedruck belohnt, hörte mehrmals, welch »tolles Mädchen« sie sei, und bekam einen keuschen Kuß auf die Wange.

Gute Nacht, Gabriel, und ade, dachte Lucy; eine gewisse Erwartung und ein Stück meines Herzens wird hier in Assisi begraben. Im Schein des aufsteigenden Mondes und des spärlichen Lichts, das hier und da aus einem Fenster oder einer Tür auf die Straße drang, stieg sie den Hügel hinunter, vorsichtig, damit sie nicht auf dem steilen Kopfsteinpflaster ausrutschte, das über Jahrhunderte von gläubigen Pilgern glatt getreten worden war. Die weißen Steine von Assisi waren kalt und mondsilbrig,

die Seitengassen drohend und unergründlich, aber sie spürte eher Einsamkeit als Furcht, die Isolierung in einem fremden Land, das Gefühl, das man hat, bevor man sich wieder nach Hause wendet.
Zurück in der Herberge, betrachtete sich Lucy im Garderobenspiegel. Das könnte *immer noch* deine Zukunft sein, Lucille, sagte sie zu ihrem Spiegelbild. Mach deine Doktorarbeit fertig, trete einem Orden bei und laß dich nieder in irgendeinem katholischen Seminar oder einer stinkvornehmen kirchlichen Privatschule. Du könntest die kumpelhafte Schwester sein, mit der man Spaß hat, mit der man Hamburger essen geht, die coole katholische Braut, deren Theologieunterricht beliebt ist, Bridgeports Antwort auf Schwester Marie-Berthe, die Schwester mit den witzigen Bemerkungen und extravaganten Ansichten, ein etwas gedämpfter O'Hanrahan auf weiblich. Wenn dir das Dasein als Nonne nicht gefällt, könntest du austreten. Aber wahrscheinlich würde es dir gefallen. Immerhin war es ja nicht so, daß du geradewegs auf Liebesaffären zugesteuert bist. Und Mutter! O Jesus, wie glücklich würde Mutter sein!
Mom ... Ja, ich bin's, Lucille ... Ich bin in Assisi! Mom, ich weiß, die Verbindung ist schlecht, aber rate mal, was los ist? Ich lege das Gelübde ab und werde Minoritin, eine Klarissin ... Nein, wirklich, ich mache keine Witze ...
Und Mutter würde in Lachen und ungläubige Bemerkungen und Dankesgebete ausbrechen, eine Mischung, die nur sie beherrschte, sie würde den mittlerweile hingeschiedenen Nonnen danken, die Lucy erzogen hatten, der Muttergottes danken, dem heiligen Soundso danken ... Sie hatte es ja immer gewußt! Hatte sie nicht schon immer gesagt, daß ihre Tochter das Gelübde ablegen werde, hm? Etwa nicht? Wie ihre eigene geliebte Schwester Lucy, die Tante ihrer Tochter, eine Familientradition! Ja, Mutter würde sich auf ihre Art aufplustern und die Trommel rühren, aber passen wir lieber auf, nicht uns das Verdienst zuzuschreiben, für das größtenteils der Herr Jesus verantwortlich ist ...
(Das ist richtig, Meine Liebe. Deine Mutter würde nie glücklicher über dich sein, als wenn du diese Entscheidung träfest. Es wirft kein gutes Licht auf sie, aber so würdest du, vielleicht zum erstenmal, vollkommen ihre Tochter sein, auf die sie stolz ist.)
Lucy hängte ihre Kutte auf einen Bügel an der Schranktür. Sachte strich sie den Stoff glatt. Danach betrachtete sie kritisch ihr eigenes nacktes Spiegelbild.

Sie drehte das Licht aus und legte sich vor der Abfahrt nach Rom noch ein wenig schlafen.
Es wäre sicherlich ein gefestigtes Leben, dachte sie, Lucy Dantan und ein alter Orden mit strenger Regel, ein Leben der Einfachheit und des Dienens, das den Launen der sehr menschlichen und unbeständigen Herzen anderer keine Öffnung bietet.
(Es ist eine Schande, Mein Kind, daß du nicht in Eremo delle Carceri warst, der Einsiedelei des heiligen Franz in den Bergen. Eine ganz einfache Hütte, mehr oder weniger so, wie er sie zurückgelassen hat, eine kleine Zelle, in der er schlief; draußen stand ein Altar, an dem er predigte und sich mit den Vögeln und den Tieren des Waldes freute. Um die Einsiedelei herum steht noch immer der Wald, den er so liebte, still und dunkel jetzt, wo er dem leisen Wind in den Wipfeln zuhören konnte, ein sanftes Rascheln, das die Kerze in der Zelle des Heiligen flackern ließ. *Du willst wissen, warum Gott mich erhoben hat,* sagte Franziskus zu einem eifersüchtigen Bruder. *Weil Er unter den Sündern keinen kleineren, ungenügenderen und sündigeren Menschen gefunden hat. Er hat mich erwählt, weil Er keinen finden konnte, der noch unwürdiger gewesen wäre, und Er wünschte, den Adel und die Größe, die Stärke, die Schönheit und die Gelehrsamkeit der Welt zu beschämen.* Sein Gewissen brachte ihn dazu, sich gegen seine Anhänger zu stellen, die zu seinen Ehren ein Kloster gründeten. Wird den Kranken in ihrem Leiden Linderung gebracht? Wird den Armen gedient? Man hat nicht auf Franziskus gehört. Und während Lucy und Gabriel und alle anderen Meiner Kinder die Nacht mit ernsten Gedanken verbringen und von der Sicherheit träumen, die einhergeht mit den Regeln, Orden, Traditionen, Gewändern und der Routine von der Matutina bis zur Komplet, sollten sie besser den ersten Franziskaner betrachten, der auf seinen Platz im Orden verzichtet hat, um weiter nach Gott zu suchen. So sagte Franziskus selbst, im Jahre 1220.)

## ROM

*4. Juli 1990*

Lucy schwor sich, nie wieder auf den Unsinn zu hören, den ihre Eltern erzählten: Man werde mit dem Alter langsamer. Dr. O'Hanrahans Reisetempo – er trug aus praktischen Gründen wieder seinen Priesteranzug – grenzte an Wahnsinn, und Lucy spürte bereits die Folgen.

»Ich habe so gut wie nicht geschlafen, Dr. O'Hanrahan«, murrte sie, als sie aus dem Nachtzug stiegen, der um 7 Uhr morgens in Rom ankam.

»Sie sind ein Schwächling, Dantan«, bellte er, einen halben Meter vor ihr. »Jetzt halten Sie endlich Schritt.«

Sie durchquerten den riesigen Roma Termini, der wie ein gigantisches Stadion wirkte, in dem die Menschen zwergenhaft klein erschienen; es gab praktisch alles zu kaufen, bis hin zu Fernsehern und Kameras, wie Lucy registrierte; man konnte zum Friseur gehen und sich wahrscheinlich auch mit Drogen versorgen. Gleich wurde Lucy auch von einer bettelnden Zigeunerfrau mit einem schmutzigen Kind angesprochen. Sie wich aus.

»Man erkennt, daß wir weiter südlich in Italien sind«, sagte O'Hanrahan und entschuldigte sich, um zur Toilette zu gehen. Lucy kaufte sich in der Zwischenzeit einen billigen Romführer für 4000 Lire, nichts Besonderes, nur ein kleiner Stadtplan und ein paar Vorschläge für Rundgänge.

Nach einer mörderischen Fahrt und großem Gefeilsche mit dem Taxifahrer über unangekündigte »Extragebühren« kamen Lucy und O'Hanrahan auf dem anderen Tiberufer in einer von dem Professor sehr geliebten Unterkunft an, der *Hosteleria Santa Cecilia*. Während der Fahrt hatte Lucy Brunnen und Prachtstraßen gesehen, herrliche Kirchen, Marktplätze, sonnenbeschienene Reste des antiken Rom – alles Bestandteil des lebendigen römischen Treibens. Sie wollte sofort los und das alles genau betrachten!

»Wir können in einer Minute mit unseren Besichtigungen anfangen, also beruhigen Sie sich wieder«, sagte O'Hanrahan, als sie sich an der Rezeption anmeldeten. »Und denken Sie daran, fromm zu schauen. Diese Pension ist nur für Ordensleute. Sie müssen vorsichtig sein, wenn Sie Farley in Ihr Zimmer schmuggeln.«

»Hören Sie auf mit Ihren Witzen über Farley. Er ist ein Bauer.«

»Sie könnten sich gemeinsam niederlassen und Vieh züchten.«

O'Hanrahan und Lucy bekamen Zimmer nebeneinander im zweiten

Stock mit einer uninteressanten Aussicht auf die Hotelfront und eine Bushaltestelle. Als O'Hanrahan ausgehbereit war, klopfte er an Lucys Tür, und sie kam ihm mit Fotoapparat, Sonnenbrille, Reiseführer und riesiger Handtasche entgegen, begierig zum Aufbruch.

»Sind Sie bereit für die Hure von Babylon?« fragte er, als sie die Marmortreppe hinunterstiegen. »Meiner Meinung nach war Johannes in seiner berühmten Beschreibung Roms absolut ungerecht. Ohne die babylonische Gefangenschaft hätten wir keine Bibel – Jesaja, die Propheten, die hebräische Poesie –, keinen Talmud, auch nicht die vielen großen freigeistigen islamischen Philosophen, damals, als so etwas noch möglich war. Und während die Christen die Juden verfolgten, war Babylon meist ein Zufluchtsort für das Auserwählte Volk, vor allem in der islamischen Zeit. Babylon hatte immer eine schlechte Presse.«

Als O'Hanrahan, die Schlüssel in der Hand, in die Hotelhalle trat, lief ihnen Rabbi Hersch in die Arme.

Überraschung, Überraschung!

»Warum bist du nicht in Assisi?«

»Warum bist du nicht in Jerusalem?«

»Wo ist die Schriftrolle?«

»Was hast *du* denn in Rom verloren?«

»Was hat *sie* denn immer noch hier zu suchen?«

Eine zehnminütige Zusammenfassung der Ereignisse in Florenz und Assisi und die Versicherung, die Schriftrolle sei im Augenblick in Sicherheit – in einem Safe bei den Franziskanern und zusammen mit Pater Vico auf dem Weg nach Rom –, beschwichtigten den Rabbi. O'Hanrahan erwähnte den Einbruch, aber nicht die Mafia, um Lucy nicht zu erschrecken. Lucy, die ja ohnehin bald abfliegen würde.

»Tatsächlich ist es vielleicht ganz gut, daß die Franziskaner sie bewachen«, meinte der Rabbi. »Uns würde sie bestimmt gestohlen. Du hast die Rolle mit eigenen Augen *gesehen,* nicht wahr?«

»Ja, ja«, erwiderte O'Hanrahan. »Sie ist völlig in Sicherheit«, beteuerte er, obwohl er den lächerlichen kleinen Safe auf Rädern vor Augen hatte. Er reichte Lucy den Schlüssel und bat sie, ihn der Schwester am Empfang zurückzugeben.

»Was macht das Mädchen immer noch hier?« fragte Rabbi Hersch *sotto voce* mit seinem Brooklyn-Akzent, als Lucy außer Hörweite war. »Sag mir die Wahrheit: Hast du etwas mit ihr?«

»Morey«, antwortete O'Hanrahan und legte dem Rabbi die Hand auf den Arm. »Vielleicht habe ich in der Vergangenheit ... Schau, sie fliegt von Rom aus zurück«, wandte er ein und fragte sich im selben Moment, warum er so unnachgiebig war. »Sieh dir nur an, was Chicago mir geschickt hat, Morey, schau ...« Er zog seine *Visa*-Kreditkarte heraus. »Das kam in Irland an, nachdem ich schon weg war, und Lucy hat sie mir gebracht.«

»Jesus«, meinte der Rabbi bewundernd, »selbst wenn ich ein Jahr lang auf den Knien herumrutschen würde, könnte ich so etwas nicht aus meiner Uni herauslocken.«

»Aber was machst *du* eigentlich hier, Morey?«

Langsam, wie einem Kind, erklärte der Rabbi: »Mein Flug ging über Rom, also habe ich mich entschlossen, einen Zwischenstop zu machen und ein paar Hinweisen nachzugehen. Du hast nichts dagegen, wenn ich in deinem Gebiet wildere?«

O'Hanrahan hatte allerdings sehr viel dagegen. *Ich* will dieses Rätsel lösen, und *ich* will diese Schriftrolle übersetzen, dachte er. Aber er schob solche Kleinlichkeit beiseite.

»Dann kommst du heute mit in die Bibliothek, Paddy?«

»Neiiin, doch nicht heute«, stupste O'Hanrahan den Rabbi an, denn er wollte nicht, daß sein Freund näher an die Lösung kam als er. »Wir spielen heute Touristen. Du warst noch nie zusammen mit mir in Rom. Schau, ich habe die Studentengruppen aus Chicago vier Sommer lang betreut, ich kann wirklich durch Rom führen.«

»Ähem«, wand sich sein Freund, der lieber arbeiten wollte.

Lucy tauchte gerade wieder auf und hörte, wie O'Hanrahan den Rabbi bat, sie doch zum Mittagessen zu begleiten. Lucy hoffte, der Rabbi werde in die Bibliothek gehen und Rom dem Professor und ihr allein überlassen, aber aus Höflichkeit schloß sie sich an: »Kommen Sie, Rabbi, Sir, es wäre nicht dasselbe ohne Sie.«

»Na gut«, gab der Rabbi nach, »wer bin ich denn, daß ich nein sagen könnte, wenn das kleine Mädchen mich bittet? Aber ich habe einen Preis, Paddy, und zwar das Mittagessen. Führ mich in eins der guten Lokale, die du kennst. Gutes italienisches Essen gibt's in Jerusalem nicht.«

Eine zweite verlockende Taxifahrt durch die Szenerie von Rom brachte Lucy und ihre Begleiter zur Piazza di Spagna mit der berühmten Spanischen Treppe auf einer Seite. Alle drei fragten sich insgeheim, was die anderen hier in Rom *wirklich* vorhatten. Aber die Fahrt war nicht der richtige Moment, um darüber zu sprechen, und vielleicht war der ganze Tag dafür nicht geeignet, dieser wundervolle, glühend heiße Tag. Die Hitze war allerdings nicht mit dem Inferno des Hochsommers zu vergleichen, da der römische *ponentino* leicht durch die ockerfarbenen Straßen blies, die zerfallenden Kirchen liebkoste und sanft um die Denkmäler aus der Antike strich, der Wind, der unmerklich die vielen Seiten der römischen Geschichte umgeblättert hatte.

Lucy hantierte mit ihrer Kamera herum und versuchte, die ganze Treppe, auf der Blumenhändler, Jugendliche aus ganz Europa mit Gitarren und amerikanische Kids lagerten, auf ein Foto zu bekommen. Sie versuchte, sich das Aussehen der Spanischen Treppe genau einzuprägen und damit das Bild zu löschen, das Reisesendungen im Fernsehen und die Dias, die Pater Kennedy von seinen zweiwöchigen Reisen ins Land des Papstes in St. Eulalia gezeigt hatte, in ihr hinterlassen hatten.

»Wow, Dr. O'Hanrahan«, sagte Lucy, die neben dem Professor herging, die Nase im Reiseführer. »Hier steht ... hier steht, daß John Keats, der Dichter, John Keats ...«

»Ja, ich weiß, wer John Keats ist.«

»In dem Buch steht, daß er auf diesem Platz gestorben ist, ich meine, in einem Haus hier an diesem Platz ...«

O'Hanrahan nahm ihr den Reiseführer aus der Hand. »Ja, er ist gestorben. Er ist beim Schlangestehen vor *American Express* gestorben, gleich da drüben. Eines Tages, aber nicht heute, können Sie zu Keats' Haus zurückkommen und dafür bezahlen, daß Sie sehen dürfen, wo er abgekratzt ist. Kommen Sie wieder mit Ihrem Rucksack, Ihrer Gitarre und Ihren unrasierten Beinen.«

»Hey, ich rasiere meine Beine.«

»Komm schon, Paddy«, mischte sich der Rabbi ein, »lassen wir das Mädchen hier bei ihren Altersgenossen. Wir gehen in eine Bar und reden über das Evangelium ...«

»Das wäre ja ein ... ein glattes Schisma. Niemals!« widersprach O'Hanrahan.

Lucy, die über einen Pflasterstein stolperte, blieb ein wenig zurück. »Äh, kann ich mein Buch zurückhaben?«

O'Hanrahan hielt ein amerikanisches Rucksacktouristenpärchen an, das ihnen entgegenkam, und drückte dem Jungen den Reiseführer in die

Hand: »Hier«, sagte er, »hier, nimm das und lern etwas. Und hört auf, so laut zu reden.«
Der Rabbi und Lucy wurden von O'Hanrahan zu einem U-Bahn-Eingang gescheucht.
»Schauen Sie, da ist ein *McDonald's*«, sagte Lucy niedergeschlagen.
»Wenn Sie nicht endlich still sind und *mich* reden lassen, bringe ich Sie dahin zum Mittagessen!« drohte der Professor und begann, über das Goldene Zeitalter des spanischen Katholizismus, das etwa von 1480 bis 1520 gedauert hatte, zu schwadronieren. Er gab Erläuterungen zum Aufstieg der katholischen Majestäten, Königin Isabella I. von Kastilien und König Ferdinand II. von Aragón, die durch ihre Heirat zwei Drittel Spaniens vereinigten.
»O ja«, meinte Lucy. »Man denkt daran, die Königin heiligzusprechen, nicht wahr?«
»Eine absolute Ungeheuerlichkeit!« empörte sich Rabbi Hersch. »Sie war verantwortlich für eine Orgie von Judenmorden.«
O'Hanrahan fuhr fort: »Isabella trug bei zur Hölle der Inquisition, angestachelt von ihrem Beichtvater, dem fanatischen Dominikaner Tomás de Torquemada – leider, Mordechai, aus einer konvertierten jüdischen Familie –, der als Generalinquisitor innerhalb von zehn Jahren 300 000 Bürger umbringen ließ. Zehntausende von Juden wurden auf dem Scheiterhaufen verbrannt, während die 250 000, die ihren Abfall vom Glauben korrigierten, mit Folterungen, Verstümmelungen und einer vollständigen Konfiszierung ihres Besitzes davonkamen.«
(Kein Wunder, daß alle Opfer der Inquisition, wie Wir uns erinnern, ihr Land und ihr Vermögen der Krone vermachten.)
»Niemand war vor Gottes Heiligem Willen geschützt«, erklärte O'Hanrahan, während sie sich durch die U-Bahn-Drehkreuze zwängten.
Der spanische Katholizismus, erzählte der Professor weiter, wurde verbreitet mit Hilfe von Streckbänken und anderen Foltergeräten, mit Hilfe von Ratten, die an den Weichteilen des Körpers nagten, mit Hilfe von glühenden Kohlen und Zangen, Zerstückelungen, gebrochenen Knöcheln und Fingern, von Schrauben, die ins Rückenmark gedrückt wurden. »Der spanische Sadismus sollte bald auch in die Neue Welt exportiert werden, denn man schrieb das Jahr 1492, und Kolumbus war kurz davor, für Spanien Anspruch auf die Neue Welt zu erheben ...«
»Kolumbus war ein Jude«, unterbrach der Rabbi, der neben ihnen im

Waggon stand und sich an einem Bügel festhielt. »Die Sephardim waren die größten Seefahrer der damaligen Zeit. Wenn Chris ein bißchen weiter nach Norden gesteuert hätte, wäre er bei Brooklyn gelandet, mitten im Gelobten Land.«

O'Hanrahan räusperte sich und hoffte, daß er bald weitersprechen könnte.

Der Rabbi fuhrt fort: »Das erste Ausradieren der Juden aus den Registern hat in Spanien stattgefunden.« Dann sah er O'Hanrahans gespielten Zorn. »Schon gut, ich habe ja nur versucht, dem kleinen Mädchen etwas beizubringen, machen Sie weiter, Mister Reiseführer, erzähl von dem Vertreibungsedikt 1492.«

»Ferdinand und Isabella marschierten in Granada ein und eroberten schließlich das südliche Drittel der Halbinsel ... und Tausende von Ungläubigen, denen man den Prozeß machen konnte, Dorf um Dorf voller muslimischer Frauen und Männer, warteten auf den Scheiterhaufen, 200 000 lästige Juden. Was würde Isabella tun?«

(Papst Sixtus IV. brachte zwar eine leise Mißbilligung ihrer Inquisition zum Ausdruck, aber er war anderweitig beschäftigt, da er mit Mördern verhandelte, die Lorenzo di Medici und seinen Bruder in der Florentiner Kirche Santa Croce umbringen sollten, genau in dem Moment, da sie bei der Wandlung die Köpfe zum Gebet beugten. Nicht der Papst, wirklich, sondern die Situation verlangte danach.)

Der Rabbi erklärte, daß etwa 100 000 Juden ihre Zeit damit verschwendeten, nach Portugal zu gehen, aber dort ebenfalls hinausgeworfen wurden. So begann die Wanderung der Sephardim und das Ende des spanischen Judentums – weg, alles weg.

»Aber ich war noch nicht fertig mit 1492«, ergriff wieder O'Hanrahan das Wort.

(Wir spüren, daß jetzt die Borgias drankommen ...)

»1492, dieses *annus mirabilis,* sah einen spanischen Papst den Heiligen Stuhl erklimmen – Alexander Borgia.«

(Ein abgrundtief schlechter Mann, selbst für einen Papst.)

»Zweiundsechzig Jahre alt, syphilitisch, verderbt, von keinem Laster frei«, begann O'Hanrahan strahlend vor Begeisterung, »begleitet von seinen Mätressen, Lustknaben und unehelichen Kindern, veranstaltete Seine Heiligkeit zur Papstkrönung in Rom eine aufsehenerregende Parade päpstlicher Geldverschwendung: Blumengirlanden wurden vor ihm hergetragen, die päpstlichen Soldaten waren in sündhaft teure Seide gekleidet, die Kardinäle mit Juwelen behängt, unter Lärm und Musik wurden Hände voller Dukaten unter das Volk geworfen; zum Erstaunen der Menge waren auch lebende Statuen dabei, Nymphen mit knospenden Brüsten, die silbern lackiert waren ...«

Lucy sah sich um, ob irgend jemand so aussah, als verstehe er English – der ganze U-Bahn-Waggon schien gefesselt zuzuhören.

»Mit welchem Vergnügen griffen die Hände Seiner Heiligkeit den nackten, mit Gold überzogenen Jünglingen an die strammen Hinterbacken! Und wie könnte man die alte Peterskirche besser würdigen als mit einem Stierkampf im inneren Kirchhof. Der Vatikan wurde ein Bordell, ein Spielkasino, eine Arena für Sport und mörderische Kämpfe. Seine Heiligkeit plünderte alle Pfründen und scheffelte den Profit der christlichen Welt.«

Genießerisch beschrieb O'Hanrahan Alexanders Brut, die herzlose Lukrezia, Meisterin des Gifts und inzestuöser Orgien, verheiratet mit verschiedenen Adligen, um die päpstliche Macht zu sichern. Ihr Ungeheuer von Bruder, Kardinal Cesare, der während des Pontifikats seines Vaters für bis zu fünf Morde pro Woche verantwortlich war, mußte in der Öffentlichkeit eine Henkersmütze tragen – so zerfressen war sein Gesicht von Syphilis. Einmal schnitt er einem Mann, der einen Witz über ihn weitererzählt hatte, eigenhändig die Zunge aus dem Mund. Schließlich ermordete er sogar den Ehemann seiner Schwester und danach ihren kleinen Bruder Juan ... den Lukrezia immer vorgezogen hatte.

»O bitte, laß bloß nichts aus«, meinte der Rabbi.

»Gefangene wurden in den Hof der Peterskirche gebracht, wo sich Cesare vor einer johlenden, betrunkenen Menge an ihnen im Bogenschießen übte. Den einen traf er im Auge, den anderen in der Leistengegend ... Papst Alexander VI. war ebenfalls scheußlich anzusehen: Seine Haut war schwarz verfärbt, sein Speichel weißer Schaum, da jede Krankheit sexueller Ausschweifung seinen alten Körper zerstörte – oder wurde er langsam von Lukrezia, die seiner grotesken, verstohlenen Annäherungsversuche müde war, vergiftet?«

»Eine absolut *identische* Beschreibung gibt es von König Herodes, auch so eine beeindruckende moralische Persönlichkeit«, unterbrach der Rabbi. »Die offenen Wunden, der sich auflösende Körper, der Gestank. Glaubst du, das sind nur Legenden über verhaßte Herrscher, oder könnte es sein, daß einem das wirklich passiert, wenn man sehr, sehr schlecht ist, hm? Die schwarz verfärbte Haut, der Magen, der sich verflüssigt und eingebunden werden muß, damit er nicht überläuft ...«

»Igitt«, rümpfte Lucy die Nase. »Sie beide ...«

»Umgeben von seinen Mätressen – immer verheiratete Frauen, weil er es liebte, den Italienern Hörner aufzusetzen –, öffnete Papst Alexander die Gewölbe des heiligen Schatzes für jene, die ihn belustigen konnten. Das Kastanienballett! Nackte Serviermädchen bücken sich, um die Kastanien aufzuheben, die Seine Heiligkeit auf den Marmorboden des Vatikans wirft. Bald ziehen die Kardinäle sich aus und helfen den Mädchen, bald paaren sie sich und rollen auf dem Boden herum. Nimmt Seine Heiligkeit ebenfalls teil? Nein, er sieht zu, sieht nur zu, und seine Hand gleitet unter seine Robe, um sich manch letzten Höhepunkt der Lust zu verschaffen ... Welcher von den jungen Männern in Alexanders Diensten kann am öftesten? Die Schätze des Vatikans für die meisten Ejakulationen! Kann man sich Vater und Tochter vorstellen, in der Nähe der eifersüchtig zusehende Bruder, die befehlen, daß die Hengste aus den Ställen des Vatikans in die Kirche gebracht werden? Und die Konkubinen Roms – ausgestreckt auf den Altären, um die Hengste zu empfangen?«

»Das erfinden Sie nur!« protestierte die ungläubige Lucy.

»Nein, es ist alles wahr«, beteuerte der Professor. »Frischen Sie Ihr Latein auf, und sehen Sie bei John Burchard nach, dem Sekretär der Borgias. Brrr, ihr beide, unsere Haltestelle!«

(Alexander hatte nicht annähernd so viel Spaß, wenn er dies tat, wie du, Patrick, wenn du davon erzählst.)

Das Trio stieg an der Station Lateran aus und ließ einen Waggon voller Italiener zurück, die die Ohren gespitzt hatten, um O'Hanrahans Englisch zu verstehen. Sie gingen die Treppe hinauf und tauchten außerhalb der Stadtmauern auf. Vor ihnen lag die moderne Version der heiligsten römischen Straße, der Via Appia, heute ein achtspuriger Boulevard mit Ampeln, Zeitungskiosken, Cafés und Bushaltestellen.

»Und als sich der Papst, der seine Tiara festhielt, dabei helfen ließ, selbst einen Wallach zu besteigen«, fuhr O'Hanrahan fort, »angefeuert von seiner Tochter und seinem Sohn ...«

»*Annus mirabilis,* in der Tat«, kommentierte Rabbi Hersch.

»... hätte man meinen können, die *äußerste* Grenze dekadenter Phantasie sei erreicht.«

»Hätte man meinen können«, nickte der Rabbi, abgelenkt durch den Versuch, die Straße mit ihrem wahnsinnigen Verkehr zu überqueren.
»Doch die Spanier waren erst dabei, sich warmzulaufen. Die Plünderung Roms, *Sacco di Roma,* 1527.«
(In der Tat finstere Tage für Uns. Der ehrgeizige und inkompetente Papst Klemens VII. spielte zum letztenmal doppeltes Spiel mit Karl V. von Spanien und dem Heiligen Römischen Reich. Der Kaiser hoffte naiv auf einen geordneten, würdevollen Sturm auf die Hauptstadt, aber die Deutschen waren auf Plünderung und Vergewaltigungen eingestellt ... Und sie vergewaltigten; Kloster um Kloster wurde geleert und versklavt, den Nonnen wurden die Kleider vom Leib gerissen, man erniedrigte und schändete sie bei Auktionen vor betrunkenem Publikum, dann wurden sie an die marodierenden Truppen weitergegeben.)
»Kirchen wurden geplündert«, erklärte O'Hanrahan, »Edelsteine und Gold wurden von Mosaiken und Altarbildern gekratzt, Priester und junge Mönche, die nicht dem Geschmack der deutschen Truppen entsprachen, wurden massakriert und in den Tiber geworfen, bis der Fluß vor Leichen überquoll. Erst die Pest und der verheerendste Brand seit Neros Zeiten vertrieben die Truppen, die schließlich überzeugt waren, daß es nichts mehr zu rauben gab. Aber nicht bevor die spanischen Truppen die Kirche – Christi Braut – verhöhnt hatten, indem sie eine Hure krönten und auf den Lateranthron setzten, ein Maultier in die päpstlichen Gewänder hüllten, ihm die Tiara aufsetzten und es so durch die leichenübersäten Straßen trieben.« O'Hanrahan hatte sichtlich Freude an seiner Schilderung. »Mittlerweile, da Rom so beschäftigt war, sagte sich der König von England vom Papsttum los, da er seine *spanische* Frau loswerden wollte, und im Norden gewann ein Mann namens Martin Luther Konvertiten. Nach nur vierzig Jahren neigte sich das Goldene Zeitalter des spanischen Katholizismus dem Ende zu.«
Der Rabbi und die widerstrebende Lucy applaudierten leise, und O'Hanrahan machte eine angedeutete Verbeugung.
»Und hier haben wir den Lateran«, verkündete er, als sie auf eine der fünf großen Basiliken Roms blickten. Die monumentale Frontseite mit ihren wuchtigen Säulen, Pfeilern und dreistöckigen Türen ließ die Pilger zu einem Nichts schrumpfen.
»Aber zuerst«, sagte O'Hanrahan, »müssen wir den Stufen vom Haus des Pontius Pilatus unsere Verehrung erweisen.«

Die Vorhalle der Kapelle Sancta Sanctorum umschließt eine Treppe aus der Antonia-Festung in Jerusalem, angeblich die Stufen, die Jesus hinabstieg, nachdem Pilatus und der Mob ihn verurteilt hatten.
(Wir weisen ungern darauf hin, daß Pilatus im Prätorenpalast am anderen Ende der Stadt residierte, und die Antonia-Treppe war in Wirklichkeit einfach irgendeine Treppe. Aber was für einen Spaß hatten die Moslems, als sie diesen alten Stein- und Holzhaufen an die Christen verkauften.)
Die Scala Sancta besteht aus achtundzwanzig Stufen. Die Pilger, die auf jeder Stufe niederknien, beten achtundzwanzig Rosenkränze, bevor sie endlich oben angelangt sind und die wundertätige Ikone, den *Acheiropoieton,* erblicken – vom heiligen Lukas gemalt und von einem Engel vollendet. Im 8. Jahrhundert hatten Engel dieses vom Evangelisten selbst gemalte Porträt Christi aus dem Zugriff Konstantinopels befreit und auf wunderbare Weise in den Lateran gebracht – und so ein für allemal Roms Oberhoheit bewiesen.
Lucy stand in der Vorhalle der Kirche mit der Scala Sancta und fühlte sich peinlich berührt, als sie zum erstenmal direkt die Selbsterniedrigung mancher südeuropäischer Gläubigen vor sich sah. Die alten Frauen in Schwarz, die unter Tränen auf den Stufen knieten und inständig beteten – vielleicht das einzig Ewige an der Religion, die alten Frauen in Schwarz.
Rechts neben der Tür entdeckte sie einen Kiosk mit Andenken.
(Das zweite Ewige an der Religion, Lucy.)
Lucy lauschte ein wenig:
»*Dolce bambina Maria*«, sagte die Büßerin, die ihr am nächsten kniete, »*che destinata ad essere Madre di Dio, sei pur divenuta amantissima Madre nostra* ...«
»Wir müssen gehen.« O'Hanrahan gab ihr einen Klaps auf die Schulter. »Wenn wir uns den Lateran angesehen haben, können wir uns etwas zu trinken gönnen.«
Lucy schritt durch die riesigen Portale des Laterans. Langsam paßten sich die Augen an das Dämmerlicht an – der Anblick war atemberaubend. Diese Kirche, der wahre Sitz des Papstes, nicht der Petersdom, ist im wesentlichen ein überladener Kasten, eine Marmorallee mit riesigen Statuen in Säulengängen, unter Ziergiebeln, unter Bögen, unter Mosaiken und Insignien – ein Panoptikum aller architektonischen Kniffe seit der Zeit der alten Griechen.

»Kennst du die Geschichte von Papst Formosus, Morey?« fragte der Professor.
»Erzähl, Paddy«, erwiderte der Rabbi, der staunend auf die Pracht blickte, beeindruckt, aber nicht innerlich berührt.
»Die Verhandlung gegen Papst Formosus«, begann O'Hanrahan. »Formosus war ein sehr frommer und gelehrter Mann im 9. Jahrhundert, einer der wenigen Päpste, die ein streng asketisches Leben führten. Aber er war ehrgeizig. Und als er sich mit einer mächtigen römischen Familie anlegte, machte er sich den Mann zum Feind, der nach seinem Tode Papst Stephan VII. werden sollte. Papst Stephan haßte seinen Vorgänger so ingrimmig, daß er seine Kardinäle und Dekane einberief. ›Grabt Formosus aus‹, befahl er. ›Er soll für seine Meineide vor Gericht stehen! Wozu steht ihr alle hier herum?‹«, spielte O'Hanrahan die Szene mit tiefer, rauher Stimme nach. »›Holt seinen Leichnam!‹ befahl Papst Stephan. Neun lange Monate und ein regenfeuchter Winter waren seit Formosus' Tod vergangen. Aber Arbeiter exhumierten Formosus – grau, halbverwest ...«
»Schon wieder so eine Ekelstory«, stöhnte Lucy.
»... und man brachte den Leichnam zu Stephan. Stephan ließ ihn auf den Bischofsthron setzen. ›Und jetzt bringt ihm seine Papstrobe, seine Insignien, seinen Ring und seine Mitra!‹ Stephan zwang einen Dekan, sich hinter Formosus zu stellen und die Stimme des toten Papstes nachzuahmen, und dieser zu Tode verängstigte Mann, halb ohnmächtig vom Gestank der Leiche, antwortete auf alle Anklagen und geifernden Schmähungen Stephans mit Ja. Daraufhin erklärte Seine Heiligkeit alle Verfügungen seines Vorgängers Formosus für nichtig und entzog einer ansehnlichen Zahl von Geistlichen das Amt.
Da es nicht möglich war, Formosus den päpstlichen Ring von den totenstarren Fingern zu ziehen, verlangte Stephan eine Axt und hackte auf die Hand ein; die drei Finger, mit denen Formosus den päpstlichen Segen erteilt hatte, fielen nacheinander auf diesen Marmorboden.«
O'Hanrahan lächelte, als er Lucys gequälten Gesichtsausdruck sah. »Als Formosus weiter verstümmelt und entblößt worden war, fühlte sich Stephan schließlich gerächt und ließ ihn wieder begraben.«
»Und hat man ihm das ungestraft durchgehen lassen?« fragte Lucy.
»Klar, daß Papst Stephan nervös wurde. Die Anhänger des Formosus bereiteten einen Aufstand vor; die immer noch entsetzten Kardinäle beschlossen, den Frevler zu lynchen. Stephan wollte Formosus' Leichnam

verschwinden lassen, damit es keinen Beweis gebe. Also wurde Formosus ein zweites Mal exhumiert und in den Tiber geworfen; der geschändete Leichnam, aufgebläht vom Wasser und kurz vor der Auflösung, schwamm flußabwärts ... wo sein bloßer Anblick Wunder wirkte. Von wunderbaren Heilungen wird berichtet – ein blinder Mann konnte plötzlich sehen, in Ostia wurde eine unfruchtbare Frau schwanger! Formosus wurde schließlich aus dem Tiber gefischt und wieder beigesetzt. Ein Erdbeben im Jahre 897, bei dem die Basilika des Lateran einstürzte, bedeutete dann Stephans Ende: Die Römer, überzeugt davon, das Erdbeben sei ein Zeichen von Gottes Mißbilligung ...«
(War es auch.)
»... forderten Papst Stephans Blut, aber die staatliche Obrigkeit warf ihn statt dessen ins Gefängnis, in kalte, feuchte Dunkelheit. Eines Nachts kam ein Priester zu Seiner Heiligkeit. ›Bist du hier, um mir die Beichte abzunehmen?‹ fragte Stephan. ›Nein‹, erwiderte der Pater, ›ich komme, um das Urteil Gottes zu verkünden.‹ Und er erwürgte Stephan VII. mit seinen Händen, die vor kurzem die Hostie gehalten hatten. Formosus wurde übrigens noch einmal ausgebuddelt«, gluckste O'Hanrahan, »auf Anweisung von Papst Theodor II., der die Leiche standesgemäß im Petersdom beisetzen ließ.«
»Paddy, Paddy«, schnitt ihm der Rabbi das Wort ab, »glaubst du, in dieser Bruchbude gibt es eine Toilette für uns arme Pilger?«
»Frag den Mann da«, schlug O'Hanrahan vor und deutete auf einen Mesner, der eine Schachtel mit kurzen Opferkerzen durch das Querschiff trug. Rabbi Hersch eilte davon.
Lucy starrte wie gebannt auf die Barockdecke – jeder Schnittpunkt zweier Balken war Anlaß für eine Goldverzierung, herausgemeißelte Blätter, vergoldete Stuckwucherungen, Cherubim und Seraphim, Wappen ... O'Hanrahan deutete auf den Baldachin über dem Querschiff und erklärte, dort seien in goldenen Kreisen die Köpfe von Petrus und Paulus dargestellt.
(Wie? Keine Erwähnung des Krugs mit Manna, des Aaronstabs, der Tafeln mit den ursprünglichen Zehn Geboten, des Kleids der Jungfrau, des härenen Hemdes von Johannes dem Täufer, der Fische, die von der Speisung der Fünftausend übriggeblieben waren?)
»Es ist bestimmt sehr überraschend, Rabbi Hersch hier zu treffen, nicht wahr?« fragte Lucy.

O'Hanrahan reagierte nicht.
»Er sagte doch, er wolle direkt zurück nach Jerusalem fliegen«, erinnerte ihn Lucy.
»Nun, dann hat er eben seine Meinung geändert.«
»Glauben Sie, er führt etwas im Schilde?« fragte Lucy, die daran dachte, wie der Rabbi auf Rathlin Island herumgeschnüffelt hatte.
»Nein, aber er könnte etwas spitzgekriegt haben.«
»Wenn er festgestellt hat, um welche Schrift es sich handelt«, begann Lucy, die nun den Rabbi beobachtete, wie er den Kopf schüttelte, offensichtlich erfolglos auf seiner Suche nach einer Toilette, »dann würde er es Ihnen doch sicher sagen, oder?«
»Sicher«, antwortete O'Hanrahan, der das selbst gern glauben wollte. »Vergessen Sie nicht, Lucy, es ist die Schriftrolle seiner Universität. Er kann damit machen, was er will.« In der Hoffnung, sich selbst zu überzeugen, sagte er laut: »Ich begleite ihn nur auf der Fahrt. Mich kann man jederzeit entbehren.«
Der Rabbi kam zurück. »Jahrhundert über Jahrhundert«, sagte er und hob die Hände, um den ganzen ehemaligen römischen Palast einzubeziehen, »und keine Toilette für Touristen. Hier zünde ich bestimmt keine Kerze an.«
(Mordechai ist zu stolz, um einzugestehen, daß er das Italienisch des Mesners nicht verstanden hat. Die Toiletten sind jenseits der Säulengänge.)
Es sei Zeit, Ausschau nach einem Café zu halten, drängte O'Hanrahan.
Sie winkten einem Taxi, das sie zur nächsten Pilgerkirche bringen sollte, Santa Maria Maggiore. Der Fahrer setzte sie auf der falschen Seite der belebten Via Merulana ab, so daß sie wieder einen lebensgefährlichen Spurt hinlegen mußten, zwischen Straßenbahnen und Autos hindurch, bis sie Zuflucht in einem kleinen Café fanden, vor dem ein paar Tische in der Sonne standen.
»Wir sollten zu den Basiliken *laufen,* nicht mit dem Taxi fahren«, erklärte Lucy keuchend. »Wir bekommen den Ablaß bestimmt nicht, wenn wir schummeln.«
»Der einzige Ablaß, der mich interessiert, ist die Toilette«, antwortete der Rabbi und verzog sich in die hinteren Räume.
O'Hanrahan bestellte drei Gläser Weißwein und sagte leise zu Lucy: »Ich wollte Ihnen schon in Assisi etwas sagen. Auf dem Parkplatz vor der

unteren Basilika, auf dem Hügel, habe ich wieder den weißen Cadillac mit den deutschen Nummernschildern gesehen. Ich nehme an, Mr. Billiganzug hat unseren Trick mit dem Zug nach Rom schließlich doch durchschaut. Wahrscheinlich ist er den ganzen Zug abgegangen, und als er uns nicht gefunden hat, ist er zurück nach Florenz gefahren und von dort aus nach Assisi. Irgend jemand hat ihm gesteckt, daß wir dorthin wollten.«

Lucy flüsterte unnötigerweise. »Ihm gesteckt? Wer hat denn gewußt, daß wir nach Assisi fahren würden? Sie, ich ...«

»Gabriel?« meinte O'Hanrahan.

»Unmöglich«, widersprach Lucy und überlegte kurz, um ihre Theorie zusammenzufassen. »Mr. Billiganzug und Gabriel können nicht zusammenarbeiten. Dieser Typ hätte in Irland nie den Safe in die Luft gesprengt und den Pater betäubt, wenn er gewußt hätte, daß Gabriel die Schriftrolle schon gestohlen hatte.«

»Wer bleibt dann noch?«

Lucy schüttelte den Kopf, aber irgendein Detail, das sich nicht fassen ließ, arbeitete in ihr. »Vielleicht der Rabbi? Er wußte, daß wir nach Assisi wollten.«

»Das ist nun *wirklich* absurd. Morey und dieser Schlägertyp sollen zusammenarbeiten?«

Lucy antwortete nicht auf diese Frage, denn der Rabbi schlängelte sich gerade wieder zwischen den Tischen des Cafés durch. »Ah, Frascati!« rief er entzückt und setzte sich vor sein Glas mit kühlem Weißwein. »*Und ich empfehle Genuß, denn der Mensch hat nichts Gutes unter der Sonne, außer zu essen und zu trinken und zu genießen* ...«

»*... und das wird ihn in seiner Mühsal begleiten*«, beendete O'Hanrahan den Satz und hielt sein golden schimmerndes Glas ins Licht. »Dieses Zeug schmeckt nur in Rom«, fügte er hinzu. »Ich habe einen italienischen Karmeliter gekannt, der diesen Wein immer Montefiasko genannt hat.«

Nach dieser kurzen Erfrischungspause war die prächtige Kirche Santa Maria Maggiore aus dem 5. Jahrhundert an der Reihe. Der Rabbi hatte diese langgestreckte Basilika noch nicht besichtigt, und zu seiner Freude erwartete ihn ein besonderer Genuß – die schönste christliche Huldigung an die jüdischen Vorväter: Die unvergleichlichen Mosaiken des 5. Jahrhunderts bieten einen reichen Zyklus alttestamentarischer Szenen – ein Gefunkel von Gold, Achat, Glas, Onyx und Edelsteinen. Hier sieht man

Melchisedek, der Abraham grüßt; Hamor und Shechem, die Jakob um Dinahs Hand bitten; Moses, der Zephorah heiratet.
Lucy ging weiter in die Cappella Sistina: eine Seitenkapelle, atemberaubend hoch und weiträumig, jedes Geschoß noch reicher verziert und goldglänzender als das darunter ... Lucy lehnte sich in stummem Staunen gegen eine Marmorsäule und starrte mit offenem Mund nach oben.
»Ratet, welche Reliquien hier angeblich einmal waren«, sagte O'Hanrahan und legte Lucy und dem Rabbi die Hände auf die Schulter. »Unser alter Freund, St. Matthias. Lucy, Sie sind der funktionstüchtige Katholik unter uns dreien. Schicken Sie ihm ein Gebet, damit wir sein Gekritzel enträtseln können.«
»Meinen Sie das ernst?«
»Zünden Sie eine von diesen katholischen Wunderkerzen an«, pflichtete der Rabbi bei.
»Na schön ...«
(Es könnte helfen, Patrick, wenn *du* ein Gebet sprechen würdest.)
Während Lucy eine Kerze anzündete und sich hinter einigen Frauen aus einem portugiesischen Reisebus anstellte, um ein Plätzchen zum Knien zu bekommen, gingen der Rabbi und O'Hanrahan weiter zur Apsis.
Lucys Gebet war kurz und direkt: »Ich danke Dir, daß ich die Möglichkeit habe, an dieser großen Entdeckung der Kirche mitzuarbeiten. Und hilf uns, Heiliger Geist, die Rolle zu übersetzen ... das heißt, wenn es Dein Wille ist, und ... und wenn Du nicht meint, dieses Evangelium könnte zuviel Ärger machen.«
(Ich, der Heilige Geist, fürchte mich nicht vor der Wahrheit, noch sollten Meine Kinder das tun.)
»Amen.«
Wieder in wilder Hektik schleppte O'Hanrahan Lucy und den Rabbi zur nächsten U-Bahn-Station, wo sie eine Fahrkarte zur nächsten Pilgerkirche im Süden der Stadt kauften, St. Paul vor den Mauern.
»Morey hat das Thema der Gegenpäpste aufgebracht«, sagte O'Hanrahan. »Wenn man legal nicht an den Job herankam, bestach man einfach ein paar Kardinäle, damit sie in die Maria-Maggiore-Kirche kamen und einen dort krönten.«
Der Professor sann über den unglückseligsten aller Gegenpäpste nach, Konstantin II. aus dem 8. Jahrhundert, eine Marionette der römischen Aristokratie und des skrupellosen Herzogs Toto.

»Herzog *Toto?*« staunte Lucy.
»Ich hab' mir das nicht ausgedacht«, verteidigte sich O'Hanrahan. Nachdem Toto den amtierenden Papst Paul I. vergiftet hatte, brachte er den Mob dazu, Konstantin auf die Schultern zu heben und ihn mit Gewalt im Lateran als Papst einzusetzen. Die Langobarden marschierten in Rom ein, und Toto wurde im Straßenkampf niedergemetzelt; der arme, schutzlose Konstantin versteckte sich in einem Kloster, bis der römische Mob ihn ergriff, bewußtlos schlug und ihm mit dem päpstlichen Ring die Augen ausstach. Nachdem er diese Tortur überlebt hatte, wurde er im Lateran gedemütigt, denn er verärgerte die Inquisition mit der Beteuerung seiner Unschuld, so daß die Kardinäle den blinden Mann nacheinander mit Fußtritten und Schlägen traktierten. Schließlich sperrte man ihn für den Rest seines langen Lebens in einem abgelegenen Kloster ein.
Gegenpapst für einen Tag. Danach setzten die Langobarden ihren eigenen Favoriten ein, Philipp, eine so lächerliche Figur, daß der Bischof, der seine Amtseinsetzung vornehmen sollte, mit vorgehaltenem Messer dazu gezwungen werden mußte. Philipp schaffte es gerade, über einem Krönungsbankett den Segen zu sprechen, dann wurde die Farce unerträglich, und man brachte ihn in ein nahe gelegenes Kloster und wählte einen ernstzunehmenden Papst. In dieser brutalen, blutigen Zeit mußte Philipp sich dennoch nicht einmal böse Worte als Strafe anhören – vielleicht der sympathischste Hanswurst, der je auf den Heiligen Stuhl gestolpert ist.
»Papst für einen Tag!« rief O'Hanrahan. »31. Juli 768!«
Von der U-Bahn-Station aus marschierten sie flott auf die Kirche St. Paul vor den Mauern zu. Der Rabbi machte den unvermeidlichen Witz: »Wer ist hinter den Mauern, wenn St. Paul vor den Mauern ist?« Lucy war insgeheim froh, daß sie nicht allen Ernstes gefragt hatte; irgendwie hatte sie sich vorgestellt, vor der Kirche müsse noch gesondert eine Heiligenkapelle stehen.
Die drei Pilger stellten fest, daß ein Marsch zur Frontseite von St. Paul, der größten Kirche der Christenheit nach dem Petersdom, an einem heißen Tag in Mittelitalien eine mühselige Übung ist; weiter und weiter ging es, immer an den groben Ziegelmauern und den hohen Steinfundamenten entlang. Drei byzantinische Kaiser, erklärte O'Hanrahan, beschlossen im Laufe des 4. Jahrhunderts, die *big mama* der Christenheit zu bauen: vier Flügel, eingefaßt von zwanzig massiven Säulen, und ein Hauptschiff, in dem sich ein Fußballfeld verlieren würde ...

Lucy blieb im Eingang stehen, bis ihre Augen sich an das Dämmerlicht gewöhnt hatten. Weit vorne am Altar sah sie Touristen, etwa ameisengroß in diesem riesigen Raum. Auch links und rechts waren Besucher zu sehen, die im Schatten des Säulenwalds und in den unbeleuchteten Seitenkapellen verschwanden. Hier hat der Mensch wirklich das Gefühl, nur ein winziges Stäubchen im Thronsaal des Himmels zu sein, dachte Lucy.
(Aber der Himmel ist natürlich ein anheimelnder Ort.)
Im Querschiff, unter den Mosaiken der Apsis, stand unter einem gotischen Baldachin ein Altar, und darunter lag der einfache Felsstein, der angeblich das Grab des heiligen Paulus bezeichnet und seit dessen Enthauptung um das Jahr 65 nicht bewegt worden sein soll.
Lucy hatte Angst, der Andenkenladen könnte schließen, was ihre Ansichtskartensammlung beeinträchtigt hätte, daher entschuldigte sie sich und lief rasch voraus ins Querschiff.
O'Hanrahan sah ihr nach und beschwor in sich das Bild eines Athleten zwischen den antiken römischen Säulen herauf – nicht das erste Mal, daß er in einem christlichen Heiligtum von etwas Heidnischem und Verlorengegangenem angerührt wurde. Er wandte sich seinem Freund zu: »Was meinst du? Ein erfolgreicher jüdischer Junge? St. Paul, der Musterschüler von Rabbi Gamaliel.«
Der Rabbi nickte heiter. »Hillels Schule unterrichtete den jungen Jesus, und sein Enkel Gamaliel unterrichtete Paul, und später warf Gamaliel der Jüngere die Christen aus der Synagoge und war wahrscheinlich der erste, der sie steinigte. Außerdem verjagte er die Anhänger von Rabbi Jochanan ben Zakkai aus der Stadt, jenes Rabbi, der sagte: *Es sind die Ungelehrten, die Probleme in die Welt bringen.* Aber so weise er auch war, hatte er doch unrecht. Es sind die Gelehrten, Paddy – Männer wie du und ich –, die Probleme bringen. Männer wie Paulus, Saulus von Tarsus.«
O'Hanrahan lächelte zustimmend. »Hast du einmal von den *Homilien* und den *Rekognitionen* des Klemens gehört? Nicht des Klemens von Rom, aber der Name ist hängengeblieben. Gnostische und spätere Texte und Traktate, manche in einem seltsamen Altsyrisch, manche in verschlüsselter Schrift; es gibt zwanzig *Homilien* und zehn Bücher *Rekognitionen* – und manche davon sind bis heute unübersetzt.«
»Klingt nach einem wahren Fund«, stimmte der Rabbi zu.
»Die meisten dieser Werke liegen in lateinischer Version vor, aber diese Übersetzungen stammen von Rufinus aus dem 4. Jahrhundert, der her-

umgestrichen und gekürzt hat, wie es ihm paßte. Weiß der Himmel, was diese obskuren afrikanischen Dokumente wirklich aussagen. Ich dachte mir, daß ich in der Bibliothek des Metropoliten in Athen einen Blick darauf werfe, ob die Schrift von Matthias zumindest irgendwo erwähnt wird. Und dann komme ich zu dir nach Jerusalem.«
»Und du kannst einfach in diese Athener Bibliothek marschieren und diese Dinger lesen?«
Der Professor nickte.
»Dann fahr hin«, meinte Rabbi Hersch. »Ich wühle mich in der Zwischenzeit durch die Kabbala. Ein paar der besten Werke daraus – allein der Herr des Universums weiß, warum – stehen ausgerechnet in der Vatikanischen Bibliothek.«
»Aber die Texte der Kabbala sind wesentlich jünger als das *Matthiasevangelium*«, nörgelte O'Hanrahan.
»Die Alphabete, Paddy«, erinnerte ihn der Rabbi. »Ihr Ursprung soll viel älter sein. Die *Sefer Jezirah* ist voll von magischen, mystischen Alphabeten – zweiundzwanzig, eines für jeden Buchstaben im Hebräischen. Ich werde die verdammte Sprache von Matthias schon herausfinden!«
Unwillig erwog O'Hanrahan die Möglichkeit, daß sein Freund den Schlüssel zu diesem Evangelium früher finden könnte als er. Wahrscheinlich würde der Rabbi seine ganze Arbeit an ihn weiterreichen, als Geschenk, als milde Gabe für den alten, klapprigen Patrick O'Hanrahan. Wäre ich doch der einzige Detektiv in diesem Rätsel, wünschte O'Hanrahan, könnte ich dieses knifflige Problem doch selbst lösen ... Ich würde meine Seele dafür verkaufen.
(Mach keine Scherze. Die Versuchung steht dir bevor, Patrick.)
»Da ist noch etwas«, sagte O'Hanrahan düster. »Pater Vico, der Franziskaner, der das Evangelium hat, sagte, im Frühjahr habe ein griechisch-orthodoxer Mönch in Assisi nach dem *Matthias* geforscht. Ein Mönch, der durch ganz Italien gereist sei und ohne Umschweife nach dem Evangelium gefragt habe. Pater Vico meinte außerdem, er habe den Eindruck, dieser ... dieser fanatische Frater wolle das Evangelium vernichten.«
»Oh, einfach großartig. Auch noch ein fanatischer Frater auf der Fährte. Es herrscht ziemliches Gedränge auf unserem Weg, Paddy.«
Ein Sakristan und zwei Mesner hasteten hin und her und versuchten, die Leute zum Ausgang zu scheuchen; die Kirche wurde über Mittag geschlossen.

»Wann wirst du endlich das Mädchen los?« fragte Rabbi Hersch.
Er erwischte O'Hanrahan in einem Augenblick, in dem er gerade nicht auf der Hut war. »Na ja ... wenn sie sich Rom angesehen hat.«
»Morgen also?«
Der Rabbi ist seltsam hartnäckig, dachte O'Hanrahan. »Sie sagte, sie würde bald abfliegen. Sie muß sich noch mit Kitsch für alle Tanten zu Hause eindecken, Plastikmarien und so weiter. Natürlich, jetzt wo Gabriel weg ist, brauche ich einen Assistenten ...«
»Paddy, hör auf, herumzudrucksen. Du kannst sie nicht auf den Berg Athos mitnehmen, du kannst sie nicht in das Wadi Natrun mitnehmen, wenn es so weit kommt. Und was ist mit Mar Saba und der Bibliothek, hm? Kein Zutritt für Frauen. Du mußt in den Orient, und sie ist dabei nur eine Last.«
O'Hanrahan nickte.
»Und diese ganze Gabriel-Geschichte in Irland; ich kann nicht sagen, daß ich ihr über den Weg traue. Und noch etwas: Falls wirklich große Kaliber hinter der Sache her sind, fanatische Fratres und die Mafia – wenn das nicht Phantasievorstellungen deines melodramatischen Franziskaners sind –, dann ist sie in Gefahr. Du kannst die Verantwortung für sie nicht übernehmen. Was ist, wenn sie entführt wird? Solche Neuigkeiten willst du bestimmt gern ihren Eltern mitteilen, wie? Denk an die rechtlichen Folgen.«
O'Hanrahan stimmte zu und versprach, Lucy werde innerhalb von achtundvierzig Stunden ihre Sachen gepackt haben.
»Gut«, erwiderte der Rabbi. »Was macht die Gesundheit?«
»Keine Probleme«, versicherte O'Hanrahan, schränkte aber im nächsten Moment ein: »Ich nehme an, der Gedanke, diese Schriftrolle zu übersetzen, hält mich am Leben und läßt das Blut pumpen.«
Der Rabbi sagte darauf nichts. Er sah Lucy entgegen, die auf sie zugerannt kam.
»Ist endlich Mittagszeit?«
Wieder wohlbehalten innerhalb der Mauern der römischen Innenstadt angelangt, führte O'Hanrahan seine Freunde in eine berühmte alte Trattoria, die dicht an der Rückseite der imposanten Barockkirche Il Gesù, des Hauptquartiers der Jesuiten, lag.
»Dieses Lokal gibt es hier seit Ignatius von Loyola«, erklärte O'Hanrahan, als sie weiter hinten im Raum einen Tisch fanden, inmitten zahlrei-

cher schwarzgekleideter Geistlicher, SJ. Als Vorspeise gab es *spaghetti all'amatriciana* – für den Rabbi ohne Speck, *per favore* –, dann aßen Lucy und der Professor *saltimbocca*. Nach dem Essen führte O'Hanrahan sie in eine Bar, wo er trotz Lucys Protest darauf bestand, daß sie alle drei einen Sambuca tranken, einen klaren Anislikör, der mit einer brennenden Kaffeebohne serviert wurde, die sich in der züngelnden blauen Flamme drehte.

»Es schmeckt wie Mundwasser ...«

»Trinken Sie, Lucy!«

Dann zu Giolitti, der Bastion für römisches Eis. Lucy lächelte zwei alte Patriarchen an, die mit Minilöffelchen Eiscreme aus dem Pappbecher aßen. »Rabbi«, fragte sie, »können Sie nach Fisch Eis essen? Ist das wirklich koscher?«

»Hey, Paddy, hast du das gehört? Das kleine Mädchen hier belehrt mich ...«

»Und jetzt«, kündigte O'Hanrahan an und stopfte seinen Pappbecher mit einem Rest von geschmolzenem Malagaeis in einen übervollen Abfallkorb, »der Vatikan!«

Der Petersdom, auf dem Hügel des Vatikans.

Der Superdom aller Kirchen, dachte O'Hanrahan, als er davorstand – ein überdimensionierter, überladener Riesenbau. Aber St. Peter sorgt dafür, daß man Ehrfurcht empfindet: Ehrfurcht, wenn man sich auf der Via della conciliazione nähert, Ehrfurcht, wenn man auf dem Petersplatz durch Berninis Kolonnaden schreitet, Ehrfurcht, wenn man die Stufen unter der Kanzel hinaufsteigt, auf der sich nach dem weißen Rauchzeichen der Papst präsentiert, und entzückt auf die Worte hört: *Annuntio vobis gaudium magnum: habemus papam!* Und Ehrfurcht schließlich, wenn man durch die übergroßen Portale in die größte Kirche der Christenheit tritt. O'Hanrahan warf einen Blick auf Lucy, die mit weit geöffnetem Mund diesen Anblick, den man so intensiv wohl nur einmal im Leben empfinden kann, in sich aufnahm. Er selbst kannte Rom zu gut, um auf den Plunder hereinzufallen, und seufzte innerlich. Und doch ist es dieser Fleck auf der Erde, der mein Leben geformt und zermürbt hat!

Um O'Hanrahan herum, ebenfalls in tiefer Ehrfurcht, standen Prälaten, Mönche und Nonnen, die alle auf den Höhepunkt der Pilgerfahrt und ihres Lebens warteten: die bevorstehende Papstaudienz. Wie eine Schafherde wurden alle durch die Drehkreuze getrieben. Sieh sie dir an, seufzte

O'Hanrahan. Aus Dritte-Welt-Ländern, aus armen und hoffnungslosen Verhältnissen, allein und fern von der Familie – hier sollen sie ihre Entschädigung bekommen. Das ist nicht das religiöse Leben, nach dem ich mich gesehnt habe. Ach, gib's zu: das Rascheln der Priesterröcke, das Getuschel in den Hinterzimmern des Vatikans ... Welche Intrigen laufen? Wer konspiriert mit wem? Wer zeigt den größten Ehrgeiz? Und unter welchem stillen Äußeren eines Kardinals verbirgt sich ein neuer Johannes XXIII., ein neuer Johannes Paul I., ein Mann, der all den Schmutz ausräumen könnte? Die Welt der Vatikanpolitik hätte ich zu der meinen machen sollen.
(Mit der Politik des Theologischen Fachbereichs bist du nicht so gut zurechtgekommen.)
Nein, das ist richtig. Aber das war erst gegen Spielende, als ich nicht mehr auf der Hut war und nach Beatrices und Rudys Tod getrunken habe, bis ich mich 1974 habe absetzen lassen. Ich und Nixon, beide sind wir in dem Sommer wieder auf unserem Hintern gesessen. Bis dahin hatte ich Utopia verwirklicht! Meine Cocktailparties sind legendär, der Lehrkörper, den ich aufgebaut hatte, war erstklassig, wir hatten eine Elite von Studenten, es gab Reisen und großzügig geförderte Forschungsfreisemester – ich war beliebt und wurde dreimal wiedergewählt!
(Das ist richtig.)
Ich hätte diese Plattform nützen sollen, so wie Schillebeeckx und Hans Küng. Ich hätte die Ewige Stadt mit einer Flut von Traktaten aufrütteln sollen. Oh, ich wette, daß ich mit meinem Eifer und meinem Argumentationsgeschick den Papst nach dem 2. Vatikanischen Konzil hätte stürzen können, weg mit dem Papsttum! Vielleicht hätte man mich auch exkommuniziert, was mir eine große Freude gewesen wäre.
(Das klingt, als hättest du alles getan, damit Rom Notiz von dir nimmt. Um in dieser Marmorstadt wenigstens *ein* Zeichen zu hinterlassen, deinen Namen einzugravieren.)
Ja, das ist nur zu wahr. Und was für ein Unsinn! O'Hanrahan erneuerte seine Bekanntschaft mit der Statue des heiligen Petrus in der Nähe des Portals. Diese Kirche steht hier nur, weil Papst Julius II. so dumm war zu glauben, die Basilika, so wie Konstantin sie im Jahre 326 hatte erbauen lassen, sei nicht groß genug, um sein Grabmal zu beherbergen. Durch die Syphilis verblödet, wollte Seine Heiligkeit einen Raum, der das von Michelangelo entworfene Monument fassen konnte: drei Stockwerke

hoch, mit vierzig Statuen, alle niedergedrückt, gepeinigt von Kummer über Julius' Hinscheiden. Aber er konnte sich eigentlich weder dieses Grabmal noch eine neue Peterskirche leisten, also verkaufte er Ablässe ... jene, die Martin Luther so erbosten. O'Hanrahan konnte sich ein Lächeln nicht verkneifen: mein liebes, absurdes Rom! Du hast die erste Kirche der Christenheit niedergerissen und dir an ihrer Stelle die Reformation erbaut! Rom, du alte Schlampe, du Hure Babylons! Obwohl du schon etwas welk bist und deine Blüte hinter dir liegt, hast du anscheinend immer noch eine besondere Art mit den Menschen; so manchen Sterblichen hast du vergessen lassen, wie du deinen Lebensunterhalt verdienst, du prächtige Stadt der Tempel und Kuppeln, des Ruins und der Monumente, errichtet über den Leichen gemarterter Christen und betrogener Juden, reich geworden durch Unterdrückung und Verfolgung und durch die Schikanierung Patrick O'Hanrahans! Ganz leise brodeln unter deinem Make-up, dem Schimmer deiner funkelnden Mosaike, die Angst aller Zeitalter, die Tode der Märtyrer, Heilige, deren Namen man nicht kennt, unzählige Gebeine.
Und trotzdem, wie habe ich dich geliebt!

† † †

Lucy zuliebe ließ sich O'Hanrahan zu allen Kunstschätzen des Vatikans schleppen. O'Hanrahan, Rabbi Hersch und Lucy betrachteten Michelangelos Pietà, dann trotteten sie weiter zu den Museen des Vatikans, der größten Beutesammlung der westlichen Zivilisation und Kunstgeschichte – der Apollo von Belvedere; die Laokoon-Gruppe; Saal um Saal voller griechischer und römischer Statuen; Raum um Raum voller Kreuze und Kerzenleuchter; Gänge, so lang, daß man ihr Ende nicht sehen kann; Räume voller Landkarten oder Bücher ... Und hinter jeder Kurve und Biegung eine weitere unendliche Fülle von Reichtum, Verzierungen und Vergoldungen, nicht ein Zentimeter Wand ohne ein Fresko. Angesichts dieser gehorteten Schätze, dieser obszönen Schönheit, war Lucy sprachlos.
Ihren Begleitern machte das Alter zu schaffen, sie wurden reizbar, bezeichneten all die großen Kunstwerke als Kitsch und verdarben Lucy das Erlebnis. Je ehrfürchtiger sie reagierte, desto respektloser benahmen sie

sich. Schließlich betraten sie unter dem Klang eines ständig spielenden Tonbands die ehrfurchtgebietende Pracht der Sixtinischen Kapelle.
»*Silenzio per favore ... Silence, please ... Ruhe bitte ...*«
Nichts könnte die heilige Atmosphäre mehr zerstören, als dies alberne Band es tut, dachte Lucy und betrachtete die frisch restaurierte Decke, die Fresken in grellem Gelb, glühendem Rosa und Neonblau, die Arbeiten von Botticelli und Signorelli.
»Signorelli ist wirklich *der* Mann für schöne Hintern«, meinte O'Hanrahan.
Lucy entwischte ihm und ging auf das *Jüngste Gericht* zu, Michelangelos wirbelnde Rhapsodie auf das Ende der Welt. Bei keinem Maler sehen die Verdammten verdammter aus – sogar Maria wirkt, als könne sie nichts für sie tun, Unsere Liebe Frau angstvoll vor dem bevorstehenden Grauen. Ihr Sohn Jesus, der unbewegte Mittelpunkt im Sturm des göttlichen Gerichts, sitzt entschlossen, in finsterer Gelassenheit, es ist der Augenblick, *nachdem* jede Gnade möglich war.
»Wir, die wir Michelangelos *Erschaffung der Welt* in zahllosen Büchern und Abbildungen schon so oft gesehen haben, daß wir gähnen, haben Schwierigkeiten, uns daran zu erinnern, daß irgendwann jemand zu Michelangelo gesagt hat: ›Hier ist der Auftrag, Junge, male die Erschaffung der Welt und des Menschen, Gott und Adam‹«, sagte O'Hanrahan zu Rabbi Hersch.
Lucy starrte auf das Gemälde. Michelangelos Bild zeigt den Augenblick, unmittelbar nachdem der Schöpfungsakt beendet ist. Auf der rechten Seite ist Gott, der Verehrungswürdige, in einem rosa Gewand, getragen von Engeln, auf dem Gesicht einen Ausdruck entschlossener Konzentration, alle göttliche Energie auf den höchsten Befehl gerichtet: Sei!
Links ist Adam, der sehnsüchtig, wie ein Liebhaber, auf Gott blickt, die Hand matt und träge, aus ewigem Schlaf gerissen ...
»Ich sehe, Michelangelo hat über den kleinen jüdischen Pimmel Bescheid gewußt«, bemerkte der Rabbi.
»Man sollte meinen«, fügte O'Hanrahan hinzu, »daß Gott seinen Prototyp ein bißchen besser hätte ausstatten können. Michelangelos David in Florenz hat übrigens auch nicht gerade ein Gemächte wie ein Hengst.«
»Ich habe eine Theorie. Wenn man, wie Michelangelo, auf schwulen Sex steht, sucht man nicht gerade nach einem Schwanz in der Größe von Tante Goldies Schmorbraten ...«

»Um Himmels willen«, zischte Lucy. »Fällt Ihnen beiden nichts Besseres ein? Vor dem größten Kunstwerk, das je geschaffen wurde? Ist *das* Ihr höchstes Denkniveau?«
O'Hanrahan tat zerknirscht. »Sagen Sie's mir, Luce! Sind Ihnen kleine lieber oder große?«
»Ich lasse mich nicht auf diese Diskussion ein.« Lucy entfernte sich so weit wie möglich von den beiden.
»Reizbares Mädchen«, sagte der Rabbi.
»Jungfrau«, erwiderte O'Hanrahan schlicht. »Ganz sicher.«
»Ich glaube kaum, daß sie mich hier drin rauchen lassen, wie?«

† † †

Ein Sommerabend in Rom.
Den Abend verbrachten sie in Straßencafés, probierten überteuerte Getränke und aßen eine Reihe römischer Köstlichkeiten – Champagnereis, das berühmte *tartufo,* das Unbefleckte Herz aus Schokolade. Der Rabbi bevorzugte Espressoeis – serviert in einem kalten Metallkrug, übergossen mit üppig-süßer *fior di latte,* im Mund eine köstlich-kühle Verbindung von feinem Eis und cremiger Sahne. Und als krönenden Abschluß besuchten sie die Piazza Navona, wo man Touristengedränge und römisches Gesindel beobachten konnte. Heute abend sind eine Menge Leute unterwegs, dachte Lucy, darunter einige sehr schöne Menschen, aber auch einige extrem laute und häßliche Menschen.
Sie spazierten zur Bar *Tre Scalini.*
Lucy war bereits aufgefallen, daß O'Hanrahan, sobald er etwas getrunken hatte, seine Begleiter gerne anfaßte oder ihnen den Arm um die Schulter legte – und seine Hände waren nicht erhaben über ... nun, sie lagen über ihrer Taille. Höflich machte sie sich los; sie vermutete, seine Munterkeit sei ein Überbleibsel aus seinen vergeudeten mittleren Jahren als Frauenheld. Ich kann mir vorstellen, wie er vor ein paar Jahren, schlanker und mit mehr Haar, die Studentinnen eingewickelt hat, dachte Lucy ... ja, warum nicht? Seine ganzen verrückten Geschichten, seine enorme Intelligenz. Hat 1969 wahrscheinlich funktioniert wie ein Flächenbrand. Der Mann strahlte viel Wärme und Herzlichkeit aus, wenn man mit ihm im Café saß. Ach, zur Hölle. Sie ging wieder neben ihm her und ließ zu, daß

er ihr für einen kurzen freundlichen Augenblick den Arm um die Taille legte, glücklich, daß er sie in den letzten Tagen, die sie zusammen verbracht hatten, endlich akzeptierte.
Sie erspähten eine Dreiergruppe, die von ihrem Tisch aufstand, und stürzten sich auf die freigewordenen Plätze, die eine perfekte Aussicht auf die Piazza Navona boten.
Der Rabbi erzählte einen Witz. »Ein achtzigjähriger Mann kommt eilig in den Beichtstuhl und sagt: ›Pater, Pater! Ich schwöre bei Gott, ich habe dreimal in einer Nacht mit einer Frau geschlafen, die ein Viertel so alt ist wie ich!‹ ›Ohohoh‹, erwidert der Priester, ›guter Mann, Sie beten am besten vier Gegrüßet seist du, Maria und zehn Vaterunser.‹ ›Kann ich nicht‹, sagt der Mann, ›ich bin Jude‹. ›Warum zum Teufel haben Sie mir das alles dann erzählt?‹ fragt der Priester. ›Machen Sie Witze?‹ fragt der Alte zurück, *›ich erzähl' das jedem!‹*«
Die Zuhörer stöhnten.
»Moses«, erklärte O'Hanrahan, »kam mit seinen Tafeln vom Berg Sinai, und da stand dieser Witz schon drauf. Johannes sagt, am Anfang war das Wort, aber dieser Witz, *dieser* Witz, Mr. Catskills, ist älter als das Wort.«
»Ich weiß auch einen«, sagte Lucy, die sich zwei Gläser Amaretto erlaubt hatte. »Was kommt heraus, wenn man einen Iren und einen Liegestuhl kreuzt?«
Pause.
»Paddy O'Furniture.«
Die beiden Männer starrten Lucy entsetzt an und hätten sie am liebsten in die Wüste geschickt.
»Ach, kommen Sie schon«, sagte sie, »das *ist* lustig! Irgendwie.«
Der Rabbi stand kopfschüttelnd auf, um die Toilette des berühmten Cafés aufzusuchen. Lucy und O'Hanrahan sahen ihm zu, wie er sich ungelenk zwischen den vielen Tischchen hindurchzwängte.
»Ein schöner Abend«, meinte O'Hanrahan.
»Ja, und auch kein weißer Cadillac mit deutscher Nummer in der Nähe. Noch nicht.«
»Noch nicht«, wiederholte O'Hanrahan. »Und damit Sie nicht länger den Rabbi verdächtigen, er verfolge hier irgendwelche heimlichen Absichten, lassen Sie mich Ihnen mitteilen, daß Mr. Billiganzug dank *Ihnen* wußte, daß wir nach Assisi fahren würden.«
»Dank mir? Ich spreche nicht einmal Deutsch.«

»Der Mann im billigen Anzug ist Amerikaner.«
Lucy wartete auf eine Erklärung.
»Am letzten Abend in Assisi bin ich, wie bereits erzählt, gegen elf Uhr abends aus der Basilika gekommen, und auf dem Parkplatz entdeckte ich ausgerechnet den weißen Cadillac – der Cadillac fährt mit Automatik. Kein Europäer setzt sich da ans Steuer. Außerdem klebte auf der Windschutzscheibe ein Signet der Hertz-Autovermietung. Nur ein Amerikaner kann so naiv sein, einen riesigen, benzinschluckenden Automatikwagen durch ganz Europa zu kutschieren. Jetzt denken Sie einmal gut nach: Wer war in Florenz und Assisi, dem Sie von Ihren Plänen erzählt haben?«
Lucy zuckte zusammen. »Neeeiiin ...«
»Es ist mehr als wahrscheinlich.«
»Farley? In Verbindung mit internationalen Schwarzmarkthändlern?«
Sie sahen den Rabbi in der Nähe, der sich seinen Weg zurück bahnte.
Lucy sprang auf. »Ich bin dran«, sagte sie und machte sich auf zur Damentoilette.
Rabbi Hersch setzte sich an den Tisch und lachte schmutzig, tief aus dem Bauch heraus, nicht sehr laut.
»Was ist los?« fragte O'Hanrahan.
»Paddy O'Furniture«, gluckste der Rabbi.
Als Lucy von der Toilette zurückkam, zitierte O'Hanrahan etwas für Rabbi Hersch: *»Dann wird mit dem Einfall von Xerxes und Attila das große Reich des Antichrist beginnen.* So heißt es.«
»Was haben wir da nun?« fragte der Rabbi. »Iran oder Irak ist Xerxes, und Attila könnte vermutlich entweder China oder Rußland sein ...«
»Oder vielleicht beide. Das würde das Ende des Westens bedeuten: eine Koalition von Moslems, mit den Chinesen und Russen im Rücken, gegen Europa, die USA und Israel.«
Lucy setzte sich. »Worüber reden Sie denn gerade?«
»Über die Endzeit«, erwiderte der Rabbi.
»Oh, nicht schon wieder!«
O'Hanrahan zitierte Nostradamus' Prophezeiungen des Endes, in einem Jahr mit zwei Sonnenfinsternissen im Zeichen des Löwen, steigenden Wassern und großen Naturkatastrophen.
»Und kommt in absehbarer Zeit ein Jahr mit zwei Sonnenfinsternissen?« fragte Lucy.
»1999«, antwortete O'Hanrahan.

»Na, großartig.«
O'Hanrahan fuhr fort. Nostradamus beschrieb im 16. Jahrhundert den Zweiten Weltkrieg mit unheimlicher Genauigkeit – er nannte den Anstifter des Krieges sogar »Hilter«, was ähnlich genug ist, um zu beeindrucken – und prophezeite einen bevorstehenden Krieg in Jugoslawien, den Aufstieg Chinas und der Mohammedaner, ein wiedergeborenes Deutschland und die Übernahme Frankreichs durch eine islamische Bevölkerung im Jahre 1998. »Plötzlich erscheint das alles gar nicht so unwahrscheinlich«, erklärte der Professor abschließend. »Besagter Antichrist wird ein ›Barbar mit schwarzem Kopfschmuck‹ sein.«
»Klingt nach einem Erben Khomeinis«, meinte der Rabbi. »*Daniel* und *Ezechiel* sagen natürlich, das Untier werde aus Babylon kommen, dem heutigen Irak. Nostradamus wurde für einen verkappten Juden gehalten, und ich bin sicher, daß er seine Propheten aus dem Alten Testament und die Kabbala sehr genau gekannt hat.«
»Hat Nostradamus präzise Angaben über die Jahre gemacht, wann das alles passieren soll?« erkundigte sich Lucy.
»Er hat nicht den Mondkalender, sondern den Sonnenkalender benützt, daher gibt es ein wenig Spielraum. Aber 1999 nennt er ausdrücklich. Und er sagt auch, man werde eine große Entdeckung über einen Heiligen der frühen Kirche machen, die den Vatikan ins Wanken bringe.«
Der Rabbi verschränkte die Arme. »Aha, vielleicht ist Mr. Matthias dieser Heilige.«
»Sie beide machen mir Gänsehaut«, sagte Lucy.
»Ich habe an der Chicagoer Universität jahrelang ein Seminar über die Apokalypse abgehalten«, erzählte O'Hanrahan. »Bei dem Zeug bekommt man Gänsehaut, wenn man zu lange darüber nachdenkt. Enoch und Elia werden zurückkommen, um gegen den Antichrist zu predigen, ein falscher Prophet wird erscheinen, eine falsche Prophezeiung wird die Kirche in den Zweifel führen, eine Frau oder eine Nation ist die große Hure. Ich wette, das ist eine Anspielung auf unsere Miss Dantan.«
Lucy reagierte darauf nicht, sondern fragte: »Ich habe also noch etwa sieben, acht Jahre, bevor die Sache brenzlig wird?«
»Manche Ultra-Orthodoxe, die sich in Erinnerung rufen, daß ein Tag vor Gott wie tausend Jahre ist, glauben, daß es sechstausend Jahre mühselige Arbeit und tausend Jahre der Ruhe geben werde, ebenso wie es sechs Tage Arbeit und dann den Sabbat gibt. Wir alle wissen, daß die Welt im Jahre

4000 vor Christus erschaffen wurde, wenn man die Genealogie im Alten Testament zurückverfolgt. Wir nähern uns dem Jahr 2000 nach Christus. Zeit für das Finale, nicht wahr?« antwortete der Rabbi.
O'Hanrahan machte es Spaß, Lucy zu quälen. »Die tausend Jahre Frieden aus der Offenbarung liegen also vor uns. Das heißt, nachdem wir den Aufstieg des Antichrist und die Drangsal durchgemacht haben.«
»Hey«, protestierte Lucy und schwenkte das geschmolzene Eis in ihrem Glas, »ich bin zu jung für all das.«
Plötzlich räusperte sich neben O'Hanrahan ein Priester in Soutane. »Entschuldigen Sie ...« Der Priester war Nordamerikaner. Um die Vierzig, aber er sah jünger aus, mit zarter, rosiger Haut, von der römischen Sonne leicht verbrannt, eine schmale Brille mit Goldrand auf der Nase, die ihn wie einen Gelehrten aussehen ließ. »Entschuldigen Sie, ich unterbreche Sie nur ungern, aber Sie sind doch Dr. Patrick O'Hanrahan, nicht wahr?«
Es stellte sich heraus, daß der junge Priester Jim Vupolski aus Lorain, Ohio, war, zum erstenmal in Rom. Er habe O'Hanrahan schon mittags in dem Lokal bei Il Gesù gesehen, sei aber zu schüchtern gewesen, um hallo zu sagen.
»Ich habe Sie zweimal bei Vorlesungen gesehen«, erklärte Jim, »als ich am Priesterseminar von Notre-Dame studiert habe, haben Sie die Vorlesungsreihe über die Kirchenväter gehalten, und das ist für Sie wahrscheinlich uralte Geschichte, aber mein Studienberater hatte eine Aufnahme Ihrer Vorlesungen, die Sie vor zwanzig Jahren in Bologna gehalten haben ...«
»Bologna!« strahlte O'Hanrahan.
»Ja, ich glaube, auf italienisch habe ich es sogar noch mehr genossen. Sie haben Ihre Vorlesungen mit einer solchen ... wissen Sie, mit einer solchen Bravour gehalten. Sie sind wirklich ein talentierter Redner, Dr. O'Hanrahan.«
O'Hanrahan konnte gar nicht rasch genug zustimmen und schickte sich an, dem Rabbi die Begeisterung seiner Zuhörer von damals zu schildern.
»Und das ist mein Kollege aus Rom«, nützte Pater Vupolski eine Atempause in O'Hanrahans Geplänkel aus, »Pater Agnelli.«
Ein kleiner, pummeliger Italiener, ebenfalls um die Vierzig, mit bleichem Gesicht und einem Anflug von Bartstoppeln, wurde ins Gespräch einbezogen.

»Nett, Sie kennenzulernen«, sagte O'Hanrahan und schüttelte ihm die Hand. »Setzen Sie sich doch zu uns ...«
»Ich will Sie eigentlich nicht stören«, sagte Jim.
»*La fotografia* ...« Pater Agnelli stupste Jim an.
»Ach ja ... es ist mir ein bißchen peinlich, aber könnten wir ... dürfte ich Sie bitten, daß Sie sich hier mit uns fotografieren lassen? Pater Agnelli hat die Vorlesungen in Bologna wirklich genossen.«
»*Naturalmente!*« rief O'Hanrahan. »Sie waren dort, Pater?«
Während die Männer O'Hanrahans Ruhm wiederaufleben ließen, wurde Lucy dienstverpflichtet. Sie machte zwei Aufnahmen, beide gleich und durch das Blitzlicht verdorben, dachte sie, die beiden grinsenden Prälaten und der rotgesichtige O'Hanrahan, die einander die Arme um die Schultern gelegt hatten, als seien sie seit Jahren enge Freunde.
Die Unterhaltung der drei wurde lebhaft fortgesetzt, und Lucy war auf den Rabbi als Gesprächspartner angewiesen. Aber sie tauschten nur ein paar höfliche Floskeln aus. Dann hörte Lucy wieder O'Hanrahan zu, der italienisch mit den beiden Männern sprach. Allmählich wurde sie schläfrig, die Augenlider wurden ihr schwer.
»Paddy?« fragte der Rabbi gerade, »sprechen wir heute abend noch über unser Projekt, oder kann ich zurück ins Hotel gehen?«
Die beiden Priester standen auf und entschuldigten sich, so aufdringlich gewesen zu sein. Sie hatten, sagte Pater Vupolski, einen langen Tag hinter sich, schon um vier Uhr morgens waren sie zum Gebet aufgestanden! Sie würden nun in ihre Herberge in der Nähe des Palazzo San Callisto zurückkehren.
»Gütiger Himmel«, sagte O'Hanrahan, »wir sind praktisch Nachbarn! Wir sind ein bißchen weiter unten in der Straße im *Santa Cecilia.*«
»Großartig!« meinte Pater Vupolski, »wenn Sie noch ein wenig länger in Rom sind, würden ein paar von uns sich gerne mit Ihnen zusammensetzen und Sie auf einen Drink einladen. Oder zwei.«
Herzhaftes Männerlachen begleitete diesen Vorschlag.
»Können wir Sie drei dann vielleicht mitnehmen? Pater Agnelli hat sein Auto da, Gott sei Dank.«
Lucy sah ihre Chance, den Abend zu beenden, und meldete sich, daß sie mitkommen werde. Der Rabbi und O'Hanrahan konnten dann ihr weiteres Vorgehen in Ruhe besprechen.
»Ist es bestimmt kein Umweg für Sie?« fragte Lucy.

»Überhaupt nicht.«
Bald bahnte sich das Auto seinen Weg durch den Verkehr Roms und versuchte, durch die Gassen auf eine Hauptverkehrsstraße zu gelangen. Der italienische Priester saß am Steuer, während Lucy mit Jim vom Seminar Notre-Dame auf dem Rücksitz saß.
Was für ein Tag war das gewesen, wie war das Monumentale und Grandiose auf sie eingestürmt, das unglaublich Riesige, Überladene und kostbar Verzierte – Rom war wirklich so, wie es immer bejubelt wurde; Informationen aus dem Stadtführer wirbelten in Lucys Kopf durcheinander, und ihr wurde bewußt, daß vor ihr noch das weltliche Rom mit seinen Palästen und Museen lag, das kaiserliche Rom der Cäsaren, das Kapitol und das Forum, das *Caffē Roma,* wo James Joyce an seinem *Ulysses* gearbeitet hatte, wo Keets, Shelley und Byron sich betrunken hatten,wo Conrad und Henry James sich zum Kaffee getroffen hatten. Das Rom der Brunnen, das Rom der Mode, das Rom des Essens und Trinkens und der Piazzen. Als Lucy aus dem Fenster sah, bemerkte sie, daß sie den Tiber überquerten. Der Mond hatte eine glitzernde Bahn über das langsam fließende Wasser gelegt, und sie stieß den Seufzer des Touristen aus, einen Augenblick angerührt von etwas Altem, Ewigem.
»Schöner Mond«, sagte sie.
»Genau die richtige Temperatur, nicht wahr? Nach den heißen Tagen der letzten Woche.«
»Ja.«
Sie schloß die Augen ein wenig, bereit, das Bewußtsein auszuschalten; sie wollte nur noch ins Bett sinken und schlafen, am liebsten tagelang. Aber morgen würde sie sich mit Geschenken für ihre ganzen Verwandten eindecken müssen – zumindest ein Dutzend dieser kleinen Kruzifixe und auch ein paar Marienfiguren. Auch wenn sie selbst keinen Wert darauf legte, ein paar ältere Verwandte würden sie bestimmt mögen, man denke: eine Marienfigur aus Rom ... Komisch, stellte sie fest, er fährt schon wieder über den Tiber.
»Äh, Jim, warten Sie ...«
»Hm?«
»Die *Hosteleria Santa Cecilia* liegt doch auf der Seite des Vatikans, nicht wahr?«
Jim antwortete nicht.
»Äh, Sie wissen doch, wo ich hin muß, oder?«

Er lächelte kaum. »Ja, ich weiß, wo Sie hinmüssen.«
Irgend etwas war nicht in Ordnung. »Ich glaube, ich steige besser aus. Warum lassen Sie mich nicht einfach hier raus, und ich ...« Als das Auto an einer Kreuzung langsamer wurde, streckte sie die Hand nach dem Türgriff aus.
Jim packte ihre Hand. »Es wäre wirklich keine gute Idee, aus einem fahrenden Auto zu springen.«
Lucys Herz klopfte schneller. »Jim, fahren wir zuerst noch anderswohin?«
Er räusperte sich. »Ich heiße nicht Jim. Aber wir werden bald Zeit genug haben, uns vorzustellen.«
Lucy schluckte heftig. »Sie waren gar nicht am Seminar Notre-Dame, nicht wahr?«
»Nein.« Wieder dieses flüchtige, kalte Lächeln. »War ich nicht.«

*5. Juli 1990*

O'Hanrahan stand auf, ohne Nachwirkungen der Exzesse des vergangenen Abends zu spüren. Er riß das Fenster auf und blickte hinunter in die schmale Gasse und auf die häusliche italienische Szene, die sich in den Fenstern gegenüber bot. Als er den Kopf hob, sah er den vollkommen blauen Himmel Roms und fühlte die Wärme der Sonne auf dem Gesicht. Eine Schande, daß er heute zu Pater Vico mußte!
Nachdem er ausgiebig geduscht, sich rasiert und gekämmt hatte, ging er an Lucys Zimmertür vorbei, an der, ebenso wie gestern abend, ein Schild hing: *Bitte nicht stören!* Dein Schaden, Kleine, dachte er, draußen wartet Rom auf dich.
»*Signore,* Taxi?« fragte ein Taxifahrer mit buschigem Schnauzbart, als O'Hanrahan aus der Hosteleria kam. »Ich mache Ihnen einen sehr guten Preis! Spanische Treppe, Villa Borghese, wie? St. Peter, gehen Sie zum Papst?«
»Nein danke«, erwiderte O'Hanrahan, der die kurze Entfernung zum Franziskanerkloster San Francesco a Ripa lieber zu Fuß ging.
Die Büros von San Francesco a Ripa waren baufälliger und dürftiger als die in Assisi. Pater Vico thronte in einem Zimmer mit rissigen Gipswänden und einem Fensterschlitz; wieder saß er in einem Stuhl, in dem er zu verschwinden schien.

»Rom ist wie ein fremdes Land für mich«, sagte Pater Vico wehmütig, nachdem er O'Hanrahan eine Tasse schlechten Tees hatte bringen lassen.
»Nach Assisi kann ich verstehen, warum«, erwiderte O'Hanrahan, der höflich an dem Gebräu nippte und darauf verzichtete, sich zu beschweren.
»Ich habe eine Überraschung für Sie«, sagte der Pater und wählte eine Nummer. Nach wenigen Minuten führte Antonio, der Pater Vico nach Rom begleitet hatte, einen alten Mann herein. Pater Vico erhob sich, und die beiden Franziskaner erwiesen einander die Reverenz.
»Das ist Frater Luco Gatteoti, der seit nunmehr fünfzig Jahren mit San Francesco verbunden ist«, erklärte Pater Vico mit einer stolzen Geste.
O'Hanrahan betrachtete den weißhaarigen, trübselig wirkenden Mann.
»Luco hat vollen Zugang zu allem, was Sie in der Bibliothek des Vatikans eventuell einsehen wollen, und er wird Sie begleiten.«
»Wo ist unsere Schriftrolle, Pater?« fragte O'Hanrahan.
»Sie ist in Sicherheit«, antwortete Pater Vico. »Sie ist in Sicherheit in einem – wie heißt es? Einem Safe. *Safe* im Safe, ha, ha, ha ...«
O'Hanrahan rieb an seiner Nase. »Wo ist dieser Safe?«
»Es ist ein sehr sicherer Safe, ha, ha, ha ...« Pater Vico setzte sich wieder. »Antonio!« rief er.
Antonio rollte denselben albernen kleinen Safe herein, den Pater Vico schon in Assisi präsentiert hatte. Das schreckliche Quietschen der ungeölten Räder ließ Dr. O'Hanrahan zusammenzucken. *Quietsch-quietsch-quietsch, quietsch-quietsch-quietsch.*
»Das sieht aber wirklich nicht sehr ...«, O'Hanrahan wollte das Wort *sicher* vermeiden, »... nicht sehr zuverlässig aus, Pater.«
»Nicht einmal der Generalobere kennt die Kombination, obwohl er mich gedrängt hat, dieses Geheimnis zu beichten. Und ich habe unseren Schatz auch nicht den Gewölben und Tresoren von Assisi anvertraut oder einer Bank, einem ... wie sagt man?«
O'Hanrahan brauchte etwas Zeit, um zu begreifen, daß Pater Vico nach dem Wort *Bankschließfach* suchte.
»Ich traue nur mir allein. Jeder andere kann bestochen werden, nicht wahr? Der Safe ist in meiner Obhut, Sie brauchen also keine Angst zu haben«, versicherte der Pater.
O'Hanrahan und Frater Luco verließen das Gebäude und blieben auf dem Gehsteig stehen. O'Hanrahan fragte seinen Begleiter, ob das Kloster ihnen ein Auto leihen oder ein Fahrer sie zum Vatikan bringen könne, aber

davon schien Frater Luco nichts zu wissen. Wie er denn sonst zum Vatikan komme, fragte O'Hanrahan.

»Zu Fuß«, antwortete der Frater, »über zwei Kilometer, den Hügel hinauf und wieder hinunter.«

Verärgert führte O'Hanrahan seinen Begleiter zurück zur *Hosteleria Santa Cecilia.*

»Wollen Sie zur Spanischen Treppe?« fragte der Taxifahrer, den sie aus einem Nickerchen weckten.

»Zum Vatikan, bitte«, antwortete O'Hanrahan. Er hatte das Gefühl, den Taxifahrer irgendwo schon einmal gesehen zu haben. In einem Zeichentrickfilm? Genau, Gepetto, der Zimmermann, in Disneys *Pinocchio.* O'Hanrahan hatte den Film mit Rudy, als er acht war, im Kino gesehen. Derselbe buschige Schnauzbart, der eine schlechte Theaterrequisite hätte sein können. O'Hanrahan wandte sich Bruder Luco zu, der starr nach vorn sah, ein zaghaftes Lächeln auf dem Gesicht, als sei eine Taxifahrt eine neue, ungewohnte Sensation für ihn.

»Was ist denn Ihr Fachgebiet, Bruder Luco?« versuchte O'Hanrahan auf italienisch Konversation zu machen.

Frater Luco zuckte die Achseln. »Ich tue, was man mir sagt.«

Die Formalitäten am Schalter der Vatikanischen Bibliothek dauerten nicht lange, da Luco bekannt und über jeden Verdacht erhaben war. O'Hanrahan bekam die Erlaubnis, alle Abteilungen zu betreten, außer den Räumen mit den ältesten und kostbarsten Handschriften, die in den Gewölben unter dem Vatikanpalast aufbewahrt wurden. Aber Bruder Luco sagte, er werde sich glücklich schätzen, alles von dort zu holen, was O'Hanrahan brauche. Für den Fall, daß Luco vielleicht etwas wüßte, zog O'Hanrahan ein Foto der *Matthias*-Schriftrolle aus der Brieftasche.

»Bruder Luco, sagt Ihnen diese Schrift etwas?«

»Nein«, schüttelte Luco nach einem Augenblick desinteressiert den Kopf. O'Hanrahan notierte auf einem Zettel ein Werk, das Bruder Luco ihm aus den Gewölben bringen sollte: eine Pergamentrolle aus dem 14. Jahrhundert, eine äthiopische Fassung der *Dispute des heiligen Andreas.* Bruder Luco betrachtete den gewünschten Titel, seufzte über die Arbeit, die von ihm erwartet wurde, und ging, um die Rolle ausfindig zu machen.

Ein echt vatikanisches Geschöpf, dachte der Professor und stellte erneut Betrachtungen an über die *Romanità,* die vatikanische Denkweise – zum

Teil geprägt von Machiavellismus und von Marktgefeilsche, andererseits aber auch von äußerster dumpfer Faulheit und Inkompetenz.
O'Hanrahan setzte sich zwischen die Nachschlagewerke und Register. Das wäre seine Traumentdeckung: ein früher Kommentar eines Kirchenvaters, unbekannt und kaum gelesen, der einen Auszug aus dem *Matthiasevangelium* zitierte, um ihm zuzustimmen oder ihn zu mißbilligen. Eine weitere nützliche Entdeckung wäre eine Liste von Sprachen, ein Werk über unbekannte afrikanische Dialekte, das bislang übersehen worden war; oder eine Art Lexikon Nubisch-Altäthiopisch oder so etwas ... Er gab es nur ungern zu, aber sein Rivale Pater Beaufoix, der Dominikaner des Akoluthenclubs, hatte vor zehn Jahren ein Kompendium über christliche afrikanische Schriften verfaßt. Ha, schwor sich O'Hanrahan, er würde es auch ohne Beaufoix' Buch schaffen. Und dieser alte Ziegenbock würde nächsten Monat einen weiteren Band veröffentlichen – zur Hölle mit ihm!
Bruder Luco kam im Schneckentempo zurück, seine schlurfenden, gemessenen Altmännerschritte waren schon eine ganze Minute zu hören, bevor er schließlich auftauchte. »*Eccolo, eccolo*«, zirpte er, als er den Behälter mit der Schriftrolle vor O'Hanrahan auf den Tisch legte.
»*Grazie*«, dankte der Professor, öffnete die Schachtel und ließ den mittelalterlichen Inhalt herausgleiten.
»*Il Trecento*«, meinte Bruder Luco nachdenklich und zeigte mildes Interesse.
O'Hanrahan erklärte, daß der Text tatsächlich aus dem 14. Jahrhundert stamme, aber auf einer Schriftrolle niedergeschrieben sei, damit er älter aussehe und daher als wertvoller gelte. Doch wie die meisten mittelalterlichen Fälschungen verriet auch diese sich, indem sie es mit der Genauigkeit ihrer prophetischen Aussagen übertrieb. Inmitten der Prophezeiungen des heiligen Andreas in Äthiopien läßt der Jünger eine Rede vom Stapel, in der es um den Triumph des lateinischen Ritus über den byzantinischen und die Vorherrschaft Roms geht – bei der Andreas eine Vision des heiligen Petrus in der päpstlichen Tiara hatte! –, und warnt schließlich dringend, daß der gallische Antichrist in der Verkleidung Babylons, dargestellt wie im *Daniel* durch einen Greifen, kommen werde. Das war ein offenkundiger Versuch, die von Frankreich kontrollierten Päpste in Avignon während der »Babylonischen Gefangenschaft« von 1309 bis 1379 zu zwingen, das Papsttum wieder nach Rom zurückkehren

zu lassen. Vor dem Zeitalter linguistischer Gelehrsamkeit und exakter Datierungsmethoden hatten sich solche Pseudotexte verheerend auf die mittelalterliche Kirche ausgewirkt; manche raffinierten Fälschungen, wie die *Apostolischen Konstitutionen* und natürlich das *Laudabiliter,* mit dem Englands Herrschaft über Irland päpstliche Billigung erfuhr, wurden sogar grundlegende Staatsdokumente. Manche muslimischen Gelehrten glauben immer noch an die Echtheit des *Barnabasevangeliums* aus dem frühen 13. Jahrhundert, das vortäuscht, Jesus habe Mohammed vorhergesagt.

»*Non ha nessun valore, eh?*« äußerte Bruder Luco, der sich über das Pult beugte und O'Hanrahan seinen Zigarettenatem ins Gesicht blies.

Ja, wissenschaftlich sei der Text wertlos, erklärte O'Hanrahan auf italienisch und wich dem Mundgeruch Bruder Lucos aus, aber es sei ein hübsches Museumsstück. Der Professor nahm seine *International Herald Tribune* und seine *La Repubblica* vom Morgen und rollte sie zusammen, während Bruder Luco verschwörerisch lächelte. O'Hanrahan steckte die Zeitungen in den Behälter der Schriftrolle und bat Bruder Luco, ihn zurückzubringen und den Assistenten mit gespieltem Zorn aufzufordern, eine andere Rolle zu holen, weil er sich geirrt habe. In der Zwischenzeit schob O'Hanrahan die Schriftrolle aus dem 14. Jahrhundert vorsichtig in seine Aktentasche.

Das Mittagessen mit Rabbi Hersch stand als nächster Punkt auf dem Programm.

Als sie die Bibliothek verließen und über den Petersplatz gingen, fragte O'Hanrahan, wohin der Frater in Trastevere zum Essen gehe, und erfuhr, daß Luco niemals eine Mahlzeit in San Francesco a Ripa versäumte. Ob sie dort einen guten Koch hätten, erkundigte sich O'Hanrahan. Der Bruder zuckte die Achseln. Wohl der einzige Italiener ohne Geschmacksorgan, dachte O'Hanrahan. Vielleicht war aber auch das Desaster mit dem Tee ein Indiz dafür, daß die Franziskaner in kulinarischen Dingen grundsätzlich versagten.

(Nicht jeder lebt für seinen Magen, Patrick!)

O'Hanrahan verabschiedete sich von Bruder Luco und ging geradewegs nach San Crisogono und weiter in die warmen, ockerfarbenen Gassen und schäbigen Straßen von Trastevere, »jenseits des Tiber«, ein Viertel aus alten Häusern, die scheinbar von Efeu und Wäscheleinen zusammengehalten werden – ein Bauerndorf inmitten von Rom.

»Das erinnert an alte Zeiten, nicht wahr?« fragte der Rabbi, der sich in der *Trattoria Maria* zu O'Hanrahan an einen Tisch im Freien setzte.
»Wie 46 in Kairo.« O'Hanrahan nickte und verputzte das Brot aus dem Korb. Er dachte an die Zeit, als er den Rabbi kennengelernt hatte.
1946 war in Kairo das verlorengegangene, nachgewiesene *Thomasevangelium* auf dem Schwarzmarkt aufgetaucht. Unter dem Dutzend von Universitätsagenten, die in den Gassen von Khan al-Khalili danach jagten, befanden sich auch ein junger Jesuitennovize namens O'Hanrahan, der ein Auslandsjahr an der Amerikanischen Universität von Beirut absolvierte, und ein Assistent der Hebräischen Universität namens Hersch. Jeder von beiden hoffte, das Evangelium für seine Universität zu erwerben. Das *Thomasevangelium,* der größte Evangelienfund seit fast 2000 Jahren, war dem koptischen Museum in Kairo und all den Kapazitäten entschlüpft und tatsächlich nach Amerika gelangt – dorthin, wo *jeder* es hätte kaufen können, wenn man nur gewußt hätte, worum es sich bei diesem Text handelte. Einer von O'Hanrahans verehrten Helden, Dr. Quispel von der Universität Utrecht, hatte sich das Evangelium schließlich geschnappt, und noch heute befand es sich in Utrecht. Quispel würde grün vor Neid werden, wenn er wüßte, wie nahe O'Hanrahan daran war, das *Matthiasevangelium* zu ergattern!
Die Signora – vielleicht Maria? – kam an den Tisch: eine schwerfällige Frau, die Wimpern – wie die Süditalienerinnen – stark mit Mascara getuscht, in einem smaragdgrünen Kleid, das eher zu einer Operndiva gepaßt hätte. O'Hanrahan gewann ihre Gunst, als er kurzentschlossen eine Flasche Montepulciano d'Abruzzo bestellte, nicht eben das Billigste auf ihrer Weinkarte. Sie verschwand durch einen blauen Perlenvorhang in eine Küche voller Topfgeklapper und italienischem Geschrei, in der ein junges Mädchen immer wieder lachte und von einem älteren Mann gescholten wurde.
»Gibst du mir vielleicht das letzte Brotstückchen?« fragte der Rabbi, und O'Hanrahan überließ es ihm. »Rabbi Eleazar sagte, wer kein Stück Brot auf seinem Tisch zurückläßt, wird niemals die Zeichen von Gottes großzügigen Gaben und seinen Segen sehen.« Dann erzählte er von seinen Abenteuern im Vatikan. »Da kam so ein kleiner Mann daher, der wohl seit dem Bau des Petersdoms dort ist, und war sehr hilfsbereit. ›Mr. Rabbi‹, sagte er, ›wollen Sie die hinteren Räume sehen, ganz viele jüdische Sachen, ganz viele jüdische Sachen.‹«

Ja, dachte der Professor, der nur halb hinhörte, das älteste Evangelium, das man je gefunden hat. Das große Los des Jahrhunderts, vielleicht sensationeller als die Schriftrollen vom Toten Meer. Wie bist du auf den Gedanken gekommen, Paddy, daß Morey dir den Vortritt lassen würde?
»Mir gefällt dieser neue Ökumenismus; dauernd hieß es ›bitte, Mr. Rabbi‹ und ›danke sehr, Mr. Rabbi‹. Rabbi Abba hat recht gehabt: Wenn die Tür einmal verschlossen ist, wird sie nicht so bald wieder geöffnet, also muß man diese Gelegenheiten ausnützen. Und dann habe ich einen Blick ...«
Der Rabbi bemerkte endlich, daß sein Freund nicht zuhörte, »... dann habe ich einen Blick auf die private Pornosammlung des heiligen Paulus im 1. Jahrhundert geworfen. Eine ganze Menge von nackten syrischen Jungs, Abdul und sein Lieblingskamel, ein Schwanz von hier nach da, und ich spreche jetzt nicht von dem Kamel.«
»Was?«
»Zum Teufel, ich rede mit dir. Was ist los mit dir, Paddy?«
Paddy schüttelte den Kopf. »Nichts, es ist nichts.«
Die Signora nahm die Bestellung auf. Für O'Hanrahan *spaghetti alle vongole* als Vorspeise – Anlaß zu einer Diskussion über koschere Speisevorschriften, die eines Quizzur Shulkan Arukh würdig gewesen wäre: Durfte der Rabbi ein Stückchen Brot in die Sauce aus Muscheln und Tomaten tunken?
»Tut mir leid, wenn ich ein bißchen zerstreut bin, Morey«, sagte O'Hanrahan. Er wurde mutiger. »Es ist ein bißchen, als würdest du mir über die Schulter sehen. Irgendwie bringt es mich aus der Fassung, daß du hier bist, in Rom, und hier arbeitest.«
»Schau, Paddy«, erwiderte sein Freund rasch. »Die Hebräische Universität wird ... wird mich der PLO als Zielscheibe für Schießübungen überlassen, wenn uns diese Schriftrolle wieder durch die Lappen geht, also bleibe ich dran an der Sache, und außerdem kann ich mein Buch über Josephus nicht fertig schreiben, solange ich dieses Ding nicht gelesen habe.« Der Rabbi sah den Professor verständnisvoll an, dann senkte er den Blick und faltete die Serviette auf seinem Schoß, wieder und wieder. »Das hier ist dein Beutezug, Paddy; ich dränge mich da nicht hinein. Schau, ich bin nicht der richtige Mann, um die Rolle zu übersetzen. Du bist der Sachverständige für Kirchenväter, nicht ich. *Du* bist der richtige Mann dafür.« Er holte tief Luft. »Ich will dir nur helfen und sichergehen, daß wir nicht in den nächsten Schlamassel geraten.«

Zwei Gläser Amaro Montenegro nach dem Essen sorgten dafür, daß der restliche Tag für ernsthafte Arbeit verloren war.
»Taxi, Signore?« fragte Gepetto, der Taxifahrer, der vor der Hosteleria Posten bezogen hatte. »Guter Preis für Priester, für Männer Gottes!«
O'Hanrahan rief auf italienisch zurück, es sei Siestazeit, womit der Alte einverstanden schien – er zog die Mütze über die Augen und machte es sich auf seinem Sitz bequem.
O'Hanrahan ging in sein Zimmer und streckte sich mit übervollem Magen auf dem Bett aus. Er sah zur Decke und hörte auf den verebbenden Straßenlärm, während Rom die Jalousien herunterließ und in Betten mit steifen, kühlen Leintüchern sank, um die Nachmittagshitze zu verschlafen.
Lucys Schlüssel hatte nicht am Brett gehangen, und das *Bitte nicht stören*-Schild war fort, daher nahm O'Hanrahan an, daß sie wohl ganz Rom an einem einzigen Nachmittag abhaken wollte. Ein Leben reicht nicht aus für Rom, lautet ein alter Gemeinplatz: weil die Hälfte seiner Schätze verschüttet sind oder nicht berühmt, so daß sie nicht in den Reiseführern auftauchen, oder weil sie verschlossen in privaten Palästen stehen, die jetzt nur noch geisterhafte Grabmäler sind, an die sich der letzte Träger eines ehemals gefürchteten Patriziernamens klammert. Und selbst wenn man den Schleier lüftete, wären die meisten Schätze zu großartig und genial, um sie auf den ersten Blick zu begreifen ...
Wenn ich meinen Glauben je wiederfinde, dachte O'Hanrahan traurig, dann sollte es hier und jetzt geschehen. Das ist wahrscheinlich mein letzter Besuch in Rom.
(In der Tat, Mein Sohn.)
Diese Stadt steht für alles, womit ich gerungen habe, wogegen ich mein ganzes Leben lang gekämpft habe; von meiner kindlichen Frömmigkeit bis zu meinem Gelübde als Jesuit, das ich gebrochen habe, bis hin zu meinen späteren Kreuzzügen gegen solche Rückfalltäter wie Johannes Paul II., der noch in diesem Jahr in Mexiko gegen den protestantischen Irrglauben, für die Notwendigkeit des Zölibats, gegen die Sünde der Geburtenkontrolle und gegen den Irrglauben der Juden – Gott verzeihe ihm – gepredigt und gegen den »Intellektualismus« gewettert hat. Himmel, welch Atavismus.
(Ein typischer Papst, wirklich.)
Es waren die Schändlichkeiten der katholischen Politik, die mich ständig

aggressiv gemacht haben, dachte O'Hanrahan. Im letzten Jahrhundert Pius IX. und seine Verurteilung der Gedanken- und Redefreiheit, in diesem Jahrhundert der Idiot Pius X. mit seinem Geschimpfe gegen den Modernismus und der Kriegsverbrecher Pius XII., der nicht *ein* Wort gegen Hitler verlauten ließ. Und die ganzen Marienschreine, diese billigen *Mater dolorosa*-Shows im Süden, die Maria Gorettis!

Gnädiger Gott, was tun wir unseren jungen Frauen an?

Jede katholische Mädchenschule bekommt eine Dosis Maria Goretti verpaßt. Eine Elfjährige aus Ancona. Als ein junger Mann sie vergewaltigen wollte, wies sie ihn zurück und wurde von ihm niedergestochen; bevor sie im Krankenhaus starb, vergab sie ihm noch. Und das Schauspiel, das die Kardinäle boten, alte, unverheiratete Männer, die sich stritten und debattierten, ob Maria eine Märtyrerin der Keuschheit sei oder nicht – *sieben* Bände an Beweisen wurden zusammengetragen! Maria hatte ihrem Vergewaltiger gesagt, daß Gott seine Handlung mißbillige, aber sie hatte auch *sì, sì, sì* gesagt, was bedeuten konnte, daß sie es schließlich doch gewollt hatte. Stundenlang wurde das Pro und Contra erwogen ... Ist *das* das Werk Gottes auf Erden? Zu entscheiden, ob eine Elfjährige vergewaltigt werden wollte, und sie im Pantheon der Heiligen zu inthronisieren, wenn sie es nicht wollte?

Rom hat mich, den denkenden Katholiken, im Stich gelassen. O'Hanrahan zog das Leintuch enger um sich. Er fühlte, wie sein Bewußtsein langsam träger, seine Augenlider schwer wurden. Meine Kirche hat sich zusammengetan mit den Kleinbauern, den Witwen in Schwarz, der Rosenkranzbrigade, den Wundenzählern, den Ablaßhändlern. Und trotzdem. Wenn überhaupt, dann hätte ich meinen Glauben hier wiederfinden sollen.

(Der Glaube spaziert nicht zur Tür herein und nimmt dich beim Kragen, Patrick. Du mußt dein Herz bereit machen.)

Dann spürte O'Hanrahan kurz vor dem Einschlafen einen stechenden Schmerz in der Seite. Einen Schmerz, der ihn jetzt einige Zeit verschont hatte, seit jener üblen Nacht im Frühling in Rom und seit einer leisen Andeutung in Florenz. Er machte die Augen wieder auf und starrte an die Decke, als könnte er dort lesen, ob es wieder vorbeigehen werde.

Dann stach der Schmerz wieder zu, wie ein Messer.

Okay, genug diskutiert. O'Hanrahan stand auf und holte ein Tablettenröhrchen aus seinem Rasierbeutel. Zwei von diesen Dingern, und der

Schmerz war weg, egal, was sein Körper ihm antun wollte. *Der Mensch siecht dahin wie Fäulnis, wie eine mottenzerfressene Hülle.* Er legte sich zurück ins Bett und ignorierte stoisch seine Seite. *Seine Knochen sind voll jugendlicher Kraft, aber sie werden mit ihm zu Staub.* Die Leber. Die Ärzte sagten, zum Teufel, hundertmal hatten sie es ihm gesagt: Ihre Leber kann nicht schmerzen, nicht so, wie Sie sagen, Mr. O'Hanrahan. *Ein alter Mann, und viele Tage gelebt.* Aber der Schmerz war da und wütete gegen ihn, rächte sich für den Mißbrauch, für jede Frechheit. Das Percodan wirkte schnell. *Und der Fels ließ Öl für mich strömen!* Und dann dachte O'Hanrahan an nichts mehr, während das Narkotikum in Wellen durch seinen Körper schwemmte; er spürte nur noch Frieden und Schmerzlosigkeit, eine Seligkeit und Erleichterung, die der Himmel schon lange nicht mehr bieten konnte.

† † †

Ein Klopfen an der Tür weckte O'Hanrahan. »Paddy, schau, was im Fernsehen kommt«, rief der Rabbi.

O'Hanrahan streckte sich und tastete nach seiner Uhr: neun Uhr abends. Unten im Fernsehraum starrte der Rabbi auf die Sendung *Colpo Grosso,* eine Game-Show, in der acht Oben-ohne-Damen à la Vanna White auftraten. Wie die Show funktionierte, war völlig unverständlich, bei jeder Frage wurden Brüste präsentiert, und die Teilnehmerinnen wetteiferten darum, den Laufsteg entlangzustolzieren und sich auszuziehen, sogar die Frau mittleren Alters, die gerade im Bild war.

»Das ist die Qualität, die TV Israel braucht«, murmelte der Rabbi.

»Schau dir an, was *die* für einen Aufbau hat«, sagte O'Hanrahan, als eine Moderatorin mit kastanienbraunem Haar auftauchte; eine ferne Erinnerung, etwa 1971, an die Brüste eines jungen Mädchens streifte ihn. Eine junge Studentin, die ständig in seine Vorlesungen rannte; ein teures Abendessen nach dem Kurs, bei dem er sie zum Trinken animiert hatte – und dann im Auto waren sie enthüllt worden, diese Brüste! Oh, es gab vieles, was man aus solchen Erinnerungen herausstreichen mußte: Das Mädchen hatte am nächsten Tag weinend angerufen und gesagt, so etwas werde nie wieder passieren; während des Essens hatte sie öfter wiederholt, daß er sie an ihren Vater erinnere – was das implizierte, verfolgte man besser nicht weiter; Beatrice hatte geahnt, daß etwas los war, und neben ihm im Bett leise geweint ... Nein, lieber nicht dieses ganze periphere Zeug hineinziehen, erinnere dich nur an diese jungen, üppigen, weichen Brüste, an die du sanft deinen Kopf geschmiegt hast. Im Auto, bei laufendem Motor und beschlagenen Scheiben, vor ihrem tristen Studentenwohnheim, wo du sie zärtlich geküßt hast ... kostbare Ikone! Mit Edelsteinen geschmückt und prangend, wie nie eine heilige Reliquie verehrt wurde!

Der Showmaster, der Stereotyp des schlechten italienischen Entertainers mit angeklatschtem, jettschwarzem Haar, gab einen unmelodischen Song zum besten, umschwärmt von den barbusigen Frauen, die verschiedene Länder vertraten – eine Blonde, einen Maßkrug in der Hand, repräsentierte offenbar Deutschland; eine Dunkelhaarige irgendwoher aus Südamerika trug einen Carmen-Miranda-Hut; eine schlanke, gesund aussehende Blonde hatte einen Hut à la Lady Liberty auf.

»Ich stimme für Holland«, sagte der Rabbi.

Miss Holland, deren Brüste gerade den Bildschirm ausfüllten, hatte eine Windmühle auf dem Kopf.

Helles Frauenlachen war zu hören, vielleicht von den Schwestern Jesu, die – anläßlich einer Tagung – in der Herberge untergebracht waren; im Petersdom wimmelte es von heiratsfähigen jungen Nonnen aus der Dritten Welt. Der Rabbi schaltete rasch um, als die Frauen durch den Raum kamen. Etwas Interessantes im Programm? fragten sie. Nein, bloß Sport, erwiderte O'Hanrahan auf italienisch. Die Nonnen verschwanden wieder, und Rabbi Hersch schaltete zurück auf *Colpo Grosso.*

»Ich sperre mal die Tür ab.« O'Hanrahan ließ den Worten die Tat folgen. Kurz darauf klopfte es. »Dr. O'Hanrahan, sind Sie da drin?«

»Verschwinden Sie, Lucy!«

»Dr. O'Hanrahan, machen Sie auf!« Die Stimme klang aufgeregt. »Ich exkommuniziere Sie, Anathema, Anathema!« Sie schlug fast die Tür ein: »*Machen Sie auf*, sage ich!«

»Um Himmels willen, ich komme ja schon, immer mit der Ruhe ...«

Lucy stand vor der Tür, außer Atem und sichtlich aufgeregt. Ein paar Meter hinter ihr stand wartend Gepetto, der Taxifahrer. Komisch, sie hat dasselbe an wie gestern abend, dachte O'Hanrahan.

»Also? Wollen Sie mich nicht fragen, wo ich war?«

»Im Kolosseum?«

»Dr. O'Hanrahan, ich bin fast zwei Nächte lang verschollen, und Sie glauben, ich bin auf Besichtigungstour im Kolosseum?«
»Verschollen?«
»Verdammt, ja ...«
Das *verdammt* klingt seltsam aus ihrem Mund, dachte O'Hanrahan, als probiere sie das Wort gerade aus.
Lucy stürmte in den Fernsehraum und tobte: »Haben Sie nicht die Polizei alarmiert, damit sie nach mir sucht? Ich bin einen ganzen Tag verschwunden, und Sie bemerken es nicht einmal!«
O'Hanrahan erklärte, er habe das *Bitte nicht stören* an ihrer Tür gesehen, das später wieder weg war, und angenommen, sie schlafe oder sei unterwegs in der Stadt. Lucy sah aus, als sei sie den Tränen nahe; sie stand zwischen ihm und dem Fernseher; in *Colpo Grosso* machten zwei Frauen gerade *huch!,* als ihre knappen Blusen herunterfielen.
»Signore«, bat der Taxifahrer auf dem Gang um sein Geld.
»Erstens einmal war Jim kein Diözesanpriester«, fauchte Lucy, »er war auch nicht auf Notre-Dame und hat auch Ihre Vorlesungen nicht gehört.«
»Wer war er denn?« fragte der Professor und beugte sich ein bißchen nach rechts, um die Frau mit den ...
»Würden Sie das bitte abschalten?« schrie Lucy.
Der Rabbi machte den Fernseher aus, und es wurde still.
»Jim entpuppte sich als Prälat der Ignatianer. Und sie wollen ihre Schriftrolle wiederhaben.«
O'Hanrahan war erleichtert, daß es nur diese jesuitische Randgruppe war.
Der Rabbi drehte sich gereizt um. »Was habe ich dir gesagt, Paddy? Was habe ich heute erst über die kriminellen Elemente und Lucys Anwesenheit hier gesagt?«
»Haben Sie ihnen gesagt, daß wir die Rolle nicht haben?« fragte O'Hanrahan.
»Sie wollten es mir zunächst nicht glauben, weil sie wußten, daß die Ignatianer die Rolle in Irland *Ihnen* gegeben haben. Sie waren der Meinung, daß Sie und der Rabbi den Raubüberfall in Ballywaycross nur in Szene gesetzt hätten. Aber schließlich konnte ich sie überzeugen. Ich habe ihnen gesagt, daß die Franziskaner die Rolle gestohlen haben.« Lucy versuchte, sich ihre Verlegenheit nicht anmerken zu lassen.
O'Hanrahan war entsetzt. »Sie haben ihnen alles gesagt?«
»Sie haben mich *gekidnappt,* Dr. O'Hanrahan! Ich wußte nicht, was sie

mir antun würden. Die Jesuiten haben ganze Länder ins Wanken gebracht! Sie haben die Inquisition eingesetzt!«
»Nein, das waren die Dominikaner, aber erzählen Sie weiter. Hat man Ihnen etwas getan?«
Lucy gewann ihre Fassung wieder. »Nein.«
Der Taxifahrer steckte den Kopf zur Tür herein. »*I soldi, per favore ...*«
»Könnten Sie den Fahrer für mich bezahlen?« fragte Lucy ruhig.
O'Hanrahan wühlte in seiner Tasche und gab dem Fahrer zwei 10 000-Lire-Scheine. Der Fahrer protestierte, es koste mehr, aber O'Hanrahan scheuchte ihn hinaus.
»Sie wissen also, daß die Franziskaner die Rolle haben und nicht wir. Ich nehme an, das schadet nicht viel ...«
»Schadet nicht viel?« fauchte der Rabbi. »Die Ignatianer haben die Mittel, das Ding von den Franziskanern zu klauen, oder nicht? Wie sicher ist die Rolle bei den Franziskanern?«
O'Hanrahan hatte das Gefühl, die Bettelmönche und ihren quietschenden kleinen Safe auf Rädern verteidigen zu müssen. »Oh, ziemlich sicher.«
»Ich wette, nicht sicher genug, um die Ignatianer davon abzuhalten, die Rolle zurückzustehlen. Und *wenn* die Ignatianer sie erst wieder haben, werden sie kaum darauf erpicht sein, mit uns zu verhandeln, oder was meinst du?« Rabbi Hersch runzelte die Augenbrauen und warf Lucy einen verächtlichen Blick zu: »Ich wußte, daß Sie uns Ärger machen würden.«
Wütend fauchte Lucy zurück: »Ich habe nicht die Absicht, Ihnen noch länger Ärger zu machen, Rabbi. Ich verschwinde mit dem nächsten Flugzeug.«
O'Hanrahan lächelte trübe, während er diesen Wortwechsel verfolgte. Bald würde er wieder allein sein. Lucy war ein treuer Kumpel gewesen, das mußte er zugeben. Weit über die Pflicht hinaus.
»Paddy kann morgen mit Ihnen in ein Reisebüro gehen ...«
»Das paßt mir bestens!«
Keiner würde es ihm glauben, aber er hatte tatsächlich angefangen, sich an Lucy zu gewöhnen. Ihre humanistische Bildung hätte in der Zukunft nützlich sein können, ihre Gesellschaft schätzenswert. Prima gemacht, Paddy, sagte er sich. Du hast deine Chance gehabt, sie in das Projekt mit einzubeziehen, dich mit ihr anzufreunden, aber du warst mißtrauisch und selbstsüchtig und hast keine Rücksicht auf ihre Gefühle genommen.

(Eine altbekannte Geschichte bei den menschlichen Beziehungen in deinem Leben.)
»Das ist eine ausgezeichnete Idee!« sagte der Rabbi.
»Mit dem ersten Flugzeug, das ich erwische!« prophezeite Lucy.
Andererseits, tröstete sich O'Hanrahan, war ich immer ein Einzelgänger. Ja, sogar als ich verheiratet war; sogar Beatrice war mir lästig, wenn ich unterwegs war, auf der Spur von irgend etwas. Deine ersten Expeditionen und Entdeckungen – damals, als ganz junger Draufgänger – waren einsame Missionen. Und jetzt wird es eben auch so enden, Patrick Virgil O'Hanrahan, der Eremit, der moderne Mönch, der im Zimmer bei Kerzenschein über seinen Folianten brütet. Ein würdiges Ende. Sie können uns schlechtmachen, wie Sie wollen, Schwester Marie-Berthe, aber über die Jahrhunderte hinweg waren wir es, die brummigen alten Junggesellen, allein und misanthropisch, in Klöstern und Bibliotheken, die der Welt Zivilisation und Aufklärung gebracht haben! O'Hanrahan spürte einen traurigen Vorgeschmack auf die einsamen Stunden, die vor ihm lagen.
»Na komm, Luce«, sagte er. »Du entschuldigst uns, Morey? Ich werde Miss Dantan einen Beruhigungsgrappa einflößen.«
»Ich will nichts zu trinken, Dr. O'Hanrahan«, erklärte Lucy, vor Verblüffung rot im Gesicht, als er sie aus dem Raum führte. »Das bringt nur meinen Magen durcheinander, und ich habe schon ... äh, einen verdorbenen Magen nach der ganzen Aufregung.«
Der Rabbi wartete, bis die beiden den Fernsehraum verlassen hatten, dann schaltete er das Gerät wieder ein.
O'Hanrahan legte Lucy den Arm um die Schultern. »Sie haben mir vorhin einen Schrecken eingejagt, Luce.«
Sie antwortete nicht, während sie zu seinem Zimmer gingen.
»Ich dachte, Schwester Lucy, Sie seien in kriminellere Hände gefallen.«
»Glauben Sie nicht, daß ich nicht auch auf diesen Gedanken gekommen bin.«
»Wohin hat man Sie gebracht?«
»Am ersten Abend waren wir im Kloster Il Gesù. Am nächsten Tag sind wir dann zum Mittagessen in ein Kloster namens Sant'Irene gefahren, wo ich mit ein paar sehr überzeugenden Priestern gesprochen habe. Denen habe ich dann alles erzählt. Sie waren perfekte Gentlemen; das Essen war gut. Dann, heute abend, haben sie mich gehen lassen. Ich habe mir vor

der Kirche ein Taxi genommen und bin direkt hierhergefahren. Glücklicherweise wußte ich noch den Namen der Herberge ...«
»Was haben Sie gesagt?« O'Hanrahan sah panisch erschrocken aus. »Sie haben *diesen* Taxifahrer vor der Kirche Sant'Irene vorgefunden – er hat dort auf sie *gewartet?*«
»Was ist daran schlimm?«
Im selben Moment bemerkten sie Gepetto, der aus der Dunkelheit auftauchte. Er zog blitzschnell eine Pistole aus der Tasche und forderte O'Hanrahan mit einer knappen Kopfbewegung auf, die Tür zu öffnen und in sein Zimmer zu gehen, Lucy ebenfalls.
»Trinkgeld zu niedrig?« fragte O'Hanrahan.
»*Il vangelo, signore*«, forderte der Fahrer mit unsicherer Stimme.
Er ist neu in diesem Job, überlegte O'Hanrahan. Wahrscheinlich ist er einer Mafiafamilie einen Dienst schuldig, und der besteht darin, diese Herberge zu überwachen und meine Rolle zu stehlen. Er ist kein Mörder. Das sehe ich seinem Gesicht an ...
»Schnell, schnell«, sagte der Taxifahrer.
O'Hanrahan hätte lieber eine glaubwürdige Show abgezogen – Widerstand, der schließlich der Furcht weicht –, aber er konnte nicht riskieren, daß der angeheuerte Dieb die Pistole auf Lucys Kopf richtete. Er ging daher langsam zum Bett und kniete sich mit knirschenden Gelenken nieder. Der Räuber fuchtelte mit seiner Pistole und warnte ihn, nichts Unüberlegtes oder Törichtes zu tun. O'Hanrahan griff unter das Bett und zog das runde Behältnis einer Schriftrolle zwischen den Leisten des Bettgestells hervor.
Der Räuber grinste – fast lachte er, weil die knifflige Aufgabe schon fast erledigt war.
»Aber Dr. O'Hanrahan«, begann Lucy zu murmeln.
»Wir haben keine andere Wahl, als ihnen das *Matthiasevangelium* zu geben, Lucy«, sagte O'Hanrahan mit überdeutlicher Betonung.
Der Dieb öffnete das Behältnis und zog die Pergamentrolle heraus. »*San Matteo, sì*«
»*Sì*«, antwortete O'Hanrahan in gespielter Verzweiflung und Niedergeschlagenheit.
Der Mann beschrieb mit seiner Pistole einen kleinen Kreis, und O'Hanrahan begriff, daß er die Schriftrolle aufrollen und in die Tasche stecken sollte, die der Fahrer auf den Boden warf. Der hob die Tasche auf und

küßte sie, während er sich bekreuzigte. Ein Andenken des dreizehnten Apostels kommt nicht jeden Tag des Wegs, dachte O'Hanrahan, beeindruckt von der offensichtlichen Gläubigkeit dieses Handlangers.

Der Dieb nahm O'Hanrahans Schlüssel und schloß Lucy und den Professor ein. Sie horchten, solange seine Schritte auf dem Gang zu hören waren.

»Was hat er denn nun gestohlen?« fragte Lucy, die ihre Hände zusammengepreßt hatte und sich schwach fühlte.

O'Hanrahan setzte sich auf den Bettrand. »Eine mittelalterliche Fälschung aus dem 14. Jahrhundert. Das sollte die Mafia für eine Weile beschäftigen.«

»Die *Mafia?*« schrie Lucy. Sie legte die Hände an die Wangen, dann hob sie in kalter Gelassenheit den Kopf. »Ich will sofort nach Hause.«

O'Hanrahan trat ans Fenster und inspizierte die Straße. Der Mann war zu seinem Taxi geeilt und davongefahren. »Dem nächsten Passanten rufe ich zu, er solle dem Herbergswirt sagen, er möge uns die Tür aufsperren.«

Der Professor klatschte in die Hände und versuchte ein Lächeln. »Wie wär's jetzt mit dem versprochenen Drink?« fragte er und beäugte den Grappa.

Lucy warf ihm nur einen finsteren Blick zu.

*6./7. Juli 1990*

Am Morgen des 6. Juli begleitete O'Hanrahan eine fast paranoide Lucy in ein Reisebüro. Doch für diesen Tag waren schon alle Flüge nach New York mit Anschluß nach Chicago ausgebucht; erst am nächsten Tag hatte TWA noch Plätze frei. Mit der allmächtigen Kreditkarte reservierten sie also einen Platz in einem Flugzeug, das um 17 Uhr vom Flughafen Leonardo da Vinci abflog. Lucy war beruhigt, daß sie nun zumindest kurz vor der Heimreise stand.

Am Tag ihres Abflugs klopfte zu ihrer Überraschung morgens um neun Dr. O'Hanrahan an *ihre* Tür.

»Wer ist da?«

»Internationale Schwarzmarktkiller«, antwortete er.

Als O'Hanrahan ins Zimmer trat, stellte er sofort fest, daß Lucy schon alles gepackt hatte. Sie hatte das Tupfenkleid an, das er ihr in Florenz gekauft hatte.

»Nach einem Stückchen Gebäck und einem Cappuccino habe ich einen kleinen Ausflug geplant«, erklärte er. »Gott, ich hasse solche Abreisetage. Die ganze Zeit, die man totschlagen muß.«

»Ja«, erwiderte sie, »ich kann diese Tage auch nicht ausstehen.«

Sie wechselten einen kurzen Blick, sahen aber rasch wieder weg, weil beide einen förmlichen Abschied fürchteten. Schließlich ist es unmöglich, dachte O'Hanrahan, als er zusah, wie Lucy die Tür absperrte, daß ich drei Wochen lang gegen ihre Gesellschaft wettere und sie dann plötzlich bitte zu bleiben.

O'Hanrahan klopfte an Rabbi Herschs Tür. »Was willst du?« fragte der Freund von drinnen. Der Professor lud ihn auf einen letzten Kaffee ein, aber der Rabbi wollte sich ihnen nicht anschließen, weil er in der Judaica-Abteilung des Vatikans noch etwas nachsehen mußte.

»Oh, und noch etwas, Morey«, sagte O'Hanrahan, verärgert, weil er durch die geschlossene Tür rufen mußte, »Lucys Flug geht auch heute nachmittag ab, vom Leonardo.«

»Und?«

»Dann kannst du sie doch zum Flughafen mitnehmen, oder?«

Eine unwillige Pause. Seit dem Zwischenfall mit dem Taxifahrer und seit Rabbi Hersch deutlich gesagt hatte, Lucy sei eine Last und er zähle die Minuten, bis sie fort sei, war ihr Verhältnis ziemlich kühl gewesen.

»Na schön, wenn's sein muß«, antwortete er schließlich. »Wenn ich sie damit endlich ins Flugzeug verfrachte.«

O'Hanrahan entführte Lucy in die Gassen von Trastevere. Er hatte eine Überraschung in petto und ein boshaftes Grinsen auf dem Gesicht, das alles bedeuten konnte. Die Überraschung war ein Termin in einem von Studenten frequentierten Friseursalon in der Nähe von Santa Cecilia, gestylt im modischen Dekor der Neunziger mit Chrom und gebeiztem Holz, in dem eine Schar italienischer Schönlinge arbeitete, die selbst alle sportliche Locken oder aufgetürmte Frisuren hatten.

»Ich kann Ihren Pagenschnitt nicht mehr sehen, Schwester Lucy. Sie sollten nicht aussehen wie Buster Brown.«

»Wie wer?«

»Diese Frisur steht Ihnen nicht, Luce. Genau wie dieser gräßliche Pullover, dieser alte Zeltsack.«

»Für Sie, Sir, werfe ich ihn weg, bevor ich abfliege, okay?« Sie betrachtete das hektische Treiben und die drei schönen jungen Italienerinnen, die sich das Haar machen ließen, die langen Beine übereinandergeschlagen, Armreife an den braungebrannten, schmalen Armen, in sommerliche Gelb- und Orangetöne gekleidet und munter schwatzend, während die ernsten Friseure in schwarzen Kosakenhemden an ihrem Haar herumfummelten und es schmeichelnd in Form brachten.

Lucy fragte, wie O'Hanrahan bloß diesen Laden gefunden hatte.

»Die *suora* unten hat eine Nichte im Teenageralter. Das hier ist *der* Friseur in Trastèvere, glauben Sie mir.«

»Sie brauchen nicht ...«

»Ruhe. Meine Mission, Sie zu ändern, war ein Mißerfolg. Wenn ich Sie nicht dazu bringen kann, zu fluchen, zu rauchen und zu trinken, kann ich zumindest dafür sorgen, daß Sie aussehen wie die kosmopolitische Schönheit, die Sie sind.«

Lucy spürte, wie sie rot wurde. »Hey, das reicht schon.«

Sie ließ sich zu einem Stuhl führen, während O'Hanrahan einen verheerend attraktiven zwanzigjährigen *ragazzo,* der sein Hairstyling sicher für genauso wichtig hielt wie Michelangelo seine Deckenfresken, mit Anweisungen bombardierte. Wahrscheinlich ist er auch so schwul wie Michelangelo, dachte Lucy selbstgefällig.

Der formlose Pagenschnitt war dem Untergang geweiht; Haarsträhnen fielen neben Lucy auf den Boden, und nach einer Orgie von Gel und Styling und lauten italienischen Kommentaren wurde Lucy auf ihrem Stuhl herumgewirbelt, um sich im Spiegel zu betrachten.

Ihr Haar bauschte sich nun fülliger auf dem Kopf, in einer Art Helm, die Enden fielen lockig ins Gesicht. Rasch versuchte sie, ihr Gesicht diesem Modelschnitt anzupassen ... Im Spiegel fing sie den fragenden Blick des empfindsamen Friseurs auf und lächelte ihm lobend zu, während sie sich verzweifelt danach sehnte, sich irgendwo allein zu bewundern und die Wirkung zu beurteilen.

Lucy und O'Hanrahan gingen wieder hinaus in die römische Sonne.

Sie machten sich auf den Weg zur Piazza Santa Maria in Trastevere, um sich in ein Café zu setzen, auf das langsame Plätschern des römischen Brunnens zu hören und die smogzerfressenen Mosaiken über dem Säulengang der Kirche zu betrachten. Rasch warf sie einen Blick in das Innere der Kirche, auf die Wände aus Gold und Achat und auf Unsere Liebe Frau auf dem Thron.

»Kommen Sie, nehmen Sie mir zuliebe einen kleinen Drink«, schlug

O'Hanrahan vor, als er ihren Stuhl zurechtrückte. »Ein Campari Soda? Hey, haben Sie je schon einen Cynar probiert? Phantastisch – lassen Sie mich einen für Sie bestellen.«
»Oh, bitte nein, Dr. O'Hanrahan. Ich bin nicht im Prinzip dagegen, aber vor einem Flug wird es mir womöglich total übel, und ... schon gut, schon gut«, gab sie nach.
Die Drinks wurden bestellt, und O'Hanrahan begann sich, nun da der Stoff unterwegs war, zu entspannen.
»Wissen Sie, Sir, es war eine sehr ungewöhnliche Zeit für mich ...«
»Fangen Sie nicht mit diesem Abschiedsgequassel an, Luce. Ich werde auch bald wieder zurück in Chicago sein, dann schaue ich bei Ihnen vorbei.« Er hatte eine Idee. »Warum sagen Sie mir nicht den Titel Ihrer Doktorarbeit, und ich deichsle es so, daß ich der Hauptprüfer bin, wie wäre das? Bei mir bekommen Sie ein leichtverdientes A. Worum ist es dabei noch mal gegangen?«
»Unterschiede im korinthischen und attischen Griechisch im 4. Jahrhundert vor Christus.«
»Ich erinnere mich«, meinte er, auch diesmal wenig beeindruckt. Die Cynars kamen. Er ermunterte sie, einen kleinen Schluck zu nehmen, und es schmeckte ihr sogar ganz gut.
»Gegorene Artischocke«, flüsterte er, und Lucy staunte. »Es heißt, Santa Maria in Trastevere sei die erste Kirche Roms«, fuhr er fort und blickte auf die Kirche auf der anderen Seite des Platzes, »nicht die Peterskirche, wie man meinen könnte. Es wird behauptet, Santa Maria sei 222 geweiht worden, trotz der Christenverfolgungen durch die Römer ...«
Lucy starrte in ihr Glas. Wie würde sie das alles vermissen: die Sonne, O'Hanrahans gelehrten Redeschwall, das Essen und Trinken, die Sehenswürdigkeiten, an jedem Tag so viele neue, nie gekostete Dinge – alles machte Lust auf ein neues, kaum ausprobiertes Leben. Was wird Judy sagen, wenn sie mich in dieser Aufmachung sieht? Wenn ich erst einmal alles erzählt habe, wird Judy Grund haben, Hunderte von Jahren auf mich neidisch zu sein!
Lucy vermißte ihre Mutter. Aber nach Hause zu fliegen bedeutete auch die Rückkehr zu Mutters Klagen und Kummer und zu Mutters Forderungen – wie sehr wünschte sich Lucy, ihre Mutter könnte eine Stunde lang stillsitzen, oder auch nur eine halbe Stunde, und *zuhören* und sich freuen für ihre Tochter, ohne sich sofort auf die negativsten Auslegungen zu

konzentrieren. Was hast du getrunken? Du wirst ja eine Alkoholikerin – denk an Onkel Michael! Wieviel hast du ausgegeben! Heul mir bloß nichts vor, wenn du pleite bist! Dieser alte Mann hat dir das Kleid gekauft? Du weißt, wohinter der her war!

Aber Mom, würde sie innerlich weinen, ich war in Italien – *hörst du, in Italien!*

»... Rom war in allem so tolerant«, redete O'Hanrahan weiter drauflos. »Aber da waren diese Christen, diese blühende kommunistische Sekte, die sich um alte und kranke Leute kümmerte – und sie haben uns so verabscheut! Claudius, ein vernünftiger Kaiser, hat uns verfolgt, Nero hat uns mit Pech übergossen und als lebende Fackeln benützt, Plinius hat uns gehaßt, Hadrian hat uns gehaßt, Tacitus auch. Meiner Auffassung nach wissen wir nichts darüber, wie sich Christen zwischen den Jahren 30 und 313 verhalten haben. Vielleicht *haben* wir wirklich Rom in Brand gesteckt, nachdem wir zu viele verrückte Bücher über das Ende der Welt wie die *Offenbarungen* gelesen hatten ...«

Nach Chicago zurückzugehen, wurde Lucy klar, bedeutete auch, zu ihrer Doktorarbeit, dem heranrückenden Abgabetermin und den Textverarbeitungskursen – damit sie die Arbeit schreiben und ausdrucken konnte – zurückzukehren. Zurück zu den ewigen Kämpfen, welche Kabine in der Regenstein Library sie benutzen konnte. Die Menschen an der Universität von Chicago haben keine Seelen, kein Liebesleben, keine Leidenschaften – sie haben Kabinen. Das ist *meine* Kabine, knurrte die dunkelhaarige Studentin mit dem leichten Damenbart oder der Wissenschaftstrottel mit der dicken Brille, der aussah, als würde er gleich weinen ... Aber es waren doch keine Bücher in der Kabine, sagte Lucy in solchen Fällen. Das ist egal, es ist trotzdem *meine,* beharrte das Gegenüber gewöhnlich. Lucy, die einen offenen Ausbruch von Raserei fürchtete, gab normalerweise nach. Gott, ich wünschte, ich würde nicht zurückfliegen, zurück zu Judy, dem Streit um die Katzenfutterdosen und dem Kampf gegen das allmähliche Zunehmen.

»... denken Sie, wenn das Christentum ein Kult der Sklaven war, hätte es gefährlich werden können. Fünfunddreißig Prozent der römischen Bevölkerung zu Paulus' Zeiten waren Sklaven; eine Bewegung, die sich unter den Sklaven ausbreitete, versprach daher Ärger. Sueton erwähnt, daß Juden in Rom wegen eines Mannes namens Chrestus randalierten – Chrestus war ein Sklavenname, leicht zu verwechseln mit Christus;

vielleicht waren es auch Anhänger von Christus, die den Aufstand probten, und Sueton hat nur den Namen falsch geschrieben ...«

O Gott, und dann war da auch noch ihr Vater. Lucy schwor sich, daß sie wegen der NORAID-Geschichte ernsthaft mit ihm reden würde. Und er würde ihr sagen, mit ihrem neuen Haarschnitt sehe sie aus wie eine Lesbe – Frauen als Lesben zu brandmarken war seine neueste Entdeckung. Und sie würde sagen, daß sie in Europa die großartigste Zeit ihres Lebens verbracht habe, worauf er erwidern würde, sie hätten sich alle zu Tode gesorgt, und sie hätte zuviel Geld ausgegeben, und warum könnte sie nicht ein bißchen mehr Geld für den Unterhalt beisteuern. Und sie würde ihren ledigen Tanten von Rom und all den Kirchen erzählen und ihnen beim weihnachtlichen Treffen ihre Fotos zeigen. Ihr Vater würde dann aus seinem Rentnerlehnstuhl heraus Ruhe gebieten, das Ringen oder das Footballspiel im Fernsehen lauter drehen, um sie alle zu übertönen, knurrig und an ihren Erlebnissen nicht interessiert. Unsere Familie hat ein gottverdammtes Vermögen ausgegeben, um hier in dieses Land herüberzukommen, und du gibst ein Vermögen aus, um zurückzugehen! – etwas in der Art würde er sagen. Und ihr Kleid würde ihm auch nicht gefallen.

»... es gibt die Exkommunikation, bei der einem nur die Teilnahme an der Messe verweigert wird, dann die höhere Exkommunikation, die bedeutet, daß kein Katholik mehr mit einem reden kann, und wenn der Papst wirklich stinksauer ist, schickt er einen in die Hölle. Sigismundo Mallatesti hat das zu spüren bekommen, obwohl mir seine Frechheit irgendwie gefällt. Einfach die Kathedrale der Stadt zu übernehmen und sie zu einem Tempel für sich selbst zu erklären! Er verheiratete seine Töchter an hübsche junge Männer, mit denen er dann schlafen konnte, manchmal auch gleichzeitig *mit* seinen Töchtern. Eine eng verbundene Familie.« O'Hanrahan sah auf die Uhr und runzelte die Stirn. »Es ist Zeit zu gehen.«

Lucy holte langsam und qualvoll Luft.

Ein letztes Mal gingen sie und der Professor durch die vom Alter weichgezeichneten Gassen von Trastevere. Und tatsächlich, es funktionierte. Hier war sie, schon halb auf dem Weg nach Hause, und zwei italienische Jungen – zwei Spaßvögel, kaum älter als sechzehn, die daherstolziert kamen – pfiffen ihr nach.

»Wissen Sie, was Sie meiner Meinung nach brauchen?« sagte O'Hanrahan, schon an der Tür der *Hosteleria Santa Cecilia.* »Sie brauchen eine neue Mitbewohnerin und vielleicht ein neues Thema für Ihre Doktorarbeit. Vielleicht sollten Sie die Doktorarbeit auch einfach hinschmeißen und etwas Nützliches tun, damit Sie nicht als akademisches Fossil enden wie ich.«

Sie lachte erheitert. »Meine Eltern würden mich umbringen, wenn ich jetzt aufhöre.«

»Sie haben selbst gesagt, daß Sie sich nach einer Aufgabe sehnen, nach etwas Sinnvollem, dem Sie Ihr Leben widmen können ...«

»Ja, und Sie haben mich ausgelacht.«

»Jetzt kenne ich Sie, und ich lache Sie nicht mehr aus. Wie alt sind Sie? Sechsundzwanzig?«

Sie war achtundzwanzig, aber sie beließ es dabei.

»Schicken Sie Mom und Dad zum Teufel. Wenn Sie müssen, dann gehen Sie weg aus dem gottverdammten Chicago. Gehen Sie irgendwohin, wo Sie diese Bräune behalten. In zehn Jahren will ich nicht mehr hören, daß Sie immer noch mit Janie die Katzen füttern ...«

»Mit Judy«, korrigierte Lucy. Traurig kam ihr zu Bewußtsein, wie unwahrscheinlich es war, daß O'Hanrahan in zehn Jahren noch dasein würde.

»Irgendwo innen drin steckt eine Abenteurerin in Ihnen, Miss Dantan, jemand, der ganz ähnlich ist wie ich, meinen Sie nicht?«

Lucy lächelte hoffnungsvoll.

»Ich nehme morgen abend die Fähre von Brindisi nach Griechenland, den Dampfer *Argos* – Gott, es muß schon das zwanzigste Mal sein, daß ich auf diesem alten Rostkübel fahre ...« O'Hanrahans Stimme verlor sich, er war geistig schon unterwegs, sah den nächsten Horizont vor sich. »Wenn Sie das nächstemal in Europa sind, müssen Sie sich Griechenland anschauen.«

Schon bald kam das Taxi, und der Rabbi und Lucy luden ihre Koffer – Lucys Gepäck war kaum noch zu heben und zum Bersten voll – in den Kofferraum.

Lucy hätte O'Hanrahan einen Abschiedskuß gegeben, aber als sie ins Auto steigen wollte, tauchte er oben am Fenster auf und winkte ihr. Er winkte ihnen beiden nach, rief dem Rabbi noch ein »Auf Wiedersehen im Heiligen Land« zu und wartete, bis das Taxi um die Ecke verschwand. Dann klatschte er in die Hände, als wolle er einen neuen Abschnitt beginnen, eine neue Seite, und ging zurück an die Arbeit.

Wäre er noch ein wenig am Fenster geblieben, hätte er gesehen, daß dem Taxi eine weiße Luxuskarosse mit deutschem Nummernschild folgte.

† † †

Eine Stunde später, am Flughafen, lächelte der Rabbi gezwungen, schüttelte Lucy die Hand und sagte, sie solle bei ihm vorbeischauen, wenn sie je das Glück haben sollte, nach Jerusalem zu kommen.
Na, ganz bestimmt, dachte sie. Dann war er weg, um sich sein Flugticket zu holen. Lucy wartete eine halbe Stunde in einer Schlange, bestätigte ihren Flug und beschloß, ihren Koffer erst aufzugeben, wenn die endlose Schlange an jenem Schalter kürzer geworden wäre. Sie setzte sich in eine Wartehalle.
Erst fünfzehn Minuten vor drei. Das Taxi war schnell gewesen.
Für den 17-Uhr-Flug mußte man um 15.30 Uhr einchecken. Na schön, vielleicht konnte so vermieden werden, daß wieder ein Massaker wie vor ein paar Jahren passierte. Das ist doch der Flughafen, wo arabische Terroristen ein kleines amerikanisches Mädchen erschossen haben, erinnerte sich Lucy. Jeden Sommer schien hier irgend etwas Entsetzliches zu passieren. Gar nicht lustig: Noch zwei Stunden lang würde sie hier in der Terroristenzentrale sitzen. Ob der Flug des Rabbi wohl früher ging ...
Komisch, dachte Lucy, als sie auf die Anzeigetafel für die Abflüge blickte: Heute nachmittag oder abend gibt es gar keinen Flug nach Tel Aviv.
Am besten rief sie wohl Judy in Chicago an und sagte ihr, sie solle sie morgen am O'Hare-Flughafen abholen. Lucy zerrte ihren Koffer auf den kaum funktionierenden kleinen Rädern zu dem Schalter mit der Aufschrift *Telecomunicazione,* wo man ihr eine Kabine zuwies, Bezahlung nach dem Gespräch. Der Zeitunterschied betrug sieben Stunden, schätzte Lucy, also war es in Chicago jetzt kurz vor acht; Judy hielt samstags ab halb neun in der Frauenklinik der Uni freiwillige Beratungsstunden ab, sie würde also schon auf sein.
»Hallo, Judy? Ich bin's!«
Judy fing mit einer Litanei von Klagen an.
»Ja, ich weiß, aber Judy ... Judy, ich ... Hör zu, ich rufe aus Rom an ... ja, Rom in Italien! Kannst du mich am Flughafen abholen? Morgen um Mitternacht, aber ruf vorher an, ob der Flug nicht Verspätung hat ...«

Judy sagte nicht ja. Vielleicht könne Lucys Vater zum Flughafen fahren, er habe jeden Abend angerufen.
»Wirklich? O Gott ... du kennst ja meinen Vater.«
Zur Abwechslung wurde nun über die Mutter lamentiert.
»Mom wird sich freuen, wenn sie sieht, was ich für sie gekauft habe.«
Hatte sie ein Geschenk für Judy gekauft?
»Ja, natürlich, Judy ...«
Sie hatte nicht! Vielleicht hatte sie noch Zeit, irgend etwas im Duty-free-Shop zu besorgen, irgendwas.
»Was? Was ist mit den Katzen? Judy, ich kaufe kein Geschenk für ... Nein, es ist teuer, ich ... Judy, hör mal, ich ...« Es nützte nichts. »Hallooo, Paws. Mein süßes kleines Kätzchen, sag Cattus, daß Mammi morgen abend heimkommt, okay? Judy ...«
Judy hatte noch einiges zu sagen. Die Miete war fällig, und was war mit der Stromrechnung und dem Gas, und hinten im Kühlschrank war irgendein Schüsselchen mit Thunfisch, das hätte sie doch anständigerweise wegwerfen können, bevor sie auf Reisen ging ...
»Ja, ich kümmere mich darum, wenn ich wieder da bin ...«
Judy hatte auch einige Fragen. War es heiß? Hatte sich Lucy auch alles angesehen? Irgendwelche Flirts?
»Äh, na ja, ich ... ich hab' dir einiges zu erzählen, Judy. Aber erst persönlich, wenn es kein Vermögen kostet.« Wie eifersüchtig würde Judy sein! »Was? Wer? Was ist mit Vito Campanella?«
Vito, der Abgott am Theologischen Fachbereich.
»... Vito, der Typ in meinem Seminar? Dieser Vito, der mit dem scharfen Hintern ... Aber wie hast du ... Nein wirklich. Du bist mit ihm zum Essen gegangen, und dann wohin? Hast du ihn auf einen Kaffee eingeladen oder ... Er war bei dir. In unserer Wohnung?« Lucy hörte zu. »Das ist ja toll, Judy. Gratuliere. Klar, ich verstehe schon. Wenn ihr beide morgen abend etwas vorhabt, will ich natürlich nicht stören, ich kann mir ein Taxi nehmen ... nein, wirklich, es macht mir nichts aus ... bestimmt nicht, ich versteh' das schon, aber das Gespräch kostet langsam ein Vermögen. Bis morgen abend. Ja, klar, ich bleibe dann nicht extra für dich auf. Viel Spaß, ihr zwei!«
Lucy hängte ein und ging schmollend zurück in den Wartesaal.
Na, was weißt du jetzt? Judy hat sich endlich jemanden geschnappt. Ich verlasse die Stadt, und kaum eine Woche später, rumms, wird Judy mutig

und fordert Vito zu einem Rendezvous auf – Vito, der italienische Sexyboy mit der Soloflex-Maschine, der langweilige und oberflächliche Typ, der im Fachbereich durchgerasselt ist, aber trotzdem ... Vito mit den Grübchen und den hohen Wangenknochen. Und er geht mit Judy zum Essen. Wie schön für Judy. Ich will sterben, dachte Lucy.

Das war nicht das Ende ihres europäischen Abenteuers, das sie sich gewünscht hätte.

Zu Ehren O'Hanrahans wollte sie einen heben, beschloß Lucy, ein letztes Glas Wein, nur ein kleines Glas, das sie vielleicht beruhigen würde, nervös wie sie war, wegen des Flugs, wegen ihrer Eltern, wegen Judy und ... *Vito.*

Wenn Lucy nicht zur Bar gegangen wäre, hätte sie einen alten Bekannten gesehen: Mr. Billiganzug, der am Zeitungskiosk herumlungerte. Er hatte seine Kleidung gewechselt, war aber ebenso auffällig wie bisher: eine karierte Sportjacke, ein gelbes Hemd mit schmaler, türkis gemusterter Krawatte, und dazu eine grüne Sporthose.

Und Lucy hätte auch Rabbi Hersch gesehen, der seinen Koffer in den Wartesaal schleppte, das Flugticket in der Hand.

Der Rabbi sah den Mann im Billiganzug und ging auf ihn zu: »Ich hatte so ein Gefühl, daß Sie in der Nähe sind. In diesem Aufzug kann man Sie schon eine Meile gegen den Wind riechen, wie meine Freunde sagen.«

Der Mann hob den Blick von seiner Zeitschrift mit einem Oben-ohne-Model auf dem Titelblatt. »Hallo, Rabbi. Komisch, Sie in Rom zu sehen. Haben Sie den Papst besucht?«

»Sehr witzig. Was haben Sie hier zu suchen?«

## APULIEN

*8. Juli 1990*

Versorgt mit einem Snack – in Folie verpackte trockene Biskuits und eine Flasche *acqua minerale* – fuhr O'Hanrahan durch den Norden der Campagna, durch die muntere kleine Provinz Molise und schließlich durch Apulien.

Als der Zug in den Bahnhof von Bari einfuhr, starrte O'Hanrahan auf das Bahnhofsschild und spürte Zuneigung zu der weißgetünchten alten Stadt am Rand des modernen Italien. Heimat der Kirche des heiligen Nikolaus, des Griechen aus Syrien im 4. Jahrhundert, dessen Überreste den Weg nach Bari gefunden hatten. In seiner Stadt hatte es einen Schlächter gegeben, den es nach kleinen Jungen gelüstete und der sie in Stücke hackte und in Salzlake aufbewahrte. Nikolaus, der Schutzpatron der Kinder, setzte sie auf wunderbare Weise wieder zusammen. Besser, man erzählt den Kleinen nicht, was der Ursprung des Nikolausabends ist, sinnierte O'Hanrahan lächelnd.

Apulien, das Land des Kapuzinermönchs Pater Pio! Den ganzen Gargano entlang – diese seltsame Halbinsel, die in die Adria ragt – hatte O'Hanrahan die stolzen Postkarten von Pio, der seine Stigmata zeigte, bemerkt. Erinnerst du dich an dieses Dorf auf der Höhe des Gargano? Monte Sant'Angelo; aneinandergereihte weiße Häuser, die allgegenwärtigen alten Frauen in Schwarz, die auf den stillen Straßen patrouillierten. Hier war der Erzengel Michael einigen Schäfern erschienen – was er ihnen sagte, war immer noch Dorfgeheimnis.

(Das übliche Zeug über das Ende der Welt.)

Als Beweis, daß er dagewesen war, hatte der Erzengel seinen roten Umhang dagelassen, der nun in einer Höhlenkirche unter der Stadt ausgestellt war.

(Auch nicht seltsamer als die Jungfrau Maria, die dem wartenden heiligen Thomas ihren Gürtel in die Hände fallen ließ, der nun in Lucca ausgestellt ist. Und vergiß Joseph von Copertino nicht, Patrick.)

St. Joseph von Copertino, der fliegende Mönch im 17. Jahrhundert, lachte O'Hanrahan. St. Joseph konnte fliegen, beobachtet von Männern mit untadeliger Integrität; einmal flog er vor einer Gruppe zweifelnder Protestanten und strenger Offizialen der Inquisition. Eine Vision des Jenseits erfüllte Joseph zuweilen, dann fiel er in ekstatische Trance und schwebte über dem Boden, einmal auch während einer Audienz bei dem ungläubigen Papst Urban VIII., der daraufhin überzeugt war.

Der Zug näherte sich langsam dem nächsten Bahnhof. Es gibt ein Heilmittel gegen die Sehnsucht nach Apulien, dachte O'Hanrahan: Brindisi. Die Stadt war völlig dem Fährbetrieb nach Griechenland geopfert. O'Hanrahan stieg aus, blieb am Bahnhofsausgang stehen und wappnete sich für die kommende Strapaze, denn er mußte seinen Koffer hinter sich herzerren und die Aktentasche schleppen. Vom Bahnhof zum Hafen ging man zwischen englischen und deutschen Schildern hindurch – Tickets für die Fähre, billigster Fahrpreis nach Griechenland, Betrügerfirmen, die ein volles Menü für den Preis von 5000 Lire anboten ... Selber schuld, wer darauf reinfällt. Ein italienischer Cafébesitzer sprach vorbeikommende Passanten in verschiedenen Sprachen an: »Amerikaner, ja? Wir haben gerne hier Amerikaner, alles ganz extra für Sie!« O'Hanrahan hatte das schon immer gehaßt. Es erinnerte ihn an die Zeit nach dem Krieg, als die Europäer sich für das Taschengeld der GIs prostituierten.

Er buchte eine Kabine auf der *Argos* – die letzte, die noch frei war – und gab den Koffer auf. Danach spazierte er am Kai entlang – er hatte noch den ganzen Nachmittag Zeit und sah sich nach einem Café um, in dem er ein Glas Wein trinken könnte. Ein prüfender Blick auf die herausgestellten Speisetafeln zeigte, daß Touristenpreise verlangt wurden. O'Hanrahan entschied sich für ein Café an der Hauptstraße, damit er die Leute beobachten konnte. Der Hafen war nicht gerade ein Fotomotiv. Die Brindisier – oder sagte man Brindisianer? – hatten beschlossen, ein maritimes Monument aufzustellen, ein riesiges Ruder aus Beton, acht Stockwerke hoch.

Bald kam die Karaffe Wein, ein schlichter Hauswein, aber sehr gut. O'Hanrahan nippte und genoß den Schluck. So zu trinken, das liebe ich, dachte er. Das ist viel besser als die unvernünftigen Besäufnisse: die Sonne, der blaue Himmel, die sanfte Brise, meine Arbeit vor mir, junge Leute um mich herum ... Heute kann ich ihnen nicht einmal ihre Jugend und Schönheit verübeln, wie sie lachen, kurz bevor sie in See stechen, wir alle auf dem Weg in ferne Länder. Zufrieden beobachtete O'Hanrahan die Fußgänger, die zu den Fähren eilten, die Rucksacktouristen und die Urlauber, die dumm genug waren, in Brindisi Ferien zu machen, und sich in der Nähe des Bootshafens sonnten. Da lag ein hübsches Mädchen ... eine Blonde aus Kalifornien oder aus Schweden. Nein, ich glaube, sie ist wohl doch Amerikanerin. Die Art, wie sie mit den Händen gestikuliert. *So* ein Mädchen hast du nie gehabt, Paddy.

(Du hast genug Ehebruch begangen, Paddy.)

Und schau mal da, dachte Patrick und beugte sich vor. Eine italienische Schönheit. He, und sie weiß es. Schau dir nur diese hochmütige Miene an. In so einem Kleid herumzustolzieren bedeutet in einem Land der Casanovas wie hier natürlich vierundzwanzig Stunden am Tag Belästigungen. Gott, es gibt nichts, was der Mittelmeerschönheit gleichkommt ... Heute ist sie da, mit fünfundzwanzig verschwunden. Genieße sie jetzt, *carissima.* Und schau, da ist Lucy ...

»*Lucy!*« rief er und sprang auf.
»Dr. O'Hanrahan«, strahlte sie und zog ihren Koffer hinter sich her. »Ich freue mich so, daß ich Sie gefunden habe!« Sie schleppte sich an seinen Tisch. »Ich dachte mir, daß Sie nicht weit vom Terminal der Fähren sind. Die *Argos* wollten Sie nehmen, stimmt's?«
»Was ist aus dem Abschied für immer geworden?« Wie benommen setzte er sich wieder und fragte sich, ob er eine Erscheinung habe, ob Lucys Bild das Produkt von zuviel Wein und Sonne sei.
»Erinnern Sie sich noch daran, was Sie in Rom gesagt haben? Ich glaube, Sie brauchen eine Assistentin. Sie haben gesagt, daß Sie jemanden brauchen.«
Er schenkte sich ein Glas Wein ein und versuchte, seine Sprachlosigkeit zu überwinden. »Hören Sie, das ist sehr nett, aber in Athen kann ich ein halbes Dutzend Assistenten bekommen ...«
»Ja, aber ich kenne immerhin den Hintergrund. Sie wollen doch nicht jemand völlig Neuen einweisen.«
O'Hanrahan betrachtete sie vorsichtig. Nein, das wollte er nicht. Tatsächlich spürte er in sich Glück aufwallen darüber, daß er nun nicht allein sein würde; Freude, daß diese halbherzige Schutzbehauptung, er sei ein alter Mann der Theologie, einsam, misanthropisch, aber kompromißlos, nun überflüssig war. Das war alles, was er sich je wirklich gewünscht hatte: Publikum, das ihn schätzte! Einen bereitwilligen Zuhörer, der das komplexe Spiel seines Geistes zu schätzen wußte! Wenn Beatrice ihm nur *zugehört* hätte ... Es kam O'Hanrahan zu Bewußtsein, daß er lächelte, und sofort senkte er den Blick. Lucy Dantan sollte schließlich nicht meinen, sie könne den alten Mann einfach überfahren, bloß nicht.
»Meinen Sie nicht auch, Sir, es wäre vergeudete Zeit, wenn Sie jemand ganz Neuen einarbeiten würden?«
»Ich habe *Sie* noch nicht einmal ganz eingearbeitet.« O'Hanrahan winkte dem Kellner. *»Scusi. Un' altro bicchiere per la signorina, per favore.«* Ernst befahl er: »Sie werden mir helfen, diese Karaffe auszutrinken.«
Außer Atem, weil der Koffer so schwer gewesen war, setzte Lucy sich auf den Stuhl gegenüber und erklärte munter: »Bestimmt freuen Sie sich, wenn Sie hören, daß ich meinen Flug gestern verpaßt habe, weil ich nach einer Flasche Wein im Wartesaal eingeschlafen bin.«
»Apokryphe Geschichte, völlig unglaubwürdig.«
»Es ist wahr, Sir, eine ganze Flasche. Ich war deprimiert. Ich nehme an,

innerlich war ich nicht bereit, schon nach Hause zu fliegen. Ich frage mich, was meine Wohnungsgenossin, die Psychologin, dazu sagen würde.«
Das Glas kam. Der Kellner stellte es vor Lucy auf den Tisch, und O'Hanrahan schenkte ein. »Griechisch kann ich selber. Fähigkeiten als Sekretär habe ich auch. Aber einen Saufkumpan habe ich nicht.« Er schob die Schachtel Zigaretten über den Tisch. »Nehmen Sie sich eine, Lucy.«
Okay, sie würde nicht mit der Wimper zucken. Sie hatte hin und wieder am St. Eulalia geraucht, um die Nonnen zu ärgern, die sie mitleidig ansahen – »die Jungfrau Maria sieht dir zu« –, mit Augen, die auf die Verdammten blickten, die Unsere Liebe Frau einst so geliebt hatte.
»Haben Sie Feuer?«
O'Hanrahan beugte sich mit seinem Feuerzeug zu ihr. »Ein paar Grundregeln«, erklärte er und lehnte sich wieder in seinem Stuhl zurück. »Sie rauchen. Sie trinken. Sie halten mir keine Vorträge über meine Gesundheit oder mein Rauchen und Trinken. Sie sehen jeden Tag hübsch aus.«
Sie zuckte die Achseln. »Soweit ich eben hübsch aussehen kann.« Kaum hatte sie das gesagt, merkten beide, wie schnell sie sich immer selbst heruntermachte.
»Und auch nichts mehr von diesem Geschwätz, eine katholische Vogelscheuche zu sein«, knurrte er. »Ich würde es Ihnen abnehmen, wenn Sie eine Vogelscheuche wären, aber Sie sind keine. Sie sind eine hübsche junge Frau.«
Sie wurde ein wenig rot, als er sie so auf ihren ständigen Selbsttadel ansprach. Das kam von all den Jahren mit Judy in der Kimbark Street: Nein, *ich* habe die gräßlichen Schenkel, nein, *ich* habe den fettesten Hintern, nein, *ich* habe weniger Chancen als du auf ein Rendezvous ...
»Sie hören nicht zu, Miss Dantan«, sagte der Professor. »Haben Sie mitbekommen, was ich gerade gesagt habe?«
»Ich soll hübsch aussehen.« Rasch lenkte Lucy ab: »Meinen Sie nicht, ich sollte mir eine Fahrkarte holen? Die Fähre wird bestimmt voll sein.«
»Ich würde nicht darauf zählen, jetzt noch einen Sitzplatz oder eine Koje zu bekommen. Sie werden heute nacht draußen an Deck schlafen, wenn Sie so spät noch ein Ticket kaufen.«
»Dann gehe ich wohl besser los ...«
»Ich bin noch nicht fertig mit meinen Grundregeln. Ich will dieses gräßliche Nasenfahrrad nie wieder sehen. Sie haben Kontaktlinsen, also

tragen Sie die Dinger auch. Und dann der gräßliche Pullover, groß wie ein Zirkuszelt ...«

»Den habe ich in Rom schon weggeworfen.«

»Und keine Berichte über die Verdauung. Es ist mir egal, wenn Sie in Ihrem Durchfall *ertrinken*. Ich will nichts davon hören. Auch nicht von Ihrer Periode.«

Einen Augenblick lang starrten sie einander an.

»Alles, was Sie wollen. Kann ich aufhören, Dr. O'Hanrahan zu sagen, und Sie dafür Patrick nennen, so wie Gabriel?« Schnell fügte sie noch ein »Sir« hinzu.

»Nein.«

Wahrscheinlich auch nicht der richtige Zeitpunkt, um anzusprechen, ob sie bei dem eventuellen Buch über das *Matthiasevangelium* neben O'Hanrahan etwas Ehre einheimsen könnte. Oder ob sie das Thema ihrer Doktorarbeit gegen eine Arbeit über dieses Projekt tauschen könnte. Sie würde abwarten, bis es soweit war. »Ich akzeptiere Ihre Bedingungen«, erklärte sie. »Partner?« Doch O'Hanrahan schüttelte ihre ausgestreckte Hand nicht.

»Eine ziemlich plötzliche und verdächtige Konvertierung. Vielleicht sollten Sie als Beweis eines der zehn Gebote brechen.«

Lucy nahm den trockenen Tonfall an, den sie benutzte, wenn sie ihrer Mutter freche Antworten gab: »Hmmm. Soll ich ein Götzenbild machen?«

»Sie werden leicht rot. Auch so eine Sache: kein Erröten mehr!«

Lucy stand auf. »Ich werde mich darum bemühen, sobald ich mir meine Fahrkarte geholt habe.«

Er sah sie mit unschuldiger Miene an, als sei er bereit für sein Firmungsfoto. »Oh, schauen Sie! Sie haben Ihren Wein noch nicht ausgetrunken.«

Lucy nahm ihr Glas und stürzte es in einem Zug hinunter, dann packte sie O'Hanrahans Glas und trank es ebenfalls aus.

»Ich komme gleich wieder«, verkündete sie.

Nach ermüdender Warterei bekam Lucy ihr Ticket, und bald war der Nachmittag vorbei und zwei weitere Karaffen Wein mit O'Hanrahan geleert. Lucy stolperte über ein Fallreep auf eine Fähre, jemand nahm ihre Fahrkarte und prüfte ihren Paß, jemand schickte sie auf das Oberdeck, wo sie die Nacht verbringen sollte. Und endlich, nach viel hektischem Getue auf dem Deck, während schreiende Matrosen Taue warfen und

einholten und wohlbeleibte, sicherlich korrupte Beamte zwischen Hafen und Schiff herumliefen, legte die *Argos* langsam vom Kai ab und wandte sich nach Osten. Nach Griechenland!
Lucy lehnte sich an das Geländer und warf einen letzten Blick auf Brindisi. Sie blinzelte gegen den orangefarben leuchtenden Streifen der Sonne über dem Wasser an, die bald hinter den Olivenhainen und der roten Erde Apuliens untergehen würde.
O'Hanrahan tauchte neben ihr auf. Er reichte ihr eine Tasse mit starkem Espresso. »Ich habe Ihnen was mitgebracht.«
Wahrscheinlich hat er Schuldgefühle, dachte sie, weil er seine neue Partnerin betrunken gemacht hat. Lucy nahm die Tasse und schlürfte das bittere Getränk.
»Wenigstens wird es eine klare Nacht sein«, meinte O'Hanrahan und sah nach Osten. »Kein Regen.«
»Wo sind Sie?«
»In meiner Kabine erster Klasse, wo ich mir meine Notizen ansehen werde.«
Lucy bemerkte den Duty-free-Whisky, den er in einer Tüte hatte. Damit würde er sich wohl auch anfreunden. Armer Mann.
»Fühlen Sie sich okay nach dem vielen Wein?« fragte er, nicht allzu besorgt. »Ein kleiner Schwips ist auf einem Schiff nicht schlecht. Wenn es ein bißchen stürmisch wird, schaukelt man einfach mit.«
»Sie glauben doch nicht, daß es stürmisch wird? Ich meine, ist die Adria ein stürmisches Meer?«
O'Hanrahan beruhigte sie – er hatte also eine Partnerin, die befürchtete, Luxusfähren könnten auf dem Mittelmeer sinken. Was würde sie erst über die West Bank denken? »Nein, so gut wie nie«, sagte er väterlich. »Ich habe es noch nie erlebt, daß dieses Meer stürmisch war. Es schaukelt nur ein bißchen, wie eine Wiege. Besser als auf See haben Sie nie geschlafen – noch dazu auf dieser Luxusfähre.«
»In Rom haben Sie gesagt, dieses Schiff sei ein Rosteimer ...«
Er zuckte zusammen. »Eine ganze Menge von dem, was ich sage, können Sie vergessen. Ich gebe Ihnen die Erlaubnis.«
Bald waren sie schon eine Meile vom Hafen entfernt, immer schneller fuhr das Schiff, Brindisi glitt immer weiter in die Ferne und verschmolz mit den Rauchschwaden, die der Schornstein des Dampfers hinter sich ließ. Das Meer war wundervoll ruhig wie oft im Sommer, glasklar, und

spiegelte in einem langen Zwielicht das dunkle Violett des Himmels. Dann brach die Nacht herein, der Abendstern und bald auch die übrigen Sterne begannen zu blinken.
»Ich glaube, für heute abend ist es genug«, sagte O'Hanrahan ein paar Stunden später, als er Lucy an Deck traf. Er gähnte, und Lucy roch das schwache Aroma von Alkohol.
»Ich habe noch nie im Freien geschlafen«, bekannte sie.
»Nicht einmal bei den Pfadfinderinnen?«
»Meine Mutter hat mich nicht mitfahren lassen, weil solche Touren bei uns nicht den besten Ruf hatten. Es hieß, daß die Mädchen dann Zigaretten geraucht haben.«
»Sie hätten die Mädchen alle verdorben, Schwester Lucy.«
Sie lachte, immer noch angenehm benebelt. Dann warf sie einen verstohlenen Blick auf O'Hanrahan. Er starrte wie blind auf das nachtdunkle Meer, auf die gelegentlich aufblitzenden Lichter an irgendeiner Küste. »Haben Sie je ...« Sollte sie fragen? Ja, nur zu. »Haben Sie je an Gott geglaubt, Dr. O'Hanrahan?«
(Sag ihr die Wahrheit, Patrick.)
Er sah sie freundlich an, aber irgend etwas in ihm zog sich zurück. Sie verdienen eine Antwort, meine goldige Lucy, aber nicht heute abend. Irgendwann, aber nicht heute abend.
(Sag dir selbst die Wahrheit, Patrick.)
Er lachte leise. »Ich war ein *Jesuit,* junge Dame.«
Sie kicherte und sah zu Boden. »Das ist eigentlich keine Antwort auf meine Frage.«
»Ja, ich habe geglaubt«, antwortete er rasch. »Und ich würde gern wieder glauben. Ich habe in der Zwischenzeit zuviel erfahren, das ist mein Problem.« Er führte den Gedanken weiter aus. »Nein, um es genauer zu sagen, ich habe immer an Gott geglaubt. Das Problem bei mir war, daß ... daß ich ihn nicht besonders lieben konnte. Interessanterweise habe ich aber nie die Sympathie für Menschen verloren, die durch den Glauben an Gott belastet sind. Verstehen Sie, was ich meine? Es gibt schließlich auch Menschen, die werden geboren, heiraten, haben selbst Kinder, lachen und leben und gehen ins Grab, ohne je einen Gedanken an Gott zu verschwenden – moralische, anständige Menschen.«
»Ja.«
O'Hanrahan hatte Mühe zu erklären, was er meinte. »Aber dann gibt es

auch die anderen: die alten Männer, die ihr Leben lang in der Schreibstube sitzen und Traktate abschreiben; die Nonnen, die einen unter den Tisch trinken können; die alten Käuze, wie ich einer bin, die ihr Leben damit vergeuden, Theologie zu studieren ... Vielleicht gehören Sie auch zu diesen Menschen. Das sind meine engsten Kumpane, Miss Dantan, meine Spießgesellen. Wir sind anders, und wir sagen, es ist Gottes wegen, aber vielleicht sind wir einfach nur ... anders, und das ist alles.«
Lucy starrte auf den tiefschwarzen Horizont, die Nacht war warm und sanft. »Meinen Sie, wenn Sie Ihren Glauben verloren haben ...« Nein, sie hatte den ihren eigentlich nicht verloren, aber er veränderte sich. »Meinen Sie, daß Sie ihn je zurückgewinnen können?«
Jetzt sah auch O'Hanrahan in die Ferne. »Darauf antworte ich Ihnen, wenn wir das letzte Kapitel finden und das *Matthiasevangelium* übersetzt haben. Dann fragen Sie mich noch einmal, okay?«
Sie lächelte ernst. »Also, gute Nacht, Partner. Ich hoffe, Sie können es mit sich vereinbaren, daß Sie mich schutzlos hier an Deck zurücklassen.«
»Freunden Sie sich mit der Gruppe von Schweden an, die wir in der Snack-Bar gesehen haben. Die haben ziemlich aufgeschlossen ausgesehen. Europa ist für euch junge Leute heutzutage eine einzige große Orgie. Als ich zum erstenmal nach Europa gekommen bin, war ich ein bißchen jünger als Sie, aber das war nach dem Krieg, und ...« Er schweifte ab. »Ihrer Generation ist gar nicht klar, wie wenige solche Zeiten es in der Geschichte gegeben hat, wie selten das ist, daß man einfach so in Europa herumreisen kann, wo es einem gefällt – und mittlerweile auch in Osteuropa. Ihr packt euren Rucksack, und auf geht's. Sex haben ist für euch junge Leute nicht mehr als einen Schluck Wasser trinken ...«
Lucy sah etwas zerstreut, aber doch amüsiert drein.
»Irgend etwas nicht in Ordnung?« fragte er.
Sie verbarg ein Lächeln. »Ich hab' das seit drei Tagen nicht aus dem Kopf bekommen, Dr. O'Hanrahan. Den Ehering der heiligen Katharina.«
Beide lachten. »Eine gute Geschichte, nicht wahr? Bleibt Ihnen erhalten. Nacht, Miss Dantan.«
Fort war er. Begleitet von seiner Tüte mit dem Zollfreien.
Lucy spazierte noch ein letztes Mal über das Deck. Sie mußte sich einen Weg zwischen den Rucksacktouristen bahnen, zwischen Teenagern in Schlafsäcken; hier war eine Gruppe von italienischen Pfadfindern, allesamt puppenhaft hübsch, die zum Ärger der Deutschen daneben, die

schlafen wollten, laut redeten und diskutierten. Eine Gruppe von Amerikanern tauschte Informationen von zu Hause aus – welches Baseballteam, auf welches College gehst du, was ist dein Hauptfach ...
Danach stand Lucy noch eine Weile an der Reling. Kein Land zu sehen. Irgendwo weiter draußen war ein Licht, wohl eine andere Fähre. Irgendwie war das tröstlich, alle die Schiffe auf dem Meer, in ihrer Nähe, alle mit demselben Ziel.
Wieder durchzuckte sie Vorfreude: Griechenland!
Nach all dem Altgriechischen, das sie studiert hatte, war sie nun auf dem Meer, und Griechenland lag vor ihr! *Zeige nun nicht die geringste Scheu,* wappnete sie sich anstelle Telemachs, *für diesen Anblick bist du übers offene Meer gekommen!*
Lucy stieg wieder auf das obere Deck, wo sie ihren Koffer neben einer Gruppe kartenspielender Australier abgestellt hatte, die ein Auge darauf haben wollten. Sie suchte sich ein Plätzchen auf dem Boden und nahm dann ein paar schmutzige Kleidungsstücke aus ihrem Koffer, die sie zu einem Kopfkissen zusammenstopfte. Außerdem holte sie sich einen Pullover, obwohl die Nacht warm war; das Meer schaukelte sachte, und ein schwacher Schein am Horizont kündigte den Mondaufgang an.
Dann hörte sie neben sich ein Stöhnen, so daß sie sich umdrehte: zwei junge Leute, die miteinander schliefen.
Vor ein paar Wochen noch hätte Lucy gespottet, irgend etwas Zynisches zu Judy gesagt – abstoßend, nicht wahr? Hey, verschont uns damit, geht in euer Schlafzimmer, schließlich wollen das nicht alle sehen. Aber nicht heute abend.
Sie sah noch einen Augenblick auf das Paar, dann rollte sie sich auf die andere Seite, kuschelte sich enger zusammen und dachte an Gabriel, *arrivederci, poverello,* sogar an Farley – ein flüchtiger, lächelnder Blick – und schließlich an David. David, der so glücklich ihren Arm genommen hatte, David, der gestottert und mit den Füßen gescharrt hatte, bevor er ihr einen Abschiedskuß gab. Wieder und wieder rief sich Lucy seine Unbeholfenheit ins Gedächtnis, weil darin für sie etwas Schönes lag. Und wenn sie nicht so geübt darin gewesen wäre, ihr Herz im Zaum zu halten, hätte sie vielleicht reine und heiße Sehnsucht gespürt und lange zurückgehaltene Tränen geweint.
Denn sie hatte gebetet, sehr innig und sehr lange gebetet, daß sie nicht allein enden möge. Wie hallte dieses Wort in jeder Sprache wider: *allein!*

Sie sah das Bild mit äußerster Klarheit vor sich, kostete seine Bitterkeit wie Medizin: die obligatorischen Besuche bei ihrer ledigen Tante Lucy, die so umständlich war und nicht mehr mit Menschen umgehen konnte; ihre geäderten, zittrigen Hände; die altmodische muffige Wohnung mit Mutters Bettwäsche und Kameen; die Schwarzweißwelt der irischen alten Jungfer, in der der Wecker auf dem Nachttisch das einzige Geräusch verursacht, Altweiberzeit tickend.
Nein, dachte sie. Nicht heute abend, nicht jetzt. Ich bin melancholisch, dachte sie, ich bin liebeskrank, ich habe keine Richtung in meinem Leben, und ich bin halb betrunken, aber heute abend will ich glauben, daß die Liebe mich finden wird oder ich die Liebe finde, denn Liebe ist zum größten Teil doch die Hoffnung auf Liebe, nicht wahr?
(Ja, Meine Liebe.)
In den Schlaf gewiegt vom *Mare Adriatico,* auf der Fahrt von den Talmiwundern Italiens zu den bröckelnden Herrlichkeiten Griechenlands, wartete sie auf Träume voll zärtlicher Gedanken der Liebe.
(Meine liebste Lucy. Noch nie hast du sie über dir gesehen, die alten, alles erlaubenden Sterne, wie sie auf dich herabblicken, *con amore.*)

*1. Und das bringt uns leider zu einer sehr bedauerlichen Episode. Die einst edle Stadt Tyrus ist jetzt Residenz jeder erdenklichen Art von Hurerei, eine Stadt, wo sogar die Steine unzüchtig sind. Gegen unsren Wunsch wurden wir in jener Stadt an Land gesetzt, weil unser Schiff irgendwelcher Reparaturen bedurfte, die aber nur einen Tag beanspruchen sollten, so daß wir hofften, schon am folgenden oder dem übernächsten Tage nach Antiochien weiterreisen zu können. O armer Xenon! Ich erröte bei der Erinnerung an die Leiden, die wir dort erduldeten – hätten wir doch niemals unser Schiff verlassen!*

*2. Wie du vielleicht weißt, führt der Weg vom Hafen in die Stadt durch das syrische Viertel, wo man der Habgier der gerissensten Gauner hilflos ausgeliefert ist. Ich muß von Sinnen gewesen sein, als ich mit dem lieben Xenon der Einladung eines Handelsmanns folgte, der uns aus seinem Laden zurief: »Kommt herein, brave Männer aus Judäa, von der gottlosen Straße, sehe ich euch doch an, daß ihr einen kühlen Trunk braucht!« Kaum hatten wir's uns bequem gemacht und man uns eine Limonade serviert, als wir hinter einem Vorhang, der den hinteren Teil des Raumes verdeckte, Bewegung bemerkten. Unser Gastgeber erklärte uns, dieser Vorhang verberge Schätze, mit denen sich die hinter dem Vorhang im Tempel zu Jerusalem verwahrten nur auf die Gefahr hin, vor Scham zu erröten, vergleichen könnten. Als dann das schwere Tuch zur Seite gezogen wurde, erblickten wir zwölf splitternackte Knaben. Der widerliche Handelsmann ergriff eine Feder, tätschelte damit die nackten Hinterteile der lachenden Jüngelchen und sang ein elendes Loblied seiner Waren in syrischer Sprache; sinngemäß pries er darin »Große, Kleine, Schwarze, Weiße« und so weiter. Ich befahl Xenon sofort, das Lokal zu verlassen, während ich dem Wirt wegen seines unzüchtigen Handelns Vorhaltungen machte. Xenon blieb, das Schauspiel neugierig betrachtend, unter der Tür stehen, bis das verschleierte Weib des Syrers ihm unter das Gewand griff und in den Hintern kniff, was sie zu dem Ausruf veranlaßte: »Ach, ein üppiges jüdisches Gesäß, so manchen Schekel würde das bringen.« Man möge aus dieser Illustration ersehen, wie tief Tyrus gesunken ist.*

*3. Wie Ephesus von Huren wimmelt so Tyrus von Lustknaben, vielleicht weil diese von den Seeleuten bevorzugt werden, die dort den größten Teil der Kundschaft ausmachen. Viele Tavernen in Tyrus haben Namen, die – wie zum Beispiel »Ganymeds Garten« – an die verkommensten Mythen des griechischen Heidentums erinnern. Der Gedanke, daß zur Belebung dieses Handels auch jene reineren und höheren Empfindungen des wahren Eros angesprochen werden sollen, die Sokrates und Alkibiades, auch* Hippotades *und Aristogeiton*[1] *füreinander fühlten sowie desgleichen Jonathan und David, deren Liebe ich in den Hebraika besang (sehr zur Bewunderung gewisser Kreise, wie du weißt) – der Gedanke also, daß auch diese höheren Empfindungen zum Florieren jenes niederträchtigen Handels beitragen sollen, lieber Bruder, ist wahrlich quälend und unerträglich.*

*4. Viele schreckliche Häresien florieren dort überdies, und die Lebensgeschichte des Meisters kennt man in Tyrus nur entstellt, zur absurden Fabel verkommen. Da gibt es zum Beispiel die Lapsarianer, nach deren Meinung man sich von der Sünde nur durch unermüdliche Wiederholung derselben reinigen kann. (Die Heiden praktizieren das natürlich schon lange, wenn auch mit geringerem ideologischem Aufwand; bemerkenswert ist aber dennoch, wie die Nazaräer an solchen Vorstellungen Geschmack finden.) Nach endlosen Orgien und Saturnalien vollführt der Priester den Exorzismus, und der Dämon, erschöpft und am Ende seines Leistungsvermögens (wie man meint), wird ausgetrieben und der Patient derart von der Sünde befreit. Es dauert natürlich nie lange, bis der Dämon zurückkehrt und die Befreiung von der Sünde durch die Erschöpfung der sündigen Energie wiederholt werden muß.*[2]

*Eine Splittergruppe dieser Sekte im nahe gelegenen Sidon betrachtet alle Frauen der Gemeinde als Gemeineigentum, und es darf kein Tag vergehen, ehe nicht jedes einzelne der Weiber die Lust jedes Mannes befriedigt hat.*[3] *Dieselben sind also in Wahrheit Gefangene der wollüstigen Begierden und kommen also, über der Wahrnehmung ihrer vielseitigen Pflichten, kaum je dazu, sich Kleider anzuziehen. Auch hier hat selbst der Priester die Wahl zu sündigen, mit welcher er lustig ist, und auch hier wird der Dämon nach der gänzlichen Ermattung ausgetrieben bis auf weiteres.*

*5. In den Tagen nach der Abreise aus Ptolemais hatte ich oft schmerzlich meiner Mängel bei der Verbreitung der Frohen Botschaft gedacht – Thomas, Marjam von Bethanien und sogar Jakobus bar-Alphäus hatten mich, jeder auf seine Weise, angeregt, mich in dieser Hinsicht zu bessern.*

*So war ich entschlossen, während unseres Aufenthalts in dem elenden Tyrus den eines Jüngers würdigen Stand wiederzuerlangen und Xenon ein gutes Beispiel zu geben. Denn allerdings bedeutete Tyrus die größte Herausforderung, der ein Jünger des Herrn sich stellen konnte, dort nämlich hielt Simon Magus sich auf, der Zauberer, der den Nazaräern von Anfang an feindlich gesinnt war.*[4]

*Xenon und ich begaben uns abends auf den von den Händlern bereits verlassenen syrischen Markt, wo es nach verfaulten Früchten und verwesenden Fleischabfällen stank, um den allabendlichen Auftritt des Zauberers dort abzuwarten. Halb Phönizien schien in Erwartung des Spektakels eines seiner falschen Wunder dort versammelt zu sein. Endlich erschien der dämonische Magus mit seinem Gefolge, ehrfürchtig wich die Menge vor ihm zurück, während er ihr mit allerlei Taschenspielerkünsten imponierte, Flammen und Blumen scheinbar aus dem Nichts erscheinen ließ und dabei allerlei Beschwörungen murmelte, die er vermutlich von Belial höchstpersönlich gelernt hatte. Ach, wie war damals Simon schon fast ein Leichnam, über seine Jahre hinaus gealtert und gebeugt, trunken von der Verdorbenheit, die ihm die Adern verstopfte.*

*In Simons Gefolge war Menander*[5]*, einst sein Lustknabe, jetzt eine hinfällige Ruine mit mehr Schminke im Gesicht als ein einbalsamierter persischer Leichnam. Menander assistierte seinem Herrn und rief, die bevorstehenden göttlichen Demonstrationen des Meisters anpreisend, den Pöbel näher herbei. Aber ach, da war niemand so ekelhaft wie die unsägliche Helena, seine Komplizin. Als die beiden vor inzwischen schon fast dreißig Jahren mit Petrus diskutiert hatten, war sie noch ein junges Mädchen gewesen. Jetzt aber war sie eine faltige, schlampige alte Hure, aufgeweicht und triefend von Krankheit und Unzucht, ausstaffiert, wie sich keine römische Prostituierte zu zeigen gewagt hätte!*

*6. Während des ersten Teils seiner Schaustellung rief Simon theatralisch die höheren Mächte an und ließ Kunststücke sehen, die jeder Jahrmarktsgaukler im Repertoire hat. Mit Hilfe gewisser Assistenten im Publikum, wie ich vermute, rief er dann ein paar Zuschauer auf die Bühne, deren Gedanken zu lesen er vorgab, wobei er Haß gegen die Römer predigte, Haß auch gegen die Meder, was alles ja sehr geeignet ist, unsere Rasse beliebt zu machen und den unvernünftigen Pöbel in sklavische Bewunderung zu versetzen, also daß er die Menge zu haltloser Begeisterung und Gutgläubigkeit hinriß und verführte. Helena – daß der Name jener berühmten Schönheit, die den Trojanischen Krieg provozierte, oder, schlimmer noch, jener Königin, die unser elendes Volk in seiner bittersten Not mit Speise erquickte*[6]*, so erniedrigt werden mußte –, Helena also erschien nun abermals auf der Bühne, noch spärlicher bekleidet als zuvor. Mit ihrer Hilfe zog der Magus einen langen arabischen Säbel zwischen ihren Beinen hervor und entzündete Fackeln, anscheinend an ihrer Zunge, zweifellos mit Hilfe eines unter Helenas unanständigem Aufzug verborgenen Mechanismus. Dann brachte er eine Schüssel zum Vorschein, die ihm zur Mischung von allerlei Essenzen und Säften diente, welche er schließlich anzündete. Nach diesem Feuer begann er mit den Rückständen des Gemischs in der Schale Helena, als wäre sie eine atheniensische Statue, anzumalen. Sie sah schließlich wie ein lebendiges Götzenbild aus, mit einer goldenen Kruste überzogen. »Seht«, sagte der Magus, »ich gebe euch die neue Lade des Neuen Bundes!«*

*7. Dann löste der Magus der Dirne Helena das Gewand und stellte ihre Nacktheit zur Schau, die goldbronzenen Brüste. Sie fiel in Trance oder tat doch so, und Simon fragte, wer unter den Männern von Tyrus Manns genug sei, die neue Bundeslade zu berühren. Er sagte: »Seht, meine guten Männer! Während einst mein Vater uns Wasser gab aus dem Felsen, Manna vom Himmel, werde ich euch jetzt ein großartiges Getränk geben. Wer es empfängt, soll nie wieder durstig sein!«*

*Ein Mann, der wohl insgeheim zu Simons Angestellten gehörte, trat vor, tat erst, als sei er sich seiner Sache nicht sicher, und beschimpfte den Magus, so wie es zweifellos verabredet war. Endlich legte er die Lippen auf den Busen dieser Teufelin und begann wie ein Säugling zu nuckeln. Wein tropfte ihm aus den Mundwinkeln. Dann rief er aus: »Der Wein von Schiras!«*

*8. Bei diesen Dirnenpossen geriet die Menge schier außer sich, manche fielen auf die Knie, und andere riefen aus, sie seien nicht würdig, das Blut des Neuen Bundes zu trinken. Xenon fragte mich, wie diese Illusion wohl vorgetäuscht worden sein mochte, und ich wußte ihm nicht eindeutig zu antworten; bei solcher Zauberei mochte ja allerdings Legion persönlich mitwirken – ja, in der Tat war der altböse Feind mehr als anwesend bei diesem Spektakel und verlor keine Zeit, seinem Hofschranzen unsertwegen einen Wink zu geben. Der Magus wies mit ausgestrecktem Finger auf meinen jungen Begleiter und mich.*

*»Bist du Matthias bar-Matthias?« fragte er.*

*»Ja«, erwiderte ich und schämte mich, in diesem elenden Zirkus entdeckt worden zu sein.*
*Er fragte mich weiter. »Du kanntest den Nazaräer, Davids Sohn, nicht wahr?«*
*Auf der Hut gegen die von Petrus begangenen Fehler, erwiderte ich laut, daß ich meinen Lehrer allerdings gekannt habe und ihn für eins mit dem einen und wahren Gott, nicht für einen kleinen Jahrmarktsgaukler halte.*
*9. »Rede nicht solchen Stuß über den Nazaräer«, schrie mir ein alter Schurke dazwischen, »du ziehst uns bloß den Zorn der Römer zu, sei verflucht!«*
*»Wo ist euer Messias jetzt, Nazaräer?« brüllte ein anderer Tagedieb. »Tot im Grabe? Oder von einem wie dir heimlich irgendwohin in Sicherheit gebracht, damit ihr den Leuten weismachen könnt, er sei von den Toten auferstanden?«*
*Ein anderer Mann rief: »Angeblich ist euer Erlöser ja zum Himmel gefahren wie einst Elias, und uns hat er zurückgelassen, so elend, wie wir vorher waren, immer noch unter dem Joch der Römer. Schöner Erlöser!«*
*10. Der Magus, diese Ausgeburt der Hölle, streichelte liebevoll seine Komplizin, die Hure Helena: »Komm, gelehrter Jünger! Komm, nähre dich an der Brust des Lebens!«*
*Ich erwiderte trotzig, während ich Xenon näher an mich zog für den Fall, daß es zu Gewalttätigkeiten kommen sollte, daß ich nicht die Absicht habe, bei seinem teuflischen Ritus mitzuwirken. Doch verschiedene in der Menge verlangten, daß ich's tue, mein Bruder. Ein paar Männer packten mich grob an Armen und Schultern und schleppten mich zur Bühne.*
*Dann begann, vom Pöbel angesporn, Helena einen exotischen Tanz, in dem sie obszön Leib und Glieder wand – und als ich eben voller Abscheu diese Windungen zur Kenntnis nahm, schnippte sie einen Streifen Stoff weg und enthüllte mir das Maul der Hölle selbst! Es war das erstemal, mein Bruder, daß ich des Weibes Geschlecht erblickte, diesen Abgrund der Menschheit. Daß mir nach Jahrzehnten jungfräulicher Keuschheit – die ich stets für wesentliche Bedingung der Verfeinerung der Seele, ja recht eigentlich ihre Grundlage, gehalten habe – so etwas zugemutet werden konnte!*
*11. Doch während mein Martyrium nur von kurzer Dauer war, sah ich, daß Menander meinen Xenon gepackt hatte und zu dem Tisch zerrte, wo der Magus seine Tränke aufgebaut hatte.*

*»Hände weg von diesem unberührten Jüngling«, sagte ich, unter allgemeinem Gelächter, das bewies, welcher Achtung Keuschheit sich in diesem Zeitalter erfreut. Wenn ich's recht bedenke, hätte ich den seligen Stand meines Schreibers bei jener Gelegenheit wohl besser unerwähnt gelassen.*
*»Magus!« schrie einer der blökenden Rüpel. »Kannst du nicht ein Wunder für uns tun? Und diese Jungfrau in einen Mann verwandeln?«*
*Ja, ich versichere, laß dir gesagt sein, lieber Bruder, Menander wollte eigentlich meine eigene Jungfräulichkeit opfern, aber tapfer trat Xenon an meine Stelle. Solche Seelengröße bei einem noch so jungen Menschen! Menander und der Magus nötigten Xenon, aus einer Phiole ein Gebräu zu trinken, das eigens gemischt war zu dem Zwecke, das männliche Glied im Feuer der Leidenschaft entbrennen zu lassen. (Tatsächlich kann man dergleichen Elixiere bei vielen arabischen Meistern der Arzneikunst erwerben, um sich befriedigender Leistungen in der Hochzeitsnacht zu vergewissern oder der Fähigkeit, noch in fortgeschrittenem Alter Söhne zu zeugen.) Nun, mein Bruder, ich werde dir die Einzelheiten der Schande ersparen, mit welcher sich der arme Xenon unter Einwirkung dieses teuflischen Gebräus bedeckte. Ein paar rohe Gesellen nahmen ihn auf die Schulter und trugen ihn im Triumph ins nächste Bordell dieser wahren Pornopolis, zu der Tyrus verkommen ist – und da ward seine Reinheit auf des Satans eigenem Lotterbett hingeopfert.*
*12. »Vollbringe ein Wunder wie der Magus!« forderte einer aus dem Pöbel und ergriff mein Gewand.*
*»Wenn dein Gott der wahre Gott ist«, schrie ein anderer Bauernbengel, »besiege den Magus im Wettstreit!«*
*Ich erwiderte ihnen: »Du sollst den Herrn, deinen Gott, nicht versuchen!«*
*»Dann heile dieses Gebrechen«, rief ein Mann und hielt mir einen eiternden Stumpf vor die Nase, dem die Hand wohl schon lange fehlte. »Daß Kephas, der Apostel der Judäer, Blinde sehend machen konnte, habe ich einmal mit eigenen Augen gesehen. Also wie steht's?«*
*Dann verstummte die Menge, als traue sie es mir zu, das verlangte Wunder zu vollbringen. O Josephus, ich sage dir, ich betete im Herzen, daß der Gott Abrahams durch den Menschensohn ein Zeichen tun möge. Komm her, winkte ich dem Krüppel.*
*13. In der reinsten Absicht und mit der größten Hoffnung sah ich diesen phönizischen Verbrecher – den man offenbar auf frischer Tat beim Stehlen*

*ertappt und mit dem Verlust seiner rechten Hand bestraft hatte, wovon ihm seitdem eine Wunde geblieben war, die nicht heilen wollte, weil der Teufel, den er offenbar immer noch im Leib hatte, sie unentwegt schwären ließ – unverwandt an; in der reinsten Absicht und mit der größten Hoffnung, wie gesagt. Ich berührte die Wunde mit meinem Wanderstab, doch vergeblich. Dann meinte ich, Gott wolle wohl, daß ich meinen Glauben beweise, indem ich den ekelhaften Stumpf mit der eigenen sauberen Hand berührte. Und ich fügte mich diesem mutmaßlichen Willen Gottes.*

*»Küssen mußt du die Wunde«, sagte der Magus in einem Ton, der bis in die letzte Reihe des Publikums drang, »wie ich es deinen Meister so manches Mal habe tun sehen.«*

*Gleich verlangte das auch schreiend der Pöbel. Welche Überwindung mich das kostete, um des Herrn willen, seinem Wunsche zu entsprechen. Denn ich küßte den ekelhaften Stumpf, allerdings ohne damit etwas auszurichten. Die Kraft, mit der andere Jünger begabt sind, geht mir ab! Aber ich sagte zu dem Krüppel: »Dein Herz ist nicht rein, mein Freund. Du hast keine Liebe für deine Nächsten und den Herrn, deinen Gott. Warum sollte er dich heilen?«*

*14. Aber ach, niemand hörte mir zu, statt dessen ergriff mich der Pöbel und warf mich in einen Trog, in dem die Frauen des Viertels ihre Wäsche waschen. (Ich hatte Glück, daß sie mich nicht in einen Brunnen oder in die Kloake warfen, was ich nicht ohne Bangen erwartete, obwohl ich andererseits fest gewillt war, auch solches köstliches Martyrium auf mich zu nehmen und mir so eine Krone zu verdienen!)*

*Doch es sollte nicht sein.*

*Naß und nahe daran, mich zu übergeben, verzweifelt und verbittert – ja, verbittert, Herr, denn Du kamst mir nicht zu Hilfe, da ich Dein Werk tun wollte – schleppte ich mich zurück in den Hafen und an Bord unseres Schiffs. Dort fand ich, nach seinem schrecklichen Erlebnis, meinen Xenon wieder und warf mich ihm zu Füßen, um Vergebung bittend. Denn hätte mich der Magus nicht erkannt, wäre es ja zu dem Fall, den dieser junge Heilige erdulden mußte, nicht gekommen.*

*15. O fragile Virginität, verletzbare Jungfräulichkeit! Die Ausgelassenheit eines Abends, die Unachtsamkeit einer Stunde oder – in Xenons Fall – ein Augenblick der Schurkerei genügt, alles zunichte zu machen! Es wäre mir lieber gewesen, versicherte ich ihm, wenn dieses Martyrium ich hätte ertragen müssen, wenn ich damit einen so jungen und unverdorbenen Menschen wie ihn davor hätte bewahren können. Xenon war von meinen Tränen und Bitten tief gerührt und bat mich, aufzustehen und von der Sache nicht weiter zu reden. Doch bestand ich auf einem gemeinsamen Gebet, in dem wir den Höchsten um Vergebung schmutziger fleischlicher Sünden baten und Gott, der uns alle richten wird, anflehten, unsere Herzen anzusehen, um sie voll der besten und reinsten und keuschesten Intentionen zu finden.*

*Wir mußten zu meinem Leidwesen noch eine weitere Nacht in Tyrus zubringen, und so hielt ich es für das sicherste, meinen Xenon auf dem Schiff sozusagen in Arrest zu halten, um ihn vor fernerem Mißgeschick zu bewahren. Nur auf Drängen unseres Schiffsführers, eines edlen Griechen von imposanter Erscheinung und würdigen Manieren, ließ ich's zu, daß der Knabe diesen guten Mann an Land begleitete, zu einer einfachen Mahlzeit und harmloser Abendunterhaltung. Ich hatte nämlich unserem Kapitän von der Tragödie erzählt, die meinem Schützling am vorigen Abend zugestoßen war, und so hatte er sich anheischig gemacht, dem armen Jungen im Laufe eines Abends unschuldiger Zerstreuungen in seiner und auch übrigens nur rein männlicher Gesellschaft, die quälende Erinnerung dieser Tragödie ein für allemal zu vertreiben.*

*16. Endlich ging die Reise weiter, zur See bis Seleukia, das kleiner, aber nicht besser war als Tyrus, und von dort auf dem Landweg nach Antiochien. Da Antiochien kein Meereshafen ist, sind dieser Stadt die schlimmsten Auswüchse des alle Rassen vermischenden Kosmopolitismus erspart geblieben, und die öffentliche Moral ist dort sogar besser als in den meisten anderen heidnischen Städten. Ausgerechnet dort haben sich, wenn ich mich recht erinnere, die Juden zum erstenmal gegen die griechischen Sitten und Gebräuche empört. Ach wäre doch die ganze jüdische Rasse griechisch geworden, denn wenigstens hätte uns das ja wohl doch die Geschichte der letzten hundert Jahre erspart!*

*In Antiochien gibt es eine der entzückendsten Synagogen, die ich je gesehen habe, hübsch eingerichtet und mit marmornem Fußboden. Die Nazaräer dagegen treffen sich noch immer nördlich der Stadt in einer Höhle, wo sie Gottesdienst halten wie elende Troglodyten.*[7] *Auch läßt der Glaubenseifer dieser Nazaräer sehr zu wünschen übrig. Vielmehr erfüllt diese Gemeinde eine lähmende Lauheit, und, wie ich erfuhr, viele dieser vorgeblichen Nazaräer gehen, wenn's ihnen bequem gemacht wird, eben-*

*so gerne zu einer pharisäischen Sabbat-Feier wie in die Tempel des Mithras, Adonis, der Großen Mutter – als suchten ihre Seelen auch bei Gott nur Abwechslung und vorübergehende Zerstreuung. Alles das erklärte sich übrigens, wenn man die Bekanntschaft des Hierarchen von Antiochien machte, der ja kein Geringerer ist als Petrus, der Erste der Jünger.*[8]

*17. Petrus erwartete mich, hatte ich ihm doch meinen Besuch wiederholt schriftlich angekündigt. Und wir kannten uns natürlich von früher. Diese Bekanntschaft betreffend, sollte ich dir, teurer Bruder, vielleicht, ehe ich fortfahre, das eine und andere in Erinnerung rufen. Daß ich mir in jungen Jahren eine ziemlich verletzende Maßregelung von ihm habe gefallen lassen müssen, erwähnte ich schon.*

*Dann aber, als ich meine* Widerlegung aller Häresien *veröffentlicht hatte, ein Jahr nach Neros Thronbesteigung, schrieb ich ihm, erkundigte mich nach seiner Gesundheit, nach den Fortschritten seiner Mission und fragte an, ob ich ihm einen Besuch abstatten und auch seiner Gemeinde Vorträge über die von mir veröffentlichten Abhandlungen halten solle. Auf dieses Schreiben erhielt ich keine Antwort. Ich fand das höchst unhöflich, hatte doch ich mit meiner Anfrage dem Mann, der einige Jahre zuvor mein erstes Evangelium ins Feuer geworfen hatte, die großmütigste Nachsicht bewiesen.*

*Später hörte ich von durchreisenden nazaräischen Kaufleuten, daß Petri Hausdrachen endlich das Zeitliche gesegnet habe. Ich schrieb einen kurzen Beileidsbrief, und dessen Eingang bestätigte mir dankend Petri Schoßhund Evoath, der zugleich meinen schon lang gehegten Verdacht bestätigte, daß Petrus des Schreibens und Lesens unkundig war. Er hatte es nicht für nötig gehalten, sich alphabetisieren zu lassen. Tatsächlich soll er gelegentlich erklärt haben: »Ich war Analphabet, als der Meister mir den Missionsauftrag erteilte; und als Analphabet erfülle ich diesen Auftrag.« Als ob es eine Tugend wäre, nicht lesen und schreiben zu können – eine Tugend, mit der ihn Gott ausgezeichnet hätte, und nicht eine Unvollkommenheit, um deren Beseitigung er sich hätte bemühen sollen.*

*Als Johannes Markus sich in Damaskus niedergelassen hatte, hörte ich von ihm, um die Zeit des Dekadenjubiläums des Ungeheuers Nero [64 n. Chr.], daß Petrus wieder geheiratet habe, eine sehr viel jüngere Frau, die nun den größten Teil seiner Aufmerksamkeit beanspruche und in seinen geschäftlichen Angelegenheiten das letzte Wort habe. Desgleichen las ich in dem Schreiben aus Damaskus, daß Petrus sich für die wachsende Fischereiflotte, die er in Seleukia besitze, soeben zwei neue Sklaven angeschafft habe. Diese Tüchtigkeit in weltlichen Geschäften war auch ein äußeres Indiz der tiefinnerlichen Mängel, die ich bei Petrus von jeher wahrgenommen habe. (Ich will gerne einräumen, daß ich das wenigste verstehe, am allerwenigsten aber kann ich verstehen, aus welchen verborgenen Gründen unser Herr ausgerechnet diesen Petrus auserwählt und zum Ersten der Jünger erhoben hat.)*

*18. Schließlich schrieb ich, im letzten Jahr der Amtszeit des Florus [66. n. Chr.], aus Gadara noch einmal nach Antiochien an Petrus, da mir zu Ohren gekommen war, er sei soeben von einer erfolgreichen Missionsreise nach Rom zurückgekehrt. Man kann sich die Ausschweifungen, zu denen er in Rom Gelegenheit nahm, leicht ausmalen, denn in diesem neronischen neuen Rom sind die Zustände ja so, daß da jeder jedem Laster unbehelligt frönen kann. Diesmal antwortete mir Johannes Markus: Petrus, so schrieb er, wisse mein Schreiben zu schätzen, frage sich aber, ob ich »nichts Besseres zu tun« habe.*

*Ich hatte in dem fraglichen Schreiben lediglich angeregt, Petrus könne, nun da er verwitwet sei, der Gemeinde mit einem Leben der Enthaltsamkeit und des Zölibats ein erbauliches Beispiel geben, denn ich bin, wie ich schon oben erklärt habe, der Überzeugung, daß die Seele, um zur schönsten Entfaltung zu gelangen, der jungfräulichen Keuschheit unbedingt bedarf. Aber dafür hatte, wie du siehst, Petrus kein Verständnis, und so endete unsere Korrespondenz nicht gerade harmonisch. Ich war deshalb, als wir nun in Antiochien anlangten – nur zwanzig Monate später [67 n. Chr.] –, auf einen ziemlich kalten Empfang seitens des Ersten Jüngers gefaßt.*

*19. Doch nicht zum ersten Mal überraschte mich Petrus. Kaum trat ich ihm unter die Augen, da schlang dieser seit Äonen ungewaschene alte Mann die Arme um mich und blies mir den weingeschwängerten und auch sonst nicht wohlriechenden Atem ins Gesicht, fast weinend vor Rührung – wie das ältere Männer, die der Trunksucht frönen, nur zu gerne tun. Dann führte er Xenon und mich durch den chaotischen Flußhafen von Antiochien und zeigte uns stolz seine vielen Söhne, die, Netze flickend und Fische ausnehmend, alle gewinnbringend beschäftigt waren (denn zu dieser Jahreszeit hatte der Orontes Hochwasser). In Seleukia habe er drei Boote, und er denke daran, ein viertes anzuschaffen, erzählte uns Petrus.*

*Er sagte zu mir: »Ich hoffe, meine Schiffe einem anderen Evangelisten zu vermachen, denn ich bin inzwischen für weite Reisen schon zu alt. Obwohl ich mich dazu habe überreden lassen, noch einmal nach Rom zu reisen.«*

*Ich versuchte ihn zum Reden zu bringen über die Abenteuer, die er bei seinem letzten Besuch dort gehabt habe. Ob er vor dem Senat gesprochen habe, fragte ich ihn; und ob er sich in den Akademien der Diskussion gestellt habe. Was ich dann aber zu hören bekam, waren die Speisezettel der Festmähler, an denen er teilgenommen, und wie die römische Elite ihn gefeiert habe. Von den Rehlenden sprach er, die man ihm vorgesetzt, und den fetten Kälbern, die man ihm zu Ehren geschlachtet habe. Auch gedachte er der gymnastischen Vorstellungen, die man ihm an den Nachmittagen gegeben, der jungen Tänzerinnen, die ihm Weintrauben in den zahnlosen Mund hängten in den Palästen der Senatoren, und schwelgte in der Erinnerung an Pasteten und Süßspeisen, an das mit Krebsschwänzen farcierte edle Geflügel, das er daselbst verzehrt habe.*

*20. »Du wirst dich noch vergiften«, sagte ich hinsichtlich der Schalentiere, die uns das Gesetz ja nicht ohne guten Grund verbietet.*

*Er antwortete ungefähr in diesem Wortlaut: »Ach, bester Freund, aber eine Auster in Olivenöl mit Salz und Zitrone.« Er legte einen Finger auf die Lippen. »Austern, mein Freund, stärken das Herz, und nicht das Herz allein stärken sie ... Außerdem hatte ich einen Traum, in dem mir der Herr befahl zu essen, worauf ich Appetit habe.«*[9]

*Wie äußerst gelegen! Es ist ein Wunder, daß deine feine, neue jüdische Gattin willens ist, dir einen Schweinebraten in seiner ganzen ekligen Unreinheit zuzubereiten. Sie muß dich sehr lieben!*

*Petrus vertraute mir an, Schweinebraten müsse über offenem Feuer gebraten werden, so daß das Fett abtropfen könne, dann müsse man das Fleisch in Senfsamen und Most aus einem Weißweinfaß wälzen – ein Gericht sei das, erklärte er, die Augen verdrehend, der Tafel des Allerhöchsten würdig.*

*Ich riskierte eine Beleidigung mit der Bemerkung, er scheine dem eigenen Leibe ergebener zu sein als dem Leibe der Kirche. Er nahm die Worte aber nicht als Beleidigung.*

*21. Petrus sagte zu mir: »Der Herr hat nicht gesagt, daß es uns verboten sei, zu essen, zu trinken, zu lachen und unsere Frauen zu lieben, mein Freund. Das gleiche habe ich Johannes und seinem Anhang von halbver-*

*rückten Asketen gesagt! Unser Lehrer hat alle diese Sachen mit uns genossen, außer den Freuden der Ehe. Und vielleicht mit Maria ...«*
*Die lüsterne Andeutung, daß der Erlöser, die Allerreinste und Allerheiligste der Inkarnationen, sich mit verdorbenen irdischen Lüsten befleckt haben könnte, war mehr, als ich ertrug. Und während ich Petrus zürnte – wie in alten Zeiten, denn damals, vor dreißig Jahren, haben wir uns dauernd gestritten –, lachte er mich aus und wurde immer lustiger, je wütender ich wurde.*
*Er fuhr ungefähr in dieser Art fort: »Wer kann sagen, was zwischen Ihm und Maria geschah? Mir ist aufgefallen, daß Er gerne in Gesellschaft Marjams, der Schwester des Lazarus, war, verstehst du? Obwohl sie in Arimathia eine scheußliche alte Vettel geworden ist und ich wetten möchte, daß ihr Weiber lieber sind als Männer, wie den griechischen Damen, weißt du? Und Hänschen, das liebe Hänschen, hat sich dem Lehrer doch unzählige Male angeboten.«*
*(Ich referiere diese verworfenen Unterstellungen als Beweis der Ungeeignetheit dieses durch und durch weltlichen Mannes für seine Aufgabe, nämlich eine neue ethische und moralische Ordnung zu begründen.)*
*Er sagte weiter: »Ist denn je eine Woche vergangen, ohne daß Johannes sich mit Marias Duftwässerchen parfümiert hätte, um in des Meisters Kammer zu gehen und zu Seinen Füßen zu schlafen? Ach, jetzt, in Ephesus, hat die alte Tunte es gut, haufenweise gibt's da geschminkte asiatische Knaben, die ganz nach seinem Geschmack sein sollten. Heute abend, mein Freund, werde ich dafür sorgen, daß Esther uns Lamm auf den Tisch bringt, Lamm in Schweineschmalz und Hühnerbrühe gegart. Darauf frische Oliven und gehackte Minze, mit Kreuzkümmel bestäubt!«*
*Abermals küßte er seine schmutzigen Finger. »Mann, das wird ein Festessen heute abend!«*
*22. Und so begaben wir uns zu ihm nach Hause – er, Xenon und ich. Seine beiden Sklaven aus Urartu [Armenien] begleiteten uns durch die Gassen von Antiochien. Esther, seine junge Frau, war eine der liebreizendsten jüdischen Frauen, die ich je gesehen hatte, und es dauerte mich, daß sie sich – zweifellos unter sehr bedrängten Umständen – an diese alte Ruine hatte verheiraten lassen. Aber ach, stets wird ja Aphrodite mit Hephaistos vermählt! Die Weinschläuche wurden hereingebracht. Petrus ist ein Mann aus jenen ländlichen kleinen Verhältnissen, wo man den Wein aus dem Schlauch nuckelt und von Mischkrügen und Trinkschalen*

*nichts weiß und nichts hält, während es mich ekelte, Wein aus der gleichen Zitze zu trinken, an der auch Petri unsaubere Schnauze saugte.*

*23. Dennoch stieg mir dieser Wein an diesem ermüdenden Nachmittag so zu Kopf, daß ich's wagte, Petrus vorzuhalten, was ich von Thomas erfahren hatte, daß es nämlich bei meiner Aufnahme in die Schar der Jünger nicht ganz mit rechten Dingen zugegangen sei.*[10]

*Petrus machte auch bei dieser Gelegenheit keine Ausflüchte, wenn mir auch seine Unfähigkeit zu lügen mehr von einem Mangel an politischem Takt als von Tugend zu zeugen scheint. Er sagte zu mir: »Ach, Matthias, das ist wahr. Aber was soll uns das heute noch kümmern?«*

*Ich war den Tränen nahe, als ich diese Bestätigung hörte. Zornig verlangte ich, daß man Barsabas aufspüre und an meiner Stelle beamte, wenn denn er der rechtmäßige zwölfte Jünger sei.*

*Petrus sagte zu mir: »Unsere Zahl auf zwölf zu beschränken, haben wir heute ja wohl keine Ursache mehr. Wie du sicherlich weißt, gibt es inzwischen allenthalben Jünger des Herrn, Hunderte und Aberhunderte.«*

*So gut es ging und so erschöpfend wie möglich, erklärte ich dem einfachen Mann, daß es sehr wohl auf die Zwölfzahl ankomme, da die Bedeutungen dieser Zahl viele und sehr bedeutsame sind. Etwa die, daß, während die Zahl des Menschen bekanntlich die Sechs sei, wir, berufen, dem Menschen zu dienen, doppelt an der Zahl, eben zwölf, seien. Zwölf wie die zwölf Stämme Israel, zwölf für den Bund der zwölf Patriarchen, da denn auch der Mensch zwölf Rippen im Leibe hat, also daß Seine Jünger die Rippen Seines Leibes bilden, Seine Kirche, vom Zodiak und dessen zwölf Zeichen ganz abgesehen.*[11]

*24. Petrus winkte ab. Er sagte zu mir: »Verschone mich mit diesem intellektuellen Zeug, bitte. Wie ich schon sagte, die ursprüngliche Zahl kann uns jetzt völlig schnuppe sein. Ich will mal annehmen, daß wir gegenwärtig an die dreiundfünfzig Proselyten haben hier in Antiochien. Was hast du zu dieser Zahl zu sagen?«*

*Ich sagte, es sei uns nicht gegeben, jedes Geheimnis Gottes zu ergründen, daß aber so sicher, wie Gott existiere, auch diese Zahl irgendeine Bedeutung habe, und zwar speziell hinsichtlich der gegenwärtigen Lage in Antiochien; und daß wir, könnten wir nur diese Bedeutung lesen, schon ein gutes Stück weiter wären auf dem Wege der Einsicht in Gottes Pläne. Verzeih mir, Josephus, ich weiß, daß ich dir den offenkundigen Glanz der edlen Wissenschaft der Numerologie nicht herauszustreichen brauche, in*

*Alexandrien (wo die Bildung allgemeiner ist als am Orontes) hat ja jeder Straßenkehrer mindestens einen Schimmer davon.*

*Petrus sagte zu mir: »Diese Sachen überlasse ich dir, da dir denn der Sinn nach solch höheren Fragen steht. Aber komm doch mal mit.«*

*25. Wir betraten einen kleinen Raum, in dem allerlei Gerümpel abgestellt zu sein schien, zerbrochene Töpfe, schadhaftes Fischereigerät, ein über irgendwelchen Müll gebreitetes modern des Netz fiel mir ins Auge. Einem kleinen Beutel entnahm er zwei Würfel und bat mich zu wetten. Ich sagte daraufhin natürlich, daß Gott, wie er uns ja verboten habe, Wucher zu treiben, auch das Glücksspiels mißbillige sowie überhaupt jeden Gewinn, den nicht ehrliche Arbeit abwerfe.*

*Petrus sagte zu mir: »Mir ist nicht bewußt, daß irgendwo in der Schrift ein Verbot des Glücksspiels stünde, lieber Bruder. Überdies weiß ich noch, wie ich mit diesen nämlichen Würfeln hier einst den Herrn ergötzte. Diese Würfel, sagte ich zu Ihm, hätten es in sich, dem Teufel willfährig zu sein und für Gewinn zu betrügen. Da sah der Meister mich an und sagte: ›Wahrlich, Simon, ich sage dir, daß diese Würfel noch Gottes Willen tun werden, denn vieles, das in der Hand des Menschen von Übel ist, findet seinen wahren Zweck bei Gott.‹ Paß mal auf ...«*

*Petrus rollte die Würfel, und ein ums andere Mal warf er den höchsten Wert, die Zwölf. Er sagte zu mir: »Ah, da ist eine schöne Zwölf für dich! Weißt du noch, was du gesagt hast, als du vor siebenunddreißig Jahren zum erstenmal die Würfel rolltest?«*

*26. Da wurde mir klar, daß diese falschen Würfel eben diejenigen waren, die über meine Aufnahme in die Schar der Jünger entschieden hatten!*

*Ja, der standhafte Barsabas und ich waren die Kandidaten bei dieser Wahl eines Ersatzes für Judas, der unsere Schar verlassen hatte*[12]*, und ebendiesen Würfeln überließ damals Petrus die Entscheidung. Schon damals fand ich es seltsam, daß man mich überhaupt in Betracht zog, hatte doch Barsabas, der viel älter war als ich, während der ganzen irdischen Wirksamkeit des Meisters die zwölf begleitet.*

*Petrus erklärte mir: »Wie du siehst, wenn du diese Würfel frei rollen läßt, zeigen sie am Ende unfehlbar die Zwölf oder Elf. Wirft man sie allerdings gegen ein Brett oder gegen eine Wand, dann, siehst du, ist das Ergebnis ungewiß. Und mit diesen Würfeln sorgten wir dafür, daß der Zufall dich auswählte.«*

*27. Petrus legte mir tröstend die Hand auf die Schulter. »Lieber Gefährte und Genosse in der Jüngerschaft des Herrn, wenn ich's selbst wollte, könnte ich jetzt dem Barsabas nicht mehr bieten, was wir ihm damals aus guten Gründen vorenthielten, denn er starb vor einigen Jahren in Zypern, woher er gebürtig war, den Märtyrertod. Er war Gott sehr lieb.«*[13]

*Das hörte ich da zum erstenmal!*

*»Er ereiferte sich gegen einen Landpfleger, was zu tun der Meister selbst ja viel zu klug war. Wie Johannes der Täufer und Jakobus – diese unpraktische Ader so vieler Nazaräer, immer geneigt, den nächsten Abkürzungsweg zum Kreuz einzuschlagen!«*

*Armer Barsabas, er also hätte zu den Zwölfen zählen sollen, nicht ich! Wenn ich ihm die irdische Krone nahm, wird er nun im Himmelreich eine desto glänzendere tragen! Neben den rein legendären und erfundenen, mit denen die Kirche sich brüstet, gab es da dieses wahre Martyrium, ein edles und tapferes. Wieviel elender nahm sich im Kontrast dazu meine Wertlosigkeit und Narrheit aus! Ich nahm Barsabas das kostbare Amt, nur um meine Tage in Unentschlossenheit zu vergeuden und mich vor der Aufgabe zu drücken, die Nazaräer zu organisieren, wozu ich, der ich als einziger über eine gründliche Bildung verfügte, wie kein anderer berufen war.*

*28. Dann sagte Petrus zu mir: »Was dich angeht, so fürchteten wir, daß dein Glaube schwinden werde, sobald er den Reiz der Neuheit für dich verlöre, buchgelehrt und lebensunerfahren, wie du warst. Aber nicht einer von uns Jüngern konnte auch nur einen Kupferpfennig für die Missionsarbeit aufbringen. In den Jahren, da wir dem Meister folgten, hatten wir uns alle, wie du weißt, wirtschaftlich zugrunde gerichtet. Und du natürlich warst steinreich und dein Vater von gesegneter Duldsamkeit. Außerdem konntest du schreiben, griechische Reden halten und sogar ein bißchen Latein ... Wie konnten wir einen Anhänger abweisen, der uns alles das zu bieten hatte? Als es dann zur Entscheidung kam, wollten wir, daß Barsabas sie als Gottes Willen akzeptiere, und natürlich wollten wir auch seine Gefühle schonen.«*

*29. So war also meine Jüngerschaft nur vorgespiegelt und ich nur ein Narr, der um seines Geldes und Einflusses willen getäuscht worden war. Es ist kein Vergnügen, Josephus, dir das zu schreiben und dir diese Dinge zu gestehen, und ich will nur hoffen, daß du demütig genug bist, meine Bekümmerung ernst zu nehmen, wie ja auch ich mich nicht auf deine Kosten lustig gemacht habe, als du in deiner Jugend auf der Suche nach*

*einer Bewegung warst, an die du glauben könntest, und es dabei sogar mit der mottenzerfressenen Ideologie der Essener versuchtest.*
*Petrus sagte weiter zu mir: »Ich werde dir diese Würfel geben. Ich weiß, daß ich mich darauf verlassen kann, daß du niemals jemanden damit betrügen wirst, meiner selbst dagegen bin ich in dieser Hinsicht weniger sicher. Sie sind eine Versuchung, nimm sie also mit! Übrigens haben diese Würfel eine seltsame Geschichte. Ich schenkte sie dem Herrn, weil sie Ihm Spaß machten, und Er gab sie dem Marcellinus, dem Centurio, in dessen Haus Er ging – obwohl es in jenen Tagen sehr riskant war, das Haus eines Römers zu betreten. Aber wie dem auch sei, dieser Centurio, ein grober Klotz und leidenschaftlicher Spieler, verlor die Würfel an einen anderen Soldaten, denjenigen, der bei der Hinrichtung des Herrn Dienst hatte. Tatsächlich hat dieser dann mit ebendiesen falschen Würfeln das Gewand des Herrn erwürfelt. Wie du weißt, wurde über die Kleider des Hingerichteten das Los geworfen, das stand prophezeit schon in den Psalmen.«*
*Ich sparte mir die Mühe, Petrus darauf hinzuweisen, daß die fragliche Prophezeiung nicht in den Psalmen, sondern bei dem Propheten Jesajah steht.*[14]
*30. Petrus erzählte weiter: »Es war ein anderer Centurio, Octavius, einer der ersten Heiden, die ich zum nazaräischen Glauben bekehrte, ein Gesell des Ungeheuers Pilatus selbst! Oh, lieber Freund, den Skandal hättest du erleben sollen, als er zum erstenmal bei uns auftauchte! Simon [der Zelot?] hätte ihn am liebsten umgebracht. Octavius kannte den Soldaten, der zur Kreuzigung des Herrn abkommandiert gewesen war, erwarb diese Würfel von ihm und übergab sie mir. Übrigens hat uns dieser Octavius auch ein Stück vom Gewand des Meisters besorgt, das jetzt ein Prunkstück von Jakobus' berühmter Sammlung in Ptolemais ist.«*[15]
*Ich will mit diesen bösen Würfeln nichts zu tun haben, sagte ich, ebensowenig wie mit Jakobus' schäbiger Sammlung.*
*Petrus schien nun beleidigt und sagte: »Nun gut, dann behalte ich sie eben. Übrigens scheint mir nun auch, da ich etwas darüber nachdenke, daß der Herr wohl gewollt hätte, daß ich sie behalte. Denn wir beide, der Meister und ich, hatten eine gewisse gemeinsame Neigung zum Glücksspiel.«*
*Wie konnte er es wagen, dem Lehrer eine derartige Neigung zu unterstellen!*
*31. Aber Petrus sagte zu mir: »Der Mensch spielt mit Würfeln wie diesen,*

*doch der Meister spielte mit uns. Wir sind Seine Zwölf, Seine falschen Würfel! Er hatte doch die freie Wahl, und da wählt Er ausgerechnet einen Unwürdigen wie mich als Seinen Nachfolger aus.«*
*Er packte mich am Arm und sagte beschwörend: »Wird der Herr Seine Wette gewinnen, Matthias? Sind auch wir nur eine beliebige unter den unzähligen Sekten, die hier sich und anderen weismachen wollen, daß der Gesalbte Sich ihnen offenbart habe? Oder ist uns wirklich aufgegeben, der Welt das Himmelreich zu eröffnen, sie zu verwandeln in einen Ort der Liebe und des Friedens für die ganze Menschheit?«*
*Ich konnte diese Fragen nicht beantworten.*
*32. Petrus fuhr fort: »Ja, ich werde diese Würfel behalten. Jedesmal wenn ich schwankend werde, und ich werde oft schwankend, mein Freund, werde ich diese Würfel entscheiden lassen, ja? Zwölf soll bedeuten, daß ich in die Löwengrube muß, in die Arena, ins Haus der Aussätzigen und Verbrecher und derer, die mich hassen. Jede andere Zahl, daß nicht.«*
*Dabei wurde der alte Mann wieder weinerlich und sentimental, wie ich mich seiner erinnerte. »Gottes Liebe ist wie ein falscher Würfel, nicht? Ganz gleich, wie unsere Umstände sind, bei jedem Wurf, immer wieder zeigt sie sich ...«*
*33. Dann gewann er vorübergehend die Fassung wieder und überraschte mich mit der Frage, ob ich ihn nach Rom begleiten würde. Ich sagte, daß mich die Hauptstadt aller Übel und Häresien nicht reize, trotz des Geredes von ihren vielen Wundern. Und daß ich vielmehr vorhabe, nachdem ich Xenon bei seinem Onkel untergebracht und meine Forschungen in Ephesus abgeschlossen, meine Reisen in Griechenland fortzusetzen und die nazaräischen Gemeinden in der Ägäis zu besuchen.*
*Petrus sagte zu mir: »Aber wir könnten dich gut gebrauchen in Rom. Und man muß Rom gesehen haben: Vier oder fünf Häuser hoch bauen sie da ihre Häuser, und wahrlich, ich sage dir, das ist kein Witz. Fließendes Wasser und Brunnen und Paläste und Arenen, wie du deren noch nirgends gesehen hast!«*
*Arenen, sagte ich, wo sie wilden Tieren Christen vorwerfen. Petrus sagte zu mir: »Da merkt man, daß du von Jakobus kommst. Aber Paulus hat mir gerade geschrieben, und wir genießen in Rom völlige Toleranz. Wir sind nur eine Religion unter Hunderten. Diener im Hause des Caesar sind Paulus gehorsam.«*[16]
*34. Verzweifelt hörte ich, daß auch Petrus sich auf den Großen Neuerer,*

*den Eindringling, berief. Wirklich, dieser angebliche Saulus von Tarsus kommt mir mehr wie einer aus dem Tartarus vor.*[17]

*Petrus sagte von ihm: »Nein, zuerst konnte ich ihn nicht ausstehen, aber er ist voller* sophia, *mein Freund. Und ich sage dir, er hätte den Meister nicht wie ich verleugnet – nein, er hätte es allein mit der ganzen Garnison aufgenommen und gesiegt! Hast du einmal der Verlesung eines seiner Sendschreiben beigewohnt? Er hat schon zweimal an unsere Synagoge hier in Antiochien geschrieben und macht mir in diesen Briefen so schreckliche Vorwürfe, daß ich's nicht wage, sie der Gemeinde vorlesen zu lassen! Statt dessen habe ich sie einstweilen versteckt ... aber zweifellos wird er wieder schreiben. Paulus verkehrt in Rom im Haus eines Senators*[18] *und hat mich eingeladen, zu kommen und zu lehren und vom Herrn, der uns belehrte, zu sprechen. Und dazu bin ich immer bereit. Und dann zu Gast in eines Senators Haus! Denk nur an das Essen und den Wein!«*

*Dann umarmte Petrus seine junge Ehegattin, und die kicherte wie ein kleines Mädchen, als er ihr von den Genüssen erzählte, die in Rom ihrer harrten, namentlich auch von den schönen Kleidern, die er ihr dort zu beschaffen versprach, wo die Schätze der ganzen Welt angehäuft seien. Esther küßte ihn, ohne sich dabei meinetwegen zurückzuhalten, und eilte dann in die Küche, um dort die Zubereitung des Abendessens zu überwachen.*

*35. Wie gern hätte ich mich mit Petrus verständigt, und wer weiß, es wäre mir vielleicht gelungen, hätte ich nur irgendeine gemeinsame Erfahrung gehabt mit einem Mann wie ihm, einem ehemaligen Fischer, der es gut meint, aber nicht an den Schaden denkt, den er anrichtet mit seinen Verstößen gegen unzählige Gesetze und den fadenscheinigen Rechtfertigungen seiner eigenen Schwächen, die er vorträgt, als bestünde in ihnen das neue Gesetz. Wie überzeugt er war, daß dem Meister fleischliche Sünden oder Verstöße gegen das Ritual, gegen Dogmen und Doktrinen ziemlich gleichgültig waren. Das ist schön und gut, wenn man den Lehrer der Rechtschaffenheit persönlich gekannt hat, aber was sollen die zukünftigen Geschlechter sagen, die Ihn niemals kennen werden, wie wir Ihn gekannt haben? Wir haben die Pflicht, Verbote auszusprechen und Regeln zu formulieren, nach denen die zukünftigen Geschlechter sich richten können, erklärte ich ihm, unsere Kinder und Kindeskinder. Denn wie sollen wir eine Kirche gründen ohne eine einzige Tradition?*

*36. Petrus begann, wie mir jetzt einfällt, schon als ich mit dieser Rede*

*anfing, mich seltsam anzusehen. Dann fragte er mich: »Matthias, lieber Bruder, wie steht es bei dir mit dem Glauben? Du hast ihn verloren, nicht wahr?«*
*Da fühlte ich mich, ich gestehe es, obwohl Petrus nur zwölf Jahre – ach, wieder unsere Zahl! – älter ist als ich, plötzlich seines väterlichen Trostes sehr bedürftig.*
*»Du hast schon Leidende geheilt, nicht wahr?« fragte ich ihn.*
*»Nun ja«, sagte Petrus zu mir, »haben wir doch alle. Aussätzige, Gichtbrüchige, Lahme und Blinde. Allerdings hat es nicht immer geklappt. Komisch, wie es manchmal gelingt und manchmal nicht. Vielleicht ist es wie bei Moses zu Meriba, sein Herz war nicht rein, als er das Wunder zu tun versuchte, und Gott wußte es, ja? Obwohl es auch Tage gegeben hat, an denen ich schon vorher zu wissen glaubte, daß ich mir die Mühe des Handauflegens sparen könnte, Tage, an denen ich die klagenden alten Weiber, die ich heilen sollte, nicht gerade liebte – und dann klappte es trotzdem! So mächtig ist Gott.«*
*Ich gestand ihm, daß mir nicht eine einzige Heilung gelungen ist, und erzählte ihm von dem demütigenden Scheitern meines diesbezüglichen Versuchs in Tyrus.*
*37. Petrus sagte zu mir: »Gegen Simon den Zauberer bin auch ich nicht angekommen.« Er lachte und klopfte mir auf die Schulter. »Gott will nicht, daß wir unsere Zeit an fruchtlose Kämpfe mit solchen Zirkusteufeln verschwenden.«*
*Ich wandte ein, daß uns doch wohl allerdings von Gott aufgetragen sei, die Teufel in ihre Schranken zu weisen.*
*»Natürlich«, sagte Petrus. »Die Teufel des Hungers und der Krankheit, die Teufel, die die Waisen und Witwen und überhaupt die älteren Mitbürger bedrängen. Die Welt ist voller Teufel, über die zu triumphieren wir allerdings bemüht sein sollten. Wenn wir's nur täten!«*
*Etwas später machte mir, nach einiger Überlegung, Petrus ein Geständnis eigener Schwäche, wie um mir zu helfen, das demütigende Bewußtsein meiner Unvollkommenheit zu ertragen: »Mein Bruder Matthias, ich habe niemals in Zungen geredet. Ja, Johannes quasselt drauflos, und ich nicke, als verstünde ich jedes Wort. Aber ehrlich gesagt, mir ist das jedesmal peinlich. Es sieht so albern aus. Sogar bei der Ausgießung des Heiligen Geistes damals, zu Pfingsten, habe ich nichts mitgekriegt, das ich noch nicht gehabt hätte. Manche Leute empfangen gewisse Gaben, andere*

*Leute andere. Wie Paulus. Er hat nie auch nur jemandes Gelenkschmerzen geheilt – ach, aber wie nützlich ist er uns doch! Ein Römer und Schriftgelehrter wie er!«*
*38. Da endlich verstand ich. Oh, bittere Offenbarung! Ich sah deutlich, daß es mein Los hätte sein sollen, zu lehren und das Evangelium zu verkünden, mein Vermögen zu nehmen und mit der nazaräischen Botschaft unter die Heiden zu gehen, Briefe zu diktieren, wie es Saulus tat, Briefe, die überall in den Kirchen andächtig studiert werden würden. Und ich hatte nichts von alledem getan! Und also erschien, ungeduldig, aber entschlossen, kraft der Gnade des Vaters, der Herr und Meister und warb einen anderen für die Aufgabe an – Saulus von Tarsus! Meinen Feind! Den Mann, den ich verächtlich machte! Er führte nur den Auftrag aus, den anzunehmen ich versäumt hatte![19] Ich begann hoffnungslos zu schluchzen. »In Gottes Augen habe ich versagt«, sagte ich.*
*»Haben wir doch alle, lieber Freund«, sagte Petrus.*
*39. Und so, ungetröstet und einer weiteren Illusion beraubt, verließ ich abermals einen der ersten zwölf, diesmal jedoch meines eigenen Scheiterns verständiger. (Mein Schreiber Tesmegan ist meiner Traurigkeit wegen den Tränen nahe – ja, gehe ruhig in die Geschichte ein, lieber Junge, schreibe es hin, wenn du willst.)*
*40. Noch in der gleichen Woche machten Xenon und ich uns auf den Weg nach Ephesus, wo wir voneinander Abschied nehmen sollten. Überall hatte man aus Judäa schlechte Nachrichten. Anscheinend brandschatzten die Römer das Land gnadenlos, und jeder warnte uns vor der Rückkehr dorthin. Xenon machte sich große Sorgen um seine Eltern, und wir beteten viel für sie. Einige Jahre später erfuhr ich, daß Xenon geheiratet habe, und ich rechnete mir das als persönlichen Verlust an – aber was blieb dem armen Jungen denn anderes übrig nach dem Sündenfall, den er in Tyrus durch meine Schuld erlitt? Ich begann mich ernstlich zu fragen, ob ich jemals, während meines ganzen Erdenwandels, auch nur das mindeste zur Besserung von irgend etwas oder irgend jemandem beigetragen zu haben würde meinen dürfen.*
*Dann wieder, ich denke jetzt an Ephesus und das Bordell, das neuerdings daraus geworden ist, will's mir scheinen, daß der Sittenverfall ein weltweites Phänomen ist. Würdest du dem nicht zustimmen, Josephus? Die Juden des herodianischen Zeitalters waren nicht die sektiererischen Fanatiker von heute; selbst bei den Römern gab es zur Zeit der Republik*

*noch ein gewisses Ehrgefühl; und im Zeitalter Alexanders waren die Griechen noch nicht zu dem genußsüchtigen Volk von Lüstlingen verkommen, das sie heute sind. Ganz abgesehen von mir also: Welche Chance hatte denn unter diesen Umständen der arme Xenon, seine Keuschheit zu bewahren? Denn hier will ich frei bekennen: Es ist im heutigen Griechenland so gut wie unmöglich, das Ideal jungfräulicher Keuschheit rein zu halten!*

# Griechenland

»Daher muß man dem Gemeinsamen folgen. Obgleich aber das Weltgesetz allem gemeinsam ist, leben doch die vielen, als ob sie eine eigene Denkkraft hätten.«

Herakleitos von Ephesos
(um 500 v. Chr.), übersetzt von W. Capelle (1935),
nach dem Text der Sammlung der *Fragmente der Vorsokratiker* von Diels (1903), der dieses Fragment erhalten fand in einem teilweise erhaltenen Auszug des Areios Didymos (der ein Lehrer des Kaisers Augustus war) aus des Theophrasts (eines Schülers des Aristoteles) verschollener Sammlung der *Meinungen der Physiker* (zwischen 322 und 287 v. Chr.)

»Und um die Wirkung seiner Anordnungen zu verstärken, berief er die nicht glaubenseinigen Vorsteher der Christen mit dem gleichfalls in Spaltungen begriffenen Volke in den Palast und redete ihnen freundlich zu, allen Hader zu begraben und jeden unverwehrt und ohne Scheu seiner Religion nachgehen zu lassen. Darauf bestand er um so entschiedener, weil späterhin, wenn unter der ungestörten Freiheit die Zwistigkeiten überhandnähmen, die Eintracht des Volkes für ihn keinen Grund zur Besorgnis mehr geben konnte, denn er wußte aus Erfahrung, daß kein Tier dem Menschen so gefährlich ist wie die meisten Christen in ihrer tödlichen Wut gegeneinander.«

Ammianus Marcellinus
über die Anordnungen Kaiser Julians
(des Abtrünnigen) in seinem ersten
Regierungsjahr (A. D. 361);
*Rerum Gestarum* Liber XXII, V

»Selbst die Gottheit kann die Vergangenheit nicht ändern.«

Dem Tragödiendichter Agathon zugeschrieben,
von dessen Werken keines erhalten ist

»Jakobus schüttelte den harten, hartnäckigen Kopf: ›Auch das, dieser Geist der Wahrheit, von dem du redest, wird gekreuzigt werden. Du mußt dir klarmachen, Rabbi, daß der Geist gekreuzigt werden wird, solange Menschen dasein werden. Aber das macht nichts. Irgend etwas bleibt immer übrig, und das, sage ich dir, ist genug für uns.‹ ›Es ist nicht genug für mich‹, rief Jesus verzweifelt.«

NIKOS KAZANTZAKIS,
*Die letzte Versuchung Christi (1954)*

O'Hanrahan stand an der Reling und versuchte, seine Anzugjacke, die sich im Wind blähte, zuzuknöpfen, dann knöpfte er sie nach und nach wieder auf, weil er lieber die Kälte ertragen als jämmerlich dick aussehen wollte. Verschwommen war die aufgehende Sonne zu sehen, wie sie hinaufsteigt zu ihrem hellen Sitz, hinter den schroffen Bergen Kerkyras, die im blaugrauen Dunst vor ihm aufragten – »Korfu« für die Touristen. *Als aber die frühgeborene erschien, die rosenfingrige Eos* ... Nein, es wird ein noch glanzvollerer Tag sein – er erinnerte sich an seinen Homer: *Da aber stieg Helios, die gar schöne See verlassend, zu dem vielehernen Himmel auf, daß er den Unsterblichen und den sterblichen Menschen leuchte auf das nahrunggebende Ackerland.*

Um diese Zeit lagen schlafende Rucksacktouristen um ihn herum auf dem Deck, die mit angezogenen Beinen in ihren Schlafsäcken lagen und nach noch nicht entdeckten Wärmereserven suchten – der harte Kern unter den Touristen, noch nicht bereit, einen neuen Tag zu beginnen. O'Hanrahan ging auf Zehenspitzen um ein Trio schnarchender junger Männer herum zur Leeseite des Schiffs.

Links von ihm erhob sich das ehrwürdige Albanien, heutzutage eher sonderbar als geheimnisvoll, nach dem Zusammenbruch des Sozialismus von einem gleichgültigen Europa allein gelassen in seinem marxistischen Elend. Nach zwei Täßchen griechischen Kaffees war O'Hanrahan munter, und er lächelte bei dem Gedanken, daß Albanien gegen alle Regeln der Geographie verstieß: ein Land zwischen den größten Zivilisationen des Abendlands, Griechenland und Rom, mit einem Ableger islamischer Kultur auf seinen mameluckischen Höhenzügen. Albanien hätte der Ort sein sollen, wo sich die Weltkulturen präsentierten, statt dessen war es das erbärmlichste, rückständigste Land Europas. Zivilisation ist nicht automatisch übertragbar, nicht zufällig, sinnierte O'Hanrahan, keine Laune der Geographie. Sie ergießt sich nicht einfach über ein Land oder steckt es an, sondern ist ein überlegter, bewußter Akt: Wir wollen Kunst haben, wir wollen uns zu fortschrittlichem Gedankengut erheben, wir wollen unsere Korruptheit überwinden, wir wollen den steilen Hang erklimmen ...

Solche Betrachtungen führten O'Hanrahan zu der Topographie, die sich nun im Küstennebel vor ihm abzeichnete; um diese Zeit waren nur die Fischer wach, die aus den Häfen ausfuhren. Seine wievielte Reise nach Griechenland war das nun? Die siebte oder achte? Aber wahrscheinlich

seine letzte. Und immer noch gab es so viel, das er wohl nie sehen würde. So viele Schätze hier auf der ionischen Seite Griechenlands hatte er nie besichtigt: Ithaka etwa, diese verblüffend kleine Insel, von der aus die westliche Zivilisation mit Homer ihren fliegenden Start genommen hatte. *Ein Unsterblicher, der Gutes mit dir im Sinne hat, wird einen günstigen Fahrtwind schicken.* Ach, ich war nie in Ithaka, seufzte O'Hanrahan, kein Unsterblicher hatte den Willen, meine Fahrt an diese weitberühmte Küste zu lenken, keine seefahrenden Phäaken haben mir die Durchfahrt bewilligt. *Kein anderer Odysseus wird je kommen, denn er und ich sind ein und derselbe; sein bitteres Los und seine Irrfahrten sind die meinen,* grübelte O'Hanrahan, der sich im Augenblick als Odysseus fühlte, als der einzige auf diesen Wassern, der solches empfinden konnte.
Griechenland, wandte O'Hanrahan sich an das Festland, mein ganzes akademisches Leben lang hast du mich fasziniert, von den geheimnisvollen minoischen Kulten, dem Delischen Bund, der Taufe der heiligen Lydia, erste europäische Christin, bekehrt durch Paulus, bis zu den rußfleckigen Ikonen von Byzanz, die finster durch die Jahrhunderte blicken. Jetzt hält der Patriarch von Konstantinopel in der früheren Hauptstadt der Christenheit einmal wöchentlich eine Messe für kaum hundert Gläubige ab, eine traurige Darbietung mit scheppernden Weihrauchfässern und greisen Männern und Frauen, die die verzweifelten Gebete des Alters murmeln – welch bitterer Niedergang!
Der Modernismus hat dich betrogen, Griechenland, dachte O'Hanrahan. Mich verdrießt das heutige häßliche Land mit seinen untauglichen Eisenbahnen und Dritte-Welt-Klos, mit seinen Schürzenjägern von Präsidenten und abgesetzten Diktatoren; das verschmutzte, primitive Athen. Und dennoch, welche Zuneigung flößt du noch immer ein, du große Liebe des Abendlands ... wenn Italien der Schuljungenschwarm des westlichen Geistes ist, dann bist du, Griechenland, gewiß die bleibende Ehefrau, unsere Penelope, die allen Rivalen und Freiern widersteht, die mit einer aufreizenden griechischen Arroganz darauf vertraut, daß unsere Welt wieder zu ihr zurückkehrt, egal, wie lange sie wegzubleiben geruht.
»Sie sind früh auf, Sir«, hörte er Lucy hinter sich sagen.
»Ah«, antwortete O'Hanrahan und hob eine Hand zum Gruß, »Amphitrite selbst, die Gattin des Poseidon, schreitet über die Wasser, ihr Götter!«

Lucy schniefte, ihre Nase tropfte. »Amphitrite hat mittlerweile eine Lungenentzündung.«
O'Hanrahan fischte in seiner Tasche nach dem Schlüssel zu seiner Kabine. »Legen Sie sich in ein schönes, warmes Bett, und schlafen Sie noch ein bißchen.«
»Aber dann könnte ich ja etwas verpassen.«
»Sehen Sie den Berg da? Felsen mit Gestrüpp, ein paar Häuser, eine weiße Kirche an der Küste. Bis Patras sehen Sie das immer wieder. Ich wecke Sie dann.«
Nachmittags um drei Uhr klopfte O'Hanrahan an die Kabinentür und schreckte Lucy aus dem Schlaf. Als sie auf ihre Uhr sah, stotterte sie halbwach ein paar Entschuldigungen, weil sie seine Kabine so lange mit Beschlag belegt hatte.
Er sagte durch die Tür, er warte in der Schiffscafeteria.
Als Lucy sich vor dem Spiegel zurechtmachte, sah sie O'Hanrahans Koffer offen auf einem Regal an der anderen Wand liegen. Vorsichtig drehte sie sich um, um ihn zu inspizieren; neben dem Koffer, auf einem kleinen Schreibtisch, lagen ein paar Notizen. Bevor sie weiterspionierte, kontrollierte sie, ob die Tür auch verschlossen war. Auf einem abgegriffenen Papier, einer Art Fotokopie, lag etwas, das O'Hanrahan in seiner schwungvollen Handschrift etikettiert hatte: *J. Rosen, Lesezeichen.*
Das Blatt war die Kopie eines oft zusammengefalteten Schmierzettels mit Gekritzel und Zeichnungen, auf dem jemand einen Stift ausprobiert hatte. Lucy vermutete, der Zettel müsse aus dem Nachlaß des Rabbi Rosen von der Hebräischen Universität, des Übersetzers der *Matthias*-Schriftrolle vor vierzig Jahren, stammen, den man nach seinem wohl nicht ganz zufälligen Unfalltod vorgefunden hatte. Sie warf einen Blick auf die hebräischen Sätze und Wortfetzen: *Judas*, oder hieß das *Jude? In Beersheba ... Alle Häresien widerlegt ... Jochan ...* Jochannaan vielleicht? *In Ephesus ... die Hure Helena, ihre gefürchteten Brustwarzen! ...* Was sollte das bedeuten? *Benjamin, der Sklave ...* Und was war das? *Die Gebeine des Messias.*
Lucy legte den Zettel beiseite und inspizierte O'Hanrahans offenen Koffer mit seinem unordentlich hineingeworfenen Inhalt. Hier sah man die Ecke eines goldenen Rahmens um ein Schwarzweißfoto. Mit erwartungsvoll zitternden Händen zog sie es zwischen der schmutzigen Kleidung heraus. Es war Patrick O'Hanrahan, schlank und – gütiger Himmel – mit *dunklem,* gewelltem Haar, in einer Kaplanstracht, neben sich eine blin-

zelnde, besorgt aussehende Frau in Schwesterntracht, um die zwanzig, viel kleiner als O'Hanrahan, die sich offenbar widerwillig von ihm umarmen ließ. Mr. und Mrs. O'Hanrahan. Lucy spürte plötzlich eine unüberwindliche Kluft zwischen ihrem 20. Jahrhundert und dem O'Hanrahans, dieser typisch amerikanischen Welt vor zwei Kriegen in Asien, die in patriotischem Schwarzweiß salutierte.
»Was machen Sie bloß da drin?« polterte O'Hanrahan, der sein Zimmer wiederhaben wollte, vor der Tür.
Lucy fuhr zusammen, gab mit allzu munterer Stimme eine Antwort und beseitigte alle Spuren ihrer Nachforschungen.

## ATHEN

*9. Juli 1990*

Während der zweistündigen Busfahrt von Patras nach Athen erklärte O'Hanrahan Lucy, wie es zu der Bekanntschaft mit der Familie Matsoukis gekommen war. Lucy hörte nur mit halbem Ohr zu, abgelenkt von der unaufhörlich dudelnden Bouzouki-Musik, die durch den Bus schrillte, und sehnte sich verzweifelt nach frischer Luft.
Der Professor schwelgte in Erinnerungen: Eleni Vlachos, so hatte Mrs. Matsoukis' Mädchenname gelautet, war das brillanteste Mädchen in ganz Athen gewesen. Wenn ich ein bißchen Verstand gehabt hätte, dachte O'Hanrahan, hätte ich sie geheiratet und wäre mit ihr auf eine griechische Insel gezogen, wo ich meine Bücher geschrieben hätte, während sie die ihren schrieb.
(Die Ehe mit einer Frau, die Bücher schreiben kann – etwas, was du, Patrick, nie konntest –, wäre fast ebenso qualvoll geworden wie deine Ehe mit Beatrice.)
Eleni hatte vier Standardwerke zur Geschichte von vier Kykladeninseln geschrieben und lehrte an der Amerikanischen Universität, wo sie eine namhafte Professorin war, eine *kathigitria.* Aber nicht nur das, Eleni war eine Schönheit gewesen, auffallend und dunkel. »Weiß der Himmel, wie sie jetzt aussieht«, sagte O'Hanrahan. »Aber da so manches schöne griechische Mädchen ein altes Hutzelweib wird, sollte ich mich besser wappnen.«

Da redet der Richtige, dachte Lucy.
»Jedenfalls, wenn ich sie geheiratet hätte ...«
»Ich dachte, damals waren Sie Jesuit.«
»Kleinigkeiten, Kleinigkeiten«, meinte O'Hanrahan und erzählte weiter. »Eleni hat jedenfalls diesen Dr. Matsoukis geheiratet, ein netter Kerl. Jemand, den sie herumkommandieren konnte, glaube ich. Und sie haben zwei Kinder, Theodora und Stavros. Sehen Sie? Ich habe alles in mein Adreßbuch geschrieben, damit ich mich in meinem Alter daran erinnere.«
In Athen angekommen, rief O'Hanrahan bei den Matsoukis an. Eleni bestand darauf, daß er und Lucy sofort zu ihnen kommen und sich alle Gedanken an ein Hotel aus dem Kopf schlagen sollten. Die nächste halbe Stunde verbrachte O'Hanrahan damit, ein Taxi anzuheuern – keine leichte Aufgabe in Athen, wo die Taxifahrer nur arbeiten, wenn sie Lust haben, und keine Notiz von Kunden nehmen, wenn es ihnen gerade paßt. Endlich hatte er Erfolg. Sie ließen sich in den Stadtteil Kolonaki bringen – ins moderne Athen der Haute-Couture-Salons, der schicken Kunstgalerien und der Cafés, wo der plebejische Ouzo und Metaxa irgendwelchen Cocktails, die in Europa gerade in waren, das Feld hatten räumen müssen. Kolonaki sei, vermutete O'Hanrahan, quasi ein Stadtstaat der oberen Mittelschicht und der Oberschicht, von Leuten aus der Regierung und den Medien, von Künstlern und Akademikern.
Eleni Matsoukis war keineswegs das alte Weib, auf das O'Hanrahan Lucy vorbereitet hatte. Sie war sechzig Jahre alt, eindrucksvoll und stattlich, mit tiefschwarzem Haar, das zu einem straffen Knoten frisiert war; ihr schmal geschnittenes, schwarzes maßgeschneidertes Kleid betonte die sanfte Blässe ihres Gesichts. Lucy fand sie bemerkenswert monochrom, schwarz und weiß, nur der Lippenstift setzte einen farblichen Akzent. Dr. Matsoukis sprach nur wenig Englisch, daher saß er still da und achtete darauf, daß die Gläser der Gäste nachgeschenkt wurden – das Glas O'Hanrahans mit unzähligen Ouzos, das Lucys mit Mineralwasser.
Dann tänzelte Theodora in den Raum, eine kleinere, weniger majestätische Ausgabe ihrer Mutter – in blauem Rollkragenpullover, Designerjeans und einem flatternden hellgrünen Schal. Ihr Englisch war ausgezeichnet. Theodora ging auf die Amerikanische Universität, um dort eine Art internationalen Wirtschaftsabschluß zu machen. Als letzter stellte sich Stavros vor, er kam unwillig und erst auf die laute Aufforderung seines Vaters hin.

Stavros ist ein Gott, dachte Lucy. Nicht der zartgliedrige klassische Jüngling des Praxiteles, sondern der kräftige *kouros* der archaischen Periode. Schwarzes Haar lockte sich zu beiden Seiten seiner großen Augen, hohe Backenknochen, Nacken und Oberarme kräftig entwickelt, eine wundervolle sanfte Bräune ... Lucy war verdammt beeindruckt von dieser Schönheit. Aber abgesehen davon, daß er eitel aussieht, wirkt er auch ein wenig aufgemotzt, dachte Lucy, ein wenig zu künstlich hergerichtet, weil er zuviel Zeit mit seinem Haarfön oder in irgendeinem blasierten Friseursalon verbracht hat.

»Stavros studiert Wirtschaft«, erklärte Theodora, Teddie genannt, mit einem Sarkasmus in der Stimme, der sich über alle kulturellen Barrieren hinweg mitteilte, »am Southwestern College.«

Lucy reimte sich zusammen, daß das nichts gegen die Ehre war, an der Amerikanischen Universität zu studieren.

»Er mag Amerikaner nicht«, fuhr Teddie fort. »Diesen Monat denkt er, daß er Kommunist sei. Der letzte in Europa.«

»Teddie, *parakalo* ...«, bat ihre Mutter sanft.

»Er hat einen Gedanken im Monat. Mehr schafft er nicht«, stichelte Teddie weiter.

»Geschwisterrivalität«, lächelte O'Hanrahan, der wollte, daß der Ton unbeschwert blieb.

»Er versteht nicht genug Englisch, um beleidigt über das zu sein, was ich sage«, erklärte Teddie.

Stavros schlenderte aus dem Zimmer, während Teddie weiter über die Vereinigten Staaten und das, was sie über das Land wußte, sprach und von einem Austauschprogramm erzählte, an dem sie teilzunehmen hoffte. O'Hanrahan und Mrs. Matsoukis unterhielten sich auf neugriechisch, das O'Hanrahan wieder zugeflogen war, ein alter Freund, und Lucy war angewiesen auf Teddies Unterhaltung. Teddie nahm ihre Handtasche und schlug vor, sie und Lucy sollten ein wenig durch Kolonaki bummeln. Zufällig kam gerade wieder Stavros durchs Zimmer.

»Nein, du gehst nicht mit uns«, sagte Teddie. Sie erklärte, schon auf der Straße, es sei unerträglich, sich irgendwo in der Nähe ihres Bruders sehen zu lassen; es gebe da eine Gruppe von Vierzehn-, Fünfzehnjährigen, die ihn anhimmelten, und so eingebildet, wie er sei, sei es hart für eine Schwester, das mit ansehen zu müssen.

»Im Vergleich mit Chicago mußt du Athen gräßlich finden.«

»Überhaupt nicht, Teddie. Es scheint sehr amüsant zu sein.«
Teddie gab ein abweisendes Geräusch von sich.
Zuerst machten sie in einem Club mit dem Namen *1924* halt.
»Was ist an dem Jahr so besonders?« fragte Lucy.
»Es gibt einen *1900* und einen *1920,* dann war das der nächste. Wahrscheinlich ist 1924 irgend jemand gestorben, ich weiß es nicht ...«
Lucy nahm die Umgebung in sich auf. Es könnte überall in Europa sein, postmoderne Linien und Dekor, postmoderne Leute, Scheinwerfer, die auf den letzten Schrei der Punkkunst an den Wänden gerichtet waren. Die blassen Bedienungen waren in Schwarz gekleidet, die Männer hatten das Haar zu Pferdeschwänzen gebunden, die Frauen hatten kurzes Haar, alle schienen erstarrt in Ernst und Düsternis, während sie sich gleichgültig um die Bestellungen kümmerten. Lucy sah sich die weiblichen Gäste an, alle ähnlich in Schwarz oder Braun gekleidet, mit riesigen Ohrringen wie Teddie, und alle mit unerwartet heller Haut – Lucy hatte sich Griechen immer viel dunkler vorgestellt.
»Erzähl mir doch von der Universität in Chicago«, bat Teddie, als sie sich etwas zu trinken bestellt hatten. »Ach, willst du auch was essen?«
Lucy war halb verhungert. »Ich hätte nichts gegen einen Happen einzuwenden.«
Lucy erkannte *taramosalata* auf der Speisekarte und bestellte den Fischrogensalat zum stolzen Preis von 2000 Drachmen, rund 12 Dollar. »Na ja, Chicago«, begann sie. »Unglücklicherweise liegt der Campus in einem Slum, das heißt, der Weg ist manchmal gefährlich.«
»*Slum?*«
»Ghetto?« versuchte Lucy. Das Wort kannte Teddie. »Ich wohne zusammen mit einer anderen Studentin, und wir teilen uns die Kosten«, fuhr Lucy fort.
Teddie schwärmte ein paar Minuten lang von der Freiheit, eine eigene Wohnung zu haben. Bis sie heiraten würde, was sie nicht vorhatte, da sie griechische Männer nicht ausstehen konnte, würde sie zu Hause bei ihren Eltern wohnen müssen, und bis *er* eine Stellung bekam, was unvorstellbar war, auch zusammen mit ihrem Bruder Stavros. Außerdem sei Athen der einzige Ort in Griechenland, wo man leben könne. Der Rest sei nur geeignet für Bauern oder für die Ferien. »Alles spielt sich hier ab, hier gibt's Jobs und Glamour, zumindest den Glamour, den Athen noch hat, hier hat man alle Verbindungen zum neuen Europa. Wenn die Europä-

ische Gemeinschaft Griechenland nicht ausschließt«, schränkte Teddie ein.
»Warum sollte sie das tun?«
»Weil die Regierung vor ein paar Jahren jugoslawischen Weizen gekauft und die EG betrogen hat, indem sie ihn als griechischen Weizen an sie weiterverkauft hat. Und es wird nie besser werden für Griechenland, weil die Politik nicht besser wird.«
»Papandreou war der mit dem Sexskandal, nicht?« fragte Lucy nach.
»Sex, Geschäft, Korruption«, erwiderte Teddie und rührte in ihrem Drink. »Aber immer noch besser ein Skandal als Wahlen. Wahlen bedeuten nämlich Attentate. Sogar hier in diesem Viertel, vor ein paar Jahren einmal in einer Straße ganz nah bei unserem Haus.«
Lucy wußte nicht recht, ob sie das glauben sollte. In dieser vollkommen modernen, kosmopolitischen Stadt ... Mordanschläge wegen Kommunalwahlen?
Teddie legte beiläufig eine offene Zigarettenschachtel auf den Tisch, so daß Lucy sich bedienen konnte, sooft sie wollte. »Ich würde zu gerne eine Weile in den USA leben, in New York City«, erklärte Teddie.
»Ja, dort werden ganz normale Leute ermordet«, erwiderte Lucy.
Die *taramosalata* kam auf einem großen, viereckigen, schwarzen Teller, fischförmig angerichtet auf harten, bitteren dunkelroten Salatblättern, die keiner mag, die aber in allen Trendlokalen weltweit verwendet werden. Dezente Toastdreiecke lagen am Rand. Das war nicht das köstliche, rosafarbene Gericht, wie Lucy es kannte und liebte, das mit einem Korb Pittabrot nur halb soviel kostete.
»Es ist nicht sehr gut hier«, flüsterte Teddie. »Nichts ist gut.«
»Gibt es irgend etwas in Athen, das dir gefällt?« fragte Lucy höflich.
Teddie nahm sich einen Augenblick Zeit, um darüber nachzudenken, und in dieser Minute kam Stavros mit zwei ebenfalls gut aussehenden Jungen herein, alle mit demselben lockigen Haar griechischer Götter und fast identischen Lederjacken, geschmückt mit nachgemachten Abzeichen der US Army und der British Air Force.
»*Oichi, oichi* ...«, jammerte Teddie, als sie ihren Bruder erspähte. »Schau da drüben, an dem Tisch neben den ... den ...«
»Lautsprechern«, half ihr Lucy.
»Lautsprecher? Sie sprechen nicht, sie spielen Musik. Aber da, das Mädchen in der braunen Lederjacke.«

Welches bloß von den zehn, fragte sich Lucy.
»Das ist Jane, *little sweet Jane,* die Freundin meines Bruders.«
Teddie erklärte, daß ausländische Spitznamen sehr beliebt seien, oft als Flucht vor altmodischen Zungenbrechern wie Klytämnestra, Kassiopeia oder Kassandra.
»Ich würde meine arme Tochter nicht Theodora nennen«, meinte Teddie.
»Aber es ist doch ein hübscher Name ...«
Verächtlich blies Teddie den Rauch ihrer Zigarette aus. »Mein Vater hat mich immer seine kleine Kaiserin Theodora genannt ...« Sie verdrehte die Augen und machte eine Karate-Geste. »Benannt nach einer früheren Prostituierten, die Männern zu ihrem Vergnügen den Penis abgeschnitten hat.«
Könnte ganz passend sein, dachte Lucy.
Nach einem neueren Madonna-Hit kam ein griechischer Popsong und dann wieder Madonna, unangefochtene Pop-Queen der Mittelmeerländer. Stavros bahnte sich einen Weg durch die Tische, um seine Schwester zu ärgern. Lucy versuchte, etwas aufzuschnappen, aber das klassische Griechisch hat im modernen Griechisch zuwenig Spuren hinterlassen. Nach einigen heftigen Beschimpfungen Janes überhäufte Stavros seine Schwester mit Beleidigungen.
»Heehh«, rief Teddie schließlich und forderte ihn mit einer Geste auf zu verschwinden. »Du bist ein Pfau – meine Freundin Lucy will dich nicht kennenlernen.«
»Was ist Pfau?« fragte Stavros Lucy, der etwas Schreckliches argwöhnte.
*»Pagoni«,* sagte seine Schwester, bevor sie für Lucy hinzufügte: »Nur daß ein Pfau einen größeren *poutsos* hat.«
Stavros zog angewidert die Augenbrauen hoch und blickte verächtlich auf seine Schwester herab.
Ja, dachte Lucy, einer der zwei oder drei bestaussehenden, bestgebauten Männer, die ich in meinem Leben je gesehen habe. Gott steh uns Frauen bei – wenn er auch noch natürlichen Charme hätte. Sie sah Stavros nach, wie er in seinen engen Jeans zurück zu Jane schlenderte.
»Gehen wir«, schlug Teddie vor und legte Geld neben die Rechnung auf dem Teller. »Die Kneipe hier interessiert nicht mehr.«
Der Abend draußen war kühl, die Luft immer noch schlecht vom täglichen Athener Verkehrsgewühl, von den vielen Autos, die Diesel und bleihaltiges Benzin durch den Auspuff pusteten. Lucy und Teddie gingen

durch saubere, mondäne Straßen und betrachteten Modeschaufenster, wobei sich Teddie Lucys amerikanischem Urteil beugte, was modisch war und was nicht: »Wie sollen wir hier das wissen? Athen bekommt wahrscheinlich die Kleider, die kein anderes Land kaufen will ...«

»Arbeitest du?« fragte Lucy.

»Nein«, erwiderte Teddie, überrascht über die Frage. Warum sollte sie arbeiten – Eltern auf den Hügeln von Kolonaki sorgten doch regelmäßig für ihre Kinder.

Sie gingen noch in zwei Cafés, in denen auch wieder amerikanische Hits dröhnten und Scheußlichkeiten aus skandinavischen Ländern, die in Englisch aufgenommen waren, um als amerikanische Hits gelten zu können. Gegen Mitternacht war es Zeit zu gehen; Lucy gähnte fast ununterbrochen.

Theodora entschied, daß Lucy ihr Zimmer bekommen sollte.

»Die Couch reicht mir völlig aus«, bat Lucy, die den Anblick des Plüschsofas im Wohnzimmer anheimelnd fand.

Nein, Lucy würde Teddies Bett bekommen, und Teddie würde auf der Couch kampieren; Dr. O'Hanrahan war im Gästezimmer untergebracht. Er und Eleni saßen noch bei einer Flasche Ouzo auf dem Balkon; Mr. Matsoukis, der mehrmals eingenickt war, hatte sich bereits entschuldigt und war schlafen gegangen.

Teddie schüttelte neben dem Sofa die Kissen auf, wobei sie Lucy zugleich beibrachte, wie man Anmachversuche von Griechen abblockte. »Diese Typen hassen es, wenn man sie *malakismeno* nennt.«

Ihre Mutter unterbrach die Unterhaltung mit O'Hanrahan. »Theodora, bitte ... Warum bringst du ihr dieses Wort bei?«

»Weil wir auf der Straße von ein paar *malakismenoi* angesprochen worden sind. Und wenn sie auf die Inseln fährt, muß sie wissen, was sie sagen muß.«

Eleni wandte sich warmherzig an Lucy. »Achten Sie nicht auf sie, Lucy. Das ist am besten.«

Teddie lachte.

»Was ist so lustig?« fragte ihre Mutter.

»Lucy«, erklärte Theodora. »Auf dem Heimweg haben sich Jungs über uns lustig gemacht, und Lucy hat sie beschimpft ...« Teddie warf den Kopf zurück und ließ etwas hören, das wieder fast nach einem Lachen klang.

»Was haben Sie ihnen denn an den Kopf geworfen, Luce?« fragte O'Hanrahan.

Lucy wurde überredet zu beichten.

Dr. O'Hanrahan kippte fast um, und Eleni legte sich lachend die Hand aufs Herz. »Glänzend!« rief sie.

»Sie haben ihnen wirklich in klassischem Griechisch gesagt, sie sollen sich einen Rettich in den Hintern stecken?« fragte der Professor.

»Aristophanes, *Die Wolken*«, erwiderte Lucy schlicht.

»Das war damals eine gebräuchliche Strafe für Ehebruch, wissen Sie«, erklärte O'Hanrahan, der über alles Bescheid wußte. »Ein geschälter Rettich müßte ein eigenartiges Gefühl sein, wie?«

»*Malakismenoi* ist der richtige Ausdruck«, wiederholte Teddie, die immer noch die Kissen schüttelte.

Als sie unter sich waren, erklärte Teddie, daß *malakismeno* ein Wichser sei, im Gegensatz zu einem Mann mit dem üblichen Sexualleben. Das war schlimmer als anzudeuten, jemand sei schwul, obwohl das auch gut war – griechische Männer haben alle Ausländer im Verdacht, sie könnten diesen Eindruck haben, siehe Plato und andere und die Knaben. Laut Teddie *waren* tatsächlich viele griechische Männer bisexuell, ob sie es Frauen gegenüber zugaben oder nicht. Dann stürzte sich Teddie in eine Empfehlung, welche Inseln eine einzige große Orgie seien – Ios zum Beispiel – und welche man sehen mußte, um es zu glauben, wie Mykonos: »Es gibt dort Menschen, die Mädchen oder Jungen sein könnten, ich kann es nicht sagen. Ich weiß, daß sie schöne *hermaphroditoi* sind ...«

»Hermaphrodit«, sagte Lucy. »Wir haben das Wort auch.«

»Klar, daß ihr *diese* Art von Wort aus dem Griechischen übernommen habt«, grollte Teddie.

Gegen ein Uhr morgens sagte Lucy gute Nacht, zog sich in Teddies Zimmer zurück und schloß die Tür hinter sich. Sie sank zwischen die kühlen Leintücher, ließ noch kurz die Leselampe brennen und warf einen Blick auf Teddies Schulbücher, auf die hübschen griechischen Schriftzeichen, die wie ein Ballett über die Seiten tänzelten. Was für eine Schande, daß die Römer ihr plumpes Blockalphabet nicht aufgegeben und das griechische angenommen hatten, schließlich hatten sie sonst alles Griechische sklavisch kopiert, ihre eigene Hauptstadt mit Nachbauten griechischer Tempel und Kopien griechischer Statuen vollgestellt. Vielleicht hat noch nie eine Sprache einen so einfachen, direkten Zugriff auf das

Komplexe geboten; in welcher anderen Sprache kann man so viel Emotion mit solcher Zurückhaltung ausdrücken? Das Modell für einen Klassizismus, für eine linguistische Reinheit, nach der heute noch gesucht wird. Latein, hatte Lucy schon vor langer Zeit entschieden, ist herrisch, eine Sprache, die zu den römischen Eroberern paßt, präzise bis hin zur Engstirnigkeit. Nie scheint es wie das Griechische zu fließen oder zu singen. In *Genesis* 1, 3 erschafft der biblische Gott das Licht auf griechisch mit den Worten:
Kaì eipen ho Theós: ›genethéto phos.‹
Es werde Licht. Aber auf Latein ist das ein Befehl, wie hervorgebellt von einem Zenturio, der Caesars Willen mitteilt: *fiat lux.*
Latein gibt das *Johannesevangelium* sehr gut wieder; selbst wer nicht Latein beherrscht, kann nachempfinden, wie direkt und klipp und klar der Beginn der *Vulgata* ist, die berühmte Stelle:

*In principio erat Verbum*
*et Verbum apud Deum,*
*et Deus erat Verbum.*
*Hoc erat in principio apud Deum.*

Vielleicht bin ich keine gute römische Katholikin, dachte Lucy, aber sehr viel stärker bewegt mich das Griechische, in dem es ursprünglich geschrieben wurde. Abgesehen von der Bedeutung ist der Klang wie … wie eine Beschwörung, zwar westlich und philosophisch, aber zugleich schwingen die Geheimnisse des Ostens mit:

*En archê ên ho Lógos,*
*Kaì ho Lógos ên pròs tòn Theón,*
*Kaì Theòs ên ho Lógos.*
*Hoûtos ên en archê pròs tòn Theón.*

Lucy drehte die Nachttischlampe aus und kuschelte sich unter die Decken. Mein Geist war nie lebendiger als jetzt, dachte sie. Ich bin voller Gedanken. Ich will immer so bewußt leben – ja, selbst wenn es bedeutet, nie wieder heimzufahren. Vorwärts, laß mich weiter vorwärtsgehen, auf zu etwas Neuem. Heiliger Geist, laß mich immer auf Reisen sein …
(Bist du dir sicher, Lucy? Dein Wunsch könnte erfüllt werden.)

*10. bis 14. Juli 1990*

In der gemächlichen Zeit bei der stets großzügigen Familie Matsoukis, der ersten Periode wirklicher Ruhe, die Lucy und O'Hanrahan seit Wochen hatten, waren ihr ein paar Tage mit Besichtigungen und Andenkenkäufen gegönnt. Mit einer gelangweilten und nörgelnden Teddie besuchte Lucy die Akropolis.

»Die Touristen sind so häßlich dieses Jahr, häßlicher als je zuvor ... Es ist zu teuer, hier heraufzukommen, um dieses zerbröckelnde Zeug anzusehen – schau, da drüben, jemand hat seinen Hund mitgebracht, und der hat seinen Haufen hinterlassen. Die Leute sind unkultivierter als je zuvor ...«

O'Hanrahan besuchte in der Zwischenzeit die Bibliothek bei der Kirche der Metropoliten. Pater Basilios vom Akoluthenclub hatte ihm einen Universal-Genehmigungsbrief geschrieben, den er jedem amtlichen Kirchenvertreter, der zwischen ihm und den wertvollen Bibliotheken der Orthodoxen stand, unter die Nase halten konnte.

Eines Morgens beim Frühstück fragte Lucy O'Hanrahan, wie er mit der Suche vorankomme; er antwortete ausweichend und aß dann schweigend weiter.

Später auf dem Flur hielt sie ihn auf. »Sir«, bat sie, »gibt es keine wissenschaftliche Arbeit, bei der ich Ihnen helfen kann? Warum nehmen Sie mich nicht mit in die Bibliothek?«

»Ich dachte, Sie würden lieber auf Besichtigungstour gehen, Miss Dantan.«

Nun, es ist das schuldhafte Geheimnis Athens, Wiege der abendländischen Welt, daß man das Wesentliche innerhalb von zwei oder drei Tagen besichtigen kann. Und zudem hatte Lucy nun das Gefühl, sie müsse für den Professor endlich zur vollwertigen akademischen Partnerin werden. Nach weiteren Bitten gab er nach. Sie versuchte, in Begeisterung für lange Stunden in der Metropolitanbibliothek auszubrechen: »In meinem Reiseführer steht, daß es dort eine ausgezeichnete Ikonensammlung gibt.«

»Spaß, Spaß, Spaß«, gähnte O'Hanrahan, nahm seine Aktentasche und versuchte, einen widerspenstigen Kugelschreiber auf ihr zum Schreiben zu bringen.

Gegen Mittag saßen sie im kleinen Büro eines Bibliotheksassistenten und warteten darauf, daß ein Ausweis für Lucy ausgestellt wurde. Ein Mönch

führte sie in ein Wartezimmer, um O'Hanrahans Empfehlungsschreiben nochmals einer unsichtbaren Autorität vorzulegen.
Minuten vergingen.
»Ich wette, sie lassen mich nicht hinein«, murmelte Lucy.
Sie wurden kurz in die Galerie mit berühmten Ikonen und in Leuchtkästen ausgestellten Manuskripten geführt, die später am Nachmittag für Touristen geöffnet werden sollte. O'Hanrahan beugte sich vor und starrte auf die wundertätige *Galaktotrophousa* aus dem 11. Jahrhundert. Lucy, die ihm über die Schulter spähte, brauchte einen Augenblick, um auf die Bedeutung des Namens zu kommen, aber O'Hanrahan übersetzte es bereits in flottem Tonfall: »Unsere Liebe Frau, die säugt.«
Lucy mußte unwillkürlich kichern.
»Zweifellos hat die hier gezeigte Brust Unserer Lieben Frau irgendwann einen Tropfen heiliger Sahne produziert ... Natürlich war Marias Milch, wie eine endlose Reihe katholischer Theologen uns versichert hat, nicht wie normale Muttermilch. So war die Milch dieser Ikone vielleicht zum Teil göttlicher Ausfluß, zum Teil richtige Milch, halb und halb.«
»Schsch, der Mönch wird jeden Augenblick zurückkommen.«
»Sie erinnern sich bestimmt daran, daß Thomas von Aquin in Neapel einmal neben einem Gemälde der Heiligen Jungfrau saß, die ihm erlaubte, drei Tropfen aufzufangen, die aus ihrer vollen, schweren Brust spritzten.«
Lucy konnte nicht aufhören zu kichern und fühlte sich wie als kleines Mädchen in der Kirche.
(Lucy, du *bist* in einer Kirche.)
»Tatsache, und dem heiligen Bernhard ist dasselbe passiert. Tropfen spritzten aus Marias Busen auf seine Zunge, eins, zwei, drei. Irgendwann einmal hatte ich vor, einen Artikel über Gottes Kunstgeschmack zu schreiben. Man muß sich nur das unbedeutende Gemälde ansehen, das für Aquin Milch gegeben hat, oder das Kreuz in Assisi, das zum heiligen Franziskus gesprochen hat, oder die ganzen Plastikstatuen im Mittelmeerraum, die weinen und bluten. Wenn Er wollte, könnte Gott durch die Sixtinische Kapelle sprechen, aber nein, Er schwärmt für schwarze Samtmalerei oder lateinamerikanische Plastikkapuzen. Einer Frau in Mexiko ist Jesus sogar in den aufgewärmten Bohnen einer Tortilla erschienen.«
(Erinnerst du dich an die Geschichte von Balaams Esel, Patrick?)
Lucy hatte Tränen in den Augen vor Anstrengung, ihren ungebührlichen

Lachkrampf zu unterdrücken, aber sie war entschlossen, nicht die Kontrolle über sich zu verlieren.
»Unsere Liebe Frau, die *säugt*«, wiederholte O'Hanrahan volltönend. »Sehen Sie, schon mit dem Wort *säugt* bringe ich Sie zum Lachen. Heute sind Sie ein leichtes Opfer, Luce. Sehen Sie sich diese Ikone an, die *Glykophilousa,* Unsere Liebe Frau von den liebenden Küssen, oder hier ... ja, eine solche habe ich schon öfter gesehen, eine *Myrovlitis,* Unsere Liebe Frau, die von Myrrhe fließt. In Anbetracht dessen, was ihr Ur-Urahn Salomon über Myrrhe geschrieben hat, sollte man besser nicht zu genau betrachten, woher diese Myrrhe fließt ...«
»Dr. O'Hanrahan, pssstt!«
»Würden Sie nicht gerne einmal sehen, wie eine dieser Ikonen plötzlich kommt, von Myrrhe strömt, ein bißchen Öl über die Stirn, schmatzende Lippen, Milch, die in doppeltem Strahl aus den Brüsten schießt ...«
»Wenn Sie mir bitte folgen wollen?« Der Bruder Bibliothekar stand vor ihnen.
Lucy blickte zu Boden und versuchte verzweifelt, nicht zu lachen. O'Hanrahan ging ruhig hinter dem Pater her, der nun überzeugt davon war, daß diese beiden Pilger in seiner Bibliothek fehl am Platz waren. Lucy und der Professor betraten den außergewöhnlichen Lesesaal und ignorierten das unfreundliche Funkeln des Mönchs hinter dem Schalter. Der Raum war anders, als Lucy oder O'Hanrahan erwartet hatten: modern, sauber, air-conditioned; und Lucy glaubte, im angrenzenden Büro, das sie nicht einsehen konnten, das Summen eines Computers zu hören. Widerwillig führte der Pater Lucy in einen öffentlichen Bereich mit Tischen, teilte ihr aber mit, da sie eine Frau sei, müsse er ihr selbst jedes Buch holen, das sie wünsche.
»Wer könnte sie tadeln?« fragte O'Hanrahan. »Man weiß nicht, wozu Sie diese alten Mönche hinten zwischen den Regalen treiben könnten. Wahrscheinlich sind Sie um Ihrer eigenen Sicherheit willen auf diesen Bereich beschränkt.«
»Sexistische Schweine«, flüsterte Lucy zurück.
Sie setzte sich an einen Tisch in der Nähe eines Leselichts, direkt gegenüber einer Ikone von Johannes dem Theologen, der sie aus einer anderen Welt anstarrte, wo die Bibliothek für beide Geschlechter zugänglich sein würde, da war Lucy ganz sicher.
(Damit hast du recht.)

O'Hanrahan griff in seine Aktentasche und zog eine Mappe voll loser Blätter mit Eselsohren heraus, Kopien aus allen möglichen Büchern und in allen Schriftarten.

»Das ist meine Matthias-Mappe«, erklärte er. »Jede Erwähnung von Matthias, auf die ich je in alten Schriften gestoßen bin, habe ich fotografiert oder kopiert und hier gesammelt. Gehen Sie das durch, und bilden Sie sich weiter. Zweitens habe ich beschlossen, Ihnen eine Übersetzungsübung zu geben.«

»Oooh, ein Test.«

»Genau, ein Test. Er ist aus dem Louvain-Druck von 1911 der apokryphen Texte Flamions – die reinste Bibel von Verfassern, die Anspruch auf biblischen Rang erheben«, fügte er hinzu und zog eine einzelne Kopie mit griechischer Schrift heraus, die er vor Lucy auf den Tisch legte. »Es ist alexandrinisches Griechisch aus dem 4. Jahrhundert und sollte Ihnen hier und da ein paar Probleme machen. Ich möchte sehen, welche Schlüsse Sie aus diesem Text ziehen.«

Lucy war begeistert. »Haben Sie einen Stift?«

»Vielleicht wird die *Panagia*, die Gesegnete Jungfrau, einen beschaffen«, brummte er, während er in seiner Aktenmappe wühlte, um zwischen Büroklammern und Kleingeld aus mehreren Ländern einen Stift zu finden. »Aber geben Sie ihn mir auch wieder zurück.« Er opferte sogar ein paar Blätter seines Blocks, auf denen sie arbeiten konnte.

»Was passiert, Sir, wenn ich es nicht übersetzen kann?«

»Chicaaaaago, Chicaaaago ist eine wundervolle Stadt«, sang er.

Während Lucy sich auf den Text konzentrierte, der vor ihr lag, schlurfte O'Hanrahan davon zum Magazin, die altmodische, schwarzgerahmte Lesebrille auf der Nase, bereit zur Arbeit. Jovial sprach der Professor den Mönch mittleren Alters hinter dem Schalter auf neugriechisch an. »Ich hätte gerne die Fotokopien der *Rekognitionen* des Klemens«, sagte er. »Mir ist klar, daß Sie mich die Originaldokumente nicht einsehen lassen werden ...«

Nein, bestätigte der Mönch, das sei ohne Erlaubnis des Patriarchen unmöglich. Aber leider sei nicht einmal der große Folioband mit den Kopien zugänglich, da man ihn vor kurzem nach Megisthe Lawra auf dem Berg Athos verschifft habe.

O'Hanrahan runzelte die Stirn. »Und das Material über die *Homilien* von Klemens?«

»Leider auch in Megisthe Lawra«, erwiderte der Mönch. »Welchem Umstand verdanken wir dieses neuerwachte Interesse an diesen unkanonischen Fragmenten?«

»Interesse?«

»Allerdings. Erst diese Woche hat ein Mönch dieselben Dokumente bestellt, und das *Sermium Compendium* ...«

»Nein«, sagte O'Hanrahan bestürzt. »Genau danach wollte ich als nächstes fragen.«

»Das haben wir nie besessen, Sir. Das war schon immer in Megisthe Lawra.« Megisthe Lawra ist das älteste und größte der Klöster auf dem Berg Athos, um 962 gegründet, ein byzantinisches Prachtexemplar mit Fresken und Ikonen und einer Bibliothek, die mit den Schätzen der östlichen Christenheit geschmückt war.

Professor O'Hanrahan lächelte höflich. »Erinnern Sie sich, wer diese Dokumente bestellt hat, Pater?«

»Dieser Mönch hat die Schriften vor meinen Augen, hier in diesem Leseraum, studiert, Sir. Da er sie nicht mitgenommen hat, ist kein Leihschein ausgefüllt worden. Hunderte von Gelehrten kommen jedes Jahr hier durch.«

O'Hanrahan dachte sofort an den fanatischen Frater aus Pater Vicos paranoiden Vorstellungen. Er bat den Bibliothekar um eine Beschreibung.

»Ein nicht mehr ganz junger Mann, Bart, graues Haar, Mönchskleidung ...« Der Bruder lachte. »Tut mir leid, das könnte jeder unserer Fratres sein.«

O'Hanrahan ließ sich müde an einen Lesetisch sinken und trommelte nervös mit den Fingern, bis ein Gelehrter in seiner Nähe ihn bat, er möge still sein. Irgend jemand ist auf derselben Spur wie ich, dachte er. Schnell schob er diese böse Idee wieder beiseite: Es gibt viele Gründe, sich die Dokumente von Klemens anzusehen, man muß deswegen nicht gleich auf der Suche nach obskuren Alphabeten und dem *Matthiasevangelium* sein, beruhigte er sich.

O'Hanrahan hatte vorgehabt, nach einem Blick auf diese Dokumente, von denen er sich nicht einmal besondere Aufschlüsse erwartet hatte, unverzüglich nach Jerusalem zu fliegen ... Aber da nun jemand anderer so interessiert daran war, sollte er sich die Schriften wohl um jeden Preis ansehen. Das bedeutete, auf den Berg Athos zu gehen und eine Woche lang im finsteren Mittelalter zu leben. Da Frauen in der Mönchsrepublik nicht zugelassen sind, würde Lucy in der kleinen Hafenstadt Ouranopolis warten müssen.

Na schön, seufzte O'Hanrahan, wenn er schon hier in der Bibliothek war, konnte er ebensogut klein beigeben und nach Pater Beaufoix' Buch über afrikanische Schriften sehen. Er konnte sich an den Titel nicht mehr erinnern. Ein nichtssagender Titel wie *Afrikanische Schriften*, irgend so etwas ... Er stand auf und trat an das Regal mit den Nachschlagewerken, entschlossen, den Eintrag über seinen Rivalen im Gelehrtenregister nachzuschlagen.

Ah, das Gelehrtenregister; ehrfürchtig strich O'Hanrahan mit den Fingern über den gesuchten Band. Was im 19. Jahrhundert als Gegenstück zum Index der verbotenen Bücher begonnen hatte, ein Organ für rechtgläubige katholische Denker, die von Idioten wie Veuillot und seinen Helfershelfern, die für *L'Univers* schrieben, gebilligt wurden, hatte sich in hundert Jahren zu einem großartigen *Who's Who* der theologischen Welt entwickelt, einer Mannschaftsaufstellung der ernsthaften Denker, mit denen der Papst sich heute auseinandersetzen muß. Nach dem 2. Vatikanischen Konzil waren in das Gelehrtenregister auch bedeutende Protestanten, Orthodoxe und auch hervorragende jüdische Ökumenisten aufgenommen worden, daher konnte auch der Metropolit von Athen seinen Namen darin nachschlagen – und auch Mordechai Hersch.

Patrick Virgil O'Hanrahan war nicht wenig stolz darauf, in diesem Werk genannt zu werden: als ehemaliger Vorsitzender des Theologischen Fachbereichs an der Universität von Chicago, als namhafter Mitübersetzer im ursprünglichen Team für die Schriftrollen vom Toten Meer, als Berater und Herausgeber der kritischen Editionen der Nag-Hammadi-Schriftrollen, 1958 Leiter bei der Katalogisierung der Mar-Saba-Bibliothek, eine vielseitige, unvergeßliche, unersetzliche Persönlichkeit ... O'Hanrahan fand die Ausgabe von 1988, die neueste, die verfügbar war, und schlug Pater Beaufoix und seine aufgelisteten Werke nach, zehn oder elf der besten Beiträge zur christlichen Gelehrsamkeit im 20. Jahrhundert. Ja, da war der Titel: *Sprachen am Nil.*

Sollte er auch unter seinem eigenen Namen nachschlagen? Warum nicht, meinte er mit einem kurzen Blick über die Schulter, um sich zu vergewissern, daß niemand gerade zufällig vorbeikam. Hey, da schien etwas schiefgelaufen zu sein ... Der Name *O'Hanrahan* steht nicht im Index;

auch nicht auf Seite 489, zwischen Kardinal O'Connor und Oldenbourgs Geschichte der Albigenserkriege.
Weißt du was? Du bist rausgeflogen, murmelte er und stellte das Buch ins Regal zurück. Wann zum Teufel hatte man seinen Namen fallengelassen? Mal sehen ... O'Hanrahan zog nacheinander die Bände der Jahre 1986, 1980, 1977 heraus. Wieder und wieder und wieder stand er nicht darin. Ich war über zehn Jahre lang ein Niemand! Das hast du von deiner Eitelkeit! Endlich, im Band von 1976, fand er seinen Namen, seinen kleinen, gekürzten Eintrag: früherer Vorstand des Fachbereichs für Theologie in Chicago, bekannter Übersetzer, vor allem die Danksagungshymne, Schriftrollen vom Toten Meer, 1949 ... Der Eintrag schloß: Zurückgetretener Emeritus, 1974.
Warum setzen sie das nicht an das andere Ende meiner Klammer, nur zu, und beerdigen mich! *Patrick V. O'Hanrahan (1925– )*. Er ließ die Bände auf dem Tisch liegen, zu deprimiert, um sie wieder in die Regale zu stellen.
Zum Teufel, kanzelte er sich in der nächsten Minute ab, warum *sollten* sie dich drinbehalten? Die Wunde war erneut offen: Wo sind deine zehn oder elf wesentlichen Werke? Idioten, Kretins, Trottel, Arschkriecher beim Papst und protestantische Auftragsschreiberlinge stehen in diesem Führer; sie besitzen nur ein Zehntel deiner Intelligenz und deines Wissens über die christliche Welt, aber sie haben es *aufgeschrieben*! Sie haben ihr Gefasel aufgeschrieben, so daß die Welt es lesen kann, und sie existieren für die Nachwelt! Du und deine Faulheit!
*(Der Weg des Faulpelzes ist mit Dornen gespickt.)*
Ach, sei still! »Ich war eigentlich nicht direkt faul ...«, sagte er laut.
»Schsch!« mahnte ihn ein Mönch von einem Tisch im Nebengang zum Schweigen.
Ich rede schon mit mir selbst, dachte O'Hanrahan. Ich bin nicht nur ein Ausrangierter, sondern auch noch senil. Ich verliere hier drin noch den Verstand ...

\+ \+ \+

An diesem Abend predigte ein wild dreinschauender O'Hanrahan am Eßtisch der Matsoukis einen Kreuzzug zum Berg Athos über Thessaloniki, wo er die nötigen Stempel für seinen Aufenthalt auf Athos bekommen

würde. Lucy überlegte, was es für sie bedeuten würde, in Ouranopolis, dem kleinen Fischerdorf und Auslaufhafen zu der heiligen Halbinsel, auf O'Hanrahan zu warten. Tage des Nichtstuns, die Möglichkeit, sich zu bräunen, Lektüre nachzuholen ... Nicht schlecht!
Zuerst plante O'Hanrahan, ein Auto zu mieten und sich von Lucy nach Mazedonien fahren zu lassen, aber dieses Vorhaben scheiterte: Lucy konnte ein Auto mit Knüppelgangschaltung nicht fahren. Dann schlug O'Hanrahan vor, Mrs. Matsoukis' Onkel Spiros anzuheuern, der O'Hanrahan 1968 zu den Meteora-Klöstern gefahren hatte und nun, mit über Achtzig, vielleicht einen Ausflug genießen würde.
»Nein«, bedauerte Eleni, »es geht ihm prächtig in seinem Dorf, aber ich würde euer Leben jetzt nicht mehr mit ihm aufs Spiel setzen wollen.«
»Er war immer ein miserabler Fahrer«, bemerkte O'Hanrahan, der aus nostalgischen Gründen hoffte, auf einer letzten Expedition noch einmal die Gesellschaft des groben, unflätigen alten Mannes zu haben. Dann setzte er sich in den Wohnzimmersessel, mit seinem abendlichen Glas milchig-weißen Ouzos, in dem Eis klirrte, und sah Lucy an. »Nun, Miss Dantan, vielleicht bekommen Sie doch noch Ihre Chance, die Straßen am Mittelmeer unsicher zu machen. Irgendwo in Griechenland gibt es bestimmt eine Firma, die Automatikautos vermietet.«
»Äh, ich weiß nicht, Dr. O'Hanrahan«, zögerte Lucy. »Ich fahre zu Hause eigentlich nicht viel Auto. Können Sie denn nicht fahren, Sir?«
Er sah zur Decke. »Bei einer unglücklichen Auseinandersetzung mit Chicago's Finest wurde der Führerschein aus meinem Besitz entfernt.«
(Alkohol am Steuer. 2. Oktober 1979. Das Alkoholteströhrchen schoß weit über die Skala hinaus.)
In der Küche keiften sich Teddie und Stavros auf griechisch an. O'Hanrahan spitzte die Ohren und versuchte zu übersetzen ... irgendwie ging es darum, daß Stavros an der Universität keinen Strich tue und es reine Geldverschwendung sei, ihn auf die Schule zu schicken. Stavros antwortete, er habe diesen Sommer frei und sehe nicht ein, warum er vor Semesterbeginn etwas arbeiten oder einen Job annehmen solle. O'Hanrahan hörte nicht länger hin und betrachtete abschätzend Lucy, die mit ihrer dicken Brille in einem obskuren blauen Kleiderhemd dasaß, das Haar noch erholungsbedürftig nach der kürzlichen Seereise.
»Ich werde dich verkuppeln«, sagte er leise.
(O Patrick, nein.)

»Wie bitte, Sir?«
»Nichts, nichts«, wehrte er ab, stand ächzend auf und ging ins Eßzimmer, um mit Eleni zu sprechen.

*15. Juli 1990*

Am nächsten Tag raste ein blitzender gelber Mietwagen in unvernünftiger, südländischer Geschwindigkeit über die griechische Autobahn: Stavros hatte sich gegen eine vereinbarte Summe bereit erklärt, die Gäste aus den USA zu chauffieren. Der Wind blies frisch zum Fenster herein. Lucy saß auf dem Rücksitz, begeistert von der Landschaft und den griechischen Straßenschildern, auf denen sie Ortsnamen las, die sie aus den Klassikern kannte.
O'Hanrahan palaverte über die nahegelegenen Thermopylen und die ungleiche Schlacht, die dort stattgefunden hatte – 300 Spartaner gegen Tausende von Persern im Heer des Xerxes –, und über die Hügelkette, die weiter westlich ihren Höhepunkt mit dem Parnaß erreichte, auf dem die unsterblichen Dichter weilen und wo sich die Musen verstecken. Unerwartet tauchte die Straße in eine jähe Schlucht und erreichte die Ebene Mazedoniens mit Bergen zu beiden Seiten, bewacht vom *Oros Olimbos,* dem Olymp. Vereinzelte weiße Kumuluswolken um den Gipfel zeigten an, daß die Götter zu Hause waren.
Stavros erklärte O'Hanrahan etwas auf griechisch.
»Ein Nationalpark«, ergänzte O'Hanrahan. »Zeus und Company. Ich würde mich vor Schwänen hüten, Miss Dantan.«
»Ich werde ein wachsames Auge haben.«
Lucy ließ die Kilometer vorüberziehen und stellte sich vor, eines Tages mit dem Rucksack über die Bergspitzen zu wandern: *Und es lud ein Zeus, der Göttervater, in den großen Saal des Olymp, Heimstatt der Götter, auf daß sie dort zusammen Kurzweil hätten.* Würde Zeus auf dieser Bergspitze mit ihr sprechen?
(Nein, denn es gibt ihn nicht.)
Stavros unterbrach diese Träumerei mit einem Kommentar über zwei am Straßenrand stehende Anhalterinnen in ultrakurzen Shorts. Er renkte sich schier den Hals aus, um einen besseren Blick auf Schenkel und Hintern zu haben, so daß der Wagen ein wenig schlingerte. »Ho, ho,

ho«, brummte Stavros. O'Hanrahan, ebenfalls gefesselt, gluckste beifällig. Und dann kamen Machosprüche – zweisprachig.
Lucy verschränkte die Arme und runzelte die Stirn: Stavros Matsoukis ist einundzwanzig und Patrick O'Hanrahan fünfundsechzig, und obwohl sie nichts gemeinsam haben, obwohl ihre Weltanschauung und ihr Bildungsniveau völlig unterschiedlich sind, können sie sich hier in diesem heiligen arkadischen Hain zusammenfinden, wo die Männer einen hübschen Arsch und große Titten bewundern, vereinigende Elemente der *ganzen* männlichen Menschheit, Überbrücker aller Unterschiede, von den *cantinas* in Lateinamerika bis zu den Haschischbuden im Mittleren Osten: *hübscher Arsch, große Titten.* Schweine! Und welche Frau, die bei Verstand ist, fragte sich Lucy, fährt in Griechenland in solchen Shorts per Anhalter?
Stavros sagte irgend etwas in O'Hanrahans schmieriges Altmännerlachen hinein und gestikulierte mit der freien Hand, formte Brüste in der Luft und rief etwas über amerikanische Busen – soviel verstand Lucy. In diesem Augenblick faßte sie den Entschluß, Stavros' männlicher Eitelkeit auch nicht einen Tropfen weitere Nahrung zu geben und ihm keinen Funken Interesse zu zeigen. Nachdem sie das geschworen hatte, blickte sie in den Rückspiegel, in dem sie Stavros' Augen sehen konnte. Er erwiderte den Blick und hob eine Augenbraue, als wolle er sagen: Siehst du dir etwas an, das du nicht haben kannst?
Rasch brach sie den Blickkontakt ab.
In Thessaloniki hielt Stavros mit quietschenden Bremsen vor dem Ministerium für Nordgriechenland, und O'Hanrahan stieg aus dem Wagen, um sich seine Erlaubnisscheine für den Berg Athos stempeln zu lassen. Stavros blieb im Leerlauf auf der Fahrspur stehen, obwohl ein Polizist ihn weiterwinkte und ganz Thessaloniki hinter ihm hupte und fluchte.
Danach folgte das Mittagessen, und zum erstenmal wurde Lucy der unvermeidlichen Wahl zwischen zwei Gerichten auf den meisten griechischen Tageskarten müde: Gyros oder Moussaka. Was war das denn, dieser sich ewig drehende Fleischspieß, monatelang den Fliegen und bleihaltigen Abgasen ausgesetzt? Bestimmt war das nicht ein einziges, riesengroßes Lamm ... es mußten viele Lämmer sein, alle zerstückelt und wieder zusammengesetzt. Lucy hatte versucht, die kulinarische Monotonie mit Salaten aufzulockern, aber der letzte reichhaltige griechische Salat in Athen war in Olivenöl ertrunken, und das hatte zu tagelangem Durch-

fall geführt, wie ein besonders langer Besuch auf dem mediterranen Stehklo erneut bestätigte.
»Schon wieder der alte Durchfall, Luce?« fragte O'Hanrahan, rot im Gesicht nach einer Flasche Retsina, als sie zurückkam.
»Nein, es hat mir so gefallen, über diesem stinkenden Loch im Boden zu kauern, daß ich dachte, ich bleibe noch ein bißchen. Und im übrigen würde ich es vorziehen, nicht öffentlich über meine Diarrhöe zu diskutieren.«
»Das macht nichts«, erwiderte der Professor. »Stavros liebt dich so, wie du bist – nicht wahr, Stavros?«
Der Angesprochene hatte nur das Wort *Diarrhöe* verstanden und schwieg.
Nach Thessaloniki kam die schlechteste aller Straßen, die kurvenreiche, schlecht gebaute zweispurige Holperpiste nach Ouranopolis, durch die Berge der Chalkidike. Zu dem Schlingern von links nach rechts in den Kurven kam nun noch das ständige Stehenbleiben und Anfahren, wenn Stavros zu nahe an einen Dieselsmog spuckenden Lastwagen auffuhr, der mit 40 Stundenkilometern dahinzuckelte, oder wenn ein Bauer mit einem Eselskarren die Straße blockierte. Hinauf, hinunter, rechts, links, bremsen, anfahren ... Lucys Magen rumorte, ihr wurde übel von der Kurverei, und schließlich verlangte sie eine Erholungspause.
Dagegen opponierte O'Hanrahan, doch einmal bot ihm ein kurzer Stopp in einem kleinen Dorf namens Paleochori die Möglichkeit, einen Nachschub an Retsina zu kaufen, abgefüllt in hellen Flaschen mit langem Hals, der das Trinken erleichterte. Ein wenig erholt stieg Lucy wieder in das Auto, und Stavros fuhr weiter, während O'Hanrahan beim Reden immer wieder einen kräftigen Schluck Retsina nahm.
»Ja, sie hassen uns«, klärte er Lucy über den Haß der Orthodoxen gegen die römischen Katholiken auf, »und ich würde uns auch hassen, wenn ich zu ihnen gehörte.« Er wandte sich an Stavros und fragte auf griechisch: »Was halten Sie von den römischen Katholiken, Stavros?«
Er erwiderte etwas, als wollte er gleich spucken.
»Die Feindschaft des Ostens«, verkündete O'Hanrahan.
»Sind sie immer noch böse über die Geschichte mit dem *filioque?*« fragte Lucy, die sich an ihre Kirchengeschichte erinnerte. Im Jahre 451 bestätigte das Konzil von Chalkedon, der Ursprung von 1500 Jahren christlichen Gezänks, daß Christen an den *Heiligen Geist, den Herrn, Spender des Lebens, der ausgeht vom Vater,* etc. zu glauben haben. Aber schließlich

zogen einige Prälaten im Königreich Karls des Großen den Satz vor, *der ausgeht vom Vater und vom Sohne – filioque* auf lateinisch. Der Satz wurde in die römische Version des Credos aufgenommen, trotz der jahrhundertelangen Mißbilligung von Päpsten, trotz aller Eide Roms, den Konzilen der früheren, reineren Kirche treu zu bleiben, und trotz einer fortwährenden Unannehmlichkeit für Rom, nämlich der Schriften: Jesus spricht im *Johannesevangelium* 15, 26 vom Heiligen Geist, *der ausgeht vom Vater.*
(Nichtsdestotrotz fühlten sich die römischen Katholiken berechtigt, die Patriarchen des Ostens als Häretiker zu brandmarken und im Jahre 1054 eine Exkommunikationsbulle auf den Altar der Hagia Sophia in Konstantinopel zu legen. Der Fall wurde von einem der großen Trottel der katholischen Geschichte, Kardinal Humbert, vorgelegt, der die Ostkirche beschuldigte, den Satz zu *tilgen.* Exkommunikationen und Anathemata flogen hin und her, und zu Unserer großen Enttäuschung folgten 900 Jahre Feindschaft und Schisma.)
»1054«, sagte O'Hanrahan, »dasselbe Jahr, als im Krebszeichen die Nebula Nova, die den Himmel als zweite Sonne beleuchtete, dem Himmel selbst ein Schisma brachte.«
»Sehr passend«, meinte Lucy. »Haben Rom und die Ostkirche nicht versucht, den Bruch wieder zu kitten?«
»Ja, aber immer mit katastrophalen Folgen, weil Rom immer die halsstarrigsten und stupidesten Männer an die Verhandlungstische schickte. Aber das machte schließlich nicht mehr viel aus, weil das Verhalten des Westens während der Kreuzzüge das Schisma ohnehin vollkommen machte.«
O'Hanrahan schüttete den restlichen Retsina in sich hinein, löste seinen Gurt, um mehr Platz zu haben, und faltete die Hände über dem Bauch. »Es ist bezeichnend«, erzählte er weiter, »daß während all dieser Kreuzzüge gegen die muslimischen Ungläubigen nur zwei große Städte ausgeplündert wurden, und das waren christliche Städte: Konstantinopel und Alexandria. Die Tempelritter und Johanniter haben mit den Muslimen alle möglichen Arten von Handel abgeschlossen – freimaurerische Geheimbünde praktizieren bis heute verfälschte islamische Riten. Und Mohammed ist auf jeden Fall mit Christen ausgekommen; an die 12 000 Christen haben in seiner ersten großen Schlacht an seiner Seite gekämpft. Wenn man den Muslimen ihren Tribut zahlte, so wie man früher dem Kaiser gab, was des Kaisers war, ließen sie andere Kinder der Heiligen

Schrift in Ruhe. Nein, der Reichtum des Ostens wurde zum wahren Ziel der Kreuzzüge.«

Lucy beugte sich nach vorn, als er eine Redepause einlegte. »Sie schrecken doch diesmal nicht vor der Schilderung von Greueltaten zurück, Dr. O'Hanrahan?«

»Verzeihen Sie mir meine Trägheit nach dem Mittagessen«, erwiderte er und setzte sich wieder gerade auf. »Es überrascht Sie sicher nicht, daß betrunkene und marodierende römische Katholiken beim ersten Kreuzzug im Jahre 1095 Kappadokien überrannten, die Frauen vergewaltigten, die Männer umbrachten und die Kinder zu einem Festmahl auf dem Spieß brieten? In Caesarea brachte der europäische Mob der Heimatlosen und Verarmten, die zum Plündern kamen, alle Muslime in der Moschee um, massakrierte alle Juden und arabischen Christen, die ihm in die Hände fielen, und konfiszierte ihren Besitz. Apropos Juden: Die Kreuzritter des Heiligen Römischen Reiches feierten ihren Auszug aus Deutschland mit dem öffentlichen Abschlachten von tausend Juden, sie waren also schon in Übung, als sie ins Heilige Land kamen. Nach der Einnahme Jerusalems – was den Kreuzrittern nur einmal gelang – trieben die Christen die Juden zusammen, sperrten sie in eine Synagoge und brannten das Gebäude samt den Menschen nieder. Mordechai kann Ihnen Kapitel und Verse all der Massaker an den Juden nennen.«

»Ja«, seufzte Lucy, »zweifellos.«

O'Hanrahan erzählte weitschweifig weiter, Geschichte um Geschichte von den grausigen Höhepunkten der Kreuzzüge, der Heuchelei, den schrecklichen Holocausts im Namen Roms ... Lucy beobachtete ihren Mentor, der sich breit ausließ, als läse er von einem Manuskript ab, als rede er vor einem empfänglichen Publikum, einem überfüllten Vorlesungssaal. Sie bedauerte es, daß sie Patrick O'Hanrahan nie in seinen Glanzzeiten an der Universität gesehen hatte, wenn er Kirchengeschichte lehrte. Wie gründlich hat er sich die dunkle, schmachvolle Vergangenheit *angeeignet*, dachte Lucy, wie eng hält er sie an sich gedrückt; ähnlich wie ein seit langem leidender Sohn, der die Unberechenbarkeit seines Nichtsnutzes von Vater ins Feld führt: Siehst du, Gott, was ich ertragen muß, woran ich mich erinnern muß, um dich zu lieben?

»... in Frankreich und Deutschland erklärten Kinder ihre Absicht, nach Jerusalem zu gehen, und Eltern schickten ihren unerwünschten Nachwuchs den Rittern nach; Haufen von bis zu 20 000 streunten durch die

Gegend. Die Rattenfängerlegenden stammen aus dieser Zeit; die ursprüngliche Geschichte handelte von unerwünschten, hungrigen Kindern, die fortgeführt wurden, nicht von Ratten.«

(Ratten erging es damals besser. Diese Haufen gelangten nie bis nach Jerusalem; sie wurden in die Sklaverei nach Nordafrika oder in Kinderbordelle Sardiniens verkauft.)

»Nicht zu vergessen das Jahr 1204 und die Plünderung Konstantinopels durch römische Streitkräfte. Drei Tage Plünderung waren erlaubt, die Juwelen und das Gold von Byzanz machten sich auf die lange Reise nach Venedig – und keine einzige orthodoxe Nonne, die nicht zum Ruhm des Papstes vergewaltigt worden wäre. Die Reliquien wurden geschändet, darunter die Hand von Johannes dem Täufer, die heute noch in Istanbul im Palast Suleimans des Prächtigen ausgestellt wird. Man setzte eine Hure auf den Thron des Patriarchen in der Hagia Sophia ...«

»Entschuldigen Sie, Dr. O'Hanrahan, aber gibt es irgendeinen Bischofsstuhl im Mittelmeerraum, auf dem *keine* Prostituierte gesessen hat?«

»*Das* wäre eine Doktorarbeit, die Ihrer Zeit und Aufmerksamkeit würdig wäre, Miss Dantan. Jedenfalls holte man die Hand heraus, und die Hure auf dem Patriarchenthron ... nun, sagen wir, sie hat sich mit dieser höchst kostbaren Reliquie Lust verschafft ...«

(Auf so etwas muß Patrick sich natürlich fixieren.)

»Der Täufer mußte 1200 Jahre lang auf ein solches Gefühl warten, aber wenn man sich als Reliquie nur lange genug herumtreibt, dann sieht man, was alles geschehen kann.«

(Verschließe deine Ohren, Lucy!)

»Nun, diese Plünderung ist bis heute nicht vergessen«, fuhr O'Hanrahan traurig fort, »und danach war keine Hoffnung auf Eintracht mehr möglich. Als Innozenz II. hörte, daß in Konstantinopel ein lateinischer Patriarch eingesetzt worden sei, erklärte er diese blutrünstige Orgie zu einem *magnificum mirabile*, einem erhabenen Wunder, und verkündete, allen Kreuzrittern werde ein Ablaß gewährt, der es ihnen erlaube, nach dem Tod geradewegs in den Himmel zu kommen.«

(Die seltsame Entrüstung der christlichen Welt über die Gefühle, die ihr von der islamischen Welt entgegengebracht werden, rührt Uns fast in ihrer Naivität. Was Wir beobachtet haben, ist, daß die meisten Verbrechen es an sich haben, schließlich die Völker selbst heimzusuchen, von denen sie begangen wurden; in diesem Geist hat Moses geschrieben, daß die Sünden der Väter an ihren Kindern vergolten werden. Wenn der islamische *Dschihad* und seine anti-westlichen Gefühle den Westen beunruhigen, sollte man vielleicht auch an die 400 Jahre christlichen Staatsterrors denken.)

»Die größte Bibliothek der islamischen Welt«, klagte O'Hanrahan, »die dem Haufen von Gewäsch, das man in Europa besaß, weit überlegen war, befand sich in Tripolis: die Banu-Ammar. Sie wurde im Jahr 1109 von christlichen Kreuzrittern niedergebrannt. Die Christen sind die größten Philister der Welt; sie hatten immer etwas von einem Jesse Helms an sich. Die beste Bibliothek, die jemals auf der Welt zusammengetragen wurde, war die Große Bibliothek in Alexandria, die im Jahr 391 von puritanischen Christen verbrannt wurde, weil sie möglicherweise häretische und obszöne Werke besaß. Im Jahr 529 haben fanatische Christen die Schule von Athen geschlossen und alle Universitäten und weltliche Bildung verboten. Während des Kreuzzugs gegen die Albigenser unter Innozenz III. brachte allein der Besitz einer Bibel, die nur Priester haben durften, Tausende auf den Scheiterhaufen.«

(Wehe denen, die Unwissenheit verbreiten!)

»Hm«, meinte Lucy und ließ sich in den Sitz zurückfallen, »ich nehme an, es wird mehr als einen oder zwei Rosenkränze brauchen, um das alles wiedergutzumachen ... Haben die Griechen nichts Böses getan?«

»Oh, tonnenweise. Sie fielen über den Westen her, weil er häretisch sei und die Credos früher Konzile modernisiert habe, aber sie haben 451 in Chalkedon dasselbe getan, als sie den Monophysitismus verurteilten und damit die Kopten, die Armenier, die Äthiopier und die Syrer ausschlossen, die eigentlich orthodoxer sind als die Griechen. Was Intrigen und Komplotte betrifft, war keine Plünderung oder barbarische Invasion von seiten Roms so verheerend wie das jahrhundertelange Ränkespiel von Byzanz gegen Rom während des frühen Mittelalters – und alles nur wegen eines kleinen Stückchen Grundbesitzes in Süditalien. Papst Silverius wurde von dem blutrünstigen Kaiserpaar Justinian und Theodora gefoltert und umgebracht ...«

Lucy mußte lächeln, als Teddies Namenspatronin erwähnt wurde.

»Im Jahr elfhundertirgendwas [1187] wurden in Konstantinopel die Christen, die dem lateinischen Ritus folgten, zusammengetrieben und dann auf Kreuzfahrerart massakriert. Außerdem behandelten die griechischen Orthodoxen ihre arabisch-christlichen Brüder abscheulich, betrogen sie in einem Krieg nach dem anderen, in einem Vertrag nach dem anderen. Hätte es nicht das ganze Gezänk gegeben, wäre die ursprünglich monotheistische arabische Welt vielleicht christlich geblieben, anstatt reif für die Konversion zum Islam zu sein. Intelligente Männer waren verblüfft und wie vor den Kopf gestoßen über die Verbreitung des Islam, über ihre Geschwindigkeit und Gründlichkeit. Wenn du mit dem byzantinischen Kaiser hättest kämpfen müssen, wärst du auch konvertiert! Man denke nur an so arme Trottel wie Pater Avvakum.«

(Avvakum und der Patriarch Nikon debattierten in der Mitte des 17. Jahrhunderts über eine theologische Streitfrage. Nikon schickte Avvakum für zehn Jahre ins Exil, doch dieser gab nicht nach. Dann ließ er ihn zweiundzwanzig Jahre lang im Gefängnis schmachten, in einem feuchten, stockdunklen Verlies. Avvakum stimmte immer noch nicht mit Nikon überein. Also ließ ihn der Patriarch auf dem Scheiterhaufen verbrennen. Der strittige Punkt war, ob man das Kreuzzeichen mit zwei oder mit drei Fingern machen sollte.)

»Aber Sie sind gerne orthodox, so ist es doch, Stavros?« fragte O'Hanrahan.

»*Ne*«, erwiderte Stavros, griff unter sein T-Shirt, zog sein griechisches Kreuz hervor und berührte es ehrfürchtig mit den Lippen.

»*Ne* bedeutet ja, und *oichi* bedeutet nein«, erläuterte der Professor, zu Lucy gewandt.

»*Nee* heißt ja, und *okay* heißt nein?«

»Genau.«

Lucy schüttelte den Kopf. »Natürlich, so muß es sein: Wir sind im Ausland.«

Nach einigen weiteren Kurven erreichte die schmale Straße einen kleinen Bergpaß; links von ihnen ebenso wie weit rechts sahen sie die Ägäis, und dazwischen erhob sich ein Bergrücken, die Halbinsel des Athos. Der hohe Bergkamm sah im Dunst stark bewaldet und geheimnisvoll aus, und Lucy spürte so etwas wie Hoffnungslosigkeit, weil seine Schätze für sie verschlossen waren. Verdammte Patriarchen!

»Überhaupt keine Frauen«, sagte sie, mehr zu sich selbst.

»Nein«, bestätigte O'Hanrahan. »Nicht einmal weibliche Tiere. Deswegen gibt es hier auch noch Bäume und Pflanzen, während grasende Schaf- und Ziegenherden das übrige Griechenland zu einem felsigen, kahlen Land gemacht haben. Hier vor uns, Miss Dantan, sehen Sie Griechenland, so wie die Alten es gesehen haben, wo Chloris vor Zephyr geflohen ist. Ein tropischer Garten ...«

»Ich will nichts darüber hören.«

»Neidisch?«

Das verstand sich von selbst. Lucy spekulierte dennoch: »Ich wette, irgendeine Frau hat es doch geschafft, sich heimlich auf die Halbinsel zu schleichen.«

»Ich bezweifle, daß jemals eine Frau in einem der Klöster war«, widersprach O'Hanrahan.

(Willst du wetten?)

»Eine byzantinische Fürstin hat es zwar versucht, aber erfolglos«, erzählte der Professor.

(Mara, die Frau des siegreichen türkischen Sultans Murat II., kam, um den Klöstern Geld und die zurückgewonnenen Reste der Gaben des Magi zu schenken. Als sie über den Kai schreiten wollte, soll ihr, der Legende nach, die Heilige Jungfrau erschienen sein und gesagt haben, das sei allein ihr Garten. In Wirklichkeit verlor Mara die Nerven.)

»*No women*«, sagte Stavros, der auf englisch versuchte, sich an der Unterhaltung zu beteiligen.

Unter ihnen, an der Küste und der kurvigen Straße gelegen, war der letzte Einflußbereich des 20. Jahrhunderts, Ouranopolis, eine kleine Stadt mit ein paar Häuserzeilen, L-förmig angelegt wie die Landspitze, auf der sie liegt. Die hübscheren Hotels lagen nach Westen hin; es gab ein paar Ramschläden, ein paar typisch griechische Restaurants, einen Kiosk mit deutschen und englischen Zeitungen zwischen Ansichtskarten; und einen Straßenzug dahinter lagen drei Clubs – in Wirklichkeit erweiterte Bars, jede mit einer Lichtshow-Anlage an der Decke. Ein Kiesstrand führte zum hellblauen Wasser, auf dem zahlreiche Paddelboote, Surfbretter und leichte Segelboote trieben. Kein Hafen für teure Yachten oder schöne Leute, urteilte Lucy, sondern für englische und deutsche Pärchen auf Pauschalreise, deren größte Forderung an die Ägäis wohl darin besteht, auf einem aufblasbaren bunten Floß herumtreiben zu können.

»Holen Sie die Kreditkarte heraus«, sagte O'Hanrahan, als sie auf der Suche nach einem Hotel auf der Westseite entlanggingen.

Stavros fragte, ob er sich ein Privatzimmer suchen solle, aber O'Hanrahan lud ihn ein, mit ihnen ins Hotel zu kommen. Sie suchten ein Hotel mit Telefon, damit O'Hanrahan mit Lucy in Kontakt bleiben konnte.

»Das heißt«, fügte O'Hanrahan hinzu und mimte Besorgnis, »vorausgesetzt, ich kann Lucy überhaupt telefonisch erwischen. Ich habe den Verdacht, sie wird losziehen und in den Discos griechische Männer aufreißen und all die netten englischen Jungs kennenlernen.«

Lucy rümpfte die Nase. »Vielleicht bin ich wirklich in diesen Discos, Dr. O'Hanrahan.«

»*Diiskos*«, lächelte Stavros.

»Sehen Sie?« sagte O'Hanrahan, als er schwerfällig die Treppe zum *Hotel Poseidon* hinaufstieg. »Sie haben schon ein heißes *date* für heute abend.«

»Heißes *Deet, yeah*«, sagte Stavros und stolzierte, eigens für Lucy, besonders großspurig die Treppe hinauf, seine und ihre Tasche in der Hand.

Stavros' Englisch ist eigentlich nicht *gar* so schlecht, überlegte Lucy.

Das *Hotel Poseidon* war nahezu leer, und man war hocherfreut über jeden Gast. Der Besitzer klagte über den niedrigen Dollarkurs, über die unerklärliche, schrullige Angst der Amerikaner, in Griechenland von Terroristen in die Luft gejagt zu werden ... Das längliche Gebäude hatte im zweiten und im obersten Stock insgesamt vier Zimmer mit Balkon. Als sie ihre Zimmer bezogen hatten, trat Lucy sofort hinaus auf den Balkon – O'Hanrahan stand schon auf seinem –, eine dicke Wand trennte beide.

»Hallo, Nachbar!« meinte Lucy.

Als der Abend kam, setzten sich die drei zum Essen in eines der beiden überdachten Straßencafés. Lucy bestellte zur Abwechslung Kalamari; O'Hanrahan und Stavros aßen Souvlaki und leerten zufrieden zwei Flaschen Retsina. Nach einer Diskussion, die sich ewig hinzog, war Lucy schließlich bereit, ein ganzes Glas zu trinken, ohne das Gesicht zu verziehen.

»Schmeckt wie Terpentin«, hustete sie. »Ich brauche mir keine Sorgen zu machen, daß ich mich in dieses Zeug verliebe.«

»Sie haben den ersten Heiligkeits-Test nicht bestanden«, tadelte der Professor in monotonem Singsang.

»Oh!« Lucy erinnerte sich an ihre Aufgabe von gestern. Sie wühlte in ihrer Tasche und holte das zusammengefaltete gelbe Notizblatt mit ihrer Übersetzung des alexandrinischen Textes heraus, den O'Hanrahan ihr gegeben hatte. »Sagen Sie mir, wie ich es gelöst habe«, bat Lucy und reichte ihm das Blatt.

Stavros stand auf, gelangweilt und nervös, nachdem er den ganzen Tag ihrem Englisch zugehört hatte. Er entschuldigte sich, daß er ins Hotel gehen wolle, um sich für die Disco feinzumachen. Als er aufbrach, drehten die deutschen Touristinnen die blonden Köpfe und sahen beifällig zu, wie er betont lässig an den Rand der Überdachung schlenderte, sich in Positur stellte und schließlich mit einem langsamen Bühnenabgang Richtung Hotel verschwand.

O'Hanrahan war beeindruckt von Lucys Übersetzung.

Der Text war eine Geschichte in alexandrinischem Griechisch aus der *Apostelgeschichte von Andreas und Matthias* aus dem 4. Jahrhundert, in einer sehr veränderten Version mit den Jüngern Andreas und Matthias in den Hauptrollen – die Quelle des *Andreas,* nach dem sich Lucy in Oxford erkundigt hatte.

> *Und eine Statue ließ Wasser aus ihrem Mund wie aus einem Kanal fließen, und es war bitter und zerfraß das menschliche Fleisch. Des Morgens begannen alle Menschen aus der Stadt zu fliehen. Das Wasser ertränkte ihr Vieh und ihre Kinder. Und Andreas sagte: »Laß Michael die Stadt mit einem Feuerwall umgeben.« Eine Feuerwolke kam und umschloß die Stadt, und sie konnten nicht entkommen. Das Wasser stieg ihnen bis zum Hals und zerfraß ihr Fleisch ... Dann ging Andreas zu dem großen Faß und betete, und die Erde tat sich auf und verschlang das Wasser, den alten Mann und die Henker. Dann bat Andreas, sie sollten ihm alle bringen, die vom Wasser getötet worden waren, aber es waren zu viele, und so betete er und erweckte sie wieder zum Leben. Dann zeichnete er den Plan einer Kirche auf und taufte sie und gab ihnen Gottes Gebote. Und sie baten die Jünger zu bleiben, aber Andreas lehnte ab und sagte: »Ich muß zuerst zu meinen Jüngern.« Und er brach auf, und sie waren sehr traurig. Dann erschien ihm Jesus in der Gestalt eines schönen Kindes und tadelte ihn, weil er sie verlassen hatte, und sagte ihm, er solle sieben Tage lang bleiben und dann mit seinen Jüngern in das Land der äthiopischen Menschenfresser gehen und dann wiederkommen und die Männer aus dem Abgrund holen.*

»Nicht schlecht«, sagte O'Hanrahan. »Sie haben sogar *Faß* richtig erkannt. Matthias schmorte unterdessen im großen Kochtopf.«

»Gott bringt all diese Leute um, dann erweckt er sie wieder zum Leben, dann brechen die Jünger auf, dann sagt Jesus, geht zurück ... wem kann das bloß je gefallen haben?« fragte sich Lucy.

O'Hanrahan gab ihr das Blatt zurück. »Sie haben nun die erste Regel apokrypher Texte gelernt, Miss Dantan: Die meisten Evangelien erweisen sich nach zehn Zeilen von selbst als einer ernsthaften Betrachtung unwürdig. Die Leute glauben gern, es gebe irgendwo Evangelien, die ebenso gültig sind wie *Matthäus, Markus* und *Lukas,* aber es ist die traurige Wahrheit, daß die meisten von dieser Sorte hier sind. Es ist sehr selten, daß sich ein brauchbares, glaubwürdiges Dokument findet. Und bis der größte aller Funde, *Q,* das Ur-Evangelium, auftaucht, wird das *Matthiasevangelium* der größte Fund seit Ewigkeiten sein.«

»Woher ist das *Matthiasevangelium* ursprünglich gekommen?«

O'Hanrahan zuckte die Achseln. »Das hoffe ich in Jerusalem herauszufinden. Ich weiß, daß Rabbi Rosen es von einem gewissen Mustafa al-Waswasah gekauft hat, einem meiner Bekannten aus der Zeit der Schriftrollen vom Toten Meer. Ich werde den alten Fuchs fragen.«

O'Hanrahan verbreitete sich darüber, auf welch wunderliche Weise Evangelien aufgetaucht waren.

»Wer weiß, wo *Matthias* sich wohl versteckt hat? In einem Museum, einer Bibliothek, im Schrank eines Privatsammlers oder auf einem Dachboden. Die dreizehn *Nag-Hammadi-Evangelien,* die man 1945 gefunden hat, wurden entdeckt, als ein Araber in einer Blutfehde seinen Gegner umgebracht hatte und die Leiche verschwinden lassen wollte. Er hob ein Grab aus und förderte die Schriftrollen zutage. Seine Mutter benutzte an jenem Abend ein paar der Evangelien für das Feuer unter dem Suppentopf.«

Lucy schloß gequält die Augen. »Sie machen Witze.«

»Nein, ein paar von den *Nag-Hammadi-Evangelien* haben nur deshalb an die 2000 Jahre überlebt, um dann für einen Topf voller Brühe in Rauch aufzugehen. Zwei Kinder suchten in der Nähe der Ruinen von Qumran nach einer Ziege und stießen auf die Schriftrollen vom Toten Meer. 1958 fand man in den Gewölben der Klosterbibliothek von Mar Saba einen Brief des Klemens von Alexandrien, in dem eine zweite, geheime Version des *Markus* erwähnt wird, die nur unter hohen kirchlichen Amtsträgern zirkuliere. Bedenken Sie, meine Liebe, daß Archäologie und Textanalyse junge Wissenschaften sind. Wir im 20. Jahrhundert werden einen Zugang zum 1. Jahrhundert haben, wie ihn kein anderes Jahrhundert je zuvor hatte, nicht einmal das 2. oder 3.« Er gähnte. »Und ich gehe besser ins

Bett, da ich morgen früh um sieben Uhr aufbrechen muß. Gute Nacht, und sterben Sie hier nicht vor Langeweile.«

»Ich werd's versuchen, Sir. Viel Glück.«

O'Hanrahan vertraute ihr die *VISA*Card an. »Am 19. Juli, in vier Tagen, rufe ich mittags um zwölf im *Hotel Poseidon* an – wenn ich nicht vorher schon zurück bin. Todsicher!«

Lucy sah ihm nach, wie er zum Hotel trottete, und fragte sich, ob sie ihm nicht wenigstens die Hand hätte geben sollen oder ihn umarmen oder sonst etwas. Ihre Art von Gemeinschaft war in einem schwierigen Stadium. Im nächsten Moment sah sie Stavros, in einem Muskel-Shirt, engen Jeans, die Locken neu gestylt, auf seinem Weg zum *Wummwummwumm* der Disco vorbeigehen, eine Wolke von Rasierwasser hinter sich lassend. Teddie hat recht, dachte Lucy: Was für ein Pfau!

## DER HEILIGE BERG

*16. Juli 1990*

O'Hanrahan sah zu, wie Ouranopolis im Morgendunst verschwand. Abschied von der Zivilisation für eine Weile. Oder war es vielleicht umgekehrt? Sagte er der Zivilisation guten Tag, der ältesten und reinsten, die noch übrig ist, frei von Weltkriegen und gemeinsamen Märkten. Ja, und auch frei von Elektrizität, modernen Installationen, hygienischen Küchen ... O'Hanrahan schlenderte auf die dem Hafen zugewandte Bootsseite und starrte auf die öde Felsenhalbinsel; die felsigen Hügel wurden zu Bergen, je weiter sie sich mit dem Boot nach Osten bewegten. Er konnte zwei Häuser erkennen, einen Pier für Fischerboote – nein, das war noch nicht die Theokratie von Athos. O'Hanrahan klopfte sich auf die Brusttasche; in seiner Brieftasche hatte er ein paar tausend Drachmen, für den Fall, daß auch unter den Erwählten Gottes ein wenig Bestechung angebracht war.

O'Hanrahans Mitreisende waren die gleichen wie das letzte Mal, zweifellos Männer wie schon vor Jahrhunderten: Priester, die zu Einkehrtagen fuhren, Mönche, die in ihre Klöster zurückkehrten oder neue Aufgaben antraten, die meisten alt mit langen grauen Bärten und in schwarzen Kutten, die seit Ewigkeiten nicht mehr gewaschen worden waren, aber auch ein paar junge, hoffnungsvoll in gebügeltem glänzendem Schwarz, mit seidigen, lockigen schwarzen Bärten und durchdringenden Augen voller Fragen an die heiligen Männer. Um Himmels willen, wollten diese ... diese Kinder, diese Teenager der Welt den Rücken kehren? Blieben diese jungen Männer hier zu einem Monat des Studiums oder waren sie gekommen, um sich ein Leben wie im 9. Jahrhundert einzurichten?

Nach einer halben Stunde legte das Boot an einem Betonkai an.

An Land warteten ein paar Mönche, die nach erledigter Aufgabe wieder zurück nach Ouranopolis fahren wollten. Zwei Rucksacktouristen – sie sahen britisch aus – hatten ebenfalls ihre gewährte Zeit beendet; in den langen Kleidern, die Athos verlangt, wirkten sie wie gar gekocht. Keine Shorts, keine kurzen Ärmel – nur Hände und Gesicht durften unverhüllt bleiben. O'Hanrahan stieg aus dem Boot, streckte dem griechischen Beamten, der kaum interessiert war, seinen Paß und seinen Genehmigungsbrief hin, dann setzten sich er und die neuen Pilger in den einzigen Bus, den es auf Athos gab.

Es war neun Uhr und schon heiß; die Pilger schwitzten und stöhnten und lachten, während der Bus die gefährliche, schmutzige Straße die Klippen hinaufächzte; der Fahrer machte lässig weite, schräge Kurven, so daß die Passagiere hinten im Bus fürchteten, daß sie 400 Meter weit nach unten auf das Dock stürzen würden – dankbare Kniebeugen, Gelächter, eine lebhafte Pantomime einer fast verfehlten Kurve folgten jeder Biegung. Eines schönen Tages *wird* dieser Bus eine Kurve verfehlen, dachte O'Hanrahan.

(Aber nicht heute.)

Durcheinandergeschüttelt, erhitzt, vor Übelkeit elend und dankbar ließen sie sich in Karyes, der Hauptstadt von Athos, absetzen. Hier waren seit dem Jahr 963 immer wieder Vertreter der zwanzig Klöster zusammengekommen, um über Themen abzustimmen, die vom Niedergang von Byzanz, der Invasion der Türken bis zur Nazi-Okkupation reichten. O'Hanrahan war überwältigt, als er zu erfassen versuchte, was das Protaton, die Hauptkirche von Karyes, Versammlungsraum und »Kapitol«, alles an Geschichte gesehen hatte.

Mönche und Pilger schritten durch die einzige Straße von Karyes, und hier spürte O'Hanrahan, wie seine Seele sich regte, wie sein Herz sich wieder mit nicht vergessener Zuneigung für den Osten füllte. Das Ende des frühen Mittelalters liegt vor mir! Und Gott segne sie, es war dieselbe

Szene wie vor vierzig Jahren, als O'Hanrahan zum erstenmal hier war, und wie vor zweiundzwanzig Jahren bei seinem zweiten Besuch. Das schien ihm seltsamerweise bemerkenswerter als die jahrhundertelange Kontinuität. »Die Modernisierung und den Fortschritt der letzten vierzig Jahre vermieden zu haben, heißt wirklich, daß man die Menschheit und die Welt abgewiesen hat«, sagte er zu dem australischen Mönch, dem einzig englischsprachigen Mitreisenden vom Boot, der nun neben ihm ging.

»Oh, einige Veränderungen haben sie durchgeführt«, sagte der ernst aussehende Mann um die Vierzig. »Vor ein paar Jahren ist eine Bibliothek niedergebrannt, und so haben sie sich, höchst widerwillig, ein Löschfahrzeug angeschafft und ein paar primitive Straßen durch die Felsen gehauen, um zu den zwanzig Klöstern zu kommen.«

»Ah«, meinte O'Hanrahan, »eine Anschaffung, die es wert ist, wenn sie schon eine machen mußten. Aber natürlich sind viele der größten Schätze von Athos nicht in den zwanzig Klöstern.«

Er dachte an eine *skiti,* eines der Mini-Klöster für die ernsthafteren Mönche, wie sie jeweils einem der zwanzig größeren Klöster angegliedert waren. Insbesondere erinnerte sich O'Hanrahan an die *skiti tou Prophetou Ieremiou* und an einen Mann, der ihm nicht mehr aus dem Sinn gegangen war, seit er ihn 1950 zum erstenmal gesehen hatte.

Einer der wenigen wahren Männer Gottes, die er je gekannt hatte.

\+ \+ \+

Morgen in Ouranopolis.

Lucy suchte den größten Kiosk an der Promenade nach Zeitungen ab. Es gab ein *Time Magazine,* das eine Woche alt war, und eine drei Tage alte *Herald Tribune,* die sie gelesen hatte. Eigentlich will ich einen Liebesroman, stellte sie fest. Einen anständigen klassischen Roman ... und wenn es das nicht gibt, dann eben Schund. Vielleicht etwas, das in der Alten Welt spielt, nachdem ich schon einmal hier bin.

»Sie sprechen Englisch?«

»Ja, Sir«, antwortete sie und sah den Verkäufer an.

Der griff hinter die Theke und zog ein paar Taschenbücher mit vielen Eselsohren hervor, die schon mindestens fünfzigmal gelesen worden waren. Eine Fitzgerald-Übersetzung von Homer, drei Stücke von Aischylos, ein paar Penguin-Paperbacks mit orangefarbenen Rücken, Hinterlassenschaften von Urlaubern, die sich etwas Klassisches auf die Reise mitgenommen und es am ersten Tag an diesen Kioskbesitzer verkauft oder gegen etwas anderes eingetauscht hatten – *Das Tal der Puppen, Die Frauen Hollywoods, Jenseits von Mitternacht,* Bestseller aus den letzten zehn Jahren, die schließlich in Ouranopolis gestrandet waren.

»Sie haben alle schon gelesen?« fragte der Mann erstaunt.

Ja, tatsächlich, die Klassiker und den Kitsch auch. »Haben Sie sonst noch etwas, Sir?«

Er hatte noch ein paar Taschenbücher von Mills & Boons und Harlequins, die meisten ohne Einband. Lucy nahm *So heiß brennt die Sonne* und blätterte das Buch durch, um zu sehen, ob viele Seiten fehlten. Dann sah sie sich noch den Schluß an: *»Ein Ehering? Ich nehme ihn, Liebling! O ja, ja!« rief sie und sank Sir Gregory in die Arme. Nun war ihr Alptraum in der Wüste vorüber, und ihre Träume hatten begonnen.*

Ein Schluß nach Lucys Geschmack. »Ich nehme es, ja.«

Es kostete 1400 Drachmen, acht Dollar, was man in den Staaten nie dafür gezahlt hätte, aber englischsprachiger Schund war hier eben sehr gefragt. O'Hanrahan darf das bloß nie sehen, seufzte sie, sein Spott wäre unendlich.

In der Tat mußte O'Hanrahans Geist bei ihr sein, denn sie bekam Lust auf Retsina, den geharzten Wein, den sie am Abend zuvor verschmäht hatte. Ein Geschmack, den sie anscheinend in der glühenden griechischen Sonne erworben hatte. Vielleicht würde sie an den Strand und zu den Restaurants hinunterspazieren, sich eine Flasche Retsina bestellen, sich in die Sonne setzen und trinken und sich fühlen wie ... wie Hemingway oder so jemand.

Der Retsina kam und etwas später ein griechischer Salat. Dann aß Lucy einen Stapel zellophanverpackter, feucht gewordener Cracker aus dem Korb auf ihrem Tisch und schmökerte ohne große Aufmerksamkeit.

Sie blickte auf und sah eine freundliche Frau mit sonnenverbranntem Gesicht, die sie anlachte. »Ich habe nicht über dich gelacht«, sagte die Blonde mit näselndem britischem Akzent, »nur über das Buch.«

»Na ja, ich gebe zu, es ist nicht Plato ...«

»Nein, ich meine, ich habe es im letzten Sommer hier gelesen. *So heiß brennt die Sonne.* Ich wette, dieses verdammte Buch liegt in zwanzig Jahren noch hier.«

Die beiden stellten sich vor. Die junge Frau hieß Tracy, kam aus Birmingham, war Mitte Zwanzig und wohl dazu verurteilt, ohne Sommerbräune zu bleiben, weil sie sich am zweiten Tag einen so schlimmen Sonnenbrand geholt hatte, daß sie jetzt nur noch langärmelig herumlaufen konnte. Sie war mit ihrem Freund Derek hier, und sie kamen überhaupt nicht miteinander aus – schon viermal hatten sie sich riesig gestritten: einmal darüber, wie albern es von Derek war, jeden Morgen eine Stunde vor dem Spiegel zu verbringen, damit sein Haar stachelig nach oben stand; einmal über Tracys Sonnenbrand und ob sie das absichtlich gemacht habe, damit sie die ganze Zeit darüber jammern könnte; einmal, weil Derek griechisches Essen nicht mochte und auch nicht in die richtige Ferienstimmung kam; und einmal heute morgen, weil Derek sich zwei Stunden lang im griechischen Fernsehen ein Fußballspiel ansah, anstatt etwas Romantisches mit Tracy zu unternehmen ...
»Ich würde meine Ferien nie mit meinem *Freund* verschwenden«, erwiderte Lucy und setzte sich in Positur. »Seinen Freund sieht man doch wirklich oft genug, denke ich, und meine Ferien sind zu kurz, um sie an ihn zu verschwenden. Ich fahre immer allein irgendwohin, wo es interessant ist, und mache etwas, von dem ich weiß, daß es mir Spaß macht.«
»Glänzend, wirklich«, sagte Tracy und schrammte beim Näherrücken mit ihrem Stuhl über den Betonboden. »Da hast du wohl den richtigen Gedanken gehabt. Machst du jetzt gerade Ferien?«
»So in etwa.«
Lucy bemerkte, daß Stavros sich der Promenade näherte, den perfekt gemeißelten und herrlich milchkaffeebraunen Oberkörper nackt der Sonne darbietend – Lucy hatte den Verdacht, daß er sich die Brusthaare striegelte –, in engen Jeans, die in den USA schon seit zwei Jahren aus der Mode waren. Er entdeckte Lucy und lief in einem leichten Galopp auf sie zu, wobei er die bewundernden Blicke sämtlicher Frauen auf sich zog.
»Lucy«, sagte er in seinem schwerfälligen Akzent, »willst du heute abend zu essen machen?«
»Ich glaube schon«, antwortete Lucy gelangweilt.
»Ich komme in dein Zimmer, ja.«
»Okay – ich meine, *ne,* ja?«
Abgang Stavros. Tracy hatte die Augen bewundernd aufgerissen. »Sorry, meine Liebe, aber wenn das kein irrer griechischer Gott ist! Und ich dachte, daß du nicht mit deinem Freund in Urlaub fährst.«

»Er ist nicht mein Freund. Ich habe ihn vor ein paar Tagen in Athen kennengelernt.«
Dann machte Tracy es Lucy nach und sagte, sie brauche etwas zu trinken, auch wenn es erst elf Uhr vormittags sei. Sie ging nach drinnen, um den Kellner zu holen, was man hier auch während des Essens tat, da die Kellner ihren Dienst nicht gerade hingebungsvoll versahen. Lucy erwähnte, daß sie in England gewesen sei, besonders in Oxford.
»Oh, Oxford ist *gräßlich*. Eine fürchterliche Stadt, ekelhafte Leute. Diese Studententypen sind so verdammt arrogant.«
»Wie ist Birmingham?« fragte Lucy, die den Namen aussprach, als gehe es um Birmingham in Alabama. Als Tracy schließlich aufhörte, sie mit den Vorzügen dieser Stadt zu ergötzen, hatte Lucy das Gefühl, dort gewesen zu sein; anschließend erzählte Lucy von Chicago.
Irgendwann tauchte Derek auf, der finster blickende Freund: »Hey, Trace. Ich dachte, wir wollten uns zum Essen treffen.«
»Du wolltest gestern abend nicht reden, also haben wir keine Pläne gemacht, soweit ich mich erinnere. Außerdem hat meine Freundin Lucy ... Lucy, das ist Derek; Derek, Lucy ... haben wir beschlossen, hier zu essen, da du ja auf und davon bist.«
Lucy starrte Derek an. Eingefallener Brustkorb, dürre haarlose Beine, die hinten rot verbrannt waren, ebenso wie Dereks Rücken, und obwohl er ganz hübsch im Gesicht war, hätte die Punkfrisur einen Rockstar darunter gebraucht, um überzeugend zu wirken.
»Schon wieder dieser matschige Ziegenkäse«, sagte er, als er ihre Salate sah. »Und so viel verdammtes Olivenöl, daß man tagelang die Scheißerei hat.«
Tracy weigerte sich, ihn anzusehen. »Oh, was für ein nettes Tischgespräch, Derek. Sag noch mehr so hübsche Sachen, wir versuchen ja auch nur zu essen.«
»Und dieses Fleisch hier. Du weißt doch, was das ist, oder? Komm her, Miez, Miez, Miez ...«
»Oh, ganz sicher.«
Derek schmollte. »Ich wollte ja bloß sagen, was für ein dämlicher Fehler es war, ausgerechnet hierher zu fahren, das war's schon.«
Nach einigen sarkastischen Bemerkungen auf Kosten ihres Freundes gab Tracy nach und folgte Derek zurück ins Hotel. »Zeit für unseren täglichen Krach«, flüsterte sie Lucy noch augenzwinkernd zu.

Paare, dachte Lucy. Will ich das wirklich haben? Alle Männer sind mehr oder weniger wie Derek, manche intelligenter, manche schicker, aber allesamt große Babys, die ihren Willen haben wollen.
Und dann diese männliche Eitelkeit ...
In diesem Augenblick drehte sich Lucy zum Hafen um und sah dort Stavros, der im Strandbereich der deutschen Urlauber herumstolzierte, unter all den gesund aussehenden, braungebrannten deutschen Mädchen mit hellblondem Haar, die sich über sein gebrochenes Deutsch amüsierten und ihn mit einem Paddel knufften. Eines der Mädchen sprang auf, ihr vollkommener Körper glänzte von Sonnenöl, als sie versuchte, Stavros zu dem Stand zu dirigieren, wo man Surfbretter mieten konnte. Stavros tat so, als wehre er sich, als wolle er nicht, wodurch sich eine Gelegenheit zu viel Gerangel und Gekitzel und Gezerre bot, wobei das Mädchen frech drohte, *was* sie packen werde, um ihn mit sich zu ziehen. Vermutlich, dachte Lucy desinteressiert, wird Helga (oder wie immer sie heißt) Stavros zu einer einsamen Lagune manövrieren, um in einer aquamarinblauen Bucht mit ihm zu schlafen. Bis sie der Haifisch frißt, erfand Lucy, um wenigstens poetisch Gerechtigkeit herzustellen.
Sie kehrte zurück zu ihrem Roman, aber die Heldin war weinerlich und am Boden zerstört, und Lucy stellte fest, daß sie gähnte und sich nach den kühlen Leintüchern des Hotelbettes und einem Nachmittagsschläfchen sehnte.

+ + +

Gegen ein Uhr nachmittags läßt die Bürokratie von Athos den Pilger frei, und er hat exakt vier Stunden Zeit, um zu einer Unterkunft zu gelangen. Gegen fünf Uhr, zur Abendbrotzeit, der so wie in alten Tagen die Schlafenszeit für die Mönche folgt, schlagen Türen zu, und mittelalterliche Bolzen verschließen die uneinnehmbaren Tore.
O'Hanrahan war etwa drei Stunden lang marschiert, und zu seiner Erleichterung blinkte nun der goldene Zwiebelturm der *skiti tou Prophetou Ieremiou* zwischen den Bäumen hervor. O'Hanrahan, erhitzt und außer Atem, bewunderte ihn: ein klösterlicher Vorposten für 1600 russische Mönche, entstanden um die Jahrhundertwende, als die russisch-orthodoxe Kirche auf dem Höhepunkt ihrer Macht war. Im letzten Jahrhundert verdrängten die Russen auf dem Berg Athos die Griechen

sogar; die russische *skiti* des heiligen Andreas bestand aus etwa 5000 Mönchen und hatte damit mehr Mitglieder als jedes andere Kloster auf der Halbinsel, aber die griechische Obrigkeit wollte diese Häuser nicht in den Rang von Klöstern mit Stimmrecht erheben, weil sie befürchtete, die Russen könnten die Macht übernehmen – was jene sicher auch nur zu gerne getan hätten.

O'Hanrahan war näher an die *skiti* herangekommen und lächelte, als er die vielen mit verblaßtem, mattem Gold überzogenen Zwiebeltürme und weiter unten die weißgetünchte, baufällige Kirche sah, die so groß wie eine Kathedrale war. Für die Russen war das erste Rom der Häresie und Dekadenz anheimgefallen. Das zweite Rom, Konstantinopel, war an die Moslems gefallen. Und so würde Moskau als drittes Rom die Rolle Roms übernehmen, und der moskowitische Großfürst legte sich den entsprechenden Titel zu: *Zar,* die russische Form des Titels *Caesar.* Aber die Geschichte brachte auch die Bolschewiken. Und wo einst Tausende von russischen Aristokratensöhnen und Bauern im Eifer für Gott gelebt hatten, schrumpften die Zahlen auf zehn Mönche hier und sieben dort. Mönche und religiöse Führer wurden in sibirische Lager verbannt, und die Überlebenden auf dem Athos begannen, für ihre unglückseligen Brüder zu beten. Aus einem freudigen Lobeshymnus war ein Requiem für die tote Kirche Rußlands geworden.

Vielleicht werden ihre Gebete in dieser Dekade erhört werden, dachte O'Hanrahan. Während der Staatsatheismus und auch der Kommunismus zerfällt, breitet sich die orthodoxe Kirche im Lande wieder aus, Ordensgemeinschaften versammeln sich wieder im *katholikon,* der klösterlichen Hauptkirche. Wie lange wird es dauern, bis auch Athos wieder von heiligen Männern aus der Ex-Sowjetunion bevölkert wird? Oder ist es zu spät? Ist dieser Weg der östlichen Christenheit nun zu altmodisch für die jungen Männer Rußlands, Rumäniens und Bulgariens, die so lange von der modernen Welt, nach der sie sich sehnen, abgeschlossen waren? Haben die alten Männer, die in den dunklen, verlassenen Kapellen von Athos die kleinen Weihrauchfässer schwenkten, die Kerzen umsonst am Brennen gehalten?

O'Hanrahan stand vor dem zwei Stockwerke hohen, mittelalterlichen Tor der *skiti* des Propheten Jeremias und zog an der Klingelschnur. Endlich ging die Tür knarzend auf, und O'Hanrahan erkannte den Mann, den er vor vierzig Jahren kennengelernt hatte: Pater Sergius.

»Pater Sergius«, sagte er langsam, »Sie werden sich nicht an mich erinnern ...«
»Patrick O'Hanrahan, nicht wahr?« Der Pater strich sich über den Silberbart und blinzelte. »Ich habe Ihnen gesagt, daß wir uns wiedersehen würden, als Sie damals abreisten. Hatte ich nicht recht?«
»Sie hatten recht«, erwiderte O'Hanrahan, staunend über das Gedächtnis dieses Mannes. Er war zuletzt 1968 hier gewesen – vor zweiundzwanzig Jahren! »Habe ich die Erlaubnis, in Ihre *skiti* einzutreten, Pater?«
»Nur herein, nur herein ... Ich hole mal die anderen vom Feld.«
Pater Sergius war einer der letzten Männer, die man als Kinder Athos dargebracht hatte; er war als Waisenknabe einem Kloster übergeben worden, um dort aufzuwachsen und den Mönchen zu dienen. Er erinnerte sich noch an die Weihnachtsfestessen, die der Großzügigkeit des Zaren und der Zarin im zweiten Jahrzehnt des Jahrhunderts zu verdanken waren; an die Verzweiflung, als die Staatskirche zerstört wurde; an die durch Tod und Krankheit langsam schrumpfende Zahl der Mönche; er erinnerte sich an jene, die zurückgekehrt waren in den Schoß von Mütterchen Rußland, um gegen die Deutschen oder gegen Stalin zu kämpfen. Er hatte sie alle überdauert. Und sein Englisch hatte reinsten Brooklyn-Akzent. Die einzigen Mönche in den russischen *skite* waren russischstämmige Amerikaner, Enkel noch in Rußland geborener Orthodoxer, die nach Amerika emigriert waren. Von seinen sieben Mönchen, die alle aus Brooklyn stammten, hatte er sein Englisch gelernt, und so sprach er mit dem nasalen Klang, wie man ihn dort hört.
O'Hanrahan wurde in den Hof geführt, wo ihn die Stille eines Ortes umfing, der für tausend Menschen bestimmt ist, in dem aber nur noch sieben leben. Er bekam frisches Quellwasser und einen Ouzo aus eigener Brennerei. O'Hanrahan stellte seinen Becher ab und spähte ins Innere der Kirche. Dieses Heiligtum und das der nahe gelegenen *skiti* des Propheten Elias waren die letzten großen Werke russischer Kirchenkunst, gefördert von Zar Nikolaus II.
O'Hanrahan betrachtete die Ikonostase, eine Wand der riesigen weißgetünchten Kathedrale, die vom Boden bis zur Decke mit Ikonen bedeckt war: Darstellungen der Jünger, einer Unzahl russischer Heiliger, auf einer anderen Tafel waren der Zar und die Zarin abgebildet, in Demut kniend – Holzeinlegearbeiten, die mit Blattgold belegt und umrandet waren.
»Ah, hier sind Sie«, sagte Pater Sergius, der O'Hanrahan gesucht hatte.

»Wenn Sie beten, lassen Sie sich von mir nicht stören. Äh, aber Hände weg von den Ikonen. Ich muß sie sonst neu weihen, und das macht viel Mühe.«
»Ich verspreche, daß ich nichts küssen werde«, versicherte O'Hanrahan. »Es ist eine schöne Kirche.«
»Erinnern Sie sich, daß ich Ihnen letztesmal den Samowar gezeigt habe, den Zar Nikolaus der *skiti* geschenkt hat? Wir sind so arm geworden, daß wir ihn fast hätten verkaufen müssen, aber ich brachte es nicht übers Herz.«
Die beiden Männer gingen ins Refektorium, um für O'Hanrahan etwas zu essen aufzutreiben. Die Russen aßen in der Regel besser als ihre griechischen Kollegen. O'Hanrahan erinnerte sich, daß die beiden Gruppen auf Athos einander ziemlich herablassend begegneten; nach den Worten mancher Russen waren die Griechen ein ungebildeter Bauernhaufen, während die Griechen ihrerseits den Russen vorwarfen, sie lebten in Saus und Braus. O'Hanrahan zog die Russen vor. Den Verfall, die Fliegenschwärme und die offenen Kloaken, die etwa für das Kloster Pantokratoros charakteristisch waren, kannte man in den russischen Häusern nicht.
Ein Bruder stellte einen Teller mit Rote-Rüben-Suppe vor O'Hanrahan auf den Tisch; danach gab es ein Linsengericht, ohne Öl, ohne Salz, nur mit gehackten Frühlingszwiebeln gewürzt. Ein einfaches Mahl, nur der Sättigung dienend, nicht dem Genuß, damit man sich besser auf Gott konzentrieren konnte. Das letztemal, als O'Hanrahan hier gewesen war, hatte Pater Sergius ihm erklärt, daß er seine – damals noch zehn – Schützlinge alle paar Wochen aus ihren Zellen in andere umziehen ließ. Das sollte dazu beitragen, das ganze Kloster instand zu halten, und verhinderte außerdem, daß die Männer zu sehr daran hingen, wie die Sonne in eine bestimmte Zelle einfiel, oder sich zu sehr an die Bequemlichkeit eines bestimmten Bettes gewöhnten.
O'Hanrahan aß froh das einfache Mahl und beobachtete die Mönche, die nur sprachen, wenn es notwendig war. Zwei Russisch-Amerikaner Ende Zwanzig konnte er mit Geschichten über Baseball-Meisterschaften, die neuesten Hollywoodfilme, über die Kleidung, die bei jungen Mädchen in Mode war, oder wer gerade Präsident war, nicht in Versuchung führen. Es war ihnen egal. Obwohl in Amerika aufgewachsen, hatten sie das 20. Jahrhundert einfach hinter sich gelassen. Natürlich, dachte O'Hanra-

han, da das 20. Jahrhundert zu Ende geht, gefällt der Gedanke, es hinter sich zu lassen, wohl vielen Leuten – zumal es mit Amerika sowieso den Bach hinuntergeht. Aber trotzdem, sie haben sich so jung gebunden ... (So wie du dich einmal gebunden hast.)

Ja, dachte O'Hanrahan, genauso wie ich mich von der Welt, von Ehe, Karriere und normalem amerikanischem Leben abgewandt habe, als ich das Gelübde ablegte. Einen Moment spürte er den Geschmack der erhabenen Entschlossenheit, erinnerte sich an die Erhebung, die er einst zu erlangen hoffte.

»Bruder Victor«, sagte Pater Sergius in diesem Moment lächelnd, »das ist der gelehrte Professor Patrick O'Hanrahan, leider römisch-katholisch – immer noch eingeschworen auf die Häresie.«

Pater Victor nickte zum Gruß, während er am Feuer den Tee zubereitete.

Der Bruder, der zuvor das Essen serviert hatte, deckte nun für den Besucher und den Abt den Teetisch. O'Hanrahan stellte sich vor, was es bedeuten mußte, Jahrzehnte zusammen mit anderen Männern zu verbringen und niemals Freundschaft zu schließen – das war verboten. Wer feststellte, daß er einem Mitbruder zu sehr zugetan war, mußte sich trennen – die einzige Treue galt Gott.

»Was führt Sie wieder nach Athos, mein Sohn?« fragte Pater Sergius und riß ein Stück von dem harten, ungesäuerten Brot ab. »Hinter was jagen Sie in diesem Jahrzehnt her?«

»Ich suche nach dem Schlüssel zu einem neuen Evangelium, das ich gefunden habe, aber es ist eine sehr obskure Sprache. Ich hoffe, daß die *Pseudo-Klemens-Texte* mir das Alphabet enthüllen können. Wenn nicht, stehen in Megisthe Lawra auch einige Kommentare zum *Sermium Compendium.*«

»Aus dem Jahr 357?« fragte Pater Sergius, während er ein paar Tropfen des hausgemachten Olivenöls auf ein Stück hartes Brot träufelte.

O'Hanrahan staunte. »Ja, vom Konzil von Sermium. Ich weiß, daß das Buch mit den Alphabeten verlorengegangen ist, aber die Kommentare könnten Licht in die Sache bringen.«

»Geht es vielleicht um das *Matthiasevangelium*?«

»Woher ...«

»Sie haben es 1950 erwähnt, als Sie hier waren. Daß Gott in Seiner Gnade ein solches Evangelium wieder hat auftauchen lassen, ist *das* Thema auf dem Athos – nicht daß sehr viel von dieser Art Gespräch uns hier in der ...« – er mußte seinem Wortschatz von Bruder Victor auf die Sprünge helfen lassen, bevor er seinen Satz vollenden konnte – »... hier in der Provinz erreicht. Ich würde selbst gern einen Blick darauf riskieren, muß ich sagen.«

Eine silberne russische Teetasse wurde vor O'Hanrahan gestellt. Er beschloß, am nächsten Tag Pater Kallistratos im Kloster Dionysiou zu besuchen, die große Autorität für die Bibliotheken auf dem Berg Athos, und ihn zu fragen, was ihm über das *Matthiasevangelium* bekannt sei und wer womöglich noch danach suche. Jetzt, da Matthias ohnehin schon verdammt bekannt war in der Öffentlichkeit. Was bin ich bloß für ein Schwätzer, tadelte er sich selbst.

Es wurde bereits dunkel. Die Schatten wurden länger, und die Brüder öffneten die Metallplatten des Ofens, so daß der Raum vom Feuerschein erhellt und ein wenig erwärmt wurde. Eine Kerze und ein Glas wurden für O'Hanrahan bereitgestellt, die er später in seine Zelle mitnehmen konnte. Die jüngeren Mönche gähnten: Es war sieben Uhr abends und damit bereits weit über ihre normale Bettzeit hinaus. Sergius war munter und genoß die Unterhaltung.

»Wissen Sie, Seraphim drüben in der *skiti tou Prophetou Eliou* sagt, die Endzeit sei angebrochen, mein Sohn. All die Männer von Geist stimmen einmal überein.«

O'Hanrahan nippte an seinem Tee und betrachtete den schimmernden Feuerschein auf dem silbernen Samowar. »Die Geschichte hat nie besser ausgesehen, Pater. Die Sowjetunion löst sich auf, der Ostblock ist frei«, versicherte er seinem Gastgeber.

»Und dennoch, überall auf dem Athos herrscht das Gefühl, die Endzeit habe begonnen. Die russische Geschichte ist geprägt von der Traurigkeit jener Rasse. Es wird nicht leicht für dieses Land sein, das Licht zu finden, mein Freund. Und im Mittleren Osten wird es bald Krieg geben.«

O'Hanrahan lächelte. »Aber es ist Ihnen doch nicht erlaubt, Zeitung zu lesen, Pater.«

Um Pater Sergius' Augen bildeten sich Fältchen, als er lächelte. »Wir wissen hier oben mehr, als ihr da unten meint. Gott sagt uns vieles.«

O'Hanrahan überlegte, daß hier einer der letzten Orte in der christlichen Welt war, wo Mystizismus ermutigt, gefördert, gehört und verehrt wurde.

»Ich spreche das Thema nur an, damit Sie Zeit haben, sich vorzubereiten, lieber Patrick«, sagte der Abt.

»Vorbereiten?«

»Lassen Sie sich von mir im orthodoxen Glauben taufen, hm? Im Herzen sind Sie ein Christ der Ostkirche, das spüre ich – auf Ihre Art ein Absolutist. Die meisten von euren Kirchenmännern sind zugrunde gegangen, weil sie die Rolle des Papstes kritisiert haben, für ihn oder gegen ihn waren, ein Kampf ohne Ende. Aber Sie, Patrick, suchen danach, wie es war, in alten Schriftrollen, alten Texten. Sie sehen tief in die Augen der Gottesmänner des Ostens, nicht wahr?«

Ja, er hatte die Überreste der frühen Kirche immer geliebt.

Pater Sergius mochte seinen Brooklyn-Akzent haben, aber er sprach mit der unverkennbaren, lyrischen Direktheit des Russen: »Komm heim zu uns, mein Freund. Laß dich endlich von der wahren Kirche umarmen – genug der Neuerungen und Ablenkungen. Die frühe Kirche der Kirchenväter ist hier, in diesen Mauern. Laß mich dich morgen bei unserer Gebetsmesse neu taufen.«

O'Hanrahan zögerte. »Ich weiß es zu schätzen, Pater ... Sprechen wir morgen darüber.«

Pater Sergius sah ihn noch einen Augenblick an. Dann verbeugte er sich mit einem halben Lächeln. »Okay. Ich führe Sie zu Ihrem Zimmer.«

Das Kloster war nun vollkommen dunkel, und der Schein der kleinen Kerze drang kaum in die tiefen Schatten der Gewölbe über den feuchten alten Gängen vor. Pater Sergius führte O'Hanrahan zu einem langen Gang mit nebeneinanderliegenden Zellen, die alle leer standen, geisterhaft und kalt. In O'Hanrahans Zelle gab es einen Wasserkrug und ein Becken zum Waschen, auf dem Bett lagen ein einziges Leintuch und ein Strohkissen, an der Wand hing eine verblaßte, vergilbte Fotografie von Zar Nikolaus und Zarin Alexandra, die majestätisch aus ihrer unwiederbringlich verlorenen Welt herüberlächelten – unwiederbringlich und doch dasselbe Jahrhundert!

»Sie erinnern sich bestimmt daran, worum wir hier beten«, sagte Pater Sergius, der O'Hanrahans Blick zu dem Zarenporträt gefolgt war.

»Sie beten für die Wiedereinsetzung der kaiserlichen Familie in Rußland.«

»Richtig. Kein Mann sollte eine Nacht hier verbringen ohne diesen glühenden Wunsch in seinem Herzen. Wie hat die Wahre Kirche seinen

Schutz und seine Anleitung vermißt«, fügte der Abt traurig hinzu. »Wir sehen uns morgen wieder! Wenn Sie die Schlaghölzer hören, kommen Sie herunter zu uns in das *katholikon,* wenn Sie mögen.«
Der Pater murmelte ein volkstümliches russisches Gebet, um für O'Hanrahan einen guten Schlaf ohne Gefahr oder Dämonen zu erbitten, schlug das Kreuzzeichen über ihm und ging.
O'Hanrahan legte sich auf das steife, harte Bett und sah zu, wie das Kerzenlicht die alte Fotografie der letzten Romanows sanft beleuchtete. Das war also alles, was von der zweitausendjährigen Idee eines »Caesar« übrig war. Von Augustus und dem westlichen Reich übergegangen auf Kaiser Konstantin im östlichen byzantinischen Reich, schließlich auf Nikolaus II. von Moskau – und nun war sie noch immer lebendig in diesen russischen Herzen, diesen Mönchen, die mit Brooklyn-Akzent um die Rückkehr des Zaren beteten. Vielleicht würde es all den russischen Unruhen ein Ende machen, wenn man das weltliche Haupt der Orthodoxen Kirche wieder einsetzte, Schirmherr und Beispiel für das Volk, aber bitte wohltätiger diesmal, menschlicher und liebevoller.
Müde dachte O'Hanrahan: Nein, kein Zar wird zurückkommen, kein Held wird aufsteigen. Es gibt nur die Sehnsucht unserer eigenen jämmerlichen Generation nach glorreicheren Vergangenheiten. Im Einschlafen dachte er noch: Nein, ich werde nicht für die Zaren beten, aber ich will für Rußland und seine Menschen beten, für seine endlosen Nöte und all die bösen Winter, die es noch zu überstehen hat.

*17. Juli 1990*

O'Hanrahan wurde nicht durch den morgendlichen Ruf zum Gebet, sondern durch ein Klopfen an der Tür geweckt. Er sprang auf, konnte aber nicht das Geringste erkennen; in der Dunkelheit hörte er, wie ein Streichholz angerissen wurde. Pater Sergius war es, der seine Kerze anzündete.
»Na also, jetzt sehen wir etwas«, sagte er. »Ah, Sie sind in Sicherheit, mein Freund.«
»In Sicherheit?«
»Es hat ein ... wie sagt man? ... ein Einbruch stattgefunden«, erklärte er düster, ohne aufgeregt zu sein. »Eine Entweihung. In unserer Kirche. Wie

nennt man das ... äh, die Farbdose, die mit einem Zischen losgeht, wissen Sie ...«

»Eine Spraydose?«

»Ja, jemand ist in das *katholikon* eingedrungen und hat arabische Lästerungen auf die Ikonostase gesprüht.«

O'Hanrahan setzte sich im Bett auf und versuchte, seine Schuhe mit den Füßen so hinzudrehen, daß er hineinschlüpfen konnte. »Wie schrecklich, Pater.«

»Wir sperren nie die Tür zu – warum sollten wir? Eine Insel heiliger Männer, nicht wahr? Aber heute nacht ist jemand gekommen und hat das getan. Ich muß alles neu weihen. Wie seltsam, daß ich gestern nachmittag mit Ihnen über das Weihen gescherzt habe. Ach, vielleicht hat Gott gesprochen, und ich habe es nicht erkannt.«

O'Hanrahan, der auf dem Bett saß, zündete seine Kerze an der des Paters an. »Ist etwas gestohlen worden?«

»Nein, zumindest ist uns nichts aufgefallen.« Obwohl ihr Gespräch nicht beendet schien, wandte sich der Pater ab und ließ O'Hanrahan allein, damit er sich anziehen konnte. Ob Pater Sergius denkt, ich habe etwas mit der Sache zu tun?

Es war 6.15 Uhr morgens, die Sonne war noch nicht aufgegangen, und der Himmel war von einem vorsichtigen, vielversprechenden Blau. O'Hanrahan machte sich auf den Weg nach unten und gesellte sich zu den sieben hier lebenden Mönchen, die sich, erschüttert und betrübt, in der Kirche versammelt hatten, um den Schaden zu prüfen. Irgend jemand hatte rote Farbe über die Gesichter der Ikonen und daneben ein oder zwei arabische Slogans gesprüht.

»Können Sie das lesen?« fragte Pater Sergius, der gefaßter war als seine Schützlinge, die – manche unter Tränen – für Gewalt plädierten.

»Ja«, erwiderte O'Hanrahan. Er sprach es laut vor: »Wasil ibn-Ataah – ich glaube, das ist ein Eigenname.« O'Hanrahan hatte diesen Namen schon einmal gehört. »Da steht noch mehr ... irgend etwas über Götzenbilder.«

»Ein moslemischer Bilderstürmer«, murmelte Pater Sergius und begann zu klagen, diese Schändung bedeute, daß sie einen Restaurator aus Athen kommen lassen müßten, der die Ikonenwand reinige. Als Russe verabscheute er es, mit den Griechen zu tun zu haben – die seien nur darauf aus, die russischen Mönche auszunehmen.

»Ich wünschte, ich könnte etwas tun«, seufzte O'Hanrahan.
(Du könntest. Was ist mit den paar tausend Drachmen in deiner Tasche?)
»Oh«, sagte O'Hanrahan und dachte nicht lange über die Folgen nach. »Vielleicht könnte Ihnen das helfen, Pater.« Er griff in die Tasche und zog das Geld heraus. Pater Sergius lehnte zuerst ab und sagte, Gott werde für alles sorgen, aber O'Hanrahan überzeugte ihn, daß Gott ihn mit diesem Geld, das er entbehren könne, hierhergeführt habe.
Pater Sergius nahm das Geschenk demütig entgegen. »Aber das macht den Verlust nicht wett«, meinte er.
»Natürlich nicht. Diese schönen Ikonen ...«
Pater Sergius blitzte O'Hanrahan aus ungeduldigen Augen an. »Ich meine den Verlust Ihres Glaubens, mein Freund. Sind Sie sicher, daß ich Sie nicht in der Liebe Jesu Christi taufen sollte? Lassen Sie uns zusammen beten. Kehren wir zurück zu Ihrem Glauben. Denn sehen Sie, ich weiß Bescheid. Ich weiß, daß Sie nicht Einwände gegen den orthodoxen Glauben haben, sondern gegen Gott. Sie haben sich Gott entfremdet, großer Gelehrter, der Sie sind. Zuviel Zeit in Bibliotheken, zuwenig Zeit für das Gebet.«
O'Hanrahan konnte nichts erwidern. Pater Sergius hatte in sein Herz gesehen, hatte in ihm gelesen wie in einem vertrauten Text.
»Ich werde wiederkommen, Pater«, sagte O'Hanrahan verlegen und wich einen Schritt zurück.
»Ich glaube nicht«, antwortete der Abt traurig, betrübter über O'Hanrahan als über die Tragödie, die seine Mönche beschäftigte, die ziellos herumliefen und dem Schuldigen Rache schworen. Hier ging es um das dringlichere Anliegen Gottes. »Ich hatte gehofft, wir könnten ausführlich über die großen Väter diskutieren, so lange, wie es nötig ist. Ich meine natürlich im Jenseits.«
O'Hanrahan war aufgewühlt, angezogen vom Geist dieses Mannes, dieses wahren Gottesmannes! Aber sein Herz wehrte sich. »Ich verspreche, daß ich wiederkommen werde. Dann sprechen wir über die Taufe, Pater.«
Pater Sergius strich über seinen spröden grauen Bart und sah O'Hanrahan mit den Augen eines Jungen an, ausdrucksvoll und voll Liebe. »Als wir vor Jahren Abschied voneinander nahmen, sagte ich, daß wir uns wiedersehen würden. Diesmal kann ich das nicht mit Sicherheit sagen: Meine Zeit auf Erden neigt sich dem Ende zu – und ich danke Gott dafür, denn die Zeit der Drangsal steht vor der Tür ...« Er bekreuzigte sich und sprach einen Segen über O'Hanrahan. »Möge Gott Sie während Ihrer Zeit auf

dem Berg Athos finden«, sagte er, dann wandte er sich ab und schloß das Tor hinter sich.
(Liebster Sergius, Wir können dir keinen Wunsch abschlagen.)

+ + +

Den ganzen Vormittag über hatte Lucy die Stadt nach einem Faxgerät abgesucht, aber so ein Gerät war hier unbekannt, und nicht einmal die großartigste pantomimische Beschreibung der Wundermaschine schien jemandem in Ouranopolis etwas zu sagen. Na schön, Chicago würde sich eben gedulden müssen.
Lucy setzte ihren großen Hut auf und lehnte sich in der Nähe des Strandes an eine knorrige Zypresse, die unzulänglichen Schatten spendete.
»*O Gregory, halt mich fest! Halt mich fest!*« sagte Priscilla in *So heiß brennt die Sonne*.
Ich habe dieses Buch schon einmal gelesen, dachte Lucy und klappte das Taschenbuch zu. Bis auf Seite 243 hat es gedauert, aber jetzt gerade habe ich es bemerkt: Ich habe dieses Buch schon einmal gelesen. Die Heldin stößt auf eine Karawane in der ägyptischen Wüste, wird von Beduinen entführt und vergewaltigt und so weiter.
Sie blickte auf und sah drei Mädchen, die laut rufend jemanden heranwinkten. Stavros kam in Sicht, in einer knapp sitzenden Badehose. Ah, die Najaden, die Nereiden vielleicht, die Sirenen – setz ein, welche Nymphen dir gerade passend erscheinen. Obwohl *Rheintöchter* vielleicht zutreffender ist, vermutete Lucy. Sie stand auf und setzte sich woanders hin, nicht ganz ohne den Wunsch, die herumplanschenden, kichernden jungen Frauen würden ertrinken und auch Stavros mit sich in die Tiefe ziehen.
Na gut, sagte sie zu sich selbst. Nur noch dreizehn oder vierzehn Stunden, die ich in dieser Stadt herumbringen muß, bevor ich abends einfach einschlafen kann. Was soll ich als nächstes tun?

+ + +

Nach ein paar Stunden Fußmarsch erreichte O'Hanrahan Karyes. Ein Lieferwagen, der die Erzeugnisse der Mönche, ihren Ouzo und ihre Ikonen zum Kai von Daphni brachte, kam in einer heißen Staubwolke daher. O'Hanrahan winkte dem Fahrer anzuhalten, und kletterte hinten auf die Ladefläche. Ein paar Minuten später wurde er am Landesteg von Daphni abgesetzt, wo der eilige Pilger ein Fischerboot anheuern kann, das ihn zu anderen Orten der Halbinsel bringt.

Etwa eine halbe Stunde später kam das Boot, und zwei Fischer, die aussahen, als gehörten sie zu einer Hollywood-Besetzung für wettergegerbte, salzwasserbesprühte griechische Seeleute, mit Mützen und Zigaretten und hochgerollten Hosenbeinen, streckten die Hände aus, um dem Professor an Bord zu helfen. O'Hanrahan stellte sich an den Bug, um den imposanten Hintergrund der Klöster auf der südöstlichen Seite der Halbinsel besser sehen zu können.

Das Kloster Simonos Petra. Ein Kloster, das, wie die Meteora-Klöster, waghalsig auf einem Felsvorsprung etwa 800 Meter über dem Meer hängt. Sieben Stockwerke wackeliger, hölzerner Galerien und Balkone, befestigt mit Steinen und Mörtel aus dem 14. Jahrhundert, die sich über den Abgrund recken. Da bin ich nie hinaufgeklettert, dachte O'Hanrahan und wußte im selben Moment, daß er das auch nie tun würde, daß er nie den legendären Ouzo trinken würde.

Der heilige Simon war der Säulenheilige vom Berg Athos; er hatte im 14. Jahrhundert über diesen Klippen gelebt und gepredigt. Eine Vision hatte ihm befohlen, das Kloster zu bauen. Seine ersten Jünger waren über diese Höhe so entsetzt, daß sie ihn verließen. Eines Tages, nachdem er eine zweite Mannschaft von Mönchen überredet hatte, für ihn zu arbeiten, bereitete er einen Ouzo als Belohnung und sandte seinen Diener Jesajah, das Getränk zu überbringen. Jesajah ging schwankend über die hölzernen Balken, und als ein Stein sich löste, fiel er über die Klippe – Hunderte von Metern in die Tiefe. Und wen sahen die Mönche nach langem Gebet und Zähneknirschen ein paar Stunden später: Jesajah, der unverletzt zu ihnen zurückkehrte und obendrein keinen Tropfen der kostbaren Flüssigkeit verschüttet hatte.

(Ein Wunder ganz nach deinem Geschmack, Mein Sohn.)

Das Fischerboot hielt am Landesteg des Klosters; ein paar beherzte Pilger und ein Mönch stiegen aus, begleitet von den Glück- und Segenswünschen aller anderen, die sie nicht um diese Kletterpartie bei 34 Grad Hitze beneideten. Auf der Weiterfahrt wurde das Wasser blau wie in der Karibik, die Berge ragten als imposante Felsen über das Meer, überwuchert von Grün, bunten Blumen, hängenden Weinreben und blü-

henden Bäumen. Und schließlich kam Moni Dionysiou in Sicht, das Kloster des Dionysios und das Juwel unter den Klöstern. Wiedererbaut im 14. Jahrhundert, ebenfalls auf einem gefährlichen Felsen über dem Meer, hauptsächlich finanziert und unterstützt von der Moldawischen Kirche, mit einem höchst schaurigen Kunstwerk als Attraktion: den Apokalyptischen Fresken.
O'Hanrahan, begierig darauf, mit Pater Kallistratos zu sprechen, machte sich an den steilen Aufstieg. Schnaufend und pustend brachte er den Weg hinter sich; obwohl schweißgebadet, zog er die Anzugjacke an, um seine nackten Arme vor der Sonne zu schützen. Der für Gäste zuständige Mönch hieß ihn lächelnd willkommen und führte ihn zu einem Zimmer im Turm. Neben der ziegelroten Kirche mit den vielen Türmen, geschützt innerhalb der Mauern, stand ein achtstöckiger Turm, in dem die Mönche sich verborgen hatten, wenn die Muslime kamen oder – noch schlimmer – die Venetianer.
O'Hanrahan bekam ein Zimmer für sich allein mit Zugang zu einem Flur, der zu den Stehklos und den Waschgelegenheiten und einem Wäschezuber führte. Am Ende des Ganges gelangte man auf einen über den Klippen hängenden schmalen Holzbalkon. O'Hanrahan trat hinaus, auch um zu testen, ob der Balkon, der seit Jahrhunderten gehalten hatte, auf diesen Augenblick gewartet hatte, um hinunter auf die Felsen zu stürzen. Die Sonne war dabei unterzugehen, und O'Hanrahan nahm das Bild in sich auf, dazu das unendliche Gewebe der Stille auf Athos, einer Welt ohne moderne Geräusche. Man kann einen fernen Vogel oder ein Fischerboot, das über das spiegelglatte Meer spritzt, meilenweit hören. Welcher Friede. Welch ein Ort, um für die leisesten Anweisungen Gottes empfänglich zu sein, dachte O'Hanrahan.
(Wo sollen Wir anfangen?)
Plötzlich verspürte er Angst und wandte sich ab. Er kehrte zurück in den Innenhof, als die Mönche gerade zum Abendessen ins Refektorium kamen. O'Hanrahan setzte sich auf eine lange Bank und starrte auf die visionären Wandmalereien aus dem 16. Jahrhundert, die die Endzeit darstellten: eine pilzförmige Wolke, dazu Skorpione und Küchenschaben, die Kronen tragen – die einzigen Lebewesen, die einen nuklearen Holocaust überleben, die neuen Könige der Welt. Das Fresko darunter zeigt die Zerstörung der Welt: jammernde Menschen, die sich in unterirdischen Höhlen verkriechen, während futuristische Wolkenkratzer in sich zusam-

menstürzen und Raketengeschütze, die aussehen wie Missiles, über den Himmel rasen. Sonne und Mond mit teilnahmslosen Gesichtern sind von dicken Wolken eingehüllt: die allererste Vorhersage eines nuklearen Winters. Furchteinflößend im ursprünglichen Sinne des Wortes, dachte O'Hanrahan.

*(Unheil um Unheil! Siehe, es kommt. Ein Ende ist gekommen; das Ende ist gekommen; es steht auf gegen dich.)*

»Es ist nicht das ganze Bild, Dr. O'Hanrahan, das wissen Sie?« Ein älterer Mönch, der ausgezeichnet Englisch sprach, kam näher und setzte sich neben den Professor. »Ich bin Pater Eusebios Kallistratos. Willkommen!«

O'Hanrahan betrachtete den großen, schmalen und gebrechlichen Mann mit seinem grauen Haar und den wunderbaren Falten, der immer noch tiefschwarze Augenbrauen hatte, was seinem Blick eine autoritäre Intensität verlieh. »Pater, Sie sind der berühmte Bibliothekar?«

»Es ist nicht das ganze Bild«, wiederholte Pater Kallistratos, nachdem er das Kompliment mit einer leichten Verbeugung entgegengenommen hatte. »Jeder steht mit Ehrfurcht vor diesen Malereien, aber die Leute sehen nicht die letzten Bilder drüben auf dieser Wand ... der Triumph Gottes, die Engel in ihrem Glanz. Der Sieg des Lammes.«

»Die Siegesszenen scheinen symbolisch zu sein, Pater«, meinte O'Hanrahan lächelnd. »Ein Lamm auf dem Thron. Aber wir wissen, daß die Bilder der Zerstörung vollkommen real werden könnten.«

»Es wird nicht mehr lange dauern.« Pater Kallistratos ließ keinen Zweifel an seiner Überzeugung: »Wir befinden uns in der Endzeit. Viele sind auf den Berg Athos gekommen, um sie zu erwarten. Können wir daran zweifeln, daß es noch lange dauern wird? In 1915 Jahren seit Christi Kreuzigung hatten wir nicht die Macht, uns selbst zu vernichten. Aber nun haben wir sie, und so werden wir es schließlich auch tun. Wo werden die islamischen Horden mit ihrem Heiligen Krieg gegen uns haltmachen? Wie lange wird es dauern, bis sie Israel und dann Europa angreifen, wie es vorhergesagt wurde? Ach, es wird bald sein, sehr bald.« Bevor O'Hanrahan etwas sagen konnte, setzte der Pater noch hinzu: »Haben Sie gehört, was in der *skiti tou Prophetou Ieremiou* passiert ist?«

O'Hanrahan beschloß im Bruchteil einer Sekunde, sich unwissend zu stellen.

»Auf der Halbinsel befindet sich ein islamischer Fanatiker, der Ikonen mit Gotteslästerungen und Slogans verunstaltet. Natürlich geschieht das

nicht zum erstenmal. Während der türkischen Besatzungszeit mußten wir immer wieder Überfälle und Kirchenschändungen erdulden.«
Der Professor nickte verständnisvoll.
»Und dieser Muslim, wer auch immer es ist, muß sehr dumm oder sehr risikofreudig sein. Denn wenn man ihn hier entdeckt, wird er umgebracht. Wir unterstehen nicht der griechischen Gesetzgebung. Es wird sein, als habe er nie existiert. Die Mönche werden ihn verschwinden lassen.«
»Klingt nicht gerade nach *die andere Wange hinhalten,* Pater.«
»Sollen wir nicht einmal gegen den Antichrist und seine Jünger kämpfen? Aber genug davon. Was kann ich Ihnen zu finden helfen?«
»Ich habe eigentlich gehofft, ich könnte in Meghiste Lawra die *Rekognitionen* und die *Homilien* des Klemens und Kommentare dazu einsehen, ebenso wie das *Sermium Compendium.* Ich habe ein Alphabet, das ich nicht entschlüsseln kann, Pater.« Die nächste Frage stellte er betont heiter: »Haben Sie von anderen gehört, Pater, die nach einem verlorenen Evangelium suchen?«
Pater Kallistratos war mitteilsam. »Ja, tatsächlich, in diesem Monat. Meinen Sie vielleicht das *Matthiasevangelium*? Danach hat ein Mönch vor kurzem hier gesucht.«
O'Hanrahan fluchte innerlich. »Können Sie diesen Mönch beschreiben, Pater?«
Pater Kallistratos lächelte. »Er sieht aus wie jeder Mönch, Sir. Grauer Bart, schwarze Kutte, ein intelligenter Mann.« Der Pater begleitete O'Hanrahan in das Refektorium mit den verwirrenden Fresken zu einem Mahl aus weißen Bohnen, Pfeffer und einem Teelöffel Öl in einer Art heißen Wassersuppe. »Natürlich«, fügte er hinzu, »hat mein Schutzpatron, der heilige Eusebios, der erste Bibliothekar der Kirche, das *Matthiasevangelium* verurteilt, nicht wahr.«
»Ja, aber vielleicht hat er es gar nicht selbst gelesen.«
»Aber er kannte zweifellos Leute, die es gesehen hatten, und würde es kaum ohne Beweis für häretisch erklärt haben, auch nicht ohne Anleitung durch den Heiligen Geist, der mit jedem orthodoxen Gelehrten ist.«
(Nein, nicht mit jedem, Pater.)
»Wenn dieses Evangelium ans Tageslicht kommen sollte, müßte man es hier auf dem Berg Athos aufbewahren, wo es die Gläubigen nicht verwirren oder sich den Feinden der Kirche als nützlich erweisen könnte, dem Falschen Propheten, der bereits geboren ist und unter uns weilt.«

»Die Endzeit«, seufzte Dr. O'Hanrahan.

O'Hanrahan zog sich eine Stunde nach Mitternacht Byzantinischer Zeit zurück – etwa 20.30 Uhr in der Welt draußen –, denn er wußte, daß die Mönche um drei Uhr morgens rhythmisch auf die Holzbalken neben dem Turm schlagen würden, um alle zum Gebet zu rufen. Vier Stunden beteten und sangen sie dann in der Dunkelheit, berührten den Fußboden mit der Stirn, beteten die Ikonen an und hörten die Worte des Erlösers auf griechisch, wie er es womöglich gesprochen hatte. In dieser gesegneten Stille schlief O'Hanrahan rasch und tief ein, müde von seinem Marsch den Berg hinauf.

Ein paar Stunden später wachte er auf. Er hörte Mönche im Hof herumrennen, ihre Stimmen klangen aufgeregt. O'Hanrahan sah auf seine Armbanduhr, doch die Ziffern leuchteten nicht hell genug, um sie lesen zu können. Im selben Augenblick wurde die Tür zum Schlafzimmer aufgerissen, und O'Hanrahan sah den Schein einer Taschenlampe.

»Ja?«

Jemand kam näher. Zwei Mönche, die leidenschaftlich erregt etwas auf griechisch sagten. Er versuchte, sie zu verstehen. Sie schrien ihn an, er solle aufwachen.

»Ich bin wach«, stotterte O'Hanrahan. »Was ist los?«

Sie begannen, in seiner Aktenmappe, die neben dem Bett stand, herumzuwühlen.

»Was machen Sie?« O'Hanrahan setzte sich auf.

Im nächsten Augenblick war der für Gäste zuständige Mönch im Raum: »Stefanos! Lukas! *Prosochi!*«

Die beiden getadelten Mönche ließen die Mappe des Professors los. Der ältere Bruder schickte sie hinaus. Im nächsten Augenblick kam Pater Kallistratos in das Zimmer.

»Ich entschuldige mich für dieses Eindringen«, erklärte er, als die anderen fort waren. »Aber der Schänder scheint uns heimgesucht zu haben.«

»Nein«, flüsterte O'Hanrahan. »Wo?«

»Nicht im *katholikon,* der allergnädigste Gott sei gepriesen, sondern in einem der außerhalb liegenden kleineren *kathismata,* beim Weinberg.«

O'Hanrahan stand auf und rieb sich die Augen. »Ihr Außentor wird nach fünf Uhr nachmittags verschlossen, nicht wahr, Pater?«

Der für Gäste zuständige Bruder starrte ihn an. »In der Tat. Es gibt also keine Möglichkeit, wie Sie ... Nun, verzeihen Sie den jungen Männern, sie sind aufgebracht und denken nicht klar. Sie verstehen vielleicht, warum die Brüder so übereilt in Ihr Zimmer gekommen sind, um nachzusehen, ob Sie ... das Material dabeihaben, um so etwas Verruchtes zu tun.«

»Pater, ich habe nichts dagegen, wenn Sie mich durchsuchen. Aber ich würde so etwas nicht tun.«

Der Pater hob die Hand. »Natürlich nicht. Bitte, legen Sie sich wieder hin.«

»Ist etwas zerstört worden?«

»Eine alte Ikone ist entstellt worden«, klagte er mit kaltem, rachsüchtigem Abscheu. »Wir haben ein kleines Kirchlein neben unserem Weinberg. Pater Paulos bewacht die *Panagia Eliovryssa* und beginnt dort jeden Morgen um drei seine Gebete, bevor er sich zu uns gesellt. Heute morgen hat er die Ikone mit einem arabischen Fluch besprüht vorgefunden, diesem Gekritzel des Teufels!«

*Eliovryssa,* überlegte O'Hanrahan und übersetzte für sich selbst: Unsere Liebe Frau, die von Öl überfließt. Während der Pater um die entstellte Ikone trauerte, fühlte sich O'Hanrahan zunehmend beunruhigt: Passierte das überall auf der Halbinsel oder dummerweise nur dort, wo er sich gerade aufhielt?

Pater Kallistratos zog die Tür hinter sich zu. O'Hanrahan stand auf und sah aus dem Fenster, das in den roh behauenen Stein eingelassen war, hinunter in den Innenhof, wo man Fackeln angezündet hatte. Er sah einen Mönch, Pater Paulos, wie er vermutete, gebrechlich und unter Tränen, der in tiefstem, wortlosem Kummer untröstlich die Hände rang – daß während seiner Wache so etwas passieren konnte!

O'Hanrahan legte sich wieder auf sein Bett: Irgend jemand folgt mir nach, oder aber ich habe ein verdammtes Pech.

Morgen besuche ich Megisthe Lawra, die größte Bibliothek auf dem Athos, und werde nachlesen können, was ich wollte; ich werde meine Nachforschungen anstellen und mich dann aus dem Staub machen, bevor noch mehr von dieser seltsamen Art Kriminalität passiert und ich darin verwickelt werde. Geister, Flüche, Wunder, Erscheinungen und Visionen von der Endzeit sind hier verbreitet wie die Stubenfliegen – kein Ort, mit dem man in Konflikt kommen will.

*18./19. Juli 1990*

Megisthe Lawra. Mitternacht.
Wieder lag O'Hanrahan schlaflos in einer Zelle. Wieder hörte er Mönche im Hof herumrennen. Ein Tumult erhob sich.
O'Hanrahan seufzte. Gestern hatte ihm sein Alter einen Streich gespielt. Nach dem Vorfall im Kloster Dionysiou hatte er sich noch einmal hingelegt und war erst nach acht Stunden, gegen zwei Uhr nachmittags, aufgewacht – eine Katastrophe! Eilig hatte er ein Fischerboot herbeigewunken und hatte es geschafft, hinauf zu den Toren von Megisthe Lawra zu hasten und dort zu sein, als sie um halb fünf gerade schließen wollten. Ob man ihm erlaube, so spät noch die Bibliothek zu sehen? Nein, hieß es, Mittwochabend sei bestimmt für eine Messe für ihre Beschützerin Maria, die gesegnete Hochheilige Gottesgebärerin: *Panagia Theotokos*. Man hatte O'Hanrahan für den folgenden Morgen einen Besuch in der Bibliothek versprochen, aber das Chaos draußen ließ vermuten, daß ihm dieses Privileg nie gewährt werden würde.
»Schändung«, jammerte ein Mönch in der Nähe des Fensters.
Ja, es ist wieder passiert. Jetzt gibt es keine Möglichkeit mehr, nicht verdächtig zu sein. Ruhig dachte O'Hanrahan: Ich habe gezeigt, daß ich Arabisch lesen kann, ich war an den drei Orten, als es passiert ist, und selbst wenn man eine Erklärung findet, bedeutet das eine Befragung, möglicherweise ein Polizeiverhör – oder schlimmer, irgendeine Form der Gerichtsbarkeit aus dem 10. Jahrhundert auf dem Athos. Irgendein türkischer Aktivist muß mir nachfolgen und diese Entweihungen begehen, so daß ich den Kopf dafür hinhalten muß. Ein verdammt lächerliches Pech, von irgendeinem Türken als Sündenbock ausgewählt worden zu sein ... aber hoppla, die Türken haben keine arabische Schrift. Seit Atatürk schreiben sie Türkisch mit lateinischen Buchstaben. Ein türkischer islamischer Gelehrter würde allerdings Arabisch beherrschen. Aber warum sollte ein Gelehrter den ganzen Weg hierherkommen, um sich in diesem gefährlichen Vandalismus zu üben?
Es klopfte an der Tür seiner Zelle.
»Ja«, erwiderte O'Hanrahan und befürchtete das Schlimmste. Die Tür ging auf, ein grimmiger Novize kam herein und funkelte ihn böse an. Hinter ihm stand, finster blickend, der Mönch, der für die Gäste zuständig war. »Wären Sie so freundlich, mit uns zu kommen, bitte?«

O'Hanrahan war bereits angezogen. Sicher wirkte das verdächtig. Besser wäre es gewesen, wenn man ihn unbekleidet und schlafend im Bett gefunden hätte. Er stand auf, griff nach seiner Anzugjacke und sah nach, ob Brieftasche und Paß noch da waren. Dann wollte er seine Mappe unter dem Bett hervorholen, aber sie war nicht da. Er sah neben dem Wasserbecken und auf der anderen Bettseite und auf dem Fenstersims nach; in seiner Verzweiflung schaute er sogar aus dem Fenster.

»Meine Mappe ist fort«, sagte er.

»Kommen Sie jetzt mit, bitte«, sagte der Bruder streng.

O'Hanrahan folgte. Wer könnte sie genommen haben? Er hatte die Mappe während des Abendessens in seinem Zimmer gelassen und auch später, als er zu den Latrinen gegangen war, um sich zum Schlafen fertig zu machen. Schließlich befand er sich in einem Kloster, und er erinnerte sich sogar daran, daß er sich lächelnd gesagt hatte: Zumindest wird sie hier niemand stehlen. Aber jemand hatte sie gestohlen. Jemand hat die Fotos des *Matthiasevangeliums,* viele von meinen wichtigsten Papieren ...

O'Hanrahan wurde in einen kleinen, weißgetünchten Raum mit einem Tisch und mehreren Stühlen geführt; es war ein Empfangsraum, wo Mönche sich mit anderen Brüdern oder männlichen Verwandten, die auf Besuch kamen, zusammensetzen konnten. Ein älterer Mönch kam mit einem Kerzenhalter herein und setzte sich ihm gegenüber; der die Gäste versorgende Mönch stand hinter ihm.

»Ich bin Pater Irenäus, und ich spreche Englisch«, sagte der ältere Mönch, ein großer, hagerer Mann mit weißem Haar und Bart, der aussah wie ein Nikolaus. Er sprach Englisch mit dem in Europa gelehrten britischen Akzent. »Gehört das Ihnen?«

Ein Novize zeigte O'Hanrahans Aktenmappe, offen und am Rand voll roter Farbe.

»Ja, Pater, sie gehört mir. Man hat sie mir gestohlen.«

»Man hat sie in der Kapelle des heiligen Basilios gefunden. Einer unserer Patres wollte ein letztes Gebet sprechen und hörte, wie ein Mann die Farbdose fallen ließ und zum Ausgang stürzte. Ihre Dokumententasche wurde auf dem Boden neben der Farbdose gefunden. Die Ikonen des heiligen Basilios sind geschändet worden. Alle«, seufzte er und versuchte, seinen heftigen Zorn im Zaum zu halten, »alle Ikonen an der Ikonostase – außer Johannes dem Täufer, der Jungfrau und Jesus – sind verunstaltet worden.«

»Das ist, weil ...« Verdammt! Warum hatte er den Mund aufgemacht? »Das ist, weil die Moslems, die das hier getan haben, Johannes und Maria und Christus selbst für verehrungswürdig halten.« Die Mönche starrten ihn an. »Sehen Sie«, fuhr O'Hanrahan fort, »dasselbe ist, wie ich höre, überall auf Athos passiert. Diese Entweihungen. Ich habe selbst zwei gesehen.«

Pater Irenäus blickte auf seinen Schoß und betrachtete stirnrunzelnd seine gefalteten Hände. »Es hat exakt drei solcher Vorfälle gegeben, Sir, und alle an Orten, wo Sie sich aufgehalten haben.«

»Pater, glauben Sie, daß ich meine Aktenmappe als Beweisstück zurücklassen würde, wenn ich etwas so Schreckliches täte?«

Hitzig widersprach der junge Mönch: Der Mönch, der den Vandalen entdeckt habe, habe ihn überrascht – und es sei logisch, daß der sich hastig davongemacht habe, wobei er auch noch den Bibeltisch umgeworfen habe.

Pater Irenäus zuckte die Achseln. »Was sollen wir glauben? Wir haben herausgefunden, wer Sie sind. Sie sind ein gelehrter, geehrter Mann, Mr. O'Hanrahan. Wir haben Nachrichten zu Pater Sergius gesandt und Antworten erhalten. Er verbürgt sich absolut für Sie, und ich bin geneigt, ihm zu glauben. Auch Pater Kallistratos bezeugt Ihre Unschuld. Und tatsächlich haben wir heute nacht vierzig Pilger aufgenommen, eine große Gruppe aus Thessaloniki, und darunter ist ein Mann, für den niemand bürgt – vielleicht hat er diesen Schaden angerichtet.«

O'Hanrahan war erleichtert.

»Aber wo Sie auch immer sind, aus welchen Gründen auch immer, scheint das zu passieren. Daher muß ich Sie bitten, den Athos zu verlassen.«

O'Hanrahan schwieg einen Augenblick. »Kann ich meine Mappe sehen?«

Man schob sie ihm zu. O'Hanrahan sah hinein. Die Notizen waren fort, und, ja, auch die Fotos. Jemand anderer hatte nun den Text des Evangeliums. »Man hat meine Notizen und Forschungsarbeiten geraubt«, sagte er.

»Es ist Farbe in der Mappe«, sagte einer der jüngeren Mönche.

O'Hanrahan, der die Worte verstand, fauchte ihn auf neugriechisch an: »Sie bezichtigen mich zu Unrecht!«

»Ich habe Mitgefühl für Ihre seltsame Lage, Sir«, sagte Pater Irenäus, der sich erhoben hatte. »Aber wer auch immer das getan hat, hat es vielleicht Ihretwegen getan, und daher müssen Sie sofort aufbrechen.«

So nahe! »Aber Pater, bitte, ich bin nur um einer Sache willen gekommen, um das *Sermium Compendium* und die Kommentare der großen Bibliothek von Megisthe Lawra zu sehen ...«
»Nein, Sir, ich muß darauf bestehen. Die griechische Polizei ist bereits benachrichtigt worden.«
»Benachrichtigt?«
»Sie vom Berg Athos zu begleiten. Natürlich zu Ihrem Schutz«, fügte er unaufrichtig hinzu, »da Ihnen jemand mit solch bösen Absichten folgt. Außerdem könnten manche der Brüder geneigt sein, einen Mann, der mit diesen ... diesen Verbrechen irgend etwas zu tun hat, zu steinigen.«
»Pater, ich bitte Sie. Ich bin diesen ganzen Weg gekommen – Tausende von Kilometern, Hunderte von Dollars.« Die Mönche blieben ungerührt. Zum Teufel, sein Bestechungsgeld hatte er in Pater Sergius' *skiti* geopfert.
»Lassen Sie mich von Ihren Mönchen bewachen, lassen Sie mich keine Sekunde lang aus den Augen ...«
»Sir, ich glaube Ihnen. Sie sind nicht für diese gottlosen Schändungen zu tadeln, aber dennoch, Sie müssen unseren Standpunkt verstehen.«

\+ \+ \+

Der vierte Tag im aufregenden Ouranopolis drohte eine Wiederholung der Tage zwei und drei zu werden, die ihrerseits eine Wiederholung von Tag eins gewesen waren – der nach Lucys bösem Verdacht die Wiederholung irgendeines Tages aus Homers Zeit sein mußte. Sie stand gegen zehn Uhr auf, spazierte hinaus zur Lagune und las dieselben zerlesenen Zeitungen, die gestern schon am Kiosk gewesen waren, blätterte durch dieselben Taschenbücher.
Auch das Mittagessen war vorhersehbar. Vergiß die Schrecken von Skylla und Charybdis, dachte Lucy, der moderne Odysseus versucht, zwischen Gyros und Moussaka hindurchzusteuern! Odysseus' Männer nähern sich Kirke und werden in ein zusammengesetztes Lammstück auf einem Gyrosspieß verwandelt. Das Auge des einäugigen Zyklopen würde man heute mit einem Souvlakispieß ausstechen ... Lucy wünschte, Dr. O'Hanrahan wäre da, um mit ihm diese albernen Spötteleien über das Epos zu vertiefen. Tatsächlich: Sie vermißte ihn.
Pflichtbewußt saß Lucy eine Stunde lang in der Halle des *Hotel Poseidon*. Aber kein Telefonanruf, wie es abgemacht gewesen war. Der Mann an

der Rezeption sagte, er werde gerne eine Nachricht notieren oder einen Botenjungen nach ihr schicken.
Das Dorf war zu klein, um darin verlorenzugehen.
Seufzend und leicht beunruhigt über O'Hanrahans Schweigen stand Lucy auf der Hotelveranda und spürte die sengende Hitze der Sonne. Hätte sie ihren Körper vorzeigbarer gefunden, hätte sie sich zu den sonnengebräunten teutonischen Mädchen an den Strand gesellt und ein Sonnenbad genommen – aber sie wollte sich nicht so sehr den Blicken aussetzen. Sie sah hinauf zu ihrem Balkon: abgeschieden, uneinsehbar. Leicht amüsiert dachte Lucy an Stavros, wie er schwankend auf einem Surfbrett kauerte und versuchte, es bei zu schwachem Wind auf dem Wasser gleiten zu lassen. Nach jedem ungeschickten Plumpser ins Wasser zogen ihn die Nereiden, Helga und wie sie sonst noch hießen, wieder auf das Surfbrett und ermutigten ihn, es noch einmal zu versuchen.
Lucy schlenderte zurück in die Hotelhalle, holte ihren Schlüssel und ging die Treppe hinauf. Sie hatte nicht daran gedacht, einen Badeanzug nach England mitzunehmen, daher hatte sie höchstens Unterwäsche als Kostüm zum Sonnenbaden. Sie könnte natürlich auch nackt sonnenbaden – zum erstenmal in ihrem Leben. Lucy trat hinaus auf den Balkon und sah sich um – es war kein höheres Gebäude da, also gab es keine Möglichkeit, ihn einzusehen. Stavros war in der Lagune, O'Hanrahan auf dem Berg Athos, damit stellte der einzige mögliche Beobachtungspunkt, der Nachbarbalkon mit seiner soliden Betontrennwand, keine Gefahr dar. Sie musterte ihren eigenen Balkon mit seinen glatten weißen Fliesen und der Betonwand – ein perfekter Sonnenreflektor.
Sie ging zurück ins Zimmer, zog sich aus und holte die Sonnencreme mit dem stärksten Lichtschutzfaktor, den es gab, aus der Tasche. Okay, zwanzig Minuten Maximum in dieser glühenden Sonne, sonst sehe ich aus wie eine Tomate – wie Derek und Tracy. Sie cremte sich ein und warf absichtlich einen Blick in den hohen Spiegel an der Badezimmertür. Ich habe ein bißchen abgenommen, sagte sie sich zufrieden. Noch nicht reif für den FKK-Strand, aber die richtige Richtung.
Es war heiß, heiß, heiß. Lucy legte sich auf ein Handtuch, einen Arm über die geschlossenen Augen gelegt. Schweiß und Sonnenöl vermischten sich auf ihren Lidern, so daß sie ihr Gesicht ständig mit dem Handtuchzipfel abwischen mußte. Hier bin ich, sagte sie zu sich, in Griechenland, und liege nackt in der Sonne. Das muß ich Judy erzählen. Ich sage ihr, daß ich

an einem Strand lag, wo Tausende mich sehen konnten. Es ist sehr europäisch, Fremden seinen Busen zu zeigen. Sie griff nach der Armbanduhr, die neben ihr lag: Acht Minuten bin ich schon draußen, stellte sie fest.

Dann drehte sie sich auf den Bauch. Ich habe die Sonne noch nie auf diesen Körperteilen gespürt – es ist nicht übel, ganz und gar nicht übel, dachte sie. Eine schwache Brise streifte über den Balkon und linderte ein wenig das herrliche, verschwenderische Rösten in der Hitze.

»Ich sehe dich«, sagte da eine vertraute Stimme.

Lucy erstarrte. Stavros stand auf dem Nachbarbalkon und beugte sich über die Betonmauer. Verdammter Kerl. Na schön, sie lag auf dem Bauch, besser als andersherum. Nein, sie würde nicht aufstehen und davonrennen. Er würde gehen, und sie würde rasch zurück in ihr Zimmer schlüpfen.

»Hallo, Stavros«, sagte sie. »Bitte geh!«

»Du wirst, äh ... orange.«

Aufgrund nichtalkoholischer amerikanischer Getränke war *orange* ein geläufiges Wort. »Rot. Ich kann *rot* werden, nicht orange.«

»Nein«, lachte er, »orange!«

Sie reckte den Hals, um auf ihren Rücken zu blicken, und sah ihn über der Brüstung lehnen. »Willst du bitte gehen?« fragte sie streng.

Er mißverstand. Sie sah, wie er ein Bein über die Trennwand schwang und herüber auf ihre Seite kam. Tropfend stand er in seiner knappen Badehose da und sah sie immer noch lüstern an. »Schau, was du mit mir machst«, sagte er und deutete auf seine Badehose.

O mein Gott, dachte Lucy. Sie sah weg und begann, in ihrem Kopf eine Gardinenpredigt zu verfassen, als seine abgestreifte Badehose klatschend in die Balkonecke flog. In der nächsten Sekunde lag Stavros auf dem Bauch neben ihr auf ihrem Handtuch. »Hallo, Lucy«, sagte er.

Lucy schüttelte den Kopf. Na gut, vielleicht hatte sie das Schlimmste hinter sich. Sie würde sich nicht umdrehen, er würde sich nicht umdrehen – was für eine Geschichte! Judy, wart nur, bis du davon hörst!

Stavros entdeckte die Flasche Sonnencreme auf Lucys anderer Seite. Er beugte sich über sie, stützte sich auf ihren Rücken, und sie spürte, wie ihr Atem flacher wurde. »Weiß, weiß, weiß«, kommentierte er ihre irische Hautfarbe. Bevor sie etwas sagen konnte, goß er etwas Öl auf ihren Rücken. Mit beiden Händen massierte er es ein, knetete ihren Rücken.

Lucy hatte Mühe zu schlucken. Sie zog den Bauch ein, so gut sie konnte, und versuchte ihren Körper zu strecken, um dünner auszusehen. Du solltest ihn besser von hier wegbekommen, sagte sie sich selbst, oder es endet noch mit ... Ja. Aber vielleicht sollte es so enden, wie es enden würde. Sie spürte Stavros' Atem in ihrem Nacken, als er sich über ihre Schultern beugte. Er massierte Öl in ihre Schultern, und seine Hände waren gefährlich nahe am Rand ihrer rechten Brust. Wieder reckte sie den Kopf, um ihn zu sehen, wie er Öl auf ihrer Haut verteilte.

Natürlich wird es passieren.

Und ich werde es nicht verhindern, dachte sie. Jetzt ist es soweit. In solchen Augenblicken gibt es nur die Gegenwart; vielleicht gehören die Folgen zu einem anderen Wesen, aber nicht zu der Lucy Dantan, die hier in diesem Moment liegt ...

»Willst du?« fragte Stavros.

Er nahm ihre Hand, goß ein wenig Öl darauf, drückte sie auf seine Brust und sagte etwas auf griechisch. Dann sagte er noch etwas, aber sie schüttelte den Kopf, verstand nicht. Er berührte ihre Wange und hörte auf zu lächeln, als er sie an der Schulter nahm und zu sich herumdrehte. Sie schloß die Augen in der sengenden Sonne, die den Tag weiß und unirdisch gemacht hatte; durch die Augenlider sah sie nur Rot, in ihren Ohren war nur wildes Herzklopfen, und sie bemühte sich, die Augen geschlossen zu halten, während er ihre Hand an seiner Taille hinunterführte, während seine andere Hand eine Linie an ihrer Taille hinunterzog ... Ganz kurz blitzte etwas Altes, Dämmriges auf, das Gesicht einer Mutter in der Kirche, eine verschwommene Gestalt der Sorge, jemand, den sie nicht genau erkennen konnte, etwas, worauf sie nicht achten wollte, und obwohl alle die Arme nach ihr ausstreckten, löschte Lucy sie alle in der Sonne aus und warf den Kopf zurück. Und sie zog Stavros, der nach Öl und Schweiß roch, näher an sich, und als er energischer wurde und sich auf sie preßte, hielt sie ihn um so leichter umfaßt, als könnte er zerbrechen oder sich auflösen. Ein Schweißtropfen von seiner Stirn fiel mit wunderbarer Genauigkeit auf ihre Zunge, ein Fingernagel bohrte sich in ihre Hand.

Ihr Herz schlug wie wild – wie Flügelschlagen gefallener, verstoßener Engel – sie trugen sie nach oben, während äußerste Selbstsucht in ihr aufwallte. Aber nein, sie würde nicht widerrufen oder sich umstimmen lassen, obwohl Feuer sie verzehrte, obwohl man sie aufs Rad flocht, obwohl man sie wilden Tieren vorwarf, jetzt würde sie fester halten, sie

würde diese Sünde gestehen und sich der Sonne dort oben anvertrauen, dem weißglühenden Chor der Ägäis ...
*Consummatum est.*

+ + +

Es war Mittag. O'Hanrahan, der seine Sachen gepackt hatte und bereit zum Aufbruch war, stand an der Tür von Megisthe Lawra. Pater Irenäus hatte Bruder Nikolas dazu bestimmt, ihn zu überwachen, bis das Boot kam, und ihn dann nach Daphni zu begleiten, wo die Polizei bereits alarmiert war. »Ich werde also den griechischen Behörden übergeben«, protestierte der Professor höflich, »obwohl ich unschuldig bin?«
»Ja, um Ihre Seite der Geschichte zu erzählen, damit Ihre Zeugenaussage vorliegt, wenn der Schuldige gefaßt wird«, erklärte Pater Irenäus.
Drei Tage lang in die Röhre schauen werde ich, dachte O'Hanrahan. Griechische Polizei, griechische Bürokratie, und natürlich können sie auch ganz rasch entscheiden, daß ich *schuldig* bin. Pater Sergius wird nicht da sein, um Zeugnis für mich abzulegen, und eine Vorladung würde auf Athos nicht rechtsgültig sein ...
»Der junge Nikolas«, teilte der Pater mit, »wird Sie jetzt hinunter zur Anlegestelle begleiten. Das Boot ist angekommen.«
Nikolas, der ernste und hitzige Mönch mit den anklagenden Augen und dem widerspenstigen Teenagerbart, sagte zu den älteren Mönchen, er werde gut auf O'Hanrahan aufpassen und bald mit Neuigkeiten zurückkommen.
Ach ja? dachte O'Hanrahan. Das werden wir ja sehen, kleiner Junge.
Nikolas begleitete O'Hanrahan die kurvige, unebene Kopfsteinpflasterstraße hinunter, die O'Hanrahan am Tag zuvor so erschöpft hinaufgeschnauft war. Der Professor brütete kurz über seinen Fehlschlag nach, das *Sermium Compendium* einzusehen. Und noch schlimmer war, daß der geheimnisvolle fanatische Frater ebendiesen Kodex vor einer Woche gesehen hatte. Bah, genug damit! Das wichtigste war nun, diese halbe Portion loszuwerden.
»Sprechen Sie ein wenig Englisch?« fragte O'Hanrahan.
»Nein«, murmelte der andere auf griechisch.
Ich könnte versuchen abzuhauen ... Ja genau, so wie ich gestern nachmittag diese Straße hinaufgeschnauft und gepustet bin. Aber wie sollte er

fliehen? Vielleicht sollte er dem Jungen eins über den Kopf geben – womit, mit einem Stein? Nein, jeder Akt der Gewalt würde als sicheres Zeichen der Schuld angesehen werden. An der Anlegestelle kam ein älterer Fischer in einem kleinen, grünblauen Boot, von dem die Farbe abblätterte, mit stotterndem Motor an den Betonkai.

»Ich bin sehr darauf erpicht, nach Daphni zu kommen«, begann O'Hanrahan. Dann wiederholte er auf griechisch: »Ich will diese ganzen Scherereien aufklären. Und ich hoffe, man wird den Teufel fassen, der das getan hat.«

»*Ne*«, erwiderte der Mönch und beäugte den Professor unsicher.

»Meine ganze Forschungsarbeit gestohlen! Was für eine Katastrophe war meine Reise zu Ihrem Kloster. Eines schrecklichen Verbrechens angeklagt, meine Papiere fort ...«

Der Mönch schien milder gestimmt und sah O'Hanrahan mitleidig an.

»Die Polizei wartet in Daphni auf mich, nicht wahr?« fragte O'Hanrahan, der hoffte, allein in das Boot zu kommen, wo er dem Fischer ein Bestechungsgeld versprechen konnte.

»Ja, ich werde mitkommen und Sie führen«, antwortete Nikolas.

»Sie brauchen sich keine solche Mühe zu machen, mein Sohn«, fuhr O'Hanrahan fort und klopfte dem Novizen auf die Schulter. »Befürchten Sie nichts, ich will nach Daphni fahren und meine Unschuld erklären.«

»*Oichi*«, widersprach der junge Mönch scharf. »Ich werde Sie begleiten.«

Nichts zu machen. O'Hanrahan lächelte dem Mönch schüchtern zu, bevor er in die Mitte des Boots stieg; der Mönch kletterte unsicher an die Bugseite. Der stotternde Motor wurde wieder angeworfen, und der alte Fischer machte sich auf die Fahrt um das Ende der Halbinsel zurück nach Daphni.

Vielleicht würden die Polizisten Verständnis haben ... Nein, das wäre zu schön, um wahr zu sein. Dann kam ihm ein Gedanke: Wer immer seine Fotos gestohlen hatte, mußte ebenfalls vom Berg Athos herunterkommen. Irgendwann heute mußte er durch Daphni und das Boot nach Ouranopolis nehmen, es sei denn, er war erpicht darauf, die ganze Halbinsel abzumarschieren, sechzig strapaziöse Kilometer. Wenn er freikommen könnte, hätte er die Möglichkeit, diesen Verbrecher abzufangen, zu sehen, wer er war.

»Wie schön!« seufzte O'Hanrahan, als die Halbinsel rechts von ihnen vorbeiglitt. Auf griechisch fuhr er fort: »Das ist Karoulia, nicht wahr? Wo die Mönche in Höhlen leben?«

»*Ne, Karoulia*«, nickte der Mönch zustimmend.

»Solch blaues Wasser«, fuhr der Professor fort. »Ich würde gerne ein wenig schwimmen, haha!« O'Hanrahan sah sich nach dem Fischer um, der damit beschäftigt war, mit einem Stock etwas von seinen Schuhen zu kratzen.

»*Apagorevete to kolimbi*«, sagte Nikolas und hob tadelnd den Zeigefinger.

»Nicht schwimmen, nein?«

Nikolas erklärte, es sei gegen die Regel, im Garten der Jungfrau zu schwimmen oder sich ohne Kleider zu zeigen.

»Aber Sie könnten in Ihrer Kutte schwimmen?«

Der Mönch warf O'Hanrahan noch einen seltsamen Blick zu, bevor dieser sich auf ihn stürzte und ihn über Bord stieß.

Der Fischer, der erst aufsah, als er das Klatschen hörte, stieß einen Schrei aus. O'Hanrahan lehnte sich zurück und lachte herzhaft, als sei das Ganze ein Witz. Der Fischer, der entsetzt den Kopf schüttelte, hielt das Boot an, löste das Ruder und stand auf, um dem Mönch wieder hereinzuhelfen. O'Hanrahan warf Nikolas den Rettungsring zu, obwohl es den Anschein hatte, als könne er Wasser treten. Der Mönch, dem Tränen der Wut über das Gesicht liefen, schnaubte und überschüttete O'Hanrahan mit Schimpfnamen. Als der Fischer nach der Hand des Mönchs greifen wollte, schlug ihm O'Hanrahan die Mütze vom Kopf, und als dieser sie zurückholen wollte, warf der Professor den älteren Mann ebenfalls in die Ägäis und brachte dabei fast das Boot zum Kentern. O'Hanrahan sah sich um nach den felsigen Klippen. Ein alter Mönch in einer einsamen Höhle hatte zugesehen und schnatterte hysterisch.

Während der Fischer und der Mönch an der Unterseite des Bootes herumtasteten und versuchten, das Dollbord zu erreichen, krabbelte O'Hanrahan zum Steuer. Er stieß das Boot zurück und winkte zum Abschied. Er war frei! Er blickte auf zum heiligen Berg Athos, der drohend über dem milchig-blauen Spätvormittagsleuchten der Ägäis aufragte. Es würde Stunden dauern, bis die Männer von diesem Vorfall berichten konnten. Sie würden schwimmen und dann die Klippen hinaufklettern, wo kein Boot anlegen konnte, um sie aufzunehmen; dann würden sie stundenlang über diese Felsen zurück nach Lawra wandern ... sechs

Stunden, vielleicht einen ganzen Tag lang. Keine Telefone, keine Elektrizität, keine Walkie-Talkies! Gott segne diese primitive byzantinische Welt!
O'Hanrahan setzte sich die Mütze des alten Fischers auf, senkte den Kopf, um unauffällig zu sein, und fuhr in gleichmäßigem Tempo die Küste entlang, vorbei an den Orientierungspunkten der letzten Tage, den Klöstern Dionysiou, Gregoriou, Simonos Petra ... Er sah auf die Uhr. In zwanzig oder dreißig Minuten würde er in Ouranopolis sein, um Lucy zu erklären, warum der verabredete Telefonanruf nicht gekommen war. Wenn das Benzin reichte. Vielleicht schaffte er es sogar bis Ouranopolis, bevor die planmäßige Fähre und mit ihr der mögliche Schuldige eintrafen. War das nicht perfekt?
Aber das Benzin reichte nicht ...

\+ \+ \+

»Stavros«, begann Lucy und holte tief Atem, »ich will nicht, daß du denkst, nur weil wir ...«
Stavros, der auf dem Bettrand saß, sah sie liebevoll an.
»... daß nur deswegen, was eben passiert ist ...«
»Ehhhh«, brummte er, ohne sie ausreden zu lassen, packte sie, kitzelte sie und rollte mit ihr auf dem Bett herum. »Ich weiß, ich weiß«, sagte er. »Du liebst mich mehr als all die anderen Jungs, hm?«
Sie kicherte. »Natürlich nicht.«
»Nein? Nein?« Er kitzelte sie weiter. Die Foltern der griechischen Inquisition, bis sie widerrief und sagte, sie liebe ihn. »Siehst du«, triumphierte er, »ich wußte, daß du mich liebst.«
»Ja, und du, liebst du mich?« fragte sie leichthin, die Hand bereit, ihn ebenfalls zu berühren.
»Ehhhhh ... vielleicht ...«
Sie ging zur Attacke über. Aber sein fester Bauch oder sein Nacken waren nicht kitzlig, daher ging sie dazu über, ihn an den Brusthaaren zu ziehen.
»*Ne!* Ich liebe dich«, erklärte er. Einen Moment später legte er ihr den Arm um die Taille und kuschelte sich an ihre Brust, die sie mit dem Laken bedeckt hatte. »Ich komme zu Besuch zu dir nach Amerika?«
»Sicher.«
»Ich kann bei dir zu Hause wohnen?«

»Ja, du bist willkommen.«
Er lachte siegessicher.
Ich bin froh, daß jeder nach Amerika will, dachte Lucy heiter. »Na«, fragte sie, »mit wie vielen Mädchen hast du ... hast du das gemacht?«
»Mit einer Million.«
Lucy schnaubte ungläubig.
»*Kilia* – ihr habt das Wort auch? Wie in Kilometer ...«
»Tausend«, überlegte Lucy laut. »Genauso glaubwürdig wie eine Million.« Aber konnte es nicht doch wahr sein?
(Nahe dran.)
»Wie viele amerikanische Mädchen?« fragte Lucy.
»Nur eine andere Amerikanerin«, sagte er. »Aus Kanada.«
»Ich verstehe.«
»Aber, he, nicht so schön wie du.«
Jetzt fang bloß nicht an, mir Komplimente zu machen, dachte Lucy, oder ich werde mich noch wirklich in dich verlieben. Sie zerwühlte sein Haar, das er zuvor in nahezu perfekte Locken gestylt hatte.
»Ehh, ehh, ehh!« rief er, sprang auf und schnappte sich seine zur Seite geworfene Badehose. Sie war kalt und feucht, und Stavros schauderte übertrieben, als er sie sich über die Beine zog. Lucy betrachtete verzweifelt sehnsüchtig seine Nacktheit. Sie spürte, daß sie diesen Anblick nicht vergessen durfte; bald würde alles vorbei sein, und sie würde einen großen Teil ihres Lebens mit der Sehnsucht verbringen, eine so nahezu vollkommene Schönheit wiederzufinden ...
»Ich hole etwas zu essen«, kündigte er an und überprüfte sein Haar im Spiegel.
Lucy wünschte, sie könnte noch eine Umarmung von ihm bekommen, aber nein, sie würde sich nicht benehmen wie ... als würde sie ihn nur das kleinste bißchen brauchen oder sei in ihn verliebt. Sie mußte ebenso cool sein wie er, oder ... oder sie könnte sich an ihm festklammern, und das wäre wie die Hindenburg, die Titanic, die Flut von Johnstown und die Feuersbrunst von Chicago zusammen.
»*Jasou*«, sagte er und schloß die Tür hinter sich.
»Bye-bye.«
Lucy legte sich zurück und sah zur Decke. Ich nehme an, ganz objektiv, er ist kein Casanova, oder wie immer das griechische Äquivalent heißt – na komm, dumme Nuß, du hast das Zeug zehn Jahre lang studiert:

Adonis, Apollo, Hyazinth ... obwohl das eher ein Schwulenmythos ist. Auf jeden Fall hatte der Liebesakt mit Stavros, ihr erstes Mal zusammen, höchstens fünf Minuten gedauert; sie hatte getan, als hätte sie keine Angst, nervös, er könnte bemerken, wie unerfahren sie war ... oder vielleicht war es auch das gewesen, was ihn plötzlich so erregt hatte. Egal. Es war passiert. Das war's. Und als er aufgestanden war, um zu duschen, und sie mit sich gezogen hatte, war das auch großartig gewesen, sogar noch besser. Sie durchlebte die Augenblicke noch einmal. Lucys erster Drang war es gewesen, ein Handtuch zu nehmen, sich zu bedecken ... Er hatte sich lustig gemacht über ihre Scham – typisch amerikanisch, hatte er gelacht. Unter der Dusche war er jedenfalls so zärtlich und lustig gewesen, und als sie aus dem Becken stiegen, schien Stavros unsicher, ob er gehen oder bleiben sollte, und da hatte Lucy gesagt, bleib, hatte die Arme nach ihm ausgestreckt und ihn überzeugt. Und sie hatten noch einmal zusammen geschlafen, auf dem Bett diesmal, einem passenderen Ort, und mit weniger Hast. Und nun lag Lucy da und dachte nach über die schamlosen, wollüstigen Dinge, die sie getan hatte, ohne einen Augenblick zu zögern oder sich schuldig zu fühlen.

Der Nachmittag war nun halb vorbei.

Ich bin wieder allein, seufzte sie und strich mit den Händen über die Leintücher. Aber *dieses* Alleinsein und das Alleinsein *vor* Stavros sind von einer ganz anderen Beschaffenheit. Ich bin nicht *ganz* so allein wie zuvor, wenn ich allein in einem Raum war. Ja, dachte Lucy, irgendwo tief drinnen ist ein Gefühl des Bedauerns – *daß ich nicht eher hier angelangt bin!*

Aber ich hätte es nicht früher tun können, sagte Lucy zu sich, nicht so, wie ich war; es mußte nach meiner eigenen Zeitskala passieren. Und gestern war ich bereit, und heute und für immer bin ich wieder bereit, für Liebe, für Sex, für neue Reisen und neue Gesichter, neue Dinge, die es zu sehen gibt, neue Aufregungen – und diese randvolle, übervolle neue Person namens Lucy, die in einem einzigen Augenblick so vieles ausgelöscht zu haben scheint, was sie zuvor war, die wie neugeboren ist, hat nur einen unvernünftigen Gedanken im Kopf: *mehr!* Mehr von alledem! Mehr von dieser tiefen, grenzenlosen Liebe, die ich fühle ... nun, nicht für Stavros, aber für die Welt der Liebe, die er vertritt, für dieses wunderbare Universum, zu dem ich endlich Zugang gefunden habe!

Lucy hob die Hand, die noch nach Stavros roch, und legte sie an ihre

Wange, atmete den Duft der Befreiung von dem trübseligen Pfad, dem sie sonst gefolgt wäre. Tränen traten ihr in die Augen, und sie schlang die Arme um ihre Brust; süße Gefühle erfüllten sie: Danke, Gott, daß dies geschehen ist. Vergib mir, Herr, denn ich weiß, das alles war falsch und gegen die Bibel, aber ich wußte nicht, welches Geschenk Gott der Menschheit gemacht hat oder wie weit menschliche Gefühle gehen können oder wie dieser ganz gewöhnliche menschliche Augenblick sein kann – nichts davon habe ich gewußt vor dieser Reise, von der Du ein Teil warst, Herr, der Du mich hierhergeführt hast. Vergib mir, aber ich danke Dir für meine *Entehrung*, meinen Irrtum, meine Sünde ... Plötzlich habe ich das Gefühl, zu sterben wäre das Schrecklichste, was vorstellbar ist, und ich habe panische Angst, es könnte so bald passieren, daß ich weiterer Nächte voll – ja, weiterer Sünden beraubt sein könnte.
(Du hast die Welt entdeckt, Lucy.)
Ich riskiere die Vermutung, daß Du, Heiliger Geist, vielleicht gar nicht so voll Mißbilligung bist ...
(Du mußt aufpassen, was du dir zur Gewohnheit machst.)
Lucy Dantans Körper ist lebendig wie nie zuvor!
(Aber er muß welken und seinen Glanz verlieren.)
Ich versuche, irgendein katholisches Schuldgefühl in mir zutage zu fördern, aber ich schwöre, ich spüre nicht den leisesten Hauch davon! Oh, wenn ich nur an das Bedauern denke, wenn ich diese Gelegenheit hätte vorbeigehen lassen! Es hieß jetzt oder nie! Mein Leben war in der Schwebe auf einem einzigen Angelpunkt, und das war's auch schon. Jetzt wird mein Leben auf eine subtile Art ganz anders sein ...
(Du hast vom Baum der Erkenntnis gegessen.)
... und ich werde mich nicht mehr so schwachsinnig benehmen wie bisher. Schluß mit Schüchternheit, mit falscher Bescheidenheit und mit Selbstvorwürfen. Stell dir die Leere und das Bedauern vor, wenn du diesen Augenblick nicht ergriffen hättest, wenn du ihn von diesem Balkon fortgeschickt hättest – wie groß erscheint diese Gefahr im Rückblick! Er hätte davonlaufen können, oder ich hätte ihn hinauswerfen und mein ... mein früheres leeres, ausgetrocknetes Leben schützen können. Ohne ihn wäre ich ewig unwissend, bitter, freudlos und allein gewesen.
(Nein. Ich wäre bei dir gewesen.)
Welche Verwirrung, seufzte Lucy, all diese Dinge auf einmal zu fühlen. Sie rollte sich auf dem kühlen weißen Leintuch herum und drückte das

Kissen an sich. Gott segne den lächerlichen, fragwürdigen Stavros, mein jämmerliches Ich und den Mann, der mich hierhergeführt hat, so wie Paulus den Silas geführt hat – lieber, furchteinflößender O'Hanrahan.

+ + +

»Warum, o Gott, warum?« O'Hanrahan wetterte gegen die himmlischen Mächte, als der Motor stotternd den Geist aufgab. Er zog, riß, hämmerte und stieß mit den Füßen gegen den Motor, versuchte alle möglichen Handgriffe, aber hier, ein paar Kilometer von der Küste entfernt, nicht mehr sehr weit vor Ouranopolis, war das Benzin ausgegangen. »Ist das Deine Vorstellung von einem Scherz?« rief er laut. »Wie lange, Herr, wie lange noch? Verdammt!« fügte er hinzu und versetzte dem Motor noch einen Fußtritt.

(Das ist keine Art, mit dem Allmächtigen zu sprechen.)

Das ist wegen all der Witze über die Jungfrau Maria, dachte O'Hanrahan, wegen der vielen Jahre der Gotteslästerung. Mister Klugscheißer, du mußtest Lucy in Athen ja die ganzen Stories von den milchproduzierenden Brüsten erzählen, und jetzt hat die alte Schlampe dich deswegen ausgeliefert! Um Gottes willen, tadelte er sich dann selbst, hör nicht auf, klar zu denken: Ich bin ein gesuchter Mann. Das Boot wird man bald finden ... es sei denn, ich ziehe es an den Strand und verstecke es. Und was dann? Am besten, ich wandere die Halbinsel entlang zurück nach Ouranopolis. Man wird wohl kaum den ganzen Berg Athos nach mir durchkämmen; so eifrig ist die griechische Polizei nicht. Blinzelnd sah er auf die Küste hinter sich. Gerade bin ich am – zum Teufel, was war es? – am Kloster Diochariou vorbeigekommen. Von dort aus kann ich den Weg erreichen, der die Halbinsel entlangführt, soweit ich mich erinnere. Und dann, über dreißig Kilometer? Bei dieser Hitze? Ich kann in keinem Kloster haltmachen, weil sie garantiert eine Art klösterlichen Steckbrief von mir im Umlauf haben. Kein Wasser, kein Essen. Die zerklüfteten Felsen.

Er stützte den Kopf in die Hände. Während er so nach unten sah, entdeckte er das Paddel des Fischers. Er nahm es und paddelte auf die Küste zu, die Richtung, in die ihn die leichte Strömung ohnehin trieb.

Natürlich, dachte er, könnte ich auch am Strand entlanggehen. Dann müßte ich auf keine Berge klettern, aber ich säße für jeden, der Ausschau nach mir hält, auf dem Präsentierteller ... nein, der ursprüngliche Plan war besser. Über den Bergpfad, unter Bäumen, zwischen den Hügeln verborgen. Wer weiß? Vielleicht könnte er eine abgelegene Skiti oder ein Kathisma finden, wo man ihm zu essen gab, wo man noch nichts von den Schändungen gehört hatte ...

In diesem Augenblick sah er weit draußen am Horizont ein graues Boot der griechischen Küstenwache, das mit blitzenden Lichtern und Alarmsirenen die Halbinsel entlangbrauste.

O'Hanrahan schauderte: Konnten sie hinter ihm her sein?

Doch bestimmt noch nicht jetzt ... Aber wenn ein anderes Fischerboot die Männer im Wasser gesehen, sie aufgefischt und nach Ouranopolis gefunkt hatte?

Oder schlimmer.

O Jesus, lieber Gott, Maria und alle Heiligen, schlimmer, viel schlimmer. Ein kalter Schauer überlief O'Hanrahan vom Kopf bis über seine Arme hinunter, so daß er eine Gänsehaut bekam: Wenn einer der beiden Männer ertrunken war? Wenn der alte Mann einen Herzanfall bekommen hatte? Wenn der junge Mönch in seiner schweren, voll Wasser gesogenen Kutte ertrunken war? Ikonen entweihen, ein Boot stehlen, Männer angreifen und schlagen, fliehen, obwohl man weiß, daß die Polizei auf einen wartet. O'Hanrahan schluckte, obwohl kein Speichel in seinem Mund war – und was, wenn er jetzt noch des *Mordes* angeklagt wurde? O Herr, warum konnte ich nicht einfach mit zur Polizei gehen, alles erklären und es in ein paar Minuten hinter mich bringen? Warum ist mein Leben so verlaufen? Warum bringst du mich hier in diese Einöde, um mein Leben des Irrtums und des Schmerzes zu beenden?

(Mach weiter und hör auf zu jammern! Und ein bißchen mehr Respekt bitte, wenn du mit Uns sprichst, Patrick.)

Hastig und atemlos paddelte er weiter. Hier versuche ich, etwas für Gott zu tun, ich habe mein Leben Texten über Gott gewidmet, und Gott kann mir nicht einen verdammten Gefallen tun ...

(Tu nicht so, als suchtest du für Uns nach Matthias. Du tust es für dich selbst, für ein letztes bißchen irdischen Ruhm. Geld, Berühmtheit, es ihnen noch einmal zu zeigen, Wir haben alle deine Gründe gehört. Du hast niemals danach gefragt, wie Wir in dieser Sache fühlen könnten.)

»Stimmen«, murmelte er, nun ganz außer Atem. Schweiß lief ihm über die Stirn; dieses Abenteuer auf dem Berg Athos war seine erste körperliche

Anstrengung seit Jahren. »Griechenland und all seine Stimmen. Immer hört man Stimmen ...«
Die Küste kam näher. Wieder verdüsterten sich seine Gedanken: Ich werde es nie schaffen. Nach ein paar Stunden unter dieser Sonne wird mir das Herz stehenbleiben. So wird es enden, eine einzige große Torheit, O'Hanrahans bisher größte und dümmste. Oh, wie wird ihnen das gefallen in Chicago! *Wie* ist er gestorben? Auf dem Berg Athos? Und nachdem er was getan hat? Und was für eine Schande, dieser junge Mönch, so zu ertrinken ... O Gott, bitte, laß das nicht passiert sein! Mach mich nicht zu einem Mörder aus Zufall!
(Wie immer selbstsüchtige Beweggründe. Nicht einmal ein Gedanke an den jungen Nikolas, den armen Kerl. Obwohl er ein bißchen zum Besserwisser neigt.)
Das Boot stieß gegen die Felsen in der klaren Lagune. O'Hanrahan tauchte bis zu den Schenkeln ins Wasser und zog das Boot an dem Seil, das am Bug befestigt war, mit sich. Er watete und hüpfte von Stein zu Stein, bis er das Boot um die Ecke der Bucht gezerrt hatte. Mit der ganzen Halsstarrigkeit, die Gegenstände entfalten, wenn man am meisten darauf angewiesen ist, daß sie einem behilflich wären, rammte das Fahrzeug gegen Steine, blieb stecken, trieb in die falsche Richtung und tat alles andere, als O'Hanrahan brav zu folgen. Endlich hatte er es die Bucht hinauf in den Schlick und unter den Schatten der Pinien gezogen.
In diesem Schatten setzte er sich schweißgebadet nieder und begann dann müde, Piniennadeln aufzusammeln, um den sichtbarsten Teil des Bootes abzudecken. Er mußte lachen. Was für ein albernes Unterfangen!
Ein Fünfundsechzigjähriger in diesem absurden Abenteuer, in das er sich selbst hineingeritten hatte. Aber dennoch spürte er eine gewisse Freude dabei: Wenn ich zurückkomme und dieses Ding schaukle, was für eine Geschichte wird das geben! Ein großer Artikel in der *Herald Tribune,* warte, bis ich das in Oprahs Talkshow erzähle! Ja, konzentriere dich auf den *Ruhm,* die Berühmtheit, wenn diese Schriftrolle übersetzt sein und der Fund bekanntgegeben wird! Und die arme Lucy, die in diesem verdammten, öden Ouranopolis vor Langeweile durchdreht – warte, bis sie von meinem Abenteuer hört! Ein Festtag wird es für sie sein!

\+ \+ \+

Eine Disco in Ouranopolis hieß *Argonaut Club*.
Da Stavros nicht, wie versprochen, mit etwas Eßbarem wiedergekommen war, zog Lucy sich nach ihrem tiefen, erschöpften Schlaf an, machte sich hübsch und ging in die Stadt, um ihn in seinem bevorzugten Nachtclub zu suchen. Der *Argonaut Club* war nahezu leer, aber es war ja noch früh am Abend. Den Mittelpunkt der Disco bildeten eine Anlage mit zwei Plattentellern und ein junger Grieche in einem übergroßen Batik-T-Shirt und in Radlerhosen, der zwei Stapel von Schallplatten nach einer bevorzugten Reihenfolge geordnet hatte.
»Und jetzt ist es Zeit für richtigen Rock'n Roll«, sagte der Junge, bevor er *The Final Countdown* von der schwedischen Gruppe *Europe* auflegte. Er drückte auf einen Schalter, die Anlage für die Lichtshow begann sich zu drehen, und prismatische Lichtflecken funkelten durch den Raum. Ein Stroboskop streute sein Licht zwischen das fluoreszierende blaue Licht und tauchte die Leute auf der Tanzfläche in Grün und Purpurrot – sie wirkten wie Marsmenschen.
Ein Museum aus den siebziger Jahren, in dem die Musik der achtziger Jahre gespielt wird, dachte Lucy. Ein Barkeeper sah sie finster an, und so bestellte sie ein Cola light, das anders schmeckte als zu Hause und in einer Dose mit griechischer Beschriftung serviert wurde – ein interessantes Souvenir.
Derek und Tracy, noch sonnenverbrannter als bei der letzten Begegnung, erschienen in der Tür. Tracy entdeckte Lucy und kam herübergehüpft; Derek setzte sich an einen Tisch und fing an, eine zusammengerollte, zwei Tage alte englische Zeitung zu lesen.
»Ich werde den verdammten Kerl noch ermorden«, seufzte Tracy und lächelte schwach. »Er geht mir furchtbar auf die Nerven ... Und wie geht's dir und, äh, wie heißt er noch?«
»Stavros«, antwortete Lucy lässig. »Immer dieselbe Geschichte. Ging, um etwas zu essen zu holen, und wurde nie mehr gesehen.«
»Na, vielleicht sollte ich dir das dann gar nicht sagen«, vertraute Tracy ihr an, »aber am Spätnachmittag habe ich ihn unten an dem Strand gesehen, wo man Surfbretter mieten kann.« Lucy stellte sich die schnatternde Ansammlung deutscher Fräuleins dort vor. Tracy legte ihr konspirativ die Hand auf den Arm: »Er ist wirklich etwas Besonderes. Spricht er Englisch?«
»Nicht sehr gut«, flüsterte Lucy. »Braucht er aber auch nicht.«

Tracy kicherte und stupste Lucy, die zurückstupste. »Sie sind alle ein Haufen von nichtswürdigen Faulenzern, weißt du? Was hast du da?«
»Cola light und, äh, Rum.«
Tracy wandte sich an den Barkeeper und bestellte das gleiche. »Siehst du den Barkeeper?« flüsterte sie. »Lucy, er macht mir Augen, seit ich hier bin.«
Lucy musterte ihn: griechische Standardbräune mit einem Schatten von Bartstoppeln, breiter Torso, gestutzter Schnurrbart, und er war offenbar überzeugt davon, weit besser auszusehen, als es tatsächlich der Fall war.
»Er ist okay«, sagte Lucy. »Zu blöd mit ...«
»Derek.«
»Ja, Derek.«
»Ich will dir was sagen. Nächstes Jahr komme ich zurück ohne diesen verdammten Klotz am Bein ...« Derek war gerade dabei, in der schwachen Spiegelung der dunklen Wandverkleidung aus Plastik nachzuprüfen, ob seine Punkfrisur auch brav nach oben stand. »Es hätte eine mordsmäßige Orgie sein können, wenn ich ihn nicht mit hergeschleift hätte. Und du kannst mich eine blöde Kuh nennen, wenn ich dir sage, daß ich ihn noch mit meinem Geld unterstützt habe. Mit meinem eigenen, hart verdienten Zaster. O Luce, schau dir den an, da an der Wand ...«
Tracy wies unauffällig auf einen modisch gekleideten Südländer, Anfang Dreißig, in einem schicken marineblauen Jackett, einem weißen Hemd mit schmalem Kragen und dunkler Krawatte. Eine Zigarette glomm in dem Aschenbecher vor ihm. Tracy schloß, er müsse ein reicher Grieche sein, weil seine Armbanduhr nach einer Rolex aussehe. Der Mann sah auf, und Lucy betrachtete sein Gesicht: ein dunkelolivfarbener Teint, große, feucht schimmernde, braune Augen, eine markante aristokratische Nase. Der Mann war sicher nicht nur wohlhabend, sondern auch sehr intelligent.
»Für diese Kneipe zu gut«, meinte Tracy. »Vielleicht ist er Erbe einer griechischen Reederei. Er sieht zu uns her«, quiekte sie und barg ihren Kopf an Lucys Schulter. »Schau, was du gemacht hast! Er kommt rüber zu uns ...«
Lucy und Tracy nahmen sich zusammen.
»Hallo«, sagte der Mann in einem klangvollen Bariton, der beide Frauen schwach machte. Er hatte nur einen leichten Akzent und sprach die Vokale abgerundet aus. Ob er in England aufgewachsen war? »Es scheint,

daß man mich versetzt hat. Also könnte ich mich vielleicht mit Ihnen unterhalten. Wenn Sie möchten.«
Ganz gentlemanlike, dachte Lucy. Mediterraner Alte-Welt-Charme – kein Hinterngekneife oder johlendes Kriegsgeschrei wie von der niedrigsten Sorte. »Bitte, setzen Sie sich zu uns«, sagte Lucy und deutete auf einen freien Barhocker.
»Kann ich Ihnen etwas zu trinken spendieren?« fragte Tracy mutig.
Er lachte. »Eigentlich sollte doch der Mann der Frau einen Drink spendieren, nicht wahr?«
»Wir leben in einer modernen Welt«, zirpte Tracy. Aber in diesem Augenblick kam Derek herangeschlendert und sah sie finster an. »Ich dachte, du bist an die Bar gegangen, um mir 'nen Drink zu holen, nicht um dort Kaffeeklatsch zu halten.«
»Ich komme, ich *komme* ja schon – was für eine verdammte Frechheit.«
»Du bist unverschämt frech ...«
Die beiden kehrten an ihren Tisch zurück, um zu streiten. Manche Leute leben doch nicht in einer ganz so modernen Welt, dachte Lucy.
»So einen Jungen habe ich schon öfter gesehen«, bemerkte der attraktive Fremde. »Oft schon, in England. Nicht ihn persönlich, aber genau den Typ.«
»Ja«, stimmte Lucy zu und versuchte, nicht nervös zu wirken. »Den Typ habe ich in England auch ein paarmal gesehen.«
»Sie waren in England?«
»Ich war ... äh, ich hatte eine Stelle als Gastdozentin an der Oxford University.« Plötzlich fielen ihr keine Namen von Colleges mehr ein, mit denen sie sich in Verbindung bringen konnte.
»Wie bedauerlich für Sie«, sagte er tröstend. »Für uns beide. Bedauerlich für Sie, weil Oxford nun eben Oxford ist. Bedauerlich für mich, weil ich Sie hätte kennenlernen können, wenn Sie nach Cambridge gekommen wären.«
Lucy lächelte. »Ich habe mich schon gefragt, warum Sie so perfekt Englisch sprechen.«
»Ach, es ist bei weitem nicht perfekt. Aber nun muß ich meinen Bruder suchen ...« Der Fremde stand auf.
Aus den Augenwinkeln bemerkte Lucy Stavros, der in seinem geliebten Muskelshirt und engen Jeans in den Club geschlendert kam. »O bitte«, sagte sie rasch, »wollen Sie nicht zumindest auf einen kurzen Drink

bleiben? Ich kann nicht zulassen, daß Sie Oxfords Ehre verleumden – ein Ort, der Cambridge weit überlegen ist, wie Sie sicher wissen.«
Der Mann lachte, setzte sich aber nicht wieder hin.
Stavros hatte sie erspäht.
»Ich muß gehen, aber vielleicht komme ich wieder, ja?« meinte der Fremde.
»O bitte«, lächelte sie, als sie sah, daß Stavros ihren Gesprächspartner unglücklich anstarrte.
Der Fremde verbeugte sich leicht und ging zum Ausgang, vorbei an Stavros, der im Vergleich zu ihm erst recht wie ein unreifer, übertrieben herausgeputzter Jugendlicher aussah. Mit gerunzelter Stirn kam Stavros zu Lucy.
»Wer war das?«
Verdammt, sie wußte den Namen nicht. »Einfach irgend jemand.«
»Wo warst du heute nachmittag?« fragte Stavros.
»Ich habe gewartet, daß du kommst und etwas zu essen mitbringst.«
»Ich war an deiner Tür.« Er machte ein Klopfzeichen. »Du warst nicht da.«
Gut, sie hatte ziemlich tief geschlafen. »Ich war den ganzen Nachmittag da«, sagte sie trotzdem, »und ich habe dich nicht klopfen hören.«
»Ich bin dann in mein Zimmer gegangen und habe auch geschlafen, ja?«
»War das, bevor oder nachdem du zu den deutschen Tussis am Surfbrettstand gegangen bist?«
»Tussis? Ich verstehe nicht ...«
Sie wiederholte es, bis sie erkannte, daß er nur so tat, als verstehe er das Wort nicht.
»Ich habe viele Freundschaften«, verteidigte er sich.
»Ich auch«, erwiderte sie.

\+ \+ \+

O'Hanrahans dunkle Nacht der Seele.
Er saß am Rand eines Felsens und schätzte den Weg ab, der vor ihm lag. Die Schatten wurden länger, und bald würde er blind dahinwandern müssen. Wenn er der Küste gefolgt wäre, könnte er nun vielleicht im Mondlicht weitergehen, aber nun war es unmöglich, wieder an den Strand zu kommen ... Vielleicht konnte er auf dem Boden schlafen. Mit den

Wölfen. Und den Klapperschlangen – hier war einer der letzten Orte in Europa, wo es sie gab. Oder er konnte einfach hier sitzenbleiben, sich an den Felsen lehnen, bis er einschlief, und beim ersten Tageslicht weitermarschieren.
Das Zwielicht wich der Dunkelheit, die sich um die Wälder schloß. Nur über ihm, durch die Wipfel der Pinien, konnte er das Tiefblau des Nachthimmels sehen. Die Pinien rauschten, Blätter raschelten, und er redete sich ein, er höre Tiere näher kommen. Hin und wieder rüttelte ein unheimlicher Windstoß in den Baumkronen, als sei dort irgendein bewußtes Wesen, eine verärgerte, lange nicht mehr beachtete griechische Gottheit.
(Was ist mit dem lange nicht mehr beachteten Gott Abrahams?)
Ich bin wie der bibbernde heilige Antonius in der Wüste, dachte O'Hanrahan und steckte die Hände unter die Achseln, um sich vor der Kälte zu schützen. Ich habe Hunger, ich sehe alles mögliche, ich höre alles mögliche ...
(Wenn Antonius Furcht verspürte, betete er zu Uns.)
Nein, mein Herr, ich werde nicht beten. Himmel, Himmel, ich habe so Angst vor der Dunkelheit. Wenn ein Mensch plötzlich auf Gebete und Religion zurückgreift, ist er meistens dumm und unzulänglich.
(Aber Menschen *sind* unzulänglich.)
Es ist entwürdigend. Wie kann irgend jemand an eine religiöse Erfahrung glauben, wenn es neun von zehn Malen in Extremsituationen passiert? Person A findet Gott, wenn das Flugzeug gerade abstürzt. Person B hat Krebs und noch sechs Monate zu leben – und was geschieht? Sie findet Gott. Person C ist sechs Tage lang in einer Mine verschüttet und – große Überraschung – findet Gott. Ich meine, ist das nicht ein kleines bißchen verdächtig? Nein, ich will dir was sagen, wenn ich an der *Spitze* bin, wenn ich erfolgreich bin und klar denke, *dann* werde ich Gott vielleicht eine Chance geben.
(Mach, was du willst.)
Wie mein Vater sagte: »Sei ein Mann.« Als ich klein war, hatte ich Angst im Dunkeln. Ich lag wimmernd in meinem Zimmer, bis schließlich meine gute, leidende Mutter kam, meine liebe, liebevolle Mutter ...
(Deine Mutter ist hier bei Uns.)
O'Hanrahan sah ihr sanftes, nachsichtiges Gesicht vor sich. Er erinnerte sich. Meine Mutter stand auf und kam zu mir, tröstete mich, las mir vor.

In dem Licht der kleinen Nachttischlampe sah sie so alt aus. Wie viele Frauen ihrer Generation ließ sie sich nie das Haar schneiden, sondern flocht es morgens ordentlich und steckte es auf dem Kopf fest. Aber abends, in ihrem verschossenen Flanellnachthemd, ohne Brille, ohne die ihr Gesicht so verletzlich wirkte, wenn sie mit ihrem langen offenen Silberhaar in mein Zimmer sah ... dann sah sie immer aus, als sei sie traurig meinetwegen. Warum schläft mein kleiner Paddy nicht und träumt etwas Schönes, fragte sie. Was nehmen wir denn, fragte sie und griff nach dem Buch mit den Bibelgeschichten, dem Buch mit den bunten Bildern von Wundern und dem leidenden und blutenden Christus.
(So hat dein Interesse an Uns begonnen.)
Mein Vater dagegen war hart, auf Disziplin bedacht. Lieblos, so wie sein eigener Vater gewesen war.
(Was meinst du, was dein Sohn über dich sagen würde?)
Mein Vater weigerte sich, ein Nachtlicht für mich zu kaufen. Und wenn er mich erwischte, wie ich die Nachttischlampe brennen ließ und wertvolle Energie verschwendete, schraubte er die Birne heraus und fluchte, wenn er sich die Hände daran verbrannte. Und einmal ... warum fällt mir das jetzt wieder ein? Einmal hat er mich in den Schrank gesperrt und gesagt: »Jetzt sei einmal ein Mann ... Und komm nicht raus, bevor du dich nicht verhalten kannst wie ein Mann.« Und der Schrank war gar nicht so dunkel, und ich hatte keine Angst, sondern fühlte mich nur gedemütigt, daher beschloß ich, darin sitzen zu bleiben, bis ich sterben würde. Und ich wäre nie herausgekommen, wenn ich nicht das unterdrückte Weinen meiner Mutter gehört hätte, und so kam ich heraus, um sie zu trösten. Über ein gottverdammtes halbes Jahrhundert ist das her! Ein ganz anderes Leben!
(Nein, kein ganz anderes Leben.)
Ich habe meinen Vater lange Zeit gehaßt. Dann hatte ich Mitleid mit ihm. Die Liebe eines Sohnes kann Haß und Streit, Gewalt und Mißhandlung überleben, aber keine Sohnesliebe überlebt das Gefühl des Mitleids für den Vater. Zu meinen Gunsten kann ich sagen, daß mein Sohn Rudy mich niemals mitleiderregend gefunden hat. Er mag mich gehaßt haben, aber er hatte nie Mitleid mit mir.
(Dein Sohn hatte Mitleid mit dir. Da sieht man, wie wenig du weißt.)
Mein Vater, Patrick O'Hanrahan senior, arbeitete in den Viehhöfen, wo er Transporte be- und entlud. Trotz eines ordentlichen Gewerkschafts-

lohns waren wir immer arm. Er verlieh Geld an Verwandte und Kneipenbekanntschaften, und ebenso bedenkenlos lieh er sich selbst Geld von Kredithaien. Meine Mutter versetzte Erbstück um Erbstück, alles Plunder natürlich, irischer kitschiger Schund aus der glücklichen alten Heimat. Als sein Sohn bekam ich entweder zu hören: »Ah, du wirst nicht dein Leben lang schuften müssen wie ein Sklave, so wie dein alter Scheißkerl von Vater, nicht, solange ich lebe ...« Oder im Gegenteil: »Da arbeiten, wo ich arbeite, würd' dir auch nix schaden, oder bist du dir zu fein für uns Arbeiter?«

Ich konnte nie gewinnen.

Ein gutes Zeugnis? Dann hieß es: »Du hältst dich wohl für so gescheit, was? Gescheiter als dein Alter? Na, ich kann dir noch'n paar Sachen beibringen ...« Zu Hause bekamen weder ich noch meine Mutter oder meine Geschwister je einen Beweis, daß er uns liebte, es gibt also kaum etwas, weshalb ich mich schuldig fühlen sollte.

(Warum tust du es dann?)

Gott, wie habe ich Familienfeiern gefürchtet, Hochzeiten und Beerdigungen. Es gab nie eine Hochzeit ohne seine sämtlichen Geschwister, drei Schwestern und vier Brüder, die sich gegenseitig anrempelten, sich betranken und irische Lieder plärrten, bis die Bedienungen im Gewerkschaftslokal sie aufforderten zu gehen, und jedesmal gab es eine Rauferei. Irgend jemand sagte etwas unbeschreiblich Belangloses, und dann stand mein Vater schwankend, betrunken auf: »Wenn du das sagst ... wenn du das noch mal sagst, dann bei Gott und allen Heiligen, ich schwör's beim allmächtigen Christus ...«

An diesem Punkt versuchte meine Mutter ihn immer zurückzuhalten, bat ihn, sich hinzusetzen, sich zu beruhigen, einen Kaffee zu trinken. Bestimmt war es Zeit, nach Hause zu gehen ...

»Bei Gott, ein Bruder von mir sagt so was ... was er grade gesagt hat ...« Selbst in diesem Augenblick hätte mein Vater nie und nimmer erklären können, *was* eigentlich gesagt worden war. Es war lediglich eine Gelegenheit, sich selbst brüllen zu hören und männlich zu sein, ein nichtsnutziger Scheißire, ein blöder bescheuerter irischer Kathole ... Ich gebe es zu, ohne Widerspruch: Ich habe mich gründlich für ihn geschämt.

Und Beerdigungen. Allmächtiger Herr Jesus, bei Beerdigungen – wie in einem drittklassigen irischen Sketch – weinten sie in der einen Minute und gossen sich in der nächsten einen hinter die Binde, dann schubsten sie einander auf dem Parkplatz herum, gaben einander die Schuld am Tod des Verstorbenen, untersagten sich gegenseitig, je wieder einen Fuß in ihre Häuser zu setzen, schworen bei jedem Heiligen, sie seien nicht länger Brüder/Schwestern/Schwager, sie seien gestorben füreinander! So tot wie derjenige, dessen Begräbnis sie soeben ruiniert hatten! Wie bin ich immer zurückgerannt zum Auto – ja, damals hatten wir noch ein Auto –, habe mich eingeschlossen, den Kopf im Rücksitz vergraben und das alles ausgesperrt, diese ganze emotionale Gewalt, dieses betrunkene irische Sich-in-Szene-Setzen, das ich nicht verstand.

Dieses Leben, wie ein schlechtes, minderwertiges Werk von Eugene O'Neill, zu unglaubwürdig, um je auf die Bühne gebracht zu werden, lag drohend als mein Schicksal vor mir. Zu ertrinken in diesem Meer von unvernünftiger irischer Gefühlsduselei ... Sich fünf Jamesons hinter die Binde kippen, dann einen Stock packen und mit Grady O'Connell, Tom Kelly und Jacky Doyle zu den Lagerhöfen gehen, um den Schlägern, die die Geschäftsleitung angeheuert hatte, die Köpfe einzuhauen; meine Mutter, die Vater anflehte und schluchzte, er solle nicht gehen und sich nicht zusammenschlagen lassen – was dann natürlich passierte ...

Nicht einmal meine Mutter sah das so klar wie ich. Ihre Lösung bestand darin, daß ich Priester werden, mein Augenmerk auf eine höhere Berufung, ein besseres Leben richten sollte.

(Weil du Gott einmal geliebt hast.)

Halte dir nicht zuviel darauf zugute – stärker als du war der Wunsch, der South Side zu entkommen. Ich sah eine Welt, in der Menschen lasen und dachten; wo es ruhig war und sauber und wo es gutes Essen gab. Für jemanden wie mich war es das einzige, was er tun konnte.

(Aber du hast vergessen, daß du Gutes tun wolltest, daß du um eine Mission gebetet hast, die anderen helfen, sie erheben würde. Hast du wirklich alles ausgelöscht, was Wir dir einmal bedeutet haben?)

Ich stöhne, wenn ich mich selbst sehe, wie ich war: wie fromm, wie blaß, schwach und still. Meine Mutter dachte, das sei Religiosität, und war getröstet; mein Vater dachte, es sei unmännlich, aber wenn schon einer von seinen Söhnen Priester werden mußte, konnte es genausogut ich sein ... Und ich dachte, Priester zu werden sei die Antwort, bis ich feststellte, daß auch das eine Falle war, dieselbe irische Konspiration, aufgeputzt mit ein bißchen Weihrauch.

Meine Schwester Catherine und ich gingen immer zusammen zur Schule.

Mal überlegen, ich war zwölf oder so, sie war rechthaberische vierzehn. Und sie führte uns dann abseits von unserem normalen Weg an der staatlichen Schule vorbei, wo wir hineinsahen zu den anderen Kindern, den Protestanten. Meine Schwester lehnte sich dann über den Zaun und schrie ihnen Beleidigungen zu. Ich mahnte sie, unsere Mutter habe gesagt, wir sollten nichts mit ihnen zu tun haben und uns vor allem nicht über sie lustig machen. Weißt du, warum Mutter das gesagt hat? fragte Catherine. Weil sie Protestanten sind und in die Hölle kommen. Und ich sah hinein und sah die Jungen, die auf dem Asphaltboden Baseball spielten, und dachte angstvoll über einen Gott nach, der diese lachenden Buben in die Hölle schicken würde.

(Du hast an jenem Abend deswegen eine Stunde lang gebetet.)

Und dann kam die Zeit, als die Pfarrei unsere schlechte, personell unterbesetzte Pfarrschule schloß und man uns sagte, wir müßten von unserem Viertel aus mehrere Meilen gehen, wenn wir auf einer katholischen Schule bleiben wollten. Daher befahl mein Vater nach einem fürchterlichen Streit mit meiner Mutter, wir sollten auf die staatliche Schule gehen, die er schließlich mit seinen Steuern schon bezahlt habe. Und wir mußten eine Aufnahmeprüfung machen, in welche Klasse wir kommen sollten. In meinen Augen brannten Tränen, und ich spürte eine große Wut. Denn wo waren die Fragen, wer die Königin des Himmels sei und wer bei ihrer Krönung zugegen war? Wo waren die großen Heiligen, Christophorus und Georg, was war mit den Freudenreichen Geheimnissen, den vier Erzengeln, dem Vaterunser auf latein? Nichts von dem wollten sie wissen, sie wollten die ersten acht US-Präsidenten genannt bekommen; ich sollte Tiere in ihre jeweilige Unterabteilung in der Systematik des Tierreichs einordnen und Longfellow und Poe ihren berühmten Gedichttiteln zuordnen. Eingebrannt in mein Herz sind die Worte der Frau, die meinen Test entgegennahm und kopfschüttelnd zu ihrer Kollegin sagte: »Schon wieder ein Genius Unserer Lieben Frau.« Und ich wurde eine Klasse zurückgestuft.

(Und fünfzig Jahre später ärgerst du dich immer noch darüber.)

Patrick Virgil O'Hanrahan, Klassenbester, seit er zur Schule gekommen war – eine Klasse zurückgestuft! Ja, ich schmecke die Galle immer noch. Ich mußte aufholen, und das machte mich verärgert und verbittert und auf Konkurrenz bedacht ... bevor es langsam, ganz langsam in mich eindrang, bevor ich ganz langsam daraufkam, daß jeder Katholik an der

Kelly Highschool im Jahre 1935 eben ein dummes, rückständiges, irisches Katholenkind war.
Und deshalb würde es für mich keine Pfarrei geben, keine lausige, heruntergekommene, jammernde Diözese zur Betreuung, keine alten Weiber, die ihre Familienzwistigkeiten abreagierten, keine endlos langen Beichten von jungen Frauen wie meiner Schwester Catherine, mit Mühe ausgegraben aus einem verkümmerten, saftlosen Leben ...
Nein, Plan C: Ich würde auf die Loyola-Universität gehen. Ich würde zur jesuitischen Elite gehören. Ich würde andere Kontinente bereisen, egal wo auf der Welt sein, um zu tun, was der Papst will, wenn es sein muß – überallhin, bloß nicht auf der South Side bleiben!
(Seit wann hattest du den Papst im Kopf?)
Ich habe Spaß gemacht. Mir lag nichts daran, Roms Sache zu unterstützen – ganz und gar nicht, ich wäre beinahe aus der katholischen Kirche ausgetreten, nachdem Pius XII. während des Zweiten Weltkriegs den Nazis in den Arsch gekrochen ist. Und ich hatte auch nicht den Wunsch, gegen die protestantische Irrlehre zu kämpfen, weil in meinem Freundeskreis bald mehr Protestanten als Katholiken waren – Protestanten hatten zumindest ein wenig Sinn für Fortschritt! Religion hatte wenig damit zu tun, daß ich Jesuit sein wollte. Ich suchte nach dem Gütestempel, den Jesuitsein bedeutete: Ich wollte der Welt zurufen, daß ich ein denkender Katholik, ein Mensch mit wachem Hirn bin!
(Du schreibst deine eigene Geschichte um. Es gab auch einen idealistischen Patrick, der die Welt zu verbessern hoffte, der eine spirituelle Gottesvorstellung liebte, losgelöst von allem geistlichen Quatsch der Kirche. Du erinnerst dich nicht mehr, was für eine freundliche Seele du als Kind hattest, damals, als man dich gefirmt hat.)
Jesses, meine Firmung. Auf der einen Seite die Frauen, nichts als Frömmigkeit, Maria und alle Heiligen beschützet uns, lauter ungeliebte, selbstgerechte alte Schachteln, die von ihren Männern seit Jahren nicht mehr angerührt worden waren; und die Männer, eine flegelhafte Bande von betrunkenen, irreligiösen Wracks. Zwanzig Minuten nach dem völlig überflüssigen Streit beim Empfang in der Kirche fand ein erzwungenes Treffen statt, irgend jemand brachte meinen Vater und wer immer sonst noch in den Streit verwickelt war – meistens mein Vater und Onkel Kenny – dazu, einander die Hände zu schütteln, und dann umarmten sie sich.

»He, Kenny, mein Freund«, schmachtete mein Vater dann, und unvermeidlich ging es weiter: »Komm, schau dir meinen kleinen Sohnemann an! Meinen Stolz und meine Freude! Ein ganz Gescheiter ist das, er wird's einmal weiter bringen als sein alter Herr, wie? Paddy, Paddy, mein Junge, komm, lern deinen Onkel Kenny kennen!«
Und zum drittenmal an jenem Tag, zum hundertstenmal in meinem Leben wurde ich vorgestellt, man zerzauste mir das Haar, blies mir Whiskyatem ins Gesicht, das Vorspiel dazu, daß ein anderer Verwandter versuchte, mir auch einen Schluck Whisky einzuflößen, während die Frauen protestierend kreischten, und das war das Beste, was ich erwarten konnte: das einzige Mal, daß sich mein Vater zu mir bekannte. Stockbetrunken war er am nächsten daran, mir zu sagen, daß er mich liebte.
(Wie nahe warst du denn daran?)
Verdammt, diese anklagenden Predigten des Gewissens, diese Stimmen der Nacht! Welche Schuld sollte ich fühlen? Ich habe ihn geehrt, oder nicht? Ich habe ihn geliebt, so gut ich das konnte, so wie ich nun einmal war. Ich habe nie offen mit ihm gestritten, ich habe immer nachgegeben und ihn ignoriert. Ich habe ihm den Respekt gegeben, den ich ihm schuldig war.
Außerdem konnte man ebensowenig zu ihm durchdringen, wie man mit einer Zeichentrickfigur auf der Leinwand reden kann. Wenn er *einmal* in der Küche von seiner Kaffeetasse aufgesehen und gesagt hätte: »Sohn, ich weiß nicht, was das Leben eigentlich soll«. Oder wenn er die Wettkämpfe im Radio abgeschaltet und gesagt hätte: »Sohn, glaubst du, daß über uns *kein* Gott ist?« Dann hätte ich ihn getröstet, mit ihm geredet, all meine armselige Weisheit gegeben, um den Mann aufzurichten. Aber er hatte nie in seinem Leben einen höheren Gedanken!
Immer hieß es: »Dein alter Herr weiß, wie man mit diesen Stadttypen, mit diesen Bonzen umgehen muß, laß mich reden ...«, kurz bevor der Versicherungsmann eine seiner Forderungen ablehnte. Immer hieß es: »Jacky Doyle ist der beste Mann seiner Zeit, und ich setze mein Leben und mein Geld auf ihn – he, ich wünschte nur, ich hätte dem Mann die doppelte Summe leihen können«, kurz bevor Mr. Doyle völlig pleite ging. Immer dieselben unoriginellen, unmöglichen, endlosen Tricks hinter dem Rücken meiner Mutter: Sie kippte den Schnaps aus, er schmuggelte wieder einen in die Wohnung. Wenn er Geld hatte, lieh er das Geld am selben Abend wieder her und spielte an der Bar den großen Maxe; wenn er

heimkam, log er dann irgend etwas zusammen. Wie kann ein Mann mit Hirn *tausendmal* denselben blöden, typisch irischen Fehler machen?

(Hätte er perfekt sein müssen, damit du ihn liebst?)

Gott, plötzlich sehe ich mich selbst, pedantisch und proper, mit leiser Stimme wie der Direktor einer Bestattungsfirma, mit meinem frommen Novizenkragen, wie ich vom Loyola heimkam, um meine Mutter zu besuchen. War ich dermaßen überheblich? O bitte, sag mir, daß ich nicht so herumgelaufen bin, sag mir, daß ich mehr Leben in mir hatte, laß uns so tun, als sei ich immer so gewesen wie jetzt. Wie muß ich in seinen Augen ausgesehen haben ... Zumindest war meine Mutter stolz auf mich ...

(Und worum bat sie dich, ehe du an die Amerikanische Universität in Beirut gegangen bist?)

Sie wollte ... sie wollte, daß ich ein wenig Zeit mit meinem Vater verbringe, der alt und vergeßlich geworden war, sie wollte, daß wir Frieden schlossen. Und dann, Jahre später, als ich in Korea war, starb sie, meine gesegnete, ausgelaugte Mutter. Und meine Schwester Catherine, die sie gepflegt und zu Hause zwei Jahre lang den Haushalt geführt hatte, trieb meinen Vater vermutlich in den Wahnsinn. Sie wollte sich um die Familie kümmern, die Nachlässigkeiten meiner Mutter korrigieren, meinem Vater sein Maß an Strafe und Verachtung verpassen, meinem armen Vater ...

(Endlich eine Regung des Mitleids?)

Und in den ersten sechs Monaten nach dem Tod meiner Mutter, einer Frau, die er sechsundvierzig Jahre lang schlecht behandelt und angebrüllt hatte, trank sich mein Vater zu Tode. Ich habe es vor Augen, wie Catherine auf die gekrümmt am Boden liegende Gestalt hinuntersah, den Rosenkranz in der Hand, und ihm Vorhaltungen machte. Obwohl ich es nicht gesehen habe. Ich bin nicht heimgefahren, um irgend etwas davon zu sehen. Ich habe nie um Urlaub gebeten. Ich konnte es nicht ertragen zuzusehen. Was hatte ich ihm schon zu sagen? Mein Zuhause war der Ort, wo meine Mutter lebte, und als sie tot war, gab es in Chicago kein Zuhause mehr für mich.

In der tiefen Dunkelheit traten O'Hanrahan Tränen in die Augen.

O Patrick O'Hanrahan senior, wie waren deine letzten Tage für dich? Wie hast du dem Nahen des Endes ins Auge gesehen, den halberfüllten Versprechen an dich selbst, den hoffnungslosen Fehlschlägen, dem Auslöschen aller Möglichkeiten? Hast du gewußt, welche Flasche deine letzte

war? Du hast deinem Sohn nie gesagt, wie man mit diesem Teil umgeht, dieser Sache mit dem Sterben. Wie alles, was ich je getan habe, werde ich auch das, genau wie du, allein tun müssen. Warum hast du es so elend enden lassen? In einem Rinnstein in einer Gasse neben der Bar, die dir den Hahn zugedreht hatte ... Hast du einfach gedacht, na schön, hier ist ein Plätzchen, ich glaube, ich leg' mich ein bißchen hin und sterbe heute nacht? Ich würde alles darum geben, um zu wissen, was du gedacht hast. (Er hat an seinen Sohn gedacht. Seinen Sohn, auf den er stolz war, den er so sehr noch einmal zu sehen gehofft hatte, bevor er starb. Er dachte: Wenn ich morgen früh aufwache, wird mein lieber Paddy junior vor seinem lieben alten Dad stehen. Er wird kommen, dich grüßen und seinen armen alten Vater heimbringen.)
O'Hanrahan weinte.

*20. Juli 1990*

Lucy, die vermutete, O'Hanrahan habe einfach die Tage verwechselt, wartete mittags wieder in der Halle des *Hotel Poseidon* auf den vereinbarten Telefonanruf.
Nichts. Auch heute keine Nachricht.
Sie ging in ein Lokal, aß einen Bauernsalat, machte die Runde zum Zeitungskiosk, zum Strand, vorbei an den drei nebeneinanderliegenden Cafés und las dann ein paar Seiten in *So heiß brennt die Sonne.* Anschließend ging sie zurück zum Hotel und fragte erneut, ob ein Anruf oder eine Nachricht gekommen sei. Nichts.
Sie ging wieder und suchte Stavros. »Was glaubst du, wo er sein kann?« fragte sie ihn.
»Vielleicht geht das Telefon nicht?«
Vielleicht. Ein bißchen altmodisch dort auf der Insel. Lucy wußte nicht, was sie tun sollte. Wenn alle Stricke reißen, dachte sie, könnte ich Stavros hinüberschicken, damit er sich umsieht.
»Nein«, sagte der, als sie den Vorschlag machte. »Keine Religion, nein.« Dann schmiegte er sich enger an sie und legte ihr unanständig die Hand auf den Hintern.
Sie machte sich lachend los, weil eine ältere Frau ihr einen unfreundlichen Blick zugeworfen hatte. »Nein, nicht hier«, erklärte sie sittsam.

»Bräunst du dich heute wieder?«
»Ja, vielleicht tue ich etwas für meine Bräune.«
Sie gingen wieder zurück zum *Poseidon.* Lucy hatte das Gefühl, daß Stavros nicht so ganz wollte, aber eine hochnäsige Abfuhr von einer der Rheintöchter gegen eine sichere Sache mit Lucy abgewogen hatte.
Ich fange an, mich an die Gesellschaft dieses Jungen zu gewöhnen, dachte Lucy. Ich könnte es einreißen lassen, mit ihm zu schlafen, gegen besseres Wissen – schön, wer weiß, ob er überhaupt noch will. Lucy nahm seine Hand, als sie am Meer entlanggingen, aber Stavros drückte sie nur kurz und ließ sie dann wieder los, um die Hände in die Taschen zu stecken. Es soll nicht so aussehen, als ob er in festen Händen ist, dachte Lucy, falls eine andere im Ort ihn haben will. Sie spürte zuerst einen Stich der Eifersucht, dann der Minderwertigkeit, aber sie versuchte, diese Gefühle zu ignorieren. Mit den Folgen werde ich mich später befassen, dachte sie und schloß die Augen, das Gesicht der Sonne zugewandt.
»Zeit für deine Bräune?« fragte er.
Sie warf ihm einen einladenden Blick zu. Gott, war er schön. Sie wollte ihn mit den Augen verschlingen, das Bild behalten für alle Zukunft, wenn er nicht mehr bei ihr sein würde, für all die verpaßten Gelegenheiten in ihrer Vergangenheit.
»Ich wollte einmal Nonne werden«, erzählte sie, als sie die Treppe zu ihrem Zimmer hinaufgingen.
Stavros lachte. »Zu spät.«
Als sie im Zimmer waren, packte sie ihn spielerisch, preßte ihn gegen die Tür, kuschelte sich an seine Brust und knöpfte sein Hemd auf. Weg mit dem albernen Mädchen, das es einmal gegeben hat, dachte sie. Weg damit, jetzt und für immer!

+ + +

Verirrt! Danke, Gesegnete Jungfrau! Du erscheinst jedem schizophrenen Teenager, jedem sexuell neurotischen Spinner im Mittelmeerraum, aber du kannst Patrick O'Hanrahan nicht einmal eine einfache Richtung angeben!
(Ist das eine Art, mit der Magd des Herrn zu reden?)
Ich müßte eigentlich schon tot sein. Nein, noch keine Geier, die über mir kreisen, aber ihr Festmahl ist bald angerichtet ... O'Hanrahan lachte über

sich selbst, wie im Fieber. Was für eine Art zu sterben! Wenn ich nur Wasser finden könnte, würde ich mich jedem und allem ausliefern, egal wie ...

Nein. Nein, das war ein Augenblick der Schwäche. Ich bin wieder von den Teufeln versucht worden. Aber Gott hilf mir, sieh dir diese Landschaft an. Hinunter und den nächsten Berg hinauf, das wird den ganzen Nachmittag dauern, bei dieser Hitze, und was wird von mir bleiben? Ich könnte stolpern und mir den Knöchel verstauchen, hier liegen, bis ich verfaule. In der anderen Richtung das gleiche. Ich bin mir nicht einmal sicher, ob dieser sogenannte Weg wirklich ein Weg oder einfach die natürliche Lichtung auf der Spitze dieses Kamms ist. Ich bin zu alt für so etwas – vielleicht wird diese komische Sterbeszene im Gelehrtenregister vermerkt, das heißt, wenn ich noch bedeutend genug wäre, um darin aufgelistet zu sein. Ich kann von Glück reden, wenn ich eine schön gedruckte Todesanzeige in der *Chicago Sun-Times* bekomme.

Willkürlich entschied er sich für die rechte Weggabelung und machte sich an den Abstieg ins Tal.

Ich hätte nie aus dem Jesuitenorden austreten sollen, dachte O'Hanrahan. Ich hätte mich in Jerusalem oder an der Loyola-Universität in New Orleans niederlassen sollen, ein Amt übernehmen und mich aus dieser ganzen Mittelschichtsache mit Frau und Kind heraushalten sollen. Es wäre eine harte Entscheidung gewesen im Amerika unter Eisenhower, aber ich hätte von einer Menge von Problemen verschont bleiben können.

(Und du hättest die Frau verschont, die du geheiratet hast.)

Mein Leben, dachte O'Hanrahan, bestand aus einer Reihe von Entscheidungen, bei denen ich mich selbst hereingelegt habe: Als ich dreiundzwanzig war, kurz davor, einer der jüngsten Dr. phil.s bei den Jesuiten zu werden, sagte ich mir, das sei unwichtig; statt dessen bin ich an die Amerikanische Universität von Beirut gegangen, um zu sehen, ob ich an alten Schriftfunden arbeiten könne. Mit vierundzwanzig kam ich in das Übersetzerteam für die Schriftrollen vom Toten Meer, und als ich siebenundzwanzig war, hatte man mir Positionen, Stipendien und Gelegenheiten geboten, meinen Namen für alle kommende Geschichte mit diesen Dokumenten zu verbinden ... aber nein, ich wies es zurück, soviel *vanitas*, akademischer Pomp, alles Mist. Nein, Pater O'Hanrahan wollte das *wirkliche* Leben sehen, etwas Instinktives und Bedeutungsvolles tun. Mit

seinen Händen den Boden der Dritten Welt berühren! Die Unberührbaren auf Indiens Straßen retten. Welche Ambitionen!
(Du warst nie hochherziger als damals, Patrick. Nie war dein Herz so voll von Nächstenliebe.)
Und so ging ich 1952 nach Korea, als Feldkaplan. Was ich vom Krieg wußte, erinnerte sich O'Hanrahan, stammte aus Wochenschauen über den Zweiten Weltkrieg und Schwarzweiß-Bildern im *Life magazine.* Aber Korea war in Farbe, schauerlich, ekelerregend. Man brachte eine Reihe von Toten, über die ich die Totenmesse sprechen sollte, oft auch noch ein letztes Trostwort für einen Sterbenden, was ich recht gut konnte. In der ersten Woche drehte es mir die Eingeweide um, aber es war eine lohnende Aufgabe. Doch dann kam eine zweite Woche, dann eine dritte, und immer mehr Tote und Sterbende und für ihr Lebtag Verkrüppelte kamen und stellten immer tiefere Fragen ...
(Aber du hast Antworten darauf gegeben.)
Ja! Gedankenlose, auswendig gelernte Beruhigungsfloskeln über Tod und Verlust, zweitklassige Platitüden frisch von den größten Phrasendreschern der Kirche. Glaubst du, ich hätte das nicht in ihren Augen gesehen? Sie kamen zu mir wegen eines Trostes, einer Erklärung ... und ich redete gespreizt über Jesus und ein Kreuz und irgend etwas, das vor sehr, sehr langer Zeit Leuten passiert war, die sie nicht kannten. Die einzige Verklärung, die ein Junge kennenlernte, war das Wunder, wie fünf Finger zu einem unansehnlichen Stumpf wurden, hastig zusammengenäht und verbunden, damit wir eine weitere neu geordnete Sammlung menschlicher Körperteile auf den Operationstisch bekommen konnten. Der junge polnische Katholik, der die Letzte Kommunion haben wollte. Wir hatten keinen Wein, keinen Traubensaft mehr, also mußte es rot gefärbtes Zuckerwasser tun, gesegnet und geweiht, das er verzweifelt nippte. Es ist Sein Blut, okay? Aber wozu brauchten wir das Blut von irgend jemandem, im Sommer 1952, im Eisernen Dreieck, 38. Breitengrad, 36. Kampftag. Blut, o Menschensohn, hatten wir wahrhaft genug dort.
Die sechste Woche ging vorbei, die siebte Woche.
Ist es möglich, daß selbst Gemetzel und die Vernichtung von Menschen nach einer Weile langweilig werden? Du willst Wunder? Die perverse Aufhebung physikalischer Gesetze auf dem Schlachtfeld war wunderbarer als sämtliche Heiligenlegenden zusammen: der Typ, der drei Schüsse abbekommen hatte, drei Kugeln nacheinander aufgereiht in der Wunde,

die die erste Kugel geschlagen hatte. Der andere, dem eine 22er-Kugel die Zähne kaputtgeschlagen, aber sonst keinen Schaden angerichtet hatte ... Und ein paar Wochen später kam er wieder und hatte eine *zweite* Kugel mit den Zähnen abgelenkt. »*Keep smiling, Johnny*«, witzelte jeder. Wer kann diese Dinge glauben?

(Aber manche davon waren Unsere Wunder.)

Und umgekehrt war da der Junge, der Wundbrand bekam und starb, nachdem er selbst an einem eingewachsenen Zehennagel herumgepfuscht hatte. Der Unteroffizier, der an seinem letzten Dienstabend so viel koreanischen Schwarzgebrannten trank, daß er an Alkoholvergiftung starb. Der türkische Soldat, der, nachdem er das volle Ausmaß seiner Leistenwunde erfahren hatte, ruhig sein Kampfmesser herauszog und sich selbst die Kehle durchschnitt, so gelassen, als schneide er eine Melone durch. Ich habe das alles gesehen, Gott, wirklich.

Und, überlegte O'Hanrahan, wenn man einen Augenblick nachdachte, erkannte man, daß man vielleicht ein wenig Trost spenden konnte, aber meistens war man ohnmächtig, war man nur ein Hindernis zwischen einem Mann und seinem Tod, ein Bürokrat mit Papieren und Weihwasser und Kreuzen und Schriften, der das unvermeidliche Schicksal durcheinanderbrachte.

Zwölfte Woche, fünfter Monat, fast ein Jahr. Langsam begann Groll in mir zu wachsen. Nachdem der erste junge Mann vor mir an unzähligen Schrapnellwunden krepierte, dachte ich: Natürlich ist dieser ganze Religionskrampf ein einziger Scheiß. Gut nur auf dem Papier. Man kann das Christentum nicht auf die Straße bringen. Man braucht eine heile Vorstadtsiedlung für dieses entzückende Wir-kommen-doch-alle-in-den-Himmel-Gesellschaftsspiel. Aber »Entschuldige, Junge, ich weiß, daß man dir den Unterleib weggeschossen hat und wir kein Morphium mehr haben, aber wichtiger ist, daß deine unreinen Gedanken vom Blut des Lamms reingewaschen werden, weil Jesus zur Rechten Seines Vaters sitzt« – das macht sich nicht so gut.

»Hehe«, erklärte O'Hanrahan laut, »jetzt habe ich Deine Stimmen in die Flucht geschlagen, was? Was hast Du zu Deinen Gunsten zu sagen, wenn man auf das Thema Krieg und körperliche Qualen zu sprechen kommt? Dieses Paradies, das Du für den Menschen gemacht hast!«

Ein türkisches Bataillon wurde von den Chinesen niedergemäht – Allah steh' mir bei! Eine persische Verwundetenbrigade kam herein, unter ihnen war ein Anhänger des Zarathustra – was ist mit dem ewigen Höllenfeuer? Nicht notwendig, mit dem jüdischen Jungen aus New York, der nur noch fünf Minuten zu leben hatte, darüber zu sprechen, daß seine Leute vor einiger Zeit den Himmel aufgegeben hatten. Und bei dem jungen Litauer aus Cleveland mit seinem schlechten Englisch, der sich an die Bibel klammerte, fieberhaft mein Kreuz küßte und um Absolution flehte – wofür? Für neunzehn Jahre nicht begangener Sünden? –, als er spürte, wie es mit ihm zu Ende ging, hatte ich mehr als einmal Lust zu sagen: O bitte, zeig etwas Würde!

(Du hast also gezweifelt. Zweifel ist gesund. Jesus zweifelte am Kreuz. Mohammed verlor den Mut, Moses war ungehorsam, die Könige Israels vergaßen Uns ganz. Glaubst du nicht, daß Wir auch manchmal daran zweifeln, ob es einen Wert hat, die ganze Sache am Laufen zu halten? Wo es Bewußtsein gibt, göttliches oder menschliches, da ist auch Zweifel. Durch den Zweifel wissen Wir, daß Wir glauben, aber auch, daß Wir überhaupt denken, daß Wir nicht aus unbelebtem, zufriedenem Stein sind. Wenn die Menschheit nur wüßte, wie der Schöpfer ihre Zweifel und ihre Mutlosigkeit teilt!)

Unvergeßliche Bilder stiegen wieder in ihm auf. Der spanische Junge, in Stücke gerissen, das eine Auge eine einzige Wunde, ein guter Katholik aus New Mexico, der ihn um ein Heilmittel anflehte – ein Wunder, alles ist möglich, nicht wahr, Kaplan? Ich glaube in meinem Herzen daran, wenn Sie mir die Hand auflegen ... Und Patrick hatte ihm die Bitte erfüllt, während der Junge schrie und sich wand, um in der nächsten Stunde aus dieser Welt zu scheiden, überzeugt davon, daß sein Schmerz seine Erlösung bedeutete. Unauslöschlich war dieses Bild. Fast so unvergeßlich wie der lachende Junge, wie O'Hanrahan ihn in der Erinnerung hatte. Dieser junge Bursche war so erleichtert, daß er noch lebte; eine halbe Stunde lang redete er darüber, was er tun werde, wenn er erst wieder zurück in den Staaten sei, er zeigte Fotos und machte Witze darüber, daß seine Verwundung, eine Beinwunde, seine Heimfahrkarte aus diesem gottverdammten 38. Breitengrad sei. Als O'Hanrahan, nun selbst lachend, mit Kaffee für sie beide zurückkam, sah der Soldat offenbar beunruhigt zu ihm auf und sagte: »Irgend etwas ist komisch, Pater.« Und während O'Hanrahan sich wieder setzte und kleine Zuckertütchen aufriß, starb der Junge. Einfach so. Und O'Hanrahan redete noch eine gute Minute lang weiter, bevor er es bemerkte. Er war so müde von der ganzen Anspannung ...

Aber es war der Tod in seiner stillen Gründlichkeit! Sterben *kann* tatsächlich sein wie Einschlafen: im einen Augenblick noch da, im nächsten schon tot. Und kein Himmel, der zerreißt, kein Donnerschlag.
(Ein solcher Tod ist eine Gnade, glaubst du nicht?)
O'Hanrahan wischte sich den Schweiß von der Stirn und kratzte sich am Kopf. Deshalb bin ich also hierhergebracht worden, damit ich mein Leben an mir vorüberziehen lasse? Ein kleines Vergnügen des Allmächtigen, so wie Hiobs Aussatz, wie Jonahs kleines Mißgeschick mit dem Leviathan – wer Ohren hat, der höre. Wenn du den brennenden Busch siehst, dann renn davon! Wende dich ab, um deines Lebens willen! Fort mit dir, Jahwe!
(Hat Dir Unsere kleine Weile in der Wildnis nicht gefallen?)
»Du weißt nicht, wann Du endlich Ruhe geben sollst, nicht wahr?« O'Hanrahan schrie laut um Linderung, schrie aus Erschöpfung und weil er nicht die Energie hatte, irgend etwas zu zertrümmern. Er packte einen Stein und schleuderte ihn in die Höhe, gegen den Himmel, so fest er konnte, und lachte dabei hysterisch über sich selbst.
Ich weiß, was ihr Dreckskerle wollt! Mich demütigen, mich in die Knie zwingen! Du willst, daß ich darum bete, aus diesem Schlamassel herauszukommen! Du kannst mich verhöhnen mit all den Stimmen, all den Erinnerungen, die Du auf Lager hast, weil hier ein Mann ist, der Dich gekannt und *sich abgewandt hat,* der Deine Allmacht für Prahlerei hält, Deine Allwissenheit für zweifelhaft, Deine Heiligkeit für geschmacklos.
(Na schön. Aber wie kommt es, daß du nie aufgehört hast, an Gott zu glauben? Die meisten Menschen, die ihren Glauben verlieren, sagen, daß es Uns nicht gebe. Du sagst eigenartigerweise, daß es Uns gibt, aber daß du Uns nicht magst. Finde dich damit ab, Mein Sohn: Wir sind Gott, und du bist ein Mensch, und du hast keine große Wahl.)
Ha! In der Talsenke entschied sich O'Hanrahan für den Pfad nach links und stapfte mit neuer Energie weiter. Lieber die Hölle mit den Libertins, den Trunkenbolden, den Freigeistern. Mittagessen mit den Renaissancepäpsten, Abendessen mit Mallatesta, später ein Bier mit Nietzsche und dann noch im Palast von Julian dem Abtrünnigen auf eine Riesenorgie vorbeischauen!
(Es gibt eine Hölle. Jede heilige Persönlichkeit, von der liberalsten bis zur strengsten, ob Jesus oder Mohammed, hat der Menschheit gesagt, daß es eine Hölle gibt, und immer noch finden Wir dieses törichte Hirngespinst, daß sie nicht existiere. Gut, sie entspricht nicht ganz der Vision Unseres

geliebten Dante, aber sie ist keinesfalls angenehmer, das können Wir dir versichern. Sicher haben Wir Erbarmen mit den meisten armen Seelen und falsch gelebten Leben, aber dennoch ist es absolut möglich, in der Hölle zu enden, und es würde dir wirklich nicht gefallen, Patrick.)

Hey, geh mir nicht damit auf den Geist. Ich habe die Hölle gesehen. Hier auf dieser Erde. In meinem eigenen Haus, mir am Tisch gegenübersitzend.

(Beatrice, deine Frau. Die meisten Probleme, die sie hatte, brachte sie selbst mit; aber du hast viele Sünden des Geistes begangen – ehrlich gesagt die einzigen, die von Bedeutung sind – und ihr das Leben vergällt. All die Nächstenliebe, die du je besessen hast, hat den Eifer und die Leidenschaft nicht ausgeglichen, mit der du sie unglücklich gemacht und sie dafür hast bezahlen lassen, daß sie nicht dein Ideal war.)

Mein Ideal? Engstirnig, zänkisch, zusammengeschrumpelt vor Bosheit, eine hyperreligiöse Miesmacherin, die in sich das Schlimmste an irischer Prüderie und Selbstgerechtigkeit mit den schlimmsten Eigenschaften der Frauen vereinigte! Sie hat mich an jedem Tag unserer Ehe unglücklich gemacht!

(Wir müssen es dir also wieder ins Gedächtnis rufen?)

O'Hanrahan blieb beinahe stehen. Sie war so bleich, selbst nach sieben Monaten in Korea. So leise, so fügsam. Nicht eigentlich warmherzig, nicht eigentlich voll von den tröstlichen mütterlichen Eigenschaften, die ein verwundeter Soldat von einer Barmherzigen Schwester erwarten mag. Aber wer es so sehen wollte, konnte ihre Schüchternheit für innere Ruhe halten. Zwanzig Jahre alt, scheu und schwer in ein Gespräch zu verwickeln; sie war als Waisenkind von den Josefinerinnen aufgezogen worden, und von da an arbeitete sie als Halbtagskraft in einer Suppenküche für Bedürftige von St. Vinzenz von Paul, bevor sie selbst die Berufung einer Schwester annahm.

Nein, wart einen Augenblick, Beatrice Helena McDidon war genaugenommen kein Waisenkind ... sie war das jüngste von dreizehn Kindern; der Vater, ein irischer Trunkenbold, hatte die Familie sitzengelassen, und die Fürsorge beschloß, die Kinder aufzuteilen und die Kleinsten in Waisenhäuser einzuweisen. Die Nonnen hatten Beatrice ziemlich klar Bescheid gesagt: Deine Mutter hat dich hergegeben. Die Entschädigung: Es muß Gottes Wille gewesen sein, daß du eine Schwester wirst wie wir.

»Beatrice«, sagte O'Hanrahan laut.

Als Pater O'Hanrahan sie zum erstenmal sah, ging er hinter ihr her, um herauszubekommen, wer sie war. Es war bei einer Messe. Sie war gerade von einem Einsatz in Japan gekommen. Sie hatte dunkelbraunes Haar, glatt und zurückgekämmt, eine blasse Haut mit Sommersprossen, winzige Hände – sie war wie aus Porzellan, so zerbrechlich. Und das wirkte anziehend auf O'Hanrahan, den siebenundzwanzigjährigen jungen Mann, der nie eine Frau gehabt hatte. Da war eine Frau, die vielleicht verständnisvoll war, die mir vielleicht mein ungeschicktes Gefummel verzeihen könnte, die meine Gelehrsamkeit verehren würde, die ich beeindrucken und dominieren könnte – nein, nicht auf die Art eines bäurischen Macho, aber ...

(Auf welche Art denn sonst?)

Aber als Mentor. Ich dachte, ich könnte sie unterrichten, wie einst Hieronymus seine Paula, wenn man so will; ich könnte sie aus dem römisch-katholischen Abgrund befreien. Ich wollte ihr zeigen, was sie lesen sollte, ihr beibringen zu denken, sie vor der Altjüngferlichkeit retten, davor, so zu werden wie meine Schwester Catherine O'Hanrahan, sie retten vor dem langsamen Durchtränktwerden von Galle und Essig, dem Balsam der Herzen irischer Frauen ...

(Aber wirkliche Liebe war das nicht, oder?)

Doch! Für mich war es das! Für einen Mann, der nur in Büchern gelebt hatte, der leichter mit Tertullian und Justin dem Märtyrer umging, als eine Frau zu fragen, ob sie mit ihm einen Cocktail trinken oder in der Kantine tanzen wolle! Ich flirtete mit Beatrice, neckte sie mit dem Abfall vom Glauben, saß 1952, in diesem endlos heißen, schwülen Sommer voller Schmutz und Insekten und dem langsamen Sterben der Verwundeten, mit ihr da und trank unzählige Tassen schlechten Kaffee. Sie saß in der Kantine, und ich spielte den verwegenen, forschen Jesuiten, gefährlich modern, der sich lustig machte über Pius XII., ihn einen Kriegsverbrecher nannte und alles in Frage stellte, was akzeptiert war.

(Beatrice verteidigte ruhig ihre Schwesternschaft, aber sie wurde dennoch unterminiert. Kein Mann, Patrick, hatte sich je Zeit genommen, mit ihr zu reden, sie für irgendeine warme, menschliche Beziehung ausgewählt. Jeden Abend, ruhelos in der Hitze, lag sie laut seufzend im Bett, bis die anderen Schwestern ihr befahlen, still zu sein.)

Tatsächlich nahm die Mutter Oberin sie beiseite und fragte sie streng, ob zwischen ihr und diesem Halunken O'Hanrahan etwas vorgehe, das unzulässig und gegen das Gelübde gerichtet sei. Kaum hatte sich der

Gedanke an Liebe einmal eingenistet und den Reiz des Verbotenen bekommen, erinnerte sich O'Hanrahan, war es nur noch eine Frage der Zeit gewesen. Und er war da und warb für die Versuchung: »Ich sehe keinerlei Grund, warum ein Jesuit keine Geliebte haben sollte«, hatte er in der Kantine geflüstert, wie er sich erinnerte. »Päpste und Kardinäle haben welche. Kardinal Spellman hat einen Jungen an seiner Seite – ja, es ist wahr!«

Sie war zerrissen vor Unschlüssigkeit. Ihre weltlichen Krankenschwester-Kolleginnen – wie die über Männer redeten! Die aus dem *Life magazine* herausgerissenen Fotos von Hauptdarstellern, die an der Innenseite der Spindtüren klebten, die Fotos von einem Freund am Strand von Coney Island, die auf dem Nachtkästchen einer anderen Schwester standen, die Geschichten, die manche der derberen Frauen über Liebesaffären während der dienstfreien Zeit in Tokio erzählten, und die rührenden Geschichten von Männern, die sterben mußten, junge Männer, die noch jungfräulich waren und die Krankenschwester um ein spätabendliches Rendezvous baten, um vor dem Tod noch eine Ahnung von irdischer Liebe zu bekommen. Sicher, manchmal war dieses Geschwätz nur eine List, aber manchmal war es echt, und manchmal gaben Krankenschwestern nach. Beatrice schämte sich, aber diese Phantasievorstellung versuchte sie, weil die Männer entweder sterben oder nach Hause gebracht werden würden, und das konnte dann das Ende sein, keine Konsequenzen, kein Skandal ... Nicht, daß viele der Männer Annäherungsversuche bei ihr gemacht hätten, da sie nicht sehr hübsch war, obwohl es auch daran liegen konnte, daß sie eine Tracht der Barmherzigen Schwestern trug. Sehr beunruhigend waren auch die älteren, verheirateten Frauen, die von ihren Kindern und ihrem Mann getrennt waren. Vielleicht beneidete sie diese Frauen am meisten. Und hier war sie, gerade erst zwanzig, eine Gefangene der Kirche! Nein, sie würde das einzig Leichtsinnige in ihrem Leben tun. Sie würde die Liebe kennenlernen.

(Beatrice hat dich sicher geliebt, dich verehrt, dich angebetet. Du hast ein Gelübde gegen ein anderes eingetauscht, und anstelle der früheren Autorität der Kirche – was hast du ihr da geboten? Ursprünglich wolltest du ihr Leben neu ordnen und emporheben, aber du hast das Interesse daran verloren.)

Weil sie, als wir dann zurück in den Staaten waren, ganz offensichtlich ...

(Ungebildet war.)

Unrettbar dumm. Ihr lag an nichts etwas, woran mir etwas lag. Sie wollte nicht lesen. Sie hatte nicht das leiseste Interesse an alten Kulturen, fremden Sprachen, verlorenen Schriftrollen, den Schätzen der Vergangenheit. Alles, was mein Leben ausmachte, bedeutete ihr nichts. Sie widmete sich ganz Heim und Herd, und eine Weile war es in Ordnung, aber selbst sie wußte, daß wir schlecht zueinander paßten. »Ich bin zu dumm für dich«, beteuerte sie.

(Du hättest sie trösten sollen. Immerhin hast du sie geheiratet.)

Aber was sie sagte, war die Wahrheit. Zwei stümpernde, von der Kirche kaputtgemachte, mittellose und überfällige jungfräuliche Wesen, die in Kriegszeiten übereinander gestolpert waren. Was für eine Zukunft konnte so eine Verbindung haben, sobald die Zeiten wieder normal waren? Gut, gut, sie hat mich geliebt, und ich habe sie nie wirklich so geliebt, wie ein Mann seine Frau lieben sollte. Sie war für mich nur eine Idee, ein Übergangsritus, ein Weg, um die Kirche abzuschütteln und wieder einmal in meinem Leben die Richtung zu wechseln, eine weitere miese Idee, die nirgendwohin führte.

Oh, und zuerst war ich verantwortungsbewußt – das mußt Du mir zugestehen! Wie habe ich darüber geweint. Stundenlang habe ich auf den Hinterhof gestarrt, die ganzen verregneten Sonntagnachmittage lang in Pennsylvania, darüber nachgedacht, wie ich das noch retten könnte, diese Katastrophe. Eine Scheidung wäre gnädig gewesen. Ich habe den Mut aufgebracht, sie danach zu fragen.

(Das war der Wendepunkt.)

Allerdings. Sie tankte sich wieder mit Religion voll. Zurück zur Kirche, zurück zur täglichen Messe, zurück zu den Nachmittagen in der Kirche St. Bridget, zu ihrem Gebetskreis und den Lebensmittelsammelaktionen und dem katholischen Verein junger Frauen von Fakultätsangehörigen … und einen Monat später stellte sie fest, daß sie schwanger war. Daß sie das Kind des Mannes trug, der sie dazu gebracht hatte, ihr Gelübde zu brechen, und sie dann noch um die Scheidung bat, so daß sie zweimal der Verdammnis anheimfallen konnte.

»Diese Ehe ist meine Buße«, sagte sie stoisch. »Ich bringe ein Kind zur Welt, das einen Abtrünnigen und einen Trinker als Vater hat.«

Zur Hölle, Frau, damals war meine Trinkerei noch *gar nichts*.

Wart nur, bis ich 1961 außerordentlicher Professor an der Universität von Chicago im Hyde-Park-Viertel wurde. Jeder war glücklich über diese

Beförderung, nur Beatrice nicht. Sie wollte nicht, daß wir weggingen von der Universität in Duquesne, weil das in der Nähe ihrer Schwestern in Pittsburgh war. Chicago war unendlich weit weg, sie kannte dort niemanden. Machst du dir klar, daß Jahre ohne ein warmes Wort, ohne eine Heilung dieses Bruchs vergingen? Ist es ein Wunder, daß ich auf Reisen ging, sobald sich irgendein Projekt anbot – wenn Forschungsmittel zur Verfügung standen, war ich weg!
(Gut, so bist du deiner Frau entkommen. Und deinem Sohn Rudy. Und in den paar Monaten und Wochen, in denen du zu Hause warst, hast du dich schlimmer benommen.)
Verstehst Du nicht? Sie hatte nie das Gefühl, daß ihr verziehen war. Sie hatte ein Gelübde abgelegt und es dann gebrochen – ihr Gelübde vor Gott. Keine göttliche Vergebung konnte groß genug sein: Sie war bestimmt für das Fegefeuer, wenn nicht gar für die Hölle, und das akzeptierte sie kalt, mit stiller Bitterkeit. Ich war die erste Ursache dieser Sünde. Ich war der Apfel vom Baum der Erkenntnis und Satan zugleich – die lebende Erinnerung an ihren Sündenfall. Und auf keinen Fall durfte ihr kleiner Engel, ihr Abel, ihr Benjamin, ihr Baby besudelt und verdorben werden von seinem Vater, dem Schürzenjäger und Säufer!
(Immerhin eine nicht ganz unpassende Beschreibung zu jener Zeit.)
Zum Teufel, es waren die sechziger Jahre. Miniröcke, Sonnenbaden oben ohne, durchsichtige BHs, die jungen Studentinnen an den gemischten Universitäten, die nichts anderes im Kopf hatten, als mit dem gelehrten Professor ins Bett zu hüpfen. Ich sah sie vor mir, wie sie taten, als würden sie Notizen machen, aber in Wahrheit daran dachten ... Es gibt wenig Zeiten, die auf Männer mittleren Alters katastrophaler gewirkt haben als die Swinging Sixties; wehe dem Mann, dessen Midlife-Crisis in diese Zeit fiel! Die offenen Blumenhemden, die Koteletten, die rosa gefärbten Brillen, das Tweedjackett mit den Lederflicken an den Ellbogen, die Pfeife – vierundvierzig Jahre alt und ein Mann meiner ... der Zeit meines Sohnes! Und ich starrte vom Podium herab auf meine Studenten, und zwischen den Wiedergeborenen und den Jesus-Freaks und den katholischen Katastrophen, die schließlich im Theologieseminar landeten, saßen die wenigen jungen Frauen, die nicht wegen des Seminars kamen, sondern um den dynamischen, aufsehenerregenden Lehrbeauftragten zu hören, seine geschliffene Gelehrsamkeit, sein Aramäisch, seine lateinischen Wortspiele, seine wunderbare Aussprache des Griechischen. Die Sprachen und Ge-

schichten der Vergangenheit versponnen zu dem Geheimnis und dem Hokuspokus eines Aphrodisiakums, das sie brauchten ...
(Beatrice hat erfahren, was für ein Weiberheld du warst.)
Oh, aber manche von diesen Studentinnen! An eine erinnere ich mich ganz besonders ...
(Wie wär's mit dieser Erinnerung?)
Rudy war sechs Jahre alt, und Beatrice war immer noch dabei, sich einzugewöhnen, ärgerte sich immer noch, daß sie in Chicago war. Während einer Szene, die sie wohl den ganzen Nachmittag lang geübt hatte, erklärte sie am Abendbrottisch: »Schön. Wir werden heuer in diesem Haus nicht Weihnachten feiern. Ich nehme Rudy mit und fahre zu meiner Schwester, und du kannst sehen, wo du bleibst!«
»Mami, wein nicht ...«, bat Rudy.
Jedesmal wenn Beatrice darauf aus war, eine Szene zu machen, reagierte das Kind ganz hysterisch.
Also habe ich sie beim Wort genommen, erinnerte sich Patrick. Du kannst zur Hölle gehen und dich mit deinen Saufkumpeln in O'Connor's Bar betrinken, sagte sie, und genau das habe ich am Weihnachtsabend getan, weil ich meinte, sie und Rudy seien abgezischt nach Pittsburgh und würden erst nach den Feiertagen wiederkommen. Dann kam ich heim, der Tisch war gedeckt, die Kerzen heruntergebrannt, sie hatten am Truthahn und dem ganzen anderen Essen herumgestochert, und Beatrice saß entrüstet am Tisch. »Du hast gesagt, du wolltest wegfahren ...«, murmelte ich und lehnte mich gegen die Wand, weil ich wirklich einiges geladen hatte.
»Daddy?« Rudy spähte in seinem Pyjama um die Ecke. »Dürfen wir jetzt unsere Geschenke aufmachen? Bitte!« Natürlich versuchte er, die Szene zu verhindern, die nun kam, wie er wußte.
Aber Beatrice, Unsere Liebe Frau der Vorwürfe, ließ sich das nicht nehmen! *Ich* wollte nie vor dem Kind streiten, immer hat sie das angezettelt, bis es zu einer festen Regel wurde, daß es immer Streit gab, wenn Daddy zu Hause war. Welche Chance hatte Rudy, eine passable Vaterbeziehung zu entwickeln: Ich war der Bösewicht, der Grund dafür, daß Weihnachten eine Zeit der Tränen war, ich war die Geißel aller anständigen Christenmenschen!
»Rudy, dein Vater hat nicht einmal ein Geschenk für dich«, teilte Beatrice dem Jungen mit. Grausam! Roh!

(Warum hattest du kein Geschenk für ihn?)
Ich dachte, er würde erst nach Neujahr zurückkommen!
Massenhaft Zeit, um etwas zu besorgen! He, an jedem Weihnachten danach habe ich ihn mit Spielzeug und Büchern überschüttet ...
(Aber die Verletzung dieses Weihnachtsfestes hast du nie wiedergutgemacht.)
Nein. Nein, habe ich nicht. Jedesmal wenn ich einen zweideutigen Witz gemacht oder den Weihnachtsbaum zu spät aufgestellt habe, wurde *dieses* Weihnachten – für Beatrice heiliger als Christi Geburt – erwähnt: Vater wird Weihnachten ruinieren, wir sind wieder in Satans Händen, mein kleiner Engel ... Das Gift, das sie dem armen Rudy in die Ohren träufelte! Alles wäre besser gewesen, wenn sie fortgegangen wäre und mir erlaubt hätte, das Kind hin und wieder zu besuchen. Ohne mich als Demonstrationsobjekt, mit dem sie arbeiten konnte, hätte Rudy mit der Zeit selbst erkannt, was für ein intrigantes Weib seine Mutter war; ich hätte seine Zuneigung gewonnen.
(Sie hat einmal angeboten, dich zu verlassen.)
In einer Winternacht war O'Hanrahan auf dem Wohnzimmerteppich umgekippt und hatte beschlossen, lieber dort liegenzubleiben, als unwillkommen in Beatrices Schlafzimmer zu kriechen. Das nächste, woran er sich dann erinnerte, war Beatrice, die mit einem Koffer in der Hand auf ihn herabsah.
»Soll ich in ein Hotel gehen?« hatte er gefragt.
»Nein, ich gehe. Rudy ist schon im Auto.«
Er kam zu sich und hörte den Motor des Pontiacs, der im Leerlauf in der Auffahrt stand. Nach der Uhr auf dem Kaminsims war es drei Uhr morgens. Rudy war wohl aus seinem Zimmer getappt und hatte seinen Vater so hier liegen sehen.
»Geh nicht«, sagte er automatisch.
»Ich werde mich nicht von dir scheiden lassen«, sagte sie und knöpfte ihren Wintermantel zu. »Du weißt, daß ich dagegen bin. Aber ich muß nicht mit dir zusammenleben.«
(Das war deine große Chance. Warum hast du sie nicht gehen lassen?)
Weil ... na ja, nicht, wenn ich so auf dem Boden lag ...
(Nein, es war deshalb, weil du *sie* verlassen wolltest, mit der nächsten verfügbaren Frau, die dich hätte haben wollen.)
Und ich habe an Rudy gedacht, das mußt Du mir zugestehen! Ich wollte

nicht, daß er mitten in der Nacht gekidnappt würde, mitgezogen in ein Leben zusammen mit ihren gehässigen alten Schwestern! Er hätte nur meine schlechteste Seite in Erinnerung behalten. Also bat ich Beatrice zu bleiben und versprach, in die verdammte Alkoholikerklinik zu gehen, die sie ausgesucht hatte.

An diesem Punkt seiner Erinnerung war O'Hanrahan an einem Felsrand angelangt, der wirklich steile Teil des Wegs lag nun vor ihm. Langsam, außer Atem, machte er sich Schritt für Schritt an den Aufstieg.

Es ist etwas Protestantisches am Gedanken einer Entziehungsklinik, dachte er. Für alles bekommt man Ratschläge, mit allem wird man konfrontiert, alles wird beredet und zerredet; der Patient wird einem Verfahren unterworfen, aus dem er gereinigt und entschuldigt und geheilt wieder auftauchen soll, gestärkt für sein neues Leben. Die Möglichkeit, daß man, achtundvierzig Stunden nachdem man der Klinik entronnen ist, wieder zurückgleitet in die Gosse, scheint ausgeschlossen. Jeder gute Katholik dagegen würde den Rückfall vorhersagen: Der Katholizismus begründet sich schließlich auf der Vorstellung einer *conditio humana,* die Schwäche einschließt; daher gibt es pro forma eine Beichte, und man bekommt einen Klaps auf die Hand. Der Protestantismus dagegen ist überzeugt, daß Menschen sich ändern können: Sobald eine Sünde erkannt ist und man ihretwegen betet und sich darum wirklich sorgt, wird man sie überwinden; daher kommt der Fanatismus, die Prohibition, der Kampf gegen Abtreibung und Homosexualität, gegen Pornographie und Prostitution. Und natürlich ist der Protestantismus, obwohl er hier und da voll guter Absichten ist, absolut irrig.

(Wenn es darum ging, dich zu bessern, ja.)

Die Klinik, an die Beatrice ihr Herz gehängt hatte, war die Doster-Klinik in der Nähe von Urbana in Illinois. Sie hatte mit dem stets verschwitzten Priester mit dem feisten Gesicht über mein Problem gesprochen – zum Teufel, sie hatte Anzeigen aus Zeitschriften ausgeschnitten und Reklametafeln studiert! Hatte Fremden an der Bushaltestelle von ihrem Trunkenbold von Ehemann erzählt, ihrem geliebten, gehätschelten Kreuz, das sie tragen mußte! Beatrice sammelte Empfehlungen über Empfehlungen, wo sie mich einliefern sollte. O Heilige Mutter Kirche, steh ihr bei auf diesem Kreuzzug! Die Besserung Patrick O'Hanrahans. Ihr Martyrium konnte nun den Gipfel erreichen.

»Ja, ich kämpfe um meine Ehe«, sagte sie mit neuer Würde zu den alten

Klatschtanten in der Kirche. »Gott würde nicht weniger von mir erwarten. Für Rudy ...«

Ja, das war der Vorwand: für Rudy. Warum dachte sie nicht an den Jungen, wenn sie am Abendbrottisch eine ihrer selbstsüchtigen Szenen aufführte, hm? Warum dachte sie nicht fünf Minuten darüber nach, welche Wirkung auf den Jungen es haben mußte, wenn sie seinen Vater Abend für Abend sozusagen kastrierte?

(Aber schließlich bist du doch in die Klinik gegangen.)

Beatrice saß steif und aufrecht auf dem Fahrersitz und ich daneben. Keiner von uns beiden sagte ein Wort, während wir durch das graue Ackerland von Urbana fuhren. Auf den Feldern lag Schnee, und der holprige Highway voller Schlaglöcher, den wir Richtung Urbana nehmen mußten, war mit Matsch bedeckt.

»Wenn ich es abscheulich finde«, sagte er, »komme ich sofort wieder nach Hause.«

»Du mußt das eine Woche lang durchhalten, Patrick«, sagte sie vorsichtig, so kurz vor ihrem höchsten Triumph. »Ich glaube, diese Leute werden dir begreiflich machen, was du deinem Leben antust. Was du uns allen antust.«

»Ich tue euch überhaupt nichts an. Ihr werdet versorgt, ihr habt ein Dach über dem Kopf, Rudy fehlt es an nichts ...«

»Außer an einem nüchternen Vater.«

Er wollte jetzt nicht streiten, nicht hier im Auto. Es würde noch Zeit genug sein zu streiten, wenn er erst unbußfertig wieder zu Hause war und erneut zu trinken anfing. Er hatte die feste Absicht, wieder zu trinken.

Nicht ein einziges Atom in seinem Körper wollte mit dem Trinken aufhören; nicht die leiseste Stimme in ihm sagte, daß es ein Problem sei. Trinken war sein *Leben*! Es machte ihn geistreich und witzig; es war der Quell der O'Hanrahan-Legende. Wenn er eine Party gab, bemühte sich der gesamte Theologische Fachbereich um eine Einladung – das würde wieder ein Gelage sein, über das man das ganze Jahr sprach: O'Hanrahan in guter Form, O'Hanrahan, der Unterhalter, der großzügige Mixer köstlichen Gebräus. Wohlgemerkt, das war in den sechziger Jahren, als die Leute einen guten Cocktail wirklich erkannten; wie so viele andere einst heilige amerikanische Laster und Verfeinerungen des öden Alltagslebens sind die Cocktails heute verschwunden. *Puritaner, ihr habt gesiegt,* um Julian Apostata abzuwandeln. Und was das Umkippen anging, das unappetitliche Ende, das passierte in der Abgeschiedenheit seines eigenen Hauses – das bekam niemand zu sehen.

(Nur deine Frau und dein Kind.)

»Du wirst sehen«, sagte Beatrice, und ihr kleiner Mund stieß die Worte scharf und genau hervor, »was aus jemandem wird, der so trinkt wie du. Du wirst dort eine Menge anderer Trinker kennenlernen.«

Auch so eine Sache. Ob es bei dem einen Treffen der Anonymen Alkoholiker war, an dem er teilnahm, oder die Woche in der Doster-Klinik: O'Hanrahan war immer erstaunt, wieviel *schlimmer* die anderen Trinker dran waren.

Der Teenager, der vor dem Abendessen zwei Fünftel Wodka in sich hineinschütten konnte und sich nicht mehr erinnerte, daß er seinen Hintern für zwanzig Dollar und noch ein Fünftel Wodka auf der Straße feilgeboten hatte. Die Frau, die betrunken Auto gefahren war und dabei ihre kleine Tochter bei einem Unfall getötet hatte, als sie gegen einen Telefonmast fuhr. Der einst respektierte Arzt, der betrunken eine Fehldiagnose gestellt hatte, dem seine Zulassung entzogen worden war und gegen den in Illinois' teuerstem Prozeß wegen ärztlicher Fahrlässigkeit verhandelt wurde. Der Mann, der eine Firma für Bürobedarf besessen hatte und durch seine Trinkerei seine Position, sein Heim, seine Familie und sein Geld verloren hatte ... Was für *Verlierertypen*! Was für Feiglinge und Idioten!

Saufen hat ihr Leben ruiniert – meines dagegen machte es erträglich und schön, es war eine Gnade, es war für mich die Währung für gesellschaftliche Beziehungen! Verstehst du, sie waren Verlierer, die durch ihre Sauferei zu noch größeren Verlierern wurden. Ich hätte tatsächlich nicht einmal diese Klinikepisode ertragen müssen, wenn ich in Irland geboren worden wäre, um Himmels willen, wo meine soziale Rolle geehrt und verehrt war!

»Und Sie, Patrick?« fragte der kahlköpfige, lispelnde Doktor, der seine Schreibunterlage umklammert hielt, im beruhigenden Tonfall eines Reiseleiters. »Würden Sie sich als Alkoholiker bezeichnen?«

»Ich bin nur ein starker Trinker«, antwortete er, dabei hätte er sich nicht geniert, vor diesem Gruppentherapiezirkel von Verlierern Mord und Vergewaltigung zu gestehen. »Ich glaube nicht, daß ich es eine Woche durchhalten könnte, nichts zu trinken, aber ich will es ja auch gar nicht ...«

Kein Lachen, keine Geselligkeit, nicht mit diesem Haufen. Sie waren hier zusammengepfercht, um in ihrem Elend zu wetteifern, um auf wunderbare Weise von all ihren Sünden und Unzulänglichkeiten geheilt zu werden. Trottel!

»Aber Sie sind ein Alkoholiker«, sagte der Arzt.

Wer war dieser Clown, dieser Nekrophile, der sich gierig durch die hier versammelten Leichen pickte? Was hatte er davon?

»Ich bin nicht sicher, daß ich Alkoholiker bin«, protestierte O'Hanrahan schwach.

Ein magerer Mann, der anscheinend betrunken war – er hatte glasige Augen –, unterbrach sie: »Das habe ich auch einmal gedacht. Das ist nur ein Leugnen. Sie müssen der Wahrheit ins Gesicht sehen, Patrick.« Wie kam dieser Versager dazu, mich beim Vornamen zu nennen? »Sie müssen in den Spiegel sehen und es laut aussprechen: *Ich bin Alkoholiker.*«

Nach dieser beeindruckenden Sitzung gab es eine gräßliche Mahlzeit aus lauter gesunden Zutaten, dann zog sich jeder auf sein Zimmer zurück. O'Hanrahan stand nachts einmal auf, um den Gang entlang zur Toilette zu gehen, und erlebte die Entzugserscheinungen seiner Mitpatienten mit, Schüttelfrost, Tränen und Schluchzen ... Beatrice, du selbstgerechte alte Kuh, kann ich jetzt nach Hause und aus dieser komischen Anstalt herauskommen? Lieber Herr Jesus, noch sechs Tage dauert diese Hölle ...

(Hat es dir nicht ein kleines bißchen gutgetan?)

Warum sollte es?

(Tatsächlich hast du es geschafft, den Patientenkreis dort zu korrumpieren, die anderen noch weiter herunterzuziehen. Du erinnerst dich doch noch an deine Freundin Lila?)

Oh. Wirklich, an sie denke ich ganz und gar nicht gern ...

(Laß Uns diese prachtvolle Episode in all ihren lebhaften Details zurückholen.)

Lila Gantry aus Springfield, Illinois, Frau eines Senators, die auf Parties zu trinken begonnen hatte, um gelöst und unterhaltsam zu sein, und schließlich zu einer großen politischen Peinlichkeit geworden war. Die Doster-Klinik war ihr fünfter Versuch, trocken zu werden. Zuerst gefiel Lila O'Hanrahan nicht, aber im Lauf dieser Gruppentherapienachmittage wurde sie ihm sympathischer. Sie sagte nie etwas bei diesen Sitzungen. Sie saß einfach da und rauchte eine Zigarette nach der anderen – sie war sichtlich ein Produkt des Rauchens: die Räucherschinkenfarbe ihrer Haut,

die ledrigen Lippen, die tiefe Stimme à la Lauren Bacall. Sie war intellektuell und ließ sich von niemandem Schwachsinn erzählen, schon gar nicht von den Ärzten in dieser Bude.
»Ich habe bemerkt, daß Sie nicht viel sagen«, sprach sie ihn auf der Sonnenterrasse an und stellte ihr Tablett aus der Cafeteria neben seines.
»Ich zähle nur die Tage«, antwortete Patrick.
»Ich wette, daß ich Sie nicht schockiere, wenn ich Ihnen sage, daß ich an Schnaps rankommen könnte.«
Er lachte, als er vor seinem vegetarischen Gericht die Gabel sinken ließ. »Sie haben meine Aufmerksamkeit geweckt.«
»Ich bin auf dem ersten Stock«, flüsterte sie. »Das Fenster ist schmal, aber ich kann hinausklettern. Ein bißchen weiter ist eine Tankstelle, die Bier verkauft und auch ein paar harte Sachen, wie ich herausbekommen habe. Eine halbe Meile, wenn Ihnen etwas an einem sportlichen Spaziergang im Mondschein liegt.«
»Klingt romantisch«, meinte Patrick leichthin. Aber unter dem Tisch spürte er ihren bestrumpften Fuß, der an seinem Hosenbein hinaufglitt und sich in seine Leistengegend schmiegte. Er sah ihre geöffneten Lippen und den Rauch, der aus ihrem Froschmund kam. »Kommen Sie in mein Zimmer, wenn das Licht aus ist«, flüsterte sie.
(Und natürlich bist du hingegangen.)
Es war eine Komödie, wie O'Hanrahan sich durchs Fenster ins Freie zwängte – er zerkratzte sich dabei den Arm und zerriß sich die Hosen, aber er kam durch. Lila kletterte nach ihm hinaus, und die beiden Verschwörer zogen los zu der Fernfahrer-Raststätte am Highway. Sie aßen im Restaurant etwas Kräftiges, tranken dazu Bier, das sie schuldbewußt genossen, und dann zeigte ihnen der Raststättenleiter eine Auswahl verschiedener Flaschen ohne staatliche Steuermarken, direkt von den Fernfahrern, die den Alkohol von Verteilern in Kentucky für seine Stammkunden hereinschmuggelten.
Lila hatte die Flasche nahezu ausgetrunken, als sie zurück zur Doster-Klinik schlichen und vor dem massiven viktorianischen Bauernhaus im Schnee herumstolperten. Kichernd und vulgär kreischend – was das Personal zweifellos über ihre Eskapade in Kenntnis setzte –, schob er Lila durch das Fenster und quetschte sich dann selbst hindurch, ohne seine Kratzer zu spüren. Bevor er sich aufrichten und sich abbürsten konnte, war sie schon über ihm. Ihre klauenartigen Hände strichen über seinen

Rücken und glitten unter seinen Gürtel, ihr rauchiger Atem und ihr heißer Mund attackierten sein Gesicht.
O Beatrice! Das war das einzige Mal, daß ich dich mit einer Frau betrogen habe, die in unserem Alter war. Ja, es gab alberne kleine Studienanfängerinnen, ab Vierzig hat ein Mann eben die *Pflicht*, mit allen unter Fünfundzwanzig zu schlafen, wenn sich die Gelegenheit bietet! Aber Lila war die Unbedachtheit, die *mir* Schuldgefühle machte, die mir meine eigenen Abgründe zeigte. Ihre knochigen Hüften, ihr Stöhnen, so gierig, guttural und tierisch, ihr Repertoire an Ausdrücken – meinen Namen hatte sie vergessen, es war nur ein Katalog dessen, was sie haben wollte, schneller, mehr, dies, nein das, ihr Ehemann rührte sie nie an, legte nie seine Hand dorthin, er hatte nebenher ein Mädchen, der Dreckskerl ... Dann war es auch schon vorbei, und sie stand auf und stolperte ans Waschbecken. Wusch sich den Mund aus. Wusch sich die Hände.
»Du gehst jetzt besser«, sagte sie mit ihrem Bariton.
»Ich gehe schon«, antwortete Patrick, schnappte hastig seine Hosen und zog sich an.
»Vielleicht solltest du mit dem Trinken aufhören«, sagte sie, ohne ihn anzusehen. »Es fordert seinen Tribut von einem Mann, wenn du weißt, was ich meine.«
Ja, so ist diese Art von Frau, dachte er und versuchte, seine Krawatte zu binden, wollte endlich weg, spürte ein Gefühl der Übelkeit. Ihm war schlecht nach dem ersten Alkoholgenuß seit Tagen, schlecht nach dem fetten Essen, schlecht nach dieser abstoßenden Frau.
Lila drängte ihn zu gehen, damit er nicht sah, wie sie Blut ins Waschbecken erbrach: »Bist du noch nicht weg?«
Zwei Tage später entließ ihn die Klinik, die Tortur war vorbei, und Beatrice holte ihn ab. Sie war mit dem Auto gekommen, und ihre Augen waren voller Hoffnung, die Augen einer jungen Frau. Oh, jetzt würde alles besser werden. Sie sah auf zu ihm mit diesen Augen, fast so wie damals in Korea, als sie sich kennengelernt hatten. Sie küßte ihn liebevoll, setzte ihn ins Auto und schien kurz davor, laut zu singen, so glücklich war sie. Schnell fuhr sie zum Highway und beschleunigte, zufrieden und glücklich, wieder mit ihrem Mann zusammen zu sein.
»Du hast mir wirklich gefehlt«, sagte sie, »mein Lieber«, fügte sie noch tapfer hinzu.
(Und das war deine Chance, Patrick. Die Anzahl von Chancen, die man

mit den Menschen hat, die man liebt, ist überraschend gering, glaub Uns. Daß eine Chance sich zum richtigen Zeitpunkt bietet, geschieht so selten, daß man sich sehr rasch in einer Wüste von Bedauern und Unwiederbringlichkeiten findet, wenn man sie nicht ergreift. Damals hättest du die Narben lindern sollen, Patrick, und ihr sagen, daß du sie liebst und auch vermißt hast.)

Aber ich habe mich abgewandt, erinnerte sich Patrick, und hinausgesehen auf die immer gleichen Winterfelder, die abgestorben unter dem fernen Himmel lagen.

+ + +

Lucy ging hinunter zum Hafen und wartete auf das Nachmittagsschiff, das Pilger vom Berg Athos zurückbrachte. Sie betrachtete die bärtigen Mönche, die von der Vier-Uhr-Fähre an Land gingen. Die jungen Männer halfen den älteren Priestern von Bord und wurden für diese kleinen Gefälligkeiten mit vielen Segenswünschen überschüttet. Ein paar Touristen, die nach ihrem Abstecher ins 10. Jahrhundert mitgenommen und erschöpft aussahen, strebten in animalischer Einmütigkeit den Restaurants am Hafen zu.

Kein Dr. O'Hanrahan. Und im *Hotel Poseidon* war ebenfalls keine Nachricht von ihm. Zwei Tage war O'Hanrahans Anruf nun überfällig, und mittlerweile hätte ihn Lucy auch persönlich zurückerwartet.

Sie nahm ihr Taschenbuch und setzte sich in den Schatten eines Baumes, bis die Sonne tief stand und mild wurde. Dann spazierte sie im verblassenden Licht am Kiesstrand entlang und machte ein- oder zweimal die Runde durch die Stadt, immer in der gleichen Abfolge, die ihr schon zur Gewohnheit geworden war. Nachdem sie auf diese Weise neunzig schleppende Minuten seit ihrem letzten Aufenthalt in ihrem Zimmer herumgebracht hatte, ging sie wieder zurück ins Hotel. Ansichtskarten, sagte sie sich dann. Ich sollte noch einmal eine Runde von unehrlichen Ansichtskarten an einen Haufen von Leuten schreiben, die mir nie eine schicken werden.

Lucy ließ sich aufs Bett plumpsen und nahm erneut das Lesezeichen aus *So heiß brennt die Sonne.*

Auf den letzten Seiten siegte die wahre Liebe. Lucy betrachtete das zerrissene, kitschige Cover, auf dem ein amerikanischer Rotschopf in moderner Kleidung und einem Schleier dargestellt war, von hinten umarmt von einem Scheich mit nacktem Oberkörper und eindeutig nach oben stehendem Säbel. Sie überlegte, ob dieses originelle Stück Literatur beim zweiten Lesen besser werden würde; man würde die Komplexität entdecken, die vielleicht darin steckte ...

Nebenan hörte sie das gedämpfte Geräusch einer Tür, die zugezogen wurde.

Gut! Stavros war zurück, um sich wie jeden Nachmittag feinzumachen für die Discoszene. Aber war das ... war das Mädchengelächter, das Lucy hörte?

Lucy ging an die Verbindungswand und drückte das Ohr an den Verputz. Na gut, und *wenn* er eine andere Frau mit im Zimmer hat? Schließlich wollte ich ihn nicht heiraten. Obwohl ich jetzt eine masochistische Orgie von Selbstzweifel und Selbstgeißelung veranstalten könnte, aber ich werde es nicht tun. Ich sehe das einfach in der richtigen Perspektive. Es war nur Sex, und das ist wohl kaum die größte Sache der Welt.

(Du scheinst seit neulich deine Ansicht geändert zu haben.)

Ich meine: Sex mit Stavros ist nicht die größte Sache der Welt. Lucy beschloß, sich hübsch herzurichten und ebenfalls in die Disco zu gehen. Vielleicht würde sie jemand Neuen kennenlernen, zusammen mit Tracy die Typen unter die Lupe nehmen, etwas trinken. Eigentlich nicht meine Art, dachte sie, als sie vor dem Spiegel ein Clowngesicht zog, um sich die Lippen zu schminken.

(Nein, überhaupt nicht deine Art.)

+ + +

Unter den hohen Bäumen brach die Dunkelheit an, sie kroch aus dem Gebüsch und Gestrüpp, begleitet von den Tönen der Sommerinsekten, die hektisch zirpten und zischten und O'Hanrahan fühlen ließen, daß er ein Eindringling war.

O'Hanrahan hatte die Phasen des Hungers hinter sich und fühlte sich nur noch innerlich wund. Er war auf ein *kathisma* gestoßen, eine verlassene Einsiedelei mit einem ehemaligen Brunnen, aber es war keine Vorrichtung da, mit der er Wasser hätte heraufholen können. Er warf einen Stein hinunter, um sich mit dem Geräusch des Aufplatschens zu quälen. Dann erblickte er eine lange Weinrebe, die in die Tiefe hing, und sah von dort nachdenklich auf seinen Schuh. Auf den Resten einer zerfallenen Mauer sitzend, band er die grüne Rebe an die Schuhbänder und die Schuhbänder an die Rebe, wieder und wieder – es sollte nicht mit der Farce enden, daß er auch noch seinen Schuh im Brunnen verlor. Er ließ sein Gefäß hinunter und holte voller Angst, die Rebe könnte abbrechen, etwas Wasser herauf. Es schmeckte metallisch, und sein nach Schweiß und Leder riechender Schuh trug nicht dazu bei, daß es ein Genuß war, aber es bedeutete Überleben.

Nachdem er seinen Durst gelöscht hatte, freute er sich sogar unmäßig über seinen Erfindungsreichtum.

Das Schlimmste, tröstete er sich selbst, ist vorbei. Hinter einem Bergpaß hatte er auch wieder das Meer gesehen. In der Zwischenzeit würde er hier, am einst dichtbesiedelten nördlichen Ende des heiligen Reichs, die Wahl zwischen den verlassenen Einsiedeleien haben. Im letzten Tageslicht fand O'Hanrahan einen Zufluchtsort: einen einfachen Steinraum mit einem Sims für eine Kerze, eine Stelle auf dem Boden als Schlafstelle und auf einer Seite eine verfaulte Holztür. Auf einer Wand war ein primitives Gemälde aufgemalt, das Johannes den Evangelisten darstellte, die andere Wand zeigte Jesus und Maria, die heute nacht über ihn wachen würden. Genau, erinnerte er sich, Johannes ist schuld, daß es den Berg Athos gibt: Der heilige Johannes hatte das Boot gesteuert, war in einen Sturm geraten, und er und die Jungfrau Maria waren an dieser Halbinsel gestrandet. Damals hatte sich das alte Mädchen in den Berg Athos verliebt und irgend etwas in dieser Art gesagt: »O schöner Athos, wie Ich dich bewundere – du sollst allein Mein Garten sein, geweiht Meiner Anbetung und Verehrung, verboten für alle Frauen außer Meinem Strahlenden Selbst, und für jene, die hier beten und arbeiten, will Ich Fürsprache einlegen beim Sohne und beim Vater ...« So wie ich diese Primadonna kenne, möchte ich wetten, daß sie genau das gesagt hat, dachte O'Hanrahan und legte sich auf den staubigen Boden.

Ich habe den heiligen Johannes nie ausstehen können, murrte O'Hanrahan innerlich.

Dieser ganze griechische Schwachsinn. Diese ganzen unruhestiftenden Passagen. Der ganze Quatsch, den Johannes Jesus über sein Sohnsein in den Mund legt. In den anderen Evangelien ist Jesus der Messias und Erlöser, der als Christus Gesalbte; im *Johannesevangelium* ist er Gottes eigener kleiner Junge, der theologische Sprüche über seine dreieinige

Persönlichkeit absondert. Solchen Blödsinn wie: *Wahrlich, wahrlich, ich sage euch: Der Sohn kann von sich aus nichts tun, außer was er den Vater tun sieht. Denn was jener tut, das tut der Sohn in gleicher Weise ... Der Vater richtet ja auch niemanden, sondern hat alles Gericht dem Sohn übergeben, damit alle den Sohn ehren, so wie sie den Vater ehren. Wer den Sohn nicht ehrt, ehrt auch den Vater nicht,* blablabla – und das aus dem Munde eines Mannes, der den Armen anschauliche Gleichnisse erzählt hat! Jesus hat so etwas nie gesagt!
(Bist du ganz sicher?)
Ich wäre ein großer Gegner dieses Kerls mit seinem *Logos* gewesen. Dionysius, ein Schüler des Origenes, Bischof von Alexandria, bewies im Jahre 259, daß man die *Offenbarungen* aus den kanonischen Büchern hinauswerfen sollte. Paulus von Samosata hielt das *Johannesevangelium* für häretisch, weil es erklärte, Vater und Sohn seien identisch. Schon am Ende des 2. Jahrhunderts kannten viele Kirchenväter das *Johannesevangelium* nicht mehr, und es war bekannt, daß Justinus Martyr nur die drei anderen Evangelien verehrte – zum Teufel, diese Männer kannten Leute, die den *wirklichen* Johannes noch gekannt hatten, und sie wollten das *Johannesevangelium* nicht in der Bibel haben! Erst Irenäus mit seiner Obsession, vier Evangelien und eine gerade Zahl zu haben, setzte sich durch und steckte das *Johannesevangelium* und das ganze griechische Geschwafel in das Neue Testament.
(Wie wär's damit? *Wenn der Sohn dich befreit, dann wirst du in der Tat frei sein.*)
Oh, ich hab' schon verstanden. Wir haben Qualen des Vaters und Erinnerungen an meine Frau, die Märtyrerjungfrau, ertragen, und nun ist es Zeit für den Sohn. Nun, hier bin ich störrisch. Rudolph und ich sind nie miteinander ausgekommen, hatten nie eine Beziehung. Es ist ein düsterer Gedanke, daß er mich verachtet hat, aber da er tot ist, auch ein seltsamer Trost. Stell dir den Verlust eines Sohnes vor, der dich geliebt hat!
(Aber er hat dich nicht verachtet.)
Das hätte ich schon gedacht. Ja, selbst jetzt frage ich mich noch, wie Rudy so zart werden konnte. Mit meinem ganzen Lärm und Radau im Haus? Als Kind ständig so kränklich und verletzt. Seine Mutter hat ihn erstickt. Beatrice erzog ihn dazu, daß er mit ihr über alle meine Fehler einer Meinung war. Wenn ich Rudy tadelte, verteidigte sie ihn. Wenn ich

vorschlug, er solle hinausgehen und mit den anderen Kindern spielen, widersprach sie, die anderen Jungen seien nichts für ihren Sohn. Ich wurde immer dargestellt als der Unzufriedene, der an Rudy herumnörgelte, der Maßstäbe setzte, die er nicht erfüllen konnte. Weiß Gott, ich hatte keine Maßstäbe für ihn ...
(Das ist nicht gerade das, was du während seiner Jugend gesagt hast, nicht wahr? Du hast seine Zeugnisse mit den deinen verglichen. Er mußte doppelt so intelligent sein wie du, oder er war ein Versager.)
So habe ich das nie gesagt! Ein wenig väterlicher Druck hier und da ...
(In puncto Vietnam bist du ihm ziemlich patriotisch gekommen.)
Nein, ich habe nur gesagt, er werde Schwierigkeiten haben, später einen Job zu bekommen, wenn er seine Einberufung nicht befolgte. Niemand würde einen Drückeberger einstellen wollen. Ich war immerhin in Korea gewesen ...
(Und hast jede Minute dort gehaßt, so, wie du gestern darüber geredet hast.)
Na gut, wenn ich nicht selbst gesagt habe, er solle nicht hingehen, dann nicht, weil ich mir nichts aus ihm gemacht habe, sondern weil er nach Princeton ging und die Einberufung damit ohnehin nicht mehr so aktuell war. Bestimmt wußte er, daß ich ihn nicht in den Krieg schicken wollte ...
(Bei einer Reihe von Auseinandersetzungen, bei denen du ihn davon überzeugen wolltest, was ein Land von seinen jungen Männern verlangen kann, hast du Caesar, Martial, Xenophon und Gibbon zitiert, das Ganze gewürzt mit Herodot und Aristoteles.)
Okay, ich war ein Arschloch! Aber ich hätte nichts davon gesagt, wenn ich gemeint hätte, er müsse tatsächlich nach Vietnam gehen ... O Gott, wie muß ich trotzdem auf ihn gewirkt haben, als was für ein alter Mann muß ich ihm erschienen sein, wie lieblos und wie gottverdammt anmaßend dazu. Aber schau, er hat auch nie versucht, mir einen Gefallen zu tun, oder? Er hat sich nie einen Pfifferling um meine Studien geschert. Ich habe ihn aufs College geschickt, das Brot auf den Tisch gebracht, seine Hippiephase bezahlt – und er hat nicht einmal so getan, als würde er sich für mein Leben interessieren!
(Ja, genauso wie du kein Interesse an der Arbeit deines Vaters in den Viehhöfen gezeigt hast.)
Es ist heiß und stickig in dieser Hütte ... Ich brauche noch Wasser, ich brauche kühle Luft, ich brauche Essen, ich brauche einen Drink – ich

würde alles andere eintauschen für einen Drink. Die Teufel martern mich wieder!
(O'Hanrahan in der Wüste. Nicht vierzig Tage – vierzig Stunden werden genügen.)
Ein gnädiger Gott würde mir jetzt einen Drink zukommen lassen, Manna vom Himmel!
(Du hast mit Rudy auch über Alkohol gestritten, erinnerst du dich?)
Was willst du erwarten, wenn jeden Abend Miss Temperenzlerverein am Tisch sitzt? Ich konnte kein Glas Sekt bei einer Hochzeit trinken, ohne daß sie mir einen Vortrag hielt.
(Weil du nie in deinem ganzen Leben nach einem Glas Sekt aufgehört hast. Genau wie bei den verhaßten Familienfeiern.)
Du sollst Vater und Mutter ehren – erinnerst du dich daran? Er hatte kein Recht, mir gegenüber über mein Trinken zu reden. Was für ein Sohn ist das, der seinen Vater einen Alkoholiker nennt?
(Einer, der einen Alkoholiker als Vater hat.)
Ich habe meine Familie nicht kaputtgemacht! Wir hatten reichlich Geld. Abgesehen von dem einen Weihnachtsdebakel habe ich nie Geburtstage vergessen, habe nie solche Macken entwickelt, wie sie hartgesottene Alkoholiker haben. Aber als man damals versucht hat, mich aus dem Fachbereich zu drängen, habe ich den Alkohol gebraucht, um da durchzukommen, und wenn ein bißchen Mitleid, ein bißchen Unterstützung von meiner Familie gekommen wäre, hätte ich es vielleicht nicht gebraucht! Außerdem haben Rudy und ich über Marihuana gestritten. Ich habe ihn beim Marihuanarauchen in der Garage erwischt, zusammen mit diesem widerlichen langhaarigen Freund – hab' seinen Namen vergessen.
(Heuchler! Hast du auf deinen Reisen in den Mittleren Osten nicht selber Haschisch geraucht? Hast du nicht zusammen mit den Patres in Spanien, in Montserrat, einen Absinth aufgetrieben, stark wie ein Narkotikum? Eure Beziehung hätte sich geändert, wenn du dich zu ihm gesetzt hättest! Es war nur wieder ein Anlaß für dich, den autoritären, ständig kritisierenden Vater zu spielen, die Rolle, die am wenigsten zu dir paßte. Apropos Drogen, was ist mit dem Röhrchen Percodan, durch das du dich gerade durcharbeitest? Und du hast vergessen, das Rezept in Athen neu ausstellen zu lassen, nicht wahr?)
O'Hanrahan geriet in Panik, als ihm die Knappheit seines Mittels einfiel:

mein kostbares Percodan! Ich habe nur noch ein oder zwei Tabletten. Genug, wenn meine rechte Seite sich wieder aufführt. Es hat keinen Sinn, sich jetzt darüber Sorgen zu machen, sonst fangen womöglich noch die Schmerzen an, und es geht mir noch elender als jetzt schon ...
(Und du hattest die Stirn, Rudy Vorträge über Drogen zu halten.)
Oh, armer Rudy. Schau, egal, wie gemein ich zu ihm war, bin ich trotzdem noch bemitleidenswerter, weil ich seinen Tod ertragen muß, zumal alles so ungeklärt ist. Ich hoffe, er wußte ...
(Wußte was?)
Wie sehr ich ihn geliebt habe.
(Du hast es ihm nie gesagt.)
Wie oft ich an ihn gedacht habe, als er nach Princeton gezogen war, um zu studieren, wie ich ihn vermißt habe ...
(Er hat es nie gewußt.)
Wenn er nur ... wenn er nur das leiseste Interesse an meinem Leben gezeigt hätte. Alle, die es hören wollten, habe ich mit obszönem Fakultätsklatsch, mit bizarren Heiligenleben, mit all den kindischen Dingen unterhalten, die ich amüsant finde, das Zeug, mit dem ich Lucy bombardiere ... Es war ihm einfach egal. Er starrte mich über seinen halb leer gegessenen Teller an – Beatrice hat immer miserabel gekocht –, gelangweilt, brütend. Kann ich jetzt bitte aufstehen? fragte er. Ich war ihm anscheinend lästig. Es war eine Prüfung, mit mir am Tisch zu sitzen. Wenn ich etwas Lustiges sagte, verbiß er sich das Lachen, weil er mir nicht die Befriedigung gönnen wollte, ihn zu amüsieren. In gewisser Weise schämte er sich zutiefst für mich. Das Werk seiner Mutter. Jeden Abend wurde ich von ihnen verurteilt. Sie gingen zu allen Hochämtern, während ich mich weigerte und zu Hause blieb. Das ist es vielleicht: Rudy dachte, ich sei verdammt, unwiderruflich verloren.
(Die meisten Söhne halten ihre Väter für unwiderruflich verloren.)
Und schwul war er auch.
(So?)
Kandidat O'Hanrahan hat hundert Punkte! Schon wieder O'Hanrahan der Verlierer! Gescheiterter Jesuit, gescheitert als Leiter eines Fachbereichs, gescheitert als Gelehrter, der etwas veröffentlicht – egal was, alles wird besudelt von Patrick O'Hanrahans magischer Berührung. Und wenn er ein Kind hat, muß es sich natürlich als Homo entpuppen.
(Dein Herz ist so weit entfernt von Nächstenliebe, Patrick.)

Verstehst du, seine Mutter hat ihn verweichlicht. Ich habe nichts gegen Schwule – wie sollte ich auch? Ich, der Hellenophile, der Gelehrte der antiken Mittelmeerwelt. Zur Hölle, die Hälfte der Priester, Mönche und Gelehrten, mit denen ich zu tun habe, sind in gewissem Sinn Frauenhasser, manche sogar durch und durch. Vielleicht hatte ich selbst vor einer Million Jahren ein unausgesprochenes Verlangen, damals, als ich mein Gelübde als Jesuitennovize abgelegt und mich für ein Leben unter Männern entschieden habe – Mentoren und Studenten, eine kaum verschleierte Wiederholung des Liebhabers und seines Knaben aus den alten Zeiten. Christus hat nie etwas gegen Homosexualität gesagt, zu Christi Zeiten gab es nicht einmal ein *Wort* für Homosexualität. Welcher Idiot hat sich wohl das Wort einfallen lassen, das wir nun benutzen – griechische Vorsilbe und lateinische Wurzel. Ich habe in meinen Kursen tausendmal Vorlesungen über Toleranz gehalten. In den alten Zeiten war es natürlich, daß Männer Männer liebten, man denke nur an David und Jonathan – der Gedanke von Nähe unter Männern im Christentum, so wie Jesus und Johannes, den Jesus liebte, hat wahrscheinlich sogar zur Verbreitung des Christentums beigetragen.
(Hübsche Vorlesung. Rudy hätte sie genossen.)
Aber verstehst du? Ich bin kein bibelvernarrter, wiedergeborener Schwulenfresser. Ich bin gebildet, ich bin rational, ich bin ... Aber ich bin trotzdem traurig darüber, daß mein Sohn schwul war. Es war eine weitere Trennung zwischen uns, etwas, das wir nicht gemeinsam haben konnten. Ich wette, er hat es getan, um mir eins auszuwischen!
(Ein intelligenter Gedanke.)
Beatrice hätte es nicht überlebt, wenn ihr kleiner Rudy, ihr Verbündeter, der Zeuge ihres Martyriums – verzeih die etymologische Redundanz –, in den Bann einer anderen Frau geraten wäre. Schon als er noch klein war, sorgte sie also dafür, daß nie eine andere Frau einen Fuß in die Tür bekommen würde.
(Man kann niemanden schwul *machen,* Patrick.)
Und diese ganze Jugendfrömmigkeit, die damit verbunden war. Mit fünfzehn, als die anderen Jungen Sex hatten und Sport trieben – da flennte mein Sohn vor geschmacklosen Plastikkreuzen in der Kapelle, zusammen mit Beatrice und den anderen alten Damen, die in ihn vernarrt waren und ihn langsam zu der kleinen Schwuchtel formten, die er geworden ist. Er kannte all die alten Damen, ihre Namen und ihre Probleme ...

(Zusammen mit allen anderen Arten von Menschen ist in der Kirche auch Platz für schwule Menschen. So wie es immer war und immer sein wird.)
Wie falsch und fehlgeleitet waren alle meine Versuche, mit Rudy in Verbindung zu treten, wie sehr habe ich es jedesmal verpfuscht. Glaub mir, Rudy, es war nicht so, daß ich furchtbar viel gegen dein Schwulsein, deine liberale politische Haltung, deine Hippiephase, deinen dreimaligen Fachwechsel oder dein Parteiergreifen für deine Mutter gehabt hätte, nichts an dir habe ich verabscheut ... Es ist nur einfach meine Art, streitlustig und polternd zu sein. Warum war gerade ich mit dem Typ von Sohn gestraft, der darüber beleidigt war, der mich deswegen haßte?
(Warum hast du Stephen nicht aufgesucht?)
Stephen. Der Typ, mit dem Rudy in seinem zweiten Studienjahr zusammenlebte, in diesem verlotterten Hippiehaus, das ich mißbilligt habe. Der blasse Typ mit dem schwarzen Bart, vielleicht ein Jude. Ein Jude namens Stephen? Ja, ich vermute, das kommt vor. Ein wirklich intellektueller Typ, der einem auf seine kriegerische, selbstzufriedene Art Marx-Zitate wie aus der Pistole geschossen an den Kopf werfen konnte. Ich vermute, sie haben es zusammen *gemacht*. Mir wird schlecht, wenn ich denke, wie mein Sohn seinen ... he, warum diese Gedanken weiterverfolgen? Vielleicht waren sie glücklich.
Einmal mußte ich zu einer Konferenz nach Princeton, und da Rudy kein Telefon hatte, konnte ich ihn nicht vorwarnen, daß ich bei ihm vorbeischauen würde. Vielleicht hätte ich ihn aber sowieso nicht vorgewarnt. Er und Stephen teilten sich ein Zimmer im oberen Stock eines fast abbruchreifen edwardianischen Hauses außerhalb des Campus, das sie zusammen mit vielleicht zwanzig anderen langhaarigen, bärtigen, unrasierten, psychedelischen Möchtegern-Revolutionären im Afro-Look bewohnten. Aber Rudy nahm mich mit hinauf in sein Zimmer, und ich erinnere mich an die Bücherstapel – das war gut, er las, er las eine Menge. Ich hätte ihm damals sagen sollen, wie stolz ich darauf war, daß er ein Leser war, einer, der nachdachte. Selbst wenn es solcher Unfug war wie Politologie. Auf jeden Fall kam dann Stephen hereingetänzelt und sagte ziemlich streitsüchtig, das sei auch sein Zimmer. Bin ich vielleicht blöd? Eine Doppelmatratze mit indisch bedruckten Decken in der Zimmermitte. Überraschung, Überraschung. Rudy ging nervös nach unten und ...
(Erinnerst du dich, was er gesagt hat?)

»Es ist mir egal, wenn du mich haßt, Dad. Du kannst nichts daran ändern, ich bin homosexuell, das ist alles. Aber sag Mom nichts davon, okay?«
Mein Sohn sagte, es sei ihm egal, wenn ich ihn haßte! Ich war in seinen Augen so ein hoffnungsloser Fall, daß er mich einfach abschreiben konnte, es machte nichts aus!
(Aber was hast du getan?)
Ich habe meiner Frau ergötzlich, blumig, jedes barocke Detail mit Behagen und Genuß schildernd, die Wahrheit gesagt und ihr alles unter die fromme, verkniffene Altfrauennase gerieben. Nimm dies! Bist du jetzt zufrieden? Soviel zum Thema Enkelkinder, Beatrice O'Hanrahan!
(Und was ist passiert?)
Oh, das Übliche. Ein Gespräch mit dem Pater – diesem faden polnischen Priester mit dem fliehenden Kinn und einem Gesicht von der Farbe einer Hefeteigtasche. Großes Wehklagen, viele Gebete zu Maria. Und Schuldzuweisungen. Ich gab Beatrice die Schuld, sie gab mir die Schuld. Und Rudy rief an, um mich am Telefon zu verwünschen, was ich verdiente, und vermutlich habe ich irgend etwas Rückständiges und Spießiges geantwortet ...
(Als Schwuchtel sei er nicht mehr dein Sohn.)
Wie reizend, daß ich alles so klar und deutlich wieder vor mir sehe. Mein Herz ist Asche. Und trotzdem muß ich darüber nachdenken, darin stochern wie in einer Wunde: Ich kann nicht sehen, daß mein Junge ... Ich kann mir einfach nicht vorstellen, wie er diesen Jungen mit dem widerspenstigen Bart küßt ...
(Stephen war bei der Beerdigung.)
Ja, er weinte sich die Augen aus. Ich hätte ...
(Was?)
Ich hätte hingehen und ihn trösten sollen, aber ...
(Statt dessen hast du ihn angefunkelt, als sei es unanständig von ihm, hier aufzutauchen.)
Aber ich bin nicht so, verdammt! Ich bin nicht so ein schlechter Mensch! Ich kann lustig sein, ich kann gütig sein, ich kann warmherzig sein und die Leute mit meiner riesigen Geschichtensammlung in ihrem Kummer trösten und ihnen Weisheit vermitteln!
(Außer wenn du mit Menschen zu tun hattest, die du liebtest.)
Ich frage mich, ob ...

(Du fragst dich, ob du eines Tages vielleicht noch mit Stephen sprechen wirst?)
Ja, seit Rudys Unfall sind fast zwanzig Jahre vergangen, und Stephen muß wohl mittlerweile darüber hinweggekommen sein, etwas anderes in seinem Leben gemacht haben. Er könnte ... Ich könnte mich mit ihm zusammensetzen und fragen: Wie war Rudy? Wie war mein Sohn? Erzähl mir von ihm, wie er gelacht hat. Erzähl mir, was er jetzt tun würde, wenn er noch am Leben wäre. Sag mir, ob ... nein, besser nicht fragen, ob er seinen dummen, reuigen Vater geliebt hat. Ich vermute, diese beiden haben einander fest genug gehalten, um mich und meine Generation auszuschließen, uns so weit wie möglich zu verbannen. Okay, dann hasse mich eben auch, würde ich zu ihm sagen – ich bin ein alter Mann, bald werde ich tot sein –, aber erzähl mir, wie er war. Sag mir, daß Rudy eine Weile glücklich war und in seinem unverzeihlich kurzen Leben Liebe kennengelernt hat.
Aber natürlich würde kein Vater auf der Welt so etwas tun.
So etwas wird nie gemacht. Leichter ist die Einsamkeit zu ertragen als diese Art von Nachforschung! Würde Stephen überhaupt einwilligen, mich zu sehen?
(Er ist letztes Jahr an Aids gestorben, verstoßen von seinen Eltern und natürlich von seiner Kirche. Im Alter von achtunddreißig Jahren.)
Dieser Stephen, dieser Fremde, wer immer er ist, hat in seinem Herzen, in seiner Erinnerung noch etwas von meinem Sohn. Das macht mir irgendwie Hoffnung. Rudy ist nicht ganz fort von dieser Welt ...
(Patrick, armer Patrick.)

+ + +

»Nach dem, was die Deutschen in Griechenland gemacht haben, bin ich überrascht, daß du ihnen so in den Arsch kriechen willst.«
»Eh! Die Amerikaner sind schlimmer, viel schlimmer! Griechenland wird heutzutage von Amerika ruiniert. Ich bin Kommunist.«
»Der letzte in Europa!«
Nach diesem Höhepunkt ihres halb englisch, halb griechisch geführten Streits stolzierte Stavros hinaus, während Lucy so tat, als wende sie sich wieder einer Seite von *So heiß brennt die Sonne* zu. Die Tür fiel ins Schloß, und Lucy ließ sich auf das Bett fallen und rieb sich die Augen.

Ein blöder Schachzug, Mädchen. Du konntest es ja nicht dabei belassen, dich um deinen eigenen Kram zu kümmern – hinunterzugehen in die Disco, mit dem attraktiven Fremden zu flirten, mit Tracy zu plaudern. Nein, das hätte ja Großzügigkeit und Diskretion bedeutet. Du, Lucy, mußtest zwei Gläser Wein trinken, hinübermarschieren zu seinem Zimmer, so lange klopfen, bis Stavros mit einem billigen Hotelhandtuch um die Hüften erschien, während ein Mädchen auf dem Bett lag; das alles, damit du eine Szene machen konntest.

Sie spürte den Stich noch schmerzhaft, und die Tatsache, daß sich alles so schnell zu einer Pleite entwickelt hatte, war ... in gewisser Weise erleichternd. Jetzt konnte die Erinnerung bearbeitet, geformt und für ihren eigenen endlosen Konsum verpackt werden, und natürlich, um sie für Judy noch einmal durchzuspielen. Haha, Judy! Rat mal? Und nachdem Lucy und Stavros sich gestern nachmittag hatten fotografieren lassen, eng aneinandergeschmiegt, hatte sie sogar einen Beweis! Sie würde das Foto vergrößern lassen wie ein Poster und es an die Kühlschranktür kleben. Lucy fragte sich, ob Judy und Vito mittlerweile wirklich fest zusammen waren oder ob die Sache auseinandergebröckelt war – oder, noch besser, ob es nie etwas anderes gewesen war als Judys Phantasie.

(Ohne *caritas* haben wir nichts, Lucy.)

Lucy dachte weiter nach. Wer sagt denn, daß mein Liebesleben damit beendet sei? Los, geh zu Tracy und Derek in den *Argonaut Club*. Nach einer zweiten Verschönerungsrunde einschließlich Parfüm spazierte Lucy in ihrem Sommerkleid aus Florenz, den großen roten Hut in der Hand, zur Disco hinunter. Vielleicht war der attraktive Fremde da.

Er war da. Es dauerte einen Augenblick, aber er erkannte sie, lächelte freundlich und durchquerte den Club, um sich zu ihr an die Bar zu gesellen. Die Plattenauswahl steckte immer noch in den achtziger Jahren: *Girls Just Want to Have Fun* lief gerade.

»Ich dachte, Sie hätten Ouranopolis vielleicht schon verlassen«, sagte er und betrachtete sie mit seinen ruhigen, seelenvollen Augen.

»Nein. Ich dachte auch, daß ich mittlerweile fort sein würde. Aber Dr. O'Hanrahan, der Professor, den ich erwähnt habe, muß erst vom Athos zurückkommen.«

»Ich hoffe, mein Bruder kommt heute abend wieder, weil wir morgen nach Athen aufbrechen müssen.«

»Oh«, sagte sie enttäuscht, weil sie endlose langweilige Abende in

Ouranopolis vor sich liegen sah, so daß sie sogar eine Wiederannäherung an Stavros ins Auge faßte.
»Wir wohnen im selben Hotel, nicht wahr? Im *Poseidon*?«
»Nein, wirklich? Wie kommt es, daß ich Sie nicht bemerkt habe?«
»Ich schlafe sehr lange«, gab er lachend zu.
Dasselbe Hotel, der letzte Abend in der Stadt. Lucy, altes Mädchen, wenn du deine Karten gut ausspielst, könnte da vielleicht was laufen. Und sieh mal, wer kam gerade herein: Stavros. Er schien bereit, auf Lucy zuzugehen und mit ihr zu reden, aber als er ihren Begleiter sah, erstarrte er und setzte sich an einen eigenen Tisch.
»Aber ich habe Ihren Freund gesehen«, sagte der Fremde, der mit dem Rücken zu Stavros saß.
»Stavros? Er hat uns nur hierhergefahren und den Professor begleitet. Ich kenne ihn eigentlich kaum.« Der Fremde schien das nur halb zu glauben, wurde nach dieser Aussage aber dennoch herzlicher.
»Wollen Sie etwas trinken?« bot sie an und versuchte damit, Stavros als Gesprächsthema zu begraben.
»Nein, danke«, erwiderte er.
Sie hätte gern etwas gehabt, beschloß aber, es zu lassen, wenn er nichts trank. Er bot ihr eine Zigarette an.
»Danke«, sagte sie, da sie dank O'Hanrahan wieder süchtig war. »Es tut mir leid, es ist ein wenig peinlich, aber ich ... ich weiß Ihren Namen noch nicht.«
Er lachte und schüttelte spöttisch den Kopf über sich selbst. »Wie dumm von mir. Ich heiße Abdul. Abdul el-Hassami.«
»Lucy Dantan«, erwiderte sie die Vorstellung. »Abdul ist ein seltsamer Name für einen Griechen.«
»Entschuldigen Sie, aber ich bin kein Grieche. Ich bin Araber.«
»Aber ...«
»Ich bin aus Syrien.«
Wie exotisch! Lucy wurde von Minute zu Minute begeisterter. Sie blies eine lange Rauchwolke aus, als würde sie damit den Geschmack von Stavros verbannen. »Aber warum sollten Sie dann ... Ich meine, der Berg Athos ...«
»Sie glauben, alle Araber seien Moslems? Zehn Prozent der Syrer sind christlich.«
»Natürlich, die Kirche von Antiochien! Wie außergewöhnlich. Gehört Ihr

Bruder zu den syrischen Monophysiten? In welcher Sprache ist die Liturgie?«
Er lachte nervös. »Natürlich Aramäisch.«
»Mein Gott«, kicherte sie. »Noch nie in meinem Leben habe ich jemanden kennengelernt, der tatsächlich Aramäisch, die Sprache von Jesus, verstehen konnte. Sie müssen ein oder zwei Sätze für mich sprechen ...«
Er stand auf. »Nein, Sie bringen mich in Verlegenheit ... Ich spreche es nicht. Ich muß gestehen, daß ich nicht religiös bin wie Hossein, mein Bruder. Sie sollten ihn fragen. Tatsächlich, ja, es ist halb neun, Zeit für mich, zum Hafen zu gehen, um ihn zu treffen.«
»Kann ich mitkommen?« fragte sie, da sie bemerkte, daß Stavros vor Wut kochte.
»Ja«, erwiderte er höflich.
Vielleicht, dachte Lucy, wollte Abdul nicht, daß sie mitkam. Aber es genügte, mit ihm die Bar zu verlassen und Stavros zu ärgern; wenn Abdul und sein Bruder ihr gute Nacht gesagt hatten, konnte sie irgendeine Lüge, was sich alles zwischen ihnen abgespielt habe, für Stavros erfinden. Als die Fähre mit stotterndem Motor in den Hafen einfuhr, blieb Lucy im Hintergrund und überließ die beiden Brüder ihrem Wiedersehen im Licht der Straßenlaternen am Pier. Abdul küßte einen kleineren, dunkleren Mann auf die Wange und begann rasch zu sprechen.
Komisch, dachte Lucy, sie sehen überhaupt nicht wie Brüder aus.
Nach einer flüchtigen Vorstellung gingen alle drei zurück zum *Hotel Poseidon,* und die beiden Brüder unterhielten sich offenbar unfroh auf arabisch. Ohne ein Lachen oder irgendein Scherzwort, stellte Lucy sich vor. Abduls Bruder Hossein trug einen Rucksack und hielt einen Umschlag in der Hand, über den er Abdul etwas zu sagen schien. An der Hotelrezeption nahm Abdul den Brief. Da beide Brüder nicht Griechisch und Hossein auch nicht Englisch sprach, erklärte Abdul dem Besitzer auf englisch: »Dieser Umschlag ist für eine Dame in Zimmer 13, bitte.«
Lucys Puls beschleunigte sich. »Warten Sie. Ich habe Zimmer 13.«
Abdul drehte sich um, sah sie mit seltsamem Blick an und reichte ihr den Brief. Es war ein länglicher weißer Umschlag mit einem Absender in Karyes, der Hauptstadt des Athos, auf der Rückseite.
Hossein sagte etwas zu Abdul, und Abdul übersetzte für Lucy. »Ein alter Mann hat ihm das gegeben und gesagt, es sei sehr dringend.«
Lucy setzte sich in einen der hellblauen Vinylsessel aus den fünfziger

Jahren in der Hotelhalle. Hossein nahm seinen Schlüssel und ging die Treppe hinauf, während Abdul noch herumtrödelte, um zu sehen, ob Lucy eine schlechte Nachricht erhalten hatte.

*Lucy,*
*ich stecke in großen Schwierigkeiten. Die Polizei ist hinter mir her, und unsere ganze Mission ist zum Scheitern verurteilt, wenn ich nicht aus Griechenland herauskomme. Ich habe Athos mit einem Fischerboot verlassen. Wir treffen uns morgen abend in Athen, im Hotel Herkules in der Nähe der Plaka.*

»Patrick O'Hanrahan« war am Schluß noch hingekritzelt. Es ist seine Handschrift, dachte Lucy, obwohl sie sie noch nicht oft gesehen hatte. Wie seltsam, daß er Stavros nicht erwähnte.
»Ich hoffe, alles ist in Ordnung«, sagte Abdul.
»Nein, es sieht nicht so aus«, erwiderte sie. »Es scheint irgendwie Schwierigkeiten zu geben. Ich muß morgen abend in Athen sein.«
Abdul lächelte mitfühlend. »Vielleicht könnten Sie mit uns fahren. Wir brechen morgen um neun Uhr auf. Ich würde Ihnen gerne jede erdenkliche Hilfe zuteil werden lassen.«
»Wie freundlich«, bedankte sie sich mit ausdrucksloser Stimme.

*21. Juli 1990*

Stavros sagte, er werde Lucy zurück nach Athen fahren, und sie erzählte ihm von dem Angebot der Brüder Hassami. Stavros reagierte mißmutig und stürzte sich in eine Flut antitürkischer Beschimpfungen. Er meint wohl, daß sie auf alle Völker im Nahen Osten zutreffen, dachte Lucy. Angesichts dieses Tons entschied sie sich, doch mit den beiden Brüdern zu fahren, verabschiedete sich schnippisch von Stavros und streckte ihm die Hand hin. In diesem Augenblick hätte sie dieses Spielchen seinlassen und ihm einen Abschiedskuß geben können, aber die halbverstandenen gegenseitigen Anschuldigungen zwischen ihnen hatten das schwierig gemacht.
Die Brüder Hassami waren höfliche Gastgeber und Abdul ein guter Fahrer.

Während der sechsstündigen Fahrt war sie still und niedergeschlagen. Als sie sich den ersten städtischen Ausläufern Athens und seinem Ruß näherten, wurde die Fahrt beträchtlich langsamer. Lucy war so abgestumpft und verzagt, daß der erneute Anblick der Akropolis und der Ruinen des Zeustempels in der Innenstadt sie kaum interessierte.

Das *Hotel Herkules* lag nicht direkt in der Plaka, sondern in der modernen City, die zu ihr hinaufführte. Am Verfassungsplatz erkannte Lucy einige vertraute Orientierungspunkte und lebte für einen Augenblick wieder auf, als sie sich vorstellte, daß O'Hanrahan und sie heute abend zusammen ausgehen könnten und der Professor ihr seine zweifellos aufregende Geschichte erzählen würde. Abdul und Hossein sagten, das *Herkules* sei ihnen zu teuer, und fuhren anderswohin.

Als Lucy in ihrem Zimmer lag und überlegte, was sie mit dem Abend anfangen sollte, läutete das Telefon. Schnell hob sie ab. Es war Abdul: Ob sie Lust habe, mit ihm in der Altstadt zum Essen zu gehen? Sie entschloß sich abzulehnen, O'Hanrahan mußte schließlich bald Kontakt mit ihr aufnehmen. Um halb elf Uhr abends war sie jedoch halb verhungert und gelangweilt und beschloß noch mal, auszugehen, um irgendwo einen Happen zu essen.

»Eine Nachricht für Sie«, sagte der Hoteldirektor, als sie zwanzig Minuten später zurückkam.

Lucy starrte verzweifelt auf den einfachen Zettel mit der Nachricht und wünschte, er würde ihr mehr mitteilen. Patrick O'Hanrahan habe angerufen, stand da in ungelenken lateinischen Buchstaben, hin und wieder ein griechischer Buchstabe dazwischen, und sonst nur, jemand werde »wieder Kontakt mit ihr aufnehmen«.

»Ist das alles?« fragte Lucy den Mann an der Rezeption, der achselzuckend bejahte.

Sie wünschte, sie hätte Abduls Einladung in die Plaka nicht abgelehnt. Es war der letzte Abend der beiden Brüder in Griechenland, morgen wollten sie nach Damaskus zurückfliegen. Abdul hatte sogar den Eindruck gemacht, erpicht auf ihre Gesellschaft zu sein, für seine Verhältnisse fast schon geflirtet. Vielleicht sollte sie versuchen, ihn zu finden und sich die Nacht um die Ohren zu schlagen.

Das Telefon läutete.

»Hallo?« meldete sich eine Frauenstimme mit starkem Akzent, während Lucys Herz schneller schlug. »Ich rufe für einen Freund an ...«

»Wer sind Sie?«
»Mein Name ist nicht wichtig. Patrick O'Hanrahan versteckt sich hier«, sagte sie und sprach den Namen vollkommen falsch aus, »und ... ich kann jetzt nicht sprechen ...«
»Warten Sie. Was geht da vor sich?«
»Ich treffe Sie morgen an der Metrostation Piräus. Halten Sie Ausschau nach einer Frau mit dunklem Kleid und dunklem Haar; ich werde eine weiße Handtasche tragen. Morgen vormittag um 11.30 Uhr.«
Es wurde eingehängt.
Lucy nahm erneut den Hörer. Wenn O'Hanrahan in Schwierigkeiten war, würde er ganz sicher Eleni Matsoukis anrufen. Lucy nahm das Telefonbuch und schlug die Nummer nach. Sie wählte die ersten vier Zahlen, legte dann aber wieder auf. Nein, wenn er in Gefahr war, würde er es nicht riskieren, die Matsoukis in Aufregung zu versetzen.
Und wenn Stavros den Hörer abnahm?
Lucy legte sich wieder aufs Bett und spürte, wie sich ihr Magen zusammenzog. Irgend etwas war ganz und gar nicht in Ordnung.

## PIRÄUS
*22. Juli 1990*

Lucy stellte ihre Tasche bereit, packte ihre Souvenirs, ihre Kleider und ihre Kosmetiktasche ein, vielleicht zum letztenmal. Es hatte den Anschein, als sei es mit O'Hanrahans Glück nun endgültig vorbei. Würde er – oder noch schlimmer, würden sie beide – in den Händen der Polizei landen? Während ihrer schlaflosen Nacht hatte sie sich vorgestellt, der unverbesserliche Dr. O'Hanrahan sei dabei erwischt worden, als er eine Schriftrolle stehlen wollte, oder bei etwas Ähnlichem – irgendein letztes Bravourstück des alten Mannes. Und nun würde er sich vor dem griechischen Volk und dem Minister für das antike Erbe verantworten müssen. Und sie würde per Flugzeug vielleicht schon in achtundvierzig Stunden in Chicago sein. Sie war auf das Schlimmste gefaßt.
Lucy bezahlte die Rechnung mit der VISA-Card und gab den Schlüssel an der Rezeption ab. Sie sah Hossein und Abdul, die plaudernd neben ihrem Gepäck standen. Sie waren gekommen, um sich von ihr zu verabschieden.

»Nun, Abdul«, sagte sie, gab ihm einen Zettel mit ihrer Adresse in Chicago und reichte ihm die Hand, »es war ein Vergnügen. Und wenn Sie je in Chicago sind, besuchen Sie mich.«
»Ich hoffe ebenfalls, Sie eines Tages in Damaskus zu sehen.«
Hossein lächelte breit, und Lucy fühlte sich unbehaglich.
»Haben Sie ein Taxi zum Flughafen?« fragte sie.
»Nein, Sie wissen, wie schwer es in Athen ist, ein Taxi zu bekommen«, antwortete er niedergeschlagen. »Hossein und ich nehmen den Bus nach Piräus, wo es viele Taxis gibt, und nehmen ein Taxi von dort aus.«
Sie lächelte. »Ich fahre auch nach Piräus, mit der U-Bahn.«
Abdul war begeistert. »Es gibt tatsächlich eine U-Bahn nach Piräus?«
Bald waren alle drei mit ihrem Gepäck auf dem Weg zur belebten U-Bahn-Station Monastiraki fünf Straßen weiter, über den Markt, durch die Touristenscharen und die endlosen Reihen von Amphoren und gefälschten rot-schwarzen Lehmziegeln hindurch.
Als sie ihre Fahrkarten entwerteten, fragte Lucy Abdul: »Könnten Sie Ihren Bruder noch einmal für mich fragen, unter welchen Umständen er Dr. O'Hanrahan gesehen hat?«
Abdul sprach mit Hossein auf arabisch und übersetzte stückchenweise: »Hossein sagt, der alte Mann war sehr unglücklich und aufgeregt ... Sie haben sich in einem Kloster getroffen, sagt er ... Es hatte Ärger mit der Polizei gegeben, und ... er mußte sofort vom Berg Athos und auch aus Griechenland fliehen.«
Lucy nickte, überzeugt, daß der Professor versucht hatte, eine Schriftrolle zu stehlen. »Hat Hossein eine Vorstellung, wohin Dr. O'Hanrahan entkommen will?«
Hossein und Abdul sprachen wieder miteinander, als Lucy hörte, wie die U-Bahn, die nach Süden fuhr, herankam.
»Hossein sagt, er will sehr, sehr weit weg«, berichtete Abdul. »Der Professor hat gesagt, er werde aber trotzdem eine islamische Bibliothek konsultieren müssen.«
»Ich verstehe«, sagte Lucy, als der Zug langsam einfuhr. »Wir dachten beide, daß wir wohl in Ägypten landen würden.«
Hossein lächelte vertraulich und fügte noch ein Detail hinzu. Abdul übersetzte: »Ja, er hat gesagt, er könne es kaum erwarten, in das Flugzeug zu steigen.« Dann lachte er.
Oh, oh, dachte Lucy.

Sie sah Abdul an, der geduldig ihren Blick erwiderte, perfekt gepflegt und frisiert, und dann Hossein ... der ganz bestimmt kein Verwandter von ihm war, wie ihr jetzt klar wurde, und gerade eine Frau auf dem Bahnsteig angaffte.

»Oh, ich habe vergessen, daß – äh, ich meine, ich glaube, daß ich etwas im Hotel vergessen habe; ich gehe lieber rasch zurück und hole es.«

»Wir warten gerne auf Sie«, sagte er lächelnd. »Ist es wichtig?«

Beruhige dich, sagte sie zu sich selbst.

Der Zug hielt quietschend an, und ein Strom aufdringlich parfümierter oder nach Eau de Cologne riechender Athener Pendler quoll heraus. Abdul stellte eifrig ihr Gepäck zusammen mit dem seinen ins Abteil. Knallhart höflich, dachte sie, als sie einstieg und die Türen sich hinter ihr schlossen.

»Kein Air-conditioning hier, wie?« bemerkte Abdul und fuhr sich mit dem Finger zwischen Hals und Kragen.

Er konnte mir kein Wort auf aramäisch sagen, erinnerte sie sich. Na schön, wie viele amerikanische Katholiken könnten noch Latein deklamieren? Sie begann die Fakten in das Netz der Zufälle einzuordnen. Sie hatten Abduls Bruder am Hafen getroffen, er hatte den Umschlag bei sich, dann die angekündigte Fahrt nach Athen, die diese beiden Brüder bequemerweise machen mußten ... Glaubst du, Hossein hat Dr. O'Hanrahan auf dem Athos etwas Furchtbares angetan? Die Nachricht konnte eine Fälschung sein, sein Anruf eine Finte, da ich ja nicht dagewesen bin, und diese Frau, mit der ich mich nun treffen soll – weiß Gott, wer das ist.

Piräus.

Die U-Bahn hielt. Sie stieg aus und bemerkte, daß ihre blutleere, kalte Hand zitterte, als sie ihr Gepäck nahm.

»Also noch einmal, es war nett, Sie kennenzulernen. Bye-bye«, sagte sie ohne große Hoffnung.

»Leben Sie wohl«, erwiderte Abdul und verbeugte sich leicht. Er küßte ihr die Hand, und ein Schauder des Abscheus durchzuckte sie.

Sie lassen mich tatsächlich laufen, dachte Lucy. Oder sie haben sehr großes Vertrauen zu der Frau, die ich hier treffen soll. Sie sah den Brüdern nach, als sie die U-Bahnstation verließen, um sich ein Taxi zum Flughafen zu nehmen, der zehn Meilen entfernt von Piräus lag. Lucy blieb in der Station stehen, mitten im spätmorgendlichen Kommen und Gehen von Touristen, Pendlern und gelangweilten Athener Teenagern, die einfach

nur herumhingen. Es gab Kioske für Fahrscheine, für Dauerkarten, für Reservierungen ... und in mehreren Sprachen beschriftet ein Fundbüro. Dort stand eine Frau mit Sonnenbrille und weißer Handtasche, kleiner, als Lucy sich vorgestellt hatte, aber recht schön, auch sie arabisch aussehend; sie trug an diesem sonnigen Tag einen Regenmantel.
»Sie haben eine Nachricht von Dr. O'Hanrahan«, sagte Lucy vorsichtig. Die Frau sah sie ernst an und bemühte sich, besorgt und mitleidig zu wirken. »Er ist in großen Schwierigkeiten.«
Klar, dachte Lucy. Wahrscheinlich haben diese Syrer ihn gekidnappt ... Aber was wollen sie dann mit mir? Die Frau reichte ihr eine griechische Zeitung vom Tage, die sie auf einer Seite mit einem Foto aufgeschlagen hatte. »Sehen Sie das?« fragte die Frau und deutete auf das Foto, das eine mit Farbe überschmierte Ikone zeigte. »Deswegen wird Ihr Freund von der Polizei gesucht.«
»Aber nein«, widersprach Lucy trotzig, »er würde niemals ...«
»Aber er wird trotzdem wegen dieses Verbrechens gesucht. Er hat mit uns, seinen Freunden, Kontakt aufgenommen.«
»Freunde«, wiederholte Lucy.
»Wir sind alte Freunde von Patrick O'Hanrahan.«
Nein, dachte Lucy, wenn er überhaupt zu jemandem Kontakt aufnehmen würde, dann zu den Matsoukis, aber ich war ja zu dickköpfig und zu blöd, um gestern abend anzurufen, aus Angst vor Stavros.
Die Frau griff in die Tasche ihres Regenmantels. »Ich habe etwas für Sie. Wir haben einen Flug in einer speziellen Chartermaschine gebucht, die weder vom Zoll noch von der Polizei kontrolliert wird, ja? Er hat Tickets für Sie beide gekauft.«
Lucy nahm den Umschlag und zog zwei Tickets zweiter Klasse mit der *Iraqi Air* nach Amman in Jordanien heraus. Lucy fühlte sich wie benommen, sie atmete nur noch ganz flach. Erstens würde O'Hanrahan niemals fliegen, selbst wenn das Verhaftung und Gefängnis bedeuten würde ... Oder hatte er das nur für sie aufgebauscht? Zweitens würde dieser Mann nicht zweiter Klasse fliegen ... Oder hatte er keine Wahl gehabt? Vielleicht überwachte die Polizei die Matsoukis, und er hatte sich der Hilfe dieser anderen Bekannten bedienen müssen. »Der Flug geht in vierzig Minuten«, bemerkte Lucy.
»Ja, wir müssen uns beeilen.«
Sollte sie mit der Frau gehen? Wenn sie es nicht tat, würde sie nie

herausfinden, was mit O'Hanrahan geschehen war. Vielleicht würde er alles erklären, wenn sie ihn am Flughafen sah. Und wenn er nicht auftauchte, würde sie davonrennen, unter den Augen von Videokameras und Sicherheitsbeamten wäre das gefahrlos.
»Ich habe ein Auto«, sagte die Frau.
»Ich nehme lieber ein Taxi«, erwiderte Lucy.
»Wie Sie wollen«, nickte die andere kühl.
Lucy sprang in ein Taxi und fuhr zum Hauptflughafengebäude des International Airport von Athen. Wenn sie mich haben wollen, dachte Lucy, dann haben sie auf jeden Fall schon eine Reihe von Gelegenheiten versäumt, mich zu entführen.
Und siehe da, welch ein Zufall! Wer stand in der Flughalle des International Airport von Athen in der Schlange zum Einchecken bei der *Iraqi Air*? Abdul und Hossein!
»Ah, wir sehen uns schon wieder«, täuschte Abdul Erstaunen vor. »Was bringt Sie hierher?«
Lucy bemerkte, daß die Araberin in der Nähe des Eingangs aufgetaucht war. »Oh, nur diese Tickets«, erwiderte Lucy eisig. »Wo ist Dr. O'Hanrahan?«
»Wie soll ich das wissen?«
»Ich habe den Verdacht, *daß* Sie es wissen, Abdul oder wer auch immer Sie sind ...«
In diesem Augenblick wandten sich drei Polizisten mit Maschinengewehren, die schnell durch die Halle gekommen waren, abrupt ihrer Warteschlange zu; einer schlug ihr hart auf die Schulter. »Miss Lucille Dantan?« fragte er.
»Ja.« Lucy drehte sich um und sah, daß die Araberin auf den Ausgang zuhastete.
»Die Polizei sucht Sie. Bitte folgen Sie uns.«
Abdul und Hossein standen wie festgewachsen und starrten zu Boden.
Lucy war sicher, daß man nicht nach *ihr* suchte, trat aber einen Schritt nach vorn. »Was ist mit meiner Tasche?«
»Lassen Sie sie stehen. Interpol will mit Ihnen sprechen«, befahl der Mann. »Kommen Sie sofort mit!«
Als sie sich wieder nach Abdul und Hossein umwandte, sah sie, wie die beiden über die Absperrung der Eincheckschlange stiegen und schnell auf den Ausgang zugingen. Haltet sie fest ... Jetzt kamen Männer,

manche in Uniform, manche in Anzügen, von überall her auf die beiden Araber zu ...

Jetzt fingen alle an zu rennen. Auf halbem Weg zur Tür wurde Abdul ergriffen. Ein Sicherheitsbeamter war hinter ihm her, und bei dem Handgemenge bekam Abdul den Gewehrkolben ins Gesicht. Lucy wurde von dem Polizisten davongezerrt, reckte aber weiterhin den Hals, um alles beobachten zu können. Hossein hatte es bis zum Ausgang geschafft, und einer der Polizisten hob das Gewehr, um auf ihn zu zielen. Schreie. Panik. Manche Leute ließen sich auf den Boden fallen, andere rannten davon, wieder andere beugten sich schützend über ihre Kinder. Lucy starrte mit offenem Mund, aber der Polizist zog sie grob weiter: »Ich habe gesagt, Sie sollen mitkommen«, bellte er in schlechtem Englisch.

Sie wurde in ein Zollbüro geführt, in dem mehrere Polizisten um Videomonitore standen, die die Halle überwachten. Die Männer sahen sie mürrisch an.

»Oh, sehen Sie«, versuchte Lucy zu erklären, als sie einen Gang entlangbefördert wurde. »Ich gehöre nicht zu diesen Typen ...«

Und dann kam ihr ein fürchterlicher Gedanke: Die Araber wollten das Flugzeug in die Luft jagen und haben in meinem Koffer eine Bombe versteckt. Ich bin wie eine von diesen armen englischen Frauen, die Araber heiraten und dann feststellen, daß sie Zeitbomben für irgendeine Palästinensergruppe durch die Gegend tragen. So wird das Abenteuer also enden! Irgendwo in einem griechischen Gefängnis, von meiner Botschaft im Stich gelassen, auf den Titelseiten der Boulevardpresse – Mom und Dad würden das sicher großartig finden.

Oh, wo, wo, wo ist Dr. O'Hanrahan?

Lucy und ihre Eskorte kamen durch mehrere Doppeltüren in einen älteren Teil des Flughafens und stiegen in den zweiten Stock, wo sich verglaste Büros ohne Klimaanlage befanden. Auf den Schreibtischen stapelten sich Papiere, Steckbriefe, Zolldokumente. Gesetzesübertreter saßen verschüchtert vor Bürokraten, die ihnen ihre Verbrechen erklärten. Man sagte ihr, sie solle sich in einen dieser Glaswürfel setzen.

Ein großer Mann mittleren Alters, dessen kurzgeschnittenes Haar an den Schläfen grau wurde, tauchte in der Tür auf. Er trug eine olivgrüne Militäruniform und hielt unter dem Arm eine Zeitung und einen großen Aktendeckel. Es dauerte einen Augenblick, bis Lucy begriff, daß es eine amerikanische Uniform war.

»Ich bin Colonel Westin«, erklärte er, ohne von dem Aktenordner aufzusehen. »Ich bin von der amerikanischen Zollbehörde, die mit der US-Botschaft in Israel verbunden ist.« Dann sah er auf. »Lucille Dantan? Wohnhaft in 14320 Kimbark Street, Hyde Park, Chicago?«
»Das bin ich.«
Nachdem sie ihm auch noch ihre Sozialversicherungsnummer genannt hatte, setzte er sich auf einen schmalen Klappstuhl und beugte sich vor, die Hände auf den Knien, in einer Hand noch immer die Zeitung. »Interpol hat Sie *wochenlang* gesucht, Miss Dantan. Wir dachten schon, man habe Sie als Geisel genommen. Ihretwegen bin ich von Jerusalem hergeflogen.«
»Ich verstehe nicht.«
»Wo haben Sie gesteckt? Chicago hat zuletzt vor zwei Wochen etwas von Ihnen gehört. Jemand hat bei Ihrer Mitbewohnerin nachgefragt ...«
»Judy«, sagte sie automatisch.
»Die erklärte, Sie hätten heimfliegen wollen, seien aber nicht gekommen. Das beunruhigte uns, weil«, er blätterte in seinen Unterlagen, »weil es da auch einen Gabriel O'Donoghue gegeben hat, der vor Ihnen mit diesem O'Hanrahan herumgereist ist. Und auch er wurde eine Weile vermißt.«
»Irgend jemand ist hier im Irrtum, Colonel, Sir«, protestierte Lucy. »Bis zu dieser Woche habe ich alle paar Tage Berichte an die Universität in Chicago gefaxt.«
Colonel Westin schien sie nicht zu hören, da er wieder in seine Papiere vertieft war. Er reichte ihr die Zeitung. »Haben Sie das gesehen?«
Sie sah auf die Zeitung; es war eine andere als die, die die Araberin ihr gezeigt hatte. Lucy musterte das Griechisch, betrachtete ein Foto von einigen griechischen Politikern und bemerkte am Fuß der Seite das Foto einer Ikone ... einer verunstalteten Ikone. Daneben ein Kopfbild O'Hanrahans. »Mein Gott, Dr. O'Hanrahan!«
»Ihr Partner scheint sich auf dem Berg Athos in einigen Schwierigkeiten befunden zu haben, irgend etwas mit der Verunstaltung unschätzbar wertvoller Ikonen.«
»Das ist vollkommen unmöglich«, stammelte sie.
»Ja«, sagte der Colonel, ohne aufzusehen, und sog Luft durch die zusammengepreßten Zähne ein. »Das haben wir auch gedacht. Seinetwegen bin ich von Jerusalem hergeflogen.«
Hatte er nicht gesagt, er sei *ihretwegen* aus Jerusalem gekommen?

»Ich versuche, alles zusammenzufassen, Miss Dantan. Sie werden mit einem Auftrag nach England geschickt, hat Ihr Kollege mir gesagt; dann sind Sie in Irland, Italien, Griechenland, dann wollen Sie mit diesen irakischen Terroristen abfliegen ...«
Er brach ab, als ein weiterer Mann ins Zimmer trat. Er war in den Dreißigern, sehr klein, trug einen schlechtsitzenden hellblauen Anzug – die Ärmel etwas zu lang und die Hosen etwas zu kurz. Außerdem hatte er sehr schütteres braunes Haar, das er so gut wie möglich über seinen Kopf zu verteilen versucht hatte, und trug eine dicke runde Brille.
»Tag. Clem Underwood«, verkündete er und streckte Lucy eine kleine, dicke, beringte Hand entgegen. »Ich komme von der US-Botschaft hier in Athen. Hallo, Colonel. Hier sind Sie also.«
»Clem«, sagte der Colonel unglücklich und schloß den Aktendeckel.
Underwood zeigte lebhaftes Interesse an der Mappe des Colonels. »Oh, ist das ... ist das das Material über Miss Dantan?«
»Das ist Verschlußsache«, erklärte Colonel Westin. »Unter anderem ein verfahrensrechtliches Communiqué bezüglich Interpol und mit Zugang für die US-Zollbehörden ...«
»Aaach, nur einen kleinen Blick, hehehe ...«
»Ich erinnere mich nicht an eine Anweisung, daß der Staat die Erlaubnis hat, unseren Interpol-Schriftwechsel einzusehen, Clem ...«
»Ich lasse Sie dafür die Papiere über diesen Mr. O'Hanrahan unten sehen.«
Colonel Westin sog wieder Luft durch die geschlossenen Zähne. »Ich habe das höhere Dienstalter, Clem. Meine Akteneinsicht ist Code 5, und was sind Sie? A 4? Sie holen mir den Papierkram, Freundchen, und ich werde Ihnen vielleicht erlauben, sich die Sache mal anzusehen.«
»Entschuldigen Sie«, sagte Lucy, »wollten Sie sagen, daß unten Papiere über Dr. O'Hanrahan sind – oder daß Dr. O'Hanrahan selbst unten ist?«
Underwood strich sein schütteres Haar am Scheitel glatt, um sich zu vergewissern, ob nicht etwa ein leiser Windhauch seine sorgfältig geordneten Strähnen durcheinandergebracht hatte. »Ja«, sagte er schließlich, »Dr. O'Hanrahan befindet sich unten.«
Ärgerlich stand der Colonel auf. »Das hätten Sie mir sagen können, Clem.«
Lucy war überglücklich. O'Hanrahan! Wie betäubt ließ sie sich in einen anderen Gang und eine Halle mit schäbigen, aber sauberen alten Sesseln

und Sofas führen, die letzte Ruhestätte für die Flughafenmöbel der dreißiger Jahre. Und da – ja! – sie erkannte die Rückseite seines silberhaarigen, schon leicht kahlen Kopfes.

O'Hanrahan wandte sich gerade um und rief ihren Namen: »Miss Dantan, Sie sind unter den Lebenden!« Er mühte sich auf die Beine, um sie zu begrüßen.

Sie umarmten einander, und Lucy, die erst jetzt bemerkte, wie verängstigt und zitterig sie war, seufzte leise. »Wo waren Sie?« fragte sie. »Ich dachte, daß … ich meine, ich habe gehört, Sie …«

Der Colonel unterbrach sie. »Sie sind also Patrick O'Hanrahan?« Mr. Underwood stellte O'Hanrahan den Colonel vor. Der Professor war gut dreißig Zentimeter größer als Underwood.

»Was ist bloß passiert?« fragte Lucy in die Runde, während ihr O'Hanrahan ein Glas starken griechischen Tees in die Hand drückte, damit sie sich beruhige.

»Tee?« Sie blickte verächtlich auf das Glas. »Haben Sie nichts Härteres?« O'Hanrahan verdrehte entzückt die Augen. »Ob ich nichts Härteres habe?« Er griff in die Tasche seines Sportsakkos und holte seinen Flachmann heraus. Lucy glaubte, in der Innentasche tatsächlich auch ein Flugticket zu sehen. Kurz entschlossen schüttete er den Tee in einen Abfalleimer und füllte ihr ein wenig Metaxa in den Styroporbecher.

Er setzte sich und begann seine Geschichte: »Ich mußte nach Ouranopolis zurücklaufen, Luce. Zehn oder zwanzig Meilen, mir ist es vorgekommen, als wäre ich die ganze verdammte Halbinsel abgelaufen – in dieser Hitze, ohne Essen, ohne Wasser …« Er sah, daß Lucy erstaunt und nicht wenig bewundernd die Augen aufriß. »Wie der Colonel Ihnen gesagt hat, wollte irgend jemand mir diese Ikonenschändungen anhängen. Ich vermute, das war Teil eines größeren Plans, um mich auszurauben und zu Fall zu bringen und eventuell *Sie* zu kidnappen. Ich komme zurück nach Ouranopolis, finde Stavros vor, der eben seine Sachen packt. Und stellen Sie sich mein Gesicht vor, als ich höre, daß Sie mit einem Haufen Araber nach Athen gefahren sind.«

Lucy verteidigte sich. »Aber … aber sie hatten eine Nachricht von Ihnen. Es sah aus wie Ihre Handschrift. Ihre Unterschrift und alles …« Sie griff in ihre Reisetasche, um nach dem Brief zu suchen. Gott, was für eine Katastrophe war diese Tasche mittlerweile: Sonnenöl, ein wenig davon ausgelaufen; halb geschriebene Ansichtskarten aus Irland mit italieni-

schen Briefmarken – sie hatte gedacht, sie hätte sie längst eingeworfen. Und hier war der Umschlag.
»Recht gute Fälschung«, grübelte O'Hanrahan. »Der Typ in Ouranopolis hatte einen Komplizen auf dem Berg Athos, der mir gefolgt ist und mich mit diesem Ikonen-Vandalismus in Schwierigkeiten gebracht hat, und schließlich hat er mir noch den Inhalt meiner Aktenmappe gestohlen.«
»Die Fotos sind also weg?«
O'Hanrahan warf einen Blick auf die Männer von der Regierung, die nicht informiert werden sollten, und Lucy wußte, daß sie darüber schweigen sollte. »Nun gut, Morey hat Abzüge.«
Das weckte das Interesse des Colonels. »Abzüge wovon?«
O'Hanrahan hatte sofort eine Lüge bereit. »Nur die Notizen für mein nächstes Buch, das ist alles. Für niemanden außer mir von Wert.«
Colonel Westin war immer noch neugierig. »Und worum geht es in diesem Buch?«
»Über die Veränderung der korinthischen Schrift im Griechenland des 4. Jahrhunderts vor Christus.«
»Hört sich immer noch ziemlich langweilig an, Sir«, meinte Lucy trocken, als sie das Thema ihrer eigenen Doktorarbeit erkannte.
O'Hanrahan wollte Lucy die gefälschte Nachricht vom Berg Athos zurückgeben, als beide Beamte sich auf das Papier stürzten.
»Das gehört eindeutig in meine Akten, Clem!« erklärte Colonel Westin.
»Das geht die Botschaft in Athen an, Colonel. Und ich habe es zuerst in der Hand gehabt ...«
Lucy und O'Hanrahan wechselten Blicke der Verzweiflung über ihre Retter und spürten beide den dringenden Wunsch, unter vier Augen zu sprechen.
»Wenn ich fortfahren darf«, sagte O'Hanrahan. »Ich hatte Angst, daß die Polizei hinter mir her war, daher habe ich Stavros gebeten, den Hotelportier nach den Namen der beiden Typen zu fragen, mit denen Sie abgefahren waren. Stavros und ich sind ebenfalls aufgebrochen, und er hat mich zum Konsulat in Thessaloniki gefahren, wo Mr. Underwood heroisch zwischen mir und den griechischen Behörden vermittelt hat.«
»Sie gehören nicht einmal zur Athener Botschaft?« fauchte Colonel Westin. »Sie sind in dem gottverdammten Konsulat in Saloniki, Mann. Sie müssen also Code 2 sein ...«

»Ich bin *nicht* Code 2, Colonel. Wir werden die Nachricht für jeden von uns kopieren.«
»Wie ich Mr. Underwood hier erklärt habe ...«, setzte O'Hanrahan erneut an. Der Colonel war plötzlich ganz Ohr. »Die Männer, die versucht haben, Sie in ein Flugzeug nach Amman und später in den Irak zu setzen, Lucy, sind vom Islamischen Ba'ath-Seminar in Bagdad und gehören zu einer Organisation, die sich Neue Mu'tazilah nennt.«
Underwood, der wieder sein Haar ordnete, mischte sich ein. »Eine intellektuelle Extremistengruppe mit einigen sehr zwielichtigen Freunden und Sympathisanten.«
»Terroristen und Oppositionseinheiten«, ergänzte Colonel Westin.
»Sie selbst eigentlich nicht, aber es bereitet ihrer Philosophie wahrscheinlich keine Probleme, wenn Flugzeuge abgeschossen oder Flughäfen in die Luft gesprengt werden. Die ursprüngliche Bewegung der Mu'tazilah entstand im 8. Jahrhundert als Reaktion auf Moslems, die sich lieber auf die wesentlichen Merkmale Gottes konzentrierten, was die Mu'tazilah als korrumpierenden Einfluß des Christentums ansahen. Wasil ibn-Ataah war der Begründer, und er hatte mit der Schule von Hasan al-Basri gebrochen. Wissen Sie, es gibt eine Geschichte von al-Basri, als er ...«
Der Colonel, der sich Notizen für seine Mappe machte, räusperte sich. »Könnten wir das etwas beschleunigen, Mr. O'Hanrahan?«
»Ja, natürlich. Die Mu'tazilah sind glühende antichristliche Puristen, die glauben – nun, zumindest einige von ihnen –, daß bestimmte Handlungen nicht bestraft werden und daß die Absicht des Herzens zum Guten oder zum Bösen das einzig Entscheidende für Allah ist, so daß Terrorismus zu einer attraktiven Möglichkeit wird.«
Ein griechischer Polizist erschien an der Tür und sagte etwas, das Underwoods Aufmerksamkeit erregte.
»Was ist los?« fragte der Colonel.
»Oh, nur einige Papiere, die ich unterschreiben muß, um unserem gelehrten Freund hier aus der Patsche zu helfen«, erwiderte Underwood und versuchte, O'Hanrahan einen Klaps auf die Schulter zu geben.
»Ich würde es schätzen, Clem, bei diesem Verfahren in jeder Hinsicht miteinbezogen zu werden.«
Underwood und der Colonel verließen den Raum, um mit den griechischen Behörden zu sprechen. »Sie beide bleiben hier«, befahl der Colonel streng.

Lucy und O'Hanrahan warteten einen Augenblick, bis die Luft rein war. Dann flüsterte O'Hanrahan rasch: »Haben Sie ihnen etwas von der Schriftrolle gesagt?«
»Nein.«
»Gut. Sagen Sie nichts. Ich will nicht, daß diese alten Knacker von der Botschaft sich einmischen. Diese Araber, mit denen Sie von Ouranopolis nach Athen gefahren sind ...«
»Aber sie haben mir gesagt ...«
»Lassen Sie mich ausreden. Ich glaube, der Plan war, die Schriftrolle zu stehlen – die sie in meinem Besitz glaubten – und mir die Ikonenschändungen anzuhängen. Nachdem sie festgestellt hatten, daß die Schriftrolle nicht in meinem Besitz ist, haben sie sich wohl für einen Ersatzplan entschieden. Diese Typen wollten Sie als Geisel nehmen und Lösegeld verlangen.«
»Lösegeld?«
»Ja, und verlangt hätten sie das *Matthiasevangelium.*«
Lucy nippte an ihrem Metaxa. »Ich vermute, Sie hätten mich ihnen überlassen, wenn es darum gegangen wäre, mich oder die Schriftrolle zu haben.«
»Bagdad ist zu dieser Jahreszeit sehr hübsch.« O'Hanrahan sprach leiser, als er sah, daß ein griechischer Beamter und Underwood vor der Tür hin und her liefen, ernst miteinander sprachen und dann einen Stapel von Papieren durchsahen, während der Colonel ihnen immer wieder über die Schultern spähte. Ein griechischer Polizist versuchte, sich in gebrochenem Englisch verständlich zu machen.
»Aber warum sollte eine muslimische Gruppe ein christliches Evangelium haben wollen?« flüsterte Lucy, als O'Hanrahan ihren Becher neu füllte.
Der Professor hob die Augenbrauen. »Ein Bericht aus dem 1. Jahrhundert über den Vorläufer Mohammeds? Eine genaue Aufzeichnung aus der Zeit des Propheten Jesus, des Isa Mesih, fünfter großer Prophet des Islam?«
Lucy nickte; sie begann zu verstehen.
O'Hanrahan schenkte sich selbst einen Metaxa ein. »Die Muslime behaupten, daß Jesus nicht am Kreuz gestorben, nicht auferstanden ist und so weiter. Nach meinem Verdacht zweifeln die Neuen Mu'tazilah nicht daran, daß dieser spektakuläre Kirchenfund bestätigen wird, was der Koran sagt, aber sie glauben nicht, daß die christliche Welt ein solches Dokument nicht verfälschen würde.«

»Und wenn diese Schriftrolle das wirklich tut?«
»Was?«
»Was ist, wenn das *Matthiasevangelium* beweist, daß Mohammed recht hatte? Was ist, wenn Matthias am Ende seines Evangeliums entscheidet, daß Jesus nur ein Mensch war und nicht der Sohn Gottes?«
»Wir haben das letzte Kapitel sowieso nicht, oder?«
Colonel Westin und Mr. Underwood kamen wieder herein, und der Colonel räusperte sich, um auf sich aufmerksam zu machen. »Nun gut. Wir haben Interpol erklärt, daß Sie vollkommen unschuldig sind, Miss Dantan. Und unsere arabischen Freunde sind in Gewahrsam. Illegale Pässe, terroristische Verbindungen, sie werden es büßen, das können Sie mir glauben.«
»Dann können wir wohl bald gehen?« fragte Lucy.
»Bald?« fragte der Colonel zurück.
O'Hanrahan sah, daß Lucy Theater spielte. »Ja«, erwiderte sie, »ich bin ein wenig mitgenommen und würde gerne zurück ins Hotel gehen. Hin und wieder fühle ich mich ein bißchen schwach.«
»Ja«, seufzte Colonel Westin unglücklich, »ich werde mich darum kümmern. Ich bin sicher, es wird nicht mehr länger als eine Stunde dauern; wir müssen allerdings immer wissen, wo Sie sich aufhalten. Und Sie, Mr. O'Hanrahan, müssen noch einige Formulare für die griechische Polizei ausfüllen. Es dauert vielleicht noch ein paar Tage.«
O'Hanrahan konnte die Ruhepause brauchen, aber das bedeutete ohne die Fotos auch vergeudete Zeit, die er besser in Jerusalem verbracht hätte.
Der griechische Polizist kam zurück mit weiteren Fragen, daher entschuldigte sich der Colonel, und Underwood schlurfte hinter ihm zur Tür hinaus.
»Haben Sie gehört, daß Chicago mich als vermißt gemeldet hat?« fragte Lucy O'Hanrahan leise.
O'Hanrahans Augen funkelten. »Äußerst bemerkenswert. Aber Sie haben *jemandem* alle paar Tage Berichte zugefaxt.«
»Es war eine Chicagoer Nummer, 312. Erinnern Sie sich an das Telegramm, das zusammen mit der Kreditkarte gekommen ist ...«
Lucy wühlte wieder in ihrer Tasche. Warum sollte es nicht dasein, sie hatte ja bisher nichts weggeworfen ... Es steckte zusammen mit einer Reihe von anderen Papieren und Zetteln in ihrem Oxford-Reiseführer.

»Sagen Sie mir genau, wie Sie dieses Telegramm bekommen haben«, forderte O'Hanrahan sie auf.
Lucy überlegte, wie es gewesen war. »Ich war im Haus der Eltern von David McCall. Er hat mich nach Dublin zum Flughafen gefahren, und wir haben uns verabschiedet. Dann kam er noch einmal zurück und sagte: ›Oh, ich habe etwas vergessen, das ist bei uns für Dr. O'Hanrahan angekommen.‹ Ich habe den Umschlag aufgemacht, und darin war ein Telegramm für Sie und die VISA-Card. Und es ist auch kein Poststempel auf dem Umschlag, sehen Sie?«
»Als wäre es direkt abgegeben worden«, meinte O'Hanrahan und nahm das Telegramm. Er las es noch einmal durch, diesmal aufmerksamer:

*Dr. O'Hanrahan:*
*Anbei Kreditkarte für Ihre Forschungen. Wir bitten um regelmäßigen kurzen Bericht. Fax: 312-555-2937.*
*John Smith, Schatzmeister*

»Hmm«, überlegte er. »Das ist keine Hyde-Park-Vorwahlnummer. Wenn wir in ein Hotel kommen, versuchen wir herauszufinden, wo diese Faxnummer genau ist. Ich wußte doch, daß diese Geizkragen in Chicago mir keine Kreditkarte geschickt hätten.«
»Mein Gott!« rief Lucy, der etwas verspätet alles klar wurde. »Kein Wunder, daß Dr. Shaughnesy Interpol alarmiert hat. Zu Hause glauben sie bestimmt, ich sei tot.«
O'Hanrahan war abgelenkt. »Was für eine mysteriöse Person in Chicago würde für eine teure und möglicherweise erfolglose Jagd nach einer obskuren Schriftrolle zahlen wollen?« fragte er. Er las den Namen auf dem Telegramm: »John Smith, Schatzmeister. Ich hätte wissen müssen, daß da etwas faul ist.« Dann wechselte er das Thema. »Luce, ich begreife um mein Leben nicht, warum Sie nicht die Matsoukis angerufen haben. Ich habe mich dort verkrochen, und ich habe eine Nachricht hinterlassen, falls Sie anrufen würden. Sobald die Sache komisch wurde, hätten Sie sofort Eleni anrufen sollen.«
»Äh, ich glaube, ich habe sie vergessen ...« Alles nur, um Stavros auszuweichen – was war sie nur für eine Idiotin! »Ich meine, ich habe ihren Nachnamen vergessen, und in einem griechischen Telefonbuch danach zu suchen wäre wie die Suche nach der Nadel im Heuhaufen.«

»Wir waren eine Woche lang bei ihnen, und Sie haben ihren Nachnamen vergessen?«
Aber er wischte diesen Punkt beiseite und griff in die Innentasche seines Sportsakkos. »Ich habe mir erlaubt ...« Er schien etwas beunruhigt.
»Was?«
»Ich habe mir von den Matsoukis Geld geliehen, um ein Flugticket nach Chicago kaufen zu können. Für morgen.«
»Wir fliegen heim?« stammelte Lucy.
»Sie.« Und bevor sie etwas einwenden konnte, legte O'Hanrahan ihr die Hand auf den Arm. »Nein. Keine Heldenstückchen mehr! Es wird gefährlich für uns beide. Und ich fahre nach Jerusalem, wo es wahrscheinlich noch gefährlicher wird. Ich habe den Verdacht, daß diese islamische Gruppe es noch einmal versuchen wird. Daher glaube ich, daß es Zeit für Sie ist, nach Hause zu fliegen.«
»Kann ich das Ticket sehen?«
Dr. O'Hanrahan zog das Ticket der *Olympic Airways* aus der Tasche, auf dem die Einzelheiten wie Flugsteignummer mit Kugelschreiber notiert waren. »Hier, Luce. Und ich werde im Nu zurück in Chicago sein, und ich verspreche Ihnen, wir werden dann weiterhin zusammenarbeiten ...«
Lucy zerriß das Ticket.
O'Hanrahan sprang auf. »Was haben Sie da gemacht?«
»Ich gehe nicht zurück, bevor ich nicht bereit dazu bin; zum hundertstenmal sage ich das. Ich bin so weit gekommen, und ich lasse mir den Fund des Jahrhunderts nicht vor der Nase wegschnappen ... Sir«, fügte sie hinzu.
»Sie fliegen nach Hause, Baby, und wenn ich Sie selbst in einen Koffer packen muß!«

*29. Juli 1990*

Es war ein warmer Abend mit einer leichten Brise vom Saronischen Golf. Nachdem Lucy ihre Kabine in Besitz genommen hatte, spazierte sie nun am Deck entlang. Ein junger Steward, kaum älter als fünfzehn, hatte sie zu ihrer Kabine geführt und dabei frech geflirtet. Er hatte sie in die Geheimnisse der Wasserhähne und der Klimaanlage eingeweiht und ihr gezeigt, wie sie ihn rufen konnte, wenn sie irgend etwas brauchte.

Paß nur auf, mein *kouros,* vielleicht rufe ich dich wirklich, dachte sie.
Nach sechs Tagen, die sie mit Bürokratie und amerikanischem Papierkrieg verbracht hatten, waren O'Hanrahan und sie erleichtert, wieder unterwegs zu sein. Als ihr Schiff zu seiner dreitägigen Reise über Rhodos und Zypern nach Haifa auslief, schlenderte Lucy über das Deck und starrte auf die anderen Dampfer, die im Hafen von Piräus lagen. Ganz in der Nähe sah sie Hammer und Sichel auf einem sowjetischen Luxusdampfer vom Schwarzen Meer. Eine solche Reise war früher eine Belohnung für Parteifunktionäre gewesen, aber so arm, wie Rußland nun war, würde es in diesem Sommer wohl nur wenige Privilegien verteilen. Lucy blickte hinaus auf die stille Ägäis, die wie dunkelvioletter Satin schimmerte, und den verblassenden rosa Himmel über der Halbinsel von Sounion, die nun in den Lichtern von Häusern und Straßenlaternen prangte. Am Ende der Halbinsel stand der Poseidontempel, aber bis sie die Spitze umrundeten, würde es schon dunkel sein, daher mußte dieser Anblick auf den nächsten Besuch warten. Und sie wußte, daß es einen nächsten Besuch geben würde.
Vom Deck über ihr hörte sie deutlich, wie O'Hanrahan sich räusperte. Er schien wieder einmal schlecht gelaunt, verdrossen über die Untätigkeit der letzten Nachmittage, die sie bei der Botschaft und bei griechischen Behörden verbracht hatten. Er stand da wie ein Masttopp und sah hinaus auf den Saronischen Golf – Xerxes, der den Hellespont abschätzt, eine Flasche zollfreien Ouzo in der Hand, in der anderen einen Styroporbecher.
(Wieder eine Nacht mit der Flasche, Patrick?)
Ach, schon wieder die Stimmen. Es ist mir egal, dachte er; ärgere mich, wie du willst, hetze mich mit meiner Vergangenheit. Bald werde ich fern sein von Griechenland und dich nicht mehr hören.
(Die Menschen in Jerusalem hören meine Stimme andauernd, also sei nicht so sicher.)
Das ist mein Abschied von Griechenland, dachte O'Hanrahan und füllte seinen Becher auf. Meine letzte Einkehr in Hellas – es ist, als würde mir ein Glied amputiert. *Die seltsamsten Dinge bringen die zahlreichen Jahre mit sich, und über alles, was wir kennen, werfen sie ihren Schatten.* Und wie die großen Tragödiendichter so gut wußten, ende ich wie jeder Mensch, alt und verwirrt und allein, und wenn ich irgendwie geadelt bin, dann nur durch den Schmerz. *Die langen Tage boten vieles, was dem Schmerz näher ist als der Freude. Nicht geboren zu sein, ist vor allem anderen zu preisen.*

(Aber so fühlst du in Wirklichkeit nicht.)
Nein, ich habe mein Leben geliebt, das weißt du. Und ich habe mich in der Zeit auf griechischem Boden selbst zum Narren gehalten, wenn ich daran dachte, was mit Eleni hätte sein können. Ich hätte es nicht geschafft, ihr ebenbürtig zu sein, sie glücklich zu machen. Ich habe genau das gebraucht, was ich bekommen habe: eine Frau, für die ich jemand Imposanter sein konnte, so jämmerlich es auch ist, das zuzugeben. Beatrice, selbst in ihren schlimmsten Phasen, hat mir immer zugeredet, daß ich weitermachen soll. Ich meine nicht das übliche Genörgle über mein Trinken oder darüber, wie ich mich auf Fakultätsparties blamierte, sondern meine Arbeit, mein Schreiben. »Es ist mir egal, wie du mich behandelst«, sagte sie oft, »aber um Gottes willen, schütte nicht deine ganze dir von Gott geschenkte Begabung in den Rinnstein.«
(Und sie hat die Wahrheit gesprochen.)
Beatrice ist auf vielen Sachen herumgeritten, aber dieser Überzeugung ist sie treu geblieben. Daß ich großes Talent habe – nie hat sie mich mit diesen anderen Idioten am Fachbereich verglichen; nie hat sie meine geistigen Fähigkeiten verspottet. Sie drängte mich immer, meine Gedanken niederzuschreiben, einen Aufsatz, einen Zeitschriftenartikel oder eines Tages ein Buch mit Essays zu verfassen. »Laß mich wieder stolz auf dich sein«, sagte sie. In einem unserer entspannteren Momente sagte sie einmal: »Das ist das Problem. Weil du geredet hast wie ein Buch, habe ich mich in dich verliebt, weißt du.« Und ich verzapfte einen Haufen Schmeicheleien, überredete sie zu zwanzig Jahren Elend mit einem betrunkenen, nichtsnutzigen, unverbesserlichen alten Scheißiren, aus dem etwas hätte werden können, wenn er nur dankbar für seine Gaben gewesen wäre!
(So viele Gaben.)
Wie oft habe ich meinen Schritt vom goldenen Pfad abgewandt – kaum war es einmal gut, habe ich es auch schon wieder versaut, weil ich meinte, mich selbst austricksen zu können, und ich sage dir, Beatrice, mein Schatz, hättest du mir nur die Absolution erteilen können, bevor du von mir gegangen bist, dann hätte ich tun können, was ich dir versprochen habe. Ich sollte einmal Homer und Vergil die Treue halten, ich sollte das Pantheon pflegen, in dem die verlorenen Worte erneut zum Sprechen gebracht würden! Und jetzt bin ich erledigt, Liebling. Ich mache Witze über Frauen mit großen Titten, gebe Geschichten zum besten, die ich schon hundertmal erzählt habe; ich bin ein vulgärer Typ, der auf Cock-

tailparties den Gotteslästerer spielt. Ach, Beatrice, wenn du nur wiederkommen und mich noch einmal in dein Gesicht sehen lassen könntest, würde ich mich emporschwingen! Du würdest mich zu meinen Höhen führen ...

(Patrick, du weißt nicht, was dir noch bevorsteht. Und auch Lucy weiß es nicht. O Meine Kinder, so vieles, womit ihr nicht gerechnet habt.)

Wenn ich wieder einmal nach Griechenland komme, dachte Lucy und ließ die Hand über die Reling gleiten, während sie das Deck entlangging, werde ich Stavros anrufen, um ihn noch einmal zu sehen – zu sehen, ob er erwachsen geworden ist und vielleicht eine weniger übermütige, reifere Beziehung angefangen hat. Ich liebe ihn eigentlich nicht, sagte sie zu sich selbst, aber ich liebe das, was geschehen ist, und er ist ein Teil davon.

»Hallo«, rief der Gepäckjunge mit dem hübschen Gesicht in seiner gebügelten weißen Uniform und winkte ihr, als er irgendwelche Koffer auf das obere Deck schleppte.

»*Jasou*«, erwiderte Lucy und brachte ihn mit ihrer bemühten Aussprache zum Lachen.

Männer sind gar nicht so unmöglich zu haben oder schwer zu bekommen. Sie sind viel einfacher, als ich gedacht habe, dachte sie bei sich, viel weniger kompliziert und unnachgiebig. Du lieber Himmel, diesen gerade fünfzehnjährigen Gepäckjungen könnte sie *haben.*

(Ein bißchen jung für dich.)

Nein, natürlich werde ich ihn nicht verführen, aber so etwas kann man tun, nicht wahr? Ein sachter Kuß, eine Einladung in ihr Zimmer, wenn er seinen Dienst beendet hätte. Ich wäre die ältere, reiche amerikanische Abenteurerin, und er würde sich selbst damit schmeicheln, daß er dieses Ereignis seinen Freunden noch jahrelang erzählte. Ich könnte aus einer Laune heraus den Verlauf seines Lebens ändern, wenn ich wollte; ich könnte ein Trauma bei ihm hinterlassen ... oder ich könnte ihn verführen und nach seiner Adresse fragen und ihm jahrelang Liebesbriefe schreiben und mich wieder mit ihm treffen. Tatsächlich könnte ich mit minimaler Anstrengung seine Zukunft verändern, dem griechischen Mädchen, das ihn geheiratet hätte, ihr Schicksal rauben, vielleicht die Geschichte der Mittelmeerländer verändern. Alles aus der Laune eines Abends heraus. Ich habe nie gewußt, daß Menschen solche Macht haben.

(Allen freien Willen der Welt.)

Und ich verstehe jetzt, dachte Lucy, wie leicht es wäre, sich mit Menschen

einzulassen, seine Macht über sie zu mißbrauchen, sein Spiel mit ihnen zu treiben und sie zu verletzen. So wie Stavros sein Spiel mit mir getrieben hat. Obwohl ich glaube, daß er mich gemocht hat, wenn man seine Million von Frauen, die er angeblich gehabt hat, einmal beiseite läßt. Vielleicht werde ich ihm doch schreiben.
(Er wird dir nicht antworten.)
Und eigentlich habe ich auch mein Spiel mit ihm getrieben.
(Nichts, worauf man stolz sein müßte, Mein Kind.)
Lucy blieb an der Reling stehen; der Wind wehte ihr das Kleid zwischen die Beine und brachte ihr Haar, das sie im Nacken kitzelte, in neue Form. Wieder unterwegs zu sein, auf dem Meer, und vor ihr Jerusalem! Aber das Heilige Land trat bald hinter albernen Gedanken über die Disco an Bord zurück, wo es genügend attraktive Männer gab, mit denen man tanzen konnte ... Und wer weiß, lächelte Lucy, ich habe eine Einzelkabine.
(Ja, heute abend wirst du tanzen und in einem Nebel von Flirts, von Freiheiten, die sich gutaussehende, zypriotische Soldaten genommen haben – ein Kuß hier, eine Umarmung da –, und von ein paar Metaxas zuviel ins Bett gehen. Und es wird die erste Nacht auf See sein, in der du nicht daran denkst, zu Uns zu beten und zu bitten, daß das Schiff nicht sinken möge; und es ist gut, daß du dich immer weniger vor deiner Welt fürchtest. Aber wirst du Uns ganz vergessen, Meine Liebe? Wir haben im Laufe der Jahrhunderte soviel gute Gesellschaft verloren.)
Oh, seufzte Lucy und spürte die Süße des schwindenden Tages in der Seele, ich muß es mir zum Prinzip machen, niemals zu sterben. Und weiterhin zu reisen und neue Menschen kennenzulernen; und ich muß mich oft verlieben, so daß ich immer dieses übervolle, verzückte Herz habe. Ich mag diese Welt, dachte sie und preßte die Arme an ihre Brust, als es kühler wurde über der Ägäis. Sie blickte auf zum Abendstern und hatte weniger als sonst das Bedürfnis nach Göttern, als sie so in den geheimnisvollen, geheiligten Osten fuhr.

*1. O Ephesos, Mutter der Architektur, der Mathematik und anderer Wissenschaften, du Inbegriff der feinen griechischen Art, warum ergibst du dich so haltlos der Neigung der menschlichen Natur zur zügellosen Fleischlichkeit? Ach, überall in Asien [Kleinasien] findet man ja jede einstmals edle und gute Idee heutzutage in leidenschaftlicher Hingabe einer Bosheit vermählt – ach, und so vieler Bosheit, daß die Kraft von zehn Propheten erforderlich wäre, mit der Erörterung all der Sünden auch nur zu beginnen.*

*Gelobt sei der Herr, der mich dieser Aufgabe gewachsen machte!*

*2. Während meiner Reisen durch die Ägäis in meiner Jugend hatte ich überall die Riten der Artemis, der Göttin der Jagd, gefeiert gesehen, die unseren früheren Tempelopfern im Grunde ähnlich waren, jedenfalls bei unvoreingenommener Betrachtung: Blutopfer, der Gottheit dargebracht, als Zeichen unserer Dankbarkeit für die sich in jedem Frühjahr von neuem offenbarende Freigebigkeit der Erde. Aber ach, hier in Ephesos dienen die Göttin und ihr berühmter Tempel nur der Unzucht und der Hurerei. Selbst das Bild der Göttin ist eine mit Hunderten von Brüsten behängte Ungeheuerlichkeit! (Und kleine tönerne Nachbildungen dieser Ungeheuerlichkeit werden überall in den Straßen zum Kauf angeboten, wo sie selbst den Kindern nicht verborgen bleibt und auch heiligmäßige Personen sich ihrem Anblick nicht entziehen können!)*

*3. Attis, Astarte, Kybele, all die heidnischen Gottheiten, die von der Lust an blutrünstigem Narrenpossen und Schweinigelei zehren, deren jede mit Blutvergießen und Kastration anfängt und in allgemeiner Lüsternheit und viehischen Ausschweifungen der Kultgemeinde endet. Daher werden in Asien und Phrygien Jungfrauen einem Tempeldienst geweiht, in welchem sie sich allen unzüchtigen Begierden und allen Lustseuchen prostituieren müssen, die rund um unser Mittelmeer vorkommen. Und dabei sind diese Götterfeste noch heilig und rein, verglichen mit dem alltäglichen Treiben in diesem Ephesos, das alle anderen Städte – Tyrus, jenen untersten der tiefsten Schlünde der Hölle allein ausgenommen – an Verdorbenheit und Schändlichkeit der Vergnügungen übertrifft.*

*Überall sind Wegweiser zu den unterschiedlichsten Vergnügungsstätten angebracht, man findet deren sogar aus den Steinen des Straßenpflasters ausgehauen, wo einer den nächsten Weg zu einem Etablissement weist,* das unter der Frage Cras vives? firmiert und den Vorübergehenden angesichts der Unbeantwortbarkeit dieser Frage animiert, sich unverweilt an der angegebenen Adresse damit zu amüsieren, die knusprigsten Knaben von Asien zu sodomisieren; während ein anderer ein Lokal empfiehlt, das seine Kundschaft mit der Frage Quo irrumbis? empfängt.[1] Es kostet mehr, in Judäa ein Maultier zu füttern, als sich hier von moesischen Drillingsschwestern von hinten und von vorn, von oben und unten zugleich befriedigen zu lassen, und für einen Pappenstiel tanzt eine Reihe kleiner Mädchen an, die man eine nach der anderen entjungfert, bis man nicht mehr kann. Mütter richten ihre Säuglinge dazu ab, an den Gliedern geiler Männer zu saugen, und bieten diese Dienstleistung für den Preis einer Handvoll Oliven an. Und dann erst das nimmer endende dionysische Fest am Hafen, wo man für ein paar Pfennige Spektakel von unvorstellbarer Unzüchtigkeit zu sehen kriegt, die ungeheuerlichsten und mißgestaltetsten Geschlechtsteile in den abenteuerlichsten Vereinigungen, alte und junge, schwarze und weiße Menschen und Tiere haufenweise miteinander kopuliert, so daß einem vom bloßen Zusehen schwindlig wird. Und dabei berichte ich nur, was auf offener Straße zu sehen ist!

4. Was mich selbst betrifft, fiel mir der Abschied von Xenon schwer. Ich bedauerte, ihn zu verlassen, während er stoischen Gleichmut zur Schau stellte, wenn innerlich wohl auch er recht bewegt war. Daß die Lehrjahre bei seinem Onkel keine Herrenjahre werden würden, war ihm sichtlich klar. Eines Abends, mehrere Tage nach unserer Ankunft in Ephesos, fragte ich ihn, ob er nicht doch mehr Lust hätte, mir auch fernerhin bei der Verkündigung der Frohen Botschaft zu helfen; doch erklärte er mir, daß er sich dazu nicht sonderlich befähigt fühle, ich glaube, um mich zu schonen. Denn daß ich als Diener der Lehre der Rechtschaffenheit versagt hatte, stand unausgesprochen zwischen uns.

5. Sodann sprach ich bei Johannes (Zebedäus) vor. Ein Wort über dessen einstigen Meister, Johannes den Täufer,[2] der die Sünden Jerusalems anklagte, ein Nazaräer, der zu rein war, um mit irgendeiner Gemeinde Gemeinschaft halten zu können, ein unmöglicher, doch, wie ich glaube, gottbegeisterter Mann. Noch in der Erinnerung finde ich meine erste Begegnung mit dem Täufer furchteinflößend.

Die Wüstlinge am Hof des Herodes pflegten von Machärus oder Herodion hinabzureiten, um den fanatischen Veranstaltungen des Täufers am Jordan beizuwohnen. Ich erinnere mich einer ziemlich fettleibigen und *nach griechischer Mode geschminkten Frau. Der Täufer rief sie aus der Menge und nötigte sie, öffentlich ihre Sünden zu bekennen, ihre Ehebrüche, ihre Begierden, ihre Boshaftigkeit.[3] Er spie sie an, ohrfeigte sie, riß ihr das Gewand vom Leibe und beschimpfte sie: »Sieh dich in deiner Nacktheit an, Hure!« schrie er, während sie weinte. »Also triebst du Hurerei, daß du dich einem jeglichen, der vorüberging, gemein machtest und tatest seinen Willen.[4] Hier Weib! Hier sind Fremde: Mach die Beine breit für sie!« Wenn er sie so bis zur tiefsten Erniedrigung gedemütigt hatte, drückte er ihren Kopf unter Wasser, zog diesen dann an den Haaren wieder heraus und wischte ihr mit dem groben Rupfen seines Lendenschurzes die Schminke vom Gesicht; und dann tauchte er sie wieder unter. Johannes der Täufer wußte seltsamerweise genau, wie lange einer das aushalten konnte, ohne zu ertrinken. Am Ende ließ er seine Täuflinge immer auftauchen und leben. Dann war er plötzlich so sanft und liebevoll, daß die Leute, die sich dieser hysterischen Prozedur unterzogen, oft reuig und bekehrt von dannen gingen. Manche freilich gaben sich schon am selben Abend ihren Ausschweifungen wieder hin und kehrten am folgenden Sabbat zurück, um von neuem Buße zu tun. Kutschen und Wagen aus der Stadt säumten die Hügel an den Ufern des Jordans gelegentlich dieser Spektakel.*

*6. Ich sah, wie der Täufer, der berühmte Sohn des Zacharias[5], einen jungen Hurenbock beim Glied packte, ein Messer zog und drohte, es ihm abzuschneiden. Ich sah, wie er einen fetten Kaufmann schlug, der wie ein Kind weinte, und wie er dessen Geldbörse nahm und ihn zwang, sich den Mund mit den schmierigen römischen Münzen zu füllen, da er doch das Geld so über alles liebe. Ein Gemeindeältester, der Unzucht mit jungen Mädchen getrieben hatte, brachte den Täufer zur Raserei. Er ging ans Ufer, nahm einen großen Stein und drohte diesem Mann in Amt und Würden mit der Steinigung, die ihm in dieser Welt zuteil werden würde, und dem ständigen, nie endenden Steinschlag, der in der Hölle auf ihn wartete, und sagte: »Da du die Sünde liebst, für welche du die Steinigung verdienst, gebe ich dir diesen Vorgeschmack deiner Ewigkeit!« und schlug ihn, bis er blutete. Dann mußte der Mann den Stein küssen und verehren, ihn ablecken, dann ihn nehmen und sich selbst damit auf den Kopf schlagen, ehe der Täufer von ihm abließ und willens war, ihn zu taufen. Ich hatte Glück, denn als ich mich bei ihm einfand, hatte er soeben einen Advokaten gedemütigt, und so kam ich ziemlich glimpflich davon.*

*Doch trotz seines übersteigerten Gebarens habe ich den Täufer immer für aufrichtig gehalten und bin sogar geneigt, ihn als einen Mann Gottes anzusehen.*

*7. Unter seinen Anhängern war der Jünger Johannes.*[6] *Als ich diesem zuerst begegnete, war er ein mädchenhafter Jüngling von siebzehn Jahren, ehemaliger Musterschüler im Tempel. Frech beschimpfte er mich meines Landbesitzes wegen und verlangte, daß ich auf meine weltlichen Güter verzichte – ich sei ein Wucherer, ein Schwein. (Wie man sieht, imitierte er den Stil des Täufers perfekt. Und das, mein Bruder, ist meines Erachtens alles, was dem Johannes, Sohn des Zebedäus, der Neid lassen muß: daß er's immer verstanden hat, seinem Rabbi nach dem Munde zu reden.) Als er dem Meister zu dienen begann, wurde er gleich ein kleines Lämmchen und flüsterte in des Lehrers eigener Sprache alle Versicherungen der Liebe und des künftigen Paradieses nach; und für diese Mühewaltung wurde er der Jünger, den der Meister lieb hatte, und es entging ihm keines seiner Worte.*[7]

*8. Johannes' Kloster war, was mich nicht überraschte, in einer guten Wohngegend am Stadtrand gelegen. Hier führten junge Männer, von welchen viele sich selbst entmannt hatten, größtenteils Griechen, ein asketisches Leben, nachdem sie ihr Erbteil, und was sie sonst an weltlichen Gütern besaßen, abgeliefert hatten. Johannes hatte diese Gelder in Grundbesitz im Hafenviertel angelegt, der dem Orden ein ständiges Einkommen sicherte. In dem geräumigen Landhaus verbrachten die von Johannes Bekehrten den größten Teil des Tages mit Fasten und Beten und kultivierten diese essenische Heiligmäßigkeit, die der Meister immer mißbilligt hat (angesichts der Werke tätiger Nächstenliebe, die dabei ungetan blieben).*

*9. Johannes war auf bemerkenswerte Weise unverändert. Er war noch immer bartlos wie als Jüngling, ich halte es allerdings für möglich, daß er sich das Barthaar ausgezupft oder dessen Wachstum sonstwie verhindert hatte, denn ihm war, wie er mir selbst gestand, viel daran gelegen, die Erscheinung des Jüngers zu bewahren, den der Erlöser lieb hatte. Wirklich sah er von weitem noch immer nicht älter aus als einundzwanzig, aus der Nähe freilich war ihm anzusehen, daß er doch schon ein halbes Jahrhundert auf dem Buckel hatte. Mir schien auch, daß er sich die Haare schwarz nachfärbte, aber ganz sicher bin ich mir dessen nicht, da ja bekanntlich, wer sich selbst zum Verschnittenen macht, für den Herrn (oder aus sonst*

*einem Grund) länger jung bleibt, alldieweil er seinen Leib der zersetzenden männlichen Säfte beraubt hat, die uns andere altern und grau werden lassen.*
*Johannes hatte sich, wie zu erwarten stand, mit jungen Leuten seines Schlages umgeben, die von theologischen Diskussionen und rabbinischer Haarspalterei nie genug kriegen konnten. Ich lernte seinen Schreiber Zossima kennen, der ihn anhimmelte wie weiland Pentheus den Apollonius.*[8] *Wie die Essener, die wir als Kinder kannten, wirkten diese jungen Männer, als hätten sie sich durch zu ausgiebiges Fasten in jenen seltsamen Geisteszustand versetzt, in dem einem das Allerbanalste wie ein Wunder vorkommen kann und man mühelos die Knittelverse des Johannes als Gottes Wort akzeptiert.*
*10. Im Atrium sah ich einen Jungen, keine vierzehn Jahre alt, der weinend das zwischen den Pflastersteinen sprießende Unkraut auszupfte und verzehrte.*
*»Das ist Andreas«, erklärte mir Johannes, »und er weint um die Schönheit dieser Kräuter und hält sie so wert wie den Ertrag des Gartens eines reichen Mannes, die Ernte eines reich gesegneten Herbstes. Zum Ruhme Gottes!« Ich kann mich vieler Gelegenheiten erinnern, bei denen der Meister vom Fasten abriet und uns empfahl, mäßig, aber regelmäßig zu essen, sogar Wein zu trinken und uns unserer Nahrung zu freuen.*[9]
*»Wenn der Herr aß und trank«, sagte Johannes leise zu mir, »war das nur Schein, mein Bruder, denn Sein Göttlicher Leib bedurfte des Unrats nicht, den wir in dieser Welt Nahrung nennen. Jede Nacht wurde Er von Engeln gespeist.«*[10] *Tränen standen ihm funkelnd in den Augen. »Die Cherubim speisten Ihn mit himmlischen Süßigkeiten auf Lichtstrahlen, die auf den Klängen der Lyra Davids schwebenden Seraphim kredenzten Ihm himmlischen Wein. Speisen jedes erdenklichen Wohlgeschmacks und in den schönsten Farben auf Geschirr von Rubin und Achat standen dann vor Ihm in dem Juwelenlicht aus der unerschöpflichen, ewigen Quelle des Lichts ...«*
*(Da siehst du, auf welchen Jargon man sich heutzutage einstellen muß, wenn man theologische Probleme diskutieren will!)*
*11. »Unsinn«, widersprach ich. »Ich erinnere mich, wie bei einer Begegnung (damals begleitete mich mein Erzieher Polykrates) dem Meister nach dem Genuß eines Stücks geräucherten Fischs übel wurde, in Kapernaum war das. Und ich erinnere mich, wie, als ich zum zweitenmal in seiner*

*Gegenwart war, bei einem Festmahl in Kana, der Lehrer zuviel von dem Geflügel aß, das man uns vorsetzte, und später über das Unbehagen scherzte, das Ihm sein überladener Magen verursachte; auch du, Johannes, kannst das eigentlich nicht vergessen haben. Als Mensch erduldete Er die Bedingungen unserer Leiblichkeit genauso wie wir alle. Oder wurde Ihm der Hintern von den himmlischen Heerscharen gewischt?«*
*Johannes sagte zu mir: »Das beweist nur, wie vollkommen täuschend die Illusion war, daß wir glaubten, Er sei ganz wie wir einfachen sterblichen Menschen.«*
*12. Ich fragte Johannes: »So meinst du, Er sei Gott und nicht durchaus menschlich?«*
*»Ich glaube, Er ist beides«, erwiderte Johannes, »doch so, daß Er in verschiedenen Momenten an verschiedenem Wesen teilhat. Seine Sohnschaft ist vom Vater abgeleitet, durch die Heilige Weisheit vermittelt, die Vorewigkeitliche Sophia. Sein Göttliches Wesen war vor der Welt und wird nach der Welt sein, ungeschaffen und ewig fortschreitend, jedoch ewig hervorbringend. Aber das ist das Ergebnis jahrelanger Studien an diesem Ort, wo ich mir die Erklärung solcher Lehren zur Lebensaufgabe gemacht habe.«*[11]
*Ich beharrte bei meiner Anschauung. »Selbst wenn der Meister sprach, wie nie zuvor ein Mensch geredet hatte – und nie wieder ein Mensch reden wird –, war Er doch im gleichen Raum mit uns anwesend. Wir konnten die Hand ausstrecken und Sein Fleisch berühren und die Wärme Seines Leibes fühlen!«*
*Aber Johannes hörte nicht zu. »Zu vieles ist mir offenbart worden, von dem ich einiges mitteilen kann, anderes freilich wurde mir allein anvertraut.«*
*(Aber zu welchem Zweck geschah in diesem Fall die Offenbarung, fragt man sich.)*
*13. Johannes sagte zu mir: »Zuerst, wie der Meister gesagt hat, wird Jerusalem vernichtet werden, die Felder versalzen, die Brunnen vergiftet, die Mauern durchbrochen und von dem, was einst der Tempel war, wird kein Stein mehr auf dem anderen stehen. Schon häufen sich die Vorzeichen. Selbst hier in der Synagoge zu Ephesos hat man vor einem Opfer eine Kuh ein Lamm kalben sehen, ein Mutterschaf ein Kalb lammen. Vorzeichen der Greuel, die uns bevorstehen!«*
*Weiter sagte Johannes zu mir: »Ich kann dir sagen, daß ich während*

*meiner Zeit in der Wildnis auf einem kahlen Felsen, wo Sonne und Luft meine einzige Nahrung waren,*[12] *die Brände und Leiden der kommenden Wehezeit erblickte, die Zerstörung aller Dinge, wo wird sein keine Seele ohne Pein und des Feuers Brunst zerrütten Mark und Bein. Bei so unerhörter Hungersnot, daß mangels Brot die Eltern werden fressen die Kindlein.«*

*Ich fragte Johannes, ob das nach der Mark und Bein zerrüttenden Feuersbrunst zu erwarten sei oder vorher.*

*14. Er sagte zu mir: »Alle diese Leiden werden gleichzeitig sein. Qualen werden wir begegnen, wohin wir uns auch zur Flucht wenden. Und wieviel schlimmer noch wird es jenen ergehen, die sich Zweifel an der Auferstehung des Meisters erlauben.«*

*Ich erwähnte nichtsdestoweniger, daß ich allerdings hinsichtlich dieser Auferstehung gewisse Zweifel habe, da ich nicht zu denen gehörte, die Ihn mit eigenen Augen sahen, und überdies von den Jüngern, denen diese Gnade zuteil wurde, jeder etwas anderes gesehen haben wollte.*

*Johannes sagte mir: »Da Er die Sünden aller Generationen einschließlich der gegenwärtigen aufgesammelt und konzentriert auf sich genommen, da Er des Irrtums und der Greuel ganze Fülle Seinem Göttlichen Wesen einverleibt, fiel Er durch die vielen Höllen bis hinab in die siebente unter Abadon, wo Er drei Tage lang eine schlimmere Prüfung als die des Kreuzes erduldete.«*

*15. »Glaubst du wirklich«, fragte ich ihn, »daß Gott Seinen größten Propheten in die Tiefe eines feurigen Sees schleuderte, hinab zu den mit Luzifer gefallenen Engeln, zu Nero und Herodes und derengleichen?«*

*Johannes sagte zu mir: »Es ist mir offenbart worden, mein Bruder. Dabei habe ich nur einen Bruchteil dieser Qual gesehen: welcher geteilt und abermals geteilt durch die Summe aller Sandkörner noch immer meine Fassungskraft überwältigte. Ich hätte mir die Augen aus dem Kopfe gerissen, wäre nicht Bruder Zossima mir in den Arm gefallen.«*

*Ich sah mir noch einmal Bruder Zossima an, ganze achtzehn Jahre alt, abgemagert und von ständigem Weinen rotäugig. Auch er, wie mir schien, ein Verschnittener, dem kein Bart mehr wachsen würde.*

*16. Da beschloß ich trüben Sinns, mich nicht länger in Ephesos aufzuhalten bei Johannes und dessen Artgenossen.*

*Ich unternahm dann eine Rundreise zu unseren Kirchen in Asien, besuchte Sardes, Pergamon, Thyatira und zahlreiche kleine Gemeinden im ländli-*

*chen Lydien und drang an allen Orten, wo Fehldeutung und Mißbrauch die Nazaräer (oder Nazoräer) von der rechten Lehre entfernt hatten, was leider mehr oder weniger überall der Fall war, auf die Wiederherstellung guter Kirchenzucht. (Natürlich war mir schon überall Saulus zuvorgekommen, der unsere Kirchen mit allwissenden Episteln bombardiert, und obwohl man mir die schuldige Ehrerbietung bezeugte, war offenbar, daß niemand ihren Herzen näher war als Saulus mit seinen verführerischen Rundschreiben.) Im weiteren Verlauf dieses Jahres – Augenblick mal, Tesmegan, ja, des Jahres, in dem der elende Nero seine Seele mit eigener Hand in der Hölle ablieferte, die hinfort in Ewigkeit ihr Aufenthalt sein wird [68 n.Chr.] – verfaßte ich eine Anzahl von Bußpredigten, von denen ich Exemplare an alle Kirchen in Asien versandte. Ich will versuchen, hier kurz zusammenzufassen, was ich darin sagte …*

*(Andererseits reicht dazu die Zeit nicht. Tesmegan erinnert mich daran, daß er mich bald verlassen muß, wir werden also ohne weitere Umwege auf meine Rückkehr nach Judäa und mein Hauptanliegen zu sprechen kommen müssen. Du hast ganz recht, junger Mann, wenn es dir auch nichts geschadet hätte, dir mal anzuhören, wie man Buße tun soll und so weiter. Ja, ja, schreib es ruhig hin – schreib jedes Wort, das ich dir sage.)*

*17. Also gut. Gegen Ende des zweiten Jahres des Aufstands [mutmaßlich im Januar 69 n.Chr.] kehrte ich auf Umwegen auf unser Gut bei Jerusalem zurück, um dort das Ende der Kämpfe abzuwarten und unterdessen die dort untergebrachte nazaräische (oder nasiräische) Gemeinde zu verteidigen wie die Löwin ihr Junges.*

*Wiederholt ließ ich mir während meiner Reisen durch das verwüstete Land Geschichten erzählen, wie die Römer, immer die Römer, uns mit Krieg überzogen und welche Greuel sie in Jerusalem verübten. Wenn ich dann aber die Orte ihrer angeblichen Kriegsverbrechen erreichte, fand ich gewöhnlich, daß dieselben von Judäern an Judäern begangen waren, weil, wie gewöhnlich, auch in diesem Krieg vor allem Juden gegen Juden kämpften. Was die Römer betrifft, so haben sie es nur unserer Nationaldummheit zu danken, daß sie die Oberhand behalten haben: Florus forderte bekanntlich in seiner unersättlichen Habgier mehr Steuern und entdeckte, daß etliche Juden Almosen für ihn gesammelt hatten, als wäre er ein Bettler. Tausende mußten dafür sterben! Die durch Jerusalem marschierenden Römer erwiderten den Gruß der Juden nicht. Auf in den*

*Krieg! rief da Judäa. Nero und die Brut der Abtrünnigen verlangten ein kleines Opfer im Namen des Kaisers. Hätten nun wir Juden nicht um des lieben Friedens willen einen Heiden bezahlen können, die verlangte sinnlose Zeremonie durchzuführen und dem Kaiser gefällig zu sein? Aber nicht doch! Lieber als in solch sinnlosen Formalitäten klug nachzugeben, ließen wir es dazu kommen, daß Juden Juden ermordeten zu Tausenden, bis zuletzt unsere Stadt, deren unvergleichlicher Glanz dir und mir noch erinnerlich ist, dem Erdboden gleichgemacht war!*[13]

*18. Um die Erntezeit natürlich zogen deine römischen Mitbürger marodierend über Land, nahmen, was sie brauchen konnten, und setzten dann unser väterliches Gut in Brand. Mit meiner inzwischen stark dezimierten nazaräischen Gemeinde – keine zwei Dutzend waren mehr übrig! – zog ich über den Jordan, und wir suchten Zuflucht in dem scheußlichen Provinznest Pella, wohin sich kein Römer verirren würde. Unser Vater, Josephus, hatte, wie du weißt, für das Landleben nichts übrig und verließ Jerusalem nur selten; nicht zuletzt, weil seine zweite Frau, deine Mutter, die Vergnügungen der Großstadt nicht entbehren mochte. Indessen bat ich nun beide schriftlich, angesichts der drohenden Belagerung die Stadt zu verlassen und zu uns nach Pella zu kommen, wo ihre Sicherheit einigermaßen gewährleistet wäre. Doch meinten sie anscheinend, sich unbesorgt auf deinen Schutz verlassen zu können, da du ja bei den Römern lieb Kind warst. Als wir dann von den Vorgängen in der Stadt während der Belagerung hörten, schwand meine Hoffnung, unseren Vater, der ja damals schon in der achten Dekade seines Lebens stand [über siebzig Jahre alt war], jemals lebend wiederzusehen.*

*19. Dennoch machte ich mich, als wir erfuhren, daß Jerusalem gefallen sei [im September 70 n. Chr.], unverzüglich aus Pella auf den Weg dorthin, um in Erfahrung zu bringen, was aus ihm geworden sei, und natürlich auch um dich, meinen Bruder, wiederzusehen. Teilweise trieb mich, wie ich nicht verhehlen will, überdies die Neugier (da ich schließlich einen Namen als Historiker zu verlieren hatte).*

*Ich hatte mich geweigert, den Berichten von der gänzlichen Zerstörung der Stadt Glauben zu schenken, diese Berichte für Ausgeburten verängstigter Phantasie gehalten. Wer konnte eine so große und wohlbefestigte Stadt dem Erdboden gleichmachen? Nun, als ich hinkam, fand ich, daß genau das allerdings möglich gewesen und die gänzliche Zerstörung Jerusalems leider Tatsache war. Nun glaubte ich auch, was wir von den*

*Assyrern lesen, daß diese nämlich in den Städten, die sie eroberten, keinen Stein auf dem anderen ließen.*
*Reihen von Kreuzen und Galgen verstellten alle Aussichten. Wo der Wind vom Ölberg wehte, war die Luft nicht zu atmen, und die Nächte erfüllte das Geheul und Gebell der Hyänen und Schakale, die sich an den Leichen der Gerichteten gütlich taten. Am Fuße der Schädelstätte hatte sich ein Haufen junger Schriftgelehrter und Rabbiner versammelt, die in Sack und Asche gingen und sich geißelten und unaufhörlich die Römer verfluchten und sich selbst, wobei sie einen solchen Heidenlärm machten, daß die Römer wiederholt erschienen, um mit der blanken Waffe Ruhe zu stiften. Diesen schreienden Rabbis fehlte es offenbar an der gebotenen demütigen Ergebung in ihr Schicksal, und so sah man davon ab, sie zum Triumph des Titus nach Rom zu verfrachten. (Wo sie in Ketten vor ihm hergezogen wären, während der Pöbel am Straßenrand sie mit Unrat beworfen hätte, wie du weißt, wenn du auch diese unappetitlichen Aspekte der Zeremonie in deiner Schilderung nicht hervorgehoben hast, wohl weil du meintest, dergleichen könnte deinen römischen Patronen peinlich sein).*
*20. Diese klagenden Schriftgelehrten also wurden nicht nach Rom bemüht. Im blutbesudelten Bett des Kidron begegnete mir das fürchterliche Gesicht des Sohns des Rabbi Jochanan bar-Jehoschua (der nicht mit den anderen nach Jawneh gegangen war), er hatte sich mit eigenen Händen die Haare ausgerauft. Gleich werde auf dem Ölberg der Messias erscheinen, sagte er, an der Spitze der himmlischen Heerscharen, es werde eine Posaune erschallen, worauf die Erde die Römer verschlingen werde, die hingemordeten Juden aber würden aus ihren Gräbern auferstehen und den Frevel rächen. Wann werden wir endlich von solchen kindischen Träumen lassen?* Darum will ich ein Feuer aus dir angehen lassen, das dich soll verzehren, und will dich zu Asche machen auf der Erde, daß alle Welt zusehen soll. Alle, die dich kennen unter den Heiden, werden sich über dich entsetzen, daß du so plötzlich bist untergegangen und nimmermehr aufkommen kannst.[14]
*Wie müde bin ich dieser Erwartung eines Gesalbten, der kommen und alle Übel des Menschen rächen soll! Angesichts des verwüsteten Jerusalem sagte ich dem geplagten Manne weiter nichts Tröstendes, als daß meines Erachtens Gott kein Interesse an den Landbesitzverhältnissen hinnieden nehme. Auf dieser Erde sind wir zweifellos dazu berufen, uns selber das Heil zu bringen, und auf einen vom Pöbel dazu herbeigerufenen Messias*

*zu warten ist reine Zeitverschwendung. Wieviel schwieriger als diese müßige Frage nach der Stunde, da dieser erträumte Messias zu erwarten sei, ist doch diejenige zu beantworten, die dem Meister gestellt wurde: Wie denn, Herr, sollen wir in Frieden leben mit unserem Nächsten? Ja, wie mühevoll ist es doch, auf diese Frage die richtige Antwort zu finden!*

*21. Und nun kommen wir zu einem Teil meiner Geschichte, der dir wohlbekannt ist. Für Geld und gute Worte (griechische, versteht sich, da ich die Sprache perfekt spreche, so daß ich mich, ohne Verdacht zu erregen, als Grieche ausgeben konnte) erhielt ich die Genehmigung, das Hauptquartier des Titus zu besuchen, wo man dich, immer in der Nähe des Herrn, wie einen Schoßhund oder ein anderes Haustier desselben, zu dessen Unterhaltung in ständiger Bereitschaft hielt.*

*Unsere Begegnung war nicht angenehm. Du schienst beleidigt zu sein, weil ich dich während deiner Gefangenschaft nie besucht hatte, und nicht gewillt, es als Entschuldigung gelten zu lassen, daß ich damals außer Landes war. Da du dir dann deine Freiheit verdient hattest, indem du an der Seite der Römer gegen dein eigenes Volk kämpftest, mußtest du dir von mir sagen lassen, wie du durch dieses Verhalten mein, ja unserer ganzen Familie Ansehen in Judäa ruiniert hast. Bei dieser unserer letzten Unterhaltung erfuhr ich dann ja auch von dir, daß unser Familienbesitz dir übertragen werden sollte, während ich, von Haus und Hof vertrieben, deinetwegen ruhig am Bettelstabe meiner Wege gehen sollte.*

*»Geh doch zu deinen nasiräischen Freunden«, sagtest du spottend, »sieh zu, was die für dich tun, denen du den ganzen Besitz unserer Familie in den Rachen zu werfen dich verpflichtet fühltest.«*

*22. Täusche ich mich in der Erinnerung, daß bei dieser unserer letzten Begegnung ein gewisses Unbehagen aus deinen Augen sprach? Mußtest du nicht vielleicht doch bei aller Selbstzufriedenheit ein Gefühl für deinen armen umherirrenden Bruder unterdrücken, mit dem du nicht gerechnet hattest? Ach, das wird sicherlich das letzte Mal gewesen sein, daß du mich sahst, den älteren Bruder, der dich innig liebte und über deine Kindheit wachte. Wie schmerzlich, daß unsere letzte Begegnung so ausfallen mußte, wie sie war ... Aber ach, mit solchen Erinnerungen ist nichts gewonnen. Fahren wir fort, Tesmegan!*

*(Diesen Passus können wir später streichen.)*

*23. Unser Vater erlag zu dieser Zeit den Strapazen, die er während der Belagerung erduldet hatte, starb an Unterernährung und Entkräftung.*[15]

*Du erwartest vielleicht, daß ich dir die Schuld daran gebe, aber, lieber Bruder, unter all dem Unrecht, das du mir angetan hast, habe ich nie behauptet, dir auch die Schuld am Tode meines Vaters ankreiden zu wollen. Nein, er war ein alter Mann, kaum noch imstande, für sich selbst zu sorgen. Als Jerusalem dem Erdboden gleichgemacht und sein Gut geplündert war, konnte er, und ich bin froh, das sagen zu können, kaum noch klar denken und verlebte seine letzten Tage wie ein Kind in liebevoller Erinnerung an seine erste Frau und rief zuletzt nach seiner eigenen Mutter, als wäre sie in der Nähe seines Bettes. Weniger geneigt bin ich allerdings zu vergeben, was mir selbst angetan wurde. In den Monaten nach dem Fall von Jerusalem meines Bruders, meines Besitzes, meines gesamten Barvermögens beraubt und gemieden von meinen Glaubensgenossen, suchte ich Zuflucht bei Apollonius, dem Sohn des Erechtheus von Lod, der ein Landgut in den benachbarten Hügeln hatte.*

*24. Er war ebenso verarmt wie ich, aber als Knaben waren wir in Jerusalem Schulkameraden gewesen. Zwei seiner Töchter waren in Jerusalem verhungert, und seine beiden Söhne hatten nichts Besseres zu tun gehabt, als gemeinsame Sache mit den Sikariern zu machen und Masada zu verteidigen in Erwartung des Messias, der die Römer aus unserem Lande vertreiben sollte! Der Kummer dieses unglücklichen Vaters brach mir das Herz. Apollonius konnte mir in seinem Hause ein Dach über dem Kopf nicht bieten (die Römer, die von dir geliebten, hatten sein Anwesen abgefackelt), doch war ich's zufrieden, Unterkunft in einem von der Feuersbrunst verschonten Stall zu finden, dessen vorige Bewohner von der Soldateska teils niedergemetzelt und an Ort und Stelle verzehrt, teils weggetrieben worden waren.*

*Während der Wintermonate blieb ich bei Apollonius und betätigte mich als dessen Rechnungsführer sowie als Erzieher der Kinder seiner Töchter, wie ich dir schrieb. Du warst nach Alexandrien entflohen, wo die Juden weniger aufgebracht gegen dich waren als hier, und ich hörte auch, du habest dort geheiratet, eine Frau, der ich nie begegnet war und für die ich mich mithin nicht hätte verbürgen wollen. Abermals schrieb ich dir von meinen beengten Umständen, doch hast du mir, auch auf erneute Bitten hin, Unterstützung nicht zukommen lassen. Und nicht genug, daß du mich von meinem Besitz vertrieben und an den Bettelstab gebracht hattest: Ich mußte mir sagen lassen, daß du eifrig an einer Geschichte deines Verrats arbeitetest, bemüht, deinen älteren Bruder auszustechen und natürlich*

*deinen eigenen Namen reinzuwaschen und dein tadelnswertes Verhalten zu rechtfertigen.*
*Aber das, lieber Bruder, der du von unserem Volke verflucht wirst wie Tiberius Alexander, ist dir nicht gelungen.*[16]
*25. Zu Beginn des folgenden Frühjahrs [71 n.Chr.] beschloß ich, mich abermals nach Alexandrien an dich zu wenden und Genugtuung für das erlittene Unrecht von dir zu fordern. Und abermals weigertest du dich, mich zu empfangen. (Ja, mein Schreiber staunt darüber, daß ich dir nach alledem überhaupt noch schreibe. Aber damit beweise ich Tesmegan nur die Grenzenlosigkeit nazoräischer vergebender Nächstenliebe!)*
*Doch verschaffte Gott, gepriesen sei Seine Gnade, mir anderswoher Lebensunterhalt. Denn während der nun folgenden fünf Jahre hatte ich in Alexandrien ein gutes Auskommen als Griechischlehrer. Anfänglich erteilte ich nur Privatunterricht in den Häusern einstiger Schulkameraden, die meine Armut dauerte. Doch während der letzten drei Jahre hatte ich die Ehre, an der berühmten Akademie von Alexandrien zu lehren.*

> *O Alexandria: Wo über dem Hafen schön*
> *Alexander stand,*
> *Sein Pharos riesig und entzündet weithin zu sehn!*

*26. Ach, der Gedanke an Alexandrien, dieses Paradies, größte der Städte! Und natürlich ist es kein geringes Vergnügen, in einer solchen Stadt so wohlbekannt und so willkommen zu sein.*
*Zwischen den leider häufigen römischen Überfällen war dennoch oft genug Gelegenheit zu Ausflügen in die berühmten Bäder beim Serapium, wo ich denn so manchesmal im Tepidarium aus meinem* Erklärten Kosmos *(einem, ich gebe es zu, noch unreifen Werk, das jedoch um seiner vielen inspirierten Stellen willen der Bewunderer nicht ermangelte) unter großem Beifall das eine und andere vortrug. Es fiel mir wahrlich nicht leicht, die reichgedeckten Tische und die gute Gesellschaft der Hauptstadt zu verlassen – wo, jawohl, sogar die Eheweiber und Dienstmädchen nicht ohne eine gewisse Bildung sind – und mich nilaufwärts auf den Weg in die unzivilisierteste Wildnis zu machen.*
*27. Doch ich machte mich auf diesen Weg. Ich hatte zeitweilig gehofft, mein Leben auf die oben beschriebene bequeme Weise zu vollenden, doch dann, verstehst du, verspürte ich wieder meine Traurigkeit, die mir so*

*sattsam bekannte innere Leere. Meine Neugier! Was war zu halten von dem Lehrer der Rechtschaffenheit und der ganzen von ihm hervorgerufenen Bewegung, die sich nun schon noch zu meinen eigenen Lebzeiten erschöpft zu haben schien? War ich Zeuge göttlichen Wandelns auf dieser Erde gewesen oder nur Opfer meiner eigenen Illusionen?*
*Einst war ich ein Mann Gottes gewesen, doch in Alexandrien wurde ich ein Mann ohne Rückhalt – Treibgut auf dem Meer der Welt. Wenn ich eine der nazaräischen Synagogen aufsuchte, hörte ich da lächerliche Behauptungen, unwahre Geschichten, Fabeln von erstaunlichen Wundern (die nicht erstaunlich genug sein konnten angesichts der Ungeheuerlichkeit der Wunder der in Ägypten eingeborenen Gottheiten, mit denen sie konkurrieren mußten). Und dann ging ich heim in meine ärmliche Unterkunft durch die lärmenden, staubigen Straßen, niedergeschlagen und ruhelos, in dem quälenden Bewußtsein, die nazaräische Kirche im Stich gelassen zu haben, die doch der Belehrung durch mich so dringend bedurfte; wobei meine Seele nach Anleitung und Vergewisserung durch Gott zum Himmel schrie!*
*Eben um diese Zeit, da ich so niedergeschlagen war, daß es mich die größte Mühe kostete, mich morgens von meinem Lager zu erheben, traf ich zufällig – aber nein, geleitet vielmehr vom Allerhöchsten! – den Schurken Duldul ibn-Waswasah, der wie viele Kaufleute sein in Jerusalem ruiniertes Geschäft nach Alexandrien verlegt hatte.*
*28. Waswasah bemerkte mich auf dem Markt und ließ sich's nicht nehmen, mich wie einen wiedergefundenen Bruder zu umarmen. Aus dem Lärm des Markts führte er mich, der das, vor Überraschung halb gelähmt, ohne Fragen geschehen ließ, vor die Stadt, wo die Sabäer ihre Zelte aufgeschlagen hatten. Bei seinem Zelte angekommen, befahl Waswasah einem seiner jungen Sklaven – einem Knaben mit geschminktem Gesicht, der seinen Herrn wohl nicht nur bei Tisch bediente –, uns eine Erfrischung zu bereiten, und lud mich ein, auf seidenen Kissen Platz zu nehmen, wobei er mich mit Küssen und Segenssprüchen für meine ganze Familie überschüttete.*
*Schließlich sagte er zu mir: »Bist du zu dem Schluß gekommen, daß dein Rabbi kein Gottgesandter war? Willst du nach Jawneh gehen und bei den Pharisäern um gut Wetter bitten? Ich könnte das arrangieren!«*
*Ich sagte, daß meine Liebe zum Herrn stark sei, daß ich aber in all den Jahren, die ich nun schon auf der Suche durch die Welt wanderte, noch*

*nirgends eine Gemeinde gefunden hätte, die Seine wahre Lehre gänzlich beherzigte, noch einen Seiner Jünger, den ich als Seinen würdigen Erben anerkennen könne.*
*29. Waswasah sagte zu mir: »Für dich und dein Volk wäre es das beste, eure Messiasse zu vergessen, ehe die Römer euch vollends ausrotten. Ich habe oft an dich gedacht, lieber Matthias, mit Traurigkeit, denn ich nahm an, daß während der Belagerung auch du umgekommen seist.«*
*Mit dem feurigen Temperament der arabischen Rasse gab er sich den Anschein, vor lauter Freude über unser Wiedersehen in Tränen ausbrechen zu wollen. Doch meine ich jetzt, daß er überglücklich wohl vor allem war in der Hoffnung, mir, wie früher schon so oft, für gutes Geld zu Diensten sein zu können. Ich erklärte ihm, daß ich nun ein armer Hauslehrer sei und mir mithin seine Dienste nicht mehr leisten könne. Er fragte: »Und was ist mit deinem Landgut?«*
*»Während des Krieges von den Römern gebrandschatzt«, sagte ich, »zudem jetzt auch meinem berühmten Bruder überschrieben, dem General.«*
*»Ah, der Verräter«, sagte Duldul ibn-Waswasah zu mir. (Ich lasse das so hinschreiben, wie der Araber es tatsächlich gesagt hat.)*
*30. Ich sagte zu Waswasah, daß ich noch immer bemüht sei, alles die letzten Tage des Meisters Betreffende in Erfahrung zu bringen. Ob er meine, daß ich einen der römischen Soldaten sprechen könne, die damals sein Grab bewachten. Der Sabäer sagte zu mir: »Mein Freund, diese Wachen, die deinen Meister entfliehen ließen, wurden wenig später selber gekreuzigt! Aber selbst wenn sie der Kreuzigung entgangen wären, wären sie ja längst auf andere Weise gestorben, die Sache ist doch schon viele Jahrzehnte her!« Dann überraschte Waswasah mich mit der Erklärung: »Ich habe dich allerdings in der Vergangenheit ausgenützt, und das weißt du sehr wohl. Solange du Geld hattest, habe ich dich kreuz und quer durch die bewohnte Welt reisen lassen und, da ich dir stets bei den Reisevorbereitungen behilflich sein durfte, an diesen Reisen eine Menge Geld verdient. Nun aber, da bei dir nichts mehr zu holen ist, werde ich dir die Wahrheit gebührenfrei und gratis enthüllen. Der Leichnam deines Meisters wurde, wie die Juden die Geschichte erzählen, aus einer Gruft bei der Schädelstätte entwendet.«*
*31. Ich gab zu, so gehe allerdings die verleumderische Rede. Er sagte zu mir: »Und wenn es Beweise gäbe?« Ich würde keinen Haufen alter*

*Knochen, nicht einmal eine überzeugend präsentierte Kleidersammlung als Beweis gelten lassen. Solche angeblichen Beweise liefert man für die Wunder jedes Möchtegern-Propheten. Ganz abgesehen von den Greueln der Sammlung Jakobus', des Sohnes des Alphäus, habe ich mit eigenen Augen schon den Federkiel Jesajahs, den Stab Mose und einst, auf einem Markt in Idumäa, sogar, was doch wirklich der Gipfel ist, den Hirnschädel Elias' anzustaunen Gelegenheit gehabt.*[17]

*32. Waswasah sagte zu mir: »Joseph von Arimathia bat nach der Kreuzigung den Sanhedrin um den Leichnam deines Meisters, nicht wahr? Ich habe Joseph sehr gut gekannt, wir waren Geschäftsfreunde, hat er doch mit Gewürzen gehandelt. Er hat mir gesagt, daß er damit rechnete, daß himmlische Heerscharen erscheinen würden, den Leichnam vom Kreuz abzunehmen. Wußtest du, daß es viele Vorzeichen gab an dem Abend, an dem dein Meister starb? O ja! Ein Erdbeben drohte Böses an, und vor dem Tempel kalbte eine Kuh ein Lamm, und andere dergleichen Sachen sah man.«*

*Wo sind dergleichen Sachen nicht zu sehen?*

*33. Waswasah referierte nun die beliebte, auch von der Schule Schammais, von Gamaliel dem Jüngeren und anderen nachgebetete Lügengeschichte: »Joseph ließ den römischen Wachen ein Abendessen schicken mit Wein, dem ein Schlafmittel beigemischt war.«*

*Mein Gastgeber lehnte sich zu mir herüber, obwohl niemand da war, der ihn hätte belauschen können. »Aber jetzt kommt eine Information, die einen Historiker, einen großen Gelehrten wie dich, notwendig interessieren muß. Joseph befahl seinen beiden Sklaven, den Leichnam aus dem Grab zu holen, und das taten sie.« Dann fragte Waswasah mich: »Hast du, mein Freund, deinen Meister nach der Rückkehr aus dem Hades mit eigenen Augen gesehen?«*

*»Nein«, erwiderte ich, »aber viele Jünger, mit denen ich gesprochen habe, verbürgen sich dafür. Johannes und Jakobus bar-Alphäus.« Doch schon während ich diese Antwort gab, beunruhigte mich der Gedanke, daß ich von der Zuverlässigkeit dieser Zeugen viel zu halten eigentlich keine Ursache habe.*

*34. »Ich glaube, so ganz überzeugen sie dich nicht«, sagte mein Gastgeber. »Du hättest sonst deine Nachforschungen nicht mit solchem Eifer betrieben. Ich erspare dir nun eine Menge weiterer Arbeit und sage dir, wie die Sache sich wirklich verhält: Die Sklaven, die den Leichnam deines*

*Meisters aus dem Grab stahlen, brachten diese Reliquie zur sicheren Aufbewahrung nach Ägypten. Und sie ist noch hier! Die komplette Reliquie, ich meine, alle Knochen des jüdischen Messias.«*

*»Und ich nehme an«, sagte ich, meinen gelehrten Sarkasmus entfaltend, »daß du vorhast, mir einen Haufen alter Hundeknochen vorzuführen und so doch noch zu einem saftigen Honorar für geleistete Dienste zu kommen!«*

*Das nahm Waswasah aber sehr übel, und eine Menge Schmeicheleien waren vonnöten, ehe er mir die unbedachte Bemerkung verzieh. Dann sagte er: »Ich versuche nur, dir weitere Mühen und Sorgen zu ersparen. Und wie lohnst du mir diese Freundlichkeit?«*

*35. Ich sagte, daß seiner Erzählung eine gewisse Unwahrscheinlichkeit doch nicht abzusprechen sei. Wenn diese Sklaven Josephs von Arimathia eine solche Reliquie tatsächlich besäßen und wirklich ein derartiges Geheimnis verraten könnten, wäre doch wohl zu erwarten, daß sie reichen Nutzen daraus zögen. Wären doch die Pharisäer und die Römer gleichermaßen willens, für einen derartigen Beweis der endgültigen Sterblichkeit des Meisters ein schönes Stück Geld zu bezahlen.*

*Waswasah sagte zu mir: »Du bist recht klug. Die Sklaven sind so reich geworden, wie du's erwartet hast! Den Namen des einen habe ich vergessen, aber egal, ich bin ganz sicher, daß er tot ist. Aber der andere, Benjamin, lebt in Elephantine, von Joseph reich dafür belohnt, das Geheimnis verborgen zu halten. Ich hatte mit Benjamin früher manchmal geschäftlich zu tun, mußt du wissen, er ließ mir das Salz seines Herrn immer zu einem guten Preis; jetzt ist er selbständig und soll reicher sein als irgendwer sonst in Elephantine. Wie kommt ein ehemaliger Sklave an ein solches Vermögen, frage ich dich. Und wie verschwinden normalerweise sterbliche Überreste aus Gräbern? Ich überlasse es dir, dem gelehrten Historiker, die Antwort auf diese Fragen zu finden.« Weiter sagte er zu mir: »Benjamin war ein Bithynier. Weshalb hätte er sein Glück ausgerechnet in Elephantine versuchen sollen, wo niemand seine Sprache versteht und nicht einmal mit Griechisch viel anzufangen ist? Vielleicht war das die Bedingung seiner Befreiung, daß er sich da unten versteckt, meinst du nicht? Daß er sich da unten versteckt mit den Reliquien deines Meisters, von denen ich Gerüchte gehört habe. Und zwar geradezu schauerliche und grausige Gerüchte, ihre Natur betreffend.«*

*36. Ich behauptete, Waswasah wäre gut beraten, weniger auf Gerüchte und Fabeleien zu geben. »Was könnte dabei herauskommen«, sagte ich schließlich, »wenn ich diesen Gerüchten nach Elephantine folgte? Ein Haufen alter Knochen würde für mich jedenfalls nicht schwerer wiegen als das Zeugnis Dutzender von Leuten, die den von den Toten zurückgekehrten Meister mit eigenen Augen sahen.« Daß die Berichte dieser Augenzeugen ziemlich widersprüchlich und unklar waren, behielt ich für mich.*

*Er sagte zu mir: »Was würdest du sagen, wenn ich dir verriete, daß diese Reliquie kein Haufen alter Knochen, sondern der unverweste Leichnam deines Meisters ist, eine Mumie, wie man sie hierzulande macht?«*

*Solche Greuel! Keine Sitte ist so barbarisch, so unrein und so gegen Gottes Gebot wie das Einbalsamieren von Leichen! Und ausgerechnet an dem Leichnam des Meisters sollte diese abscheuliche Sünde begangen worden sein? Er sagte zu mir: »Ach, aber so verhält sich's. Es war, einem umfassenden Plan entsprechend, vorgesehen, euren Meister aus einiger Entfernung einer Menschenmenge zu zeigen und mit seiner unverwesten Leiche seine Auferstehung von den Toten zu demonstrieren. Doch dann haben sich die Nazaräer ihre Auferstehung ja auch ohne diesen unterstützenden Theatereffekt trefflich einzureden gewußt. Aber dieser Theatereffekt erwartet dich in Elephantine, wenn Benjamin bei deiner Ankunft da unten noch lebt.«*

*37. Elephantine! Aberhunderte von Meilen nilaufwärts fahren bis an die Grenze des barbarischen Nubien, einer solchen absurden Fabel wegen! Ich sagte zu ihm: »Du hältst mich noch immer für den Narren, der ich einst war. Du glaubst, daß mir mein Bruder Geld zur Finanzierung dieser Expedition geben wird und daß ich lüge, wenn ich behaupte, daß ich mittellos bin.«*

*Er wurde nicht zornig, sondern sagte zu mir: »Nein, ich erwarte kein Geld von dir. Ich erzähle dir das, damit du endlich zur Ruhe kommst. Ach, ihr Gottgläubigen könnt einem leid tun. Zu entscheiden, welchen Gott es geben mag oder nicht, überlasse ich anderen, verstehst du?« Er hob seine Geldbörse in die Höhe und ließ die Münzen darin klirren. »Das ist mein Gott, und daß er existiert, weiß ich. Er ist allmächtig und gut zu denen, die ihn anbeten, verstehst du? Geh, geh, bau dir ein Haus, gründe eine Familie, schlafe und vergiß, und dann erwache und verbringe den Rest deiner Tage im Dienste der Erziehung – ach, und kaufe dir einen schönen Knaben wie meinen Kamaar da!«*

*Waswasahs elender kleiner Mundschenk, offensichtlich des Wohlgefallens seines Herrn und Meisters gewiß, warf mir unter schweren Lidern einen schmachtenden Blick zu (die Laster der Söhne Ismaels sind unergründlich).*
*38. Nach einer Pause sagte dann aber Waswasah zu mir: »Wenn du allerdings unbedingt mit eigenen Augen sehen willst, was sie in Elephantine zu bieten haben, kann ich dir vielleicht behilflich sein. Weißt du, die Reise lohnt auch unter rein touristischen Gesichtspunkten. Die landschaftliche Schönheit dieser Gegenden am oberen Nil ist beachtlich! Ein poetisches Gemüt wie das deine wird gewiß – denn eben fällt mir ein, daß du ja, von deinen übrigen zahlreichen Fähigkeiten und Verdiensten ganz abgesehen, auch ein erstklassiger Dichter bist – von den dortigen Naturschauspielen zu profitieren wissen!«*
*Mißtrauisch erkundigte ich mich nach den Bedingungen dieser Reise.*
*Er sagte zu mir: »Ich bin, wie du weißt, ein ehrlicher Kaufmann. Elephantine ist der erste größere Markt für Sachen aus Nubien und aus den Ländern jenseits von Nubien – für Weihrauch, Elfenbein, Straußenfedern, Goldstaub und dergleichen. Jedes Jahr, wenn die Karawanen in Elephantine ankommen, kaufe ich gleich dort ein. Diesmal kann ich selbst nicht hin und muß meinem dortigen Agenten also schriftliche Anweisungen geben. Nun ist aber die Post schon seit einiger Zeit geradezu beängstigend unzuverlässig in Ägypten. Wenn du deiner Nachforschungen wegen nach Elephantine wolltest, könntest du bei der Gelegenheit den Brief an meinen Agenten bestellen.«*
*39. Mir fiel es wie Schuppen von den Augen: Seine ganze Erzählung von diesem Benjamin und dem Geheimnis, das er angeblich hütet, hatte der Kerl einzig zu dem Zweck erfunden, mich als Laufburschen gebrauchen zu können! Doch als ich das äußerte, seufzte er und spielte abermals die beleidigte Leberwurst, ohne sich anheischig zu machen, mir Beweise für seine Glaubwürdigkeit zu liefern.*
*Statt dessen sagte er schließlich: »In vier Tagen geht eine Karawane nach Süden ab. Ich zahle dir die Reisekosten und noch mal das Doppelte für deine Mühe, sagen wir zwei Manehs, zwölftausend Schekel. Wenn das kein faires Angebot ist, möchte ich wissen, was fair sein soll. Und du kannst dich darauf verlassen, daß ich nicht so blöde wäre, dir zusätzlich einen Bären aufzubinden, denn könnte ich mich auf dich noch verlassen, wenn du am Ziel merktest, daß ich dich getäuscht hätte? Deine Enttäu-*

*schung wäre doch wohl kaum in meinem Interesse. Also komm, sei nicht blöd!«*

*40. Vielleicht wirst du nun in schadenfrohes Gelächter ausbrechen, aber ich will dir nicht verhehlen, daß ich einwilligte, Waswasahs Briefe zu bestellen, und kühn Vorbereitungen für die Reise nilaufwärts traf. Denn ich wollte es wissen! Natürlich fühlte ich mich den Generationen von Historikern verpflichtet, die in der Zukunft meines klärenden Wortes harren, der Auskunft, die allein Licht in die Dunkelheit ihrer nachgeborenen Unwissenheit zu bringen verspricht. Aber es war nicht nur das Bewußtsein meiner Gelehrtenpflicht, das mich trieb, sondern auch ganz persönliches und privates Verlangen nach Vergewisserung. Hatte ich wieder einmal einen Irrweg betreten? Sollte ich bei meinen Nachforschungen erfahren, daß die Auferstehung des Meisters, die wir Nazaräer behaupten, nur eine Propagandalüge ist, berechnet, die Bewegung am Leben zu erhalten? Welche Verantwortung war mir da plötzlich zugefallen! Hier endlich, nun da ich alt und eigentlich zu nichts mehr nutze war, hatte mir der Allerhöchste die Aufgabe gestellt: zu erfahren, was kein anderer Nazaräer wußte und kein Jünger genau hätte sagen können, nämlich, was sich wirklich zugetragen in den Tagen nach der Hinrichtung des Meisters. Natürlich lag mir daran, Waswasahs Erzählung für ein jeder Tatsachenbasis entbehrendes Gerücht zu halten oder vielmehr für eine jener gezielten Verleumdungen, die in Umlauf gesetzt werden, in der Absicht, den Meister und Seine Bewegung zu diskreditieren ... Aber was, wenn etwas dran war?*

*41. Ach, Tesmegan, du hättest mich sehen sollen, während jener letzten Tage in Alexandrien! Ich wirbelte wie ein junger Mann, sage ich dir, wie in glückliche alte Zeiten zurückversetzt fühlte ich mich, mit längst vergessenem Eifer strömte mir von neuem das Blut durch die Adern – ach, mir war, als wäre ich selbst von den Toten auferstanden! Plötzlich sah ich, daß die Länder am oberen Nil nicht nur bestenfalls die Enttäuschung der Erwartung, enttäuscht zu werden, versprachen. Konnte ich nicht hoffen, dort auch noch den einen oder anderen Jünger anzutreffen? Matthäus, der vor Jahrzehnten am Nil missioniert hatte, mochte schließlich in Elephantine noch leben. Und von Philippus hieß es, er sei in Faijum. Ich spielte sogar mit dem Gedanken, das berühmte Kloster der Maria Magdalena aufzusuchen (obwohl ich ja mit nazaräischen Frauen und ihrem Eigensinn nie viel hatte anfangen können).*

42. *Doch diese größte und letzte Reise trat ich nicht ohne Furcht und Bangen an.*
*Ich versuchte mir vorzustellen, was ich empfände, wenn ich in der Tat den Leichnam des Meisters im Besitz des Sklaven (oder Freigelassenen) Benjamin fände. Wäre ich nach dieser Entdeckung noch imstande, die Frohe Botschaft zu verkünden? Vielleicht würde ich um des vielen Guten willen, das die wohltätigen Einrichtungen der Nazaräer wirken, die ernüchternde Entdeckung für mich behalten. (Tesmegan, mein getreuer Schreiber, lächelt, denn er kennt die Antwort und weiß, was ich hier in Meroe gefunden habe.)*
43. *Und eine noch schlimmere Furcht quälte mich ... Gott konnte mir nach Seinem Willen jeden möglichen Lebensweg vorschreiben, aber mir graute bei dem Gedanken, vielleicht eines Tages nach Jerusalem zurückkehren zu müssen, um dort Nazaräern und Pharisäern von meinen guten oder schlimmen Entdeckungen zu berichten! Mein Gott, alles, nur das nicht! Denn ach, Heilige Sophia, Gesegnete Weisheit, im Laufe all der vergangenen leidvollen Jahre hat sich gezeigt, daß Ruhm und Frieden allenfalls auf einem Wege zu erlangen sind, der fort von Jerusalem führt, fort von diesem Wohnort aller Verfluchten und Verdammten! Ach, Jerusalem, Herd der Feindschaft und des Krieges, Quelle des Übels, zerstört, wie vom Meister prophezeit. Ich will nur hoffen, daß du nicht eines Tages mitsamt deinen Fanatikern und Unruhestiftern, Eiferern und Heuchlern aus der Asche auferstehst. Der gütige Gott und Herr des Weltalls kann das unmöglich wollen!*

# Jerusalem

»In weniger als dreißig Jahren haben die Israelis ein modernes Land geschaffen – Türklinken und Angeln, sanitäre Anlagen, elektrische Artikel, Kammermusik, Flugzeuge, Teetassen. Israel ist sowohl ein Kasernenstaat als auch eine kultivierte Gesellschaft, sowohl Sparta wie Athen. Es versucht, alles zu tun, alles zu verstehen, für alles vorzusorgen. Alle Reserven, alle Fähigkeiten sind angespannt. Unablässiges Nachdenken über die Weltlage geht einher mit den Verteidigungsmaßnahmen. Diese Menschen sind jeder für sich aktiv beteiligt an der Weltgeschichte. Ich begreife nicht, wie sie das aushalten.«

SAUL BELLOW,<br>*To Jerusalem and Back*, 1976

»Wunder sind unter meinem Stuhl, wenn ich mich danach bücke.«

Rabbi ELEAZAR zugeschrieben

»Hier in dieser Wagenladung, ich, Eva, mit meinem Sohn Abel. Wenn ihr meinen Ältesten seht, Kain, Adams Sohn, sagt ihm, daß ich«

»Mit Bleistift geschrieben in<br>einem plombierten Güterwagen«,<br>DAN PAGIS, *Ausgewählte Gedichte*, 1972

Ein Chassid fragte den Seher von Lublin: »Zu den Worten der Mischna *Der Mensch soll Gott für das Übel danken und ihn lobpreisen* setzt die Gemara hinzu: *Mit Freuden und ruhigen Herzens*. Wie kann das sein?«
Der Zadig hörte, daß die Frage aus besorgtem Herzen kam. »Du verstehst die Gemara nicht«, sagte er.

»Aber ich verstehe nicht mal die Mischna. Denn gibt es wirklich Übel auf der Welt?«

Erzählt von Rabbi Jakob Jitzhak,
der im frühen 19. Jahrhundert den
Ruhm eines Sehers von Lublin erwarb

## JERUSALEM
*3. August 1990*

Rabbi Hersch konnte es kaum glauben, als er den Anruf von O'Hanrahan erhielt, daß der Professor und Lucy am Vorabend angekommen und im *König David,* dem Luxushotel Jerusalems, abgestiegen seien. Wie waren sie von Haifa hergekommen? Sie hatten sich eine Limousine gemietet. Und wenn er recht verstanden hatte, war er gerade zu einem luxuriösen Frühstücksbuffet eingeladen worden. Mit Champagner.

Der Rabbi ging durch die prächtige Eingangshalle mit ihren Juwelierläden und Modegeschäften. Er grüßte die Dame, die die Gäste in den großen Speisesaal geleitete. Hinter der Tür sah er Geschäftsleute und reiche Elitetouristen, die sich am Buffet bedienten: appetitlich arrangierte Berge von Früchten, Platten mit Lachs und anderem edlem Fisch, mit vielerlei Käse, Bagels, eingelegtem Gemüse und Oliven – all die üppigen Gaben eines koscheren Marktplatzes, angerichtet wie für König David selbst.

»*Shalom*«, sagte die Frau strahlend und sah in ihre Liste. »Mordechai Hersch ... Ja, Ihre Freunde erwarten Sie.«

»Hmm. Wie teuer ist das hier, meine Liebe?«

»Ihre Freunde haben schon bezahlt, gehen Sie ruhig hinein. *Gut shabbes,* Rabbi.«

Der Rabbi erwiderte den Sabbatgruß und trat in den hohen Raum, der ausgeschmückt war wie ein makkabäischer Thronsaal. Rasch entdeckte er Lucy und O'Hanrahan, die lachend an einem Ecktisch saßen, eine silberne Platte mit edelstem Kaviar in der Mitte. Neben dem Tisch stand ein Kübel, der den Champagner kalt hielt. Lucy mit Sonnenbrille, braungebrannt und schlanker als zuvor. O'Hanrahan war ebenfalls gebräunt und hatte sich herausgeputzt mit einem neuen blauen Sportjackett, nach israelischem Stil mit offenem Hemdkragen und einem Halstuch anstatt einer Krawatte – er sah aus wie der Kapitän einer Dampferfahrt für reiche alte Leute in Miami Beach. Er war eben dabei, sich von einem Kellner bei der Wahl einer teuren Zigarre beraten zu lassen.

»Wer ist denn gestorben und hat euch die Steinbrüche Salomos hinterlassen?« sprach der Rabbi sie an und dachte an seine hartverdienten 200 Pfund, die er in Oxford geopfert hatte.

»Morey!« rief O'Hanrahan und sprang auf. »Setz dich, setz dich. Schenk dir Champagner ein, hol dir etwas zu essen!«

»Es ist halb zwölf«, erwiderte der Rabbi. »Ich habe wie der Rest der Welt um acht Uhr gefrühstückt.«

»Na, dann hast du jetzt eben dein Mittagessen.«

Ein Kellner rückte für den Rabbi einen Stuhl zurecht. O'Hanrahan setzte sich wieder und konzentrierte sich erneut auf die Zigarrenauswahl. Der Mann in Livree empfahl die beste kubanische Davidoff, eine Dom Perignon.

»Was ist hier los, Mr. Rockefeller?« fragte Rabbi Hersch.

»Wir sind reich, das ist los. Du weißt doch noch, daß der Fachbereich mir eine Kreditkarte nach Irland geschickt hat, und Lucy hat sie mir freundlicherweise nach Italien gebracht.« Lucy, die Augen verdeckt von der Sonnenbrille, prostete dem Rabbi fröhlich zu. »Nun, und was jeder eigentlich hätte erraten müssen: Die Karte kam nicht aus Chicago, nicht von meinem früheren Fachbereich, wo man Büroklammern und Klebeband rationiert. Sie war von einem geheimnisvollen Wohltäter.«

O'Hanrahan hatte der Herkunft dieser Kreditkarte mit viel List nachgespürt; er hatte sich mit einer gebührenfreien Auskunftsstelle unterhalten und so getan, als habe er seine VISA-Card verloren und dann wiedergefunden. Die Karte kam von Merriwether Industries in Detroit, Michigan. Die Nummer 312 auf dem Telegramm, an die Lucy ihre Berichte gefaxt hatte, gehörte zur Medina Corporation in Chicago, Illinois. Bei einem Abstecher in die Bibliothek der Athener Universität brachten sie heraus, daß ein Charles Merriwether Hauptgeschäftsleiter beider Unternehmen war – Öl, Schiffe, chemische Forschungslaboratorien und Waffen. O'Hanrahan machte den Versuch, einen leitenden Angestellten von Merriwether Industries zu fragen, warum man ihm die Kreditkarte ausgestellt habe; doch als lediglich eine riesige Telefonrechnung zusammengekommen war und ein paar verständnislose Angestellte ihn als Spinner behandelt und den Hörer aufgelegt hatten, beschloß er, diese großzügigen Geldmittel einfach anzunehmen.

»Wir versuchen, unseren Sponsor in den Bankrott zu treiben«, schloß O'Hanrahan. »Wir hoffen, daß er dann sich und seine Motive zu erkennen gibt.«

»Aha«, meinte der Rabbi und sah hinab auf seine gefalteten Hände.

»Bisher scheinen wir das Limit der Karte nicht erreicht zu haben. Dabei haben wir auf Rhodos ein Vermögen ausgegeben. Schau nur auf meine neuen Klamotten.«

Lucy begann zu kichern. »Ihre Kleider waren ja schließlich ruiniert.« Sie wandte sich an Rabbi Hersch: »Dr. O'Hanrahan ist in die Hafenbucht gefallen, und so haben wir unsere Fähre verpaßt und mußten telefonieren und die Leute bitten, unser Gepäck auf Zypern zu lassen.«
»Und auf Zypern habe ich mir dann diese neue Jacke gekauft«, ergänzte O'Hanrahan. »In einer absoluten Nobelherberge.«
»Er fühlte sich als Koloß von Rhodos und versuchte, sich mit gespreizten Beinen über den Hafen zu stellen«, erklärte Lucy und goß sich Champagner nach.
»Meine Liebe, ich *bin* ein Weltwunder.«
»Ein Wunder der *antiken* Welt.«
Feixend zeigten sie mit den Fingern aufeinander; Lucy prahlte, diesmal habe sie es ihm wirklich gegeben, während O'Hanrahan schwor, das werde sie noch büßen!
»Ich nehme nicht an«, sagte der Rabbi trocken, »daß ihr auf dieser Vergnügungskreuzfahrt auf dem Mittelmeer irgend etwas zustande gebracht habt ...«
»Lucy wäre in Griechenland beinahe von einer islamischen Gruppe gekidnappt worden, Morey ...« Liebevoll ließ er ihre Abenteuer in Griechenland Revue passieren.
»Ich dachte, wir hätten Miss Dantan inzwischen aus der Gefahrenzone entfernt«, murrte der Rabbi.
»Rabbi, Sir, ich bin zu Verstand gekommen. Mir ist klargeworden, daß meine akademische Laufbahn gesichert wäre, wenn Dr. O'Hanrahan die Schriftrolle übersetzt und ich seine Assistentin bin. Wo sollen wir hin? Harvard? Princeton?«
»Nein«, widersprach O'Hanrahan, »nach Westen, Stanford oder Berkeley. Da will ich hin, weg vom Schnee und den sechs Monate langen Wintern.«
Der Rabbi verschränkte die Arme. »Ich verstehe.«
»Oder«, schlug O'Hanrahan mit belegter Stimme vor, »Sie könnten wieder zurückgehen ins liebe alte Chicago ...«
Lucy prustete verächtlich los, und O'Hanrahan antwortete ebenfalls mit einem Prusten. Beide bekamen einen Lachanfall und scheiterten bei dem Versuch, gleichzeitig laut zu prusten.
»Ich bin hier wohl im Kindergarten«, meinte Rabbi Hersch.
»Ich habe unsere Reise bis jetzt mit der Kamera festgehalten«, sagte Lucy.

»Sie müssen mir erlauben, ein Bild von Ihnen zu machen, Rabbi, Sir, damit Sie nicht übersehen werden, wenn das *Life Magazine* einen detaillierten Bericht über das *Matthiasevangelium* haben will.«
Der Rabbi stand traurig auf, ohne sein Champagnerglas angerührt zu haben. »Nununu, ich werde Ruhm und Geld euch beiden überlassen, während ich wieder das tue, was ich auch in den letzten Wochen ohne Hilfe von irgend jemandem getan habe: sehr hart arbeiten ...«
»Möchtest du dich bitte setzen«, beharrte O'Hanrahan, »und dieses Zeug trinken? Weißt du, das ist nicht gerade billiger Manischewitz-Fusel.« Er wandte sich an Lucy und schlug ihr vor, seine Zigarre zu probieren. »Das wichtigste ist«, er zündete die Dom Perignon mit dem Feuerzeug an, »Sie lassen den Rauch über Ihren Gaumen gleiten ...«
»Ich weiß, wie man eine Zigarre raucht.«
O'Hanrahan hielt das kostbare Stück noch zurück. »Wann zum Teufel haben Sie eine Zigarre geraucht?«
»Wir haben einmal eine aus dem Schrank von Onkel Liam geklaut, auf seinem Bauernhof in Kankakee, und sie gemeinsam in der Scheune geraucht«, erklärte Lucy. »Jetzt geben Sie schon her, und nerven Sie mich nicht noch länger!«
»Lassen Sie den Rauch eine Weile auf Ihrem Gaumen ...«
»Geben Sie die Scheißzigarre schon her!«
»Die Unverdorbenheit hat die Verdorbenheit angenommen«, kommentierte der Rabbi ernst. »Um ein Wort zu prägen.«
»Was erwarten Sie?« fragte Lucy und blies den Rauch aus. »Nur zwei Monate mit dem ältesten lebenden Kobold der Welt, das ist alles.« Lucy begann mit vielen Ausschmückungen und Übertreibungen ihre verlorene Woche auf dem Mittelmeer zu beschreiben. »Um ihn davon abzuhalten, in Larnaka von Bord zu gehen, mußte ich ihm eine Flasche Metaxa aufs Zimmer bringen ...«
O'Hanrahan unterbrach sie. »Sie tauchte auf mit der Flasche in der Hand und in einem Nachthemd, das durchsichtig war, als hätte Alkyone es für die Rückkehr des Königs von Thessalien gewebt!«
Lucy kam fast der Champagner aus der Nase, als sie sich verschluckte. »Nein, nein, so war es nicht!« Sie mimte die Zimperliche, was ihr nicht stand. »Mir ist vielmehr spät an diesem Abend eingefallen«, erklärte sie gespielt unschuldig, »daß ich ihn *an Bord* betrunken machen könnte, damit er nicht an Land gehen und am nächsten Morgen das Schiff

verpassen konnte. Also bin ich in meinem Bademantel gekommen, aber der war kaum ... durchsichtig.«
»Der Frotteestoff schmiegte sich an ihre schöne Gestalt; *Aphrodites Brüste, die Seufzer der Sehnsucht wecken!*«
Der Rabbi schürzte die Lippen, als habe er einen bitteren Geschmack im Mund.
»Unsinn«, verteidigte Lucy weiter ihre Ehre. »Glauben Sie, ich könnte nichts Besseres bieten als diese alte Ziege?«
O'Hanrahan steckte beschwipst eine Hand in seine Jacke wie Napoleon. »Ich könnte bei der Gelegenheit immer noch meinen Mann stehen, liebstes Mädchen ...«
Wieder erhob sich der Rabbi langsam. »Ich glaube, ich werde morgen wiederkommen, wenn ich aufwache und diese Halluzination vorbei ist.«
»Setz dich, setz dich!« O'Hanrahan zupfte den Rabbi am Ärmel. »Wieso spielst du den alten Griesgram? Irgend jemand, Morey, steht für unsere Arbeit gerade!«
»*Arbeit?*« rief der Rabbi, und sein Brooklyner Akzent war sehr deutlich zu hören. »Arbeit findet beispielsweise in der Bibliothek statt, wo ich die letzten drei Wochen verbracht habe! Wenn du mit deiner Sauftour fertig bist, Paddy – und Sie, kleines Mädchen, für Sie schäme ich mich. Sie sollten diesen ... diesen *Schiker* auf der Fährte halten! Wenn ihr fertig damit seid, eure 500-Dollar-Spielsachen zu kaufen und das Geld von wem auch immer durchzubringen, könnt ihr mich in der Hebräischen Universität anrufen. Ich mache mich jetzt auf zum *Christian Science Monitor,* bevor der Sabbat da ist, und liefere meine längst fällige Rezension ab, wenn ihr nichts dagegen habt.«
Wie durch Telepathie wußte O'Hanrahan, welches Thema diese Rezension hatte. »Pater Beaufoix' neues Buch?«
»Richtig – es ist ein Meisterwerk, und das schreibe ich auch. Das Ergebnis lebenslanger, ernster, hingebungsvoller Forschung.« Er beugte sich zu seinem Freund hinab. »Die Art von Leben, die zu veröffentlichten Büchern führt!«
Als der Rabbi sich wieder aufrichtete, erhob sich O'Hanrahan ebenfalls, ernüchtert und reumütig. »Morey, setz dich! Schau, auf dem Athos hat man mir meine Abzüge des *Matthiasevangeliums* gestohlen, deswegen mußt du mir neue machen. Was konnte ich also tun, bevor ich nach Jerusalem gekommen bin?«

»Ich bin nicht sicher, ob du einen zweiten Satz Fotos *verdienst*«, entgegnete der Rabbi verstimmt. »Wo werden die Abzüge diesmal landen, wenn ich dir noch einmal welche mache? Im Golf von Akaba?«

Der Rabbi marschierte davon, und O'Hanrahan lief ihm nach, ging seinem Freund um den Bart und antwortete auf jede Abfuhr mit einer neuen Schmeichelei. Lucy lachte in sich hinein und stellte ihr Champagnerglas ab. Sie sah auf die Davidoff, die seit Minuten unberührt im Aschenbecher vor sich hinglimmte. Dann holte sie tief Luft und betrachtete die Gäste, die Frauen in Pelzen, die älteren jüdisch-amerikanischen Geschäftsleute mit den verwöhnten Töchtern ... Nein, das war nicht das Leben ernsthafter Forschung.

Lucy stand auf und trat durch die offene Doppeltür hinaus auf die Terrasse des Hotels *König David,* eine große, von einem Geländer eingefaßte Fläche, die Blick auf eines der überwältigendsten Panoramen des Nahen Ostens bot, die Altstadt von Jerusalem, mit einer Mauer umgeben und befestigt von Suleiman dem Prächtigen, alte weiße Bastionen, die die geistlichen Bauten innerhalb der Mauer schützten: Dome, Spitztürme, Glockentürme, Minarette; die Schreine der drei großen Religionen, denen der Gott Abrahams gemeinsam ist, diese Quelle, dieser abgesteckte Anspruch des Monotheismus, diese Obsession der abendländischen Zivilisation, hier fest umklammert vom Orient.

Wenn man auf diese Monumente sah, auf die Züge von Touristen aus aller Welt, auf das Schauspiel von ernsten Menschen, die sich zu Boden neigten, sich verbeugten, wehklagten, psalmodierten, trauerten und heulten; wenn man die Rituale der konkurrierenden Glaubensbekenntnisse betrachtete, konnte man leicht auf die Frage kommen: *Warum hier,* warum ausgerechnet hier?

(Hier ist kein Fluß, kein Hafen, kein Gebirgspaß, kein gutes Ackerland, kein Knotenpunkt von Handelsstraßen; überhaupt kein Anreiz für Unsere Kinder, hier eine Stadt zu errichten. Außer daß hier ein heiliger Ort ist.)

Lucy, die hinausblickte auf die mittelalterlichen Mauern, fragte sich, ob das sonnenglühende Weiß dieser heiligen Stadt aus schimmerndem Stein nicht das Weiß von Knochen war – aus der gemeinsamen Grube von Judäern, Israeliten, Griechen, Babyloniern, Propheten und Freigeistern, Herodianern, Essenern, Römern, Christen, Moslems, Kreuzrittern, Kämpfern des *Dschihad* und nun Zionisten, bis heute etwa 17 000 junge israelische Soldaten.

(Das ist nicht die Verehrung, die Wir Uns ausgesucht hätten.)
Lucy schloß die Augen in der warmen Mittagssonne. Es fiel ihr ein, daß sie schon eine ganze Weile nicht mehr gebetet hatte. Danke, meditierte sie, danke, Vater, Sohn und Heiliger Geist, daß ihr mich auf diese Bergspitze gebracht habt, den jüdischen, christlichen und islamischen Olymp, wo ich vielleicht selbst genau dort entlanggehe, wo die Heiligen gegangen sind.
*(Ich war froh, als er sagte: Laß uns eingehen in das Haus des Herrn. Wir werden den Fuß nicht mehr vor deine Tore setzen, o Jerusalem.)*
Lucy drehte sich um und sah O'Hanrahan mit einem Kellner reden; wahrscheinlich bestellte er neue Getränke. Schließlich kam O'Hanrahan heraus, stellte sich neben Lucy an die Balustrade und sah auf die Uhr.
»Dr. O'Hanrahan«, sagte Lucy. »Lucy«, begann O'Hanrahan im selben Augenblick. Lucy bedeutete O'Hanrahan mit einer Geste, er solle zuerst sprechen.
»Nun«, seufzte O'Hanrahan und blinzelte, »der große Rabbinermeister hat recht. Wir sind im Niedergang begriffen, Luce. *Quaeque ipse miserrima vidi, et quorum pars magna fui.*«
»Ich kann nicht widersprechen. Auch ich selbst habe alles überaus Elende gesehen und bin ein großer Teil davon gewesen.«
»Wir sollten zu unserer beruflichen Distanz zurückkehren.«
»Wie Sie wollen.«
Er zog eine Augenbraue hoch.
»Wie Sie wollen, *Sir*«, verbesserte sich Lucy. »Haben Sie schon Kontakt zu Pater Vico aufgenommen?«
O'Hanrahan kratzte sich am Kopf. »Ich habe ihn von Haifa aus angerufen und die Auskunft erhalten, daß er bei den Franziskanern im Heiligen Grab ist. Ich nehme an, das ist besser, als wenn er sich in einem der franziskanischen Kitschbauten im Heiligen Land versteckt hätte.«
O'Hanrahans Meinung über das Gesicht der Heiligen Stadt war völlig anders als die Lucys. Sie hatte die Ehrfurcht des Neulings; O'Hanrahan war empört und schimpfte über die abscheulichen, geschmacklosen neueren Bauten in Israel, für die sich vor allem die unersättlichen Franziskaner starkgemacht hatten: die Katharinenkirche neben der Geburtskirche mit ihrer größten Attraktion, einer rotbäckigen Babypuppe aus Porzellan in einer Krippe, die ganze Busladungen von Touristen zu Tränen rührte und von der überall in der Stadt Nachbildungen verkauft wurden. Ganz in der

Nähe die Milchgrotte, eine Höhle mit einem kalkigen, weißen Puder, den man von den Mauern kratzte und als Tropfen von Marias Muttermilch verkaufte. In der Kapelle standen eine mannequinartige Maria mit entblößten Brüsten und in einer anderen Ecke noch eine lebensgroße Plastikmaria mit Joseph und dem Esel. Die moderne Betonkirche *Dominus flevit,* an der Stelle, wo Jesus angeblich weinte. Die Baumwollschäfchen in der Kirche der Schäfer auf dem Feld. Die moderne Verkündigungsbasilika in Nazareth, die aussah wie eine Flughafenhalle; und ganz zu schweigen von den modernen Einbauten der Franziskaner ausgerechnet in der uralten Grabeskirche, wo sie eine Orgel einbauen ließen, um die Messen der anderen Religionsgruppen zu übertönen.

O'Hanrahan ließ den Katalog ästhetischer Abscheulichkeiten damit ein Ende haben und wandte sich Wichtigerem zu. »Heute abend sollte ich wohl dem Rabbi meine Reverenz erweisen und ihn beschwichtigen, damit ich neue Abzüge von den Fotos bekomme«, meinte er.

»Glauben Sie, er meint es ernst, daß er Ihnen keine mehr geben will?«

»Ach, er war nur verärgert«, sagte O'Hanrahan nicht gerade überzeugend. Er versuchte, den Motor seines Gehirns anzuwerfen: »Ja, es ist genau das richtige Wetter, finden Sie nicht? Genau richtig zum Arbeiten – und ich bin ungeduldig, wieder hineinzukommen, Miss Dantan. Wir sind schlaff geworden, nicht?«

Lucy pflichtete ihm bei.

Ein Kellner in knapp sitzender Uniform kam über die Terrasse zu Dr. O'Hanrahan: Es sei ein Anruf für ihn da, ein Gabriel O'Donoghue.

»Bitte sagen Sie ihm, ich sei nicht da«, antwortete O'Hanrahan.

Der Kellner tat, was ihm aufgetragen wurde, und der Professor wandte sich an Lucy. »Haben Sie eine Vermutung, was dieser Nichtsnutz jetzt wollen könnte?«

Lucy zuckte die Achseln; in dieser Angelegenheit war sie nicht ihres Bruders Hüterin. Aber etwas anderes interessierte sie: »Woher weiß man in diesem Hotel schon nach vierundzwanzig Stunden, wer Sie sind?«

»Ein geringfügiger Unfall gestern abend in der Bar, nachdem Sie zu Bett gegangen waren. Eine Art kleines Feuerchen.«

»Eine Art Feuerchen?«

»Ich wollte nur dem netten Paar aus Miami Beach die Brennbarkeit einer bestimmten Sorte Arrak demonstrieren. Eine ganze Feuerzunge hat mich umgehauen. Das reinste Pfingsten!«

Lucy lächelte, als ihr Mentor zurück in die Hotelhalle ging, und wandte sich wieder der Altstadt zu, dem einzigen antiken Denkmal der Welt, das bewohnt ist. Das Wunder ist, daß Suleimans Mauern nicht einmal eine Quadratmeile umschließen, und dennoch diese Dichte an religiöser Bedeutung! Gibt es in der Altstadt einen Quadratzentimeter, der unbedeutend ist? Einen einzigen Ziegelstein, der nicht auf Blutvergießen hinweist, auf ein Wunder; gibt es eine Stätte, wo nicht ein Mensch ahnungslos zum Himmel aufgesehen und die schreckliche Stimme Gottes gehört hat?

✡ ✡ ✡

An diesem Nachmittag, während der Sabbat näher rückte und das moderne Jerusalem dabei war, in heiligen Stillstand zu verfallen, machten sich Lucy und O'Hanrahan auf die Suche nach 2000 Jahren Christenheit. Sie fuhren mit dem Taxi zum Stephanstor, durch das man das muslimische Viertel der Stadt betritt. Der Tempelberg und seine Koranschulen, der Felsendom, wo Abraham beinahe seinen Sohn geopfert hätte – Isaak, wie ihn die Christen und Juden nennen, oder Ismael, wie die Muslime sagen; die Stätte des ersten und des zweiten Tempels, wo Jesus mit den Pharisäern stritt – für den halben Planeten der allerheiligste Grund und Boden. Am Stephanstor, wo Tempelanhänger Stephanus und andere Häretiker steinigten, beginnt die Via Dolorosa. Lucy seufzte. Nie hatte sie eine katholische Kirche besucht, in der nicht die Kreuzwegstationen dargestellt waren – und nun stand sie hier! Die Verurteilung. Jesus nimmt sein Kreuz auf sich. Jesus fällt zum erstenmal. Jesus begegnet seiner Mutter.

»Na, was ist? Ich warte«, sagte Lucy und starrte in das Gewühl von Menschen, die herumliefen und von einem arabischen Geschäft namens *T-Shirt & Souvenir Shop an der V. Station* auf der anderen Straßenseite Fotos schossen.

»*Worauf* warten Sie?« Dann fiel auch O'Hanrahans Blick auf den Torbogen der Armenischen Katholischen Kirche Unserer Lieben Frau von den Zuckungen. »Oh, verstehe. Sie dachten, eine Kirche mit dem Namen Unsere Liebe Frau von den Zuckungen werde mich zu einem blasphemischen Witz reizen.«

»Es ist nicht Ihre Art, sich zurückzuhalten.«

»Ich fühle mich gezwungen, darauf hinzuweisen, daß der heilige Johannes Climacus im 7. Jahrhundert bei seinen Reisen durch das Heilige Land

zweifellos, wie jeder gute Pilger, die Kreuzwegstationen absolvierte, und gewiß spürte Johannes Klimax vor Unserer Lieben Frau von den Zuckungen einen gleichgearteten Schauder, einen *gleichzeitigen* multiplen Höhepunkt vielleicht, er und die Heilige Jungfrau. Sehr selten in alter Zeit.«
Lucy verbarg ein Lächeln. »Sehr gelehrt, aber ich glaube, es ist mir lieber, wenn Sie einfach mit der vulgärsten Bemerkung herausrücken, die möglich ist.«
»Ja, mir auch.«
Nun führte die Via Dolorosa den Hügel hinauf, vorbei an der V. Station, wo Simon von Kyrene Jesus das Kreuz abnahm, an der VI., wo Veronika Jesus das Schweißtuch reichte und damit das Wunder auslöste, daß Jesus sein Leidensgesicht darin abbildete. An den Stationen VII und IX fällt Jesus ein zweites und ein drittes Mal; an der VIII. Station spricht er zu den weinenden Frauen. Nur wenige Touristen gingen diese Stationen ab, da man dunkle, schmutzige palästinensische Gassen hinuntergehen mußte, um auf einem Schild eine kleine römische Zahl zu entdecken, aber O'Hanrahan war gründlich.
»Geht es jetzt zur Grabeskirche?« fragte Lucy, die begeistert war, endlich an den Ort zu kommen, wo Kreuzigung und Grablegung stattgefunden hatten.
»Zuerst bringe ich Sie noch an einen anderen heiligen Ort.«
Sie gingen eine staubige Gasse hinunter, die voller Baumaterial lag, und kamen zur IX. Station, einer alten Säule, die zu Jesu Zeit den Ausgang aus der Altstadt markierte und nun abgegriffen war von den Berührungen der Millionen von Pilgern. Hinter dem Tor und eine Stufe weiter unten befand sich das Dach der großen Grabeskirche. Lucy ging über das glatte Pflaster und hörte Hymnen und Gesänge und geschäftiges Treiben unter sich. Sie trat an eine Kuppel und spähte hinunter auf die Betenden in der Kapelle des reuigen Diebes im Untergeschoß der Grabeskirche. *Wahrlich, ich sage dir, heute noch wirst du mit mir im Paradiese sein.*
Weiter oben auf einer Plattform bot sich Lucy ein noch seltsamerer Anblick. Hütten. Afrikanische Hütten, gebaut aus weißem Mörtel. Hinter einer Mauer waren Wäscheleinen unter den Ruinen gotischer Gewölbe gespannt, an denen Mönchskutten hingen. Weiter standen da mehrere kleine Häuser, Ein-Zimmer-Klausen mit schiefen Türen und schrägen getünchten Mauern, wie etwas aus *The Hobbit.*
»Wer lebt hier?« flüsterte Lucy.

»Die Äthiopier«, erklärte O'Hanrahan.
Als in Äthiopien im 17. Jahrhundert schlechte Zeiten anbrachen, wiesen die griechischen Orthodoxen den Äthiopiern die Tür, da sie sich nicht mehr an den Zahlungen an die Moslems beteiligen konnten.
(Richtig. Es fiel den Orthodoxen nie ein, daß sie für Unsere verarmten Brüder bezahlen könnten.)
Lucy erinnerte sich sofort daran, daß sie David McCall, der jetzt wahrscheinlich auf dem Weg nach Äthiopien war, von dieser Merkwürdigkeit schreiben mußte. Seit dem 4. Jahrhundert hatten sich die Äthiopier während jedes Aufstiegs und Falls ihres Landes an diese Kirche geklammert, während jeder Verfolgung im Heiligen Land, und nun waren sie immer noch da, mit ihrer unergründlichen musikalischen Liturgie auf Ge'ez, der altäthiopischen Sprache, ihren Spazierstöcken, auf die sie sich während ihrer langen Messen stützten, ihren Gesängen, die stufenweise an- und abschwollen wie ein östliches Mantra, ein Summen, das hin und wieder mit Worten verschmolz. Lucy blieb eine Weile an der Tür zu der Kapelle stehen, neben der Treppe, die hinunterführte in den übrigen Grabkomplex.
»Die Kopten der ägyptisch-orthodoxen Kirche«, erklärte O'Hanrahan, »und die Äthiopier haben über Jahrhunderte um diese Treppe gestritten. Jetzt gehört sie den Äthiopiern, weil sie in den siebziger Jahren die Schlösser der Kapelle ausgewechselt haben und nach dem Sechstagekrieg kein Ägypter in Israel eine faire Verhandlung bekam. Glücklicherweise sind Muslime verantwortlich für die Kirche und erhalten den Frieden aufrecht.«
»Muslime? Sie machen Witze.«
»Aber nein. Eine Anordnung Saladins, nach dem Sieg über die Kreuzritter. Noch heute werden die Schlüssel der Tür zum Heiligen Grab von Muslimen kontrolliert. Diese bestimmen, wann sie geöffnet und geschlossen wird, wer hineinkommt und so weiter. Sie führen sogar viele Reparaturarbeiten aus, da die Christen erfahrungsgemäß nichts tun, von dem auch eine andere Religionsgemeinschaft profitieren könnte.«
Lucy runzelte die Stirn, verärgert über ihre Glaubensbrüder.
»Gut«, sagte O'Hanrahan. »Sie können nun sterben, Schwester Lucy, Sie sind hier am Heiligen Grab, wo es Ablässe im Überfluß gibt! Ich versuche jetzt, Pater Vico zu finden. Wir treffen uns wieder im Hotel, wenn ich Ihnen nicht vorher über den Weg laufe. Wünschen Sie mir Glück.«

Lucy ging die dunkle äthiopische Treppe hinunter, die in den Hof und zu dem einfachen Eingang in die Grabeskirche führte. Sie machte ein Foto, obwohl diese berühmte Kirche nicht besonders malerisch war. Sie hatte keine bemerkenswerte Fassade, nur einen Eingang, der in eine hohe Mauer aus altem Sandstein eingelassen war. Das Ziel von Pilgern zweier Jahrtausende, der glorreiche Augenblick im Leben mittelalterlicher Männer oder Frauen, der größte Ablaß, der möglich war.

✡ ✡ ✡

O'Hanrahan trat in die weiter innen liegenden Winkel der Grabeskirche ein. In der franziskanischen Marienkapelle fragte er, wo er Pater Vico finden könne, und wurde in einen schmalen Gang geführt. Es roch nach Moder und Verfall, obwohl die Franziskaner wahrscheinlich die besten Hausmeister unter den sechs verschiedenen Religionsgemeinschaften waren, die diesen Riesenbau miteinander teilten. In einem feuchten Gang erspähte O'Hanrahan den Assistenten des Paters, Bruder Antonio, der hier auch nicht fröhlicher schien als in Assisi.

»Ah, *professore*«, begrüßte ihn Pater Vico, der aus der Dunkelheit auftauchte. »Folgen Sie mir ... Es ist sehr dunkel, nicht wahr? Aber wir können hier kein elektrisches Licht einbauen, eh?«

Pater Vico hatte ein Büro im entlegensten Bereich der franziskanischen Gewölbe bekommen, fast schon in der Moschee, die nebenan lag. Der Raum war stickig und ohne Fenster, ausgestattet war er mit schäbigen Möbeln aus dem 19. Jahrhundert, wie man sie oft in armen Pfarreien sieht.

»Ich habe eine Überraschung für Sie, *professore*«, teilte Pater Vico mit.

»O Gott.«

Pater Vico öffnete den großen Kleiderschrank, nahm einen langen Mantel von einem Bügel und griff in eine Geheimtasche im Futter. Er zog einen langen Schriftrollenbehälter heraus, der irgendwie vertraut aussah.

»Sie scherzen«, sagte O'Hanrahan, als er ihn erkannte.

»Wir haben unseren alten Freund aus dem Trecento wieder.« Pater Vico hatte es tatsächlich fertiggebracht, das äthiopische Pergament, die römische Fälschung aus dem 14. Jahrhundert, die O'Hanrahan in der Vatikanbibliothek eingesteckt und die man ihm dann als das vermeintliche *Matthiasevangelium* gestohlen hatte, wieder aufzutreiben. »Die Verbre-

cher haben es pflichtgetreu an die Kirche zurückgegeben, so wie ich dachte. Ein Freund der Franziskaner hat sie zu uns gebracht. Die Rolle ist nicht ganz wertlos, mein Freund.«
»Ich bin sicher, daß sie Tausende wert ist, Pater.«
»Im Vatikan hat niemand sie vermißt, daher denke ich, es wird keinen Ärger geben, wenn Sie sie wieder bekommen. Wir haben in unserer Sprache ein Wort, *zimbello* ...«
»Ein Köder, Pater.«
»*Köder,* was für ein komisch klingendes Wort.«
Der Pater trat wieder an seinen Schreibtisch. »Ach, aber das ist noch nicht alles.«
O'Hanrahan wartete geduldig.
»Ich habe einen Traum gehabt.«
O'Hanrahan nickte und hoffte, Pater Vico werde fortfahren.
»Ich habe von *Ihnen* geträumt!« Offenbar zufrieden lehnte sich Pater Vico in seinem Stuhl zurück und legte die Hände zusammen.
O'Hanrahan blickte zur Decke. »War es ein angenehmer Traum?«
»Oh, ich erzähle Ihnen den Traum und schlage Ihnen eine Deutung vor, ja? Ich habe geträumt, Sie waren in der Wüste, sind gelaufen und gelaufen und gelaufen und noch weiter gelaufen und gelaufen ...«
Der Professor rieb sich die Nase. »Irgendwohin? An einen bestimmten Ort?«
»Nein. Und dann näherte sich Ihnen ein Mann, dessen Gesicht ich nicht sehen konnte, ein Mann in einem langen Gewand, wie ein Araber, aber es war kein Araber – ein sehr seltsames Gewand, aber sehr schön. Und auch der Mann war schön, sehr gut aussehend.«
»Ich dachte, Sie konnten sein Gesicht nicht sehen.«
»Nein, aber er besaß Schönheit, ich wußte es, ohne in sein Gesicht zu sehen. Er hielt Ihnen ein Stück Brot und ein Gefäß mit Wasser entgegen.«
»Habe ich es genommen?«
Pater Vicos Hände bewegten sich wie flatternde Vögel. »Ich bin aufgewacht und kann es Ihnen daher nicht sagen. Es ist bezeichnend, nicht?«
Nein, dachte O'Hanrahan und sagte: »Ich glaube eigentlich nicht an Träume.«
»Habe ich erwähnt, daß der Mann hinten einen Schwanz hatte?«
O'Hanrahan sah auf die Tür, die aus dem Zimmer führte, und wünschte sich, er könnte hinausgehen. »Sie haben den Schwanz gesehen?«

»Nein, aber ich *wußte,* daß er da war. Man hat solche Erlebnisse in der Traumwelt, nicht wahr? Man weiß, ohne daß man sieht. Natürlich war es vermutlich der Teufel. Und Sie werden in Versuchung geführt werden. Sind Sie ein Mann, den man versuchen kann, *professore?*«
»Jeder kann in Versuchung geführt werden, Pater.«
»Aber Sie sind nicht ... nicht ... *venale, meschino* ...«
»Ob ich käuflich bin? Ich glaube eher nicht, Pater.«
Pater Vico lächelte milde. »Nein, das glaube ich auch nicht. Es wäre mir sehr zuwider, wenn dieses Evangelium in die falschen Hände fiele; und so jemand könnte ja versuchen, Sie zu kaufen, nicht?«
»Haben Sie das Evangelium bei sich, Pater?«
»Antonio!«
O'Hanrahan traute seinen Augen kaum: Tatsächlich war der kleine Safe auf Rädern bis nach Jerusalem gekommen. *Quietschquietschquietsch.* Antonio rollte ihn aus einem verschließbaren Schrank im Vorzimmer in Pater Vicos Büro.
»Hier«, sagte der Pater, »ich werde den Safe öffnen und Ihnen zeigen, daß *Matthias* tatsächlich bei uns in der Heiligen Stadt ist. Aber Sie müssen sich umdrehen – ja, auch du, Antonio. Es ist eine sehr einfache Kombination, und jeder könnte sofort erkennen ... Ach, was ist jetzt los? Haha, Sie haben Angst, daß ich sie vergessen habe, wie? Natürlich weiß ich sie ...« Pater Vico öffnete den Safe und reichte O'Hanrahan einen Behälter mit der Schriftrolle.
Der Professor streifte die Schutzhülle ab, um einen Blick auf den Papyrustext zu werfen. »Ja, sie ist es«, sagte er dann. »Ich muß sie vielleicht noch einmal fotografieren«, fügte er hinzu, da er durchaus damit rechnete, daß der Rabbi eine Weile nicht eben kooperativ sein würde.
»Ah«, meinte der Franziskanerpater, »ich sehe es in Ihren Augen, daß man Sie mit Geld nicht dazu bringen kann, unsere gemeinsamen Abmachungen zu verraten.«
O'Hanrahan hatte das Gefühl, daß er nun aufbrechen konnte, ohne unhöflich zu wirken. »Sie brauchen sich keine Sorgen zu machen, Pater. Nichts bedeutet mir mehr, als unsere Schriftrolle zu übersetzen.« Er steckte das Pseudo-*Andreasevangelium* in seine Mappe und verabschiedete sich. »Oh, ich habe noch eine Frage«, rutschte es ihm heraus, ohne daß er bedachte, daß er so noch länger bei Pater Vico aufgehalten werden würde.

»Ja?«

»Ist das *Matthiasevangelium* auch sicher hier, mitten unter den fünf anderen Glaubensgemeinschaften?«

Pater Vico beugte sich vor und erwiderte vertraulich: »Niemand außer den Franziskanern wird es je in die Hand bekommen, und wir werden es verteidigen, wie wir diese Kirche verteidigt haben: bis in den Tod!«

O'Hanrahan fühlte, daß die Vorstellung, die Schriftrolle unter Einsatz seines Lebens zu verteidigen, für Pater Vico eher ein Nervenkitzel war. Schadenfroh fuhr der Franziskaner fort: »Wenn jemand mich verfolgen sollte, wird ihm das keine Genugtuung bringen! Ich bin nur ein *zimbello* – wie hat das noch geheißen? Kö ... Kö ...«

»Köder, Pater.«

»Ah, das muß ich mir aufschreiben ...« Pater Vico suchte in seiner Kutte nach einem Stift, fand aber keinen; danach suchte er in jeder Schreibtischschublade, im Schrank, er rief nach Antonio, der auch keinen Stift bei sich hatte, aber einen holen wollte, wenig später ohne Stift zurückkam, getadelt und erneut fortgeschickt wurde – und schließlich einen Stift brachte.

»Na endlich ... ah! Kein Papier! Antonio!«

✡ ✡ ✡

Wie alle Pilger war Lucy Dantan enttäuscht vom Anblick der baufälligen Grabeskirche, in der manche Kapellen kaum besser aussahen als Lagerräume für allen erdenklichen Schutt – etwa die Apostelkapelle mit ihren Fresken vom Boden bis zur Decke, nun ein Müllabladeplatz für verfaultes Holz und rostige Rohre. Wie konnte das nur so verfallen, fragte sich Lucy. (In den kleinen, weit hinten gelegenen Höhlen der Syrer hat es einmal gebrannt – und ihre christlichen Glaubensbrüder bejubelten ihr Unglück. Die Griechen und die Franziskaner ließen Mauern und Decken lieber einstürzen, als daß sie Geld für Reparaturen ausgaben, von denen auch eine andere Religionsgemeinschaft profitiert hätte. 1834 brach in einer Kirche ein Feuer aus, und bei der panischen Flucht der Christengemeinde wurden 300 Menschen zu Tode getrampelt. In einer Kirche gab es 1852 eine tätliche Auseinandersetzung wegen der Streitfrage, wer die Türstufe fegen sollte. In einer anderen Kirche wurde in diesem Jahrhundert ein blutiger Streit darüber geführt, wer zuständig war, ein Öllämpchen

auszuwechseln. Mönche brachten einander um wegen des Problems, wer welche Gegenstände polieren mußte. Ein gottloser Ort!)
Die Nachmittagsmessen begannen, und Lucy lauschte gebannt dieser Kakophonie. Mönche mit spitzen Kapuzen führten den armenischen Knabenchor unter atonalen Gesängen herein. Die Syrer versammelten sich an der hinteren Seite des Grabes und hielten eine Messe auf aramäisch ab. Auf dem Halbgeschoß, wo angeblich die »Schädelstätte« Golgatha lag, begannen die Griechen ihre Zeremonie. Die Franziskaner zelebrierten ihre lateinische Messe vor dem Eingang zum Grab, das, eingeschlossen von einer protzigen marmornen Grabkammer, unter der von Konstantin erbauten und im Lauf der Jahrhunderte mehrfach restaurierten Kuppel lag. Und zuletzt kam vom Dach die Prozession der Äthiopier, die vor dem Salbungsstein, wo der Überlieferung nach Nikodemus und die frommen Frauen den Leichnam des Herrn einbalsamiert hatten, den Kopf zum Boden neigten. Die schlecht beleuchtete Kirche, in der man kaum das Deckengewölbe sehen konnte, hallte wider von Gesängen und klirrenden Weihrauchfässern, die in diesem altehrwürdigen Durcheinander den Duft des Ostens verbreiteten.
Es dürften viele Besuche nötig sein, dachte Lucy, um dieses Labyrinth von Katakomben zu erforschen: die Adamskapelle mit der Felsspalte, die sich angeblich bei Jesu Tod am Kreuz auftat, als sein Blut auf Adams Grab tropfte – und Adam endlich von seinem Sündenfall reinwusch. Über eine dreizehnstufige Treppe ging Lucy hinab zur Kreuzauffindungskapelle – Konstantins Mutter Helena war überzeugt, genau an dieser Stelle 300 Jahre nach der Kreuzigung Christi das echte Kreuz gefunden zu haben.
Lucy lächelte. Ausgehend vom lateinischen Verb *invenire* könnte man auch die Kreuz*erfindungs*kapelle sagen – eine zynische Bedeutung, die die Namensgeber sicher nicht beabsichtigt hatten. Die Kapelle der Kleiderverteilung. Die Kapelle der Verspottung Christi. Die Kapelle von Maria Magdalena, an jenem Ort, wo sie dem auferstandenen Christus zuerst begegnete. Die Kapelle der Armenier, in der man von einem netten Mönch Weihrauch und Myrrhe kaufen konnte – was Lucy auch tat – und einen Mosaikboden mit armenischen Buchstaben und den Thron des armenischen Patriarchen sehen konnte, der den Sesseln im Wohnzimmer ihrer Eltern frappierend ähnlich sah ... Es ist auch nur ein Sessel, entdeckte Lucy, als sie näher hinsah.
Wolken ließen den Himmel über der Heiligen Stadt früh dunkel werden,

und die Moschee auf der anderen Seite des Hofes rief zum Gebet, als Lucy aus dem riesigen Gebäudekomplex wieder an die frische Luft kam, die weder nach Weihrauch roch noch von Gesängen widerhallte – nur die Vögel machten noch Lärm. Die unvermeidlichen Scharen von Pilgern, die stundenlang Schlange standen, um allein am Heiligen Grab zu beten oder am Kalvarienberg, wo eine Silberplakette den Kreuzigungsort anzeigte, ein Foto schießen zu dürfen, hatten sich auf rätselhafte Weise aufgelöst. Nur noch etwa zwanzig Leute befanden sich im Vorhof. Lucy blieb stehen, um sich die verschiedenen Christen aus Ost und West zu betrachten.
Und aus Amerika.
Ein Trupp von amerikanischen Baptisten kam daher – sie trugen ein Transparent mit der Aufschrift *Das Gelobte Land* und *Jerusalem-laß-ein-Wunder-geschehen-Mission 1990,* als würde ihr Spruchband Gott dazu bringen, speziell zu dieser Gelegenheit aktiv zu werden. Die Amerikaner hatten die Dienste von Via Dolorosa Inc. in Anspruch genommen, einer Firma von friedlichen Arabern, die Pilgergruppen mit übergroßen Kreuzen versorgte, die sie den Kreuzweg entlangtragen konnten. Lucy lehnte sich gegen die staubigen Kalkmauern, während diese mit ihrer Frömmigkeit protzende Gruppe feierlich vorbeizog. Jesus trug allerdings keine kaum zehn Pfund schwere Attrappe aus Spanplatten, dachte Lucy – warum nehmen sie nicht ein *echtes* Kreuz, um zu sehen, welche Last der Mann zu tragen hatte? Die Amerikaner blieben vor dem Kirchenportal stehen; ein älterer Mann posierte mit dem Kreuz für die Videokamera.
»Mama«, fragte eine müde wirkende Frau mittleren Alters mit Südstaatenakzent, »warst du schon dran mit dem Kreuz?«
Jeder habe die Möglichkeit, sich mit dem Kreuz verewigen zu lassen, bevor man in die Grabeskirche gehe, verkündete der ältere Mann. Wir haben Ikonen verworfen, dachte Lucy, um selbstgedrehte Videos im Videorecorder anzusehen, unserem modernen Altar. Das Kreuz wurde nun weitergegeben an eine Barbiepuppe aus den Südstaaten, herausgeputzt mit grellbunten Rüschen und Schleifchen, die in Tränen zerfloß und das Kreuz an jemanden weiterreichen mußte, der weniger gefühlvoll war. Als nächster kam ein junger Mann ...
»Farley«, fuhr Lucy zusammen, als sie den Jungen erkannte.
Sie beschloß, ihn heimlich zu beobachten, und huschte in den Schatten der äthiopischen Kapelle am Rand des Hofs. Farley trug das Kreuz mit großem Ernst, wandte sich dann dem Mann mit der Videokamera zu und

sprach ein paar Worte ins Mikrofon, wohl um seine Eindrücke für die Leute zu Hause in der Sonntagsschule festzuhalten, stellte Lucy sich vor. Sie musterte die Baptistenclique, um zu sehen, ob Mr. Billiganzug dabei war, der ihrer und O'Hanrahans Meinung nach mit Farley zusammengehörte. Plötzlich schien es ihr sehr wahrscheinlich, daß Farley eine Rolle spielte in einem umfassenden Plan, der den Diebstahl des *Matthiasevangeliums* zum Ziel hatte.

*4./5. August 1990*

Lucy verließ die Klinik der Hebräischen Universität mit dem Gefühl, daß ihr Unangenehmes bevorstehe. Man hatte ihr Impfstoffe gegen Gelbfieber, Cholera und Typhus in den linken Arm gejagt, eine Spritze Gammaglobulin hatte sie in den Hintern bekommen, und zwei gewaltige Packungen mit Tabletten gegen Malaria hatte man ihr mitgegeben. Sie verfluchte O'Hanrahan.

»Es sind doch nur ein paar Spritzen«, hatte er sie beim Frühstück beruhigt. »Stellen Sie sich nicht so an! Ihr Arm wird ein paar Stunden weh tun, und dann geht es Ihnen wieder gut. *Das* ist viel beunruhigender ...« Er zeigte ihr die Schlagzeilen: Der Irak war in Kuwait einmarschiert.

Lucy hätte im Augenblick nichts weniger interessieren können, obwohl sie registrierte, daß jede Zeitung, ob arabisch, hebräisch oder englisch, schreiende Schlagzeilen über mögliche internationale Konsequenzen trug. Würde Israel in diese Geschichte hineingezogen werden, fragte ein Leitartikel. Lucy starrte unfreundlich auf die Zeitungen. Hoffen wir jedenfalls, daß wir schon fort sind, bevor diese Frage beantwortet wird, dachte sie nur. Ihr linker Arm war im Augenblick viel wichtiger – er begann bereits leicht fiebrig zu pochen. Lucy wußte, daß jetzt ein paar Erreger von jeder dieser mörderischen Krankheiten in ihrem Körper herumschwammen. Richtig, David McCall hatte gesagt, die Typhusimpfung sei höllisch.

»Ich will überhaupt keine Spritze«, hatte sie heute morgen entschlossen zu O'Hanrahan gesagt.

»Na gut, aber wenn wir Erkundungen in Klöstern am Nil anstellen und die Moskitos stechen, dann weinen Sie mir nichts vor, wenn Sie Gelbfieber bekommen. Im übrigen haben Sie dann gar keine Tränen mehr, weil Ihrem

von Krämpfen und Entzündungen gemarterten Körper bei 41 Grad Fieber jeder winzige Tropfen Feuchtigkeit entzogen sein wird ...«
»Schon gut«, hatte sie nachgegeben.
Jetzt wollte sie nur noch zurück ins *König David* und in ihr Bett krabbeln, wo sie sich vorzugsweise auf die rechte Seite legen würde. Gegen alle Vernunft hob sie den pulsierenden, schmerzenden Arm, um zu sehen, ob er noch so weit funktionsfähig war, daß sie ein Taxi herbeiwinken konnte. Ihr wurde klar, daß sie bei der kleinsten Bewegung leiden würde.
O'Hanrahan fragte gerade an der Rezeption nach, ob Anrufe für ihn gekommen seien, als Lucy ihren Schlüssel holte. »Na, wie geht's unserer Patientin?« fragte er fröhlich.
»Sie bedauert, Ihnen jemals über den Weg gelaufen zu sein«, erwiderte sie und rieb sich die Schulter. »Die einzig mögliche Entschädigung wird vermutlich sein, daß ich es miterlebe, wenn Sie dieselben Impfungen bekommen.«
»Ich habe die meisten schon hinter mir«, erklärte er munter. »Haben Sie auch Malariatabletten bekommen?«
Sie nickte – sogar das tat ihrem Arm weh.
»Sehen Sie nur, wer sich immer wieder meldet«, sagte O'Hanrahan und zeigte ihr eine der Nachrichten.
Lucy sah auf das rosa Notizpapier: Gabriel O'Donoghue. Er war um 11.36 Uhr im Hotel gewesen. Lucy warf einen Blick auf die Uhr an der Rezeption: 11.45 Uhr. »Er muß noch in der Nähe sein«, sagte sie.
»Ja, und deswegen flüchte ich jetzt in die Bibliothek.«
»Wie ist es gestern abend gegangen?«
Er lächelte und klopfte auf seine Mappe. »Ich bin zu dem Schluß gekommen, daß der *Matthias* in einer Form der meroïtischen Schrift geschrieben ist. Morey und ich haben diese Sprache früher als Möglichkeit ausgeschlossen, aber ich bin jetzt wieder darauf zurückgekommen. Es gibt zu viele Ähnlichkeiten, etwa die Doppelpunkte, die die Wörter voneinander trennen. Alle Buchstaben stimmen überein.«
»Wo liegt dann noch das Problem?«
»Niemand hat Meroïtisch bisher entziffert. Es ist eine der großen verlorengegangenen Sprachen der Welt. Einer der Gründe, warum Morey und ich das Meroïtische ausgeschieden haben, war der, daß Rabbi Rosen diese Schriftrolle nach ungefähr einer Woche lesen konnte, und es ist doch schwer zu glauben, daß er eine geheimnisvolle Sprache, an deren Ent-

schlüsselung Gelehrte seit hundert Jahren gearbeitet haben, übersetzte, ohne es jemandem zu sagen. Aber vielleicht hat er das doch getan.«

O'Hanrahan bemerkte, daß Lucy wie gebannt auf einen riesigen Gummibaum starrte. Er brach ab und sah in dieselbe Richtung.

Mit rotem Gesicht kam Clem Underwood hinter den Blättern hervorgewatschelt, als ob er spioniert hätte. »Hehe, so was, na so was.«

Lucy und O'Hanrahan starrten ihn an.

»Lange nicht gesehen, wie? Was machen Sie hier?«

O'Hanrahan und Lucy sahen auf den etwa einen Meter fünfzig großen Clem Underwood hinunter, den Botschaftslakaien, den sie von ihren Abenteuern in Griechenland her kannten. Diesmal trug er einen hellbraunen Anzug, der ebenfalls schlecht saß, offenbar ein Anzug von der Stange, den man geändert hatte und von dem er nun meinte, er sehe aus wie maßgeschneidert. Seine Augen hinter den runden, dicken Brillengläsern sahen riesig aus. »Ich hatte den Eindruck, daß Sie direkt nach Hause fliegen wollten«, sagte er mit seinem platten Mittelwesten-Akzent und streckte ihnen die fleischige Hand hin. »Sie haben unserem Außenministerium wirklich schlaflose Nächte bereitet, Miss Dantan.«. Lucy bemerkte, daß der Ring an seiner Rechten kein Ehering, sondern der Ring irgendeiner Bruderschaft war.

»Ich bin Religionswissenschaftler«, erwiderte der Professor ausdruckslos. »Warum sollte ich nicht Israel besuchen, bevor ich zurückreise nach Chicago?«

Lucy betrachtete Underwoods Kopf mit dem schütteren Haar, das er mit Gel so eingeschmiert hatte, daß es eine spitze Form bildete.

»He, ich hoffe, Sie genießen Ihren Aufenthalt hier. Und, hehe, wenn Sie uns von der Botschaft brauchen, dann zögern Sie nicht, uns anzurufen.«

O'Hanrahan blieb verstockt.

»Hu, ich habe eine Verabredung, ich muß mich beeilen«, sagte Underwood und trat den Rückzug an. »Vielleicht können wir abends einmal zusammen essen, wie?« Er nahm seine Aktentasche, verabschiedete sich mit einem ziemlich müden militärischen Salut und trottete davon.

»Das war eine seltsame Begegnung«, meinte Lucy.

»Ja. Was macht ein unbedeutender Beamter vom Konsulat in Thessaloniki plötzlich hier in Jerusalem?« O'Hanrahan wandte sich an die Dame an der Rezeption. »Entschuldigen Sie, mein Liebe. Hat dieser Mann, der kleine Mann dort, gerade ein Zimmer genommen?«

»Nein, Sir.«
»Hat er vielleicht eine Nachricht für mich hinterlegt?«
Nein, hatte er auch nicht.
O'Hanrahan blinzelte und überlegte. »Okay, wenn es kein Zufall ist und er uns folgt, dann wissen wir zwei Dinge. Erstens, er ist ein sehr ungeschickter Spion, ein Trottel.«
»Diesen Eindruck hatte ich schon in Athen.«
»Und zweitens, er wußte, daß wir hier in Jerusalem und in diesem Hotel sind. Haben Sie in Athen gesagt, daß wir nach Jerusalem fahren würden?«
»Nein. Sie haben mich angewiesen, Mr. Underwood und Colonel Westin nichts zu sagen, und daran habe ich mich gehalten.«
»Wer weiß dann, daß wir hier sind?«
Lucy seufzte. »Rabbi Hersch weiß es. Ich habe meine Mom angerufen. Offensichtlich weiß Gabriel, daß wir hier sind ... durch Pater Vico. Haben Sie Mr. Underwoods Ring bemerkt?«
O'Hanrahan war er nicht aufgefallen.
»Ich könnte schwören, daß ich diese Art von Design, dieses Zeichen schon einmal gesehen habe.«
»Nun, Sie legen sich jetzt ein wenig hin, Schwester Lucy. Und ich werde mich weiter mit dem Meroïtischen herumplagen und sehen, was dabei herauskommt.«
Lucy nahm ihren Schlüssel und ging zum Aufzug. Ihr Arm schmerzte nun bei jedem Schritt. O verdammt, brummte sie, und es wird auch nicht viel helfen, wenn ich mich hinlege. Langsam ging sie zurück. Sie brauchte Schlaftabletten. Sie mußte ihr Bewußtsein für die nächsten vierundzwanzig Stunden, bis dieses Elend vorbei war, ausschalten ...
»Lucy!«
Es war Gabriel. Er lief auf sie zu und wollte sie umarmen.
»Rühr mich nicht an!« schrie sie, so daß ein paar Fremde die Köpfe drehten und meinten, sie könnten einen Liebeskrach mitansehen. Lucy erklärte, daß man sie geimpft hatte, und Gabriel lachte.
»Was machst du immer noch hier? Bist du nicht längst in Chicago?«
»Die Jagd geht weiter«, meinte Lucy.
»Nach Jerusalem zu kommen war eine Art Belohnung für mich«, erzählte Gabriel, der sonnengebräunter war, als Lucy ihn je gesehen hatte. »Pater Vico sagte, ich könnte ihn begleiten. Natürlich hat er keine Ahnung, daß ich aus dem Franziskanerorden austreten werde.«

Lucy war nach ihren Spritzen leicht aufbrausend. »In der einen Woche bist du drin, in der nächsten wieder draußen aus dem Orden. Hast du das nicht selber langsam satt?« fauchte sie ihn an.
Gabriels Augen wurden noch größer. »Ich versuche, mich zu entscheiden. Ich mache ziemlich viel durch im Moment.«
Lucy versuchte, ihren Ton zu entschärfen. »Nach Lateinamerika zu gehen und die Dritte Welt zu ernähren ist also für eine Weile wieder out?«
»Oh, na gut, das war nicht sehr ernst, die Welt zu ernähren und das ganze Zeug. Ich glaube einfach, es ist wichtiger, daß ich mit dem Studium weitermache.«
Er begann zu erörtern, welche akademischen Grade er machen könnte, welche Studienprogramme er in Erwägung zog, und Lucy stellte fest, daß sie sich nach dem Komfort ihres Hotelzimmers sehnte. Daher lud sie Gabriel nach oben in ihr Zimmer ein – vom Fenster aus habe man eine tolle Aussicht über die Altstadt, versprach sie ihm.
Lucy legte sich bald ins Bett, plazierte ihren linken Arm vorsichtig auf einem weichen Daunenkissen und wandte den Kopf dem Sessel zu, in dem Gabriel sich niedergelassen hatte.
»Kann ich die haben?« Gabriel hatte die Minischokoladentafeln bemerkt, die das Zimmermädchen jeden Abend auf das Nachtkästchen legte. Lucy, die darauf bedacht war, ihr tapfer reduziertes Gewicht zu halten – außerdem war sie auch nie eine »Chocoholic« gewesen wie Judy –, hatte sie ordentlich auf dem Tischchen gestapelt.
»Warum willst du Dr. O'Hanrahan sprechen?« fragte sie.
»Ich hoffe, du wirst mir dabei helfen. Ich meine, es ist so wichtig, daß man ein festes Ziel hat in seinem Leben, nicht wahr?«
Lucy hörte zu und fragte sich, warum sie im Wortschatz ihres Freundes bisher noch nie so viele New-Age-Modewörter entdeckt hatte.
»Und bevor ich nach Hause gehe, will ich mich mit Patrick hinsetzen und wirklich mit ihm *kommunizieren*. Ich hoffe, daß wir eine Art von Band zwischen uns festigen können, bevor ich abfahre, weil ich trotz allem Schlechten, was zwischen uns geschehen ist, immer noch das Gefühl habe, daß unsere Zeit zusammen eine ganz besondere Erfahrung in meiner Entwicklung war, und ich will, daß er das weiß.«
Hm, dachte Lucy, bei dieser Unterredung würde ich gerne Mäuschen spielen.
»In Oxford war ich so deprimiert«, fuhr Gabriel fort. »Ich hätte alles

darum gegeben, wenn ich jemanden gehabt hätte, mit dem ich über alles hätte reden können ...«

*Ich* war doch in Oxford, erinnerte sich Lucy.

»Und ich glaube, ich muß mich für eine Weile vom Orden lösen und ein Ziel für mich verfolgen. Weißt du, immer ging es um die Kirche – ich tue nicht genug für *mich.*«

Lucy gähnte. »Gabe, ich bin kurz vor dem Einschlafen, es ist nicht böse gemeint.«

Gabriel sah geknickt aus. »Ach, wir haben gerade erst angefangen zu reden ... Wie wäre es, wenn wir uns am Mittwoch treffen würden? Du und ich könnten uns dann die Stadt ansehen.«

Lucy meinte, Mittwoch sei prima, O'Hanrahan wolle nämlich an diesem Tag alte Freunde in Tel Aviv besuchen.

Gabriel begann darüber zu diskutieren, ob er vielleicht Kunstgeschichte als Hauptfach belegen sollte, wenn er zurück in Chicago war.

»Gabe, ich muß jetzt ein bißchen schlafen. Rabbi Hersch wird heute abend mit uns zum Essen gehen, und ich muß immer erst meine Batterien aufladen, bevor ich mich mit ihm auf einen Wortwechsel einlasse.«

Gabriel las in diese Bemerkung mehr Gehässigkeit hinein, als sie beabsichtigt hatte. »Das merke ich. Je weiter weg du und Dr. O'Hanrahan von Rabbi Hersch seid, desto besser, glaube ich.«

»Warum sagst du das?«

»Ich meine, ich weiß, daß die Schriftrolle der Hebräischen Universität gehört und so weiter, aber ich traue dem alten Kauz nicht. Ich mag ihn nicht, und er mag mich nicht. Er mag überhaupt keine Katholiken. Hast du je sein Buch *Nicht der Messias* gelesen? Es ist wirklich antichristlich.«

»Er hat ein Buch mit dem Titel *Nicht der Messias* geschrieben?«

Gabriel erklärte, dieses Buch sei das Werk eines zionistischen Fanatikers. Dann fügte er hinzu: »Weißt du, ich habe im April in Rom doch versucht, den *Matthias* zu klauen. Der Rabbi hatte gesagt, er werde in Jerusalem bleiben, aber dann habe ich ihn schließlich in Rom gesehen. Ich habe mich mit diesen Kunsthändlern getroffen und war gerade auf dem Weg aus dem Hotel, wo Patrick und ich wohnten, als Rabbi Hersch und ich gleichzeitig um ein Hauseck kamen. Ich bin direkt in ihn hineingerannt. Ich habe ihm etwas zugerufen, aber er ist davongelaufen.«

Lucy fiel ein, daß der Rabbi auch unerwartet in Rom auftauchte, als sie und O'Hanrahan dort waren.

»Und ich habe Patrick dann nicht mehr gesehen, um ihm davon zu erzählen. Na ja, mittlerweile ist es wohl nicht mehr von Bedeutung.«
Lucy stellte fest, daß sie wieder hellwach war. »Interessant.«

✡ ✡ ✡

Am nächsten Morgen, nach einem fünfstündigen Nickerchen am Nachmittag und acht Stunden Schlaf in der Nacht, wurde Lucy aufgefordert, etwas zu arbeiten. O'Hanrahan stöberte sie um halb acht Uhr in ihrem Zimmer auf, wo sie hingerissen vor israelischen Fernsehsendungen saß, und schleppte sie mit zum Frühstück. Dann holten sie den Tisch aus Lucys Zimmer und stellten ihn neben den Tisch in O'Hanrahans Zimmer, so daß sie eine große Arbeitsfläche hatten.
»Wie geht es dem Arm heute?«
»Ich habe Ihnen fast verziehen.«
Ohne weitere Umschweife stürzte sich O'Hanrahan in die Arbeit: »Morey und ich haben es Anfang des Jahres beide von der Hand gewiesen, daß der *Matthias* meroïtisch sein könnte, aber das war, bevor ich neulich abends einen näheren Blick in neuere deutsche Literatur geworfen habe. Meroïtisch hat dreiundzwanzig Buchstaben – vier Vokale, siebzehn Konsonanten und zwei Diglyphe –, und die Wörter sind durch Doppelpunkte getrennt. Und *genauso* ist es bei unserer Schriftrolle. Das Meroïtische, das Fletcher 1909 untersucht hat, war ganz anders, und dieses Buch haben Morey und ich benutzt; aber wenn man sich die nubischen Manuskripte ansieht, die man bei den Bauarbeiten für den Assuan-Staudamm in den sechziger Jahren entdeckt hat, findet man ein späteres Meroïtisch, und das paßt vollkommen zu unserer Schrift.«
»Ich weiß nicht einmal, was für eine Art von Sprache das ist.«
»Dann sind Sie in guter Gesellschaft. Niemand hat das Meroïtische bisher übersetzt.«
»Was ist das für eine Sprache?«
»Ein ägyptischer Dialekt aus der Nilgegend vermutlich, obwohl es sehr schnell ganz besondere Eigenarten entwickelt hat. Auch die Zeitgenossen des Reichs von Meroë konnten es nicht sprechen. Wie alle Nilsprachen hatte es sich etwa 200 v. Chr. aus einem linearen hieroglyphischen zu einem hieratischen Alphabet und schließlich zu einer eher demotischen geschriebenen Sprache entwickelt.«

»Und es ist absolut nicht zu entschlüsseln?«
»Ha. Wenn das *Matthiasevangelium* tatsächlich in einer Form des Meroïtischen geschrieben ist, werden wir zum einen berühmt für das Evangelium selbst und zum zweiten dafür, daß wir dieses bislang ungelöste Geheimnis geknackt haben. Seit über einem Jahrhundert haben verschiedene Leute an dieser gottverdammten Sprache gearbeitet.«
»Gibt es überhaupt Hinweise?«
»Ja. Durch Vergleiche der Namen von Pharaonen und Gottheiten mit ihrer Schreibweise im Meroïtischen hat man herausgebracht, für welche Laute die verschiedenen Buchstaben stehen. Wir kennen die Klangform der Sprache, aber die Bedeutung bleibt Kauderwelsch. Die Grammatik widersetzt sich jedem bekannten System. Und das ist das knifflige Problem, vor dem wir stehen.«
O'Hanrahan legte einen gelben Notizblock auf den Tisch und kritzelte eine Reihe von Buchstaben auf die Seite:

NNSTDZTFRLLGTNMNNRHRMLNDZHLFZKMMN

»Können Sie das lesen, Luce?«
»Nein«, lachte sie.
»Das ist ein Beispielsatz, den ich in meinen Kursen verwendet habe. Ein Satz in unserer Sprache – aber ohne Interpunktion, und, wie in allen semitischen Sprachen, ohne Zeichen für die Vokale; keine Hinweise darauf, wo ein Wort aufhört und das nächste anfängt. So sehen die Schriftrollen vom Toten Meer für Uneingeweihte aus.«
O'Hanrahan ließ Lucy einen Augenblick auf den Satz starren, bevor er ihn entschlüsselte: *»Nun ist die Zeit für alle guten Männer, ihrem Land zu Hilfe zu kommen.«*
»Oh, ich verstehe«, flüsterte Lucy. »Jetzt, wo Sie mir es gesagt haben, sehe ich es in gewisser Weise.«
»Und so konnten es auch die Hebräer sehen, die die Qumran-Rollen gelesen haben. Sie kannten den Stoff, bevor sie ihn gelesen haben. Sie hatten das auswendig gelernt, weil ihre Erinnerungen die einzig sichere Überlieferung waren – wer konnte in jenen Tagen garantieren, daß ein Papyrustext oder eine Schriftrolle die Zeit überdauern würde? Die Hymnen der altindischen *Veden* aus dem Jahr 2000 v. Chr. sind bis heute lebendig, weil es noch im 19. Jahrhundert Inder gab, die den Text perfekt

auswendig konnten – in einer Sprache, die seit drei Jahrtausenden tot war. Alexander der Große rezitierte die gesamte *Ilias,* um sein Feldlager zu unterhalten. Wenn sich Menschen einer solchen Aufgabe widmen, dann haben sie ein wahnsinnig gutes Gedächtnis, das kann ich Ihnen sagen.«
O'Hanrahan setzte sich auf den Bettrand. »Glücklicherweise tappen wir nicht ganz und gar im dunkeln, weil das Meroïtische uns mit den Doppelpunkten *sagt,* wo die Wörter enden. Trotzdem …« Er beugte sich vor und holte einen brandneuen Satz Fotos des *Matthiasevangeliums* hervor, eine Gefälligkeit von Rabbi Hersch. »… trotzdem, sehen Sie sich die erste Zeile dieses Evangeliums an.«

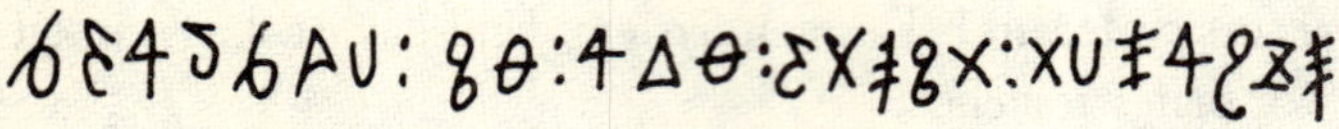

»So«, sagte O'Hanrahan und zog wieder seinen gelben Notizblock heran. »Wenn Rabbi Rosen nicht völlig irrte, ist dies hier ein Brief an Josephus, von seinem Bruder Matthias. Ich habe nie von einem archäologischen Fund gehört, der einen Brief enthalten hätte, der in seiner Eröffnung *nicht* Absender und Empfänger erwähnt. Man wußte ja in den alten Zeiten nie, wie viele Monate oder Jahre es dauern würde, bis die Post überbracht wurde, daher mußte man am Anfang alles klar darlegen. Hier ist diese erste Zeile, wenn man sie in Lautschrift transkribiert …«

KVQGKJL: FR: QNR: VXMFX: sXIMXSM

Lucy und O'Hanrahan starrten auf die Buchstaben.
»Bedenken Sie, daß man es von rechts nach links lesen muß«, fuhr O'Hanrahan fort. »Ich sehe nichts, das auch nur entfernt wie ›Matthias‹ oder ›Josephus‹ oder ›Jesus Christus‹ klingt, und ich habe die Hälfte des ersten Textblocks auf diese Art übertragen …« O'Hanrahan blätterte rasch durch die nächsten Seiten in seinem Notizblock und zeigte Transkriptionen. »Ich habe es von oben gelesen, nach unten, seitwärts, alles, was Sie wollen, um vielleicht ein Wort zu finden, das vertraut klingt.«
»Vielleicht ist es doch nicht Meroïtisch.«
Nachdenklich verschränkte O'Hanrahan die Arme. »Müßte es aber sein. Alle Buchstaben stimmen überein, mit nur ganz geringfügigen Variationen. Und dann die Doppelpunkte.«

»Und was soll ich jetzt tun?«
Er lächelte. »Während ich in der Bibliothek weitermache, gehen Sie das zweite und das dritte Kapitel des *Matthias* durch, so weit Sie kommen, und übertragen die meroïtischen Buchstaben ins lateinische Alphabet. Am Anfang werden Sie ziemlich lange brauchen, aber bald werden Sie nur so über die Zeilen fliegen.«
O'Hanrahan überließ Lucy eine Tabelle mit den dreiundzwanzig meroïtischen Buchstaben und ihren lautlichen Entsprechungen. Lucy war erpicht darauf, sich nützlich zu machen ... aber was für einen langen, langweiligen Nachmittag hatte sie nun vor sich.

✡ ✡ ✡

Rabbi Hersch, Lucy und O'Hanrahan waren endlich einmal derselben Meinung: An diesem Abend brauchten sie nach ihrer Schufterei alle eine Pause.
O'Hanrahan kam um fünf Uhr nachmittags nach einem Umweg über die Bar zusammen mit Rabbi Hersch zurück zu seinem Zimmer im *König David*. O'Hanrahan schielte schon fast, nachdem er in der Bibliothek alles über die meroitische Sprache gelesen hatte; der Rabbi hatte den Tag damit verbracht, Bibliotheksregister daraufhin durchzusehen, welche Bücher Rabbi Rosen damals benutzt hatte; Lucy litt ebenfalls an Stubenkoller, nachdem sie sich durch den größten Teil des zweiten Textblocks, das zweite Kapitel des *Matthiasevangeliums,* gekämpft hatte und sich dabei vom Zimmerservice Tee mit Imbiß, einen Sechserpack Cola light und eine Schachtel Zigaretten hatte bringen lassen. Sie war gereizt.
Die drei Evangeliumsforscher gingen in ein armenisches Restaurant im armenischen Viertel und labten sich dort an Hacksteaks vom Lamm mit einem wunderbar aromatischen roten Gewürz, das einfach »armenisches Gewürz« hieß, und einem Salat nach Jerusalemer Art, der aus kleingeschnittenen Blättern und Kräutern bestand, die mit *hummus* angemacht waren, einer Paste aus zerdrückten Kichererbsen, Öl, Knoblauch, gemahlenen Sesamkörnern und Zitronensaft, die man mit warmem Pittabrot aus dem Steinofen auftunkt. Als Nachtisch gab es noch süßes, sandkuchenartiges Gebäck.
Wie versprochen, begleitete Rabbi Mordechai Hersch seine beiden Kollegen – O'Hanrahan mit Yarmulke, dem schwarzen Käppchen, und Lucy

konservativ im langen, schwarzen Rock und schwarzen Strümpfen – zur Klagemauer, dem letzten Überrest des zweiten, herodianischen Tempels. Der Pilger geht durch eine Sicherheitsschranke am Misttor und blickt hinab auf den Marmorplatz wie auf ein Amphitheater, das zu der Mauer führt, und betrachtet die Bittsteller, die dort beten und singen, die Männer auf der einen, die Frauen auf der anderen Seite, und ihre Bitten schreiben sie auf kleine Zettel, die sie in die Ritzen der Mauer stecken – der steinerne Beweis, dachte Lucy, für 3500 Jahre ununterbrochenen Glaubens an Jahwe.

(Nicht ganz so gläubig, sonst würde Salomos Tempel noch hier stehen.)

An der Spitze der Mauer, ganz oben auf dem Tempelberg, sah Lucy die El-Aksa-Moschee aus dem Jahr 702, eine der frühesten Moscheen des Islam, die an Mohammeds geheimnisvolle Nachtreise zum Tempelberg und seine Himmelfahrt erinnern soll. Und in Blickweite der beiden Heiligtümer, in diesem Reich des Gebets, waren Soldaten mit Uzi-Maschinengewehren, Bunker und Stacheldraht zu sehen.

(Gedenken und Gemeinheit Seite an Seite, so wie es bei Unseren Kindern immer ist. Wo ist der Tempel ohne Geldwechsler? Wo ist eine Moschee ohne das Gift des Fanatismus? Wo eine Kirche ohne Heuchelei?)

Lucy beobachtete einen Jungen, der gerade seine Bar Mizwa feierte, den Eintritt ins gebetspflichtige Alter, und von seinem Vater auf der Schulter herumgewirbelt wurde, während die anderen Männer einen Kreis bildeten und tanzten und jubelten, weil ein neues, mündiges Mitglied in die Gemeinschaft aufgenommen wurde. Die Frauen der Familie, die getrennt von den Männern beiseite standen, klatschten.

Ich bin Gott sei Dank ein Geschöpf der eurozentrischen westlichen Welt, dachte Lucy, so unmodern und *politically incorrect* das in den neunziger Jahren sein mag. Bei dieser orientalischen Religiosität war ihr irgendwie unbehaglich. Ob langbärtige Juden, die sich demütig vor der Mauer niederwarfen, oder Moslems, die sich fünfmal am Tag rituell verneigten, oder zahllose orientalische Christen mit ihrer weihrauchgeschwängerten Frömmigkeit – für Lucy waren sie alle Eingeborenen vergleichbar, die um das Feuer tanzen, Indianer, die ein Totem verehren, oder andere Stämme, bei denen die Sonne oder ein Stein angebetet wird. Überbleibsel von Stammesgefühl und Primitivität. Nein, sie zog den intellektuell verfeinerten Gott vor, über den man in der Universitätscafeteria diskutierte, den amerikanischen Verstandesgott, den die Deisten der Aufklärung und die

Gründerväter konzipiert hatten, einen gütigen Gott, den man sich – für alle Fälle – in Reserve halten konnte. Ich bete einen ganz privaten, einen berechenbaren Gott an, der in meinem Herzen existiert, erkannte Lucy.

Nach dem Essen spazierten sie über den Platz vor der Hurva-Synagoge. Dieser Platz im jüdischen Viertel, erzählte der Rabbi, war eine der gelungensten Architekturleistungen des israelischen Staates. Das Gelände, das im Krieg von 1967 bombardiert und zuvor auch nur ein Slum gewesen war, hatte man geräumt und als einen großen modernen Platz gestaltet, der zugleich die Vergangenheit respektierte, erbaut aus demselben weißen Stein, aus dem die Altstadt errichtet war. Ein mächtiger Bogen, der die große Hurva-Synagoge repräsentierte, erinnerte an das muntere jüdische Leben, das es hier einmal gegeben hatte – und nun wieder gab. O'Hanrahan beobachtete ein paar israelische Jungen, die ein Fußballspiel improvisierten, während zwei ältere orthodoxe Rabbis wie blind über das Spielfeld schritten, in ihre Meinungsverschiedenheiten vertieft. Sie kamen an einer Reihe von Säulen vorbei, die von einer Ausgrabung am Rand des Platzes stammten, Hadrians Cardo, Reste einer ehemals großen römischen Prachtstraße.

O'Hanrahan setzte sich in ein Straßencafé auf dem Platz und bestellte trotz der Proteste seiner Begleiter, die meinten, man habe beim Abendessen genug Wein gehabt, noch eine Karaffe Rotwein, einen Tropfen von den Hängen des Karmel.

Der Rabbi nippte und zog eine Grimasse. »Iiii. Das nächste Mal laß eine Flasche kalifornischen Weins kommen. Übrigens, Paddy, komm einmal bei mir zu Hause vorbei, solange du hier bist, und sieh nach, ob du welche von Shimons Büchern haben willst, bevor ich sie bei den Frömmlern ablade.«

»*Das* ist die ungehörigste Verbindung dieses Jahrhunderts«, behauptete O'Hanrahan. »Früher war in den Staaten ein Jude immer auch ein Liberaler, aber seit Ende der siebziger Jahre stimmen die amerikanischen Juden für die Republikaner, weil sie glauben, das nütze Israel. Sie haben Jerry Falwells und Jim Bakkers Geld genommen und haben gemeinsam mit reaktionären Baptisten, die vor zehn Jahren noch in den Vorgärten von Juden Kreuze verbrannt haben, auf Rednertribünen gestanden. Und glaub ja nicht, daß ein Wasp wie George Bush, der in Yale studiert hat, Israel mag, das tut er nämlich nicht ...«

»Hey, irgendwie muß Israel seine Rechnungen doch zahlen.« Der Rabbi zuckte die Achseln.
»Erzähl Lucy von der Bibliothek, Morey, wenn du es fertigbringst, darüber zu reden«, forderte O'Hanrahan seinen Freund auf.
Der Rabbi räusperte sich. »Er tut, als würde ich ein Verbrechen begehen. Rabbi Shimon Feldman, ein eingefleischter Bibliophile, hat seine Bibliothek, die aus Tausenden von Bänden besteht, dem Vermögensausschuß der Hebräischen Universität vermacht, in dem ich Mitglied bin. Feldman hatte über fünftausend Bücher mit Kommentaren zum Alten Testament, von denen manche, wie ich stolz sagen kann, die einzig existierenden englischen Ausgaben der weniger bedeutenden mittelalterlichen Rabbis sind.«
»Und so weiter«, unterbrach O'Hanrahan. »Raten Sie mal, an wen Morey die Bücher verkaufen will! Raten Sie!«
Der Rabbi blieb ruhig. »Ich habe meine Fühler ausgestreckt und mir vorgestellt, daß ich vielleicht ein paar tausend Dollar dafür bekommen würde. Dann habe ich eine Anzeige in ein amerikanisches *Baptist Conference Magazine* gesetzt und peng – die Bob-Jones-University bietet mir 45 000 Dollar für die gesamte Bibliothek. Von Oral Roberts habe ich auch ein verdammt gutes Angebot.«
Der Professor war entrüstet. »Lucy, können Sie sich das vorstellen? Eine erstklassige Bibliothek an Bob Jones zu verkaufen? Warum nicht an eine Abteilung für Judaica an irgendeinem kleinen College in Brooklyn?«
Während die beiden Freunde debattierten, begnügte Lucy sich damit, die vorbeipromenierenden Israelis zu betrachten, manche sahen weltlich-modern aus, andere ultraorthodox und streng. Zwei ernste chassidische Jungen hielten männliche amerikanische Touristen auf und baten sie um eine Minute Zeit; und wenn die Leute stehenblieben, fragten sie, ob sie Juden seien. Wenn nicht, wurden sie flüchtig willkommen geheißen; waren sie aber Juden, wurden sie zu einem Gottesdienst eingeladen und sofort in eine Diskussion verwickelt: Warum trugen sie keine Yarmulke auf dem Kopf? Wo hatten sie an Gebeten teilgenommen? Was taten sie am Sabbat? Warum hatten sie nicht den Talmud, die Mischna, die Pirke Avoth studiert? Warum gab es in Amerika diese ganze Dekadenz? Aber der Teufel war erst los, wenn die Unschuldigen sich als Reformjuden entpuppten. Das Ritual des Judaismus ist der Streit, dachte Lucy.
»Und dann sind diese Typen in ihren Anzügen hereingekommen und

haben sich zu mir gesetzt«, sagte der Rabbi gerade. »Und haben mich etwas gefragt, was ich euch jetzt fragen will: Habt ihr je den Satz ›Der Flug desAdlers‹ gehört?«
»›Flug des Adlers‹?« fragte O'Hanrahan zurück.
»Genau was ich sagte. Ich habe gefragt, warum diese Knacker von der israelischen Regierung das wissen wollten, und sie antworteten, das könnten sie mir nicht sagen, sie wollten nur wissen, ob ich das schon einmal gehört hätte. Komisch.«
O'Hanrahan berichtete von seinem Aneinandergeraten mit geheimnisvollen Behörden. »Wir haben heute morgen auch einen komischen Besuch gehabt. Einen Clem Underwood, der angeblich in Griechenland an der amerikanischen Botschaft arbeitet. Er hat geholfen, mich nach meinem Ärger auf dem Berg Athos aus der Patsche zu ziehen.«
»Was wollte er?«
O'Hanrahan verdrehte die Augen gen Himmel. »Wer weiß? Ich hielt es für seltsam, daß ein Beamter vom Konsulat in Thessaloniki einen Trip nach Israel macht, um mich nach meiner Gesundheit zu fragen. Also habe ich bei der Botschaft angerufen und gefragt, ob ich Underwood persönlich sprechen könne, und so getan, als wollte ich mich noch einmal bei ihm bedanken ... und weißt du, was? Bei der Botschaft in Griechenland ist kein Underwood beschäftigt?«
Lucy richtete sich auf.
All diese anderen, die hinter ihnen herreisten, erbosten den Rabbi, der ungeduldig rief: »Ist Pater Vico käuflich? Ich habe daran gedacht, diesen Burschen zu bestechen, damit er uns das *Matthiasevangelium* aushändigt. Wie lange wird es dauern, bis jemand anders es stiehlt?«
O'Hanrahan trank sein Glas aus. Er hätte es um sein Leben nicht zugegeben, aber ihm war es lieber, daß die Rolle dort blieb, wo sie war. An einem Ort, bei dem *er*, Patrick O'Hanrahan, der Mittelsmann war. Wer konnte sagen, was passieren würde, wenn die Hebräische Universität die Rolle erst wiederhatte? Man könnte sie anderen Gelehrten anvertrauen. Mordechai Hersch könnte eine Übersetzergruppe zusammenrufen, die sie unterstützen sollte, darunter Pater Beaufoix. Rabbi Hersch war es vollkommen gleichgültig, wer das Ansehen und die Ehre einheimsen würde; er wollte nur, daß die Rolle übersetzt würde, damit er sein Josephus-Buch fertigstellen konnte. O'Hanrahan klatschte in die Hände, als wolle er diese Entwicklung abwenden. »Erzähl uns eine Geschichte, Rabbi.«

Lucy, die den billigen, süßen Rotwein genoß und sich auf dem Berg Zion beschwipst und wohl fühlte, zog die Beine an den Körper und machte es sich auf ihrem Stuhl bequem.

»In Ordnung«, erwiderte der Rabbi. »Aber ich erwarte eine Interpretation von Ihnen, kleines Mädchen. Es ist eine Geschichte über Elimelech von Lizhensk, der 1786 gestorben ist, ein Schüler keines Geringeren als des Dov Baer von Metzrich.«

Die Namen sagten Lucy überhaupt nichts, aber sie lächelte, als wären sie ihr geläufig.

»Es war während des Wochenfests, und jeder war von innen her gewärmt, all die Schüler und Rabbis, die Speise und Trank genossen – ich kann Ihnen versichern, den Chassidim war das Trinken nicht fremd.

Elimelech dachte: Ah, was für ein wundervolles Fest, was für ein Glück! Da stand ein unbesonnener Schüler auf und sagte: ›O Rabbi, alles ist fast vollkommen. Wenn wir nur den Wein des Lebens hätten, der im Paradies getrunken wird.‹

Rabbi Elimelech dachte ein wenig nach und sagte dann: ›In Ordnung, Junge. Ich sende dich aus, um den Wein des Lebens zu holen. Nimm zwei Eimer und eine Tragstange, hänge die Eimer daran und geh an diesem stürmischen Abend hinaus auf den Friedhof. Geh genau zur Mitte des Totenackers und sage: Seid gegrüßt, ihr Geister, Elimelech hat mich ausgesandt nach dem Wein des Lebens. Dann werden die Geister deine Eimer füllen, auch wenn der Wein vielleicht unsichtbar ist. Auf jeden Fall kommst du dann wieder zurück, und paß auf, daß du keinen Tropfen verschüttest.‹ Der junge Mann tut, wie ihm geheißen.

Und der Wind bläst, und er spürt, wie ihm ein kalter Schauer über den Rücken fährt. Er hört die Stimmen der lange schon Verstorbenen; sie stöhnen und sagen zu ihm: ›Gib uns einen Tropfen von dem Wein, wir sind so durstig ...‹ Und der Junge beginnt zu laufen! Während er versucht, die Eimer gerade zu halten, spürt er die Hand der Geister auf sich, er glaubt sein Herz berührt von eisigen Fingern. Von allen Seiten trägt ihm der Wind das Stöhnen der Toten an die Ohren! Er stolpert und fällt, dabei zerbricht die Tragstange; er stolpert über die Eimer und tut sich weh. Zu Tode verängstigt rennt er in den Festsaal hinein und schlägt die Tür fest hinter sich zu.

Und Rabbi Elimelech sieht den jungen Mann an und sagt: ›Setz dich, du Narr!‹«

Das war die Geschichte.
Lucy holte tief Luft und riskierte eine Deutung: »Es bedeutet ... Ich glaube, Rabbi Elimelech hat seinen Schüler nach dem Wein des Lebens auf den Friedhof gesandt, weil er wußte, daß er von Gespenstern heimgesucht werden und sich selbst im Dunkeln mit der Vorstellung von Geistern und Gräbern und Tod Angst einjagen würde. Und dabei lernte der Schüler, daß Gräber und Dunkelheit und Tod auf jedermann warten ... und daß die Rückkehr an die Tafel, in die Wärme und das Licht, zu Essen und Trinken und Gemeinschaft mit anderen Männern, die Gott lieben – daß *dies* das größte Vergnügen ist, der Wein des Lebens, den man im Paradies trinkt.«
Der Rabbi verneigte sich. »Und ist es nicht wahr?«
Es war ein Fehler, aber der Rabbi bestellte noch eine letzte Karaffe Wein. Das Zusammentreffen der Impfstoffe mit zuviel Wein bewirkte, daß sich alles um Lucy drehte. Sie mußte von den beiden älteren Männern zwischen den Tischen und Stühlen hindurchgelotst werden. »Bringen Sie mich nach Hause«, bat sie inständig, brachte aber immer noch ein Lächeln zustande.
»Taxi!« rief O'Hanrahan und lachte über seinen eigenen Witz – kein Auto konnte auf den Hurva-Platz oder durch irgendeine der schmalen Gassen in der Altstadt fahren. Das bedeutete, daß sie wieder den mühseligen Weg über diese verdammten Treppen der Davidstraße vor sich hatten. Als sie unterwegs waren, stellte sich heraus, daß O'Hanrahan noch mehr hinüber war als Lucy – er konnte keine gerade Linie mehr gehen.
»Zum Teufel, wieso ist er auf einmal so weggetreten?« knurrte Rabbi Hersch und hatte Mühe, O'Hanrahan zusammen mit Lucy zu stützen.
»Vor einer Minute war er noch hellwach«, sagte Lucy, die den anderen Arm des Professors hielt. Zu dritt stolperten sie die Marktstraße hinab.
Wenn die Nacht hereingebrochen ist, wird die Altstadt wieder zu einem verschlafenen Dorf; die Bewohner gehen früh zu Bett, weil viele bereits im Morgengrauen aufstehen, um ihre Marktstände aufzubauen oder zum frühmorgendlichen Gottesdienst zu gehen. Die Straßen liegen verlassen und ein wenig unheimlich da.
»Ist das die Via Dolorosa?« fragte O'Hanrahan, der einen Orientierungspunkt erkannte.
»Setze einfach immer einen Fuß vor den anderen, dann den nächsten ...«, mahnte der Rabbi.

O'Hanrahan riß sich los von seinen beiden Stützen: »Unsere Liebe Frau von den Zuckungen!«
»Wir sind fast den Berg hinauf, gleich haben wir's«, seufzte Rabbi Hersch.
»Die Station der Betrunkenen! Hoppla ...«
(O'Hanrahan fällt zum hundertstenmal.)
Dieser Stolperer schien ihn aufzuwecken. »Nur eine Sekunde, Jungs«, sagte er, als er wieder auf den Beinen stand, und schwankte in eine Seitengasse. »Dreizehnte Station«, verkündete er. »Die Urinierung.«
Lucy wandte sich ab von diesem Anblick und stützte sich kopfschüttelnd und benebelt gegen eine Mauer.
Als sie das Jaffator passiert hatten und ein Taxi auftauchte, deponierten Rabbi Hersch und Lucy den Professor auf der Rückbank des Wagens, die er völlig einnahm. Lucy und der Rabbi quetschten sich unangenehm eng nebeneinander auf den Beifahrersitz. Im Klartext: Lucy saß quasi auf Rabbi Herschs Schoß, während der Fahrer, ein älterer Mann, eine Moralpredigt auf jiddisch murmelte.
»So kann das nicht weitergehen«, sagte der Rabbi ruhig.
»Ich weiß«, antwortete Lucy. »Aber wir haben heute eine Menge geschafft. Wirklich!«
»Ein Forscherteam wäre besser«, meinte er. »Wir müßten ein halbes Dutzend Leute – ich könnte Ihnen aus dem Stand Namen nennen – hier zu einem gemeinsamen Brainstorming einfliegen, um dieses Durcheinander zu entwirren.«
Lucy teilte O'Hanrahans Gefühl des Verlustes angesichts der bedrohlichen Aussicht, berühmte Gelehrte könnten sich auf *ihr* Projekt stürzen.
Der Rabbi sagte kein Wort mehr, bis sie an der Einfahrt zum *König David* ankamen. O'Hanrahan kam zu sich, strich sein zerzaustes Silberhaar und sein zerknittertes Jackett glatt. Ein Page fragte, ob der Professor zu seinem Zimmer begleitet zu werden wünsche, aber O'Hanrahan winkte ab.
Als der Junge in der Hotelhalle verschwunden war, sagte Rabbi Hersch kalt: »Ich glaube, kleines Mädchen, es ist Zeit, Paddy zurück nach Chicago zu bringen, bevor er sich selbst zerstört.«
Und ich sollte auch zurück nach Chicago, dachte Lucy. »Er ist nicht *so* schlimm.«
»Nicht so schlimm? Ihre Beschreibung, wie er auf Zypern oder Rhodos war, klang nicht so gut. Und heute abend!«
»Rabbi, Sir, *Sie* haben die letzte Karaffe bestellt! Ich finde es nicht fair,

ihm immer wieder nachzuschenken und sich zu amüsieren – und dann am Ende des Abends zu sagen, schön, das war's, Dr. O'Hanrahan kann sich nicht benehmen, schicken wir ihn heim.«

»Sie wissen, wovon ich spreche, tun Sie nicht so, als hätten Sie keine Ahnung.« Der Taxifahrer fragte, ob er noch gebraucht werde, und der Rabbi winkte ihm, noch zu warten. Ob er dafür auch bezahlt werde, fragte der Fahrer weiter. »Ja, ja, Sie bekommen Ihr Geld schon«, fauchte der Rabbi. »Schauen Sie«, fuhr er dann fort, »ich hatte gehofft, Ihre Anwesenheit würde Paddy helfen, sich ein bißchen zu bessern, aber ich kenne diesen Kerl. In einer Woche wird er wieder seine alten Mätzchen haben und so jemanden wie Sie einfach unterbuttern. Er sollte nach Hause fahren, wo man ihn pflegen kann, wenn er krank wird ...«

»Welches Zuhause?« fragte Lucy, als der Rabbi schon wieder im Taxi saß. »Er hat sein Haus verkauft, erinnern Sie sich?«

»Vielleicht würde er nachkommen, wenn *Sie* nach Hause fliegen.«

Aber Lucy wollte nicht zurück nach Hause. »Warum haben Sie Dr. O'Hanrahan zuerst gebeten, mit Ihnen zu arbeiten, wenn Sie ihn für unzuverlässig halten? Sie haben Hoffnungen in ihm geweckt, nur um sie dann wieder kaputtzumachen ...«

Der Rabbi öffnete die Autotür wieder und stieg rasch aus, etwas geplagt, aber nicht wirklich verärgert. Der Fahrer brummte wieder etwas auf jiddisch und deutete auf den laufenden Taxameter. »Kleines Mädchen«, sagte der Rabbi fest, »sein Leben lang war Paddy immer hart am Rand seines Fachgebiets und hat nur daran herumgefummelt – nur um wieder eine Flasche zu leeren, nur um sich wieder vor der ernsthaften Gelehrsamkeit zu drücken, zu der er fähig war. Niemand auf diesem Planeten kann mir bei diesem Evangelium mehr helfen als Paddy, wenn er sich geistig darauf konzentriert. Aber er scheint die letzte Person zu sein, die versteht, wie ernst das ist! Und wie wenig Zeit er noch hat.«

»Ich werde ihm helfen, den schweren, steinigen Weg zu wählen, das verspreche ich«, antwortete Lucy schließlich.

Der Rabbi war nicht überzeugt, aber entschlossen, diesen langen Abend endlich zu beenden. »Und wollen Sie mir auch versprechen, ihn ins Flugzeug nach Chicago zu setzen, wenn er so weitermacht wie jetzt?«

Lucy schwor es, da sie damit Zeit schinden konnte.

»*Lela tov,* Miss Dantan«, sagte Rabbi Hersch und setzte sich endlich in sein Taxi.

*6. August 1990*

Der Montagmorgen war schmerzvoll und verkatert. O'Hanrahan sah angeschlagen und übernächtigt aus und lehnte ab, als der Frühstückskellner ihm den Champagner-Orangensaft-Cocktail offerierte, der an diesem Morgen das spezielle Angebot war.

»Nein«, seufzte er resigniert. »Heute ist ein Arbeitstag, nicht wahr, Schwester Lucy?«

»Jawohl, Sir«, erwiderte Lucy, die wie durch ein Wunder keine üblen Nachwirkungen des letzten Abends spürte. Die angeborene irische Zähigkeit muß wohl dazu beitragen, dachte sie. Ich bin doch die kleine Tochter meines Vaters. Gierig verschlang sie eine große Portion saftiger Früchte des Nahen Ostens, ein Schüsselchen Joghurt mit einer Art von Kleie darauf und ein hartes Kleiebrötchen ohne Butter.

»Sehr gesundheitsbewußt heute morgen, sehe ich«, knurrte O'Hanrahan.

»Sie haben da einen Teller Cholesterin pur«, sagte Lucy und deutete kurz mit dem Löffel auf seine Eier mit Würstchen. »Ich wollte Ihnen gestern den ganzen Tag sagen, daß Gabriel noch einmal da war. Er will Frieden mit Ihnen schließen.«

»Da hat er herzlich wenig Aussicht.«

»Er will wieder einmal aus dem Franziskanerorden austreten.«

O'Hanrahan schnaubte. »Dieser Junge erinnert mich an meinen eigenen Sohn.«

Lucy spitzte die Ohren; zum erstenmal spielte er auf seine unglückliche Familie an.

»Rudy war genauso. Hat dreimal das Hauptfach gewechselt – jedesmal kam er mit etwas daher, das noch schlimmer war als das zuvor. Soziologie, Politologie, so Zeugs.«

O'Hanrahan verstummte wieder, und es entstand ein unangenehmes Schweigen. Endlich sagte er: »Wir treffen uns heute nachmittag mit Rabbi Hersch am Damaskustor, nicht wahr?« Er versuchte sich zu erinnern, wie sie gestern abend verblieben waren. Ach ja, richtig: Rabbi Hersch hatte tatsächlich gedroht, Pater Beaufoix in die Sache hineinzuziehen. O'Hanrahan hatte es genau gehört, während er sich auf der Heimfahrt im Taxi gestellt hatte, als sei er hinüber. »Haben Sie sich schon die Schriftrollen vom Toten Meer angesehen?«

»Nein, Sir, ich war noch nicht dort.«

»Mein größtes Ruhmesblatt, und Sie haben noch nicht die Zeit gefunden, ihm seine Reverenz zu erweisen?« Er fühlte sich innerlich leer – sein größter Triumph lag fast ein halbes Jahrhundert zurück. Pater Beaufoix' neues Buch würde diese Woche in die Buchhandlungen kommen ... Beaufoix und Elaine Pagels, die tatsächlich Bestseller schrieben und ein Vermögen an diesem Stoff verdienten, den O'Hanrahan auf Anhieb auswendig wußte! »Nach dem Museumsbesuch«, fügte er hinzu, »sollen Sie in der Universität bei Mordechai vorbeischauen, hat er gesagt.«

Das war das letzte, worauf sie Lust hatte. Sie und der Rabbi allein. Worüber sollten sie reden ohne O'Hanrahan als Vermittler?

»Nein, ich befehle Ihnen hinzugehen«, fuhr er fort. »Ich habe das Gefühl, wir brauchen da eine Art Schadenskontrolle. Und obwohl ich ein enger Freund bin, habe ich das Gefühl, daß Morey nur zu gerne jemand anderen hinzuziehen würde, der uns ersetzt.«

Richtig, dachte Lucy, Pater Beaufoix, der schon auf Abruf bereitsteht und sich die Krallen wetzt, um diesen Fang zu erwischen. Unglücklich stellte sie fest, daß sich ein realistischeres Bild O'Hanrahans in ihr zu formen begann: O'Hanrahan, der Fast-Kandidat, der viel redete, aber wenig tat, der geliebte, aber traurigerweise entbehrliche Gelehrte, der keine eigenen Bücher auf dem Regal stehen hatte, keinen Eintrag im Gelehrtenregister. Sie wäre glücklicher gewesen, ihn weiterhin als unverletzlich und titanisch zu sehen. Aber das, schätzte sie, ist der Preis dafür, wenn man seinen Idolen näher kommt.

»Ich habe dem Rabbi versprochen«, sagte sie schließlich, »daß ich Sie dazu bringen werde, heute dem Alkohol abzuschwören. Absolut kein Alkohol. Versprechen Sie es?«

»Keine Sorge«, brummte er und befühlte seinen Kopf.

Mißtrauisch fragte Lucy, was er heute vorhabe.

»Ich werde einen wichtigen Mann in der Geschichte dieses Evangeliums aufsuchen. Mustafa al-Waswasah.«

»Wer ist das?«

»Er ist einer der verschlagensten alten Teufel, die ich je kennengelernt habe. Er hat für ein Heidengeld eine Reihe von Fragmenten der Qumran-Rollen an Israel verkauft – er lebt heute noch davon. Im Hotel *El-Khodz* in Ostjerusalem hat er eines dieser piekfeinen Geschäfte in der Hotelhalle, wo er ordinäre Messingmünzen, die er einen Monat lang in Urin gelegt hat, als sagenhafte antike Münzen verscherbeln kann.«

»Urin?«
»Er hat mir dieses Mittel verraten, wie man diesen grünblauen Kupfereffekt erzielt und Münzen auf alt trimmt.«
»Ich werde mir das merken, wenn ich das nächstemal römische Münzen fälsche.«
Pünktlich um zehn Uhr vormittags verließen beide getrennt das Hotel.

✡ ✡ ✡

Lucy verbrachte den Vormittag damit, Travellerschecks einzulösen, die O'Hanrahan mit der allmächtigen VISA-Card für sie gekauft hatte.
Als nächstes ging Lucy in ein Geschäft und wurde von dem übereifrigen israelischen Händler bedrängt, ein Schachbrett zu kaufen, das sie nicht haben wollte; schließlich machte sie sich lieber aus dem Staub, als daß sie es gewagt hätte, einen Blick auf den Gegenstand zu werfen, der sie eigentlich interessiert hätte.
In einem Zeitschriftenladen wollte sie ein paar Ansichtskarten kaufen und stellte fest, daß Israelis, die nach ihr gekommen waren, früher bedient wurden. Um Himmels willen, sagte sie zu sich, ich versuche, ihnen Geld zu *geben*, man sollte also meinen, daß sie es nehmen wollen.
An der Jaffastraße fand sie eine Buchhandlung. Sie erinnerte sich daran, was Gabriel über Rabbi Hersch und sein antichristliches Traktat gesagt hatte, und ging hinein. Der Buchhändler fragte sie etwas auf hebräisch, und sie verstand nichts. Sie konnte zwar im Schneckentempo Hebräisch lesen, hatte aber keine Chance, es zu sprechen. Nur die Israelis brachten es fertig, im Laufe einer Generation eine Sprache wiederzubeleben, die bereits lange vor Jesu Zeit aufgegeben worden war, überlegte Lucy. Man stelle sich vor, die USA wechseln innerhalb einer Generation zum Altangelsächsischen über – nur eines utopischen Prinzips wegen!
Sie betrachtete die Sammlungen chassidischer Volksmärchen, nahm ein paar Bücher aus dem Regal und blätterte glücklich darin herum. Als sie zum Buchstaben H vorstieß, entdeckte sie eine antiquarische Ausgabe von Mordechai Herschs *Nicht der Messias*. Wie Gabriel gesagt hatte. 1974 erschienen. Gewidmet allen Studenten, die an der »Juden für Jesus«-Bewegung teilnehmen. Möge ihr Abfall vom Glauben sie so beschämen, daß sie zurückkehren zur Gemeinde. Klingt eher nach Khomeini und seinen *fatwas* als nach Mordechai Hersch, dachte sie.

Sie blätterte durch einen Abschnitt mit dem Titel: *Welche Sorte des Christentums paßt Ihnen am besten?* Höhnisch behandelte es nacheinander die verschiedenen Konfessionen des Christentums und machte sie lächerlich, mit besonderer Bissigkeit den Katholizismus. In dem Buch war eine chronologische Tabelle aller Verfolgungen aufgelistet, und in einzelnen Abschnitten wurde beschrieben, wer den Juden in der Historie was angetan hatte.

Die jüdische Gemeinde von Brüssel wurde ausgelöscht, weil Katholiken bezeugten, sie hätten gehört, wie Juden Nadeln in die Hostie steckten, und Jesus habe dabei aufgeschrien. Eine geweihte Hostie mit Blut darauf wurde gefunden, und Tausende von Juden – die, wie immer, die Stadt aufgebaut hatten – wurden gräßlich gemartert und verbrannt. In England gab es unzählige Kirchen, die St. Chad und St. Hugh geweiht waren, kleinen Jungen, deren Blut von Juden getrunken worden war. Ein nichtjüdisches Kind verschwand, und es war so gut wie sicher, daß die Juden dafür bezahlen mußten – und natürlich wurden dann alle Schulden bei den jüdischen Geldverleihern gestrichen. Aber Juden mußten Geld verleihen – sie durften keinen Besitz haben, kein ehrliches Handwerk ausüben ...

*Der Katholizismus hat den Faschismus erfunden*, schrieb Rabbi Hersch, *und natürlich sind das Papsttum und sein Vaterland das ursprüngliche Modell für den modernen, unfehlbaren Totalitarismus. Spanien, Südamerika, Italien – wo immer der Faschismus gedeiht, findet man die katholische Kirche, die damit verbunden ist, und vergessen wir nicht, daß Hitler aus dem katholischen Österreich und Bayern aufgestiegen ist. Der Vatikan hat Konkordate mit Hitler, mit Mussolini und schließlich 1953 mit Franco unterzeichnet; Papst Pius XII. ließ kein Wort gegen die Konzentrationslager verlauten, obwohl auch eine kleine Anzahl von Katholiken dorthin gebracht wurden – sogar 1943 noch forderte er die Alliierten auf, nicht weiter gegen die Achsenmächte zu kämpfen ...*

*Zusammen mit westlichen Sicherheitsmächten schmuggelte die katholische Kirche unter Pius XII. Kriegsverbrecher, darunter viele Priester, aus Europa nach Lateinamerika oder Amerika, wo sie neue Identitäten annahmen – Barbie oder Eichmann, den schlimmsten von all diesen Ungeheuern! Und ein Kardinal, der spätere Papst Paul VI., hatte bei dieser schmutzigen Farce eine Schlüsselposition.*

Lucy hörte auf zu lesen. Welche erbärmliche Verteidigung hätte man

gegen diese Verbrechen ins Feld führen können? Aber sie wunderte sich, daß Rabbi Hersch ein derart detailliertes Dokument gegen Christen geschrieben hatte.
(Es ist wahr, was er schreibt.)
Lucy stellte *Nicht der Messias* vorsichtig zurück ins Regal; sie war nicht sicher, ob sie 120 Seiten unablässiger Anklage lesen wollte. Doch dann nahm sie es wieder heraus. Sie beschloß, es zu kaufen und sich mit dieser ganzen Schuld zu durchtränken – als Teil ihrer Erziehung für Israel.
Dann sah sie sich in der Abteilung für Mystizismus um, blätterte durch Bücher über Kabbala und Magie, belustigt über diesen umfangreichen Fund von Geheimnissen der Sephardim und Chassidim, verbrämt mit Brocken von christlichem, islamischem und heidnischem Hokuspokus.
»Bist du das, Lucy?«
Lucy sah auf und erblickte Farley. »Hi«, erwiderte sie überrumpelt.
»Erinnerst du dich? Ich bin Farley, wir haben uns in Florenz kennengelernt, ich bin aus Louisiana.«
»Ja, ich erinnere mich. Deine Gruppe ist jetzt also in Jerusalem?«
Farley war begeistert. »Ja. Hier, siehst du diese Bücher?« Er hatte eine Einkaufstüte voller Pamphlete bei sich und zog eines mit dem Titel *Die einzige Hoffnung auf Frieden im Nahen Osten* für Lucy heraus, ein Traktat auf Grundschul-Niveau mit Bibelzitaten und großen Märchenbuchbildern von Jesus, der Wunder vollbringt und gnädig auf seine irdischen Kinder herabblickt. Wenn Israel Jesus anerkenne, behauptete der Text, würde sich automatisch Frieden einstellen.
»Wir geben die Sachen an Buchhandlungen, damit sie die Bücher kostenlos verteilen, weißt du. Wir meinen, daß jeder, der religiöse Bücher kauft, das lesen will.«
Lucy versteckte bewußt den Einband von Rabbi Herschs *Nicht der Messias.* »Ich glaube nicht, daß die Rabbis in dieser Stadt allzu begeistert sein werden, aber viel Glück.«
Großzügig bestand Farley darauf, daß sie eine der Broschüren für sich selbst behielt. »Ich weiß, daß du es nicht brauchst, weil du ja schon Christin bist«, sagte er, »aber vielleicht könntest du es an jemanden weitergeben. Du trägst ja gar nicht deine Nonnentracht.«
Lucy beschloß, ehrlich zu sein – auch mit dem Hintergedanken, Detektivin zu spielen; sie würde zu O'Hanrahan eilen und ihm alles mitteilen, was sie in Erfahrung bringen konnte! »Ich bin keine Nonne.«

»Aber du warst angezogen wie eine ...«
»Ja, das war für Pater O'Hanrahan. Ich wollte den lieben Mann nicht wissen lassen, daß ich keine Klarissin bin, verstehst du.« Nicht allzu überzeugend, aber Farley schien außer sich vor Freude, daß Lucy ins weltliche Leben zurückgekehrt war.
»Großartig«, lachte er. »Willst du heute zum Essen kommen?«
»Ich kann nicht«, erwiderte sie wahrheitsgemäß, »ich muß heute zu einem befreundeten Rabbi an der Hebräischen Universität.«
Farley sah niedergeschlagen aus. »Aber du bist nicht Jüdin?«
»Nein, daß ich Katholikin bin, ist schon die Wahrheit. Und ich bin praktizierende Christin«, fügte sie hinzu, bevor er sie wieder fragen konnte, ob sie wiedergeboren sei.
»Wir haben einen Gebetsgottesdienst in der Baptistischen Mission in der Neustadt, und heute nachmittag wird meine Mom ihn leiten. Und du könntest meinen Dad kennenlernen. Ich habe ihm alles von dir erzählt.«
»Ach ja?«
»Er hat dasselbe gesagt wie ich: Du solltest kommen und in meinem Bibel-College unterrichten.«
Na gut, der Arbeitsmarkt ist ziemlich eng, dachte Lucy, aber ich glaube nicht, daß es so weit kommt. »Farley«, sagte sie und sah auf ihre Uhr, »ich muß jetzt wirklich los zur Hebräischen Universität. Bis bald!«
Lucy verließ die Buchhandlung und warf das Pamphlet in den nächsten Abfalleimer, kehrte aber nach ein paar Schritten wieder um und fischte es heraus. Sie begrub es dann tiefer in einem anderen Abfalleimer – Farley sollte nicht beleidigt sein, wenn er die Straße entlangging und sein Geschenk zufällig im Abfall sah.

✡ ✡ ✡

O'Hanrahan beschloß, kein Taxi mit hebräischem Schild auf dem Dach zu nehmen, da er nach Ostjerusalem fuhr: Waswasah, der bekannte Antiquitätenhändler, hatte sein Geschäft im *El-Khodz*, einem von Palästinensern geführten Luxushotel, das aus der Zeit stammte, als Jordanien über die Heilige Stadt herrschte.
Im Sonnenschein spazierte O'Hanrahan zum Damaskus-Tor, wo man arabische Taxifahrer finden konnte. Er dachte nach über Mustafa al-Waswasah und die vielen anderen Palästinenser, die von den jüdischen

Intellektuellen und der Universitätsgemeinde profitierten, die von so vielen Arabern verachtet wurden. Was für eine Banausenstadt war Jerusalem vor der Besetzung durch Israel gewesen. König Hussein von Jordanien ließ die christlichen Kirchen in Trümmern liegen und weiter verfallen; Juden durften nicht an der Klagemauer beten. Palästinenser und Philister entstammen derselben Wurzel, dachte O'Hanrahan – ein Grund dafür, daß es im Nahen Osten immer nur dieselben Konflikte gab, die von jeder Generation in endloser Reihe neu ausgetragen wurden.
»Zum Hotel *El-Khodz*, mein Freund?« fragte der palästinensische Taxifahrer noch einmal nach.
Dank seines Umgangsarabisch war O'Hanrahan gegen Betrügereien ziemlich gefeit. Da der Fahrer gesprächig war, riskierte der Professor eine Frage: »Was halten Sie von dem Einmarsch des Irak in Kuwait und von Saddam Hussein?«
»Die Welt ist verrückt, wenn sie glaubt, ihn aufhalten zu können«, antwortete der Fahrer höflich. »Ich glaube, daß nicht einmal die Juden ihn aufhalten können. Er ist ein Held.«
»Er ist ein Ungeheuer, wissen Sie.«
»Sie wissen nur, was Ihre Regierung Ihnen erzählt, der CIA ...«
Aber der Taxifahrer war zu intelligent, um sich mit der wahnhaften Rhetorik zufriedenzugeben, auf die Palästinenser sich so gut verstanden.
»Nein, er ist ein wirklich schlimmer Typ. Aber Shamir auch. Saddam kann vielleicht die West Bank befreien und Israel zerstören. Für die Palästinenser ist er die große Hoffnung – verstehen Sie nicht?«
Shamir und diese halsstarrigen Typen vom Likud-Block werden mit den Palästinensern niemals *wirklich* verhandeln, es sei denn für einen sehr einseitigen Frieden, dachte O'Hanrahan. Kein Zweifel, viele Palästinenser werden, so wie die Morgenausgabe der *Jerusalem Times* berichtete, nach Bagdad gehen, um für Saddam Hussein zu sterben, da er gelobte, chemische Waffen gegen Israel einzusetzen, wenn es zu Problemen kommen sollte. Genau die Art von Unheil, die sie bejubeln.
»Wir werden verfolgt«, sagte der Fahrer nebenbei, als ob das eine Bagatelle wäre.
O'Hanrahan drehte sich rasch um und sah einen schwarzen Mercedes hinter ihnen herfahren.
»Sind Sie sicher?«
»O ja.«

Der Taxifahrer bog in eine schmale Straße ein, die dem Schild nach nur für Fußgänger war. Er hatte das Fenster heruntergedreht und nickte lachend allen Leuten zu, die er in dieser engen Gasse behinderte; palästinensische Frauen und Kinder drängten sich in die Hauseingänge, damit das Auto vorbeikam. Ein solches Manöver ist ihnen vielleicht schon vertraut, dachte O'Hanrahan. Dann erkannte der Fahrer drei Männer, die in einem Café saßen; sie winkten und lachten und taten so, als würden sie sich beschimpfen. Ein Junge hielt drei gackernde Hühner fest, die versuchten, sich von der Schnur zu befreien, die ihre Klauen zusammenhielt. O'Hanrahan sah über die Schulter – der schwarze Mercedes hatte tatsächlich nicht versucht, ihnen zu folgen.

Der Fahrer bog in eine noch engere Gasse ein, die wieder auf eine Hauptstraße führte. Ein arabischer Zeitungsverkäufer, der mehrere Blätter mit einem großen, schlecht gedruckten Konterfei des heroisch lächelnden Saddam Hussein feilbot, rückte seinen improvisierten Holzstand zur Seite, damit das Taxi sich durchschlängeln konnte.

»*Shukran*«, sagte O'Hanrahan, der nach weiteren Ausdrücken des Lobes auf arabisch für dieses gelungene Entkommen suchte.

»Sie sind ein Freund der Palästinenser, nicht wahr?« fragte der Fahrer. »Sie sprechen die arabische Sprache.«

»Ja, ich bin ein Freund«, bestätigte O'Hanrahan, der nicht das Gefühl hatte, sich damit für Terroristenaktionen der PLO auszusprechen. »Sie haben meine Sympathie.«

»Immer mehr Amerikaner«, sagte der Taxifahrer, als er das Taxi vor dem Seiteneingang des Hotels anhielt, »sehen allmählich, wie wir bluten.«

»Das ist wahr«, erwiderte O'Hanrahan, der nicht einen Augenblick glaubte, daß der stämmige Fahrer mit seinem teuren Taxi inmitten des israelischen Wohlstands allzuviel Entbehrung und Härte erduldet hatte.

»Lassen Sie sich nicht vom Mossad erwischen!« lachte der Taxifahrer.

O'Hanrahan fragte sich, ob der schwarze Mercedes wirklich vom Mossad kam. Kein Mossad-Agent würde ein Auto so offensichtlich verfolgen ... oder gehörte das vielleicht zur gewaltsamen Taktik des modernen Israel? Vielleicht hatten sie sich nun, wie früher der KGB, für einschüchternde Drohgebärden entschieden? Rabbi Hersch hatte ja auch erwähnt, daß ihn geheimnisvolle Behördenvertreter besucht hatten.

»*Shukran*«, sagte O'Hanrahan erneut.

»*Afwan eh ma'asalaama*, mein Freund«, erwiderte der Taxifahrer.

Als O'Hanrahan die Hotelhalle betrat, stellte er fest, daß es seit den fünfziger Jahren, den Glanzzeiten des Hotels, mit dem Haus abwärtsgegangen sein mußte. Touristen wagten sich seltener in diese umkämpfte Tränengaszone. Dabei wurde man von den Palästinensern herzlicher willkommen geheißen als von den Israelis, die entweder gleichgültig oder aufdringlich waren; und obendrein war es billiger hier und in manchen Hotels sauberer. Ein Fernsehapparat im Eck plärrte jordanische Nachrichten: Präsident Bush veröffentlichte energische Stellungnahmen gegen Saddam Hussein. Ein herausgeschmuggeltes Video zeigte den Einmarsch in Kuwait, Panzer auf den Straßen ... Eine Landkarte und eine graphische Darstellung zeigten, wie UNO-Truppen eingesetzt werden könnten, wenn Saudi-Arabien sich einverstanden erklärte.

Das Weltende! dachte O'Hanrahan bedrückt.

»Patrick, mein Bruder!« rief Mustafa al-Waswasah, etwas gealtert und grau an den Schläfen, aber immer noch eine repräsentative Erscheinung in einem tadellos geschneiderten westlichen Anzug.

»Mustafa«, rief O'Hanrahan zurück, als sie sich umarmten und küßten. Nein, sie waren nicht die besten Freunde, aber sie kannten einander seit ihrer wunderbaren Jugend, und seitdem war soviel geschehen, waren so viele Jahre verschwendeter Zeit verstrichen, daß sie sich bei dem Wiedersehen für einen Augenblick wieder in ihrem besten Alter fühlten. O'Hanrahan mußte gegen Tränen ankämpfen.

»Kommen Sie«, sagte Mustafa, »kommen Sie herein!«

Schlechte Zeiten, dachte O'Hanrahan, als er den Laden sah. Der Strom von Gelehrten und sorglosen Touristen, die früher nach Ostjerusalem kamen, war verebbt. Nur noch die Mutigen wagten sich ins Hotel *El-Khodz*, und das waren zumeist Moslems, für die christliche Reliquien und Pergamente nichts bedeuteten. Und so hatte Mustafa Mühe, seine Ware an den Mann zu bringen. Eine Sammlung von Silberkreuzen etwa war im Angebot, die man im jordanischen Madaba ausgegraben hatte; oder ein persisches Hakenkreuz, das seinen Weg nicht ins Rockefeller-Museum, in die Sammlung aus dem Hischam-Palast von Jericho, gefunden hatte.

»Ach«, seufzte Waswasah. »Schlechte Zeiten!« Manche dieser Schätze würden wohl noch nach seinem Tod hier stehen. Aber da, in diesem Kästchen, habe er ein paar sehr wichtige römische Münzen, versicherte er und zog O'Hanrahan mit sich zu dem Schaukasten.

»Wie lange lagen die in Ihrer Toilette?« fragte der Professor streng.
Waswasah hob die Augenbrauen und wollte den Beleidigten spielen, aber dann fiel ihm ein, daß er O'Hanrahan vor langer Zeit sein Geschäftsgeheimnis verraten hatte. Die beiden Männer lachten schallend. »Wie gut Sie mich kennen!« sagte Waswasah und ging aufgeregt in eine Vorratskammer. »Ich habe ein Geschenk für Sie, Patrick.« Strahlend präsentierte er eine staubbedeckte grüne Flasche. »Arrak aus Damaskus. Für Sie.«
O'Hanrahan hatte für heute dem Alkohol abschwören wollen, aber ...
»Freuen Sie sich?« fragte Waswasah.
Nein, Stolz ist sicher eine schlimmere Sünde als Trinken, räsonierte O'Hanrahan auf jesuitische Art. Könnte ich wirklich meinen Freund beleidigen? »Aber nur ein Gläschen, Mustafa.«
Während sie beide an kleinen Teegläsern nippten, sprachen sie über das, was in Jerusalem Gesprächsstoff war.
»Zu einem Israeli würde ich sagen, laß Saddam Hussein hinwegfegen über dieses Land und alles verändern. Er wird schon nicht ewig leben, oder? Wenn die West Bank wieder in palästinensischen Händen ist, werden die Israelis sie nicht so leicht zurückbekommen, nicht wahr?«
Nun, dachte O'Hanrahan, die Israelis haben sie das erste Mal sehr leicht genommen, in nicht einmal einer Woche und gegen die Streitkräfte von drei Nationen!
»Aber zu Ihnen, Patrick, sage ich, daß er ein Ungeheuer ist, ein Wahnsinniger!«
Waswasah ist sehr verwestlicht, dachte O'Hanrahan und fragte sich, was in einem von Palästinensern beherrschten Heiligen Land aus ihm werden würde. Leicht möglich, daß es Arabern, die erfolgreich gewesen und Israelis geworden waren, schlechter ergehen würde als Juden. Obwohl ein Schlitzohr wie Waswasah sich wahrscheinlich aus jedem denkbaren Schlamassel herauswinden konnte.
»Ein Wort über die Schriftrolle, die Sie 1949 an Rabbi Rosen verkauft haben ...«, begann O'Hanrahan.
»Sie kennen meine Prinzipien«, verkündete Waswasah stolz und goß noch ein wenig Arrak in sein Teeglas. »Ich behandle meine Kunden und ihre Geschäfte streng vertraulich. So wie ein Katholik und sein Priester, nicht wahr?«
Dieser alte Fuchs würde jedermann alles für Geld verraten, das wußte O'Hanrahan nur zu gut. »Aber das war vor gut vierzig Jahren, Mustafa,

und Rosen ist schon lange tot. Mein Freund, bitte. Erinnern Sie sich an die Umstände, als Rabbi Rosen damals die Schriftrolle von Ihnen gekauft hat?«
»Ist die Hebräische Universität gewillt, für eine solche Information zu zahlen?«
»Ich frage nicht für die Hebräische Universität, sondern für mich.«
Mustafa sah schmerzerfüllt drein. »Meine Erinnerung an etwas, das so lange her ist ...«
»Aber ich glaube, man könnte eine gewisse Vergütung der Universität von Chicago vereinbaren ...« O'Hanrahan hatte mit einem Blick auf das Ladenfenster festgestellt, daß VISA-Card akzeptiert wurde.
»Nun gut. Ich habe dem Mann selbst nicht viele Fragen gestellt. Die Rolle kam aus dem Nationalmuseum von Ägypten, das bereit war, sie zu verkaufen. Sie hielten sie für unübersetzbar und auf jeden Fall für unbedeutend.«
»Und bevor die Schriftrolle nach Ägypten kam?«
»War sie in Amerika.«
O'Hanrahan war baff. »Das *Matthiasevangelium* war in Amerika?«
Waswasah sah ein wenig fröhlicher drein. »Ich vermute, dieser amerikanische Sammler ist nach dem Zweiten Weltkrieg an diese Schriftrolle gekommen. Viele Schätze wurden damals gestohlen, in Nordafrika, im Nahen Osten, in Europa. Vieles von dem, was ich damals verkauft habe, war von Soldaten gestohlen worden. Viele europäische Händler würden gestohlenes Eigentum nicht anrühren, aber wir in diesem Teil der Welt wissen, daß der Markt nur zwei Regeln kennt: Kaufen und Verkaufen. Ich würde Ihnen mehr über diesen Mann sagen, wenn ich mehr wüßte. Nur soviel: Sein Nachname war Merriwether.«
Aha, der Kreis schloß sich. »Jetzt denken Sie sorgfältig nach, Mustafa«, bat ihn O'Hanrahan, »ist es wahr, daß Jacob Rosen die Schriftrolle, nachdem er sie gekauft hatte, zu Ihnen zum Ausbessern brachte?«
Das Gedächtnis des Händlers war in Wahrheit sehr scharf; er erinnerte sich an jedes Detail einer Transaktion. »Er hatte die Absicht.«
Neben seinen vielen anderen Talenten – wie die Imitation von Antiquitäten und Fälschungen – war Mustafa Waswasah ein geschickter Restaurator. Viele Fragmente der Schriftrollen vom Toten Meer waren unter seinem fachkundigen Auge wieder aneinandergefügt worden, zusammengenäht mit einem alten Faden aus einem uralten Kleidungsstück

oder zusammengekleistert mit einem Brei aus altem Papyrus. Seine Kunst war durch nichts anderes inspiriert als durch die höhere Summe, die der ausgebesserte Gegenstand einbringen würde, aber dennoch restaurierte er mit dem Eifer eines Kunsthandwerkers.

»Ja, Mr. Rosen hat mich angerufen und gesagt, der letzte Abschnitt der Schriftrolle habe sich gelöst und er habe ihn daher vom restlichen Teil abgetrennt. Er schlug einen Termin vor, um die Rolle zu mir zum Restaurieren zu bringen, aber er hat diesen Termin nicht mehr eingehalten.«

»Nein?«

»Nein, einen Tag, nachdem er angerufen hatte, stürzte er zu Tode.«

Ein finsterer Gedanke ging O'Hanrahan durch den Kopf: Konnte es sein, daß Rabbi Rosens Anruf bei Mustafa die Kette der Ereignisse in Gang gesetzt hatte? Hatte dieser arabische Händler die Information an jemanden verkauft, der den armen Mann dann die Treppe hinunterstieß und die Schriftrolle an sich nahm? O'Hanrahan fegte diesen Gedanken beiseite – seine Einstellung zu Waswasah würde dadurch zu sehr kompliziert.

»Die Schriftrolle ist wieder aufgetaucht«, vertraute O'Hanrahan Mustafa an.

»Ich habe es gehört.«

»*Matthiasevangelium* wird es nun genannt.«

»Ein Evangelium! Wie wundervoll für die Christen! Wird Mohammed darin angekündigt?«

»Bei dieser Schriftrolle würde ich nichts für unmöglich halten.« O'Hanrahan schenkte sich noch einen Arrak ein und ließ sich das Aroma in die Nase steigen, bevor er daran nippte. »Dieses Evangelium ist wieder aufgetaucht, aber das letzte Kapitel fehlt. Wenn Sie irgend etwas über diesen letzten Abschnitt hören, mein Freund, *irgend etwas*, dann nehmen Sie Kontakt mit mir oder Rabbi Hersch auf.« O'Hanrahan schwieg einen Augenblick. »Nein. Besser, Sie nehmen zuerst Kontakt mit mir auf«, setzte er dann langsam hinzu. Er fühlte sich zwar illoyal dabei, war aber überzeugt, richtig zu handeln. »Melden Sie sich bei mir im *König David*. Für den Verkäufer dieses letzten Kapitels ist mehr Geld drin, als Sie sich vorstellen können.«

Waswasahs Augen glitzerten erwartungsvoll. »Ich werde ein persönliches Interesse an diesem Projekt haben«, sagte er und kippte den Rest seines Arraks hinunter.

»Die Moslems würden es aus verschiedenen Gründen auch gern haben, und manche Gruppen, mit denen ich in Kontakt gekommen bin, würden sich nichts dabei denken, dieses Kapitel zu nehmen – einfach so, ohne Ihnen den Preis zu bezahlen.«
»Aha«, meinte der andere einfach.
»Während ich und die Hebräische Universität Ihren Preis zahlen werden.«
»Ich werde daran denken.« Waswasah wurde abgelenkt durch einen dicken Mann in einem teuren weißen Leinenanzug, der sich im Laden umschaute und sich über Vitrinen beugte, immer nahe dran, mit seinem Bauch einen Schatz zu Boden zu stoßen. »Kommen Sie mich noch einmal besuchen, bevor Sie Jerusalem verlassen, mein Freund«, sagte Waswasah. »So wie die Welt aussieht, wer weiß ...«
Nein, er brauchte den Satz nicht zu Ende zu führen. In Anbetracht ihres Alters, Saddam Husseins Einmarsch, der Intifada und des scharfen Vorgehens dagegen, wußten sowohl Waswasah wie O'Hanrahan, wie gering die Chancen auf ein Wiedersehen waren. O'Hanrahan griff nach der geschenkten Flasche und stellte fest, daß nur noch ein kleiner Rest darin war. Er wollte die Flasche seinem Freund dalassen, aber Mustafa wollte nichts davon hören. Also leerten sie auch den Rest nach einem Trinkspruch und einem Austausch von Segenswünschen.
O'Hanrahan trat hinaus auf die Straße und fragte sich, wie lange er in diesem Viertel laufen mußte, bis er ein Taxi fand. Er würde wohl besser zurück ins Hotel gehen und sich eines rufen lassen. Als er sich umwandte, sah er den dicken Mann im Eingang stehen.
»Dr. O'Hanrahan?« fragte der Mann mit einem weichen deutschen Akzent. »Was für ein Zufall!«
Hatten sie sich schon einmal gesehen? O'Hanrahan sah den andern fragend an.
»Wir haben uns nicht gesehen, aber ich kenne Sie sehr gut. Zweimal hätten wir uns auch beinahe getroffen.«
Langsam dämmerte es dem Professor: Das war der Deutsche, der das *Matthiasevangelium* im März gekauft und es sich dann wieder durch die Lappen hatte gehen lassen. O'Hanrahan warf einen Blick nach rechts und sah einen BMW, weiß wie der Anzug des Mannes.
»Kann ich Sie mit nach Neu-Jerusalem zurücknehmen?« bot der Deutsche an.

✡ ✡ ✡

Nach weiteren Streitereien mit Ladeninhabern und noch mehr unhöflicher Behandlung winkte Lucy schließlich einem Taxi und erklärte, sie wolle zum Israel-Museum. Sie mußte dem Fahrer mehrmals erklären, daß sie *nicht* zur Gedenkstätte *Yad Vashem* wollte, wo Seife aus Menschenfett und jedes entsetzliche Werkzeug des nationalsozialistischen Holocaust ausgestellt war, sie wollte zum *Schrein des Buches* im Israel-Museum. Der Mann beharrte darauf, daß alle Nichtjuden nach *Yad Vashem* gehen müßten; er habe Verwandte in Bergen-Belsen verloren etc. Schließlich kamen sie am Museum an – ganz sicher auf dem längsten Weg, dachte Lucy – und stritten über den Fahrpreis, was ihre Begegnung noch unerfreulicher machte.

Während Lucy lustlos durch das wundervolle Israel-Museum trottete, überlegte sie, ob es antisemitisch war, daß sie manche Israelis einfach nicht sympathisch fand.

Nein, sagte sie zu sich selbst. Es ist etwas anderes, alle Juden zu hassen, was sie nicht tat, als einige nicht zu mögen. Außerdem: Diese Leute leben im Schatten der Gewehre und sind verständlicherweise ängstlich und unfreundlich zu Nichtjuden. Auch zu mir, einer Amerikanerin, murmelte Lucy in den Raum, die dieses Land mit ihren Steuerdollars subventioniert. Ich erwarte ja keine Karte mit Dankesworten, aber Höflichkeit und Gefälligkeit würden mir schon guttun.

Nachdem sie die Qumran-Rollen angesehen hatte, die in der Realität ebenso beeindruckend waren wie in O'Hanrahans legendären Erzählungen, stand sie wieder draußen und überlegte, ob sie es irgendwie vermeiden könnte, Rabbi Hersch zu besuchen. Für diesen Tag habe ich genug an israelischer Schroffheit eingesteckt, dachte sie, aber pflichtbewußt trottete sie trotzdem in das Tal hinunter und den nächsten Hügel hinauf zur Hebräischen Universität, dem Campus Givat Ram.

Nach mehreren Krümmungen und Biegungen, nachdem Sicherheitskräfte und Studenten ihr den Weg gewiesen hatten, fand sie sich vor der weißgetünchten Campus-Synagoge und einem anderen Gebäude mit Kuppeldach, das aussah wie ein Treibhaus. Zwischen diesen beiden befand sich das Gebäude, in dem der Rabbi ein provisorisches Büro eingerichtet hatte, um in der Nähe der Nationalbibliothek zu sein. Normalerweise, wie der Rabbi erklärt hatte, war er oben, wo etwas los war, auf dem Campus Skopusberg, einem umkämpften Hügel, der nacheinander jordanisch, israelisch, jordanisch und jetzt wieder israelisch war, außer dem Teil in der West Bank.

Lucy fand seinen Namen auf einer zweisprachigen Liste. Sie ging zu seinem Büro, dessen Tür nur angelehnt war, und sah, daß drinnen ein Gespräch stattfand. Sie wartete ein bißchen, weil sie nicht unterbrechen wollte, begriff aber, daß dieser Talmud-Diskurs vielleicht noch Stunden ging, und so klopfte sie bescheiden.

»*Yavo*«, sagte der Rabbi.

»Ich bin's«, erwiderte Lucy und streckte den Kopf durch die Tür.

Der Rabbi saß hinter einem alten Holzschreibtisch, in einer kleinen Lesenische, die von Büchern eingeschlossen war; auf dem Regal in Armeshöhe standen ehrfurchtgebietende, ledergebundene Kommentare. Lucy sah, daß der Tutorenkurs einem jungen chassidischen Studenten mit dünnem Kinnbart und schwarzen Ohrlocken erteilt wurde. Der Chassid warf Lucy nur einen kurzen Blick zu und wandte sich sofort wieder ab.

»Geben Sie mir noch ein paar Minuten«, sagte Rabbi Hersch. »Setzen Sie sich, bitte.«

Lucy nahm eilig auf einem Stuhl Platz. Ihr wurde klar, daß sie und der junge Mann einander nicht vorgestellt werden würden. Natürlich nicht, überlegte sie, ich bin ja eine unreine *schickse*, eine Hure der Nichtjuden. Dem jungen Chassiden gefiel ihre Anwesenheit offensichtlich nicht, und Lucy konnte erkennen, daß er sich auf hebräisch darüber beklagte. Der Rabbi antwortete ihm unwirsch und verwies den Jungen wieder auf den Talmud. Lucy hörte zu, ohne ein Wort zu verstehen.

Der Rabbi stellte Fragen, und der Junge antwortete mit schwindendem Selbstvertrauen, bis der Rabbi ihn schließlich so weit gebracht hatte, daß er mit seiner Weisheit am Ende war. Rabbi Hersch holte aus dem Regal hinter sich einen verstaubten Kommentar und las daraus eine ganze Passage vor, die der Student vielleicht lesen sollte – oder vielleicht hätte lesen sollen. Lucy sah, wie der junge Mann tief errötete. Ha, dachte sie schadenfroh, nun schämt er sich vor mir, der Unreinen ...

Der Rabbi mußte etwas in der Art wie »Das wär's für heute« gesagt haben. Auf dieses Stichwort hin steckte der Student seine Blätter in die Mappe und verließ in übertriebener Hast das Zimmer, wobei er darauf achtete, keinen Blickkontakt mit Lucy zu haben.

»Warmherzig und freundlich, diese Chassidim«, bemerkte Lucy.

»Sie glauben, daß er *Sie* ablehnt? Er bringt es gerade fertig, sich von *mir* den Talmud lehren zu lassen!«
»Warum geht er dann nicht auf eine chassidische Universität?«
»Oh, die Hebräische Universität ist die große Elite-Uni, und das weiß er. Er muß sich nur meine ketzerische, heidnische Art gefallen lassen.«
In dieser Frage verstand Lucy besonders wenig Spaß. »Lassen Sie mich raten«, sagte sie, »ich bin eine *goja* – ist das die weibliche Form von *gojim*?«
»*Sheygets* für Jungen, *schickse* für Mädchen und *gojim* für beide«, korrigierte er.
»Ich bin eine nichtjüdische Frau und könnte in den Augen Gottes gründlich unschicklich sein, weil ich menstruieren könnte, diese schreckliche Tat.« Der Rabbi lehnte sich zurück und lachte. »Wird es Sie kränken, Rabbi, Sir, wenn ich sage, daß meiner Meinung nach ...«
»Daß Sie als Frau des 20. Jahrhunderts denken, daß das ein Blödsinn ist?«
Lucy wurde kühner: »Sexismus ist in jeder Religion etwas ziemlich Normales, aber selbstgefällig zu glauben, daß man der nichtjüdischen Rasse und sogar anderen Juden überlegen ist, scheint mir rassistisch. Und das ist teilweise der Grund, warum viele Menschen auf der Welt die Juden nicht mögen.«
»Einschließlich Sie selbst«, stellte er fröhlich fest.
»Ich bin nicht antisemitisch«, widersprach Lucy.
»Neeein, natürlich nicht«, konterte er. »Sie mögen nur einfach keinen von den Juden, die Sie je kennengelernt haben. Diese Juden waren streberisch, arrogant und würden Sie für einen Groschen in den Staub treten ...«
»Das sage ich nicht. Ich sage nur, daß ich glaube ... Nun, es hat eigentlich keinen Sinn, darüber zu reden.«
Der Rabbi stand immer noch hinter seinem Schreibtisch. Er hatte nun alle Schubladen geschlossen und all seine Papiere zu einem Stapel aufgeschichtet. »Nein, es hat Sinn, darüber zu sprechen. Sie können mich nicht kränken. Nicht hier. Wir sind in Erez Israel. Anders als in den Staaten sprechen *wir* hier offen über alles, und als unser Gast steht es Ihnen frei, dasselbe zu tun.«
Na gut, dann würde sie es tun. »Rabbi, am Freitag, als ich im moslemischen Viertel war, habe ich das Sabbathorn gehört ...«
Wieder lachte er. »Mir gefällt das. Wir könnten das auf den Markt bringen, ein *Sabbatophon*, so wie ein Saxophon.«

»Und ich saß an der III. Kreuzwegstation, wissen Sie, da wo die Via Dolorosa auf die – wie heißt die Straße noch? – trifft ...«
»Weiß schon, was Sie meinen.«
»Und da kommen auf einmal all diese chassidischen Jungs aus dem jüdischen Viertel. Nicht durch das christliche Viertel, was schneller gehen würde, oder durch das Jaffator, sondern durch das moslemische Viertel, die Köpfe mit Schals bedeckt. Sie rennen in großer Geschwindigkeit durch dieses ... dieses unreine Gebiet von Ungläubigen. Kein Blickkontakt, keine Rücksicht auf kleine Kinder oder alte Frauen, die im Weg stehen könnten. Und O'Hanrahan sagte, wenn sie dann in die Synagoge kommen, wischen sie sich die Schuhe ab, weil sie über den Boden dieser unreinen Leute gelaufen sind.«
»So?«
Lucy hatte das Gefühl, der Fall sei klar. »Man kann sich auf dieser Welt einfach nicht so verhalten. Nicht mehr. Ich meine, mit dieser Art von Arroganz werdet ihr Juden eines Tages noch ausgerottet werden. Ich meine, das ist keine Art, Freunde zu gewinnen und Menschen zu beeinflussen.«
»Nun«, erwiderte der Rabbi geduldig, »wir waren die Elite des aristokratischen Deutschland, Mendelssohn und die Rothschilds, wir waren führende Geister an allen weltlichen Universitäten, Glanzlichter der Gesellschaft, und was hat es uns genützt? Wir sind in Europa trotzdem ausgerottet worden.«
Lucy nickte schwermütig. »Ja, das ist wahr. Aber erwarten Sie, daß ich glücklich darüber bin, wenn mich andere so geringachten und nicht einmal als Mitmenschen anerkennen? Gott hat auch mich geschaffen – als Nichtjüdin und als Frau.«
»Gott mag das gleichgültig sein, aber für die Thora ist es nicht egal.«
»Ich vermute, das will ich damit sagen. Ich bin nicht so scharf auf die Thora, wenn man sie nicht den modernen Verhältnissen anpassen kann.«
»Auf den neuesten Stand bringen wie ein Handbuch oder die Punktezahl bei einem Spiel?« lachte der Rabbi kopfschüttelnd, als er Lucy aus dem Büro den Gang hinunter begleitete. »Gehen Sie einfach anderswohin, wo die Thora nicht angewandt wird. Es sind weiß Gott genug andere Orte auf der Welt übrig. Es gibt auf jeden Fall nur 20 Millionen Juden, und die meisten befolgen die Thora nicht, die meisten sind keine Chassidim, und nur eine Handvoll, eine *Handvoll* ist durch das moslemische Viertel

gerast. Aber Sie wollen Juden nach dieser Unannehmlichkeit von fünf Minuten, dieser empfundenen Kränkung beurteilen? Versuchen Sie nicht, sich mit den Chassidim anzufreunden, und man wird Sie nicht kränken. Was erwarten Sie? Einen ausgerollten roten Teppich?«

»Ich werde nie einen Disput mit Ihnen gewinnen, Rabbi ...«

»Das ist wahr.«

Verärgert fuhr Lucy fort: »Aber es gibt Millionen von Moslems, und ihr Juden sitzt mitten unter ihnen und seid nur so wenige. Vielleicht wäre ein wenig *Höflichkeit* angebracht.«

Mit einer leichten Berührung geleitete der Rabbi Lucy zur Tür hinaus. »Mit anderen Worten: Assimiliert euch! Wie Sie neulich abends sagten. Seid vielleicht ein bißchen netter! Hört auf mit dem Komplex, daß jeder andere nicht koscher ist! *Das* meinen Sie, hm?«

Lucy und Rabbi Hersch gingen zusammen über den ruhigen Campus Givat Ram zur Bushaltestelle der Universität.

»Wissen Sie«, fuhr Lucy fort, »unsere US-Steuergelder tragen auch dazu bei, daß dieses Land weiterhin existieren kann, und ich denke, es wäre diplomatisch, wenn man höflich auf meine Existenz reagierte. Eben so, wie ein Mensch, der 1990 auf diesem Planeten lebt, einem anderen Menschen begegnet.«

»Ein interessantes Argument, Ihre Steuergelder. Sie wollen den Gegenwert für Ihr Geld von Israel, diesem ... diesem Märchenpark für Figuren aus dem Alten Testament, nicht wahr? *Tausend* Dank, Miss Dantan aus den Allerheiligsten Staaten von Amerika, für den selbstlosen Beitrag für Ihren einzigen Freund und strategischen Verbündeten im Nahen Osten. Ihren Freund, dem Sie edelmütig *soviel* Geld geben, ohne einen einzigen Hintergedanken an Ihre eigenen globalen Interessen. Wie können wir Ihnen genug danken?«

Lucy gab klein bei. »Wie ich sagte, Sie gewinnen, wenn wir diskutieren ...«

»Im allgemeinen gewinnt die Person, die recht hat.«

Schön, dachte Lucy, jetzt stecken wir mittendrin. »Ich kann nicht glauben, daß nicht ein Teil von Ihnen eine Nation, die auf der Grundlage des Zionismus gegründet ist, ein Auserwähltes Volk, eine Herrenrasse auf theologischer Basis, wenn Sie so wollen, für schlicht und einfach rassistisch hält.«

»Natürlich ist das Rassismus«, erwiderte der Rabbi zur Belustigung der

Studenten, die an der Bushaltestelle warteten. »Jeder Jude, der behauptet, es sei nicht so, hat keine Ahnung. Und – ist das eine große Neuigkeit? Die Franzosen kümmern sich um französische Interessen, die immer und ausnahmslos gegen jüdische Interessen gerichtet sind. Die Engländer tun alles, um das englische Volk zu fördern. Araber vereinigen sich begeistert unter einem Verbrecher wie Nasser oder einem Ungeheuer wie Hussein, weil sie glauben, daß dadurch die Interessen ihrer Rassen gefördert werden. Aber in Ihrem Weltbild scheint es keinen Raum dafür zu geben, daß Juden dasselbe tun. Als Amerikanerin irischer Abstammung sollten Sie besser als die meisten Leute wissen, wie der Gegensatz ›Sie oder wir‹ die Struktur des irischen Lebens bestimmt.«

»Aber es sollte nicht so sein.«

»In einer vollkommenen Welt, nein. Aber wir leben in dieser hier, und solange sie nicht perfekt ist, werden sich die Juden, wenn Sie nichts dagegen haben, um ihre Interessen kümmern, ihre Kultur, ihre Sprache, ihr Volk, ihre Geschichte und ihr Land, das sie im Augenblick besetzen und das bequemerweise zufällig auch ihr Heimatland ist. Wir haben ein Kunstmuseum, eine moderne Universität, wir pflegen die bildende Kunst, Poesie, Literatur, klassische Musik – mehr übrigens als Ihr Land, Schätzchen –, und wo sehen Sie hier in dieser Region etwas Vergleichbares? Wir haben Theater, wir haben ein Symphonieorchester. Die Vorstellung der islamischen Welt von Kultur ist eine öffentliche Auspeitschung oder eine inszenierte Kundgebung von Millionen für Anführer wie Gaddafi, Hussein oder Assad. Hey, amerikanische Flaggen zu verbrennen, das ist große Kunst, wie? Und diese intelligenten Sprechchöre: ›Tod für Amerika!‹ ›Tod für Bush!‹ ›*Dschihad! Dschihad!*‹ Aber wo waren wir? Bei ein paar Dingen über Israel, die Sie so schrecklich finden, hm?«

»Tribalismus.« Sie holte tief Luft. »Der Grund dafür, warum die Schwarzen in Südafrika sich gleich nach dem ersten Hauch von Unabhängigkeit und Befreiung gegenseitig ausrotten. Schmutziger, ordinärer *Tribalismus.*« Der Rabbi war leicht amüsiert über ihren Redeschwall. »Das, was die Höhlenmenschen getan haben. Das, woran der Ku-Klux-Klan und Louis Farrakhan und Jassir Arafat und Meir Kahane appellieren –«

»Eine Menge Leute in diesem Land hassen Meir Kahane. Ich halte ihn für ein Schwein. Aber wer von den Palästinensern haßt ihre Extremisten, Abu Nidal, Abu Abbas? Wenn palästinensische Dissidenten ihre Meinung laut sagen, dann sind sie tot. Das ist die arabische Art. Warum werden die

Juden an einer Moralskala gemessen, die hoch wie die Alpen ist? Man hört die Amerikaner nie wegen der Greueltaten jammern, die von den Arabern begangen werden, obwohl sie unzählbar sind, unzählbar! Ein Punk, der erschossen wird, nachdem er die Soldaten den ganzen Tag mit Steinwürfen bombardiert hat – und ich höre schon den amerikanischen Nachrichtensprecher: ›Sie haben nur mit Steinen geworfen‹, als ob ein Stein nicht töten könnte! Es ist eine Sache für die UNO!
König Hussein von Jordanien hat 5000 Palästinenser umbringen lassen, weil sie ihm nicht in den Kram paßten. Ich habe von niemandem einen Pieps gehört. Israel marschiert im Libanon ein – ein Fehler, das gebe ich zu –, und was tun die Juden dann? Sie führen eine öffentliche Untersuchung durch, um zu sehen, ob Sharon dafür verantwortlich war. Sehen Sie diese Art von Gewissen irgendwo, *an einem einzigen Ort* in der arabischen Welt? Ich will auf der Stelle tot umfallen, wenn mir so etwas je zu Ohren kommt! Assad in Syrien – er hat ein Drittel seiner Bevölkerung umgebracht. Sadat, Amerikas Liebling, hat nicht mit Lob für Hitler gegeizt und zugleich die Christen im eigenen Land um die Ecke gebracht. Die Emire in Saudi-Arabien, die neuen Kumpels der USA – schauen Sie sich diese Diktaturen an. Als Frau wird es Sie interessieren zu erfahren, daß Sie nicht in die Randbezirke der Stadt fahren können ohne offizielle Bescheinigung mit der Erlaubnis Ihres Ehemanns, den öffentlichen Bus zu nehmen. Wie gefällt Ihnen das?«
Lucy schwieg nachdenklich. Schließlich fragte sie: »Übrigens, wo gehen wir hin?«
»Zu mir nach Hause und dann zu *Golda's* zum Essen. Sie, die Sie uns so sehr hassen, sollten *Golda's* sehen, *gefillte fisch* essen, Borscht, Blintzes – es gibt dort mit Rahmkäse gefüllte Blintzes, die auch einen Heiden zur Beschneidung überreden würden ...« Lucy bemerkte, daß die Frau, die wartend neben ihnen an der Bushaltestelle stand, ein Lächeln unterdrückte.
»Ich hasse die Juden *nicht*«, zischte Lucy leise, »und würden Sie bitte aufhören, dem ganzen Land das Gegenteil zu verkünden?«
»Höre, o Israel!« begann der Rabbi, bevor Lucy ihn spielerisch auf den Arm schlug und sie in den Bus stiegen. Der Rabbi legte einige Schekel für sie beide hin.
»Hier«, sagte er, »eine kleine Revanche für Ihre horrenden Steuerinvestitionen, okay?«

Sie blieben stehen und überließen einer älteren Frau den letzten Sitzplatz.
»Sind Sie zu allen Ihren Studenten so gemein?«
»Oh, mit Ihnen bin ich sanft umgesprungen. Das ist noch nicht das jüdische Argumentieren in seiner vollen Stärke. Wenn ich richtig loslegte, würden Sie zusammenfallen wie ein Kartenhaus.«
Lucy lächelte. »Ja, ich habe mir heute morgen in Neu-Jerusalem Ihr Buch *Nicht der Messias* gekauft.«
Der Rabbi wurde bleich, und das Lächeln schwand aus seinen Augen. »Oh, das. Ich dachte, die wären alle vergriffen.«
»Ich habe es antiquarisch gekauft. Es ist sehr lehrreich zu der Frage, wie dumm die Christen waren, für einen Augenblick zu glauben, daß Jesus der Messias sein könnte ...«
»Tun Sie mir einen Gefallen – geben Sie mir das Buch, ja? Ich kaufe es Ihnen ab. Das Ding hätte nie gedruckt werden sollen.«
Lucy bemerkte, daß die Erwähnung dieses Pamphlets, das er vor zwanzig Jahren verfaßt hatte, den Rabbi gereizt machte. »Sie stellen Ihre Beweise gut dar. Ein bißchen sarkastisch und unfreundlich vielleicht ...«
»Bitte«, schnitt er ihr das Wort ab, »lassen wir dieses Thema. Verkaufen Sie mir das Buch.«
»Warum?« fragte sie und freute sich, daß zur Abwechslung einmal sie ihm Unbehagen verursachen konnte. »Höre ich da einen Widerruf heraus?«
»Bah! Alles, was ich geschrieben habe, ist wahr, ich hätte nur einfach so ein Ding nicht schreiben sollen ...« Er brach ab. Lucy wartete, bis er schließlich weiterredete. »Verstehen Sie, kleines Mädchen, in den Jahren 1972, 1973 sind die ›Juden für Jesus‹ tief in die Hebräische Universität vorgedrungen, und ich hatte die Alptraumvision, daß der jüdische Staat seine Jugend verlieren werde. Ich habe es als Antwort auf Moishe Rosen und seine ›Juden für Jesus‹ geschrieben, aber meine Attacke ... meine Attacke machte die Runde und war plötzlich veröffentlicht. Ich habe keinen Cent dafür bekommen.«
Lucy überlegte. »Aber ich dachte, Sie haben ein Vorwort zu dieser Ausgabe geschrieben.«
Der Rabbi, der sich schwach fühlte, schloß die Augen. »Das ist richtig. Ich habe diese ganze Episode verdrängt. Eine limitierte Ausgabe wurde gedruckt, und – he! Zur Hölle damit. Sie geben es mir, und ich zahle Ihnen das Geld zurück. Es war nicht für ein christliches Publikum gedacht.«

Lucy beschloß, ihn nicht weiter damit zu ärgern. Aber sie hatte auch nicht die Absicht, ihm das Buch zurückzugeben.

✡ ✡ ✡

O'Hanrahan saß mittlerweile in dem weißen BMW. Aus den Augenwinkeln musterte er den Mann, der ihn mit in die Neustadt nahm: ein gutmütiger, kugelrunder Deutscher mit roten Wangen, blondem Haar und einem unmöglichen goldenen Bart à la Tutenchamun. Er steckte in einem europäischen weißen Leinenanzug, für seinen Körperumfang mühsam maßgeschneidert, und an mehreren Fingern trug er protzige Ringe.

»Patrick O'Hanrahan, endlich lernen wir uns kennen!«

Der Professor beäugte seinen Gastgeber weiterhin nur vorsichtig. Das Lachen des Mannes war höher als seine Sprechstimme.

»Es ist sehr, sehr gut, daß wir uns kennenlernen ... Wollen Sie so freundlich sein, ein Glas mit mir zu trinken?«

O'Hanrahan hatte gehofft, wieder nüchtern zu werden, da er heute ja eigentlich auf Alkohol verzichten wollte ...

»Ein hervorragender Weißwein, ich versichere es Ihnen, ja?«

»Vielen Dank, mein Herr, ja«, stimmte O'Hanrahan auf deutsch zu. Zum Teufel, er hatte noch Zeit genug, vor seinem Treffen mit Lucy wieder nüchtern zu werden. Sie sollte nicht Gelegenheit haben, ihn zu verspotten, weil er seinen Abstinenzlerschwur so schnell gebrochen habe.

Der weiße BMW fuhr den Ölberg hinauf zum *Intercontinental*, das eine Aussichtsterrasse hatte, die für ihren überwältigenden Blick über die Altstadt berühmt war. O'Hanrahan ließ sich durch die Eingangshalle zu einem Terrassentisch mit zwei Stühlen führen. Alles war vorbereitet, als hätte man sie erwartet.

»Ich reise nie ohne meinen Weinkeller«, sagte der Mann. Diese Last mit dem Luxus! Ein junger Türke von fast weiblicher Schönheit kam heraus, um zu fragen, was sein Herr wolle. »Nazim, die Trockenbeerenauslese, bitte.« Der Junge eilte diensteifrig davon, um den Auftrag auszuführen.

»Herr Professor, zweimal hätten wir uns fast kennengelernt, und nun ist es soweit!«

O'Hanrahan nickte mit einem seltsamen Gesichtsausdruck.

»Thomas Matthias Kellner«, stellte der andere sich vor und streckte die fleischige Hand aus. O'Hanrahan bemerkte eine sehr teure Golduhr an einem rosigen Handgelenk. »Wir hätten uns fast in Rom getroffen. Und fast in meiner Heimatstadt Trier, als Sie dieses Jahr im Zuge Ihrer Forschungen dort waren ... Sie wissen ja, wonach Sie forschen, hahaha ...«

»Ich weiß nicht recht, wovon Sie reden.«

»Aber ja doch. Herr Matthias und sein verwirrendes Dokument, nicht wahr? Natürlich weiß ich alles darüber. Ich bin ein früherer Besitzer des Dokuments.«

O'Hanrahan ließ sich durch den Kopf gehen, welche Informationen er besaß. Als Gabriel in Rom versucht hatte, das Evangelium zu stehlen, und die italienischen Händler es zurückgeklaut hatten, war der nächste Käufer ein Deutscher gewesen. Dann hatten die Ignatianer es von ihm gekauft, bevor die Franziskaner es in ihren Besitz gebracht hatten. »Haben Sie keinen guten Preis dafür bekommen, Herr Kellner?« fragte er schließlich.

»Wer kann den Preis für einen solchen Schatz nennen?« fragte der andere zurück. Der Wein kam. Nazim stellte Gläser und einen Kühlbehälter auf den Tisch. »Wie ich sagte, ich nehme meinen Wein überallhin mit, damit ich nicht irgendein gräßliches Zeug der Region trinken muß. Palästina war früher berühmt für seine Reben; den Cabernet vom Karmel kann man immer noch kosten, aber wirklich, Sir, Sie werden mir zustimmen ... Mittelmäßigkeit. Die Weinherstellung ist ein wissenschaftlicher Vorgang, mein Freund ...« Nazim entkorkte eine Flasche dieses äußerst seltenen Dessertweins von der Mosel, Jahrgang 1976, und goß einen goldenen Schluck in Kellners Glas. »Und wo Wissenschaft erforderlich ist, scheidet der Nahe Osten aus.« Er kostete von dem Wein. »Ah, annehmbar, nicht zu aufdringlich, wie man sagen könnte.« Mit einem Nicken wurde Nazim aufgefordert, O'Hanrahans Glas zu füllen.

»Prosit«, tranken sie einander zu.

»Köstlich«, lobte O'Hanrahan genießerisch. Er hatte noch nie einen so teuren Weißwein getrunken. Er betrachtete das Etikett, das den Weinberg als *St.-Matthias-Abtei* auswies; darunter war ein Emblem abgebildet, das den Insignien der byzantinischen Kaiser ähnelte.

»Sie sind Winzer, Sir?« riet O'Hanrahan.

»Ja«, erwiderte der andere, ohne näher darauf einzugehen. »Tennysons Knittelverse über die Liebe und ihren Verlust gelten nicht für das Sammeln von Antiquitäten, Herr Professor. Diese Schriftrolle war in meinen Händen und ist mir wieder abhanden gekommen. Ein Experte hatte mich davon überzeugt, daß die Schriftrolle, die ich gekauft hatte, *nicht* das

*Matthiasevangelium* sei, nach dem ich seit zwanzig Jahren gesucht hatte. Dieser Experte behauptete, man habe mich betrogen und es handle sich um ein Pseudo-Evangelium aus dem 13. Jahrhundert.«
»Das tut mir leid, Herr Kellner.«
»Ich dachte also, man habe mich in Rom beschwindelt«, fuhr Kellner fort, »und hielt es für ein Glück, daß ich so rasch einen Käufer für das Ding fand. Einen einfachen irischen Kirchenmann, der in Irland eine Bibliothek aufbauen wollte, wie er mir zu verstehen gab. Ach! Alles eine Farce.«
»Herr Kellner, seit wir in Irland waren, ist ein Mann in einem deutschen Mietwagen hinter uns her, der uns durch Italien gefolgt ist und vermutlich auch hierher nach Jerusalem.«
»Nein, er ist nicht von mir geschickt«, erwiderte Kellner enttäuscht. »Oh, ich hoffe, daß nicht allzu viele Leute hinter dieser Schriftrolle her sind.«
O'Hanrahan machte sich ein Vergnügen daraus, den anderen zu quälen. »Sehr viele, Sir. Es gibt einen fanatischen orthodoxen Frater, der jeden unserer Schachzüge verfolgt und die Absicht hat, dieses blasphemische Dokument zu vernichten.«
Kellner suchte in seiner Tasche nach einem Mittel gegen Sodbrennen. »Nein, Sie dürfen mir nicht solche Sachen erzählen ... Vielleicht sollte ich Sie begleiten? Zwei kluge Köpfe sind besser als einer, glauben Sie nicht?«
»Verstehen Sie das Meroïtische?« fragte O'Hanrahan, um dann in fünf Minuten ein ganzes Jahrhundert vergeblicher Bemühungen, das ihnen beiden vorausgegangen war, zusammenzufassen.
»Eine verlorene Sprache ist ein Rückschlag, das muß ich zugeben«, seufzte Kellner, der nun endlich das verschreibungspflichtige Medikament in seiner Tasche gefunden hatte.
O'Hanrahan verbarg kaum seine Belustigung. »Sir, ich besitze diese Schriftrolle immer noch nicht, trotz allem, was Sie vielleicht gehört haben. Ich habe vor, in das Wadi Natrun in der Nähe von Kairo zu reisen und die Nationalbibliothek in Khartum aufzusuchen. Muslimische Länder, mein Herr ...«
Kellners Unterlippe hing herab, als gehöre er zur Dynastie der Habsburger. »Ja«, nickte er trauervoll, »wo diese Barbaren den Genuß von Wein verbieten. Diese Wüstengebiete!« Er steckte ein paar Tabletten in den Mund und spülte sie mit Wein hinunter. »Sie haben keine Vorstellung, wie sehr mich meine Dummheit schmerzt, Herr O'Hanrahan. Ich schlafe

entsetzlich schlecht und schrecke hoch aus Träumen, in denen ich mich selbst lächerlich mache. Ich habe sogar meinen Appetit verloren.«
O'Hanrahan stellte sich diese besondere Härte für seinen Gastgeber vor.
»Aber ich bin tapfer. Ich werde mit dabeisein, wenn Sie in diesem Kloster – wo sagten Sie, in Kairo? – forschen. In Kairo gibt es viele gute Hotels.«
O'Hanrahan hatte offenbar noch kein genügend abschreckendes Bild gezeichnet. »Als Pilger darf man nur in den Höhlen der Libyschen Wüste schlafen. Und Khartum, Herr Kellner? Die Härten der Dritten Welt?«
Der Deutsche öffnete sein Medizinfläschchen. »Ach, vielleicht muß ich das Reisen doch Ihnen überlassen«, gab er nach und änderte den Kurs.
»Dann wollen wir das Thema Geld anschneiden. Was glauben Sie, wieviel würde das *Matthiasevangelium* bei einer offenen Auktion einbringen? Und wieviel höher ist der Preis, wenn man private Sammler wie mich ins Auge faßt?«
»Sagen Sie mir«, fragte O'Hanrahan, »welches mögliche Vergnügen kann es Ihnen verschaffen, dieses Relikt einfach zu besitzen? Es sollte öffentlich ausgestellt sein, von Gelehrten studiert werden, in ein Museum gebracht werden. Welchen Genuß bedeutet es Ihnen, wenn es in einem Behälter in Ihrer Bibliothek verstaubt? Bestimmt wollen Sie das Evangelium nicht nur deshalb haben, weil Matthias Ihr Namensvetter ist.«
»Nun ja, darin liegt ein kleiner Teil meines Interesses. Vor fünfundvierzig Jahren wurde ich in der St.-Matthias-Kirche auf den Namen Matthias getauft.«
O'Hanrahan war erstaunt darüber, wie jugendlich und rotbackig das Gesicht des Mannes für sein Alter war – wenn die Angaben stimmten. Irgendwie hatte sein Fett ihn gut erhalten.
»Ja, ich habe die Absicht, es in einem Museum auszustellen. Diese Schriftrolle ist das erste Relikt des Heiligen Römischen Reiches – vielleicht der ganzen Christenheit. Aber ich erzähle Ihnen, was Sie schon wissen.«
»Nein«, widersprach der Professor, der möglichst alles erfahren wollte, was der andere wußte.
»Gehen wir zurück in die Zeit des Kaisers Konstantin, das 4. Jahrhundert. Trier war die nördlichste Hauptstadt im Römischen Reich, eine antike Stadt, von der es heute noch einige Überreste gibt, die über 1600 Jahre hin weder von den Hunnen noch von amerikanischen Luftangriffen völlig zerstört wurden.«
O'Hanrahan fragte sich, ob die deutliche Sprechpause ihm Gelegenheit

geben sollte, sich für die Rolle der USA im Zweiten Weltkrieg zu entschuldigen.
»Konstantin besaß zahlreiche Reliquien der Apostel, in der Tat alle, die er haben wollte. Aber die einzige Reliquie eines Apostels, die er in den Norden brachte, war die des obskuren St. Matthias, des dreizehnten Apostels. Konstantins eigener Bibliothekar, Eusebius von Caesarea, erklärte, das *Matthiasevangelium* sei verlorengegangen und häretisch – seltsam, daß er von der häretischen Natur eines Texts, den er nicht gelesen hatte, so überzeugt war, meinen Sie nicht? In Wahrheit besaß Eusebius eine Abschrift des *Matthias.* Meiner Theorie nach besaß er *alle* diese angeblich verlorengegangenen Evangelien und bewahrte sie in einem Apokryphon auf, einer Geheimbibliothek. Und ich glaube, daß diese Geheimbibliothek von Konstantin in Trier erbaut wurde.«
»Aber war es denn klug, ein solches Apokryphon in Trier zu errichten?« fragte O'Hanrahan. »Bei den Invasionen der Hunnen, der Barbaren ...«
»Entschuldigen Sie, das genaue Gegenteil ist richtig. Trier war der perfekte Außenposten für umstrittene Gegenstände. Ein paar Priester in jeder Generation versteckten den Schatz geheimer Werke, weit weg von dem Gezänk und den Kämpfen im Mittelmeerraum. Fast jede bedeutende Bibliothek in der mediterranen Welt wurde zwischen dem 4. und dem 6. Jahrhundert geplündert und verbrannt, nicht wahr? Die Hunnen wollten Reichtümer ... Was scherten sie sich um Schriftrollen und Texte?« setzte er hinzu, als wäre er dabeigewesen. »Ich wollte Ihnen ein merkwürdiges Kapitel der Geschichte Triers darlegen. Es heißt, daß ein Frauenkonvent die Schriftrolle aufbewahrte, die in den Tagen der Kreuzzüge, als die Schriftrolle zum erstenmal übersetzt und ihre Authentizität klar wurde, von den Tempelrittern und den damaligen Maurerlogen – Matthias ist der Schutzpatron der Bauarbeiter – beschützt worden war. Von den Frauen konnte man erwarten, daß sie die Schriftrolle bewahrten, da sie auf sehr – wie soll ich sagen? – feministische Themen hinwies. Ein weiblicher Heiliger Geist, ein bestimmender Einfluß von Maria Magdalena, Geschichten von einer geheimen Bibliothek nur für christliche Frauen, in der die wahre Offenbarung Christi existierte ... viele merkwürdige Dinge. Und so wurde sie von den Schwestern der Abtei St. Matthias und den Maurerlogen über die Jahrhunderte hinweg bewahrt.«
All das war O'Hanrahan neu, und er war nicht ganz sicher, ob er es glauben sollte. »Der Inhalt des Evangeliums ist also bekannt?«

»Oh, die Übersetzung ist seit Jahrhunderten verlorengegangen, und nur ein paar Fragmente und Gerüchte vielleicht sind uns überkommen. Ich erzähle Ihnen nur, was meine eigene Mutter« – Kellner blickte kurz gen Himmel und schien tief bewegt – »was meine eigene Mutter, die ihre letzten Jahre selbst in der Abtei St. Matthias gelebt hat, mir auf dem Sterbelager über diese jahrhundertelang gehüteten Geheimnisse weitergegeben hat ...« Wieder drohte er von Gefühlen übermannt zu werden. »Seit dieser Zeit habe ich es mir zum Ziel meines Lebens gemacht, das *Matthiasevangelium* zu erwerben.«

»Ja«, meinte O'Hanrahan langsam und sachte, »aber könnte sich dieses Evangelium, Herr Kellner, nach all unserer Mühe doch als nicht authentisch erweisen, wie Eusebius gemeint hat? Eine Fälschung aus späterer Zeit?«

Sein Gastgeber schien ungeduldig. »Aber wahrhaftig, Herr Professor, wir beide wissen doch, daß dieses Evangelium kein fiktives Werk ist. Und die Schwestern der Abtei St. Matthias und die Maurerlogen, die die geheime Bibliothek aufbewahrt haben, wußten auch, daß es keine Fiktion war. Tatsächlich ist Trier einfach deshalb von einer Tragödie betroffen worden, weil zu viele Leute vom *Matthiasevangelium* und seinen Geheimnissen wußten. Die Jesuiten, nicht weniger feindlich als heute.« Kellner verzog das Gesicht voller Abscheu. »Bischof von Schönborn, dieser Teufel, kam an die Mosel, um den Angriff gegen die Frauen von Trier und aus den umliegenden Dörfern zu leiten und eine der schlimmsten Hexenjagden in der europäischen Geschichte durchzuführen.«

(Die Trierer Hexenjagd von 1587 bis 1593, die von den Jesuiten geleitet wurde, von Erzbischof von Schönborn und Weihbischof Binsfeld, die beide nun in der Hölle jede einzelne Hexenverbrennung selbst nacherleben. In diesen sechs Jahren blieb keine Frau von der Folter verschont. 368 wurden als Hexen verbrannt. Nur zwei Frauen entgingen dem Wahnsinn unangetastet – eine alte Frau, die man für harmlos hielt, und ein schwachsinniges Waisenmädchen, das man für lächerlich hielt.)

Kellner faßte die Geschichte der Trierer Hexenjagd zusammen und schloß: »Aber die alte Frau hatte das *Matthiasevangelium* in den Rocksaum des schwachsinnigen Mädchens eingenäht. Zumindest hat meine liebe Mutter ...«

O'Hanrahan erlaubte sich, einen weiteren Schluck des goldenen Elixiers nachzugießen, während sein Gastgeber um Fassung rang.

»... meine Mutter mir das in ihren fiebrigen letzten Enthüllungen auf dem Sterbebett gesagt.« Er zog ein rosa Seidentaschentuch aus der Anzugtasche und putzte sich die Nase. Dann fuhr er mit normaler Stimme fort: »In der Abtei waren diese Geheimnisse seit Jahrhunderten bekannt!«

O'Hanrahan war bestürzt, daß ihm bei seiner eigenen gründlichen Recherche diese Information entgangen war. Warum hatte er diese Abtei nicht besucht?

(Weil du nicht auf den Gedanken gekommen bist, daß Frauen der Schlüssel zu den Geheimnissen des *Matthiasevangeliums* sein könnten. Du dachtest nur an verknöcherte alte Junggesellenpatres.)

»Herr Professor«, sagte der reiche Deutsche ernst, »ich lade Sie ein, das, was ich behaupte, zu überprüfen. Jesuitische Berichte über diese Hexenjagd enthüllen, diese sogenannten Hexen hätten gesagt, der Heilige Geist sei weiblich und Gott habe eine besondere Mission für Frauen – Dinge dieser Art, und *Matthias* sei als Quelle angegeben worden. Nach der Hexenjagd waren die Geheimnisse des *Matthias* nur noch wenigen ausgewählten Leuten bekannt; aber nun kommen wir zum Zweiten Weltkrieg. Wie zu Kriegszeiten üblich, herrschte Raub und Plünderung. Nicht die britischen oder amerikanischen Soldaten, nein, Leute aus der Stadt waren daran beteiligt. Typisch für den vom Krieg bedrängten Pöbel. Juweliergeschäfte, Kleidergeschäfte – alles wurde ausgeplündert und ausgeraubt, und jemand, den wir nicht kennen, fand in der Abteikirche St. Matthias den Schatz. Unter der Besatzung der Alliierten war es nicht schwer, die juwelenverzierte Reliquie und die Schriftrolle des Matthias zu verkaufen. Zuerst dachte ich, wir müßten wieder einmal die Freimaurer eines Diebstahls bezichtigen!«

»Hat in Europa alles, was nicht ganz astrein ist, mit den Freimaurern zu tun?«

»Im Jahrbuch der BBC-Reporter steht, es seien die Weisen von Zion, Umberto Eco verdächtigt die Freimaurer und die Rosenkreuzer. Jeder Protestant wird Ihnen sagen, daß die Jesuiten an allem schuld seien, jeder Italiener wird sagen, es sei die Geheimloge P2 oder – wie heißt diese neue Gruppe? – die NATO-Geheimorganisation Gladio. Die meisten Europäer werden sagen, Weltverschwörungen würden von einer Handvoll Untergrundnazis geplant, die zunächst die EG und für 1992 die Europäische Union eingefädelt haben, das bisher teuflischste Komplott der Deutschen. In Deutschland haben wir früher gesagt, die Juden steckten hinter allen

Verschwörungen – Sie können also ermessen, wie gefährlich es ist, diesen Dingen zuviel Glauben zu schenken. Trotzdem muß ich sagen, ich glaube, daß im Augenblick die Freimaurer in die Sache verwickelt sind.«

»Die Freimaurer? Wissen Sie, mein Herr, die Freimaurer sind in Amerika so etwas wie der Lion's Club oder der Rotary Club – sagen Ihnen diese Organisationen etwas?«

»Oh, die halte ich auch für sehr gefährlich, aber da ich im Rheinland lebe, bin ich an Verschwörungen gewöhnt. Eine Welt ohne sie möchte ich mir gar nicht vorstellen!«

»Was wollten Sie über die Freimaurer sagen?«

»Ein Freimaurer aus den USA hat die Antiquitäten illegal von dem Dieb gekauft, der die Kirche ausgeraubt hatte. Pfui, ein Offizier! Er bemerkte, daß die Schriftrolle sehr alt war, und hoffte, dieser Fund könnte der Mittelpunkt irgendeines freimaurerischen Rituals sein. Dieser Major war aus Detroit, und dort war der *Matthias* ein paar Monate lang.«

»Detroit?« fragte O'Hanrahan ungläubig.

»Er hat sie an einen sehr reichen Mann verkauft, der ihren Wert erkannte, einen Chester Merriwether. Ein Rivale meiner Mutter! Während ihres ganzen Lebens wurde meine liebe Mutter von diesem amerikanischen Sammler mit seinem verdammten Haufen Geld geplagt, so wie ich heute von Mr. Getty geplagt werde ...« Kellner lachte plötzlich mehrmals auf. »Ach, aber das Schicksal kommt dazwischen. Mr. Merriwether war alt; sein Sohn Charles übernahm die multinationale Gesellschaft und überließ seinen alternden Vater seiner Kunstsammlung. Kurz vor Chesters Tod verkaufte der Sohn, der erst fünfundzwanzig war und ein absoluter Ignorant – Gott sei Dank –, alle Kunstschätze, darunter auch das *Matthiasevangelium*. 1948 kaufte es das Ägyptische Nationalmuseum, denn man hielt es dort für ein Dokument ägyptischer Kultur. In dieser Zeit hat ein Jude ... mir fällt jetzt der Name nicht ein ...«

»Rabbi Jacob Rosen, glaube ich«, half O'Hanrahan.

»Ah ja. Dieser Rabbi bekam das Dokument durch einen palästinensischen Agenten zu sehen, stellte fest, daß darin auch der jüdische Historiker Josephus vorkommt, und bot eine große Summe dafür. Und natürlich wurden auch Bestechungsgelder gezahlt. 1949 kam das Evangelium in die Hebräische Universität, und dann stürzte Mr. Rosen genau an dem Tag, als das Evangelium gestohlen wurde, eine Treppe hinunter zu Tode.«

O'Hanrahan nippte an seinem Wein. »Und das bringt uns zur Gegenwart,

Herr Kellner. Sie wollen mich engagieren, Ihnen zu helfen, diese Schriftrolle in Ihren Besitz zu bekommen?«

»Aber ich denke nur an die Öffentlichkeit. Sehen Sie nur, wie viele Touristen die Qumran-Rollen im Israel-Museum anziehen oder bei der Weltausstellung von 1967 in Montreal angezogen haben. Ich fasse für den *Matthias* eine ähnlich große Ausstellung in Trier ins Auge. Und wenn das Werk übersetzt ist, werden sicher viele amerikanische Reisegruppen Trier in ihre Rundreisen einbeziehen. Welcher von Ihren Baptisten aus dem Süden würde nicht die Schriften eines richtigen Apostels sehen wollen, die Worte eines Mannes, der Jesus in die Augen gesehen hat? Das älteste christliche Dokument, das existiert! Zweihundert Jahre vor dem Codex Sinaiticus! Gelehrte würden ein Vermögen zahlen, um dieses Schriftstück zu sehen. Ah, denken Sie nur an die Renaissance, die das für Trier bedeuten könnte!«

»Und ich nehme an, Ihre Weinverkaufsziffern würden in die Höhe schnellen, Herr Kellner.«

»In der Tat, aber meine Familie hat sich über den Wein hinaus geschäftlich engagiert, mein Freund: Hotels, Restaurants, Kurbäder. Mir gehört alles außer der Jugendherberge, aber auch daran arbeite ich.« Einen Augenblick lang sah er betrübt aus – wegen dieses Besitzes, der ihm *nicht* gehörte. »Aber mißverstehen Sie mich nicht! Ich möchte, daß Sie dieses Evangelium übersetzen und mir helfen, diese Schriftrolle zu veröffentlichen. Ich kann Ihnen versichern, daß Trier ein wundervoller Ort zum Arbeiten ist – das Essen, der Wein, das Wetter. Dieses Jahr ist der Sommer zwar nicht so schön, es regnet viel, aber besser als Chicago im Winter ist es jedenfalls, nicht wahr? Vielleicht könnten Sie es heute nachmittag deichseln? Sie gehen zum Versteck der Schriftrolle, schieben sie unter den Jackenärmel, geben sie mir – und ich werde Ihnen dezent eine Summe von ...« Er sah gequält drein. »Es ist so vulgär, über Geld zu sprechen, wirklich betrüblich. Eine Million Mark für Ihre Bemühungen, hm?«

»Eine Million«, wiederholte O'Hanrahan.

»Dieser akademische Fund wird Ihnen Ruhm bringen, Herr Professor. Aber denken Sie an Ihre Kollegen, die früher an den Schriftrollen vom Toten Meer gearbeitet haben. Hat das Unternehmen ihnen viel Geld eingebracht? Und Sie werden mit dieser Schriftrolle ohne mich auch kein großes Vermögen machen. Vielleicht 50 000 Dollar aus dem Verkaufserlös des Buches, höchstens! Aber Sie sind noch ein junger Mann! Nicht

einmal siebzig! Wovon werden Sie in den zwanzig Jahren oder so, die Sie noch vor sich haben, sorgenfrei leben können?«
Das ist ein Haufen Geld für das tägliche Brot, dachte O'Hanrahan.
(*Der Mensch lebt nicht vom Brot allein*, Patrick.)
Kellner erhob sich. »Ich lasse Ihnen eine Kiste von unserem besten Piesporter ins *König David* schicken«, kündigte er an. »Genießen Sie ihn! Viel mehr davon gibt es dort, wo er angebaut wird. Und ich werde mit Ihnen in Verbindung bleiben. Ich weiß, es ist sehr schwierig für Sie, Ihre Freunde hier anzulügen, diesen Rabbi von der Universität. Aber vielleicht könnten Sie ihm etwas von dem Geld geben. Ich überlasse es Ihnen beiden, das zu arrangieren. Ich für meinen Teil muß jetzt zu den Münzen, die es im Hotel *El-Khodz* gibt. Ich habe so getan, als wäre ich nicht interessiert, aber jetzt muß ich los und sie kaufen, bevor jemand anders – Mr. Waswasahs Preis war lächerlich niedrig ...«
»Vielleicht sind sie nicht echt«, deutete O'Hanrahan taktvoll an.
»Ich kenne mich in der Numismatik fast ebensogut aus wie mit alten Texten, mein Freund.« Kellner berührte mit dem Zeigefinger seine Zungenspitze. »Sie haben einen gewissen Geschmack. Hahaha, ich habe mit der Zunge an einer probiert, während Sie und der Besitzer sich unterhalten haben, und ich versichere Ihnen, sie sind authentisch! Auf Wiedersehen.«
Thomas Matthias Kellner machte beschwingt auf dem Absatz kehrt, und fort war er.
(Nun, Patrick?)
»Ich hätte gerne eine halbe Million Dollar«, sagte O'Hanrahan laut zu sich selbst.

✡ ✡ ✡

Lucy und der Rabbi gingen eine Straße im ruhigen Viertel am Rand von Mahane Yehude entlang, wo der Rabbi wohnte.
»Ich dachte, daß Sie mich nicht besonders mögen«, sagte Lucy. »Sie schienen immer nur zu wollen, daß ich nach Hause fliege ...«
»Nichts Persönliches«, erwiderte er achselzuckend. »Jedesmal wenn Paddy einen Assistenten hatte, folgte eine Katastrophe. Trotzdem braucht Paddy jemanden, der auf ihn aufpaßt, und mit Ihnen wird's schon gehen.« Er stupste sie an. »Hier ist unsere Straße.«
Lucy fühlte sich leicht schwindlig, weil sie an einen fremden Ort kommen

und eine authentische Erfahrung machen würde – ein höherer Touristenhimmel als bei einer organisierten Busreise. Der Rabbi kannte sein Viertel offensichtlich gut; er winkte einer stämmigen Frau zu und wechselte einen Gruß mit ihr, winkte einem Ladenbesitzer und wechselte einen Segenswunsch mit ihm. Ein Chassid mit einem wild zugeschnittenen Pelzhut kam vorbei, sie grüßten einander mit *Schalom* und wechselten ein paar Worte auf jiddisch.

»Sie kennen jeden«, bemerkte Lucy, als sie vor seiner Tür standen.

Rabbi Hersch wühlte tief in seinen Taschen zwischen Kleingeld, Schlüsseln und anderen Siebensachen herum. »Wenn man Kleingeld will, hat man die Schlüssel in der Hand, und wenn man die Schlüssel will, erwischt man das Kleingeld«, brummte er. »Hier«, sagte er und bat Lucy, siebzehn Schekelmünzen für ihn zu halten. »Seit Jahren hat diese Tasche ein Loch, seit Jahren.«

»Ich sehe es«, meinte Lucy.

»So? Gutes Mädchen«, räumte er ein. »Eine Stadt voller Schneider«, fügte er hinzu, als er endlich die Schlüssel fand und seine Tür aufsperrte, »und ich finde nicht die Zeit, zu einem zu gehen.«

Lucy betrat die Dreizimmerwohnung des Rabbi; ein großes Wohnzimmer samt Bibliothek, das in eine Eßecke überging; eine Küche, hinter der ein kleiner Garten lag, und seitlich ein Schlafzimmer. Um die Regale und den Schreibtisch herum war es ordentlich, aber über jedem Sofaarm lagen aufgeschlagene Bücher. Ein kleiner Bücherstapel mit einem halben Dutzend eingemerkten Lesezeichen lag auf dem Sessel, der am bequemsten aussah. Die Einrichtung war schlicht. Auf dem Sofa lagen orientalisch gemusterte Decken und auf dem Boden ein Orientteppich, und an der Wand hing ein Wandteppich; auf dem Bücherregal stand ein siebenarmiger Kerzenleuchter, daneben eine Reihe alter Schwarzweißfotografien von Verwandten, die aus der verlorenen Schtetl-Welt blickten, mit langen Bärten und Kopftüchern, wie man sie Anfang des 20. Jahrhunderts getragen hatte.

»Überall Bücher«, knurrte er und nahm den Stapel aufgeschlagener Bücher vom Sessel. »Hier könnt ihr bleiben«, sagte er zu ihnen und legte sie aufs Sofa. »Die Zugehfrau war da, Fatima.«

»Eine Araberin?«

»Ja.«

»Haben Sie keine Angst, daß sie eine Bombe legen könnte?«

Er sah sie an, als sei sie ein hoffnungsloser Fall – nein, sie würde das Leben in Israel nie verstehen. Aber dann wurde sein Blick nachsichtig. »Nein, ich habe keine Angst«, antwortete er einfach. »Hier ist das verdammte Sandelholz ...« Der Rabbi nahm einen geflochtenen, tellerförmigen Korb voller aromatischer Blätter, Rosenblütenblätter, Sandelholz und Zimtrinde. »Jeden Montag bringt sie dieses Zeug«, erklärte er und trug es zum Abfalleimer in die Küche. »Ich wollte ihr sagen, sie soll es seinlassen, weil die Wohnung wie ein Gewürzladen riecht und ich stundenlang niesen muß.« Er warf die Blätter fort. »Aber sie geht immer auf den Markt in Ostjerusalem und mischt das Zeug selbst zusammen, also bin ich still und werfe den Plunder hinaus, wenn sie weg ist.« Lucy hatte das Bedürfnis, etwas klarzustellen. »Ich glaube nicht, daß jeder in Israel schroff und unfreundlich ist, nur ... alle, die ich bisher kennengelernt habe.«
Der Rabbi lachte leise. »Würde es Ihr Mittelwesten-Herz schockieren, wenn Sie erfahren, daß es Menschen auf der Welt gibt, die nicht für *Nettigkeit* leben? Höflich, ja, leistungsfähig und kompetent – das ist mir recht. Zehn Stunden Small talk über Lächerlichkeiten, nein danke. *Nett* zu sein, kleines Mädchen, bedeutet nichts. Es ist mir lieber, jemand sagt mir ins Gesicht, daß ich ein Itzig bin, als ›Hallo, Mr. Rabbi! Wie geht es, Mr. Rabbi? Guten Tag, Mr. Rabbi‹ – und dann das Messer in den Rücken. Möchten Sie Kaffee?«
»Nein, ich habe heute morgen schon zuviel Tee getrunken. Nein, danke.«
Er sah in seinen Schränken nach. »Es ist auch gar kein Kaffee da, das trifft sich also ganz gut. Alten jüdischen Wein hätte ich anzubieten. Manischewitz. Wahrscheinlich mittlerweile zu Essig geworden. Ich werde ihn Paddy geben. Dies hier ist ein bewaffnetes Lager«, wechselte er dann ohne Vorwarnung das Thema. »Nicht überall hört man nachts Maschinengewehrfeuer, dreht sich um und schläft weiter. *Nett* funktioniert hier nicht, nicht mit unserer Geschichte ... die bald enden wird, wenn es nach den idiotischen alten Terroristen geht, die dieses Land lenken.«
»Sie mögen Shamir nicht?«
»Zu alt. Zu alt, so wie ich, zu kompromißlos. Juden sind die besten Diplomaten der Welt, nicht wahr? Disraeli, Kissinger – aber für Israel haben wir nur Krethi und Plethi, die mit niemandem sprechen wollen, der je mit jemandem gesprochen hat, der jemanden kennt, der ein Terrorist war. So redet dieser Shamir daher! Sprengt das Hotel *König David* in die Luft, fünfzig Engländer kommen dabei um, ein Mitglied der jüdischen

rechtsradikalen Untergrundbewegung Irgun – und will nicht mit Terroristen reden. Aber wohlgemerkt«, fügte der Rabbi hinzu, »die Palästinenser haben mehr ihrer eigenen Leute umgebracht als die israelische Armee. Und jetzt, wo Yassir Arafat zuerst dem Papst und dann Saddam Hussein Küßchen gibt – wie sollen da noch Friedensgespräche zwischen Israel und der PLO stattfinden?«

Der Rabbi seufzte resigniert und strich sich über den Bart. »Palästinenserhäuser niederwalzen, die Menschen in Lager stecken, im Libanon einmarschieren, die US-Botschaft bespitzeln, zur Hauptsendezeit einen Haufen steinewerfender Jungen zusammenschießen, Waffen an den Iran verkaufen, Siedler ins christliche Viertel stecken, die USA und die amerikanischen Juden vor den Kopf stoßen, Freundschaften mit Typen wie Mengistu und Pieter Botha knüpfen – was haben wir unter diesen Clowns richtig gemacht? Mittlerweile schießt die Inflation himmelhoch, die Wirtschaft ist ein Scherbenhaufen, Tausende von Immigranten kommen herein, als wären wir Ellis Island und würden im Geld schwimmen. Ich als Produkt einer viertausend Jahre alten Kultur ... ich kann nur sagen: o weh.«

»Dann muß es doch ein wenig tröstlich sein zu sehen, wie fest die USA hinter Israel stehen.«

»Hey, ich zähle die Tage. Eure Regierung kann auch nicht mit Billionen von Dollars um sich werfen; die drei Milliarden Dollar an Israel werden also ganz schnell futsch sein, wenn ihr eine Wirtschaftskrise habt. Ihr habt eine Menge von *schvarzes,* die an ihrer Sozialhilfe hängen und erkannt haben, daß sie mehr bekommen würden, wenn Israel nichts bekäme. Jedesmal wenn ein schwarzer Politiker aufsteigt, ist er gegen Israel eingestellt und antijüdisch; von *Judenstadt* ist die Rede, nicht wahr? Um Himmels willen, es waren eine Menge Juden, die in den sechziger Jahren nach Mississippi und Alabama gegangen sind und sich die Köpfe haben einschlagen lassen, weil sie für das Wahlrecht der Schwarzen eingetreten sind. Reden wir noch mal von Undankbarkeit, ja?«

»Es wird nicht besser, wenn Sie sie *schvarzes* nennen.«

»Was?« fragte er achselzuckend.

»Das ist die jüdische Art, *Nigger* zu sagen.«

Der Rabbi überlegte. »Nein, ist es nicht. Okay, ich werde das Wort nicht mehr gebrauchen. Zumindest nicht in Ihrer Anwesenheit.«

»Ich glaube, das Ressentiment der Schwarzen hat etwas zu tun mit dem Bild, das Hollywood – und das war in der Hand von Juden – über sie verbreitet hat, und mit der Schallplattenindustrie, die noch in der Hand von Juden ist, und außerdem verkauft Israel Waffen an Südafrika ...«

»Heiliger Jesus Christus! Verstehen Sie, wie Antisemitismus funktioniert, kleines Mädchen? Er hat immer einen Grund, einen ausgezeichneten, einwandfreien Grund, der völlig rational klingt – jüdische Finanzverschwörungen, Juden und Freimaurer; man bringt Juden um, weil sie Komplotte für den Kommunismus schmieden, die Sowjets bringen Juden um, weil sie Komplotte gegen den Kommunismus schmieden ... Zuerst kommt der Haß, dann die rationale Begründung.« Wieder wechselte er das Thema: »Wie geht es mit der Übersetzung voran?«

»Ich habe das zweite Kapitel des Evangeliums in lateinische Buchstaben übertragen, aber bisher ergibt alles nur Unsinn.« Sie seufzte. »Man *kann* das Evangelium doch entziffern, oder? Sie und der Professor reden immer über Meroïtisch, und ich habe im Lexikon nachgeschlagen. Dort steht, es sei eine verlorene Sprache.«

Der Rabbi rieb sich die Augen. »Haben Sie von der Schrift aus dem Indus-Tal gehört? Jedes Jahr hat irgend jemand sie angeblich geknackt, veröffentlicht eine Abhandlung, gibt eine Party – und jedes Jahr hat sich dieser Jemand geirrt. Oder nehmen Sie das Etruskische. Man kennt ungefähr zehntausend Wörter aus dieser Sprache, aber die Grammatik hat man immer noch nicht erschlossen. Glauben Sie lieber daran, daß es verlorene Sprachen gibt.« Der Rabbi öffnete eine kleine Mappe, nahm die Bücher heraus und legte statt dessen andere von einem der vielen Stapel hinein, während er weiterdozierte: »Das ist das Verdammte an diesem Meroïtisch: Wir können die kuschitischen Sprachen ein klein wenig entziffern, außerdem die meisten Dialekte aus Aksum, das altäthiopische Ge'ez und das Falasha-Semitische, ein bißchen von dem nubischen Gekritzel ... und dann haben wir hier diese verteufelte Schrift, das Meroïtische aus der Mitte des 1. Jahrhunderts. Ägypter und Griechen waren in Meroë, Römer, Juden, dann die Christen – sie trieben Handel mit Persern, Indern, sogar mit den Chinesen. Ein Haufen *schvarzes,* äh, Schwarzafrikaner – aber ich kann Ihnen versichern, keine andere Gesellschaft dieser Zeit war ähnlich kosmopolitisch. Bei all diesen Einflüssen müßte die Sprache kinderleicht zu entschlüsseln sein! Aber es gibt keine *Spur* von irgend etwas Vertrautem.«

Lucy seufzte. »Es besteht also die Möglichkeit, daß Sie und Dr. O'Hanrahan das Rätsel nie lösen werden.«

»Nein«, antwortete der Rabbi mit harter Stimme, »die Möglichkeit besteht nicht!«
Lucy ließ ihn einen Augenblick nachdenken.
»Weil Rabbi Jacob Rosen dieses Ding, etwa zwei Wochen nachdem er es gekauft hatte, lesen konnte. Aber er war sehr verschwiegen. Durch ihn wissen wir, daß das Evangelium an Josephus, den jüdischen Historiker, adressiert ist und angeblich vom Apostel Matthias stammt. Rabbi Rosen sagte auch noch andere Dinge, aber wer achtete schon groß darauf? Wer konnte ahnen, daß er sterben würde, während er mitten in der Übersetzung steckte, geschweige denn, daß die Rolle gestohlen werden würde?«
»Hat er Notizen gemacht?«
»*Ein* Blatt von seinen Notizen – er hatte Hunderte von Seiten beschrieben – ist dem Dieb entgangen. Der Rabbi hatte es als Lesezeichen benutzt, und ich habe es zufällig gefunden. Eine Reihe von Sätzen stehen darauf, von denen wir glauben, daß sie in der Schriftrolle vorkommen. Aber genau wissen wir es nicht.«
Lucy erinnerte sich, daß sie diese Sätze, hingekritzelt auf hebräisch, in O'Hanrahans Tasche gesehen hatte, bevor seine Unterlagen auf dem Berg Athos gestohlen worden waren: *Die Hure Helena. Benjamin der Sklave. Alle Häresien widerlegt. Die Gebeine des Messias.*
»Und dann die Sache mit dem letzten Kapitel«, fügte der Rabbi hinzu. »Rosen kam einmal auf dem Gang an mir vorbei und schien sehr aus der Fassung, was auffallend war – normalerweise war er immer fröhlich. Ich war 1949 Doktorand und zögerte, mit dem großen Mann seichte Konversation zu machen, aber ich fragte ihn doch, was los sei. Er sagte, das Evangelium sei ein sehr gefährliches Buch. Ich fragte, was er meine, und er antwortete: ›Wenn es auf das hinausläuft, was ich vermute, wird es auf der Welt keinen *sheygets* geben, der dieses Ding nicht verbrennen will.‹ Und dann sagte er noch: ›Glauben Sie, daß die Nichtjuden das überleben könnten?‹«
Lucy grübelte darüber nach. »Sie glauben also, in diesem letzten Kapitel steht etwas Unangenehmes über Christus.«
»Ich glaube nicht, daß Professor Rosen lange genug gelebt habt, um bis zu diesem letzten Kapitel vorzudringen.«
»Und nun ist es verloren.«
Der Rabbi antwortete nicht direkt. »Es ist nicht bei der Schriftrolle dabei, aber ich würde nicht sagen, daß es verloren ist.«

Rabbi Hersch beschloß, das Sakko zu wechseln, und ging in sein Schlafzimmer. Lucy stand auf und betrachtete erneut die alten Fotos. Ein Mann und eine Frau waren abgebildet, ein Rabbi und seine junge Braut mit schönen, hoffnungsvollen Augen, das Haar zurückgestrichen unter dem Kopftuch. Der Mann hatte Rabbi Herschs Augenbrauen und seinen klugen Blick. Der Hintergrund erinnerte an eine mitteleuropäische Stadt. Lucy meinte, O'Hanrahan habe ihr erzählt, daß der Rabbi von seinem Onkel in Brooklyn aufgezogen worden war. Aber dieses Paar – es könnten seine Eltern sein. Warum glaubst du, daß er ...

Oh, natürlich. O nein. Nicht wieder der Holocaust. Dieser klaffende Abgrund, der hinter dem Alltag in Israel lauert, der nur in wenigen glücklichen, abgelenkten Augenblicken fort ist – bei einer Hochzeit oder wenn man in ein Buch vertieft ist –, aber niemals wirklich fort, dieses nicht wiedergutzumachende Unrecht. Lucy wandte sich ab von dem Regal und den Fotos, sie wollte keinen Anstoß geben, dieses Thema anzuschneiden und zu hören, wie Rabbi Hersch diese Worte sagte, diese Litaneien von toten Verwandten und Leuten, die nicht rechtzeitig aus Europa herauskommen konnten, die statt dessen ihre Mittel darauf verwandt hatten, ihre Kinder hinauszuschmuggeln. Dieser scharfe Stich von Trauer, den sie fühlte – multipliziert mal zwei, dann mal fünf für alle Onkel und Tanten von Mordechai Hersch, dann mal zehn für die nahe Familie, dann die Augen schließen, das Ganze mal eine, zwei, drei, vier, fünf, sechs Millionen ...

»Bei *Golda's* wird es Ihnen gefallen«, sagte der Rabbi munter, als er hereinkam, um einen weiteren Bücherstapel vom Sofa auf den Eßtisch zu laden.

Lucy wandte sich ab. Mit welcher Würde pflegte er ihr Andenken – an keinem Punkt ihrer freundschaftlichen Debatte hatte er ihren Tod oder sein eigenes Leid prostituiert. Hatte es ihn fundamental verändert und geformt? Es mußte so sein. Hatte er deshalb keine Frau und keine Kinder, aus Furcht vor noch mehr Verlusten? Hatte er deshalb Rabbi werden müssen – ein großer Rabbi? Um die Stelle des Vaters einzunehmen, den er nie richtig kennengelernt hatte, um ein gemeinsames Leben mit ihm zu haben, vielleicht denselben Spuren von Gedanken und Vernunft zu folgen?

»... man weiß, daß es einen Jahre seines Lebens kostet«, sagte der Rabbi, »aber ich kann nicht auf den Borschtsch bei *Golda's* verzichten. Sie

serviert ihn kalt wie einen Milkshake, und dann sieht man, wie sie Sauerrahm hineinrührt ... Man spürt förmlich, wie die Arterien sich verstopfen, aber ...«
Was hat die Welt einem Mann wie Rabbi Hersch zu sagen? Nur Gott kann eine angemessene Antwort auf sein Leid geben, eine angemessene Entschädigung für seinen Verlust. Seine Trauer dauert ein Leben lang. Für mich, dachte Lucy weiter, war es nur für einen Augenblick – aber meine Augen haben sich mit Tränen gefüllt, mein Herz hat gebebt, und dabei habe ich ein Millionstel des Grauens erblickt, das einen dazu bringen könnte, das Leben und Gott selbst zu hassen. Ich habe einen Knochen in dem Berg von Gebeinen berührt, meinen Mund mit Asche gefüllt.
(Gut. Jetzt hast du alles, was du wissen mußt, Mein Kind, um den Staat Israel zu verstehen.)

✡ ✡ ✡

O'Hanrahan warf vom Hotel *Intercontinental* aus einen letzten Blick auf die Altstadt im Mittagslicht, den goldenen Felsendom und dahinter den Tempelberg mit seinen Kirchtürmen in der Nähe der Grabeskirche. Dann verließ er das Gebäude, ging zu dem Taxi, das vorn in der Reihe stand, und bat, zum Damaskustor gebracht zu werden, wo er in eineinhalb Stunden Rabbi Hersch und Lucy treffen sollte. Der Fahrer deutete auf einen anderen Fahrer, der ihn wieder an einen anderen verwies, weiter hinten in der Reihe ... »Sind Sie jetzt der Richtige?« fragte O'Hanrahan.
»Ja, ja«, erwiderte der Fahrer und hielt dem Professor die Tür auf.
Als sie den Parkplatz verließen, sah O'Hanrahan eine elegant gekleidete Frau aus dem Hotel kommen und in das erste Taxi in der Reihe steigen, so wie auch er es versucht hatte. »Warum haben die anderen Fahrer mich zu Ihnen geschickt, Sir?« fragte O'Hanrahan.
»Weil wir eine kleine Fahrt vorhaben.«
»Nein, ich brauche keine Rundfahrt«, widersprach der Professor in klarem Arabisch.
»Es ist keine Rundfahrt«, erklärte der Fahrer, immer noch auf englisch.
O'Hanrahan lehnte sich in den Sitz zurück. Wohin würde er wohl diesmal gebracht werden, und wer wollte ihn wohl sehen? Anstatt den Ölberg hinunterzufahren, schien der Fahrer weiter auf die West Bank zuzusteuern, in Richtung eines Dorfes, das die Christen als Betanien kennen und

das die Moslems nach dem auferweckten Lazarus El Azariya genannt hatten. Das war auch die Straße nach Jordanien. Als O'Hanrahan durch die Heckscheibe hinaussah, erblickte er einen roten Golf Sedan, der ihnen dicht folgte. Zusätzliche Sicherheit, meinte O'Hanrahan, für den Fall, daß ich aus dem Auto springe und zu fliehen versuche.

»Wohin fahren Sie mich?«

»Sie trinken gerne Kaffee, nicht wahr?« Der Fahrer setzte O'Hanrahan vor einem einfachen Café mit Eisentischen und Holzstühlen ab. In einem schwarzen Topf wurde starker arabischer Kaffee gebraut. Der rote Golf fuhr weiter, O'Hanrahan verwarf daher seinen früheren Verdacht.

Die Sonne stand nun tief genug im Westen, so daß das Café, das nach Osten ging, im Schatten lag. Die schäbig gekleideten Männer mit der arabischen *kafiyeh* auf dem Kopf, alle aussehend wie Doppelgänger von Yassir Arafat, waren müßig, die Arbeit des Tages war getan – oder wurde vielmehr von ihren Frauen und Söhnen erledigt. Sie beobachteten O'Hanrahan nur mit mäßigem Interesse; ein Hund, der sich im Café herumtrieb, ein Straßenköter, schnüffelte an O'Hanrahans Hosenbein und zeigte kaum mehr Begeisterung.

»Patrick O'Hanrahan?« fragte ein jüngerer Mann mit arabischer Hakennase, der sehr klein und schlank war und in seinem westlichen schwarzen Anzug attraktiv wirkte.

»Mit wem habe ich die Ehre zu sprechen?«

»Mohammed Baqir al-Taki, und die Ehre liegt auf meiner Seite. Ihr Ruf eilt Ihnen voraus, Sir.« Der junge Mann sprach mit hoher Stimme und in ausgezeichnetem Englisch. Mit der rechten Hand rückte er die Stühle an dem Tisch zurecht, der für sie beide gedacht war.

»Ein Abkömmling des berühmten Autors der *Haqqu al-Yaqin*?« fragte O'Hanrahan.

Im selben Augenblick schien es, als müsse sein Gastgeber seine Rührung bezwingen. »O Sir, es ist wahr, was man von Ihnen sagt! Oh, wären Sie nur für den Islam geboren! Welche Ehren hätten wir Ihnen erwiesen! Wie wenig beachtet die christliche Welt die Blüte des Geistes, die Allah, der Gnädige und Großherzige, hat blühen lassen.«

O'Hanrahan nickte zustimmend, als der achtjährige Sohn des Besitzers eine kleine, halbvolle arabische Kaffeetasse vor ihn stellte. »Ein Schiit tief im Land der Sunniten?« fragte O'Hanrahan.

»Ja, obwohl meine sunnitischen Brüder Gegenstand meiner täglichen

Gebete um Aussöhnung sind. Meine Familie ist halb palästinensisch, halb iranisch.«
Eine höllische Mischung, dachte O'Hanrahan.
»Ich bin nicht vom Blut des Mohammed Baqir, auf den Sie angespielt haben, aber ich wurde zu seinen Ehren nach ihm benannt, Friede sei mit ihm ...« Der Junge aus dem Café stellte einen Teller mit Dattelkeksen vor die beiden Männer und huschte davon.
»Haben Sie mich hierhergebracht, um mich in Versuchung zu führen?«
Der Araber lachte unbefangen. »Ah, Sie mögen es als Versuchung ansehen, Sie und Ihre Schriftrolle aus der westlichen Welt fortzulocken, gelehrter Professor«, schmückte er seine Rede aus und näherte sich der Sache auf arabischen Umwegen. »Aber ist es denn eine Versuchung, einem Mann wie Ihnen etwas zu unterbreiten, das zum beiderseitigen Wohle wäre? Die Leute, die ich vertrete, würden viel gewinnen durch ein solches Dokument, wie Sie es besitzen: nicht weniger als die Bestätigung der Prophezeiungen Mohammeds, Friede sei mit ihm.«
»Friede sei mit ihm. Sie, und wen auch immer Sie vertreten, werden einen langen Weg zurücklegen müssen, um mich in Versuchung zu führen«, sagte O'Hanrahan und nippte an dem bitteren schwarzen Kaffee, dem Zitronenschale eine saure Note gab. »Heute vormittag hat man mir eine Million Deutsche Mark angeboten.«
»Soviel Geld können wir nicht bieten, dafür aber eine hochgeehrte Position.«
»Wir?«
»Meine Universität.«
O'Hanrahan war neugierig. »In der West Bank?«
»In Teheran.«
O'Hanrahan war verblüfft, zeigte es aber nicht. »Eine Stelle für mich im Iran? Ich wette, irgendwo in einem Gefängnis.«
Al-Taki schüttelte den Kopf, die großen Augen glänzten feucht und ausdrucksvoll. »Oh, würde der Westen nur die wahre persische Gastfreundschaft kennen!«
»Lieber Freund, ich war im Iran, aber das war der Iran unter dem Schah, und ich fand die Menschen äußerst gastfreundlich, wie überall in der muslimischen Welt. Kein Volk hat einen Kodex größerer Freigebigkeit dem Fremden gegenüber. Aber Regierungen neigen nicht dazu, diese Nächstenliebe widerzuspiegeln.«

»Das kann man auch von den USA sagen, nicht wahr? Die Regierung ist eine Sache, aber die Leute selbst sind sehr, sehr gut.«
Nein, dachte O'Hanrahan finster, die arabische Welt wäre traurig, wenn sie wüßte, wie hartherzig die Amerikaner geworden sind – wie wir unsere Armen auf der Straße verkommen lassen, wie wenig wir uns bemühen, die fortwährende soziale Ungerechtigkeit auszugleichen, wie man im Westen den Fremden als gefährlich ansieht und meidet, anstatt ihn nach muslimischer Art im Haus willkommen zu heißen und ihm Geschenke zu machen. O'Hanrahan erinnerte sich daran, wie er in der Türkei, nahe der Grenze zur Sowjetunion, armenische Kirchen besucht hatte: Hotels brauchte es dort nicht, weil die Ortsansässigen Reisende in ihre Häuser einluden und verköstigten. Als O'Hanrahan einmal unabsichtlich eine Familie beleidigte, weil er versuchte, ihr Geld anzubieten, versicherte man ihm bei Allah, es werde alles ausgeglichen, denn einmal würden sie nach Amerika kommen, wo ihnen diese Gastfreundschaft sicher ebenfalls erwiesen würde. Wenn sie bloß wüßten!
»Denn der Prophet, Friede sei mit ihm«, redete al-Taki weitschweifig drauflos und gestikulierte ausdrucksvoll mit den Händen, »versichert uns, daß Allah höchst großzügig gegenüber seinen Dienern ist, und wieviel mehr gegenüber einem Gelehrten ...« Schließlich kam al-Taki zu seinem Vorschlag: »Wir wollen Sie als Professor an der Universität in Teheran, mein gelehrter Freund«, sagte er lächelnd. »Sie werden jede Befugnis haben, die christliche Schrift zu lehren, vorausgesetzt, Sie widerlegen nicht den Heiligen Koran. Sie werden ein Haus haben und Diener. Das Leben ist sehr billig im Iran ...«
Ja, aber nicht auf die Art, wie er meint, dachte O'Hanrahan.
»... und es ist keine Übertreibung, wenn ich sage, Sie werden leben wie ein König, wie ein Pascha.« Mohammed Baqir al-Taki sah bescheiden lächelnd auf seine Tasse. »Sogar eine Frau können wir für Sie finden, wenn Sie eine haben wollen. Viele junge Frauen wären glücklich, einen so überragenden Gatten zu haben.«
Eine junge Frau?
Hatte er richtig gehört?
Vor seinem geistigen Auge sah er ein Augenpaar unter einem Schleier vor sich, von dem er einmal in Bagdad einen Blick erhascht hatte, als alle Wunder und Geheimnisse des Orients auf ihn einstürmten.
»Eine Frau, sagten Sie?« stammelte O'Hanrahan.

»Aber ja, natürlich. Eine Jungfrau, ich versichere es Ihnen!«
Auf dieser Welt, nun, da er schon am Ende seines Lebens angelangt war, da der Abgrund sich vor ihm auftat, noch einmal eine Frau zu haben – nein, sagte er sich, eine Jungfrau, eine *junge Frau,* ein Mädchen! Wie ist der glatte junge Schenkel in *Tausendundeine Nacht* beschrieben? Ja, die Farbe einer aufgeschnittenen Mandel. *Wir werden Nardenduft abbrennen und nackt in seinem blauen Hexenzauber liegen!*
(Das wurde für einen Jungen in der Vorpubertät geschrieben, Patrick.)
Oh, die Grausamkeit, einem alten Mann, der gerade den Beschluß gefaßt hatte, seinen Frieden zu finden und diese Gedanken zu begraben, ein solches Phantasiebild vorzuhalten! Ha, warum bei einer Frau aufhören? Warum nicht drei oder vier? *Erwachet, meine Kinder, und füllt den Becher, bevor der Wein des Lebens in seinem Krug verraucht!*
»Mein Farsi ist ein wenig eingerostet«, sagte O'Hanrahan zerstreut.
»Es wird viel Englisch gesprochen, und die Texte sind in Arabisch.«
Ja, persisches Arabisch, also eine ganz andere Chose. »Und das ist Ihr Handel? Eine Stelle und ein reiches Leben als Pascha gegen das *Matthiasevangelium*? Warum ist es so wichtig für Sie?«
»Weil es sicherlich die Wahrheit der Aussagen des Korans hinsichtlich des *Isa Mesih,* Jesus Christus, begründen wird, nicht wahr? Und wenn Sie es der Welt präsentieren, wird man uns endlich glauben. Es wird kein geringer Erfolg für den Iran bei seinen muslimischen Brüdern sein, wenn wir den Anstoß zur Vereinigung der christlichen Völker mit den muslimischen unter den wunderbaren Lehren des Propheten Mohammed geben, Friede sei mit ihm.«
»Friede sei mit ihm.«
Al-Taki sah erfreut aus, weil er unterschätzt worden war. »Aber da ist noch mehr. Einen Mann wie Sie könnten wir nicht nur mit armseligen Versprechungen wie einer Frau verlocken ...«
Das will ich wetten, dachte O'Hanrahan, der schon dabei war, eine ganze Phantasie auszuspinnen: seine fleckige, alte Hand auf ihrem Unterleib, die natürliche Schamhaftigkeit des orientalischen Mädchens, wenn die Schleier gelüftet und ihre verletzlichen Brüste dem Gatten dargeboten werden und sie Allah anruft, sie des Augenblicks würdig zu machen!
»Ja, eine Stelle, ein Leben als Pascha, wie Sie sagen, aber noch mehr, viel mehr! Wir haben auch noch ein Evangelium für Sie. Eines, das Ihre Gelehrten Q nennen, glaube ich.«

O'Hanrahan war erneut überwältigt.

Das Dattelgebäck fiel aus seiner Hand, und der Hund sprang unter den Tisch, um es zu fressen.

»Sie haben davon gehört?« fragte al-Taki.

Der Professor fiel fast in Ohnmacht. Er fühlte sich wie ein Dieb vor unbewachten Juwelen, ein Armer vor einem Berg unzählbaren Goldes ... Mohammed Baqir al-Taki hatte die eine Schriftrolle erwähnt, für die O'Hanrahan den *Matthias* im Stich lassen würde! Wie konnte es sein, daß sie diese Rolle besaßen? Das Ur-Evangelium ... obwohl es etwas seltsam war, die Vorsilbe *Ur* vor etwas Jüdisch-Christliches zu setzen. Das ursprüngliche, das älteste bedeutende Evangelium! Lange Zeit bereits *in absentia* analysiert – und nun gefunden! Nein, es mußte ein Hirngespinst sein.

»Die Nestorianer besitzen viele alte Evangelien, wissen Sie«, erklärte Mohammed.

Ja, die Nestorianer, überlegte O'Hanrahan. Eine christliche Sekte, die uns für den größten Teil dieses Jahrhunderts verschlossen war – ihre riesigen Bibliotheken harren noch der Erforschung durch moderne Philologie und Textgelehrsamkeit.

(Unsere armen Nestorianer. Vielleicht die meistverfolgte Sekte der Christenheit, die seit dem Jahr 430, als Nestorius darauf beharrte, Maria könne nicht als die *Theotokos,* die Gottesmutter, bezeichnet werden, in der Opposition war. Dennoch haben sie im Iran und im nördlichen Irak als Assyrische Kirche überlebt, obwohl sie in den dreißiger Jahren von den Kurden – die seither am eigenen Leib schmerzlich erfahren haben, was es bedeutet, vernichtet zu werden – beinahe völlig ausgerottet worden wären.)

»Nestorius befahl seinen Schülern, die frühesten Evangelien aufzubewahren, um zur Marienfrage besser argumentieren zu können. Unsere muslimischen Gelehrten haben *Q* auf das 1. Jahrhundert Ihrer Zeitrechnung datiert und viel darüber geschrieben, aber der Westen geht darüber hinweg und hält uns nicht für glaubwürdig. Kein Christ will zugeben, daß *Q* existiert. Denn natürlich ist es so, wie Mohammed, Friede sei mit ihm, gesagt hat. Es gibt keine Auferstehung Jesu. Allerdings gibt es seltsamerweise auch keine Himmelfahrt.«

O'Hanrahan war erleichtert zu hören, daß *Q* nicht der muslimischen Orthodoxie folgte, denn sonst wäre es mit Sicherheit eine spätere Fälschung gewesen. »Warum haben die Moslems das Ding nicht verbrannt, wenn es nicht mit dem Propheten, Friede sei mit ihm, übereinstimmt?«

»Friede und viele Segenswünsche seien mit ihm.« Al-Taki trank seinen Kaffee aus. »Es sind die Christen, die Bücher verbrennen, nicht die Muslime.«

Nein, dachte O'Hanrahan, ihr sprecht nur *fatwas* aus und bringt Autoren um. Aber er war entzückt. Es wäre natürlich Wahnsinn, nach Teheran zu gehen ... aber die Chance, *Q* zu sehen! Und das Mädchen, nicht zu vergessen, das Mädchen! Und wenn *Q* wirklich echt war, würde dieser Doppelfund, *Q* und der *Matthias,* der größte zweifache Coup in der Kirchengeschichte sein ... Und er könnte der Gelehrte sein, der beide der Welt vorlegte! Unauslöschlicher, unendlicher Ruhm über die Jahrhunderte hinweg!

»Sie müssen unseren irakischen Freunden verzeihen«, bat Mohammed, der seinen Abscheu kaum verbarg, »den Mu'tazilah, die Sie in Griechenland in Schwierigkeiten gebracht haben. So primitive Methoden – Sunniten natürlich. Was will man erwarten! Unverzeihlich. Wir bieten Ihnen ein Leben, das Ihrer würdig ist. Sie haben den ersten Muslim an die Universität von Chicago gebracht, nicht wahr? Sie waren immer ein Freund des Islam.«

»Eine sehr schöne Religion«, bestätigte der Professor und nickte. Für sich selbst fügte er hinzu: Es ist eine Schande, daß eure fundamentalistischen Clowns sie so verhunzt haben ... O'Hanrahan sah, daß der Junge, der sie bedient hatte, zu dem knurrenden Hund ging und ihn kräftig mit einem Stock schlug, um ihn zu vertreiben. Die Männer im Café lachten und applaudierten.

»Ich bin kein Marktschreier, Professor«, sagte Mohammed Baqir al-Taki charmant. »Ich habe mein Angebot gemacht. Ich werde Sie nach Teheran begleiten, wenn Sie wollen. Ich werde Sie auf das große Minarett führen, und Sie können hinuntersehen auf die wundervolle Stadt – Ihre neue Heimat.«

*(Darauf nahm ihn der Teufel mit in die heilige Stadt, stellte ihn auf die Zinne des Tempels ...)*

»Niemand von unserer Fakultät ist so furchteinflößend, wie Sie glauben!« versicherte al-Taki. »Teheran ist nicht Qom; die Universität steht nicht unter der Fuchtel der Mullahs.«

Hier, jetzt hast du deine Karte überreizt, dachte O'Hanrahan.

Natürlich hatte er keinerlei Absicht, diesen akademischen Posten anzunehmen, aber ihm kam der Gedanke, nach Teheran zu gehen, Q anzusehen, mit etwas anderem auszutauschen und sich dann wieder aus dem Staub zu machen ...
(Und wenn sie dich erwischen, wirst du zum letztenmal Fingernägel an den Fingern gehabt haben.)
Und ich könnte lang genug bleiben, um mit einer dunklen, heiratsfähigen persischen Jungfrau verheiratet zu werden, die kein Wort Englisch spricht ...
(Die Versuchungen O'Hanrahans. Was um Himmels willen, fragen Wir uns, wirst du jetzt tun?)

✡ ✡ ✡

Lucy und Rabbi Hersch gingen durch das unter Suleiman dem Prächtigen erbaute Damaskustor. Außerhalb der alten Stadtmauern hielten arabische Händler Hühner hoch, bereit, ihnen mit einem blutigen Messer den Kopf abzuschneiden; Plätzchen, Gebäckstücke und die allgegenwärtigen Sesambrezeln wurden einem vor die Nase gehalten; Lämmer und meckernde Ziegen waren an einem anderen Stand zusammengebunden. Innerhalb des Tors war der Durchgang s-förmig gekrümmt, vermutlich, um den direkten Angriff eines einfallenden Feindes zu verhindern, dachte Lucy. Noch weiter zurückversetzt in alte Zeiten wurde sie, als sie die jüdischen Geldwechsler sah, die mit ihren Wechselkursen hausieren gingen, Schekel für Dollar, für Franc, für jordanisches Pfund – eine Szene, die erschrekkend an einen antisemitischen Propagandafilm aus dem Deutschland der dreißiger Jahre erinnerte. Lucy dachte an Jesus und seinen Zorn darüber, daß dieses Treiben sogar im Tempel weiterging ...
»Sollen wir auf O'Hanrahan innerhalb des Tores oder draußen warten?« fragte Lucy.
»Keine Ahnung«, sagte Rabbi Hersch. »Gehen wir hinein.«
Als sie das Tor wieder betraten, blickte Lucy nach oben auf die Wachtposten auf den Stadtmauern, zwei Soldatinnen und ein Soldat, alle mit Uzis, durchtrainiert und schlank. Sie rauchten und starrten aufmerksam auf die Pilger, bereit dazu, für jeden Anschlag Rache zu üben.
Der Platz um das Damaskustor, der von mehreren arabischen Geschäften gesäumt wird, mündet in drei Fußgängerzonen; rechts erspähte Lucy eine

Teestube und daneben einen palästinensischen Platten- und CD-Laden mit Popmusik. Lucy zog ihren Begleiter dorthin. Mühsam erklärte sie dem Verkäufer, daß sie eine Kassette mit *Greatest Hits* der derzeitigen Popmusik an der West Bank haben wolle; mit vielen Verbeugungen und Lächeln verkaufte man ihr etwas.

Mittlerweile drängelte sich O'Hanrahan, müde und erhitzt, zu der Teestube durch, die von freundlichen Palästinensern geführt wurde. »Besonders intelligent«, rief er verdrießlich, »sich in einem Laden zu verstecken, wo ich euch nicht finde.«

Lucy musterte ihn von oben bis unten. »Haben Sie es geschafft?«

»Was?«

»Den ganzen Tag ohne einen Tropfen Alkohol.« Im selben Moment fragte sie sich, ob es richtig war, das Thema vor dem Rabbi zur Sprache zu bringen.

»Natürlich«, behauptete O'Hanrahan und führte sie zu den Plastikstühlen und Tischen vor der Teestube. »Mann, wie freue ich mich auf eine Tasse guten, starken Pfefferminztee, mmmhh.«

Der Rabbi und Lucy setzten sich; keiner der beiden schien überzeugt von O'Hanrahans Abstinenz.

»Nein, wirklich. Das war mein alkoholfreier Tag, Morey«, beharrte O'Hanrahan, als er stöhnend ebenfalls Platz nahm. »Aber nicht daß ich so was immer bräuchte ...«

Lucy rückte ihren Stuhl so, daß sie die Aussicht auf die von Menschen wimmelnden Passagen hatte, in denen sich Düfte und Aromen vermischten, wo dunkler Rauch von Grillrosten aufstieg, während der Lärm des Gefeilsches und gebrüllter Ratschläge den Boden vibrieren ließ.

Ihr fiel ein besonderes Gefährt auf, das speziell für die Altstadt kreiert worden war – und die Jungen, die damit »fuhren«: ein Karren, manchmal zwei-, manchmal vierrädig, den die Jungen kräftig anschoben; dann sprangen sie hinten auf, um in halsbrecherischem Tempo die abwärts führenden Gassen und ausgetretenen Treppen hinunterzusausen. Ihr gellendes Geschrei warnte die Passanten, aus dem Weg zu gehen. Um zu bremsen, sprangen sie auf einen alten Autoreifen, der hinter dem Karren hergeschleift wurde, und ihr Körpergewicht brachte das Gefährt quietschend zum Stehen. Der Rabbi, der dieses Schauspiel ebenfalls beobachtete, erzählte, daß diese Jungen in jahrelanger Übung auf diesen Karren, dem einzigen Transportmittel in Altjerusalem, ihre Kunst meisterhaft beherrschen lernten – sie könnten auf einem Centstück anhalten und wenden. Lucy sah einem jungen Mann auf einem mit Äpfeln beladenen Karren zu, der durch das Damaskustor sauste und furchtlos die Menschenmenge teilte, während die Passanten gleichmütig aus dem Weg gingen, ohne ihre Gespräche zu unterbrechen.

Es war Abend. Lucy betrachtete das orangefarbene Licht auf dem polierten weißen Stein der Stadtmauern, das in alle Gassen des arabischen Viertels drang und weiße Bettücher, die an Wäscheleinen trockneten, erglühen ließ. Aber keine Oberfläche war besser geeignet, den Glanz des Abendrots festzuhalten, sich darin zu baden, als der alte, von der Zeit geglättete Stein.

»Die goldene Kuppel des Felsendoms fängt die Sonne wirklich schön ein ... und dahinter der Ölberg«, sagte der Rabbi. »Der Messias konnte sich keinen besseren Ort aussuchen, um zurückzukehren, obwohl ich eher den Verdacht habe, daß er morgens kommen wird.«

»Damit er besser das Goldene Tor anpeilen kann«, murmelte O'Hanrahan, der den Tee mittels einiger Pantomimen bestellt hatte.

»Durch das der Messias die Stadt betreten muß«, erklärte der Rabbi, als er Lucys Verwirrung bemerkte.

»Wie hält man einen Durchschnittsmenschen davon ab, durch dieses Tor zu gehen?« fragte sie.

»Oh, es ist mit Steinen dichtgemacht«, antwortete der Rabbi. »Ein Wunder wird nötig sein, um es zu öffnen, und wenn das geschieht, wird es das Zeichen sein, daß wir es mit dem richtigen Messias zu tun haben. Und die chassidischen Lubavitchers sagen, daß es bald sein wird.«

Lucy verdrehte die Augen. »Bitte, nicht schon wieder die Endzeit. Sie beide haben mir damit schon genügend Angst eingejagt. Überall, wo wir waren, haben Sie gesagt, das Ende der Welt sei nahe.«

Alle drei schwiegen und hingen düsteren Gedanken nach. Würde Jerusalem in einem halben Jahr noch stehen? Wohin würde der schwelende Kuwait-Konflikt führen – zu Atombomben, zu biologischen und chemischen Waffen? Zum Tag des Jüngsten Gerichts?

Eine Kanne Pfefferminztee und drei Teegläser kamen. Außerdem stellte der Besitzer einen Teller auf den Tisch: sechs große Mandelkekse, mit weißem Puderzucker bestreut.

»Wie ich schon sagte«, teilte Lucy mit und nahm einen Keks, »ich bin zu jung, um gerichtet zu werden.«

»Es gibt eine verblüffende Prophezeiung aus dem 13. Jahrhundert, über die hier schon viel diskutiert worden ist«, fuhr der Rabbi fort, »die besagt, daß die Mederkönige – und dieses Reich würde Bagdad und Saddam Hussein einschließen – die Herrscher Arabiens angreifen werden, was im Augenblick gerade in Arbeit ist; sie würden einen König den Jordan herunterbringen, womit wohl König Hussein gemeint ist. Und das werde die Welt in einen Krieg stürzen, der den Beginn der Endzeit, die Ankunft des Messias und den Triumph Israels markiert. Die Lubavitchers haben Aufkleber auf dem Auto mit dem Spruch: *Wir wollen den Messias jetzt.*«
»Das sollte doch wohl Gottes Aufmerksamkeit erregen«, knurrte der Professor.
Lucy sah, daß die Steine der Altstadt sich rot gefärbt hatten; hinter der Stadtmauer leuchtete der Himmel in warmem Violett. Seltsam, dachte sie, daß überhaupt jemand an diesem lieblichen, gesegneten Ort kämpfen will. Und doch sah man es in den Nachrichten, die Straßenkämpfe, das Tränengas in Ostjerusalem. Überall inmitten dieses geschäftigen Treibens von Menschen waren israelische Soldaten, erbarmungslos und anmaßend, die ihre Uzis nicht widerwillig benutzten. Wie viele Tote zählte man bisher? Über 400 Palästinenser, die bei der *Intifada* bisher umgekommen waren, zumeist Jungen im Teenageralter aus Elendsvierteln, für deren Verbesserung man nichts getan hatte – ein Milieu, das sich seit der Besetzung dieses früher jordanischen Gebietes ausgedehnt hatte, eines Gebietes, das 1917 nicht mehr als 90 000 Juden aufzuweisen hatte. Ja, man konnte es wegwischen wie der Rabbi, aber es gab tiefe, nicht behebbare Unterschiede und schlimme Ungerechtigkeiten; Kinder, die umgebracht, Häuser, die plattgewalzt wurden, und Menschen, die 25 Jahre in schrecklichen Flüchtlingslagern verbracht hatten.
Und trotzdem – es war komplizierter, als ein Außenstehender es sich vorstellen konnte.
Am Vormittag, als Lucy herumgelaufen war, hatte sie einen Andenkenladen voller T-Shirts entdeckt – in einem der vielen höhlenartigen Räume abseits von einer alten Straße, der die letzten dreitausend Jahre über als Warenlager gedient hatte. Auf einem T-Shirt waren ein Davidstern und eine Uzi abgebildet, darunter der intelligente Spruch: *Uzi macht's.* Nein, hatte Lucy gedacht, das ist nicht mehr lustig: »Witze« übers Töten.
Auf einem anderen T-Shirt stand: *Keine Sorge, Amerika, Israel steht hinter dir.* Schöne Ironie. Anscheinend kam es israelischer Arroganz entgegen,

amerikanische Loyalität zu verunglimpfen – als wäre dieses kleine zionistische Unternehmen ohne die drei Milliarden Dollar pro Jahr möglich gewesen! Ihr glaubt wohl, die USA könnten ihr Geld nicht für etwas Besseres ausgeben: Palästinenser in ihren Dörfern umbringen, wo sie seit Jahrhunderten gelebt hatten! Aber wer führte diesen T-Shirt-Laden? Ein Palästinenser im arabischen Viertel, dem die Botschaften, die auf seiner Ware verbreitet wurden, so egal waren wie den streunenden Katzen, die er von seiner Ladentür verscheuchte.

Und am letzten Abend, erinnerte sich Lucy, als sie und der Professor aus einem netten jemenitischen Restaurant zurückkamen, den Geschmack des jemenitischen Tees noch auf der Zunge, hatten sie in der Nähe des Mehane-Yehuda-Viertels einen Rock'n'Roll-Club gesehen, der in jede westliche Stadt gepaßt hätte. Und vor dieser Disco hatte eine Gruppe chassidischer Jungen gestanden, mit Hüten, Ohrlocken und schwarzen Anzügen. Einer der Jungen hatte verwegen sein Hemd aufgeknöpft; ein anderer, eindeutig betrunken und laut lachend, hatte seine schwarze Jacke über und über besteckt mit Buttons für Rockbands und mit zionistischen Slogans. Hatten sich diese Jungs gegen den Willen ihrer Eltern heimlich aus der Mea-Shearim-Synagoge gestohlen, während zu Hause eine händeringende Mutter oder ein strenger, brüllender Vater wartete? Nein, Lucy glaubte das nicht. Es waren einfach ein paar Kids, die nach dem Sabbat eine wilde *saturday night* feierten. Heute tanzten sie zu *Bon Jovi* und *Bel Biv Devoe,* aber sie würden erwachsen werden und durch das arabische Viertel rennen, die Köpfe bedeckt und die Augen niedergeschlagen. Sie würden versuchen, die Luft der Ungläubigen nicht einzuatmen, und erleichtert den Staub von ihren Schuhen wischen, wenn sie die Synagoge in der Neustadt erreicht hatten. Auch hier zeigte sich wieder: Israel ist viel, viel komplizierter, als man es nach seiner ersten, zweiten, dritten oder, weiß Gott, auch hundertsten Einschätzung meint.

Da waren die Moslems, die ihren Muezzin und ihren Gebetsruf nach der Omarmoschee ausrichteten, um nicht das Glockenläuten der gegenüberliegenden Grabeskirche zu stören, obwohl das Heilige Grab für sie eine Beleidigung war.

Oder die rührenden Schwestern Jesu, die ihren Laden mit religiösen Artikeln an der VII. Station des Kreuzwegs schlossen, um sich solidarisch mit den Arabern zu zeigen und am Streik teilzunehmen, obwohl sie Israel ihre Sicherheit verdankten.

Da war der Leserbrief eines älteren Zionisten, der das oft geäußerte Ansinnen, den Felsendom abzureißen und einen dritten Tempel zu errichten, für ästhetischen Blödsinn hielt, weil er den Dom mochte und von seinem Fenster aus sehen konnte.
Oder die anglikanische Schule voller palästinensischer muslimischer Studenten mit einem arabischen Bischof als Leiter, die Auslage von Yarmulkes in einem religiösen Geschäft, auf denen Mickymaus und Bart Simpson prangten. Warum war es egal, was auf dem Käppchen abgebildet war, wenn es andererseits so viel bedeutete, daß ein Mann es trug?
Obwohl Israel von einem christlichen Land abhängig war, hatte die israelische Regierung in diesem Frühjahr heimlich versucht, jüdische Siedler ins christliche Viertel einzuschleusen, und so für eine unnötige Dissonanz zwischen den normalerweise verbündeten Christen und Juden gesorgt. Was für ein absurdes Ziel sollte dieser Plan verfolgen?
Gab es auf der Welt noch ein Land, das so unergründlich war?
»Sehen Sie mal, wen wir da haben«, sagte O'Hanrahan, der gerade in die al-Wad Avenue spähte, die aus dem arabischen Viertel herausführte: Colonel Westin und sein Landsmann, der kleine Mr. Underwood. »Versuchen Sie, sich zu ducken ...«
»Jemand, den ihr kennt?« fragte der Rabbi.
Fast wäre der Colonel an O'Hanrahan vorbei und durch das Damaskustor gegangen, aber dann entdeckte er ihn doch, blinzelte, um sich zu vergewissern, nahm Mr. Underwood am Arm und führte ihn zu dem Tisch des Trios. »So, so, so, ist das nicht unser unerschrockener Mr. O'Hanrahan? Clem hat mir erzählt, daß er Sie in der Stadt gesehen hat, und hier sind Sie tatsächlich.«
»Hier bin ich.«
Underwood lächelte Lucy an, und sie wandte instinktiv den Blick ab.
Colonel Westin sog zischend Luft durch die Zähne. »Könnten wir ...« Er brach ab, als sei seine Bitte offenkundig. »Sie wissen? Ein Wort unter vier Augen.«
Sehr langsam standen Lucy und Rabbi Hersch auf, als deutlich wurde, daß O'Hanrahan nicht die Absicht hatte, sich höflich vom Tisch zu entfernen. »Wir kaufen Ihnen ein anständiges Halva, kleines Mädchen«, schlug der Rabbi vor. »Ich weiß einen guten Laden.«
Lucy schnappte sich noch einen Mandelkeks und folgte ihm.
Underwood und Colonel Westin setzten sich auf die frei gewordenen

Stühle. Colonel Westin verschränkte kopfschüttelnd die Hände. »Anscheinend müssen Sie sich immer Ärger einhandeln, Mr. O'Hanrahan.«
»Ich bin mir nicht bewußt, daß ich irgend etwas Schlimmes getan hätte, Colonel.«
Underwood und der Colonel wechselten einen blasierten, verschwörerischen Blick, als teilten sie einen Witz, den nur sie verstanden.
»Was ist so lustig?« fragte O'Hanrahan.
»Sehen Sie, ich weiß, was Sie vorhaben, Professor«, sagte Colonel Westin vertraulich und sog wieder Luft durch die Zähne. »Clem hat es nicht kapiert, aber ich habe es ihm gesteckt. Ihr Spielchen ist bei mir gut aufgehoben.« Während Underwood einen wissenden Gesichtsausdruck aufsetzte, klopfte Westin dem Professor auf den Arm.
»Sie sind mir also auf die Schliche gekommen?« fragte O'Hanrahan.
»Miss Dantan und Ihnen. Oh, ich akzeptiere das, in Ihrem Alter ... hehe. Ich habe ein paarmal mit Chicago telefoniert. Sie brennen mit Geldmitteln des Fachbereichs und einer jungen Dame durch und besuchen dann die Strände Italiens und Griechenlands. Ihre Eltern und die Universität melden das Mädchen bei *Interpol* als vermißt, und natürlich ist sie zusammen mit Ihnen in einem kleinen Liebesnest. Hätte es nicht diese dumme Geschichte mit den entstellten Ikonen gegeben, wäre Ihre kleine Ferienreise nie entdeckt worden, nicht wahr? Ich habe das Szenario richtig getroffen, nicht wahr?«
O'Hanrahan ließ ihn in dem Glauben, daß es so sei. »Najaaa, in Ihrem Mund klingt das so ... schmutzig.«
»Wie ich sagte, hehe, in Ihrem Alter, Sir! Viel Erfolg!«
Auch Underwood strahlte ihn wohlwollend an.
»Aber ich wollte über etwas anderes mit Ihnen sprechen«, erklärte Colonel Westin. »Es würde uns beim Zoll helfen ...«
»Und uns von der Botschaft«, warf Underwood ein.
»... wenn Sie so nett wären und keine ruchlosen Kontakte mehr pflegten, Mr. O'Hanrahan. Sie können sich vorstellen, wie besorgt wir sind.«
»Was für ruchlose Kontakte meinen Sie, Colonel?«
Der Colonel sog zischend Luft durch die Zähne und schüttelte den Kopf, als wolle er ihn ausschelten. »Sie wissen, wen wir meinen. Mustafa al-Waswasah im Hotel *El-Khodz*.«
O'Hanrahan zügelte seinen Ärger. »Er ist kein gefährlicher Mann, Colonel. Er handelt mit seltenen Gebrauchsgegenständen und antiken Texten.

Ich kenne ihn seit den Tagen der Qumran-Rollen«, fügte er hinzu und erinnerte sich an den schwarzen Mercedes, der versucht hatte, ihm zu folgen.
Underwood hatte einen Notizblock und eine Lesebrille hervorgezogen und setzte eine amtliche Miene auf. »Wir haben aus glaubwürdiger Quelle erfahren ...«
Colonel Westin tat, als müsse er sich laut räuspern.
»Was?« flüsterte Underwood.
Der Colonel fuhr fort, sich zu räuspern, bis Underwood begriff, daß er eben gewarnt wurde, die Quelle preiszugeben.
»Ich habe ihm nicht gesagt, von wem wir es haben«, flüsterte Underwood.
»Sagen Sie es bloß nicht laut.«
»Hatte ich nicht vor.«
»Also«, setzte Underwood von neuem an, »egal, wo wir das gehört haben, aber wir haben mitbekommen, daß Mr. Waswasah einige illegal erworbene Antiquitäten als Hehler übernommen hat, insbesondere einige römische Münzen.« Underwood seufzte und sah sehnsüchtig auf die puderzuckerbestreuten Mandelkekse.
»Römische Münzen«, wiederholte O'Hanrahan.
»Ja«, bestätigte der Colonel. »Ich will nicht sagen, daß sein ganzes Unternehmen illegal ist, aber wie ich höre, behauptet er, einen Numismatik-Handel mit Münzen aus der Antike zu betreiben, und manche dieser Stücke stammen eindeutig nicht aus der Quelle, die er angibt. Wir sind nicht sicher, woher er sie bekommt, aber wenn die israelische Regierung seine Quelle findet, wird das Konsequenzen haben. Wir wollten sichergehen, daß Sie nicht in die Sache verwickelt werden.«
»Vielen Dank für die Warnung, Gentlemen.«
»Diese Kekse sind ziemlich gut, nicht wahr?« fragte Underwood.
O'Hanrahan ließ sich nicht dazu bewegen, ihm einen anzubieten.
Der Colonel erhob sich, und Underwood folgte seinem Beispiel, während O'Hanrahan an sich halten mußte, um nicht zum Ausdruck zu bringen, wie sehr sie ihn an Laurel und Hardy erinnerten.
»Halten Sie sich raus aus der Sache, Mr. O'Hanrahan«, riet der Colonel abschließend, »und lassen Sie es uns wissen, wenn weitere islamische Gruppen versuchen, Kontakt mit Ihnen aufzunehmen. Sie kennen viele von diesen Antiquitätenhändlern, und islamische Händler, die auf dem akademischen Schwarzmarkt so viel Geld machen, haben Kontakte zu

Terroristengruppen und radikalen Oppositionseinheiten – es ist einfach am besten, sich ganz herauszuhalten.«
»Griechenland ist eine Sache«, meinte Clem Underwood und fuhr sich mit der Hand durch das schüttere, sorgfältig über den Kopf gekämmte Haar.
O'Hanrahan richtete seine Aufmerksamkeit auf den Ring an Underwoods rechter Hand; ein schwarzer Stein mit einem Emblem, das ihm bekannt vorkam, er hatte es sicher nicht zum erstenmal vor Augen. Auch Lucy hatte gesagt, sie habe dieses Zeichen schon einmal gesehen.
»... aber Jerusalem ist ein anderes Kaliber«, schloß Underwood unbehaglich, bevor er fragte: »Mr. O'Hanrahan, kann ich einen Keks haben?«
»Sie werden da drin verkauft«, erwiderte O'Hanrahan und deutete auf den alten Torweg, in dem sich der palästinensische Teeladen befand.
»Ich hole mir schnell ein paar, John«, sagte Underwood und schlängelte sich an ihnen vorbei in das Geschäft.
O'Hanrahan beschloß, die Sache interessanter zu machen.
»Colonel Westin«, sagte er vertraulich, »ich habe heute morgen in Athen angerufen. Und es gibt keinen Clem Underwood, der für die Gesandtschaft in Griechenland arbeitet, weder in Athen noch in Thessaloniki. Die Botschaft hat das sehr gründlich nachgeprüft. Nicht bei der Kasse, nicht beim Zoll, nicht in der Verwaltung – nirgendwo.«
Colonel Westin zuckte nicht mit der Wimper. »Das weiß ich«, fauchte er.
»Sie dagegen, Colonel, sind tatsächlich beim US-Zollbüro registriert, daher habe ich das Gefühl, Ihnen vertrauen zu können. Wer ist dieser Underwood?«
»Äh, wir sind noch dabei, das nachzuprüfen, Professor«, sagte er, als spreche er über eine geheime Kriegsmission. »Ich glaube, es ist besser, zu diesem Zeitpunkt nicht darüber ...«
O'Hanrahan unterdrückte ein Lächeln. Dieser Kerl hatte ganz offensichtlich nicht die leiseste Ahnung gehabt; er hatte zum erstenmal von Underwoods falscher Identität gehört.
»Jawohl«, sagte Colonel Westin, offensichtlich nervös. »Das wird alles in die offizielle Akte über diese Angelegenheit kommen, Mr. O'Hanrahan ... schsch, da kommt er.«
»Haben Sie Ihre Kekse, Mr. Underwood?« fragte O'Hanrahan in einem Tonfall, der schon an Spott grenzte.
»Mhhmh«, brummte der mit vollem Mund.

Colonel Westin und Underwood gingen durch das Damaskustor; bei jedem Schritt Colonel Westins mußte Underwood zwei Schritte machen. O'Hanrahan sah ihnen nach und nahm nun selbst einen Mandelkeks.
Der Rabbi und Lucy kamen zurück.
»Wer waren diese Typen?« fragte der Rabbi.
»Der Große ist ein Colonel, den man eine Weile in die Sommerfrische geschickt hat, ein armer Beamter im diplomatischen Dienst, ich habe ihn überprüft. Er hat Angst, ich könnte Antiquitäten außer Landes schmuggeln. Der Kleine behauptet fälschlicherweise, bei der Botschaft zu sein, und hat sich aus irgendeinem Grund an den Colonel angehängt.«
Lucy nahm einen Keks. »Haben Sie das Emblem auf seinem Ring bemerkt?«
O'Hanrahan nickte. »Ja. Scharfe Augen, Schwester Lucy. Ich habe das auch schon einmal gesehen.«
Der Rabbi sah finster drein. »Zu viele Leute interessieren sich in letzter Zeit für uns. Das ist nicht gut.« Er starrte seinen Freund durchdringend an. »Führst du etwas im Schilde, was ich besser wissen sollte?«
O'Hanrahan lächelte seelenruhig; mit keinem Zeichen ließ er erkennen, daß man ihm an diesem Tag eine Million Deutsche Mark oder aber einen *harim* in Teheran angeboten hatte, wenn er Lucy und Mordechai, die ihm vollkommen vertrauten, betrog. »Nein«, antwortete er und lachte leise. »Hast du vielleicht was vor?«

*7. August*

O'Hanrahan hatte Stunden im vertrauten Moder- und Staubgeruch einer ausgezeichneten Bibliothek verbracht und beschloß, daß er eine Pause verdient hatte.
O'Hanrahan hatte sich lange verkniffen, was er nun tun wollte, aber die Versuchung wurde unwiderstehlich. Er ging ein paar Gänge weiter nach hinten zu den Propheten und den *Besharim,* den Kommentaren. Zwei ganze Regale für Ezechiel, ebenso für Jeremia und Jesaja. Dann die »kleinen« Propheten. Vor ihm im Regal stand *Habakuk: Die Großen Kommentare.*
Ein Meisterwerk. Eine Ausgabe in Hebräisch, eine in Englisch. Sie erklärten den Propheten und die Kommentare und die Kommentare über die

Kommentare, die *Midraschim*. Das *Buch Habakuk* in der Bibel umfaßt nur drei kleine Kapitel, und dennoch hatte der Autor dieses Kommentars es fertiggebracht, darüber 450 Seiten zu verfassen, in der besten Tradition jüdischer Gelehrsamkeit, bei der der Originaltext zurücktritt hinter der Arbeit eines assoziativ denkenden Geistes, der frei mit dem Stoff spielt. Jahrhundertelang hatten Juden und Nichtjuden das *Buch Habakuk* in der Bibel gelesen, diesen großen Dialog zwischen Gott und seinem Propheten, der gefangen war bei den Chaldäern. Ja, wir verdienen deinen Zorn, o Herr, aber muß es durch die Hand der Chaldäer sein, die soviel größere Frevler sind? Wie oft mußten Juden sich an diese Zeilen erinnert haben, als sie später durch die Hand der Griechen, Römer, Byzantiner, Katholiken, Moslems und Nazis litten. *Doch Jahwe ist in seinem heiligen Tempel. Vor ihm schweige die ganze Erde!* O'Hanrahan blätterte weiter und überflog ein paar Abschnitte. Das Buch war in gelehrter und doch stets wunderbar flüssiger Prosa geschrieben. *Habakuk* war vollkommen. Ein kleines Buch, ein »kleiner« Prophet, über den für die meisten alles zur Zufriedenheit gesagt war.

Mordechai Hersch! Wie hast du das fertiggebracht! Du Genie! Du alter Schurke! Woher hast du diese Geduld, diese Disziplin? Hätte Gott mir nur *eines* dieser Bücher mit meinem Namen gewährt ...

(Du hast mehr als genug Intellekt mitbekommen, um eines zu schreiben.)

Ich weiß, ich weiß, dachte O'Hanrahan, als er durch das Register blätterte. Sieh dir die Fußnoten an: Jede kleinste Flexion der hebräischen Tempora wird wahrgenommen. Bei diesen prophetischen Schriften überaus wichtig – ist Gottes Zorn im Konditional oder im zweiten Futur ausgedrückt? Schau dir diese Danksagungen an ... O'Hanrahan schloß das Buch und hielt es ehrfürchtig in der Hand, eine Art moderne Reliquie des Intellektuellen. Du sollst nicht begehren deines Kollegen Werk, sagte er sich. Sieh dir an, was sie über den Autor schreiben: *Mordechai Israel Hersch lehrt Hebräisch und Vergleichende Religionswissenschaft an der Hebräischen Universität. Er übernahm den Lehrstuhl von Professor Rosen* etc. etc., Listen von Auszeichnungen und Anerkennungen, ehrenhalber verliehene akademische Grade. *Weitere Werke des Autors: »Die Aschkenasim in Preußen 1880–1900«*. Sein erstes Buch, nicht brillant, aber gründlich und beachtenswert, erinnerte sich O'Hanrahan. *Neue Offenbarungen aus Qumran,* das Ergebnis seiner Arbeit an den Schriftrollen vom Toten Meer. Ich habe die doppelte Zeit an der *Dankeshymne* gearbeitet, dachte er bitter, und habe trotzdem nichts darüber geschrieben. *Nicht der Messias*, ein Pamphlet gegen die »Juden für Jesus« zu Beginn der siebziger Jahre, das weltweite Aufmerksamkeit erregte – Mordechai! Ich beneide dich sogar um deine Torheiten! *Mordechai Hersch arbeitet an einer mit Spannung erwarteten Biographie und einem Kommentar über Flavius Josephus, den jüdischen Geschichtsschreiber aus dem 1. Jahrhundert,* schloß der Absatz.

O'Hanrahan schloß die Augen. *Habakuk* 3, 19: *Jahwe, der Herr, ist meine Stärke, er macht meine Füße denen der Hinden gleich und führt mich zur Höhe empor.* Mordechai, du bist zur Höhe emporgestiegen! Ich bin gestolpert und ausgerutscht ... nein, nicht einmal gestolpert!

O'Hanrahan stellte Rabbi Herschs Buch wieder in das Regal.

Nein, nicht einmal gestolpert, setzte er seinen Gedankengang fort. Ich bin am Fuß des Berges stehengeblieben und habe nicht einmal versucht, ihn zu erklimmen. O'Hanrahan an der Bar, trinkend und jedem, der zuhören wollte, etwas vorschwadronierend, alles herauspinkelnd, alles zerredend. An all diesen Abenden hättest du dich Studium und ernsthafter Weiterbildung widmen können – wie Mordechai Hersch es getan hat –, aber du, Paddy, hast deine Vorstellung gegeben, wolltest ein Publikum, wolltest der Zirkusdirektor sein.

(Ihr habt also beide bekommen, wofür ihr gearbeitet habt.)

Richtig. O'Hanrahan, der Clown, und Mordechai, der Gelehrte. Genug für heute von der Bibliothek – ein starker Drink, das ist's, was ich jetzt brauche.

(*Habakuk* 2, 16. *Trinke nun auch du und schwanke!*)

Nachdem O'Hanrahan sich in der Hotelbar des *König David* rasch ein paar Drinks hinter die Binde gekippt hatte, machte er sich auf den Weg zu Rabbi Herschs Büro und klopfte dort an die geschlossene Tür. Der Rabbi rief, er werde in einer Minute fertig sein, er beende gerade ein Gespräch mit zwei Studenten. Während der Reisen des Rabbi hatte sich ein Nachholbedarf an Doktoranden, die um Beratungstermine ersuchten, an Telefongesprächen, Korrespondenz und Fachbereichsnotizen angesammelt, die Morey an seiner Tür hatte hängenlassen. O'Hanrahan überflog die Notizen und übte sein Hebräisch. Da stieß er auf eine Notiz, die ihn fesselte: *Philip Beaufoix, Rückruf am 6. 8. 90, 11.30 Uhr.* Vor zwei Tagen.

O'Hanrahans Mut sank noch tiefer.

So, Mordechai hatte es getan. Hatte Pater Beaufoix an der Amerikanischen Universität in Kairo angerufen. Ich soll ersetzt werden. Ich habe es schließlich zu weit getrieben; er sucht sich einen anderen Übersetzer. Und ich verdiene es wahrscheinlich, all die Mißgeschicke, und wie ein ungezogener Bengel habe ich mich benommen ...

Die Tür ging auf und zwei Studenten kamen heraus, begleitet vom Rabbi, der frisch und munter aussah. »Wo ist das Mädchen?« fragte er nach Lucy.

»Sie hat gesagt, sie werde um ein Uhr hier sein«, antwortete der Professor düster.

Lucy hatte einen weiteren Tag in Neujerusalem verbracht, Telefonanrufe erledigt, einen Bericht nach Chicago gefaxt – diesmal an die richtige Nummer –, Ansichtskarten verschickt und gefrühstückt. Weniger fröhlich verlief ihr erneuter Besuch in der Altstadt, da sich in Ostjerusalem, in der Nähe der Bushaltestelle, Unruhen zusammenbrauten. Sirenen, Krankenwagen, Lärm, und sie glaubte, Tränengas in der Luft zu riechen, obwohl der Wind weg von ihr wehte. Die Altstadt, gerade noch lebhaft und bunt, in der Händler und Marktschreier ihre Waren und köstlichen Happen feilboten, schien plötzlich feindselig: Ladeninhaber schlossen mitten am Vormittag hastig ihre Geschäfte und flüchten, als israelische Soldaten in die Straßen eindrangen.

Lucy stand vor der IV. Kreuzwegstation und sah zu, wie Soldaten paarweise durch die Via Dolorosa marschierten. Die palästinensischen Kinder beachteten sie gar nicht, sondern spielten weiter Ball. Einer der Jungen schoß den Ball hinter eine Kiste, wo der stecken blieb, hinter einem Soldaten. Schieß ihm den Ball zurück, dachte Lucy. Er ist doch nur ein Kind, was ist dabei? Aber der Soldat rührte sich nicht, und der kleine Araber beugte sich dicht am Kolben der Uzi zu der Kiste und stupste den Ball so lange, bis er sich löste und das Spiel weitergehen konnte. Nicht einmal eine Geste zu diesen Leuten, dachte Lucy und betrachtete den muskulösen Soldaten, der regungslos und stolz dastand. Traurig dachte sie, daß dieser Fünfjährige einer der Steine werfenden *Intifada*-Kämpfer der nächsten Dekade werden würde.

Nach einer Taxifahrt zur Hebräischen Universität traf sie sich wie verabredet mit dem Professor und Rabbi Hersch, die beide verärgert aussahen, auf dem Parkplatz.

»Ich habe nicht vor, mit dir über jeden Anruf zu diskutieren, den ich tätige«, hatte der Rabbi gerade gesagt. »Er hat mich angerufen, und ich habe zurückgerufen, was geht das dich an. Es hatte mit der Buchbesprechung zu tun!«

Sie brachen ihren Streit ab, als sie Lucy sahen. Der Rabbi fummelte mit seinen Schlüsseln herum und führte sie zu einem hellblauen Sedan mit Nummernschildern von der West Bank, einem Wagen der Universität, erklärte er. »Seid ihr bereit für die Fahrt zum Kloster Mar Saba?«

»Ich bin mir nicht ganz sicher, ob ich fit genug bin«, stöhnte Lucy und rieb sich die Schulter, die noch immer von der Typhusimpfung schmerzte. »Ist es eine sehr holprige Straße?«

»Nicht allzu schlimm«, brummte O'Hanrahan. »Das heißt, wenn Morey nicht über Kairo fährt, um diesem Mann weitere Reverenzen zu erweisen ...«

»Hör dir das an! Zerfressen von Neid!«

Lucy wollte Frieden stiften und sagte daher rasch: »Mar Saba möchte ich natürlich gerne sehen. Aber die West Bank, die wir durchqueren müssen, macht mich natürlich etwas unruhig.«

»Machen Sie sich keine Sorgen«, beruhigte sie der Rabbi. »Es sind nur fünfzehn Meilen.«

»Und du willst diese Yarmulke tragen, wie?« fragte O'Hanrahan, als sie einstiegen.

Rabbi Hersch befühlte seinen Kopf. »Du willst, daß ich sie abnehme? Vielleicht sollte ich mich als Yassir Arafat verkleiden?«

»Es ist die West Bank, Morey, nur das habe ich gemeint ...«

»Ich soll im Land der Juden nicht aussehen wie ein Jude? Immerhin ist das mein Land.«

O'Hanrahan setzte sich auf den Beifahrersitz, Lucy stieg hinten ein. »Versuch den Arabern an der Straße nach Mar Saba zu erklären, daß das dein Land ist«, knurrte O'Hanrahan.

Der Rabbi stieg ein und startete den Wagen. »Der Tag, an dem ich das in Jerusalem abnehmen muß, ist ein Tag, den ich, wenn es Gottes Wille ist, nie erleben werde.«

O'Hanrahan konnte es nicht ausstehen, wenn sein Freund Mordechai diese Platte auflegte und den Apologeten des Zionismus spielte. An den meisten Tagen vertrat der Rabbi eine ausgewogene Sichtweise aller arabisch-jüdischen Themen, aber heute war irgendwie kein normaler Tag, und es war O'Hanrahans Fehler, vom Leder zu ziehen. Doch er konnte sich nicht beherrschen, weil er dachte, der Rabbi habe ihn verraten und Pater Beaufoix engagiert.

»Willst du vielleicht, daß ich eine *galabbiya* trage?« fragte Rabbi Hersch humorlos.

»Warum denn an diesem Punkt aufhören, Morey?« konterte O'Hanrahan und trieb das Thema auf die Spitze. »Warum stattest du das Auto nicht mit *ziziths* aus, malst den Davidstern an die Türen und wickelst Gebetsriemen um den Auspuff? Wir könnten eine große Zielscheibe für die Steine auf die Windschutzscheibe malen.«

»Ich lasse mich von diesem Pöbel nicht einschüchtern«, erwiderte der Rabbi ruhig. »Diese steinewerfenden Hooligans werden niedergeschlagen werden, das versichere ich dir.«

Ja, auch wenn euer Land jeden Teenager in den besetzten Gebieten erschießen muß, dachte Lucy bitter.

Sie fuhren schweigend weiter, und jeder der drei wünschte, es böte sich ein Vorwand, um umkehren und eigene Wege gehen zu können.

Kurz vor Bethlehem kamen sie an einem Flüchtlingslager vorbei. Lucy hatte solche Lager in den Fernsehnachrichten gesehen, aber sie in der Realität vor sich zu haben, hinter einem zwei Stockwerke hohen Zaun, nur ein paar Meter vom Autofenster entfernt, war etwas anderes: offene Kloaken, schlammige Wege, Kinder, die in diesem Gemisch aus Schlamm und Fäkalien spielten, Fliegen und Abfall, der Ausdruck von Elend auf den Gesichtern der Frauen, die Wasser in Krügen schleppten. Drei zerlumpte Kinder preßten die Gesichter an den Metallzaun und spuckten empört auf vorbeifahrende Autos, obwohl keine Hoffnung bestand, daß sie ihre Zielscheiben trafen.

»Das ist ein Flüchtlingslager, wie?« fragte Lucy, nicht ganz ohne Hintergedanken. Sie wollte, daß Rabbi Hersch die menschliche Tragödie in den von seinem Land besetzten Gebieten eingestand.

»Es gibt genügend Platz in der islamischen Welt, wo sie hingehen können«, erwiderte er. »Von Marokko bis Indien, 800 Millionen Muslime. Nein, niemand will sie haben, keiner von ihren lieben arabischen Brüdern.«

Lucy wußte, daß sie die Unterhaltung weiter anheizen würde, wenn sie fragte, ob man palästinensische Frauen und Kinder hierher verfrachtet habe, als die israelische Armee Stadtviertel gesprengt, Häuser platt gewalzt und Häuserblocks zerstört hatte, weil es Gerüchte über regierungs-

feindliche Umtriebe gegeben hatte. 1967, nach dem Krieg, hatten die Israelis die Häuser von etwa 4000 Palästinensern zwangsgeräumt und zerstört, um die Stadt zu »stabilisieren«. Wie sollte es bei solchem Vorgehen noch ein Haus im arabischen Palästina geben, in dem nicht so viel Haß empfunden wurde, daß man es ebenfalls niederreißen mußte?
Der Rabbi vermied Beit Shair am Stadtrand von Bethlehem und fuhr auf die einspurige, kurvige Straße durch die unfruchtbaren, felsigen Hügel, die zu den Gebirgsschluchten führte, wo das Kloster Mar Saba lag. *Wo Schäfer in der Nacht über ihre Herden wachten,* fiel es Lucy ein, als sie auf die karge Vegetation außerhalb von Davids königlicher Stadt sah.
Das größte der armseligen kleinen Dörfer auf dem Bergkamm, über den die Straße führte, kam in Sicht. Ganz junge Mädchen, vermutete Lucy, mußten nicht verschleiert gehen, aber die jungen palästinensischen Frauen bedeckten ihr Gesicht mit dem Schleier, wenn das Auto mit den Fremden vorbeifuhr. Am Dorfeingang spielten schmutzige, kräftige Jungen, die Hände voller Schmutz in die Luft warfen und dann lachend der zurückkommenden Staubwolke auswichen. Als sie das Auto erblickten, rannten sie an den Straßenrand und hoben Steine auf.
»Reizende kleine Burschen«, murmelte der Rabbi, als ein oder zwei Steine, nicht sehr geschickt geworfen, klirrend gegen den Kofferraum schlugen.
Während sie langsam durch das Dorf fuhren, blickte Lucy ängstlich auf die harten, unfreundlichen Gesichter, die sie unverwandt anstarrten. Die älteren Frauen, die keinen Schleier mehr tragen mußten, sahen grimmig aus mit ihren seltsamen grünen Tätowierungen um die Augen und den Mund, Schönheitsgeheimnis früherer Generationen, das für Lucy wie Kriegsbemalung aussah. Dann kam das unvermeidliche, nur von Männern besuchte Café, in dem Araber saßen und ihre *sheesha* rauchten, hinter sich ein Plakat mit dem idealisierten Konterfei Saddam Husseins und eine auf Zeitungspapier gedruckte irakische Flagge im Fenster. Lucy seufzte. Saddam Hussein, der mehr Araber umgebracht hatte, als Israel jemals die Möglichkeit haben würde.
Sie fuhren durch das letzte Dorf vor dem Kloster, in dem wieder ein Haufen johlender Jungen Steine gegen die Heckscheibe warf, und erreichten eine Kreuzung.
»Wissen Sie, in welche Richtung wir fahren müssen?« fragte Lucy.
»Die Anwohner reißen die Schilder herunter«, erklärte Rabbi Hersch und nahm eine genaue Karte aus dem Handschuhfach, »so daß sich alle

Fremden verfahren und sie dann bezahlen müssen, damit sie ihnen die Richtung angeben ... Das heißt, wenn sie die Leute nicht einfach ausrauben.« Er fuhr mit dem Finger über eine Straße, die in der Karte eingezeichnet war. »Hier entlang müssen wir, nach rechts.«

Plötzlich tauchten, ein paar Meter vor dem Auto, wie aus dem Nichts zwei palästinensische Jungen auf, die den Daumen in die Höhe hielten, als wollten sie trampen. Sie sahen freundlich aus und hatten einen bittenden Gesichtsausdruck: ob man sie wohl die Abzweigung nach rechts mitnehmen könne?

»Nie und nimmer«, lehnte der Rabbi ab und scheuchte sie zur Seite, als er das Auto nach rechts steuerte.

»Mar Saba!« riefen die beiden.

Der Rabbi beschleunigte, so daß der Staub aufwirbelte. »Genau. Diese Moslems wollen zu einem griechischen Kloster. Den Teufel werden sie tun.«

»Die meisten Araber in der Gegend von Bethlehem *sind* schließlich Christen«, gab O'Hanrahan zu bedenken.

»Soll ich sie vielleicht mitnehmen?« fragte der Rabbi gereizt.

Der größere der beiden Jungen, etwa sechzehn Jahre alt, der ein grün-rot-weißes T-Shirt in den Farben der palästinensischen Flagge trug, rannte dem Auto nach und schlug mit der Faust auf den Kofferraum. Beide schrien etwas.

»Wann werden die arabischen Mütter ihren kleinen Buben ein paar Manieren beibringen?« flötete der Rabbi in geziertem Tonfall.

O'Hanrahan wollte etwas sagen, unterließ es aber. Doch schon dieser Ansatz zu einer Äußerung ließ den Rabbi wieder aufbrausen: »Was? Willst du *wirklich,* daß ich diese Burschen mitnehme? Zum Teufel, unser Geld wollen sie, das ist alles ... He, schau, es geht die ganze Zeit bergab – warum muß da jemand im Auto mitfahren?«

»Ich bin froh, daß Sie die beiden nicht mitgenommen haben, Rabbi«, sagte Lucy, neben der die Jungen gesessen wären. »Vielleicht war es überhaupt keine gute Idee hierherzukommen.«

O'Hanrahan versicherte, daß keine Gefahr mehr bestehe, sobald sie auf Klostergrund wären. Lucy rief sich ins Gedächtnis, daß während der *Intifada* selten Touristen oder Pilger umgebracht wurden – aber an diesem Tag kam das sicher keiner Garantie gleich.

Die Straße machte eine Haarnadelkurve und führte etwa 300 Meter weiter nach unten auf den Rand der Schlucht zu. Nicht die geringste Vegetation war hier zu sehen – keine Pflanze, kein Baum wuchs in diesem felsigen Tal. Bald sah Lucy eine Art Parkplatz und eine lange Mauer mit einer einzigen blauen Tür in der Mitte. Sie stiegen aus, und O'Hanrahan läutete an einer Glocke, die neben der Tür an einem Seil hing. Der Rabbi und Lucy gingen zu einem schmalen Felsvorsprung, um einen besseren Blick auf die ummauerte Festung zu haben.

»Das Kloster Mar Saba«, erklärte O'Hanrahan, während er wartete, daß jemand an die Tür kam, »gegründet vom heiligen Sabas, im Jahr 491 Bischof von Jerusalem, Vater des Mönchstums in dieser Region.«

(Wo Sabas einen Löwen als Haustier hatte, bis er ihn wegen fortgesetzten Ungehorsams fortschickte. Wo dank Sabas' wundersamer Anordnung bis zum heutigen Tag Datteln ohne Stein wachsen, weil der Heilige die sündhaft anzüglichen Samen in Früchten mißbilligte. Das Zuhause von Sabas' geheiligter Mutter Sophia und ebenso von Johannes von Damaskus, Theodor von Edessa, Cosmas von Majuma, Aphrodisius, Johannes dem Schweigsamen. Was weiß heute noch jemand von ihrer untergegangenen byzantinischen Welt?)

»Curzon, der große viktorianische Forscher«, erklärte O'Hanrahan in der Hoffnung, die Stimmung aufzuheitern, »sagte, die Klosterbibliothek von Mar Saba gehöre zu den besten im Nahen Osten. Er sah dort antike Schriftrollen, die seither verschwunden sind; er erzählte, daß er dort 1500 Jahre alte Texte auf Tischen herumliegen gesehen habe, als seien es Lumpen oder Handtücher. Er selbst verschwand mit einem Alten Testament aus dem 9. Jahrhundert. Habe ich von meiner Arbeit an der frühen Fassung des *Markusevangeliums* erzählt, die man 1958 hier gefunden hat?«

»Ja«, antwortete Lucy, ohne unhöflich sein zu wollen, erzielte aber genau diese Wirkung.

Das ummauerte Kloster war aus Gründen der Verteidigung an den Rand eines Felsens gebaut und hing über dieser trockenen Schlucht, in der ebenfalls weder eine Pflanze noch ein Baum zu sehen waren. Von dem Felsvorsprung aus knipste Lucy eifrig die byzantinischen Kuppeln der Nikolauskirche innerhalb der Mauern.

Schon wieder diese verdammten Männer, die die Frauen immer ausschließen müssen.

»Sie können natürlich nicht mit hinein«, sagte O'Hanrahan, der darüber besorgt schien. Es war in der Tat offensichtlich, daß er nach dieser doch etwas bedrohlichen Fahrt lieber nicht hier gewesen wäre und auch Lucy nicht gerne hier sah. Keine Sehenswürdigkeit in diesem Kloster war die Gefahr wert. Dieser ganze Tag, dachte O'Hanrahan, ist eine Übung meines Freundes Mordechai in israelischem Chauvinismus; er hat darauf bestanden, sein *droit de seigneur* in den besetzten Gebieten zu demonstrieren.

Endlich kam ein Mönch, um die Männer nach drinnen zu führen.

»Wir könnten vielleicht abwechselnd hineingehen«, meinte der Rabbi.

»Nein, wirklich, Sie gehen beide hinein«, erklärte Lucy und spielte die Tapfere. »Hier ist schließlich absolutes Niemandsland. Ich mache noch ein paar Fotos und setze mich dann ins Auto.«

O'Hanrahan stimmte zu. Er zögerte, als wolle er etwas sagen, vielleicht, daß sie sich ins Auto einschließen sollte, aber er wollte sie nicht ängstigen. »Hupen Sie, wenn Sie uns brauchen«, meinte er nur. Dann traten er und der Rabbi durch die Tür, auf der Suche nach den nur Männern vorbehaltenen Geheimnissen hinter den Mauern.

Lucy spazierte weiter am Rand der Schlucht entlang und machte ein paar Landschaftsaufnahmen. Dann knipste sie noch einmal Mar Saba, wie es über dem Abgrund thronte. Wirklich sehr exotisch. Genauso, wie man sich ein Kloster in der Wüste vorstellte. Aber als sie einen Blick zurück auf die Straße warf, auf der sie hergekommen waren, sah sie die beiden Araberjungen näher kommen. Wer weiß, dachte sie beklommen, sie wollen vielleicht wirklich hierher. Dann sah sie in der Ferne noch zwei jüngere, die den anderen hinterherrannten. Sie sind zurück ins Dorf gegangen, haben von dem beleidigenden Juden am Steuer erzählt, der diese Sackgasse hinuntergefahren ist, und jetzt kommen sie und wollen Ärger machen, stellte Lucy sich vor.

Langsam kletterte Lucy die Abkürzung über die glatten, sandigen Felsbrocken hinauf, anstatt den Weg entlangzugehen. Das Geschrei der Jungen war schon zu hören. Sie läutete heftig an der blauen Tür. Sollte sie warten oder zum Auto gehen? So wie sie die Mönche kannte, würden sie ihr den Zutritt verwehren ...

(Geh zum Auto, Lucy.)

Sie setzte sich auf den Beifahrersitz und verriegelte alle Türen. Vielleicht war sie in unnötige Panik geraten. Vielleicht arbeiteten die Jungen im Kloster, fegten den Boden oder halfen im Garten; immerhin war jeder

Araber, den sie bisher kennengelernt hatte, freundlich und großzügig gewesen. Plötzlich kam ihr wieder das Flüchtlingslager in den Sinn, die Jungen, die auf das vorbeifahrende Auto gespuckt hatten ...
Die Araberjungen winkten ihr mit fordernden Blicken zu. Sie versuchten, die Tür an der Fahrerseite zu öffnen, und bedeuteten ihr, sie solle aussteigen oder sie hereinlassen. Klar, dachte Lucy, deren Herz schneller pochte, ich bin genau in der Laune, mich heute nachmittag von vier schmutzigen palästinensischen Teenagern vergewaltigen zu lassen, nein danke ...
»Schekel!« schrie der Jüngste durchs Fenster.
Er wollte Geld. Er hämmerte mit der kleinen Faust gegen das Fenster: »Schekel! Schekel!«
Dann kam der nächste, ein vielleicht Vierzehnjähriger, an ihr Fenster: »Schekel! Schekel!«
Der älteste der Jungen zog ein Messer und drohte, damit die Motorhaube und die Türen zu zerkratzen. Er sah Lucy an, und sie kapierte: entweder Geld oder das. Lucy hupte.
Das erzürnte den älteren Jungen. Der Vierzehnjährige rannte zu den aufgeschichteten, roh behauenen Steinen, die neben der Klostermauer lagen, und kam lächelnd zurück mit zwei Brocken, die fast zu schwer für ihn waren. Diesmal drückte Lucy länger auf die Hupe. Nun fing der größte Junge an, das Auto mit dem Messer zu zerkratzen – ein durchdringendes Geräusch, Metall auf Metall. Er lachte ihr ins Gesicht – siehst du? Sie hätte das verhindern können. »Schekel! Schekel!« Wieder hupte sie ...
Oh, oh. Der Älteste versuchte, sein Messer in den schmalen Spalt des Fensters an der Fahrerseite zu zwängen, um es zu öffnen. Außer sich vor Angst drückte Lucy die Hupe.
»He, ihr da!« O'Hanrahan und Rabbi Hersch kamen auf das Auto zu.
Der Junge knurrte etwas und zeigte O'Hanrahan drohend das Messer. Der Kleinste warf mit einem Stein nach dem Rabbi, der an der Schulter getroffen wurde. Wenn ich eine Waffe hätte, dachte Lucy, würden diese für ihre Laufbahn als Terroristen trainierenden Halbstarken ihre Lektion bekommen.
(Warst nicht du es, die meinte, Gewehre seien keine adäquate Antwort auf Steinewerfer?)
Sie sind sechzehn, vierzehn, dreizehn Jahre alt, klagte sie innerlich, und man kann schon nicht mehr mit ihnen fertigwerden. Sie sind nur Jungen!

Wir sind drei erwachsene Menschen und haben Angst vor diesen jugendlichen Rabauken. O'Hanrahan ging auf den Jungen mit dem Messer zu. Er sprach Arabisch, was den kleinen Araber ein wenig zu besänftigen schien. O'Hanrahan erklärte wohl, stellte Lucy sich vor, daß die Eltern und die ganze Familie in große Schwierigkeiten kämen, wenn die israelische Armee informiert werde. Warum machten sie sich nicht einfach aus dem Staub?

Der Rabbi hastete auf die Fahrertür zu. Der Kleine warf wieder einen Stein nach seinem Kopf, aber der Rabbi duckte sich und der Stein polterte aufs Dach.

*Wumm!* Lucy schrak bei dem lauten Krachen auf ihrer Seite zusammen – einer der vier schlug mit einem der großen Mauersteine gegen das Fenster und schrie ihr gellende Flüche ins Gesicht. Der Rabbi sprang ins Auto und verriegelte sofort wieder die Tür.

»Alles in Ordnung, kleines Mädchen?« fragte er merkwürdig gelassen.

»Ja. Sind Sie getroffen worden?«

»Ein Sandy Koufax ist der Kleine nicht gerade.«

Der Rabbi klopfte ans Fenster, um O'Hanrahan auf sich aufmerksam zu machen. Der ältere Junge war unsicher, was er tun sollte. O'Hanrahan eilte an die rechte hintere Tür, der Rabbi öffnete, der Professor sprang ins Auto und klemmte einem der Jungen fast den Finger ein, als er die Tür zuschlug, was den Zorn der vier noch steigerte. Zwei fingen nun an, mit den großen Steinen auf die Windschutzscheibe einzuhämmern. Auf Lucys Seite waren schon große Sprünge im Glas.

»Na, jetzt zufrieden mit deinen kleinen verfolgten Palästinenserengeln?« fragte der Rabbi.

»Würdest du vielleicht losfahren und uns hier rausbringen!« brüllte O'Hanrahan.

Rabbi Hersch ließ den Wagen an. Sofort kletterte der Kleine auf den Kofferraum. Als der Rabbi beschleunigte, wurde der Junge auf die steinige Straße geschleudert. Lucy sah, wie der Ältere über diese Bauchlandung lachte, und dachte stumpf: Sie sind sogar untereinander grausam.

Auf der anderen Seite war der Vierzehnjährige, der den schweren Felsbrocken hochhob; Lucy begegnete seinem Blick und sah Haß, reinen, blinden Haß. Der Stein zersplitterte das Glas, aber es zerbrach nicht. Der ältere Junge mit dem Messer rannte dem Auto nach.

»Er wird die Reifen zerstechen!« rief O'Hanrahan.

»Der kleine Bastard wird gar nichts tun«, erwiderte der Rabbi und wendete den Wagen scharf, aber schon stand ein anderer der vier Jungen vor ihm auf der Straße. »Fordere mich nicht heraus, dich zu überfahren, ich tu's!« fluchte der Rabbi.

Aber er bremste.

In der Zwischenzeit klammerte sich der Kleinere, der vom Kofferraum auf die Straße geflogen war, an den Türgriff auf Lucys Seite und ließ nicht mehr los. Der Rabbi beschleunigte wieder und fuhr den Hügel hinauf, und der Junge, der auf der Straße stand, wich hastig aus.

»Er läßt immer noch nicht los«, sagte Lucy atemlos.

»Wenn ich schnell genug fahre, wird er loslassen müssen.«

Sie schleiften ihn mit. Der reine Wille ließ ihn neben ihnen herrennen, dann ließ er sich über die Steine schleifen. Er rief etwas, dann hörte man einen lauten Knall. Der Ältere war hinterhergerannt und hatte noch einen Stein geworfen, der den Kofferraum einbeulte. Der nächste Stein traf die Heckscheibe.

»Verdammt!« O'Hanrahan duckte sich.

Der Junge, der an Lucys Tür hing, hatte immer noch nicht losgelassen. Der Rabbi bremste abrupt, und der Kleine wurde in den Graben geschleudert, landete auf den Steinen, und sein Kopf stieß gegen einen Felsbrocken. Lucy war sicher, daß er ernstlich verletzt war.

»Rabbi, er ist wahrscheinlich ...«

»Zur Hölle mit ihm!« rief der Rabbi und raste weiter, bevor noch mehr passierte.

Lucy fing an, nervös zu stammeln. »Ich hatte keine Schekel, die ich ihnen hätte geben können«, sagte sie, als wäre sie verantwortlich für den Vorfall.

»Warum hätten Sie diesen Rohlingen irgend etwas geben sollen?«

»Der Junge ist schwer verletzt worden«, bemerkte O'Hanrahan ruhig. Er spürte einen warnenden Schmerz in seinen Händen und Füßen, verursacht durch die nervliche Belastung.

»*Was?*« fauchte der Rabbi. »Willst du zurück und es mit Mund-zu-Mund-Beatmung bei ihm versuchen?«

»Ich habe ihn nicht verteidigt«, entgegnete O'Hanrahan angespannt. »Aber sie werden zurück in ihr Dorf rennen, und wir werden nicht besonders sicher sein, wenn das erste Dorf, durch das wir kommen, die Nachricht telefonisch bis zum letzten weitergibt, so daß die Palästinenser uns überall schon erwarten ...«

»Ich hatte nicht vor, in der nächsten Ortschaft herumzutrödeln.«
Lucy sah auf ihre zitternde rechte Hand. Sie hielt sie mit der linken fest, aber beide waren vollkommen kalt und blutleer. Sie kauerte sich auf dem Sitz zusammen und starrte auf den Boden. Wie entsetzlich war das alles. Dieser ganze nackte, ziellose Haß. Und sie hatte recht mit ihrer Vermutung, daß es Tausende solcher junger Männer gab, aufgewachsen in Flüchtlingslagern, verarmten Wohnstraßen und Slums, für die von der israelischen Regierung keinerlei Verbesserungsmaßnahmen beabsichtigt waren, und es würden immer mehr werden, bis die israelische Armee jeden von ihnen umbrachte oder bis sich die arabische Welt erhob und jeden einzelnen Israeli beseitigte – oder bis man eine utopische Politik der Nächstenliebe zu praktizieren versuchte.
Bald erreichten sie das erste Dorf. Der Zustand ihres Wagens ließ offensichtlich erkennen, daß es Ärger gegeben hatte, und das schien die Anwohner zu animieren, noch mehr Ärger zu machen. Zwei Teenager warfen mit Steinen von einem sorgfältig aufgehäuften Vorratslager am Straßenrand nach dem Auto und zertrümmerten ein Rücklicht.
»Ah ja, deswegen nehme ich nie mein *eigenes* Auto«, murmelte der Rabbi, der wieder seltsam gelassen wirkte. »Warten Sie nur, bis die Wartungsmechaniker sehen, was wir da zurückbringen.«
Sie näherten sich dem nächsten Dorf, und Lucy sah drei kleine Mädchen mit Steinen in der Hand, die sie offensichtlich werfen wollten. Der Rabbi lächelte ihnen zu und hob tadelnd den Finger – nein, nein, nein! –, und sie gehorchten.
Lucy starrte wieder zu Boden und wünschte, sie könnte durch ein Wunder aus dieser West Bank fortgebracht werden – nein, fort aus Israel. Ich würde morgen am liebsten in ein Flugzeug steigen, dachte sie. Von irgendwoher flog ein Stein auf das Autodach. Sie schrak nicht einmal mehr zusammen oder sah sich um, wer ihn geworfen hatte und woher er kam. Bitte, Herr, laß das bald vorbei sein.
(O weh. Beit Shair liegt vor euch.)
»Dort ist ganz sicher die Armee«, sagte der Rabbi und steuerte auf das Dorf zu, das sie auf dem Hinweg vermieden hatten.
Lucy sah die Straßensperre vor ihnen. Israelische Soldaten, schlank und arrogant, hielten den gesamten Verkehr an.
»Sagen Sie den Soldaten Bescheid über den verletzten Jungen?« fragte Lucy.

»Ja, ich sage den Soldaten Bescheid über diese Rowdys«, erwiderte der Rabbi.
Lucy war klar, daß diese Soldaten, die mittlerweile weltweit berüchtigt dafür waren, wie sie verdächtige palästinensische Unruhestifter behandelten, mit den Jungen oder ihren Familien nicht gerade sanft umspringen würden. Man würde sie in den Akten vermerken, streng verwarnen, vielleicht für eine Nacht ins Gefängnis stecken, die Familien erkennungsdienstlich behandeln.
»Vielleicht sollten wir gar nichts sagen«, meinte Lucy unsicher.
Rabbi Hersch hob resigniert die Hände. »Sehen Sie sich das Auto an! Sie werden fragen, was passiert ist.«
»Ich weiß nicht«, stammelte Lucy, »aber wenn wir sie in Schwierigkeiten bringen, wird es für die nächste Gruppe, die nach Mar Saba will, noch schlimmer sein ...«
»Ich hoffe, die Soldaten werden diese Burschen ordentlich durchprügeln, das wird ihnen eine Lehre sein.«
Am Checkpoint beschrieb der Rabbi dann auch detailliert die vier Rowdys. Kleidung, Alter – er hatte sie kaltblütig gemustert, um Bericht über sie erstatten zu können. Aber die Soldatin, eine junge, diensteifrige Frau ohne jede Verbindlichkeit, reagierte schroff.
»Was haben Sie hier gemacht, *Rebbe*?«
»Ich wollte zur Klosterbibliothek von Mar Saba, zusammen mit meinem Kollegen, Patrick O'Hanrahan, und seiner Assistentin, Lucy Dantan.«
Kurz angebunden fragte die Soldatin weiter: »Aber Frauen dürfen nicht ins Kloster Mar Saba.«
»Richtig«, erwiderte der Rabbi gezwungen höflich, »das wissen wir, aber wir dachten, sie würde das Kloster zumindest gern von außen sehen.«
Die Soldatin starrte sie ausdruckslos an. »Würden Sie bitte aussteigen. Wir möchten Ihnen ein paar Fragen stellen.«
»O Junge«, murmelte O'Hanrahan. »Jetzt kommt der dritte Grad.«
»So schlimm wird es wohl nicht sein«, beschwichtigte der Rabbi, während er den Wagen zu dem bezeichneten Parkplatz fuhr. Er würde den israelischen Sicherheitsdienst nicht kritisieren, denn er war der beste der Welt. Sicher, er konnte einem gewaltig auf den Wecker gehen, aber hier flogen keine Flugzeuge oder Läden in die Luft wie in Nordirland.
»Wo sind wir?« fragte Lucy, bevor sie ausstieg.
»In Beit Shair.«

(Im Sommer 1989 beschlossen die Bürger von Beit Shahur, in der Mehrzahl arabische Christen, eine passive Widerstandskampagne. Warum sollten sie Steuern an Israel zahlen, wo sie als Bürger zweiter Klasse behandelt wurden, wo man ihre Rechte nicht anerkannte und wo das Geld dafür verwendet wurde, auf Palästinenser zu schießen. Es war eine friedliche, gewaltfreie Aktion, und ihr Manifest war höchst vernünftig. Ein internationales Team von Journalisten und Friedenskämpfern kam zusammen. Alle wurden verhaftet. Häuser und Wohnungen von Palästinensern wurden von israelischen Soldaten geplündert, Wertsachen wurden zerstört, persönliche Gegenstände verbrannt, Fernseher eingetreten – dahinter steckte der Gedanke, daß der Schaden in etwa den zurückbehaltenen Steuergeldern gleichkommen sollte. Als die multikonfessionellen Friedensgruppen protestierten, wurden sie ebenfalls verhaftet. Das war im November 1989, eine Woche, nachdem die israelische Armee in die UN-Botschaft eingebrochen war und Dokumente geraubt hatte – eine weitere Liste von palästinensischen Störenfrieden, gegen die man hart durchgreifen konnte.)

O'Hanrahans Gelenke fingen an zu pochen, die typischen Schmerzen bei Durchblutungsstörungen. Er suchte in der Jackentasche nach seinem Percodan. Bei der ersten Gelegenheit würde er eine Tablette nehmen. Er suchte in der Jackentasche nach seinem Paß. »Gute Neuigkeiten«, brummte er dann. »Ich habe meine Brieftasche, meinen Genehmigungsschein für das Kloster und einen Ausweis, aber mein Paß ist in der anderen Jacke im Hotel.«

Dieses Versehen kostete sechzig Minuten, in denen sie überprüft und wieder überprüft wurden – alles ganz freundlich, ganz rational und verständlich, aber doch belastend und zudringlich. Lucys Paß war in Ordnung, sie wurde nach einer kurzen Befragung entlassen.

Sie verließ das kleine Amtsgebäude – früher ein Wohnhaus, das die Armee angeblicher Verbrechen wegen requiriert hatte – und erhaschte durch ein Fenster einen flüchtigen Blick auf den alt wirkenden O'Hanrahan, der eine Reihe von Fragen beantwortete. Was waren seine politischen Überzeugungen? Die gekritzelte Telefonnummer in seiner Brieftasche – wer war das? Ein Antiquitätenhändler, ein Araber in Ostjerusalem. Diese verdächtige Tatsache eröffnete neue Möglichkeiten: Antiquitätenschmuggel oder Verbindungen zu Ostjerusalemer Terroristen. Eine weitere halbe Stunde verging.

Lucy spazierte hinaus auf die Straße, in der die staubige Spätnachmittagshitze flimmerte. Auf der gegenüberliegenden Seite hatte ein Palästinenser einen Obststand. Hier, kaum hundert Meter entfernt von der Polizeistation, würde man sie wohl nicht schlecht behandeln, dachte Lucy. Sie ging hinüber und fragte nach dem Preis; ein Kilo Trauben kostete einen Schekel. Gar nicht teuer.
»Sie Amerikanerin?« fragte der zahnlos lächelnde palästinensische Großvater, dem der Stand gehörte.
»Ja.«
»Ah! Willkommen zur *Intifada,* wie?« lachte er.
»Ja«, lächelte sie zurück, belustigt über den offenen Fatalismus seiner Bemerkung. Sie reichte ihm den Schekel.
»Viele, viele Freunde in Amerika, ja?«
Lucy war die Bedeutung der Frage nicht ganz klar. »Pardon?«
»Palästinenser haben jetzt viele, viele Freunde in Amerika, nicht wahr?«
»Ja, immer mehr.«
»Sie sagen es in Amerika? Sie erzählen von uns, ja?«
Lucy nahm ihre Trauben, die der Händler in eine zerrissene, schon oft benützte Papiertüte gesteckt hatte. »Ja, ich erzähle es«, sagte sie. »Viele Menschen wollen, daß die Palästinenser ein Heimatland haben.«
Der Mann verstand das Wort anscheinend nicht, aber seine Frau übersetzte hinter dem Schleier hervor für ihn, und er lächelte strahlend mit seinem zahnlosen Mund. Er suchte einen schönen saftigen Pfirsich von seinem Obststand aus und reichte ihn Lucy.
»Für mich?«
»Für Sie«, verneigte er sich. »Für amerikanisches Mädchen.«
Sie nickte ihm dankend zu und ging wieder zurück zur Polizeiwache und dem Auto. Wie sollte man sich das zusammenreimen? Dieses Land, das einen unaufhörlich und erbarmungslos strapazierte. In Israel dachte man in einer Stunde mehr über moralische, religiöse, ethische und politische Prinzipien nach als anderswo in zehn Jahren. Ich würde dieses irritierende Land zu gerne aus meinem Gehirn löschen, dachte sie und biß in den Pfirsich. Köstlich! Dieses gesegnete Klima brachte wirklich die wunderbarsten Früchte hervor.
Es war kurz vor fünf, Zeit, wieder zurückzufahren und genau in die Jerusalemer Rush-hour zu geraten.
»Ich glaube, ich spreche für uns alle«, sagte O'Hanrahan, der nach einer

Tasse Kaffee – eine freundliche Geste des Beamten, der ihn vernommen hatte – wieder frisch war, »wenn ich sage, daß es Zeit ist für einen Drink.«

✡ ✡ ✡

Nachdem sie sich in einem Bistro in Neujerusalem bei einem Glas Wein entspannt hatten, gingen sie zum Essen in ein Feinschmeckerlokal, das von Juden aus Paris geführt wurde. Der Rabbi – als habe er beschlossen, sich von seiner sanfteren Seite zu zeigen – lud sie ein und bestellte großzügig; O'Hanrahan versprach er die beste gehackte Leber in der Stadt.

»So lange habe ich es noch nie ausgehalten ohne eine israelische gehackte Leber«, sagte O'Hanrahan, der wieder zu seiner alten Überschwenglichkeit zurückgefunden hatte. »Ich war am Rande einer *crise de foie.*«

Lucy stöhnte, und der Rabbi tat so, als ignoriere er den Professor.

»Kaffee?« fragte der Kellner. »Französische Sorte.«

»Eine Bestellung ist innigst erwünscht«, säuselte O'Hanrahan.

»Ich sehe, daß du wieder auf dem Posten bist, Paddy«, sagte der Rabbi.

Anschließend gingen sie in ein Café in Neujerusalem an der Ben-Yehuda-Straße, einer Fußgängerzone, in der man wunderbar Leute betrachten konnte. Lucy, verstörter als am Vortag, fragte sich laut, ob es möglich sei, daß jemand an einem so bevölkerten und beliebten Platz eine Bombe hochgehen lassen würde.

»Natürlich ist das möglich«, sagte der Rabbi und füllte ihre Gläser erneut mit gekühltem Weißwein aus Südafrika. »Aber wir können nicht ständig in Furcht leben. Wir müssen auf Gott vertrauen. Wir werden nicht ...«

Aber dann brach er die unvermeidliche Grundsatzerklärung ab. Für heute war es genug!

Er wechselte über zu mystischeren, eskapistischen Themen: die Gematrie, die mystische Buchstabendeutung der Sephardim. Der Rabbi breitete eine Serviette aus und schrieb die zehn *sefiroth* und die zweiundzwanzig Konsonanten des hebräischen Alphabets darauf, die Laute summend, als wäre es das Abc: ... *kof, resch, schin, sin, taw* ... »Und jetzt ist das Lied zu Ende«, sagte er, als er am 22. und letzten Buchstaben angelangt war. »Jeder Buchstabe hat einen Wert. *Alef* verhält sich zu *jod* wie eins zu zehn, zu *kof* wie zehn zu hundert mal zehn, und die letzten drei sind zweihundert, dreihundert und vierhundert.«

»Gibt es keine Werte für Vokale?« fragte Lucy.
»Was für Vokale? Wer hat Ihnen Hebräisch beigebracht? Können Sie es ohne Punkte lesen?«
»Nicht sehr gut«, gestand sie, denn sie brauchte die Markierungen zwischen den Konsonanten, die die Vokallaute anzeigten.
»Nicht sehr gut, sagt sie. Wenn Sie es mit Punkten lesen, dann können Sie es *nicht* lesen«, erklärte der Rabbi entschieden. »So bringt man den Studenten in Chicago Hebräisch bei? Wer war Ihr Lehrer?«
Lucy deutete auf O'Hanrahan.
»Paddy, du solltest dich wirklich zur Ruhe setzen«, sagte der Rabbi vorwurfsvoll.
»Ich kann nichts dafür, wenn sie ihre Hausaufgaben nicht gemacht hat«, verteidigte sich O'Hanrahan.
»Ich bin öfter im Kurs aufgetaucht als Sie«, konterte Lucy. Sie wandte sich wieder dem Rabbi zu und fragte nach der Gematrie. »Ist diese ganze jüdische Wortmagie nicht vielleicht einfach Zufall? Ich meine, wenn man lange genug mit allen Wörtern spielt, muß man ja schließlich dazu kommen, daß sie ein tiefere Bedeutung haben, nicht wahr?«
»Ja«, sagte der Rabbi langsam, »aber zu viele dieser Parallelen und Zufälle finden sich in der Thora. Hier ist ein Beispiel aus dem Buch *Habakuk,* eines meiner Spezialgebiete. In *Habakuk* 3, 2 steht: *Im Zorne sei eingedenk des Erbarmens,* oder *rachem* auf hebräisch, das auf einen Wert von 248 kommt. Es gibt 248 mosaische Gesetze. Das Gesetz, das Gott uns gegeben hat, ist seine größte Gnade.«
»Glauben Sie«, fragte Lucy, »daß die babylonischen Gelehrten, die die Bibel zusammengestellt haben, diese Wortmagie erfunden und dann in ihre verbesserten Ausgaben mit aufgenommen haben?«
»Könnte gut sein«, erwiderte Rabbi Hersch. »Können Sie sich vorstellen, was es für einen Gelehrten in der Antike oder im Mittelalter bedeutete, diese Magie wiederzuentdecken? Das war die Bestätigung, die man brauchte, um zu erkennen, daß Hebräisch die eigentliche Sprache Gottes war, in sich und aus sich selbst magisch, spirituell. Es war kein großer Schritt, sich vorzustellen, daß die Buchstaben und Wörter selbst magische Kräfte besitzen. Es heißt, Gott habe die Welt erschaffen, indem er seinen Namen aussprach. Der jüdische Brauch, ein Phylakterion bei sich zu tragen – Sie wissen, was ein Phylakterion ist?«
»Ja, ein Gebetsriemen.« Lucy erinnerte sich an einen ihrer peinlichsten

Augenblicke, als sie am St. Eulalia in der Geschichte des Alten Testaments einmal von »Prophylaktikon« statt von »Phylakterion« gesprochen hatte. Hinterher hatte sie behauptet, sie habe das absichtlich getan, um Schwester Miriam zu ärgern.

»Die *thephallin,* die *mesusah,* eine Gebetskapsel, die man am Türpfosten befestigt ... all das verstärkt den Glauben an die Macht der Thora-Worte. Der Name Jahweh, die vier Konsonanten, das heilige Tetragramm, der 42buchstabige Name Gottes, der 72buchstabige Name Gottes, was auch immer – alles waren mächtige Zauberworte, und daher war auch das Gebot nötig, den Namen Gottes nicht zu mißbrauchen. Dieses Gebet hat möglicherweise weniger mit Respektlosigkeit zu tun als mit den unbekannten, unvorhersagbaren Kräften dieser Buchstaben. Moses tötete den Ägypter mit dem *schem ha-mepho-rasch,* dem ausgesprochenen Namen Gottes«, führte der Rabbi weiter aus. »Und frühe mystische Werke, die Jesus positiv gegenüberstehen, nahmen an, daß er den *schem* kannte und damit den Lazarus auferweckt habe. Aber, kleines Mädchen, sprechen Sie dieses Wort nicht aus, es sei denn, Sie haben eine reine Seele und einen vollkommen keuschen Körper.«

»Nun, damit bin ich ausgeschlossen«, murmelte O'Hanrahan.

»Was würde passieren?« fragte Lucy.

»Sie würden natürlich sterben. Ich bin außerdem nicht sicher, ob eine Frau überhaupt den *schem* sprechen kann ...«

(Was ist mit Lilith, Adams erster Frau, Mordechai? Jahrhundertelang haben Rabbis daran festgehalten, daß Adams erste Gefährtin nicht Eva, sondern Lilith war, eine nicht so besonders tolle Schöpfung, die oft mit Adam kopulierte und die Dämonen gebar, die heute alle Frauen plagen. Sie wurde aus dem Paradies verbannt, weil sie beschloß, daß sie der Herr sein wolle, und ihren Trotz bewies, indem sie den *schem* sprach. Drei Engel verjagten sie aus dem Paradies nach Ägypten, wo Lilith damit drohte, bei jeder menschlichen Geburt in der Nähe zu sein, um Schmerz, totgeborene oder mißgestaltete Kinder zu bringen oder die Mutter sterben zu lassen. Deshalb tragen die Sephardim in manchen Ländern heute noch ein Amulett mit den Namen der drei Engel Senoi, Sansenoi und Samangeloph. Und noch eine Frau benützte den *schem,* eine babylonische Jüdin namens Ischtahar. Der Engel Schamchasu hatte den Plan, sie zu einer Hure zu machen – sterbliche Menschen können sich nicht vorstellen, wie böse, dumm und was für eine Plage die meisten Unserer Engel sind –, und

Ischtahar sprach den *schem* und bekam die Erlaubnis, sich in einem der niedrigeren Himmel zu verbergen.)

O'Hanrahan unterbrach, weil er beim Kellner noch eine Flasche Johannesburger Riesling bestellen wollte. »*Das* war Wortmagie«, behauptete er.

»Ich wurde als Kind von meinem Onkel in Williamsburg, Brooklyn aufgezogen«, fuhr der Rabbi fort, »und hatte ein starke Abneigung gegen diesen Wort-Hokuspokus, weil das noch so eine Sache war, die die Chassidim glaubten und wir nicht. Mein Onkel sagte das gleiche wie Sie, kleines Mädchen, daß man damit alles beweisen kann, wenn man es versucht.«

»Der Name ›Jesus‹ und das Wort ›Messias‹ kommen beide auf den Wert 74, was diesen Gematrie-Aposteln äußerst ungelegen ist«, unterbrach O'Hanrahan.

»›Jesus‹ ist griechisch«, erinnerte der Rabbi. »Mit seinem aramäischen Namen funktioniert es nicht. Egal, in Brooklyn habe ich von einem Chassiden die Geschichte von Rabbi Nehemia gehört, der in einer schmutzigen kleinen Stadt namens Lodzuk' in Polen lebte. Bei einem Kosakenüberfall zu Beginn des 19. Jahrhunderts wurde die ganze Stadt niedergebrannt, und die Leute standen da ohne eine Kopeke. Sie wandten sich an Nehemia, ihren *tzaddik,* ihren chassidischen Guru, wenn Sie so wollen, und baten, er solle ihnen sagen, warum Gott das zugelassen habe. Der Rabbi antwortete, es sei Gottes Absicht gewesen, sie zu demütigen, damit sie die Wunder der Thora sähen. Lodzuk' komme auf einen Wert von 67, erklärte er, und wenn man das zu Thora mit dem Wert 611 hinzuzählte, ergab es 678, was übereinstimmt mit dem *Aravot,* dem siebten und höchsten Himmel. Da *Aravot* außerdem ›Felder‹ bedeutet, empfahl er, die Stadt solle zu ihnen zurückkehren und erneut ihre Feldfrüchte anbauen.«

»Wow«, meinte Lucy.

»Als Kind in Brooklyn habe ich auch von einem *tzaddik* in der Nähe gehört, der in den zwanziger Jahren mit seiner gesamten Gemeinde aus dem Sudetenland gekommen war, weil ein älterer Mann zufällig bemerkt hatte, die Geisterschrift warne vor Hitlers Machtergreifung. Erinnern Sie sich, bei *Daniel* kommt der Finger Gottes hernieder und schreibt die Worte an die Wand: *Mene Mene Tekel Upharsim,* und diese Buchstaben ergeben den Wert von 1776, das Geburtsjahr Amerikas. Auf dieser

Grundlage riet der *tzaddik* seiner Gemeinde, ihre Sachen zu packen und nach Amerika auszuwandern, und recht hat er daran getan. Wäre doch *diese* Gematrie damals in Mitteleuropa die große Mode gewesen!«

»Gewäsch bleibt Gewäsch«, sagte der zweifelnde O'Hanrahan, »ob es römisch-katholischer Reliquienunsinn oder jüdischer Wortspielunsinn ist. Willst du Lucy nicht zeigen, wie man einen Golem macht, Morey?«

Rabbi Hersch begann zu erklären, wie man Leben erschaffen konnte: »In *Hiob* 28,13, so wie es in der *Midrasch Tehillim* diskutiert wird, wird darauf hingewiesen, daß die Thora nicht in der korrekten Reihenfolge angeordnet sei, daß ein oder zwei Buchstaben am falschen Ort, daß Kapitel umgeordnet seien. Wenn jemand die ursprüngliche Anordnung, in der Gott die Thora geschaffen hatte, wiederherstelle, dann könne er auch Welten erschaffen und Tote zum Leben erwecken.«

Lucy wurde daran erinnert, wie wenig sie über jüdischen Mystizismus wußte.

»Und das haben Kabbalisten im Mittelalter versucht?«

»Man konnte einen Menschen erschaffen«, erklärte der Rabbi, ohne die Miene zu verziehen, »wenn man das hebräische und die anderen einundzwanzig göttlichen Alphabete rezitierte – es gab viele Formeln –, aber diese vom Menschen geschaffene Kreatur war zwar lebendig, konnte aber weder denken noch sprechen. Das konnte allein Gott vollenden. Wenn man aber zufällig die Thora in die richtige Reihenfolge brachte, konnte man einen Menschen schaffen, der die Gabe der Sprache besaß. Solomon ibn-Gabirol erschuf sich im Jahr 1100 eine Frau, die ihm das Haus putzte und das Essen kochte.«

»Billiger als sich eine von diesen aufblasbaren Puppen zu kaufen, meinst du nicht?« meinte O'Hanrahan.

»Beachten Sie diesen Mann überhaupt nicht«, sagte Rabbi Hersch zu Lucy.

»Vielleicht könnten Sie Rabbi Hersch dazu bewegen, *Ihnen* einen Mann zu machen, Luce.«

Lucy versuchte, lauter zu reden. »Und Sie haben in diesen Kabbala-Anleitungen aus dem Mittelalter nach Alphabeten gesucht, Rabbi?«

»Ja, um auf einem langen Umweg wieder zum Ausgangspunkt zurückzukommen, ich habe in Abschriften des *Alphabet von Ben Zira* nachgesehen. Ben Zira war ein Mann, der einen großen Ruf darin hatte, Golems zu erschaffen und wieder zu vernichten. Ich versuche, mir vorzustellen, was Rabbi Rosen sich angesehen hat, als er 1949 das *Matthiasevangelium* übersetzte. Hast du Rabbi Rosen je kennengelernt, Paddy?«

»Ich habe ihn einmal bei einem Abendessen gesehen. Ich kannte ihn vom Sehen, und ich wußte ganz sicher, wer seine Frau war.«

Er und Rabbi Hersch lachten glucksend.

»Was ist so Besonderes mit seiner Frau?« fragte Lucy.

»Sie war dreiundzwanzig«, erklärte O'Hanrahan. »Und er war vierundachtzig oder fünfundachtzig.«

»Sie war zweiundzwanzig«, korrigierte der Rabbi. »Es war eine Scheinheirat nur wegen des Visums, um sie aus der Sowjetunion herauszubekommen. ›Mrs. Rosen‹ war eine der schönsten Frauen, die ich je gesehen habe.«

»Sie war dreiundzwanzig«, beharrte O'Hanrahan. »Ich habe auf einer Party eine Stunde lang mit dem Versuch verbracht, mich mit ihr zu verständigen. Herrliche dunkle Gesichtszüge. Na, egal, sie blieb auf jeden Fall im Haus von Rabbi Rosen, bis man ein anderes Quartier für sie fand, und die Witze ... nun, Sie können sich die Witze ja vorstellen. Eine dreiundzwanzigjährige Sexbombe und ein vierundachtzigjähriger Mann.«

»Warum verbesserst du mich dauernd?« fragte Rabbi Hersch. Dann schluckte er plötzlich heftig.

»Ist etwas nicht in Ordnung, Rabbi?« fragte Lucy. O'Hanrahan sah von seiner Zeitung auf, um zu sehen, ob der Rabbi krank geworden war.

»Nein«, sagte Rabbi Hersch kurz angebunden, abgelenkt. »Jesus«, murmelte er vor sich hin, »natürlich.« Er stand auf.

»Ich habe eine Verabredung vergessen«, setzte er hinzu und schien sich selbst zu verwünschen. »Mit jemandem, den ich schon hundertmal versetzt habe – ich muß gehen. Nicht zu glauben ...«

»Warum rufst du nicht einfach an?« schlug O'Hanrahan vor.

»Nein«, lehnte der Rabbi ab und schlüpfte in sein Sportsakko. »Ich muß los.«

Rabbi Hersch brach auf, und O'Hanrahan und Lucy saßen einander schweigend gegenüber.

Lucy sah dem Rabbi nach, wie er sich durch die Menschenmenge drängte, bis sie ihn aus den Augen verlor. Sie hatte das Gefühl, daß Gabriel diesen Mann falsch eingeschätzt hatte. Okay, er war also im Frühjahr in Rom gewesen, als er eigentlich nicht dort hätte sein sollen, anscheinend hinter O'Hanrahans Rücken. Er mußte einen Grund dafür gehabt haben.

»Ich wollte Sie etwas fragen, Sir«, begann Lucy. »Darüber, was dieses Frühjahr in Rom passiert ist. Wissen Sie, mit Gabriel und allem.«
»Ist das wieder ein Versuch, mich dazu zu bringen, daß ich mich mit diesem Wurm aussöhne?«
»Nein, es geht um die Tatsachen.«
Mit einer Geste forderte er sie auf fortzufahren, zog aber rasch die Hand zurück und umklammerte sie mit der anderen, um einen plötzlichen Schmerz zu betäuben. Ah, schon wieder die Schmerzen!
»An dem Tag im April, als Gabriel in Rom die Rolle gestohlen hat und damit durchgebrannt ist, waren Sie da zusammen mit Rabbi Hersch?«
»Nein, er war in Jerusalem.«
»Sind Sie sicher?«
»Ich habe ihm von der Fähre aus zum Abschied gewunken.« Unauffällig massierte er seinen Arm. »Haben Sie andere Informationen?«
Lucy zuckte die Achseln.
O'Hanrahan trank sein Glas aus und beschloß, Lucys Frage nachzugehen. Vielleicht hatte sie etwas herausgefunden ... aber gerade in diesem Augenblick durchzuckte ein bohrender Schmerz seine linke Hand. Rasch stellte er die Flasche ab, aus der er sich nachgeschenkt hatte, und umklammerte die Hand auf dem Schoß mit der anderen. Hatte Lucy es gesehen? Er sah auf, aber sie hatte nichts bemerkt, sondern sich gerade seine *Herald Tribune* geliehen.
O'Hanrahan fühlte in seiner Tasche. Oh, großartig, einfach großartig: Sein Percodan war im Hotel *König David.* Sein Paß war in *diesem* Jackett gewesen, und als er sich im Hotel umgezogen hatte, war das Percodan in dem Jackett geblieben, das er aufs Bett geworfen hatte. Schön, vielleicht würden diese verdammten Durchblutungsstörungen mit ihren Begleitschmerzen aufhören. Seine linke Hand pochte, und die rechte tat es ihr aus Sympathie nach.
Sein Zustand wurde offenbar schlimmer: Wenn er morgens aufwachte, waren seine Hände eiskalt, und manchmal hatte er Schmerzen in Händen und Füßen. Dann stand er auf und stellte sich hin, damit das Blut in seine Füße floß und rieb sich die Hände unter heißem Wasser, aber in letzter Zeit hatte das nichts mehr gegen das Zusammenwirken von blockiertem Blutkreislauf, Arthritis, labilem Blutdruck, verkalkten Arterien und was sonst noch ausgerichtet.
(Ist das so erstaunlich, Patrick?)

Er blickte auf sein Glas Wein und hob es trotzig an die Lippen. Wenn ich an Zirrhose umkommen soll, dann sei es! Jetzt ist es zu spät. Keine Lebertransplantation für so einen alten Mann.
Der Schmerz! Er ließ die Hand wieder sinken. Ja, wie ein Uhrwerk, pünktlich aufs Stichwort, begannen auch die Füße zu schmerzen. Je mehr er sich vor einer Attacke fürchtete, desto sicherer kam sie. Warum konspirierte der eigene Körper gegen ihn?
(Du konspirierst gegen deinen Körper, Paddy.)
Na gut, dachte er fatalistisch, ich muß mich auf einen bösen Anfall einstellen. Er dachte daran, wie er sich auf dem Berg Athos verirrt hatte, wie er jede Faser seines Körpers überanstrengt und wie ein Verrückter hinter jedem Busch Stimmen gehört hatte. Und heute diese Kapriolen auf der West Bank ... es ist ein verspäteter Schock.
»Ist etwas nicht in Ordnung, Dr. O'Hanrahan?« fragte Lucy, die seinem Gesicht ansah, daß er Schmerzen hatte. Zutiefst besorgt starrte sie ihn durch ihre runde Brille an.
»Nein«, sagte er, »ich fühle mich nur ... nur plötzlich unheimlich müde. Es war ein anstrengender Tag.«
(Lucy kann dir helfen, ein Taxi zum Hotel zu nehmen, Patrick.)
»Sie sehen wirklich nicht gut aus«, meinte Lucy.
»Danke, danke für die freundliche Unterstützung«, erwiderte O'Hanrahan und stand auf. »Auf der Jaffastraße habe ich eine offene Apotheke gesehen. Ich hole mir ein paar Aspirin.«
»Ich habe welche in der Tasche ...«
»Ich will nicht dieses Frauen-Aspirin gegen Menstruationskrämpfe«, schnaubte er. »Ich will richtiges Aspirin, und außerdem«, seine Hand fühlte sich an, als würde sie gleich abfallen, so tief ging der Schmerz, »außerdem will ich ein Stückchen gehen, um einen klaren Kopf zu bekommen. Ich bin in ein paar Minuten zurück«, setzte O'Hanrahan hinzu, nicht mehr fähig, seinen akuten Schmerz zu verbergen.
»Soll ich mitkommen?«
»Nein, danke.«
Der Schmerz in seiner Seite pochte wieder. Es war schon vorgekommen, daß die Schmerzen auch in diesem Stadium wieder nachgelassen hatten, und darauf hoffte er jetzt. Nein, da war er wieder. Seine Leber konnte tagelang, wochenlang funktionieren, ohne verrückt zu spielen, und dann war es plötzlich wie ein Messerstich, wie ein Messer, das einem im Leib

herumgedreht wird, das vibriert und nach einem unglaublich empfindlichen Nervengewebe sticht. Zwischen den einzelnen Stichen, im selben Rhythmus wie sein Herzschlag, spürte er einen noch tieferen, aber unbestimmteren Schmerz, der sich ausbreitete und den ganzen Körper erfüllte, bis sogar das Handgelenk schmerzte; jedes Gelenk konnte den Schmerz in seiner Seite widerspiegeln, jeder Atemzug war eine Anstrengung. Das heißt, es sein denn, er schaffte es, zurück in sein Hotelzimmer zu kommen und sein Percodan zu nehmen.

Er ging weiter. Gehen half, sich bewegen half, bücken half. Wenn der Schmerz konstant ist, kann man die Nerven durcheinanderbringen, indem man die Stelle reibt, sagte sich O'Hanrahan. Die Alten dachten, daß die Seele in den Eingeweiden sitzt, und wenn man je diesen Schmerz in der Bauchgegend kennengelernt hat, kann man das verstehen, denn Schmerzen in diesem Körperbereich sind die Hölle und jede Erleichterung der Himmel, erhebender und ekstatischer als ... als ... Jesus, wie viele Straßen sind das noch bis zum *König David?* Verdammt, schnaufte er, keuchte jetzt fast und machte sorgfältig abgemessene schnelle Schritte – es ist Straßen von hier entfernt, also wäre ein Taxi die Rettung.

Er versuchte, sich umzudrehen und den herannahenden Verkehr nach einem Taxi abzusuchen, aber als er die Hand heben wollte, um einem Taxi zu winken, überwältigte ihn der Schmerz in seiner Seite.

Bleib nicht stehen.

Wenn ich stehenbleibe, sagte er sich, werde ich nicht wieder in Bewegung kommen. Eine Gruppe lachender Jugendlicher bog um die Ecke, eine Katze im Rinnstein stocherte in irgend etwas herum: mein letztes segenspendendes Bild von dieser Welt!

Die Ha-Malkah-Straße stieß am Ende eines Hügels auf Gershon Agron und die König-David-Straße; die beleuchtete Altstadt, mittelalterlich und majestätisch, lag links von ihm. Siehst du? Fast daheim, sagte er zu sich, als wäre er sein eigener Patient. Nur diesen Hügel hinauf, und wir haben es.

Es könnte ebensogut der Mount Everest sein!

(Warum warst du so ein sturer alter Mann, Patrick? Lucy hätte Hilfe holen können, dann wärst du jetzt nicht in dieser Klemme.)

Ah, die Stimmen.

(Du hast nicht auf Uns gehört, wenn es um dein Trinken ging, dein ungesundes Leben, dein Rauchen ...)

Ich sehe, heute abend ist Gott der Puritaner an der Reihe. Ich hasse es, Herr, wenn du so wirst ... O'Hanrahan lachte und ließ eine Träne über sein Gesicht rollen. Er blieb stehen und krümmte sich. Das könnte *er* sein. Würde irgend jemand mir helfen, wenn ich hier mitten am Abend einfach umfalle, 200 Meter vom Hotel *König David* entfernt? O'Hanrahan befühlte seine Stirn. Ja, ein Delirium oder so etwas kam auf ihn zu. Den Hügel hinauf, einen Fuß vor den anderen.
Er erinnerte sich an die Male, wo es wirklich übel gewesen war, wo er so heimgesucht gewesen war. Einmal in Chicago der Vorfall, der dazu geführt hatte, daß ihm ein ehemaliger Kumpel aus dem Priesterseminar, der Arzt geworden war, das Percodan verschrieben hatte. Das eine Mal in Rom, als er sich mit Gabriel ein Zimmer geteilt hatte. Andeutungen von Schmerz überall in Italien und Griechenland und nun in der Heiligen Stadt Jerusalem, mitten am Abend in einer verlassenen Straße, zwischen mir und meinen Tabletten der gottverdammte Berg Ararat – nein, nicht der Ararat mit der Taube und dem Ölzweig, sondern der Pisgah, Mount Nebo! Das Gelobte Land seines weltlichen Ehrgeizes leuchtete ihm vom Tal aus entgegen, unerreichbar! Und der Herr sprach zu O'Hanrahan: Dies ist die Schriftrolle, die ich deinen Vätern versprochen habe, und ich werde sie deinen Rivalen geben. Ich habe sie dich mit eigenen Augen schauen lassen, aber du sollst sie nicht übersetzen und einen Haufen Geld damit machen.
(Weil du mein Vertrauen enttäuscht hast inmitten der Völker an den Ufern von Jack Daniels, in der Wildnis von Jamesons ...)
Jetzt ist Gott der Zwischenrufer dran. Buhrufe von den billigen Plätzen! O'Hanrahan stolperte auf dem unebenen Bürgersteig und fiel, ohne es zu spüren. Er spürte nur die beharrlichen, sengenden Wellen des Schmerzes in seiner Seite, seine tauben Hände, Mittel- und Ringfinger nunmehr völlig gefühllos. Es ist ein Herzanfall, nicht wahr? Ich habe irgendwo darüber gelesen: Brennen im Hals, Hände und Füße gefühllos. O'Hanrahan blickte auf die andere Seite und sah einen Mann, der rasch vorbeiging. Siehst du, was ich meine, Herr? Daß sie nicht stehenbleiben würden?
*(Und keiner sprach ein Wort zu ihm. Denn sie sahen, daß sein Schmerz übergroß war.)*
O'Hanrahan wand sich am Boden. Ein Auto fuhr vorbei. Noch eines. Ein Polizeiauto würde vielleicht anhalten, wenn sie ihn sahen. O'Hanrahan lag in der Nähe einer Einzäunung, und zwischen ihm und dem Bürgersteig

war ein schmaler, schmutziger Grasstreifen. Er preßte sein Gesicht gegen das kühle Gras – ja, gegen den Grasstreifen, auf dem die Leute ihre Hunde ausführten. *Er nahm sich eine Scherbe, um sich damit zu kratzen, während er mitten in der Asche saß*, erinnerte er sich. *Voll Unruh' bin ich bis zur Dämmerung. Ich will reden in den Ängsten meines Geistes, will klagen in den Qualen meiner Seele.* Hiob verfluchte den Tag, an dem er geboren war, dachte O'Hanrahan, aber so weit geht die Ähnlichkeit nicht. Siehst du, Gott, ich liebe mein elendes, schlecht gelebtes Leben, selbst in diesem morschen, versagenden Körper.

»Hilfe!« schrie er automatisch, als ein Schmerz seine Seite durchbohrte. Das *Buch Hiob* war O'Hanrahans Trost in seinen eigenen Höllenqualen. *Blick weg von mir, daß ich mich etwas freue, bevor ich fortgeh' ohne Wiederkehr ins Land des Dunkels und des Schattens, ins Land der Finsternis, da keine Ordnung* – O'Hanrahan spürte, wie ihm das Bewußtsein schwand –, *wo, wenn es leuchtet, ist's wie tiefe Nacht!*

Jemand stand über ihm.

»*Bevakasha*«, stöhnte O'Hanrahan.

»Ich spreche Englisch, Sir. Brauchen Sie einen Krankenwagen?«

Ein Mensch. O'Hanrahan rang darum, bei Bewußtsein zu bleiben. Ein männlicher Soldat – also erinnere dich an die unterschiedlichen Endungen im Hebräischen. Nein, warte, er hat gesagt, daß er Englisch spricht, ich kann nicht mehr klar denken.

»Ich rufe einen Krankenwagen«, sagte der Soldat. Er war in den Zwanzigern, dunkelhäutig und gutaussehend.

O'Hanrahan suchte nach hebräischen Ausdrücken. »Bringen Sie mich ins Hotel.«

»Aber Sie brauchen einen Arzt ...«

»*Lo*«, flehte O'Hanrahan, der sich angesichts dieses Hoffnungsschimmers wieder belebte. »Meine Herzmedizin ist im Hotel. *König David.*«

Der Soldat stellte sich auf die Straße, als sich Scheinwerfer näherten. Das Auto hielt an. Der Soldat erklärte den Notfall – ob der Fahrer bereit sei, diesen kranken Mann die zweihundert Meter hinauf zum Hotel zu fahren. Der Fahrer ließ den Motor laufen, und er und der Soldat halfen O'Hanrahan auf und führten ihn zum Auto. O'Hanrahan zitterte, seine Glieder waren taub, aber der Schmerz war nicht mehr so stechend. Eine merkwürdige Atempause. Vielleicht wußte sein Körper, daß er in ein paar Augenblicken Percodan bekommen würde. O'Hanrahan wurde zum

Hotel gefahren. Er hielt sich die Seite, als er ausstieg, und ging zusammen mit dem Soldaten zur Rezeption, um seinen Schlüssel zu holen.
»Glauben Sie wirklich, daß es Ihnen wieder besser gehen wird?« fragte der Soldat.
»Lassen Sie mich einen Arzt rufen«, meinte der Mann an der Rezeption.
»Nein, ich bin selbst Arzt«, schwindelte O'Hanrahan. Der Mann sah nach und stellte fest, daß im Hotel ein *Dr.* Patrick V. O'Hanrahan eingetragen war. »Es geht schon wieder«, sagte der Professor, der sich wirklich etwas besser fühlte.
Er dankte dem jungen Soldaten überschwenglich, dankte auch dem barmherzigen Samariter, der sein Auto zur Verfügung gestellt hatte.
Dann war er im Aufzug und endlich in seinem Zimmer, wo er mit dem Verschluß des Tablettenröhrchens kämpfte. Er legte sich aufs Bett und wußte, daß er dem Ende nahe gewesen war. Langsam wurde das Schmerzmittel durch seinen Körper geschwemmt. Seine Hände fühlten sich leicht an, dann war der Schmerz in seiner Seite nur noch dumpf. Dann eine zweite Welle, mit der warmes, seichtes Wasser hereinzuschwappen schien, die ihn über die Unwürdigkeit des körperlichen Verfalls hinwegtrug. Ah, er atmete tief, als er sich wieder besser fühlte, hier ist Würde, hier ist Gott. Hier ist der Himmel.
(Wenn Wir nur sicher sein könnten, daß du auf dem Weg dorthin warst.)

*8. August*

Das Telefon weckte O'Hanrahan. Er erwachte mit dem Gefühl, daß es schon eine Weile geläutet haben mußte. Er tastete nach dem Hörer und erschrak erneut, weil seine Finger so taub waren, seine Durchblutung so schlecht.
»Hallo?«
Es war die Rezeption, die sich erkundigte, ob er da war.
»Ja, hier bin ich«, sagte er kurz angebunden.
Seit gestern abend seien fünf oder sechs Anrufe gekommen, darunter einige von einem sehr dringlich klingenden Mann namens Pater Vico. O'Hanrahan wollte die Rezeption schon scharf kritisieren, weil sie ihn um diese Zeit weckte, aber dann sah er auf den Wecker. Halb zwei Uhr nachmittags. Er hatte siebzehn Stunden lang geschlafen.

»Danke«, murmelte er. »Ich werde gleich nach unten kommen.«
Kaum hatte er aufgelegt, da läutete es schon wieder.
Es war Lucy vom Zimmer nebenan: »Soll ich Ihnen einen Arzt holen, Dr. O'Hanrahan?«
»Was meinen Sie?« fragte er und stöhnte im selben Augenblick, als er den Kopf hob. Mit rauher Baßstimme krächzte er dann: »Es geht mir himmlisch.«
»Sie sind nicht zurück in das Café gekommen, Sir, und ich hatte nicht genügend Geld, um die Rechnung zu bezahlen – ich mußte meine Brieftasche dortlassen. Aber, was viel wichtiger ist, ich bin gestern abend noch bei ihnen hereingekommen, weil Sie nicht geantwortet haben und der Mann an der Rezeption sagte, daß Sie schwerkrank ausgesehen haben.«
»Völlige Überdramatisierung«, erklärte er und fragte sich, ob Lucy und eine Prozession von anderen um sein Bett herumgestanden hatten, während er nicht bei Bewußtsein gewesen war. »Ich würde Sie gerne zu meiner morgendlichen Audienz einladen, Miss Dantan, aber die Badewanne wartet. Es sei denn, Sie wollen mir den Rücken schrubben.«
Lucy war nicht zu Scherzen aufgelegt. »Rabbi Hersch kommt zum Lunch-Buffet; wir sind dann unten.«
Bei dem Gedanken an Essen wurde O'Hanrahan übel. Er legte auf und ließ sich wieder auf das weiche Kissen fallen. Wahrscheinlich sollte ich den ganzen Tag im Bett bleiben, dachte O'Hanrahan, aber der Tag verspricht ereignisreich zu werden, bei allem, was ich in Bewegung gesetzt habe ...
Während er sich rasierte, fragte er sich, warum Lucy und Mordechai sich zum Lunch trafen. Zwei Menschen, bei denen er sicher gewesen war, daß sie nie Freunde werden würden – und nun schienen sie plötzlich doch dicke Freunde zu sein.
Morey versucht ihr einzureden, daß sie mich im Stich lassen soll, stellte er sich vor. Morey will, daß sie zurück nach Chicago geht, mich auch dorthin mitschleift und dazu bringt, ärztlichen Rat zu suchen, wieder eine Runde von Treffen der Anonymen Alkoholiker oder eine Klinik vielleicht. Zur Hölle damit.
(Es würde nicht schaden, weißt du.)
Wenn ich die letzte Nacht überstanden habe, Herr, dann kann ich alles überleben.
(Es war sehr, sehr knapp, Patrick.)

Vor dem Spiegel stehend starrte O'Hanrahan lange in sein faltiges, bleiches Gesicht. Seine Augen wurden jeden Monat trauriger, das Blau der Iris trübte sich, die Augenringe wurden tiefer. Super, seufzte er und spritzte sich kaltes Wasser ins Gesicht: Wenn ich Lucy ans feindliche Lager verliere, dann werde ich hier wirklich allein sein.
(Du hast einen Verbündeten, von dem du nie Gebrauch gemacht hast. Einer, der immer bei dir gewesen ist.)
Was soll aus mir werden, wenn Morey mich zurück nach Chicago verfrachtet? Ich habe kein Haus, kein Auto, kein Geld, keine Bleibe ... Ich werde mich in das Heer der Obdachlosen einreihen müssen. Oder zur Hölle mit ihnen allen: Ich werde Matthias Kellners Deutsche Mark nehmen oder meine letzten Jahre in Teheran verbringen, umgeben von meinem Harem ...
Es klopfte an der Tür.
»Ich bin's, Patrick«, rief Gabriel.
In dieser Stunde, dachte O'Hanrahan und warf sich selbst einen letzten, komplizenhaften Blick im Spiegel zu, wird sich entscheiden, ob Patrick O'Hanrahan sich frühzeitig aufs Altenteil zurückziehen muß.

✡ ✡ ✡

Im Speiseraum des *König David.* Lucy hatte sich am Buffet Obst und flüssigen Joghurt geholt, in den sie Nüsse rührte; Rabbi Hersch hatte einen Teller rosafarbenes mageres Roastbeef mit Meerrettich und Senf vor sich und einen Extrateller mit Salat.
»Ich werde Ihnen als Belohnung ein kleines Geheimnis erzählen«, sagte der Rabbi.
Lucys Miene hellte sich auf. »Wirklich?«
»Unser Gerede über die Gematrie hat meinem Gedächtnis nachgeholfen. Wissen Sie noch, daß Paddy und ich uneins waren über das Alter von Mrs. Rosen, ob sie zweiundzwanzig oder dreiundzwanzig war? Plötzlich paßte alles zusammen – Rosen, die Kabbala und das *Matthiasevangelium.*«
Lucy wartete sehnsüchtig, daß er ihr das näher erklärte, bevor O'Hanrahan kam. Noch schöner wäre es, wenn sie diejenige sein könnte, die es dem Professor erzählte.
»Ich habe doch die zweiundzwanzig Alphabete im *Alphabet von Ben Zira*

erwähnt, diesem großen kabbalistischen Werk. Zweiundzwanzig Alphabete, die sich von den zweiundzwanzig hebräischen Buchstaben herleiten.« Der Rabbi schlug auf den Tisch. »Manche Kabbalisten dachten, es gebe ein dreiundzwanzigstes Alphabet, inspiriert von einem geheimen dreiundzwanzigsten hebräischen Buchstaben, einem höchst schrecklichen und mächtigen Symbol, das nur Gott und der Messias kennen. Wissen Sie, wer Shabbatai Zevi ist?«

Sie schüttelte den Kopf.

»Darüber bin ich wirklich froh.« Der Rabbi warf einen Zuckerwürfel in seinen Kaffee und rührte automatisch um. »Eine höchst peinliche Episode in der jüdischen Geschichte. 1665 erklärte er sich zum Messias, und alle fielen darauf herein, große Rabbis, Dorfleute, Analphabeten und Genies verneigten sich vor ihm. Er war geistesgestört, und sein Jünger, Nathan von Gaza, war genauso übergeschnappt; Zevis Frau war eine Hure, und er sprach überall den verbotenen Namen Gottes aus. Die Juden in Europa und Asien brachen auf, um sich ins Gelobte Land führen zu lassen, und dann geht dieser Bursche 1666 hin, konvertiert zum Islam und läßt sich vom Sultan eine Pension zahlen.«

»Au weia.«

»Au weia ist richtig. Auf jeden Fall bezeugte Nathan von Gaza, daß ihm und Zevi dieser dreiundzwanzigste Buchstabe und das dreiundzwanzigste Alphabet geoffenbart worden seien. Sie wissen ja, daß Rabbi Rosen die Geheimnisse des *Matthiasevangeliums* innerhalb von zwei Wochen löste, ja? Und er war auch Professor für die Kabbala. Ich war immer der Ansicht, daß er Zugang zu einem kabbalistischen Werk gehabt haben muß, das den Schlüssel zur meroïtischen Sprache enthält. Kleines Mädchen, es ist vierzig Jahre her, daß Rabbi Rosen am *Matthias* gearbeitet hat, und in diesen vierzig Jahren habe ich jedes Buch durchgesehen, daß er in seinem Büro oder seinem Haus hatte. Ich habe jeden Bibliothekszettel, jedes Buch, das er bestellt hatte, überprüft und im Laufe der Jahre dann in jedem Buch – und es waren Zehntausende von Büchern – den Index nachgesehen. Ich dachte immer, *eines Tages* würde ich die Seite in dem Buch aufschlagen, das Rabbi Rosen gekannt haben muß; das den Schlüssel zu dieser unmöglichen Sprache enthält.«

Lucy war fasziniert und flüsterte aufgeregt: »Und haben Sie jetzt mit diesem Hinweis auf den dreiundzwanzigsten Buchstaben das Buch gefunden?«

Sie und der Rabbi registrierten, daß der erschöpft aussehende Patrick O'Hanrahan schwerfällig auf sie zukam und erfolglos Gesundheit auszustrahlen versuchte.
»Nein, das Buch habe ich nicht«, fuhr Rabbi Hersch fort. »Aber ich habe trotzdem das Gefühl, daß das ein Durchbruch ist. Er muß gewußt haben, wo das dreiundzwanzigste Alphabet geschrieben steht, und ich wette mit Ihnen: Wo dieses Buch ist, finden wir auch den Schlüssel zum Meroïtischen, in welcher Version dieser Sprache das *Matthiasevangelium* auch immer geschrieben ist.«
»Morgen allerseits«, krächzte O'Hanrahan. »Ich glaube, ich hole mir Kaffee.«
Während er nach einem Kellner suchte, wandte Lucy sich an den Rabbi und sagte ruhig: »Ich glaube, ich fliege besser nach Hause.«
Der Rabbi verschränkte die Arme und unterdrückte ein Grinsen. »Sie haben Ihre Glaubwürdigkeit bei mir verloren, kleines Mädchen. Sie verabschieden sich von mir, und ich kann hundertprozentig darauf wetten, daß Sie dort sind, wo Paddy ist, wenn ich ihn das nächstemal treffe.« Dann wurde er ernst. »Aber das ist eine gute Idee. Bevor der Nahe Osten in die Luft fliegt. Ich will Ihnen keine Angst einjagen, aber ich bin ziemlich sicher, daß es Krieg geben wird. Der Irak gegen die Saudis, Syrien gegen Saddam Hussein – und alle gegen Israel, darauf können Sie sich verlassen.«
Das ist nicht alles, was in Rauch aufgeht, dachte Lucy.
O'Hanrahan sieht aus, als sei er dem Tod von der Schaufel gesprungen. Ich verstehe, sagte sie zu sich selbst, daß er nicht nach Hause gehen kann, ins Nichts, zu seiner Schwester, zu Armut und Lächerlichkeit – eher würde er in der Wüste sterben und sich in einer Höhle von einem koptischen Mönch die Sterbesakramente geben lassen. Aber ich kann mich von ihm nicht immer tiefer nach unten ziehen lassen, Evangelium hin oder her.
»Rabbi, Sir«, fragte sie, »was wird aus Dr. O'Hanrahan werden? Wird er das *Matthiasevangelium* übersetzen und ein Buch darüber schreiben? Sie wissen doch, es ist sein Traum. Ich glaube wirklich, das ist es, was ihn am Leben hält.«
Rabbi Hersch lächelte matt. »Auf dieses Buch können Sie lange warten – der Mann hat ja schon Probleme, eine Einkaufsliste zu schreiben. Aber ich werde dafür sorgen, daß alles, was immer geschehen mag, zu seinem Besten ist.«

O'Hanrahan kam wieder an den Tisch. »Was ist mit meinem Besten?«
Der Rabbi wich nicht aus. »Es wäre zu deinem Besten, nach Hause zu gehen und dich ärztlich behandeln zu lassen.«
O'Hanrahan tat, als wäre das ein Witz. »Hu, das ist nur Lucys übertriebene Reaktion ...«
»Und der Mann an der Rezeption? Und der Soldat, der seine Telefonnummer an der Rezeption hinterlegt hat und den ich angerufen habe?«
O'Hanrahan, in die Ecke getrieben, wurde wild. »Du kontrollierst mich, wie?«
»Das ist noch nicht alles«, sagte Rabbi Hersch, der gleich den ganzen Krach hinter sich bringen wollte. »Ich habe bereits Kontakt zu Pater Vico und seinen franziskanischen Oberen aufgenommen. Sie sind bereit, die Schriftrolle heute für eine ausgemachte Summe der Hebräischen Universität zu übergeben.«
»Du ... du kannst sie auszahlen?« stammelte O'Hanrahan. »Okay, okay, das ist eine gute Nachricht, nicht wahr? Wir werden zusammen an der Hebräischen Universität daran arbeiten.«
Der Rabbi zuckte nicht mit der Wimper. »Du kannst ebensogut wissen, daß ich Philip Beaufoix gebeten habe zu kommen ...«
Lucy duckte sich, als sie sah, wie O'Hanrahan seinen klaren Kopf und sein gutes Benehmen verlor – er hörte den Namen Pater Beaufoix und witterte nur noch Verrat. »Das ist es also, Morey? Du willst mich aus dem ganzen Projekt draußen haben? Warum hast du dir dann zuerst die Mühe gemacht, mich um Hilfe zu bitten?«
Die Gäste am Nebentisch erstarrten angesichts der sich anbahnenden Szene.
»Weil ich dachte, daß du mir helfen könntest.«
»Du hättest mich lassen sollen, wo ich war«, sagte O'Hanrahan mit stockender Stimme. Lucy starrte auf ihren Teller. »Du hättest mich in Ruhe lassen sollen, anstatt mir Hoffnungen zu machen ...«
»Würdest du dich bitte beruhigen«, sagte sein Freund. »Wer sagt, daß du aus dem Projekt draußen bist? Du arbeitest immer noch mit mir daran. Warum reagierst du so übertrieben? Wir brauchen lediglich ein bißchen Hilfe, um diese Sprachbarriere zu knacken ...«
»Lucy«, sagte O'Hanrahan, »es ist Zeit zu packen. Wir reisen ab.«
Lucy sah verwirrt auf. »Aber ...«
»Wir nehmen den Nachtbus nach Kairo, der hier um vier Uhr losfährt.

Wir haben eine Verabredung mit der Bibliothek des Popen von Alexandria in Kairo.« O'Hanrahan warf dem Rabbi einen anklagenden Blick zu. »Du wirst schon sehen, Morey. Wir lösen dieses Rätsel, bevor ihr, du und Philip, den ersten Satz herausgebracht habt. Gott, als ob ... als ob er noch nicht genügend Bücher mit seinem Namen hätte, genügend Ruhm!«
Rabbi Hersch hob verzweifelt die Hände. »Du kannst dieses gottverdammte Buch immer noch schreiben!«
»Richtig«, schnaubte O'Hanrahan finster, »ich kann Beaufoix' *Reste* haben, das, was ihr beide mir übriglassen werdet, wie eine Art abgelegtes Kleidungsstück. Lucy, gehen wir.«
Es hatte genau so bitter geendet, wie Lucy befürchtet hatte. Sie spürte die Blicke des ganzen Speiseraums auf sich, als sie mit O'Hanrahan den Saal verließ. Lucy war traurig, es tat ihr leid um den Professor, nicht zuletzt wegen dieser alten Freundschaft, die unter dem Druck von O'Hanrahans gescheiterten Träumen zerbrochen war.
»Luce, ich gehe nach oben. Kommen Sie zu mir herüber, wenn Sie gepackt haben«, erklärte er leichthin, als wäre nichts geschehen. Fort war er.
Er denkt nicht mehr klar, dachte sie. Sein Gehirn ist außer Kontrolle, so wie seine körperliche Gesundheit.
»He, *da* bist du.«
Lucy wirbelte herum und erblickte Gabriel, braungebrannt, in einem St.-Eulalia-T-Shirt und Jeans. Er saß in einer Nische der Eingangshalle hinter einer hohen Topfpflanze.
»Nur eine halbe Stunde zu spät«, sagte er und deutete auf seine Uhr.
Lucy hatte ihre Verabredung für den Mittwoch völlig vergessen; nichts hätte ihr im Augenblick unwichtiger sein können.
»Ich habe in deinem Zimmer angerufen, aber du warst nicht da, deswegen habe ich hier unten gewartet«, erklärte er und lugte hinter den Blüten hervor. »He, ist der Rabbi weg? Ich möchte ihm nicht über den Weg laufen.«
»Hör zu«, begann sie, »der Rabbi und O'Hanrahan hatten einen Streit, deswegen muß ich jetzt nach oben gehen ...«
»Und was ist mit uns? Ich dachte, wir wollten den Nachmittag zusammen verbringen.«
Lucy sah flüchtig den Rabbi, der aus dem Speiseraum kam. »Tut mir leid, es geht nicht. Duck dich, Gabe. Der Rabbi kommt.«
»Ich wette, er trifft sich draußen mit seinem Freund.«

Lucy hielt inne. »Was für ein Freund?«
»Irgend so ein kleiner Ganove, den er kennt. Ich habe sie ... Lucy?«
Lucy war an das Spiegelglasfenster am Eingang der Hotelhalle geeilt, um dem Rabbi nachzusehen.
»Du hast ihn bestimmt schon einmal bemerkt«, sagte Gabriel, der ihr vorsichtig folgte. »Noch nie habe ich jemanden gesehen, der so mies angezogen war.«
Lucy blieb hinter einem Pfeiler stehen. Draußen sprach Rabbi Hersch mit dem Mann im billigen Anzug. Ein Umschlag wurde überreicht, Geld wurde gezählt. Der Rabbi drückte dem Mann das Geld in die Hand. Dann wollte er gehen, aber Mr. Billiganzug sagte etwas, und der Rabbi stieg in sein Auto, einen roten Ford Golf.
»Das ist gar nicht gut«, sagte Lucy und sah dem Auto nach, das Richtung City fuhr.
Der Mann im billigen Anzug hatte in Ballywaycross versucht, die Rolle zu stehlen – hatte er dort für den Rabbi gearbeitet? Und in Florenz und Assisi? Spionierte der Rabbi ihnen nach?
»Als ich angefangen habe, für Pater Vico zu arbeiten, bin ich immer lange in einem Auto vor dem Hotel gesessen, in dem O'Hanrahan und der Rabbi gewohnt haben«, erzählte Gabriel. »Hersch und dieser Typ sind zusammen Kaffee trinken gegangen und so.«
Lucy war tief betrübt. »Dieser Mann hat uns wochenlang verfolgt. Einmal, in Irland, hat er einen Safe in die Luft gesprengt, nachdem ihr, du und Bruder Vincenzo, schon weg wart.«
Gabriel dachte nach. »Siehst du, was ich meine?« fragte er dann. »Ich habe dem alten Juden sowieso nie über den Weg getraut.« Er hüpfte Lucy nach wie ein Hündchen. »Ich möchte ein paar Fotos in der Altstadt machen, Luce. Du und ich in Jerusalem! Was wird Judy sagen? Natürlich wird niemand glauben, daß das wirklich du bist. Du siehst jetzt so anders aus.«
Lucy gewann ihre Fassung ein wenig wieder, wenn sie auch immer noch verwirrt war. »Hm?«
»Hey, nicht daß du dick gewesen wärst oder so«, sicherte er sein Kompliment gegen jeden weiblichen Einwand ab, »aber du hast eine Menge abgenommen und siehst großartig aus.«
»Danke«, antwortete sie geistesabwesend. Sie mußte nach oben gehen und O'Hanrahan von Rabbi Hersch und dem Mann in dem billigen Anzug erzählen ...

»Aber noch etwas ist anders. Ein Leuchten auf deinen Wangen«, witzelte Gabriel. »Wie meine Schwester Liz, als sie ihr Kind erwartete!«
Lucy kam ein düsterer Gedanke. Ooooh, ein sehr düsterer Gedanke.
»Also, was sagst du? Tee im christlichen Viertel?« Gabriel hatte den ganzen Nachmittag geplant. »Ich möchte welche von diesen Sesambrezeln ...«
»Oh, Gabe«, sagte Lucy und atmete flacher, »ich muß jetzt packen und mit O'Hanrahan reden. Verzeihst du mir, daß ich nicht mit dir gehe und Fotos mache?«
Er sah so aus, als werde er das nicht verzeihen. Lucy umarmte und küßte ihn zum Abschied.
»Ist irgend etwas nicht in Ordnung?« fragte Gabriel, als sie auf den Aufzug zuging.
Ja, kann sein, daß etwas nicht in Ordnung ist, sagte sie zu sich selbst. Aber sie konnte jetzt nicht auch noch *diesen* Gedanken mit all seinen Verwicklungen verfolgen.
Während sie im Aufzug nach oben fuhr, wünschte sie nur noch eines – weg von all den Gaunereien, von den internen Streitigkeiten, weg von den Intrigen und der Unsicherheit. Mit jeder Faser ihres Körpers sehnte sie sich danach, wieder in Chicago in ihrem eigenen Bett zu schlafen, ihre Mutter wiederzusehen, sogar Judy wiederzusehen. Es würde O'Hanrahan schwer treffen, wenn sie ihn verließ. Aber sie war entschlossen, sich dieser Auseinandersetzung sofort zu stellen. Sie klopfte an O'Hanrahans Tür und nannte ihren Namen. »Wir müssen über etwas sehr Wichtiges reden«, begann sie.
O'Hanrahan sah strahlend aus und summte vor sich hin, während er munter seine Sachen packte. Das Telefon klingelte.
»Oh«, stöhnte er und unterdrückte ein Lächeln, »das ist wieder dieser Trottel, Pater Vico. Könnten Sie bitte abnehmen und sagen, daß ich ausgegangen bin?«
Ohne zu denken tat Lucy, was er ihr sagte. Es war Pater Vico, und er stotterte Italienisch mit ein paar Brocken Englisch ins Telefon.
»Warten Sie, Pater, langsam«, bat Lucy. »*Was* sagen Sie?«
O'Hanrahan formte mit den Lippen, daß er nicht da sei.
»Er ist nicht da.« Lucy hörte dem hysterischen Franziskaner zu. »Die Schriftrolle ist *was*?«
Bei Pater Vicos folgenden Worten riß Lucy die Augen weit auf. Erschüt-

tert betrachtete sie O'Hanrahan, der ruhig weiterpackte. »Ja, natürlich sage ich es ihm, Pater ... Ja, sobald ich ihn sehe, sage ich ihm, daß er sich bei Ihnen melden soll. Ja, Pater ... Ja, ich werde auch beten, Pater, ja ... Bye-bye, Pater«, sagte sie schließlich zu dem übersprudelnden Franziskaner, legte den Hörer auf und wandte sich sofort dem Professor zu: »Dr. O'Hanrahan, ich habe schlechte Nachrichten. Es scheint, daß die Schriftrolle wieder gestohlen worden ist!«

»Ja.« Er zog eine Augenbraue hoch und erklärte gelassen: »Ich habe sie gestohlen.«

Lucy sperrte den Mund auf.

O'Hanrahan hob seinen unordentlich in den Koffer geworfenen Bademantel hoch und zeigte ihr den Schriftrollenbehälter darunter. »Da ist sie. Gestohlen direkt aus den Gelassen der Franziskaner in der Grabeskirche.«

»Aber wer hätte ...« Dann flüsterte sie: »Gabriel?«

»Genau. Er hat mir gesagt, daß er aus dem Orden austreten werde, daß er ihn nicht länger unterstützen wolle, und da habe ich gesagt: Na gut, dann stiehl mir die Rolle zurück! Es war anscheinend ganz leicht – Gabriel hatte Pater Vico beobachtet, wie er sie aus dem Safe geholt und wieder hineingelegt hat. Außerdem versteht sich Gabriel gut mit Bruder Antonio ... Ich habe keine Fragen gestellt. Ich nehme an, er hat sie diesmal geklaut, um sich mit mir auszusöhnen, also habe ich ihm ein paar nette Worte gesagt, und wir haben uns umarmt ...« Er parodierte Gabriel: »Es war eine ganz besondere Erfahrung für meine Weiterentwicklung.«

»Warum haben Sie mich nicht in Ihren Plan eingeweiht?« fragte Lucy nur.

»Weil Sie und Morey so dicke Freunde geworden sind. Ich wollte es nicht riskieren. Hey, hat Gabriel Ihnen gegenüber erwähnt, was er für mich tun würde?«

Nein, dachte sie selbstsüchtig. Wie üblich dreht sich die Welt ohne mich.

»Und das ganze Theater unten mit Rabbi Hersch?«

»Ich sollte einen *Oscar* bekommen, nicht? Schauen Sie, Sie haben ja selbst gehört, daß Morey den Franziskanern die Rolle abkaufen und Beaufoix holen wollte, wozu er auch berechtigt ist.«

»Es *ist* seine Schriftrolle«, erinnerte Lucy.

»Nein, Ma'am.« O'Hanrahan knallte den Koffer zu. »Es ist meine. Sie ist mein Schicksal und von niemandem sonst, ausgenommen möglicherweise *Sie.*«

Lucy war sprachlos.

»Sind Sie noch interessiert an einem akademischen Posten, Miss Dantan?« O'Hanrahan ging durchs Zimmer und sammelte seine Unterlagen ein. »Sie wissen, wie schwer es sein wird, einen Job zu bekommen, wenn Sie einmal mit Ihrer wertlosen Doktorarbeit fertig sind? Gott hat Ihnen Verstand genug gegeben, damit Ihnen klar ist, daß das *Matthiasevangelium* Ihnen den Weg ebnen wird, selbst als meine Assistentin. Und es ist keine Übertreibung, wenn ich sage, daß wir möglicherweise reich und berühmt werden.«

Und möglicherweise bringt man uns um, dachte Lucy.

Sie sahen einander einen Augenblick an.

»Aber keiner dieser Träume wird sich erfüllen«, fuhr O'Hanrahan fort, »wenn wir zu einem Komitee von zwanzig Leuten gehören, die daran arbeiten, okay? Jetzt, wo ich den *Matthias* habe«, er klopfte auf den Koffer, »sind wir de facto die wichtigsten Leute geworden, die an diesem Projekt arbeiten. Jetzt kann man uns schlecht sagen, wir sollen nach Hause verschwinden, nicht wahr?«

Lucy empfand mehrere Dinge zugleich. Loyalität mit dem Rabbi durchzuckte sie ... aber zum Teufel, er stand in Verbindung mit dem Mann im billigen Anzug. Vielleicht konnte man niemandem trauen, vielleicht war O'Hanrahans Manöver wirklich die Rettung des *Matthiasevangeliums*. Bisher war ihre Rolle angenehm dekorativ gewesen, sie hatte sich zurücklehnen und die Reise genießen können. Aber jetzt wurde es ernst. Einen Augenblick spürte sie noch Heimweh, wollte zurück in die sicheren Bahnen Chicagos, dorthin, wo die Dinge einfacher und für sie vorbestimmt waren ...

Sie sah auf und begegnete O'Hanrahans Blick – einem zärtlichen Blick. Gott, dachte sie, zu allem anderen kommt noch, daß er mich braucht. Wenn ich ihn jetzt im Stich lasse, wird es wirklich aus sein mit ihm. »Ich ... ich gehe und packe«, sagte sie automatisch und stand auf, um zu der Verbindungstür zwischen ihren Zimmern zu gehen.

»Ich wußte, daß Sie erkennen würden, wo Ihre eigenen Interessen liegen.«

Aber es ging überhaupt nicht um ihre eigenen Interessen! In diesem Augenblick lag ihrer Motivation nichts ferner als ein akademischer Posten oder ihr Name, der vielleicht in tausend künftigen Fußnoten auftauchte.

Sie ging in ihr Zimmer und sah eine Vase mit einem Dutzend langstieliger roter Rosen auf ihrem Tisch.

O'Hanrahan steckte hinter ihr den Kopf durch die Tür. »Ach ja, die«,

sagte er und lachte. »Stellen Sie sich vor: Letzte Woche habe ich die Dinger für Sie bestellt, und ausgerechnet heute, am Tag der Abreise, kommen sie daher.«
»Sir, sie sind schön.«
Lucy machte die Karte auf und las:

> *Und alles, wo sie während ihrer Unreinheit liegt, sei unrein; und auch alles, wo sie sitzt, sei unrein. Und wer ihr Bett berührt, der wasche seine Kleider und bade sich in Wasser und sei unrein bis zum Abend.*
>
> *Shemoth 15,20–21*

»Was für eine reizend ausgedrückte Empfindung«, sagte sie, da sie den Witz nicht kapierte.
»Sehen Sie?« O'Hanrahan hielt die Kalenderseite in seinem Adreßbuch hoch. »Hier habe ich es aufgeschrieben: *Lucys Periode. Sei nett zu Lucy.* Verstehen Sie? Ich will keine unerfreulichen Geschichten mehr wie damals in Florenz. Durch das ganze Jahr 1990 habe ich für diese Tage aufgeschrieben: *Sei nett zu Lucy.* Deswegen der Menstruationsverweis aus dem Buch Exodus auf der Karte ... Ich muß das Reisebüro anrufen.«
Lucy schloß die Tür hinter ihm und legte sich aufs Bett. Es würde hart sein, einen Mann im Stich zu lassen, der für jeden Tag ihrer Periode aufschrieb: *Sei nett zu Lucy.*
Dabei hatte sie die Periode noch nicht gehabt!
Lieber Herrgott im Himmel.
Lucy war wie gelähmt, als die Erkenntnis, was eine ausgebliebene Periode bedeutete, sie mit voller Wucht überwältigte. Das kann nicht sein. Das kann nicht passieren. Natürlich kann es sein, natürlich kann es passieren. Und als die ganze Entsetzlichkeit dieses Gedankens sich in ihrem Bewußtsein ausbreitete und Besitz von ihm nahm, legte sie die Hände aufs Gesicht und schloß die Augen.
Nein! Oh, was für ein Wahnsinn. Was bist du für ein dämliches Mädchen, sagte sie sich. Und Gabriel sagte, sie sehe anders aus, habe ein Leuchten auf den Wangen – sie zitterte. Heilige Muttergottes, voll der Gnaden, ich bitte dich ... Aber ihr Gebet verebbte und wirkte kraftlos auf sie.
(Vielleicht deshalb, weil es Wochen her ist, daß du wirklich richtig mit Uns gesprochen hast. Ist es nicht so, Meine Liebe?)

Ich bin schwanger, sagte sie zu sich selbst, um den Gedanken auszuprobieren. In der Sekunde, als ich zum erstenmal daran gedacht habe, habe ich schon gewußt, daß es wahr ist. Der Sündenfall! Und ein Fall ist es wirklich, dachte sie; so fühlt es sich an, wenn man ins Bodenlose sinkt; es ist, als hinge man an zehn Fingern über einem Abgrund, dann an fünf, dann nur noch an einem und dann der freie Fall in die Hoffnungslosigkeit, bei dem selbst die Körperfunktionen enden, der Herzschlag, das Atmen. Ich bin von einem Leben im Licht in eine unvorhergesehene Verdammnis gefallen, wo ich künftig von meiner Sünde bestimmt werde, wo mein Leben völlig neu geformt werden wird.

»... ja, das ist richtig«, hörte sie O'Hanrahan im anderen Zimmer mit dem Reisebüro telefonieren.

Sie beruhigte sich: Es hat keinen Sinn, hysterisch zu werden. Die Periode kann sich einfach verspätet haben! Vielleicht ist ja alles in Ordnung.

»Äh ja ... zwei Plätze erster Klasse, wenn möglich links. Im Raucherteil des Busses, bitte.« O'Hanrahan lachte. »Ach ja, natürlich, wo habe ich bloß meinen Kopf? Wir sind im Nahen Osten. Jeder raucht!« Er lachte wieder. »Also Miss, Sie waren so hilfsbereit, vielleicht könnten Sie mir bei einem anderen Problem auch helfen. Ich habe ein amerikanisches Medikament auf Rezept, das ich mir hier in Israel nachkaufen muß, weil meine Reise länger gedauert hat, als ich dachte. Wo könnte ich ...«

Eine Pause, dann bekam er die gewünschte Auskunft.

Dieser alte Mann da drüben, dachte Lucy, läuft vor dem Ende des Lebens davon. Er will das Geheimnis des *Matthias* gar nicht lösen – nicht wirklich. Er will eine Herausforderung, die ihn immer wieder lockt und die sich nie fassen läßt, so daß er nie sterben kann. Und ich bin ein Teil dieser hoffnungslosen Illusion. Ich, die davonlaufen will vor dem Leben, das beginnt, hier in mir drin, das wachsen wird auf Kosten dessen, was einmal Lucy Dantan war, die nun verdammt ist.

Okay, beschloß sie und stand gefaßt auf, um zu packen.

Ich laufe mit dir, alter Mann. Die Wüsteneien sind weit, diese Wildnis der Sünde, vierzig Jahre lang gut genug für die widerspenstigen Hebräer. Führe mich, alter Scharlatan, der mit goldenen Kälbern handelt, Patrick Virgil O'Hanrahan!

(Geht in die Wüste, Patrick und Lucy. Die Wüsten des Nahen Ostens sind Unser alter Tummelplatz, wo Wir immer zu Unseren Kindern gesprochen haben. Ihr fliegt in Unsere Arme.)

*Nilus! O großer Fluß aus unsrer Mutter Erde;*
*Aus ihrem äthiop'schen Schoß dein Schwall*
*Rollt über Ägyptens Flanken hin,*
*Bis in das Große Meer aus üpp'gem Delta*
*Er sich befreit ergießt!*

*1. Gerade dir werde ich nicht sagen müssen, in welcher berühmten Dichtung man diese poetische Perle findet!*
*2. Ich hätte auf immer im entzückenden Alexandrien verweilen mögen, wie ich bereits sagte, doch zu meiner geschwinden Abreise waren mir deine Freunde, die Römer, behilflich, die in unser judäisches Mazedonien*[1] *einfielen, um zu plündern, zu schwelgen und zu zerstören und Leute, die sie verdächtigten, mit den jüdischen Rebellen zu sympathisieren, Nasiräer und Nazaräer, denen sie nicht trauten, festzunehmen. Tatsächlich hat es seit den Tagen des Cestius Gallus für die Juden keinen wahren Frieden mehr gegeben.*[2] *Es ist wirklich ein Jammer, daß du, wenn du das liest, nur darauf bedacht sein wirst, die Handlungsweise der Römer zu rechtfertigen, daß du dir das Gehirn zermartern wirst, um irgendeinen Grund anführen zu können, der dir erlaubt, sie freizusprechen! Selbst Roms größter Mann, Julius Caesar, der lächelnd mit Säulen und Gedenktafeln so tat, als wollte er den Juden Wertschätzung erweisen, hatte dann in Alexandrien doch nichts Eiligeres zu tun, als das Museion, die große Bibliothek, niederzubrennen – welch klareren Beweis könnte man verlangen für die unmenschlichen Neigungen der Römer?*[3]
*3. Und so verließ ich denn im siebenten Jahr der schändlichen Regierung deines geliebten Vespasian [76 n.Chr.] Alexandrien mit der Karawane, bei der Duldul ibn-Waswasah mich untergebracht hatte. Ich hatte Geld, meine Reisekosten zu bestreiten, von ihm angenommen und mich bereit erklärt, seine Briefe in Elephantine zuzustellen. Die Römer hatten im ganzen Delta Schrecken verbreitet, ohne jedoch Ordnung zu schaffen, so daß Wegelagerer und Räuber überall freie Hand hatten. Schon am zweiten Tag unserer Reise überfiel uns eine Schar von Beduinen, die uns alle Wertsachen abnahm, auch meine Geldbörse, deren Verlust ich als den aller meiner Habe lauthals beklagte, welcher geschickten theatralischen Darbietung wegen ich von einer Leibesvisitation verschont blieb, also daß*

*das Geld, welches ich unter meinen Gewändern in einer Leibwindel verborgen mitführte, unentdeckt blieb. Ich bewertete diesen kleinen Triumph als gutes Vorzeichen, und bei der ersten Gelegenheit, in Ptolemais Hermiu, trennte ich mich von der langsamen und schwerfälligen, Räubern ein leichtes Ziel bietenden Karawane.*

*4. Ich besuchte dort die nazaräische Synagoge, wo ich bemerkte, daß man von den Glaubensartikeln unserer Kirche keinen unverdorben zu bewahren gewußt hatte, und Bestätigung für das mir zu Ohren gekommene Gerücht suchte, daß ein Jünger – Philippus oder Matthäus, der früher ja in dieser Gegend tätig gewesen war – im Faijum auch gegenwärtig noch evangelisierte. Ich erfuhr, daß ich in der Tat in einem Dorfe unweit von Oxyrhynchus (wo ich erst kürzlich ahnungslos vorbeigezogen war) den Jünger Philippus hätte treffen können.*[4]

*Ich beschloß also, um diese Begegnung nachzuholen, nilabwärts nach Oxyrhynchus zurückzukehren, doch überredete man mich, bis zum Ende der Woche zu warten und die Reise gemeinsam mit etlichen nazaräischen Brüdern und Schwestern zu machen, sicherheitshalber. Tatsächlich hätte unsere Reisegesellschaft keinem altersschwachen Hund Widerstand leisten können, und sicherlich hatte Gott mir diese Gesellschaft gegeben, um meine Geduld und Langmut zu prüfen. Eines der alten Weiber fragte mich, offenbar beeindruckt von der Autorität meiner Bildung, ob ich etwa selbst ein Jünger sei. Und ich antwortete ihr: »Glaubst du, daß ich mich hier unten bei euch vor den Römern verstecken würde, wenn ich ein Jünger wäre? Zwanzig Wunder würde ich tun und dem Erdboden befehlen, sie zu verschlingen.« Das schien alle zufriedenzustellen, zu meiner großen Beruhigung. Denn hätte ich mich als Jünger zu erkennen gegeben, hätten diese alten Weiber von mir erwartet, daß ich die nächste Gelegenheit, das Martyrium zu erdulden, freudig ergreife.*

*5. Für diese Bande war der Meister nur ein Wundertäter, Unheilsprophet und Lehrer einer Geheimwissenschaft; ich glaube, nicht einem von diesen Leuten war auch nur eine einzige der Ermahnungen des Meisters zur Nächstenliebe erinnerlich. Drei alte Jungfern (die alten Jungfern fühlen sich allenthalben mehr als andere Menschen zu unserer nazaräischen Gemeinschaft berufen), zwei alte Männer, von denen einer schon ausgesprochen senil war, und eine Schar von Waisen und ewig hungrigen jungen Männern, die keine Bedenken trugen, unterwegs verstohlen den Hühnern fremder Leute den Hals umzudrehen und von irgendwo sogar*

*ein Lamm mitgehen zu lassen, das sie sich dann abends brieten – das war die nazaräische Reisegesellschaft, mit der ich nach Oxyrhynchus zurückkehrte. Wahrhaftig, eine saubere Gesellschaft!*[5]
*Vor Morgengrauen von der Hauptstraße abbiegend, traf ich zwei Ägypter, die kein Griechisch verstanden, und mit ihnen wanderte ich durch die Wüste bis zu der Oase, wo angeblich der Jünger Philippus einer nazaräischen Gemeinde vorstand.*
*6. Das Dorf war von einer hohen Mauer umgeben. Der Torwächter war nicht dazu zu überreden, mich einzulassen. Dieser behaarte, brutale Geselle begründete seine Weigerung damit, daß drinnen Jungfrauen wohnten. Entrüstet fragte ich ihn, ob er ernstlich meine, daß ich gekommen sei, die Unschuld dieser Jungfrauen zu verderben. Endlich erschien ein Mann am Tor, der mir als der Vorsteher der nazaräischen Gemeinde des Orts bezeichnet wurde.*
*Ich sagte zu ihm: »Ich suche den Jünger Philippus.« Er antwortete mir: »Der bin ich.«*
*7. Stell dir meine Überraschung vor, mein Bruder, dort an diesem entlegenen Ort nicht etwa dem Jünger Philippus zu begegnen, sondern einem Hochstapler, der sich für jenen ausgab! Er war viel jünger, als ein wahrer Jünger zu jenem Zeitpunkt hätte sein können, kaum viel über vierzig, mit schändlich rasiertem Gesicht und kahlem Schädel. Wenn der Pöbel, von dem er sich für einen Jünger des Meisters halten ließ, auch nur für einen Augenblick über die Erscheinung dieses Mannes nachgedacht hätte, er wäre durchschaut und mit Schimpf und Schande davongejagt worden.*
*»Ach, Matthias«, redete er mich an, als wären wir alte Bekannte. »Vielleicht erinnerst du dich meiner ja nicht. Ich habe von Philippus, meinem Lehrer, den Namen angenommen.«*[6]
*Das versöhnte mich zwar ein wenig, doch schien's mir nach wir vor entschieden verwerflich, daß der Mann sich als Jünger ausgab. Alldieweil es deren doch nicht mehr als zwölf geben kann! O glänzende Zahl!*
*8. Er sagte zu mir: »Ich bin gewiß, daß der Meister nichts dagegen hätte, daß andere die Namen Seiner ersten Nachfolger annehmen.«*
*Wie ganz und gar lächerlich! Mit Nachdruck wies ich darauf hin, daß der Herr und Meister solche Falschheit nie und nimmer gebilligt hätte.*[7]
*Dieser Hochstapler sagte zu mir: »Nein, ich fürchte, daß ich diesbezüglich anderer Meinung bleiben werde. Denn ich kann nicht glauben, daß der Herr im Himmel dergleichen sonderlich wichtig nimmt. Während das*

*ägyptische Volk nicht zu überzeugen ist, wenn man ihm nicht mit einem bekannten Namen oder Titel kommt. Denke doch nur, Matthias, an den großen Wert, den du selbst auf Rang und Titel legst.«*
*9. Ich sagte zu ihm: »Aber was ist mit dem echten Philippus? Wenn du dich mit Häresien und Lastern besudelst, wird doch auch dessen guter Ruf beschädigt.«*
*(Hier sprach ich nicht ganz aufrichtig von meiner Sorge um den guten Ruf des Apostels, denn tatsächlich habe ich Philippus nie gemocht, ich fand ihn vielmehr immer willensschwach und zur Großsprecherei neigend. Ich weiß noch, daß er sich seine Fragen an Ihn stets so geschickt zurechtlegte, daß er trotz seiner bestenfalls zweitklassigen Intelligenz den Meister jedesmal beeindruckte.)*
*»Der andere Philippus hat sich längst in Medien behaglich zur Ruhe gesetzt, wie du vielleicht weißt«, erwiderte der falsche Philippus (und bestätigte so die geringe Meinung, die ich von dem Prahlhans immer hatte).*
*Keine Ahnung hätte ich davon gehabt, sagte ich, alles, was ich wisse, sei, daß er in Armenien heldenhaft für den Glauben gestritten und gelitten habe.*[8]
*»Aber nicht doch. Martyrisiert haben sie den ebensowenig wie mich oder dich. Er hat sich auf sein Landgut zurückgezogen und gibt sich die größte Mühe, einigen Gewinn daraus zu ziehen, denn er hat fünfzehn Kinder zu versorgen. Aber andererseits hatte ich gehört, daß beim Fall von Jerusalem du das Martyrium erlitten habest, mein lieber Matthias; Jakobus bar-Alphäus hat mir in diesem Sinne geschrieben. Aber wie ich sehe, hat dir offenbar dein verräterischer Bruder das Leben gerettet.«*
*10. Ich sagte zu ihm: »Willst du mir sagen, daß du in brieflichem Verkehr mit anderen Jüngern stehst, denen nicht bewußt ist, daß du kein echter Jünger bist?«*
*Ich muß sagen, daß der falsche Philippus meinen Tadel mit bewundernswerter Freundlichkeit und Sanftmut aufnahm, doch stellte er vielleicht diese vorgetäuschten Tugenden nur zur Schau, um mich von der Echtheit seiner nasiräischen und nazaräischen Gesinnung zu überzeugen.*
*Er sagte zu mir: »Ich stehe in Verbindung mit der Mehrzahl der noch lebenden Jünger. Soll ich dir ein Sendschreiben des Petrus zeigen?«*[9]
*Armer, schwachsinniger alter Petrus! Sich von einem solchen Hochstapler täuschen zu lassen!*

Weiter sagte er zu mir: »Ich kann dir versichern, daß Petrus hinsichtlich meiner Identität vollkommen Bescheid weiß. Sein Schreiber adressiert seine Briefe an Crassus Philippus, nennt zuerst also den Namen, den ich früher als Gehilfe des Philippus führte, vor meinem später angenommenen. Der liebe Petrus ist zwar niemals selber hier gewesen, doch nimmt er großen Anteil am Gedeihen der hiesigen Gemeinde und hat sie anfänglich auch finanziell unterstützt. Aber sieh sie dir selber an! Sie gehört zu den größten und wohlhabendsten.«

11. Er schien anzunehmen, daß sein Hinweis auf seine Herkunft unbemerkt geblieben sei. Ich sagte zu ihm: »Du hast also früher Crassus geheißen. Darf ich daraus schließen, daß du Römer bist?«

Er sagte zu mir: »Du gehörst doch nicht etwa zur Beschneidungspartei?«[10]

Selbstverständlich gehöre ich zu dieser.

12. Ich drohte dem falschen Philipp, ihn vor seiner ganzen Gemeinde zu entlarven. Nach einer Pause, die ich wohl als schmerzliches Schweigen verstehen sollte, sagte er: »Du bist der einzige Jünger, der hier etwas auszusetzen hat. Komm und sieh dir an, wie wir leben. Jeder hat genug zu essen, und keiner hat mehr als der andere. Wir sorgen und beten für die Alten und Kranken. Wir bieten Flüchtlingen vor den Römern Zuflucht und helfen Prostituierten, die ihr Leben ändern wollen.«

Ich sagte zu ihm: »Du hast viel Vertrauen in deine eigenen Leistungen. Ich werde vielleicht doch vor deine Gemeinde hintreten und aller Welt offenbaren, daß du nicht der echte Philippus bist!«

Pseudo-Philippus sagte zu mir: »Niemand würde dir glauben.«

13. Ich erklärte ihm, daß man im Gegenteil mich als wahren Jünger erkennen werde.

Darauf sagte er, nun höchst unfreundlich: »Wie denkst du dir das? Wo hast du die Frohe Botschaft verkündet? In einer Bibliothek, wenn ich nicht irre. Die Leute hier werden dir nicht glauben, denn sie haben Wunder gesehen, und das Leben, das wir hier führen, ist ihnen lieb, das Leben, das uns der Meister gelehrt hat.«

»Wunder?« fragte ich der unglaubhaften Behauptung nach.

14. Er seufzte, wie von Müdigkeit übermannt. Er sagte zu mir: »Ich meine nichts Spektakuläres, keine Speisung der fünftausend, keinen Zug durchs Rote Meer. Aber alte Witwen, die lebensmüde waren, haben ihren Lebensmut wiedergefunden. Kinder, die Hunger und Krankheit litten und von Dämonen geplagt wurden, sind jetzt gesund und munter. Und unser

*Türhüter Lewi. Jede Nacht, die Gott werden ließ, schlug er seine Frau windelweich, obwohl er übrigens sehr gesetzestreu war und zur Gemeinde einer der feinsten Synagogen in Alexandrien gehörte. Hier hat er die Lehre des Meisters vernommen und all seine Habe mit uns geteilt. Und sobald er aufhörte, sich seines Geldes wegen Sorgen zu machen, hat er aufgehört, seine Frau und seine Kinder zu schlagen. Solche Wunder meine ich.«*

*Mir wurde, da ich diesen listigen Reden lauschte, klar, daß mir nichts anderes übrigblieb, als den gerissenen Hochstapler zu entlarven. Ich bat ihn, mich in den Gemeindesaal zu führen, was er schließlich schicksalsergeben tat, das heißt, er führte mich auf den Platz vor dem Tor der Synagoge, wo die Ältesten schon versammelt waren; andere kamen hinzu, auch Frauen aus ihren Küchen. Man ersuchte mich, auf einen Felsen am Rande des Gartens der Synagoge zu steigen.*

*15. Dann geschah etwas sehr Ärgerliches, das dich vielleicht bestürzen wird. Ich erklärte, daß ich ein wahrer Apostel sei, einer der ursprünglichen gesegneten zwölf, und die Leute glaubten mir nicht! Und schlimmer noch, als ich versuchte, dem Pöbel zu erklären, daß der angebliche Philippus auf den Namen und Rang dieses Jüngers tatsächlich keinen Anspruch habe und also abgesetzt werden solle, erzürnte sich jener Weiberschinder Lewi und entblödete sich nicht, sein Mütchen an mir zu kühlen. Ich fühlte mich plötzlich beim Gewand gepackt und zu Boden geworfen. Man sagte mir, ich sollte auf der Stelle ein Wunder tun und Crassus einen Zweikampf anbieten, um Gott Gelegenheit zu geben, unmißverständlich zu zeigen, welcher von uns beiden Sein Mann sei. Als ich mich weigerte in dem Bewußtsein, daß ich für diese Sorte Beweisführung nicht begabt bin, schrie ein Mann: »Weshalb kommst du hierher und stiftest Unruhe?« Während ein anderer rief: »Scher dich zurück in die Trümmer Jerusalems, du Pharisäer.« Und dergleichen mehr.*

*Man trug mich wieder vor das Tor und setzte mich draußen in den Sand. Das Tor wurde hinter mir abgeschlossen. Da lag ich, voller Beulen und blauer Flecke, und bedachte, wie Crassus diesen Leuten den Geist vernebelt hatte – mit Opium hätte er's nicht besser vermocht. Ziemlich eine Stunde nach meinem Hinauswurf fand er sich übrigens bei mir ein mit einem jungen Mädchen, das mir die Wunden mit Linnen und warmem Wasser auswusch.*

*16. Er sagte zu mir: »Was also hat dein Rang dir diesmal genützt, Freund Matthias?«*

*Ich sagte ehrlich und zutiefst deprimiert, daß er mir sehr wenig genützt habe. Vielleicht ist ein Hochstapler – wie mir jetzt einfällt –, wenn er denn den Lehren des Meisters folgt, immer noch besser als ein nutzloser Jünger. Silas, Linus, Timotheus Agrippa: Die nazaräische Kirche wird inzwischen ja mehr und mehr von Leuten geleitet, die keine Jünger gewesen, ja dem Lehrer der Rechtschaffenheit nie begegnet waren.*

*Ich erklärte dem Pseudo-Philippus: »Ich bin auf einer Forschungsreise begriffen, weil ich die definitive Geschichte des Lebens des Meisters schreiben will; als ich von dir hörte, war ich unterwegs nach Elephantine, um mich davon zu überzeugen, daß ein gewisses verleumderisches Gerücht, das mir zu Ohren gekommen war, jeder faktischen Grundlage entbehrt. Aber vielleicht könnten wir's noch einmal versuchen. Ich könnte hier übernachten und noch einmal versuchen, zu deiner Gemeinde zu sprechen.«*

*Er sagte zu mir: »Mir wäre es lieber, du verzichtetest auf dieses Vorhaben. Schon hast du in diesem Dorfe die Samen des Zweifels gesät. Ich hätte dich überhaupt nicht sprechen lassen sollen. Solange meine Berufung unangezweifelt war, konnten wir hier ohne Neid und Gehässigkeit miteinander leben. Aber schon jetzt haben die Kirchenältesten angefangen, um den Sitz des Hierarchen zu konkurrieren ... Ach, was hast du da in Gang gesetzt? Du hast uns in Zweifel geführt. Und zwar nicht Zweifel, wie sie jeden Menschen plagen, sondern, vergib mir, mein Freund, deine ganz persönlichen Zweifel. Es wäre schwer, dich hier als einen der Führer der Gemeinde zu ehren, da doch dein eigener Glaube so schwankend ist.«*

*17. Ich demütigte mich und sagte zu ihm: »Dann will ich als der niedrigste der Gläubigen unter euch bleiben!«*

*Er lehnte das Ansinnen ab und sagte: »Es würde zuviel Unruhe verursachen, daß ein Mann, der den Meister von Angesicht gesehen und Seine Stimme vernommen hat, in Zweifel gefallen ist. Vielleicht solltest du mit jemandem sprechen, der dir in Erinnerung rufen könnte, was ihr beide mit eigenen Augen gesehen und mit eigenen Ohren gehört habt. Das Kloster ist ja nicht weit von hier.«*

*Mein Herz hüpfte bei dieser Erwähnung eines anderen, echten Jüngers, der offenbar dort irgendwo in der Nähe in einem Kloster sich aufhielt. War es vielleicht der schon vor langer Zeit verschollene Matthäus?*

*»Maria von Magdala, das Haupt der Jünger«, erwiderte er auf meine Frage.*[11]

*Maria! Eine Frau. Unser Oberhaupt! Wie in aller Welt er denn auf die Idee komme, fragte ich.*
*Er sagte zu mir: »Aber ist das denn nicht allgemein bekannt? War sie denn nicht wirklich dem Meister von allen am nächsten?«*
*18. Ich erinnerte mich dieser Maria mit Achtung. Sie war eine reiche Frau und intelligent, in dem Maße, in dem letztere Eigenschaft einer Frau ansteht. Ich war überzeugt, daß sie – wenn man ihr zur Kenntnis brächte, daß die irrtümliche Auffassung Raum greife, sie, nicht Petrus, sei das Oberhaupt der Jünger – nicht zögern werde, die erforderlichen Rundschreiben ausgehen zu lassen, den Irrtum zu berichtigen. In der Tat meinte ich sie zur Veröffentlichung einer diesbezüglichen Erklärung veranlassen und so die weitere Ausbreitung dieser Häresie verhindern zu können! (Du wirst dir vorstellen können, wie hart es mich ankam, zur Verhinderung des weiteren Verfalls der Kirche genötigt zu sein, den Sockel ausgerechnet dieses unfähigen Simon Petrus zu verstärken.)*[12]
*19. Als ich in der folgenden Woche in Thmuis anlangte, ließ ich mich dort alsbald an die Pforte des Klosters führen. Ein amazonenhaftes Mädchen stand mit Pfeil und Bogen auf der Mauer, und bei der geringsten verdächtigen Bewegung hätte mich zweifellos ihr Pfeil durchbohrt. Nachdem ich mein Begehren geäußert, erschien Maria selbst an der Pforte und redete durch ein Schiebefenster in derselben mit mir. Sie war ganz in schwarze Gewänder gehüllt, die von ihrem Körper nur die Augen sehen ließen. »Du bist es also wirklich, Matthias«, sagte sie. »Aber warum sollte ich dich hereinlassen?«*
*Ich sagte zu ihr: »Aber liebe Maria, ich bin ein Jünger des höchstgeliebten Meisters und Lehrers!«*
*20. Maria sagte zu mir: »Du hast mich immer verachtet und herabgesetzt. Mein Interesse an der Lehre des Meisters hast du lächerlich gemacht und wolltest mir einreden, das sei nichts für Frauen. Ich werde dir natürlich Nahrung und Wasser reichen lassen, aber ich sehe keinen guten Grund, dich ins Haus aufzunehmen.«*
*Ich widersprach ihren Anklagen und sagte, nie sei ich bewußt und willentlich unfreundlich zu ihr gewesen; tatsächlich habe ich in Gesellschaft des Lehrers nie auch nur einen Gedanken an sie verschwendet.*
*Sie sagte zu mir: »Genau diese Unfreundlichkeit meinte ich. Du und Johannes: Beide seid ihr Frauenhasser.«*
*Ich kann ohne Übertreibung sagen, daß ich demütig wie ein Bettler Maria*

*um Einlaß bat, und überdies widmete ich ihr einen aus dem Stegreif gedichteten Psalm, in dem ihre lebenslängliche und beharrliche Keuschheit gepriesen wurde.*

*Endlich gab sie nach und sagte: »Genaugenommen hatte ich dich schon erwartet.«*

*21. Die Pforte wurde geöffnet, was mit einem Rasseln von Riegeln und Bolzen geschah. Die Frauen waren gut behütet, wie es ja leider in der römischen Welt erforderlich ist, das köstliche Gut jungfräulicher Reinheit hinter Schloß und Riegel zu bewahren. Man begleitete mich über das ummauerte Gelände, und ich betrachtete die vollkommen verhüllten Frauen, die es bewohnten, anscheinend geschlechtslos und bis auf die Hände und die Augen, die das Licht sahen, sogar gesichtslos. Dies so heiligmäßige Gebaren verfehlte seinen Eindruck auf mich nicht, zumal Maria mich unterrichtete, daß die Frauen sich nicht einmal gegenseitig beim Ausziehen oder beim Baden zusehen durften und sehr züchtig unter ihren Schleiern alle kahlgeschoren seien, so daß auch der heftigste Windstoß ihnen zwar vielleicht die Schleier abreißen, aber keine verheimlichte Haarpracht, keine private Üppigkeit hätte offenbaren können.*[13]

*In der Küche gab man mir etwas zu essen und Wein.*

*22. Während meines ganzen Aufenthalts im Kloster sah ich von Maria nur die alten Augen, welche Masse und Gestalt sie unter ihren Gewändern verbarg, konnte ich nicht einmal ahnen. Wie einst die Essener, jene wahren Frauenhasser, hatte sie es verstanden, den grobsinnlichen Reiz weiblicher Fleischlichkeit aus ihrer Welt zu verbannen.*

*Maria sagte zu mir: »Ich habe dich schon seit einiger Zeit erwartet. Denn vor einigen Jahren schrieb mir die Frau des Thomas, daß du eine Geschichte schriebest und dich mit Zweifeln quältest. Dann erwähnte, neben anderen wichtigeren Angelegenheiten, einmal Petrus, daß du deinen Glauben verloren habest.«*

*(Ich war entsetzt zu erfahren, daß meine unschuldigen Fragen sich so weit herumgesprochen hatten!)*

*Maria sagte: »Nein, es hat keinen Zweck mich anzulügen. Ich kann dir an den Augen ansehen, daß des Glaubens Licht darin erloschen ist. Ich frage mich allerdings, ob es jemals daraus geleuchtet hat.«*

*Ich aß schweigend, während sie weiterredete.*

*23. Sie sagte zu mir: »Wir sind nach Thmuis gekommen, um den Männern fern zu sein.«*

*»Sehr gut«, meinte ich, »ist's, wenn Frauen das in ihrer Macht Stehende tun, den Mann vor der Versuchung zu bewahren.«*
*Sie sagte zu mir: »Mein Bruder Matthias, wir sind vielmehr bemüht, uns selbst von der sogenannten Gelehrsamkeit und wahren Engstirnigkeit der Männer zu befreien. Sieh doch an, was deine Geschlechtsgenossen aus Jerusalem und dem Königreich Judäa gemacht haben. Die Römer waren noch die geringsten unserer Feinde. Hier halten wir die wahre Lehre des Meisters am Leben.«*
*Ich teilte ihr mit: »In Oxyrhynchus, liebe Maria, sind manche der Meinung, du seist das Haupt der Jüngerschaft des Meisters. Und ich habe mich hierher bemüht, unter anderem, um dir bei der Formulierung deines ausdrücklichen Verzichts auf solchen Führungsanspruch und den Dementis dieses Gerüchts behilflich zu sein.«*
*Die geheimnisvollen Augen starrten mich eine ganze Weile an, und endlich, nach langem Schweigen, sagte die vermummte Frau: »Nicht ich habe je nach meiner Erhöhung getrachtet, erhöht haben mich andere, die mich beobachteten. Ich überlasse es dir, das deines Erachtens Erforderliche zu veranlassen. Mir scheint, daß du dich auf dergleichen Trivialitäten besser verstehst als ich.«*
*24. Maria führte mich in eine Bibliothek, wo die Frauen lasen und abschrieben. Die Frauen! Maria sagte zu mir: »Diese Schriftrollen enthalten die Worte des Erlösers, soweit ich mich ihrer erinnere. Marjam von Bethanien hat gleichfalls einige Erinnerungen beigetragen, ebenso wie Maria, die Frau des Alphäus, die oft mit Ihm gesprochen hat. Desgleichen Johanna, Susanna, Lea und ihre Schwester Agrippina und natürlich Procla.*[14] *Jede Lehre, die der Erretter Frauen gelehrt hat, jedes Gleichnis, dessen sich eine erinnert, habe ich aufgezeichnet.«*
*Und hatte sie auch die Märtyrerakten des Jakobus, die Episteln Petri, vielleicht sogar die heterodoxen Ergüsse des Thomas? (Natürlich schämte ich mich, da ich einmal den Verlust meines Glaubens eingestanden hatte, zu fragen, ob auch ein Exemplar meiner Widerlegung aller Häresien in ihrer Bibliothek vorhanden sei.)*
*Sie sagte zu mir: »Von Männern habe ich hier wenig, denn Männer verzerren alle Geschichten, stellen sich immer selber in den Vordergrund und reden mehr als über die Sache über sich selber; wenn sie nicht, was noch schlimmer ist, statt von dem, was passiert ist, von etwas anderem reden, auf das sie hinauswollen. Unser Meister verbrachte den größten*

*Teil Seiner Zeit in dieser Welt mit Frauen, und ich habe die letztvergangenen vierzig Jahre damit zugebracht, deren Erzählungen und Erinnerungen zu sammeln.«*

*25. Es muß gesagt werden, daß die Gründlichkeit von Marias diesbezüglichen Veranstaltungen wirklich einschüchternd war. Und man wird wohl sagen dürfen, daß das große Vermögen ihrer Familie ganz auf dieses Unternehmen verschwendet worden ist. Ich fragte, ob dessen weitere Finanzierung gesichert sei.*

*Sie sagte zu mir: »Die Frauen selbst finanzieren es, Witwen mit ihrem Erbteil, Prostituierte mit ihrem Schatz.«*

*Da hatte man also gemeine Straßendirnen, Huren, Kurtisanen, Ehebrecherinnen und Verbrecherinnen wer weiß noch welcher Art, die hier zweifellos gern Zuflucht vor Entdeckung und Bestrafung gesucht hatten und also andächtiges Studium dieser inorthodoxen Texte heuchelten, als wären sie die Schule Gamaliels! Diese zusammengeschmierten Erinnerungen von Frauen, die keinerlei Ausbildung in den Künsten der Rhetorik, keinen historischen Unterricht, keine Einführung in die Theologie genossen und von Komposition keinen blassen Schimmer hatten. Und doch, nun, da ich viel Zeit gehabt habe, darüber nachzudenken, fühle ich mich von Marias Vorwürfen irgendwie getroffen, und vielleicht ist sie nicht ganz auf dem falschen Wege gewesen. Denn es mag doch irgendwie im Sinne des Meisters gewesen sein, der ja von den Tugenden und intellektuellen Fähigkeiten der Frauen tatsächlich eine sehr hohe Meinung hatte. (Ach, Tesmegan hat mich gerade unterbrochen und mich darauf hingewiesen, daß in diesem lächerlichen Königreiche hier alle Lehrer Frauen sind. Wahrlich, da zeigt sich wieder, daß ich hier wirklich in eine verkehrte Welt geraten bin.)*

*26. Maria sagte dann zu mir: »Während Johannes und die anderen Männer sich darüber stritten, wer der Größte sein werde im Himmelreich – wie verzogene Kinder –[15], saß ich zu Seinen Füßen und stellte Fragen. Überdies besprach Er mit mir auch Dinge, die Er den Zwölfen verschwieg, denn Er wußte, daß ich sie nicht entstellt weitererzählen oder versuchen würde, mich mittels meines privilegierten Wissens zu erhöhen.«*

*Auch ich setzte mich nun auf die lange Steinbank, die ziemlich unbequem konstruiert war, wohl in der Absicht, dem an diesem Ort Studierenden keine Bequemlichkeit zu gönnen. Maria legte mir ihren Bericht über den Erdenwandel des Lehrers der Rechtschaffenheit vor. Ich begann zu lesen.*

*Die Kalligraphie ließ zu wünschen übrig (wenn die Handschrift auch gut leserlich war), doch das Griechisch des Textes war elegant und tadellos.*
*27. Ich kann hier keine Kopie ihres Berichts einfügen, weil ich keine zur Hand habe, aber das Bild des Meisters, das daraus aufschien, kann ich wohl versuchen zu skizzieren. Diesem Bild zufolge war Er verletzbar und pessimistisch, ja oft sogar verwirrt und beleidigt, alles in allem schwächer, als ich Ihn in Erinnerung hatte. Zeigte Er sich vielleicht tapfer uns gegenüber, gestand aber Seine Unsicherheiten den Frauen, bei denen Er Verständnis dafür zu finden hoffen konnte? Ich meine, damit wir uns nicht mißverstehen, hinsichtlich Gottes und Seiner Sendung war der Meister immer zuversichtlich – wenn Er lehrte und erörterte, war Er unschlagbar, denn in den dazu erforderlichen Künsten war Er geschickter als irgendein Mensch. Doch in Marias Geschichte lernte ich einen Mann kennen, dem es an Zuversicht mangelte, ja einen, der sich nicht scheute, eine geradezu zynische Illusionslosigkeit zu bekennen. Nicht in betreff Gottes oder Seiner eigenen Sendung, doch mit Hinsicht auf uns, Seine Nachfolger und Seine noch ungeborenen zukünftigen Nachfolger.*
*Wie bang hielt ich während des Lesens Ausschau nach meinem Namen, in der Furcht, lesen zu müssen, daß es Ihm nicht geraten schien, in gewisse Geheimnisse auch mich einzuweihen, daß Er etwa Zweifel an meiner Berufung zum Apostelamt geäußert habe. Doch obgleich mitunter von anderen Jüngern die Rede war, fand ich weder meinen Namen noch sonst ein Wort über mich selbst. Noch jetzt steigen mir bei der Erinnerung Tränen in die Augen. Wer war ich denn, daß der Lehrer der Rechtschaffenheit, der Verratene und Hingeopferte, mich hätte bemerkt haben sollen?*
*28. Maria hat eine Prophezeiung des Meisters über die Zukunft der von Ihm ins Leben gerufenen nazaräischen Bewegung festgehalten. Wie Maria sich derselben erinnerte, hatte der Erlöser vorausgesehen, daß Seine Nachfolger eine Priesterkaste ausbilden würden, die nicht einen Deut besser oder weniger im Irrtum und Hochmut befangen wäre als die Pharisäer. Und daß die Frauen, die sich der Anmaßung dieser Priester widersetzen wollten, mit Verfolgung rechnen müßten. Dennoch hat (wenn sie sich recht erinnert) der Erlöser Maria ermahnt, sich der Anmaßung dieser Kaste nie zu beugen und niemals auf den besseren Teil zu verzichten, den schon in erster Stunde bei Seiner Sendung die Frauen gehabt hätten. Solche Mysterien!*

*In einer anderen Sammlung von Papieren, welche den Titel Amarantikon erhalten hatte,*[16] *versichert der Lehrer, daß Seine Kirche einst würde von Frauen geleitet werden, die in zukünftigen Jahrhunderten deren wahre Tugenden behüten und bewahren würden.*
*29. Maria sagte zu mir: »Unser Erretter kam, das Gesetz zu erfüllen und es aufzuheben. Wir Frauen sollen nicht länger nur das bewegliche Eigentum betrunkener Gatten und gieriger Väter sein.«*
*(Nun, da kam es heraus, der charakteristische weibliche Hochmut, den man bei allen jüdischen Frauen von Vermögen und gesellschaftlich einigermaßen prominenter Stellung findet. Aber ich werde aufzeichnen, was sie weiter sagte.)*
*Maria sagte weiter: »Die, die Ihm nachfolgen will, muß Vater und Mutter verlassen und aufhören, Gattin und Dienstmädchen zu sein, Matthias. Erinnerst du dich Seiner Lehre nicht? Die Männer des Tempels verspotteten Ihn, weil Er ihnen nicht die Erlösung des Sieges in der Schlacht brachte, und sehen nicht, daß Er wahrlich der Erlöser der Frauen war. Wenn ich bedenke, daß Er sich unter allen Frauen allein mir ganz anvertraute ...«*
*Hier füllten sich Marias Augen mit Tränen.*
*30. Und ich erklärte wahrheitsgetreu: »Du warst in Ihn verliebt!«*
*Sie sagte: »Mit ganzem Herzen und ganzer Seele werde ich Ihn immer lieben und meine Schwestern lehren, Ihn zu lieben, wie ich Ihn liebe, keusch und ehrfürchtig. Mein Bruder Matthias, du mußt verstehen, daß Er der einzige Bräutigam ist, den wir jemals kennen werden. Es gibt keinen anderen mehr für uns. Er hat uns geboten, die ganze Menschheit zu lieben. Wenn diese Liebe hinreichend ist, daß jeden Mann die eigene Mutter nährt, warum ist sie nicht weniger wichtig für die Erde und alle ihre Kinder, genährt von der Weisheit aller weiblichen Geschöpfe?«*[17]
*31. Du wirst, was ich da zu hören kriegte, vielleicht zugleich unsinnig und unbedeutend finden, Josephus, aber so wie ich den Lehrer gekannt habe, bezweifelte ich nicht, daß Er irgend etwas in dieser Richtung zu ihr gesagt haben mochte. Er hatte ja wirklich eine seltsame Vorliebe für die Gesellschaft von Prostituierten, Ehebrecherinnen, Witwen mit schlechtem Ruf – eine Vorliebe, die leider Wasser auf die Mühle der Feinde Seiner Bewegung leitete, da dann diese Ihn, den Makellosen, beschuldigten, sich in Ausschweifungen mit schlechten Frauen zu amüsieren. Doch vielleicht sollten wir in Erwägung ziehen, daß, nachdem Gott den Menschen aus*

*dem Nichts geschaffen, dem Manne das Gesetz und Männern irdische Königreiche gegeben, nun der Herr der Welt einen gesandt hat, die Frauen zu führen? Es würde dem Meister ähnlich sehen, uns so etwas zuzumuten, viele von den Sachen, die Er angemahnt hat, waren ja ähnlich weit hergeholt und verquer.*
*32. Am Morgen meiner Abreise erzählte ich Maria, wohin ich unterwegs war und was ich da suchte, nämlich den einstigen Sklaven Josephs von Arimathia, Benjamin, und das Geheimnis jenes berühmten Grabes in jener hochbedeutenden Nacht.*
*Sie sagte zu mir: »Ja, die Geschichte habe ich auch gehört. Ich bin sicher, daß nichts dran ist. Denn ich selbst habe den Lehrer umarmt, nachdem er von den Toten auferstanden war.«*
*Doch fiel mir auf – und ich bleibe dabei, daß ich einen Blick habe für das, was die Menschen zu verheimlichen trachten, was mir übrigens auch bei vielen Gelegenheiten schon von anderen bestätigt worden ist –, daß sie sich dessen nicht so sicher zu sein schien, wie sie behauptete. Also fragte ich sie: »Bist du dir dessen wirklich ganz sicher, liebe Maria?«*
*Sie sagte: »Ich habe keine Zweifel an meiner Liebe für den Meister und an der Richtigkeit Seiner Lehren. Aber ich muß dir sagen, als ich Ihn wiedersah, nachdem man das Grab leer gefunden hatte, habe ich Ihn nicht wiedererkannt. Deine Gefährten, die einst ungläubigen Zwölf, mieden mich danach und entflohen mit Ihm, und ich sah Ihn nie wieder. Es wird behauptet, daß Er zum siebenten Himmel aufgefahren sei. Ehrlich gesagt, soll's mir aber gleich sein, was immer wirklich passiert ist.«*
*33. Ich war entsetzt, das zu hören.*
*Maria erklärte mir: »Schließlich sind die Umstände Seines Todes doch wirklich gleichgültig. Ich saß zu Seinen Füßen und hörte Ihn sprechen. Das ist genug. Denke an die Jahrtausende, die so einem Mann und solch einer Gelegenheit vorausgingen! Denke an die würdigen Frauen, soviel würdiger als ich, denen es nicht vergönnt war, den Erlöser zu sehen! Und doch war ich es, die Jahre an Seiner Seite erleben durfte. Wie du vielleicht weißt, waren wir verlobt.«*
*Ich hatte davon gehört. Die Verbindung hatten beider Eltern arrangiert. Unser Meister, Sproß einer der angesehensten Familien von Bethlehem, war der Maria, Tochter der führenden Familie von Magdala, anverlobt worden. Die Hochzeit sollte mit großem Aufwand in der Synagoge von Kapernaum gefeiert werden.*

*Maria von Magdala sagte zu mir: »Er trug mir eine höhere Ehe an, in welcher ich in die Mysterien der Seele eingeweiht wurde und einen Vorgeschmack des Himmels empfing. Ich kann nicht davon sprechen. Ich habe es auch nicht aufgeschrieben. Dieses Wissen war für mich allein bestimmt, glaube ich.«*

*34. In Fortsetzung meiner eigenen Nachforschungen fragte ich sie: »Wie war der Meister in Seiner Jugend?«*

*Sie sagte: »Vollkommen schön, mit aller Anmut und Liebenswürdigkeit ausgestattet. Nie wieder wird die Welt Seinesgleichen sehen.« Abermals füllten sich ihre Augen mit Tränen. Sie sagte dann: »Ich denke oft an unsere Wiedervereinigung im Himmel und frage mich, ob ich dort Seine Braut sein werde. Er sagte Worte, die ich so deuten könnte, aber ich hüte mich selbst in meinen Träumen vor der Versuchung, das zu tun ... aus Furcht vor Gotteslästerung.«*

*Ich billigte diese weise Vorsicht nachdrücklich, und dann fragte ich sie, meine diesbezügliche Schüchternheit tapfer mißachtend: »Erinnerst du dich, ob der Meister jemals etwas Gutes oder Schlechtes über mich gesagt hat?«*

*35. Sie antwortete nicht, doch beim Abschied sagte sie zu mir: »Du gehst nun nach Elephantine, um Bestätigung für einen Zweifel zu suchen. Unser Meister würde dir sagen, daß du die Reise besser machen solltest, um Bestätigung deines Glaubens zu erlangen. Wie Er mir einst sagte: ›Wer nach Gründen sucht zu zweifeln, wird reichen Lohn finden in dieser Welt. Wer aber nach Gründen sucht zu glauben, wird seinen Lohn im Himmel finden!‹«*

*Ich gestand Maria, daß ich mich unwiderstehlich gedrungen fühlte, die Wahrheit über Benjamin und die verleumderische Erzählung von seinem Grabraub herauszufinden. Wie sehnte ich mich danach, die Unwahrheit dieser Erzählung beweisen zu können! Aber so oder so, ich mußte herausfinden, ob ich falschen Wegen gefolgt war, mein Leben an eine Täuschung verschwendet hatte! Und schließlich sei ein ehemaliger Sklave, der nun im fernen Elephantine aus der Welt zurückgezogen wie ein König lebte, doch ohne Zweifel einigermaßen verdächtig.*

*Dann sagte Maria zu mir: »Kennst du die selige Weisheit?«*

*36. Ich sagte: »Ich habe während meiner Studienzeit in Alexandrien die gesamte Weisheitsliteratur gelesen.«*

*Maria sagte zu mir: »Wahrlich nur geringen Nutzen hast du, lieber Bruder,* aus dieser Lektüre gezogen. Unser Meister sagte einst, als ich Sein Gleichnis verstand, ohne Seiner Erklärung desselben zu bedürfen, daß Männer Dinge lesen und sie dennoch nicht kennen, während Frauen Dinge kennen, die sie nie gelesen haben.«

Sie sagte weiter zu mir: »Nein, du kannst keine Bekanntschaft mit der Sophia haben, sonst würdest du nicht auf diese Reise des Zweifels gehen, um dir anderer Leute Lügen und Entstellungen der Wahrheit plausibel machen zu lassen. Aber gehe ruhig, wenn du denn mußt. Ich werde beten, daß Sie bei dir sein möge. Du kannst dir nicht vorstellen, wie Sie mich hier in der Wüste allezeit gestützt und getröstet hat. Ich frage mich manchmal, ob ich bei allen meinen Erinnerungen an den Meister auch nur das mindeste verstanden hätte, stünde nicht Sie mir bei.«

Dann begab sich Maria ins Innere des Klosters, kehrte jedoch einige Minuten später zum Tor zurück und händigte mir ein versiegeltes Reliquienkästchen aus, so klein, daß ich's bequem in die Tasche stecken konnte.

»Was ist da drin?« fragte ich.

Sie sagte zu mir: »Eine Handschrift. Und wenn du die gesuchte Antwort gefunden hast, nicht vorher, solltest du sie lesen. Sie ist von einem nun schon abgeschiedenen Mann, der Sophia gekannt hat. Denn vielleicht gelingt es dir, die Unwahrheit der Erzählung dieses Sklaven Benjamin zu beweisen, gelehrter Jünger; daß du damit auch deinen Glauben zurückgewinnst, ist aber durchaus nicht sicher. Denn den kann nur Sophia dir wiedergeben.«

37. Dann, mit großer Erregung und mit blitzenden Augen, sagte sie zu mir: »Ich habe alles für Ihn hingegeben. Ich habe meine Jugend geopfert, dann das Leben der Gattin und Mutter, das mein hätte sein können; und habe unter diesen Gewändern meine Schönheit verleugnet. Diese Gewänder verbergen Narben. Kleine Messerschnitte, in deren Wunden wir Würmer sich weiden ließen, haben meine prangenden Wangen gedemütigt, mit ungelöschtem Ätzkalk getränkte Blätter die hoffärtigen Brüste …«[18]

Ich rief aus: »Maria, nein …«

»Keine Angst, ich werde mich nicht entschleiern, um dir zu zeigen, was der Söldner gefunden hätte, der mir hätte Gewalt antun wollen. Dir werde ich den Anblick ersparen. Aber schließlich habe ich meine Schönheit doch nicht schrecklicher verwüsten können, als über kurz oder lang das Alter *es auch ohne meine Mitwirkung getan hätte. Nicht wahr? Eines Tages, im Himmel, vor Ihm, wird mir meine Schönheit zurückgegeben werden, ich werde schön sein wie die Engel dann ... und anverlobt von neuem dem himmlischen Bräutigam.«*

*Dann schien sie mich anzuflehen: »Matthias! Falls du diese Geschichte wahr findest, diese verleumderische Erzählung des Sklaven Benjamin von einer aus dem Grabe gestohlenen Leiche ... Laß es mich nicht hören. Versprichst du mir das?«*

*Ich gab ihr mein Wort.*

*38. Und so verließ ich Thmuis, kurz vor Sonnenaufgang, mit Marias Segen. Eine wahrhaft bemerkenswerte Frau! Der Gedanke, daß ich sie nie wiedersehen werde, stimmt mich traurig.*

*Wirklich, Tesmegan, wie unterschiedlich sind doch die Frauen, die der Herr uns hienieden zur Gesellschaft gegeben hat – einerseits so reine Seelen wie Maria von Magdala und Marjam von Bethanien, die wohltätige Königin Helena und deine eigene gnädige Herrscherin hier in Meroë – andererseits diesen Inbegriff der Unzucht, die andere Helena! Ach, selbst hier noch, Tausende und Abertausende von Stadien weit von dem höllischen Ort, wo sie lüstern mit dem Hintern wackelt, brauche ich an die Hure des Magiers nur zu denken, und gleich wird's mir schwarz vor Augen.*

*Ihre grauenhaften Titten!*

# Afrika

Siehe sie, die da glauben, und die Juden und die Nazarener und die Sabier – wer immer an Allah glaubt und an den Jüngsten Tag und das Rechte tut –, die haben ihren Lohn bei dem Herrn, und Furcht kommt nicht über sie, und sie werden nicht traurig sein.

*Koran* 2, 59 (62)

Einer klopfte an Gottes Tür, und von drinnen fragte eine Stimme: »Wer ist da?«
Dann antwortete er: »Ich bin es.«
Und die Stimme sagte: »Dieses Haus ist nicht groß genug für mich und dich.« Also blieb die Tür geschlossen. Dann enteilte der Gott Liebende in die Wildnis und betete und fastete in Einsamkeit. Und nach einem Jahr kehrte er zurück und klopfte abermals an. Und abermals fragte die Stimme: »Wer ist da?«
Und der Gott Liebende sagte: »Du bist es.«
Dann wurde die Tür geöffnet.

Aus den *Mesnewi* oder Doppelversen des Scheichs
DSCHELAL ED-DIN RUMI, Stifter des Ordens der
Mewlewja oder tanzenden Derwische
(der im Jahre 1273 christlicher Zeitrechnung starb)

Was immer du mir von dieser Welt geben willst, gib es deinen Feinden, und was immer du mir von der nächsten Welt zugedacht hast, gib es deinen Freunden. Du bist genug für mich.

Gebet der hochbetagt im Jahre 807
der christlichen Zeitrechnung zu Basra
verstorbenen RABI'A AL 'ADAWIYA

Wer einen Moslem platt macht, kommt in den Himmel.

Kreuzzugspredigt des hl. Bernhard von Clairvaux,
1146 (aus dem Gedächtnis zitiert)

## ASSUAN
*15. August 1990*

Lucy wurde vom Morgenruf des Muezzin geweckt.
*»Allahu akbar! Allaaaaaaaaahu akbaaaaaaarrrr!«*
Sie spürte, wie rasch ihr Herz klopfte, weil sie von dem Ruf erschrocken war. Nach einer momentanen Panik der Orientierungslosigkeit erinnerte sie sich, daß sie in Ägypten war, in Assuan, und daß der Muezzin, der lautsprecherverstärkt von den Minaretten der Stadt rief, sie lediglich aufforderte, an Gott zu denken und daran, daß es keinen Gott außer Allah gebe.
*»Ash-hadu an laa ilaaha illa 'llaah ...«*
Schnell war sie hellwach. Der Himmel war noch dunkel, noch zeigte sich kein Dämmerlicht, nur ein tiefes, kaltes Blau am östlichen Himmel über der Wüste. Und dennoch waren bereits Marktleute, Bettler, Waschfrauen und Männer, die in den Kaffeehäusern arbeiteten, unterwegs – gedrechselte arabische Segenssprüche wurden ausgetauscht, man wünschte einander die Gärten, die Düfte und die Muße des Paradieses –, und alle warteten geduldig auf die Öffnung des Brunnens in der Moschee, um sich den Schlaf aus den Augen zu waschen, in das Gotteshaus zu treten, das Gesicht nach Mekka zu wenden und mit wahrer Hingebung zu Gott zu beten. Nicht am Sonntagmorgen höflich in einer Kirchenbank sitzen, sondern sich niederwerfen, auf den Knien liegen, den Fußboden mit dem Kopf berühren und inbrünstig schluchzen – fünfmal am Tag, an jedem Tag ihres Lebens: Es gibt keinen Gott außer Gott.
*»Ash-hadu an laaaa ilaaaaaaaaaha illa 'llaaaaah ...«*
O'Hanrahan hat recht, dachte Lucy. Welch musikalische Sprache ist Arabisch, wenn es gesprochen wird, und wie wunderbar schmückt diese Sprache das Gebet, die Beschwörungsformel. Es gibt keinen Gott außer Gott: *Laa ilaaha il-la 'llaah*. Für den westlichen Mund wahrlich ein Zungenbrecher, aber wenn man dieses Credo, das Kalimah, wieder und wieder sagt, führt es zu einem Trancezustand, der stete Wechsel von kurzen und langen *A* gibt ihm einen Gezeitenrhythmus. Jeder Atemzug ein Gebet, Herzschlag und Atmung harmonieren zur Verehrung des Einen, Der Dies Leben Geschenkt.
*»As-salaatu Khairun mina 'n-naumi!«*
(Es ist besser zu beten, als zu schlafen. Was hältst du davon?)

Lucy rollte sich auf die Seite und glättete das dünne Leintuch des Hotels. Sie fühlte sich nicht besonders gut. Ich fühle mich schon seit der Ankunft in Israel nicht ganz in Ordnung, dachte sie. Ich schlafe qualvoll schlecht und habe scheußliche Kopfschmerzen; die Hitze läßt meine Beine anschwellen und macht mich reizbar ... O Himmel, jetzt fängt mein Bauch auch noch an zu rumoren. Ich habe zu schnell vor Dr. O'Hanrahan geprahlt, daß meine Magenprobleme verschwunden seien. Lucy setzte sich auf. Ihr war schwindlig, ihr war speiübel, und sie hatte einen ekelhaft säuerlichen Geschmack im Mund.

Sie rannte zur Toilette und übergab sich.

Wenig später, nachdem sie den Deckenventilator auf höchste Stufe gestellt hatte und in dem kühlen Luftzug auf dem Bett lag, redete sie sich ein, daß sie sich gleich besser fühlen werde. Aber es war zwecklos; der Schweiß lief ihr übers Gesicht, und ihre Stirn fühlte sich feucht und klebrig an. Ich halte das nicht mehr aus, dachte sie und wischte sich die Stirn mit dem Laken ab.

Morgendliche Übelkeit.

Sie rechnete: Ich hatte meine Periode nicht, aber das kann auch wegen der ganzen Herumreiserei, der Hitze und der Sorgen sein. Ich habe geschwollene Beine und bin nörglerisch, aber das kann dieselben Ursachen haben. Und jetzt ist mir morgens übel geworden ... das könnten Mohammeds Überraschungs-Kebabs von gestern abend sein.

Ich könnte aber auch aufhören, mir selbst was vorzumachen.

Lucy stellte sich vor, was es heißt, ein babygroßes Ding aus dem Körper zu pressen. Es wird herauskommen, eine Krankenschwester wird es mir in den Arm legen, einen Jungen oder ein Mädchen ... ich glaube, einen Jungen. Ich werde es kurz im Arm halten, und dann werden die Leute von der Adoptionsvermittlung es mir wegnehmen. Genauso unvorstellbar wie die Wehen und die Geburt. Genauso unvorstellbar, wie mit dem Kind zurückzugehen nach Chicago, einen Kinderwagen und ein Babybettchen zu kaufen und die Wohnung mit Babysachen auszustatten – vielleicht mit einer anderen alleinstehenden Mutter zusammenzuziehen, um sich beim Babysitten und so abzuwechseln. Dieses lächelnde kleine Ding, das zu mir herkrabbeln wird, um mich zu umarmen, wenn es älter ist, das laufen lernen und auf seinen kleinen, windelgepolsterten Hintern fallen wird. Nee. Hat keinen Sinn – ich kann dieses Bild mit keinem Hauch von Mutterinstinkt oder Gefühl beleben. Lucy versuchte, sich selbst mit einem

Sohn im Arm vorzustellen, Madonna mit Kind. Würde ich ihn je ansehen können, ohne zu denken: Lucy, das hast du nun auf dieser Welt zu tun, anstatt dein eigenes Leben zu leben?

*»Hayya 'ala 'l-falaaaaaaah! Hayya 'ala 'l-falaaaaaha!«*

Sie tastete auf dem Nachtkästchen nach ihrem Rosenkranz. Sie hatte ihn in Rom für Tante Lucy gekauft, aber nun brauchte sie ihn selbst wohl nötiger. Vielleicht würde er sie zurückführen zu der alten Lucy, der Lucy ohne Probleme, die alle Antworten wußte, der Lucy, die ihr Leben sorgfältig mit Verboten eingezäunt und auf einen engen Raum beschränkt hatte, wo sich keine Schwierigkeiten ergeben konnten – *diese* Lucy Dantan.

(Darauf würde ich mich nicht verlassen.)

Automatisch begann sie ein *Gegrüßet seist du, Maria.* Ja, es fühlte sich leer an, aber vielleicht wird es doch etwas bewirken, sagte sie sich ... Sie spürte, wie ihre Augen sich mit Tränen füllten. Jetzt habe ich es wirklich geschafft. Ich habe mein ganzes Leben versaut. Und sogar mit Gott habe ich es mir jetzt verdorben.

O'Hanrahan saß auf der großen Sonnenterrasse des Hotels in einem Korbstuhl, hatte die veralteten westlichen Zeitungen der letzten Woche vor sich aufgestapelt, trank Tee, knabberte an einem Stück Brot herum und zog zwischendurch an einer Zigarre, die glimmend im Aschenbecher lag – im Augenblick fühlte er sich wie ein Sultan.

»Dr. O'Hanrahan«, kündigte Lucy, die um elf Uhr vormittags endlich auf den Beinen war, ihr Erscheinen an. »Wir müssen miteinander reden, Sir. Ich habe das Gefühl, ich sollte besser nach Hause fliegen.«

O'Hanrahan studierte gerade den *London Daily Telegraph* vom Vortag, vor allem die ausführlichen Berichte über Greueltaten des Irak in Kuwait. Ausländer, so hieß es, hätten außerdem Schwierigkeiten, aus dem Irak herauszukommen. »Hmm? Heimfliegen?« wiederholte er zerstreut. »Jetzt fängt es doch gerade an, gut zu werden.«

»Ich mache mir Sorgen um meine Gesundheit.«

»Sie nehmen doch Ihre Malariapillen? Solange Sie kein Leitungswasser trinken, ist alles in Ordnung.« O'Hanrahan warf einen Blick auf Lucy, um zu sehen, ob sie krank war. »Ah. Der Fluch der Pharaonen hat Sie schließlich eingeholt, hehehe. Ich hatte gestern meinen schlechten Tag.« Lucy, die blaß war und rote Augen hatte, setzte sich ihm gegenüber und schlug nach den Fliegen, die sofort um sie herumsurrten. »Sie sind immer noch entschlossen, über Land nach Khartum zu fahren?«
»Wo sonst soll ich das unschätzbare Material über das untergegangene Reich von Meroë bekommen, hm? Wo sonst, wenn nicht an der Universität von Khartum und in den Archiven des Nationalmuseums?«
»Könnte nicht jemand diese Sachen für uns kopieren?«
»Wenn man sich die Qualität sudanesischer Kopien, das Funktionieren der sudanesischen Post und die mangelnde Kooperationsbereitschaft der Sudanesen ansieht, hat dieser Gedanke nicht die geringste Chance.« O'Hanrahan faltete die Zeitung zusammen. »Khartum ist der Schlüssel für uns, Lucy. Professor Fletcher hat zu Beginn des Jahrhunderts mit dem Versuch begonnen, das Meroïtische zu entziffern, und sein ganzes Leben dieser Aufgabe gewidmet.« O'Hanrahan hob belehrend den Finger. »Viele Wissenschaftler haben achselzuckend aufgegeben und die Sache erst einmal ad acta gelegt. Aber bei dem neuen Interesse an Afrika kann es jeden Tag sein, daß irgend jemand diese Sprache knackt, also müssen wir zuerst dorthin, Schwester Lucy!«
Lucy konnte nichts dazu bewegen, O'Hanrahans Enthusiasmus zu teilen. Niedergeschlagen starrte sie auf die Zeitungen mit den Neuigkeiten über den Einmarsch in Kuwait. In der *New York Times* war ein Foto von General Colin Powell abgebildet, daneben fand sich eine Tabelle über die Einberufung amerikanischer Reservisten. Ein Foto von Jesse Jackson, der sich lauthals darüber beschwerte, daß in der Army zu viele Schwarze seien. Wir werden doch wohl keinen Krieg im Nahen Osten führen, dachte Lucy düster und stand auf.
»Wo gehen Sie hin?«
»Spazieren«, antwortete Lucy und klopfte auf ihre Kamera, die sie um den Hals hängen hatte.
Es hatte bereits 38 Grad Celsius, als sie ein paar staubige Straßen entlang bis zu dem großen Hotel *Cataract* spazierte, einem Nobelschuppen, herausgeputzt wie eine maurische Villa, mit Blick auf die Insel Elephantine. Lucy bat an der Rezeption um ein Auslandsgespräch. Ein dunkel-

häutiger Mann, dessen Gesicht ein einziges Lächeln war, nahm ihre Nummer und wählte mehrmals, bis er eine Verbindung bekam.
»Rabbi Hersch?«
»Was? Lucy! Wo zum Teufel habt ihr gesteckt?«
»Wir sind in Assuan. Morgen brechen wir auf nach Khartum ...«
»*Khartum?*«
Lucy hörte ein Geräusch, als hätte der Rabbi das Telefon fallen lassen.
»Alles erklärt sich von selbst – Sie sind genauso meschugge wie er! Steht demnächst auch noch der *Mond* auf der Reiseroute?« So laut hatte Lucy den Rabbi noch nie brüllen hören. »Sagen Sie mal, haben Sie denn keine Ahnung von dem Bashir-Regime im Sudan? Ich erzähle Ihnen besser nichts, damit Sie heute nacht schlafen können, okay?«
Einen Moment herrschte Schweigen, dann sagte der Rabbi etwas ruhiger: »Hören Sie zu: Sie können zurückgehen nach Chicago und aufhören, Ihre Zeit zu vergeuden. Ich habe schlechte Nachrichten. Die Schriftrolle ist Pater Vico gestohlen worden, und wir stehen auf jeden Fall wieder ganz am Anfang.«
Lucy zögerte einen Augenblick, um ihre Antwort zu formulieren – und genau das genügte, um den Argwohn des Rabbi zu bestätigen.
»Ich *wußte* es! Ich wußte, daß dieser Hurensohn Patrick O'Hanrahan das Ding gestohlen hat – diese Nervensäge Gabriel! Oh, ihr verdammten Halunken alle!«
»Rabbi, Sir, Sie müssen verstehen ...«
»Als ihr eine Woche lang nicht angerufen habt, bin ich mißtrauisch geworden! Bestimmt, habe ich zu mir gesagt, wird Paddy aufhören zu schmollen und sich bei mir melden; bestimmt muß er in der Nähe der Schriftrolle sein ... bis es mir Trottel dämmerte, daß nur *Paddy* sie haben kann!« Ein paar deftige Sätze auf jiddisch-englisch folgten. Die Stimme war nun wieder so laut, daß es in der Leitung zischte und knackste.
»Wenn ich Ihnen nur erklären dürfte ...«
Rabbi Hersch revidierte seine Beschimpfungen. »Nein! Ich nehme alles zurück: Gott segne euch, möge Gott Segen um Segen um Segen auf euch herabregnen lassen! Segen über euch und eure Nachfahren bis ins letzte Glied! Segen, weil ihr diese Schriftrolle wenigstens *habt*. Sagen Sie Paddy, daß alles vergessen und vergeben ist, wenn er nur zurück nach Chicago kommt und dort auf mich wartet.«
»Chicago?«

»Jerusalem traue ich nicht mehr. Wenn Paddy die Rolle nicht geklaut hätte, dann hätte es todsicher jemand anderer getan. Irgend etwas geht hier vor sich. In meinem Büro ist eingebrochen worden. Unheimliche Typen haben meine Zugehfrau belästigt. Ich hatte einen Besuch vom Mossad, der wieder Informationen über den Satz ›Der Flug des Adlers‹ haben wollte. Irgendein dickes Ding ist im Gange, und obwohl ich eigentlich beleidigt sein sollte, bin ich wirklich froh, daß ihr dieses Bravourstück hingelegt habt.« Der Rabbi dachte einen Augenblick lang nach. »Ich wette, Sie rufen mich hinter Paddys Rücken an.«

»Ja. Er hat gesagt, daß er es tun werde, aber ich glaube, daß er kneift. Und außerdem, was mich angeht ...«

Der Rabbi wartete geduldig.

»Ich wußte nicht, ob ich *Ihnen* trauen konnte, Rabbi, Sir.«

»Mir trauen?«

Lucy nahm ihren Mut zusammen und sprach die Punkte an, die sie zu dem Anruf veranlaßt hatten. »Ich habe Sie vor dem Hotel *König David* zusammen mit dem Mann gesehen, der in Ballywaycross war und der uns auch in Florenz verfolgt hat. Der Billiganzug – so haben wir ihn genannt. Ich weiß nicht, ob Dr. O'Hanrahan Ihnen von ihm erzählt hat, aber ich habe gesehen, wie Sie und dieser Gauner Geld ausgetauscht haben.«

Er war einen Augenblick still. »Ah. Deshalb also die Funkstille. Okay, kleines Mädchen. Erinnern Sie sich an unser Gespräch darüber, daß ich die Bibliothek eines Fakultätsmitglieds für über 40 000 Dollar an die Bibelprediger verkaufen will?«

»Ja.«

»Ihr Mann im billigen Anzug ist von einem Bibel-College. Er steht seit ein paar Monaten mit mir in Verbindung und versucht, Rabbi Shimons Bibliothek für weniger Geld zu bekommen, als Bob Jones geboten hat. In Rom ist mir klargeworden, daß er das *Matthiasevangelium* wollte, aber mit mir um die Bibliothek gefeilscht hat, um seine wahren Absichten zu verschleiern.«

»Ich habe gesehen, daß Sie ihm Geld gegeben haben.«

»Er hat mir tausend Dollar in einem Umschlag gegeben, damit ich ihm verrate, wer die Schriftrolle hat. Ich habe ihm das Geld zurückgegeben.«

»Und dann sind Sie in sein Auto gestiegen.«

»Er hat mich an der Hebräischen Universität abgesetzt.«

Lucy verarbeitete diese Informationen erst einmal.

»Wie? Sie glauben doch nicht, daß ich die ganze mühselige Suche nach dem *Matthiasevangelium* mitgemacht habe, nur um es dann irgendeinem amerikanischen Südstaatenprovinzler zu geben?«

»Was ist das für ein Bibel-College?«

»*The Promised Land Ministries* in Louisiana.«

Lucy schloß die Augen. Farley und Mr. Billiganzug gehörten also wirklich zusammen. Beide waren von einem College der Pfingstgemeinde in Louisiana. Lucy spürte, wie sie rot wurde: Farley hatte mehrmals mit ihr zum Essen oder auf einen Drink gehen wollen – um mit ihr *über die Schriftrolle* zu reden! Natürlich hatte er nicht das geringste romantische Interesse an ihr gehabt. Ja, seufzte sie, stell dir vor, es ist tatsächlich möglich, daß du ihn nicht im Sturm erobert hast ...

»Sind Sie noch da, kleines Mädchen?«

»Ja. Noch eine Frage.«

»Bin ich so wenig vertrauenswürdig? Wollen Sie Detektiv spielen? Paddy glaubt auch, daß ich etwas im Schilde führe, nicht wahr?«

Lucy fuhr unbeirrt fort: »Gabriel hat mir etwas erzählt, das im Frühjahr vorgefallen ist ...«

»Dieser kleine Bastard?«

»Er sagte, als er und Dr. O'Hanrahan nach Rom gefahren seien, um die Rolle zu kaufen, hätten sie Sie in Jerusalem zurückgelassen. Aber dann ist Gabriel Ihnen in Rom über den Weg gelaufen, als Sie versucht haben, die Schriftrolle heimlich, hinter O'Hanrahans Rücken, zu kaufen.«

»Wollen Sie mir das vorwerfen?« fragte der Rabbi. »Es sieht nicht besonders nett aus, aber mein Verdacht gegen Gabriel hat sich als richtig erwiesen, nicht wahr? Hey, ich lebe seit vierzig Jahren in Jerusalem, ich habe meine Informationsquellen. Ich habe gehört, daß die Franziskaner versuchen wollten, den *Matthias* zu stehlen – und hatte ich nicht recht? Wie? Also bin ich als Verstärkung nach Rom gefahren. Paddy hat das Hotel verlassen, nachdem Gabriel verschwunden war, und so bin ich nie dazu gekommen, Kontakt zu ihm aufzunehmen.« Er machte eine Pause und sammelte seine Gedanken. »Schauen Sie, kleines Mädchen. *Ich* habe Patrick O'Hanrahan aufgefordert, zusammen mit mir an diesem Projekt zu arbeiten, erinnern Sie sich? Wenn ich die Schriftrolle in Rom bekommen hätte, hätte ich Paddy zu mir nach Jerusalem geholt, um dort mit ihm daran zu arbeiten. Jede Unterstellung, ich würde gegen ihn intrigieren – obwohl er in erster Linie durch mich hier ist – ist einfach *Quatsch*!«

Tatsächlich, was Gabriel betraf, war der Instinkt des Rabbis richtig gewesen ... und wahrscheinlich trog ihn sein Instinkt auch nicht, wenn er meinte, daß O'Hanrahan die Kontrolle über sein Leben verlor. Vielleicht war das *Matthiasevangelium* eine Aufgabe für Pater Beaufoix, eine Aufgabe für ein Team etablierter Wissenschaftler – nicht für einen verrückten alten Mann, der den Freundschaftssinn des Rabbis stark strapaziert hatte, und auch nicht für eine durchschnittliche Doktorandin aus Chicago.

»Sind Sie denn in Sicherheit dort?« fragte der Rabbi.

Lucy war sich bewußt, daß sie weinerlich und kindisch klang, aber sie war nahe daran, dem Rabbi das Schlimmste zu erzählen. »Eigentlich nicht. In Kairo ist jemand in unser Hotelzimmer eingedrungen. O'Hanrahan trägt die Rolle die meiste Zeit bei sich; wer also auch immer es war, er hat sie nicht gefunden. Dann haben wir das Hotel gewechselt, und am nächsten Tag ist dasselbe passiert. Wir haben beschlossen, nicht mehr mit der Kreditkarte der Merriwether Industries zu bezahlen – irgend jemand benutzt sie offenbar, um uns auf der Spur zu bleiben.«

»Was haben Sie dann für Geld zur Verfügung?«

»Dr. O'Hanrahan nimmt wieder seine *eigene* Kreditkarte, die aber wohl ziemlich bald ihr Limit erreicht hat, weil ich wette, daß er seit Monaten keine Rechnungen mehr bezahlt hat.«

»Das mögen die Kreditkartenheinis besonders gern. Wahrscheinlich erhöhen sie ihm sein Limit.«

Lucy seufzte und teilte weitere Neuigkeiten mit: »Oh, und dann wären wir fast mit dem fanatischen Frater zusammengetroffen – als wir in den ägyptischen orthodoxen Klöstern in Wadi Natrun waren. Man hat uns dort gesagt, daß einen Tag vor uns ein Mönch dagewesen sei, der nach dem *Matthiasevangelium* und nach Büchern über das Meroïtische gefragt habe.«

»Der fanatische Frater? Der griechisch-orthodoxe Mönch, von dem uns Pater Vico erzählt hat – dieser Mönch, der das *Matthiasevangelium* vernichten will?«

»Ich habe keine Ahnung, welche Mission er verfolgt. Ich weiß, daß dieser Frater in Assisi, in Athen und auf dem Berg Athos aufgetaucht ist, und jetzt ist er in Kairo. Es ist unheimlich, wie genau er zu wissen scheint, wo er suchen muß. Er verfolgt uns nicht – er ist immer *vor* uns an den jeweiligen Orten.«

»Hören Sie, sagen Sie Paddy, er soll sich in Khartum schnell holen, was er braucht, und dann machen, daß er da wegkommt; wir treffen uns dann alle wieder in Chicago.«
»Okay. Äh, Rabbi, noch eine Kleinigkeit.«
»Ja, was denn?«
»Wie ist in Israel die rechtliche Lage mit Adoptionen und Abtreibung?«
»Abtreibung gibt es nicht. Adoption ja, wenn das Baby jüdisch ist«, erklärte er, »obwohl es in beiden Fällen zweifellos auch Sonderregelungen gibt. Warum fragen Sie? Hat Ihnen jemand ein Kind gemacht?«
Gezwungenes Lachen. »Natürlich nicht!«
»Man würde sich in Israel um Sie kümmern, wenn es das ist, was Sie wissen wollen. Ich würde dafür sorgen. Sie sind bestimmt nicht schwanger? Tun Sie und Paddy etwas, wofür Sie sich schämen müßten?«
»Rabbi, nein!«
Er glaubte ihr nicht. »O *weh*«, brummte er. »Das ist das letztemal, daß ich etwas mit so einem verdammten christlichen Evangelium zu tun haben will! Das hier war nichts als ein langer Tritt in den *toches*!«

## AM NIL
*16.–17. August*

Touristen gab es um diese Jahreszeit natürlich keine. Wer würde auch so verrückt sein und im Sommer den Nil hinaufreisen?
O'Hanrahan ging vormittags zu einer Bank und fragte, wie hoch das Limit der Kreditkarte der Merriwether Industries für Bargeld sei, und erfuhr, daß er tausend Dollar haben könne. O'Hanrahan überlegte. Er könnte sich die tausend Dollar geben lassen und sie ausgeben, ohne weiter eine Spur zu hinterlassen, außer der, daß die Auszahlung in Assuan stattgefunden hatte. Aber würden die klugen Köpfe bei Merriwether Industries nicht vermuten, daß Assuan nur eine Zwischenstation für einen Vorstoß nach Khartum war? Er riskierte es nicht. Er nahm seine eigene Kreditkarte, um sich Bargeld in sudanesischen Pfund geben zu lassen, und verstaute die fremde *VisaCard* für immer in seiner Brieftasche, entschlossen, sie nicht mehr zu benutzen.
So viele Leute wollten auf der Fähre in den Sudan reisen, daß auf dem

Dampfer nach Wadi Halfa, dem sudanesischen Stützpunkt an der Grenze, den man nach einer vierundzwanzigstündigen Fahrt über den Assuan-Stausee erreichte, nur noch eine einzige Kabine erster Klasse frei war. Als Friedensangebot hatte O'Hanrahan diese Kabine mit ihrer vorsintflutlichen Klimaanlage Lucy überlassen. Für sich nahm er eine Kabine zweiter Klasse und bezahlte für alle Kojen, so daß er sie allein hatte.

Lucy erwachte mitten in der Nacht und stellte fest, daß ihr kalt war. Sie tastete nach der Nachttischlampe, versuchte, die Augen an das Licht zu gewöhnen, und probierte an jedem Schalter und Knopf der Klimaanlage herum, um den kalten Luftstrom auszuschalten. Schließlich zog sie den Stecker heraus. Vielleicht *war* es ja wirklich kalt. Sie öffnete die Kabinentür, und tatsächlich – es war tiefe Nacht und die Luft ziemlich kühl. Der See lag still und schwarz wie Öl, am Himmel leuchteten zahllose Sterne. Am Ufer sah sie kaum ein Licht – vielleicht ein nubisches Lager oder ein Dorf der Shaiga oder der Gaalyeen.

Das war Afrika. Stammesangehörige, die sich um ein Feuer scharen und eine Sprache sprechen, die nur sie allein verstehen, Völker, deren Mitglieder sich in ihren physischen Merkmalen gleichen, deren Kleidung, Gesänge und Tänze nach einem bestimmten Muster geformt sind – von vielen Jahrhunderten und harten Lebensbedingungen, vom Rhythmus der Nilüberschwemmungen und von Wohlwollen oder Gleichgültigkeit der Götter. Völker, die Geschichten weiter tradieren, die seit den ursprünglichen Geschichten, die ein Gott selbst den Vorfahren erzählt hatte, verschönt und ausgeschmückt worden waren. »Primitive« Völker; ein Begriff, den viele der *politically correct* Studenten an der Universität beleidigend fanden, aber »primitiv« im Sinne von *primus* – zuerst, ursprünglich, als erste hier –, das war nicht beleidigend. Denn hier stand die Wiege der Menschheit, erinnerte sich Lucy, an diesem Fluß, wo man die bisher ältesten Knochen des Homo sapiens gefunden hat. Der erste Ort auf dem Planeten, der menschliches Leben gesehen hat –, und ironischerweise vielleicht auch der letzte Ort, der für Menschen erträgliche Lebensbedingungen bot.

Am nächsten Morgen, als Lucy und Dr. O'Hanrahan feststellten, daß vor Samstag abend kein Zug nach Khartum fahren würde – zwei Tage Wartezeit! –, betrachteten sie den Kontinent mit weniger freundlichen Augen.

»Wo ... ist ... der Zug?« fragte O'Hanrahan in überdeutlicher Aussprache

und wischte sich an diesem heißen Tag – 43 Grad Celsius! – mit dem Taschentuch den Schweiß von der Stirn.
»Er wird nicht kommen.« Der Mann am Bahnhof in seiner verschwitzten *galabiyya,* der sich als Mohammed vorgestellt hatte, lächelte entschuldigend-nachsichtig. Da Lucy und O'Hanrahan um diese Jahreszeit die einzigen verrückten *'kchawagahs* aus dem Westen waren, hatte Mohammed ein mitleidiges Interesse an ihnen gefaßt.
»Können Sie herausfinden, wann der Zug kommen wird?«
Mohammed lächelte unpassenderweise. »Das Telefon geht nicht«, erklärte er.
»Also wissen Sie eigentlich gar nichts?«
»Am Samstag abend, guter Sir, wird ein Zug kommen. Wenn am Freitag morgen kein Zug kommt, dann kommt immer ein Zug am Samstag abend. Oder am Sonntag.«
O'Hanrahan dankte dem Mann und verließ angesichts der Lage zusammen mit Lucy den Bahnhof. Wadi Halfa ähnelte einer mexikanischen Wildweststadt – Baracken und Lehmziegelhütten, verlassene Gebäude mit zerbrochenen Fensterscheiben, weißer Staub, der über der Straße flirrte. Zentrum aller Aktivitäten war offensichtlich die Tankstelle.
»Wir fahren mit dem Auto«, schlug O'Hanrahan vor und begann, seinen Koffer zur Tankstelle hinüberzuziehen. »Der Zug braucht sowieso ewig. Sanddünen blockieren das Gleis. Maschinen versagen. Fünfmal am Tag – zur Gebetszeit – hält der Zug. Lassen wir uns von jemandem im Auto mitnehmen.«
Sie lernten einen Lastwagenfahrer namens Mohammed kennen. Er hatte einen Bedford-Laster für rauhes Gelände mit einer mit Segeltuch überdeckten Ladefläche voller Munition, Hühner, Ziegenfüße, Plastikbälle und Tierfutter. Auf seinem geräumigen Vordersitz war Platz für zwei Beifahrer, und wenn seine Mitfahrer das unbequem fanden, konnten sie sich neben den Hühnern auf der Ladefläche ausstrecken. O'Hanrahan fiel es nicht schwer, einen guten Preis auszuhandeln, da er den Fahrer zuvor mit einer Reihe kunstvoll gedrechselter arabischer Segenssprüche erfreut und ihm, wie er Lucy später erklärte, halb versprochen hatte, für Mohammeds Green Card zu bürgen, falls der nach Amerika kommen sollte.
»In Westeuropa und den sozialistischen Ländern sind die Amerikaner verhaßt«, erklärte O'Hanrahan in dem kleinen Lebensmittelgeschäft, in dem sie sich mit Wasser in Flaschen und abgepacktem Proviant versorg-

ten. O'Hanrahan hielt eine Wasserflasche gegen das Licht und zog eine Grimasse, als er sah, was darin herumschwamm. Er prüfte den Verschluß und vermutete, daß man Brunnen- oder Seewasser eingefüllt und einen neuen Metallkorken auf die Flasche gehämmert hatte. »In der Dritten Welt dagegen werden wir ironischerweise freundlich behandelt, weil alle in die USA kommen wollen. Es ist eine schäbige Art, Freunde zu gewinnen, aber ich würde alles versprechen, um aus dieser Stadt herauszukommen.«
Lucy hob ebenfalls eine Flasche ans Licht. »Die sieht sauber aus ...«
So brachen sie auf und fuhren in ausgefahrenen Spurrillen am schmaler werdenden Assuan-Stausee entlang. Bald wurde die Straße noch schlechter. Der Tacho sank auf dreißig Meilen pro Stunde, als Mohammed mit seinem Lastwagen, der gefährlich schwankte, tiefe, ausgetrocknete Flußbetten durchquerte. Eine Art Klimaanlage, ein Ventilator, blies heiße Luft über sie, dazu kam gelegentlich eine leichte Brise durch die offenen Fenster.
Lucy beobachtete Mohammed, der ihr immer wieder verstohlene Blicke zuwarf. Sie war sehr zurückhaltend gekleidet, lange Hosen und lange Ärmel, aber Hals und Haar waren sichtbar, und das schien für Mohammed von besonderem Interesse zu sein. Lucy, erhitzt und müde, kam die Idee, O'Hanrahan werde am Hitzschlag sterben und sie müßte dann bis Khartum Mohammeds Sexsklavin sein. Es gab wohl Schlimmeres. Der Mann war um die fünfunddreißig, zeigte stets ein Lächeln im braunen Gesicht, hatte einen Dreitagebart und noch die meisten Zähne im Mund, große, feuchtschimmernde Augen – und die zurückhaltende Art vieler Araber, eine Scheu, die der Demut vor Allah entspringt. Für Mohammed bedeutete jede Fahrt mit seinem Lastwagen ein Zeichen von Gottes Gnade. Im nächsten Augenblick hielt Lucy sich am Türgriff fest, als Mohammed den Laster in einem trockenen Wasserlauf fast zum Umkippen brachte. Vielleicht, dachte Lucy, *ist* Allah maßgeblich an einer gelungenen Fahrt beteiligt.
(Wir helfen, wo Wir können.)
»Ich habe von Assuan aus bei Rabbi Hersch angerufen«, beichtete sie.
Vielleicht war es O'Hanrahan zu heiß, um sich besonders aufzuregen.
»Sie sind nicht wütend?« fragte Lucy verwundert.
»Nein. Das erspart es mir, ihn anzurufen. Sie haben ihm gesagt, daß wir die Schriftrolle haben, nicht wahr?« O'Hanrahan erklärte, er habe vorgehabt, den Rabbi von Kairo aus anzurufen, dann habe er bis Khartum

damit warten wollen, aber er habe es nun schon so lange aufgeschoben, daß er Angst hatte vor dem Schwall von Beschuldigungen.
Stunden vergingen in der Hitze. Der See war mittlerweile wieder auf die Flußbreite des Nils zurückgegangen, und zu beiden Seiten erstreckte sich die sengendheiße, endlose Wüste. Hin und wieder bot eine Karawane aus zwei oder drei Kamelen, die sich langsam am Ufer entlangbewegte, Abwechslung oder ein Lastwagen, der in die andere Richtung vorbeifuhr und mit Gehupe und lauten Segensrufen begrüßt wurde; und einmal, als gerade wieder der Nil schimmernd zu sehen war, sahen sie eine Feluke, die gegen den Strom fuhr.
Lucy hatte sich die Fahrerkabine genau angesehen, die liebevoll dekoriert war mit blinkenden Lämpchen, verblaßten Wimpeln, Papierstreifen mit heiligen Sätzen auf arabisch, einem vergilbten Foto von Mekka aus einem Magazin, das auf das Armaturenbrett aufgeklebt war, und einem Foto von Mohammeds Sohn in der traditionellen Aufmachung für den Beschneidungstag, das auf der Rückseite der Sonnenblende klebte. O'Hanrahan, der Lucys Interesse für das Foto bemerkte, begann mit einem Vortrag über die Beschneidung und erklärte, sie werde bei Jungen oft während eines Dorffestes vorgenommen. Mohammeds Sohn war ein hübscher Bursche, um die dreizehn, und seine Augen verrieten Angst vor der öffentlichen Zurschaustellung, die ihm bevorstand.
»Und die meisten Eingeborenen«, flüsterte O'Hanrahan, »beschneiden die Mädchen, wenn sie neun oder zehn sind.«
Lucy mußte eine Minute überlegen. Die Mädchen beschneiden? »Warten Sie, Sie meinen doch nicht ...«
»Ganz genau das meine ich: die Entfernung dieses Organs der Lust.« O'Hanrahan amüsierte sich über Lucys empörten Ausbruch gegen dieses Gemetzel.
»Die UNO müßte dem ein Ende machen«, stammelte sie.
»Hehehe, einer Frau, die nicht von sexuellem Begehren beherrscht sein kann, kann man trauen, daß sie ihren Mann nicht mit einem besseren Liebhaber betrügt. Ich frage mich allerdings, wie effektiv das ist. Man sollte meinen, daß andere Körperteile als erogene Zonen einspringen. Dabei fällt mir der Stamm der Rasheda im Sudan ein. Als kostbarstes Gut einer Frau gilt dort das Kinn, es wird immer verborgen gehalten. Vielleicht sehen Sie ein paar im *souk,* dem Markt von Khartum. Auf jeden Fall *betteln* die Mädchen hier um diese Operation und freuen sich darauf, und

Frauen vollziehen den Eingriff. Einer Mutter bräche das Herz, wenn ihre Tochter nicht beschnitten würde.«

Lucy wurde von dem Thema abgelenkt: Ihre Eingeweide machten sich unangenehm aufgewühlt bemerkbar, und ihr Hintern schien wund zu sein. Vielleicht, dachte sie böse, hat die Fahrt auf dieser holprigen Straße ihr Gutes: Vielleicht habe ich einen Abgang.

(In der Tat ein böser Gedanke.)

Hey, das ist meine Schwangerschaft. Ich kann böse Gedanken haben, soviel ich will.

(Eine Fehlgeburt würde dir eine Entscheidung ersparen, meinst du.)

Es würde alles leichter machen.

(Willst du riskieren, in der Sahara zu verbluten?)

Nein, ich denke nicht. Hey, wahrscheinlich bin ich überhaupt nicht schwanger.

(Und wenn doch?)

Schon wieder dieses Thema? Na gut, seufzte Lucy im stillen, es ist ja auch schon vierzig Minuten her, seit ich das letztemal daran gedacht habe ... Wenn ich mir vorstelle, was es heißt, allein ein Kind großzuziehen, und was das aus meinem Leben machen würde, dann sehe ich eine Leere – das Ganze scheint mir ohne Realität –, als ob ich aus Versehen in einen schlechten Film geraten wäre. Abtreibung ist wahrscheinlich ausgeschlossen. Ja, wenn es Judy wäre, würde ich *ihr* wahrscheinlich dazu raten. Aber nun geht es um mich, und die Leute mögen sagen, daß ich verkorkst bin durch den Katholizismus, von Schuldgefühlen zerfressen und so weiter – aber ich weiß, daß ich leichter mit neun Monaten Schwangerschaft leben könnte als mit einer Abtreibung. Außerdem hat eine Schwangerschaft die richtigen Elemente einer *Bestrafung* für meine Sünde. Das wird mir eine Lehre sein, konstatierte sie kalt. Ich werde die Drangsal als Teil der Strafe für meine Sünde der Dummheit ertragen ...

»Der Assuan-Stausee«, begann O'Hanrahan und wischte sich über die feuchte, staubige Stirn, entschlossen, die Unterhaltung wiederzubeleben, »hat ungefähr hundert Denkmäler von historischem Interesse überflutet. Nubien, Kusch, die nördlichen Gebiete von Meroë, tausend Hinweise unter Wasser ...«

Meine Mom, dachte Lucy. Was für ein glücklicher Gedanke. Sie spürte, wie sich ihr Magen zusammenzog, wie immer, wenn sie an ihre Familie dachte. Ihre Familie, die Zuwachs bekommen würde.

Die Mutter würde vermutlich noch besser auf die Neuigkeit reagieren als ihr Vater. Natürlich würde sie sich grämen und der Tochter Vorwürfe machen, aber nach einer völligen Unterwerfung Lucys würde ihre Mutter die ledige Schwangerschaft ihrer Tochter stolz in ihrer Märtyrerkrone tragen, als ein weiteres Geschenk an Leid, das ihr zuteil wurde. Dad würde die Sache als das ansehen, was sie war: die Folge von Dummheit und Gleichgültigkeit gegen seinen guten Namen. Ihre Schwester Cecilia würde kummervoll und überlegen reagieren, vielleicht auch ein wenig Trost geben. Am besten würde ihr Bruder Nicholas die Nachricht aufnehmen – er würde einen Witz machen und erleichtert sein, daß er nun nicht mehr das schwarze Schaf der Familie war. Ihr jüngerer Bruder Kevin, der ihr nie besonders nahegestanden hatte, würde ihr mit Sprüchen wie »Nimm's locker, Luce« oder so ähnlich deutlich machen, daß sie wieder einmal durch einen Test seiner ewigen jugendlichen Coolness-Skala gefallen war. Ihre Schwester Mary würde die Augen verdrehen und flüstern: »Warum bloß hast du nicht abgetrieben?« Mary war diesen Weg wahrscheinlich ein- oder zweimal gegangen. Und die Reaktionen der Brigade lediger Tanten, der Gebetskreis von St. Bridget's, ihre Namensvetterin Tante Lucy – darüber durfte sie überhaupt nicht nachdenken.

Lucy stieß ein leises Lachen aus. Tatsächlich war es fast reizvoll: der Gedanke, die alten Harpyien mit ihrer Sünde zu quälen. *Hier,* sollte ich sagen, reibt euch das unter die überheblichen alten Nasen! Fühlt eine Schande und eine Scham, wie ich selbst sie wahrscheinlich gar nicht fühlen kann!

»*Zauba'ah*«, sagte Mohammed höflich.

O'Hanrahan schwatzte weiter vor sich hin: »... man denke an die Städte, ja, vielleicht ganze Kulturen, die unter diesem See liegen. Der Stausee hat den Wasserhaushalt der ganzen Sahara verändert.«

»Ich habe irgendwo gelesen, daß der Assuan-Staudamm nicht sicher sein soll.«

»Na, die Sowjets haben geholfen, ihn zu bauen, was erwarten Sie also? Gaddafi droht ständig damit, ihn in die Luft zu sprengen. Sie müssen sich klarmachen, daß ganz Ägypten ins Meer gespült werden würde, wenn der Damm bräche. Assuan, das Tal der Könige, die Pyramiden vielleicht, Kairo und seine 15 Millionen Einwohner ... ein schrecklicher Gedanke. Aber ohne eine Kontrolle der Nilfluten ist ein modernes Ägypten nicht möglich ...«

»*Zauba'ah*«, sagte Mohammed und schüttelte mürrisch den Kopf.
»Was sagt er?« fragte Lucy.
»Ich habe keine Ahnung«, erwiderte der Professor. »Aber die Dritte Welt kommt mit dem Fortschritt nicht besonders gut zurecht – die Regenwälder, die grenzenlose Umweltverschmutzung, Plünderung ihrer Ressourcen. Zum Beispiel diese Rauchfahne aus dem Schornstein vor uns.«
»Widerlich, nicht wahr?«
Sie starrten auf die gelbbraune, schmutzige Rauchwolke, die wie ein Atompilz über der fernen Wüste schwebte.
»Haben Sie die erschreckende Luftverschmutzung gesehen, als wir mit dem Zug aus Kairo abgefahren sind?« fragte Lucy und rutschte auf dem Sitz herum. »Manche Häuser, die in der Nähe von Fabriken standen, und der Fluß waren überzogen mit diesem gelben chemischen Dreck. Sie leiten das ganze Zeug einfach in den Nil. Ist irgend etwas nicht in Ordnung, Sir?«
O'Hanrahan war ernst geworden. »Ich könnte schwören, daß diese Wolke aus der Wüste kommt.« Er riß die Augen auf. »Oh, oh.«
»Was?«
»Es ist ein Sandsturm.«
»*Zauba'ah*«, sagte Mohammed wieder und deutete auf den Sturm. »*Aywah, hennak ... al-chamseen.*«
Der berüchtigte *chamseen* der sudanesischen Wüste. Er bedeckte etwa ein Viertel des Himmels, stieg wie aus einem Schornstein von einem einzigen Punkt auf und verzweigte sich dann in verschiedene Wolken von widerlichem Gelb, Braun oder Schwarz, je nachdem, was aufgewirbelt wurde und in welchem Winkel die Sonne darauf fiel. Von seltsamer Schönheit, fallend, wieder aufsteigend und immer neue Formen annehmend, als wäre er lebendig, dachte Lucy. Dann stieg Panik in ihr hoch: Ob es den Untergang bedeutete, wenn man diesem Sturm trotzen wollte?
Mohammed schlug auf das Steuerrad, aufgeregt, aber nicht zu besonderer Energie angespornt, und begann ein Gebet an Allah zu murmeln. Er wendete den Lastwagen.
»Was macht er?« fragte Lucy.
O'Hanrahan erkundigte sich auf arabisch. »Ein paar Meilen zurück ist eine Straße, die zum Nil führt, ein oder zwei Meilen weiter da drüben. Er will an den Fluß fahren und dort warten, bis der Sturm vorbei ist.«
»Warum?«

»Weil wir, wenn alles vorbei ist, unter einer Staubschicht von dreißig Zentimetern liegen werden und eine Orientierung brauchen«, erklärte O'Hanrahan, der sich das selbst zusammengereimt hatte.
Als sie Richtung Norden zu der Abzweigung fuhren, blickte Lucy auf den klaren blauen Himmel in der Richtung, aus der sie gekommen waren. Aber dann, als sich die Staubwolke vor die Sonne schob, wurde die ganze Wüste plötzlich schaurig düster; der lose Sand der Dünen in der Nähe begann unter dem stärker werdenden Wind zu tanzen. Der Sturm pfiff um den Lastwagen und zerrte an der Segeltuchplane. Mohammed fand die Abzweigung zum Nil, und Lucy sah ängstlich nach rechts: kein Himmel mehr, kein Licht, nur ein immer näher kommender Vorhang von aufgewirbeltem Sand.
»Es war doch soeben noch ein vollkommen ruhiger Tag«, sagte Lucy. »Wie ...«
»Nichts, was hier draußen passiert, braucht einen Grund«, sagte O'Hanrahan und hielt sich das Taschentuch vor den Mund.
Mohammed sagte etwas; seine Stimme klang nicht besonders besorgt.
»Mohammed meint, es sei besser, wenn wir uns hinten auf die Ladefläche setzen«, erklärte O'Hanrahan. Mohammed machte die Fahrertür auf, und das Heulen des Windes war nun doppelt so laut.
Der Wagen war so geparkt, daß das Kühlergitter geschützt war, der hintere Teil des Wagens würde also der vollen Wucht des Sturms ausgesetzt sein. Sandpartikel, die stachen wie Nesseln, flogen Lucy ins Gesicht, peitschten die Haut. Sie preßte die Augen zu, und Mohammed nahm sie am Arm und half ihr. Als sie um die Ecke des Wagens bogen, traf sie der Wind mit voller Wucht. Lucy spürte, wie ihr Sand in die Nase drang, erschrocken atmete sie durch den Mund und hatte sofort die Lunge voller Staub. Sie versuchte, ihn auszuspucken, während Mohammed sie auf die von der Plane umschlossene Ladefläche hob. O'Hanrahan rollte sich über die geschlossene Ladeklappe, und dann kletterte Mohammed herein und schlug das Segeltuch ein.
Lucy wischte sich mit dem Ärmel die Augen aus. Unter den Augen, in den Ohren, in der Nase, unter der Bluse, überall war der hochgewirbelte Staub eingedrungen, durch die Kleidung und bis auf die Haut. Sobald Lucy sich an die Dunkelheit gewöhnt hatte, suchte sie sich ein relativ sauberes Plätzchen und kauerte sich hinter den Paketen zusammen; leicht belustigt sah sie zu, wie O'Hanrahan sich neben den Hühnerkäfigen niederließ.

Mohammed murmelte weiter seine Gebete und rieb seinen Schraubenzieher, hielt ihn fest, küßte ihn ...
»Ich bin neugierig, aber ich bin nicht ganz sicher, ob ich es wirklich wissen will«, meinte Lucy gelassen.
»Hat bestimmt etwas mit einem Dschinn zu tun«, sagte O'Hanrahan.
Lucy zog die Beine an den Körper und umschlang ihre Knie. »Es ist seltsam, nicht wahr, wie diese kleinen Untergötter und Minidämonen sogar durch die absolut monotheistischen Religionen geistern.«
»Andere Religionen haben immer etwas Malerisches. Ich zum Beispiel mag den Gedanken an Geister. Bei den ganzen Erdbeben, Sandstürmen und Hungersnöten hier ist es sehr verlockend, Gott grausam zu finden. Oder Unfälle und Verletzungen.« Ein verblaßtes Foto von Beatrice und Rudy, das er in der Brieftasche trug, kam ihm plötzlich ins Gedächtnis. Er schob den Gedanken beiseite. »Aber wenn man einmal erklärt, daß es alle Arten von mutwilligen Dschinns gibt, die herumtanzen und Chaos verursachen ...«
»Wie die irischen Elfen«, warf Lucy ein.
»Oder die skandinavischen Trolle ...«
Der Lastwagen begann heftig zu schwanken. Mohammed flehte den Dschinn, der diesen Sturm verursachte, an, seinen Schraubenzieher anzunehmen. Schließlich legte O'Hanrahan Mohammed die Hand auf die Schulter und fragte ihn, was er tue, vielleicht könnten Lucy und er helfen.
»*Hadid! Hadid!*« brüllte Mohammed weiter gen Himmel.
»Aha«, meinte O'Hanrahan, während er zuhörte und sich gelegentlich zu Lucy umsah. »Es ist der Dschinn Zauba'ah, der diese Stürme hervorruft, und er hat nur vor einem Ding Angst, nämlich vor Eisen. Daher wird uns nichts passieren, wenn wir«, O'Hanrahan streckte die Hand nach Mohammeds Werkzeugkiste aus, »diese eisernen Werkzeuge an die Brust drücken.« Mohammed lächelte kurz und nickte mehrmals glücklich, weil seine Schützlinge nun in Sicherheit sein würden.
»*Hadid!*« schrie O'Hanrahan dem Dschinn zu.
Lucy umklammerte einen rostigen Schraubenschlüssel. »*Hadid*«, murmelte sie und bemerkte, daß O'Hanrahan in sich hineinlachte. Sie begann ebenfalls zu lächeln. Mitten im Nichts, im Toben eines Sandsturms, zusammengekauert zwischen Hühnern, vertrieben sie einen bösen Geist mit einem Schraubenzieher.
Zehn Minuten verstrichen.

Es ist möglich, stellte Lucy fest, daß man sich während eines Sandsturmes langweilt, sobald man nur sicher ist, nicht in Lebensgefahr zu schweben.

O'Hanrahan rückte ein wenig näher. »Es gibt auch gute Geister, manche sind ergebene Muslime. Wenn eine Schlange während der Gebetszeit in eine Moschee kriecht, ist sie ein böser Dschinn in Verkleidung; zu einer anderen Zeit kann sie ein guter Dschinn sein, der allein zu Allah beten will.«

»Aha.«

(Die Geschichten von den Dschinns! Der *Shiqq* etwa ist ein schreckliches Wesen, ein halber Mensch, der Länge nach durchgeschnitten. Er ist sehr freundlich, bis er sich umdreht und man erkennt, daß er nur ein halber Mensch ist – während man erschrickt, greift er einen an. Aber er ist nicht annähernd so bekannt wie der Geist *Nasnaas,* ebenfalls ein halber Mensch, der unheimlich flink hüpfen kann. In jemenitischen Geschichten liest man unzählige Berichte darüber, daß der *Nasnaas* gefangen und gegessen wird – noch im 20. Jahrhundert hieß es, daß sein Fleisch einen süßen Limonengeschmack habe. Wie die Geister der Insel Java hat er den Kopf auf der Brust. *Tir* hat die unfehlbare Gabe, Kriege zu verursachen, *al-A'war* ist der Geist der Erektion. Aber hütet euch vor *Dahsim,* der jeden Ehestreit herbeiführt, und der ägyptischen Geißel, dem Dschinn *Zalambuur,* der für Straßenverkehr und Kreuzungen zuständig ist. Der *Ghaddar* lauert in dunklen Höhlen und dunklen Zimmern, und Kinder tun gut daran, sich vor ihm in acht zu nehmen. Der am meisten gefürchtete Dschinn ist *Iblis,* der gefallene Engel, der vom Propheten erwähnt wird; er erscheint oft in Gestalt einer Frau, bringt verbotenen Wein und ist ein Meister der Poesie und Musik. Man hält ihn oder sie für den Anführer aller geringeren *Shaitans.* Dies alles glauben zumindest Unsere muslimischen Kinder.)

»Die Völker des Sudans deuten Sternschnuppen als einen Versuch Allahs, einen bösen Dschinn mit einem Steinwurf zu erwischen«, erinnerte sich O'Hanrahan. »›Möge Allah den Feind des Glaubens vernichten!‹ sagen sie, während wir uns beim Anblick einer Sternschnuppe im stillen etwas wünschen.«

»Wieviel von dem Zeug wird heute noch geglaubt?« fragte Lucy.

»Wie viele Christen auf der Welt glauben, daß es einen Dämon mit Namen Legion gibt? Einen Engel namens Gabriel?«

Plötzlich trat völlige Stille ein.

Mohammed küßte den Schraubenzieher und löste einen Knoten der Leinwandklappe. Es sei wieder klar, verkündete er und half den Mitreisenden von der Ladefläche herunter. Als Lucy auf den weichen Sand hüpfte, der ihr in die Schuhe drang, sah sie um den Lastwagen herum eine neue, etwa einen Meter fünfzig hohe Düne und über sich nichts als den klaren blauen Himmel. Sie spähte um den Wagen herum, nach Norden, Süden, Osten, Westen ... keine Rauchwolke, kein Sandsturm, nur der ruhige, azurblaue Nachmittagshimmel.

O'Hanrahan war ebenso verwirrt wie sie. Er sah auf die Uhr, schüttelte sie und fluchte, daß Sand eingedrungen sei. Er und Lucy sahen einander an, überzogen von einer feinen Staubschicht, so wie Al Jolson während seiner Show mit schwarzem Glitzerpuder. O'Hanrahan stimmte leise »Mammy« an, bis Mohammed ihn besorgt anstarrte.

Während des Sturms was es kühl gewesen, eigentlich erfrischend; jetzt war es wieder backofenheiß, und Lucy und O'Hanrahan kehrten ohne Begeisterung wieder in die Fahrerkabine und zu den Flaschen lauwarmen Wassers zurück, um einen neuen vergeblichen Versuch zu machen, ihren unstillbaren Durst zu löschen. Mohammed erklärte O'Hanrahan, daß sie gegen Abend Delgo erreichen würden.

O'Hanrahan sah durch das schmutzige Fenster hinaus in die Wüste, diese endlose Fläche, die gelbbeige in der glühendheißen Nachmittagshitze flirrte. Es mußte an die 50 Grad Celsius haben. Ein Ort, an dem man bei sich selbst sein konnte, so wie die Mönche des Wadi Natrun in ihren Höhlen. Es kann keinen stilleren, einsameren Ort geben. Man braucht eine Wüste, dachte O'Hanrahan, um eine Religion zu erfinden. Islam, Christentum, Judentum – alles Produkte von Leuten, die sich zu lange hier draußen in der Sonne aufgehalten haben.

Er dachte an die »weidenden« Mönche, die, wie das Vieh, von Gras und Kräutern lebten, die sie direkt vom Boden fraßen. Die Baummönche, die auf Bäumen lebten und darum beteten, von Stürmen, Geiern und Blitzen gegeißelt zu werden. Koptische Mönche, die sich Ketten in die Bärte flochten, um in ständigem Schmerz zu leben; manche Kopten verbrachten ihr gesamtes Leben mit solchen Gewichten. Manche lebten in Zellen, die zu klein waren, um aufrecht zu stehen oder zu sitzen, für immer zusammengekrümmt; die Haarlosen zupften sich jedes einzelne Haar aus, um vor Gott geschlechtslos, ohne bestimmte Merkmale zu sein; die »Gekreuzigten«, die verlangten, daß man ihnen Nägel durch Hände und Füße trieb. St. Moses der Schwarze, St. Johannes der Zwerg, St. Apollo von Sketis, der vor seiner Bekehrung schwangere Frauen aufgeschlitzt hatte, um sich sexuell an den ungeborenen Kindern zu vergehen – gerettet und geheilt durch die Wüste! Die Einsiedler auf den Felsen, die Eremiten, die in der Wüste lebten wie Bola und Antonius, deren Klöster aus dem späten 3. Jahrhundert stammen! Neben einer solchen Ahnentafel wirkt der europäische Glaube wie ein unbekümmerter Parvenü ...

Und die Säulenheiligen. Simon, der siebenunddreißig Jahre lang ohne Unterbrechung auf einer Säule in der Wüste lebte und Sandstürmen und Erdbeben trotzte; der so enge Ketten trug, daß sein Körper eine offene Brutstätte für die Maden war, die er in seine Wunden einführte; der einmal vierzig Tage lang keine Nahrung zu sich nahm. Eine Art Star damals, eine Touristenattraktion, der seine Säule immer höher und höher baute, um der Menge zu entkommen, die seine Unterweisung suchte. Sein Schüler Daniel, der aus allen normalen Klöstern hinausgeworfen wurde, weil er zu masochistisch war.

(Dazu gehörte im 5. Jahrhundert allerhand, das können Wir dir versichern.)

O'Hanrahan lachte laut bei dem Gedanken.

»Was ist so lustig?« fragte Lucy.

»Nichts, nichts«, seufzte er, und beide fielen wieder in ihr tranceartiges Schweigen, stur geradeaus starrend.

All diese Abtötung des Fleisches, dachte O'Hanrahan. Wie konnten diese Heiligen – bei der damaligen Lebenserwartung – wissen, daß ihnen die größte Kasteiung, die größte männliche Erniedrigung entging – *das Alter*. Die Heiligen Simon und Daniel hätten irgendwo einen Kirchenposten annehmen sollen, einen Bürojob, und einfach abwarten, einfach weitermachen, bis der 65. Geburtstag herankam. Der eingefallene Brustkorb. Dieser Schmerbauch, der bleibt bis zur Stunde unseres Todes. Der ach so lange schon nicht mehr funktionierende Priapus – oder schlimmer, die *gelegentlich* funktionierende Maschinerie. Das faltige Gesicht mit den Hängebacken, die länger werdenden Altmännerohren, die ausgehenden Haare – die ergrauten Schamhaare! Ja, ich nehme an, man könnte diese Zeichen der Sterblichkeit abändern, aber was für eine Eitelkeit wäre das! Niemals würde Patrick O'Hanrahan der Clown mit dem Haarteil sein, das alte Arschloch von Professor, der sich die Haare schwarz färbt und sich für die letzten kleinen Studentinnen in ein Korsett zwängt ...

(Uns scheint, Wir erinnern uns an ein paar Abstecher in den Drugstore.)
Ach, Jesus. Ich kann trinken und meine Gesundheit untergraben, wie ich will, ich habe immer noch das beste Gedächtnis der Welt, verdammt noch mal. Beatrice benützte immer eine Enthaarungscreme für ihre Oberlippe – sie schickte mich oft in den Drugstore, um sie zu kaufen, und ich bin gegangen, glücklich, ihrem Haus immerhin für ein paar Sekunden zu entkommen. Und eines Tages, als ich im Badezimmerspiegel voller Abscheu meine Ohren betrachtete, die so lang geworden waren wie die von Lyndon B. Johnson, entdeckte ich die neueste kleine Überraschung: Aus meinen Ohren wuchsen Haare. *Das* war ein Alterszeichen, und mir schoß das Bild meines Vaters durch den Kopf, mit seinen grauen, lockigen Altmännerhaarbüscheln – niemals! Und da Beatrices Enthaarungscreme im Bad stand, tupfte ich ein bißchen auf mein Ohr. Und dann mußte Beatrice sterben und mich allein lassen, so daß ich regelmäßig in die Drogerie gehen und mir selbst eine Flasche von dem Zeug kaufen mußte ...
Und einmal spürte ich einen fragenden Blick auf mir und fing an, dem Verkäufer umständlich zu erklären, warum ich das Zeug kaufte: Verstehen Sie, es ist für meine Frau. Und der Drogist, der Beatrice gekannt hatte, der Beatrice *natürlich* gekannt hatte, weil er seit zwanzig Jahren hier arbeitete, betrachtete mich mit dem sorgenvollen Blick, den man für verrückte alte Männer hat. Er dachte wohl, ich würde das Enthaarungszeug kaufen, um so zu tun, als wäre Beatrice noch am Leben. Das sind meine Erniedrigungen und Demütigungen! Pharao hast du Plagen und Wunder und Zaubertricks geschickt, aber mein Herz brichst du mit den Zeichen der *Mittelmäßigkeit*! So daß du, Herr, dich an meiner Lächerlichkeit weiden kannst.
(Du hast keine Liebe zum menschlichen Leben und seinen Schwächen, zu deinem eigenen am wenigsten.)
Nun, meine Liebe zu mir selbst kommt zurück.
Seit Griechenland hatte ich Zeit, um über alles nachzudenken: Ich war ein schlechter Ehemann, ein schlechter Vater, ein intoleranter, voreingenommener Leiter des Fachbereichs ... Aber weißt du was? Es ist mir egal! Ich habe mich schuldig gefühlt wie ein guter Ire, aufs Stichwort hin, so wie ein guter Katholik, aber dieses Schuldgefühl ist nun erstarrt zu Gleichgültigkeit, die besser ist als lebenslängliche Einsamkeit, mit der ich für diese früheren Vergehen hätte büßen müssen.

»Wie spät ist es?« fragte Lucy.
»Noch keine halbe Stunde später, seit Sie das letztemal gefragt haben«, erwiderte O'Hanrahan nach einem Blick auf die Uhr.
Ja, überzeugte O'Hanrahan sich selbst, in der Wildnis Afrikas an Cholera zu sterben, weit weg von Freunden und Familie, das ist immer noch besser, als noch einen einzigen gottverdammten Tag in Forest Park zu vertrödeln. Ich gebe gerne zu, daß Einsamkeit das einzige ist, was das Alter noch schlimmer macht – ein netter kleiner Zufall, denn das einzige, was Einsamkeit noch schlimmer macht, ist das Alter.
Jemand in Lucys Alter oder auch jemand, der mit Frau und Familie lebt, kann das vielleicht nicht verstehen: wie ewig lange sich jeder Tag hinziehen kann, bevor man ihn abhaken kann. Man schläft auch nicht mehr soviel, das macht es noch schlimmer; man kann den Tag nicht einmal mehr mit Schlaf und Nachmittagsnickerchen verdösen. Schlaflosigkeit war die Plage meiner letzten zehn Jahre, so wie bei meinem Vater. Selbst die beschäftigten, die halbtags angestellten älteren Leute, die ich kenne, haben Probleme, die viele Zeit herumzubringen. Ich habe gesehen, wie meine Kollegen die Zeit mit Kartenspielen totgeschlagen haben, Bridge-Sucht – Bridge ist eine gute Methode, die Jahre der Pensionierung zu verbringen –, Gartenarbeit ist gut oder Familienfotos sortieren, so daß die nächste Generation sie effizienter wegwerfen kann ... Und dennoch. Alles, was mir geblieben war, der einzige wirkliche menschliche Kontakt, den man mir zugeteilt hatte, waren meine monatlichen Beratungsstunden für Doktoranden an der Universität. Diese Scheißkerle. Zuerst haben sie mich noch Vorlesungen halten lassen, dann haben sie meine Arbeit auf Doktorandenberatung und Graduiertenseminare beschränkt, dann nur noch auf Beratung ... Und das war kaum eine Rettung vom Trott meines Alltagslebens.
Zum erstenmal seit Monaten dachte er zurück an Forest Park.
Der Morgen. Wieder einmal wach, immer noch am Leben. Das Gewicht des ungelebten Tages lastete auf ihm. Sich waschen und zurechtmachen. Rasieren oder nicht rasieren? Das einzige, was ihn an manchen Tagen dazu brachte, sich zu rasieren und zu kämmen, war der gräßliche Anblick weißer Bartstoppeln, dieses alten Penners aus dem billigen Vergnügungsviertel der Bowery, der ihn aus dem Spiegel anstarrte. Schau auf die Uhr. Großartig: 7.30 Uhr morgens. Noch schön früh am Tage. Die Nachrichtenshows. Die beiden Moderatorinnen waren so niedlich, so munter, so

frisch und fröhlich und lachend: Zur Hölle mit euch allen beiden! Kaffee kochen. Die Küche ein Alptraum; das Geschirr würde wahrscheinlich bis zu seinem Sterbetag ungespült bleiben. Er ging zum Essen aus oder aß tiefgefrorene Fertiggerichte, also waren Teller nicht wichtig. Was ihn dazu brachte, überhaupt noch etwas aufzuräumen, waren die Aschenbecher. Ständig überquellend voll. Am Tag denkt man nicht daran, sie auszuleeren und sauberzumachen, weil man die abgestandene, rauchgeschwängerte Luft gewöhnt ist, aber sie sind das erste, was einen am Morgen anstarrt; der Zigarrengestank im Haus eines alten, alten Mannes. Vielleicht eines betrunkenen Mannes – schau, da steht noch das halbvolle Whiskyglas. O'Hanrahan goß den Rest immer zurück in die Whiskyflasche, durch die er sich gerade hindurchtrank; bloß keine Verschwendung! Und jetzt kamen im Fernsehen nur noch Hausfrauensendungen oder profitorientierte Gameshows, nichts Unterhaltsames. Fernseher aus.
Gratuliere, es ist 9.30 Uhr vormittags.
Er las. Ja, und zwar deutlich mehr als die meisten Leute. Aber er hatte Probleme mit Büchern. Während ein gräßlicher Krimi im Fernsehen ihn eine Zeitlang fesseln konnte, funktionierte das selbst mit einem gut geschriebenen Thriller oft nicht, weil er das geschriebene Wort ernster nahm. Wenn er las, dann besser ein Buch, das wirklich seinen Intellekt beanspruchte. Literatur, Biographien, Geschichtswerke. Zeitgenössische Romanliteratur hatte er schon lange aufgegeben, weil alle aktuellen Produkte letztlich eine Werbung für die Überlegenheit der Klassiker waren.
Wie wär's mit ein bißchen Bewegung?
Sechs Straßen weiter gab es ein kleines Ladengeschäft, *Thomas and Roosevelt.* Rund um die Uhr geöffnet. Sein menschlicher Kontakt Nummer eins: das lächelnde, übergewichtige schwarze Mädchen namens Zelda, das hinter der Kasse saß und ihn »Professuh« nannte. Zeldas Familiennamen kannte er nicht, obwohl sie sich von diesen Gelegenheiten her seit – wie lange war es? Fünf Jahre? – kannten. Vor Zelda war Bob dagewesen, ein pickeliger Weißer, der an der Kasse furchtbar langsam war und zuviel Zeit damit verbrachte, Magazine über Motorradsport zu lesen. Eine Tasse Kaffee für 59 Cents. Und den Krapfen des Tages. O'Hanrahan, der Cappuccino in Rom getrunken hatte, Espresso in Paris, türkischen Kaffee mit gemahlenen Pistazienschalen zusammen mit muslimischen Imams in Bagdad, *Café brûlot* mit flegelhaften Loyola-Novizen

in New Orleans ... O'Hanrahans Hochgenuß in den letzten zehn Jahren war nichts Besseres als ein *Dunkin' Donut* von gestern, jetzt im Sonderangebot für 45 Cents, und der Kaffee in dem kleinen Ladengeschäft. Und eine Zeitung. Er mußte aufs Geld schauen. Wenn die Schlagzeilen uninteressant waren, kaufte er die Zeitung nicht – mittags kam schließlich Paul Harvey im Radio oder Peter Jennings mit den Abendnachrichten im Fernsehen, Kanal CNN – Gott, wenn ich bedenke, daß ich nichts von dieser Welt halte und der Meinung bin, daß dieses Land im Niedergang begriffen ist, gebe ich mir doch verdammt viel Mühe, um auf dem laufenden zu bleiben.
Alle nichtalkoholischen Einkäufe zusammen: 1 Dollar 13 inklusive Mehrwertsteuer. An Dienstagen und Samstagen kaufte O'Hanrahan hier eine Flasche von irgendeinem alkoholischen Getränk. Vor dem erniedrigenden Erlebnis mit dem Enthaarungsmittel und den mitleidigen Blicken des Drogisten hatte er Spirituosen zum Discountpreis im Drugstore gekauft, aber es kam nicht in Frage, daß er dort jetzt wieder auftauchte.
(Glaubst du wirklich, daß alle sich an diese eingebildete Demütigung erinnern?)
O ja, in der Tat, Drugstores machen ihr Geschäft mit Erniedrigungen, das ist ihr Job: Hier ist Ihre Prostatamedizin, etwas gegen Ihren Durchfall, die Windeln für Ihre Inkontinenz, Ma'am – die ganze Reihe von Mittelchen und Medikamenten, die uns verraten, an welchen körperlichen Zipperlein unsere älteren Kunden leiden, und die auf unserem kleinen Diagramm deutlich die Hinfälligkeit markieren, die schließlich zum Friedhof führt! Nein, ich werde dem Drogisten keinen weiteren Grund liefern, mich zu bemitleiden: Wie traurig, würde er klagen, wie tragisch, Dr. O'Hanrahan ist auch noch Alkoholiker ...
(Nun, du bist einer.)
Egal. Kauf Alkohol nicht jeden Tag im selben Geschäft, sonst starren sie dich an, als wärst du ein Alkoholiker. Teil es lieber ein bißchen auf, dann ist niemand ganz sicher. Ich wollte nicht, daß Zelda mich für einen Alkoholiker hielt. Ganz ehrlich, Herr, ich bin *gut* ausgekommen mit einer Flasche Alkoholischem am Tag, oft mit viel weniger. Viele Trinker sind Selbstzerstörer, die sich jeden Abend bis zur Bewußtlosigkeit besaufen würden, wenn sie es sich leisten könnten, zwei oder drei Flaschen. Ich nicht. Ein Drink beim Essen, eine gleichmäßige, geregelte Menge über den Tag verteilt.

Was O'Hanrahan wirklich liebte, war die Nacht.

Jetzt waren alle, die wie er um diese Zeit wach waren, in anderen Häusern oder auf dem Highway, genauso allein wie er. 3.13 Uhr morgens. Die Stunde der Einsamen. Aber diese Zeit nach drei Uhr war nicht ganz ohne Behagen, nicht ohne eine Spur von Verzaubertsein – so viel von der Nacht lag noch vor einem. Das Buch, das man gerade liest, ist um diese Stunde interessanter, die Filme im Fernsehen gehören einer verlorenen Vergangenheit an. Die Zeit nach vier Uhr hat etwas Verzweifeltes an sich – soll man sich noch einmal schlafen legen oder nicht? Und dann die fünfte und die sechste Stunde, wenn die Welt der Arbeiter erwacht, wenn auf der Eisenhower-Schnellstraße der Verkehr zu rumpeln beginnt und die ersten Flugzeuge auf dem Flughafen O'Hare landen – dann ist die Nacht vorbei.

Patrick O'Hanrahan erledigte seine notwendigen Einkäufe nie untertags, wenn all die Idioten auf den Straßen herumfuhren – wie oft wäre es fast zu einem Unfall gekommen, weil er sich nicht lange auf den Straßenverkehr konzentrieren konnte. Er war nicht konfus, nein, nein, aber das Autofahren lastete sein Denken nie völlig aus. Das Schisma von Antiochien im späten 4. Jahrhundert! Die Intrigen des Tridentinischen Konzils! Das waren Dinge, die seine volle Aufmerksamkeit verdienten, aber nicht dieser blöde Vorstadtverkehr. Und um drei Uhr morgens ist auf jeden Fall kein Verkehr. Er konnte fahren, wie er wollte. Meistens fuhr er zu *Dominik's*, einem Supermarkt, der vierundzwanzig Stunden geöffnet hatte.

(In den Tagen, bevor man dir den Führerschein genommen hat.)

Ach, halt den Mund, laß mich noch einmal diese nächtlichen Stunden der Freiheit und des Leichtsinns durchleben. Die Welt um 3.30 Uhr morgens entsprach meinem Altmännertempo, meiner Trübsinnigkeit, meiner Gedankenversunkenheit. Das schläfrige Personal sagte nichts, wenn ich Zeitschriften durchblätterte. Ich nahm mir *Cosmopolitan* oder *Vogue,* blätterte langsam die Seiten um, Bilder von Frauen, die zu jung und zu hübsch sind, um sie zu begehren, denn selbst für eine Phantasievorstellung hätte man ein wenig Erfahrung mit solchen Frauen haben müssen, um das wirklich im Bauch nachvollziehen zu können. Warum quäle ich mich? Warum sehe ich mir an, was ich nicht haben kann, nie gehabt habe, nie haben werde ... Wozu dieses Ritual, diese Zeremonie, sich eine Dosis weiblicher Schönheit reinzuziehen, morgens um 3.45 Uhr, während der lateinamerikanische Junge mit dem breiten Besen die Gänge fegt und der schwarze Ex-Athlet an der Kasse im Stehen schläft. Ich bin ganz in meinem

Element. Sie wollen wissen, wie viele einsame Menschen es in dieser Gesellschaft gibt? Schauen Sie sich im November die Tiefkühltruhen der Supermärkte an, und beobachten Sie, was kurz vor dem Thanksgiving Day mit den Bergen von kalorienarmen Truthahngerichten, Weightwatchers oder Lean Cuisine, passiert. Schauen Sie, wie viele Amerikaner den Tag allein mit einem tiefgefrorenen Fertiggericht aus der Mikrowelle begehen anstatt mit ihrer Familie. Jedesmal vor dem Thanksgiving Day habe ich mir geschworen, mir Lasagne oder Nudeln zu kaufen – alles, bloß keinen Truthahn ... aber dann wurde ich jedesmal wieder schwach und nahm mir *Swanson's Turkey Dinner*. Wie unerträglich diese einsame Mahlzeit war, wie schwer es fiel, das Zeug zu schlucken, das einen daran erinnerte, wie früher der Tisch mit Kerzen geschmückt war und wie Beatrice den Truthahn hereinbrachte. Und Rudy, der nicht genug von der Preiselbeerensoße aus der Dose bekommen konnte.

Aber verlassen wir nun den Supermarkt, begeben wir uns zurück auf die nächtliche Straße.

Stundenlang herumfahren. Wunderbar, diese Stunden im Auto. Zuerst ins Geschäftsviertel, dann hinaus zum Flughafen, manchmal die Mautstraße bis nach Indiana und auf der Hochstraße wieder zurück; ein Lächeln und eine kurze Unterhaltung mit den Kassierern an den Mautstellen – die Säulenheiligen unserer Tage! Sie müssen wahre Philosophen sein, die die ganze Nacht über wach sind, während Amerika an ihnen vorbeisaust; wie weise müssen sie werden, während sie den nächtlichen *danse macabre* der Menschen beobachten, die mit gedrosselter Geschwindigkeit an ihnen vorbeifahren, eine unfreiwillige Parodie auf das Amerika des hellichten Tages. Und bei einer solchen Spritztour hat mich so ein richtiger Faschist angehalten.

Wo fahren Sie hin, Opa? Wo wohnen Sie? Haben Sie getrunken?

Gut, mein Atem roch vielleicht so, aber ich hatte seit Stunden nichts getrunken – noch so ein Nachteil, wenn man alt ist. Man nahm mir den Führerschein, und ich habe mich nie darum bemüht, ihn wieder zurückzubekommen. Und dann dieser demütigende Besuch von einer Sozialarbeiterin, die mir Ratschläge erteilen wollte: »Denken Sie manchmal an Selbstmord, Mr. O'Hanrahan?«

Nein, Schätzchen, aber manchmal habe ich Lust, andere zu ermorden – hier in dieser Stadt, die normale Leute nicht in Ruhe läßt, aber Verbrechern das Handwerk nicht legen kann.

(Und wenn du eines Tages wirklich betrunken gefahren wärest und jemanden überfahren hättest?)
Danke für den Hinweis. Vermutlich bist Du jetzt zufrieden, Herr, nur noch ich und die Uhr sind da. 3.30 Uhr, 3.45 Uhr, 3.58 Uhr ... und noch einmal ein Blick: verdammt, ist es *immer* noch nicht vier Uhr? Zigaretten, immer wieder gelesene Bücher, Whisky, der herzerfrischend verbiesterte ältere Diskjockey im Radio, der Big Bands auflegte.
Ich dachte, so würde ich mein Leben beenden. Bis Mordechai anrief und mir von dem Gerücht erzählte!
Das *Matthiasevangelium* war auf dem Schwarzmarkt – nein, Paddy, fang noch nicht an zu zappeln, es ist nur ein Gerücht, aber vielleicht, vielleicht ist es wahr ... Ja, die verlockende Entdeckung, von der wir in unseren Zwanzigern nur gehört hatten, die Rabbi Rosen, Gott segne seine Seele, durch die Finger geschlüpft ist; die Dupont-Sommer, Albright und Quispel und manch anderem großen Gelehrten, der sie gesucht hat, durch die Finger geschlüpft ist. Aber vielleicht gibt es jetzt eine Chance? Eine Chance, daß Paddy O'Hanrahan und Mordechai Hersch, diese beiden alten Halunken, Erfolg haben könnten, wo andere seit 1900 Jahren gescheitert waren?
Und natürlich, Paddy, hatte Rabbi Hersch im letzten Dezember behauptet, du seist der einzige Mensch, der das Ding übersetzen kann.
Nicht Pater Beaufoix? hatte O'Hanrahan vorgeschlagen. Weißt du, Morey, er ist sehr gut, wenn es um afrikanische Sprachen geht ...
*Weißt du noch?* Fast hättest du es verpatzt! Für einen Augenblick hast du die Sicherheit deines Lebens im Grab vorgezogen, vor dem Kabelfernseher und dem Radio mit den Oldies – die weichen Innenwände des Sarges! Aber am selben Abend noch hast du Morey zurückgerufen, ihn aufgeweckt und ja gesagt: O Gott, ja, ich bin dabei!
Da gab es keine Diskussion mehr, nicht wahr? Auch wenn es bedeutete, das Haus zu verkaufen, alles Ersparte abzuheben, dir die Versicherungen auszahlen zu lassen – diese ganzen Versicherungsprämien, die du für nichts und wieder nichts bezahlt hattest, seit du denken konntest! Glaubst du, ich will in einem Krankenhaus sterben? Glaubt die Welt vielleicht, ich würde diese Leere von Ärzten verlängern lassen, wenn ich todkrank wäre? Ich würde mich hinlegen und trinken, bis das Leben zu Ende wäre. Ja, Sir, in der altehrwürdigen Familientradition. Also schmink dir die Zusatz-Krankenversicherung ab, Mann. Keine Erben, die von der Versicherung

profitieren würden. Also habe ich mir natürlich alles auszahlen lassen! *Dafür,* Herr, für diese wundervolle Fahrt durch die Wüste, für das Leben, vor dem ich blöderweise davongerannt bin!

Denn das war mein größtes Vergehen gegen dich, weißt du: daß ich von dem Pfad abgewichen bin, der für mich vorbereitet war. Der Allmächtige hatte sozusagen blitzende Neonschilder und blinkende Pfeile für mich aufgebaut! Aber nein, nein, nein, ich habe auf die Dschinns gehört! Ich habe das aufgegeben, was ich am meisten geliebt habe – das Leben eines abenteuerlustigen, umherstreifenden, die Welt bereisenden Gelehrten! Vierzig Jahre lang bin ich den falschen Wegweisern gefolgt und habe falsche Entscheidungen getroffen; vierzig Jahre voller falsch gelebter, verfehlter, verpatzter Augenblicke. Aber nun wird alles wiedergutgemacht.

(Und wenn du zurück nach Hause mußt?)

Gut, das ist eine ernüchternde Möglichkeit. Vermutlich würde ich auf der Straße leben. Ich würde mich in das Heer der Obdachlosen einreihen, mir ein geschütztes Plätzchen suchen, mich vom Wind die Straße entlangtreiben lassen wie die Fetzen von Großstadtmüll, leben wie die Eremiten in den alten Zeiten, ohne etwas zu essen, ohne Ruhe zu finden ... Wie quälend dieses Schicksal mir zuflüstert, es sei das meine – mit der Stimme meines Vaters, der vorhersah, daß ich sein Versagen wiederholen könnte, mit der keifenden Stimme von Beatrice, die sagte, daß ich so enden werde, mit der Stimme meiner Schwester Catherine. Und ich sehe das anscheinend völlig ein, gehe resigniert darauf zu, sehe schon die Straße und die Flasche und den zerlumpten Mantel meines Schicksals vor mir. Zusammen mit den anderen Trunkenbolden und alten Männern, die ihre Pension durchgebracht haben oder länger leben, als die Pension reichte, oder die einfach bedauerliche ältere Leute waren ... Wie vertraut nähern sich meine Gedanken dieser Horrorvorstellung: daß *sie* es vielleicht sind, zu denen ich gehöre, sie, meine wahren akademischen Kollegen und meinesgleichen.

»Delgo«, sagte Mohammed und forderte O'Hanrahan mit einem leichten Klaps auf die Schulter auf, nach vorn zu sehen.

Ja, im verblassenden Licht lag Delgo, der seltsamste Ort, den man sich vorstellen kann: ein nubischer Truckstop. Vierzig Fahrzeuge, alles Bedford-Lastwagen, standen auf einem Parkplatz um Feuerstellen herum, an denen gekocht wurde. Es gab auch ein paar richtige Häuser, eine Pension am Nilufer, eine Polizeiwache, eine Autowerkstatt und eine Tankstelle, die mit einem Gebäude verbunden war, das die Moschee sein mußte. Die restlichen Behausungen waren einfache Hütten und vorsintflutliche Unterkünfte, Zelte oder Blechplatten, die gegen Holzpfosten gelehnt waren. Nubien. Die Einwohner waren groß und tiefschwarz; ihre langen weißen *galabiyyas* und die locker gewickelten Turbane, die *emmas,* ließen sie noch dunkler aussehen.

Auf Lucy wirkte Delgo ein wenig wild. Grauhaarige, verschwitzte Männer, die sich mit heiseren Stimmen unterhielten und plötzlich verstummten, als Lucy, O'Hanrahan und Mohammed an ihnen vorbeirollten. Außer Lucy war keine Frau zu sehen.

Schnaufend hielt ihr Lastwagen an. O'Hanrahan suchte in seiner Tasche nach den Konservendosen, aber Mohammed kannte einige der Leute, und keiner wollte diese Abgesandten aus dem Westen gehen lassen, ohne am Feuer Tee und Essen mit ihnen zu teilen. Lucy stand beiseite und versuchte, möglichst demütig auszusehen, während die Lastwagenfahrer sie als O'Hanrahans junge Braut bewunderten – eine Farce, die sie vor jeder Belästigung schützen würde. Sie entfernte sich ein wenig vom größten Feuer und fragte sich, wie die Männer es so nahe daran aushalten konnten, da doch die Nachmittagshitze fast noch unvermindert anhielt.

Lucy und O'Hanrahan teilten sich ein Zimmer mit zwei Feldbetten in dem Gästehaus, in das sie von einer verschleierten alten Nubierin geführt wurden. Die Frau war entzückt, ausländische Gäste zu haben, und plauderte munter vor sich hin, ohne sich darum zu kümmern, daß Lucy und O'Hanrahan kein Wort verstanden. Fürsorglich brachte sie Moskitonetze und eine Kerze. Über der unebenen Holztür, die unten am Boden nicht richtig schloß, war neben einer verblaßten Ansichtskarte von Mekka ein islamischer Spruch aufgemalt. Lucy stellte fest, daß die Tür kein Schloß oder eine sonstige Vorrichtung hatte, um jemanden am Hereinkommen zu hindern. Aber wie jeder, der in diesen Teil der Welt reist, gab sie sich einer fatalistischen Haltung hin: Man kann sich nicht immer nur vorstellen, daß das Schlimmste passiert. Außerdem, dachte sie, sind diese Menschen moralischer als in der westlichen Welt. Sie glauben, daß Allah ihnen jede Sekunde zusieht.

Es wurde Abend. Nachdem Lucy ihrem wunden Hinterteil ein paar Stunden Erholung in ausgestreckter Lage gegönnt und ein Gericht mit gebratenem Hähnchen, das die alte Frau brachte, gegessen hatte, wagte sie sich hinaus zu O'Hanrahan, der neben einer Reihe von Männern schweigend auf einer Kiste saß. In der kalten Wüstennacht sehnte sie sich nun nach dem Feuer. Unzählige Sterne blinkten über ihr.

»Es ist doch nicht ein Feuer nur für Männer?« fragte Lucy aus dem Hintergrund, das Gesicht noch im Dunkel.

»Nein, ich glaube, das geht in Ordnung«, erwiderte O'Hanrahan. »Ich habe seit einer halben Stunde nichts mehr zu irgend jemandem gesagt; schleichen Sie sich also unauffällig in den Kreis, Miss Dantan.« Er deutete auf eine Sandmulde neben sich.

Lucy lächelte, als sie seinen müden Tonfall hörte, bei dem ihr warm ums Herz wurde.

Plötzlich gab er ihr einen Kuß. »Sie sind meine Frau, erinnern Sie sich?« flüsterte er.

»Jawohl, mein Herr und Meister.« Sie setzte sich zu seinen Füßen nieder.

»Ich kann mich nicht so wie Sie auf den Boden setzen«, erklärte O'Hanrahan von seiner Kiste herab. »Meine Durchblutung ist zu schlecht. Man müßte mir wahrscheinlich die Beine amputieren – ich würde nie wieder auf die Füße kommen ...«

Onkel Liam, dachte Lucy. Er hatte einen Hof bei Kankakee, südlich von Chicago, gehabt, eine kleine Farm. Wenn Vater und sein Bruder Liam nicht gerade verkracht waren, fuhren wir manchmal mit dem Bus dorthin. Weil Mutter immer panische Angst hatte, sich zu verspäten, mußten wir unnötig früh aufstehen, um sechs Uhr morgens oder so. Wir fünf Geschwister spielten dann mit den fünf Cousins. In zwei von ihnen, Danny und Sean, war Lucy schrecklich verliebt gewesen. Sie hatten miteinander gerauft und gekämpft, die Jungs hatten immer neue Flüche und trotzige Schimpfwörter auf Lager gehabt, ihre weißen T-Shirts hatten nach Waschmittel gerochen, und sie hatten ihr ein wenig Beachtung geschenkt. Und Onkel Liam machte ein Feuer. Die Erinnerungen an Sommertage und Herbstabende flossen ineinander. Lucy sah sich selbst in einer St.-Eulalia-Windjacke mit Kapuze, zu dünn, um vor der kalten Luft zu schützen, aber sie war der Meinung gewesen, daß sie gut darin aussah, schlank wie die Jungen, und hatte sie anbehalten, obwohl man ihr geraten hatte, sich etwas Wärmeres zu holen. Onkel Liam machte einen Scheiterhaufen aus altem Holz und Abfall und goß willkürlich Kerosin darüber, das so berauschend roch, und alle Dantan-Sprößlinge hüpften aufgeregt herum, wenn Onkel Liam sich dem Scheiterhaufen mit einem angezündeten

Streichholz näherte ... Nein, diesmal hatte es noch nicht Feuer gefangen. Während die Mädchen kreischten und auf den Vesuvausbruch warteten, versuchte er es noch einmal ... manchmal zündete Onkel Liam auch ein Stück Papier an, und alle warteten, bis das ganze Freudenfeuer aufloderte. Aber dann löschte der Wind es wieder aus ...

Und irgendwann hatten der Vater und Onkel Liam einen typisch irischen Familienkrach, über irgend etwas Politisches, irgend eine unversöhnliche Auseinandersetzung. Von da an waren Onkel Liam und seine Familie für sie gestorben gewesen, und wenn die Kinder zu sehr quengelten, daß sie wieder einmal zu Onkel Liam auf seine Farm wollten, gab es beim Abendessen einen Krach. Lucys Gedanken wurden bitter. Was für einen dummen, grundlosen Streit hatte ihr Vater da bloß vom Zaun gebrochen, der so ausuferte, daß dieser ganze Zweig der Familie abgeschnitten wurde, daß diese Gemeinschaft zerstört wurde?

Klar, gut, auf irische Art würde es wohl so enden, daß einer der Männer Krebs hatte, und dann würde eine tränenreiche Wiedervereinigung stattfinden, ein Händedruck, eine sentimentale Familienfeier mit viel irischem Whisky. Aber das ist nicht gut genug, Dad, *mir* nützt das gar nichts mehr. Was ist mit den bärenhaften Umarmungen von Sean und Danny oder mit diesen ganzen Freudenfeuern, die mir entgangen sind, weil du dein blödes Gezänk und dein irisches Melodram haben mußtest? Lucy lächelte. Ja, Dr. O'Hanrahan erinnerte sie irgendwie an Onkel Liam. Es hatte eine Weile gedauert, bis ihr das bewußt geworden war, aber die beiden hatten dieselbe Knollennase und dasselbe Silberhaar. Kein Wunder, daß sie sich gerade jetzt an all das erinnert hatte – im Feuerschein war diese Ähnlichkeit noch deutlicher sichtbar.

»Damals in Korea«, begann O'Hanrahan, »zehn Meilen südlich vom 38. Breitengrad – sagt Ihnen das was?«

»Ich fürchte, nicht.«

»General MacArthur, Harry Truman – schon einmal von denen gehört?«

Lucy stellte sich dumm. »Die haben in den fünfziger Jahren ein paar *On the Road*-Filme gedreht, nicht wahr?«

»Hehe, nahe dran. Egal, die Engländer waren da, jede Menge von englischen Verwundeten. Ich mag die Engländer, weil ich sie in Kriegszeiten gesehen habe, und da haben sie sich tapfer geschlagen. Ihre Armee und die Offiziere sind außerdem sehr gebildet, Gelehrter und Soldat und so weiter. Zumindest war das damals so.«

»Von Korea wollten Sie erzählen.«
»Wie üblich hatten sie eine prima Truppe aus ihren Kolonien zusammengestellt. Inder, Pakistanis, Burmesen, Australier – die ganze Großfamilie. Gott, die Gurkhas waren, nach den Türken, die am meisten gefürchteten Krieger. Amerikanische Soldaten sind zufällig über einen Stützpunkt der Chinesen gestolpert, wo zuvor die Türken gewesen waren ...«
Lucy lächelte den Professor an, der weitschweifig erzählte. Eine Menge vom Leben hat er gesehen, dachte sie neidisch. Aber sie auch – in diesem Sommer.
»... und da war ein Perser, der jeden Abend über das Feuer gewacht hat. Jeden Abend, wenn ich vom Krankenhaus zurückkam, saß er da, und ich hatte den Verdacht, daß da etwas Rassistisches im Busch war, der arme Bursche aus dem Nahen Osten, der sich für die Weißen um das Feuer kümmern mußte. Aber dann stellte sich heraus, daß er ein Zoroaster, ein Anhänger Zarathustras, war.«
Lucy rutschte näher und lehnte sich gegen die Kiste, auf der O'Hanrahan saß. Wie hypnotisiert starrte sie in die Glut.
»Und Zoroaster glauben, daß das Feuer etwas Heiliges ist«, fuhr der Professor fort. »Es *ist* auch geheimnisvoll, meinen Sie nicht?«
Lucy nickte.
»Der Kern der Erde besteht aus Feuer, wie die Perser wußten; die Sterne über uns sind Feuer, Gott ist Licht, und unsere Seele ist ein Feuer, das in uns brennt. Nein, die Zoroaster würden niemals ein Feuer löschen – für sie ist das Ketzerei, eine Unterbrechung der Gemeinschaft mit Gottes Segen, dem Geschenk der hellen Flamme. Ein Feuer muß von selbst verlöschen, zum Zeitpunkt, den Gott selbst bestimmt.«
»Und dieser Soldat ...«
»Dieser Soldat blieb jeden Abend länger auf als die anderen, damit niemand das Feuer löschen konnte. Dort in Korea, wo er zusammen war mit Janitscharen, Buddhisten, Wiedergeborenen und Atheisten, bewachte er die ewige Flamme. Einmal hätte er beinahe einen betrunkenen Jordanier umgebracht, der ins Feuer pinkeln wollte, um es zu löschen.«
»Ein Fehler, der mir kaum unterlaufen wird«, meinte Lucy. Sie streckte ihre Hände gegen das Feuer und betrachtete sie: schmutzige Fingernägel; im Feuerschein sahen die Hände aus wie die einer alten Frau. »Ich weiß nichts über die Zoroaster, Dr. O'Hanrahan. Ich wußte nicht einmal, daß es noch Leute gibt, die an Zarathustra glauben.«

»Ein paar sind noch übrig. Und sie haben noch einen Brauch, den ich mag. Die Juden hatten diesen Brauch früher auch in gewissem Maß, aber die Zoroaster haben ihn ganz ernst genommen: Wenn man stirbt, ist man drei Tage lang noch nicht wirklich tot.«
»Wie?«
»Der Körper ist tot, aber die Seele verweilt drei Tage lang inmitten von Familie und Freunden. Wenn es etwas gibt, das man mit dem Dahingeschiedenen noch klären will, hat man drei Tage Zeit, um es auszusprechen: sich zu entschuldigen oder dem Toten zu sagen, wie sehr man ihn geliebt hat. Nach drei Tagen findet dann eine Feier statt, bei der man offiziell Abschied nimmt.«
Lucy zog ihre Jacke fester an den Körper und meinte: »Dieser Brauch gefällt mir auch. Wenn man an all die katholischen Mamas denkt, die Kerzen anzünden und jammern, daß sie ihren lange verstorbenen Familienmitgliedern nie gesagt haben, wie sehr sie in ihren Gefühlen immer gegenwärtig waren. Aber«, seufzte Lucy, »auch wenn es drei Tage sind, man muß Abschied nehmen.«
Dr. O'Hanrahan sah ins Feuer und dachte daran, wie es gewesen war, als Beatrice und Rudolph gestorben waren. Wie hatte er diese drei Gedenktage abgehalten? Tag eins: in einer Bar. Tag zwei: Übelkeit und neuen Alkoholvorrat kaufen. Tag drei: sich wieder betrinken und das Wohnzimmer in Stücke schlagen, die eingerahmten Fotos, die kitschigen Familienerbstücke in dieser vornehmen Glasvitrine ... Ein stolzer Anblick. Gnadenlos fragte O'Hanrahan sich selbst: Glaubst du, sie hätten dich gehört, wenn du diese von den Zoroastern bewilligte Zeit gehabt hättest, diese drei Tage – hätten sie gehört, wie sehr du sie geliebt hast?
»Dr. O'Hanrahan?«
Er schluckte und holte tief Luft. »Hm?«
»Ich habe nur gemeint, daß Sie im Sitzen eingeschlafen sind. Sie waren plötzlich so schweigsam.«
»Nein«, erwiderte er und stand mühsam auf. »Aber schlafen ist kein schlechter Gedanke. Gehen Sie ins Zimmer. Guten Abend, gute Nacht, ins Bettlein gebracht ... Mit Näglein besteckt – passen Sie auf, hier gibt es Skorpione.«
»Na großartig: Skorpione«, brummte Lucy und stand auf. Zu ihrer Überraschung nahm O'Hanrahan ihren Arm und führte sie. »Nach dem heutigen Tag werde ich von Dschinns träumen.«

Vor dem Gästehaus brannte eine fluoreszierende Lampe, umschwirrt von Moskitos, Fliegen und Mücken. »*Home, sweet home*«, sagte O'Hanrahan. »Sprühen Sie sich noch einmal ein, und legen Sie sich unter das Moskitonetz. Ich bleibe wohl noch ein Weilchen auf.«
Lucy stand da und hatte das Gefühl, daß sie noch etwas sagen sollte.
O'Hanrahan hatte offensichtlich das gleiche Bedürfnis. »Jetzt sind Sie hier im gottverdammten Sudan. Sie schlafen auf einer von Flöhen zerbissenen Matratze. Womöglich bekommen Sie Typhus oder Cholera. Sandstürme. Wenn alles schiefgeht, verzeihen Sie mir.«
»Dr. O'Hanrahan ...«
»Nein, ich fühle mich verantwortlich. Was ist, wenn wir dieser Schriftrolle nie auf den Grund kommen? Wenn das alles vergeudete Zeit ist ...« In dem fluoreszierenden blauweißen Licht wirkte O'Hanrahans Gesicht wie eine Totenmaske oder eine orientalische Tragödienmaske.
»Dr. O'Hanrahan«, begann sie, »um nichts in der Welt möchte ich morgen den Markttag in Dongola verpassen. Ich komme nicht sehr oft in die Hauptstadt von Nubien. Vielleicht kann ich hier an irgend etwas sterben. Aber ich möchte lieber hier sein als sonst irgendwo auf der Welt.«
Nein, das war nicht alles, was sie gemeint hatte. »Mit Ihnen«, fügte sie hinzu. »Und lachen Sie nicht. Aber ich glaube, Gott ist mit uns.«
Darauf sagte O'Hanrahan erst einmal nichts.
»Ich glaube«, fuhr Lucy fort, »Allah, oder wie immer er hier in dieser Gegend heißt, ist mit uns und will, daß Sie diese Schriftrolle entziffern.«
Der Professor war gerührt, ließ das Gefühl aber nicht tiefer dringen.
»Soso. Ich habe keinen Zweifel, daß er auf Sie aufpaßt, aber ich glaube nicht, daß er mich besonders gern hat.«
(Wir passen auf dich auf, Patrick. Wir haben dir Lucy geschickt, oder nicht?)

*18.–19. August 1990*

Nach dem schwülen, bunten Markt in Dongola ging die Fahrt im Lastwagen weiter, über eine Straße, die noch unebener und holpriger war als die am Tag zuvor. Lucy, die zwischen Mohammed und O'Hanrahan saß, versuchte, nach einer elenden, moskitogeplagten Nacht etwas Schlaf nachzuholen, und döste immer wieder ein, staubig und verschwitzt. Nach der Tortur mit den Moskitos träumte sie, daß Skorpione über ihren Körper krabbelten, und wenn sie nur der leiseste Lufthauch streifte, wachte sie erschrocken auf und schlug panisch um sich.

Mittags bot sich derselbe Anblick wie um neun Uhr früh, um drei Uhr sah es um sie herum genauso aus wie mittags – nichts als Wüste und Schlaglöcher. Und die Körperteile, die nach der gestrigen Fahrt schon wund und empfindlich gewesen waren, schmerzten nun beinahe unerträglich. Aber da war nichts zu machen.

Als Krönung des Tages hatten sie mitten in der Hitze eine Reifenpanne, und Mohammed parkte den Lastwagen auf einer ebenen Stelle am Ufer des Nils, auf dem einige Feluken auf Fischfang unterwegs waren. Von einem Boot sprang ein Junge ins Wasser, schwamm zu ihnen herüber und rannte den Weg herauf, um behilflich zu sein, aber eigentlich stand er nur im Weg. Lucy und O'Hanrahan hatten sich mittlerweile in den Schatten des Fahrzeugs zurückgezogen und lehnten an einem staubigen Reifen, während auf der Ladefläche die Hühner gackerten.

»Ich dachte, Sie hätten in Assuan gesagt, daß es hier in der Wüste keine Moskitos gebe«, beklagte sich Lucy und kratzte an den Stichen der letzten Nacht.

»Natürlich gibt es hier Moskitos. Sie haben sich in die Angst hineingesteigert, daß Sie Malaria bekommen könnten, deswegen habe ich Sie beruhigt, damit Sie schlafen konnten. Heute bin ich weniger barmherzig. Die Malariatabletten, die Sie nehmen, decken nur bestimmte Arten von Malaria ab, und wenn Sie eine chloraquinresistente Form der Malaria bekommen, müssen Sie das Mittel nehmen, das ich in der Tasche habe – und das hat die mögliche Nebenwirkung, daß Ihnen das Herz stehenbleibt.«

»Tod ist auch eine Art Nebenwirkung.«

»Aber ich möchte keine Zeit damit vergeuden, Sie deswegen zu beunruhigen – hier, wo es Cholera, Beulenpest, Gelbfieber, Typhus, Kinderlähmung und Tollwut gibt, ganz zu schweigen von Hungersnöten, Dürreperioden, Erdbeben, Überschwemmungen und einem der längsten Bürgerkriege auf diesem Planeten.«

Mohammed hatte den Jungen vom Fluß endlich verscheucht, und der kam nun zu Lucy und O'Hanrahan. Er lächelte sie an, und sie lächelten zurück, und er bat um etwas, aber es war deutlich, daß er nicht eigentlich bettelte.

»Er will einen Kugelschreiber«, erklärte O'Hanrahan. »Immer nehme ich mir vor, eine Schachtel voll billiger Bics mitzunehmen, wenn ich in diesen Teil der Welt komme. Hier sind das anscheinend wirkliche Wertgegenstände.«

Lucy wühlte in ihrer Handtasche, die mittlerweile so schmutzig war wie ein benutzter Staubsaugerbeutel, und holte ihr Parfüm heraus. »Komm her«, winkte sie.

Der Junge streckte ihr den Arm hin, fasziniert, daß jemand mit so weißer Haut ihn berühren wollte. Lucy rieb ihm ein wenig Parfüm auf die Handgelenke und hielt ihm die Hand dann an die Nase, daß er es riechen konnte. Ein strahlendes Lächeln breitete sich auf seinem Gesicht aus – ein einfaches Glück. Hier, wo es nichts gibt, dachte sie, besteht die Währung der zwischenmenschlichen Beziehungen in einem kleinen Geschenk, einem edlen Wettstreit unter Fremden, wer dem anderen mehr gute Wünsche mitgibt, einem Glas Tee, einer geteilten Zigarette, und alles mit viel Lächeln und Segenssprüchen verbunden, so wie es im Westen schon seit langer Zeit nicht mehr üblich ist.

Der Junge sprang zurück zum Boot, wo sein Vater und seine Freunde geduldig warteten – hier gibt es nicht die kleinste Spur des westlichen Arbeitsethos, dachte Lucy. Dann kam der Junge mit einer Kürbisflasche zurück.

»Oh, oh«, grinste O'Hanrahan. »Er bringt uns Wasser. Diese Leute essen Band- und andere Würmer zum Frühstück.«

Der Junge hielt Lucy die Kürbisflasche freudig hin.

»Tun Sie so, als würden Sie trinken«, sagte O'Hanrahan und lächelte den Jungen dankbar an.

Lucy tropfte sich ein wenig voll, als sie vorgab zu trinken, seufzte danach zufrieden und reichte die Flasche an den Professor weiter.

»Vielen Dank, meine Süße.«

»Keine Ursache, mein Gatte.«

O'Hanrahan goß sich etwas Wasser in die Handfläche und betupfte sich das Gesicht damit, dann tat auch er so, als würde er einen Schluck nehmen. »Nicht gerade der Drink, den ich bevorzuge«, murmelte er. Der Junge verschwand wieder, aber sein unbeschwertes Lächeln blieb ihnen den ganzen Tag über im Gedächtnis.

Zurück auf die Straße. Immer wieder dasselbe. Sand und noch einmal Sand; die warme Brise, die untergehende Sonne, die sie durch die Windschutzscheibe versengte. Und als die Wüste um halb sechs Uhr nachmittags orangefarben leuchtete, kam endlich Abu Dom in Sicht. Lucy hatte schon bei jedem der letzten fünf Dörfer gemeint, ihr Elend sei endlich zu Ende.

Da es im Dorf frisches Wasser geben würde, konnten sie das lauwarme Wasser in ihren Flaschen verschwenden. Im Schatten des Lastwagens goß Lucy sich das restliche Wasser übers Gesicht und wusch mehrere Schichten des feinen sudanesischen Staubs ab.

»Ich möchte in einem Seven-Eleven sein«, sagte sie sehnsüchtig. »Wissen Sie, da gibt es diese Sonderangebote für den großen Durst. Diese großen Becher, man wirft Eiswürfel hinein, und dann das ganze Cola, ein Faß Cola ...«

»Nein, Baby, Sie wissen, was ich gern hätte.«

»Ja, ich weiß, was Sie gern hätten«, sagte sie und tanzte mit einem fanatischen Blick in den Augen um ihn herum. »Ein bißchen durstig, Doc? Ein schönes kühles Bier jetzt auf der Stelle? Ein schönes kühles Harp Lager. Extra stark, das Glas außen beschlagen – nein, besser ein extra gekühlter Krug.«

O'Hanrahan lehnte sich an den Lastwagen, schloß die Augen und bekreuzigte sich. »Weiche von mir, großer Satan, hinweg!«

»Oder vielleicht ein Gläschen Jamesons? Wie wär's mit dem Black Bush, dreifach destilliert?« fuhr Lucy fort und erinnerte sich an die Besichtigung der Whiskyfabrik mit David im County Antrim. »Vielleicht brechen Sie Ihre Regel einmal und werfen ein oder zwei Eiswürfel ins Glas. Ich höre, wie es im Glas klirrt, das Geräusch von Whisky, der sich mit den Eiswürfeln vermischt, klirr, klirr ...«

»Gott«, brummte er, »wenn jemand einen schon damit quälen kann, daß er das *Geräusch* eines Drinks beschreibt, dann ist man wirklich in der Klemme.« Dann lachte er. »Aber das wartet alles im *Hilton* von Khartum auf uns, Schwester Lucy. Eine westliche Oase voller Hamburgers und Pizzas ...«

»Jesus«, stöhnte sie und spürte ein Messer, das sich in ihre Eingeweide bohrte. »Pizza – Sie gemeiner Kerl, ausgerechnet *Pizza* mußten Sie sagen ...«

»Ein saftiger amerikanischer Hamburger, Salatblatt, Tomate, ein Zwiebelring ...«

»Oh, und ein Zimmer mit Dusche.«

»Klimaanlage. Eine göttliche, subarktische Hotelklimaanlage.«

An der Tankstelle in Abu Dom brachte Mohammed ihnen die Nachricht, daß das fahrplanmäßige Boot ein paar Tage Verspätung habe, das heißt, es war am Tag zuvor dagewesen. Warum es nicht einfach einen Tag gewartet habe, um wieder im normalen Rhythmus zu sein, wollte O'Hanrahan wissen. Nein, es sei schon eine Woche verspätet, erklärte Mohammed, und der Kapitän müsse sich sputen, um die Zeit wieder einzuholen ... Wie auch immer. Ein mit ihm befreundeter Lastwagenfahrer, der in der Nacht nach Khartum fuhr, würde sie mitnehmen. Morgen nachmittag würden sie in Khartum sein. Die Fahrer zogen es vor, diese höllische Wüstenstrecke, ein paar hundert Meilen vom Nil aus landeinwärts, in der Nacht zu fahren.
Lucy und O'Hanrahan sahen einander an. Es gab kein Quartier; in der Nähe brieten grünliche Hähnchenteile, umsummt von Fliegen, an einem Holzkohlenspieß, daneben hing ein Huhn ohne Kopf, das ausbluten sollte. Schwarze Kinder mit früher einmal schönen Gesichtern, die jetzt zerstört waren von Ausschlag, ungesunden Zähnen und einem Leben im Schmutz, streckten die Hände aus.
In Lucy zog sich alles zusammen. »Fahren wir«, sagte sie.

Noch hundert Meilen bis Khartum.
»Endlich wieder sauber sein!« meinte Lucy.
»Eine Flasche, eine ganze Flasche – hm, was? Was soll es sein? Bourbon, Wild Turkey, fünfzehn Jahre alt? Ich fange an mit einem Malt-Whisky – einem *Balvenie.* Oder sollte ich einen Malt von den Inseln nehmen ...«
Lucy starrte mit ausdruckslosem Gesicht auf die Straße, die seit dem letzten Militärstützpunkt ein schönes neues Pflaster hatte. Nichts zählte – außer dem Anblick Khartums, der bald vor der Motorhaube des Lastwagens auftauchen würde. »Gibt es in Khartum all diese ausgefallenen Whisky-Sorten?«
»In dieser früheren Bastion des englischen Kolonialreiches? In Khartum gibt es Herrenclubs aus dem 19. Jahrhundert, meine Liebe – obwohl man Sie da natürlich nicht hineinläßt.«

»Was wird das *Hilton* kosten? 100 Dollar pro Nacht?«

O'Hanrahan antwortete wie in Trance. »Wen schert es, wenn es 500 Dollar pro Nacht kostet? Wieder einmal mit der westlichen Welt in Berührung zu kommen, und wenn es nur für einen Augenblick ist, ist alles wert. Alles!«

Noch fünfzig Meilen bis Khartum.

»Ich würde mich auf Khartums Hauptstraße als Sexsklavin verkaufen, um ein Eis mit Schokoladensoße zu bekommen, alle Sorten Schokoladensoße ...«

Rostige Schilder, wahrscheinlich im letzten Jahrhundert von den Briten aufgestellt, kündigten an, daß in zehn Meilen Omdurman kommen werde: eine geschäftige, schmutzige Stadt an der Mündung des weißen und des blauen Nils, ein eigenständiger Ort, obwohl alles in diesem Tal als Vorort von Khartum galt.

Der Fahrer deutete auf eine beigefarbene Moschee mit einer metallisch schimmernden Kuppel, die an einen auf dem Kopf stehenden Cocktailshaker erinnerte: die Heimstatt der tanzenden Derwische. Der Fahrer, übersetzt von O'Hanrahan, erzählte, wie lustig es sei, die ungeübten Novizen zu beobachten, die so lange immer rundum liefen, bis sie schwindlig zusammenbrachen und würgten und sich übergaben. Während der Fahrer das erzählte, lachte und lachte er ... Lucy fand die Vorstellung, so lange im Kreis zu rennen, bis man einen außerweltlichen Trancezustand erreichte, fremd und beängstigend.

(Dein Land, mein Kind, wurde errichtet von Quäkern, Stampers, Ranters und Shakers – lauter Sekten, die tanzen, was das Zeug hält.)

Die Kuppel, an der sie vorbeikamen, war das Grab al-Mahdis, erklärte O'Hanrahan, der Ayatollah Khomeini seiner Zeit, eine messianische Gestalt, die sich zum *Dschihad* mit dem Westen erhob. Nach 1870 hatten die Briten den Sudan mit Hilfe von Söldnertruppen ihrem Kolonialreich einverleibt; sie hofften, daß Ostafrika, als Ausgleich zum französischen Westen, vom Suez bis zum Nil und von Kenia bis Johannesburg fest in britischer Hand sein werde. Sie hätten das Ziel auch fast erreicht, wenn nicht so viele christliche Missionare ins Land geströmt wären, um die heidnischen Moslems zu bekehren. Der islamische Sudan erhob sich. Der Gouverneur des Sudan, General Gordon, wurde umgebracht. Der Held der Sudanesen, der Mahdi und sein Nachfolger Abdullah ibn-Sejjid kämpften gegen die Ägypter und die Ottomanen, die Italiener, Belgier,

Äthiopier und das Sultanat von Dafur. Die Briten, bis zum Kragenrand voll gekränkter Würde ob der Schmach ihrer Queen Victoria, marschierten unter Kitchener nilaufwärts, machten kurzen Prozeß mit den Mahdis und zerstörten den Schrein des Mahdi, an dem sich schon zu viele Wunder und Heilungen ereignet hatten.

Jetzt überquerte der Lastwagen wieder den Nil – Lucy hatte seinen Anblick tatsächlich schon vermißt! Kinder schwammen am Ufer, nackt und ungehindert. Lucy hätte sich ihnen am liebsten angeschlossen.

Dann endlich das *Hilton*. Nachdem sie ihrem Fahrer gedankt und ungeduldig die Segenswünsche zum Abschied angehört hatten, nahm O'Hanrahan seinen Koffer und die Aktenmappe mit dem Evangelium; Lucy packte ihre Tasche und ihren Koffer, und eilig, fast im Laufschritt, hasteten sie durch die klimatisierte Eingangshalle.

»Zwei Zimmer, bitte«, sagte O'Hanrahan und stellte fest, daß er Sand in der Brieftasche hatte. Er zog seine *MasterCard* und seinen Ausweis heraus.

»Vielleicht bestelle ich mir einfach alles beim Zimmerservice«, meinte Lucy. »Ich glaube nicht, daß ich mich ins Restaurant setzen kann. Ich glaube nicht, daß ich jemals wieder sitzen kann. Ich will meinen Hintern in einer Badewanne einweichen.«

Der Empfangschef fragte in perfektem Englisch mit britischem Akzent nach O'Hanrahans Kreditkarte. Lucy erbleichte verlegen, als ihr klar wurde, daß der Mann ihren Kommentar über ihren Hintern verstanden hatte.

»Die Bestätigung wird eine Minute dauern, Mr. O'Hanrahan«, sagte der pechschwarze sudanesische Empfangschef, der einen tadellosen weißen Anzug trug. Um Ruhe und Ordnung zu gewährleisten, stand in der Nähe ein muskulöser Soldat, der die westlichen Gäste ebenfalls interessiert betrachtete.

Lucy musterte eine Speisekarte mit Farbfotos, die die Köstlichkeiten des Restaurants zeigten, ein Buffet, das eines Sultans würdig gewesen wäre ... und darunter war noch eine Karte mit westlichen Leckerbissen: Hamburger, Pizza, Sundae Eiscreme!

»Es tut mir leid, Sir«, sagte der Empfangschef, »aber die Karte ist nicht angenommen worden.«

»Aber das ist unmöglich«, erklärte der Professor. »Würden Sie es bitte noch einmal versuchen?«

Höflich erfüllte der Angestellte die Bitte, mit demselben Ergebnis.

»Sagt das Gerät, warum?« fragte O'Hanrahan mit schwacher Stimme.
»Sir, wir haben keine Möglichkeit, das herauszufinden.«
Lucy und O'Hanrahan traten ein paar Schritte beiseite und berieten sich. Sollten sie doch die *VisaCard* von Merriwether Industries benutzen? Aber das würde verraten, wo sie waren, und dann mußten sie mit weiteren heimlichen Besuchern rechnen. Und der Sudan war ohnehin eine weitgehend gesetzlose Gesellschaft – vielleicht würden die angeheuerten Gangster sie einfach erschießen und dann in aller Ruhe nach der Schriftrolle suchen.
»Nein«, gab Lucy nach, »nehmen Sie nicht die Merriwether-Karte.«
O'Hanrahan meinte, sie könnten mit seiner Bargeldreserve bezahlen, aber das *Hilton* verlangte westliche Preise, und das würde sein Budget rasch auffressen.
Lucy wußte, was sie zu tun hatte. Anderswo und unter anderen Umständen hätte sie diese Möglichkeit nicht ins Auge gefaßt, aber hier, gestrandet in Khartum, in der glühenden Hitze und mit dem dringenden Bedürfnis nach einer Dusche ... »Dr. O'Hanrahan, ich habe«, ihre Stimme gehorchte ihr kaum, »die *MasterCard* meiner Schwester.«
O'Hanrahan war ganz aus dem Häuschen.
»Ja, es ist wahr.«
»Sie ... Sie ...«
»Ich habe damit in Oxford Geld für Sie besorgt und mir in Assuan damit ein wenig Taschengeld geholt – seitdem wurde sie nicht benutzt.«
Das Mikrophon des Minaretts fing an zu knacksen und brachte den nachmittäglichen Gebetsruf. O'Hanrahan starrte immer noch Lucy an, ermutigt durch den Ruf des Muezzin, Gott und dem Jüngsten Gericht ins Antlitz zu sehen.
»Oh, hören Sie auf, mich so anzusehen«, sagte Lucy und ging vor ihm durch die kühle Hotelhalle hinaus in die Backofenhitze. »Wenn ich Ihnen früher davon erzählt hätte, dann hätten Sie sie benutzt. Nein, schlimmer, Sie hätten sie mir gestohlen und mich sitzengelassen!«
»Ich bin ... es verletzt mich, Miss Dantan, daß Sie glauben, ich könnte ...«
»Sparen Sie sich das, alter Mann. Ich will eine Dusche. Ich will die Dusche haben, die ich die ganzen 800 Meilen über in der Wüste gewollt habe. Wir nehmen ihre sudanesischen Pfund für ein Taxi und fahren in die Innenstadt, irgendwohin, wo es billiger ist und unsere Kreditkarte länger reicht. Ich weiß nicht, wieviel Kredit wir noch haben.«

»Irgendwo« war das bescheidenere Hotel *El Qasr* an einem Boulevard mit demselben Namen. Ein einfaches Haus, erbaut in den Tagen des Kolonialismus und nun ein wenig heruntergekommen. Der Besitzer führte sie unter vielen Verbeugungen und Kratzfüßen herum; die Räume waren groß und hoch, die Fenster standen weit offen, konnten aber mit Läden verschlossen werden, und jedes Zimmer war mit Deckenventilator und Waschbecken ausgestattet. Lucy inspizierte grimmig die Toiletten: Auf jedem Stockwerk war eine, zusammen mit einer rostigen Badewanne und einer tropfenden kalten Dusche im selben Raum. Die Toilette stank, war aber besser als üblich, eine Schüssel ohne Sitz mit einer Art Spülvorrichtung, damit die Sudanesen sich mit der linken Hand abwischen konnten, während sie einen Wasserstrahl auf den Hintern bekamen. Und heiße Duschen gab es nirgendwo im Sudan, schwor der Besitzer.

»Ich *will* gar kein heißes Wasser«, sagte Lucy müde.

»Sie nehmen also zwei Zimmer?«

O'Hanrahan antwortete, ja, er und seine Tochter hätten gern zwei Zimmer nebeneinander. Mit unschuldiger Miene holte er von neuem die ungültige *MasterCard* aus der Brieftasche. »Nehmen Sie die Karte, Sir?«

»Ja, *MasterCard*, ja!«

Der Besitzer überprüfte O'Hanrahans stornierte Karte gar nicht.

»Möchte der werte Herr vielleicht ein Bier?« fragte ein Faktotum.

»Allah ist zu gütig«, stimmte O'Hanrahan zu.

### KHARTUM
*20. August 1990*

O'Hanrahan lag stöhnend und schwitzend unter der leichten Decke, immer noch in seinem kurzärmeligen blauen Hemd; das Jackett hing über einem Stuhl, seine Krawatte, seine Hose und seine Socken lagen auf dem Fußboden, so wie er sie hingeworfen hatte.

»Wollen Sie, daß ich einen Priester hole?« fragte Lucy.

»Ich will, daß Sie mir einen Drink besorgen«, stöhnte er.

»Laut meinem Reiseführer ist das strikt verboten«, erklärte sie gebieterisch. »Sehen Sie, Alkohol entzieht dem Körper die kostbaren, ohnehin schon angegriffenen Wasservorräte ...«

»Verdammter Mistkerl.«
»Seien Sie nicht zu hart mit sich, Sir ...«
»Ich habe nicht mich, sondern den Wirt gemeint. Diese komischen Bohnen mit den unidentifizierbaren Fleischstücken, die ich gestern abend gegessen habe. Warum liegen *Sie* nicht im Sterben?«
»Keine Ahnung. Ich hatte in Europa die ganze Zeit Durchfall. Jetzt, wo ich hier bin, geht es mir gut.«
»Das ist dieses ganze Kleie- und Joghurtzeug, das Sie essen. Ihr Körper würde richtiges Essen gar nicht erkennen. Lucy, bitte, gehen Sie in eine Apotheke und sagen Sie das Wort *ishail.*«
Lucy übte das Wort für Durchfall zwei- oder dreimal, bis der Professor nickte. »Es ist doch nicht die Ruhr, Sir?« flüsterte sie. »Ist Blut in Ihrem ... in Ihrem Stuhl?«
»Mein Stuhl geht Sie gar nichts an! Und bringen Sie mir eine *Herald Tribune* mit!«
Lucy warf ihm einen letzten besorgten Blick zu. Sie bemerkte, daß das *Matthiasevangelium* neben ihm auf dem Bett lag. Er paßte auf, daß es immer in seiner Nähe war.
Es war das dritte- oder viertemal, daß Lucy sich in einem muslimischen Land ohne Begleitung auf die Straße wagte – vielleicht war der Sudan besser als Kairo oder Assuan. Sie trat aus dem Hotel hinaus in die Sonne und ging die zwei Straßen zu der Apotheke, die der Hotelbesitzer ihr genannt hatte. Feiner Staub, den Militärfahrzeuge auf den schlechten Straßen der Stadt aufwirbelten, hing in der Luft, und Lucy atmete ihn ein, spürte seinen kreidigen Aschegeschmack.
Zwei arabische Teenager in westlichen Jeans, die ständig lachten, folgten ihr und machten schmatzende Kußgeräusche.
»Wie geht's?« schrien sie. »Wie heißt du?« Hier am Nil schien das der offizielle Beginn einer Unterhaltung zu sein.
Lucy fand einen Kiosk und kaufte eine Zeitung, dann entdeckte sie an der Straßenecke die versprochene Apotheke und trat ein. Seifen, Rasierklingen, Trinkwasser, Windeln – eine Reihe von Waren lagen aufgestapelt an der Wand. Keine der verschleierten Frauen sprach ein Wort Englisch.
»*Ishail*«, versuchte es Lucy mit allen möglichen Betonungen.
Die Frauen holten einen adretten Araber in weißer Jacke, der einen gestutzten Bart und große, wissende braune Augen hatte. Schöne Menschen, mußte Lucy zugeben.

»Kann ich helfen?« fragte er. Er hatte in den Vereinigten Staaten studiert, und tatsächlich versorgte er sie mit dem stärksten Mittel gegen Durchfall und zwei Flaschen Trinkwasser. Umgerechnet kostete das 50 Cents, stellte Lucy fest. Eine der verschleierten Frauen in dem Geschäft ließ Lucy durch den Mann fragen, ob sie eine Bleibe zum Übernachten brauche. Lucy bedankte sich und bedauerte, daß sie das Angebot nicht annehmen konnte. Was für Geflüster hinter dem Schleier, was für Geheimnisse hinter dem *mashrabiyya* in den Frauengemächern würden ihr enthüllt werden? Die verschleierten Frauen zogen sich zurück, und Lucy trat zurück auf die Straße. Wir im Westen hassen das Unbekannte, Unpräzise, dachte Lucy, alles, das uns Fakten vorenthält – aber die islamische Welt kultiviert das Mysteriöse, verhängt sich mit Schleiern, flüstert Geheimnisse, die so verboten sind, daß man nicht darüber reden darf ...
»Brauchen Sie einen Führer?« fragte ein schmutziger Junge mit breitem Lächeln.
»Nein, danke.«
»Einen Schlafplatz?«
Ein zweiter tauchte neben ihr auf. »Du Amerikanerin?«
Die Jungen von vorhin kamen um die Ecke und sprachen sie entzückt wieder an: »Wie heißt du?«
Als sie endlich wieder bei O'Hanrahan war und ihm mit einem kalten Handtuch die Stirn abtupfte, sagte sie halb lachend: »Eine Frau allein auf der Straße ist öffentliches Eigentum. Ich weiß nicht, was schlimmer ist – die Fliegen oder die Jungen.«
O'Hanrahan sah auf ihre Hand und erwiderte: »Sie haben keinen Ehering gesehen, daher waren Sie Freiwild für sie.«
Lucy hatte vergessen, den billigen Ring zu tragen, den sie zu diesem Zweck in Kairo gekauft hatten. Sie hatte gehofft, daß ihr konservativer Aufzug – langer Rock, lange Ärmel, Haar zurückgekämmt und ein Kopftuch darübergebunden, was sie, als sehr wenig schmeichelhaft für ihr Gesicht, verfluchte – den Anforderungen der örtlichen Sittsamkeit genügen werde. Sie warf O'Hanrahan die gestrige *International Herald Tribune* zu. Er blätterte sie durch, ohne auf die Schlagzeilen zu achten.
»Sind wir schon im Krieg?«
»Ich wette, Ihre Eltern haben eine Stinkwut«, stellte er sich vor.
»Glücklicherweise habe ich im Fachbereich angerufen und die Sekretärin gebeten, bei meinen Eltern anzurufen. Ich sage ihnen nicht, daß ich in

Afrika bin; sollen sie denken, ich bin noch in Jerusalem. Meine Mom fand Italien schon zu gefährlich.«

O'Hanrahan antwortete nicht, da er gefunden hatte, was er suchte. »Ja. Ja, da ist es ...«

Eine überschwengliche, verehrungsvolle Besprechung von Philip Beaufoix' letztem Werk – *Der stumme Partner: Ägyptens Beitrag zur Herausbildung des Christentums* ... und hier war ein Foto von dem Mistkerl, in einer gebügelten schwarzen Mönchskutte, schlau lächelnd. Seit wann trägt ein Dominikaner Schwarz? fragte sich O'Hanrahan. »Ich wette, man hat dieses Bild mit einer Spritzpistole von der Größe einer Douglastanne retuschiert«, brummte er. Und welcher Reklamefritze, welcher Handlanger, hatte diese Lobhudelei ausgehustet? O'Hanrahan stöhnte, als er den Namen sah. Die Rezension war von Schwester Marie-Berthe Comeaux geschrieben, speziell für die *Herald Tribune.*

»Sehen Sie?« fauchte er. »Die Akoluthen halten alle zusammen.«

Lucy suchte nach etwas Positivem. »Ja, und sie werden von Ihnen schwärmen, wenn Sie Ihr Buch über das *Matthiasevangelium* veröffentlichen. Mit einer Fußnote«, witzelte sie und hoffte, daß es ein Witz war, »von Lucy Dantan.«

»Vielleicht lasse ich Sie die Tüpfelchen auf die *i* machen.« Mühsam versuchte er, sich aufzusetzen, weil er etwas tun wollte. Als er es geschafft hatte, war ihm schwindelig, und er ließ sich zurück aufs Kissen fallen.

»Sie gehen heute nirgendwo hin«, sagte sie mütterlich. »Sie sollten heute ganz einfach im Bett bleiben und krankfeiern.«

»Ich werde wirklich krank, wenn ich mehr von dem Zeug esse ...« Müde deutete er auf den Teller mit *zabadi,* einem mild gewürzten Joghurtgericht, das ihm die Frau des Besitzers als Allheilmittel gebracht hatte. Lucy betrachtete den stark riechenden, öligen Brei. Sie sann über ein paar der unhygienischen Mahlzeiten nach, die sie in den ägyptisch-orthodoxen Klöstern in der Nähe von Kairo gegessen hatten – Ziegenkäse aus unpasteurisierter Milch, hartes Brot, von dem man die kleinen Wanzen schüttelte, Sirup und wilde Zwiebelröhrchen als Gewürz. Und das gegrillte Fleisch in Degoma, das sie aus Höflichkeit nicht ablehnen konnten.

»Sie wären eine gute Krankenschwester«, sagte O'Hanrahan ruhig.

»Als kleines Mädchen wollte ich immer eine werden«, erzählte sie. »Wenn ich in einem so armen Land bin wie hier, habe ich das Bedürfnis, wissen Sie, etwas für die Leute zu tun.«

»Ja, richtig«, lachte O'Hanrahan leise. »Die alte Nonnennummer. Sie haben mir in Irland gesagt, daß Sie einmal Nonne werden wollten.«
»Und Sie haben mir gesagt, das solle ich nicht tun.«
O'Hanrahan widerrief. »Ich war nur im Augenblick nicht interessiert. Wenn es Sie reizt, tun Sie es. Zur Hölle, in gewisser Weise wünschte ich, ich wäre Jesuit geblieben. Manche Leute sind nicht für diesen Vater-weiß-es-am-besten-Job geschaffen, diesen ganzen Familienscheiß. Im Mittelalter wußte man das und sorgte für Leute wie uns, für Leute, die sich danach sehnten, zu studieren oder etwas Bedeutungsvolleres zu tun, als ein Kaufmann zu sein oder die Kühe zu melken.«
Lucy fing an zu phantasieren. Machst du dir das klar, sagte sie zu sich selbst, das ist das erstemal in meinem Leben, daß jemand, den ich respektiere, sich für meinen Kindheitsplan, eine Nonne zu werden, einsetzt? War irgend jemandem bewußt, wie viele Jahre der Lächerlichkeit und der Mißbilligung das automatisch bedeutete – und hier war ihr Idol, Patrick O'Hanrahan, und sagte: Tun Sie's, Schwester Lucy.
Doch dann sank ihr Mut. Sie hatte es vergessen. Sie war wahrscheinlich schwanger.
»Ich wollte auch Gutes in meinem Leben tun, als ich in Ihrem Alter war«, erzählte O'Hanrahan weitschweifig. »Damals in meiner Generation gab es kein Friedenscorps. Ich bin als Kaplan in den Koreakrieg gegangen – habe ich Ihnen das je erzählt?«
»Ja.«
Er klopfte auf die *Herald Tribune* neben ihm. »Lesen Sie mir etwas vor!«
Nachdem die *Herald Tribune* nichts mehr hergab, plädierte Lucy für ein Pamphlet über koptische Heilige, das sie in Kairo erstanden hatte. Sie dachte, das werde O'Hanrahan amüsieren. Mit unheilvoll gesenkter Stimme las sie: »Unsere nächste Auswahl stammt aus diesem erhabenen literarischen Werk und der zweifellos auf Tatsachen beruhenden Geschichte *Die ruhmreichen Heiligen und Märtyrer der Kopten.* Die Wunder des heiligen Bishoi«, kündigte sie an.
O'Hanrahan stöhnte nur leise.
*»Nach langem Fasten und großer Frömmigkeit hatte Sitt Bishoi eine seltene und kostbare Vision des Herrn. Der Herr erschien ihm am Kreuz und stieg mit der Hilfe von Engeln vom Kreuz herab; Blut strömte von seinen Händen und Füßen. Bishoi wurde erlaubt, die Qual der eiternden, entzündeten Wunden der Stigmata zu betrachten ...«*

»Hoffentlich wird das noch besser.«

Lucy amüsierte sich. *»Es wurde Sitt Bishoi gestattet, die Füße des Erlösers zu waschen, und liebevoll säuberte er mit duftendem Wasser und seinen eigenen Tränen die eitergefüllten Wunden, wusch den Schmutz von den Füßen des Erlösers, bis das Wasser von Blut und Schmutz braun war. In seiner Güte bat der Herr Bishoi, dieses himmlische Gebräu zu trinken, was Bishoi freudig tat.«*

O'Hanrahan spürte, wie es ihn würgte. Er rollte sich vom Bett und eilte zur Toilette. Lucy schlug sich die Hand vor den Mund. Sie war erschrocken, aber sie konnte sich doch das Lachen nicht verkneifen, als sie ihn in seinen Boxershorts und schwarzen Socken sah, die er bis zu den Knien hinaufgezogen hatte.

»O Gott, es tut mir leid, Sir!«

Sie zuckte zusammen, als sie hörte, wie er sich erbrach.

»Ich wollte nur ... wollte Ihnen nur die ganzen Geschichten in Italien heimzahlen.«

Lucy schlich aus dem Zimmer, bevor O'Hanrahan sich rächen konnte!

*21. August 1990*

Auf Lucy gestützt, ging O'Hanrahan die Stufen hinunter, die vom Hotel auf die Straße führten. Nach einer Menge von Aspirin, Durchfallmedizin und, wie Lucy argwöhnte, auch einer Dosis Percodan war er entschlossen, ein Taxi zu nehmen und in die Nationalbibliothek zu fahren. Das *Matthiasevangelium* war in seiner Mappe.

»Was sagten Sie über al-Hakim?« soufflierte sie, als sie im Taxi saßen, denn sie hatte um eine unanständige sudanesische Geschichte gebeten.

»Al-Hakim?« Die Miene des Professors hellte sich auf. »Ich dachte, ich hätte Ihnen die Stories über diesen Burschen in Kairo erzählt.«

»Sie haben angefangen, aber dann ist etwas dazwischengekommen.«

»Je nachdem, wie man ihn betont, bedeutet sein Name ›ein gerechter Herrscher‹, obwohl er alles andere war als das. So wie ich war er eine Art Nachtmensch. Als Kalif der Fatimiden in Kairo erklärte er im 11. Jahrhundert die Tagesstunden für ungesetzlich, und jeder mußte nachts herumschleichen – seine Geheimpolizei brachte jeden um, der untertags aus dem Haus ging. Er haßte Frauen und verbot sie ebenfalls.«

»Wie wurde dann die Hausarbeit erledigt?«
»Gar nicht. Das Reich ging vor die Hunde, wie Nero ließ er aus einer Laune heraus Städte abbrennen und heilige Männer enthaupten, ohne einen zweiten Gedanken daran zu verschwenden. Er war Saddam Hussein plus Caligula plus Herodes der Große. Er liebte nur sein Maultier, das Mond hieß: Qamar. Wenn ich Zeit hätte, würde ich untersuchen, ob unser Begriff ›mondsüchtig‹ seinen Ursprung in dieser Mondbesessenheit hat. Und er liebte seinen sudanesischen Sklaven, das Ergebnis einer gründlichen Suche in diesem Landstrich nach einer ganz spezifischen Länge ...«
»Sie brauchen das nicht näher auszuführen, Sir.«
»Man befand, daß sein Sklave Masoud von allen lebenden schwarzen Männern das längste Glied hatte. Angesichts der arabischen Neigungen wurde Masoud ganz sicher nicht nach einer völlig lustlosen Suche entdeckt. Ähnlich wie die Vermessung, die Tiberius aus demselben Grund in Afrika hatte durchführen lassen, seine ›Sammlung‹ auf Capri.«
»Lampridius schreibt, daß Kaiser Elagabalus zum selben Zweck Boten nach Afrika ausgesandt hat«, ergänzte Lucy.
O'Hanrahan war einen Augenblick sprachlos. »Lucille! Haben Sie das mit Ihrer Gelehrsamkeit angefangen – spätrömische Schmutzliteratur wie Lampridius gelesen?«
Lucy warf den Kopf zurück und lachte. »Das ist der einzige Grund für *jeden*, die alten Sprachen zu studieren – die Schmutzliteratur.«
»Ich werde Sie in einem völlig anderen Licht sehen müssen. Was war das ganze Erröten am Anfang unserer Bekanntschaft?«
»Was wollten Sie sagen, Sir?«
»Masouds riesiges Organ diente auch zur Bestrafung von Verbrechern, Schwester Lucy. Hakim stellte sich auf den Kopf des Delinquenten, während der Angeklagte sodomisiert wurde. Sie sehen, warum ein Verhalten dieser Art eine Reihe von heiligen Männern davon überzeugte, daß er ein Bote Allahs war.«
»Wie bitte?«
»Haben Sie von den Drusen-Milizen im Libanon gehört? Die Drusen, die in Nordisrael und Syrien gelebt haben? Das ist die Quelle ihrer auf dem Islam basierenden Religion. Sie glauben, daß al-Hakim, der eines Tages auf seinem Maultier fortritt und nicht mehr gesehen wurde, die Letzte Erscheinung Gottes war und daß er zurückkommen wird, um zu sehen, wer gezweifelt und wer geglaubt hat.«

Jetzt war Lucy sprachlos. »Was – Sie – Syrien will diese Drusen wirklich in seiner Armee haben?«
»Oh, sie sind sehr loyal. Als die Golanhöhen israelisch wurden, hörten sie auf, für die Syrer zu kämpfen, und ergriffen die Waffen für Israel. Sie schwören dem Land, in dem sie gerade sind, absolute Treue. Das ist wahrscheinlich der Grund, warum es sie noch gibt.«
O'Hanrahan zuckte zusammen, als der Taxifahrer eine Zwiebel schälte, während der Verkehr stockte. Dann fuhr er fort: »Al-Hakim war ein Bilderstürmer par excellence. Er war der einzige Mensch, der verrückt genug war, nach Mekka zu gehen und die *Masjidu al-Haram* zu zerstören, die Moschee mit dem *Hadschar,* dem schwarzen Stein. Es gibt alle Arten von apokryphen Geschichten über Bruchstücke von diesem heiligen Stein, die nach Europa gelangt sind, um bei der Kabbala als Stein der Weisen verwendet zu werden und – nun, Sie können es sich vorstellen. Dann zog Hakim nach Jerusalem und zerstörte die Grabeskirche. Dank dieser Tat ist nur noch ein Fragment der ursprünglichen Grabplatte übrig. Hätte es ihn nicht gegeben, wäre es fraglich, ob der heilige Bernhard genug Argumentationsmaterial gehabt hätte, um einen Kreuzzug auf die Beine zu stellen.«
»Jetzt, wo sie mir von diesem Typen erzählt haben, habe ich wegen der Kreuzzüge kein ganz so schlechtes Gefühl mehr. Wie konnte man ihn als Boten Gottes bezeichnen?«
»Es steht im islamischen Gesetz, daß wahnsinnige Menschen nicht für ihre Sünden und Häresien zur Verantwortung gezogen werden, tatsächlich werden sie sogar als erleuchtete Geschöpfe betrachtet. Jesaja, Jeremia, Ezechiel, Johannes der Täufer und vielleicht sogar Jesus selbst: dem äußeren Anschein nach alle verrückt. Der Prophet Mohammed mit seinen Kopfschmerzen, der in Trance fiel und Verse ausspuckte. Denken Sie an die mittelalterlichen Heiligen mit ihrem Masochismus und ihrem wahnsinnigen apokalyptischen Gefasel – Religion und Wahnsinn haben mehr als eine Zehe zusammen im Wasser.«
Die heutige muslimische Welt sei nicht sehr viel anders, fuhr O'Hanrahan fort. »Der Pöbel auf der Straße erhebt sich für einen Schlächter wie Saddam Hussein, und der Westen kapiert nicht, warum. Wir werden den Geist des Orients nie verstehen, weil wir den Geist der Antike nicht verstehen.«
»Ja, Saddam Hussein«, sagte der Taxifahrer.

O'Hanrahan und Lucy erstarrten, da sie angenommen hatten, der Fahrer spreche nur Arabisch. »Sie sprechen Englisch, Sir?« fragte O'Hanrahan nach einer Schrecksekunde.
»O ja!« erwiderte der dicke Fahrer stolz und kaute jetzt auf einer Lauchstange herum.
Lucy lehnte sich zurück, um dem starken, zwiebelartigen Geruch auszuweichen. Sie begriff, daß der Mann ihre Diskussion über schwarze Sudanesen, die man ihrer Neigungen wegen importierte, verstanden hatte.
»Saddam Hussein, ein großer Mann, ein sehr, sehr großer Mann!«
»Glauben Sie, daß er vielleicht der Mahdi ist?« erkundigte sich O'Hanrahan.
»Ein sehr großer Mann«, erwiderte der Fahrer. »Vielleicht der Mahdi, ja.«
Hmm, dachte O'Hanrahan, ich möchte nicht verantwortlich dafür sein, eine solche Idee angeregt zu haben!
»Wollen Sie zum Grab des Mahdi?« fragte der Fahrer rasch und dachte an das Geld, das es ihm einbringen würde, wenn er sie zu den Mündungen der beiden Nile nach Omdurman fuhr. »Haben Sie die tanzenden Derwische gesehen?«
O'Hanrahan lehnte höflich ab und fragte: »Sir, warum essen Sie diesen Lauch? Schmeckt er sehr gut?«
»Nein«, erwiderte der Mann sachlich, »er ist nicht gut.« Er klopfte sich auf den kugelrunden Bauch. »Er hat keine ... wie sagt man?« Er nannte die arabische Entsprechung für »Kalorien«, und nach einigen arabischen Erklärungen übersetzte er Lucy diese Diät. Der Fahrer hielt eine kleine Tüte mit Frühlingszwiebeln hoch und kurvte dabei riskant um die Ecke. »Das hat auch keine Kalorien, ja?« Er biß glücklich in eine Zwiebel und verspeiste sie mitsamt dem grünen Röhrchen.
O'Hanrahan verzog das Gesicht, fast wurde ihm wieder übel.
»So nehme ich ganz viel ab.« Wieder klopfte der Fahrer sich auf den Bauch. »Für meine junge Frau, ja?«
O'Hanrahan lächelte. »Sie haben mehr als eine?«
»O ja, ich habe drei, und die neue ist sehr, sehr jung.«
Lucy dachte nach über die Aussicht, als dritte Frau dieses Mannes verschachert zu werden. Wie O'Hanrahan und sie diskutiert hatten, war das die muslimische Lösung für Scheidungen und zerbrochene Familien. Ein Mann durfte bis zu vier Frauen haben, wenn er es sich leisten konnte,

aber er mußte alle gleich behandeln und der Frau, die durch eine andere ersetzt wurde, ein Haus kaufen. O'Hanrahan hatte erzählt, daß es viele Lieder und Geschichten von Frauen gab, die junge Frauen in ihr Geschäft lockten, damit sie ihre Männer heirateten, so daß die ältere ein Haus bekam, während sie ihre ehelichen Pflichten glücklich an eine jüngere abtrat. Wenn die ältere, erste Frau einmal in ihrem eigenen Heim und unbeobachtet war, hatte auch sie die Chance, sich schadlos zu halten. Eine konservative Gesellschaft, ja, aber keineswegs eine sexfeindliche, puritanische.

Lucy riß sich aus ihren Gedanken, als der Fahrer ihr einen halb zerkauten Lauch vor die Nase hielt. »Wollen Sie?«

»*La, shukran*«, erwiderte sie. Sie hatte schnell gelernt, dankend abzulehnen.

»Sie ist sehr, sehr jung, Ihre Frau«, sagte der Fahrer.

»Sie ist meine Tochter«, antwortete O'Hanrahan, der in der Laune war, ihre Posse zu variieren.

»Hat sie einen Mann? Ich habe fünf Söhne!«

Wieder sagte Lucy *La, shukran.* Sie stellte sich vor, daß seine fünf attraktiven jungen Teufel eines Tages ebenso kugelrund sein würden wie der Vater.

An der Universität stiegen Lucy und O'Hanrahan aus, und der Professor bezahlte den Fahrer, der auf sie warten und sie zurückfahren wollte.

»Aber es kann Stunden dauern«, warnte O'Hanrahan.

Der Fahrer zuckte die Achseln. Besser ein sicherer Fahrgast in zwei Stunden, als Benzin vergeuden, indem man ziellos herumfuhr.

Wie vereinbart, erwartete sie Dr. Ibrahim Mehmet, vielleicht der letzte international geachtete sudanesische Philologe, früher Mitglied in der Bruderschaft der Akoluthen, bevor er von Cambridge zurück an die Universität von Khartum ging, um diese Einrichtung vor der *sharia* und der Welle des islamischen Fanatismus zu retten, die in seinem Heimatland an die Stelle des unabhängigen Denkens trat.

Wie hatte der arme, über siebzigjährige Dr. Mehmet diese Jahre verbracht?

Aufgewachsen mit Geschichten seines Großvaters, der mit dem Mahdi gekämpft hatte, hatte er gesehen, wie die Kolonialmächte 1952 das Land verließen, hatte getanzt und die Unabhängigkeit gefeiert, um anschließend zu erleben, wie sein Land in einen Bürgerkrieg stürzte und die gewählten

Führer von Militärdiktatoren mit protzigen Orden auf der Brust ausgeschaltet wurden. In den siebziger Jahren hatte es einmal kurz Hoffnung gegeben, als General Jafaar al-Numeiri, Sudans Nasser, an die Macht kam. Ein kurzer Flirt mit Investitionen, massiver künstlicher Bewässerung und Landreform – aber wie alle Projekte in diesem für Afrika verhängnisvollen Jahrhundert scheiterten auch diese, wurden zu einer Peinlichkeit und machten das Land zum Synonym für hoffnungslose afrikanische Rückständigkeit ... Und so kamen die Moslems an die Macht und zwangen den Christen und den Stammesvölkern im Süden das islamische Gesetz auf. O'Hanrahan fühlte mit Dr. Mehmet: einen ersten Geschmack von Unabhängigkeit gekostet zu haben, in Europa gelebt und gelehrt und die Hoffnungen zurück in sein Land gebracht zu haben – und dann sehen zu müssen, wie das finstere Mittelalter wiedererstand mit den alten Schlachtrufen aus dem 7. Jahrhundert: Tod den Ungläubigen! Dann die Hungersnöte und der sich hinziehende Bürgerkrieg – allenthalben Tod und Verwüstung.

O'Hanrahan blickte seinem alten Bekannten in die Augen und sah darin die Sorgen, er sah die Furchen im Gesicht eines Mannes, der den Kummer des Kontinents getragen hatte. Sie umarmten einander und tauschten arabische Segenssprüche aus:

»*As-salaamu 'alekum*«, beendete O'Hanrahan die Kaskade der guten Wünsche.

»*Wa 'alekum as-salaam wa rahmatu 'llahi*«, erwiderte Dr. Mehmet, küßte O'Hanrahan die rechte Hand, gerührt über das Wiedersehen. Und nachdem Lucy vorgestellt und gepriesen und gesegnet war, führte der gelehrte Muslim die Besucher in sein Büro. Dr. Mehmets schwarze Haut war aschgrau geworden, sein hageres Gesicht sehr faltig; seine Augen waren gelb verfärbt und schwach. Der Sudanese stützte sich mit großer Würde auf einen Stock, aber er ging sehr langsam.

»Ich habe eine merkwürdige Form des Meroïtischen, die ich Ihnen zeigen wollte«, sagte O'Hanrahan, der neben ihm ging und sich ihm in der Geschwindigkeit anpaßte.

»Alle Formen dieser Sprache sind merkwürdig«, seufzte Dr. Mehmet. »In meiner Jugend habe ich mir geschworen, ihre Geheimnisse zu enträtseln, aber das hat Allah nicht zugelassen. *Du sollst nicht stolz auf Erden wandeln,* steht im Koran geschrieben, *nimmer ist es dir gegeben, die Erde zu zerteilen.*«

O'Hanrahan lächelte. Aber welcher alte Mann, der sein Leben den heiligen Büchern geweiht hat, würde nicht argwöhnen, daß er eines Tages Gottes Aufmerksamkeit erregt?
»Meroïtisch ist im Augenblick sehr populär, wie?« fragte Dr. Mehmet. Lucy und O'Hanrahan blieben wie vom Donner gerührt stehen. Mit schwacher Stimme fragte O'Hanrahan: »Hat sich noch jemand danach erkundigt, Ibrahim?«
»Ja. Vor zwei Tagen. Ein orthodoxer Mönch wurde vom Nationalmuseum an mich verwiesen. Es ging um ein christliches Evangelium auf meroïtisch. Bestimmt ist es das einzige – was für ein kostbares Dokument! Mein Freund, du solltest auch versuchen, so etwas zu finden!«

Der Taxifahrer brachte Lucy und O'Hanrahan zurück in ihre Straße. O'Hanrahan hatte Dr. Mehmet ein paar Fotografien des *Matthiasevangeliums* dagelassen, obwohl er keine Wunder erwartete. Wie hatte nur dieser Halunke Rabbi Rosen es geschafft, das Ding so leicht zu übersetzen? Und wie schaffte es dieser verdammte orthodoxe Mönch, ihnen immer einen Schritt voraus zu sein?
Lucy und der Professor spazierten den Gehsteig entlang auf das Hotel zu. Zerlumpte Kinder spielten auf dem Boulevard mit einem Fußball, der nur noch wenig Luft hatte; ganz Khartum war ihr Fußballfeld. O'Hanrahan sah einen Tabakladen, der ihn anlockte: Ah, kubanische Zigarren! Lucy sehnte sich nach ihrem Hotelzimmer, um sich das Gesicht zu waschen, den Schmutz herunterzuschrubben und sich in Unterwäsche unter den Ventilator zu legen.
»Patrick O'Hanrahan?«
Lucy sah auf und erblickte den kleinen, stämmigen, dunklen arabischen Polizisten in der weißen Uniform, der sie im *Hilton* beobachtet hatte. Hinter ihm an der Hoteltür standen zwei große, gleichgültig dreinschauende Soldaten, Maschinenpistolen an den Gürteln.
»Kann ich Ihnen helfen?« fragte O'Hanrahan, dessen Miene sich verfinsterte bei der Aussicht auf erneute Querelen mit den Behörden.

»Kommen Sie mit mir ins Hotel«, sagte der Beamte in schönem Englisch mit afrikanischem Rhythmus, das in Khartum fast jeder gebildete Sudanese sprach, ein Relikt aus den Zeiten des Kolonialismus. »Ich bin Major Mohammed Ali Nessim von der Inneren Sicherheit.«
In der Hotelhalle warfen der Besitzer und seine Frau O'Hanrahan einen besorgten Blick zu. »Es tut uns leid, Mr. O'Hanrahan«, sagte der Besitzer, »aber es gibt Probleme mit Ihrer Kreditkarte.«
Das Spiel ist aus, dachte Lucy.
»Unsinn«, bluffte O'Hanrahan und verbreitete sich umständlich darüber, daß seine *MasterCard* überall akzeptiert worden sei.
»Entschuldigen Sie, Sir«, widersprach der Beamte, »aber leider ist es nicht so. Ich war im *Hilton* und habe gesehen, daß Ihre Karte dort nicht angenommen worden ist.«
Lucy versuchte, zu Hilfe zu eilen: »Nun, das macht nichts. Ich habe ja meine Kreditkarte, Sir, liebster Vater«, wandte sie sich an O'Hanrahan, um echt zu wirken. Sie fischte in ihrer Handtasche und gab dem Besitzer die *MasterCard* ihrer Schwester.
»Es tut mir leid, Sir, Sie müssen mit mir kommen.«
»Aber wenn die Karte meiner Tochter in Ordnung ist, und das ist der Fall, wo soll dann das Problem sein, Sir? Nur ein kleiner Fehler, nichts weiter ...«
Der Mann war unerbittlich und brachte immer neue Gründe vor. O'Hanrahans Mut sank, als ihm klar wurde, daß diese belanglose Sache nur der Vorwand für eine Verhaftung war – der Beamte konnte seinen Vorgesetzten begeistert einen Verbrecher aus dem Westen melden, und natürlich würde es Bestechungsgelder für alle geben. Zweifellos hatten sie ihn seit dieser Narretei im *Hilton* überwacht, die einzigen Amerikaner, die in diesem Sommer in der Stadt waren. Nach Ansicht der Sudanesen mußte er in Geld schwimmen, und sie lauerten einfach auf seinen ersten Verstoß gegen die Gesetze.
»Gibt es eine Möglichkeit, diese ganze Angelegenheit zu bereinigen?« fragte O'Hanrahan.
»Wir haben einige sehr gravierende Anklagepunkte, Sir. In Ihrem Zimmer steht eine leere Flasche, in der Alkohol war.«
Der Eigentümer, dessen Bediensteter für O'Hanrahan Bier geholt hatte, stieß nun fanatische Verwünschungen gegen den Dämon Alkohol hervor, pries die Weisheit des Propheten, der ihn für immer verboten hatte, und

den Ruhm der Regierung, die diese Prohibition durchsetzte. Wie wachsam und gerecht war die Regierung!
Der Beamte schob den Hotelbesitzer zur Seite. »Außerdem glaube ich, daß diese Frau ganz und gar nicht Ihre Tochter ist, Sir.«
O'Hanrahan bewahrte Ruhe. Ruhig zu bleiben bedeutete den Unterschied zwischen ein wenig Bakschisch oder einer größeren Investition, um die Aufmerksamkeit der islamischen Behörden von sich zu lenken. »Meine Stieftochter, Major Nessim. Deshalb haben wir nicht denselben Nachnamen. Ich begleite sie, damit sie Ihr wundervolles Land sehen kann. Sie studiert Islamistik.«
Das gab dem Beamten erst einmal zu denken. Lucy lächelte zaghaft und hatte panische Angst, man könne sie etwas Islamisches fragen. Plötzlich tauchte die Frau des Hotelbesitzers auf und sagte etwas auf arabisch – Lucy erriet, daß die *MasterCard* ihrer Schwester ebenfalls storniert worden war. Jetzt waren sie wirklich pleite.
»Ich glaube, es ist wirklich am besten, wenn Sie mit auf die Polizeiwache kommen, Sir.«
O'Hanrahan kniff die Augen zusammen; nun zeigte sich seine Schlauheit. »Nur noch ein Anruf, dann werde ich Sie gerne begleiten, Officer.« Er wandte sich an den Hotelbesitzer und sagte: »Mein Freund, Ihr Verlust wird nicht ersetzt werden, wenn ich mich nicht um meine Finanzen kümmern kann. Mit einem Anruf kann ich mir telegraphisch Geld anweisen lassen, und Sie bekommen Ihre Rechnung bezahlt. Sehe ich in Ihren Augen wie ein Verbrecher aus?«
Der Mann schüttelte den Kopf, ebensowenig begeistert über die Aufmerksamkeit der Polizei für sein Hotel wie O'Hanrahan. »Ein Ortsgespräch?«
»Ja, mit der US-Botschaft.«
Der Hotelbesitzer sah auf Lucy und O'Hanrahan und überlegte ...
»Oder vielleicht«, flüsterte O'Hanrahan mit starrem Lächeln, »sollte ich dem Officer von Ihrem Kühlschrank und seiner köstlichen Getränkesammlung erzählen, hm?«
Mit einer Verbeugung gab der Hotelbesitzer nach. Seine Frau wählte die Nummer, die im Telefonbuch von Khartum rasch gefunden war. In der Zwischenzeit gab O'Hanrahan unauffällig seine Aktenmappe an Lucy weiter; nun war sie damit betraut, das *Matthiasevangelium* zu verstecken.
O'Hanrahans Anruf wurde zur US-Botschaft durchgestellt. »Hallo, verbinden Sie mich bitte mit der zuständigen Stelle für Notfälle.«

*22.–23. August 1990*

Mit einem zischenden Geräusch holte Colonel Westin Luft und schüttelte mit gönnerhaft enttäuschter Miene den Kopf. »Patrick, Patrick«, sagte er. »Darf ich Sie Patrick nennen?«

»Wenn Sie wollen«, gestand O'Hanrahan seinem Retter widerwillig diese Freiheit zu.

»Wie Sie sich denken können, haben wir einen frei verfügbaren Etat vom Außenministerium, bestimmt für unvorhersehbare Situationen, für Notfälle unserer Landsleute in den jeweiligen Ländern, je nachdem.«

Der Professor versuchte zu lächeln. Er lenkte sich ab, indem er auf das Foto des grinsenden, leutseligen George Bush sah, das im Büro der US-Botschaft hing.

Westin war aus Jerusalem hergeflogen, um ihn gegen Kaution hier herauszuholen und alle Schwierigkeiten und den gesamten Behördenkram zu erledigen – was anscheinend weit über seine Pflicht hinausging. Niemand war mehr erschrocken als O'Hanrahan, als innerhalb von vierundzwanzig Stunden nach diesem inszenierten Verhör in Khartum Colonel Westin auftauchte. Offensichtlich wurde Geld verteilt, und die ganze Sache löste sich in Wohlgefallen auf. O'Hanrahan wurde von der Polizei freigelassen, aber er mußte seinen und Lucys Paß abgeben, damit sie Khartum nicht verlassen konnten.

»Was ist mit unseren Pässen, Colonel?«

»Wir haben sie«, erwiderte Westin beflissen. »Sie werden mit einem äthiopischen Visum gestempelt.«

»Äthiopien?«

»Wie ich schon sagte, Patrick: Wir haben einen Sonderfonds, aber das ist ziemlich wenig Geld, mit dem wir auskommen müssen, und so haben wir für Sie und Miss Dantan einen Regionalflug nach Addis Abeba gebucht. Wir hätten Sie nach Kairo geschickt, aber Ägypten und der Sudan scheinen sich gerade in Feindseligkeiten zu verwickeln. Außerdem ist Addis Abeba näher, und es gibt von dort aus Anschlußflüge in die Staaten. Einer meiner Kollegen wird Miss Dantan in Addis erwarten und ihr ein Ticket der *Ethiopian Airlines* nach Chicago übergeben, so daß sie bald heil und gesund zu Hause sein wird.« Der Colonel verstummte. Er schien Einwände zu erwarten. »Paßt Ihnen das?«

»Vielleicht«, antwortete O'Hanrahan und vergaß ganz, die Farce mit der

Romanze zu untermauern, die dem Colonel so ans Herz gewachsen war.
»Und was ist mit mir?«
Colonel Westin stand auf, stellte einen Fuß, der in einem hochglanzpolierten Stiefel steckte, auf den Schreibtischstuhl und stützte sich auf sein Knie. »Ich habe auch für Sie ein Ticket nach Addis, Patrick, aber zuerst würde ich gerne offen mit Ihnen reden.«
»Natürlich«, stimmte O'Hanrahan zu und bereitete sich darauf vor, eine neue Runde Lügen zu erfinden.
»Sie haben mit einem gewissen Mohammed Baqir al-Taki gesprochen, nicht wahr?«
Impulsiv beschloß O'Hanrahan, zu diesem Punkt doch die Wahrheit zu sagen. »Ja, er hat mir eine Position an der Universität von Teheran angeboten. Haben Sie mich beschatten lassen, als ich in Jerusalem war, Colonel?« O'Hanrahan erinnerte sich an den schwarzen Mercedes und den roten Golf. O'Hanrahan registrierte, daß die Information von dem angebotenen Job in Teheran für Colonel Westin offenbar neu war.
»Nun, Patrick, ich versichere Ihnen, das kam für uns nicht ganz unerwartet. Wußten Sie, daß Baqir einer der Studenten war, die 1979 maßgeblich an der Geiselnahme von Amerikanern beteiligt waren?«
O'Hanrahan war keineswegs überrascht, spielte aber den Unschuldigen.
»War diese Stelle das einzige Thema, um das es bei Ihrem Treffen ging?« fragte Westin.
»Colonel, ich verstehe eine Menge von islamischen Texten. Man hat mir einen Posten in Teheran angeboten, um über das Christentum zu lehren, da Jesus als der fünfte Prophet des Islam gilt. Für einen pensionierten alten Mann ist ein so aufregendes Angebot sehr verlockend. Als akademischer Lehrer wäre dort mein Auskommen gesichert, und außerdem war die Rede von einer jungen Frau.«
»Sie alter Hund, Sie.« Der Colonel schlug sich aufs Knie. »Sie schlauer Hund!«
O'Hanrahan lächelte trübe.
»Zum Teufel, Opa, Ihnen geht wohl einfach nicht die Puste aus! Sie haben auf jeden Fall mehr vom Leben als ich, das ist sicher.« Westin beugte sich vor. »Was ist Ihr Geheimnis?« Ohne auf eine Antwort zu warten, fuhr er fort: »Sie wollen den Posten natürlich annehmen, oder?«
O'Hanrahan war noch nicht klar, worauf Colonel Westin hinauswollte, daher antwortete er vorsichtig: »Nun, ich mache mir meine Gedanken,

ob es nicht gefährlich ist. Ich weiß, daß der Iran an besseren Beziehungen zum Westen interessiert ist, aber die Mullahs sind immer noch an der Macht, und ich habe kein besonderes Vertrauen zu ihnen. Außerdem muß ich erst das Projekt zu Ende führen, an dem ich gerade arbeite.«
»Die US-Regierung möchte, daß Sie diese Stelle annehmen, Patrick«, flüsterte der Colonel.
Jetzt kapierte O'Hanrahan. »Und daß ich für die USA spioniere?«
Colonel Westin legte geziert die Fingerspitzen aneinander. »Schsch, schsch, wir wissen nicht, ob die Sowjets Wanzen in diesem Büro installiert haben, aber das Wort ›Spion‹ ist auf jeden Fall problematisch. Wir brauchen nur einen intelligenten Mann, der uns von Zeit zu Zeit Bericht erstattet.«
Diesen Handel fand O'Hanrahan gar nicht so abstoßend.
»Die Tickets«, fuhr Westin fort und zog die beiden Flugkarten aus der Jackentasche. »Für morgen, Patrick.«
O'Hanrahan wurde fast schwindelig. Seltsamerweise beschenkte ihn das Leben sowohl mit dem *Matthiasevangelium* als auch mit dem Urevangelium Q, und den *harim* nicht zu vergessen!
(Vergißt du dabei nicht jemanden?)
Der Colonel zog einen Umschlag mit 400 sudanesischen Pfund hervor. »Das sollte für das Hotel und für ein wenig Proviant reichen. Je eher Sie aufbrechen, desto besser, Professor. Eine Reihe seltsamer Typen, von bekannten Terroristen bis hin zu Mitgliedern von Oppositionsgruppen, scheint hinter Ihnen her zu sein. Zudem möchte ich nicht, daß irgendein amerikanischer Bürger durch die Krise in Kuwait zu Schaden kommt. Wir haben Berichte, daß Raketen vom Irak in den Sudan verschifft werden, mit denen der Assuan-Staudamm beschossen werden soll.«
»Jesus«, brummte O'Hanrahan und verfluchte innerlich die Dummheit der sudanesischen Regierung.
»Ich werde mich persönlich darum kümmern, Patrick«, fuhr Colonel Westin fort, »daß Sie morgen vormittag den Flug nach Äthiopien erreichen. Wir schicken Ihnen und Miss Dantan morgen um sechs Uhr früh ein Auto, so daß Sie auf jeden Fall rechtzeitig am Flughafen ankommen werden. Aber Sie müssen noch einen kleinen Clinch mit der Bürokratie durchfechten, den wir Ihnen nicht ersparen konnten. Diese Ausreisevisa brauchen einen Stempel vom Verkehrsministerium. Dabei kann Ihnen nicht einmal die US-Regierung helfen.«

Das Verkehrsministerium sei bis sechs Uhr nachmittags geöffnet, erklärte Colonel Westin; der Professor und Miss Dantan sollten sich also besser sofort auf den Weg machen. Der Colonel verabschiedete sich mit einem amüsierten Lachen: »Man bietet Ihnen also einen richtigen Harem, wie? Sie alter Schwerenöter!«

(Eine passende Bezeichnung, würden Wir sagen.)

Ein Wagen der Botschaft setzte O'Hanrahan auf dem El-Qasr-Boulevard ganz in der Nähe seines Hotels ab. Während er an diesem Nachmittag an den Händlern und den auf der Straße spielenden Kindern vorbei entlangspazierte, spürte er tiefes Mitleid für diese Menschen in ihrem verwüsteten Land. Was für gutmütige Menschen. Und was für eine bescheuerte Regierung. Das Pro-Kopf-Einkommen betrug 325 Dollar im Jahr. Die UNO hatte den Sudan als Fünftweltland eingestuft. Ein Land, das nicht fähig war, sich selbst zu ernähren. Im verwüsteten Süden des Landes kam ein Arzt auf 90 000 Menschen. Millionen waren bei der Hungersnot von 1985 gestorben, und es wurde prognostiziert, von der nächsten würden 27 Millionen betroffen sein. In der Zwischenzeit verschuldete sich der Sudan mit 10 Milliarden Dollar für Waffenkäufe, bestimmt für den seit 21 Jahren wütenden Bürgerkrieg gegen die Christen und die sudanesischen Stammesvölker, die miterleben mußten, wie ihr Land fanatisch islamisch, militaristisch und unvorstellbar korrupt geworden war. Es paßte, daß diese Regierung bei dem bevorstehenden großen Knall Saddam Hussein unterstützen wollte – Saddam Hussein, der alle Anstrengungen unternahm, um sich selbst von der Landkarte ausradieren zu lassen.

Ah, hier neben dem Hotel war der Tabakladen, dessen Auslage O'Hanrahan bereits bewundert hatte.

Er betrat eine aromatisch riechende Welt voller Tabak für Pfeifen und Wasserpfeifen, und tatsächlich gab es hier auch das Beste: kubanische Zigarren ...

»Sie wünschen, Sir?« fragte der Ladenbesitzer. Ein ausländischer Weißer war selten genug, um die gesamte Familie anzulocken, die sich nun hinter einem Perlenvorhang herumdrückte, um diese Transaktion zu beobachten.

O'Hanrahan hielt sich eine Dom Perignon unter die Nase und schnupperte – oh, welch kostbarer Duft! Der Tabakhändler, der um diese Jahreszeit wenig Kunden hatte, konnte sich und seine Gier kaum im Zaum halten, als er sich vorstellte, diese teure Ware loszuwerden. O'Hanrahan,

gewieft im Spiel zwischen Interesse und Desinteresse, wie es beim orientalischen Feilschen üblich ist, spähte durch das Fenster hinaus auf die Straße. Und dort erblickte er Clem Underwood.
»Entschuldigung!« rief er und hastete zur Tür.
Underwood, eine kleine Sporttasche in der Hand, stand lässig auf dem Gehsteig – er sah O'Hanrahan nicht – und blickte suchend nach links und rechts, um einem Taxi zu winken. O'Hanrahan stürzte sich auf ihn, genau in dem Moment, als Underwood sich umdrehte und brabbelte: »Oh, hallo Mr. O'Hanrahan ...«
O'Hanrahan wollte ihm die Sporttasche aus der Hand reißen.«
»Nein!« Underwood klammerte sich an die Tasche und wurde in gewisser Weise an ihr im Kreis herumgezerrt – er sah fast aus wie ein Hund, der im Kreis um sein Herrchen herumsaust, das einen Stock festhielt, den der Hund nicht loslassen will.
»Was haben Sie da drin, Mr. Underwood?« keuchte O'Hanrahan, der rot im Gesicht wurde.
»Nur ein paar Sachen ...«
O'Hanrahan schüttelte Underwood ab und marschierte zur Belustigung der Passanten in eine schmale Gasse, die zwischen dem Tabakhändler und einem verlassenen Reisebüro lag.
»Keine Zigarre, nein?« rief der Tabakhändler, der aus seinem Laden gelaufen war, niedergeschlagen.
Underwood gab angesichts von O'Hanrahans Körperfülle klein bei und stand bedrückt da, während O'Hanrahan seine Sporttasche öffnete. Darin lag, wie der Professor erleichtert feststellte, sein Köder, die *Abenteuer des heiligen Andreas* aus dem 14. Jahrhundert.
»Ich zahle Ihnen Geld dafür«, murmelte Underwood verschüchtert.
O'Hanrahan packte ihn am Revers seines schlecht sitzenden Anzugs und drückte ihn gegen die Hausmauer. »*Warum* haben Sie meine Schriftrolle gestohlen?«
»Tun Sie mir nichts!«
O'Hanrahan, der erkannte, daß er einen Schwächling vor sich hatte, schüttelte ihn noch einmal durch und setzte seinen grimmigsten Gesichtsausdruck auf, um diesem Mr. Underwood gehörig Angst einzujagen. »Sie sind von Merriwether Industries, nicht wahr?«
Underwood fiel fast die dicke runde Brille von der Nase. »Ja, in gewisser Weise ...«

»Was will ein multinationaler Konzern mit meiner alten Schriftrolle?« O'Hanrahan lockerte seinen Griff ein wenig, ließ Underwood aber nicht los.
»Verstehen Sie, Mr. O'Hanrahan, mein Auftraggeber will sie haben ...«
»*Wer?*«
Underwood schien zunächst unwillig, das zu verraten, aber als O'Hanrahan zornig die Augenbrauen hob, gab er den Widerstand auf. »Charles Merriwether, der Vorstandsvorsitzende.«
Von Mustafa al-Waswasah in Ostjerusalem hatte O'Hanrahan erfahren, daß Chester Merriwether II., der Vater des Industriellen, nach dem Zweiten Weltkrieg das *Matthiasevangelium* über dunkle Kanäle erworben hatte. »Also, Clem, Sie sagen mir jetzt sofort, warum Charles Merriwether meine Schriftrolle zurückhaben will?«
»Er will sie einem Freund geben.«
»Welchem Freund?« Das wußte Underwood nicht, worauf O'Hanrahan, der ihm nicht glaubte, ihn noch einmal so durchrüttelte, daß er aufschrie.
»Nein, wirklich! Er hat mir nicht gesagt, für wen er sie haben will!« O'Hanrahan drohte, er werde Underwoods Brille zertreten und ihm die letzten Haare mit der Wurzel ausreißen.
Underwood schlug um sich und traf O'Hanrahan – wahrscheinlich rein zufällig – mit seinem scharfkantigen Ring im Gesicht. »O weh«, stöhnte er, entsetzt darüber, welche Folgen das sofort haben mochte.
»Sie kleiner ...« O'Hanrahan hob Underwood am Kragen hoch. »Was für ein Freund – heraus damit!«
»He, nicht, hören Sie auf!« stöhnte Underwood. »Das würde er jemandem wie mir doch nicht sagen.«
O'Hanrahan ließ Underwood los.
»Was meinen Sie, was die Sudanesen von Ihrem kleinen Diebstahl halten werden?« Lucy fiel ihm ein. »Haben Sie meiner Assistentin, Miss Dantan, irgend etwas getan?«
»Nein! Niemals!«
O'Hanrahan blickte sich um zum Eingang der Gasse, von wo mehrere arabische und afrikanische Gesichter gebannt die Szene beobachteten. Im nächsten Augenblick teilte sich die Menge, und derselbe untersetzte sudanesische Soldat, den er schon kannte, erschien: Major Nessim. Hinter ihm lauerten zwei Soldaten mit Maschinenpistolen. »Mr. O'Hanrahan«, sagte Nessim, »Sie scheinen zu oft in Schwierigkeiten zu geraten.«

»Dieser Mann ist ein Dieb!« erklärte O'Hanrahan.
Underwood strich seinen zerknitterten Anzug und seine schütteren Haarsträhnen möglichst vorteilhaft glatt.
»Meine Stieftochter«, behauptete O'Hanrahan, »wird der Polizei nur zu gerne bezeugen, daß dieser Mann ein Dieb ist, Major. Er ist in mein Zimmer eingebrochen und hat das hier gestohlen ... Dieses Dokument, das ich im Zusammenhang mit meinen Forschungen nach Khartum mitgebracht habe.«
Der sudanesische Offizier blieb unbewegt. O'Hanrahan konnte in seinen Augen nicht einen Funken Interesse oder Sympathie für irgendeine Seite entdecken. Nach einem Augenblick des Überlegens befahl der Major seinen Männern, Mr. Underwood abzuführen, und sagte zu O'Hanrahan, er solle zurück ins Hotel *El Qasr* gehen und dort bleiben, bis man mit weiteren Fragen auf ihn zurückkomme.
Lucy erwartete ihn auf dem Gang vor seinem Zimmer. »Dr. O'Hanrahan!« lächelte sie. »Gute Neuigkeiten, zumindest in gewisser Weise.« Sie fing sofort an zu erzählen, ganz begeistert, daß sie ein Abenteuer überstanden hatte, während er fort war. »Ich habe von meinem Balkon aus Clem Underwood auf der Straße gesehen und bin sofort in Ihr Zimmer gerannt; ich habe das falsche Evangelium, den Köder, unter dem Bett versteckt.«
Nach dem Intermezzo in der Gasse und auf der Treppe hinauf zu seinem Zimmer war O'Hanrahan außer Atem. »Gutes Mädchen.« Er hielt den unauffälligen Behälter mit den *Abenteuern des heiligen Andreas* hoch. »Mr. Underwood ist mir in einer Gasse in die Arme gelaufen; er ist jetzt in den Händen der Polizei. Wo ist jetzt das richtige *Matthiasevangelium*, Lucy?«
»Ich hatte Angst, es bei mir im Zimmer zu behalten. Ich meine, das ganze Interesse, das die Polizei plötzlich an Ihnen hatte, hätte ja auch Teil eines Gaunerstückchens sein können, damit man Sie verhaftet, während die anderen Zeit gehabt hätten, die Zimmer gründlich zu durchsuchen.«
O'Hanrahan klopfte ihr auf die Schulter. »Sie lernen es, schneller zu schalten als diese Leute. Prima. Wo ist es jetzt also?«
»In der Besenkammer der Zimmermädchen am Ende des Flurs, hinter einer Schachtel mit Windeln und ein paar Reinigungsmitteln.«
O'Hanrahan wollte nachsehen, und sie gingen den Flur entlang. Der modrige Geruch des Badezimmers und der Toilettengestank stiegen ihnen

in die Nase. Neben diesen Installationen war eine kleine Kammer, in der die Zimmerfrauen ihre Putzmittel aufbewahrten. Lucy drehte den Türknauf, aber vergebens. Einen Augenblick geriet sie in Panik. »Die Frauen müssen sie zugeschlossen haben«, sagte sie.

O'Hanrahan ging hinunter an die Rezeption. Seit er das Erscheinen der Polizei in ihrem kleinen Hotelbetrieb provoziert hatte, waren der Besitzer und seine Frau mißtrauisch und verärgert. »Wo ist die Frau, die die Zimmer macht?« fragte der Professor. Vielleicht sei sie fertig mit der Arbeit und nach Hause gegangen, meinte die Frau des Besitzers. O'Hanrahan stieg wieder die Treppe hinauf.

»Ich habe sie gefunden!« rief Lucy und deutete auf eine kleine, gebückte Frau, die eitel den mottenzerfressenen Schleier von ihrem alten Gesicht und dem zahnlosen Mund hob, als O'Hanrahan näher kam. Sie murmelte etwas auf arabisch.

O'Hanrahan hörte zu und entzifferte ihr Gebrabbel nur mühsam. »*La la*«, beruhigte er sie auf arabisch, »wir glauben nicht, daß Sie etwas aus unseren Zimmern gestohlen haben. Dürfen wir nur einen Blick in Ihre Kammer werfen?«

Während sie der armen Frau den Gang entlang folgten, fragte sich O'Hanrahan, wie eine so alte und langsame Frau noch mit der Arbeit hier fertigwerden konnte. Als er wieder den Toilettengestank roch, kam er zu dem Schluß, daß sie wahrscheinlich nicht mehr allzuviel machte. Sie drehte sich um, erinnerte sich an ihren Schleier, hob ihn kokett und steckte den Schlüssel in die Tür.

O'Hanrahan entschuldigte sich dafür, daß sie in diese Domäne der Frauen eindrangen, und Lucy schlüpfte an der Frau vorbei in den Raum, schob die Reinigungsmittel und ein paar Handtücher zur Seite ...

»Es ist nicht da«, sagte sie bleich.

Ängstlich fragte O'Hanrahan die Frau, ob sie eine schmale Lederhülle gesehen habe, ungefähr fünfundvierzig Zentimeter lang. Nein, schüttelte die den Kopf. O'Hanrahan fragte sich, ob sie auf Geld aus war. Aber zu so einem komplizierten Manöver schien sie doch nicht fähig zu sein.

»Fatima!« rief die Alte plötzlich.

Lucy blickte O'Hanrahan nicht in die Augen.

Eine arrogant wirkende Zwanzigjährige in modernerer Aufmachung, einem langen schwarzen Rock und ohne Schleier, kam herbei. Verärgert sah sie der älteren Frau ins Gesicht. Das müssen Mutter und Tochter sein,

dachte Lucy. Die beiden Frauen sprachen erzürnt auf arabisch, und schließlich führte die jüngere Frau O'Hanrahan, Lucy und die ältere Araberin gelangweilt zu einem Abfallbeutel.
»Da ist es drin?« fragte O'Hanrahan, der sich entsetzt vorstellte, daß dieser Beutel ein paar Minuten später vielleicht im Ofen gelandet wäre.
Die junge Frau zankte mit ihrer Mutter und öffnete den Beutel, und O'Hanrahan, der die Lederhülle sah, wühlte zwischen feuchten Lumpen und Essensresten nach dem Evangelium.
»Gott sei Dank«, flüsterte Lucy.
Die ältere Frau hielt ihrer Tochter eine Strafpredigt. Die Tochter hatte wohl angenommen, der fremde Gegenstand in der Besenkammer sei einer der vielen Affronts, die sie von ihrer Mutter zu erdulden hatte.
Als sie in O'Hanrahans Zimmer waren, reichte der Professor Lucy das Pseudoevangelium, während er den Behälter des *Matthias* abwischte. Dann breitete er das Evangelium in seiner luftdichten Plastikhülle auf dem Bett aus, um nachzusehen, ob es beschädigt war. Alles, was sie in Khartum hatten erledigen wollen, war durch seine Verhaftung und die erzwungene hastige Abreise am morgigen Tag aus dem Gleis geraten. Es wird schön sein, Äthiopien wiederzusehen – möglicherweise das einzige Land der Welt, das in einem noch schlimmeren Zustand ist als der Sudan, dachte er grimmig. Aber es gibt eine gute Bibliothek dort ...
Es klopfte an der Tür.
Der Hotelbesitzer rief, er sei es, er bringe neue Handtücher.
Lucy machte auf. Hinter dem Hotelbesitzer standen Major Nessim in seiner untadeligen weißen Uniform und seine beiden MP-bewaffneten Soldaten. Schlußlicht war Clem Underwood, der sich den Hals ausrenkte, um einen Blick ins Zimmer zu werfen. »Miss Dantan«, nickte er und ging an ihr vorbei.
»Kann ich Ihnen helfen?« fragte O'Hanrahan trocken.
Der Hotelbesitzer machte sich aus dem Staub, er wollte zweifellos außer Reichweite der Maschinenpistolen sein. Major Nessim blickte zu Underwood.
Underwood blickte zu O'Hanrahan und sagte: »Ich glaube, es ist besser, Sie geben mir diese Schriftrolle, Patrick.«
Nachdem unser guter Major Nessim Bestechungsgeld von mir und dann noch von der US-Regierung ergaunert hat, überlegte O'Hanrahan, ist er wahrscheinlich auf den Gedanken gekommen, daß Underwood ebenfalls

einen mächtigen Geldbeutel hinter sich hat. Wieviel man dem Major wohl geboten hatte, damit er seine Soldaten zu diesem Schriftrollenraub hergibt?
»Her damit«, forderte Underwood ihn auf und streckte seine Wurstfinger aus, als seien es die Tentakeln eines Meeresgetiers.
O'Hanrahan warf einen Blick auf Lucy, die am liebsten unsichtbar gewesen wäre, dann wandte er sich dem *Matthiasevangelium* zu, das auf dem Bett lag. »Ich weiß nicht, ob ich Ihnen das gebe, Clem. Sind Sie bereit, mich umzubringen?«
Underwood wand sich kleinlaut. »Aaach, dazu wird es nicht kommen«, sagte er und drehte nervös an seinem Ring.
Lucy umklammerte den Behälter mit den *Abenteuern des heiligen Andreas*; ihr zitterten die Knie. Gut, sie waren ziemlich weit gekommen, aber jetzt war es vorbei. Ich vermute, jetzt kann ich mir nur noch wünschen, aus dem Sudan herauszukommen, ohne vorher im Gefängnis zu landen ...
»Weg da!« brüllte der Major. Sein Lieutenant hob die MP.
Lucy fühlte sich schwach im Magen und schraubte ihre Erwartungen noch weiter herunter: Hauptsache, sie kam *lebendig* heraus.
O'Hanrahan hielt die Hände hoch und trat beiseite.
Underwood ging zum Bett und musterte das *Matthiasevangelium* in seiner luftdichten Hülle. »Wissen Sie«, murmelte er, »das sieht nicht so aus wie ...«
Und da kam Lucy ein Gedanke! Sie machte einen Satz zur Tür und stieß einen der Soldaten zur Seite. »Haltet sie fest!« schrie Underwood. Einer der Soldaten hielt seine Waffe weiterhin auf O'Hanrahan gerichtet, der andere stürzte Lucy nach. Auf dem Flur ergriff er sie und warf sie zu Boden – der Pappbehälter fiel ihr aus der Hand und rollte den Gang hinunter. Die alte Zimmerfrau kam um die Ecke, rief entsetzt Allah an und trippelte rasch davon.
»Nein!« schrie Lucy, als der große, schmale afrikanische Soldat, eher leicht verärgert als wirklich wütend, sie auf dem Boden festhielt. Sie zog eine beachtliche Show ab, schrie und flehte, er solle nicht das Evangelium nehmen ... aber der Soldat führte die elendiglich Schluchzende zurück ins Zimmer. Underwood, ganz Gentleman, reichte ihr sein Taschentuch.
Er erkannte den Pappbehälter wieder, zog das Pergament aus dem 14. Jahrhundert heraus und lachte zufrieden, während er es mit spitzen Fingern vor sich hielt. »Sehr hübsch, sehr hübsch«, flötete er. »Sie sind

ein kluger Mann, Mr. O'Hanrahan. Fast hätte ich diese Schriftrolle genommen, was das auch sein mag, die Sie mir schon auf dem Bett zurechtgelegt hatten.«
»Sie Schweinehund«, schäumte O'Hanrahan, um Underwoods Irrtum bestmöglich zu untermauern.
Lucy, die eine bravouröse Vorstellung bot, bemerkte ein Emblem auf dem Taschentuch, dasselbe wie auf Underwoods Ring. Dasselbe Symbol, das sie und Dr. O'Hanrahan schon einmal irgendwo gesehen hatten ...
»Ich wußte, wie clever Sie sind, als Sie aufhörten, Mr. Merriwethers Kreditkarte zu benutzen.«
»Weil Sie unseren Abrechnungen nachgefolgt sind«, sagte O'Hanrahan. »Daran ist nichts besonders Cleveres ... aber woher wußten Sie, daß wir in Khartum sein würden?«
Großspurig antwortete Underwood: »Miss Dantan war so freundlich, alle paar Tage Berichte zu faxen, wo Sie sich aufhalten würden.«
Lucy prallte entsetzt zurück. O'Hanrahan starrte sie an – und dann fiel es ihnen beiden gleichzeitig ein: Dr. Shaughnesy.
»Der Ring«, murmelte Lucy. »Es ist der gleiche Ring!«
Jetzt erinnerte sie sich, wo sie dieses Emblem schon einmal gesehen hatte: auf dem Ring an Dr. Shaughnesys langen Totenfingern. O'Hanrahan hatte jahrelang gewütet, seine Absetzung als Vorsitzender des Theologischen Fachbereichs sei Teil eines Freimaurerkomplotts – mein Gott, womöglich war sein Verfolgungswahn gerechtfertigt!
»Dr. Shaughnesy«, sagte sie. »Sie beide sind Freimaurer.«
»Aber nicht irgendwelche«, bestätigte Underwood kichernd. »Ein schottisches Ritual, aber mit einer zusätzlichen persischen Zeremonie, die nur unserer Elitebruderschaft bekannt ist. Mr. Merriwether, eines unserer Mitglieder, hat einige Leute auf dieses Evangelium hier angesetzt – und wer es ihm bringt, bekommt 20 000 Dollar Belohnung!« Er war entzückt wie ein Kind. »Vielen Dank also für das Geld, Mr. O'Hanrahan. Dr. Shaughnesy ist ein prima Logenbruder, und Mr. Merriwether wird ihm für seine Hilfe seine Anerkennung erweisen. Ganz sicher«, setzte er für O'Hanrahan hinzu, »wird es Ihr Herz erwärmen zu erfahren, daß zumindest einer Ihrer früheren Kollegen hieraus auch seinen Profit schlagen wird.«
O'Hanrahan sah aus, als würde er gleich spucken.
Die drei Soldaten und Underwood, der mit blasierter Miene den *Andreas*

ergriff, verschwanden. O'Hanrahan ließ sich aufs Bett sinken. Lucy schloß ruhig die Tür und sperrte sie ab. Erst dann wagte sie es, sich umzudrehen und lautlos ihren Jubel zu zeigen, indem sie die Hände zusammenpreßte und ein wenig hüpfte. O'Hanrahan lachte ein bißchen lauter: »Sie sind ein Genie, Schwester Lucy!«

»Ich *wußte*, daß ich Underwoods Ring schon einmal gesehen hatte.«

»Dieser Trottel Shaughnesy«, knurrte O'Hanrahan. »Das muß man sich vorstellen. Im Rückblick ist es schwer zu glauben, daß Shaughnesy Gelder des Fachbereichs ausgeben würde, um mich zu retten, oder daß er mir tatsächlich eine Kreditkarte schicken würde.«

»Verschwinden wir aus Khartum«, bat sie.

Väterlich legte er ihr die Hand auf die Schulter. »Dank Colonel Westin habe ich für morgen früh zwei Tickets nach Addis Abeba«, teilte er ihr mit.

Äthiopien? Noch ein anderes Land? »Und dann gehen wir zurück nach Jerusalem?« fragte sie hoffnungsvoll. Sie hatte sich schon alles ausgedacht: Sobald sie zurück in der Zivilisation war, würde sie sofort herausfinden, ob sie schwanger war oder nicht, und dann dementsprechend ihre Entscheidung treffen. Wenn sie wirklich schwanger war, würde sie O'Hanrahan und Rabbi Hersch ihre Sünde beichten, und zur Hölle, nach allem, was sie zusammen durchgemacht hatten, würden diese beiden wohl eine Möglichkeit finden, um ihr zu helfen. Sie könnte in einen Kibbuz gehen oder so etwas. Das Kind in Israel zur Adoption geben – vielleicht war das möglich. Oder das Kind in Israel bekommen und es in den USA zur Adoption freigeben. Das wichtigste war, nicht nach Hause zu fahren. Nicht während der kommenden acht Monate.

Wem konnte sie schließlich trauen? Judy würde es Gabriel erzählen, und so würde es zu ihren Eltern durchdringen. Sie konnte sich nirgendwo verstecken, und sie wußte haargenau, daß sie als ledige schwangere Frau im Kreis der Familie Dantan mit all ihren jungfräulichen Tanten abgeschrieben sein würde. Oh, und sogar an der Universität von Chicago würden alle einen Riesenwitz daraus machen und sich lustig machen über das altmodische irische Mädchen, das nach einem Sommer mit O'Hanrahan zurückkam, schwanger und sonnengebräunt.

»Sir?« stupste sie ihn an. »Wir *gehen* doch zurück nach Israel, nicht wahr?«

O'Hanrahan ließ sich Zeit mit der Antwort. Eigentlich war es ihm ganz

recht, sie in ein Flugzeug zu setzen und zurück nach Hause zu verfrachten, während er in Teheran dem Urevangelium Q nachjagte – und natürlich seinen Harem bekam.
(Du selbstsüchtiger Mann. Diese Frau ist deine Rettung!)
Er hatte nicht darüber nachgedacht, was er mit Lucy anfangen sollte.
(So wie du nie an jemand anderen gedacht hast. Immer nur an deine eigenen Wünsche!)
»Doch, ich nehme schon an«, erwiderte er und verschob die Suspendierung seiner Jüngerin auf die letzte Minute. »Meine Güte, schauen Sie, wie spät es ist! Wir müssen uns beim Verkehrsministerium unsere Stempel holen, oder wir kommen hier nie heraus!«
Das Verkehrsministerium. Ein Gebäude, das sich Kafka hätte ausdenken können: Sechs Stockwerke im selben Grundriß, jedes Büro genau gleich geschnitten, jede Wartebank und jeder Schalter identisch, und die Beamten, größtenteils Soldaten – es hatte den Anschein, als wäre das ganze Land in der Armee –, wiesen jede Bitte und jede Bestechungssumme ab. Ausgemergelte Afrikaner, achtköpfige Familien, die in stinkenden, schmutzigen Kleidern zusammengekauert warteten, die Gesichter hoffnungslos, und versuchten, mit ihrer noch übrigen Energie einen Ausreisestempel zu bekommen oder irgendeine Erlaubnis, einen Straferlaß, eine Ausnahmeregelung ... Es konnten Wochen vergehen, bis diese Wünsche – wenn überhaupt jemals – erfüllt wurden.
Lucy beobachtete einen Mann, der offensichtlich im letzten Stadium der Erniedrigung am Hosenbein eines Soldaten zog und weinte, um irgendeinen albernen Stempel auf einem zerknüllten Schriftstück bettelte, das er schwenkte, als wäre es die weiße Flagge eines Besiegten. Der Araber schüttelte den Lästigen von seinem Bein und ging weiter, ohne ihn zu beachten. Keine Frischluft, kein funktionierendes Licht, nur schwach drang das Tageslicht in das Gebäude – scharfer blauer Tabakrauch hing dick in der Luft.
»Wir werden hier nie herauskommen«, stöhnte Lucy, nachdem sie fünfundvierzig Minuten ungeduldig gewartet hatten. »Es ist vollkommen sinnlos. Das ist die Hölle.«
Jedesmal wenn eine bestimmte verschleierte Frau vorbeikam, sprang O'Hanrahan zusammen mit zwanzig anderen auf und rief ihr etwas zu, so wie die Händler in der Chicagoer Weizenbörse, jegliche Würde wurde geopfert, um ein wenig Aufmerksamkeit zu erregen. Die eiskalte Büro-

kratin suchte sich irgend jemanden aus und versprach ihm oder ihr, daß es nur noch einen Moment, nur noch fünf Minuten dauern werde.

Dann war Gebetszeit.

Der *azaan* rief gellend über die Lautsprecheranlage. Jeder Wartende breitete eine Strohmatte aus, und die nächsten fünfundvierzig Minuten waren dem Nachmittagsgebet gewidmet. O'Hanrahan bemerkte, daß viele der schwarzen Sudanesen nicht beteten, wahrscheinlich waren sie keine Moslems und mußten daher auch so unmenschlich lange warten, tagelang, wochenlang. Oder vielleicht waren sie einfach jeder Hoffnung beraubt, hier im Schoß der afrikanischen Bürokratie, die jenseits von Allahs Reichweite war.

»Jetzt? Bitte! *Laosah mahtee*!« rief O'Hanrahan der wichtigen Frau zu, als sie nach der Gebetszeit wieder auftauchte. »Wir müssen morgen nach Äthiopien!«

Die Frau nahm die beiden Pässe und verschwand.

Für Touristen gab es am Eingang eine lächerlich schlecht ausgestattete Touristeninformationsstelle. Lucy ließ O'Hanrahan allein und ging nach unten, las eine nicht mehr aktuelle Broschüre und fragte dann spontan nach dem nächsten Telefon. Gleich über der Straße, sagte man ihr, im Hotel *Marriott*.

Lucy sehnte sich danach zu hören, was der Rabbi ihnen raten würde, und gab fast ihr restliches sudanesisches Geld aus, um sich mit der Hebräischen Universität verbinden zu lassen.

Ein rauhes Flüstern antwortete: »Lucy, sind Sie das?«

»Rabbi Hersch?«

Schweigen.

»Ist etwas nicht in Ordnung?« fragte Lucy.

»Ja, um auf Ihre Frage zu antworten: Nichts ist in Ordnung. Ich traue dem Telefon in meinem Büro nicht mehr, deswegen habe ich meine Anrufe ins Büro eines Kollegen legen lassen, wo ich jetzt bin. Man hat wieder in meinem Büro eingebrochen, das Schließfach in meinem Schreibtisch aufgebrochen ...«

Lucys Herz klopfte schneller. »Wer war das?«

»Ich weiß es nicht, aber es müssen Leute mit sehr guten Beziehungen sein. Die Hebräische Universität gleicht einer Festung gegen den Terrorismus und die Intifada – man kann nicht einfach hereinspazieren und in ein Büro einbrechen oder einen Safe aufbrechen, es sei denn ...«

»Irgend jemand in der Universität?«
»Gott selbst«, erwog der Rabbi mit frustriertem Unterton in der Stimme.
Lucy lieferte ihren eigenen, wenig erfreulichen Bericht ab. O'Hanrahan war verhaftet worden, die Botschaft hatte ihn aus seinen Schwierigkeiten herausgeholt; Mr. Underwood hatte mit vorgehaltener Waffe ihre Schriftrolle gestohlen, aber die falsche; der fanatische Frater war zwei Tage vor ihnen in Khartum aufgetaucht. »Er ist uns jetzt anscheinend zwei Tage voraus«, seufzte Lucy.
Rabbi Hersch holte tief Luft. »Was hat dieser Mönch von seiner Suche? Er hat die Schriftrolle nicht.«
»Noch nicht. Ich muß schnell reden. Wir fliegen morgen nach Addis Abeba und von dort aus nach Jerusalem, nehme ich an.«
»Das würde ich nicht tun. Treffen wir uns lieber in Chicago oder New York – ich habe Freunde dort.«
Aber Lucy wollte nun wirklich nicht nach Hause. Rabbi Hersch vermasselte ihr die Operation »Heimliches Baby im Heiligen Land« ...
»Ich kann es nicht glauben, daß Paddy O'Hanrahan in ein Flugzeug steigt«, sagte der Rabbi leise. »Nachdem Rudolph bei dem Absturz am O'Hare-Flughafen umgekommen ist, hat Paddy geschworen, er werde nie mehr fliegen.«
Lucy wurde es schwindelig. »Ich dachte, es war ein Autounfall ...«
»Nein, Beatrice ist bei einem Autounfall gestorben, als sie bei über einem Meter Schnee und Eis hysterisch zum Flughafen gerast ist, um zu sehen, ob Rudolph den Absturz überlebt habe. Es war eine Boeing 727, die von der Landebahn abgekommen war; die meisten Passagiere waren lediglich verletzt, aber Paddys Sohn war unter den wenigen Toten. Und dann ist Beatrice durchgedreht ... hat Ihnen das niemand erzählt?«
»Nicht die Einzelheiten.«
»Nun ja. Gibt es in Addis ein *Hilton*? Wann und wo kann ich euch beide treffen?«
»Äh, Dr. O'Hanrahan sagt ...« Ein Klicken. »Hallo? Hallo?«
Jetzt hörte sie nur noch das Rufzeichen.
Lucy trat wieder hinaus in den Spätnachmittagssonnenschein, der das Verkehrsministerium in ein warmes Wüstenorange tauchte. Sie fand O'Hanrahan an derselben Stelle vor, wo sie ihn zurückgelassen hatte ... Nachdem sie das Wichtigste von ihrem Anruf erzählt hatte, fragte sie, ob es bei ihren Stempeln irgendwelche Fortschritte gebe.

»Eine Frau hat mir gerade gesagt, es werde höchstens noch zwei Minuten dauern.«
Zehn hoffnungsvolle Minuten weiteten sich aus zu einer ungeduldigen Viertelstunde, dann waren es zwanzig Minuten. Schließlich starrten sie wieder wie narkotisiert vor sich hin. Eine weitere Stunde verdampfte in der stinkenden Hitze des Gebäudes. Endlich zogen zwei zahnlos lachende Männer, die sich stellvertretend an ihrem Glück mitfreuten – sie warteten selbst schon seit Tagen auf ein solches Ereignis – O'Hanrahan am Ärmel und erweckten ihn zu neuem Leben: *As-sikriteera!* riefen sie. Die allmächtige Sekretärin klopfte an die Glasscheibe des Schalters. O'Hanrahan kam mühsam auf die Beine und holte die Pässe ... den seinen und den einer anderen weißen Frau, aber nicht den von Lucy.
»Aber das ist nicht der richtige«, beharrte er.
Die Sekretärin zuckte die Achseln. Was war der Unterschied?
O'Hanrahan schrieb »Lucy Dantan« und transkribierte den Namen daneben auf arabisch. Bitte, flehte er, um Allahs willen! Suchen Sie ihren Paß heraus, und kleben Sie eine sudanesische Halbpfund-Marke, siebzehn Cents, darauf.
Der Professor kehrte zurück auf den dunklen Bodenfleck im Flur, den Lucy als ihren Bereich markiert hatte. Wo er zuvor gesessen hatte, war nun ein klappriges, dürres Huhn. Als er es mit dem Fuß verscheuchte, kam eine Frau herbeigerannt, den Finger tadelnd erhoben, und hob ihren kostbaren Besitz auf.
»Ich glaube nicht«, sagte Lucy, »daß ich die Toilette in diesem Gebäude erkunden will.«
»Ich kann Ihnen versichern, daß Sie das *nicht* wollen.«
Vom Ende des Flurs her kam ein Getränkeverkäufer, der Wasser in Flaschen anbot, für zwei Pfund. Die ärmeren Sudanesen sahen traurig auf die glitzernden Flaschen, die sie sich nicht leisten konnten. Die arabischen Sudanesen und die Soldaten kauften ein paar Flaschen. O'Hanrahan bestellte zwei. »Ist es sauber?« fragte er. »O ja«, versicherte man ihm. Lucy und er starrten auf die Flasche. Zimmertemperatur. O'Hanrahan hielt sie gegen das Licht. Nein, verdammt, das tranken sie besser nicht. Lucy gab ihre Flasche weiter an die zerlumpte achtköpfige Familie, die gegenüber von ihnen an der Wand kauerte. So stellte Lucy sich eine Leprakolonie vor. Sie beobachtete, wie jeder dankbar einen Schluck nahm, dann wurde die Flasche an eine andere armselige Familie weiter-

gegeben – drei Mundvoll Wasser, die für sechzehn Menschen gestreckt wurden.
O'Hanrahan schliefen die Beine ein, daher stand er auf und spazierte den Gang entlang. An einem Eck bemerkte er, daß der Zementboden abgebröckelt war, als hätte an dieser Stelle eine Granate eingeschlagen. In dem Loch stand braunes, brackiges Wasser. Eine Dreckpfütze im fünften Stockwerk eines Amtsgebäudes: Afrika!

GONDAR
*24. August 1990*

Auf der Fahrt zum Flughafen um sechs Uhr morgens war O'Hanrahan nervös und wischte sich immer wieder zwanghaft über die Stirn.
»Sie fliegen häufig, nicht wahr?« fragte er Lucy.
Die flog zwar nicht häufig, wollte aber keine Scherze mit ihm machen, da sie nun wußte, wie sein Sohn umgekommen war. »Ja, oft«, versicherte sie ihm. »Es ist wirklich nichts dabei. Und bis Addis ist es doch auch kein langer Flug. Stellen Sie sich nur vor, wie lange ein Flug von hier nach Chicago dauern würde. Das hier ist nur ein Katzensprung.«
»Ja«, erwiderte er. Ihre Worte waren wie Medizin für ihn.
Lucy war in sich gespalten, ob sie den Tod seines Sohnes erwähnen sollte oder nicht. Sie hätte, aus Mitgefühl, gern mehr darüber gewußt und O'Hanrahan ihr Bedauern ausgedrückt, aber ein anderer Teil in ihr wollte, daß O'Hanrahan unverwundbar blieb – schon zuviel war passiert, das ihren Mentor, ihr Idol, ihren Moses in der Wüste, verletzlich und fehlbar gemacht hatte. Einen Augenblick lang sehnte sie sich zurück nach ihrer ungleichen Beziehung in Irland: er, der Große, gegen sie, das bedeutungslose Nichts. Es hatte schließlich doch etwas Tröstliches gehabt, als er noch wie Jupiter über den Ereignissen schwebte.
(Meinst du nicht, es wäre besser, Trost zu schenken, wo du nur kannst?)
Sie seufzte. Und bevor sie die Worte zurücknehmen konnte, sprudelte sie schon hervor: »Es tut mir leid.«
»Hm?«
Lucy sah hinaus auf die schäbige Barackensiedlung, an der sie vorbeifuhren; auf die offenen Kloaken, aus denen braunes Schmutzwasser gurgelte;

auf die Hähne, die den Morgen ankrähten. »Es tut mir leid, was Ihrem Sohn passiert ist.«
Oh, dachte O'Hanrahan. Die McCalls oder wahrscheinlich der Rabbi haben ihre Neugier gestillt. »Ja, das tut mir auch leid.«
»Ich meine, es gibt nichts, was ich Ihnen sagen könnte ...«
»Ich schätze es«, erwiderte er automatisch, »daß Sie überhaupt etwas gesagt haben. Natürlich ist das alles schon lange her«, fügte er hinzu und fragte sich, warum.
»Aber es muß Sie ja daran erinnern, wenn Sie jetzt in dieses Flugzeug steigen.«
O'Hanrahan nickte und spürte wieder mit voller Wucht die alte Trauer, den lebenslangen Schmerz. Ab einem gewissen Punkt sollte es ein Moratorium für Anteilnahme geben – die ersten sechs Monate nach dem Begräbnis, okay. Aber danach – warum das Ganze wieder aufrühren?
(Aber Patrick, das ist alles, was die Menschheit hat. Wenn alle voll Anteilnahme wären, könnte die Welt morgen von den größten Qualen und dem größten Leid gerettet werden.)
Das ist wahr. Und es hatte Leute gegeben, Männer, die er an den Fachbereich berufen und denen er ein Amt gegeben hatte; Fauen in der Verwaltung, die Hunderte von Briefen für ihn getippt hatten, die ihm ihre Weihnachtsgratifikationen verdankten – und sie hatten kein Wort zu ihm gesagt, keine Karte geschickt, einfach den Kopf von seinem zweifachen Trauerfall abgewandt. *Mich fliehen nun, die Umgang mit mir pflegten; selbst die ich liebte, sind mir feind gesinnt.* »Er war ein guter Junge. Rudolph, meine ich«, sagte O'Hanrahan schließlich.
»Rudolph«, wiederholte Lucy den Namen.
»Rudy haben wir ihn genannt. Sie hätten ihn gemocht, Luce.«
In der Hoffnung, die Stimmung aufzuheitern, schlug sie einen flirtenden Ton an. »Hat er gut ausgesehen?«
»Vielleicht mein persönlicher Geschmack, aber ich würde sagen, ja«, murmelte er. Er zog seine Brieftasche heraus. Tief versteckt in ihren Fächern war ein Foto, das Foto, das Gabriel gesehen haben mußte. O'Hanrahan hielt es hoch und sah es an, aber nicht sehr nahe; er blickte dem Jungen auf dem Foto nicht in die Augen.
Lucy nahm das Bild vorsichtig in die Hand.
Tatsächlich, dachte sie, Gabriel sah diesem Rudolph ein wenig ähnlich. Vielleicht war es aber auch hauptsächlich der mönchische Haarschnitt.

Es war ein Foto aus der High-School-Zeit, aus dem Jahrbuch der Schule Anfang der 70er. Eine Cordjacke mit breiten Revers, eine breite braune Krawatte, zuviel Haar.

Ganz unpassend zu dem vergilbenden Foto und dem blassen, ernsten Gesicht, das sie anstarrte – vielleicht hatte er sich nicht gerne fotografieren lassen –, rasselte O'Hanrahan gekünstelt-fröhliche Sprüche herunter: »Vielleicht nicht sehr athletisch, aber er hat eben die ganze Zeit gelesen. Er war ein Gelehrtentyp, so wie sein alter Herr. Ich vermisse die Gespräche – ich meine, wir haben immer ... ich vermisse die langen Gespräche, die wir immer hatten. Er hätte wahrscheinlich eine akademische Laufbahn eingeschlagen, gegen meine strengsten Warnungen.«

»Welches Fachgebiet?«

»Theologie natürlich.« O'Hanrahan schloß die Augen und kämpfte gegen seine Übelkeit an. Woher kam ihm bloß dieser Blödsinn? »Er war ein richtiger Frauenheld«, hörte er sich sagen. »Ich glaube, Sie hätten auf sich achtgeben müssen, Schwester Lucy.«

»Ich war in der High-School ein absolutes Nichts«, sagte sie und gab ihm das Foto zurück. »Er wäre mir sicher aus dem Weg gegangen.«

»Oh, das bezweifle ich. Sie erinnern mich sogar ein bißchen an eine seiner Freundinnen ...« Er wischte sich die Stirn ab und fragte sich, ob er den Verstand verloren habe. Er sagte Dinge über seinen Sohn, die nicht realer waren als ein Spruch im Werbefernsehen ... Aber bei diesem Thema war er unerfahren. Für die Bekannten, die um Beatrice trauerten, hatte er ein festes Schema vorbereitet gehabt: Was für eine gute Ehefrau sie gewesen sei, wie sehr er sie vermisse, was für eine großartige Frau, und das hatte alle zufriedengestellt. Aber wenn es um Rudolph ging, fuchtelte er wild in der Luft herum, hier hatte er keinen fertigen Text, den er der Welt vorbeten konnte, die ihn nicht in Ruhe lassen wollte.

Aber hast du mich gehört, Rudy? Na, hast du deinen Vater gehört? Okay, ich habe mir ein paar Freiheiten herausgenommen, aber ich habe mich zu dir bekannt, nicht wahr? Und doch ... und doch habe ich das Gefühl, als hätte man etwas aus mir herausgerissen und statt dessen eine tiefe Leere zurückgelassen.

(Die Wahrheit wird dich befreien, Patrick.)

An dem baufälligen Behelfsflugplatz reihten sich Lucy und O'Hanrahan in der Reihe der anderen schläfrigen Passagiere ein, zumeist Araber und ein paar äthiopische Flüchtlinge. Sie wurden zu einem Schalter geführt, hinter dem niemand saß, dann zu einem anderen Schalter, hinter dem eine Frau erklärte, sie habe mit nichts etwas zu tun. Dann standen sie draußen im kühlen, morgendlichen Schatten der Flugzeughalle, um auf die Verwaltungsbeamten zu warten.

»Vielleicht«, schlug O'Hanrahan vor, dem jede Fahrt über Land lieber gewesen wäre, »könnten wir nach Kassala fahren und das Rote Kreuz dazu bringen, uns mit einem Jeep nach Addis zu fahren ...« Er verstummte, als er das sowjetische Propellerflugzeug, eine Maschine aus den fünfziger Jahren, über das Rollfeld zum Abfertigungsgebäude holpern sah. Aus einem der Propeller kam schwarzer Rauch, ohne daß irgend jemand der Zuständigen auf dem Feld das beunruhigend gefunden hätte. Religiöse Zeichen, verblaßte heilige Koransätze in verschlungenen arabischen Buchstaben, die sich in geometrische Formen zwängten, schmückten die Außenwände des Flugzeugs.

»*Insha'allah Airways.*« O'Hanrahan flüsterte fast. »Wenn Gott es will.«

An einem kleinen Klapptisch, dessen eine Seite bedenklich nach unten sackte, saßen ein dicker sudanesischer Offizier und eine Art Beamter in einer schmutzigen *galabiyya*, die Pässe, Papiere und Tickets überprüften und mit jedem in Streit gerieten, der an den Tisch geführt wurde. Ein zahnloser Mann wetterte heftig gegen die Behördenvertreter und bespuckte sie mit seiner feuchten Aussprache, so daß sie zusammenzuckten, seinen Paß stempelten und ihn weiterwinkten – aber erst, nachdem sie sein Messer verlangt hatten. Der Mann griff in seinen Stiefel, zog einen erschreckend langen Dolch hervor und legte ihn auf den Tisch. Pistolen, Messer, Säbel, Stilette – nacheinander legten die Passagiere ihre Waffen ab, und der Offizier warf alles in einen schäbigen Koffer, aus dem die Waffen nach der Landung wieder verteilt werden würden.

Lucy schluckte mühsam. »Zumindest gibt es eine Art Sicherheitsüberwachung.«

O'Hanrahan war wie vor den Kopf gestoßen.

Dann hörte man ein dumpf-schmatzendes Geräusch – *plop*. Zwei Männer tauchten hinter dem Flugzeug auf und schrieen einander an, während ein dritter in Uniform herbeieilte ... Mein Gott, dachte O'Hanrahan, dieser abgerissene Kerl in den Khakihosen der einen und der blauen Jacke einer anderen Uniform ist der *Pilot*! Der Pilot befahl den beiden Männern, in die Garage zu kommen, und bald wurde klar, daß ein Flugzeugreifen einen Platten hatte. Ein gleichmäßiges Zischen untermalte die Worte der Arbei-

ter, während der Reifen langsam weiter Luft verlor und das Flugzeug sich nach einer Seite senkte.
»Ganz bestimmt«, stotterte Lucy, die nun selbst eine Heidenangst hatte, »müssen sie bei der sudanesischen Air Force gewesen sein, um fliegen zu dürfen. Ich meine, man kann doch nicht einfach ohne Qualifikation Pilot sein, oder?«
O'Hanrahan lachte finster. »Sie wollen mich mit der sudanesischen Air Force beruhigen? Da fühle ich mich aber gleich verdammt viel besser.«
Schließlich fand sich O'Hanrahan vor dem Klapptisch und dem Offizier mit seinem buschigen Schnurrbart. Der Mann sah aus wie Saddam Hussein, nur die Hautfarbe war dunkler. Gelangweilt prüfte er ihre Pässe und legte sie beiseite. »Sie fliegen nach Gondar?« fragte er auf arabisch.
»*Insha'allah*«, antwortete O'Hanrahan.
»In der Tat«, stimmte der Offizier zu, nun wieder auf englisch. »Äthiopien ist nicht sicher. Sie ist Ihre Tochter?« fragte er und meinte Lucy.
»Ja.«
»Aber Sie haben nicht denselben Namen.«
»Sie ist Witwe«, flunkerte O'Hanrahan.
»Ah«, erwiderte der Mann und murmelte einen Segen für Witwen aus dem Koran. Dann stempelte er die Pässe.
Der Start war so schlimm wie befürchtet. Das Flugzeug rumpelte und holperte über eine unbefestigte Startbahn dahin, obwohl es durchaus eine geteerte Bahn gab. Jede Ansage endete in einem Knacken und Rauschen, weil die Lautsprecheranlage kaputt war. O'Hanrahan und Lucy waren angeschnallt und machten sich grimmig auf den Tod gefaßt. O'Hanrahan bemerkte, daß die *fellahin* an Bord dasselbe taten – überall gemurmelte Gebete, Tränen, flehend zu Allah ausgestreckte Hände. Der Mann in dem afrikanischen Hemd, der auf der anderen Seite des Durchgangs saß, lächelte ihn jedoch an, unglaublich heiter.
Das Flugzeug beschleunigte auf dem kiesigen Untergrund, schwankte nach links, dann nach rechts, hob sich in die Luft und berührte wieder den Boden, alles in gemächlicher Geschwindigkeit, in der ein Abheben unmöglich schien. Doch da hob das Flugzeug endgültig von der Startbahn ab. Eine Ewigkeit lang schienen sie direkt über dem Boden zu schweben, bevor sie an Höhe gewannen; O'Hanrahan fragte sich einen Augenblick, ob der Pilot vorhabe, die gesamte Strecke bis nach Äthiopien zu *hüpfen* und alle paar hundert Meter wieder den Boden zu berühren.

Lucy bekreuzigte sich. Sie waren in der Luft.
Khartum sah von oben aus wie ein Schrottplatz mit zwei Grünstreifen neben den lehmfarbenen Flüssen; dahinter lag eine endlose, leere gelbe Sandebene. Bald tauchte vor ihnen eine rotbraune, sonnenverbrannte Bergkette auf. Die Berge, dachte O'Hanrahan, die die Römer daran hinderten, nach Äthiopien vorzudringen. Erst im 19. Jahrhundert hatte man einen Weg über diese Berge gefunden. Von Zeit zu Zeit kamen von diesen Bergen seltsame Boten – wie Priester Johannes, der legendäre äthiopische König, der in einer Rüstung aus Silber und Gold bei den Kreuzzügen mitritt und riesige Edelsteine verteilte; der wieder verschwand, kaum daß er aufgetaucht war, zurück in dieses Land der Juden, die von den Juden der Welt kaum anerkannt werden, und der Christen, die von den Christen der Welt vergessen sind. Ja, da unten lagen die Berge und Schluchten, die dieses Land durchzogen, die bis zu viertausend Meter hohen Gipfel, die Abgründe, die nicht zu überqueren waren; diese gewaltige Landschaft, die Äthiopien von der übrigen Welt isoliert hatte, das Land der *abyssi*, der unermeßlich tiefen Abgründe, Abessinien.
Gerade als ein wenig Ruhe eingekehrt war, kam es zu Turbulenzen; das Flugzeug hob und senkte sich ruckartig, ratternd und klappernd. Eine neue Runde flehender Gebete zu Allah setzte ein.
»Gott«, sagte O'Hanrahan, dem der Schweiß über die Stirn lief und das Silberhaar matt ins Gesicht hing, »das ist genauso wie in den Tagen, als es noch keine Jets gab. Ich bin in einer etwas größeren Version von so einem Ding nach Korea geflogen.«
»Und Sie haben überlebt.« Lucy griff nach jedem Strohhalm der Sicherheit.
Das Flugzeug schwankte wild auf und nieder, und die Sitze und Klapptischchen sahen aus, als würden sie sich gleich selbständig machen. Lucy, die tapfer den Gurt gelöst hatte, schnallte sich mit blutleeren Fingern wieder an.
»Wird Ihnen viel nützen«, knurrte O'Hanrahan.
Dann hörten sie ein Geräusch wie von einer Sirene, ein hohes Heulen und Sirren.
»Wahrscheinlich ein Signal, daß der hintere Teil abgebrochen ist«, spekulierte O'Hanrahan.
Auf der linken Gangseite sahen viele der Männer aufgeregt aus den Fenstern, alle schrien durcheinander. Ungläubig beobachtete O'Hanra-

han einen Mann, der von seinem Sitz aufstand, um sich betend in den Gang zu kauern und immer wieder den Kopf zum Boden zu neigen ...
»Oh, oh«, flüsterte Lucy, die es nicht wagte, sich näher zu informieren.
Dann hörten sie wieder ein Geräusch wie von einem Feuerwerkskörper, diesmal von rechts hinten. Lucy sah zum Fenster hinaus und erblickte etwas, das einer Art Spielzeug-Rauchbombe glich, die nach unten in die Schluchten fiel.
»Was um Himmels willen ist das?« O'Hanrahan beugte sich an ihr vorbei zum Fenster.
»Ist das aus dem Flugzeug gefallen, Sir?«
Dann hörten sie ein Geräusch wie von Murmeln und Kugeln, die auf eine Blechplatte gefeuert werden. Irgend etwas hagelte gegen den Bauch des Flugzeugs.
O'Hanrahan ließ sich resigniert zurück in den Sitz fallen und erklärte ruhig: »Apropos Korea: Wir werden beschossen.«
Das ist das Ende, dachte Lucy.
O'Hanrahan war nicht nur ein Doktor des Glaubens, er war auch ein Prophet – er hatte gesagt, sie würden sterben, und nun war es soweit. Dank des sudanesischen Bürgerkriegs oder der Widerstandsbewegung von Tigre, dank der eritreischen Rebellen oder der Streitkräfte Mengistus ... Vielleicht benutzt ja auch jemand dieses Flugzeug nur für ein Übungsschießen, schließlich sind wir in Afrika ...
»Jesus«, stöhnte O'Hanrahan und umklammerte die Armlehnen, als das Flugzeug einen Schlag gegen die Unterseite bekam. Er registrierte, daß die Maschine nach oben stieg, so gut es bei den Turbulenzen möglich war. Die arabischen Passagiere wehklagten laut und heulten Gebete – Allah ist gut, Allah ist gnädig, Allah ist allmächtig! O'Hanrahan hörte zu und dachte kalt: Na, ich weiß nicht, Jungs. Allah springt in diesem Teil der Welt ziemlich hart mit euch um. Eine nicht gerade in eurem Interesse in den Gang der Dinge eingreifende Gottheit.
(Ohne Uns wäre es noch viel schlimmer, als es ist.)
Ich nehme an, Herr, ich sollte dir für diesen schnellen Tod danken. Ich kann sagen, daß es ein höllisches Stück besser ist als das, was geschehen wäre, wenn ich mich nie aus meinem Lehnstuhl in Forest Park fortgerührt hätte. Es liegt eine gewiße Gerechtigkeit in alldem, die dir gefallen muß. Bei einem Flugzeugabsturz sterben, genauso wie mein Sohn. Die genaue Entsprechung. Wenn Rudy das ertragen konnte, dann kann ich es auch.

Ich weiß nicht, ob er tapfer war oder in Panik geraten ist – oder ob er vielleicht gar nicht mitbekommen hat, was mit ihm passierte. Aber für den Fall, daß er von oben zusieht, werde ich meinem Ende mit Würde entgegengehen. Ich widme diesen Tod meinem Sohn.

(Gesten der Liebe sind für die Lebenden, Patrick.)

O'Hanrahan warf einen Blick auf Lucy, die angespannt betete, ein »Gegrüßet seist du, Maria« nach dem anderen. Ich nicht. Ich werde dem Ende gelassen und mit offenen Augen ins Gesicht sehen.

Der Propeller auf der rechten Seite, der schwarze Abgase ausgestoßen hatte, verlangsamte nun seine Drehungen, da er von einem Flugzeugabwehrgeschoß getroffen worden war. Weißer Rauch vermischte sich mit dem schwarzen. Das Flugzeug drehte nach rechts und sackte nach unten, auf eine Wüstenfläche zu. O'Hanrahan beschloß, keine Ausschau nach Dörfern oder Landebahnen zu halten. Was passieren sollte, würde eben passieren ... In meinen letzten Augenblicken bin ich von arabischem Fatalismus angesteckt, seufzte er.

Lucy packte seine Hand.

Mein Gott! Daran hatte er nicht gedacht. Lucy! Wäre sie hier, wenn du sie nicht bei deiner dummen Jagd mitgeschleppt hättest? *Ihr Tod geht auf dein Konto!* O'Hanrahan spürte, daß ihm Tränen in die Augen stiegen. Dieses junge Leben, geopfert für meine Narreteien!

Er drückte ihre Hand. Oh, vergib mir! Deine Jugend, das Leben, das noch vor dir gelegen hätte, die Liebesgeschichten und Triumphe Lucy Dantans, erloschen in diesem Fiasko ... Ah, das könnte mir nun doch noch die Hölle einbringen. Bravo, alter Mann! Jeden ziehst du mit dir nach unten!

O'Hanrahan betete ernst und entschlossen, das erstemal seit siebzehn Jahren: Laßt mich sterben, wenn ihr da oben es wollt – aber *nicht Lucy, um Gottes willen*! Was mich angeht, Herr, ich habe nicht einmal jetzt das geringste Bedürfnis, um Verzeihung zu bitten! Ich habe meine Sünden geliebt und geschätzt! Unbußfertig bis zum Ende, o Gott! Aber wenn du ein Fünkchen Anstand hast, dann rette dieses Mädchen!

(Du hattest genügend Möglichkeiten, für Lucys Sicherheit zu sorgen.)

O'Hanrahan hob den Kopf und stellte fest, daß Lucy ihn ansah.

»Es ist alles in Ordnung«, sagte sie. »Was immer auch geschieht.«

Die felsigen Berge waren nun auf Fensterhöhe. Weiter, weiter nach unten ...

»Selbst wenn es nicht gutgeht, möchte ich Ihnen sagen ...« Sie war

furchtlos und zeigte eine Ruhe, die von tief innen kam. »Ich danke Ihnen, daß Sie mir diese Reise ermöglicht haben.«
»Bitte«, jammerte er, »wenn Sie nicht mit mir gekommen wären ...«
Mit einem festen Händedruck schnitt sie ihm das Wort ab. »Ich liebe Sie, Sir.«
Der Talboden mit seinem Gebüsch und der sonnengebackenen Erde war nur noch ein paar Meter unter ihnen.
(Und du kannst diese Worte nicht einmal erwidern, nicht wahr, Patrick?)
»Ja«, sagte er und wischte sich keuchend über die Stirn. Ah, die gefürchteten Worte! Der magische, mystische Name Gottes, den er sich auszusprechen fürchtete! Was er in zwanzig Jahren Ehe oder achtzehn Jahren als Vater nicht hatte sagen können, was er nicht zu Schwester, nicht zu Vater und Mutter, nicht zu irgendeinem Freund oder Kollegen hatte sagen können – Lucy hatte es gesagt, so schlicht und würdevoll.
*Rrrummms* ... Polternd und holpernd berührte das Flugzeug den Boden, hob sich noch einmal ein wenig, prallte mit einem noch lauteren Knall auf, und allen im Flugzeug, die mit ihrem Leben bereits abgeschlossen hatten, kam der Gedanke, daß es vielleicht doch noch eine Überlebenschance gab.
Jetzt waren alle Passagiere in einer betäubten Erwartung vereint: Wird das Flugzeug zerbersten oder umkippen und auf den Rücken krachen, oder wird es einfach langsamer werden und uns das Leben wieder schenken? Ruckartig verlangsamte sich das Tempo; O'Hanrahan beugte sich zum Fenster und sah einen Graben, der parallel zum Weg des Flugzeugs verlief. Sie landeten auf einer Schotterstraße. Langsamer und immer langsamer ... Und schließlich kam das Flugzeug zum Stehen.
Der Pilot und der Copilot tauchten lächelnd in der Tür des Cockpits auf; ein Mann, der vorne saß, kniete vor ihnen nieder und küßte ihnen die Hände. Nicht nötig, nicht nötig, scheuchte der Pilot ihn fort. Auf arabisch erklärte er, man müsse einen Reparaturwagen aus Bahir Dar kommen lassen, dann würden sie wieder starten und nach Addis Abeba weiterfliegen. Er sagte das so beiläufig, daß O'Hanrahan sich einen Augenblick verwirrt fragte, ob sie wirklich in ernsthaften Schwierigkeiten gewesen seien. War das bei dieser Fluglinie ein gewöhnliches Vorkommnis?
»Sie haben gedacht, wir würden sterben, wie?« fragte der muntere, rundgesichtige Gentleman von der anderen Gangseite in melodischem, westafrikanischem Englisch.

»Ja.«
»Ah, meine Tochter wird nächste Woche heiraten, und man hat mir geweissagt, daß ich an ihrer Seite sein werde. Also konnten wir gar nicht sterben.«
»Ich wünschte, ich hätte das früher gewußt«, meinte O'Hanrahan, der wieder ruhiger atmete.
»Nein, nein«, sagte der Mann fröhlich und holte eine Tasche von der Gepäckablage. »Gar kein Zweifel möglich.«
Lucy ließ sich in den Sessel zurückfallen und senkte erschöpft den Kopf. O'Hanrahan ließ ihre Hand wieder los. Er war etwas verwirrt und dann beschämt, daß er ihr als womöglich letzte Geste nicht hatte sagen können, daß auch er sie liebe. Ich bin innen aus Stein, dachte er ehrlich, ich bin wie eine Wüste.
(*Und ich nehme dein steinernes Herz und gebe dir ein Herz aus Fleisch und Blut.*)
»Alles in Ordnung, Luce?« fragte er, immer noch mitgenommen.
Sie nickte.
Die meisten Passagiere gingen schon zur Tür, um den harmlosen Sprung ins Freie zu wagen. Man küßte den Boden und pries die Erde, streckte die Arme gen Himmel und lobte Allah, den Wunderbaren, den Gepriesenen, den Wahren, den Bezwinger, den Ewigen, den Unvergleichlichen – alle neunundneunzig heiligen Namen. »Ist er nicht ein guter Gott?« riefen die Leute laut.
(Nun, Patrick, was sagst du?)
»Ich sage Ihnen«, erklärte er Lucy, »wir steigen nicht mehr in dieses Flugzeug. Keine Überraschungen mehr. Wir sind in Äthiopien, und wir können uns von hier nach Gondar mitnehmen lassen und dann mit dem Bus nach Addis fahren.«
»Aber vielleicht sollten wir ...«
»*Keine Flüge mehr*«, befahl O'Hanrahan.
»Okay, nur einen Augenblick«, bat Lucy. »Ich muß noch ein wenig sitzen bleiben und ... ich fühle mich schwach.« Mit zitternden Händen wühlte sie in ihrer Tasche nach der Wasserflasche und nahm einen langen Schluck. Sie sah O'Hanrahan nach, der nach vorne ging und sich von mehreren Sudanesen dabei helfen ließ, seine massige Gestalt auf die Schotterstraße hinuntergleiten zu lassen. Bewußt tief und rhythmisch atmend, schloß Lucy die Augen. Sie fühlte Frieden.

Ich weiß, Heiliger Geist, was du vorhattest, betete sie.
(Ja, Mein Kind?)
Vor einem Augenblick konnte ich nur noch den Tod und das Ende aller Dinge vor mir sehen. Jetzt bin ich am Leben, und meine Zukunft ist mir zurückgegeben worden. Was für eine geringe Last ist es jetzt, ob ein Kind Teil dieser Zukunft ist oder nicht. Wie glücklich sollte ich sein, es zu gebären und ihm das Leben zu schenken!
(Du weißt, daß Wir immer bei dir sind.)
Also vergib mir, wenn ich mich immer noch nicht gebessert habe. Ich will immer noch nicht schwanger sein. Jetzt, wo ich dem Tode so nahe war, will ich mehr denn je meine Freiheit.
Dann fiel ihr plötzlich, ganz unvermittelt, David McCall ein. Irgendwo in diesem Land, draußen im weiten Busch. Er könnte der Schlüssel zu meinem künftigen Glück sein, entschied sie ruhig. Ich will ihm meine Sünden beichten, sie in seine schönen Hände legen. Sie sah den Mann in dem afrikanischen Hemd und dem runden Käppchen auf dem Kopf an. Der grinste ihr strahlend zu: »Meine Tochter soll verheiratet werden, ja? Lassen Sie mich Ihnen sagen, Gott hat mir versprochen, daß ich bei dem Fest tanzen werde, und Gott lügt nie. Nein, nein, Gott lügt nie.«

Lucy öffnete die Augen, als sie das Geräusch von Hubschraubern hörte. Einen Augenblick fragte sie sich, wo sie war, dann fiel ihr wieder die Notlandung ein, dann die kurze Fahrt in das Flüchtlingslager von Degoma, wo man ihnen ein Quartier angeboten hatte; sie zweifelte einen Moment, ob das wirklich alles passiert war ...
Sie setzte sich im Bett auf und stellte fest: Es stimmte. Sie war in der Unterkunft der Krankenschwestern, und ein schmaler Lichtstrahl drang unter dem Eingang des schweren Segeltuchzeltes durch.
Lucy erhob sich von dem knarzenden Bett, vorsichtig, damit sie die Krankenschwester, die zwei Betten weiter schlief, nicht störte, und ging zum Eingang. Draußen war es noch hell; es war spät am Nachmittag. Jeeps und Lastwägen mit Medikamentenvorräten fuhren im Lager ein und

aus und wirbelten Staub auf. Lucy betrachtete das Lager. Die Unterkünfte der Helfer und das Sanitätszelt lagen auf der einen Straßenseite; auf der anderen, in einem Areal voller Buschwerk, begannen die Zeltdörfer der Flüchtlinge.

Lucy beobachtete eine Reihe von mitleiderregend abgemagerten Äthiopiern, die gerade angekommen waren und vor einer Hilfsstation warteten; die schreienden Kinder, die stummen Mütter, die immer noch zu verängstigt waren, um auf Nahrung zu hoffen, obwohl sie nun so nahe waren; die Männer, von denen man erwartete, daß sie für ihre Familien sorgten, bewegten sich in einer Art Trance äußerster Demütigung und Hoffnungslosigkeit vorwärts. Lucy blickte auf diese merkwürdig geduldigen, in ihr Schicksal ergebenen Menschen und tröstete sich mit dem Gedanken, daß die Leute nun endlich etwas zu essen bekommen würden, daß sie gerettet waren. Sie wärmte sich an diesem Gedanken, bis ihr Blick auf eine ausgemergelte Frau fiel, die hinter den anderen herhinkte, ohne Finger und – wie Lucy erschrocken bemerkte – ohne Nase.

Lucy wandte sich ab: Lepra. Eine Krankheit, die man jetzt zwar behandeln konnte, aber vielleicht hatte man das in dem Dorf der Frau – wo immer es lag und wer immer es zerstört hatte – noch nicht gewußt. Ihre Kinder, die ihr Schrittempo nur änderten, um eine Fliege zu verscheuchen, folgten ihr mit ausdruckslosen Gesichtern. Bestimmt waren sie von der Krankheit ebenfalls angesteckt, aber es würde noch dauern, bis sie ausbrach. Was mußten sie denken, wenn sie ihre Mutter ansahen; hatten ihre kleinen Gehirne sich damit abgefunden; hatten sie irgendeinen Weg gefunden, um ihre Heimatlosigkeit, diesen ewigen Krieg, die Greueltaten, den Verlust von Geschwistern zu verkraften?

»Lepra«, sagte eine Krankenschwester, die in der Nähe des Eingangs stand, zu Lucy.

»Ja, das habe ich mir gedacht.«

Lucy und die Krankenschwester, die etwa in Lucys Alter war und mit ihrem kurzen Haar ein wenig maskulin wirkte, stellten sich einander vor. Lucy erfuhr, daß die Schwester einen Sommer lang für World Vision gearbeitet hatte und jetzt mit den Catholic Relief Charities hier war. »Obwohl ich jetzt nicht mehr katholisch bin«, fügte die Schwester hinzu. Lucy teilte ihre Beobachtungen mit. »Sie sehen alle so ... gleichgültig aus.«

»Das ist der Hunger«, erklärte die Schwester. »Eine Phase der Lethargie beim Verhungern. Sie verbringen den ganzen Tag in diesen Lagern und starren ins Leere, sind kaum fähig, sich zu bewegen, selbst wenn etwas Eßbares nur ein paar Meter weit weg von ihnen steht. Wir können nicht davon ausgehen, daß sie kommen und es sich holen, selbst wenn es direkt neben ihnen steht. Wir hatten Mütter, die in Sichtweite von Essen verhungert sind. Sie können nicht mehr klar denken.« Die Krankenschwester betrat das Zelt, da ihre Schicht zu Ende war. Lucy staunte darüber, wie ruhig sie die Menschen taxierte: »Aber dann verliert eine Frau ein Kind, und man sieht sie weinen. Innerlich, emotional, sind sie noch lebendig.« Die Schwester wandte den Blick von Lucy ab und sagte: »In der östlichen Zeltstadt gibt's eine Frau, die heute morgen ihr siebtes Kind verloren hat. Stellen Sie sich das vor!«

Lucy beobachtete die nächste Gruppe von Flüchtlingen, die am Zelt vorbeizog. Sie war verstimmt, daß O'Hanrahan sie hier abgeladen hatte, damit sie nach dem erlittenen Schock ein wohlverdientes Schläfchen hielt, ohne zu hinterlassen, wo er war. Sie ging in die Richtung, in der sie die Verwaltung des Lagers vermutete – und wohl auch O'Hanrahan.

Als Hauptquartier diente eine verlassene Tankstelle, die schon lange keine Tanksäulen mehr hatte. Wo früher eine große Glasscheibe gewesen war, hingen nun Segeltuchbahnen. Eine Traube äthiopischer Helfer wartete mit einer Reihe von Problemen vor der Tür, stumm und geduldig, unmenschlich ruhig ... Oder ist es vielleicht eine tiefere, eine philosophische Geduld, die ihren Ursprung in Afrika selbst hat? Lucy fragte sich, ob sie sich ebenfalls in diese Schlange einreihen sollte, dachte dann aber, es könnte Tage dauern, bis alle diese Menschen bekommen hätten, was sie brauchten.

Schüchtern steckte Lucy den Kopf durch die Tür in das überraschend saubere Büro nahe dem Eingang. »Ist jemand da, der Englisch spricht?« fragte sie.

Eine Helferin bejahte, führte Lucy zurück auf die Straße und sagte ihr, sie solle ins Dorf gehen und das Steingebäude mit der Aufschrift *Scuola* suchen, ein Schulgebäude aus der kurzen Phase der italienischen Kolonialherrschaft in den dreißiger Jahren. Nur dort gab es funktionierende Telefone, und dort würde sicher auch O'Hanrahan sein.

Lucy wich zwei knurrenden wilden Hunden aus, die nach kurzem Gekläff das Interesse an ihr verloren. Sie watete durch die schlammigen Spurrillen über die Straße zu dem Verwaltungsgebäude.

»Lucy, hierher!« rief O'Hanrahan.

Er saß im hinteren Teil eines großen Lagerraumes, der früher ein Vortragssaal gewesen war und in dem jetzt die Verwaltung des Lagers untergebracht war. Zwei schwarze Telefone, vor denen jeweils ein paar Menschen warteten, standen auf einem Tisch, und ein Polizist horchte gerade an einem der Apparate; an der anderen Wand war sogar ein Funkgerät, in das ein Arzt gerade hineinbrüllte. Offenbar wurde er am anderen Ende der Leitung nicht verstanden.

O'Hanrahan, frisch und munter, einen Pappbecher mit etwas Trinkbarem in der Hand, winkte sie an seinen Tisch.

»Sie haben es wirklich geschafft, sich hier draußen einen Cocktail zu organisieren?«

»Das Zeug ist nicht mal so schlecht«, sagte er und sah auf die bräunliche Mischung in seinem Becher. Sein Ton legte nahe, *daß* es so schlecht war.

»Das ist *swa*. Aus gegorenem Brot. Ein erfinderisches Volk, diese Tigray.«

Ein Polizist in der Nähe blickte kurz auf, als O'Hanrahan den Namen der verbotenen Rebellenfraktion erwähnte.

»Wollen Sie einen Schluck?«

»Nein, danke.«

»Ich habe die US-Botschaft in Addis angerufen, und die Leute waren ganz erleichtert, daß wir noch leben. Sie schicken jemanden aus der Hauptstadt her, der uns holen wird. Mit dem Auto, Gott sei Dank.«

Lucy bemerkte einen älteren Priester, der in irgendeiner Sprache etwas vor sich hinmurmelte. Abba Selama. Lucy betrachtete sein außergewöhnliches Gesicht. Die Augen und der graue Bart ließen auf höheres Alter schließen, dennoch wirkte sein Gesicht mit den majestätisch hohen Wangenknochen jung.

»Abba Selama war so freundlich, von Debra Istafanos hierherzukommen, um für mich zu bürgen«, erklärte O'Hanrahan. »Die Polizei hier meint nämlich, es sei besser, wenn wir uns nicht von hier fortbewegten, bis die Leute von der Botschaft ankommen. Wir sind knapp einer Verhaftung entgangen. Jeder, der so hereinschneit wie wir, wird für einen Spion gehalten, und Spione können ohne Prozeß erschossen werden.«

»Sie verstehen sich darauf, mir ein Gefühl der Sicherheit zu geben, Sir.«

O'Hanrahan zitterte unkontrollierbar.

Lucy befürchtete einen Krampfanfall. »Alles in Ordnung?«

»Das ist dieser *swa*, Luce. Brrr, das Zeug ist ein Gebräu! Wollen sie wirklich nicht probieren? Einen kleinen Schluck?«

»Nein, danke«, lehnte Lucy kurz angebunden ab.
Der Priester wandte sich Lucy zu, legte kurz die Hand aufs Herz, nahm höflich lächelnd Lucys Hand und führte dann seine Hand wieder an seine Brust.
»Betrachten Sie sich als gesegnet, Miss Dantan.« O'Hanrahan riskierte einen weiteren Schluck von dem Brotgebräu. »Gütiger Gott im Himmel ...«
»Trinken Sie das Zeug doch einfach nicht, wenn es so gräßlich schmeckt«, fauchte sie ärgerlich. Sie musterte die Telefone. »Wie gut funktionieren die Apparate hier?«
»Die schwarzen Telefone sind absolut Dritte-Welt-Standard. Der Trick ist, sich am Funkgerät anzustellen und über Satellit anzurufen. Wollen Sie wieder diese afrikanischen Kontaktservicenummern anrufen?« Angesichts von Lucys Ungeduld fügte er hilfsbereit hinzu: »Sehen Sie den Mann da drüben? Den Arzt mit dem schmutzigen weißen Kittel, der schwarze Typ mit den hundert Kugelschreibern in der Tasche? Das ist der Chef hier. Fragen Sie ihn, ob Sie ein Gespräch anmelden können. Und tun Sie, als ginge es um Leben oder Tod, dann läßt man Sie an das Funktelefon.«
Lucy nickte dankbar. Sie nahm den Zettel mit der Adresse des Austcare-Lagers, den David McCall ihr gegeben hatte, aus der Handtasche und zeigte ihn dem Verwaltungschef. Dieser Mann kannte sich ein wenig mit dem Auf und Ab der Flüchtlingslager und Hilfsstellen während der derzeitigen Phase der Rebellion aus. Es stellte sich heraus, daß Davids Lager bei Debra Zebit aufgrund des Bürgerkriegs den Standort gewechselt hatte. Außerdem erzählte der Mann, Präsident Mengistu habe ausländischen Lebensmittelkonvois die Durchfahrt verboten. Der Schurke wollte verhindern, daß seine Feinde Nahrung bekamen. Daher hatte er die internationalen Hilfslieferungen konfisziert und sie an andere arme Länder verkauft, um mit dem Geld neue russische und kubanische Waffen kaufen zu können. Austcare war nun weiter westlich bei Debra Tabor und arbeitete mit dem Roten Kreuz und CARE in einem bereits existierenden Lager zusammen.
Als sie diese Information erhalten und die Funkfrequenz von Debra Tabor erhalten hatte, bat sie den Telefonisten um einen Anruf an David McCall. Sie bekam erst einen Arzt an den Apparat, der gebrochen Englisch sprach; dann eine amerikanische Krankenschwester, die wußte, daß Leute von der australischen Hilfsorganisation zu ihrem Lager gestoßen waren, aber

nie von David gehört hatte; dann zwei Leute, die in einer ihr völlig fremden Sprache redeten. Aber kurz darauf: »Hallo?«
»Äh, David?«
»Ja? Wer ist dran?« Die Stimme klang besorgt. Sicher würde niemand mit guten Nachrichten anrufen oder um nur *Hi* zu sagen.
»Lucy Dantan. Erinnerst du dich, vor ein paar Monaten war ich bei euch?«
»Es muß dich ein Vermögen kosten, mich hier anzurufen!«
»Ich bin in Äthiopien. Ein Stückchen weiter an der Straße.«
»Neeeeeiiiin ...«
»Doch, ungefähr fünf Meilen entfernt von ...« Sie fragte rasch, wo sie hier waren. »... von Degoma, in der Nähe von Gondar.«
»Na, das ist gar nicht so weit von mir weg. Sechzig Meilen vielleicht.«
»Na ja, ich wollte dich gern anrufen. Ich habe gehofft, daß ich dich vielleicht besuchen könnte, wenn es in der Nähe ist; vielleicht kann ich mit irgend einem Helfer mitfahren.«
»Ich habe einen Jeep«, erklärte David fröhlich. Es schien ihm vollkommen unproblematisch, sie abzuholen.
»Ja, aber du mußt doch arbeiten ...«
»Ich hole einfach unseren Nachschub einen Tag früher aus Addis Zemen und schaue bei euch vorbei.«
»Aber der Krieg ...«
»Oh, im Augenblick geht es prächtig. Letzte Woche sind sogar Busse nach Lalibela gefahren.«
»Ich würde mich freuen, dich zu sehen.«
»Ja, ich mich auch.« Er lachte unbefangen und rief jemandem im Raum etwas zu: »Hey, John, Georgie – ratet mal! Das Mädchen, von dem ich euch erzählt habe, ist in unserem beschissenen Äthiopien!« Dann sprach er wieder in den Hörer. »Bist du mit Paddy zusammen?«
»Unglaublich, aber wahr: ja.«
Sie wollte mit ihrer Abenteuerlust ein bißchen angeben. »Unser Flugzeug ist von der SPLA abgeschossen worden, und wir sind in der Nähe einer Stadt namens Aykel notgelandet. Jetzt sind wir im Lager von Degoma und warten, bis uns jemand von unserer Botschaft holt.«
David quiekte entzückt. »Herr Jesus, daneben war unsere kleine Evakuierung ein Klacks! Na, willkommen in Äthiopien! Es kann nur noch schlimmer werden.«

»Nicht, wenn ich dich treffe.«
Die Sonne war am Untergehen, und es wurde kühl – eine Hochlandkälte, die Lucy nach der Folterqual der Saharahitze erfrischend fand. Da sie das Gefühl hatte, eine Last für die Helfer zu sein, suchte sie nach der Krankenschwester, mit der sie gesprochen hatte, und meldete sich freiwillig zur Mitarbeit, was ihr das erste Lächeln einbrachte, das sie an diesem schwierigen Tag zu sehen bekam. Nachdem sie eine Stunde lang in der Kantine der Helfer Teller und Tassen sortiert, Mehlsäcke gezählt und in der bemerkenswert gut ausgestatteten Küche, in der Mengen von Brot gebacken und Getreide gemahlen wurde, abgewaschen hatte, hatte sie ein besseres Gefühl.
Weißt du, tadelte sie sich selbst, früher in St. Eulalia hast du solche Sachen gemacht. An den Wochenenden beim Basar von St. Vincent de Paul hast du Second-hand-Waren, die für einen guten Zweck verkauft wurden, mit Preisschildern ausgezeichnet und die Preise mit dem Kugelschreiber darauf geschrieben, während Schwester ... wie hat sie geheißen? Eine Frau spanischer Abkunft, Schwester Asuncion – irgend so etwas. Ich habe ihr Englisch kaum verstanden und war jeden Samstag sicher, sie würde feststellen, daß ich falsche Preise aufgeschrieben und St. Vincent in den Bankrott getrieben hätte. Irgendwann einmal bin ich dann auf den Gedanken gekommen – nein, meine Schwester Mary brachte mich darauf: Das Ganze ist etwas für Versager. Warum lebst du nicht wie normale Leute auch? Willst du dein Leben lang mit einem Haufen Nonnen herumhängen?
Lucy wischte sich über die Stirn und machte eine Pause, um ein wenig über das Gelände zu spazieren. Sie kam an einem Zelt vorbei, wo kleine Kinder, übersät von Fliegenschwärmen, seltsam apathisch dasaßen und sie mit großen Augen aus eingefallenen Gesichtern anstarrten. Lucy ging über die Straße zu dem Teil des Lagers, der für die Latrinen bestimmt war. Jede Minute gingen ein paar von den Tausenden Menschen dorthin, um auszutreten. Dieses abgegrenzte Feld betrachtete man als weit genug entfernt vom Lager, um das Ungeziefer fernzuhalten und die Wasservorräte nicht zu vergiften – wenn es überhaupt Wasser gab.
Ein Schuß krachte. Im schwindenden Licht sah Lucy einen ausgemergelten Mann, der einen Schuß abgefeuert hatte – Hunderte von Krähen, die in den Exkrementen nach jedem winzigen Körnchen Nahrung suchten, flogen auf, verärgert krächzend.

Die Berge könnten irgendwo in Amerika sein, das Areal könnte ein Trockengebiet irgendwo auf der Welt sein, der Himmel hat dasselbe Violettblau wie ein herbstlicher Abendhimmel in Illinois ... und doch ist hier Äthiopien, dachte Lucy und schloß die Augen.

»Sehen Sie«, sagte O'Hanrahan, der plötzlich neben ihr stand, »ein Äthiopier würde nie einen wilden Vogel umbringen, auch nicht aus Hunger. Vögel waren von entscheidender Bedeutung beim Sieg der Christen über die Moslems zu Beginn des Jahrhunderts.«

Als Ras Tafari, Haile Selassie, nach dem Ersten Weltkrieg gegen das Moslemregime kämpfte, brachte er den Abun, den Erzbischof von Äthiopien, dazu, die andere Seite zu exkommunizieren, sie offiziell zu verfluchen und zu prophezeien, daß sie ebenso verurteilt würden wie Judas. Dann verstärkten moslemische Truppen aus Nordafrika den Kampf gegen die Christen. Es gelang ihnen, einen Boten mit wichtigen Informationen durch Ras Tafaris Reihen zu einem anderen Bataillon zu schicken, das die Streitmacht der Christen aufreiben sollte ... Aber dann schwärmten Tausende von Bienen aus und stachen den Boten zu Tode, bevor er seine Nachrichten weitergeben konnte.

O'Hanrahan, der sich an die phantastische Geschichte erinnerte, fuhr fort: »Und in einer zweiten gefährlichen Situation waren es Vögel, die Haile Selassie retteten.«

»Er hatte auch Macht über die Vögel?«

»Er war ein Gott, erinnern Sie sich? Nein, Sie sind zu jung, um das noch zu wissen. Kaiser, König der Könige, Löwe Judäas, Haile Selassie, von Marcus Garvey und Millionen Jamaikanern zum Gott erklärt.« O'Hanrahan lachte leise. »1966 wäre ich fast für den Fachbereich hingefahren, um bei seinem Besuch in Jamaika dabeizusein. Dort sollte sich der schwarze Messias zeigen, und viele Militante waren bereit, seinem Ruf zu den Waffen zu folgen und die weiße Welt anzugreifen. Selassie beachtete die Rastafaris gar nicht, sondern sagte ihnen, sie sollten ihre eigenen Länder in Ordnung bringen, statt nach Afrika zurückzukehren.«

»Was war nun mit den Vögeln?«

»Ach ja. Die feindlichen Moslemtruppen rückten unbemerkt gegen das christliche Lager vor, und bei einem Überraschungsangriff hätten sie sicher gesiegt. Aber die Vögel im nahe gelegenen Sumpf schwärmten aus, stießen auf das Lager nieder, krächzten und weckten den Ras Tafari. Der Feind wurde rechtzeitig entdeckt und besiegt.«

»Ist das belegt?«

»Ja. Iyasu, der Kommandant der Moslems, wanderte fünf Jahre in der Wüste herum, dann suchte man nach ihm und brachte ihn in goldenen Ketten zurück nach Addis Abeba, wo er den Rest seines Lebens im Gefängnis verbrachte. Mit seinem Harem allerdings. Die Äthiopier sind keine Unmenschen, wie Sie sehen.«

Gemächlich spazierten Lucy und O'Hanrahan auf das Dorf zu.

»Tausende von marihuanabekifften Jamaikanern warten auf die Rückkehr des Ras Tafari, auf Haile Selassie, Löwe Judäas, da seine Leiche nach seiner Ermordung im Jahr 1977 nie gezeigt wurde. Die Drusen warten auf die Rückkehr al-Hakims, da man auch seinen Leichnam nie gefunden hat; die Sudanesen warten auf den Mahdi, die Christen wollen Jesus wiederhaben, die Juden erwarten jeden Tag den Messias, die Schiiten warten auf die Rückkehr des Achten Imam ... ein ganzer Planet, der nach einem neuen Auftritt Gottes schreit.« Er sah zu Boden und stieß mit dem rechten Fuß gegen einen harten Erdklumpen. »Die Welt erwartet einen Erlöser.«

Sie schlenderten in das ausgeraubte, nahezu verlassene Dorf an der Kreuzung der holprigen Fernstraßen. Ein paar mit Brettern vernagelte Häuser, nur wenige bewohnte Hütten, eine propere, gut instand gehaltene Polizeiwache – natürlich –, obwohl keine Soldaten zu sehen waren. In dieser Woche spielte sich der Krieg anderswo ab. Vor einer Kirche blieben Lucy und O'Hanrahan stehen.

»Oh, sehen Sie sich die Frau an«, flüsterte O'Hanrahan, als eine magere Äthiopierin aus der Kirche kam, eingehüllt in ein indigoblaues Gewand, um den Hals ein glänzendes äthiopisches Kreuz und etwas, was sie für einen Schal hielten. Aber als die Frau scheu an ihnen vorbeiging, erkannten sie, daß es eine Rolle aus Schafshaut mit aufgemalten Symbolen und Worten war.

»Das ist so etwas wie ein Gebetsriemen«, sagte O'Hanrahan, »aber mit stärkeren magischen Kräften. Als ich zuletzt in Lalibela war, habe ich gesehen, wie ein Abba eine Frau scharf tadelte, weil sie ziellos über den Marktplatz spazierte. Ihre unbewachte Schönheit werde sicher einen *ganén* anlocken, einen bösen Geist.«

»Klingt nicht besonders christlich«, meinte Lucy.

»Und wir klingen für *sie* nicht christlich«, verteidigte O'Hanrahan die Äthiopier.

»Ein *dabtara*, also einer jener unordinierten Geistlichen, die mit der Kirche verbunden sind, sagte ihr, sie solle zu einem *zartaenqway* gehen, einem Kultspezialisten, der in Trance fallen und über ihre Probleme nachdenken werde. Ein *zar*, ein guter Engel, werde durch seinen Mund sprechen und den Namen des Dämons rufen, der an ihrem Unglück schuld sei. Und dann sollten das verordnete Heilmittel, die Heiligsten Worte, der Heiligste Name Gottes und das Geheimnis der Heiligen Schrift genannt werden. Der *dabtara* stellt eine magische Schriftrolle her, mit einem Bild von Michael und Gabriel, ihren Schutzengeln, und vielleicht einem Bild von einem besonders geliebten Heiligen. Vielleicht von St. Liqanos, der im 6. Jahrhundert nach Tigre kam, wo die Schlange Arway das Volk tyrannisierte und von dem Heiligen mit Hilfe des Erzengels Michael durch Blitze getötet wurde. Vielleicht der heilige Alexander der Große, der als Beherrscher der Welt lange unvergessen war, der einen Adler mit einem Pferd kreuzte und auf dem geflügelten Sproß an den Rand der Welt ritt, wo er auf den Engel der Finsternis stieß, der über das Ende eines jeden Tages wacht, der schwärzeste Afrikaner, den man sich vorstellen kann, der tief in seinem Gewand die schwärzeste aller Nächte verbirgt. St. Alexander der Große, der Eroberer und Patron Abessiniens, traf dort mit Enoch zusammen, der die äthiopische Schrift erfand und dem der *Eine, Der kommen wird* geweissagt wurde: Jesus Christus.«

»Was ist aus der schönen Frau geworden?« fragte Lucy. »Ist sie ihren Dämon losgeworden?«

O'Hanrahan erklärte, er habe den speziellen Fall nicht weiter verfolgt. Doch grundsätzlich müsse eine vom bösen Geist befallene Frau auf ihrem eigenen Grund ein Lamm schlachten, und zwar ein Tier von einer bestimmten Fellfarbe – je nachdem, welcher Dämon sie heimsuchte. Sie müsse ferner hinter ihrem Haus eine Grube graben und dreimal darum herumtanzen – für den Vater, den Sohn und den Heiligen Geist; dann muß sie mit dem Blut des Lammes übergossen werden, denn Dämonen lieben Lammblut, und wenn es über die nackte Haut fließt, kommen sie aus dem Körper, um das Blut zu kosten, und sie folgen dem strömenden Blut in das Loch, wo man es zusammen mit den Knochen schnell verbrennt. Dann ist der Exorzismus vollzogen. Das Schaffleisch muß anschließend in zwölf Teile – für die zwölf Apostel – geschnitten und gegessen werden.

»Die westliche Welt hat die Magie aus der Religion verbannt, nicht

wahr?« meinte Lucy, die nach diesem Tag sehr müde, aber dabei offen für andere Dinge war, ohne sie zu verurteilen.
»Wissen Sie, Luce, das wird das Unglück des 21. Jahrhunderts sein, vielleicht *die* intellektuelle Tragödie des postmodernen Menschen. Eines Tages wird Afrika voll von marktwirtschaftlichen Methodisten und Episkopalen sein, sie werden anständige Regierungen und Videorecorder und blöde amerikanische Komödien haben – und *dies* hier, die Krankheiten, der Hunger, die Unwissenheit und die Korruption, das alles wird zurückgegangen sein, und sie werden erreicht haben, was sie sein wollen: ein stolzer, vereinter Kontinent von Nationen auf dem Niveau der Ersten und Zweiten Welt. Aber wird das noch Afrika sein?«
Sie gingen langsam um das Dorf herum. Auf der anderen Seite der Straße, in den Flüchtlingslagern, wimmelte es nun vor Aktivität; Rauch stieg von Feuerstellen auf, an denen man magere Essensrationen und Wasser kochte und sich wärmte.
»Äthiopische Engel«, sagte O'Hanrahan in einem Ton, der ankündigte, daß etwas Obszönes folgen würde, »haben zwei Augen, zwei Hände, zwei Füße und zwei Penisse.«
»Ach, wirklich?«
»Ein geheiligtes Geheimnis«, erklärte O'Hanrahan, »zu unergründlich für jemanden wie mich. Andere Überlieferungen behaupten, daß Engel überhaupt keine Genitalien haben. Die meisten Äthiopier würden wohl zustimmen, daß die Dämonen Genitalien haben, nicht aber die Engel. Ich habe einmal eine äthiopische Ikone von einem Heiligen gesehen, der gegen einen Dämon mit riesigem Glied kämpfte. Der Penis eines Dämons ist immer erigiert.«
Genau, dachte Lucy, das ist auch meine Erfahrung.
»Nun, das sind alle schmutzigen abessinischen Geschichten, die ich bis jetzt kenne«, gab der Professor auf. »Aber ich werde weiter daran arbeiten.«
Sie kehrten um und gingen wieder auf das Latrinenfeld zu. Eine Frau, mager wie ein Skelett, erhob sich aus ihrer Hockstellung und wickelte ihr Gewand wieder um sich. Kurz darauf flogen die Krähen zu der Stelle und begannen, in den frischen Exkrementen herumzupicken, immer in Konkurrenz mit den Nagetieren und den ewig kreisenden Geiern. Wieder schoß ein Mann in die Luft, um die Vögel auseinanderzutreiben. Der Knall hallte von den violett umschatteten Bergen wider.

»Abba Selama hat mir erzählt, daß manche Vögel das ewige Leben haben, weil sie tatsächlich auf dem Kreuz saßen«, sagte O'Hanrahan.
Der Mann auf dem Feld feuerte noch einmal.
»Wie gesagt, ein Äthiopier wird kaum je einen Vogel töten.«
Lucy lächelte. »Sie könnten sie essen und ihre Familien ernähren.«
O'Hanrahan sah zuerst auf sie und dann auf das tiefer werdende Blau des Himmels. »Was wäre das wert, wenn sie glauben müßten, einen heiligen Vogel getötet zu haben, der auf dem Kreuz des Erlösers gesessen hat?«

*25. August 1990*

Am Morgen beim Kaffee unterhielt sich Lucy mit ihrer neuen Freundin, der Krankenschwester. Sie hatten sich gestern vorgestellt, aber Lucy hatte den Namen wieder vergessen und fürchtete, es könnte verletzend wirken, wenn sie jetzt noch einmal nachfragte.
Eine junge Frau, um die dreißig. Eine weiße Frau mit dichten schwarzen Augenbrauen und kurzem Haar – so daß kein Ungeziefer darin leben kann, witzelte sie –, gekleidet in Khakihosen aus Armeebeständen, die lose an ihrem Körper hingen; vermutlich hatte sie hier viel Gewicht verloren.
»Die Äthiopier«, lachte die Frau, »halten mich immer für einen Mann. Sie können die Weißen nicht besonders gut unterscheiden.« Man konnte sie auch wirklich für einen Mann halten, denn vom Kistenschleppen war sie breitschultrig und muskulös geworden, aber bei näherer Betrachtung sah man, daß sie eine Frau war, sogar mit zarten Händen und lackierten Fingernägeln. Sie war geschieden und hatte ein Kind. Sie hatte ein Jahr am Krankenhaus von Minneapolis gearbeitet, und dann war ihre Mutter gestorben; ihr Vater war schon tot gewesen. Da die sicheren Einwände der Mutter nun wegfielen, hatte die Krankenschwester einer Laune nachgegeben und das amerikanische Flüchtlingskomitee angerufen, das Lager im Sudan und in Äthiopien unterhielt.
»Wissen Sie, ich habe immer gespendet«, erklärte sie und sprühte sich am Zeltrand die Hände mit einem Mittel gegen Moskitos ein. »Und dann habe ich jemanden kennengelernt, der drei Monate hier war, und ich habe mir gesagt, das sollte ich auch tun, nur einen Sommer lang. Und dann bin ich immer wieder hergekommen.«

Lucy war schuldbewußt. »Ich kenne das ... aber Sie sind wirklich *hergekommen*, und es gibt nur wenige Menschen, die das tun.« Wie oft hatte Lucy geplant, einen Sommer lang in der Entwicklungshilfe zu arbeiten, hatte sich Broschüren besorgt, mit Leuten geredet, die es gemacht hatten – aber nie war etwas daraus geworden, immer war es an ihrer verdammten Faulheit und Passivität gescheitert ...

»Ich finde Sie sehr heroisch«, platzte Lucy heraus.

Sie sah zu, wie die Krankenschwester das Spray im Schrank verschloß und dabei erklärte, daß die Männer alles mitgehen ließen, was nicht festgebunden war – um es für ihre notleidenden Familien zu verkaufen.

»Die Arbeit hier ist ein Faß ohne Boden«, fuhr die Frau fort. »Diese drei Monate im Jahr sind absolut nichts, nicht einmal ein Tropfen auf den heißen Stein.«

»Aber es sind drei Monate mehr, als die meisten Leute zu geben bereit sind«, widersprach Lucy.

»Nein, jeder Gedanke an das Gute, das man möglicherweise tut, wird aufgefressen von der Riesigkeit dieser Aufgabe. Wie ist die offizielle Zahl? Sieben Millionen Menschen, die in diesem Land verhungern. Die Rebellen der Tigray haben einen Konvoi der UNO mit Medikamenten und Nahrungsmitteln überfallen und alles vernichtet, was sie nicht an die sudanesische Regierung verkaufen konnten ...« Sie seufzte. »Und der Sudan, wo zwanzig Millionen Menschen einer Hungersnot entgegensehen, weigert sich zuzugeben, daß es Probleme gibt. Die Sudanesen glauben, daß hinter jedem Sack Hafermehl der CIA steckt.«

Hunderte von Geschichten. Es schien wirklich, als ob Dämonen in den Regierungen säßen, Agenten eines immensen, unabwendbaren Unheils, die Lebensmitteltransporte überfallen ließen und über den Hunger der anderen Seite jubelten; Nationen, die nichts hatten und um dieses Nichts kämpften. Der nun schon 28 Jahre währende Bürgerkrieg in Äthiopien. 1985 stellten Mengistus Männer in einem Dorf in der Nähe von Gondar eine Reihe von Kindern auf und erschossen sie der Größe nach. Unvorstellbar grausame Willkür! In einer Stadt in Tigre zwangen die Äthiopier Frauen und Kinder, sich vor einem sowjetischen Panzer auf den Boden zu legen, der dann immer wieder über die Leiber hinrollte und ein menschliches Straßenpflaster daraus machte. Und die Unwissenheit. Die Leute hier kurierten Cholera mit Unmengen von kleinen Schnitten, Blutegeln und Aderlässen – was meistens zum Tod führte. In anderen Gegenden, hatte die Krankenschwester gehört, meinten die Leute, daß Dämonen die Krankheit verursachten und daß man sie ausbrennen müsse. Sie erzählte von einem Neunjährigen, den seine Eltern gezwungen hatten, eine brennende Kohle zu schlucken.

»Nein«, sagte die junge Frau abschließend, »du weißt immer, daß du in ein Flugzeug steigen kannst, und das *war* es dann für dich, es ist vorbei. Du kannst wieder zurück zu deiner heißen Dusche, kannst einfach in den Laden um die Ecke gehen, wenn du Hunger hast. Und dann spätabends, kurz vor dem Einschlafen, siehst du ein Gesicht vor dir, ein Kindergesicht. Mit den Fliegen, die sich unter dem Augenlid verkriechen – ein Kind, das dich ansieht und die kleine schwarze Hand nach etwas zu essen ausstreckt. Das ist deine Belohnung«, sagte sie ausdruckslos. »Diese wöchentliche, manchmal tägliche Erinnerung daran, daß Tausende von Menschen, die du gesehen hast, wahrscheinlich sterben. Oder schon tot sind.«

Lucy fühlte sich zu dieser unsentimentalen Frau hingezogen. »Sie haben gesagt, daß Sie ein Kind haben?«

Einen Moment lang wandte die Frau den Blick ab. »Jason. Er ist sieben.«

»Wer paßt denn auf ihn auf, während Sie ... äh, ich meine, Ihre Eltern leben doch nicht mehr ...«

»Sein Vater hat das Sorgerecht«, erklärte die Schwester nüchtern.

Lucy grübelte darüber nach, wie das hatte passieren können. Diese barmherzige Frau, eine Mutter für die Bedürftigen der Welt, hatte ihr Kind einfach in die Obhut des Vaters gegeben. Aber das war jetzt, in der Gegenwart. Vielleicht war sie in einem vergangenen Leben nicht so gut gewesen. Eine Trinkerin? Eine Selbstmörderin? Vielleicht hatte sie ihr Kind vernachlässigt oder mißhandelt? War diese Zeit in der Wüste eine Buße?

»Sie sind ein guter Mensch«, sagte Lucy instinktiv.

Die Krankenschwester nahm ihre dünne Jacke, warf Lucy einen seltsamen Blick zu und antwortete: »Eigentlich nicht. Das ist das Komische.« Sie gab Lucy eine Karte mit der amerikanischen Adresse von *Médecins Sans Frontières*, der französischen Hilfsorganisation. »Hier ist noch eine«, setzte sie hinzu und wühlte tiefer in ihrer Tasche nach der Adresse einer katholischen Organisation. »Ich gebe die Dinger an jeden, der sie nehmen will, an Journalisten, an Beobachter von der UNO, und sage ihnen: ›Tun Sie, was Sie können!‹«

Bevor die Schwester ging, drückte sie freundlich Lucys Arm.

»Danke«, sagte Lucy, die errötete und auf die Adressen starrte.

Lucy ging noch einmal zu der großen Kaffeekanne, einem rostigen Ding, das wohl noch aus der Zeit des Zweiten Weltkriegs stammte, und füllte ihren Styroporbecher ein zweites Mal. Man hatte ihr eingeschärft, den Becher nicht zu verlieren, es sei der einzige, den sie hier bekommen werde.

»Da ist sie ja!«

Lucy drehte sich um und erblickte O'Hanrahan, der bemerkenswert frisch gebügelt und unzerknittert aussah und eine amerikanische Zigarette rauchte.

»Gott, ist das nicht ein großartiges Gefühl«, sagte er. »Wir sind wieder in einem Land, wo Alkohol legal ist! Zivilisation! Diese Winston hier habe ich von einer der Krankenschwestern, nicht schlecht, was meinen Sie? Geben Sie mir den Kaffee«, meinte er und nahm Lucy schelmisch den Becher aus der Hand.

»Das ist mein einziger. Verlieren Sie ihn nicht!«

»Haben Sie schon gepackt?«

»Was? Fahren wir etwa schon?« stammelte Lucy.

O'Hanrahan setzte sich auf eine der langen Kantinenbänke. »Der Typ von der Botschaft müßte gegen Mittag hier sein.«

Lucy setzte sich ihm gegenüber hin. O nein, dachte sie.

»Ich habe gestern David McCall angerufen, Sir«, beichtete sie. »Wissen Sie, ich wollte nur sehen, ob er vielleicht in der Nähe ist. Er will heute vormittag vorbeikommen.«

»Der junge McCall, wie? Wird nett sein, den Jungen zu sehen.«

Lucy runzelte die Stirn bei dem Gedanken, daß O'Hanrahan sich in dieses Zusammentreffen hineindrängen wollte.

»Rufen Sie mich, wenn er auftaucht«, sagte er. »Abba Selama gibt mir einen Crashkurs im Kuschitischen, einem Dialekt, den ich weder sprechen noch lesen kann, von dem ich nicht die geringste Ahnung habe. Ich *liebe* das«, begeisterte sich O'Hanrahan. »Eine neue Sprache. Gott, schenk mir noch siebzig Jahre, und ich werde alles wissen, was sich auf der Welt zu wissen lohnt!«

Lucy sah in ihren Becher und stellte fest, daß O'Hanrahan ihn geistesabwesend als Aschenbecher benutzt hatte. »Er hätte mich zumindest einmal ziehen lassen können«, sagte sie laut, weil sie trotz ihres Ekels Lust auf eine Zigarette hatte.

Aber es ist besser so, dachte sie. Es wäre nicht gut für das Baby.

Sie seufzte. Anderthalb Stunden lang hatte sie an diesem Vormittag überhaupt nicht mehr an das zukünftige Baby gedacht. Aber wie an jedem Tag holte sie dieses Thema schließlich ein, überfiel sie plötzlich, wenn sie gerade ruhig und entspannt war. Und offen gesagt, heute vormittag hatten die Abtreibungsbefürworter in ihr die Oberhand. Ich wollte diese Krankenschwester so gerne fragen, dachte Lucy, was man tun muß, um einen Sommer lang für die katholische Hilfsorganisation zu arbeiten, wie man sich anmeldet, welche Qualifikationen man braucht ... Aber alle Nächstenliebe und Kraft, die ich aufbringe, werde ich in ungefähr acht Monaten für mein eigenes Leben brauchen. Dieses Kind zerstört nicht nur jede Möglichkeit, etwas aus meinem Leben zu machen, sondern auch die Chance, *Gutes* zu tun.

(Ein Kind großzuziehen ist etwas Gutes.)

Aber ich könnte etwas Besseres tun.

(Deine Doktorarbeit beispielsweise?)

Nein, ich meine so etwas wie die niedrige Dreckarbeit in einem Lager wie hier. Hierherkommen und tun, was getan werden muß. Mein Wille, in dieser Welt einer guten Sache zu dienen, war immer sehr stark, aber ich frage mich, ob ich ihn so intensiv fühlen würde, wenn ich nicht hierhergebracht worden wäre, um dieses Elend mit eigenen Augen zu sehen. Vielleicht war es Gottes Werk, daß dieses Flugzeug hier in der Nähe notgelandet ist.

(Könnte sein.)

Aber das ist alles nur leeres Gerede. Äthiopien mit all seinen Krankheiten ist kein Ort für mich, um mein Kind zu bekommen. Erbarmungslos erinnerte sie sich an den Zug der ausgemergelten Frauen, die eingeschrumpften, ledrigen Brüste, die animalische Verzweiflung in ihrem Blick, die den Kindern galt; Hunderte, Tausende, Abertausende, die noch kommen würden. Jede dieser Frauen würde ihr Leben für das Überleben ihrer Kinder geben – nein, mehr: Jede dieser Frauen würde ihr Leben dafür geben, daß ihr Kind *eine Woche lang* etwas zu essen hätte. Und was überlege ich mir? Daß irgendein Arzt es mit einer Art Staubsauger aus mir herausholen und es irgendwo auf einen Haufen werfen könnte ... Natürlich, David könnte sich in mich verlieben, mich heiraten und glauben, daß es seines ist ...

(Lucy!)

Nur ein Scherz. Aber ich werde es ihm sagen. Er ist gut und hat einen nüchternen Kopf. Ich kann es nicht Dr. O'Hanrahan sagen – die Schande, die Lächerlichkeit! Nein, sogar er würde nett reagieren. Zuerst würde es Krach geben, aber dann würde er die Sache väterlich in die Hand nehmen. Und ich wette, daß er mir den Rücken freihalten würde, mich die letzten Monate bei sich verstecken würde oder so etwas. Auf jeden Fall würde er mir helfen, meinen Leuten daheim etwas vorzulügen ... aber ich wäre in seinen Augen nie mehr die intelligente junge Wissenschaftlerin, das Mädchen, das Lampridius gelesen hat. Ich wäre das feige, verklemmte katholische Mädchen, das bei der ersten Gelegenheit zur Schlampe wird ...

»Lucy Dantan?«

Sie sah auf und entdeckte einen Mechaniker, den sie schon einmal im Lager gesehen hatte.

»Ein paar Ärzte wollen Sie besuchen.«

Lucy stand auf, überrascht, daß David und seine Freunde so rasch hier waren. Panik! Sie hastete zu der großen Kaffeekanne, in der sie ihr verzerrtes Spiegelbild sehen konnte, wie in einem Spiegelkabinett ... Jämmerlich versuchte sie, ihr Haar zu ordnen, sich hübscher zu machen ... Hoffnungslos! Sie ging zum Ausgang des Zeltes und spähte hinaus.

Da stand er.

David McCall mit einem Tropenhelm, begleitet von einem langhaarigen jungen Mann in einer Arztkluft und einer sonnenverbrannten, selbstbewußt aussehenden Frau in einem langen weißen Rock wie eine Tennisspielerin aus den zwanziger Jahren. David erzählte gerade eine Geschichte, und die beiden anderen lachten. Lucy gab sich einen Ruck und ging hinaus zu ihnen, wartete darauf, daß er sich umdrehte, sie erkannte und – was? Sie in die Arme nehmen und herumwirbeln würde?

»Lucy!« rief David ungläubig. Er konnte es immer noch nicht fassen, sie in Äthiopien zu sehen. Er rannte auf sie zu, umarmte sie und hob sie ein wenig hoch. »Wo ist Patrick?«

»Irgendwo in der Nähe, wahrscheinlich auf der Jagd nach einer Flasche mit äthiopischem Schwarzgebrannten«, lachte sie und freute sich noch mehr darüber, David zu sehen, als sie gedacht hatte. Er war da, das war die Hauptsache! Ein vertrautes Gesicht, eine beruhigende Stimme. Er war braungebrannt und schlanker als in Irland.

»Ach, verdammt, ich wollte den Mann so gern sehen!«

»David, ich *freue* mich so, dich zu sehen. Ich muß mit dir über etwas reden ...«

Übers ganze Gesicht lächelnd nahm er seinen Tropenhelm ab und setzte ihn Lucy auf. »Du mußt dir so einen besorgen, Lucy, sonst wird dein Hirn hier in der Sonne gebraten.«
»Ich hoffe, daß ich nicht so lange bleiben werde«, sagte Lucy zielstrebig. »Weißt du ...«
David unterbrach sie, um nicht unhöflich zu seinen Begleitern zu sein. »Du mußt zuerst meine Kumpels kennenlernen.«
Er führte Lucy zu dem jungen Mann in dem blauen Sanitätshemd, der ein wenig wie ein Hippie aussah, und stellte ihn vor: »Das ist Bobby O'Connell aus Cork – aber dafür kann er nichts.«
Bobby steckte einen Stapel Plastikbecher in eine Tüte und rächte sich mit einem scherzhaften Rippenstoß. »Lucy, nett, dich kennenzulernen«, sagte er. »Ich hol' dich später wieder ab, Davy. Ich muß jetzt unseren Nachschub in Addis Zemen holen. Aber ich will dabeisein, wenn ihr den – ihr wißt schon was – aufmacht.«
David erklärte, daß er noch eine ungeöffnete Flasche Bushmills habe, die eigentlich für die Abschiedswoche gedacht war, aber nun gab es ja einen besonderen Anlaß!
»Er hat mir viel von dir erzählt«, sagte Bob und sah Lucy an.
»Ich werde in Connecticut auf ihrem Sofa kampieren«, lachte David.
»Chicago«, verbesserte Lucy. Dann bemerkte sie, daß Bobby einen Fotoapparat um den Hals hängen hatte. »Willst du die Sehenswürdigkeiten in Gondar besichtigen?« fragte sie.
»Klar, ein bißchen Tourist spielen«, grinste Bobby und setzte sich hinter das Steuer des Jeeps. »Im Flüchtlingslager gibt's nichts zu fotografieren, da sind ja nur diese armen Schweine ...« Nicht nötig, das näher zu erklären.
»Ich bin Georgie Shelton«, sagte die junge Frau und streckte Lucy die Hand entgegen, »wenn Davey es nicht fertigbringt, sich zu mir zu bekennen, muß ich mich eben selber vorstellen.«
Lucy versuchte, ihren Akzent einzuordnen. »Engländerin oder ...«
»Australierin«, ergänzte die junge Frau. »Aus Perth.«
»Oh, sag *g'day* zu Lucy, Georgie! Das darfst du ihr nicht vorenthalten«, bat David.
Sie gab nach und sagte *g'day* – mit echt australischem Akzent.
Lucy lachte, und David umarmte Georgie. »Ich glaube, Lucy ist die erste von der Welt draußen, die es erfährt: Georgie und ich sind verlobt!«

Der Fahrer des Ford, Baujahr 1988, hielt an, damit eine Schafherde die Lehmstraße nach Addis Abeba überqueren konnte.
»Sobald wir nach Debra Markos kommen, wird die Straße besser«, versprach Mr. Conrad Thorn von der US-Botschaft in Äthiopien, ein Mann um die Vierzig mit rotblondem Haar und einer Anstecknadel am Revers. »Geteert bis zur Hauptstadt.«
O'Hanrahan, der zusammen mit Lucy auf dem Rücksitz saß, war zufrieden. »Ich bin nur froh, daß ich nach dieser Bruchlandung noch heil und ganz bin.«
»So etwas passiert ständig«, erklärte Thorn und hupte kurz, um die Schafe zu vertreiben. »Die Flugzeuge aus der Region landen im Tana-See, auf den Schnellstraßen – überall, bloß nicht auf den Flughäfen. Vermutlich ist es eine Gnade Gottes, daß diese Dinger heil bleiben.«
O'Hanrahan lachte höflich und warf einen Blick auf Lucy, die krank aussah. »Alles in Ordnung?« fragte er leise.
»Irgend etwas, das ich gegessen habe«, antwortete sie mit rauher Stimme.
»Ich nehme an, David ist nach fünf Wochen soweit, daß er das gleiche essen kann wie die Leute hier, wie?«
»Vermutlich.«
»Hat er nicht gut ausgesehen?«
Allerdings, dachte Lucy.
Ihr Freund von der Botschaft meldete sich wieder. »Die Akte über Sie beide ist *so* dick«, zeigte er mit den Fingern.
Das war Nahrung für O'Hanrahans Ego. »Wirklich?«
»Dann gibt es noch eine besondere Direktive von einem Colonel Westin ...«
»Ach, der gute alte Westin«, unterbrach O'Hanrahan und beugte sich vor. »Er ist bestimmt nicht besonders zufrieden mit mir.« Mach weiter, schien O'Hanrahan zu sagen, erzählen Sie mir mehr über meine eigene Legende!
»Es ist meine Aufgabe ... äh, irgendwie ist das unangenehm, aber ich sage es wohl besser ganz offen ...«

»Bitte.«
»Ich soll dafür sorgen, daß Miss Dantan sofort zurückfliegt in die Staaten, damit sie außer Gefahr ist. Und Sie, Sir, sollen an einen bestimmten Ort ...«
»Richtig. Ich soll für euch Jungs einen Laden in Teheran aufmachen.«
»Das ist außergewöhnlich, Sir«, staunte Mr. Thorn kopfschüttelnd.
Es *war* auch wirklich außergewöhnlich. O'Hanrahan konnte es nicht dabei bewenden lassen. »Ich glaube, ich bin der erste aus dem Westen, dem sie einen Posten angeboten haben. Vielleicht könnte ich auf meine Art dazu beitragen, die diplomatischen Verbindungen zu unseren persischen Freunden neu zu knüpfen.«
Was soll das, ein Posten in Teheran? höhnte Lucy innerlich.
»Wissen Sie, ich beneide Sie, Sir«, sagte Thorn, der nun, nachdem sie die Schafe hinter sich gelassen hatten, wieder in voller Geschwindigkeit dahinfuhr. »Wir armen Staatsdiener verbringen ein Leben lang an solchen Orten, ohne daß wir die Sache unseres Landes wirklich fördern könnten.«
O'Hanrahan floß über vor Begeisterung über sich selbst.
»Was bedeutet das, ein Posten in Teheran, Dr. O'Hanrahan?«
Der Professor senkte den Blick und bemühte sich, ein milde belustigtes Gesicht zu ziehen. »Hm. Man hat mich angeheuert, in den Iran zu gehen.«
Lucy wandte sich ab und sah aus dem Fenster. »Und ich soll nach Hause verfrachtet werden, wie?«
»Oh, ich komme ja gleich nach, wenn ich geschaut habe, was es in Teheran so gibt. Wir werden dann wie geplant wieder mit dem *Matthias* weitermachen. Aber Luce, diese Perser haben *Q*! Ich muß mir das ansehen!«
Lucy spürte Tränen in den Augen. Natürlich, das war das Ende. Wirklich, jeder hätte vorhersehen können, daß es so kommen mußte. Er hat das Herumgeplänkel mit der Schriftrolle satt und sucht sich ein neues Abenteuer, und du, Lucy Dantan, hast deine Schuldigkeit getan. Du warst nur jemand, dem er etwas vorschwadronieren konnte, damit es ihm nicht langweilig wurde. Aber jetzt ist es Zeit, weiterzuschlurfen und den überflüssigen Ballast abzuwerfen.
»Es ist ja nur für einen Monat oder so«, sagte er und lachte ein wenig gekünstelt.
Lucy starrte aus dem Fenster und fühlte sich in jeder Hinsicht betrogen. Sie hatte eben das Talent, das zu glauben, was sie glauben wollte, egal,

ob es um Stavros ging, um David, um Dr. O'Hanrahan oder um ihr eigenes Leben und ihre Zukunft. Sie taugte nicht für diese Welt, in der die Menschen einen anlogen und zum Narren hielten. Ja, andere hatten kapiert, wie das Leben lief, aber nicht sie. Sie hätte sich nie aus der Kimbark Street fortrühren sollen, hätte sich nie ein komplizierteres Problem stellen sollen als die Frage, welchen Fruchtjoghurt sie und Judy zum Abendessen nehmen sollten, bevor sie das Aerobic-Video einschalteten und die Katzen fütterten ...

Die Randbezirke von Addis Abeba kamen in Sicht.

Hütten und Feuer und Slums, dann mit Brettern vernagelte Geschäfte, verfallende Gebäude; eine Stadt, die verfaulte. Überall waren Truppen, laut Mr. Thorn waren 20 000 Kubaner hier. Der größte Teil der Innenstadt lag chaotisch verstreut auf einer Reihe von Hügeln, eine Art afrikanisches Washington D. C. mit Straßenringen und Monumenten, die nun niedergerissen oder beschmiert waren. Sie erhaschte einen flüchtigen Blick auf den verwüsteten Präsidentenpalast, Haile Selassies geplünderten Vergnügungspark. Wie in Osteuropa, China oder im Irak waren überall haushohe Tafeln, geschmückt mit Volkskunst: Ein riesiger, lächelnder Mengistu winkte neben einem lächelnden Gorbatschow und einem Lenin, der aussah wie ein grimmiger Heiliger, den jubelnden Afrikanern zu, während Panzer über die Straßen patrouillierten. Hungersnot, Naturkatastrophen, endlose Bürgerkriege, eine ruinierte Wirtschaft, über eine Viertelmillion Menschen waren von diesem Regime umgebracht worden – aber keine Angst, äthiopische Marxisten, eure Zukunft ist gesichert: zwölf Milliarden Dollar für kubanische und russische Waffen!

O'Hanrahan und Lucy wurden im *Hilton* abgesetzt, wo sie nach strengster Anweisung der Botschaft unbedingt zu bleiben hatten, da eine vorübergehende Ausgangssperre über die Hauptstadt verhängt war und nicht einzuschätzen war, was die zahllosen betrunkenen Soldaten, die in der Dunkelheit herumzogen, tun würden. Die Kubaner, sagte Mr. Thorn, von denen gerade eine Einheit frisch aus Angola gekommen war, seien Drogensüchtige oder Alkoholiker – kein Wunder, da sie diesen Bürgerkrieg verlieren würden und der Vernichtung ins Auge sahen. Die Amerikaner und ihre Diplomaten hatten nur deshalb ein wenig Bewegungsfreiheit, weil der Regierung klar war, daß die Amerikaner, und nicht die sowjetischen Gönner, bei der Linderung der Hungersnöte halfen, und

solange Amerikaner im Land waren, brauchte die Regierung keinen Finger zu rühren, um dem eigenen Volk zu helfen.
Das *Hilton* hatte – wie ganz Addis Abeba – seine besten Jahre in den Sechzigern gehabt.
O'Hanrahan wechselte seine sudanesischen Pfund gegen äthiopische Birr ein, bezahlte die beiden Zimmer und machte ein wenig banale Konversation mit dem Empfangschef, da er den Augenblick fürchtete, in dem er und Lucy allein sein würden. Mr. Thorn, der vor Einbruch der Dunkelheit in die sichere Botschaft zurückkehren wollte, gab ihnen christliche Segenswünsche mit auf den Weg – vermutlich ist es hier angesichts der muslimischen Aufstände nützlich, sein Christentum herauszustreichen, dachte Lucy; und er sagte noch, er werde am nächsten Tag wiederkommen.
Stumm stand Lucy im Aufzug.
»Woran denken Sie?« riskierte es der Professor zu fragen.
»Wie sehr Sie mich angelogen haben.«
»Nein, ich bin genauso erpicht wie eh und je, das *Matthiasevangelium* zu übersetzen, aber Teheran ist eine Gelegenheit, die man nur einmal im Leben hat. Mir wurde ein Posten angeboten, als wir in Jerusalem waren.«
Mit bitteren Gefühlen stieg Lucy aus dem Aufzug. »Vielen Dank, daß Sie mir das sagen! Was waren dann Khartum und Degoma? Ein kleiner Ausflug, bevor Sie alles hinwerfen, mich mit Colonel Westin in ein Flugzeug verfrachten und selbst zu neuen Abenteuern nach Teheran aufbrechen?« Wütend steckte sie den Schlüssel ins Schloß ihrer Zimmertür. »Großartig für Sie, nicht wahr? Sie haben nicht einmal die Absicht, das Projekt Matthias zu Ende zu führen, nicht wahr?«
»Aber natürlich ...«
»O nein. Sie sind kein Mensch, der Dinge zu Ende führt, das erkenne ich jetzt.« Sie wirbelte auf dem Absatz herum, damit sie ihm ihre Vorwürfe ins Gesicht schleudern konnte: »Sie spielen nur ein bißchen herum. Sie stehen neben den Leuten, die etwas tun, und lassen sich mit ihnen fotografieren, aber Sie selbst machen nichts ...«
Beschämt legte O'Hanrahan ihr tröstend die Hand auf den Arm.
»Lassen Sie mich los!«
»Ich will nur, daß Sie mir zuhören ...«
Aber Lucy trat schnell in ihr Zimmer und schlug ihm die Tür vor der Nase zu.
Den Tränen nahe, sah sie in den Spiegel auf ihr erhitztes Gesicht, was ihre

Wut noch steigerte. Sie schlich sich zurück an die Tür und hörte O'Hanrahan, der noch draußen stand. Sie schloß ab. Sie war bereit gewesen, sich für ihn in Gefahr zu begeben, für diesen Mann, der sie anlog und bestahl, der sie *benutzte*, wie es ihm paßte, nur um sich von seiner ... von seiner eigenen Sterblichkeit abzulenken. Lucy lehnte sich gegen die Tür und hörte, wie der Professor zu seinem Zimmer ging, aufsperrte und sich leise zurückzog. Ich hoffe, er ist von sich selbst enttäuscht, dachte sie. Es ist mir egal, wenn ich ihn verletzt habe.

Sie warf sich aufs Bett. Wie immer war sie allein. Patrick O'Hanrahan war nie ein wirklicher Verbündeter gewesen. Sie war nur Teil seines Lebenstraums, er hatte sie für eine kurze Strecke auf seiner Fahrt mitgenommen. Eine Weile hatte es so ausgesehen, als ob es auch ihr Traum sein könne, aber jetzt war das vorbei. Und David McCall. Wieviel Hoffnung hatte sie in ihn gesetzt – was für ein Gebäude, Petersdom, Pyramiden und heilige Grabeskirche in einem, hatte sie auf dem wenigen errichtet, das sie über ihn wußte! Wie so oft in meinem Leben habe ich nur gesehen, was ich sehen wollte, nur gehört, was ich hören wollte. Was für eine Närrin bin ich, wie kolossal stehe ich mir immer selbst im Weg. Noch ein Grund mehr, warum ich in diesen Flüchtlingslagern bei Gondar sein und Essen verteilen sollte; tun sollte, was ich kann, für diese Leute, deren Bedürfnisse so qualvoll ins Auge springen – ich, die Frau, deren Leben für sonst niemanden wichtig ist.

Draußen auf der Straße, zehn Stockwerke tiefer, hörte sie Gewehrfeuer. Neugierig trat sie ans Fenster. Nur noch wenige Straßenlaternen funktionierten, daher konnte sie kaum etwas erkennen, nur ein paar zerlumpte Menschen, die in Gruppen auseinanderstoben. Ein Lastwagen, mit Obst beladen, fuhr vorbei, dann folgte ein zweiter, auf dessen Ladefläche mehr Menschen standen, als sie es je für möglich gehalten hätte, zahllose magere Arme und Beine, durchgeschüttelt bei der Fahrt über den aufgerissenen Asphalt der einst prächtigen Stadt. Addis Abeba, in den sechziger Jahren das Prunkstück des neuen Afrika, Geburtsort der OAS und Edelstein in der Krone des schwarzen Nationalismus und der Unabhängigkeit Afrikas. Und heute? Ein von der Sowjetunion abhängiger Staat, überschwemmt von Terror und Gewalt, voller betrunkener Kubaner, die nach acht Uhr abends zum Spaß Fensterscheiben zerschossen, weil sie Heimweh nach Havanna hatten.

Lucy legte sich zurück aufs Bett: Die Welt ist ein schrecklicher Ort.

ADDIS ABEBA
*26. August 1990*

Lucy wachte auf und dankte kurz für dieses moderne, luxuriöse und saubere Bett im *Hilton*, dieser Insel der westlichen Welt. Langsam kroch das Elend ihres alten Lebens wieder in ihr hoch. Im Stich gelassen von O'Hanrahan. Schwanger. Doktorarbeit fällig. Eltern, die bereit sind, mich umzubringen, weil ich ein eigenes Leben führe. Ich brauche einen Bundesgenossen, dachte sie kalt. Ich rufe Rabbi Hersch an und frage ihn, ob er mir einen Rat geben kann – ich werde ihm alles sagen. Vielleicht gibt es immer noch eine Möglichkeit, daß ich dieses Kind in Jerusalem bekommen kann, abgeschirmt vor den Augen der Welt.

Lucy wählte die Nummer der Rezeption. »Kann ich ins Ausland telefonieren?« fragte sie die Empfangsdame, die den Hörer abhob. »Nach Israel, aber ich weiß die Nummer nicht.«

Sie bekam die Auskunft, sie müsse nach unten zu den Telefonzellen kommen.

Lucy nahm den Schlüssel von ihrem Nachtkästchen. Leise schloß sie die Tür auf und spähte hinaus auf den Gang. Verstohlen schlich sie hinaus und verschloß leise die Tür. O'Hanrahan sollte sie nicht hören.

Die Dame an der Rezeption begrüßte sie mit einem Lächeln. Es war 10.30 Uhr vormittags, die wenigen Gäste waren im Frühstücksraum, tranken Kaffee und bedienten sich von Bergen von Croissants.

»Ich habe Sie gefragt, ob ich ins Ausland telefonieren kann«, sagte Lucy.

Die Empfangsdame, dieselbe, die O'Hanrahan und Lucy am Vorabend eingetragen hatte, war eine hochgewachsene Frau mit somalischen Gesichtszügen, einem vollkommen geformten Kopf und großen Augen. Sie kniete sich neben eine störrische Schublade, die nicht aufgehen wollte. Darin aufgestapelt lagen Telefonbücher von zahlreichen afrikanischen Hauptstädten und einigen europäischen Städten, New York, Los Angeles ...

»Haben Sie auch Jerusalem?« fragte Lucy.

»O ja«, erwiderte die Dame und suchte in der Schublade.

»Sie sprechen sehr gut Englisch«, meinte Lucy, die das Bedürfnis hatte, sich mit dieser auffallend schönen Frau anzufreunden.

»Ich habe in Amerika studiert, an der staatlichen Universität von Michigan.«

»Das muß East Lansing sein«, riet Lucy, die nie in Michigan gewesen war. »Gestern abend war das Hotel geradezu eine Hochburg der Amerikaner.« Lucy warf einen Blick auf die Reihen von Schlüsseln, die in den Kästchen hingen. Nur wenige Leute riskierten es, während des Bürgerkriegs nach Äthiopien zu reisen. Und die freiwilligen Helfer oder ehemaligen Exilanten, die nach Äthiopien kamen, würden nicht in einem so teuren Hotel übernachten. »Sind denn Geschäftsleute hier?« fragte Lucy.

»Nein, niemand kommt mehr hierher«, erwiderte die Frau und legte Athen und Paris beiseite. »Deswegen ist es so seltsam, gleich drei Amerikaner auf einmal, die gestern abend hier angekommen sind. Sie, der Doktor und der Mönch.«

»Der Mönch?«

»Ein amerikanischer Mönch ...« Die Frau hatte nun das Jerusalemer Telefonbuch unter den anderen hervorgegraben. »Sehen Sie, der Einband fehlt«, lachte sie. »Unmöglich, das zu finden!«

»Ein Mönch, haben Sie gesagt?«

»Ja, er hat nachgefragt, ob Ihr Freund ...«, sie warf einen Blick auf das Gästeregister, »... ob Dr. O'Hanrahan hier im Hotel sei. Aber er fragte, als Sie noch gar nicht angekommen waren. Der Mönch und Sie gehören zusammen, ja?«

Lucys Herz klopfte schneller. »Ja.«

»Aksum ist wegen des Krieges für Touristen gesperrt. Aber Lalibela ist manchmal offen.« Die Dame legte das Telefonbuch auf die Theke und stieß die Schublade mit dem Fuß zu. »Früher sind viele Christen nach Äthiopien gekommen – es ist traurig.«

»Der Mönch ist mein Onkel«, flunkerte Lucy. »Welches Zimmer haben Sie ihm gegeben? Ich werde ihm sagen, daß er mit mir frühstücken soll.« Die schöne Frau mit den schweren Lidern und perfekten Augenbrauenbögen sah im Register nach. »416.«

Lucy nahm das Jerusalemer Telefonbuch, schlug Mordechai Herschs Nummer nach und schrieb sie auf. Dann entschuldigte sie sich; sie werde gleich wiederkommen, um anzurufen. Die Frau sagte, dann werde Rashawn dasein, der in fünf Minuten seinen Dienst antrete.

Als der Aufzug im vierten Stock hielt, trat Lucy zögernd auf den leeren Gang. Was sollte sie sagen? War dieser Mönch der fanatische Frater, der ihnen überallhin gefolgt war? Sie würde behaupten, sie habe sich im Zimmer geirrt, und dabei konnte sie sich das Gesicht des Mannes einprägen. Sie ging ein paar Türen weit in die falsche Richtung und dann wieder zurück, 420, 419, 418, 417 ...

Dann stand sie vor der Tür. Sie war nur angelehnt. »Hallo?« rief sie. Nichts. Ganz sachte stieß Lucy die Tür ein wenig weiter auf. »Hallo? Äh, Entschuldigung, der Zimmerdienst.«

Immer noch nichts. Lucy steckte den Kopf zur Tür hinein und sah sich um. Das Zimmer sah aus wie ein Schlachtfeld. Ein Koffer, der auf dem Bett lag, war zerfetzt. Überall lagen Papierzettel herum, eine schwarze Kutte war zerschnitten. Lucys Herz klopfte schneller, als sie dieses Durcheinander betrachtete. An den Kofferresten klebte ein Flugetikett der *El Al*: auf den Namen Mordechai Hersch.

»Lucy«, sagte O'Hanrahan, der nach einer unruhigen, schlaflosen Nacht erschöpft aussah, »kommen Sie herein, bitte. Hören Sie, ich entschuldige mich. Ich weiß nicht, was ich mir gedacht habe. Die Sache mit Teheran ist gegessen. Ich muß verrückt gewesen sein ...«

Lucy trat rasch in das verrauchte Zimmer. Eine leere Whiskyflasche stand auf dem Tisch. »Setzen Sie sich besser hin«, warnte Lucy und begann nervös hin und her zu gehen.

O'Hanrahan setzte sich auf den Bettrand. »Was ist los?«

»Vollkommen zufällig habe ich erfahren, daß ein Mönch im Hotel ist, der gestern an der Rezeption nach uns gefragt hat.«

O'Hanrahan riß die Augen auf.

»Die Empfangsdame war so vertrauensvoll, daß sie mir seine Zimmernummer verraten hat. Sie sagte, der Mönch sei Amerikaner. Ich wollte mir dieses Zimmer 416 ansehen, und es ist durchsucht worden. Und der Koffer war der von Rabbi Hersch.«

O'Hanrahan legte sich die Hand auf die Stirn. »Also ... er hat gesagt, daß er sich hier mit uns treffen würde ...«

»Glauben Sie, daß Rabbi Hersch der fanatische Frater sein könnte?«

»Jesus«, brummte der Professor und fing an, sich die Stationen ihrer Odyssee ins Gedächtnis zu rufen. Zuerst war der fanatische Frater in

Assisi aufgetaucht, wie Pater Vico gesagt hatte ... und der Rabbi war in Italien gewesen, als er eigentlich nicht dort hätte sein sollen, in Rom. Also konnte es sein, daß er vor ihnen in Assisi gewesen war.
Dann war der Mönch in Athen und auf dem Berg Athos gewesen. Es war vorstellbar, daß Morey nicht in ein Flugzeug nach Tel Aviv gestiegen, sondern statt dessen ein paar Tage vor ihnen nach Griechenland geflogen war.
In Jerusalem war der Frater nicht aufgetaucht, was ebenfalls ein schlechtes Licht auf den Rabbi warf, aber dann im Wadi Natrun und der koptischen Bibliothek, dann in Khartum ... Warum sollte Morey so etwas tun? O'Hanrahan und Lucy gingen jede Möglichkeit durch, diskutierten wieder und wieder die spärlichen Fakten.
»Gehen wir hinunter an die Rezeption«, sagte O'Hanrahan und stand auf. »Das ist die einzige Möglichkeit, um mit Gewißheit herauszubekommen, wo Morey gewesen ist.«
Im Aufzug blickte Lucy ängstlich auf den Professor. »Was haben Sie vor?« fragte sie.
»Hoffen wir, daß für die Äthiopier alle alten weißen Männer gleich aussehen.«
O'Hanrahan ging an die Rezeption und wandte sich an den lächelnden, honigfarbenen Angestellten, der sichtlich darauf bedacht war, alles recht zu machen. »Entschuldigen Sie«, begann er, »ich brauche meinen Paß, um meinen letzten Travellercheque einzulösen. Würden Sie ihn mir bitte geben? Zimmer 416.«
Der Augenblick der Wahrheit. Würde O'Hanrahan dem Paßfoto des Rabbis ähnlich genug sehen, um den jungen Mann zu täuschen? Der Paß des Gastes aus Zimmer 416 wurde ihm ohne Überprüfung ausgehändigt ... Lucy trat näher, als der Professor zu blättern anfing.
»Natürlich«, murmelte O'Hanrahan. »Morey ist in Brooklyn aufgewachsen und hat die doppelte Staatsbürgerschaft. Da kein Israeli problemlos durch den Sudan reisen könnte, benutzt er natürlich seinen amerikanischen Paß ...«
Lucy erinnerte sich, daß der Rabbi diesen Paß auch an der nordirischen Grenze benutzt hatte.
»Hier ist England, dann Irland, abgestempelt in Dublin, dann Italien, Mailand ... Verdammt, hier ist ein griechischer Stempel! Er *war* tatsächlich einen Tag vor uns da! Er ist also wirklich von Rom aus nicht nach

Jerusalem zurückgeflogen. Haben Sie nicht gesehen, wie er in sein Flugzeug gestiegen ist, als ihr beide zusammen am Flughafen wart?«

»Nein«, antwortete sie achselzuckend. »Ich habe mir in der Wartehalle einen angetrunken, wissen Sie nicht mehr?« Aber dann fiel ihr etwas ein: »Richtig, ich erinnere mich, daß kein Flug nach Tel Aviv angekündigt war.«

Der Mann an der Rezeption blinzelte sie nun mißtrauisch an.

»Ich habe es mir anders überlegt«, entschuldigte sich O'Hanrahan. »Ich löse meinen Scheck morgen ein.« Er sah, daß der Schlüssel für Zimmer 416 nicht an seinem Haken hing.

Lucy und der Professor gingen zurück zum Aufzug und fuhren in den vierten Stock.

»Wenn der Schlüssel nicht unten hängt, ist der Rabbi jetzt vielleicht wieder da«, meinte O'Hanrahan.

Diesmal war die Tür von Zimmer 416 geschlossen.

O'Hanrahan klopfte.

Vorsichtig, als befürchte er, daß weitere Vandalen kommen könnten, fragte der Rabbi von innen, wer da sei.

»Ich bin's, Morey«, sagte O'Hanrahan finster.

»Hallo, mein Freund«, erwiderte der Rabbi ebenso düster und öffnete die Tür. Niedergeschlagen setzte er sich dann wieder aufs Bett. »Kommt herein, baut euch einen kaputten Stuhl auf.«

»Sie sind also der fanatische Frater?« fragte Lucy, die aus einem Grund, den sie nicht näher bezeichnen konnte, zutiefst verletzt war. Weil sie verraten worden war? Weil sie sich wieder einmal in jemandem getäuscht hatte?

»Was geht hier vor, Mordechai?« fragte O'Hanrahan.

»Wir stecken alle miteinander in einem verdammten Schlamassel, das ist es, was los ist«, erwiderte der Rabbi.

O'Hanrahan fand einen umgekippten Stuhl, stellte ihn wieder auf und setzte sich. »Okay, Morey«, sagte er vorsichtig. »Ich werde gar nichts sagen, bevor ich nicht gehört habe, was *du* zu sagen hast. Die Sache macht nicht gerade einen koscheren Eindruck.«

Rabbi Hersch strich sich mit seiner typischen Gelassenheit über den Bart, wirkte aber doch weniger gefaßt als sonst. »Also, Paddy, hör mir zu, und reg dich nicht auf. Okay, ich habe mich als Mönch verkleidet – du hast mich selbst in Rom auf die Idee gebracht. Es war die einfachste Möglichkeit, in Athen einen Blick auf diese Register und die Bücher über Alphabete zu werfen. Nichts Schlimmes passiert ...«

»Außer daß du *mir* nicht vertraut hast. Das war doch mein Job. Morey, was soll ich davon halten? Du rufst mich an und sagst, ich solle kommen und an *dem* theologischen Fund des Jahrhunderts mitarbeiten. Und wenn ich dann da bin, bereit, den Rest meines Lebens diesem Projekt zu widmen, finde ich heraus, daß du hinter meinem Rücken herumschnüffelst und versuchst, mich auszustechen! Was soll ich davon halten?«

»Ich sage dir die Wahrheit. Ich mußte den Schlüssel zu dieser Sprache finden. Ja, vor dir. Ich habe dich um deine Hilfe gebeten, *bevor* mir klar war, was dieses Evangelium an Folgen nach sich ziehen könnte.«

O'Hanrahan war sprachlos.

»Hör mir zu, Paddy. Seit April sind die merkwürdigsten Dinge passiert. Besuche vom Mossad, Besuche von Regierungsbeamten. Mein Telefon ist abgehört worden. Letzte Woche ist jemand in mein Büro eingedrungen und hat meinen Safe aufgebrochen. Die Obligationen meines Onkels Leopold, die Goldmünzen aus der Zarenzeit, die ich von meinem Onkel Sascha habe – *das* alles ist nicht gestohlen worden. Wer auch immer der Einbrecher war, er muß reicher sein, als wir uns vorstellen können.«

O'Hanrahan dachte an die Kreditkarte ohne Limit, die er zur Verfügung gehabt hatte, an die Million Deutsche Mark, die Matthias Kellner ihm angeboten hatte.

»Ich vermute, daß diese Leute nach dem *Matthiasevangelium* gesucht haben, ohne zu wissen, daß es bei den Franziskanern war. Dann hast du es gestohlen, aber die Einbrüche hörten nicht auf. Dann sind diese Typen sogar in meine Wohnung eingebrochen und haben sie durchsucht. Und dann ist es mir klargeworden: Sie haben nach dem fehlenden letzten Kapitel gesucht; sie dachten, daß ich es habe.«

O'Hanrahan und Lucy starrten den Rabbi an, der sich jetzt erhob.

»Und ich *habe* es gehabt«, erklärte der Rabbi.

»Du hast das fehlende letzte Kapitel ...«, flüsterte O'Hanrahan.

»Rabbi, nein!« rief Lucy.

»Seit ein paar Jahren schon. Ich war mir nicht sicher, weil ich zunächst die ersten sechs Teile sehen mußte, um sicher zu sein, ob mein Teil der siebte war. Als ich die Schriftrolle in Nordirland gesehen habe, war ich mir sicher. Die Buchstaben stimmten überein, es war derselbe Papyrus – ich hatte keinen Zweifel mehr. Vor ein paar Jahren habe ich Mrs. Rosen aufgesucht, und sie hatte diesen letzten Teil unter ihren Sachen. Rabbi Rosen hatte ihn am Tag vor seinem Unfall mit nach Hause genommen.«

»Warum hast du nichts davon gesagt?« fragte O'Hanrahan.

»Das wirst du vielleicht nicht verstehen ...«

»Doch, ich glaube, ich verstehe es!« rief O'Hanrahan, der sich nun ebenfalls erhob. »Es war nicht genug, daß du ein ganzes Regal voller Bücher mit deinem Namen hast! Du wolltest auch diese Entdeckung für dich haben! Natürlich, du hast das Recht dazu – das Ding gehört deiner Universität. Aber warum hast du mich getäuscht? Mir Hoffnungen gemacht? Ich habe darauf gezählt – habe all meinen weltlichen Besitz verkauft, Morey. *Das war mein Leben!*«

»Beruhige dich, Paddy, bitte, laß mich ...«

»Oder geht es um Geld?« Eine Anschuldigung, die O'Hanrahan besonders überzeugend vorbrachte, da man ihn selbst mit verlockenden Summen in Versuchung geführt hatte. »Mir hat man eine Million Deutsche Mark angeboten, um diese Schriftrolle für einen Privatsammler zu stehlen, und ich habe es nicht getan. War es das? Wolltest du Kohle machen?«

»Ich glaube, ich weiß, was der Grund war«, sagte Lucy mit harter Stimme. »Es hatte nichts mit Geld zu tun, Dr. O'Hanrahan.«

»Das Mädchen hat recht, Paddy ...«

»Es hat mit dem Christentum zu tun. Mir ist das Buch eingefallen, das der Rabbi geschrieben hat, *Nicht der Messias.* Welche Arbeit und Disziplin sind nötig gewesen, um diese zweihundert Seiten lange Attacke gegen das Christentum zu schreiben. Ich habe gehört, wie Rabbi Hersch sagte, er traue den Jesuiten oder den Franziskanern oder der ganzen katholischen Kirche nicht, er glaube nicht, daß sie das *Matthiasevangelium* unverfälscht und ungereinigt veröffentlichen würden. Er dachte, in diesem letzten Kapitel seien Beweise dafür, daß Jesus ... daß Jesus nur ein irregeleiteter Narr war und seine Apostel zwielichtige Komplizen. Und er wollte nicht riskieren, daß dieses letzte Kapitel vernichtet werden würde.«

»Ach, das glauben Sie also?« schnaubte der Rabbi.

»Ist das nicht der Grund, warum Israel sich solche Mühe gemacht hat, um an diese Schriftrolle zu kommen? Weil sie die Information enthält, die die Juden brauchen, um in ihrem seit zweitausend Jahren währenden Streit den entscheidenden Schlag führen zu können: daß Jesus ein Schwindler war.«

»Sind Sie fertig mit Ihrer Rede, kleines Mädchen? Kann ich jetzt etwas sagen?«

Lucy brannte das Gesicht nach diesem Ausbruch, der eher emotional als rational war. Solidarisch stellte sie sich neben Dr. O'Hanrahan.

Beide waren überrascht, als der Rabbi sie anbrüllte: »Ihr Heuchler! Du, Paddy, mit deinem Größenwahn! Titelseite des *Time Magazine*, Titelseite der *New York Times*, Geld und einen neuen Posten – hast du dich in Jerusalem reden hören? Nicht nur in Jerusalem. Seit wir uns kennen, war das *Matthiasevangelium* dein großes Los. Es sollte der Ausgleich für alles sein, was in deinem Leben schiefgelaufen ist. Das Allheilmittel, der Stein der Weisen!«

Der Rabbi ging erregt auf und ab und stürzte sich nun auf Lucy: »Und *Sie*, kleines Mädchen. Haben Sie sich selbst reden hören im Hotel *König David*, ein Bagel im Mund? Princeton, Harvard, Columbia – welches der tollen Angebote, die man Ihnen machen würde, sollten Sie sich aussuchen? O ja, diese Schriftrolle hat für Sie bedeutet, die Welt kennenzulernen, eine Kreuzfahrt nach Griechenland, ein paar neue hübsche Klamotten kaufen, die Doktorarbeit loswerden, die Sie gehaßt haben. Denkt einmal darüber nach, alle beide! Nicht ein einziges Mal habt ihr daran gedacht, welche Folgen diese Schriftrolle nach sich ziehen könnte! Nicht *einmal*!«

Lucy und O'Hanrahan schwiegen.

»Es war euch egal, ob dieses Evangelium einen Krieg heraufbeschwören könnte. Es war euch egal, ob dieses Evangelium den Glauben von Millionen Menschen erschüttern könnte. Ich habe nie ein Wörtchen gehört, daß ihr euch so etwas überlegt habt. Und du, Paddy, hast dich danach gesehnt, daß es einschlagen könnte wie eine Bombe. Du warst geradezu entzückt über die Möglichkeit, daß du den Vatikan demontieren und alle Hausfrauen in Amerika in helle Aufregung versetzen könntest – du hast darum *gebetet*, daß dieses Evangelium dem Christentum einen ordentlichen Tritt versetzen möge.«

Der Rabbi wurde leiser. »Es tut mir leid, daß ich dieses Buch *Nicht der Messias* geschrieben habe. Ich war der Gaben, die Gott mir anvertraut hat, nicht würdig. Sie glauben mir nicht, kleines Mädchen, obwohl ich ehrlich mit Ihnen geredet habe. Aber ich kümmere mich nicht mehr darum, was Sie denken. Ich kann Ihnen nur sagen«, der Rabbi setzte sich aufs Bett, auch ihm war die Anspannung der letzten Wochen anzumerken, »daß ich die ganze Zeit an Gott denke. Wenn ich morgens aufwache – du magst dich über mich lustig machen, Paddy –, preise ich den Tag und danke, daß ich ihn erleben darf. Und wenn ich mich schlafen lege, bete ich – Gott ist mein letzter Gedanke. Und den ganzen Tag über denke ich an Gott. Ich mache mir ein Sandwich. Ich trage den Müll hinaus. Ich mache das Bett. Und immer denke ich an Gott.«

Lucy wünschte nun, sie hätte nichts gesagt. Sie wollte irgend etwas zu ihrer Entschuldigung vorbringen, aber es war unmöglich. Denn auch sie war einmal so gewesen.

»Aber so bin ich eben«, fuhr der Rabbi fort. »Und je älter ich werde, desto deutlicher sehe ich die Welt als große Herausforderung, vor die Gott uns gestellt hat. Moslems, Juden und Christen, die alle den Gott Abrahams anbeten. Wenn wir uns in einem Krieg nach dem anderen gegenseitig umbringen, dann wird Gott Schluß mit uns machen! Wenn wir lernen, einander zu lieben und zu respektieren, dann werden wir Seiner Welt würdig sein, vorher nicht. Und deswegen habe ich dieses letzte Kapitel zurückgehalten. Weil es vielleicht den ganzen Äppelkahn zum Kentern bringen würde, versteht ihr?«

Rabbi Hersch sah Lucy an – müde, aber durchdringend und fest wie immer. »Weil ich Ihnen das nicht antun würde, kleines Mädchen. Die blutenden, unbefleckten heiligen Wunden an Marias kleinem Zeh – ich bin der Meinung, daß eine Menge von eurer Religion einfach ein Quatsch ist. Ich respektiere sie nicht mehr als das Schwarze unter dem Fingernagel ... Zur Hölle mit der Kirche, zur Hölle mit Ihrer Religion, aber ich will nicht Ihren *Glauben* erschüttern. Ich würde Ihnen das nicht antun, weil Sie ein guter Mensch sind, Lucille. Und wenn Sie in Ihrem Glauben Gott finden, dann will ich nicht auf meinem Konto stehen haben, daß Rabbi Mordechai Hersch Lucille Dantan den Glauben genommen hat. Niemand, der an Gott glaubt, sollte andere in dieser gottlosen Welt dazu bringen, nicht mehr zu glauben. Ich würde Ihnen das nie antun.«

Der Rabbi wandte sich ab und trat ans Fenster. »Außerdem ist es gefährlich, wenn man herausfindet, was im 1. Jahrhundert mit diesem Mann namens Jesus passiert ist, hm? Vielleicht macht dieses Zeugnis alles noch schlimmer für die Juden? Vielleicht läutet es bei den Katholiken eine neue Welle des Antisemitismus ein – wer weiß? Oder das Evangelium beweist, daß Jesus ein Schwindler war. Die orthodoxen und ultrakonservativen Juden werden jubeln und fordern, daß christliche Heiligtümer in

Jerusalem niedergerissen werden, daß man das Land an jüdische Siedler verteilt; und Israel wird der finanziellen Unterstützung durch Amerika nur noch nachwinken können. Er seufzte tief. »Lieber würde ich es ins Feuer werfen.«

»Wo ist das letzte Kapitel jetzt?« fragte O'Hanrahan ruhig. »Haben die Diebe es in die Hand bekommen?«

»Nein, in Jerusalem hatte ich es im Safe eines Freundes aufbewahrt. Bevor ich abgereist bin, habe ich es in den Saum dieser Kutte genäht – zumindest war das einmal eine Kutte.« Der Rabbi hob ein zerfetztes Stück Stoff hoch und ließ es wieder fallen. »In Jerusalem bin ich überall verfolgt worden, und da das Mädchen mir gesagt hat, ihr würdet nach Addis Abeba fliegen, habe ich das nächste Flugzeug hierher genommen und wollte mit euch zusammen zurück nach Chicago. Heute vormittag habe ich das Kapitel in den Safe der US-Botschaft gelegt, weil ich dachte, der sei ziemlich sicher.« Er lachte düster und drehte sich wieder um. »Aber nach allem, was ich nun weiß, war es die amerikanische Regierung, die die ganze Zeit hinter dem Ding her war ...«

An der Tür war ein Geräusch zu hören. »CIA«, sagte Colonel Westin und steckte den Kopf zur Tür herein. »Gut geraten, Rabbi.«

Das Trio drehte sich überrascht um und erblickte Colonel Westin in seiner dunkelgrünen Uniform und Mr. Thorn in einem schwarzen Anzug. »Sie sind zweifellos ein intelligenter Mann. Es hat eine Weile gedauert, bis wir darauf gekommen sind, wo das letzte Kapitel sein könnte, aber schließlich führten alle Quellen zurück zur Hebräischen Universität, und wir dachten uns, daß es vielleicht nie von dort weggekommen sei. Das haben Sie Ihren Partnern verschwiegen, Rabbi.« Der Colonel schüttelte den Kopf. »Ach, die jüdische Schlauheit. Man lernt das zu schätzen, in der Tat ...« Der Colonel schloß die Tür hinter sich.

»Ihr habt es uns zu leicht gemacht«, sagte er. »Patrick, der beim ersten Anzeichen von Ärger die Botschaft angerufen hat – also konnte ich ihm auf den Fersen bleiben. Und dann Sie, Rabbi – wie nett, daß Sie uns das fehlende Teilchen des Puzzles selbst gebracht haben ...« Der Colonel schnaubte hämisch. »Ach, und wie Sie Underwood mit dieser billigen Schriftrolle hereingelegt haben. Sieht nicht so aus, als werde er die 20 000 Dollar Belohnung bekommen!«

»Aber aus welchem Grund will die amerikanische Regierung«, fragte der Professor mit schwacher Stimme, »dieses Evangelium haben, Colonel?«

»Nun, wir wollen, daß Sie es übersetzen, Patrick«, erwiderte Westin munter. »Agent Thorn?«

»Jawohl, Sir?«

»Holen Sie die Spritze heraus.«

Lucy, O'Hanrahan und dem Rabbi gefror das Blut in den Adern. Agent Thorn öffnete einen Arztkoffer und nahm eine Spritze und eine Flasche mit einer klaren Flüssigkeit heraus. Er füllte die Spritze.

»Mein Gott«, murmelte der Professor.

»Was haben Sie vor?« fragte der Rabbi ruhig.

»Rabbi, Rabbi, Rabbi«, begann Colonel Westin fröhlich, als ginge es um ein Gesellschaftsspiel, »Sie waren wirklich sehr nützlich, wirklich, aber jetzt sind Sie im Weg.«

O'Hanrahan stand auf. »Wenn Sie ihm etwas tun, dann werde ich das vor einen Ausschuß des Senats bringen, so wahr mir Gott helfe! Und ich werde dafür sorgen, daß Sie in das Gefängnis kommen, in das man Oliver North hätte stecken sollen!«

»Immer mit der Ruhe, Patrick«, erwiderte der Colonel und nahm die Spritze. »Ich will nur, daß der Rabbi schläft und mir ungefähr achtundvierzig Stunden lang nicht in die Quere kommt ... Wäre ja nicht sehr sinnvoll, wenn er zurück nach Israel sausen und zur Presse oder einer Behörde rennen würde, während wir versuchen, Sie aus diesem sowjetischen Loch herauszuholen, nicht wahr?« Eine klare Flüssigkeit tropfte aus der Spritze, als der Colonel sie gegen das Licht hielt. »Es ist nur ein Schlafmittel, Rabbi. Und wenn Sie wieder aufwachen, sind wir längst über alle Berge ...«

»Wenn Sie ihm etwas tun, werde ich ... Meine Mitarbeit ist nicht garantiert, Colonel! Wenn ihm irgend etwas passiert, können Sie keinerlei Kooperationsbereitschaft von mir erwarten!«

»Nun gut, da kommt dann Miss Dantan ins Spiel«, konterte der Colonel, während sein Assistent den Rabbi festhielt. »Zwingen Sie uns nicht dazu, Miss Dantan als ... wie soll ich sagen? ... als Hebel zu benutzen.«

Das Gesicht des Rabbis war vollkommen ausdruckslos, in seinen Augen lag der müde Blick der Schicksalsergebenheit, der ihn mit all den Jahrhunderten verband, in denen Gott es zugelassen hatte, daß seine Auserwählten Beute der Gottlosen wurden. Rabbi Hersch sah O'Hanrahan an, der ihn sprachlos anstarrte. Sollte das ihr letztes Wiedersehen sein? Die resignierte Miene des Rabbi brannte sich in Lucys Gedächtnis ein. Könnte

sie nur ihre Anschuldigungen widerrufen ... Mit Tränen in den Augen wandte sie sich ab. Westin rollte den Ärmel des Rabbis hoch, Thorn hielt die Spritze.
Plötzlich versuchte der Rabbi, sich loszureißen, wurde aber von Thorn, der wortlos wie ein Roboter die Befehle befolgte, niedergedrückt.
Thorn brummte einen frommen Spruch und schloß mit den Worten: »Im Namen Jesu, amen.«
Dann war es vorbei.
»Sehen Sie zu, daß er richtig liegt«, befahl Westin. »Er wird eine Weile in dieser Lage verbringen, und wir wollen nicht, daß der Kreislauf aussetzt oder so.«
»Paddy, ich ...« Der Rabbi spürte, wie ihn eine Welle der Schläfrigkeit überspülte.
»Alles wird in Ordnung kommen, Morey, das verspreche ich dir«, sagte O'Hanrahan verzweifelt. Lucy starrte auf ihre zitternden Hände, die sich ebenso schwach anfühlten wie ihre Knie.
»Wir müssen einen Flug um 12.30 Uhr erreichen, meine Freunde. Thorn wird Ihnen gerne beim Packen helfen.«
»Und was ist mit ...«
»Ja«, nickte der Colonel, der seine Gedanken erriet. »Wir haben Ihr Gepäck durchsucht, Patrick, und die ersten sechs Kapitel sind nun in unserem Besitz. Man kann sagen, das *Matthiasevangelium* ist jetzt vollständig.«
Der Rabbi stöhnte, und O'Hanrahan sah aus, als werde er sich gleich wie ein wilder Stier auf Colonel Westin stürzen.
Aber der blieb ganz ruhig. »Ich muß leider so unfein sein, Sie zu warnen, daß wir hier in Addis Leute haben, die es Ihrem Freund sehr, sehr schwer machen würden, aus diesem Dritte-Welt-Land zu entkommen, wenn Sie sich als unkooperativ erweisen oder etwas Unbedachtes versuchen sollten. Was wäre, wenn man – sagen wir einmal, Kokain – in seinem Gepäck finden würde ... In den Überresten seines Gepäcks. Sieht so aus, als bräuchten Sie neue Samsonites, großer Rabbiner, hehe.«
»Ich sehe, Sie haben die besseren Trümpfe«, erklärte O'Hanrahan. »Wo genau werden Sie uns hinbringen?«
Westin lächelte den Professor verbindlich an. »Würden Sie mir glauben, wenn ich sagte: ins Gelobte Land?«

Thorn saß am Steuer, Colonel Westin neben ihm, O'Hanrahan und Lucy auf dem Rücksitz. Die schwarze Botschaftslimousine brachte sie zur Rollbahn des internationalen Flughafens von Äthiopien.

»Genau rechtzeitig«, murmelte der Colonel, denn das erwartete Flugzeug befand sich gerade im Anflug. Schweigend beobachteten alle vier, wie die Maschine landete und wendete, so daß sie direkt in der Nachmittagssonne funkelte. Die Boeing 737 leuchtete weiß mit einem schmalen, hellblauen Längsstreifen. Auf den Seitenflügeln prangten ein hellblaues Kreuz und die Buchstaben TPL. Lucy und O'Hanrahan sahen zu, wie das Flugzeug über die Landebahn zur Abfertigungshalle rollte. O'Hanrahan bemerkte, daß ein Stapel Holzkisten mit den Aufschriften MEDIKAMENTE und LEBENSMITTEL auf der Parkposition stand, die das Flugzeug ansteuerte.

»TPL«, murmelte O'Hanrahan. »*The Promised Land Ministries*. Diese ekstatische Sekte in den Staaten.«

Colonel Westin blieb stumm.

»Haben Sie jetzt diese Bibeleiferer als Aushängeschild für den CIA, Colonel?« fragte O'Hanrahan.

»Reverend Bullins ist ein Mann Gottes, Patrick«, antwortete Colonel Westin schlicht.

Alle vier sahen zu, wie das Flugzeug in der Parkposition anhielt; Oktave um Oktave ebbte der schrille Maschinenlärm ab.

»Auf *Prime Time* habe ich gesehen, daß Reverend Bullins ein steuerfreies Privatvermögen von hundert Millionen Dollar hat und daß der *International Revenue Service* hinter ihm her ist«, knurrte O'Hanrahan. »Ganz zu schweigen von der *Interstate Commerce Commission*, die seine religiösen Produkte überprüft, und von der Post, die wegen Portobetrugs ermittelt.«

»Wirklich bedauerlich«, seufzte der Colonel und starrte stur geradeaus.

»Wir hatten eigentlich immer Leute, auf die wir uns verlassen konnten«, stotterte Thorn. »Sie können darauf wetten, daß Präsident Reagan der IRS nicht erlaubt hätte ...«

Colonel Westin brachte seinen Assistenten mit einer Kopfbewegung zum Schweigen.

O'Hanrahan lachte. »Ah, genau. Die Regierung vom guten alten Onkel Ronnie läßt diesen TV-Bibeleiferern sogar einen Mord durchgehen, natürlich mit einer dicken Spende als Gegenleistung.« O'Hanrahan hoffte, mit weiteren Fragen auch ein paar Antworten zu bekommen: »Was wollen Sie um Himmels willen mit einer alten Schriftrolle anfangen, Colonel?«

»Es geht natürlich nicht um irgendeine alte Schriftrolle.« Colonel Westin lehnte sich zurück, sein Gesichtsausdruck verriet den anmaßenden Soldaten. »Und jetzt ist auch noch nicht die Zeit für Erklärungen. Formulieren wir es so: Diese Phase unseres Auftrags ist praktisch beendet. Es handelt sich gewissermaßen um eine doppelte Operation, die zweite Hälfte ist sozusagen noch in der Entwicklung und geheim ...«

»*Der Flug des Adlers*«, riet O'Hanrahan, der sich daran erinnerte, daß der Rabbi in Jerusalem nach diesem Begriff gefragt hatte.

Colonel Westin ging nicht direkt darauf ein. »Wir werden Sie verhören müssen, Patrick, wie Sie zu dieser Information gekommen sind.«

Da O'Hanrahan keine Lust auf ein Folterverhör dritten Grades hatte, erklärte er, Rabbi Hersch habe ihn nach diesem Begriff gefragt, nachdem er selbst von Agenten des Mossad verhört worden sei.

»Notieren Sie das, Thorn«, sagte Colonel Westin. »Der Mossad kann immer noch lästig werden, obwohl wir dachten, wir hätten sie – äh – bei der Durchführung neutralisiert.«

Lucy bemerkte, daß O'Hanrahan blasser geworden war.

»Warten Sie eine Minute«, sagte er. »Hat das etwas mit dem Irak zu tun? Der Adler, der geflügelte Löwe Babylons im *Buch Daniel*.«

»Ich kann nur sagen, Professor, daß alle Ereignisse, wenn auch unerwartet, mit unserem Zeitplan übereinzustimmen scheinen. Seit der Krieg zwischen dem Iran und dem Irak vor zwei Jahren beendet war, haben wir Saddam Husseins Waffenlager regelmäßig mit Munition aufgefüllt – sobald wir festgestellt hatten, wer er wirklich ist.«

»Wer er wirklich ist?« stammelte Lucy.

»Hat der CIA beim Einmarsch des Irak in Kuwait die Finger im Spiel? Bei Gott, ich hoffe, das ist nicht der Fall, denn wenn das wahr ist, werde ich Sie und Ihre Leute vor einen Senatsausschuß bringen, und zwar schneller, als Sie Admiral Poindexter sagen können!«

»Wir haben Poindexter bei dieser Sache nie zu Gesicht bekommen«, fauchte Colonel Westin wenig überzeugend. »Und was den Einmarsch in Kuwait betrifft, war der Plan eigentlich ... Ich meine, wir hatten uns vorgestellt, daß er Israel angreifen werde. Vielleicht ist Kuwait nur eine Ablenkung vor dem großen Vorstoß in das Tal *Jizraels*. Tel Aviv ausschalten, Haifa unbewacht an der Nordgrenze zu Syrien, im Süden die West Bank und der Gazastreifen, den die Araber nehmen ... Teile und herrsche!«

Ungläubig fragte O'Hanrahan: »Armageddon? Wie es in der *Johannesoffenbarung* geschrieben steht.« Eine verschwommene Mischung aus biblischer Apokalypse und Operationen des Geheimdiensts. »Und was hat ein alter Gauner wie Reverend Bullins mit dem Ganzen zu tun?«

Thorn protestierte. »Sie kennen Farley Bullins nicht so wie wir, sonst würden Sie keine so unflätigen Anschuldigungen erheben.«

Lucy und O'Hanrahan erstarrten, als sie den Vornamen des Fernsehpredigers hörten: Farley. Lucy preßte die Hand auf die Stirn. »Colonel«, stammelte sie, »Reverend Bullins' Familie ...«

»Prächtige Leute, wirklich.«

»Jeder kennt Lila Mae Bullins«, lächelte Thorn.

Lila Mae Bullins, eines der liebsten Zielobjekte des *National Enquirer* und des Magazins *People*. Eine Harpyie Ende Fünfzig mit monotoner, schriller Stimme und meterhoch toupiertem Haar, berühmt für ihre geschmacklosen Kleinmädchen-Rüschen und Schleifchen und ihre Verschwendungssucht, die sie in eine Reihe mit Imelda Marcos stellte – übrigens eine enge Freundin von ihr.

»Ein Sohn und zwei Töchter«, fuhr Colonel Westin fort. »Farley junior wird die *Ministries* eines Tages übernehmen.«

Lucy schloß die Augen. Farley junior!

»Großartig«, murmelte O'Hanrahan.

»Obwohl ich bezweifle, daß einer von uns diesen Tag noch erleben wird. Farley junior wird von den Wolken herabschauen, so wie wir alle.«

»Ich verstehe nicht, was Sie meinen«, fragte Lucy verwirrt.

O'Hanrahan sah zwei Flughafenangestellte, die eine Gangway an die Kabinentür des TPL-Jets rollten.

»*Und sie stiegen zum Himmel empor in der Wolke, und ihre Feinde sahen sie*«, sagte Thorn voll Verehrung, bevor der Colonel ihn wieder mit einer Kopfbewegung zum Schweigen brachte.

O'Hanrahan lehnte sich zurück. »Mr. Thorn meint die Entrückung.«
»Sie meinen diesen Unsinn von den ›Wiedergeborenen Christen‹, daß man vor dem Weltuntergang in den Himmel emporgehoben wird?« platzte Lucy heraus.
Trotz der von Colonel Westin geforderten Zurückhaltung regte sich Thorn auf: »Das ist *kein* Unsinn, Miss Dantan! Sie sollten Ihre Bibel lesen und erkennen, was sie verkündet. ... *und es entstand ein großes Erdbeben von der Art, wie noch keines entstanden ist, seit es Menschen auf Erden gibt, ein so gewaltiges Erdbeben* ...«
»Das reicht, Conrad«, sagte der Colonel und löste seinen Gurt.
»Wollen Sie sagen, daß der gottlose CIA diese Schriftrolle wegen der *Entrückung* geklaut hat, Colonel?«
»Ich bitte Sie!« rief Thorn. »Der CIA ist bei weitem nicht gottlos. Der Begründer der *Operation Entrückung*, dieser Heilige, dieser Gottesmann, William Casey ...«
»Das reicht, Conrad!« unterbrach ihn Colonel Westin.
»... ich habe oft gehört, wie er sagte, der CIA sei mehr als die *Central Intelligence Agency*; daß wir uns eher als *Christen In Aktion* begreifen sollten.«
»*Operation Entrückung*?« fragte O'Hanrahan.
»Agent Thorn«, zischte der Colonel, »ich habe Ihnen doch gesagt, daß Sie über diese Dinge nicht reden sollen! Manchmal schwöre ich ...«
»Wollen Sie sagen, daß dieser senile Tattergreis Ronald Reagan eine geheime Operation sanktioniert hat, um die Durchführung von Bibelprophezeiungen über die *Entrückung* zu überwachen?«
»Ich denke, es ist wohlbekannt, daß Ronald Reagan an die *Entrückung* glaubt«, erwiderte der Colonel verärgert, durch die Geschwätzigkeit seines Assistenten in die Enge getrieben.
»Und mit ihm vierzig Prozent der Amerikaner, vergessen Sie das nicht!« rief Thorn.
»Und da so viele Zeichen für den Anbruch der Endzeit sprechen, hat der Präsident in bezug auf die vielen Anforderungen, die im Falle eines Falles auf Amerika zukommen, deutlich seinen Willen erklärt.« Colonel Westin sprudelte über. »Guter Mann, wenn diese Sache mit der Endzeit bevorsteht, würde doch kein Führer wollen, daß sein Land davon überrumpelt wird. Täuschen Sie sich nicht, es liegt in unserem nationalen Interesse, daß wir uns auf das Schlimmste vorbereiten – die Bibel selbst lehrt uns,

den Weg für die zweite Ankunft Christi vorzubereiten. Und *wir* wollen sichergehen, daß es eine *amerikanische* Apokalypse sein wird – und daß wir nicht im militärischen oder spirituellen Sinn gerade die Hosen heruntergelassen haben.«

O'Hanrahan mußte fast lachen.

»Ich versichere Ihnen, Patrick, der Antichrist und seine Spießgesellen wissen, wer *sie* sind. Gorbatschow mit dem Mal des Tieres auf der Stirn, Saddam Hussein ...« Colonel Westin atmete tief durch die Zähne und verzog das Gesicht wieder zu einem Lächeln. »Es ist sehr schwierig zu sagen, Patrick, was Reagan gebilligt hat und was er nicht definitiv gebilligt hat, per se. Nach den Direktiven, die er unterzeichnet hat, und dem Geld, das wir für die *Operation Entrückung* zur Verfügung hatten, war aber ziemlich klar, daß sie für die Regierung von höchster Dringlichkeit war. Während Caseys Abwesenheit war es mir überlassen, die Männer zu finden, die glauben, daß die Heilige Bibel selbst unser größtes Spionagehandbuch ist.«

»Weiß Präsident Bush über euch Typen Bescheid?«

Colonel Westin zuckte wieder zusammen. »Nun, ich glaube, der frühere Vizepräsident gehörte ... nicht zum Kreis der Eingeweihten.«

O'Hanrahan blickte auf die Gangway, die nun an die Flugzeugtür gerollt wurde. Dann erschien Underwood. Sein sorgfältig über den Kopf verteiltes Haar wurde sofort zur Seite geweht, und mit beiden Händen versuchte der Mann, den Schaden wieder zu beheben.

»Die ganze Bande ist da«, knurrte O'Hanrahan.

»Dieser Underwood ist eine kolossale Nervensäge«, sagte Westin kopfschüttelnd.

»Ich dachte, Sie arbeiten zusammen«, meinte O'Hanrahan.

»Ich nehme an, das tun wir. Ich wollte aber, daß das eine reine Operation unseres Vereins ist, und dann fängt dieser Merriwether an herumzuwühlen.«

»Mr. Merriwether hat großzügig für unsere Operation gespendet ...« Agent Thorn sah auf seinen finster blickenden Vorgesetzten. »Das ist kein Geheimnis. Das kann ich ihm doch sagen, oder?«

»Conrad, ich schwöre ...« Dann schlug der Colonel vor, sie sollten zur Begrüßung des Gottesmannes alle aussteigen.

Lucy und O'Hanrahan lehnten sich gegen die Regierungslimousine und sahen den vertrauten Schmerbauch von Reverend Bullins aus dem Flugzeug auftauchen. Der Reverend blieb wie angewurzelt stehen, als zwei Männer in hellblauen Trainingsanzügen, die auf dem Rücken wie ein Mannschaftslogo die Buchstaben TPL und ein weißes Kreuz hatten, die Gangway hinunterliefen, um Reverend Bullins' dramatische Ankunft in Äthiopien per Videokamera festzuhalten. Kurz darauf tauchte Lila Mae auf. Eine Angestellte folgte ihr, um ihren silberweißen Haarturm mit der mindestens dreißig Zentimeter breiten hellblauen Schleife noch einmal mit Haarspray festzukleistern, bevor die beiden Kameras zu filmen begannen.

Einer der Kameramänner führte zwei kleine äthiopische Kinder zum roten Empfangsteppich. Action. Farley und seine Frau, die winkten, als begrüßten sie eine große Menschenmenge, kamen die Treppe herunter und nahmen die beiden spindeldürren Kinder auf den Arm. »Reverend, wir wollen Sie und den Jungen und den Lollipop aufs Bild bringen«, rief einer der Kameramänner. Als das Kind den breitgesichtigen Südstaatler flehend ansah, machte er eine große Schau daraus, es mit dem Lutscher zu necken, indem er ihn immer wieder hinhielt und dann wegnahm. Schließlich steckte ihn der Junge gierig in den Mund, samt dem Einwickelpapier.

»Da ist Ihr Freund«, sagte O'Hanrahan.

Lucy erblickte Farley, der hektisch winkte, um auf sich aufmerksam zu machen, oben auf der Treppe. Er trug einen pastellblauen Anzug, ein weißes Rüschenhemd und eine Lederkrawatte, die zu einem Country-und-Western-Star gepaßt hätte.

Als nächster streckte der Mann im billigen Anzug den Kopf zur Tür heraus und sagte etwas zu Farley, bevor sich beide wieder ins Flugzeuginnere zurückzogen.

Underwood, der sein Haar festhielt, verließ den Bereich der Kameras und kam jetzt über die Rollbahn auf Lucy und O'Hanrahan zu, übers ganze Gesicht lächelnd, und streckte ihnen die Hand entgegen: »Hallo, Leute!«

Weder Lucy noch O'Hanrahan gaben ihm die Hand.

»Aaach, jetzt seien Sie doch nicht so. Ich bin derjenige, der eingeschnappt sein müßte. Sie haben mich mit der falschen Schriftrolle in Verlegenheit gebracht.« Er reichte O'Hanrahan den Pappbehälter mit den *Abenteuern des heiligen Andreas*, während Thorn und Westin hörbar über Underwoods Blödheit kicherten.

Alle wandten die Köpfe und sahen zu, wie Reverend Bullins, jetzt umringt von fünf äthiopischen Kindern, seinen Videospot beendete, mit lauter

Stimme *Jeeeeeeesus* pries, die Arme ausgestreckt und das Gesicht gen Himmel gewandt. Farley jr., nun an der Seite seines Vaters, winkte Lucy zu.

»Da kann's einem ja schlecht werden«, flüsterte sie.

»Ich glaube, Sie werden Reverend Bullins bestimmt bald ins Herz schließen«, prophezeite Thorn. »Er ist ein Gelehrter, so wie Sie, Professor. Lassen Sie sich nicht von seinen flammenden Predigten durcheinanderbringen, er ist ein richtiger Schauspieler, jawohl, aber in erster Linie ist er ein lebendes Beispiel für christliche Nächstenliebe.«

O'Hanrahan spottete, während er beobachtete, wie Bullins vor den Kisten mit den Aufschriften MEDIKAMENTE und LEBENSMITTEL gefilmt wurde, zwei äthiopische Kinder auf dem Arm.

»Diese Kisten waren schon da, bevor das Flugzeug gelandet ist«, bemerkte der Professor trocken.

»Die sind auch nur für die Kameras, wissen Sie«, sagte Underwood. »Das richtige Zeug ist im Flugzeug.«

Aber niemand lud etwas aus dem Flugzeug aus. Lucy bemerkte, daß einer der Mechaniker den Jet auftankte.

Als sie sich wieder dem feierlichen Reverend Bullins zuwandte, sah sie, daß die Aufnahmen beendet waren und er über das Rollfeld auf sie zukam, um sie zu begrüßen. Bullins, der über das ganze Gesicht grinste, packte O'Hanrahans Hand. »Gott zum Gruße und Gottes Segen!« rief er, entsprechend der Eröffnung jeder *Promised Land*-Bibelstunde im Fernsehen, die sein Markenzeichen war. »Sie sind also Patrick O'Hanrahan. Meine Güte, ich freue mich, Sie endlich kennenzulernen, nachdem ich Ihre Abenteuer seit so vielen Wochen aus zweiter Hand verfolgt habe.«

»Lucy!« rief Farley jr. und kam auf sie zugerannt.

»Mein Sohn«, sagte Bullins, »und Sie müssen Miss Lucy sein, nicht wahr, Ma'am«, flötete er und bemühte sich, Südstaatencharme auszustrahlen. »Warum nimmst du nicht die Koffer von Miss Lucy und dem Professor ... Colonel, würden Sie uns helfen? Genau, ins Flugzeug. Wir fliegen heute abend nach New Orleans.«

»*Wohin* fliegen wir?« fragte O'Hanrahan scharf.

»Ins Gelobte Land, mein Freund. Bis New Orleans fliegt man dreizehn Stunden, mit einem Zwischenstop zum Auftanken in Accra, hat man mir, glaube ich, gesagt. Dann fahren wir von dort aus mit dem Auto. Zeit genügend, Zeit genügend.«

Mr. Billiganzug streckte dem Professor nun ebenfalls die Hand hin. »Nett, Sie endlich kennenzulernen, Sir«, näselte er. »John Smith ist mein Name.«
In O'Hanrahans Gedächtnis rastete etwas ein.
»Ja«, nickte Smith, »ich schneide das Thema nur ungern an, aber könnte ich Mr. Merriwethers Kreditkarte zurückbekommen? Die wir Ihnen für Ihre Reisen geschickt haben?«
O'Hanrahan fummelte in seiner Brieftasche. John Smith, Schatzmeister. Es war also tatsächlich sein richtiger Name.
»Du hast gesagt, daß man dich nach dem Prediger Farley Bullins benannt hat. Warum hast du mir nicht erzählt, daß du in Wirklichkeit sein Sohn bist?« fragte Lucy den jungen Farley.
Der scharrte mit den Füßen und zuckte die Achseln. »Äh, na ja ... Ich wollte nicht ... ich wollte nicht, daß du glaubst, ich würde angeben oder so.«
Lucy war sprachlos.
»Weißt du«, erklärte Farley, »in Philadelphia, Louisiana, mache ich die Bibelstudiumsendungen, und die Leute behandeln mich seither anders, in Geschäften und so, und ich wollte ... ich wollte einfach, daß du mich als den magst, der ich bin.«
Bevor Lucy protestieren konnte, nahm Reverend Bullins O'Hanrahan am Arm und führte ihn beiseite. Zu Lucy sagte er: »Wir haben einige Erfrischungen an Bord, wenn Sie möchten. Ich hätte hier draußen gerne ein Wörtchen mit Dr. O'Hanrahan gesprochen.«
Während die anderen sich zerstreuten, legte Reverend Bullins O'Hanrahan den Arm um die Schulter, von Mann zu Mann. »Wirklich schön, Sie endlich kennenzulernen. Ein Segen, wirklich ein Segen. Einen Gelehrten von Ihrem Ruf. Ich habe versucht, alles über Sie herauszufinden. Ich war in der Bibliothek, um mir Ihre Bücher anzusehen, aber Sie haben anscheinend keine geschrieben, hehe ... Sie sind wie ich! Sie sind ein Redner. Ein Prediger. Und ein höllisch guter Übersetzer, habe ich mitbekommen. Der beste. Oh, wir haben uns umgehört und eine Menge anderer Gelehrter überprüft, etwa Ihren Freund Philip Beaufoix an der Amerikanischen Universität von Kairo, aber Sie sind der richtige Mann für den Job.«
»Welchen Job?«
»Dieses Anti-Evangelium zu übersetzen.« Bullins machte eine Pause und kostete die Details genießerisch aus. »In derselben Sekunde, als unsere Scouts hörten, daß ein Evangelium aus dem 1. Jahrhundert auf dem Markt

ist, wollten wir es natürlich in die Hände bekommen, darauf können Sie wetten! Bob Jones, Oral Roberts – ich mußte sie doch glatt ausstechen! Ich bin sicher, Sie werden unsere Behauptung bestätigen, daß dieses *Matthiasevangelium* die falsche Prophezeiung ist, die in der Bibel vorhergesagt wird. Das Werk des Antichrist selbst und seines Lakaien, des Falschen Propheten. Wir nehmen natürlich an, daß der Papst als der Falsche Prophet entlarvt werden wird – aber da sind wir durchaus offen. Wir werden mehr wissen, wenn mehr der Zeichen offenbar werden.«

O'Hanrahan versuchte, vernünftig zu argumentieren. »Sehen Sie, Reverend, es sind schon öfter häretische Evangelien ans Licht gekommen. Mehrere in diesem Jahrhundert. Warum soll diese Schrift die Falsche Prophezeiung aus der *Offenbarung* sein?«

»Was sollte es anderes sein? Die Kirchenväter haben das *Matthiasevangelium* als ketzerisch und gefährlich verurteilt. Wollen Sie mir sagen, es sei ein Zufall, daß 1900 Jahre verstreichen und dieses gottlose Evangelium auftaucht, ausgerechnet jetzt, wo so viele der Zeichen da sind, da Babylon im Aufstieg ist und die Juden nach Israel zurückgekehrt sind? O nein, Dr. O'Hanrahan – das ist Satans letzter Trick, sein Programm für die Gehirne der Ungläubigen!«

O'Hanrahan mußte allen Mut zusammennehmen, um zu fragen: »Und Sie wollen dieses Evangelium vernichten?«

Reverend Bullins trat einen Schritt zurück und starrte den Professor auf eine seltsame Art an, als versuche er, einen Fremden zu erkennen. Mit provozierender Ruhe antwortete er: »Nein. Im Gegenteil. Sollte ich der Ankunft Jesu im Weg stehen?« Dann schien Erregung in ihm aufzusteigen. »Oh, es wird schrecklich sein, wirklich. Zu sehen, wie vielleicht so viele aus meiner eigenen Herde, meiner eigenen Familie in Zweifel und Abtrünnigkeit fallen. Aber viele werden vor der Entrückung abfallen. So viele ...« Reverend Bullins war wirklich schmerzlich berührt über die Misere, »... so viele ansonsten gute Leute, die zurückgelassen werden. Der Drangsal überlassen.«

Reverend Bullins nahm O'Hanrahans Arm:

»*Daniel* 12,4: *Du aber, Daniel, verschließe diese Worte und versiegle das Buch bis zur Zeit des Endes*. Und es heißt auch: *Nur die Einsichtigen werden es verstehen*. In der Endzeit wird die Welt von den Lügen des Antichrist belagert. Erinnern Sie sich an den 2. *Brief an die Thessalonicher: Deswegen gerade schickt ihnen Gott die Macht der Verführung*, so *daß sie der Lüge glauben; sie alle sollen dem Gericht verfallen, die der Wahrheit nicht glaubten, sondern die Ungerechtigkeit billigten.* Die große Falsche Prophezeiung, die letzte Lüge der Endzeit, wird von jemandem innerhalb der Kirche geschrieben, anscheinend von einem der Apostel Jesu selbst.«

»Einem Apostel?«

»2. *Korintherbrief* 11,13: *Die Betreffenden sind nämlich Lügenapostel, Pfuscher in ihrer Arbeit, die sich das Aussehen von Aposteln Christi geben.* Genau, was wir hier haben, nicht wahr? Das Anti-Evangelium, das von den frühen Kirchenvätern mit dem Bann belegt wurde, stammt vermutlich von Matthias, einem der Apostel Christi! Oh, wie lange habe ich mich gefragt, wie diese Falschen Prophezeiungen in die Welt kommen würden, aber dann hörte ich von meinem Freund Charles Merriwether, daß sein Vater einmal eine solche häretische Schriftrolle besessen und daß diese Schrift wieder den Weg auf den Schwarzmarkt gefunden habe; und er meinte, sie stamme von einem der zwölf Apostel! Ich erkannte, daß das *meine* Mission war. Mein kleiner bescheidener Beitrag, um den Weg zu bereiten.« Bullins richtete den Blick auf den Saum des Waldstreifens hinter der Rollbahn.

»Wenn das Ende der Welt drohend herannaht, Reverend«, meinte O'Hanrahan trocken, »habe ich dann noch Zeit, diese ... diese Falsche Prophezeiung zu übersetzen, oder was glauben Sie?«

»Noch ungefähr zehn Jahre«, erwiderte der Reverend zuversichtlich. »Dieses Geplänkel ist lediglich das Abstecken des Kampffeldes. Saddam wird aus diesem Konflikt stark genug hervorgehen, um einen weiteren Kampf zu führen.«

»Wenn es Krieg geben wird, Reverend«, lachte O'Hanrahan über diese absurde Vorstellung, »dann habe ich ehrliche Zweifel daran, daß jemand so idiotisch sein wird, Saddam Hussein am Leben zu lassen!«

»Er muß Israel dreieinhalb Jahre lang heimsuchen, wie die *Offenbarung* nahelegt, Professor. Sie wissen das! 1993, 1994 wird er dort seinen schwersten Schlag gegen Israel führen – entweder er oder sein Nachfolger in der islamischen Welt. Da sind wir nicht ganz sicher, wer es sein wird.« Bullins drückte freundlich O'Hanrahans Schulter. »Kommen Sie mit uns ins Gelobte Land, und Sie bekommen jede nur denkbare Hilfe, um die Schriftrolle zu übersetzen.«

O'Hanrahan war erleichtert. Bullins würde die Schriftrolle nicht verbrennen. Er war tatsächlich erschreckend ehrlich. Jesus, dachte O'Hanrahan; Gorbatschow, das Kainsmal, Saddam Hussein auf dem Kriegspfad, Israel ungeschützt – was ist, wenn er tatsächlich recht hat?

»Kann ich auf Ihre Mitarbeit zählen?« fragte Bullins.

Während O'Hanrahan unverbindlich lächelte, dachte er: Es ist geschehen. Das letzte Kapitel war nun wieder mit den ersten sechs vereint. Weißt du, was? Das *Matthiasevangelium* wird vielleicht tatsächlich übersetzt und veröffentlicht! O'Hanrahan hatte sich diesen Gedanken nie ganz ernst ins Bewußtsein dringen lassen: übersetzt von *mir*. Ja, Lucy hat recht, ich bin ein Dilettant, ein Herumpfuscher, ein Reinfall. Aber ich werde mich zu meiner Höhe aufschwingen. Ich will diese Herausforderung annehmen!

(Jetzt hast du bekommen, was du willst.)

Ja, Herr, aber hast du gewußt, daß ich unsterblich und unzerstörbar war, solange ich von einem Land ins andere gefahren bin, hier noch ein Kloster, da noch ein Kloster! Denn siehst du, Heiliger Geist, ich wußte, daß es mein Schicksal war, es zu übersetzen. Daher bin ich am Leben geblieben, solange dieses Evangelium mir immer wieder durch die Finger geschlüpft ist. Und jetzt habe ich eine neue Sorge: Werde ich lange genug am Leben bleiben, um diese Übersetzung zu Ende zu bringen?

(Das hängt von dir ab.)

O'Hanrahan starrte auf das TPL-Flugzeug und die Kamerateams, die herumrannten und Aufnahmen machten, zuerst Farley jr., der eine Milchflasche hochhielt, dann seine Mutter Lila Mae, die versuchte, einen Stichwortzettel zu lesen. Sie verlor die Selbstbeherrschung und begann zu weinen, so daß dick die Wimperntusche floß.

»Um Himmels willen«, sagte Reverend Bullins ungeduldig mit einem falschen Lächeln, »Lila, lies vor, was auf der gottverdammten Karte steht, damit wir die Szene in den Kasten kriegen.«

Eine Maskenbildnerin in blauem TPL-Trainingsanzug rannte herbei, um den Schaden zu reparieren.

»Wenn ich an all diese hungrigen Menschen in Äthiopien denke«, schluchzte Lila Mae, »dann muß ich einfach heulen, Farley, mir die Augen ausweinen. Aber es gibt noch einen schlimmeren Hunger. Die Menschen, die Jesus nicht kennen, Jesus Christus ...« Sie schloß die Augen, während neuerlich schwarze Wimperntusche über ihr geschminktes Gesicht lief.

Reverend Bullins schnaubte mißbilligend und sah O'Hanrahan mit einem Blick männlicher Komplizenschaft an: *Weiber* – was konnte man schon mit ihnen anfangen? »Alles in Ordnung, Honey«, gab er nach. »Vergessen wir's. Wir drehen das Ding in Philadelphia ...«

»Aber ich habe Zeugnis abgelegt, Farley«, antwortete sie, wischte sich über die Augen und ließ sich von ihrem Gatten umarmen. »Ich mache einfach nichts richtig«, sagte sie und ging einen Schritt auf die Gangway zu.

»Aber Honey. Du bist nur ein bißchen müde, das ist alles.«

Der belustigte O'Hanrahan stieg als letzter ins Flugzeug. Zwei äthiopische Flugzeugmechaniker – die Väter der beiden Propagandakinder für das TPL Video, vermutete O'Hanrahan – standen an der Gangway, bereit, sie wegzurollen, sobald er an Bord war. Colonel Westin und Agent Thorn standen neben der Limousine und winkten zum Abschied.

(Eine Möglichkeit zur Flucht.)

Nicht mehr. Schluß mit dem Herumgerenne. Armes Äthiopien, dachte O'Hanrahan und sah sich um nach der Innenstadt von Addis Abeba, dem afrikanischen Utopia, das zu einer Hölle geworden war. Ich werde dich in meine Gebete einschließen, Äthiopien.

(Wir würden gerne ein paar von diesen Gebeten hören, Patrick.)

Aber O'Hanrahan würde nicht beten. Nicht jetzt, kurz bevor er die wahren Antworten herausfinden würde. Wenn er wußte, was Matthias ihm zu sagen hatte, würde er vielleicht beten – aber nicht vorher!

*1. Doch mein Schreiber Tesmegan brennt darauf, endlich selbst zur Sprache zu kommen in dieser wichtigen Geschichte. Gehen wir also an diesem letzten Tag der Niederschrift gleich nach Meroë, in das geheimnisvolle, schöne, gastliche Reich, wo man jedoch auf manche Überraschung gefaßt sein muß ... (Ach, hier runzelt Tesmegan die Stirn, denn er fürchtet, daß ich nun doch etwas auszusetzen haben werde an ihm und an seinem Volk. Aber, laß es dir gesagt sein, mein Junge: Ich werde schreiben, was ich will, ich meine, du wirst schreiben, was ich will, verstehst du? Also weiter im Text.)*

*2. Auf Elephantine, auf der von heidnischen Tempeln strotzenden Felseninsel im Nil gerade unterhalb der Katarakte, gesellte ich mich mit einigem Unbehagen zu denen, die sich dort für Söhne Abrahams ausgeben. Ich für meine Person habe an dieser vorgeblichen Abstammung erhebliche Zweifel. Bei einer Familie, in deren Hause ich zu Gast war, frohlockte man fromm ob der Zerstörung Jerusalems, welche, wie man in Elephantine allgemein annimmt, nur die gerechte Bestrafung des Hochmuts der Heiligen Stadt sei.*

*Ohne Mühe fand ich den Händler, für welchen mir Duldul ibn-Waswasah Briefe mitgegeben hatte. Ich erkannte auf den ersten Blick, daß dieser ein meinem alten Bekannten in jeder Hinsicht gewachsener Geschäftsfreund war, ebenso gerissen und hinterhältig wie jener. Doch ist das ja kein Wunder. Gibt es denn einen einzigen Araber, der nicht verschlagen und heimtückisch ist?*

*3. Nachdem ich mich der gegen Duldul ibn-Waswasah eingegangenen Verpflichtung entledigt hatte, erkundigte ich mich nach dem Verbleib der angeblich von dem Jünger Matthäus während seiner Reisen in dieser Weltgegend gegründeten nazaräischen Gemeinde.*[1]

*Jene Nazaräer, erfuhr ich, waren teils gestorben, teils fortgezogen, teils aber auch zu dem vor Zeiten auf jener Insel voller Götzen eingebürgerten und noch immer daselbst praktizierten verdorbenen und halb heidnischen Judentum ihrer Ahnen zurückgekehrt. Wieder war ich um eine Hoffnung ärmer!*

*Nur Gott selbst kann, scheint es, eine neue Kirche gründen, und da ich nun eine Gemeinde nach der anderen untergehen oder in Häresie hatte verfallen sehen, wurde mir klar, daß nur direktes Eingreifen des Höchsten den weiteren Bestand der nazaräischen Kirche auch nur für die nächsten zwanzig Jahre sichern konnte.*

*4. Der Marktvorsteher hörte sich meine Geschichte von dem Sklaven Benjamin und dessen so verdächtiger plötzlicher Bereicherung mitfühlend an. Er war ein freundlicher Mann und angesichts der Menge der Götter, die er im Laufe der Jahre schon stromauf- oder -abwärts hatte vorüberfahren sehen, der Meinung, jeder müsse selber wissen, welchem er nachfolgen wolle, und also geneigt, jeden nach seiner Fasson selig werden zu lassen.*

*Er sagte zu mir: »Dieser Matthäus hat aus verschiedenen Gründen viele brave Leute von der Insel verbannt. Aber schließlich erlahmte sein Wille, die Häretiker, wie er sie nannte, fernerhin zu bekämpfen, und er selbst zog fort, ich weiß nicht, wohin. Doch nicht ehe er die Person, die du suchst, nach Kusch[2] verbannte. Jedenfalls glaube ich, daß dieser Mann der ist, hinter dem du her bist. Du sagtest doch, er sei reich, nicht wahr?«*

*Ich wiederholte, was mir über diesen Benjamin zu Ohren gekommen war, und der Marktvorsteher nickte dazu und sagte dann, gewiß meinten wir den nämlichen, nur daß der Name des Mannes nicht Benjamin, sondern Belsazar sei, der des berühmten Königs. (Tatsächlich war es zu Josephs Zeiten üblich, Sklaven die Namen früherer Könige Israels zu geben, zur eigenen ständigen Erinnerung an die Wandelbarkeit des Glücks; es schien mir also sehr wohl möglich, daß in der Tat dieser Belsazar der Mann war, den ich suchte!)*

*Über den Verbleib dieses Belsazar konnte mir der Marktvorsteher allerdings nur sagen, daß er nilaufwärts fortgezogen sei. Beim Abschied sagte der freundliche Mann zu mir: »Sieh nur zu, mein jüdischer Freund, daß du dich von deinem Forschungseifer nicht bis nach Meroë führen läßt. Denn daher kehren nicht mal die Römer zurück!«[3] Und so sei es dir, lieber Bruder, ein Beweis meines Muts, daß ich eben daher schreibe!*

*5. (Oh, von neuem habe ich meinen Schreiber verletzt. Denn in Meroe gilt es als Ungeheuerlichkeit, eine schlechte Meinung von einer Person oder einem Ort zu Papier zu bringen, die dann nach Meinung dieser Leute auf eigene Faust weiter um sich greifen kann. Tesmegan, du dummer Junge, ich muß die Dinge festhalten, wie sie sind … Ja, ich erwarte, daß du jedes Wort niederschreibst, das ich sagte. Ja, auch daß ich dich einen dummen Jungen genannt habe, sollst du schreiben. Wie wenig Zeit bleibt uns noch!)*

*6. Ich muß gestehen, daß ich mich für kurze Zeit wieder von den Träumen meiner Jugend verführen ließ, Bruderherz. Während unserer Nachtlager in der Wüste lag ich schlaflos, den Blick zu den Sternen erhoben, und malte mir aus, wie ich am Hofe von Meroë erscheinen, Wunder vollbringen wie einst Moses vor Pharao, und, wo Matthäus gescheitert war, ein Königreich bekehren würde. Und daß schließlich mein Evangelium allein eines anderen Menschen Herz rühren und die Welt sich eine ganze Kleinigkeit zum Besseren wenden würde – und daß meine Worte und mein Glauben diese Neigung zum Besseren bewirken würden. Im Rückblick ist mir freilich beschämend klar, daß im Mittelpunkt dieser Träume immer nur ich selbst stand. Wer aber anderen Gott bringen will, muß Gott über alles stellen. Wie offensichtlich mir das jetzt zu sein scheint!*

*7. O wie wunderbar waren diese Städte Nubiens! (Wenn mir noch ein weiteres Leben vergönnt wäre, würde ich eine Nubiade dichten!)*

*In Sarras sah ich den erstaunlichsten Sklavenmarkt, den ich je gesehen habe. Da gab es Männer aller erdenklichen Gestalten, Farben und Größen; ich sah einen Mann, der mir nur eben bis zur Hüfte reichte, und viele, die viel größer waren als ich. Die Zwerge wurden Pygmäen geheißen, ich weiß nicht, ob das wirklich die Leute waren, von denen Homer spricht.*[4] *Jedenfalls erzählte man mir, daß sie von den reichen Karmaniern als Bootsleute auf dem Euphrat gebraucht werden. Die hochgewachsenen Äthiopier waren wegen ihrer Größe begehrt, wenn sie mir auch nicht sonderlich stark zu sein schienen. Ein griechischer Händler meinte, daß man sie beim Militär als Späher gebrauchen könne; während sich ein exzentrischer Perser einen dieser hochgewachsenen Männer als Bibliotheksdiener bestellt hatte, da er ja imstande sei, ohne Leiter die höchsten Regale zu erreichen. Die Männer (und Frauen selbstverständlich auch), große und kleine, ihrerseits hatten natürlich keine Ahnung, was ihre Käufer im einzelnen von ihnen erwarteten, und sahen ziemlich unglücklich drein.*

*Dann kam ich nach Napata, in welcher Stadt Keuschheit und Züchtigkeit unbekannte Tugenden sind. Die stattlichen und pechschwarzen Frauen paradieren den üppigen Busen unverschleiert in aller Öffentlichkeit und sind übrigens nur mit einem schmalen Lendenschurz bekleidet! Nackt gehen auch die Männer, oder doch fast, denn allerdings tragen sie allerlei glänzend polierten goldenen Schmuck auf der schwarzen Haut. Erstaunlich ist übrigens, daß man sich mit der Zeit daran gewöhnt, daß diese*

*Leute sich ihrer Schamteile anscheinend nicht schämen, und sogar irgendwie den Eindruck empfängt, als reize diese Nacktheit weniger zur Sünde als die sittsame und züchtige Verhüllung. Doch weiß man ja, daß die nackten Menschen, die in noch größerer Ferne am Rande der bewohnten Welt wohnen, unschuldig und ehrenhaft sind, wenn auch natürlich irregeleitet hinsichtlich der Religion und des Werts der Keuschheit, die ich, lieber Bruder, stets als Vehikel zur Verfeinerung der Seele zu schätzen gewußt habe.*

*8. Doch, um in meiner Geschichte fortzufahren: Nach einmonatiger Reise, die ich teils zu Fuß, teils auf gemieteten Maultieren und teils auf dem Flusse bei gutem Wind gegen den Strom segelnd zurücklegte, erreichte ich den Ort, wo der Assaboras und der Astapus, ihre Wasser miteinander vermählend, den Nil hervorbringen, den Nil, den größten der Flüsse![5] O hochmütiger Fluß, den der Gott Mose einst granatapfelrot verfärbte![6] Fließe ins Meer, wie du willst, o Nil, wir Evangelisten werden deinem Strom widerstehen, ja gegen ihn angehen und noch deine Quelle umarmen auf unserem Wege zu den Seelen, die nach der Frohen Botschaft dürsten!*

*(Dieses Stückchen dichterischen Höhenflugs mag dich belehren, o Bruder, daß der Dichter, der in mir steckt, sich nie auf Dauer das Wort verbieten läßt!)*

*9. Der Markt der Hauptstadt der Insel Meroë, die ebenfalls Meroë genannt wird (wie du vielleicht gelesen hast, soll der persische König Kambyses beiden den Namen seiner dort verstorbenen Schwester gegeben haben), zieht sich am westlichen Ufer des Astapus hin, viele Stadien weit. Da hinter diesem Markt landeinwärts nur Wüste zu liegen scheint, hat man bei der Ankunft den Eindruck, daß die ganze Stadt Meroe weiter nichts als ein Hafen und Handelsplatz am westlichen Quellfluß des Nils sei.[7]*

*Ich machte mich mit einem der griechischen Sprache mächtigen Zollbeamten bekannt, der mir erklärte, daß Händlern das Betreten der etliche Stadien landeinwärts gelegenen und also vom Flußufer aus nicht sichtbaren Stadt Meroë nicht gestattet sei. Ich sagte zu ihm: »Ich bin nicht hier um des Kaufs und Verkaufs von Waren willen, lieber Herr, sondern um den guten Leuten von Meroë das Wort Gottes zu verkünden. Denn ich bin ein Nazaräer.«*

*Dieser edle Nubier, eine Elle größer als ich selbst und sichtlich mit der*

*Kraft begabt, den vorgeschriebenen Zoll von zahlungsunwilligen Kaufleuten notfalls auch mit Gewalt zu erheben, schenkte mir das Lächeln eines Knaben und bat mich, ihm zu folgen. Er führte mich in ein kleines, sauber gefegtes Haus, wo seine Frau – die wie alle Frauen in Meroë ungeheuer fett und kohlpechrabenschwarz war, denn, wie es hier Mode ist, hatte auch sie ihre schwarze Haut mit Holzkohlenstaub eingerieben, um ihrer Schwärze zusätzlichen Glanz zu verschaffen – mir eine schmackhafte Mahlzeit von Brot und Früchten zubereitete. Unterdessen wurde ein Bote in die Hauptstadt geschickt, der dort meine Ankunft melden sollte, als wäre ich ein königlicher Botschafter oder sonst eine wichtige Persönlichkeit.*

*(Könnte es sein, daß, da hier schließlich doch die Mehrzahl der Gebildeten der griechischen Sprache mächtig ist, der Ruhm meiner Hebraika und meiner Erklärung des Kosmos mir diese schmeichelhafte Aufmerksamkeit verschaffte? Ah, ich sehe Tesmegan lächeln, so wird das denn wohl der Grund sein. Seltsam, daß ich nicht eher darauf gekommen bin.)*

*10. Bald wurde mir ein Wagen geschickt, ab ging die Fahrt, und bald langten wir vor dem prächtigsten Stadttor an, das ich je gesehen hatte! Die Stadt war von einer hohen, steinernen Mauer umgeben und schien ungefähr zwanzig Stadien im Geviert zu messen. Keine Luke öffnete sich in jener abweisenden Stadtmauer, und wirklich hat ja, wie ich jetzt weiß, Meroe keine Fenster zur äußeren Welt. Eine große Treppe, gesäumt von steinernen Löwen und Affen und anderen aus Ägypten bekannten Götzenbildern, unter denen ich auch einen Sebastian aus der Zeit des ersten Kaisers bemerkte,*[8] *führte zu einem Tor mit drei Bögen, die alle mit reichem Figurenschmuck geziert waren. Dort angelangt, entdeckte ich, daß ich die Stadt nur durch einen engen, gewundenen Gang betreten konnte, der an einigen Stellen so niedrig war, daß ich auf Händen und Knien kriechen mußte. Dieses Stadttor war wie ein Mauseloch, kein fremdes Heer hätte dort einmarschieren können.*

*11. Und dann die Stadt, in welche ich durch dieses Mauseloch gelangte! Meinen Schreiber wird es freuen, daß ich meinte, unversehens ins Paradies gelangt zu sein! Überall blühende Pflanzen, in jeder zweiten Straße dieser vollkommen regelmäßig geplanten Stadt ein Kanal stillen, reinen Wassers, dazu hin und wieder sprudelnd sich ergießende Brunnen. Alle Häuser von gleicher Höhe und prächtiger Ausstattung, mit Blumen und blühenden Winden geschmückt. Wie mir Tesmegan erzählt, hat man dieses Wasser auf Aquädukten und durch Röhren aus dem Assaboras im Westen in die Stadt geleitet, wo es nun Kanäle, Brunnen und Bäder speist und durch ein unterirdisches Abwässersystem, ähnlich den römischen Kloaken, die Stadt reinigt.*

*Und wenn mich nicht alles täuscht, gibt es kein Weltwunder, das man hier nicht nachgeahmt oder sogar übertroffen hat. Der Hauptpalast von Meroë erinnert an die Akropolis von Athen, nur sieht er aus, als hätte ein Ägypter ihn erbaut, denn der große Säulenhof mutet ägyptisch an. Er steht auf einer dreifach abgestuften Anhöhe, von deren zahlreichen Terrassen und Balkonen blühende Ranken hängen, also daß die ganze Anlage den berühmten Hängenden Gärten von Babylon gleicht. Nirgends eine Spur von Schmutz und Unrat, durch welche man in den Straßen anderer Städte waten muß. Überall der Duft von Blumen und wohlriechenden Essenzen. Schämen sollte sich Jerusalem! Doch wieder einmal habe ich es vergessen – das arme Jerusalem ist ja nicht mehr.*

*12. Ich wußte, daß Meroë von Frauen regiert wird, und war deshalb auf das Schlimmste gefaßt: einen verluderten Hof mit einem Staat von Kastraten und ausgehaltenen Männern. Denn solche Königinnen stellen sich gewöhnlich als Verkörperungen der Fruchtbarkeit dar und lassen sich von ihren Untertanen als Liebesgöttinnen anbeten, und ihre Hofschranzen tun ihnen nur zu gerne den Gefallen. Aber Meroë ist einzigartig.*[9]

*Tesmegan hat mir erklärt, daß man in Meroë Frauen regieren läßt, um der Gefahr der Tyrannei vorzubeugen. Auch gelangt in Meroë keine Frau auf den Thron, die nicht mehrere Kinder hat. Da man glaubt, bei Müttern mit einer Abneigung gegen den Krieg rechnen zu dürfen, die sie hindern mag, leichtfertig einen anzufangen, in dem sie ihr eigenes Fleisch und Blut zu verlieren riskieren müßten. Andererseits muß jede Königin über das gebärfähige Alter hinaus sein, denn man fürchtet, daß sie anders versucht sein könnte, sich Erben oder Mitregenten zu gebären. Tesmegan erklärte mir mit kindlicher Klarheit, daß man in Meroë die Männerherrschaft ein für allemal geächtet habe nach dem Jahrhundert der Katastrophen,*[10] *in welchem die männlichen Herrscher des Landes durch lächerliche Staatsausgaben für zerstörerische äußere und innere Kriege den sagenhaften Reichtum von Meroë restlos verschwendet und das meroïtische Volk durch ständiges Blutvergießen nahezu ausgerottet hatten.*

*Die Kandake, wie die Meroïter ihre Königin nennen, wird gewählt (das Verfahren scheinen sie von den Ptolemäern übernommen zu haben), und zwar für fünf Jahre. Es gibt keinen Staatsrat oder Senat oder Sanhedrin, die Herrschaft der Kandake während ihrer Amtszeit ist also unbeschränkt. Ich fragte meinen jungen Schreiber, weshalb man keine Körperschaft mit beratender Funktion zur Unterstützung – und auch zu einer gewissen Kontrolle – der Königin vorgesehen habe, worauf er mir erwiderte, ein derartiger Senat würde sich doch nur dauernd nutzlos herumstreiten und wäre außerdem unvermeidlich der Bestechung zugänglich. Es sei besser, die Königin unbeschränkt regieren zu lassen, aber höchstens fünf Jahre, ob sie ihre Sache nun gut oder schlecht mache. Es gibt eine Armee, doch nur zur Verteidigung des Staats gegen äußere und innere Feinde, unter welche letztere auch Leute gerechnet werden, die das höchste Staatsamt zu usurpieren trachten.*

*13. Nicht weniger merkwürdig als die Regierungsform dieses ungewöhnlichen Reichs ist die gänzliche Abwesenheit jedweder religiösen Orthodoxie. Natürlich findet man in Alexandrien oder Ephesos Anhänger aller erdenklichen Glaubensgemeinschaften, die da nebeneinander ihre unterschiedlichen Götter verehren. Aber noch nirgends ist mir ein Volk begegnet, das sich so wie dieses hier die eigene Religion nach Lust und Laune zusammenstückelt aus allen Religionen, von denen es Kenntnis hat. Alle sieben Tage wird irgendeines Gottes Fest begangen – mal das der Isis, dann das der Aphrodite oder des Zeus ... So gibt es an jedem Sabbat Tänze, Zeremonien, Gelage und auch schlechterdings nicht anders als unzüchtig zu bezeichnendes Verhalten, obwohl bei näherem Zusehen selbst dieses Verhalten einer mir allerdings unverständlichen Ordnung zu folgen scheint.*

*14. Nachdem ich gespeist worden war und ein blasser germanischer Sklave mich in ein privates Bad geführt hatte*[11] *– man läßt diese Sklaven nicht ins Freie, damit sie ihre Blässe bewahren, die hier als sehenswürdig gilt –, bedeutete man mir, daß ich noch immer ungehindert aus Meroe abreisen könnte, wenn mir der Sinn danach stehe – daß man mich aber, wenn ich bliebe und bei Hof zugelassen würde, so leicht nicht wieder werde fortziehen lassen. Tatsächlich gibt es über dem Stadttor eine Inschrift in der unentzifferbaren Schriftsprache dieser Leute (von denen jedoch die meisten auch Griechisch sprechen), die, wie mir freundlicherweise der Torwärter erklärte, ungefähr besagt: »Kein Schaden hat je die Stadt befallen, die alle Gäste willkommen heißt; nur Elend wird über die Stadt kommen, die einen undankbaren Gast abreisen läßt.«*

*Damals war ich überzeugt, daß mir nichtsdestoweniger eine kleine Zuwendung an den richtigen Mann, falls ich etwa aus der Stadt würde fliehen müssen, Tür und Tor öffnen werde. Doch ich sollte entdecken, daß die Meroïten alle Bestechungsgelder an die Kandake weiterleiten und die Entscheidung über das Anliegen des Zahlungswilligen ihr anheimstellen. Und wirklich kann ich nach dem, was ich getan habe, kaum hoffen, daß man mich abreisen läßt.*

*15. Doch jetzt will ich vom Hof sprechen und von der Kandake. Man hatte mir zu verstehen gegeben, daß es in Meroe üblich sei, der Königin bei jeder Anrede einen anderen Ehrentitel zu geben. Es gibt Wettbewerbe, die oft bis spät in die Nacht hinein dauern, um den Ruhm der vollkommensten Ruhmredigkeit. Wie du dir denken können wirst, glaubte ich als Dichter meines Ranges solcher Übungen nicht zu bedürfen, um bei Bedarf auf Anhieb das Erforderliche zu leisten.*

*Die Kandake Schanakdekhete VII.*[12] *war ein ungeheuerliches Geschöpf, dessen Ausmaße noch furchteinflößender schienen, als sie zweifellos waren, weil es ein Gewand trug, das den Thron, auf dem diese Königin saß, sowie mehrere Stufen desselben bedeckte. Ich hätte die Existenz eines derartig fetten Weibes für unmöglich gehalten und glaube noch immer, obwohl Tesmegan sich zu der Frage nicht äußern will, daß unter diesem weiten Gewand ihre titanische Erscheinung noch mit Polstern und Kissen ausgestopft ist. Nicht zu knapp war sie auch mit Juwelen und allerlei kostbarem Schmuck ausstaffiert, wenn mir auch schien, daß wenigstens die durch ihre ungeheure Größe auffälligsten Edelsteine wohl aus Glas imitiert sein müßten.*[13] *Nichts an ihrem Gebaren ließ auch nur die mindeste Bosheit erkennen. Vielmehr kam ihr ganzer Hof mir irgendwie – und ich werde reden, wie mir zumute ist, deines Schniefens und Gewinsels ungeachtet, Tesmegan – lächerlich vor.*

*16. Als ich vor ihrem Thron anlangte, sah ich, daß in ihren Nasenlöchern zwei exotische Federn steckten. Diese Federn, blau gefärbt, waren jede etwa eine Elle lang und nach oben gebogen wie die Stoßzähne eines Elefanten. Sie und ihr Hof von ungefähr zwanzig Höflingen bemühten sich verzweifelt, nicht in Gelächter auszubrechen, und dieser Spaß schien alle restlos zu beschäftigen, nichts Wichtigeres schien Ihre Majestät zu tun zu haben, jedenfalls für den Augenblick.*

*Sie forderte mich auf: »Knie nieder vor der Kandake von Meroë, und stelle dich vor. Findest du mich nicht schön?«*

*Ich sagte zu ihr, sie sei höchst entzückend, eine strahlende Blume des Nils.*
*Sie sagte zu mir: »Schön sogar mit diesen Federn in der Nase?« Dann zog sie sich die Federn aus der Nase und schüttelte sich vor Lachen, vollkommen aufgehend in der Aufgabe, ihren Hof zu unterhalten. Schließlich sagte sie zu mir: »Du bringst irgendeine Religion?«*
*17. Ich begann vom Meister und Seiner Botschaft zu reden, und sie wandte sich einem kleinen Standbild des Kaisers zu und fragte, ob das der Mann sei, von dem ich redete.*
*Ich sagte zu ihr: »Nein, große Kandake, Unüberwindliche, das ist nur der Herrscher Roms, der längst Verstorbene.«*
*Sie sagte mit einigem Schrecken: »Ich hielt ihn für einen Gott.«*
*Ich sagte zu ihr: »Allerdings gab er sich, Euer Erlauchtheit, für einen solchen aus, doch war er nur ein Regent auf einem Thron. Nicht größer als Eure Majestät.«*
*Die Königin faltete die Hände und schien zu seufzen, wobei sie sich hin und her wiegte. Sie sagte zu ihrem Gefolge: »Ach, was war er doch für ein hübscher Gott, aber wenn er tot ist, können wir auf ihn verzichten. Bringst du, Würdiger, Mann aus Judäa, uns einen Gott als Ersatz für den, den du uns fortnimmst?« Dann plötzlich schien ihr etwas einzufallen, das sie zutiefst verstörte, und mit halberstickter Stimme rief sie aus: »Aus Judäa kommst du und bringst den Gott Abrahams? Den eifersüchtigen Gott, der keinen anderen neben sich duldet? Sei so gut, und bete nicht zu ihm, solange du bei uns bist, denn das hat mir gerade noch gefehlt, daß einer dessen Aufmerksamkeit auf mich lenkt! Ausgerechnet auf mich, da ich doch nicht mal meinen Palast verlassen kann, um seinen Blitzen aus dem Wege zu gehen!«*
*18. Ich entnahm diesen Worten, daß die Kandake, wie die Königinnen von Saba, eine Gefangene ihres Hofes war.*[14] *Später sollte ich auch erfahren, daß die Geschichte vom Besuch der Königin von Saba bei Salomo in Meroë so beliebt ist wie in Jerusalem, nur hat man diese Geschichte hier für den hiesigen Geschmack phantastisch erweitert und ausgeschmückt. Dem Höchsten sei gedankt, daß man nicht von mir verlangte, daß ich die Kandake mit Salomos Wunderbalsam abreibe!*[15]
*19. Ich sagte zu ihr: »Ja, den Gott Abrahams bringe ich, o Gnadenvolle, aber ich weiß Neues und mehr von ihm zu sagen als die anderen. Denn nun hat er uns zu seinem Gesetz einen großen Propheten und Lehrer*

*geschickt, der vom Frieden, von der Liebe und vom Opfer spricht, doch auch von der Erlösung.«*
*Die Kandake erwog das und sagte zu mir: »Wieviel Opfer?« Ich sagte zu ihr: »Unser Meister, Der, welcher uns erlöste, opferte Sein Leben für uns, glänzende Herrlichkeit!«*
*»Bedenke aber«, sagte sie zu mir, »daß wir schon Attis, Adonis und andere Jünglinge dergleichen haben. Wir hätten lieber mal was anderes.«*
*Ich fragte sie: »Herrlicher Glanz, ist es Brauch in Meroe, alle bekannten Götter zu verehren?«*
*Sie sagte mit heiterer Gelassenheit: »Da wir nicht wissen, welcher Gott der mächtigste ist und uns am ehesten nützlich sein kann, ist das doch wohl ein Gebot des gesunden Menschenverstandes, dem man auch vom Königinnenthron aus nicht widersprechen sollte. Wir bemühen uns also, keine Gottheit zu vernachlässigen und uns so den Zorn aller Gottheiten vom Leibe zu halten. Wie ist das denn bei euch, glaubt ihr, daß einer, der nichts von einem Gott weiß, für diese Unwissenheit bestraft wird?«*
*»Natürlich nicht«, sagte ich.*
*»Aber wenn einem euer Gott verkündet worden ist und er nichts davon wissen will, dann geht's ihm an den Kragen, stimmt's?«*
*Das allerdings sei wahr, sagte ich.*
*Sie sagte: »Da siehst du, daß wir gut beraten sind. Man kann niemals zu vorsichtig sein mit den fremden Göttern fremder Völker.«*
*20. Einer der Berater (oder vielleicht auch Beischläfer, was weiß ich) der Kandake, äußerte die Meinung, was ich da von jenem Jesus erzähle, sei doch offenbar nur die altbekannte Geschichte von Osiris. Doch ich widersprach ihm und erläuterte in allen Einzelheiten Herkunft und Stammbaum des Lehrers.*
*Sie sagte zu mir: »Was aber dieses Opfer betrifft, wenn wir deinem Gotte folgen, brauchen wir selbst es nicht zu bringen?«*
*Ich erklärte ihr, nein, Blutopfer seien nicht erforderlich, sie dürfe die nazaräische Kirche nicht mit jenen früher erwähnten barbarischen Kulten des Attis oder Adonis verwechseln. Andererseits, sagte ich, seien gewisse finanzielle Opfer willkommen, die es den Kindern Gottes ermöglichen würden, in Gemeinschaft zu leben, sich zu kleiden und zu nähren.*
*Sie sagte zu mir: »Aber wir leben doch bereits in Gemeinschaft und teilen, was wir haben, unter uns auf. Jedweder Überschuß wird in diesem Palast gehortet zur höheren Ehre der Kandake und als Vorrat, auf den wir bei*

*Katastrophen und Hungersnöten zurückgreifen können, die hierzulande leider nicht selten vorkommen.«*
*21. »Unser Meister«, sagte ich zu ihr, »hat uns gelehrt, unsere Feinde zu lieben, und gesagt: ›So dir jemand einen Streich gibt auf deinen rechten Backen, dem biete den anderen auch dar.‹«*
*Sie sagte zu mir: »Wir haben keine Kriege. Wenn uns jemand den Krieg erklärt, dauert es nie lange, ehe er das Interesse daran verliert oder sich in Teufels Küche bringt. Wir wissen nämlich in den vielen Katakomben unter der Stadt unsere Wertsachen unauffindbar zu verstecken, verstehst du. Wir haben ein Heer zu unserer Verteidigung, für den Fall, daß jemand uns ausrotten und unsere Stadt schleifen will, aber seit den Persern hat es niemand mehr fertiggebracht, ein Heer nilabwärts bis hierher zu führen.«*
*Schließlich schien die Kandake die Geduld mit mir zu verlieren. Sie sagte: »Aber bitte, lieber judäischer Herr, nun erzähle uns doch was von den Festen! Wie feiern wir diesen neuen Propheten?« Sie schnippte mit den fetten Fingern, und ein Minister näherte sich ihrem Thron und entrollte einen Papyrus. »Wir haben noch nichts für den ersten Wintermonat. Eine Lücke von vierzehn Tagen in unserem Kalender religiöser Feste. Wir haben versucht, das heilige Feuer zu feiern, aber in dieser Gegend kann man es wirklich niemandem zumuten, stundenlang um ein Feuer herumzustehen, wie du vielleicht verstehen wirst.«*[16]
*22. Sehr geduldig und ausführlich erklärte ich ihr, daß wir Nazaräer jedwedes Ritual als widergöttliches weltliches Gepränge verachten und verurteilen und mithin keinerlei Zeremonien praktizieren.*[17]
*Zuletzt gelang es mir, auf den eigentlichen Gegenstand meines Besuches in Meroe zu sprechen zu kommen. Ich sagte zu ihr: »Durchlaucht wissen nicht zufällig etwas von einem Mann namens Benjamin oder Belsazar, der behauptet, ein großes Geheimnis in betreff des Lehrers der Rechtschaffenheit zu besitzen?«*
*Auf diese Worte verstummte plötzlich der ganze Hof, als hätte ich etwas Unaussprechliches ausgesprochen. (Ja, noch jetzt, da ich es wiederholte, schlägt Tesmegan, als hätte er es lieber nicht gehört, die Augen nieder.)*
*Einer der nicht völlig nackten Herren aus dem Gefolge der Königin (der also vielleicht mehr Berater als Beischläfer war) wandte sich zu mir und flüsterte mir ins Ohr, daß jedes Reden von Geheimnissen Kandake zutiefst verärgerte, doch nach kurzem Schweigen ließ dann auch diese selbst sich vernehmen: »Als Neuankömmling in Meroë konntest du nicht wissen,*

*daß wir hier niemals von Geheimnissen sprechen: Geheimnisse zu haben, geheime Absprachen, Bündnisse, Gruppen, Gesellschaften und Pläne, das, mein hartnäckiger judäischer Freund, ist aller Übel Anfang. Wenn der Mann, den du suchst, hier mit einem Geheimnis ankam und mein Hof mehrheitlich entschieden hat, dieses als solches gelten zu lassen, sollst du, mein Bester, es als solches respektieren. Ich kann dir nur raten, dich vor jedem Versuch zu hüten, es zu ergründen.«*

*23. Der Minister an meiner Seite riet mir, es damit gut sein zu lassen, denn hierzulande werde Geheimhaltung wirklich mit großer, nicht überall üblicher Strenge geübt. Wenn nämlich irgend etwas offiziell als Geheimnis anerkannt werde, sei es üblich, über den Besitzer des Geheimnisses Hausarrest zu verhängen und einen Wachposten vor seine Tür zu stellen. Und das sei noch das mindeste, sagte er, was der Besitzer eines Geheimnisses zu gewärtigen habe; denn falls es sich um ein besonders schreckliches Geheimnis handle, begnüge man sich nicht damit, ihm die Freiheit zu nehmen. Obwohl mancher Fremde, der kein Haus in Meroë sein eigen nennen könne, wohl lieber gleich das Leben ließe, wenn er wüßte, was nicht von vornherein todeswürdigen Geheimnisträgern ohne Eigenheim in Meroë blüht: Schreckliches werde jedenfalls von den Zuständen im Geheimnispalast erzählt, in dem solche Leute interniert würden.*

*An dieser Stelle unterbrach die Kandake sein Geflüster und sagte laut und vernehmlich: »Was in Meroë gesagt wird, muß in aller Öffentlichkeit und für jeden hörbar gesagt werden.«*

*Ich kann nicht umhin, die Weisheit dieses Grundsatzes zu rühmen. Denn es zeigt doch sogar deine eigene anspruchslose historische Komposition, lieber Bruder Josephus, daß all das Unglück unseres Vaterlandes aus geheimen Verschwörungen und hinterhältigen Anstalten erwachsen ist. Ich sagte also zu der Kandake: »Ach, schönste Königin, so höre ich denn aus dem wissenden und weisen Munde wohllautende und wuchtige Worte, denen ich wohl entnehmen muß, daß ich nie erfahren soll, ob dieser Benjamin oder Belsazar mit seiner verleumderischen Geschichte jemals hier aufgetaucht ist. Schade. Ich habe mich also umsonst hierher bemüht.«*

*24. Darauf erwiderte sie: »Aber durchaus nicht. Ich hoffe, dich oft bei Hofe zu sehen, wo wir unseren Spaß mit Neuankömmlingen treiben; mit dir haben wir doch noch kaum angefangen! Und dir soll auch die Ehre zuteil werden, unsere Bibliothek um eine kurzgefaßte Darlegung deiner*

religiösen Lehre zu bereichern. Diese werden sodann unsere Minister sorgfältig und wiederholt prüfen, bis sie auch an deinem nazaräischen Gott irgend etwas Bewunderungswürdiges entdecken.«
Dann wurde mir bedeutet, daß die Audienz beendet sei, doch etwas hatte sie mir noch zu sagen, mit einer gewissen Heimlichkeit, denn da sie nun von ihrem Thron herabstieg, während ihr Gefolge die Kissen und Polster in Verwahrung nahm, mit denen zur Steigerung ihrer Erscheinungsfülle ihr Gewand ausgestopft gewesen, trat sie leichtfüßig an mich heran und sagte: »Und dann, wenn wir uns erst besser kennengelernt haben und ich weiß, daß du kein römischer Spion bist, werden sich schon Mittel und Wege für dich finden, die Stadt zu verlassen. Eine kleine Spende, wirst du sehen, wirkt hier Wunder. Wir Meroïter sind schließlich keine Unmenschen.«
25. Dann führte man mich in einen Festsaal, wo wir auf den Gräbern der besten Familien der Stadt tafelten, da es hier als unschicklich gilt, die Abgeschiedenen von den Lustbarkeiten der Lebendigen auszuschließen. Alle Speisen waren für meinen Geschmack zu scharf gewürzt, aber scharf gewürzte Speisen gelten hier als vornehm, denn die Vornehmen dieses Landes, wo man sich hüten muß zu sagen, was nicht jeder hören darf, wollen sich offenbar wenigstens beim Essen jedesmal gehörig das Maul verbrennen. Nach dem Essen, das für mich an dergleichen Kost nicht Gewöhnten kein ungetrübter Genuß war, führte man mich in ein geräumiges und behaglich eingerichtetes Gästehaus, und dort hatte ich das allerdings reine Vergnügen – ja, er selbst ist bei der Erinnerung so bewegt, daß er vor Rührung kaum weiterschreiben kann –, die Bekanntschaft meines lieben jungen Tesmegan zu machen, meines Schreibers.
26. Und hier habe ich ihn meine Geschichte niederschreiben lassen.
Natürlich wurde mein Missionseifer erheblich abgekühlt durch die Erkenntnis, daß den Meroïtern die Notwendigkeit, nur einen einzigen Gott zu verehren, niemals plausibel zu machen sei: daß ich ihnen also bestenfalls ein neues Fest würde schmackhaft machen können. Denn zum Gottesdienst verstehen sich diese Leute leider nur, insofern derselbe irgendwie unterhaltend den Lauf der Zeit auflockert.
Ach, lieber Tesmegan. Wäre ich doch mit seiner alleinigen Gesellschaft zufrieden gewesen, doch leider verspürte ich das Bedürfnis, mich in der Stadt unter deren Bewohnern herumzutreiben und Erkundigungen über diesen wundervollen Ort einzuziehen. Ich spielte sogar mit dem Gedan-

*ken, ein Buch über dieses noch von niemandem besuchte Meroë zu schreiben.*[18] *Und so verbrachte ich viele Wochen in Unterhaltungen mit Eingeborenen und mit dem Studium der in der hiesigen Staatsbibliothek vorhandenen Werke, soweit diese in griechischer Sprache abgefaßt waren. (Die meroïtische Literatur ist mir leider ein Buch mit sieben Siegeln geblieben; zumal auch die Zeichen, mit denen sie geschrieben wird, das Verständnis nicht gerade einladen. Und niemand war willens, mir diese verdammte Geheimschrift zu erklären.) Es dauerte natürlich nicht lange, ehe ich das Haus eines reichen Mannes entdeckte, vor dem eine Schildwache stand, weil, wie ich hörte, der fragliche reiche Mann, ein Judäer, wegen des Besitzes eines offiziell anerkannten gefährlichen Geheimnisses unter Hausarrest gestellt worden war. Selbstverständlich konnte ich der Versuchung nicht widerstehen, mich nach dem Mann zu erkundigen, wer er sei und was es mit seinem Geheimnis auf sich habe. Viel war diesbezüglich aus den Meroïtern nicht herauszukriegen. Immerhin erfuhr ich, daß solche Häftlinge einmal monatlich bei Vollmond Besuch empfangen durften. Allerdings machte mich der Türhüter, dem ich diese Information entlockte, darauf aufmerksam, daß der Mann, dessen Haus er bewachte (nicht einmal dessen Namen wollte er mir nennen), schon seit vielen Jahren keinen Besuch mehr empfangen habe.*

*27. Meiner Pflicht als Historiker gehorsam – aber nein, das ist nicht wahr, mein Bruder, was mich trieb, war weder das Pflichtgefühl noch auch der Ehrgeiz des Historikers, sondern die Sorge um meinen Glauben, die Hoffnung, einen letztgültigen Beweis zu finden, denn meine eigene Kraft, zu glauben und zu beten, war ganz erschöpft –, von der Sorge um meinen Glauben getrieben also, konnte ich kaum den nächsten Vollmond erwarten und nahm dann gleich morgens die Gelegenheit wahr, den geheimnisvollen Gefangenen zu besuchen. Der Wächter klopfte laut an die verriegelte Tür. Da sich drinnen auf dieses erste Klopfen nichts regte, klopfte er nach einer Weile von neuem. Ich fürchtete schon, der Gefangene könne plötzlich verstorben sein, als ich ihn rufen hörte: »Stell das Essen hinter die Tür, ich hole es mir später.«*

*»Du hast Besuch«, rief der Wächter.*

*Einige Zeit verging, während der Bewohner des Hauses sich zum Empfang des unverhofften Besuchs ankleidete. Als er sich endlich am Fenster zeigte, erblickte ich einen Mann Mitte Sechzig mit noch dunklem Haar und großen, traurigen Augen. Er hatte sich sorgfältig gekleidet, aber seine*

*Erschöpfung und Traurigkeit konnte er nicht bemänteln. Es war seltsam, hier unten im tiefsten Nubien einen Landsmann zu treffen, der Aramäisch sprach. (Keine Angst, Tesmegan, ich werde übersetzen, was wir sagten.)*
*28. Er sagte zu mir: »Ich habe schon gar nicht mehr geglaubt, daß ich noch mal Besuch kriegen würde.«*
*»Bist du Benjamin?« fragte ich. »Der frühere Sklave des Joseph von Arimathia?«*
*Er war sehr mißtrauisch. »Sehe ich vielleicht wie ein Sklave aus?«*
*Ich sagte zu ihm: »Ich meine natürlich, ob du ein Freigelassener, ein ehemaliger Sklave dieses Joseph bist?«*
*»Sehe ich vielleicht wie ein Freigelassener aus, hier hinter Schloß und Riegel?«*
*Ich erklärte Benjamin, daß ich seine Hilfe zu schätzen wisse. Ich sei nicht nur ein berühmter Dichter, sondern überdies ein nicht weniger namhafter Historiker, ganz abgesehen davon, daß ich auch einer der Jünger des Geliebten Lehrers sei.*
*Doch er wollte nur eines wissen, und das fragte er mich: »Bist du reich?«*
*Ich sagte zu ihm: »Ich bin der Sohn eines adligen Geschlechts und habe früher großen Reichtum besessen.«*
*Er fragte: »Bist du reich genug, mich hier herauszuholen?«*
*Ich sagte ihm: »Soweit ich weiß, ist das unmöglich.«*
*Er sagte zu mir: »Aber doch. Beim Regierungswechsel. Der nächste sollte in sechs Monaten stattfinden. Die neue Kandake wird mit sich reden lassen. Du kannst dir nicht vorstellen, wie wütend mich dieses blöde Land macht.«*
*29. Ich beschloß, diesen Schurken zu übertölpeln, indem ich ihm Hoffnung machte, daß er das nötige Geld von mir kriegen könne – unter Umständen. Ich sagte zu ihm: »Ich könnte sehr wohl imstande sein, die nötige Summe aufzubringen – falls sie nicht zu hoch ist –, wenn du gewillt bist, ehrlich mit mir zu reden. Ein einstiger Sklave Josephs von Arimathia soll von diesem freigelassen und großzügig mit Geldmitteln bedacht worden sein und sich dafür verpflichtet haben, nilaufwärts aus der zivilisierten Welt zu verschwinden und ein Geheimnis in betreff des Todes des Meisters, des Lehrers der Rechtschaffenheit, mitzunehmen.«*
*Er unterbrach mich und sagte: »Du meinst den Nasiräer?«*
*Ich sagte zu ihm, und das Herz klopfte mir bis zum Halse: »Ja, der gekreuzigt und begraben ward.«*

*Er sagte zu mir: »Und der angeblich aus dem Grabe auferstanden ist.«*
*Ich erklärte ihm: »Ja, nämlich aus Josephs eigenem Erbbegräbnis. Es heißt, daß ein Sklave bezahlt wurde, die Leiche beiseite und aus der Welt zu schaffen oder doch an den Rand der Welt, nach Elephantine. Bitte, noch hast du mir deinen Namen nicht gesagt. Heißt du Benjamin?«*
*30. Nach einer Pause sagte er: »Natürlich. Allerdings heiße ich so.«*
*Ich bat ihn, die Wahrheit dieser Aussage zu beschwören, was er bereitwilligst mit dem feierlichsten Eide tat. Schließlich fragte ich ihn: »Kannst du beweisen, was aus den Reliquien des Meisters geworden ist?«*
*Er sagte zu mir: »Wir haben die Leiche nach Ägypten geschafft, soll ich sie dir zeigen?«*
*Entsetzliche Gotteslästerung! Ich sagte zu ihm: »Glaubst du, daß der Anblick eines Haufens verrotteter sterblicher Überreste mir den Glauben nehmen kann?«*
*Er sagte zu mir: »Man kann nicht glauben, lieber Freund, was Menschen einem als Wahrheit sagen, aber vielleicht wirst du deinen eigenen Augen glauben. Du wirst doch wohl vom Geheimnis der Pharaonen haben reden hören, der Kunst, sterblichen Überresten den Anschein des Lebens zu bewahren? Wenn du Eingang in dieses Haus fändest, würde ich dich in den kühlen Keller führen, wo dein Meister dich erwartet.«*
*Entsetzlicher Frevel! Die Vorstellung, daß der Meister nicht aufgefahren zum Himmel, nicht sitzend zur Rechten Gottes, von dannen er kommen wird zu richten die Lebenden und die Toten, statt dessen wie Dörrfleisch oder Backpflaumen in dieses Schurken Keller läge!*
*31. Vor Bewegung außer mir, sagte ich zu ihm: »Ich würde auf den ersten Blick erkennen, ob, was da hast, wirklich Er ist, Der uns das Leben brachte …«*
*Da lachte dieser Schurke und sagte: »Du meinst beim ersten Blick auf das, was von seinem Gesicht übriggeblieben ist?«*
*All das sei Gotteslästerung, so unerhört, sagte ich, daß meines Wissens in der ganzen Heiligen Schrift keine ähnliche verzeichnet sei. Im übrigen habe er gut reden: Wisse er doch, daß mir nie gestattet werde, sein Haus zu betreten und zu besichtigen, was immer er da für eine Scheußlichkeit im Keller aufbewahre.*
*Doch er sagte zu mir: »Da sich hier niemand vorstellen kann, daß jemand so dumm sein könnte, in das Haus eines Gefangenen einbrechen zu wollen, sollte es damit keine sonderliche Schwierigkeit haben. Du könn-*

*test dich wahrscheinlich einschleichen, wenn mir das Essen gebracht wird. Wieder herauszukommen allerdings – das wird nicht ganz so leicht sein.«*
*Ich sagte zu ihm: »Das wohl nicht, denn sonst wärst du doch längst selber über alle Berge.«*
*»Von mir weiß jeder, daß ich hier gefangen sitze. Von dir ist dergleichen nicht bekannt. Wenn ich auch ausbräche – mich hätten sie binnen kurzem wieder eingefangen. Solange aber niemand erfährt, daß du hier drin warst, hast du, wenn du wieder draußen bist, von niemandem was zu fürchten.«*
*32. Dennoch hoffte ich, das Risiko eines Verstoßes gegen die hiesigen Gesetze vermeiden zu können. Einstweilen versuchte ich mich durch weitere Fragen wenigstens davon zweifelsfrei zu überzeugen, daß der Mann am Fenster der war, für den er sich ausgab. Ob ihm irgendeine von den Taten oder Reden des Meisters erinnerlich sei, fragte ich ihn. Er verneinte das, denn er selber habe sich von den Nasiräern oder Nazaräern eher ferngehalten. Ich bat ihn, mir das Landgut Arimathia zu beschreiben. Er tat mir den Gefallen, und was er sagte, widersprach meiner eigenen Erinnerung nicht, war allerdings so allgemein gehalten, daß man wahrscheinlich jedes beliebige Landgut in dieser Schilderung hätte wiedererkennen können. Dann fragte ich ihn nach dem Namen der Gattin des Josephus. Der war ihm entfallen. Mir übrigens leider auch.*
*Er sagte zu mir: »Du mußt dich entscheiden, Jünger. Wenn du heute die Gelegenheit nicht wahrnimmst, mußt du auf die nächste einen ganzen Monat warten. Paß auf: Ich werde einen Tisch mit Geschirr umkippen, einen Heidenlärm machen und klagen, ich habe mich verletzt. Dann sagst du dem Wächter, du seist Arzt, und er wird dich ins Haus lassen. Du wirst dann hier bleiben, bis abends die Wache abgelöst ist. Der neue Wächter wird dich ohne Schwierigkeiten herauslassen, denn er wird von seinem Kameraden gehört haben, daß ein Arzt bei mir ist, und ich werde meine Rolle so gut spielen, daß er keinen Verdacht schöpft. Allerdings wird dich das eine Kleinigkeit kosten.«*
*Das war mir klar. Er brauchte Geld, um sich freizukaufen. Ich beschloß, ihm zu geben, was ich noch hatte (abzüglich der Summe, die ich als Honorar für meinen Schreiber beiseite gelegt).*
*»Und du bist wirklich Benjamin?« fragte ich ihn noch einmal.*
*»Wer sollte ich denn sonst sein?« fragte er zurück.*
*Wenn ich diesem Schurken meine ganze Barschaft gab, würde mir natürlich kein Geld übrigbleiben, um mich selbst aus Meroe freizukaufen. Da*

*mir aber jede Handelstätigkeit untersagt worden war, hatte ich überdies keine Aussicht, welches zu verdienen, und mußte also darauf gefaßt sein, diesen Ort niemals verlassen zu können. Doch in meinem Alter ...*

*33. Mein Bruder, nun weißt du, welche Entscheidung ich getroffen habe. Ich riskierte, ertappt und bestraft zu werden. Ich setzte mein letztes Geld aufs Spiel, gab meine Freiheit dran, diesen Ort jemals zu verlassen. Denn ich mußte mir Gewißheit verschaffen!*

*Ich hatte meinen Glauben verloren, Josephus, und selbst wenn dieser Benjamin nur ein gemeiner Schwindler war, der es einzig auf mein Geld abgesehen hatte, mußte ich mich, ungläubig, wie ich war, mit eigenen Augen davon überzeugen. Wenn ich aber in der Mumie, die er im Keller zu haben behauptete, den Leichnam des Meisters erkannte – was wollte ich dann noch weiterleben! Ich versuchte mir vorzustellen, was mir unter diesen Umständen Petrus raten würde. Oder Thomas. Thomas hätte mir wahrscheinlich empfohlen, den Verleumder zu töten. Jakobus, der Sohn des Alphäus, der Legendenerzähler und Reliquienkrämer, hätte auf seine Weise aus der mich so bestürzenden Situation zweifellos Kapital zu schlagen gewußt. Aber diese waren, jeder seinem Glauben folgend, in andere Richtungen gegangen als ich. Mich allein hatte Gott in diese Richtung, in diese Situation geführt. Mir war die Zukunft der nazaräischen Kirche in die Hände gelegt worden! Ich allein sollte die Wahrheit erfahren!*

*34. Wir wir's verabredet hatten, spielten wir dem Wächter unsere Komödie vor, und ich gelangte ins Haus.*

*Benjamin führte mich eine Treppe hinab, unter die Erde. Da gelangten wir nicht etwa in einen mehr oder weniger tiefen Vorratskeller, sondern in eine andere, unterirdische Stadt. Wie die Städte Kappadoziens war auch Meroe über einem Labyrinth unterirdischer Gänge und Katakomben erbaut. Dahinein führte mich, mit einer Fackel leuchtend, Benjamin. Ob er nicht durch die Gänge hier unten irgendwo einen Weg ins Freie gefunden habe, fragte ich ihn.*

*Nein, habe er nicht – und das nicht etwa, weil er sich nach einem solchen Weg nicht umgesehen hätte. »Jahrelang bin ich hier unten umhergeirrt, es gibt Hunderte von Gängen und Abgründen, die sicherlich alle über kurz oder lang in die Hölle führen. Aber einen Weg in die Freiheit habe ich vergeblich gesucht.«*

*Ich muß zugeben, daß ich es ziemlich mit der Angst zu tun kriegte, als*

*mir einfiel, daß Benjamin längst irgendwo hier unten einen Weg aus der Stadt heraus entdeckt haben und mich in dieses Labyrinth nur herabgelockt haben mochte, um mich dort irgendwo unauffällig um die Ecke zu bringen und dann mit meinem Geld das Weite zu suchen.*
*Ich fragte ihn: »Wie kannst du eigentlich verhüten, daß diese ... Reliquie, die du mir zeigen willst, von dem Raubzeug gefressen wird, von dem es hier unten zu wimmeln scheint?«*
*Er sagte mit hohlem Gelächter: »Verhüten? Man tut, was man kann. Den einen oder anderen Bissen wirst du natürlich trotzdem vermissen: Auch die Ratten wissen, was eine heilige Reliquie wert ist.«*
*Derart waren seine höllischen Späße!*
*35. Dann kamen wir zu der Tür der Kammer, in welcher diese gotteslästerliche Reliquie, die sterblichen Überreste des Gesalbten verborgen sein sollten.*[19]

# Das Gelobte Land

Warum sollen die Steuerzahler Geld hergeben, um Krankheiten zu bekämpfen, die es eigentlich gar nicht geben darf? Wir können den Drogenabhängigen [mit AIDS] helfen, wenn sie das wollen, und den Leuten in Haiti. Aber die Gemeinschaft der Homosexuellen soll von sich aus wissenschaftliche Forschungen betreiben. Warum sollte sich der amerikanische Steuerzahler verpflichtet fühlen, für diese Abartigen aufzukommen?

Aus einem Rundschreiben der
»Moral Majority« von JERRY FALWELL

Oh, warum läßt Gott zu, daß man uns das antut? Wir haben doch nichts Unrechtes getan! Oh, ich weine und bete jede Nacht, Gott möge dafür sorgen, daß die wahrhaft Schuldigen dafür bestraft werden, was sie uns angetan haben ...

TAMMY FAYE BAKKER (zitiert nach einer AP-Meldung
vom 30.6.1989, vor der Verurteilung ihres Mannes,
der als Prediger einer Sekte 158 Millionen
Dollar Spendengelder unterschlagen hatte)

Ja, ich glaube, das Tanzen, ganz gleich, wie man es nennt, ist immer sündig und schädlich. Alle Tanzsendungen im Fernsehen zum Beispiel sind so angelegt, daß sie in den Gedanken und Herzen der Menschen die Wollust hervorrufen und anheizen. Die Verrenkungen, die dabei vollführt werden, erinnern nur zu sehr an die Perversionen heidnischer Völker der Vergangenheit ... Ich kann verstehen, daß es jungen Mädchen verführerisch erscheint, das Step- oder Ballettanzen zu lernen. Ich kann das jedoch bei christlichen Mädchen nicht für gut halten. Auch die Tanzgymnastik möchte ich da nicht ausnehmen ... Ferner sollen wir jede Körperbewegung vermeiden, die in anderen böse Lust wecken oder ein schlechtes Beispiel abgeben kann.

JIMMY SWAGGART,
*Ehrliche Antworten auf schwierige Fragen*, 1987

Sehet euch vor vor den Schriftgelehrten, die in langen Kleidern gehen und lassen sich gern auf dem Markte grüßen und sitzen gern obenan in den Schulen und über Tisch beim Gastmahl; sie fressen der Witwen Häuser und wenden langes Gebet vor. Diese werden desto mehr Verdammnis empfangen.

*Markus* 12,38–40
29. August 1990

Farley lenkte den Kombiwagen einen sanften Hügel hinunter, unter einem Baldachin von immergrünen Eichen, an denen Spanisches Moos hing, matt von der Feuchtigkeit. Lucy bemerkte ein Highway-Schild des Staates Louisiana. Die Nummer unter dem Rost und den Einschußstellen von Kugeln war unleserlich.

»Hier ist es«, sagte Farley. »Hier hat alles angefangen.«

Ein Ziegelkasten von Kirche, zum Schutz vor Hochwasser etwa einen Meter über dem Boden auf einen Betonblock gebaut. *Philadelphia First Pentecostal* stand auf dem verrostenden Schild, schwarze Buchstaben auf abblätternder weißer Farbe. Der Eingang war eine weiße Doppeltür, und auf dem Dach saß ein gedrungener Turm, ebenfalls weiß. Der Kies unter den Reifen des Kombi knirschte.

»Wird die Kirche noch benutzt?« frage Lucy.

»Ja, vom Altenheim«, erwiderte er und zeigte auf eine Reihe einfacher Appartements in einem L-förmigen Ziegelgebäude. »Dad kommt immer noch einmal im Monat her, um mit den Senioren, den langjährigen Mitgliedern und Gebetspartnern, zusammenzusein.«

Gebetspartner, soviel hatte Lucy inzwischen festgestellt, waren Leute, die *The Promised Land Ministries* von Anfang an finanziell unterstützt hatten.

Farley erklärte, daß zwischen diesem bescheidenen Gebäude, in dem Farley sen. die Salbung empfangen hatte, und dem »Gottesdom«, dem Komplex des Bullins'schen Priesterseminars in Philadelphia, das von oben einer Krone ähnelte – wie eine bekannte Postkarte zeigte –, chronologisch vier andere Kirchen lagen.

»Wir haben ein größeres Altenheim in Philadelphia«, ergänzte er, »eines, für das man ein bißchen was bezahlen muß. Das hier ist kostenlos.«

Während der Kombi wieder umdrehte und auf seiner eigenen Spur im Staub zurückfuhr, warf Lucy noch einen Blick auf die Kirche. Sie stellte sich einen jüngeren Bullins vor, noch ohne Hängebacken, der in diesem vernachlässigten Kasten von Kirche predigte, fanatisch auf seine Bibel schlug und dem Satan drohte. Sie sah alles vor sich: seine inbrünstigen Gebete, in eine große Gemeinde versetzt zu werden; die einsamen Augenblicke – wohl nicht weniger qualvoll als Gethsemane –, wenn die Geldmittel zu Ende gingen oder ein Fernsehsender in irgendeiner Stadt der Südstaaten seine Sendung aus dem Programm nahm. Denn das war ein Mann, sagte sie sich, der schon zur Zeit der *Philadelphia First Pentecostal*

wußte, daß seine Mission weltweit sein würde. Und Gott scheint seine Träume nicht durchkreuzt zu haben.
(Laß Uns Zeit.)
Farley war ein pflichtbewußter Fremdenführer gewesen. Er hatte ihr bereits das Programm zur Bekämpfung der Armut gezeigt, die Obdachlosenmission der Feliciana Parish, den Spielplatz voller lärmender Kinder, der nach Obadiah Bullins benannt war, dem Vater des Reverends, der ebenfalls Prediger gewesen war.
Am Mississippi fuhr Farley auf einer Lehmstraße über den Damm hinunter zu einer malerischen, aber ärmlichen Reihe von Holzhäusern. Schwarze Kinder, die mitten auf der Straße Ball spielten, liefen auseinander, um Farley durchzulassen. Das war Catfishtown. Wie alle Städte am Fluß war es eine heruntergekommene Barackenstadt, die auf der Flußseite des Damms bis zu den Docks reichte. Mit jedem Hochwasser wurde der Slum fortgespült, um danach wieder aufgebaut zu werden. 1948 hatte ein solches Hochwasser auch Obadiah Bullins' Haus fortgeschwemmt, wo Farley sen. aufgewachsen war, wo er und Lila Mae Bullins, im Alter von sechzehn Jahren verheiratet, ihre ersten Jahre verbracht hatten.
Farley erzählte weitschweifig, so daß Lucy ihren eigenen Gedanken nachhängen konnte. Nach dem langen Flug, einem Tag, an dem O'Hanrahan aggressiv gewesen war, und nach einer Reihe von Telefonaten, die Klarheit darüber brachten, daß Rabbi Hersch heil wieder in Israel gelandet war, hatte Lucy Zeit, sich bewußtzumachen: Ich bin zurück in den Vereinigten Staaten.
Wirklich, dachte Lucy, nach Europa und Afrika wirkt Louisiana gar nicht so besonders amerikanisch. Am Tag zuvor war ein Diakon der TPL an den Internationalen Flughafen von New Orleans gekommen und hatte den Kombi der Familie Bullins gebracht. Farley hatte Lucys Gepäck im Kofferraum verstaut und angeboten, sie den »langen Heimweg« durch New Orleans zu fahren. Es war schon spät am Tag, die Schatten wirkten durch die Luftfeuchtigkeit länger, aber der gelbe Himmel war immer noch hell genug. Amerikaner, die so schwarz waren wie die Afrikaner von Khartum, lungerten regungslos auf den hell gestrichenen Holzveranden ihrer Hütten herum und beobachteten Kinder, die ausgelassen mit einem Gartenschlauch herumspritzten. Farley sprach von Betrug am Wohlfahrtsstaat – es war die amerikanische Stadt mit dem höchsten Prozentsatz an Sozialhilfe – und überhandnehmender Kriminalität, während er die

breiten Alleen immergrüner Eichen, deren Äste voller Moos hingen, entlangfuhr. Eine Parade prächtiger Häuser, bewachsen mit Efeu und Wein, Bougainvilleas im Garten ... Tatsächlich kam Lucy der Gedanke, nach der Gründung von New Orleans habe man alles, was später hinzugekommen war, verfallen lassen. Sie betrachtete die berühmten spanischen Balkongitter, die französischen Mansardendächer und Straßennamen, registrierte die typisch südstaatlerischen Gesten, die die koloniale Kultiviertheit überdeckten ... New Orleans hatte etwas, das von den Sünden der Konföderierten flüsterte und nicht zu dem Amerika gehörte, das Lucy kannte.

Aber dennoch waren hier auch eine Filiale der Circle-K-Ladenkette, die rund um die Uhr geöffnet hatte, und eine Exxon-Tankstelle; und da man nun amerikanische Truppen an den Persischen Golf geschickt hatte, flatterten amerikanische Flaggen auf Häuserdächern. Lucy fühlte sich seltsam beruhigt, als sie das *Interstate 10*-Schild sah – es schien sie mit den Highway-Schildern zu Hause zu verbinden.

Farley hatte den Kombi – mit geschlossenen Fenstern, wegen der Aircondition – durch das französische Viertel gesteuert. Immer wieder hatte er halten müssen, wenn unachtsame Touristen auf die Straße liefen. Lucy hatte sich schier den Hals ausgerenkt, um diese innerhalb Amerikas Grenzen fremde Stadt zu sehen, während Farley sie auf die St. Louis Cathedral am Jackson Square hinwies, vor der es von sonnengebräunten Touristen wimmelte; weiße Frauen in knappen Frotteeshorts, rotgesichtige, schwitzende Rentner, europäische Rucksacktouristen, die offenbar nichts von der drückenden, feuchten Hitze gewußt hatten, als sie ihre Feriendodyssee durch Amerika planten ...

»Hier unten in der katholischen Kirche gibt es alle Arten von schwarzem Hokuspokus«, bedauerte Farley kopfschüttelnd.

»Das gesamte Christentum ist eine Zusammenballung des Hokuspokus anderer Religionen, Farley.«

(O'Hanrahan könnte dir vom heiligen Tammany erzählen, der in der Pfarrei St. Tammany verehrt wird, die aber in Wirklichkeit nach dem in Schmiergeldaffären verwickelten Tammany Club in New York benannt ist. Die Gebrüder Bienville, die New Orleans gründeten, benannten zwei Straßen nach sich selbst und fügten dem Namen ein »St.« hinzu, ebenso wie ein Stadtplaner, der der Stadt die Straße St. Adrien gab. Aber kein örtlicher Heiliger wird so geliebt wie St. Expeditus. Der Name ist eine

Phantasieableitung von dem Postbegriff »expedite«, der auf Kisten mit religiösen Statuen stand, die aus Italien eingeführt wurden. Immer wenn man eine Statue nicht identifizieren konnte, wurde entschieden, das sei St. Expeditus. In New Orleans gibt es sogar protestantische Kirchen, die nach St. Expeditus benannt sind.)

Farley war durch die Bourbon Street gefahren, so daß Lucy erkennen konnte, warum O'Hanrahan sich nach den zehn Häuserblocks mit lauten Bars, kreolischen Restaurants und konkurrierenden Clubs sehnte, aus denen Jazzmusik drang. Farley hatte erzählt, daß er und die »Junge Amerikaner für Jesus«-Gruppe der TPL, eine Gruppe von circa hundert jungen Leuten, an jedem Faschingsdienstag mit dem Bus in die Bourbon Street gefahren wurden – als Bestimmungsort stand »Himmel« auf dem Busschild –, um Flugschriften für Gott zu verteilen, vor den Schwulenbars und Oben-ohne-Kneipen Posten zu beziehen und mit ihren Predigten durch das Megaphon den ausgelassenen Lärm zu übertönen.

»Bringt das etwas?« fragte Lucy.

»Ich glaube zumindest, daß die jungen Leute, die daran teilnehmen«, sagte er, als sei er selber so viel älter, »wirklich an dieser Erfahrung wachsen.«

Typisch, dachte Lucy. Es geht eigentlich weniger darum, die Feiernden zu »retten«, als darum, diesem selbstzufriedenen Haufen Jugendlicher, der den Partygängern Strafpredigten hält, eine »Erfahrung« zu verschaffen. Ja, überlegte sie, wie von Stolz geschwellt müssen sie sein, wenn die Schwulenpärchen zurückschreien, wenn die Sünder sie verhöhnen, wenn die Oben-ohne-Tänzerin sie zum Teufel wünscht – wie erhöht und erhaben fühlen sie sich bei ihrem Martyrium. Katholiken, dachte Lucy, halten diese lasterhafte Martyriumssucht zu Hause in der Familie hinter geschlossenen Türen, wo sie hingehört – die Pfingstgemeinde trägt es hinaus auf die Straße.

Lucy war neugierig auf die Geographie Louisianas. Sie machte das Handschuhfach auf, schob eine Bibel beiseite – »Die ist für Daddy, wenn er einen Hausbesuch machen muß«, sagte Farley – und schlug auf einer zerfledderten Texaco-Straßenkarte von 1981 Philadelphia auf. Farley deutete mittlerweile auf eine Straße am Rand von Philadelphia, Louisiana, die nach Flora Hicks Johnson Pratt benannt war, eine der ersten Gebetspartnerinnen, die für die *TPL Ministries* gespendet hatte.

Das alte Mädchen hatte Reverend Bullins ihren gesamten Besitz hinterlassen, und die Stadtväter beschlossen, eine heruntergekommene Straße, die aus nahezu abbruchreifen Häusern bestand, nach ihr zu benennen. Momentan gab es gerade einen Wirbel zwischen dem einzigen Schwarzen im Stadtrat – obwohl Philadelphias Einwohner zu 60 Prozent Schwarze waren – und der Stadt, ob man eine Straße nach Martin Luther King benennen sollte.

»Als nächstes sehen wir uns das New Life Covenant Center an«, kündigte Farley an, in seiner Rolle als Fremdenführer ganz in seinem Element.

Eine Stunde lang konnte Lucy sich nicht dazu aufraffen, höflich danach zu fragen, wozu dieses Center eigentlich diene. Statt dessen amüsierte sie sich damit, an O'Hanrahan zu denken, der im Augenblick in der Bibliothek des TPL Bibel-College saß und mit den dort von Reverend Bullins gesammelten unwissenschaftlichen Mitteln versuchte, das *Matthiasevangelium* zu entziffern. Sie konnte es kaum erwarten, seinen Kommentar zu hören. Auf dem Flug von Äthiopien hierher hatten sie und ihr Mentor zusammen mit dem Bullins-Clan in der ersten Klasse gesessen, zwei Sitze weiter vorn, so daß sie für sich waren. O'Hanrahan, der versuchte, seine Flugangst zu überspielen, hatte eine Serviette auseinandergefaltet und eine Kneipentour durch New Orleans aufgezeichnet, durch Austernrestaurants und piekfeine Hotels, durch kleine Spelunken und alte Jazzkneipen. Er versicherte Lucy, die Luxustour mit ihr zu machen, einschließlich eines Abstechers zu einer kleinen Kirche im Osten von New Orleans, in der noch illegal Absinth gebrannt wurde ...

Aber daraus würde wohl nichts werden. Bisher waren Lucy und der Professor Gefangene der Bullins gewesen, beschränkt auf das luxuriöse große Haus aus der Zeit vor dem Bürgerkrieg auf dem Campus des TPL Bibel-Colleges und immer umgeben von frischen, jungen, kurzhaarigen typischen Amerikanern und jungfräulichen, hübschen jungen Frauen, die an jedem Schönheitswettbewerb hätten teilnehmen können; alle mit auffälligen TPL-Kreuzen an hübschen Goldkettchen.

Am Abend zuvor hatte O'Hanrahan Stunden mit dem Versuch zugebracht, Rabbi Hersch zu Hause anzurufen, und endlich, um halb zwei Uhr morgens, hatte der Rabbi abgehoben. Er war wieder heil und gesund in Jerusalem. Das Betäubungsmittel hatte nur eine Nacht lang gewirkt, und der Rabbi war am nächsten Morgen vom Reinigungspersonal des Hotels geweckt worden. Dann war er zurück nach Israel geflogen, hatte dem Mossad alles berichtet, was er wußte, und die Zusicherung erhalten, daß *Der Flug des Adlers* und die *Operation Entrückung* und der ganze andere Mumpitz bald untersucht und hoffentlich gestoppt würden. Der Rabbi versprach, sobald es ihm möglich sei, nach New Orleans zu fliegen und nach Philadelphia weiterzufahren.

»Wir sind da«, verkündete Farley, als eine Wohnanlage in Sicht kam. Das allgegenwärtige TPL-Logo prangte auf einem Kreis, darunter stand *New Live Covenant Center.* »Das ist das Heim, das mein Daddy für ledige Mütter errichtet hat.«

Lucys Magen zog sich zusammen.

»Ich meine, es ist gut und schön, gegen Abtreibung zu sein wie viele TV-Prediger, aber wenn man nicht gleichzeitig ein Adoptionsprogramm hat, ist das irgendwie heuchlerisch, meinst du nicht?«

Lucy lächelte höflich. Irgendwann, wurde ihr klar, muß ich diesen *The Promised Land Ministries*-Lakaien entwischen und mir in einem Drugstore einen Schwangerschaftstest kaufen.

»Eine Menge von Mädchen gerät in Schwierigkeiten«, fuhr Farley fort und erklärte, wie oft Mädchen schwanger würden und nirgendwohin könnten.

»Wie arbeitet diese Klinik?« fragte Lucy ruhig.

»Oh, es ist alles kostenlos. Hauptsächlich ist sie für Wiedergeborene Christinnen gedacht, aber wir nehmen jede Frau und predigen ihnen später«, lachte er. »Wir suchen ein christliches Elternhaus für das Kind, und dann werden die Adoptionspapiere unterzeichnet. Das Newlife Center ist die zweitgrößte Adoptionsagentur im Staat, nach dem Staat selbst.«

»Wie wäre es«, meinte Lucy, »wenn die Frauen ihre Kinder behalten würden?«

Farley steuerte den Kombi auf den Parkplatz. »Sie sind vierzehn, fünfzehn Jahre alt, so um den Dreh. Sie können noch nicht richtig für ein Kind sorgen, weißt du.«

Lucy fand es ein bißchen grausam, einen Teenager vor eine solche Entscheidung zu stellen. Auf der anderen Seite: Kinderlose Paare wurden glücklich gemacht, die Kinder selbst hatten ein besseres Zuhause, bessere Möglichkeiten. Aber die Baptistenmoral in den Südstaaten verjagte diese Mädchen aus der Stadt, zuerst einmal aus ihrem Elternhaus, und sagte zu ihnen: Gebt euer Kind auf, und wir helfen euch, indem wir für all die Probleme bezahlen, die ihr verursacht habt. Und dann wurden die Mädchen gerettet und traten den Wiedergeborenen bei, um sich selbst davon zu überzeugen, daß sie das Richtige getan hatten.

(Könnte es nicht vielleicht wirklich das Beste sein, Mein Kind?)
Ja, dachte Lucy nüchtern. Vielleicht ist es das Selbstloseste.
»Aber sie bekommen sie nicht zu sehen«, erklärte Farley.
»Wie bitte?« fragte Lucy, die nicht zugehört hatte.
»Die Mädchen bekommen die Babys nicht zu sehen. Denn dann wäre es zu schwer, sie herzugeben. Viele der Mädchen wollen, daß man ihnen die Babys unmittelbar nach der Geburt wegnimmt. Ich meine, man sagt ihnen, was es ist, Mädchen oder Junge und all das. Und sie müssen ihrem Kind einen Brief schreiben, den es lesen kann, wenn es achtzehn ist, und in dem steht, warum die Mutter das Kind weggegeben hat und so.«
Lucy schloß die Augen und stellte sich den Gefühlsaufruhr vor, den so etwas zur Folge haben mußte. Der physische Schmerz bei der Geburt kann nicht so groß sein wie der Schmerz danach, wenn das Kind fortgebracht wird, erkannte Lucy. Eine solche Mutter hätschelte vielleicht sogar die Erinnerung an die Erniedrigung, als sie aus ihrem frommen christlichen Elternhaus hinausgeworfen wurde, behielt die Übelkeit während der Schwangerschaft und die Schmerzen bei den Wehen in gutem Andenken: Das war die Zeit, mein Kind, als wir zusammen waren.
Das Hauptquartier des Covenant Center war ein rechteckiges, vierstökkiges Gebäude, das aussah wie ein Vorstadt-Bürohaus, ideal geeignet für einen Zahnarzt oder eine Versicherung. Lucy kämpfte gegen ein Gefühl der Furcht an, als Farley und sie in die Eingangshalle traten, ein sonniges Wartezimmer, in dem eine Krankenschwester hinter einem Schreibtisch saß. Farley erzählte, daß viele erzürnte Eltern – einmal hatte ein entehrter Vater mit einem Gewehr herumgefuchtelt – hier hereinstürmten, um ihre gefallenen Töchter zu sehen, und mit fester Hand abgewiesen wurden.
»Ich weiß nicht, warum Menschen so reagieren müssen«, schloß Farley.
»Eines Tages«, sagte Lucy, »und zum Teil gibt es das auch heute schon, wird eine Frau alleinerziehende Mutter sein können, ohne daß die Gesellschaft der Meinung ist, daß sie das etwas angeht.«
»Glaubst du? Was würde *deine* Mutter sagen, wenn du schwanger nach Hause kommen würdest?«
Lucy antwortete nicht.
Plakate in der Eingangshalle warben für das TPL Fullness Festival, Plakate, die überall in Philadelphia hingen. An einer Wand hingen gerahmte Fotos – Eltern mit ihren adoptierten Kindern; Briefe in Plastikhüllen, die man auf poliertes Holz aufgezogen hatte, dankten Gott dafür,

daß er die Mutter bei ihrer Prüfung unterstützt und ihnen endlich ein Kind geschenkt hatte. Lucy betrachtete eine Mutter mittleren Alters, untersetzt und verhärmt; wie Maria auf einer Ikone auf dem Berg Athos floß sie über vor Liebe und Zärtlichkeit für ihr kostbares, adoptiertes Kind.

Lucy bemerkte, daß die Frau am Empfang einen Anstecker trug, zwei winzige Babyfüßchen. Farley erklärte, daß dieser Anstecker eine Idee vom Center Jerry Falwells in Lynchburg sei, dem Vorbild für dieses Center hier: Die winzigen Füßchen zeigten die Größe der Füße eines Fötus von neun Wochen. Lucy stieß die Plumpheit dieses Appells ab. Farley wurde mittlerweile von drei schwangeren Teenagern angesprochen, die ihn aus dem Fernsehen wiedererkannten: »Farrrrrley«, säuselte ein breitgesichtiges, stämmiges Mädchen lachend, »es wäre immer noch Zeit, mich zu heiraten und dieses Baby legitim zu machen!«

Lucy beobachtete die Mädchen. Wie oft würden sie ihre Entscheidung noch bereuen? Wenn sie älter wurden und eine Welt erlebten, in der eine ledige Mutter nicht stigmatisiert war – würden sie diese Wochen nicht wieder und wieder in ihrem Gedächtnis durchspielen? Würden sie nicht an die Agentur schreiben und ihr Kind kennenlernen wollen? Oder vielleicht lag hier die Stärke der Religion, die Unerschütterlichkeit des Glaubens, der sagte: Gott hat mich zu dieser Entscheidung geführt, und es ist vorbei. Für immer und ewig.

Als Farley und Lucy zum Kombi zurückgingen, um zur nächsten Station ihrer Tour zu fahren, mußte sie innerlich zugeben, daß Reverend Bullins' Werke nicht ausschließlich, wie zuerst vermutet, Gaunertricks waren, um Geld zu scheffeln. Fehlgeleitet und zur eigenen Selbstbedienung gedacht, das wollte sie nicht leugnen, aber in gewisser Weise ... zumindest ehrlich. Und Farley und sein Vater schienen von einer Art Vision geleitet. Ihr gefielen die Ungezwungenheit und das Lachen Farleys im Umgang mit den schwangeren Mädchen, so ganz ohne Verurteilung, nur darauf bedacht, Nächstenliebe und Freundlichkeit auszustrahlen, so daß keines der Mädchen sich als die ausgestoßene Sünderin der TPL-Familie fühlen mußte. Der Katholizismus, räumte Lucy ein, hat keine solche Gemeinschaft ... Wobei sie sich fragte, ob diese Gemeinschaft vielleicht weniger aus dem Christentum der Pfingstgemeinde als vielmehr aus dem engmaschigeren gesellschaftlichen Netz im tiefen Süden entsprang.

»Und jetzt zum Hauptcampus«, sagte Farley, als er wieder am Steuer saß und vor einer Bodenwelle bremste.

Lucy betrachtete die Studenten, die jetzt um drei Uhr die Kurse wechselten. Die Jungen und Mädchen sahen ganz normal aus. Ungewöhnlich gut aussehend und frisch geschrubbt vielleicht, aber normal. Sie war nicht sicher, was sie erwartet hatte. Ekstatisches Zungenreden und Wunderheilungen vor den Schlafsälen vielleicht. Mehrere Studenten erkannten Farley und winkten lebhaft. Trotz der Klimaanlage drehte Farley das Fenster herunter und konterte gutmütige Spötteleien und Fragen. Wie war es in Jerusalem gewesen? Hatte er ihnen allen ein Souvenir mitgebracht?
Mein innerster Instinkt gebietet mir, nach der zynischen Kehrseite dieser lächelnden Anständigkeit und Kameradschaftlichkeit zu suchen, dachte Lucy, aber wahrscheinlich gibt es sie nicht. Südstaatenjugendliche aus christlichen Elternhäusern auf dem Land; Eltern, die wollten, daß ihre Kinder einen netten Jungen oder ein nettes Mädchen kennenlernen, mit dem Sex warten, bis sie verheiratet sind, eine höfliche Zeit des Werbens in einer Atmosphäre von Gebet und guten Ratschlägen für die künftige Zeit der Ehe; und nach dem Examen dann eine große Hochzeit, an der die ganze Schule teilnimmt, jeder ist glücklich, jeder lächelt und ist erfüllt von *agape* und *caritas*.
Eine Frage kam Lucy in den Sinn: »Was ist mit der Evolution, Farley? Wird das hier gelehrt?«
»Nein, Ma'am.«
»Hier wird also wirklich gelehrt, daß die Welt 6000 Jahre alt ist, trotz aller Felsen und Fossilien?«
»Das ist es, was die Bibel uns glauben läßt«, erwiderte Farley ungetrübt, »und entweder ist es hundertprozentig wahr, oder es ist die größte Lüge aller Zeiten.«
»Farley«, sagte Lucy aufgebracht, »verzeih mir, aber das ist ein wenig ... lächerlich. Die spirituelle Wahrheit der Bibel kann intakt sein, ohne daß jede Tatsache oder jede historische Geschichte wahr sein müssen ...«
Nein, Farley und sein Daddy wußten, daß die Bibel unfehlbar war, jedes kleinste Wörtchen.
»Glaubst du, daß dein Vater in vielen seiner Predigten vom Heiligen Geist geleitet wird?«
»Ich weiß es.«
»Macht ihn das unfehlbar?« Sie beschloß, an seine Gegnerschaft zum Papsttum zu appellieren: »Macht das den Papst oder irgendeinen Priester unfehlbar?«

Er überlegte. »Nein.«
»Warum sollten dann die Verfasser der Bibel unfehlbar gewesen sein? Das ist genau dasselbe. Sie waren erleuchtet, aber sie waren immer noch menschlich.«
Farley beharrte darauf, daß die unfehlbare Bibel etwas anderes sei.
»Und die Menschen, die sie zusammengestellt und ausgesucht haben, welche Bücher mit aufgenommen werden und welche nicht, im 4. Jahrhundert – waren sie auch unfehlbar?«
»Nein, aber ...«
»Glaubst du, die Bibel ist einfach vom Himmel gefallen, druckfertig gesetzt von Gott? Im geläufigen Englisch des 20. Jahrhunderts?«
»Ich weiß nur, daß die Gottesversammlungen der Pfingstgemeinde, die TBN-Fernsehfamilie und die Baptistenkonferenz der Südstaaten die Bibel alle für unfehlbar halten.«
»Oh, und damit ist der Fall erledigt? Ich könnte viele widersprüchliche Passagen aus der Bibel zitieren, Farley – manche sind das direkte Gegenteil von anderen Passagen.«
»Jedes Evangelium korrigiert in gewissem Maße das ihm vorhergehende.«
»Du sagst also, daß es in den Schriften menschliche Irrtümer gibt.«
Er schwieg einen Augenblick. »Nur Unterschiede in kleinen Details, das ist alles. Nichts Bedeutendes.«
»Nichts Bedeutendes?« wiederholte Lucy. »Laut *Apostelgeschichte* besteht Jesus, der Erlöser, darauf, daß die Jünger in Jerusalem bleiben und auf Pfingsten warten, und im *Lukas*- und *Johannesevangelium* steht, daß Jesus Jerusalem nie verlassen hat.«
»Richtig.«
»Aber laut *Matthäusevangelium* trifft Jesus mit allen möglichen Leuten in Galiläa zusammen. ›Nichts Bedeutendes‹, Farley? Nur die Details der Auferstehung. Ich habe eine Frage an dich: Erinnerst du dich an Jesus im Garten von Gethsemane? All seine Jünger sind dort eingeschlafen.«
»Genau«, nickte Farley, der sich wieder auf sichererem Grund fühlte.
»Wer hat dann Jesu Gebet im Garten mitgehört? Wer hat seine Worte niedergeschrieben, wenn jedermann eingeschlafen war?«
»Ich nehme an ... ich nehme an, ein Engel muß Matthäus oder Lukas erschienen sein und ihnen alles gesagt haben.«
»Derselbe Engel, der die Details der Auferstehung durcheinandergebracht hat?« Lucy lächelte amüsiert. »Also ist nichts in der Bibel metaphorisch,

fiktiv und rein symbolisch? Du glaubst nicht, daß Adam und Eva in gewisser Weise ein poetisches Symbol sind, eine Sage über die Beziehung des Menschen zu Gott in einer nicht-paradiesischen Welt?«

»Nein, Ma'am, sie haben historisch existiert.«

»Jesus wird das Lamm Gottes genannt. Glaubst du, das bedeutet, daß Jesus als Mensch auf die Erde gekommen ist oder als vierbeiniges Lamm?«

Farley lachte. »Das ist eindeutig ein Symbol.«

»Was du für symbolisch hältst, ist also symbolisch, und was ihr, du und die Baptistenkonferenz der Südstaaten, nicht für symbolisch haltet, das ist auch nicht symbolisch. Meine Güte, wie hat das Christentum bloß zweitausend Jahre lang gedeihen können, ohne daß ihr uns alles perfekt und unfehlbar erklärt habt?«

Farley lachte und schüttelte den Kopf. »Du bist mir eine, Lucy. Ich werde meinen Daddy auf dich ansetzen müssen.«

$ $ $

Eine junge Studentin – Anfang zwanzig, blond, ein bißchen stark geschminkt, in einem modischen rosa Sommerkleid – empfing O'Hanrahan an der Tür zum Auditorium. Sie hieß Jessica und war ein entzückendes kleines Ding, stets zum Lächeln und Lachen bereit und sprach mit einem charmanten Südstaatenakzent. Man hatte Jessica nach unten gesandt, um O'Hanrahan durch die zahllosen Büros und Studios zu Reverend Bullins' Büro in der Mitte des kronenförmigen Komplexes zu führen.

»Ist es Ihnen heiß genug, Professor?« zirpte sie.

»Teufel, im Sudan war es nicht so schlimm«, erwiderte er, auf Grund der hohen Luftfeuchtigkeit schweißgebadet. Die Klimaanlage im Hauptgebäude des *Promised Land* machte ihn schwindelig.

»Dr. O'Hanrahan«, rief Bullins, als Jessica den Professor in Bullins' palastartiges Büro führte. Eine Wand mit Büchern – die wahrscheinlich nie aufgeschlagen wurden –, drei Fernseher nebeneinander und ein hypermodernes Videogerät darunter, Skulpturen und Gemälde, hauptsächlich von süßlichen Bibelszenen, schmückten die Wände, und Bullins' Mahagonischreibtisch wäre des Vorstandsvorsitzenden einer Aktiengesellschaft würdig gewesen. Nun, vermutlich *ist* Bullins auch so ein Vorstandsvorsitzender, dachte O'Hanrahan.

»Setzen Sie sich doch da drüben, wo es komfortabler ist«, schlug Bullins vor und führte den Professor zu den Ledersesseln, die an dem riesigen Spiegelglasfenster standen, von dem aus man die gesamte TPL-Anlage überblickte. Wir müssen uns am höchsten Punkt der Krone befinden, folgerte O'Hanrahan.

Bullins setzte sich majestätisch hinter den Schreibtisch.

»Ist das alles, Reverend Bullins?« fragte Jessica.

»Danke, Darling«, winkte er Jessica hinaus. Er sah ihr nach, wie sie aus dem Raum ging, und betrachtete ihre hübsch gerundeten Waden und ihre schmale Taille. »Hehe«, fügte Bullins für O'Hanrahan hinzu, »man darf ja nicht hinlangen, aber sicher hat der Herr nichts dagegen, wenn wir einen kleinen Blick darauf riskieren!«

Wie lange wird es dauern, fragte sich O'Hanrahan, bis Reverend Bullins mit einer Studentin oder einem kleinen Flittchen in flagranti erwischt wird?

(Nach deiner Ankunft in Chicago hat es keinen Monat gedauert, Patrick, bis du Beatrice betrogen hast.)

»In der *Times-Picayune* habe ich heute gelesen«, begann O'Hanrahan, »daß der Vorstandsvorsitzende der Merriwether Industries heute morgen in New Orleans mit Vertretern der Ölindustrie redet.«

»Ein prächtiger Mann, dieser Charles Merriwether! Ein guter Christ und ein Kämpfer für das amerikanische Recht!«

»Warum hat er Ihre Suche nach dem *Matthiasevangelium* finanziert?«

»Als persönlichen Gefallen für mich«, sagte Reverend Bullins. »Ich habe ihm bei ein paar Sachen geholfen, und jetzt hat er mir geholfen. Aber kommen Sie, kommen Sie, lassen Sie uns über dieses Evangelium reden. Wir haben ein paar Blicke darauf geworfen, aber wir können absolut nicht schlau daraus werden. Ich habe es meinen Griechischexperten versuchen lassen, aber ich kann Ihnen nur sagen, da haben wir ein hübsches kleines Rätsel vor uns ... ein hübsches kleines Rätsel.«

Daran brauchte er O'Hanrahan nicht zu erinnern. »Ich habe die Absicht, es zu übersetzen, aber ich habe auch die Absicht, dafür zu sorgen, daß diese Schriftrolle ihrem rechtmäßigen Besitzer, der Hebräischen Universität, zurückgegeben wird.«

Bullins blickte hinaus auf sein Imperium. »Oh, mein Freund, im nächsten Jahr wird es vielleicht kein Jerusalem mehr geben. Nicht wenn das eintritt, was der Herr vorhersagt ... Dennoch, für einen bestimmten Preis kann die Hebräische Universität es zurückhaben – wenn Sie erst Ihren Beitrag geleistet haben, Patrick, und dieser Kollege und Ihre Arbeit weltweit berühmt sind. Und wenn die Falsche Prophezeiung der Endzeiten ihre notwendige Arbeit begonnen hat und die Lauwarmen, die Zweifler, die Unaufrichtigen weg von der triumphierenden Kirche in die Irre führt. Welche Macht liegt in unseren Händen, mein Freund!« Reverend Bullins erhob sich und ging auf und ab, sprach von Entrückung und Aufstieg durch die Wolken, bevor er stehenblieb und seine Hand auf die O'Hanrahans legte, die seit dem Morgen zittrig und unsicher war. »Wir sind Partner in der Endzeit, Sie und ich!«

O'Hanrahan war beunruhigt, weil seine Hand so zitterte. Er hob den Kopf und sah Reverend Bullins, der ihn besorgt ansah, in die Augen. Der Professor wußte, daß er gelbsüchtig aussah und daß das Weiß seiner Augen eine ungesunde Farbe hatte. Irgendeine afrikanische Krankheit rumorte in ihm.

»Unser Medical Center ist das beste in der Gegend um Baton Rouge«, sagte der Reverend freundlich. »Ja, drüben am Philadelphia Drive. Wir werden Sie da hinbringen, solange die Straße noch so heißt«, setzte er verdrießlich hinzu.

»Was meinen Sie damit?«

Bullins erklärte die Sache, als sei O'Hanrahan ein natürlicher Verbündeter. Der einzige schwarze Stadtrat in Philadelphia, Louisiana, hatte lauten Protest erhoben, »seine Leute« zu einer Kundgebung in den Stadtrat geholt und mit ihnen zusammen die Forderung erhoben, daß eine Straße nach Martin Luther King benannt werden solle. »Wenn sie nur nicht gerade an meinem Krankenhaus läge«, sagte Bullins voller Abscheu.

»Lassen Sie mich raten«, erwiderte O'Hanrahan reizbar. »Sie haben etwas gegen Dr. King, obwohl bestimmt einige Ihrer besten Gebetspartner schwarz sind.«

»Verstehen Sie mich nicht falsch, Rassismus ist eine schändliche Sünde, aber dieser Mann sollte nicht erhöht werden. Er war ein Ehebrecher.«

»Zur Hölle, die Hälfte von euch Fernsehpredigern *sind* Ehebrecher. Aimee Semple McPherson, Jim Bakker, Jimmy Swaggart – alles Ehebrecher! Das muß an der amerikanischen Luft liegen. Sogar der alte John Wesley, der Begründer des Methodismus, wurde aus Georgia verjagt, weil man ihn mit der Nichte des Bürgermeisters von Savannah erwischte, als er gerade die Hosen heruntergelassen hatte.«

Reverend Bullins hörte gar nicht hin. »Ihr Dr. King war außerdem ein Plagiator.«
»Wissen Sie, eins ist mir bei euch Südstaatlern wirklich ein Rätsel«, sagte O'Hanrahan. »So wie gute, christliche weiße Amerikaner die Schwarzen in den fünfziger Jahren behandelt haben, können wir von Glück reden, daß überhaupt noch *eine* Stadt steht; und Martin Luther King war ein Mann, der die Macht gehabt hätte zu sagen: Okay, Leute, brennt dieses Land nieder. Aber er hat es nicht gesagt. Und nachdem einer aus dem weißen Pöbel im Süden ihn niedergeschossen hat, fällt euch nichts anderes ein, als ihn auch noch niederzumachen.«
(Martin Luther King war ein Prophet Gottes. Alle diese Männer – Meese und Jesse Helms, Pat Buchanan und David Duke, Ronald Reagan mit seinen Witzen über »Martin Luther Nigger« –, denkt keiner von ihnen daran, daß es ein Strafgericht geben wird? Spüren sie nicht, daß der Tag der Abrechnung kommen wird?)
Ohne aufzusehen, ordnete Bullins einige Papiere auf seinem Schreibtisch. »Ich hätte Sie nicht für einen Liberalen gehalten, Patrick. Wahrscheinlich sind Sie für Quotenregelungen, für die Diskriminierung des weißen Mannes und das ganze Zeug.«
O'Hanrahan hatte keine Lust, seinen Atem an diesen Mann zu verschwenden.
»*Ich* werde von der US-Regierung benachteiligt«, fuhr Reverend Bullins eindringlich fort. »Keiner meiner Studenten bekommt ein staatlich gefördertes Darlehen, um hierherzukommen. Warum? Weil wir, so wie die Bob Jones University und viele anderen, es verbieten, daß sich schwarze Jungs und weiße Mädchen miteinander verabreden. Es ist ein trauriger Tag in der Geschichte Amerikas, wenn gute christliche Männer und Frauen nicht von ihrer Regierung unterstützt werden können, ein Bibel-College zu besuchen, weil Liberale in Washington Druck auf uns ausüben, die Rassengrenzen zu verwässern.« Bullins wechselte das Thema und sah O'Hanrahan in die Augen, als wäre er Arzt. »Sie haben Gelbsucht. Ich schlage vor, morgen gehen wir beide ins TPL Medical Center und lassen Sie mal von den Jungs durchchecken.«
O'Hanrahan wurde noch entschlossener, Ärzte zu meiden.
»Dämonen sind in Ihrem Körper am Werk, mein Freund. Dämon Alkohol. Und Ihre Medikamente – unsere Putzfrau hat das Pillenröhrchen auf Ihrem Waschbecken gesehen ...«

Bevor weitere Moralpredigten folgen konnten, erhob sich O'Hanrahan schwerfällig. »Ich denke, Sie lassen mich jetzt einen Blick auf die Schriftrolle werfen, Bullins.«
Er wurde in eine kleine Bibliothek mit einem Schreibtisch aus Eichenholz geführt, das private Arbeitszimmer des Reverends. Auch hier hatte O'Hanrahan den Eindruck, daß es frisch gestrichen und getüncht war, kein Zimmer, das benutzt wurde, sondern Eindruck schinden sollte.
Bullins hatte den ehrlichen Wunsch, hilfsbereit zu sein. »Wenn Sie irgendein Buch brauchen, rufen Sie es auf dem Computer auf, und Jessica wird sich darum kümmern, daß es Ihnen aus der Hauptbibliothek gebracht wird.« Er gab Jessica Anweisung, die Schriftrolle aus dem Tresor für Wertsachen zu bringen.
O'Hanrahan bemerkte einen bewaffneten Sicherheitsposten, der in der Tür stand, einen pensionierten Ex-Cop aus den Südstaaten, um die Sechzig, mit grauem Bürstenhaarschnitt. Reverend Bullins strahlte ihn an: »O hallo, Tom. Patrick, das ist Tom. Die Schriftrolle ist in diesem Zimmer vollkommen sicher – kein Dieb, kein rivalisierender Sammler wird Sie hier belästigen.« Mit einer kaum verhüllten Botschaft im Ton versicherte Bullins O'Hanrahan, daß die Schriftrolle *auf keinen Fall* den Raum verlassen könne, ohne daß der Schuldige erwischt werde.
O'Hanrahan nickte. »Schon verstanden, Bullins.«
Der Reverend segnete ihr gemeinsames Unternehmen und verließ O'Hanrahan, um sich um andere Dinge zu kümmern. Jessica brachte die Schriftrolle herein und legte sie vor O'Hanrahan auf den Tisch, einen Hauch ihres wunderbaren Parfüms zurücklassend. O'Hanrahan breitete die Papyrusrolle in ihrer durchsichtigen Plastikhülle aus, ohne sie dem Sauerstoff auszusetzen. Er arbeitete mit den vielen Notizzetteln, die Lucy mit den Transkriptionen der meroïtischen Schrift gefüllt hatte. Seite um Seite voller Buchstaben ohne Bedeutung, unentzifferbar. Er starrte wieder auf die erste Zeile:

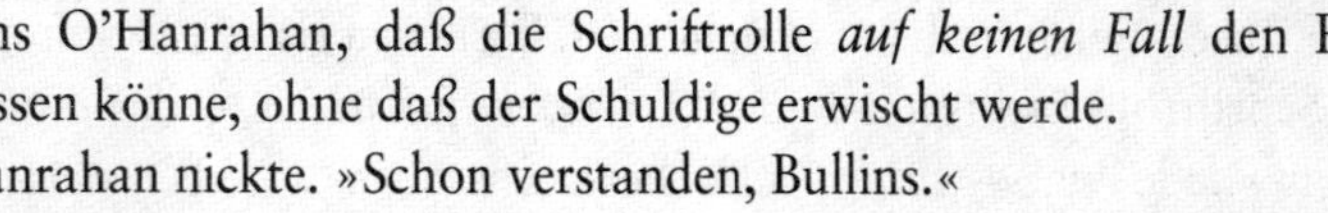

Hoffnungslos! Zettel um Zettel voll von diesem Zeug. Vielleicht sollte er das alles in einen Computer eingeben, um vielleicht einen der 800

bekannten meroïtischen Namen zu identifizieren, in der Hoffnung, daß in dem Evangelium durch Zufall vielleicht ein Pharao oder ein Eigenname erwähnt war.
»Ach du meine Güte«, sagte Jessica, die ihm pflichteifrig eine Tasse Kaffee brachte. »*Ich* kann mir darunter gar nichts vorstellen. Was für eine Sprache ist das, Professor?«
Eher ratlos zuckte er die Achseln. »Keine Ahnung, Honey.«
»Wie sagt die Bibel? *Mir ist es griechisch*«, lachte sie.
O'Hanrahan verdrehte die Augen und sah ihr wie Reverend Bullins nach, als sie mit wiegendem Gang das Zimmer verließ. Tom, der Sicherheitsbeamte, wandte ebenfalls den Blick nach ihr, als sie den Flur hinunterging.
*Mir ist es griechisch* stammt von Shakespeare, Honey.
O'Hanrahan war wieder allein mit der Schriftrolle.
Nur noch wir beide sind jetzt da, dachte er. Gott, ich wünschte, du *wärest* auf griechisch! Wenn du auf griechisch geschrieben wärest, Mr. Matthias, würde ich dich innerhalb dieser Woche noch lesen können. So wie Rabbi Rosen, der diese Schriftrolle nach einer Woche lesen konnte.
Warte! Vielleicht ist sie ja auf griechisch geschrieben. Vielleicht konnte Rabbi Rosen sie deshalb so schnell lesen. Vielleicht hatte er erkannt, daß diese Schriftrolle nichts mit dem Meroïtischen zu tun hatte, daß die Schrift nur ein Code war – für griechische Buchstaben ... Aber nein, nein, beruhigte sich O'Hanrahan und hielt sich am Tisch fest. Das kann nicht sein. Das Griechische hat 24 Buchstaben, das Meroïtische nur 23 ...
Warte! O'Hanrahan spürte, wie ihm schwindelig wurde, wie seine Finger zu prickeln begannen, als würde eine berauschende Droge durch seinen Körper geschwemmt werden. O Gott, das ist es, nicht wahr? Der *Doppelpunkt* dient nicht als Trennung zwischen den Wörtern: er gehört ebenfalls zu dem Code. Er ist ein Buchstabe! Ein griechischer Buchstabe! Dieses verdammte Ding ist *griechisch* geschrieben!
Lachend stand er auf. Seine Gedanken wirbelten wild durcheinander. Sah ihm jemand zu? Gab es hier versteckte Kameras? Konnte irgend jemand, der ihn beobachtete, ihm diese Offenbarung stehlen? Triumphierend gestattete er sich einen tiefen, erholsamen Atemzug.
Was für Genies waren die Menschen gewesen, die dieses Evangelium transkribiert hatten, welche Meister der Täuschung!
Sie haben das *Matthiasevangelium* in der Schrift einer verlorenen Sprache codiert – selbst im 1. Jahrhundert schon verloren und rätselhaft! Sie

wußten es! Sie kannten jede Falle, in die alle nach ihnen tappen würden! Sie wußten, daß jeder Sprachkundige, der sich mit diesem Ding befaßte, versuchen würde, die Rätsel des Meroïtischen zu lösen – zweitausend Jahre lang haben sie die Gelehrten in diese Sackgasse geschickt! Diese Genies! Diese Teufel!

O'Hanrahan lächelte: Natürlich, die 23 meroïtischen Buchstaben und der Doppelpunkt ergaben 24 Zeichen, jeweils ein Zeichen für die 24 Buchstaben des Griechischen. Wie Eurydike, die mit ausgestreckten Händen zurückglitt ins Schattenreich, versanken das Reich von Meroë und seine unentzifferbare Sprache in der Dunkelheit; nie sollte sie von seiner Generation entziffert werden, nicht von O'Hanrahan. Der Nil würde sein Geheimnis bewahren.

Eine Stunde Arbeit, *Trial and Error,* und er war ziemlich sicher, welcher Buchstabe das Sigma ersetzte, und nachdem er den Namen *Josephus* herausgefunden hatte, war der Code im Nu enträtselt. Der Doppelpunkt stand für das Ny. O'Hanrahan übersetzte die erste Zeile.

*Ich hatte meinen Glauben verloren, Josephus,* stand da. Ein Apostel, der über den Verlust seines Glaubens schrieb? Angesichts der Bedeutung und Tragweite eines solchen Fundes begannen seine Hände erneut zu zittern. Er wollte diese neue Entdeckung mit niemandem teilen, nicht einmal mit Lucy oder dem Rabbi – zumindest noch nicht gleich. Mit dieser Information konnte jeder Narr das Evangelium entziffern und ihn, den Rabbi und Lucy überflüssig machen. Nein, das würde er zunächst für sich behalten. (Nicht einmal ein Dankeschön. Nicht einmal ein kleines Hosianna?)

Mit einem neuen Gefühl von Staunen und Verehrung vor dieser Epistel aus dem 1. Jahrhundert blätterte O'Hanrahan mit zitternder Hand auf eine neue Seite in seinem Notizblock. Matthias, dachte er mit einer Träne im Auge, alter Kamerad: Was hast du mir zu sagen, mein Freund?

$ $ $

In der Mitte des Campus stand ein Gebäude aus den Zeiten der Plantagen vor dem Sezessionskrieg, drei Stockwerke hoch mit einem griechischen Säulengang und einer hohen Eingangstreppe. Die gepflasterte Auffahrt, wie geschaffen für eine Prozession von Limousinen, führte den sanften Hügel zu dem Herrenhaus hinauf, als wäre es das Weiße Haus.

»Unser Zuhause«, sagte Farley.
Die tolerante Haltung, die Lucy, zu ihrer eigenen Überraschung, dem TPL-Imperium gegenüber eingenommen hatte, verflüchtigte sich nun wieder. Dieses Haus kostet eine Million, dachte Lucy, als sie aus dem Kombi stieg. »Ein Palast.«
»Na ja, wir haben wichtige Besucher, deswegen muß es eben etwas hermachen«, erklärte Farley, der sich in dieser christlichen Gemeinde nicht die Mühe machte, das Auto abzuschließen. »Präsident Reagan bei seiner Kandidatur 1980. Das war wirklich aufregend! Ich habe ihm die Hand geschüttelt und so. Er ist hierhergekommen, um das *Bullins-Entrückungs-Center* mit einzuweihen. Was ist mit dir, Lucy – glaubst du, die Entrückung wird vor der Zeit der großen Drangsal sein oder danach?«
»Ich glaube, daß diese ganze Entrückungsgeschichte ein Quatsch ist«, erwiderte Lucy. »Ihr macht dasselbe, was die Katholiken mit Maria angestellt haben: 1956 beschlossen sie, daß sie in den Himmel aufgefahren sei. Ihr habt euch auf ein paar symbolische Sätze in den *Thessalonicherbriefen* gestürzt und eine eigene Theologie um sie herum erfunden.«
Farley schüttelte den Kopf. »Ich werde von den Wolken auf dich herabwinken.«
»Dort oben ist der Himmel, Farley? Über unseren Köpfen? Wie weit hinaus in den Weltraum reicht er? Wo hört er auf, wenn du hoch, hoch, hoch und immer höher steigst? Beim Pluto? Oder wird Gott dich nach dem großen *special effect* einige Billionen Lichtjahre weit in den Himmel schleudern?«
Lucy folgte Farley über den luxuriösen Marmorboden der Eingangshalle, vorbei an schmeichelhaften Porträts von Reverend Bullins und seiner Gattin, die selig auf die hellgrün im Licht des Sonnenaufgangs leuchtenden Felder des Gelobten Landes starrten, bis zu einem Wendeltreppenaufgang aus der Zeit vor dem Sezessionskrieg.
Lila Mae Bullins war, samt ihrem hochtoupierten, lavendelblau gefärbten Haar, einszweiundsechzig groß, und ihr Gesicht war dick geschminkt, offensichtlich dem ungeschriebenen Gesetz gehorchend, daß die Ehefrauen von Fernsehpredigern ihr Bestes tun müssen, um die *vanitas* der Welt zu verkörpern. Einerseits war sie also die Karikatur einer gelifteten, alterslosen Südstaatenschönheit, andererseits schien Lila Mae irgendwie zerbrechlich zu sein, ein Nervenbündel, bereit, bei jedem Anlaß zu weinen,

so wie etwa bei Bullins' oft hysterischen Erweckungssendungen im Fernsehen.
Lucy blieb mit Lila Mae in der Küche, während Farley die Treppe hinaufrannte, um einen besonderen Leckerbissen auf Video zu holen, den er ihr versprochen hatte.
»Wir haben viele Gebetspartner in Chicago«, sagte Mrs. Bullins, um ein gemeinsames Thema mit Lucy zu finden, während sie ihrem Gast ein Cola light aus einem der beiden großen Kühlschränke holte. »Wissen Sie«, fügte sie vertraulich hinzu, »auch viele Katholiken schließen sich jetzt der Pfingstgemeinde an.«
Ja, davon hatte Lucy gehört. Es war ein Versuch, vor allem schwarze Katholiken davon abzuhalten, von der ruhigen, unveränderlichen Routine der Messe zu den aufregenderen und ethnisch gemischteren Glaubensgemeinschaften mancher protestantischen Afro-Amerikaner zu strömen. Lucy dachte an Reverend Stallings in Washington, der aufgrund der afrikanischen Elemente in seinen Messen exkommuniziert worden war ... Ach ja, da war auch noch dieser Bischof in Afrika, von dem sie gelesen hatte, Emmanuel Milingo, den man ebenfalls hinausgeworfen hatte, weil er erlaubt hatte, daß Tänze und volkstümliche Heilungen sich mit den Geboten von Johannes Paul II. vermischten. Aber wenn es um Polen und die Solidarnosz geht, dachte Lucy zynisch, panscht der Papst Kultur, Politik und Kirche ganz prima zusammen. Ein Wunder, daß die Hostie noch keine *kolbasz* ist ...
»Ein hübsches Haus, nicht wahr?« fragte Mrs. Bullins stolz.
»Sie wohnen in einem ziemlich luxuriösen Haus«, erwiderte Lucy spitz.
»Ja«, bestätigte Mrs. Bullins begeistert, »*ante bellum* – aus der Zeit vor dem Krieg. Natürlich meinen wir hier im Süden den Sezessionskrieg, wenn wir vom Krieg sprechen, nicht den Zweiten Weltkrieg!« Mrs. Bullins lachte. »1836. Hier hat es einmal über vierhundert Sklaven gegeben; die Pettigrews, denen das Haus ursprünglich gehörte, haben Zuckerrohr und Baumwolle angebaut – sehr harte Arbeit war das damals.«
Nicht für die Pettigrews, dachte Lucy.
»Ich bin glücklich, daß Augustus Pettigrew ein Geistlicher war, der in Schottland das Priesterseminar absolvierte. Er war sehr einflußreich in seiner Zeit. Ich fühle«, flüsterte sie und mußte gegen Tränen ankämpfen, »daß Gott seit langer Zeit in diesem Haus weilt, seit Pettigrew.«
»Aber er hat vierhundert Sklaven besessen«, wiederholte Lucy.

Mrs. Bullins goß Cola über die Eiswürfel in ein hohes Glas und nickte zustimmend. »Die Sklaverei war eine schlimme Sache, aber sie war der Weg, den unser Herr gewählt hat, um die Schwarzen Jesus Christus kennenlernen zu lassen.«
Sie brachte diese verrückte Ansicht so entschieden vor, daß Lucy nicht wußte, was sie darauf erwidern konnte.
»Den Schwarzen in diesem Land wird durch ihr besonderes Leiden eine eigene Offenbarung gegeben«, fuhr Mrs. Bullins fort. »Und durch Jesus Christus werden sie in diesem Land erhoben werden und ein Ende machen mit Drogen und Armut und allem, was der Satan ihnen auf ihren Pfad geworfen hat. Und Sie bedienen sich bitte aus dem Kühlschrank, wann immer Sie etwas möchten – alles ist reichlich da. Camilla sorgt dafür, nicht wahr, Honey?«
Lucy sah eine mütterliche schwarze Frau in einer Dienstmädchentracht, die gerade aus einer Speisekammer kam, eine Dose Langbohnen in der Hand: »Ganz richtig, Miz Lila.«
»Camilla macht heute abend ihren ganz speziellen Cajun-Hackbraten. Es ist etwas *gaaanz* Besonderes, Sie und Dr. O'Hanrahan als unsere Gäste zu haben.«
»Nicht vergessen, Ihre Medizin zu nehmen, Miz Lila.«
Eifrig nahm Mrs. Bullins eine Tablettenschachtel vom Gewürzregal und schluckte gierig zwei Pillen, bemerkenswerterweise ohne Wasser. »Darf meine Tabletten nicht vergessen, Camilla, nein, nicht wahr?« Sie warf einen schuldbewußten Blick in Lucys Richtung. »Meine Medizin. Wissen Sie, die muß ich nehmen ... meine Medizin.«
Farley kam zurück und führte Lucy in ein holzgetäfeltes Büro; ein großer Schreibtisch voller Broschüren und Briefe zum Unterzeichnen stand am Fenster, ein riesiger Videobildschirm an der Wand gegenüber.
»Ich will nicht angeben oder so, aber ich hab' mir gedacht, daß du mich vielleicht mal in Aktion sehen willst«, stotterte er und wurde vor Verlegenheit rot. »Das ist, äh, von ... 1985, mein erster Fernsehauftritt. Wenn du meine langen Haare und diesen gräßlichen rosa Anzug siehst, wirst du's glauben. Und diese Kassette hier ist von diesem Jahr. Ich spreche die Gebete für junge Leute bei der Erweckungsversammlung im Frühling. Du kannst dir die Dinger anschauen, während ich mich duschen gehe. Ich kann es nicht ausstehen, mich selbst auf dem Bildschirm zu sehen, ich sehe immer so provinzlerisch aus!«

Lucy bekam einen Arm voller Videokassetten.
»Und das ist das Band von unserer Faschingsdienstagsaktion, nach dem du gefragt hast. Das ist vor dieser Schwulenbar aufgenommen, und die Sprache wird – äh, ein bißchen deftig, aber du siehst, gegen welche Art von Sünde wir ankämpfen.«
Lucy blieb mit den Videokassetten in dem riesigen Büro zurück, vermutlich Reverend Bullins' Hauptsitz. Sie legte als erste die Kassette vom Faschingsdienstag ein und sah einen jüngeren, blasseren Farley, der zwei Männer mit Panamahüten und guatemaltekischen Ponchos, die Plastikbecher mit irgendwelchen Drinks in der Hand hatten, aufhielt. *Die Party ist dort, aber der Himmel ist in dieser Richtung,* sagte er ihnen und deutete nach oben. Die Reaktion war wenig überraschend. Dann erfaßte die Kamera einen Mann mit geschminkten Lippen und Frauenkleidung, der ebenso wie Lucy vergebens zu argumentieren versuchte. *Ihr sagt, der Faschingsdienstag sei heidnisch,* erklärte er, *aber ihr erkennt nicht, daß Ostern und Weihnachten ebenso voller heidnischer Elemente sind. Wer ich bin? Ich bin Assistent an der Tulane-University, ich studiere Alte Geschichte und ... Nein, ich werde nicht mit euch beten, ich gehe in diese Bar und ...* Und weiter ging die Debatte; an den jungen Leuten der Pfingstgemeinde prallte jede Kritik ab. Nach diesem Wortwechsel blickte Farley traurig in die Kamera und seufzte: *Satan, du hast wieder einen für dich gewonnen, aber Teufel, wir kriegen dich schon! Wir werden dich kriegen und mit einem Fußtritt zurück in die Hölle befördern!*
Lucy, die bald gelangweilt war, ließ das Video laufen und spazierte im Büro herum. Hier war das Foto von 1980, Ron und Nancy, die mit wohlwollendem Blick neben Lila und einem etwas schlankeren Reverend Bullins standen. Beide Damen dehnten ihre gelifteten Gesichter beim Lächeln bis zur Zerreißgrenze ... Ein Foto von Gavin McLeod, dem Typen aus »The Love Boat«, der sich zum Werbetrommler für die Wiedergeborenen gewandelt hatte. Daneben ein Countrysänger, dessen Name Lucy bekannt vorkam.
Lucy musterte die Bullins-Broschüren auf dem Regal. Richtige Bücher hatte er nicht geschrieben, aber eine Reihe von Videokassetten stand auf dem Regal, als wären es Bücher. Auf jeder Kassette prangte ein Foto von Bullins mit tief auf die Nase gerutschter Brille, gelehrt und gebieterisch aussehend. Lucy fragte sich, ob Bullins jemals von Augustinus gehört, je ein Wort von Luther oder Calvin, von der heiligen Teresa von Avila oder

von Katharina von Siena oder sonst ältere Kirchenschriften gelesen hatte. Sie entdeckte Jimmy Swaggarts *Ehrliche Antworten auf schwierige Fragen* und zog es aus dem Regal.

(Oh, bitte nicht.)

Lucy, Luke, Gabriel und Christopher hatten an langweiligen Sonntagabenden oft vor dem Fernseher gesessen und über diesen Mann gespottet, der auf jede Konfession eindrosch, Juden und Katholiken in die Hölle warf, Schwule, Feministinnen und Intellektuelle fertigmachte und Loblieder auf Reagan sang, diesen ehemaligen Hollywood-Schauspieler, der nicht zur Kirche ging, der geschieden und seiner Familie entfremdet war, diesen Präsidenten mit dem rassistischen Kabinett und der Westküstenmoral, der jeden Wiedergeborenen in Amerika von seiner tiefen Heiligkeit überzeugt hatte.

*Ist Aerobic Sünde?* »Aerobic nach dem Rhythmus der gleichnamigen Musik zu tanzen bedeutet für Christen, sich der Verderbtheit der Welt auszusetzen.« *Was ist von Schwimmbädern zu halten, die für Männer und Frauen gemeinsam sind?* Swaggart ist dagegen. *Kino?* »Einem Christenmenschen steht es nicht an, sich mit weltlichen Unterhaltungen wie Kinofilmen einzulassen.« Ein besonders guter Witz: *Ist oraler Sex nach der Heiligen Schrift zwischen Ehegatten erlaubt?* Natürlich nicht. *Homosexualität?* Laut Swaggart sind Homosexuelle nicht so geboren, sondern vom Satan besessen ... »Diese Individuen wären gerne in Positionen, wo sie junge Leute des eigenen Geschlechts in ihr Leben der Verderbtheit und des Schmutzes mit hineinziehen könnten.« *Evolution?* »Ich denke, es ist klar, daß kein Anhänger der Entwicklungslehre ein Christ oder ein Bibelgläubiger sein kann.« Lucy gönnte sich das Vergnügen, das Buch durchzublättern. Feuerbestattung war Sünde, aber die Todesstrafe natürlich *nicht*. Und was die Frauen betrifft: »Jeder christliche Gatte soll von seiner Frau verehrt werden, und sie soll sich ihm als dem Herrn unterwerfen. Sie soll sich allem fügen, da sie weiß, daß alles, was er fordert, der Heiligen Schrift gemäß, gottesfürchtig und Christus gefällig ist.«

Hey, Jimmy, eine Frage, dachte Lucy und stellte das Buch ins Regal zurück: Was hält Gott davon, daß du dich von deiner Frau und aus deinem 1,5-Millionen-Dollar-Haus weggeschlichen und zusammen mit einer Prostituierten ein schäbiges Motelzimmer gemietet und sie dafür bezahlt hast, daß sie die Beine breit macht und an sich herumspielt, während du masturbierst? Sie dachte an die triumphierenden Angaben auf dem Buchcover: 2,2 Millionen Haushalte verfolgen seine wöchentlichen Sendungen im Fernsehen, 500 Millionen weltweit. Der Prediger Nummer eins in der Glotze, bis zu diesem kleinen Mißgeschick. Ein Mann, der für die Wirtschaft von Baton Rouge *Millionen* wert war, wie Farley jr. erklärt hatte. Wie konnte es sein, daß Millionen Leute solche Ansichten hören wollten? Wie konnten so viele ihrer Landsleute dazu bewegt werden, ihr hart verdientes Geld herzugeben, um eine solche Politik und solche Meinungen zu unterstützen?

Welche Hoffnungen haben wir Frauen? dachte sie düster. Sofern es um Christen geht, hat sich die Lage kein bißchen verbessert ...

»Lucy?«

Sie wandte sich um und sah Farley an der Tür.

»Dr. O'Hanrahan ist da, und das Essen kommt gleich auf den Tisch.«

In der Eingangshalle traf sie auf den Professor, der wie eine geschmolzene Wachsfigur seiner selbst aussah. »Ich würde jederzeit das Klima des Sudans gegen diese Luftfeuchtigkeit hier vorziehen«, murrte er und wischte sich über die gerötete Stirn. Er wandte den Blick ab, als sie ihm in die gelben Augen sah.

»Sie sehen nicht sehr gut aus, Sir.«

»Ich fühle mich auch nicht sehr gut«, gab er dieses eine Mal zu.

Als nächster stürmte Reverend Bullins durch die Eingangstür, winkte seinem Fahrer, er solle den weißen Mercedes mit dem TPL-Logo in die Garage fahren, und reichte seiner wartenden Dienerin die Jacke. »Danke, Camilla. Ja, ich sage es Ihnen, Patrick: Sie *müssen* zum Arzt gehen.«

»Vielleicht morgen«, erwiderte der Professor und bedeutete Lucy mit einem Blick, daß er ihr etwas zu sagen habe.

In einem der prächtigen Räume, die neben der hohen Eingangshalle lagen, stand eine lange, alte Eichentafel. Der Raum war in Hellgelb gehalten, mit zahlreichen Wandleisten und Stuckornamenten im *Ante-bellum*-Stil; auf dem Tisch funkelte ein protziger Kerzenleuchter, und über dem unbenutzten Kamin hing ein Porträt – Farley Bullins vor aufgehender Sonne und amerikanischer Flagge.

Alle standen um den Tisch herum, und Camilla rollte einen Servierwagen mit dem dampfenden Hackbraten, der auf einer Silberplatte angerichtet war, herein. Emsig bereitete sie den Eistee für alle zu, preßte Zitronen aus und fragte, wer Zucker nehme und ob Miss Lucy lieber Süßstoff wolle.

»Wie finden Sie unsere kleine Bibliothek?« fragte Mrs. Bullins, während sich ihr Gatte an die Stirnseite des Tisches setzte.
»Unzulänglich und spießig«, erwiderte Dr. O'Hanrahan.
Lucy unterdrückte ein Lächeln. Sie hatte O'Hanrahan oft in dieser Laune erlebt: Nichts paßte ihm, und man konnte ihm nichts recht machen.
Lila Mae gab noch nicht auf: »Nun, es tut mir leid, wenn Sie ...«
»Sie haben eine hübsche Sammlung von Kirchenvätern, aber natürlich kein einziges wissenschaftliches Werk über Textanalyse. Ihr habt ja Angst vor Wahrheit und Wissenschaft.«
Lucy fiel auf, daß O'Hanrahan unsicher schwankte, als er sich auf seinen Stuhl setzte. Vielleicht war er betrunken? Aber wo hätte er hier Alkohol herbekommen sollen?
»Diese Bibliothek ist ein Haufen bestürzender Ignoranz über Bibelauslegung und die Unfehlbarkeit der Heiligen Schrift. Ihr glaubt natürlich, daß jedes Wort göttlich und vom Heiligen Geist diktiert ist – was die vielen Fehler im biblischen Text Gott zuschreibt, nicht den Menschen. Ich bin sicher, daß Gott das zu schätzen weiß.«
Farley jr. und Mrs. Bullins blickten auf Reverend Bullins, ihren Patriarchen, ihren Erretter aus der lausigen Dreizimmerhütte unter dem Damm in Catfishtown, ihren Medizinmann. Reverend Bullins räusperte sich. »Sie haben recht, wenn Sie sagen, daß ich mit weltlichem Humanismus nichts zu tun habe, Dr. O'Hanrahan. Oder mit Modernismus oder Wissenschaftlichkeit*sismus* oder mit welchem *ismus* auch immer, den ihr sogenannten Gelehrten anbringen wollt ...«
»Stupiditismus?«
Reverend Bullins strich Butter auf sein Maisbrot. »Ich verstehe, daß Sie einen gewissen Groll verspüren, Patrick. Aber wir von der Pfingstgemeinde wollen lediglich zur Heiligkeit der frühen Kirche zurückkehren.«
»Wenn es um die Stellung der Frauen geht, ganz bestimmt«, meldete sich Lucy, ebenfalls bereit, sich auf einen Wortwechsel einzulassen.
O'Hanrahan lachte. »Die frühe Kirche? In diesem mindestens eine Million Dollar teuren Haus, das Sie sich zugelegt haben? Und mit Ihrem steuerfreien Einkommen? Und den zwei Mercedes und dem Privatflugzeug ...«
»Gott sorgt für Seine Diener.« Dieses Wort erinnerte Bullins daran, Camilla in die Küche zu schicken, damit sie ihm noch eine Zitronenscheibe für seinen Eistee hole.
Mrs. Bullins wandte O'Hanrahan ihr abgespanntes, geliftetes Gesicht zu

und stellte mit einem leisen Kopfschütteln ihr Einfühlungsvermögen zur Schau. »Dieser Zorn, den Sie in sich haben, Patrick ... Kommen Sie zu Jesus. Vertrauen Sie *Ihm* Ihre Bürde an.«

»Lila, vielleicht könntest du mich weiterreden lassen«, schnaubte Reverend Bullins.

»Kommen Sie zu Jesus«, wiederholte seine Frau.

»Wissen Sie, was Ihr frommer Gatte macht?« fragte O'Hanrahan Mrs. Bullins. »Einem meiner besten Freunde, der einer der größten hebräischen Gelehrten dieser Welt ist, hat man mit einer Spritze ein Schlafmittel ins Blut gejagt, damit er dem Plan Ihres Mannes nicht in die Quere kommt.«

»So ist es natürlich nicht, Lila ...«

»Ihr Mann hat sich einer Gruppe von Fanatikern und Spinnern angeschlossen, gefährliche Leute, die diese Welt in einen Krieg stürzen wollen!«

Aber Reverend Bullins hatte nichts zu fürchten von Lila Mae, die man schon lange zuvor mit einer Gehirnwäsche auf die Frequenz »Komm zu Jesus«, »Jesus ist Liebe« und »Gott ist gut« gepolt hatte, was sie ständig den Tränen nahe hielt ... Ein Arzt hätte allerdings erkannt, daß diese Symptome mehr auf immer höhere Dosen von Antidepressiva zurückzuführen waren.

»Nichts Schlimmes wird jenen geschehen, die Jesus predigen, so wie es in den Evangelien geschrieben steht, Patrick. Ich bin im Alter von dreizehn Jahren geweiht worden ...«

O'Hanrahan rieb sich die Nase. Lucy bemerkte, daß sein Gesicht immer noch tiefrot und nicht rosig wie sonst war. Vielleicht hatte er einen Sonnenbrand? Nein, das sah eher nach Fieber aus.

»... und deshalb bin ich stolz darauf«, schloß Reverend Bullins seine Ausführungen, »mich als Fundamentalisten zu bezeichnen.«

»*Mens* bedeutet ›Verstand‹. *Fundus* bedeutete für die Römer *anus*. Fundamentalist heißt also: ein Verstand wie ein Anus. Ich bin überrascht, daß jemand sich auf diesen Beinamen etwas zugute hält.«

»Nun, ich bin stolz darauf«, wiederholte Bullins unerschütterlich, als Camilla mit seiner Zitronenscheibe zurückkam. »Hehe, als Katholik müssen Sie es leid sein, zur Verlierermannschaft zu gehören. In Wirklichkeit richtet sich Ihr Zorn gegen unseren Erfolg. Schauen Sie sich um: Im letzten Jahr waren wir mit unseren Sendungen in 1,8 Millionen amerikanischen Haushalten vertreten.«

»Wir strahlen unser Programm in alle osteuropäischen Länder aus«, mischte Farley jr. sich ein. »Wir werden Rußland zu Jesus bekehren.«
»Jeeeesus«, wiederholte seine Mutter, die sich zunehmend aus der Gegenwart entfernte.
»Bei unserer letzten Reise nach Rußland sind die Leute nur so herbeigeströmt«, prahlte Reverend Bullins. »Die Zahl unserer Geistlichen in Afrika nimmt ständig zu – und sie sind nicht katholisch oder lutherisch, sondern gehören der Pfingstgemeinde an. Unsere Bewegung wächst sprunghaft!«
O'Hanrahan stützte sich am Tisch ab. »Mit welchen Versprechen gehen Sie in der Dritten Welt hausieren? Schnell reich zu werden und sich ein großes, funkelndes Auto zu kaufen wie Reverend Bullins?«
Reverend Bullins legte genießerisch die Hände auf den Bauch. »Wir haben triumphiert; die Fernseh-Evangelisten werden Jesus zu den indischen Heiden bringen, zu den gottlosen Kommunisten, zu den Heiden in Afrika, die Steine und Pfähle verehren – o danke, Camilla ...« Camilla hatte ihm eine Scheibe Hackbraten auf den Teller gelegt. »Mexiko«, fuhr er fort und erreichte seine vertraute Fernsehlautstärke. »Vor zehn Jahren hat es dort nicht einen einzigen Protestanten gegeben. Jetzt sind zehn Prozent der Mexikaner protestantisch, und so ist es in Lateinamerika – sie nehmen *unsere* Art von Protestantismus an, die Pfingstgemeinde mit ihrem lebendigen, heilenden, atmenden Glauben!«
»Preiset Jesus ...«, sagte Mrs. Bullins fast schluchzend.
»Sehen Sie sich das *Promised Land* an, Patrick, und Sie sehen die Zukunft der Christenheit. Oh, was für ein Geschenk hat Gott uns gegeben, als Er uns Fernsehen und Radio in den Sinn gebracht hat. So konnten wir endlich, endlich die Botschaft verbreiten: Gott wird kommen! Alle Zeichen sagen, daß es 1999 sein wird! Die Endzeit! Die Endzeit! Gott ist *auf dem Weg.*«
»Preiset Jesus!«
»Mom, ist schon gut ...«, wollte Farley jr. beschwichtigen.
»Wie lange hat Ihre Frau schon einen religiösen Wahn, Bullins? Sie braucht Hilfe, wissen Sie.«
»Kommt zu Jeeeesus!« rief Mrs. Bullins mit glasigen Augen, hob die Arme und richtete den Blick zur Decke, tief in Ekstase versunken.
»Mama.« Farley jr. tätschelte ihr leicht verlegen den Arm.
Camilla – die an viel Schlimmeres gewöhnt war – legte wortlos eine

Scheibe Hackbraten auf den Teller, während ihre Arbeitgeberin sich in ihren Taumel steigerte.
»Vielleicht solltest du dich hinlegen, Lila Mae«, schlug Reverend Bullins ohne große Besorgnis vor. »Ihr Dämon ist nicht so stark wie der Ihre, Patrick. *Weder Trunkenbolde noch Lästerer, noch Habsüchtige, noch Räuber werden Anteil haben am Reich Gottes.*«
»Nun, wenn es heißt *Habsüchtige,* sind Sie ebenfalls ausgenommen. Und Sie sind auch ein Lästerer. Ich habe mir in Chicago Ihre Sendungen angesehen. Sie schicken das ganze Land in die Hölle. Sie predigen nicht Liebe, Sie predigen nicht Jesus ...«
»*Weder Unzüchtige noch Götzendiener, noch Ehebrecher, noch Weichlinge, noch Knabenschänder.* Das sind die nackten, grausamen Tatsachen.«
»Sie zitieren Paulus, ohne den Kontext seiner Gesellschaft in Betracht zu ziehen«, protestierte O'Hanrahan und wischte sich über die fieberheiße Stirn.
»Dr. O'Hanrahan«, fragte Lucy, »fehlt Ihnen etwas?«
»Die Ehebrecher sollen verbrennen!« verkündete Lila Mae und starrte hypnotisch auf ihren Mann. »Nicht wahr, Liebling?« Lucy fragte sich plötzlich, ob Mrs. Bullins ihren Mann dieser Sünde bezichtigte.
»Mama, beruhige dich«, sagte Farley jr.
»Die zentrale Botschaft des Christentums ist Erlösung«, erklärte O'Hanrahan. »Ja, Erlösung für all die Menschen, die Paulus aufgezählt hat.« Ohne Appetit sah er auf seinen Teller. »Mein verstorbener Sohn war homosexuell.«
Das beendete die Unterhaltung erst einmal.
Lucy erinnerte sich daran, daß O'Hanrahan in Khartum etwas anderes über Rudolph gesagt hatte. Aber jetzt sprach er sicher die Wahrheit. Sie ahnte, welchen Kampf es einen Mann aus der Generation Patrick O'Hanrahans gekostet haben mochte, einen homosexuellen Sohn zu haben.
»Aids«, intonierte Reverend Bullins, »ist Gottes Rache an jenen, die Gottes Absicht pervertieren. Es tut mir leid, wenn Ihr Sohn so zu Tode gekommen ist. Aber: *Mein ist die Rache, spricht der Herr.*«
O'Hanrahan erhob sich voller Abscheu vom Tisch ... aber er taumelte. Er fiel zurück gegen seinen Stuhl und verdrehte die Augen. Bei dem Versuch, sich abzustützen, warf er sein Wasserglas um, es schlug gegen den Teller und zerbrach. Wasser floß über die Tischdecke.

»Sir!« Lucy sprang auf.
O'Hanrahan hielt sich am Stuhlrücken fest, aber dann kippte er um.
»Mein Gott, rufen Sie einen Arzt!« schrie Lucy und eilte zu ihm.
»Das ganze Zitat lautet folgendermaßen: *Gebt euch keiner Täuschung hin*«, fuhr Reverend Bullins kalt fort, ohne auf seinen zu Boden gestürzten Gast zu achten oder gar einen Finger zu rühren. »*Weder Unzüchtige noch Götzendiener, noch Ehebrecher, noch Weichlinge, noch Knabenschänder, noch Diebe, noch Habsüchtige, noch Trunkenbolde* ...«
»Um Himmels willen, er hat eine Art Anfall!«
Camilla stellte ihr Tablett ab und stürzte ans Telefon.
»*... noch Lästerer, noch Räuber werden Anteil haben am Reiche Gottes.*«
Mrs. Bullins stand auf und deutete anklagend mit dem Finger auf O'Hanrahan, der stöhnend auf dem Teppich lag. »Satan ist über ihn gekommen, seiner sündigen Werke wegen! Ich treibe diesen Dämon aus, in Jesu Namen, dem geheiligten, gesegneten Namen ...« Tränen stiegen ihr in die Augen und ihre Stimme brach, so wie man es mehrmals pro Woche in Bullins' Fernsehsendung sehen konnte. »... der herrlichste, heiligste Name. *Hinaus,* Dämon, heb dich hinweg!«
Lucy, selbst den Tränen nahe, fuhr Farley an: »Er ist nicht betrunken, *um Himmels willen*, er hat eine Herzattacke oder etwas Ähnliches!«
»Die Ambulanz ist unterwegs, Miss!« rief Camilla.
Lucy schrie Farley an: »Hilfst du mir vielleicht, ihn hochzuheben?«
Farley Bullins jr., Erbe des hundert Millionen Dollar schweren TPL-Empires, saß wie gelähmt auf seinem Stuhl, eine Hand umklammert von seiner delirierenden Mutter. Er blickte ratsuchend auf seinen Vater, und Reverend Bullins blickte gelassen zurück. Unfähig zu entscheiden, was er tun sollte, glotzte Farley wieder auf Lucy.

$ $ $

Das TPL Medical Center war, wie angepriesen, ein großes, gut ausgestattetes Krankenhaus in der Tradition vieler Krankenhäuser der Baptisten und der Pfingstgemeinde in den Südstaaten. Als Lucy durch die Eingangshalle ging, fiel ihr auf, wie sehr die Leute dem Bild glichen, das man von den Menschen der Südstaaten hatte: die dicken alten Frauen, die fettleibigen Schwarzen, die vogelscheuchenartigen Männer wie aus den Foto-

serien von Margaret Bourke-White aus den dreißiger Jahren; Unterhemden, Hauskittel und Pullover aus Polyester; die auf Wirkung bedachten, zu grell geschminkten jungen Mädchen mit feuerrot lackierten Fingernägeln, die in ihren rückenfreien Oberteilen viel zu pummelig wirkten ...
Als Lucy im neunten Stock der Bullins-Festung, wo O'Hanrahan lag, aus dem Aufzug stieg, kam sie in einen Wartesaal voller müde aussehender Louisianer. Alle rauchten, was das Zeug hielt, ein Mann trank Bier aus einer diskret in Papier gewickelten Dose, eine übergewichtige Großmutter ging nervös auf und ab. Alle warteten darauf, etwas von einem Kranken zu hören.
»Zu Patrick O'Hanrahan, bitte«, sagte Lucy an der Information. Man sagte ihr, sie könne ihn ohne Begleitung besuchen, solle ihn aber nicht anstrengen. Zimmer 923. Oh, wie sie sich fürchtete. Vielleicht hatte der alte Mann nun seine Karten ausgespielt. Sie spürte, wie sie flacher atmete, als sie die Türklinke niederdrückte.
»Die Geier kreisen«, knurrte O'Hanrahan, der zu Lucys Erleichterung nicht allzu schlecht aussah, wenn auch die Haut gelblich war und die Augen blutunterlaufen. Sein Bauch jedoch war grotesk angeschwollen.
»Hallo, Sir«, sagte sie schüchtern, bevor sie wieder weniger förmlich redete. »Sie sehen ...«
»Völlig fertig sehe ich aus, lügen Sie mir nichts vor. *Foul Play,* fürchte ich, Schwester Lucy. Die vergiften mich, damit sie mit der Schriftrolle abhauen können.«
Auf dem Rolltisch neben seinem Bett lagen die Fotos des *Matthiasevangeliums* und mehrere leere Notizblöcke. O'Hanrahan fing an zu kritzeln: *Das Zimmer wird vielleicht abgehört.* Und dann: *Ich habe das Evangelium enträtselt!*
»Sie ...« Lucy bremste ihre Begeisterung. »Sind Sie sicher?« flüsterte sie.
O'Hanrahan nickte. Ja, er sah krank aus, aber in seinen Augen leuchtete Triumph! »Hepatitis A, sagen die Ärzte«, flüsterte er Lucy zu. »Kann man überleben. Aber wir müssen rund um die Uhr arbeiten, um diese Sache abzuschließen, falls ich ...«
Lucy vollendete den Satz nicht.
»Ich werde es *nicht* zulassen, daß dieser Bestseller von einem Evangelium posthum herausgegeben wird. Schiere Bosheit und schierer Geiz werden mich am Leben halten.«
(Diese Eigenschaften hast du im Übermaß.)

Lucy ging ans Fenster. Unten lag ein Spielfeld mit Flutlichtanlage, so daß die Kinder auch nach Einbruch der Dunkelheit spielen konnten. Mücken, Motten und Moskitos schwärmten bereits um die Lampen.
»Sie haben Camillas Hackbraten verpaßt«, sagte Lucy.
Er lachte leise. »Haben Sie genug von diesem Baumwollplantagenpalast? Ich wette, wenn wir bis zum Dessert gekommen wären, hätten ein paar Jungen mit krausem Haar zu unserem Vergnügen einen Steptanz aufgeführt ...«
Dummerweise erschien nun eine schwarze Krankenschwester, was O'Hanrahan verstummen ließ. Sie erklärte, daß die Besuchszeit in diesem Flügel um neun Uhr abends beendet sei und Lucy nun gehen müsse. Die Schwester nahm O'Hanrahan den Stift aus der Hand und legte den Notizblock beiseite. »Heute wird nicht mehr gearbeitet, Mr. O'Hanrahan«, verfügte sie mit sanfter Krankenschwesterstimme.
Erst als Lucy den antiseptisch riechenden Gang hinunterging, wurde ihr richtig klar, in welch schlechtem Zustand O'Hanrahan war. Der große Mann, nun so entkräftet und erschöpft. Sie wollte eine Weile allein sein und beschloß daher, der allgegenwärtigen TPL-Limousine und dem aufmerksamen Farley aus dem Weg zu gehen. Sie ging die neun Stockwerke zu Fuß hinunter und verließ das Gebäude durch einen Notausgang zum Parkplatz, der in orange flimmerndes Licht getaucht lag. Dann ging sie zurück zum Besuchereingang und nahm ein Taxi, das sie zum Campus des TPL-Bibelcollege brachte. Erst als sie ausgestiegen war, kam ihr die Idee, daß sie sich in die Stadt und zu einem Drugstore hätte fahren lassen können: um einen Schwangerschaftstest zu kaufen.
Lucy spazierte über den Campus. Es war ein angenehm warmer Abend, kurz nach halb zehn. Es kam ihr vor, als müsse es schon Mitternacht sein – so müde war sie von den vielen Ereignissen der letzten Stunden. Alles schwebte in einem surrealen Jet lag-Nebel.
»Entschuldigung«, fragte sie eine Studentin des *Promised Land*-College. »Kannst du mir sagen, wo hier in der Nähe ein Drugstore ist?«
Das Mädchen lächelte freundlich und erklärte ihr den Weg; es bot ihr sogar an, sie mit dem Auto hinzufahren, da es eine etwas knifflige Abzweigung bei der Einfahrt nach Philadelphia gebe. Lucy wurde klar, daß es zu Fuß wirklich zu weit war.
»Kann ich dir mit irgend etwas aushelfen?« fragte das Mädchen.
»Nein, ich glaube nicht«, lehnte Lucy ab, »vielen Dank.«

»Brauchst du ein Medikament?«
»Nein, nur ein paar Hygieneartikel.«
»Studierst du hier?«
Lucy fand diese Freundlichkeit plötzlich sehr aufdringlich. Aber andererseits, nach den Monaten mit alten Männern war es verführerisch, sich mit einer Frau anzufreunden ... Erschöpft und einsam, wie Lucy war, hätte sie sich fast diesem Mädchen mit dem freundlichen Gesicht anvertraut. Aber nein, stell dir das vor! Die freundlichen, wohlmeinenden frommen Sprüche, die Besuche im New Life Covenant Center, die Gebete und flehenden Bitten, daß Gottes Wille erfüllt werde.
»Nein, ich bin zu Besuch bei den Bullins.«
»Wow«, lächelte das Mädchen und warf das lange, strohblonde Haar zurück, »im Weißen Haus – so nennen wir diesen Riesenwohnsitz.«
»Ja, sie haben mich da eingeladen ...« Lucy bemerkte, wie ihr die Stimme versagte.
Die junge Studentin legte ihr die Hand auf den Arm. »Was hast du denn, irgend etwas ist doch nicht in Ordnung?«
Lucy erstarrte. »Nichts. Mir wäre es nur lieber, wenn der Drugstore nicht so weit weg wäre. Nur eine Kleinigkeit. Tut mir leid, daß ich dich belästigt habe.«
»Mein Freund Scott hat ein Auto, wir könnten dich ...«
Lucy machte sich entschlossen los und wandte sich in die andere Richtung. »Nein, das ist sehr freundlich, aber danke, nein. Guten Abend.«
Die junge Frau sah ein wenig verletzt aus, war aber immer noch überzeugt davon, daß etwas nicht in Ordnung war. »Ich heiße Patsy! Bis bald vielleicht«, rief sie noch und hoffte, Lucy werde sich ebenfalls vorstellen.
Woher weiß sie, daß etwas nicht stimmt? fragte sich Lucy, als sie sich auf den Weg machte.
(Man braucht dich ja nur anzusehen.)
Verdammt, dieses Bibelvolk hat einen Riecher für verlorene Seelen.
(Patsy ist ein liebes Mädchen, und sie hätte dir helfen können.)
Ich habe Angst vor diesen Wiedergeborenen, dachte Lucy und hielt den Kopf gesenkt, als sie an einem Vorlesungssaal vorbeikam, aus dem gerade die Studenten strömten, Bibeln unter dem Arm und leidenschaftlich diskutierend über Jesaja, Prophezeiungen und – ja, sie hörte es – über die Endzeit, die selbst hier in Philadelphia angekündigt wurde. Um die Augen herum stimmt etwas nicht mit ihnen, entschied Lucy. Patsy lebt in einer

Traumwelt. Christliche Unschuld plus monatliche Beiträge an Reverend Bullins' Evangelisierungsmaschinerie.
(Und du findest das weniger fundiert als die Heiligen und die Rosenkranzroutine des Katholizismus, nicht wahr?)
Wie nahe war sie daran gewesen, sich von Patsy mit aufs Zimmer nehmen zu lassen, zu weinen und alles zu beichten, sie für sich beten zu lassen, ihre Ratschläge anzuhören und ... O Gott, wie nahe war ich an diesem ganzen Zirkus. Patsy zu Dank verpflichtet zu sein, diesem gerade zwanzigjährigen Ausbund an Tugend, ohne Lebenserfahrung, ohne eine Vorstellung von irgend etwas außer ihrem bequemen Vorstadtgott ...
(Klingt wie du vor ein paar Monaten.)
Lucy lehnte sich gegen das Schild an der Bushaltestelle. Nach all dem, was sie in Äthiopien gesehen hatte, nach all den Krankheiten und Leiden – und davon gab es hier in Louisiana bestimmt auch nicht zu wenig – fragte sie sich, wie die Leute *Millionen* in diesen ... Nein, es ist eigentlich nichts anderes als die Peterskirche in Rom oder der protzige, goldverzierte Vatikanpalast. Und das ist alles so verdammt irrelevant für das, was Jesus gewollt hätte.
(Und was wirst du dafür tun?)
Hör zu, ich würde diese Welt sofort verlassen – die akademische Welt, mein Leben in Chicago –, um in Afrika neben dieser Krankenschwester zu stehen, um bei Leuten zu sein, die mich vielleicht wirklich brauchen, nicht so wie hier, wo mich niemand braucht. Außer Dr. O'Hanrahan. Und verdammt, der liegt im Sterben.
Lucy ging zurück ins Haus der Bullins und wurde von einem schwarzen Diener durch einen Seiteneingang eingelassen. Camilla war noch in der Küche und buk Reverend Bullins' Lieblingsgebäck für das morgige Frühstück, wie sie Lucy in ihrem einschläfernden Louisiana-Slang erklärte. Wetten, daß er sie mies bezahlt, dachte Lucy, als sie die Treppe hinaufstieg. Trotz der paar Schwarzen ist dieses TPL-Imperium ein *fantasyland* der Weißen, noch eins von diesen schauderhaft unwiderstehlichen Produkten aus dem Teil der Welt, der uns Scarlett O'Hara, Graceland, den Mardi Gras, »Way Down Upon the Suwannee« und die Konföderation beschert hat.
Lucy ging in ihr Schlafzimmer und verschloß die Tür, bevor Farley oder sonstwer sie mit Nachtgebeten überfallen konnte. Sie kletterte in das bequeme Gästebett – das erste bequeme Bett seit ... ja, seit sie im Juni aus

Chicago abgereist war. Ein Digitalwecker mit einem kobaltblauen TPL-Logo und einem Kreuz über der Zeitangabe gab das einzige Licht im Zimmer.
Ich könnte vielleicht zu diesem New Life Covenant Center oder zu einer ähnlichen Einrichtung gehen. Nach Hause fahren, bevor man sieht, daß ich schwanger bin, ihnen etwas vorflunkern von der Schriftrolle, an der ich in Louisiana arbeiten muß, das Kind bekommen, es zur Adoption freigeben und dann wieder zu meinem Leben zurückkehren, während sie oder er aufgezogen wird von anderen ...
*Sie* oder *er:* Zum erstenmal hatte sie diesem *Es* in ihrem Körper eine solche Identität gegeben. Egal, dachte sie stoisch, ich werde es hergeben müssen. Ich mag Kinder nicht so besonders, und Cecilias kleine Monster treiben mich zum Wahnsinn – dieses Geschrei und Geheul und dieser Egoismus, den man mit liebevoller Behutsamkeit zähmen muß. Aber hier müßte ich diesen Brief schreiben. Den Brief, den das Kind lesen wird, wenn es achtzehn Jahre alt ist – und ich sechsundvierzig, wieder ein neues, völlig unbekanntes Leben ... Liebe Tochter oder Lieber Sohn. Wahrscheinlich fragst du dich, warum ich dich hergegeben habe ... Nein!
Weißt du, wenn die Dinge anders gewesen wären, hätte ich dich nicht hergegeben ... Nein!
Vielleicht wirst du es nie verstehen, warum ich es für besser gehalten habe, dich herzugeben. Aber da du nun achtzehn Jahre alt bist, kannst du vielleicht verstehen, wie sehr es dein Leben verändern würde, wenn du ein Kind großziehen müßtest ... Wer immer und wie immer du bist, mit deinem Südstaatenakzent und der von deiner Mutter geerbten irischen Jugendakne, eines mußt du mir glauben: daß ich dir wirklich einen großen Gefallen getan habe; und daß ich, deine Mutter, dich liebe und das Beste für dich wollte ... Ich wäre das Beste jedenfalls nicht gewesen ... Ich hoffe, daß du nun sehr glücklich bist in deinem wundervollen, geheimnisvollen Leben, das vor dir liegt, so wie mein Leben einmal vor mir gelegen hat ... Besser völliges Schweigen als solch ein Brief! Mein Gott!

$ $ $

O'Hanrahan erwachte und spürte einen dumpfen Schmerz. Verschwommen nahm er den Raum wahr und stellte fest, daß es draußen dunkel war

und im Zimmer nur ein mattes Nachttischlämpchen brannte. Der Wecker auf dem Nachtkästchen zeigte an, daß es fast Mitternacht war.
Es war ein behagliches kleines Zimmer, wahrscheinlich das Luxuszimmer im Bullins Medical Center, vermutete O'Hanrahan. Neben ihm stand ein Nachttisch, auf dem verschiedene medizinische Utensilien lagen, und zwischen Nachttisch und Bett hing der Tropf mit drei Flaschen, aus denen er Infusionen bekam. Der linke Arm war mit einer leichten Schiene stabilisiert, damit er ihn nicht beugen und dabei die Schläuche abreißen konnte. Mit diesen Nadeln haben sie dich gepiekst, und du warst so vollkommen weg, daß du nichts mitbekommen hast, überlegte er.
Und außerdem lagen auf seinem Nachttisch drei Zigarren der Marke Dom Perignon, jede einzeln verpackt in eine Feuchthaltehülle. Bestimmt hatte nicht Lucy die hingelegt ... Bullins vielleicht?
»Zigarren, Mr. O'Hanrahan«, sagte eine rauhe Stimme ruhig.
Schwach hob O'Hanrahan den Kopf. Neben der Lampe saß ein Mann um die Sechzig mit vollem Silberhaar, typischer Politikerhaarschnitt, ein stämmiger, aber nicht schwerer Mann in tadellosem dunklem Anzug. Er hatte im *Wall Street Journal* gelesen, das auf seinem Schoß lag. Eine Flasche, wohl irgendein Whisky, stand neben dem Fremden, züchtig verhüllt in einer braunen Papiertüte.
»Dom Perignon, wie Sie zweifellos bemerkt haben«, sagte der Mann. Es war die Stimme eines Zigarrenrauchers, vom ursprünglichen Tenor abgesunken auf einen rauhen Baßton.
»Danke«, sagte O'Hanrahan, erschrocken, wie matt sich seine Stimme anhörte. »Ich nehme also an, daß Sie kein Arzt sind.«
Der Besucher legte das *Wall Street Journal* beiseite. »Nein«, bestätigte er, ohne sich näher vorzustellen. »Diese Flasche hier ist ein Kentucky Bourbon, über den Sie sich vielleicht freuen. Aus einem besonderen Vorrat, *Old Confederate* – ein Privatlager, nur ein paar Fässer von dem Zeug sind je hergestellt worden. Man hat mir erzählt, daß Sie Hepatitis und eine Reihe von Komplikationen dabei haben, aber ich dachte, wenn Sie wieder gesund sind, werden Sie ihn zu schätzen wissen.«
»Vielleicht werde ich nicht mehr gesund.«
Der Besucher sah auf seine glatten, manikürten Hände. Er stand auf, nahm die Flasche und stellte sie auf O'Hanrahans Nachtkästchen. O'Hanrahan registrierte, wie jung die Hände dieses Mannes aussahen, wie die eines Teenagers, ohne Altersflecken oder Falten. Der Mann stand neben

dem Bett; einen Augenblick lang sahen sie einander in die Augen. »Nun, mein Freund, wenn wirklich das Ende nahe ist, schadet es nicht mehr, den Whisky zu trinken. Unsere Laster sind es, die uns im Alter stützen, Mr. O'Hanrahan; sie sind die Geländer, an denen wir uns festhalten, das einzig Konstante in einer Welt ohne Dauer.« Er setzte sich wieder zurück in den Sessel. »In diesem Land und dieser Ära ist das Laster in Gefahr.«

O'Hanrahan lächelte matt. »Da stimme ich Ihnen zu.«

Nach einer kurzen Pause öffnete der Mann ein Zigarrenetui. »Haben Sie etwas dagegen?«

»Überhaupt nicht.« O'Hanrahan fragte sich, ob er sich vor der Oberschwester verantworten mußte, wenn Zigarrenrauch in seinem Zimmer hing.

»Bestimmt nicht?«

So gut es ging, hob O'Hanrahan den geschienten Arm zu einer einladenden Geste.

»Ein Mann in meinem Alter ist definiert durch seine Laster. Zum Abendessen im Club ein vorzügliches Rippenstück mit hohem Cholesteringehalt, Portwein in der Bibliothek, eine Zigarre zusammen mit den anderen, ein Brandy am Feuer, hier und da ein kleines Kartenspielchen. Ein Besuch bei der viel jüngeren Geliebten – Sie verstehen, was ich meine.« Mit der Andeutung eines Lächelns hob er anmutig die Hand. »In der Summe bilden sie das, was mich ausmacht.«

O'Hanrahan, der die ganze Zeit das Gefühl gehabt hatte, diesen Mann schon einmal gesehen zu haben, fiel plötzlich ein, wer dieser Besucher sein mußte: »Sie sind Chester Merriwether, nicht wahr?«

Der Mann zündete seine Zigarre an und nahm sich einen Pappbecher als Aschenbecher. »Ich bin *Charles* Merriwether, Mr. O'Hanrahan. Aber Sie haben den richtigen Gedanken gehabt. Vorstandsvorsitzender von Merriwether Industries.«

O'Hanrahan, fiebrig und schwach, war erleichtert, daß sein Gast das Reden übernahm.

»Chester war mein Vater. Oder vielmehr Chester II. Mein Großvater, der Begründer des ursprünglichen Stahlwerks, war Chester I.« Er zog an seiner Zigarre. »Chester I. war ein Gottesmann. Jeden Sonntag war er Vorbeter bei einem gemeinsamen Gebet in der Fabrik. Aber wohlgemerkt, seine Arbeiter schufteten für ein paar Pfennige, bis sie irgendwann bei einem Arbeitsunfall umkamen; auch Frauen und Kinder, unmenschlich viele Arbeitsstunden, unsägliche Arbeitsbedingungen. Vor den Augen meines Großvaters war ein Abgrund von Arbeiterelend, für den allein er verantwortlich war, aber bei all den Gebeten, bei all seiner Frömmigkeit, bei all seinem Geschwätz über Jesus« – Merriwether sprach den Namen voller Abscheu aus – »wurde ihm nie der Widerspruch bewußt. Männer Gottes wie Chester I. waren mit die Ursache, daß Gewerkschaften gegründet wurden – und heute bezahlt unsere Nation den Preis dafür. Chester II., mein Vater, war ein Liebhaber schöner Dinge. Kunst, alte Meister, chinesisches Porzellan, Ritterrüstungen aus dem Mittelalter, Schriftrollen, Sammelobjekte, Antiquitäten.«

»Er hat einmal das *Matthiasevangelium* besessen«, sagte O'Hanrahan.

»Ein hochgeschätztes Besitzstück. Wir hatten tatsächlich einen Streit, weil ich es an einen anderen Sammler verkauft habe. Mein Vater widmete seinen gehorteten Raubstücken mehr Aufmerksamkeit als der Firma, die seine dilettantischen Studien finanzierte. Als ich die gesetzliche Vollmacht bekam, fing ich an, die Antiquitäten zu verkaufen. Das war ein leicht zu erlangendes Kapital und ersparte uns die riesigen Versicherungsbeiträge für diesen Haufen alter Bilder und Topfscherben. Mein Vater hat mir nie verziehen.«

O'Hanrahan verkniff sich gerade noch die Frage, warum er das Privileg haben sollte, sich diese Familiengeschichte anzuhören.

Mr. Merriwether fuhr fort: »Es gab auch einen Chester III., meinen älteren Bruder.«

O'Hanrahan erinnerte sich verschwommen an diesen Namen; in der Zeitschrift *Look* hatte er einmal einen Artikel gesehen; ein Playboy und Jetsetter der sechziger Jahre, Kabrioletts und langhaarige französische Schauspielerinnen ...

»Er hatte kein Interesse am Familienunternehmen, warf einen Haufen Geld zum Fenster hinaus und starb betrunken, als er von der Straße an den Klippen von Menton abkam. Ein gründlich vergeudetes Leben.«

»Aber er hat sein Leben anscheinend genossen«, äußerte O'Hanrahan. »Ein Mann mit vielen Lastern, so wie Sie selbst.«

Aber bei diesen Worten brach Merriwether wütend los: »*Nicht* wie ich. Es gibt einen Unterschied zwischen Laster und Selbstzerstörung! Jeder Narr«, donnerte Merriwether, »kann mit dreißig sterben, Mr. O'Hanrahan.« Er öffnete die Faust wieder und musterte seine Hände, strich über sie, als wolle er sie besänftigen. Ruhiger fuhr er fort: »Die Freuden des

Lebens bis ins Alter aufzusparen ist ein Merkmal des klassischen Temperaments, also etwas, das hier in unserem Land und in unserer Zeit gefährdet ist. Chester ...«
O'Hanrahan sagte nichts, als die Stimme seines Besuchers gedankenverloren verebbte. Bald sprach Merriwether weiter. »Mein Vater hoffte, die Gesellschaft an meinen Bruder weiterzugeben, aber dann mußte er leider mit mir vorliebnehmen.«
»Sie haben Ihre Sache ziemlich gut gemacht«, meinte O'Hanrahan und richtete sich in den Kissen etwas auf, um sich besser unterhalten zu können – obwohl Merriwether offensichtlich nicht auf einen Dialog aus war. »Ihr multinationaler Konzern steht auf Platz 30 der internationalen *Fortune Top*, nicht wahr?«
Merriwether nickte. »Ich habe eine Reihe von Stahlwerken der sterbenden Schwerindustrie in eine multinationale Kapitalgesellschaft mit Aktiva in Milliardenhöhe verwandelt, Mr. O'Hanrahan. Und das bringt uns zu Chester IV.« Merriwether lehnte sich zurück, betrachtete verdrießlich seine rechte Hand und nahm geistesabwesend eine silberne Nagelfeile aus der Innentasche seines Anzugs.
»Der Sohn Ihres Bruders?«
»Nein. *Mein* Sohn.« Ohne ein Gefühl zu zeigen oder den Tonfall zu ändern, sprach Merriwether ruhig weiter: »Sie haben Ihren Sohn verloren, Dr. O'Hanrahan, nicht wahr?«
»Ja.«
»Und Ihre Frau?«
»Ja.«
»Ich will Ihren Kummer nicht herunterspielen, mein Freund, aber einen solchen Verlust kann man auch auf andere Art erleiden als durch den Tod. Meine Frau hat sich bei der Scheidung Millionen unter den Nagel gerissen – es wären Milliarden gewesen, aber ich habe meinen Rechtsanwälten ein Vermögen gezahlt, ein Vermögen, das ich lieber in den Müll geworfen hätte, als zuzulassen, daß sie es bekommt. Und mein Sohn ist für mich verloren. Chester.«
O'Hanrahan war so mutig, eine Frage zu riskieren: »Will er nicht in Ihre Fußstapfen treten?«
Merriwether legte die Nagelfeile nieder und faltete die Hände auf dem Bauch. »Er ist im Aufsichtsrat. Die letzten vierzig Jahre über habe ich mir einzureden versucht, daß mein einziges Kind kein Idiot sei; ich habe ihm

den Weg geebnet, ihm die besten Ratgeber angeheuert; ich habe ihn auf die besten Schulen geschickt und die besten Leute bestochen, damit der die Abschlüsse bestand ... aber wozu war es nütze? Sein erstes Treuhandvermögen, das größte, hat er bei der ersten Scheidung verloren. Dieser männermordenden Debütantin folgte eine brasilianische Tänzerin, nein, kein Witz – und auch sie hat sich mit einem Batzen Geld davongemacht. Seine dritte Frau war eine Drogensüchtige aus den oberen Zehntausend, seine Kinder, meine Enkel, wandern von einer psychiatrischen Klinik in die andere. Vor zwei Wochen hat sein ältester Sohn einen verpfuschten Selbstmordversuch gemacht und sich den halben Kopf weggeschossen ... Noch mehr Geld hat die Hände gewechselt, um diesen Leckerbissen über Jung-Charles aus den Boulevardshows im Fernsehen und den Skandalmedien der gesamten Nation herauszuhalten.«

Der Enkel, der nach ihm benannt ist, dachte O'Hanrahan grimmig. Ihm fiel nichts ein, was er hätte sagen können.

»Der Aufsichtsrat wird höflich warten, bis ich in den Ruhestand gehe, und dann diesen Trottel von einem Sohn hinauswerfen. Die einst stolzen Merriwether Industries werden keine Merriwethers mehr haben.«

»Sie könnten beschließen, nicht in den Ruhestand zu gehen«, sagte O'Hanrahan, der sich wieder schwächer fühlte. »Wie Paley und Getty, einfach weitermachen.«

»Ich befasse mich mit Tatsachen, Mr. O'Hanrahan. Wenn ich nicht zum vereinbarten Zeitpunkt abtrete, werden meine Aufsichtsratsmitglieder mich ihrerseits absetzen – darüber mache ich mir keine Illusionen. Obwohl ich die Saat zu meiner Wiedergeburt schon ausgebracht habe.«

O'Hanrahan nahm seine Kräfte zusammen, um seinen Besucher herauszufordern. »Es fällt mir schwer zu glauben, daß Sie sich nur mit Tatsachen befassen, Mr. Merriwether.«

Merriwether polierte sich den Daumennagel. »Ach. Was veranlaßt Sie, das zu sagen?«

»Weil Sie mit einem Verrückten, der das Leben in der Entrückung im Fernsehen übertragen will, unter einer Decke stecken. Und mit einem CIA-Schurken, der versucht, Armageddon herbeizuführen; und Ihr persönlicher Handlanger vor Ort ist ein alberner kleiner Kerl, der mir in Khartum irgendein Geschwätz über Freimaurer aufgetischt hat. Sie wirken auf mich nicht wie der Typ für freimaurerische Verschwörungen, Mr. Merriwether.«

Merriwether lachte freundlich. »Bullins ist kein Verrückter, Mr. O'Hanrahan, sondern ein Scharlatan. Er glaubt ungefähr die Hälfte von dem Unsinn, den er verzapft, und die andere Hälfte der Zeit über richtet er den Blick auf seine Profitspanne. Man häuft kein steuerfreies Privatvermögen von hundert Millionen Dollar auf, wenn man ein Verrückter ist. Ihre Schriftrolle ist noch ein paar zusätzliche Millionen wert. Egal, was er Ihnen sagt – glauben Sie nicht, daß ihm diese Tatsache entgangen ist. Der gute Reverend hat in Louisiana Beziehungen wie kein zweiter. Wir haben einen Handel abgeschlossen. Ich sollte für seine absurde Mission vom Ende der Welt und für seine übergeschnappten Kumpane vom CIA das *Matthiasevangelium,* diese sogenannte Falsche Prophezeiung, beschaffen. Als Gegenleistung wollte er es mir erleichtern, fast ein Drittel aller existierenden Ölrechte im Golf von Mexiko aufzukaufen.«

O'Hanrahan erriet das Folgende: »Und da der Irak in Kuwait einmarschiert ist, steigen die Ölpreise auf ...«

»Auf 24 Dollar pro Barrel. Schon 80000 Arbeiter auf Bohrinseln in Louisiana sind wieder an der Arbeit. Dieser kleine Wirbel in Kuwait ist gut für das amerikanische Geschäft.«

»Ich nehme an, Ihre Investition hat sich blendend ausgezahlt, Mr. Merriwether. Aber wie werden Sie sich fühlen, wenn diese Unheilstifter, die Sie unterstützen, wirklich einen großen Krieg anfangen, um ein Armageddon mit Stars and Stripes herbeizuführen, Mr. Merriwether?«

Merriwether lachte. »Kommen Sie, Underwood und Colonel Westin können sich kaum selbst die Schuhe zubinden. Ich fürchte, jede Theorie von einer weit angelegten Verschwörung, bei der ich die Trompeten von Armageddon blase, ist zum Scheitern verurteilt.« Der Gedanke an Colonel Westin belustigte ihn. »In Langley hat man jedes Dokument zerrissen, auf dem Colonel Westins Name steht. Die Leute dort wollen von seinem Unsinn nichts wissen.«

O'Hanrahan hatte den Besucher durchschaut und stellte bitter fest: »Und es ist Ihnen egal, daß es Tausende von Toten geben könnte, wenn Saddams Kriegsmaschinerie über die arabische Halbinsel fegt.«

»Was habe ich Ihnen gesagt? Ich befasse mich mit Tatsachen, Mr. O'Hanrahan.« Merriwether faltete erneut die Hände über dem Bauch. »Krieg ist eine Konstante in diesem Teil der Welt«, erklärte er leichthin. »Diese Länder bekriegen sich gegenseitig. Mit oder ohne unsere Waffen, mit oder ohne unsere Einmischung – im Nahen Osten wird es immer wieder Kriege geben; die Araber sind versessen darauf, andere Araber umzubringen. Wir haben die Wahl, entweder die Hände zu ringen wie Jimmy Carter und zu sagen: Huch, wie ist das alles schrecklich! – oder aber zu versuchen, den Ausgang zu beeinflussen, und wenn das scheitert, Profit dabei zu machen, etwas Gutes dabei herauszuholen.«

»Und es beunruhigt Sie nicht, daß Saddam Hussein böse ist?«

Ein Ausdruck des Überdrusses glitt über Merriwethers Gesicht, bevor es wieder die gewohnte höfliche Leutseligkeit ausstrahlte. »Gut. Böse. Das sind mittelalterliche Begriffe aus Magie und Aberglauben; Worte, die von Menschen gebraucht werden, die nicht fähig sind, das Funktionieren der Welt in der richtigen Perspektive zu sehen. Es gibt nur Pläne, die funktionieren, Mr. O'Hanrahan, und Pläne, die nicht funktionieren.«

O'Hanrahan nickte. »Und es ist Ihr Plan, den Golf von Mexiko aufzukaufen. Damit Sie dank Bullins immer noch genügend Mittel haben, um vielleicht eine neue Gesellschaft zu gründen und von vorn anzufangen, selbst wenn die Merriwether Industries Ihnen den Laufpaß geben.«

Merriwether erhob sich. »Wenn ich nur noch einmal neu anfangen könnte – alles neu anfangen. Eine neue Frau, neue Kinder.« Scheinbar zerstreut blickte er aus dem Fenster. »Natürlich reicht die Zeit nicht, um Vater eines neuen Erben zu werden, der ... nein, ich nehme an, das ist keine Möglichkeit.«

»Wenn Sie gesund sind.«

»Ich bin nicht gesund«, erwiderte Merriwether mit kalter Schlichtheit und sah wieder aus dem Fenster. »Nun, zumindest nicht mehr sehr lange.«

Endlich kam Merriwether auf das Thema zu sprechen, das O'Hanrahan am meisten interessierte: den Grund seines Besuches.

»Ich wollte Sie kennenlernen, Mr. O'Hanrahan«, sagte er leise, legte die Zigarre fort und trat näher ans Bett.

»Ich habe Ihre Abenteuer den ganzen Sommer über aus zweiter Hand verfolgt. Ich wußte, daß Sie nicht nur ein Gelehrter sind, der ein einigermaßen aufregendes Leben, sagen wir einmal, voller Reisen und nicht ganz ohne ein paar Intrigen führt, sondern auch ein Gourmet, ein Mann von Geschmack, mit kultivierten Ansichten, ein Mann, der sehr von dieser Welt ist. Ein Mann, wenn ich so vermessen sein darf, wie ich. Auch wenn Sie eine ganz andere Berufung hatten.«

O'Hanrahan dachte gequält: Bin ich so wie dieser kultivierte, rationale, charmante Schurke? Ja: Bin ich nicht mit meiner Familie ebenso unbarmherzig gewesen? Habe ich nicht meinem Sohn ein Leben nach meinen Vorstellungen entworfen und ihm meine Liebe entzogen, als die Dinge nicht nach Plan liefen? O'Hanrahan dachte zurück an die Intrigen, die er gesponnen hatte, um Vorsitzender des Fachbereichs zu werden; er dachte an seine Lügen und Tatsachenverdrehungen, um von Mordechai Hersch und Lucy das zu bekommen, was er wollte. Sogar jetzt würde er sein Wissen um das *Matthiasevangelium* eher ins Grab mitnehmen, als es jemand anderem weiterzugeben! Ja, dachte er, wäre ich mit einem Millionenerbe geboren worden, hätte ich so werden können wie dieser Mann, dem Evangelium des Profits anhängend statt dem Interesse an theologischen Evangelien. Nein, natürlich bin ich doch anders, widersprach er sich selbst.

»Und daher bin ich gekommen, um Ihnen eine ernste Frage zu stellen«, erklärte Merriwether und beugte sich ein wenig vor.

Unsicher begegnete O'Hanrahan Merriwethers eisernem Blick.

»Die religiöse Heuchelei meines Großvaters und das dilettantische, blutleere Christentum meines Vaters haben bei mir nie verfangen. Ich interessiere mich nicht für Kunst, Musik oder religiöse Erfahrung, Mr. O'Hanrahan. Es gibt keinen Gott, das ist meine erste Prämisse. Alles andere folgte daraus, und wie Sie sehen, bin ich – für mich und für mein Land – gut dabei gefahren. Und nun, mit dieser Krankheit, stehe ich an einer Kreuzung ...« Einen Augenblick zögerte er, dann aber fuhr er entschlossen fort: »Ich bin allein, wie ich es immer war und wie ich auch enden werde. Verstehen Sie mich nicht falsch: Ich habe nichts gegen die Einsamkeit, aber auch das ist eine Konsequenz meiner ersten Prämisse, daß es nämlich keinen Gott gibt. Viele Dinge, die ich getan habe, um dorthin zu gelangen, wo ich bin ...« Nein, das klang mehr nach Beichte, als Merriwether beabsichtigt hatte, daher änderte er die Richtung. »Sagen wir so, wenn ich mich dazu bringen könnte, einen Wert in dem Argument zu sehen, daß es einen Gott gibt oder zumindest, daß es Gut und Böse gibt, wie Sie so hübsch gesagt haben ... nun, möglicherweise hätte ich dann ein anderes Leben geführt.«

O'Hanrahan war überrascht, als Merriwether sich auf den Bettrand setzte.

»Sie sind krank, so wie ich krank bin. Ich mußte Sie kennenlernen, um Ihnen diese Frage zu stellen: Gibt es einen Gott, Mr. O'Hanrahan?« Als setze ihn seine eigene Frage in Verlegenheit, redete er hastig weiter: »Sie haben diesem Thema Ihr Leben geweiht. Sie haben zu ihm gebetet, Sie haben ihn in Evangelien und alten Texten gefunden, Sie haben gesehen, wie Millionen von Menschen auf der ganzen Erde zu Gott in seinen verschiedenen Varianten beten und flehen. Können Sie mir nach all dieser Zeit ehrlich sagen ...« Merriwether war hart wie Granit, nur in seinen Augen blitzte kurz Verletzlichkeit auf. »Glauben Sie, es gibt ... es könnte einen Gott geben?«

O'Hanrahan wandte die Augen ab.

(Wirst du Uns wieder verleugnen, Patrick?)

O'Hanrahan dachte nach. Er sagt, wir beide seien gleich, aber wir sind nicht gleich, und wenn es nur die Antwort auf diese Frage ist, worin wir uns voneinander unterscheiden! »Ja«, sagte er und sah seinem Besucher in die Augen, »ich glaube, daß es einen Gott gibt.«

Merriwether stand auf, seine kurze Anwandlung war verflogen. »Ach, welche Antwort hätte ich sonst von Ihnen erwarten können ...«

Er ging zurück zu seinem Stuhl, nahm die Zigarre wieder in die Hand, griff nach seinem leichten Mantel, steckte die Nagelfeile zurück in die Jackentasche und hob schließlich sein *Wall Street Journal* auf. »Ich weiß nicht, warum ich dachte ... warum ich dachte, ich würde Sie etwas anderes sagen hören. Sie sind auch nur ein Gläubiger, in Trance versetzt von dem Medizinmann am Feuer, verängstigt von den Geistergeschichten, voller Furcht vor dem schwarzen Mann.«

O'Hanrahan runzelte die Stirn. Der schwarze Mann war nicht halb so furchteinflößend wie reiche Männer mit ihren Geheimgesellschaften und geheimen Plänen, die sie zusammen mit anderen reichen Männern schmiedeten; Männer mit zuviel Liebe zum Geld und zuviel freier Zeit, Ursprung eines großen Teils allen Unheils auf der Welt! Aber warum hatte Merriwether nach Gott gefragt, wenn er keine positive Antwort hören wollte?

(Er läuft vor der Antwort davon. Er hat sein Leben damit verbracht, vor den Stimmen davonzulaufen.)

Merriwether blieb in der Tür stehen. »Ich wünsche Ihnen gute Besserung, Sir, und ich hoffe, Sie haben eines Tages die Gelegenheit, die Zigarren und den Bourbon zu genießen.« Fast stotternd setzte er hinzu: »Wenn Sie auf meine Gesundheit trinken könnten.«

O'Hanrahan nickte ernst.

Einen Augenblick suchte Merriwether nach Worten. »Ich nehme an, es macht eigentlich keinen Unterschied«, sagte er dann, als wolle er am liebsten bleiben, würde aber fortgezogen, »ob meine erste Prämisse richtig ist oder ob Gott auf uns herabblickt, während wir sprechen. Wie könnte ich ändern, was geschehen ist? Wie sollte ich mich so spät im Spiel ändern? Selbst wenn Sie mir Gott hätten beweisen können – ich bin nicht sicher, ob ich etwas mit ihm zu tun haben wollte.« Ein letztes Mal sah er durch das Fenster in die Dunkelheit hinaus. »Wirklich, so eine ineffiziente Gottheit. Verschwenderisch, irrational und inkompetent, ihrer Schöpfung nach zu urteilen.«

(Warte nur auf die nächste Welt, Charles.)

»Na gut«, seufzte Merriwether. »Verzeihen Sie, daß ich Sie so lange belästigt habe, Mr. O'Hanrahan. Ich sehe ein, daß wir einander doch nicht gleichen.«

Als er gegangen war, schloß O'Hanrahan die Augen. Nein, doch nicht. Vielleicht bin ich knapp daran vorbeigegangen, aber die alten Masken des Schamanen siegen doch: Gut und Böse. Vielleicht heißt es das, zu den Auserwählten Gottes zu gehören: daß man im Chaos der Welt einen moralischen Kern erkennen kann; daß einem solche Dinge nicht egal sind; daß man trotz aller Weiterentwicklung immer noch Gut und Böse unterscheiden kann und weiß, daß es eine Wahl gibt, wie armselig und irrelevant unser Gastspiel auf Erden auch sein mag, wie jämmerlich unsere Bemühungen und wie wertlos selbst die Guten unter uns gegen die Verworfenheit des Ganzen sein mögen.

(Nein, nicht wertlos.)

O'Hanrahan drehte sich zur Seite und hoffte, aus seiner Traurigkeit in einen heilsamen Schlaf zu sinken. Wenn ich nur noch ein wenig Zeit hätte, um zu zeigen, daß Gutes in mir steckt, um es aus einer Seele zu retten, die ich mit dem Unsinn der Welt ertränkt und erstickt habe.

(Es ist noch genug Zeit da. Aber wirst du wissen, was du zu tun hast?)

*30. August 1990*

Lucy erwachte gegen halb elf Uhr vormittags vom Geräusch eines Staubsaugers irgendwo im Haus. Sie hatte eine miserable Nacht hinter sich: Größer noch als ihre physische Erschöpfung war ihre innere Belastung; die Sorge um O'Hanrahan hatte sie um den Schlaf gebracht. Eilig zog sie sich an, spähte aus dem Gästezimmer und ging die geschwun-

gene *Ante-bellum*-Wendeltreppe hinunter in die Halle. Farley stand da – er hatte offenbar auf sie gewartet.
»Kannst du mir ein Taxi zum Krankenhaus bestellen?«
»Ich werde dich selbst …«
»Ein Taxi wäre mir lieber, bitte.«
Aber Farley fuhr den Kombi vor, und Lucy stieg ein, entschlossen, kein Wort zu sagen.
»Meine Mutter hat nur versucht, ihn zu heilen …«
»Ich habe dir nichts zu sagen!« fauchte sie.
Die restliche Fahrt legten sie schweigend zurück.
Farley sen. stand in der Eingangshalle, unterschrieb Autogramme und ließ sich von älteren Leuten verehren, die gerade ihr lebenslang Erspartes dem Medical Center gespendet oder einen Beitrag für die *Promised Land Ministries* geleistet hatten. Lucy schlich sich unbemerkt wieder hinaus und pilgerte über den sechsspurigen Boulevard, der noch nicht nach Martin Luther King benannt war, in das Einkaufscenter gegenüber. Dort gab es auch eine Bank mit Autoschalter und einen Geldautomaten. Sie hatte ihre eigene Scheckkarte seit drei Monaten nicht mehr benutzt, aber wenn Gott auf ihrer Seite war, konnte sie an das Geld auf ihrem Konto heran.
Es funktionierte. Sie kontrollierte den Kontostand: 625 Dollar.
Zumindest genug für die Gebühr bei einer Adoptionsagentur, wenn es wirklich soweit kommen sollte, dachte sie finster. Sie hob 200 Dollar ab, das Limit. Plötzlich fragte sie sich, ob man bei einer Adoptionsagentur überhaupt etwas zahlen mußte.
Das Einkaufscenter stammte sichtlich aus den sechziger Jahren; es hatte eine langgezogene, horizontale Ladenfront und eine altmodisch schräge, schwungvolle Schrift auf den Schildern und den großen grünen Glasfenstern. Viele Läden schienen ganz geschlossen zu sein. Lucy entdeckte ein Münztelefon. Sie sollte endlich Judy anrufen und nachfragen, wie sie zwei Monate länger als geplant ohne Mitbewohnerin zurechtgekommen war.
Lucy trat in die Telefonzelle. Die Glastür war voller Aufkleber für eine Heavy-Metal-Band mit satanisch klingendem Namen, und Lucy lächelte darüber, daß sie ausgerechnet den Weg auf Bullins' Missionsgrund gefunden hatten. Andere Aufkleber warben für eine rund um die Uhr besetzte Telefonnummer für Deprimierte und ein gelbes Schild für ein Frauenzentrum:

*Vergewaltigt? Schwanger und allein? Mißhandelt? Auf der Suche nach Rat und Hilfe? Geldsorgen?*

Darunter stand eine Telefonnummer in einer Vorstadt von Baton Rouge, zwölf Meilen entfernt.

Lucy nahm den Hörer und wählte die Nummer mit gespielter Ruhe. »Hallo«, versuchte sie es.

Die Frau in der Zentrale hieß Ruby, und ihre Stimme klang sympathisch: eine vernünftige, schwarze Frau, der man alles anvertrauen konnte. Das Zentrum war eine Hotline, ein Zufluchtsort mit Abtreibungsklinik – das heißt, noch so lange, bis die Gesetzgeber Louisianas ihren Willen durchsetzten! Ruby bestand darauf, daß sie einander mit Vornamen anredeten.

»Ich glaube, ich bin schwanger«, sagte Lucy.

»Du weißt es nicht, Honey?«

»Äh ... okay, Ruby, es klingt blöd, wenn ich es sage, aber ich habe Angst, diesen Test zu machen. Ich bin nicht verheiratet, ich halte nichts von Abtreibung, das bedeutet also Adoption, und ich bin nicht gerade begeistert darüber ...«

»Langsam, langsam, Kind«, lachte Ruby. »Du machst zuerst einmal den Test, und dann rufst du mich gleich noch einmal an, und wir reden über die Sache.«

Lucy war nach diesem an sich belanglosen Gespräch beträchtlich erleichtert und getröstet. »Und ich kann wieder anrufen?«

»Natürlich kannst du. Ich werde hier sein.«

Sachte legte Lucy den Hörer auf. Sie nahm einen Stift aus der Tasche und schrieb sich die Nummer des Frauenzentrums in der Feliciana Parish auf. Wie sehr habe ich diese tröstliche Stimme gebraucht, dachte sie. Sie beschloß, Judy anzurufen, die jetzt um die Mittagszeit zu Hause sein müßte ... Und vor allem hatte sie Sehnsucht danach, mit Judy über *alles* zu reden. Sie waren zwar nie sehr erfolgreich gewesen, wenn sie über Ereignisse und Krisen in Lucys Leben redeten – Judy schlug dann ihren Psychiaterton an, warf mit Fachbegriffen um sich und nutzte jede Gelegenheit, um Lucy, dieses irrationale Nervenbündel, zu kritisieren, niederzumachen und herablassend zu behandeln. Aber bisher hatten sie es auch noch nie mit einer *richtigen* Krise zu tun gehabt, so wie Lucys Schwangerschaft. Vielleicht.

»Hallo, Judy?«

Judy war aufgeregt, etwas von Lucy zu hören, und akzeptierte das R-Gespräch. »Wo steckst du?«
»In Louisiana, in einer Stadt namens Philadelphia.«
Judy fing an zu reden, gab Klatsch zum besten, vermischt mit Nachrichten von Leuten, die auf Lucys Anrufbeantworter gesprochen hatten. Lucy war ein wenig deprimiert, als sie hörte, wie wenig Freunde angerufen hatten: Gabriel hatte sich immer wieder gemeldet und laut auf das Band gesprochen, wie dringend es sei; ihre Eltern, ihre Mom, verärgert, ihr Vater, verärgert, ihre ältere Schwester Cecilia, die für ihre verärgerten Eltern anrief, noch einmal Gabriel, Luke, Margery, die ihre Seminaraufzeichnungen aus dem Sommersemester haben wollte – und Dr. Shaughnesy.
»Ist das alles?«
»Einen Augenblick«, sagte Judy und sprach mit jemandem, der in der Wohnung war. Ein Mann.
»Ist das Vito?«
Er war es.
»Ich muß über etwas wirklich Wichtiges mit dir reden, Judy.«
»Ich auch mit dir«, lachte Judy. »Wenn du zurückkommst, wohnen wir vielleicht nicht mehr zusammen!«
»Was?«
Sie und Vito hatten beschlossen zusammenzuziehen, ihre Beziehung lief so gut.
»Ist das nicht ein bißchen überstürzt?« fragte Lucy und wünschte, sie hätte nicht angerufen. Eine Lawine aufgestauter Gefühle überfiel sie, und sie erkannte, wie vergeudet die Jahre mit Judy gewesen waren – die Freundschaft war wirklich einseitig – und wie falsch ihre Solidaritätserklärungen gewesen waren. Schließlich fragte Lucy, ob sie sich nicht noch etwas Zeit lassen und ihre gemeinsame Wohnung als Stützpunkt für ihre Beziehung mit Vito nutzen wolle.
Judy wollte die Wohnung in der Tat als Stützpunkt benutzen.
»Aber Judy, zu dritt ist es vielleicht ein bißchen eng …«
Judy erklärte, was sie meinte.
»Ich verstehe.«
Der Mietvertrag sei schließlich auf Judys Namen ausgestellt, und auch das Telefon und die Nebenkosten liefen auf ihren Namen. Lucy hatte sich jahrelang gut gefühlt, weil nichts Praktisches von ihr erwartet wurde. Aber nun ging es darum, daß eine von ihnen ausziehen sollte, und die

Wahl fiel logischerweise auf Lucy. Oh, erklärte Judy, es sei noch nichts Definitives ... Vito kitzelte oder belästigte sie anscheinend, denn sie kicherte.
»Okay. Wir reden darüber, wenn ich zurück bin.«
Judy fragte nicht einmal, wann das sein würde.
Lucy hängte auf. Die neue Information zusammen mit der Luftfeuchtigkeit in Louisiana bewirkte, daß sie Übelkeit verspürte. Fast hätte sie noch einmal bei Ruby angerufen – oder vielleicht sollte sie die Nummer der Hotline für Depressive wählen ... Alles, was sie wirklich gesucht hatte, war der tröstliche Klang einer freundlichen Stimme. Vielleicht war von ihren Geschwistern jemand zu Hause. Und je länger sie den Anruf zu Hause hinausschob, desto schlimmer würde es sein. Vielleicht die Stimme ihrer Mommy, wenn Lucy sie an einem guten Tag erwischte ...
»Vermittlung, bitte ein R-Gespräch von Lucy Dantan.«
Eine kurze Pause.
»Mom? Ja, ich bin's, ich bin in ...«
Lucy zwirbelte an einer Haarsträhne, eine nervöse Geste aus der Kindheit, die bei jedem Anruf zu Hause wieder auflebte.
»Nein, ich weiß die Nummer von der Telefonzelle hier nicht. Ich weiß, es ist ... nein, könntest du mir zuhören? Mom ...«
Eine Diskussion über das teure R-Gespräch.
»Es ist mir egal, ob es billiger ist, ich kann die Nummer auf diesem Telefon nicht lesen, du kannst mich also nicht zurückrufen ... Ich bezahle dir das verdammte R-Gespräch, wenn ich zu Hause bin ...«
Ihre Mutter begann mit einem Vortrag über Mädchen, die »verdammt« zu ihrer Mutter sagen. Und wenn wir von zu Hause sprechen, junge Dame ...
»Ich werde bald da sein. Könnten wir vielleicht aufhören zu streiten? Ich bin in einer Woche oder so wieder da. Ist Cecilia da, ich würde wirklich gerne ...«
Dein Vater, du solltest deinen Vater hören. Apropos Cecilia, sie hatte die Abrechnung ihrer Kreditkarte bekommen, und jemand hat Geld in Afrika, in Assuan, ausgegeben, um Himmels willen. Deswegen hatte Cecilia die Karte storniert.
»Das war ich, ich war in Afrika.«
Wie konnte sie ihre Eltern anlügen. Jerusalem war eine Sache, aber Afrika? Sie konnte von Glück reden, daß diese ganzen verrückten Neger

mit ihren Schießgewehren sie nicht umgebracht hatten – und wenn sie irgendeine schreckliche afrikanische Krankheit hatte, sollte sie nicht erwarten, daß ihre Eltern die Rechnungen bezahlten, nein, nein. Denn natürlich hatte sie keine Krankenversicherung! Nein, sie verbrachte ihr Leben an der Universität und schrieb an einer Doktorarbeit, während andere Mädchen in ihrem Alter eine Familie gründeten! Wie ihre Schwester. Warum hatte Gott sie mit einer solchen Tochter gestraft!
Lucy hängte auf. Ich bin wirklich allein auf dieser Welt, ich bin wirklich ganz allein. Sie ging in der prallen Sonne über den großen Parkplatz zurück zum Krankenhaus; in vielen Glasscherben fing sich das Sonnenlicht, so daß das Pflaster aussah, als wäre es mit Diamanten besetzt. Sind diese jämmerlichen, zänkischen, engstirnigen Leute mit ihren Problemchen wirklich *mein Leben*? War es auch so, bevor ich fortgegangen bin? Ich hätte Gabriel anrufen sollen, dachte sie. Zumindest hat er Mitleid mit Leuten, die Probleme haben, schließlich hat er selber so viele. Der Gedanke begann sie zu beunruhigen – Judy hatte gesagt, Gabriel habe dringend geklungen. Konnte das etwas mit der Schriftrolle zu tun haben?
Als sie in die überwältigend kühle Luft des Krankenhauses eintauchte, ging sie zu einer Reihe von Münztelefonen und meldete ein R-Gespräch an Gabriel an. Mittags, und er lag noch im Bett.
»Gabe? Ich bin's, Lucy.«
Während er mühsam wach wurde, erzählte Lucy, daß Judy plante, sie aus der Wohnung hinauszuwerfen.
»Na ja«, verteidigte Gabriel Judy, »du warst drei Monate nicht da, um Miete zu bezahlen und so.« Ja, das war auch typisch Gabriel, immer der logisch denkende Sprecher für die andere Seite, für Judys Seite. Lucy fragte sich, wann der Tag kommen werde, an dem jemand, automatisch und ohne nachzudenken, *ihr* Fürsprecher war. Gabriel fuhr fort: »Hey, kannst du das glauben, diese Geschichte mit Vito? Glückliches Mädchen. Vito ist ein bißchen doof, aber verdammt sexy. Weißt du, ich bin wirklich stolz auf sie. Sie hat sich aus ihrem Kokon entpuppt und es geschafft, ihre Fähigkeiten zu entwickeln, weißt du?«
»Sie kann von mir aus zur Hölle gehen«, sagte Lucy. »Ich will nicht heimkommen und meine Möbel auf der Straße vorfinden.« Lucy stellte sich das bildlich vor und wurde noch deprimierter bei dem Gedanken an die Schäbigkeit ihrer Gebrauchtmöbelsammlung aus dritter Hand, zusammengekauft auf den Basaren von St. Vincent de Paul. »Oh, Gabe, ich

muß aufhören, aber was war so dringend – was wolltest du mir unbedingt sagen?«

»Es wird eine Weile dauern, bis ich dir alles erklärt habe. Ich habe wirklich eine Menge schlafloser Nächte darüber zugebracht. Bist du bereit?«

»Worum geht es denn?«

»Ich habe beschlossen, den Magister in Kunstgeschichte zu machen.«

$ $ $

Oral Roberts' bestürzend ignorantes Gesicht mit den Hängebacken verschwand, und ein Werbespot begann, bei dem ein alter Mann, der über die alten protestantischen Werte schwadronierte, ein Angebot von über vierzig Schallplatten anpries. Wenn man sofort bestellte, bekam man zusätzlich ein Album mit zeitgenössischer christlicher Musik. Ein Chor von fünfzehn schwarzweiß gekleideten Frauen und Männern erschien und sang ein besänftigendes Jesus-Lied ohne Melodie, fad wie Abwaschwasser. Die Kamera schwenkte auf ihre Gesichter – weit aufgerissene Augen, der Gesichtsausdruck voller Heiligkeit und leer für alles andere, während die Münder »Seine Liebe ist für mich da« sangen, die erhebende Musik der Christenheit.

»Wo einmal Bach, Mozart und Beethoven regiert haben«, seufzte O'Hanrahan, »haben wir jetzt das. Das ist das Traurigste am amerikanischen Christentum: die mangelnde Bildung der Geistlichen, die Klischees in den Predigten und die politische Rückständigkeit, die kitschigen Kirchen, die fade Leere der Musik ... Bei dem Reichtum dieser Nation, in der neun von zehn Bürgern sich als religiös bezeichnen, könnten wir in jeder Stadt eine Sixtinische Kapelle haben, alle zehn Jahre könnte ein Brahms-Requiem komponiert werden. Aber für die Christen unseres Landes gehören Kunst, Architektur, Gelehrsamkeit und Musik ins feindliche Lager.«

O'Hanrahan sah auf Lucy, die auf einem Kunststoffstuhl saß.

»Zur Hölle, vielleicht hat Bullins recht, und dieses leicht eingängige Betäubungsmittel ist die Zukunft des Christentums. Vielleicht wollen die Leute nicht erbaut werden, sie wollen nicht, daß man etwas von ihnen erwartet; vielleicht wollen sie nur Gedanken für den Tag, die jeder Idiot kapiert. Diese neuen Megakirchen mit Gemeinden von 20 000 Leuten – sie haben Tagesstätten und medizinische Versorgungsprogramme und

Discountgeschäfte für die Gläubigen, aber wo spiegelt sich der Ruhm Zions? Wo gibt es Schönheit und Geheimnis, etwas Unkalkulierbares und Unverständliches? Ich bekomme direkt Lust, schreiend zum äthiopischen Ritus überzulaufen!«

Oral Roberts tyrannisierte sein Fernsehpublikum – warum hatten die Leute den Scheck noch nicht abgeschickt? Sie würden sich vor Gott dafür verantworten müssen!

»Oral ist dabei, aus der Mode zu kommen, höre ich«, sagte O'Hanrahan. Oral Roberts, den seine Heilpredigten in den fünfziger Jahren in Schwierigkeiten gebracht hatten – eine Frau aus Detroit war nach seiner Kampagne davon überzeugt, daß sie von Diabetes geheilt sei, und starb, drei Tage nachdem sie ihre Insulinspritzen weggeworfen hatte. Vor kurzem war Oral Roberts aufgestiegen zu den Ätherwellen und hatte einen fünfundzwanzig Meter hohen Christus gesehen, der zu ihm sprach. Sein Meisterstück war seine Prophezeiung, daß Gott ihn zu sich holen werde, wenn er, Oral Roberts, nicht viereinhalb Millionen Dollar bekomme. Ein geheimnisvoller Spender, so behauptete er, spuckte das Geld schließlich aus, aber erst nachdem Roberts' Mätzchen ihn die Hälfte seiner Fernsehzuschauer gekostet hatten. Als Richard Roberts, sein Sohn, mit den Kameras die Treppe zu Orals Sterbezimmer hinaufstieg, um seinem Vater die gute Nachricht zu überbringen, schlug ein Blitz in den Turm mit dem Roberts-Meditationszentrum ein, so daß dieses Spektakel der Vergessenheit anheimfiel.

(Wir konnten nicht widerstehen.)

Früher hatte Lucy diese ganzen Albernheiten als Unsinn aus dem »südlichen Bibelstreifen« Amerikas abgetan, aber Orals fünfundzwanzig Meter hohen Christus ordnete sie nun unter die nie endenden Überraschungen des Christentums ein – Agnes' abgerissene Brüste, überspannte Säulenheilige, Milchtropfen von einer Ikone, Haile Selassie und seine gehorsame christliche Menagerie und Oral Roberts' Festung der Macht. »Der einzige Unterschied besteht darin«, kommentierte sie, »daß die anderen Verrücktheiten die geliebte, in Ehren gehaltene Folklore dieser Länder widerspiegeln.«

»Aber in den USA ist es genauso«, beharrte O'Hanrahan. »Scharlatane wie Oral Roberts und Jim Bakker widerspiegeln genauso die kulturellen Obsessionen, die Amerikas Kennzeichen sind: Geldgier und Showbusiness. Reverend Ike, der gesagt hat: ›Ich kann den Herrn viel besser lieben, wenn ich Geld in der Tasche habe.‹ Kenneth und Gloria Copeland mit ihrem ›Gesundheit und Wohlstand, das ist unser Evangelium‹. Robert Tilton, der in steuerfreiem Geld geradezu schwimmt, achtzig Millionen Dollar, schätzen manche – allein seine Privatvilla ist fünf Millionen Dollar wert.«

Der Professor hob den Blick von seinem gelben Notizblock, um zu sehen, woher die fade Spülwassermusik im Fernsehen kam. Richard Roberts warb für einige Videobänder, die man für eine Spende von hundertzwanzig Dollar bekam: »*Und wenn Sie Ihre Saat der Liebe heute ausbringen*«, sagte Roberts junior, »*schicken wir Ihnen postwendend dieses Fünf-Kassetten-Paket mit einer Bühnenfassung des Neuen Testaments. Als wären Sie selbst dabeigewesen!*«

Aus den Augenwinkeln blickte der Professor auf Lucy. »Holen Sie Ihr Scheckbuch raus«, sagte er, als Lucy auf die Fernbedienung drückte.

Auf dem nächsten Bibelkanal warb jemand mit einem Scheckheft, auf dem das TBN-Logo des *Trinity Broadcasting Network* zu sehen war. »*Wenn Sie diese Schecks ausfüllen*«, sagte ein lebhafter junger Mann, »*dann erinnern Sie sich an die TBN-Familie, der Sie diese Liebesgabe schicken ...*«

»Saat der Liebe, Liebesgabe«, meckerte O'Hanrahan und packte die Fernbedienung.

»Warten Sie«, sagte Lucy, die nicht wollte, daß er ein anderes Programm einschaltete.

TBN war die neuere, verbesserte Ausgabe des *Praise The Lord Club,* mit Jane und Paul Crouch. Einen Augenblick lang dachte Lucy, Tammy Faye Bakker habe den Weg zurück auf den Bildschirm gefunden, aber es war Jane Crouch, eine neue, verbesserte Tammy Faye, ein gutes Stück älter, mit noch höher toupiertem weißem Haar und demselben kohlschwarzen Augen-Make-up. Paul und Jane stiegen zwei verschiedene, aufeinander zuführende Treppen herunter und trafen sich am Fuß der Treppe, wo sie einander glücklich küßten. Dann plazierten sie sich in die Talkshow-Sitzgarnitur, eine geschmacklose Gruppe aus Samt und Velours.

»Diese Typen habe ich gestern abend zusammen mit dem Bodybuilder gesehen«, sagte Lucy.

»Ich bin um fünf Uhr morgens aufgewacht, und da haben sie das auch gezeigt. Fast hätte ich Sie angerufen.«

John Jacobs, der auf dem TBN-Kanal für Gott Zementblöcke zerschmet-

tert und Kraftnummern vorführt. Jeder betet und feuert ihn an, und dann tut Gott ein Wunder, und John Jacobs zerschlägt eine Rekordzahl von Ziegeln. Nicht immer beim ersten Versuch, aber doch immer öfter.
»Ich hätte Sie fast bei den Bullins angerufen«, gestand O'Hanrahan. »Um mich zu vergewissern, daß ich das *wirklich* gesehen habe. Das fiebrigste Delirium kann nicht mit dem amerikanischen Fernsehen mithalten.«
»Sind Sie sicher, daß Sie sich wohlauf fühlen, Sir? Wenn ich Sie ermüde, gehe ich ...«
»Nein, das hat mich so aufgeputscht, daß ich nicht weiß, wie ich mich fühle.«
»Machen Sie Fortschritte?« fragte Lucy und warf einen Blick auf den gelben Notizblock, dessen Seiten sich mit griechischen Buchstaben füllten.
»Ja«, erwiderte er bedrückt. »Sie müssen das Zeug hier herausschmuggeln und an einem sicheren Ort verstecken.«
»Warum verraten Sie mir nicht den Schlüssel zu dem Code, Sir ...«
»Vergiß es. Dieses Baby ist mein letztes Hurra, und ich werde nicht sterben und Sie damit Karriere machen lassen.«
Lucy war verletzt, quittierte die Äußerung aber als sein übliches Gepolter. Vielleicht muß er so daherreden, um sich selbst davon zu überzeugen, daß er nicht so schwerkrank ist.
Jane Crouch auf dem Bildschirm war wieder einmal dabei, hysterisch die Sterbeszene ihres Vaters zu schildern: »*... und ich habe mich ihm zugewandt und seinen lieben Kopf gehalten, mein lieber Papa in seinem lieben Schlafanzug, und ich sagte, ooooo Papa, mein lieber Papa, ich habe dich sooo lieb, und wir werden im Himmel wieder vereint werden, Papa, mein lieber kleiner Papa ...*«
»O Gott, ich halt's nicht aus!« brummte O'Hanrahan und schaltete um. Es folgte das Programm der ACTS, der *Association of Christian Television Stations*. Hier wurde ein Spielfilm gezeigt. Man erkennt diese protestantischen Spielfilme immer sofort an der Stumpfsinnigkeit der Bösewichte, dachte Lucy, und am Auftauchen eines starken Teenagers, der heiliger ist als sonst jemand und nicht den kleinsten Schluck Bier trinken will, weil er gerettet ist. In einer Szene versuchte der junge Christ, seine Freundin davon abzuhalten, mit ihren coolen Freunden eine Dose Budweiser zu trinken.
»Würden Sie mir die braune Papiertüte bringen, die neben meiner Mappe steht ... da, auf dem Stuhl«, bat Dr. O'Hanrahan.

Lucy fand eine zerknitterte Papiertüte und sah hinein. Merriwethers *Old Confederate Bourbon.* »Ich glaube, den sollte ich in den Ausguß schütten, Sir.«
»Nur ein kleiner medizinischer Schluck, ich kippe ja nicht die ganze Flasche hinunter.«
»Nein«, sagte sie und rächte sich ein wenig für O'Hanrahans derbe Anschuldigung, sie sei skrupellos ehrgeizig.
Der christliche Spielfilm war nun ein Stück weiter und zeigte die Exfreundin des jungen Christen im letzten Stadium, zu allem bereit, wenn jemand ihr ein paar Flaschen Alkohol kaufte. *Sie werden alles dafür tun?* fragte ein schmieriger alter Lüstling. *Ja,* flüsterte sie, inzwischen ein Bild der Schande und des Elends.
»Sehen Sie, Sir?« fragte Lucy. »So werden Sie auch enden.«
»Daß ich Sex mit Mädchen im Teenageralter habe, damit sie mir dafür ein paar Flaschen Alkohol kaufen? Klingt großartig. Geben Sie schon die Flasche her.«
Lucy steckte den Bourbon wieder in die Tüte, weil sie es doch nicht wagte, ihn in den Ausguß zu schütten. O'Hanrahan sah beruhigt, daß die Flasche in Sicherheit war. Aus Angst, sie könne etwas Unbesonnenes tun, bestand er für den Moment nicht auf seinem medizinischen Schluck.
Lucy starrte ihn besorgt an.
»Ich bin in Ordnung«, sagte er. »Ich habe mich die letzten drei Monate immer so lausig gefühlt. Gebt mir mein Percodan und einen Drink, und ich bin so gut wie neu. Die behalten mich wegen nichts und wieder nichts hier. Sie wollen mich unter Medikamente setzen und am Rande des Grabes halten, damit ich nicht entwischen kann und ihnen die Schriftrolle übersetze.«
Fast könnte man das für möglich halten, dachte Lucy. Aber O'Hanrahan sah furchtbar aus, todkrank, mit vollkommen anderer Gesichtsfarbe als normal und entsetzlich müde.
Eine Krankenschwester und ein Krankenpfleger kamen herein, und Lucy ging. Sie machte sich auf die Suche nach der weißhaarigen Ärztin, mit der sie am Abend zuvor kurz gesprochen hatte. Lucy fand sie unten am Empfang, wo sie gerade finster auf ein Krankenblatt starrte und dann weitergehen wollte ...
»Dr. Stewart?« fragte Lucy und hoffte, die Frau aufzuhalten. »Ich wollte Sie nach Patrick O'Hanrahan fragen.«

Die Ärztin setzte ein berufsmäßiges Lächeln auf und blieb stehen. »Er hat immer noch Fieber, seine Blutwerte weisen jedes nur denkbare chemische Ungleichgewicht auf, sein Blutdruck ist haushoch, sein Cholesterinspiegel ist kaum noch meßbar, und gestern abend, als der Notarzt ihn brachte, hatte er solche Schmerzen in den Händen und Füßen, die selbst bei seinem hohen Blutdruck nicht mehr durchblutet werden, daß wir ihm Morphium geben mußten.«
»Oh«, sagte Lucy. »Steht es ... sehr schlecht?«
»Es ist immerhin Hepatitis A«, erklärte die Ärztin mit leiserer Stimme.
Lucy nickte nervös. »Das ist die bessere Form, nicht wahr?«
Die Ärztin legte mit einem matten Lächeln das Krankenblatt weg. »Gut sind weder Hepatitis A noch B, aber es stimmt, mit Ruhe und Antibiotika ist Hepatitis A leichter zu heilen. Aber das hängt davon ab, daß man eine Leber hat, die einen durchbringt, meine Liebe. Und ich ... ich bin zu der Ansicht gelangt, daß seine Leber ziemlich kaputt ist.«
Lucy wurde bleich und wünschte, sie hätte den Whisky in den Ausguß geleert. »Ich habe noch eine Frage«, sagte sie langsam. »Einer Freundin von mir ist die Periode ausgeblieben. Ich meine ...« Lucy bekam plötzlich kalte Füße. Womöglich war die Ärztin eine von den Wiedergeborenen, und vielleicht war vorehelicher Sex hier im Bullinsland verboten. »... äh, ihre Periode ist ausgeblieben, und ich habe mich nur gefragt ... Sie ist durch Europa und Afrika gereist, fremdes Essen und fremdes Klima und jede Menge Streß ...«
Die Ärztin nickte. »Es ist sicher möglich, daß da die Regel einmal ausbleibt. Ist Ihre Freundin hier? Sie kann sich einen Schwangerschaftstest aus der Apotheke holen, gleich neben dem Geschenkladen.«
»Ja, das werde ich vorschlagen«, meinte Lucy mit einem gekünstelten Lächeln. »Meiner Freundin, meine ich.«
Lucy ging zum Aufzug. Also, bringen wir das jetzt hinter uns oder wie?
In der Krankenhausapotheke nahm sie eine Tube Zahnpasta, eine Zeitschrift, neutrale Sachen, um den Schwangerschaftstest zu kaschieren. Sie las die Gebrauchsanleitung auf der Schachtel. Aber sie brachte es nicht fertig, den Test gleich anzuwenden.
Sie warf den Behälter in ihre Tasche. Ich mache den Test, wenn ich wieder im Haus der Bullins bin, sagte sie sich. Als sie aus der Apotheke ging, hörte sie eine Stimme.
»Sind Sie das, Miss Dantan?«

Lucy drehte sich um und traute ihren Augen nicht. Rabbi Hersch! In seinem vertrauten Gang kam er durch die Eingangshalle geschlendert, gekleidet in sein ehrwürdiges Tweedsakko mit den Lederflicken am Ärmel, das er in der arktischen Kühle der Krankenhausklimaanlage brauchen konnte.

Lucy rannte auf ihn zu und umarmte ihn.

»Hallo«, sagte er und machte einen Schritt zurück, verlegen über diese Gefühlswallung.

»Rabbi, Sie sind am Leben! Ich bin so froh, Sie zu sehen!« Lucy stammelte zusammenhanglos. »Es tut mir leid, daß ich einen solchen Verdacht gegen Sie hatte; wissen Sie, an dem Tag, als ich herausgefunden hatte, daß Sie der fanatische Frater waren, habe ich gedacht, daß ...«

Er hob die Hand. »Nein, genug! Ich war argwöhnisch und habe Ihnen auch nicht getraut. Wir sind ein feines Trio. Aber vorsichtig, und das ist gut. Wir sind so weit gekommen, weil wir vorsichtig sind. Geht es Paddy besser?«

Lucy schüttelte niedergeschlagen den Kopf und wiederholte die Diagnose der Ärztin.

»Ach«, seufzte der Rabbi und schüttelte den Kopf. »Ich habe gewußt, daß das passieren würde. Und ich habe es ihm gesagt. Jetzt hat er es endlich geschafft.«

Lucy wollte Rabbi Hersch zu O'Hanrahans Zimmer führen. Der Rabbi blickte über die Schulter und zögerte einen Augenblick, als erwarte er jemanden.

»Verfolgt Sie jemand, Sir?«

»Ja, in der Tat. Dieser fette Idiot, der glaubt, daß er Spion spielt. Selbst ein Blinder würde ihn sehen ... Zu doof, um wirklich ein Geheimagent zu sein. Egal! Gehen wir zu Paddy.«

Im Aufzug zum neunten Stock begann Lucy mit einer Zusammenfassung all dessen, was sie über Merriwether, Bullins und über Ölrechte im Golf von Mexiko wußte, über Colonel Westin und die Operation *Der Flug des Adlers*. Dann betraten sie O'Hanrahans Zimmer. Lucy stammelte fassungslos: »Das ist sein Zimmer, und er ist nicht da.«

»Haben Sie sich vielleicht im Zimmer geirrt?«

»Entschuldigen Sie«, winkte Lucy einer Krankenschwester. »Ich war vor zwanzig Minuten hier; ein Patrick O'Hanrahan lag in diesem Zimmer.«

»Reverend Bullins persönlich ist an ihm interessiert«, antwortete die stämmige Schwester mit dem verwaschenen Akzent, den man hier überall hörte, von Schwarzen wie von Weißen gleichermaßen. »Wir wollen sehr gründlich sein, nicht? Wir haben ihn auf die Intensivstation verlegt.«

»War das notwendig?« fragte der Rabbi.

»Vierzig Grad Fieber«, erwiderte die Schwester. »Delirium, Schüttelfrost, unregelmäßiger Herzschlag. Er wird an einen Monitor angeschlossen.«

Der Rabbi und Lucy sahen einander an, vereint in gemeinsamer Trauer.

$ $ $

Spätnachmittag. Es war Zeit, etwas zu essen.

Lucy nahm ein braunes Plastiktablett und trug es an einem Metallgrill vorbei zur Theke, wo es warme Gerichte gab. Große schwarze Frauen in frischen weißen Uniformen rührten in dampfenden Bergen von Langbohnen, in Kesseln voller zerstampfter Süßkartoffeln und einer Reine mit fritiertem Okra-Gemüse, die unter einer Wärmelampe stand. Tapfer deutete Lucy auf die Südstaaten-Gemüse, bereit, es einmal damit zu versuchen. Nachdem sie bezahlt hatte, ging sie mit ihrem Tablett zu den sonnenbeschienenen Tischen, wo Rabbi Hersch saß und Zeitung las. Sie hatten abwechselnd nach O'Hanrahan gesehen, da auf der Intensivstation nur jeweils ein Besucher erlaubt war. O'Hanrahan, der am Vormittag noch so munter gewesen war, lag nun in Fieber und Delirium. Hin und wieder konnte er klar denken, dann delirierte er wieder und fragte, ob Rabbi Hersch eine Halluzination oder real sei. Dann war Lucy zu O'Hanrahan gegangen, und sie hatten verabredet, sich anschließend in der Cafeteria zu treffen, um ein spätes Mittagessen einzunehmen.

»Keine Besserung«, sagte sie, als der Rabbi die Zeitung zusammenfaltete. »Er war wieder wach, aber er hat mir gar nicht gefallen. Delirium, hohes Fieber, Eispackungen, überall Monitore angeschlossen ...«

»Es geht ihm also schlechter.«

»Ja, es geht ihm schlechter«, bestätigte Lucy schlicht. Ob O'Hanrahan wohl die Flasche Bourbon geleert hatte und daher in dieses Delirium abgedriftet war? Sie verfluchte sich, daß sie nicht entschlossen genug gewesen war, den Bourbon in den Ausguß zu schütten.

Rabbi Hersch sah sich mißtrauisch um und beugte sich näher zu ihr. »Sprechen Sie ganz leise. Sehen Sie diesen *shlemazl* drei Tische weiter?

Das ist der Clown, der in Jerusalem ins Flugzeug gestiegen ist. Zwei Sitzreihen hinter mir hat er gegessen.«

Lucy musterte kurz den Verdächtigen: ein fetter Mann in weißem Anzug, mit gelbem Hemd und hellblauer Krawatte, die zu seinem Einstecktuch paßte; über einem rosigen Babygesicht mit einem dunkelblonden Spitzbart à la Tutenchamun thronte ein Panamahut.

Lucy wollte fragen, was geschehe, wenn O'Hanrahan ... sterben würde. Würde Rabbi Hersch sich bereit erklären, seine Aufgabe zu übernehmen, sich Bullins und dem feindlichen Lager zu verpflichten? Wahrscheinlich würde er es tun, so lange, bis er eine Gelegenheit fände, sich das *Matthiasevangelium* zu schnappen und nach Jerusalem abzuhauen. Aber würden die Freimaurer und Merriwether dann nicht wieder versuchen, es in die Hand zu bekommen? Auf jeden Fall wäre Lucy ein unnötiges Anhängsel, und sie würde sich wieder an ihre Doktorarbeit setzen müssen ... Ihr wurde schlecht, wenn sie an all die Karteikärtchen mit belangloser Faktenhuberei dachte, die darauf warteten, zu einer mehrere hundert Seiten dicken Doktorarbeit zusammengestellt zu werden. Und welchen Wert hätte das alles, wenn der arme O'Hanrahan starb und sie allein ließ in dieser zutiefst bedeutungslosen Welt, die sie sich aufgebaut hatte. Würde er aus seinem fiebrigen Schlaf aufwachen, so würde er ihr sagen, daß er, wenn schon niemand anderer, leidenschaftlichen Anteil daran nahm, was sie, seine letzte Schülerin, aus ihrem Leben machte, davon war Lucy fest überzeugt.

Langsam erklärte sie: »Ich hätte strenger mit ihm sein sollen. Ich hätte ihn von vielen seiner Exzesse abhalten können, wenn ich ein Machtwort gesprochen hätte. Nicht am Anfang, vielleicht ...«

Der Rabbi wischte diese Überlegung beiseite. »Was hätten Sie tun können? Ich dagegen, ich hätte ihm trauen und ihm die Wahrheit über das letzte Kapitel sagen sollen ...«

Ein Löffel fiel zu Boden, und der dicke Mann deutete den Versuch an, ihn aufzuheben.

»Und wenn ich offener zu ihm gewesen wäre«, fuhr der Rabbi fast flüsternd fort, »wäre er vielleicht nicht so paranoid gewesen und hätte nicht so viele Flaschen gekippt – obwohl das eben einfach seine Art ist. Vielleicht«, er holte tief Luft, »vielleicht hätte ich ihn erst gar nicht anrufen sollen. Vielleicht hätte ich ihn in Chicago lassen sollen, wo er war, statt zu versuchen, den Retter zu spielen und Hoffnungen in ihm zu wecken.«

Lucy wagte es, kurz ihre Hand auf die Hand des Rabbis zu legen. »Nein, Sir. Es war gut, daß Sie das getan haben.«
Verlegen zog er die Hand fort.
Sie lächelte matt. »Ich hätte ihn sonst nie kennengelernt. Oder Sie.«
Daß der Rabbi immer noch mit ihr redete, war der beste Beweis, daß er ihr die voreiligen, leichtfertig erhobenen Anschuldigungen im Hotelzimmer in Addis Abeba verziehen hatte. Wie problemlos war es ihr gelungen, alles, was sie über das gute Herz dieses Mannes wußte, zu ignorieren und sich mit selbstgerechter Empörung für sie und Dr. O'Hanrahan und – sie zuckte zusammen – den Ruhm des christlichen Glaubens aufzuspielen. Einen Augenblick lang hatte sie sich auf die Seite der Inquisition gestellt. In diesen Augenblicken des Schwankens von im Grunde guten Menschen, erkannte sie, wird das Unheil auf der Welt angerichtet.
»Und Sie hätten nicht das schöne Philadelphia, Louisiana, gesehen.«
Sie wechselten ein Lächeln. Ebenso unausgesprochen waren noch einige bohrende Fragen – aber die konnte sie nun stellen.
»Rabbi, Sir, eine Frage hat mich tagelang beschäftigt. Ich verstehe, wie Sie in Ihrer orthodoxen Mönchskutte vor uns in Athen sein konnten ...«
»Nicht schon wieder!«
»Aber als wir in der Nationalbibliothek von Khartum waren, sagte man uns, daß der fanatische Frater dagewesen sei. Und ich habe Sie zwei Tage später in Jerusalem angerufen. Sind Sie am selben Abend noch ins Flugzeug gestiegen?«
Er starrte sie verständnislos an. »Ich war nie in meinem Leben in Khartum.«
»Und im Wadi Natrun in Ägypten?« fragte sie weiter. »Der fanatische Frater war auch dort. Und in Kairo.«
»Hören Sie, ich habe diese verdammte Kutte ein *einziges* Mal getragen, zum Teufel. Für einen kurzen Abstecher in die Bibliothek des Patriarchen in Athen, und das habe ich hauptsächlich gemacht, um den Papierkram abzukürzen. Paddy hat mich auf die Idee gebracht. In Rom hat er mir erzählt, daß ein Mönch hinter der Schriftrolle her sei, und so schien das eine gute Art zu sein, meine Spur zu verwischen.«
Aus der Richtung des fetten Mannes im weißen Anzug waren pfeifende, zischende Laute zu hören, als würde in Abständen Luft aus einem Reifen gelassen. Der Mann wandte sein Cherubimgesicht ab und versuchte, seine offensichtliche Belustigung zu verbergen.

»Sie waren also gar nicht im Wadi Natrun oder in Khartum«, wiederholte Lucy verwirrt.
Ungeduldig fauchte der Rabbi jetzt den Dicken an: »Was zur *Hölle* wollen Sie?«
»Meinen Sie mich?« fragte der andere mit deutschem Akzent zurück.
»Sie sind seit dem Flughafen Ben Gurion hinter mir her. Jetzt sagen Sie mir bitte: Was wollen Sie?«
Lucy konstatierte, wie das Gesicht des Mannes von seinem Rosaton in ein tiefes, gesundes Rot überging. Dann unterdrückte er das pfeifende, leise Lachen, das seinen Bauch vibrieren ließ. »Ich weiß, wer Sie sind ... Sie sind der ehrwürdige Mordechai Hersch von der Hebräischen Universität, ja?« Der Mann ergriff mit seiner fleischigen, beringten Hand sein Tablett und kam an den Tisch von Lucy und dem Rabbi. »Und Sie sind Dr. O'Hanrahans Assistentin, nicht wahr? Ich habe Ihre Diskussion mit angehört, verzeihen Sie, verzeihen Sie ... Ich bin Matthias Kellner aus Trier.«
»Einer der ehemaligen Besitzer der *Matthias*-Schriftrolle«, folgerte der Rabbi.
»Ich persönlich«, strahlte der Dicke stolz und legte sich die Hand aufs Herz, »war im Wadi Natrun und in Khartum! Ich habe mir die Kutte eines orthodoxen Mönches machen lassen.« Er machte eine Sprechpause, als erwarte er, daß man ihm zu seiner Klugheit gratulierte. »Ihr Mentor«, nickte er Lucy zu, »hat mir gesagt, daß ein Mönch hinter der Schriftrolle her sei, und ich kam auf den Gedanken, dieses Abenteuer zu unternehmen. Herr O'Hanrahan war so gut, mir die ganze Reiseroute aufzuzählen, ohne den Verdacht zu schöpfen, daß ich so genial sein könnte, ihm zu folgen.« Er lachte und klatschte sich auf die Schenkel. »Ich kann zufrieden berichten, daß ich vollkommen glaubwürdig war und nirgends Verdacht erregt habe. Aber leider habe ich weder den fehlenden letzten Teil des Evangeliums noch Hinweise auf die Sprache gefunden, in der es geschrieben ist.«
Der Rabbi blieb unbewegt. »Darf ich fragen, was Sie jetzt hier suchen?«
»Ich nehme an, daß Sie jetzt das ganze Evangelium in Ihrem Besitz haben und mit seiner Übersetzung befaßt sind. Daher bin ich gekommen, um Ihnen ein hübsches Sümmchen zu bieten, Mr. Hersch. Und auch Sie sollen etwas haben«, setzte Kellner hinzu, an Lucy gewandt.
Der Rabbi nahm seine leere Tasse, stand auf, um sich noch mal Kaffee zu

holen, und erwiderte: »Nun, Mr. Kellner, es tut mir leid, Sie zu enttäuschen, aber wir sind nicht die Leute, mit denen Sie verhandeln müssen. Wir haben das Evangelium nicht, und wir würden es Ihnen nicht verkaufen, wenn wir es hätten.«
»Für eine Million Dollar?«
Der Rabbi schien nachzudenken, neigte den Kopf auf die eine, dann auf die andere Seite und erklärte schließlich: »Wir könnten darüber reden. Vielleicht wird die alte Schriftrolle des *Matthiasevangeliums* im Matthias-Kellner-Flügel des Israel-Museums ausgestellt ...«
»Nein, Sie wird zurückkehren in ihre Heimat Trier!«
Der Rabbi schluckte das und ging, um den Kaffee zu holen. »Wir werden darüber reden.«
Sofort wandte Matthias Kellner sich an Lucy. »Stehlen Sie die Schriftrolle für mich, junge Dame, und ich mache Sie reich! *Reich!*«
Lucy lächelte und nahm endlich einen Bissen von ihrer Gemüseplatte. »Sie sind also der fanatische Frater?« fragte sie, nicht ganz ohne Herablassung.
Er klopfte ihr auf den Arm. »Ich war sehr fleißig, nicht wahr?«
Lucy kaute langsamer. »Sie haben unsere Wege also schon in Assisi gekreuzt?«
»Nein«, sagte er und attackierte sein Kuchenstück. »Assisi? Was sollte ich dort?«
Vielleicht, dachte Lucy amüsiert und erleichtert, hat Pater Vico die Geschichte von dem fanatischen Frater anfangs erfunden.

$ $ $

O'Hanrahan spürte das kühle, feuchte Tuch. Ihm kam es vor, als würde er glühen, und er erwartete ein zischendes Geräusch, als ihm dieses Tuch auf die Stirn gelegt wurde. Sein Blick richtete sich auf einen langen schwarzen Ärmel und eine alte Hand, die ihm Linderung brachte. O'Hanrahans Bewußtsein war verschwommen, er war kurz davor, wieder in Schlaf zu tauchen. Er sah auf die Uhr auf dem Nachtkästchen. Sechs Uhr abends. Dann konzentrierte er seinen Blick wieder auf die schwarzgekleidete Gestalt neben seinem Bett.
»Brille«, flüsterte er mit trockener, kaum hörbarer Stimme.
Die verschwommene Gestalt in Schwarz beugte sich vor. O'Hanrahan

meinte, eine schwarze Tasche in ihrer Hand zu erkennen, die jetzt auf dem Nachttisch abgestellt wurde. Die Gestalt nahm eine Flasche heraus. O'Hanrahan hörte, wie sie auf dem Tisch klirrte. Dann kam eine kleine Schüssel zum Vorschein, in die etwas Flüssigkeit aus der Flasche gegossen wurde.

»Wer sind Sie?« stöhnte O'Hanrahan, der nun neugierig war.

Als nächstes griff die Gestalt nach dem Brillenetui auf dem Nachttisch, nahm die Brille heraus und setzte sie O'Hanrahan sanft auf.

»Ach, Sie sind es«, flüsterte O'Hanrahan.

Pater Sergius vom Berg Athos, aus der *skiti* des Propheten Jeremias, blickte freundlich auf ihn herab.

»Das ist ein Traum ... Sie sind von so weit gekommen«, sagte O'Hanrahan leise.

»Schsch«, antwortete Pater Sergius. »Ich habe von meinen orthodoxen Brüdern in Jerusalem erfahren, was geschehen ist. Glücklicherweise können die Franziskaner kein Geheimnis bewahren. Für Sie, mein Freund, habe ich Athos noch einmal verlassen.«

O'Hanrahan blickte in Pater Sergius' zwingende blaue Augen. Er phantasierte, daß er vielleicht gestorben war, und Pater Sergius mit seinem langen weißen Bart und dem freundlichen Gesicht war Gott, der dem Fiebernden höchstpersönlich ein kühles Tuch auf den Kopf legte. »Athos noch einmal verlassen?« fragte O'Hanrahan laut.

Pater Sergius nickte ernst. »Ja, für Sie habe ich meine geliebte Heimat verlassen, für Sie und St. Matthias. Und sein Evangelium. Ich habe zuerst gehofft, mir dieses Evangelium in Assisi zu beschaffen, aber es hat nicht sein sollen.«

O'Hanrahan, der fast zu schwach war, um eine Faust zu ballen, strengte sich an, um seine Gedanken zu sammeln. Er mußte sich konzentrieren!

»Sie haben sich daran erinnert, daß ich vom *Matthiasevangelium* gesprochen habe?«

»Mein Freund, seit dem 4. Jahrhundert, seit der Zeit Konstantins, hat der ganze Osten dank Eusebius über Matthias und sein häretisches Evangelium Bescheid gewußt.«

Pater Sergius ging zu O'Hanrahans Mappe, die auf einem der unbequemen Besucherstühle stand. Er begann, in O'Hanrahans Papieren und Aufzeichnungen, den Fotos und den gelben Notizblöcken zu wühlen. »Und Sie haben mir selbst von dem *Matthiasevangelium* und seiner

Entdeckung durch Rabbi Rosen erzählt, als Sie noch viel jünger waren. Als wir uns kennenlernten.«

Ja, dachte O'Hanrahan. 1948, meine erste Reise auf den Berg Athos. Um Pater Sergius zu beeindrucken, hatte O'Hanrahan, damals ein kleiner Jesuitennovize, Rabbi Rosen und seine Entdeckung des *Matthiasevangeliums* erwähnt. Diese Unterhaltung hatte vor über vierzig Jahren stattgefunden. »Sie erinnern sich an alles, Pater.«

»Woran ich mich erinnere, ist das, was Gott mir im Gedächtnis zu behalten erlaubt hat.« Pater Sergius fand den braunen Pappbehälter mit dem Pseudoevangelium und nahm ihn aus O'Hanrahans Tasche.

O'Hanrahan beobachtete, wie Pater Sergius die Schriftrolle prüfte, das Pergament wieder zu einem Zylinder rollte und in seinem Behälter verstaute. Dann steckte der Pater ihn in seine eigene Mappe.

»Diese Welt, deren Ende so nahe ist, würde einen falschen Gebrauch davon machen, fürchte ich.«

»Glauben Sie, es ist die Falsche Prophezeiung der Endzeit?«

»Ich bin sicher, daß sie es ist«, erwiderte Pater Sergius. »Aber das Ende darf noch nicht kommen, Patrick. Der Mensch ist noch nicht bereit. Die Menschheit hat noch so vieles zu tun. Ich will nicht sehen, wie Gott enttäuscht wird ... Nein, ich will diese Falsche Prophezeiung verstecken, und wenn Gott will, daß sie bekannt wird, wird Er dafür sorgen. Ich bin bereit, im Himmel dafür Rechenschaft abzulegen.« Pater Sergius' Gesicht wirkte wie aus einem fernen, unirdischen Reich. »So wie Moses und Ezechiel zu Gott gefleht haben, er möge seinen Zorn zurückhalten, muß auch ich hoffen, daß Er Sein Jüngstes Gericht aufschiebt. Das Evangelium wird zurückkehren in den Osten, um wieder aus der Geschichte zu verschwinden.«

Pater Sergius trat zurück an O'Hanrahans Bett. O'Hanrahan konnte den Nachttisch nicht genau sehen, aber er hörte, wie Flüssigkeit in die Schüssel gegossen wurde.

»Aber diesmal nicht für zweitausend Jahre«, fuhr der Mönch fort. »Vielleicht ist es zwecklos, was ich tue! Wer weiß, ob das Ende nicht beginnt, bevor ich wieder auf dem Berg Athos bin! Im Nahen Osten wird es Krieg geben, ein Antichrist sitzt in Babylon ...«

O'Hanrahan dachte fiebernd an die apokalyptischen Fresken im Kloster Dionysiou, die Flugkörper, die Menschenmassen, die in unterirdischen Schutzräumen kauerten ...

»Sie dürfen nie versuchen, dieses Evangelium zurückzubekommen«, erklärte Sergius. »Niemand darf das. Niemand darf wissen, daß ich hier war.« Er nahm seine Schüssel und murmelte russische Gebete.
O'Hanrahans Herz schlug schneller. »Was machen Sie, Pater?«
Pater Sergius nahm den Waschlappen von O'Hanrahans Stirn und machte ihn in der Schüssel wieder feucht. Die Schüssel in der einen, den Waschlappen in der anderen Hand, setzte er sich auf den Bettrand.
»Was ... was ist das?«
»Schsch«, beruhigte ihn Pater Sergius. »Haben Sie wirklich geglaubt, ich würde meine Mission, Sie neu im Glauben zu taufen, nicht erfüllen?«
O'Hanrahan stiegen Tränen in die Augen.
»Haben Sie gedacht, mein Freund, ich würde im Paradies ohne Ihre Gesellschaft auskommen? Denken Sie an alles, worüber wir sprechen, worüber wir diskutieren werden.« Pater Sergius betupfte O'Hanrahans Stirn und machte ein Kreuzzeichen.
Ja, so ist es gut, dachte O'Hanrahan: am Ende ausgesöhnt mit dem Osten. Dort ist mein absolutistisches Herz immer gewesen – es war nur mein westliches Hirn, das den ganzen Ärger verschuldet hat. Getröstet lauschte er auf Pater Sergius' Griechisch mit russischem Akzent. Ach, das ist das Sterbebett, das ich mir gewählt hätte. Sergius spielte auf den kontemplativen Tod des Ignatius von Antiochien an: *Meine Geburt ist nun nahe, laß mich das reine Licht empfangen!*
Nein, ich werde ihm nicht sagen, daß die Schriftrolle, die er genommen hat, das Traktat aus dem 14. Jahrhundert ist, das ich aus dem Vatikan gestohlen habe.
»Schlafen Sie jetzt in Frieden, mein Freund.« Pater Sergius küßte sein griechisches Kreuz und dann O'Hanrahans Stirn. »Wir werden uns auf dieser Erde nicht wiedersehen.«
O'Hanrahan schloß einen Moment die Augen.
Pater Sergius packte seine Sachen zusammen, goß das heilige Wasser zurück in die Phiole und bekreuzigte sich mit einem russischen Segen. Ein letztes Mal sahen die beiden alten Männer einander in die Augen. Dann verließ der Pater das Zimmer.
O'Hanrahan schlief ein und wurde gleich darauf von Gregorianischen Gesängen geweckt. Als er die Augen öffnete, lag er immer noch in seinem Krankenhauszimmer. Die Medizin fängt anscheinend an zu wirken, dachte er, als er die Kraft hatte, sich aufzusetzen, die Beine auf den Boden

zu stellen und schließlich aufzustehen. Aus dem dunklen Privatzimmer der Intensivstation spähte er hinaus auf den Gang und erblickte ein langes, von Fackeln erleuchtetes Gewölbe. Wo war das? Das hatte er schon einmal gesehen ... genau, die Burg Krak in Jordanien. 1948, vor dem Ende des UNO-Mandats war er dort gewesen. Er erinnerte sich: Morey hat mich hingefahren. Die Burg wurde 1132 unter Balduin I. erbaut, dem glücklosen Kreuzritter, der sich zum König von Jerusalem ernannte. O'Hanrahan fuhr mit der Hand über die Mauern aus grob behauenen Steinen. Ein staubiges altes Gemäuer, voller Gespenster, voller Gespenster. Ich erinnere mich jetzt: Tausende Franzosen, Engländer, Deutsche und Spanier waren darin verschanzt und warteten auf den Showdown mit Saladin. O'Hanrahan hörte, wie der Gesang verebbte und vom Muezzin übertönt wurde. Ja, das ist im heutigen islamischen Jordanien, erkannte O'Hanrahan, und es ist Gebetszeit. Er hörte arabische Zimmerleute draußen vor der Burg, die kleine Kästen zusammenhämmerten. Er sah durch eine Schießscharte hinaus, und unten, eine halbe Meile unter dieser tückischen, unerklimmbaren Klippe waren die Moslems, in hellen Gewändern und leuchtenden Turbanen, und bauten Hunderte von kleinen Kästen. Denn Saladin hatte Balduins Burg eingenommen, und sie bereiteten sich darauf vor, die Kreuzfahrer zu exekutieren; ein Offizier mit Saddam Husseins Gesicht erblickte O'Hanrahan und sagte ihm, er solle sich um seinen eigenen Kram kümmern. O'Hanrahan kehrte zurück in das lange, kühle Gewölbe und hörte das Rasseln von Ketten. Er sah in ein dunkles Verlies ... Morey? Bist du das? Wortlos nickte Morey. Man hatte ihm den Davidstern aufgebrannt – mitten ins Gesicht! Natürlich, ich muß mich entschuldigen und schauen, daß ich ihn aus diesem Schlamassel hier rausbringe, dachte O'Hanrahan und wollte laufen, um Hilfe zu holen. Aber je schneller er laufen wollte, desto langsamer wurden seine Schritte. Ich muß Hilfe holen und Mordechai erklären, daß ich nicht zu den Kreuzfahrern gehöre, die die Juden mit Brandzeichen markiert, die Frauen und Kinder massakriert und die gebildeten Männer als Ärzte und Ratgeber in die Sklaverei verschleppt haben ... Ich muß ihm erklären ... *François, du wirst sehen,* sagte ein kleiner Soldat, noch keine fünfzehn. Oh, ein hübscher Junge, aus einem mittelalterlichen Gemälde, das ich einmal gesehen habe. *Du wirst sehen, François, die Jungfrau Maria wird uns retten. Bevor wir zu Boden stürzen, wird auf Befehl der Himmelskönigin eine Schar Engel vom Himmel kommen.* O nein, ich muß diesen

Jungen, diesen Kindern sagen, was hier passieren wird – sie müssen noch einmal kämpfen oder ihre moslemischen Eroberer bestechen ... *Der heilige Georg wird mich retten,* sagte einer der jungen Soldaten mit amerikanischem Akzent. Aber das ist doch ... er sieht aus wie ... *St. Georg wird auf seinem stolzen Streitroß heranreiten und verhindern, daß wir fallen, und er wird all unsere Feinde schlagen, daß sie werden wie Staub* ... Rudy! Bist du das? Warum bist du auf diesen Kreuzzug gegangen, ich wollte nie, daß du in den Krieg gehst! Komm, wir wollen fliehen ... Nein, nein, Saladin hat ihnen befohlen vorzutreten, und die Moslems stülpen jedem der Soldaten einen der Kästen, die sie gezimmert haben, über den Kopf. Jetzt weinen die Jungen, die Kindertränen rollen ihnen über die Wangen; sie rufen nach ihren Müttern, manche beten. *Die Himmelskönigin wird mich retten* ... Ein Soldat weint über einem Medaillon mit dem Bild der Jungfrau Maria, die auf dieser Darstellung ein wenig Ähnlichkeit mit Beatrice hat. Ach, Frauen sind keine Hilfe in solchen Situationen; sie sind dazu verurteilt, stillzusitzen und zuzusehen, wie wir Männer die Welt mit Mord und Verfolgung überziehen. Es ist ein heller, heißer Tag, und Tausende und Abertausende Jungen werden von diesem Felsen gestürzt werden. Es ist wirklich merkwürdig, daß sie mich so nahe herankommen lassen, daß ich alles sehen kann – sie halten mich offensichtlich nicht für einen Kreuzfahrer. Ich hoffe, daß Rudy entkommen konnte ... und Morey, ich muß mich um ihn kümmern ... Die Moslems haben kleine Kästen für die Köpfe der Jungen gebaut, damit ihnen bei dem langen Sturz in die Tiefe nicht das Genick bricht und sie schon vor dem Aufprall tot sind ... und damit sie nicht sehen können, an welchem Punkt des Felsens sie aufschlagen werden. Aber ich fühle es, wenn sie zerschellen. Sieh dir dieses zertrümmerte Wrack dort unten an, anscheinend ist ein Flugzeug abgestürzt und am Fuß der Klippe zerschellt ... Da ist François, er betet im Sturz – ich verstehe ihn nur schlecht, weil er den Kasten um den Kopf hat. Ein solcher Erfindungsreichtum, eine solche Mühe für den Tod dieser Jungen. Ah, und da ist Saladin: *Springt, meine armen Christen! Seht, wo euer Gott jetzt ist! Seht, daß er nicht kommt und euch rettet!* Aber hört auf mich, Gott kommt nie zur Rettung – keine Barbarei kann ihn mehr bewegen, und wir sind auf uns selbst gestellt, um uns zu erlösen! Was tun sie da? Ja, natürlich, jetzt nageln sie einen Kasten um meinen Kopf. Eine gutaussehende Rasse, diese Araber. Diese Jungen sind vierzehn, wenn überhaupt, sie lächeln breit mit ihren weißen Zähnen. Rücksichtsvoll, diese Jungen – paßt Ihr Kasten, fragen sie. Ist er zu eng, lieber Sir? Ah, hör auf den Klang dieses schönen, mittelalterlichen Arabisch. Eine Schande, daß ich nicht die Zeit habe, sie zu bitten, mir etwas Arabisches aufzuschreiben ... Und jetzt stoßen sie mich an den Rand. Dieser Schritt oder der nächste, und dann werde ich fallen. Ich höre den jungen Mann neben mir, der erstickt schluchzt und Maria, den Erzengel Michael und sein Flammenschwert anruft. So durfte es doch bestimmt nicht enden, bestimmt würde unser Gott triumphieren. Ah, noch ein Schritt. Au – ein Tritt in den Hintern ... Ich fliege ... Diese Kästen sind wirklich genial. *Jetzt* werde ich aufprallen. Nein. Noch ein bißchen länger. Meine Kleidung verheddert sich um mich, der Wind rüttelt an dem Kasten; ich spüre, daß Felsen an mir schürfen – gleich ist es soweit. Seltsam, wie vertraut dieser Sturz ist. Habe ich vielleicht ein Leben lang so gelebt? Oh, hier kommt der Boden, kommt auf mich zu, kitzelt an meinen Füßen, eins, zwei, drei ...

O'Hanrahan kam zu sich. Er sah auf die Uhr auf seinem Nachttisch, registrierte, daß es dunkel war, und rechnete aus, daß es zehn Stunden her sein mußte, seit er das letzemal bei Bewußtsein gewesen war. Die Tage und Nächte verbrennen im Fieber, dachte er. Die letzten Tage meines Lebens, und ich verschlafe sie. Er sah auf das Wasserglas neben seinem Bett: abgestandenes, milchiges Wasser, wie direkt aus dem Mississippi. Daneben stand in einer einfachen, kitschigen Vase eine matte Blume, die Lucy mitgebracht hatte. Und da lag eine Bibel. *Die Tage sind mir schneller als das Weberschifflein. ... Die Fülle unserer Jahre ist siebzig,/und ist Kraft uns beschieden, wir kommen auf achtzig;* und ich werde wahrscheinlich nicht einmal siebzig, fügte O'Hanrahan hinzu.

So sei es denn. Wir fürchten uns vor den Qualen des Endes, wir zürnen Gott für die Schmerzen und die Schrecklichkeit der letzten Stunden, dabei ist vielleicht ein bißchen Todesqual nötig, um uns davon zu überzeugen, daß wir gut daran tun, in die nächste Welt zu gehen – ob sie nun fühlloser Schlaf oder der Born der Engel ist. In diesem Fall läge eine tiefe Weisheit in diesen Todesqualen. Und sie sind wirklich nur ein Moment, wenn man die ganze Zeitspanne rechnet, ein letztes Eintreiben von Forderungen vor dem Ende, ein kleiner Preis dafür, daß man gelebt hat. Und dann der Moment selbst – wird es einen Augenblick geben, in dem mein schwindendes Bewußtsein einen flüchtigen Blick auf die Unendlichkeit der Nichtexistenz erhascht, auf die ich zusteuere? Werde ich eine Emanation

des Lichts erleben, so wie manche kurz vor ihrem Tode, oder wird das Licht langsam erkalten und verlöschen, während die Dunkelheit über mich hereinbricht, die letzte, unaussprechliche Dunkelheit? *Zum Grabe spreche ich: »Du bist mein Vater«;/und zum Gewürme: »Meine Mutter, meine Schwester!«*
Er dachte zurück an Korea, an sterbende Männer, die kurz vor dem Ende noch einmal zu sich kamen, um ein letztes Wort zu sagen oder den Namen ihrer Mutter zu rufen. Vielleicht bedeutete die Wiederkehr seines Bewußtseins, daß genau dieser Moment gekommen war. O'Hanrahan blickte sich im Zimmer um, das fluoreszierende Licht an der Korkdecke, der Vinylstuhl in der Ecke: mein kleines Sterbezimmer. *Herr, sei mit uns, jetzt und in der Stunde unseres Todes.* Ist das meine Todesstunde?
(Sieht so aus.)
Na gut, dachte O'Hanrahan, wie soll ich sie verbringen? Ein bißchen fernsehen? Ich dachte, an diesem Punkt würde ich mich besiegt und gebrochen fühlen. Die Schriftrolle hat mich schließlich doch überlebt. Der große O'Hanrahan geht ein in ein schändliches Grab, kaum besser als die Gosse, in die sein Vater gestürzt ist. Aber das mußt du mir lassen, Herr: Ich habe der Welt noch ein letztes Abenteuer abgerungen, nicht wahr? Ein letzter Versuch mit meiner wahren Liebe, den Bruchstücken aus der Vergangenheit, der Weisheit der Alten, den alten, bärtigen Kameraden, geschützt von Kreuz, Thora oder Halbmond, der überirdischen Geheimnissen – viertausend Jahre von Geheimnissen, die Gott für mich auf diese Erde gebracht hat, damit ich damit herumspielen und mich damit amüsieren kann. O Heiliger Geist ...
(Immerhin erinnerst du dich noch an Mich.)
Weißt Du, wie sehr ich dieses Leben geliebt habe? Hat eines von Deinen Kindern soviel Spaß gehabt wie ich? Okay, okay, ich bin ein Abtrünniger und Gotteslästerer, ich weiß, aber ich wollte *Dich* damit genauso amüsieren wie mich! Ich habe immer gedacht, daß Gott bei meinen Witzen dabei ist – bestimmt bist Du an diesem Punkt genauso zynisch wie ich.
(Richtig, bei diesem Job ist Sinn für Humor nötig.)
Vergib mir, aber selbst zu diesem späten Zeitpunkt könnte ich niemals glauben, daß Du vollkommen bist. Daß Du Gott bist und größer als ich, kein Zweifel. Aber vollkommen? Wie oft hältst Du Dich fein heraus – Auschwitz, Hiroshima, der Erste Weltkrieg und all das –, und täusche ich mich, oder brauchst Du uns bescheidene Menschen genauso wie wir Dich?

Wir sind die beste Schöpfung, die Du zustande gebracht hast – und verschließ davor nicht die Augen: Es ist eine Menge an Pfuscharbeit dabei. Ich hatte etwas gegen den frommen, unfehlbaren, päpstlichen Gott, den allmächtigen und allwissenden Gott ... das alles bist Du nicht. Daß Beatrice und mein Rudy beide bei einem Unfall ums Leben kamen, zeigt, daß es Sprünge gibt in Deiner Schöpfung. Aber ich, Patrick Virgil O'Hanrahan, habe Deine Bedingungen akzeptiert!

Natürlich erkenne ich mein Versagen. Meine Frau hätte wissen sollen, wie sehr ich sie geliebt habe. Mein Sohn hätte der Unerschütterlichkeit meiner väterlichen Liebe schon überdrüssig sein sollen. Da habe ich versagt. Versagt, versagt, mich gedrückt, gekniffen – ich bestreite es nicht. Aber in den letzten zwanzig Jahren habe ich in einer Hölle gelebt, die ich mir selbst geschaffen habe, und vielleicht wird das die andere Hölle von meinem Konto löschen. Ich fühle mich schwach. Das muß ein Delirium sein, denn jetzt rede ich mit dem Heiligen Geist, nein, der Großen Sophia; sie ist hier im Zimmer mit ihrem schönen Gesicht aus Licht und ihrem Haar aus Sternen ... Wenn ich nur den Blick auf sie konzentrieren könnte, aber ich spüre, daß der Schlaf wieder kommt ... Meine Lider werden schwer. Noch ein letzter Gedanke: Wenn ich dieses absurde Leben noch ein wenig länger führen könnte, würde ich es tun, und ich würde einen Weg finden, um meine Selbstsucht und meine mangelnde Liebe für meine Frau und meinen Sohn wiedergutzumachen. Ich weiß, daß Dir solche Tauschgeschäfte schon zum Hals heraushängen müssen, aber hier, mein Angebot: Ich würde mit einem besseren Herzen weitermachen.

(Wir lieben Tauschgeschäfte. Wir schließen dauernd welche ab.)

*31. August 1990*

Lucy war an diesem Morgen die erste in der Kapelle des Bullins Medical Center. Im Vorraum lag eine Reihe von Broschüren aus, alle von Bullins; auf vielen Titelblättern prangten sein breites Gesicht und seine erhobenen Hände. »Wenn der Tod anklopft«, war ein Titel. Ein anderer hieß »Gebete und Wunder« und ging mit Wundern hausieren, die gute Christen der Pfingstgemeinde jeden Tag erlebten, jawohl, jeden Tag!

Lucy öffnete die Tür und sah, daß die Kapelle leer war. Für ein Bullins-Produkt war diese moderne, nicht konfessionsgebundene Kapelle recht

geschmackvoll. Einige kurze Bankreihen führten zu einem erhöhten Podium und einer Art Kommunionstisch, obwohl keine Utensilien dafür zu sehen waren. Hinter dem Altar hing ein einfaches Kreuz aus blauem Glas.
Lucy setzte sich in die letzte Bankreihe und atmete die Stille ein: Der höllische Lärm der Maschinen zur Lebensverlängerung, der Krankenwagensirenen und der ständig rauschenden Sprechanlage, die Ärzte und Schwestern zu verschiedenen Notfällen rief, drang nicht in diesen friedlichen Raum.
Lucy griff nach dem Rosenkranz in ihrer Tasche. Sie kniete sich hin und senkte den Kopf, müde und erschöpft bei dem Gedanken an hundert Vaterunser oder so, zu denen sie sich verpflichtet hatte, wenn sie nach einer weiteren unruhigen Nacht wieder aufwachte.
(Du könntest die Vaterunser streichen und einfach mit Uns reden.)
Herr, dachte sie, halb betend, ich bin zurückgefallen in meinen alten Kinderglauben, nur daß es nichts mehr nützt, diese Rituale abzuspulen. Aber ich weiß nicht, was ich sonst tun soll. Ich fühle mich sehr fern. *Vater unser, der Du bist im Himmel, geheiligt werde Dein Name. Dein Reich komme ...* Weißt Du, ich habe die Hoffnung, daß ich mich irgendwie mit einer Starthilfe in meinen alten Glauben zurückversetzen kann, wenn ich diese Routineworte oft genug sage. Dieser Schuft O'Hanrahan! Er hat mich untergraben, oder vielmehr das unerschütterliche Vertrauen untergraben, das ich einst hatte. Nicht meinen Glauben an Gott, ich weiß, daß Du da oben bist, aber ich weiß nicht mehr, an welche Version von Dir ich glauben soll ... Koptisch, muslimisch, orthodox, den Gott der Pfingstgemeinde – oder ein akademischer Glaube wie im Theologischen Fachbereich zu Hause in Chicago; ein emotionaler, alles durchdringender Glaube wie bei Patsy, der TPL-Bibelstudentin; Religion als Krankheit wie bei der armen Mrs. Bullins ... Hör zu, ich will mich nicht so verwirrt fühlen. Ein Gott, komplett mit Gebrauchsanweisung, wäre mir jetzt recht. Ich vermute, daß ich nicht mehr weiß, was ich glaube. Da hast Du es.
Ich werde in die Damentoilette gehen und diesen Schwangerschaftstest machen, und wenn ich wirklich in der Patsche sitze, dann weiß ich, daß es meine eigene gottverdammte Schuld ist, und ich werde das, was kommt, auf mich nehmen. Aber bin ich in diesem Punkt verrückt? Ich glaube auch – verzeih mir die Arroganz –, daß ich auf dieser Welt für etwas *anderes* bestimmt war, als eine ledige Mutter zu sein. Ich weiß, ich weiß ... Welcher guten Sache könnte ich mich weihen, die Dir wichtig wäre?

(Es gibt zahllose Dinge. Wir wünschten, religiöse Leute würden nicht so denken.)
Aber ich habe das Gefühl, daß ich auf der Schwelle zu etwas stehe, daß ich gerade erst anfange, mich selbst kennenzulernen und das, was ich in dieser Welt tun kann. Und das muß ich mir alles mit einem Kind versauen. Vielleicht behalte ich es und stehe das durch, lasse mich von meiner Familie und meinen Freunden verstoßen, ziehe in irgendein dunkles Viertel von Chicago und teile mir mit einer anderen unverheirateten Mutter eine Wohnung und das Aufpassen aufs Baby, so daß ich weiter in meine Seminare gehen kann. Jesus, Heiliger Erlöser, was ich gerade gesagt habe, klingt wie die Hölle. Ich habe nicht das Gefühl, daß mir tatsächlich vergeben ist, nicht einmal nach diesem Gespräch.
(Warum vergibst du dir nicht zuerst selbst?)
Als zwei redselige weiße Frauen vom Land kamen, stand Lucy auf und überließ sich dem Gefühl der Leere. Langsam ging sie zur Intensivstation, ohne es eilig zu haben, in das Wartezimmer mit den unglücklichen, ängstlichen Verwandten zu kommen.
Niemand kann mir jetzt helfen, dachte sie ruhig. Schwester Miriam hat gesiegt!
(Nein, Mein Kind.)
Doch, wirklich, sie hat gesiegt. Sie sagte, Sünde führe in Ruin und Schande, und sie hatte recht. Ihre ganze Bitterkeit, der anklagende Blick und der erhobene Zeigefinger waren gerechtfertigt. Sie hat gespürt, daß ich eine Versagerin bin, und jetzt habe ich es bewiesen. Es war nicht einmal nötig, ein ganzes Leben in Sünde zu verbringen. *Ein* kleiner, mieser Ausrutscher in achtundzwanzig Jahren eines reinen Lebens, und *wumm*!
»Entschuldigen Sie«, sagte eine Krankenschwester neben ihr, als sie die Intensivstation betrat. »Sie gehören zu Dr. O'Hanrahan, nicht wahr?«
Lucy erstarrte. O bitte. Bitte, o Gott. Sie machte sich auf die schlimmste Nachricht gefaßt.
»Ich habe nach Ihnen gesucht, Lucy – Sie sind doch Lucy, nicht wahr?« Die Krankenschwester war eine kleine, muntere Frau, die am Krankenbett mühelos Enthusiasmus und Optimismus ausstrahlen konnte. »Mr. O'Hanrahan hat nach Ihnen gefragt.«
Lucys Gesicht hellte sich auf. »Liegt er nicht mehr im Delirium?«
»Anscheinend nicht. Das Fieber ist in der Nacht gesunken, und heute morgen war er wach. Wir überziehen gerade das Bett neu und werden ihn

wieder auf die Normalstation bringen. Lassen Sie uns noch, sagen wir, eine Viertelstunde Zeit, dann können Sie ihn besuchen, ja?«
Ein nach Ammoniak riechender Gang führte zum Wartezimmer, in dem ein verzweifeltes Grüppchen versammelt war. Eine Familie hockte beieinander und wartete auf Neuigkeiten über Daddys Herzanfall. Eine ältere Frau, auf dem Wege, Witwe zu werden, las in ihrer Bibel und blickte auf den Fernseher, wenn jemand im »Glücksrad« einen Buchstaben erriet. Eine junge Frau, die ihren Ehering nervös hin und her drehte, eine Variante des Händeringens, versuchte, sich auf eine Ausgabe von *National Geographic* zu konzentrieren. Lucy ließ sich in der Ecke auf das quietschende, unverschämt fröhlich zitronengelbe Vinylsofa sinken.
»Entschuldigen Sie«, sagte eine ältere Dame und setzte sich neben Lucy.
»Ja, Ma'am?«
»Die Krankenschwester hat gesagt, daß Sie bei Patrick O'Hanrahan waren?« Die schlanke Frau war ordentlich und adrett in konservatives Marineblau gekleidet, ihr graues Haar war aus dem Gesicht frisiert. Lucy vermutete, daß die TPL-Leute sie geschickt hatten. Sie reichte Lucy die Bourbonflasche.
»Die Krankenschwester sagte mir, ich solle sie Ihnen geben. Patrick ist eine Plage, nicht wahr? Immer gewesen. Möchten Sie ein wenig Orangensaft?«
Die Frau holte zwei Styroporbecher und eine Safttüte aus ihrer großen Tasche und goß ein. »Sie müssen die Studentin sein, die Patricks Assistentin ist. Meine Güte, Sie müssen ja einige Abenteuer hinter sich haben. Ich dachte natürlich, Gabriel sei ein Junge ...«
»Oh«, korrigierte Lucy. »Gabriel war ein Junge. *Ist* ein Junge. Ich bin Lucy Dantan, Gabriels Nachfolgerin. Und Sie sind ...«
»Catherine O'Hanrahan«, stellte die Frau sich lächelnd vor.
Patricks Schwester. Die Hexe von Wisconsin! »Aus Wisconsin«, murmelte Lucy.
»Ja, aus Madison. Ich war dort vor meiner Pensionierung Postangestellte. Vielleicht hat er Ihnen das erzählt.«
Diese Frau war kein alter Drachen, erkannte Lucy sofort, keine erbschleicherische, grabschänderische Verwandte. Wieder so eine unzutreffende Charakterisierung, die Dr. O'Hanrahan ihr geliefert hatte. Sie gingen zusammen in sein neues Zimmer, ein erfreulicherer Ort als zuvor, mit aufgezogenen Vorhängen – Sonnenlicht strömte durch das Fenster herein.

O'Hanrahan war wach. Benommen starrte er auf seine Schwester: »Gütiger Himmel, die müssen glauben, ich liege auf dem Sterbebett! Sie haben dich hergerufen, Cathy!«
Seine Schwester wurde reservierter. »Es war fast soweit, aber dieses Glück hatte ich nicht.« Lucy bemerkte, daß ihr irischer Akzent deutlicher wurde, sobald sie mit ihrem Bruder sprach; beide kehrten zur Sprache ihrer Kindheit zurück.
»Man hat Lucy deinen Privatvorrat anvertraut«, erklärte Miss O'Hanrahan.
Lucy begrüßte ihren Mentor mit der erhobenen Bourbonflasche.
»Ich erwarte, daß nicht *ein* Tropfen von dem wertvollen Trank fehlt, Miss Dantan. Wenn ich aus diesem Schuppen hier rauskomme, werde ich Sie davon befreien.«
Miss O'Hanrahan sah Lucy entschuldigend an. »Wissen Sie, als er jung war, hat er sich nie so benommen. Ruhig und schüchtern war er, hat nie ein Wort gesagt ...«
»Gütiger Gott, Frau, du ruinierst meinen Ruf! Bist du deswegen hierhergekommen?«
Sie stritten sich gutmütig über den Brief, und ob Patrick ihn bekommen hatte. Patrick leugnete es und beschuldigte Lucy, ihn verloren zu haben ...
»Habe ich nicht! Ich habe Ihnen den Brief im Zug gegeben ...«
»Ruhe!« befahl O'Hanrahan. »Keine Intrigen gegen mich.«
Catherine genoß seine Notlage. »Da du dich selbst in den Ruin getrieben hast, hoffe ich, daß das, wohinter du hergejagt bist, die Sache wert war.«
O'Hanrahan, der röter im Gesicht war, fummelte an den Kissen herum, auf denen er lag. »Ich muß mich aufsetzen und dich richtig ansehen. Ich geb's ungern zu, aber du siehst gut aus, Cathy – ich sehe aus wie Scheiße, mach dir nicht die Mühe, es mir zu sagen.«
»Ich benütze solche Ausdrücke nicht, aber sachlich stimmt die Beschreibung.«
»Ja, wenn du es unbedingt wissen mußt, wir haben gefunden, was wir gesucht haben.« O'Hanrahan sprach aufgeregt wie ein Teenager. »Hör dir das an, Cath. Ein Evangelium aus dem 1. Jahrhundert, das früheste, das existiert, von einem der Apostel selbst.«
Lucy bemerkte jetzt das kleine Silberkreuz auf Miss O'Hanrahans marineblauer Bluse, ihre glatte Hand ohne Ehering. So wäre ich geworden, wenn ich in ihrer Generation geboren worden wäre, meinte Lucy. Welch

ein Glück für mich, daß ich schwanger bin und bald aus dem Kreis der Katholiken vollkommen ausgestoßen sein werde. Lucy sah, daß Patrick seine Hand auf die seiner Schwester gelegt hatte, obwohl sie sich weiterhin zankten und absichtlich mißverstanden. In dreißig, vierzig Jahren wird jemand von meiner Familie im Krankenhaus liegen, vermutete Lucy, vielleicht sogar ich selbst. Werden ältere Ausgaben von Nicholas, Cecilia, Kevin und Mary vorbeischauen, Genesungskarten schicken, ihre Pflicht tun? Unvorstellbar, daß wir je so ungezwungen und nahe sein könnten. Vielleicht muß jemand fast sterben, damit irische Familien vereint werden. Wie wenig Zusammenhalt haben wir Dantans ...

Catherine O'Hanrahan mußte ihr Auto aus der Dreißig-Minuten-Parkzone fahren, und ihr Bruder jubelte provozierend, als sie ging. Dann bellte er ihr noch einige Aufträge nach, die sie für ihn erledigen sollte, Toilettenartikel und Rasiersachen und Hustentropfen. »Und bring eine Flasche Master's Mark mit, wenn du schon dabei bist.«

»Damit du dir die Zähne damit putzen kannst?« fragte sie ohne ein Lächeln.

»Damit ich mein Gebiß darin einlegen kann.«

Lucy und O'Hanrahan saßen einen Augenblick schweigend da, als Catherine das Zimmer verlassen hatte. Miss O'Hanrahan war nicht der Typ, der laut lachte oder ihrem Bruder offen ihre Zuneigung zeigte, aber ihre Routinestreitereien, seine Unverschämtheiten und ihr Stoizismus, ihr verstecktes Lächeln, das war die Währung ihrer Geschwistergefühle, das war ihre Liebe.

»So habe ich mir die Hexe von Wisconsin nicht vorgestellt.«

»Na gut, sie ist okay«, seufzte O'Hanrahan und faltete die Hände über dem Bauch. »Vielleicht, nur vielleicht, war ich ein klein wenig ungerecht.«

Wieder Schweigen.

»Sie sind am Leben«, sagte Lucy schließlich. »Gestern abend hat es nicht gut ausgesehen. Über vierzig Fieber. Sie waren im Delirium.«

»Das kann man wohl sagen. Ich hatte so verrückte Träume und Gespräche mit Gott ... Luce, sehen Sie in meiner Mappe nach, ob der Behälter mit der falschen Schriftrolle darin ist.«

Lucy suchte zwischen den zerknitterten Notizzetteln herum. »Sie meinen dieses Pappding?«

»Ja. Das gefälschte äthiopische Evangelium aus dem 14. Jahrhundert, das ich aus der Vatikanbibliothek gestohlen habe.«

»Es ist nicht da.«
O'Hanrahan lachte. »Dann habe ich das nicht geträumt. Pater Sergius vom Berg Athos war hier und hat es genommen.«
»Ein großer, alter Mann mit einem Bart bis hierher?« Lucy war der Mann auf dem Gang aufgefallen.
»Das ist er. Unser fanatischer Frater, zum Teil.«
»Unser anderer fanatischer Frater ist ein Mr. Kellner ...«
»Matthias Kellner. Ist er auch hier?«
»Er war hier. Heute morgen habe ich gesehen, wie dieser Mönch und Mr. Kellner einander über den Parkplatz nachgesaust sind. Ich habe den Rabbi gefragt, aber er hatte keine Erklärung dafür.«
»Ich werde Ihnen mit der Zeit alles erklären.« O'Hanrahan spürte Freude in sich aufwallen. Sein alter Freund Morey war hier; seine Schwester Lucy. Oh, laß uns alle Frieden schließen und uns versöhnen.
»Der Rabbi schläft seinen Jetlag aus, Sir«, teilte Lucy mit. »Er sagte, er werde gegen Mittag herkommen. Er hat gestern abend ein hebräisches Gebet über Ihnen gebetet, also rechnen Sie damit, daß er Ihnen sagt, Jahwe sei der Eine Wahre Gott.«
»Jahwe *ist* der Eine Wahre Gott, ich werde es zugeben.« O'Hanrahan erinnerte sich an seine Halluzination von der feuchten dunklen Zelle in der Burg Krak, Morey mit dem aufgebrannten Davidstern, der ihn stumm und anklagend ansah – was für ein schrecklicher Traum! Aufgestiegen aus einem dunklen Winkel der Scham! Nein, er würde alles wiedergutmachen, sie würden sich wieder umarmen, und O'Hanrahan schwor, Rabbi Hersch seine Liebe zu zeigen.
Dann sah O'Hanrahan Lucy an.
Was hatte er getan! Er hatte dieses nette amerikanische Mädchen über den halben Erdball geschleift ... Waren sie wirklich in England gewesen, bei Sturm in einem Boot vor Nordirland, waren sie in Florenz den Mafiosi entschlüpft, mit diesem Blödmann Stavros in Griechenland herumgefahren, in der West Bank von palästinensischen Rowdys gejagt worden, dann Kairo, dann durch die Wüste des Sudan, eine Bruchlandung in Äthiopien ...
»Es wird ein bißchen langweilig, wie?« fragte sie, als hätte sie seine Gedanken erraten. »Jetzt, wo wir zurück in den USA sind.«
»Ich weiß nicht, warum Sie das sagen ... Ein Krieg mit dem Irak in Aussicht, CIA-Komplotte, die Endzeit, und jede Minute droht eine Ent-

rückung. Dieses Land versteht es, einen zu unterhalten. Haben Sie Ihre Eltern angerufen?«
»Ich bin verstoßen. Heute morgen gab es Geheul und Zähneknirschen ... Daß ich keinen Respekt vor ihnen habe und meine Mutter krank geworden ist ... Mein Vater will nicht mit mir sprechen, was ehrlich gesagt ein Zustand ist, den ich bevorzuge.« Eine Welle von Übelkeit überkam Lucy und das sehnsüchtige Bedürfnis, die Wahrheit über ihre vermutliche Schwangerschaft zu sagen, O'Hanrahan alles zu beichten.
»Das Evangelium ist etwa zu einem Viertel übersetzt«, sagte O'Hanrahan. »Jetzt, wo ich am Leben bin – und wer weiß, wann ich wieder krank werde –, werde ich der berühmteste Mensch in den klassischen Wissenschaften und in der Theologie sein. Ich widerrufe alle früheren Behauptungen über eitle alte Männer; für die Titelseite der *Times* werde ich mir ein Toupet kaufen. Ha! Können Sie sich vorstellen, wie verzweifelt die Typen in Chicago sein werden? Shaughnesy, der Heuchler, unser Anti-Vorsitzender! Oh, würde Gott mir doch erlauben, ihre Gesichter zu sehen, wenn ...«
(Patrick!)
Ja, ich weiß, ich weiß. Ich wollte nur hören, wie das klingt, wenn ich noch einmal die Blaskapelle schmettern lasse. Ich weiß, was ich tun muß – was ich tun *will*. Und was Du willst.
»Was wollten Sie sagen, Sir?«
Er sah auf die Uhr auf seinem Nachtkästchen. »Aber so wird es in Wirklichkeit nicht sein. Es wird den Lorbeerkranz des Ruhmes geben, Miss Dantan, aber nicht ich werde ihn tragen.«
Lucy fragte sich, ob er bei klarem Bewußtsein war.
O'Hanrahan zuckte mißbilligend die Achseln. »Was ist das wert, wenn ich meinen Namen in die Zeitung bekomme? Ich könnte wieder im Scholastischen Register stehen. Juhu, dieser Trottel Shaughnesy steht auch drin, wo liegt da die Ehre? Ich werde meine letzten Jahre – *wenn* ich noch so lange Zeit habe – nicht mit einem trockenen alten Buch vergeuden. Ich gebe die Zügel ab.«
Lucy sah sich plötzlich ganz aus dem Projekt hinausgedrängt. Aber dann, als sie seinem Blick begegnete, wurde ihr klar, was er meinte.
»Sie meinen ...«
»Ich gebe das *Matthiasevangelium* Ihnen, Luce. Ich will, daß Sie das Evangelium herausgeben und als Ihre Doktorarbeit veröffentlichen.«

Lucy brachte kaum ein Wort heraus. »Dr. O'Hanrahan.«
Er hob die Hand. »Nein, hören Sie mir zu. Das wird Ihre Karriere sichern, junge Dame. Sie werden so berühmt sein wie Pater Beaufoix und Morey und der ganze Haufen, und Sie verdienen es, so berühmt zu sein, weil Sie ein Hirn in Ihrem Kopf haben. Und wenn Sie wieder anfangen, an dem Quatsch zu arbeiten, den Sie im Augenblick als Doktorarbeit bezeichnen, dann werden Sie in der akademischen Welt verfaulen – glauben Sie mir. Ich hatte ein Hirn, und dann habe ich mich in der akademischen Welt verheddert, und nach und nach ist alles, was gut an mir war, in Alkohol und kleinlichen, internen Kämpfen und Budgetgezänk und Ängsten um Veröffentlichungen ertrunken. Und es war eine Hölle, mit mir zu leben – für meine Frau, meinen Sohn, wenn Sie nur wüßten, wie ...«
Er spürte einen Kloß im Hals. Nein, er war nicht bereit, diesen Tatsachen so schonungslos ins Auge zu sehen, zumindest nicht jetzt vor Lucy.
»Auf jeden Fall, Lucy, ich werde mit Morey reden, er kann Ihr Berater sein. Und ich rufe diesen Mistkerl Shaughnesy an und hole seine Erlaubnis ein, und Sie können Ihr junges Leben dort beginnen, wo es sein sollte. An der Spitze.«
»Sir, ich ... ich kann nicht.«
»Natürlich können Sie. Ich verkünde es; ich spreche *ex cathedra.*«
»Aber Sie haben so hart dafür gearbeitet ...«
»Ja, aber wissen Sie, was die gottverdammte Wahrheit ist? Ich bin kein Schreiber. Ich war nie einer. Mein Leben lang wollte ich ein Regal voller Bücher mit meinem Namen in meinem Büro stehen haben, so wie Morey, etwas, das von mir zurückbleibt; aber die Wahrheit ist: Ich bin nur ein guter Lehrer, ein Redner, an guten Tagen Sokrates, an schlechten Tagen ein Hochstapler, der für den Kongreß kandidieren sollte. Und auch Sokrates hat nie etwas geschrieben, nicht wahr?« Er sah, daß Lucy womöglich zu weinen begann oder gefühlvoll wurde, und das wollte er verhindern. »Widmen Sie das Ding mir. Widmen Sie ... widmen Sie mir eine Fußnote!«
Aber diese letzte Bitte hatte hohl geklungen, und Lucy kämpfte gegen Tränen an. »Wir sprechen darüber, wenn es Ihnen besser geht ...«
»Es geht mir schon besser!«
Eine Krankenschwester stand in der Tür: »Nein, es geht Ihnen noch nicht besser. Miss«, setzte sie für Lucy hinzu, »Sie müssen unserem Patienten jetzt ein wenig Ruhe gönnen!«

An der Tür stammelte Lucy: »Ich komme am Nachmittag wieder. Dann haben Sie vorher noch Zeit für Ihre Schwester.«

»Bloß nicht!« rief er in gespielter Verzweiflung. »Schauen Sie nach, ob sie Arsen in der Tasche hat!«

Die Schwester schüttelte seine Kissen auf, und sehr erschöpft ließ sich O'Hanrahan zurücksinken. Lucy warf ihm noch einen Blick zu, bevor sie ging. Natürlich, wer sah in diesen fadenscheinigen Krankenhaushemden und in diesem fluoreszierenden Krankenhauslicht nicht aus wie der leibhaftige Tod? Armer Mann, dachte Lucy. Und als sie den sterilen Flur entlangging, vorbei an anderen Szenen von Kummer und Leid, dachte sie: Und wenn dieses Kind ein Junge ist, werde ich ihn Patrick nennen. Eine Geste verdient eine andere. Eine Geste der Liebe, die – o Gott, dachte sie und blinzelte gegen Tränen an, holte tapfer Luft, ohne langsamer zu gehen, ich hoffe, du stirbst nicht, alter Mann.

(Genau dasselbe denkt Patrick.)

Ganz allein. Die Vorhänge zugezogen, kein Licht an, keine Krankenschwester, keine Lucy, keine Catherine.

Es ist vollbracht, dachte O'Hanrahan mit trauriger Gewißheit. Du hast dein Ticket auf Unsterblichkeit verschenkt. Baut den Sockel wieder ab, Jungs, ich komme doch nicht. Aber es war das Richtige, nicht wahr? Weil ich so selten das Richtige tue, habe ich vergessen, daß es ein bestimmtes Gewicht und eine bestimmte Form im Herzen hat, und obwohl es nicht leicht ist oder besonders glücklich macht, spürt man ein Gefühl von Zusammenhang und Ordnung. He! Und auf jeden Fall, wer hat schon Lust, diese ganzen verdammten Fußnoten zu schreiben? Es ist nur zu schade, daß der ganze Spaß vorbei ist. Er schloß die Augen und fühlte sich ungewöhnlich müde. Er kuschelte sich in die Decken und spürte wieder das Pochen in Füßen und Handgelenken, aber es war nur ein dumpfer Schmerz, ebenso wie das Stechen an seiner Seite. *In Deine Hände,* dachte er, als er auf seine schwieligen, knotigen Altmännerhände starrte, fleckig und zittrig, *empfehle ich meinen Geist.*

(Aber weißt du was, Patrick? Wir lassen dich am Leben. Ein paar gute Jahre noch, vielleicht sogar länger. Wenn du nach der Bypassoperation hier herauskommst, dann halte dich an die Diät, mach die Übungen, die man dir empfiehlt, nimm die Medikamente – und nicht dieses Percodan –, und du wirst Zeit haben, Q zu finden. Ja, das wird bedeuten, daß du nach Teheran gehst und neue Abenteuer erlebst, um es milde zu formulieren, und wie immer werden Wir bei dir sein. Aber nicht Lucy. Auf Lucy wartet ein anderes Geschick.)

Lucy beschloß, mit dem Rabbi über O'Hanrahans Großzügigkeit zu reden, daher ging sie nach unten, um sich in der Cafeteria umzusehen, fand sich aber plötzlich vor der Tür zur Damentoilette. Es ist soweit.

Sie hielt sich selbst eine Strafpredigt: Zeig ein Zehntel von dem Mut O'Hanrahans, der im Angesicht des Todes das, was ihn am Leben gehalten hat, für ein unwürdiges kleines Nichts wie dich geopfert hat. Bringen wir die Sache hinter uns!

Lucy betrat die Damentoilette und sah in den Spiegel. In einer der Kabinen hörte sie die Wasserspülung rauschen. Eine Frau verließ den Raum, und Lucy war allein. Sie spritzte sich kaltes Wasser ins Gesicht und betrachtete sich. Das war nicht die junge Frau, die im Juni Chicago verlassen hatte.

Sie ging in eine der Kabinen und schloß sich nervös ein. Ihr Atem ging flacher, als sie sich auf die Toilette setzte. Sie holte tief Luft, um sich ein wenig zu beruhigen. Sie las die Gebrauchsanweisung, stellte sich nur ganz wenig ungeschickt an, als sie die Urinprobe abfüllte, steckte das Stäbchen hinein und hielt den Behälter fest. Bitte, Gott! Ihr kam der Gedanke, daß vielleicht eine Schwester in den Tagen der frühen Kirche während ihres angstvollen Wartens auf die Periode das Wort geprägt hatte: Gerettet durch Blut, gereinigt im Blut. Waren jetzt zehn Minuten vorbei?

Lucys Herzschläge, die laut in ihrem Kopf widerhallten, waren das Maß ihres augenblicklichen Lebens. Sie zog das Stäbchen heraus. Es war rosa. Was bedeutete das?

Sie las die Rückseite des Behälters: Sie war schwanger. O Gott! Das kann nicht sein!

Noch einmal. Tränen rannen ihr stumm übers Gesicht. Sie riß sich zusammen und verließ die Kabine, um ans Waschbecken zu gehen. Sie trank und trank und trank. Das kalte Wasser verursachte ihr einen momentanen Schmerz am Gaumen, der sich im ganzen Kopf fortsetzte. Sie hielt inne, aber dann trank sie zwanghaft weiter.

Zehn Minuten später zeigte der Test dasselbe Ergebnis. Gibt es noch irgendein Schlupfloch? Eine kleine Möglichkeit des Irrtums?

Lucy sah sich im Spiegel an, aber diesmal blickte ihr Gesicht ihr entschlossen und wissend entgegen. Konnte sie den Plan durchziehen, den sie nun im Kopf hatte?

»Ja«, seufzte sie dem Spiegel vor. »Es muß sein.«

$ $ $

Lucy sah in ihrer Tasche nach, ob das Geld, das sie abgehoben hatte, noch da war.

»Lafayette Road, haben Sie gesagt, ja?«

»Ja, Sir«, erwiderte sie dem Taxifahrer, einem grauhaarigen dickbäuchigen Schwarzen in einem weißen Hemd, das eine Nummer zu klein war.

»Das ist diese Frauenklinik, nicht wahr?«

»Ja, genau.«

Immerhin war sie jetzt ruhig. Am Ende des Tages würde sie physisch wieder diejenige sein, die sie vor diesem Sommer gewesen war. Und die Fakten präsentierten sich in klarer Deutlichkeit: Ich bin nicht geschaffen dazu, Mutter zu sein, nicht einmal dafür, für eine andere Frau eine Geburt auf mich zu nehmen. Und während ich schwanger war, habe ich getrunken, geraucht und kleine Dosen von Cholera und Typhus injiziert bekommen, so daß der Fötus auf jeden Fall gefährdet ist. Aber selbst wenn das nicht wäre – wichtiger ist, daß ich nie von der Vorstellung abgelassen habe, mich eines Tages dem Dienst am Guten zu weihen, einer großen Hingabe an Gott, wie auch immer das aussehen mag. Eine Weile hat das bedeutet, eine Superschülerin am St. Eulalia zu sein, die von den Nonnen gebilligt wurde. Dann hat es eine Weile bedeutet, Nonne zu werden. Dann habe ich entschieden, es bedeute, eine Doktorarbeit über ein religiöses Thema zu schreiben. Und jetzt bedeutet es, was es immer hätte bedeuten sollen: ein Leben des Dienens.

Sie blickte auf ihre Hand, in der sie eine Visitenkarte der *Catholic Relief Charities* umklammert hielt. Als sie vor einer halben Stunde dort angerufen hatte, waren die Leute sehr begeistert gewesen, und wenn die Ausbildung und Vorbereitung im Oktober anfing, konnte sie wahrscheinlich zu Weihnachten wieder in Afrika sein. O Junge, was für einen Krach würde das geben: Mom und Dad, die sich bitter beklagten, daß ihr kleines Mädchen Weihnachten nicht zu Hause war, die Uni sausenließ, das Angebot dieses netten Mr. O'Hanrahan ablehnte. Mit ein wenig Glück werde ich in Afrika sein und ein wahreres Weihnachtsfest feiern, ein winzig kleines, hoffnungsvolles Teilchen zur Linderung all des Hungers und Elends beitragen.

(Du bist für den Dienst am Guten bestimmt.)

Was habe ich Gott in meiner Angst vor einer Schwangerschaft versprochen? Wie viele Jahre Entwicklungsarbeit im Sudan? Egal, nach dem, was ich jetzt tun werde, hat Gott mich in der Hand. Das wird die größte Sünde sein, die ich je begangen habe, aber das wird mein Leben nicht zum Entgleisen bringen ... Nein, das wird mich nicht so sehr verändern wie das Leben, das danach folgen wird. *Das,* nicht das erste, ist der entscheidende Akt. Und ich verstehe, was diese Helferin in Äthiopien gemeint hat: Diese Gesichter verfolgen einen.
(Dann geh zu ihnen.)
Einen Augenblick schwankte Lucy. Ich bin nicht Mutter Teresa ...
(Lucy Dantan wird genügen. Geh für einen Sommer oder für ein Jahr. Wir verlangen kein lebenslanges Dienen, Unsere Forderungen sind nicht so hoch. Aber wie wenige Menschen sind es, die wenigstens einen Sommer, eine Woche, einen Tag der Nächstenliebe aufbringen?)
Ja, aber Du kennst mich. Ich gehe dorthin und fange mit etwas an, und dann habe ich das Gefühl, ich muß bleiben, bis die Sache beendet ist, und aus einem Sommer wird ein Jahr werden, dann zwei Jahre, dann ein ganzes Leben. Und ich kann mir vorstellen, wie ich vollkommen politisiert werde, bei der UNO vorspreche, mit Hilfsvereinigungen um Geldmittel kämpfe, mit korrupten Regierungsvertretern zusammentreffe und das ganze Zeug, das man tut, wenn man engagiert ist.
(Ja. Wir können Uns das vorstellen.)
Und eines Tages werde ich vielleicht in irgendeinem Flüchtlingslager arbeiten, so wie diese Krankenschwester, deren Namen ich nicht mehr weiß, und irgend jemand wird sich über mich Fragen stellen, so wie ich mir über sie Fragen gestellt habe: Warum hast du das mit deinem Leben gemacht? Und ich werde diesem Fragenden nicht mehr antworten als das, was diese Krankenschwester mir geantwortet hat, denn das ist mein Sakrament. Niemand außer mir und Gott wird verstehen, warum ich zurück nach Afrika gehe und warum ich das Gefühl habe, daß ich das tun muß. Niemand anderem kommt es zu, zu richten oder Spekulationen anzustellen. Das ist zweifellos die Unabhängigkeit von der Meinung der Leute und die Abhängigkeit von Gott, die die Heiligen gekannt haben müssen – oh, Heiliger Geist, laß mich immer so sicher sein! Ich bete, daß meine Entschlossenheit nicht schwächer wird.
(Könnte sie aber. So viele gute Absichten, so viele Chancen auf eine glückliche Welt sind vergangen, so viele gerechte Reiche, so viele Akte der

Freundlichkeit, die das Leben, so wie es heute ist, verändert hätten ... Alles Schall und Rauch, wenn jemand mit praktischem Sinn Unseren Kindern ihre Träume und Missionen ausgeredet hat.)

Lucy sah hinaus auf die armen Randbezirke von Baton Rouge, schmutzig und voll mit Verzweiflung. Es tut mir weh, und ich bin traurig, aber ich habe keine Angst vor der kommenden Prozedur. Oder vor Afrika.

(Wir können dir nicht versprechen, daß Flugzeuge nicht abstürzen, daß du die Cholera nicht bekommst oder daß Todesschwadronen dich nicht finden werden ... Aber Wir können dir Freude versprechen. Dauerhafte und sich immer wieder erneuernde Freude, das einzige Glück, das dauert.)

Aber du weißt, daß ich kein guter Mensch bin ...

(Aber das bist du. Und das ist alles, was von dir bleibt, wenn du stirbst, Mein Kind, das Gute, das du getan hast. Es gibt soviel schlechte Theologie und leeres Gerede über den Glauben an die Werke. Besser die entmutigte Zynikerin, die kostenloses Essen in der Suppenküche ausgibt, als die Frömmigkeit von weltfremden Prälaten, Theologen, Wächtern über leere Rituale, Doktoranden oder Erfindern religiöser Regeln. Wenn du in deinem Leben niemandem Gutes tust, dann zur Hölle mit dir! So einfach ist das.)

Sünder wie ich können Dein Werk tun?

(Der Mörder Moses. Der Analphabet Mohammed. Jesus, der Sabbatbrecher. Der Frauenheld Martin Luther King. Der Fanatiker Paulus. Der Trunkenbold Noah. O Mein Kind, du weißt nicht so gut wie Wir, wie sehr du emporsteigen wirst.)

Lucy starrte wieder auf die Karte der *Catholic Relief Charities*. Versprichst Du mir, Heiliger Geist, daß Du bei mir sein wirst, wenn ich das tue?

Das Taxi hielt vor dem Frauenzentrum der Feliciana Parish an.

Und versprich mir, Heiliger Geist, auch wenn diese Bitte wahrscheinlich eine Sünde ist, daß Du auch jetzt bei dieser Prozedur in der Klinik bei mir sein wirst?

(Aber Wir waren immer bei dir. Und wer könnte sagen, Meine Kinder, ob ihr Uns erfunden habt oder Wir euch erschaffen haben. Aber wir hören gegenseitig unsere Stimmen, nicht wahr? Wir können dir nur sagen, daß Wir wahr sind, so wie ihr wahr seid, so wie die Liebe wahr ist. Und daß Wir immer mit euch sein werden. Jetzt und bis ans Ende der Zeit.)

*... und Benjamin brachte mich zur Tür der Kammer, in welcher sich jenes frevelhafte Ding, jener angeblich konservierte Leichnam des Meisters befand.*[1]

*1. Und hier, mein Bruder – du wirst das gewiß seltsam finden –, blieb ich stehen und weigerte mich weiterzugehen.*
*Benjamin betrat mit der Fackel die Kammer und forderte mich auf, ihm zu folgen, aber ich blieb stehen wie angewurzelt! Er begann stinkende Binden von einem Ding abzuwickeln, das eine Leiche hätte gewesen sein können, und ich verlangte, er solle damit aufhören und mich wieder nach oben bringen.*
*Er sagte zu mir: »Aber jetzt sind die Soldaten hier. Sie werden dich bestimmt finden.«*
*Ich weiß nicht genau, was dann passierte, weil ich einen Schlag auf den Schädel bekam. Ich weiß, daß Benjamin mich angriff, weil er dachte, ich wollte mich vor dem Zahlen drücken. So schlug er mich und nahm mir den Gürtel ab und das Geld, das ich dabeihatte. Ich wollte nur weg, und in meiner Aufregung machte ich, während ich die Leiter hinaufkletterte und meinem Verfolger über die Schulter zurief, er möge mich in Frieden lassen, die Wachen auf mich aufmerksam.*
*2. Ich machte mir keine Illusionen und wußte wohl, was ich riskiert hatte, und so erniedrigte ich mich nicht so weit, um Gnade zu betteln. Ich wußte ja, daß man sie mir nicht erweisen würde. Aber meine würdige Haltung verfehlte offenbar ihre Wirkung auf die Kandake nicht, denn Hochderselben Üppigkeit wurde durch das über mich gefällte Urteil zu Tränen gerührt und geruhte gnädig, meinen Schreiber Tesmegan anzuweisen, in meinem Dienst zu bleiben, bis geschrieben ist, was ich zu sagen habe ... (Mein armer Tesmegan ist verwirrt. Da sitzt er und murmelt vor sich hin, ja, schreibe alles hin, ich bin fast fertig.) Dieser Knabe kann nicht verstehen, daß ich mir die Ungnade der Herrscherin und dieses Urteil zugezogen habe um einer Gewißheit willen, die ich dann doch zurückgewiesen habe! Ach, mein treuherziger Schreiber, schließlich sind doch wir alle zum Tode verurteilt, vielleicht heute, vielleicht erst in Jahrzehnten, aber vermeiden läßt er sich nicht. Wollen wir also wirklich wissen, was uns zermalmen und alle Hoffnung rauben würde? Wollen wir uns selbst*

*des Trosts unserer schwärzesten Stunden berauben, unseres Beistands in unserem Kampfe mit unbeantwortbaren Fragen, in den letzten Stunden unseres Erdenlebens?*

*3. Ich sage dir, junger Tesmegan, setze dem, was du glaubst, nicht allzu drängend zu, verlange nicht zuviel. Hätte ich in jenem scheußlichen Keller das tote Antlitz des Lehrers der Rechtschaffenheit erblickt, ich glaube, wenn ich's recht bedenke, daß ich deswegen niemandem die Wahrheit gesagt hätte. Denn was ist die Wahrheit neben dem Guten, das wir Nazaräer in die Welt bringen werden? Es mag absurd sein, doch ich glaube, daß eines Tages Rom vor den Nazaräern die Waffen strecken wird, daß alle Heere und Schätze des Reichs in den Dienst dessen, der uns den Weg wies, treten werden. Oh, wie glorreich wird die Welt sein, in der wir dann leben werden!*

*Aber warum wandte ich mich ab, ehe die Wahrheit offenbar war? Nun, um meinetwillen.*

*4. Zu guter Letzt, lieber Bruder, habe ich den Glauben der Wahrheit vorgezogen. Soweit ich mich erinnere, soll man den Meister bei der schändlichen Gerichtsverhandlung gegen ihn gefragt haben: »Was ist Wahrheit?«*

*Unser Meister gab darauf keine Antwort.*[2]

*Es würde mich nicht überraschen, wenn selbst Gott auf diese Frage schweigen würde. Denn warum sollte Er, der Einzige, der die Macht hat, der Wahrheit gewiß zu sein, sie uns lehren? Nicht die Wahrheit schenkt uns der Herr der Welt, denn es ist doch klar, daß wir sie nicht zu schätzen wissen würden. Statt dessen hat er uns die Fähigkeit zu glauben gegeben. Während der letztvergangenen Jahre habe ich mich von meiner Begierde nach dem Wahren auf allerlei Irrwege führen lassen. Den Glauben kann man nicht wie eine Wahrheit durch Beweise wiedergewinnen.*

*Ich begann diese Niederschrift mit dem Bekenntnis, daß ich meinen Glauben verloren hatte. Eben sagte ich dir, daß er sich wieder eingestellt hat. Aber der Glauben, den ich wiederfand, ist ein anderer als der, den ich verlor. Es ist nicht die lodernde Feuersbrunst meiner Jugend, nicht mehr. Nur ein kleiner Funken, der des Schutzes und der ständigen Zuwendung bedarf, um nicht zu erlöschen. Der aber während der Stunden, die mir noch bleiben, gewiß nicht erlöschen wird und mir Wärme genug gibt.*

*5. Hier scheue ich mich nicht, deinen Tadel herauszufordern, Josephus,*

*aber auch du wirst, meine ich, zu deinem Glauben zurückkehren, wenn auch vielleicht nicht in das Priesteramt, das einst dein Leben war. Bewundere die Römer und ihr Reich und dessen Verwaltung durch sie, sosehr du willst; es mag ja sein, daß die Welt nie etwas Großartigeres gesehen hat als dieses Rom noch zukünftig sehen wird. Ich weiß dennoch, daß du entdecken wirst, daß auch Rom in den Staub sinken muß; daß die gewaltigen Bauten der Römer nichts anderes als zukünftige Ruinen sind. Ich weiß nicht, zu welchen Glaubensartikeln du zurückkehren wirst.*[3]
*Seltsam, wie ich hier, da sich vor meinen Augen mein letzter Tag zur Nacht verdunkelt, plötzlich mit einer gewissen Heiterkeit zu erkennen meine, daß es auf die Einzelheiten des Glaubens, den wir bekennen, nicht groß ankommt. Gott muß auf einige Verwirrung unserer armen Begriffe von Ihm gefaßt sein. Aber was Er uns sicherlich nicht verzeiht, ist, wenn wir einander – um gewisser Unterschiede zwischen unseren auf Ihn bezüglichen Begriffen willen – das Leben zur Hölle machen; ebensowenig wird Er es uns verzeihen, wenn wir uns weigern, uns Seinetwegen den Kopf zu zerbrechen.*
*6. Weißt du, ich kann dir sagen, Bruder, während ich dem jungen Tesmegan diesen Bericht von meinen Reisen diktiert habe – was ist denn los, mein Junge? Tränen wegen des bevorstehenden Endes ausgerechnet meines elenden Lebensrests? (Ach, bis zuletzt muß ich mich mit Unsinn und Unfähigkeit abfinden.) Also, wie ich sagte, in diesen letzten Tagen habe ich die Jahre meines Lebens noch einmal durchlebt und nun, da mir nicht mehr viele Stunden bleiben, bis mich morgen früh die Meroïter backen oder braten oder sonstwie scharfsinnig für die Ewigkeit präparieren, will es mir scheinen, daß ich mir mit den Jahren immer weniger aus den scheltenden und schimpfenden Stimmen der Propheten Israels gemacht habe, daß auch die überzeugten Stimmen des Petrus und des Gamaliel mich immer weniger überzeugten; ja daß selbst das Antlitz des Meisters, das mir einst so leuchtend vor der Seele stand, mit den Jahren etwas blasser und undeutlicher geworden ist.*
*Nein, ganz wie Maria es mir vorhergesagt hat, habe ich schließlich vor allem den Heiligen Geist zu lieben und zu schätzen gelernt. Die Selige Sophia, die mich mit einer Ruhe und Einsicht leitet, die ich die längste Zeit meines Lebens für die Erinnerung meiner seligen Mutter gehalten habe, die mütterliche Stimme meines eigenen Gewissens.*
*7. O ja, da ich von der Sophia rede, habe ich wohl, glaube ich, erwähnt,*

*daß Maria mir ein Schriftstück mitgab, das ich öffnen und lesen sollte, erst wenn ich in Meroë die gesuchte Gewißheit gefunden hätte. Ich öffnete es mit Zittern und Beben, hätte es doch ein Wort von des Lehrers der Rechtschaffenheit eigener Hand gewesen sein können. Aber nein, was ich fand, waren nur Worte eines jungen Mannes, überströmend vor Liebe zu Gott und seiner Welt:*

Ich bin zu dem Glauben gelangt, daß Gott gewiß nicht leuchtender ist als eine Mutter, die für ihre Kinder sorgt, die alltäglichen Verrichtungen in der Küche, die Erntearbeit, der Frieden des häuslichen Herds. Die närrischen Menschen blicken auf zum Himmel, meine Sophia, da wir uns doch nach Erleuchtung in der Nähe, ja auch bei unseren Frauen umsehen sollten. Wie treu haben sie die Liebe gewiegt während all der langen Zeitalter, in denen wir Männer in Zungen, die Gott nicht kennt, einander gezürnt und einander verfolgt haben um Haufen dürrer Reiser; und Kiesel gegen die Stille der Nacht geschleudert haben.

*Das ist, wie dir erinnerlich sein wird, aus meiner* Erklärung des Kosmos, *einem unreifen und schwärmerischen Werk, das gleichwohl nicht ganz ohne Verdienst ist und sich trotz oberflächlicher stilistischer Mängel in den literarischen Kreisen von Alexandrien und Ephesos einer gewissen Wertschätzung erfreut. An den Rand des Papyrus, auf dem ich dieses Zitat aus meinem Jugendwerk las, hatte Maria geschrieben, ihrer Erinnerung nach habe der Meister diese Stelle sehr geliebt.*
*Hosianna, so sollte ich denn am Ende, ganz zuletzt, doch noch erfahren, daß auch bei mir der Unvergleichliche etwas fand, dem Er Seine Liebe schenken konnte.*
*8. Ob Sophia mir eine letzte Gnade gewährt? Sollte diese Schrift meinen Bruder Josephus bar-Matthias nicht erreichen, so möge sie doch, darum bete ich, eines Tages von einem Gelehrten wie ich gefunden werden, einer einsamen Seele, der, wie mir, die Tröstung Gottes abhanden gekommen ist, der mit der Jugend der Glaube geschwunden ist, die in der Wirrsal und dunkelnden Wildnis der Welt das Licht brüderlicher Liebe sucht. Ich lasse sie, diese Schrift, Heilige Weisheit, in Deinen fähigen Händen.*
*Du, die Du alles vermagst!*
*9. Und was habe ich jemals wirklich gewußt! Vielleicht wird schon eben jetzt der wahre Tempel in dem Neuen Jerusalem wieder aufgerichtet.*

*Gamaliel und Petrus haben sich miteinander versöhnt, halten einander bei den Händen und führen unser erlöstes Volk zum Gebet! Und du, Josephus, zu uns zurückgekehrt ... Ja, vielleicht bist du derjenige, der die Nazaräer aus ihren liebsten Irrtümern herausführen soll, kraft deiner Begabung zur Führerschaft (von der ich, um die Wahrheit zu sagen, Größeres erwarte, lieber Bruder, als du, wie deine doch recht mangelhaften historischen Arbeiten beweisen, auf rein wissenschaftlichem Gebiet leisten kannst.) Sei gesegnet, lieber Bruder, sei gesegnet und lebe wohl! Und öffne dich den Lehren des Meisters, und zwar ohne Zögern, heute, gleich jetzt, in diesem Augenblick.*
*Denn das Ende der Zeit ist nahe!*

*Zur Textgestaltung:* Der Herausgeber hat den Text in Abschnitte gegliedert und zur Erleichterung der Lektüre interpunktiert. Die Übersetzung versucht dem Leser einen Begriff auch von dem mitunter großsprecherischen und gestelzten Stil dieser Bekenntnisse zu geben, der in manchem denjenigen des späteren byzantinischen Kirchenhistorikers Eusebius vorwegnimmt.

1 πίστις, der auch von Paulus gebrauchte Ausdruck für »Glauben«. Josephus ist der jüdische Historiker »Flavius« Josephus (um 37–100 n. Chr.).
2 Eridanus ist der Strom am westlichen Rande der Welt, in den Phaeton, der unglückliche Lenker des Sonnenwagens, stürzte, nicht Helios, sein Vater.
3 Vespasian, der römische Heerführer, der im Jahre 67 n. Chr. mit der Unterwerfung Judäas begann und später Kaiser wurde (69–79 n. Chr.), der erste der Flavier.
4 Aliturius, ein jüdischer Schauspieler, trat in Rom auf und war ein großer Günstling (sowie überdies vielleicht auch Beischläfer) Neros. Der Verfasser will sagen, daß Josephus sich als Römer gab und damit kein geringerer Verräter war als Aliturius. Im Jahre 67 n. Chr. befehligte Josephus in Galiläa die jüdischen Truppen gegen die Römer und geriet zu Jotapata in Gefangenschaft. Während seiner Gefangenschaft prophezeite er Vespasian die Erhebung auf den kaiserlichen Thron, was ihm, als die Prophezeiung eintraf, die Gunst des Kaisers sicherte. Aus der Gefangenschaft entlassen, schloß er sich als Dolmetscher dem Heer des Titus an, der nach langer Belagerung im Jahre 70 n. Chr. Jerusalem eroberte und den Tempel zerstörte.
Eine Erörterung des angeblichen Verrats der jüdischen Sache durch Josephus und der Erwiderung desselben auf die Angriffe des Justus von Tiberias findet der Leser bei M. Hersch, *Josephus,* Jerusalem 1991; siehe dazu auch S. J. D. Cohen, *Josephus in Galilee and Rome,* Leiden 1979. Die historischen Schriften des Josephus – die *Geschichte des Jüdischen Krieges,* seine *Jüdischen Altertümer, Selbstbiographie* und andere kleinere Schriften – liegen in deutschen Übersetzungen von Heinrich Clementz vor, die zuletzt 1993 neu aufgelegt worden sind.
5 Seit den Tagen Antiochus' IV. gab es eine Operation, mittels welcher Beschnittene ihren Zustand verbergen konnten, was meist zur Vermeidung von Peinlichkeiten bei gemeinsamen gymnastischen Übungen von Juden und Griechen geschah. Die Zusammenstöße derjenigen, die um des Friedens im Gymnasium willen ihr Judentum derart zu verleugnen sich nicht schämten, mit den Anhängern einer antigymnastischen Partei beschäftigten zu Beginn des 2. Jahrhunderts der christlichen Ära jahrelang das öffentliche Interesse. Siehe dazu die von H. H. Ben Sasson herausgegebene *History of the Jewish Peoples,* Harvard 1976.
6 Die Bezeichnung Nazaräer (oder, wie man in *Apostelgeschichte* 24,5 den Apostel Paulus genannt findet, Nazarener) gilt hier stets den sonst auch als Nasiräer (nämlich Abgesonderte, Geweihte) bezeichneten Anhängern des jüdischen Reinheitskults (dessen Gesetz man in *4. Mose* 6 findet), aus dem zu Beginn des 2. Jahrhunderts eine judenchristliche Sekte hervorging, die auch als Kirche der Ebioniten bekannt war.
An keiner Stelle dieses Evangeliums ist von »Christen« die Rede. *Ekklesia* (ἐκκλησία) ist der überall für die Kirche als Ganzes gebrauchte Ausdruck; *Synagoge* (συναγωγή) ist die Bezeichnung einzelner Kirchengebäude.

7 Interessanterweise wird auch nirgends in diesem Evangelium der Name »Jesus« genannt, obwohl der genannte »Lehrer der Rechtschaffenheit« zweifellos Jesus ist. Der Titel »Lehrer der Rechtschaffenheit« erscheint in den Schriftrollen vom Toten Meer (nämlich in den 1950 von Burrows übersetzten *Habakuk-Kommentaren*). Über den dort so geehrten Lehrer ist weiter nichts bekannt. Immerhin hat man in diesem Zeugnis einen Hinweis auf das frühe Bestehen einer Gemeinde verfolgter Rabbis, der sich Johannes der Täufer und Jesus angeschlossen haben könnten.

8 Micha warnte Josaphat, nicht Jerobeam, siehe 2. *Chronik* 18.

9 Der Verfasser glaubt, die Beschreibung des Feldzugs des Xerxes sei die letzte der Geschichten Herodots gewesen.

10 Von diesen Werken ist keines erhalten. Höchstwahrscheinlich war die *Widerlegung aller Häresien* unter den ersten *odia theologica,* in der Tradition, der später Irenäus mit seinem *Widerspruch gegen die Häresien* (um 185) und Hippolytus mit seiner *Entkräftung aller Häresien* (um 222) folgten.

11 Vielleicht handelte es sich bei diesem Bewunderer der Dichtung unseres Evangelisten um einen Nachkommen jenes Simeon (oder Jesus) Ben Sira, der die um 130 v. Chr. von einem seiner Enkel ins Griechische übersetzte Sammlung von Sittensprüchen verfaßte, die als *Liber Ecclesiastici* in die Vulgata gelangte und als eines der »Bücher, so der Heiligen Schrift nicht gleich gehalten und doch nützlich und gut zu lesen sind« von Martin Luther als das *Buch Jesus Sirach* übersetzt wurde.

12 Die bissige Anspielung des Verfassers gilt dem Streit über den von einem Heiden umgekehrt vor die Tür einer Synagoge in Caesarea gestellten Topf, der den Ausbruch des Krieges veranlaßte, an dessen Ende Jerusalem in Trümmern lag. Josephus berichtet darüber in seiner *Geschichte des Jüdischen Krieges,* II, xiv, 4. Die Sikarier, *sicarii,* so genannt nach den Dolchen *(sicae)*, mit denen sie ihre Mordanschläge ausführten, waren patriotische Terroristen, vor denen zu Beginn des Jüdischen Krieges kein Jude sicher war, den sie verdächtigten, mit den Römern zu kollaborieren. Später verteidigten sie die Festung Masada, bis diese nicht länger zu halten war, und gaben sich zuletzt selbst den Tod (73 n. Chr.).

13 Ein Wort über den Altersunterschied zwischen den Brüdern. Josephus wurde seiner eigenen Angabe in seiner *Selbstbiographie* zufolge »im ersten Jahr der Regierung des Gaius Caesar« geboren, das heißt 37 n. Chr. Aus dem Folgenden (siehe Eins, 23) ist zu entnehmen, daß der Bruder des Josephus, der mutmaßliche Verfasser dieses Dokuments, im Jahre 14 n. Chr. geboren wurde, mithin dreiundzwanzig Jahre älter gewesen wäre als dieser. Josephus selbst bekennt im zweiten Teil seiner *Selbstbiographie,* daß er von seinem Bruder erzogen wurde; er scheint ein Sohn aus der zweiten Ehe seines Vaters gewesen zu sein.

14 Der Autor meint Seir, *1. Mose* 33,14.

15 Meroë, Hauptstadt des jüngeren äthiopischen Reiches in Nubien, nordwestlich von Khartum, der heutigen Hauptstadt des Sudan.

16 παρακαλῶ, eine häufige Ermahnung in den irenischen Schriften des 1. Jahrhunderts.

17 πορνεία und »Sodomien«. Über die Faszination des 1. Jahrhunderts durch *porneia* ist viel geschrieben worden; siehe den ausgezeichneten R. M. Werner, *Die antiken Klassiker und die Unanständigkeit,* Freiburg 1982. »Sodomien« sind im weitesten Sinne ungehörige Handlungen aller Art und insbesondere Verletzungen des Gast-

rechts; die Weigerung, einen Fremden zu speisen, galt beispielsweise als eine Sodomie.

18 μαλακία. Das Wort bedeutet in diesem Zusammenhang gewöhnlich soviel wie »Masturbation«, doch bezeichneten die Schriftsteller des 1. Jahrhunderts jedes willensschwache Versinken in der Fleischlichkeit mit diesem Terminus technicus.

19 Auf den Tausenden von Seiten der Werke des Josephus gibt es drei Erwähnungen christlicher Angelegenheiten: a) einen kurzen Bericht über Wirken, Kreuzigung und Auferstehung Jesu, dessen Identität mit dem Messias der Erzähler nicht bezweifelt; doch muß die Identität des Erzählers mit Josephus bezweifelt werden. Der fragliche Abschnitt ist wohl in seiner Gänze von einem christlichen Abschreiber des Werks unter die vermischten Nachrichten aus der Amtszeit des Pontius Pilatus im 18. Buch der *Jüdischen Altertümer* interpoliert (XVIII, iii, 3); b) einen Bericht über die Steinigung des Jakobus (*Altertümer* XX, ix, 1), der als Bruder des »Jesus, der Christus genannt wird« identifiziert ist. Abgesehen von dieser mutmaßlich ebenfalls interpolierten Identifikation scheint dieser Bericht echt zu sein; c) einen Bericht über das Wirken und die Hinrichtung Johannes des Täufers (*Altertümer* XVIII, v, 2), der im wesentlichen wohl gleichfalls auf Josephus selbst zurückgeht. Der Täufer wird als Opfer des Herodes beschrieben, seiner Verbindung mit dem Christentum aber wird mit keinem Wort gedacht. Alles in allem ist festzustellen, daß man bei Josephus, dem gründlichsten – wenn auch nicht vorurteilsfreiesten – Geschichtsschreiber der Zeit keinen evidenten Hinweis darauf findet, daß Jesus überhaupt gelebt hat.
Doch hat Josephus die *Jüdischen Altertümer* erst um das Jahr 93 n. Chr. geschrieben, und so ist es schon verdächtig sonderbar, daß der Verfasser, ein ehemaliger Priester der pharisäischen Partei (der in seinen Geschichten von allen Parteiungen und Sekten der Juden berichtet), ausgerechnet von jener Sekte nicht spricht, deren Anhänger seinerzeit in vielen jüdischen Städten schon so zahlreich wie die Orthodoxen und bereits Opfer römischer, ja – unter Ananias – auch jüdischer Verfolgungen waren; außerdem waren sie Ziel der Bannflüche berühmter Rabbiner: »Mögen die Nazarener und Häretiker augenblicklich verderben«, heißt es in der mutmaßlich zwischen 90 und 100 n. Chr. entstandenen Amidah.

20 Der Verfasser hat den Bericht des Josephus offenbar nicht aufmerksam gelesen. An die 2000 Flüchtlinge aus dem belagerten Jerusalem fielen den syrischen und arabischen Hilfstruppen des Titus in die Hände, die ihnen in der Tat die Bäuche aufschnitten und sie nach verschlucktem Gold durchsuchten. Doch berichtet Josephus, daß Titus dieses Verfahren streng verurteilte und diejenigen seiner Leute, die es praktiziert hatten, mit dem Tode bestraft hätte, wären ihrer nicht so viele gewesen. Dennoch könnte natürlich der Evangelist der Wahrheit näher sein als der Historiker, denn Josephus war ja um die Gunst der Römer bemüht (aber man urteile selbst: *Jüdischer Krieg*, V, xiii, 4).

21 Die Hinrichtung von Jesu Bruder Jakobus (sowie vieler anderer den Sadduzäern mißfälliger Juden) führte im Jahre 62 n. Chr. zum Sturz des Ananias, des verantwortlichen Hohenpriesters, was vielleicht auf gewisse Sympathien für die ersten Christen in der Bevölkerung schließen läßt (»Das aber erbitterte auch die eifrigsten Beobachter des Gesetzes ...«, schreibt Josephus); es ist aber auch denkbar, daß die Römer die Amtsenthebung des Ananias hauptsächlich deshalb veranlaßten, weil ihnen seine Eigenmächtigkeit mißfiel.

22 Hegesippus (um 110–180 n. Chr.) ist in vieler Hinsicht unzuverlässig, aber er nennt einen Simon (oder Symeon), Sohn des Kleophas (erwähnt bei *Johannes* 19, 25 und vielleicht *Lukas* 24,18), als zweiten Bischof von Jerusalem. Er starb der Überlieferung zufolge im Jahre 104 den Märtyrertod. Die Erhebung des Simon (oder Symeon) in das Bischofsamt zeigt, daß es in der frühen Kirche eine Neigung gab, geistliche Hirten aus der Blutsverwandtschaft Jesu zu berufen. Denn *Johannes* 19,25 zufolge war Kleophas ein Onkel Jesu, mithin dessen Sohn Simon ein Vetter Jesu. Zu Zeiten Trajans berief sich die galiläische nazaräische Gemeinschaft auf den zweiten der drei Brüder Jesu als ihren Gründer, den bei *Matthäus* 13,55 erwähnten Judas.

23 Wie man sieht, opferten noch immer viele Judenchristen, Nazaräer (später Ebionäer und Ebioniten) genannt, am Sabbat im Tempel und hielten außerdem am Freitag, dem Tage der Kreuzigung, eine besondere Zeremonie ab, von der nichts Näheres mehr bekannt ist.
Der christliche Sabbat wurde im 4. Jahrhundert auf den folgenden Wochentag, der dem Sonnengotte heilig war, verschoben. Der Geburtstag Jesu wurde auf den 25. Dezember festgesetzt, der schon lange als Geburtstag des Sonnengottes und der persischen Erlösergestalt Mithras galt. Konstantin verehrte neben Jesus weiterhin den Sonnengott. Noch im 6. Jahrhundert tadelte Gregor der Große in der Peterskirche seine Herde ihres fortgesetzten heidnischen Sonnenkultes wegen. Justinus Martyr, Ignatius von Antiochien, Clemens von Alexandrien und Tertullian fanden jedoch den sonntäglichen Gottesdienst der Verbreitung des Christenglaubens sehr nützlich, hatte doch Christus selbst gesagt: »Ich bin das Licht.« Advents- und Weihnachtskerzen sind allerdings Erinnerung an ein heidnisches Lichtfest und haben keinen direkten Bezug zum Christentum.

24 Pleite. Im Original hebräisch *peleta:* Flucht, Bankrott.

25 Epaphrodius ist vielleicht der von Paulus *Philipper* 4,18 erwähnte Epaphroditus; *kuthim* schimpfte man die wilden Samariter.

26 *Matthäus* 8,28.

27 *Sophia* ist der weibliche hebräische Geist der Weisheit, der bei den Griechen, Juden und Christen in den beiden Jahrhunderten vor und nach der Geburt Christi die höchste Verehrung genoß. Sie erfreute sich damals so großer Beliebtheit, daß sie die vorherrschende männliche Theologie bedrohte. Die *Weisheit Salomos,* ein Preislied auf diesen weiblichen Geist der Weisheit (deutsch von Dieter Georgi, *Jüdische Schriften aus hellenistisch-römischer Zeit,* Bd. 3, Gütersloh 1980), ist (um 100 v. Chr.) vielleicht das älteste und klarste Zeugnis des Kults der *Sophia,* von dem sich Elemente, wie in dem vorliegenden Werk auch bei Philo und bei Johannes finden (die ihm beide die Vorstellung des uranfänglichen *Logos* entnehmen) sowie in den deuteropaulinischen Briefen an die Epheser und die Hebräer. *Sophia* und Heiliger Geist waren für einen großen Teil der frühen Kirche Synonyme. Die größte Kirche in Byzanz, die 548 von Kaiser Justinian erbaute Hagia Sophia, war nicht (wie später behauptet wurde) irgendeiner heiligen Sophie, sondern dieser heiligen Weisheit geweiht.

28 Judas Didymus (oder Judas der Zwilling), der Thomas genannt wurde, um Verwechslungen mit den zwei oder drei anderen Jüngern namens Judas vorzubeugen. (Der Herausgeber nennt ihn im folgenden stets Thomas.)

Thomas soll den Medern und den Parthern das Evangelium gepredigt haben sowie schließlich auch den Indern; und obwohl seine Reliquien schon in alter Zeit (vor 384) nach Edessa überführt worden sein sollen, wird sein Grab in Mailapur (einem Vorort von Madras) noch heute von Pilgern besucht. Die indischen Thomas-Christen, die ihn als Gründer ihrer Kirche verehren, waren wohl ursprünglich syrischer Herkunft, und ihre Kirchensprache ist noch heute die syrische. Sie waren seit dem 5. Jahrhundert Nestorianer (die Maria zwar als »Christusgebärerin«, doch nicht als »Gottesgebärerin« gelten ließen) und wurden im 16. Jahrhundert unter portugiesischer Herrschaft als Syro-Malabarische Kirche mit Rom uniert. Die Gegner dieser Union schlossen sich später den Jakobiten an, deren christologische Doktrin derjenigen der Nestorianer zwar entsprach wie die äußerste Linke der äußersten Rechten, die aber wie die Nestorianer syrisch und nicht römisch waren. Die Geschichte dieser indischen Christenheit gehört zu den faszinierendsten Phänomenen der Kirchengeschichte, siehe L. W. Brown, *The Indian Christians of St. Thomas,* Cambridge 1956, sowie Francis M. Rogers, *The Quest for Eastern Christians,* Minneapolis 1962. Als Skeptiker und Zweifler war Thomas schon zu Beginn des 2. Jahrhunderts bekannt: In dem (um 110 entstandenen) *Johannesevangelium* liest man 20,25 von seinen Zweifeln an der Auferstehung des Herrn. Aber auch an zwei weniger berühmten Stellen bei *Johannes* werden Äußerungen berichtet, die Festigkeit des Glaubens bei ihm vermissen lassen: 11,16 erklärt er, da Jesus nach Judäa zurückkehren will (wo die Juden ihn zuvor schon steinigen wollten), um Lazarus von den Toten aufzuwecken: »Laßt uns mitziehen, daß wir mit ihm sterben«; und 14, 5 widerspricht er dem Herrn: »Herr, wir wissen nicht, wohin du gehst; und wie können wir den Weg wissen?« Der Überlieferung zufolge starb er im Juli des Jahres 72 den Märtyrertod. Das vorliegende Evangelium dagegen weiß offenbar nichts von diesem Martyrium.

29 Das heutige Eilat am Golf von Akaba.

30 Das vorliegende Dokument ist ein beredtes Zeugnis für die weitgehende Hellenisierung der jüdischen Oberschicht jener Zeit. Bis zur Zeit Herodes des Großen war die Haltung der Juden den Griechen und der hellenistischen Kultur gegenüber eher feindselig. Die Makkabäer vollbrachten ihre großen Taten ja im Kampf gegen Griechen. Johannes Hyrkanus bekehrte die Griechen in Idumäa und Samaria gewaltsam zum Judentum und zerstörte Skythopolis zur Strafe dafür, daß man dort Griechisch redete. Alexander Jannäus verwüstete die Dekapolis. All diese Kämpfe resultierten aber nichtsdestoweniger in der Hellenisierung der Juden.

Zur Zeit Jesu hatte man in Judäa griechische Namen, trug griechische Tracht, baute im griechischen Stil, sprach Griechisch, las sogar die griechische Ausgabe der Bibel (die Septuaginta) und philosophierte (wie zum Beispiel Philo) in der Sprache der Heiden. Herodes der Große belebte die Olympischen Spiele neu, baute Gymnasien und griechische Theater und restaurierte den Tempel des Apollo auf Rhodos. Allerdings behagte diese gründliche Hellenisierung des Judentums nur der Oberschicht. Viele Gelehrte (siehe dazu M. Hersch, *Josephus,* Jerusalem 1991, S. 340 bis 347) sind der Meinung, daß weniger Antiromanismus als vielmehr Antihellenismus zum Ausbruch kam in dem jüdischen Aufstand, der schließlich in der Zerstörung Judäas endete.

31 Ein Anklang an *Hesekiel* 16,33.

32 Seiner Selbstbiographie zufolge war Josephus von seinem sechzehnten bis zum neunzehnten Lebensjahr Schüler eines Einsiedlers namens Banus (*Leben* 10–12), der indessen, nach den Angaben des Josephus zu urteilen, kein Essäer (oder Essener) gewesen zu sein scheint.

33 Die Judenchristen, wie auch die Schriften der Ebioniten nahelegen, waren insgesamt geneigt, den Apostel Paulus als großen Häretiker und Verderber der rechten Lehre anzusehen. Einen ausführlicheren Angriff unseres Autors gegen Paulus siehe weiter unten, Zwei,11–12.

34 Den Vorfall, auf den hier angespielt wird, findet man sonst nirgends erwähnt. Die Ophiten (von griech. ὄφις, Schlange) übten einen Gottesdienst, der schon in sehr alter Zeit von Minoern und Ägyptern praktiziert wurde. Schlangenkulte waren zur Zeit unseres Autors fast überall verbreitet, wo eine Berührung der jüdisch-christlichen Religion mit der altägyptischen oder kykladischen Überlieferung stattfand. Noch heute findet man die Schlange um das Kreuz geschlungen in der *Santeria* Brasiliens, im *Wodun* Haitis und in ähnlichen Kulten anderswo in Südamerika und im Süden der Vereinigten Staaten (so bei den Holy Ghost People in West Virginia und bei den Pfingstgemeinden in beiden Carolinas) sowie in Afrika. Zur theologischen Rechtfertigung der Schlangenverehrung innerhalb dieser mehr oder weniger christlichen Sekten wird *Matthäus* 10,16 zitiert, wo der Herr spricht: »Seid klug wie die Schlangen«; desgleichen *Johannes* 3,14, wo es heißt: »Und wie Mose in der Wüste eine Schlange erhöht hat, also muß des Menschen Sohn erhöht werden«; sowie der Vers der ersten Ergänzung des *Markusevangeliums* (16,18), in dem gesagt wird, daß zu dem Zeichen derer, die glauben, gehören soll, daß sie »Schlangen austreiben«. Daneben berichtet ja auch Lukas in *Apostelgeschichte* 28, 3–6, wie einst auf der Insel Melite eine Giftschlange dem Apostel Paulus nichts anhaben konnte.

35 Fruchtbarkeitskulte, bei denen Schlangen verehrt wurden, waren im Altertum besonders auf Kreta und in der Kyrenaika verbreitet. Der Unterschied zwischen den volkstümlichen und besonders im Mittelmeerraum sehr beliebten Darstellungen der heiligen Jungfrau, die (zum Zeichen, daß sie die Sünde Evas überwunden hat) eine Schlange zertritt, einerseits und minoischen Darstellungen von Schlangenpriesterinnen andererseits ist nicht groß.

36 Der teilweise zoroastrisch inspirierte Mithras-Kult (schon im 6. Jahrhundert v. Chr. nachzuweisen) konkurrierte mit dem Christentum, das daher Kompromisse mit ihm machte. Mithras, Sohn einer himmlischen Jungfrau, war ein Sonnengott, geboren am 25. Dezember. Bei der Feier seiner Geburt sangen die Gläubigen: »Die Jungfrau hat geboren! Das Licht wächst!« Vermaseran, *Mithra the Secret God,* London 1963, zitiert ein Gebet Mithras, das offenbar zu einer mithraischen Eucharistiefeier in Beziehung stand: »Wer nicht wird essen meinen Leib und trinken mein Blut ..., wird nicht erlöst werden.« Mithras vollbrachte Wunder und Heilungen, und seine Verehrer befleißigten sich der Keuschheit und der Nächstenliebe und glaubten an ein jenseitiges Leben. In einer Katakombe unter S. Clemente, einer der frühesten christlichen Basiliken in Rom, gibt es einen mithraischen Altar, was darauf schließen läßt, daß es eine mithraische Spielart des Christentums gab.

Die christliche Aneignung des Mithraismus zu rechtfertigen ist der Kirche nie überzeugend gelungen. So erklärte Tertullian, Mithras und Attis seien vor Christus erschienen als Abgesandte Satans, der mittels solch teuflischer Imitationen des kommenden Erlösers die Menschen von diesem abzulenken versucht habe.

37 Wie derjenige des Mithras beeinflußte und beeinträchtigte auch der Kult des Attis die frühe Kirche. Attis, Sohn der Großen Mutter, wurde geboren von Nana, einer Jungfrau. Attis entmannte sich unter einer Fichte und verblutete in der Blüte seiner Jahre. Drei Tage später erstand der Gottessohn von den Toten – am 24. März, dem Tag, an dem ein großer Teil der frühen Kirche jahrhundertelang das Osterfest feierte, wie denn überhaupt die Frühjahrs-Tagundnachtgleiche, der Frühlingsanfang, zur Verehrung der verschiedensten Fruchtbarkeitsgottheiten rief.

38 Überlebsel, »survival«. Im Original συρβαίβελ. Terminus technicus für Reste alten Brauchtums. Zu der von dem Evangelisten aufgeworfenen Frage (wie auch zu der Rolle, die solche Überlebsel im Kulturbetrieb spielen) siehe: Edward Burnett Tylor, *Primitive Culture*, London 1871 und öfter; deutsch, Leipzig 1873.

39 Zu einer Zeit, da sich um die dereinstige Bevölkerungsexplosion noch niemand Sorgen machte, im Gegenteil – es war ja immer zu befürchten, daß der nächste Krieg, die nächste Seuche, das nächste Erdbeben das ganze Dorf, den ganzen Stamm, die ganze Menschheit ausrotten könnte –, war die Selbstkastration auf den ersten Blick nur als höchst perverse, radikal lebensverneinende Maßnahme zu verstehen. Dennoch, und obwohl die Patriarchen ihre Autorität dagegen geltend machten, wurde während des 1. Jahrhunderts der christlichen Ära die Selbstkastration fast in der ganzen Alten Welt Mode wie auch die Selbstgeißelung und andere Bußübungen, die wir uns nur als masochistische Selbstbefriedigung plausibel machen können. Jesu Worte »Und sind etliche verschnitten, die sich selbst verschnitten haben, um des Himmelreichs willen« (*Matthäus* 19,12) wurden von vielen zur Askese neigenden jungen Männern als Anregung aufgefaßt, dem Beispiel dieser etlichen zu folgen.
Origenes soll sich selbst kastriert haben, um rein zu bleiben, Justinus Martyr berichtet von vielen, die sich selbst kastrierten, damit ihnen nicht gehässig von Feinden sexuelles Fehlverhalten unterstellt werden könnte. Siehe dazu H. Chadwick, *The Sentences of Sextus*, oder R. Koenig, *Female Eunuchs and Castration*, New York 1989, wo es heißt, daß diese Art der Selbstheiligung nach einem letzten Ausbruch der Begeisterung dafür im 4. Jahrhundert n. Chr. aus der Mode kam.

40 Man vergleiche die Riten des Attis in Rom: In einer Raserei von Selbstgeißelung und Selbstverstümmelung schnitten sich die Feiernden schließlich die Genitalien ab (oft den Penis mit den Hoden) und schleuderten sie auf die geheiligte Fichte oder das Bild der grausamen Göttin. In Syrien pflegten diejenigen, die sich nach dem Muster des Attis der Kybele zu Ehren entmannten, bei einem Lauf durch die Stadt ihre abgeschnittenen Geschlechtsorgane durch irgendeine Haustür zu werfen und damit die Hausbewohner aufzufordern, den Novizen mit neuen Gewändern für das Priesteramt zu versehen, für welches er sich durch die Operation qualifiziert hatte.

41 Sporus ließ sich Nero zuliebe kastrieren und von diesem, der seine zweite rechtmäßige Gattin im Zorn durch einen Fußtritt tötete, in Frauenkleidern als kaiserliche Eheliebste präsentieren. Über Pindymion ist weiter nichts bekannt, aber Darius ist vermutlich der verschnittene Sklave, der Caligula bei seinen theatralischen Umzügen begleitete und den Bagoas mimen mußte, während der Kaiser als der große Alexander posierte. Siehe die Kaiserbiographien Suetons, wo *Nero*, 28 gesagt wird (deutsch von André Lambert): »Den Knaben Sporus ließ er [Nero] entmannen und

versuchte, ihn in ein Wesen weiblichen Geschlechts zu verwandeln. Mit Mitgift und rotem Brautschleier ließ er ihn in feierlichem Hochzeitszug unter großem Geleite in seinen Palast führen« usw.; und in *Nero*, 35: »Poppaea ... liebte er heiß; dennoch tötete er auch sie, und zwar durch einen Fußtritt, da sie schwanger und leidend darniederliegend, ihn mit Vorwürfen bedachte ...«; während von dem jungen Darius in *Caligula*, 19 die Rede ist. Für einen Mann, der behauptet, über jedes Interesse an Rom und an den Einzelheiten der dortigen Sittenverderbnis erhaben zu sein, verrät unser Autor eine erstaunlich detaillierte Kenntnis römischer Skandalgeschichten.

42 Das von unserem Autor hier verwendete griechische Wort hat Luther *1. Korinther* 6,9 mit »Weichlinge« übersetzt.

43 Das Weihrauchland der alten Ägypter am Horn von Afrika.

44 *Matthäus* 5,18.

45 Karmanien hieß das Gebiet am persischen Ufer der Straße von Hormuz. Der Wert der genannten Münze war etwa der eines Groschens.

46 Das Reich der Parther forderte die Römer wiederholt zu verlustreichen Eroberungsversuchen heraus. In der Schlacht von Karrä in Mesopotamien wurden sie 54 v. Chr. vernichtend geschlagen, 20 000 Römer starben, 10 000 gerieten in Sklaverei. Der abgeschlagene Kopf des Crassus, der dieses Heer befehligt hatte, wurde nach Seleukia gebracht, wo auf einem Gastmahl der Sieger, eben als der Bote damit eintraf, die *Bacchantinnen* des Euripides aufgeführt wurden. Der tragische Schauspieler Jason von Tralles, der dabei die Rolle der Agaue spielte (berichtet Plutarch, *Crassus* 33, deutsch von Kaltwasser), »faßte den Kopf des Crassus und sang voller Begeisterung mit bacchischem Feuer die Verse ab: ›Aus dem Gebirg' daher trag ich ein zottig Wild ...‹« usw.

47 »Haben wir nicht auch Macht, eine Schwester zum Weibe mit umherzuführen, wie die anderen Apostel und des Herrn Brüder und Kephas?« *1. Korinther* 9,5.

48 *Die Weisheit Salomos*, 7,24.

49 Alle von Thomas handelnden Schriften erwähnen dessen Missionsreisen in Indien, wenn auch die sogenannten *Thomasakten* (»Anfang des 3. Jahrhunderts in Ostsyrien entstanden und ursprünglich syrisch abgefaßt«, wie Han J. W. Drijvers in der Einleitung zu seiner Übersetzung dieser Akten im 2. Band von Schneemelchers *Neutestamentlichen Apokryphen* feststellt) nicht als Tatsachenbericht gelten können, so daß strittig bleibt, wie weit nach Indien hinein der Apostel vordrang. Eine *Thomasapokalypse,* deren ältestes Zeugnis eine Handschrift aus dem 5. Jahrhundert ist (Cod. Vindob. Palatinus 16), könnte erst zu dieser Zeit entstanden sein, wird jedoch von manchen auch für älter gehalten.
Interessanter ist das erst 1945 oder 1946 bei Nag Hammadi in Oberägypten gefundene koptische *Thomasevangelium* (mit einer deutschen Übersetzung herausgegeben von Johannes Leipoldt, Berlin 1967). Helmut Köster, der im Rahmen der Veröffentlichung der *Nag Hammadi Library* die Ausgabe des *Gospel According to Thomas* einleitete, New York 1977, meint, daß Teile dieses Evangeliums älter sein könnten als die synoptischen.

50 Der Jünger Judas alias Lebedäus, alias Thaddäus (unter diesen drei Namen bekannt), war der Sohn (*Apostelgeschichte* 1,13 und *Lukas* 6,16 zufolge) oder (wie er sich in dem unter seinem Namen überlieferten Brief, *Judas* 1, selbst nennt) »ein

Bruder ...« des Jakobus bar-Alphäus. Das vorliegende Evangelium trägt zur Aufklärung der Verwandtschaft nichts bei. Bei *Matthäus* und *Markus* wird Judas zwar erwähnt, doch seine Herkunft und Verwandtschaft betreffend nichts gesagt. Auch Jesus hatte einen Bruder namens Judas. »Ist er nicht ... der Bruder des Jakobus und Joses und Judas und Simon?« fragen die Leute in Jesu Vaterstadt, die ihn nicht als Propheten gelten lassen wollen (*Markus* 6,3).

Da die Gestalt dieses Jüngers derart schwer zu fassen ist, gab man ihm später den Beinamen »der Dunkle« und ruft ihn vorzüglich in hoffnungsloser Lage um Beistand an. Er und Simon der Zelot sollen den Persern das Evangelium gepredigt und bei diesen das Martyrium erlitten haben, doch dem vorliegenden Dokument ist zu entnehmen, daß den diesbezüglichen Legenden wohl nicht zu trauen ist.

51 *2. Mose* 4,10.

## Anmerkungen zu Zwei

1 Matthias hat diese Vorstellungen dem weit trefflicheren *Buch Tobias* entnommen (um 100 v. Chr. entstanden), wo es etwa heißt: »Die Pforten Jerusalems werden von Saphir und Smaragd gebaut werden und aus Edelsteinen ringsum all ihre Mauern. Mit weißem und reinem Marmor werden alle ihre Gassen gepflastert werden, und in allen Straßen wird man halleluja singen« (*Tobias* 13, 20–27).

2 Hier imitiert der Verfasser das *Hohelied* 1,12–14, offensichtlich aber, ohne etwas von den sexuellen Anspielungen zu ahnen, welche die geborgten Bilder machen.

3 Die Worte des griechischen Textes sind anders nicht zu deuten; die Bedeutung einer »Erweckung von den Toten« ist jedenfalls damit nicht gegeben. Mit dem gleichen Ausdruck wird das »blutflüssige Weib« bei *Markus* 5,25 beschrieben. Bemerkenswert ist jedenfalls, daß weder Markus, der erste Evangelist, noch Matthäus (der Markus im Sinne der Rechtgläubigkeit bearbeitete) von der Auferweckung des Lazarus sprechen. Nur bei Lukas und Johannes, die später schreiben, ist davon die Rede.

4 »Wer nur irgendeinen toten Menschen anrührt, der wird sieben Tage unrein sein«, heißt es *4. Mose* 19,11; die Vorbereitung der Toten für das Begräbnis wurde deshalb gewöhnlich den Frauen aufgegeben.

Wenn die »nazaräischen« Nachfolger Jesu wirklich mit der »nasiräischen« Bewegung verbunden waren, verbot ihnen das Gesetz (*3. Mose* 21,11 und *4. Mose* 6,6), seinem Begräbnis oder seiner Hinrichtung beizuwohnen (auch der Hinrichtung ihrer Väter oder Mütter hätten sie fernbleiben müssen), was vielleicht erklärt, weshalb auf Golgatha und bei der Grablegung kaum einer seiner Jünger bei Jesus war.

5 Jawneh war der Zufluchtsort des Sanhedrins während der Belagerung Jerusalems. Unter den großen Rabbis Jochanan ben-Zakkai und Gamaliel II. war Jawneh ein blühender Hort der Gelehrsamkeit und wäre das in Frieden geblieben, hätte es sich Hadrian nicht unglücklicherweise einfallen lassen, die Thora zu verbieten (132 n. Chr.), was die verwüstete Gegend in einen neuen Krieg stürzte. Die nazaräisch-christliche Gemeinde floh nach Pella.

6 Das Folgende ist die klassische ebionitische Anklage gegen Saulus alias Paulus, wie

man sie etwa in den *Kerygmata Petrou,* einer dem Apostel Petrus zugeschriebenen Lehrschrift des späten 2. oder frühen 3. Jahrhunderts findet (siehe E. Hennecke, W. Schneemelcher, *Neutestamentliche Apokryphen,* 5. Aufl., Tübingen 1989, Bd. 2, S. 443, 479 ff., insbesondere S. 485): »Denn mir, der ich ein standhafter Fels, der Kirche Grundstein bin, hast du feindselig widerstanden«, wirft dort Petrus dem Paulus vor. Übrigens wird die fragliche Schrift durch einen fingierten Brief des Petrus an Jakobus eingeleitet.

Es gab auch numerologische Gründe, Paulus zu mißtrauen, der zu der vollkommenen Zahl der zwölf als böser Dreizehnter dazukam. Siehe unten, Drei, 23–24, wo unser Autor auch darauf eingeht.

7 »Ich befehle euch aber unsere Schwester Phoebe, welche ist im Dienste der Gemeinde zu Kenchreae, daß ihr sie aufnehmet in dem Herrn, wie sich's ziemt den Heiligen ..., (*Römerbrief,* 16,1–2). In den frühesten und in ihrer Echtheit nicht bezweifelten Briefen des Paulus werden führende Rollen in der Gemeinde auch Frauen zugestanden. Man erinnere sich, daß das »Priestertum« den ersten Christen, die doch der Herrschaft des »Tempels« entrinnen wollten, verhaßt war. In der frühen Kirche waren Diakone und Älteste, Apostel, Evangelisten und solche, denen die Gabe der Prophetie verliehen war (und das konnten anscheinend Frauen ebenso wie Männer sein), die einzigen Autoritäten – Priester gab es nicht!

8 Ungewöhnlich treffsicher vergleicht unser Autor hier den Apostel Paulus mit Typhon, der der Mythologie nach wie dieser aus Tarsus in Kilikien stammte und einer der Titanen war, die sich gegen Zeus empörten.

9 Nathanael (bei *Johannes* 1,46 und 21,2 erwähnt) wird gewöhnlich mit dem bei Matthäus, Markus und Lukas genannten Bartholomäus identifiziert. Eusebius berichtet, daß er wie Thomas in Indien evangelisiert habe, doch die allgemeine Überlieferung will wissen, daß er das Martyrium in Armenien erlitt, wo man ihm bei lebendigem Leibe die Haut abgezogen haben soll.

10 Die seinerzeit verbreitete Schwärmerei für Kronen, Diademe und den feurigen Wagen (den Hesekiel erblickte und den zu deuten viele jüdische Mystiker sich bemüht haben, wie neuerdings auch verschiedene UFO-Forscher, siehe E. v. Däniken, *Erinnerungen an die Zukunft,* 1968, S. 73 ff., sowie das Werk des amerikanischen Theologen Barry H. Downing, *The Bible and the Flying Saucers,* New York 1968, London 1977, S. 92) scheint dieser Evangelist mit besonderem Eifer betrieben zu haben. Ebenso hielt er an der hergebrachten Vorstellung fest, daß an Gottes Thron – entweder unter- oder innerhalb – die menschliche Seele (weiblich und eigensinnig) ihren Platz habe. Die *Sefer Jezirah* (vielleicht schon um 200 n. Chr. kompiliert) bietet eine Summe dieser alten Vorstellungen. Hier ein besonders glänzendes Muster dieser Art von Literatur, aus der *Heikhalot Rabbati* (einem Werk des 4. Jahrhunderts, von dem Shafer in Leiden 1981 eine kongeniale Übersetzung veröffentlicht hat): »Rabbi Nehunja enthüllte alsbald das Geheimnis der Welt, das Maß, welches einem erscheint, der würdig ist, den König, seinen Thron, zu betrachten ... und den geschwinden Blitz, das schreckliche Hasmal, den Feuerstrom, der den Thron umfließt, die Brücken, die Feuerflammen, welche lodern zwischen jeder Brücke und der nächsten, den dichten Rauch, den hellen Wind, der von den glühenden Kohlen die Rauchwolke bläst, die alle Kammern des Palasts [heikhal] von Arawot [des Siebenten Himmels] bedeckt ...« usw. Diese mystischen Gegen-

stände fesselten jüdische Esoteriker während des ganzen Mittelalters bis in die Zeit der Kabbala.

11 Im jüdischen Märtyrerkult der Zeit dachte man den Märtyrern, wie später während des christlichen Mittelalters, eine besondere Krone zu. Στέφανος, der Name Stephan, ist das griechische Wort für Stirnband, Diadem, Preis, Belohnung, Krone. Das weckt Zweifel an der Existenz des Protomärtyrers ausgerechnet dieses Namens, dessen Predigt, Entzückung und Tod wir im 7. Kapitel der *Apostelgeschichte* lesen.

12 Jesus schloß sich (siehe insbesondere *Markus* 13,1–9, *Lukas* 23,28) den Scharen frommer Bußprediger an, die die Zerstörung Jerusalems prophezeiten.

13 Wie mehrere Marien, so gab es auch der Jakobs viele. Dieses Evangelium bestätigt uns, daß wir mindestens drei wichtige Träger des Namens Jakobus voneinander zu unterscheiden haben: 1. Jakobus, den Sohn des Zebedäus, der ein Bruder des Johannes war und als erster der Jünger im Jahre 44 den Märtyrertod starb. 2. Jakobus, den Verfasser des in das Neue Testament aufgenommenen Hirtenbriefs und Bruder Jesu, den ersten Bischof von Jerusalem, der unter dem Prokurator Albinus im Jahre 62 gesteinigt wurde. Die Berichte über den 3. Jakobus, »den Kleinen« oder »den Jüngeren«, sind nicht sehr ergiebig, und die lateinische Kirche hat ihn deshalb mit dem Bruder des Herrn gleichgesetzt, obwohl er bei *Lukas* als Sohn des Alphäus identifiziert wird. (Eine Ikonographie bietet R. P. Bedford, *St. James the Less.*) Das vorliegende Dokument macht jedoch zu der Annahme geneigt, daß dieser Jakobus bar-Alphäus der Verfasser des apokryphen *Protoevangelium des Jakobus* gewesen sein möchte (deutsch bei Hennecke-Schneemelcher, NTA, Bd. 1, S. 334 ff.), von dem armenische, koptische und griechische Versionen, als älteste aber eine syrische Fassung erhalten sind. Dieses Evangelium, in dem Jesu Geburt sowie Legenden von Maria, Joachim und Anna erzählt werden, erfreute sich im Mittelalter großer Beliebtheit.

14 Maria, die Mutter des Jakobus bar-Alphäus wirkte, *Lukas* und *Markus* zufolge, bei der Grablegung Jesu mit und ging am Tage der Auferstehung zum Grabe.

15 Hier haben wir ein Zeugnis des leidenschaftlichen Interesses, das immer an dem Baum genommen worden ist, aus dem das Kreuz gemacht wurde. Eine der ältesten Kirchen in Jerusalem, die georgische Kirche des heiligen Kreuzes (erbaut im 5. Jahrhundert), soll stehen, wo der Baum wuchs. Der Kreuzesbaum-Fetischismus blühte in so unterschiedlichen Kulturen wie der angelsächsischen (man denke an den *Dream of the Rood*) und der äthiopischen. Nachdem im Jahre 326 die achtzigjährige Kaiserin Helena das wahre Kreuz in Jerusalem gefunden zu haben glaubte, wurde angenommen, daß jedes mit einem Stück des echten Kreuzes berührte Holz von dessen Qualität angesteckt würde (daher die ungeheuere Zahl der Reliquien des echten Kreuzes überall in Europa).

16 In seinem *Leben,* 3, erzählt Josephus: »Ich wurde mit Poppaea, Caesars Gemahlin, bekannt gemacht und trug Sorge, sie so bald wie möglich um die Freilassung der jüdischen Priester zu ersuchen; und als ich, außer dieser Gunst, noch viele Geschenke von Poppaea erhalten hatte, kehrte ich in die Heimat zurück.«

17 Den Metilius, einen römischen Befehlshaber in diesem Gebiet, erwähnt Josephus, *Geschichte des Jüdischen Krieges,* II, xvii, 10.

18 Das »Abwickeln« war von allen Torturen, die die Römer praktizierten, vielleicht die grausamste: Dem Opfer wurde der Bauch aufgeschnitten, und ein Stück des

Darms wurde an eine Spule genagelt: Diese drehte man dann mit einer Kurbel langsam so lange, bis dem »Abgewickelten« alle Eingeweide aus dem Leibe gerissen waren.

19 Märtyrer und deren Verehrung kannte man schon lange vor Christi Geburt während der griechisch-römischen Verfolgungen in Judäa nur allzugut. Simon der Hohepriester, der letzte der Makkabäer, wurde (zugleich mit zweien seiner Söhne) im Jahre 134 v. Chr. im Auftrage der Ptolemäer vom eigenen Schwiegersohn getötet. Unter dem despotischen König Alexander Jannäus (103–76 v. Chr.) wurden an die 800 seiner pharisäischen Gegner ans Kreuz geschlagen, wobei er, in Gesellschaft seiner Buhlerinnen tafelnd, zusah. Die am Kreuze sterbenden frommen Männer ihrerseits mußten zusehen, wie man ihren Frauen und Kindern die Kehle durchschnitt. Der für diese Greuel verantwortliche König mag das Muster des Bösen Priesters sein, von dem die am Toten Meer gefundenen Schriftrollen sprechen.

Onias der Gerechte ist vielleicht das Muster des in den Schriftrollen erwähnten Lehrers der Rechtschaffenheit, der Johannes den Täufer und vielleicht auch Jesus inspirierte. Er war ein Wundertäter, der gegen die korrupte Obrigkeit predigte, und wurde am Passahfest des Jahres 63 v. Chr. gesteinigt (Josephus, *Jüdische Altertümer,* XV, ii, 1).

20 Auch Josephus selbst betätigte sich als Martyrologe, wo er in seiner *Geschichte des Jüdischen Krieges* (II, viii, 10) die Standhaftigkeit der Essener feierte: »Obwohl sie gefoltert und gereckt, gebrannt und in Stücke gerissen, also den unterschiedlichsten Torturen unterworfen wurden, damit sie genötigt würden, entweder ihrem Gesetzgeber zu lästern oder zu essen, was ihnen verboten war, waren sie dazu doch auf keine Weise zu bewegen, nicht einmal dazu, ihren Folterern zu schmeicheln oder eine Träne zu vergießen; vielmehr lächelten sie unter Qualen und verlachten jene, die sie ihnen zufügten, und zeigten sich willens, eilends ihre Seelen aufzugeben, zuversichtlich, sie bald zurückzuerhalten.«

Das frühe Martyrium des Jakobus, dann des Symeon, der meisten Apostel, des Bischofs von Antiochien, Ignatius, Polykarps, Justins, die Verfolgungen in Lyon und Scilli, bewiesen, daß die Christen den Essenern in der Bereitschaft, mit ihrem Blute Zeugnis von ihrem Glauben abzulegen, nicht nachstanden. Vierzig Jahre nach unserem Autor (nämlich in Jahre 115) schrieb auf dem Wege zu seinem Martyrium in Rom (wo er im Zirkus von wilden Tieren zerrissen wurde) Ignatius von Antiochien an Polykarp: »Laß mich den wilden Tieren gehören, durch welche ich Gott erreichen mag. Ich bin Gottes Korn und werde vom Zahn wilder Tiere gemahlen, damit ich als reines Brot erfunden werden möge. Laß lieber die wilden Tiere mein Grab werden und von meinem Leibe nichts zurücklassen, so daß ich, wenn ich entschlafen bin, keinem Menschen zur Last fallen möge.«

21 Die »Peruschim«, Frommen (eigentlich die »Abgesonderten«, von welcher Bezeichnung sich der Parteiname der »Pharisäer« herleitet), wurden seit 175 v. Chr. von dem syrischen Tyrannen Antiochus IV. verfolgt.

»Die böse Wurzel« ist aus *1. Makkabäer* 1,11 zitiert. Selbst für ein Zeitalter, wo die geringste Beleidigung einen Bürgerkrieg provozieren konnte, war die Verfolgung der Pharisäer durch den Tyrannen Alexander Jannäus, der beim Laubhüttenfest als Hoherpriester amtieren wollte und von den Gläubigen mit Zitronen beworfen wurde, außerordentlich: »Hierüber ergrimmt, ließ er sechstausend von ihnen niedermetzeln«, berichtet der Bruder unseres Autors in seinen *Jüdischen Altertümern* (XIII, xiii, 5): Und da daraufhin das Volk von Jerusalem sich gegen ihn empörte, »führte er sechs Jahre lang gegen dasselbe Krieg, in welchem er nicht weniger als fünfzigtausend Juden umbrachte«.

22 Die *Kindheitsevangelien,* deren bekannteste dem Jakobus und dem Thomas zugeschrieben wurden (beides Werke der zweiten Hälfte des 2. Jahrhunderts), sind volkstümliche Legendensammlungen, die jedoch in einigen orientalischen monophysitischen Gemeinden noch heute großes Ansehen genießen. Da erweckt Jesus einen vom Dach gestürzten Spielkameraden, dessen Tod man ihm zur Last legen will, zum Leben, worauf der Auferstandene bezeugt, daß jener ihn nur lebendig gemacht und nicht getötet hat; wie andererseits alle, die das Jesuskind ärgern, sofort tot umfallen oder wenigstens verkrüppeln: was kein Zufall ist, wie sich zeigt, als der Knabe sich zu erkennen gibt »und alle geheilt sind, die unter seinen Fluch gefallen waren« (Hennecke-Schneemelcher, NTA, Bd. 2, S. 353 ff., *Des israelitischen Philosophen Thomas Bericht über die Kindheit des Herrn*).

Von allen Legenden, die von der Kindheit Jesu erzählt wurden (der demnach im zartesten Alter die wunderbarste Machtvollkommenheit besaß, so daß er einen Mann, der in ein Maultier verzaubert war, zurückverwandeln und mit einer Frau verheiraten konnte, die er von der Lepra geheilt hatte usw.), hat sich keine größerer Beliebtheit erfreut als die von den Spatzen, die er an einem Sabbat aus Lehm geknetet haben soll; als man ihn wegen der Entweihung des Sabbats durch diese Tätigkeit ausschimpfte, befahl er »Fort mit euch!« – worauf die Sperlinge die Flügel geöffnet hätten und zwitschernd davongeflogen seien. Aus Lehm war ja Adam gemacht, »aus Lehm bin auch ich gemacht«, sagt Elihu zu Hiob (33,6). Daß aus Lehm geformte Tiere belebt werden können, wo dazu berufene Kraft waltet (oder ein Zauberer am Werke ist, der vorübergehend eine Kraft usurpieren kann, die ihm nicht zusteht), liest man in der jüdischen *Sefer Jetsirah* (um 200 n. Chr.), in den judenchristlichen ebionitischen *Pseudo-Klementinen* (4. Jahrhundert); das Geheimnis, Bildwerke lebendig zu machen, haben später Alchimisten, Kabbalisten und andere immer wieder zu finden sich bemüht, die nicht einmal vor dem Versuch zurückscheuten, einen Homunculus oder einen Golem nach ihrem eigenen Bilde zu machen. Die Erzählung des *Kindheitsevangeliums* ist übrigens von Juden und Muslimen unterschiedlich gewürdigt worden: Daß Jesus Vögel aus Lehm bildete, wird ihm in dem mittelalterlichen jüdischen Traktat *Toledoth Jeschu* vorgeworfen; während der Koran das Wunder als Beweis für Jesu Prophetentum gelten läßt: »Siehe, ich will euch erschaffen aus Ton die Gestalt eines Vogels und will in sie hauchen, und sie soll werden ein Vogel mit Allahs Erlaubnis« (3. Sure, 42).

23 Vergleiche die ähnliche Legende bei *Matthäus* (14,22–33).

24 Die Drei Weisen aus dem Morgenlande werden nur bei *Matthäus* erwähnt, während *Lukas,* dessen Geburtsgeschichte die ausführlichste der kanonischen Evangelien ist, nichts von ihnen zu wissen scheint.

25 In einer Fassung des *Kindheitsevangeliums* gibt Maria den Weisen aus dem Morgenlande ein Stück von einer Windel des Jesuskindes und, in die Heimat zurückgekehrt, »machten sie nach dem Gebrauch ihres Landes ein Feuer und verehrten es«. (Denn sie waren Zoroastrier.) »Und da sie die Windel in das Feuer warfen, nahm das Feuer sie und bewahrte sie. Und als das Feuer erlosch, nahmen sie die Windel

unversehrt aus der Asche, als hätte das Feuer sie nicht berührt. Dann begannen sie sie zu küssen und legten sie auf ihre Köpfe und sagten: Dies ist gewiß eine unbezweifelbare Wahrheit.« Später hängt ein weiteres Stück dieser unendlichen Windel auf einer Wäscheleine, und als dieses den Kopf eines vom Teufel besessenen Kindes berührt, fährt diesem der böse Geist in Gestalt von Krähen und Schlangen aus dem Munde, und es ist geheilt. Diese kostbare Reliquie fand dann ihren Weg an den Hof Karls des Großen, und alle sieben Jahre wird im Aachener Münster den Pilgern die Windel gezeigt, im Verein mit dem Lendentuch, das Jesus am Kreuze trug, und dem Schleier Mariens.

26 Man tut gut daran, sich der bourgeoisen Ursprünge des Christentums zu erinnern. Ein Zimmermann im waldlosen Israel, wie ein Fischer, der ein eigenes Boot besaß, hätten nicht als so arme und geringe Leute gegolten, wie die Kirche glauben machen wollte.

27 Die Jesus zugeschriebene Abstammung von einem römischen Centurio und einer Prostituierten wurde drei Jahrhunderte lang von vielen Gegnern der Christen als Tatsache genommen. Jüdische Pamphletisten wiesen gerne darauf hin, und Celsus, der Epikureer (dem dieserhalb Eusebius widersprach), wollte sogar wissen, der Vater sei nur ein einfacher Soldat gewesen, der nach seinen Informationen aus Ägypten stammte und Panthera hieß.

Die Legende von dem Palmstamm wurde von arabischen Christen den Muslimen vermittelt. Maria spricht zu dem Engel der Verkündigung: »Woher soll mir ein Knabe werden, wo mich kein Mann berührt hat und ich keine Dirne bin?« Der Engel erwiderte: »Es ist eine beschlossene Sache.« Hier findet man sich daran erinnert, daß es damals für eine anständige Frau keine Kleinigkeit war, ein uneheliches Kind zu kriegen: Denn weiter heißt es im Koran XIX, 22, 23: »Und so empfing sie ihn und zog sich mit ihm an einen entlegenen Ort zurück. Und es überkamen sie die Wehen an dem Stamm einer Palme. Sie sprach: ›O daß ich doch zuvor gestorben und vergessen und verschollen wäre!‹« Vielleicht war das Muster dieser Erzählungen die Erzählung Homers von der Niederkunft der von Zeus geschwängerten Leto am Stamme eines Baumes.

28 An vorchristlichen Jungfrauengeburten ist kein Mangel: Attis, Mithras und Osiris waren die Söhne jungfräulicher Mütter, doch von den alten Göttern sah keiner Christus ähnlicher als Tammuz (oder Thammus). Dieser ebenfalls von einer Jungfrau geborene Gott starb an einer Wunde im Bauch und stand nach drei Tagen aus seinem Felsengrab von den Toten auf. Der ursprünglich babylonische Gott scheint auch in Jerusalem verehrt worden zu sein, denn bei *Hesekiel* (8,14–15) heißt es: »Und er führte mich hinein zum Tor an des Herrn Hause, das gegen Mitternacht steht; und siehe, daselbst saßen Weiber, die weinten über den Thammus. Und er sprach zu mir: Menschenkind, siehst du das? Aber du sollst noch größere Greuel sehen, denn diese sind.«

29 Esra, der wichtigste Schriftgelehrte, soll im Jahre 444 v. Chr. das Alte Testament, so wie es uns vorliegt, zusammengestellt haben.

30 Dies sollen die Pharisäer Jesus unterstellt haben (*Matthäus* 26,61, *Markus* 14,58), doch den Synoptikern zufolge fälschlich. Bei *Johannes* (der ein halbes Jahrhundert nach den anderen beiden schrieb) liest man zwar (2,19), daß Jesus allerdings gesagt habe: »Brechet diesen Tempel, und am dritten Tag will ich ihn aufrichten«, doch

macht der Evangelist dazu die Erklärung (2,21): »Er aber redete von dem Tempel seines Leibes ...«

31 Nichts ist entmutigender für den Fundamentalisten als die verwirrenden, widersprüchlichen und letztlich unzuverlässigen Berichte von der Auferstehung, in denen kaum eine Angabe mit einer anderen harmoniert. Das seltsame Verhalten der Jünger springt ins Auge: Weshalb haben sie den Auferstandenen nicht triumphierend den Behörden vorgeführt? Wären wirklich, wie bei *Johannes* berichtet, Petrus und Andreas zu ihrer Fischerei zurückgekehrt, anstatt bei dem auferstandenen Jesus zu bleiben oder sein Evangelium zu verkündigen? Das ursprüngliche *Markusevangelium* (ohne das 16. Kapitel) und *Q*, die verlorene Quelle des Matthäus, haben von der Auferstehung überhaupt nichts zu sagen. In dem 16. Kapitel, das dem *Markusevangelium* hinzugefügt wurde, liest man, daß Maria Magdalena, Maria, des Jakobus Mutter, und Salome zum Grabe gingen; bei *Matthäus* gingen »Maria Magdalena und die andere Maria«; bei *Johannes* dagegen sind die Besucher des Grabes: zunächst Maria Magdalena allein; sodann, von dieser geholt, Simon Petrus und »der andere Jünger, welchen Jesus lieb hatte«, er selbst.

*Markus* und *Matthäus* sagen, daß am Grabe ein Engel mit den Frauen sprach. *Lukas* und *Johannes* wissen von zwei Engeln. *Matthäus* zufolge erschraken die Hüter des Grabes vor Furcht »und wurden, als wären sie tot«. Von diesen Hütern ist bei den anderen Evangelisten nicht die Rede.

Unglaublicherweise gibt es unter den Evangelisten auch keine Übereinstimmung hinsichtlich der Taten und Worte Jesu nach der Auferstehung. *Deutero-Markus* (der Verfasser des 16. Kapitels des *Markusevangeliums*) und *Matthäus* berichten, daß Maria die Jünger anweist, sich nach Galiläa zu begeben, wo sie Jesus treffen. *Lukas* und *Johannes* aber geben zu verstehen, daß Jesus Jerusalem nie verließ, und der *Apostelgeschichte* zufolge befahl Jesus den Jüngern, die Ausgießung des Heiligen Geistes in Jerusalem zu erwarten.

Bei *Lukas* »schied er von ihnen und fuhr auf gen Himmel« (24,51). Der Himmelfahrt gedenkt auch *Deutero-Markus*; *Markus, Matthäus* und *Johannes* dagegen nicht.

Niemand scheint Jesus zu erkennen. Maria Magdalena hält ihn für einen Gärtner *(Johannes)*. Bei *Deutero-Markus*, 16, 12 offenbart er sich zweien der Jünger »unter einer anderen Gestalt«, welche Stelle als die unbestimmteste im Neuen Testament gelten kann. Zu Emmaus wird er von Simon und Kleophas nicht erkannt, bis er sich zu erkennen gibt. Dann verschwindet er (*Lukas*, 24,31) wie ein Geist. Bei *Johannes* aber wird bewiesen, daß er nichtsdestoweniger in Fleisch und Blut von den Toten auferstanden ist, denn Thomas legt die Hände in seine Wundmale, und Jesus verlangt zu essen. Nachdem er aber von ihnen geschieden ist, gehen bei *Lukas* die Jünger in den Tempel, und dort, bei den Pharisäern, die doch angeblich die Verurteilung und Hinrichtung Jesu ins Werk gesetzt haben, preisen und loben sie Gott. Also war es den Verächtern des Christentums – Celsus, den Gnostikern, dem Kaiser Julian Apostata, den Talmudisten und anderen – ein leichtes, die so widersprüchlich bezeugte Auferstehung Jesu zu bestreiten.

1 Der Verfasser denkt offenbar an Harmodios und Aristogeiton, die gemeinsam bei den Panathenäen des Jahres 514 v. Chr. den Tyrannen Hipparchos ermordeten, der ein Auge auf Harmodios, den Liebling des Aristogeiton, geworfen hatte: »Dieser nun«, heißt es bei *Thukydides,* VI, 54, »nach Art der Liebenden, wurde von heftigem Schmerz ergriffen, und da er bei der Macht des Hipparchos fürchtete, daß dieser den Jüngling mit Gewalt zwingen werde, ihm zu Willen zu sein, so richtete er ... alsogleich sein Dichten und Trachten auf den Sturz der Zwingherrschaft.«

2 Sexuelle Ausschweifungen waren während der ersten Jahrhunderte der christlichen Ära Bestandteil des Gottesdiensts zahlreicher christlicher Sekten, insbesondere die Helvidianer und Paternianer taten sich in dieser Richtung hervor. Eine unter verschiedenen Namen bekannte gnostische Sekte – die den Brudermörder Kain und Judas Iskarioth, den Verräter des Herrn, verehrte, weshalb ihre Anhänger auch Kainiten genannt wurden – rechtfertigte solche Ausschweifungen mit der Erklärung, daß der Gott des Alten Testaments durch den des Neuen abgesetzt, womit jedes Gebot des Alten Testaments hinfällig, ja, Gehorsam gegen die von Moses empfangenen Zehn Gebote in dem Maße nicht mehr zeitgemäß, daß solcher Gehorsam vielmehr die reinste Gotteslästerung sei. Die Kainiten und manche anderen Sekten der ersten vier Jahrhunderte waren deshalb bestrebt, gegen jedes Gebot des Pentateuchs zu verstoßen. Als Verteidiger insbesondere des sechsten Gebotes war uns übrigens der Verfasser des hier erklärten Textes schon bekannt, ehe dieser Text auftauchte. So versichert nämlich Clemens von Alexandrien: »Denn dem Gebot des Erlösers gehorsam ... wird der Mensch nicht zwei Herren dienen wollen, seiner Lust und dem Herrn. Man glaubt, daß auch Matthias dieses lehrte, daß wir gegen das Fleisch ankämpfen und es mit Verachtung strafen müssen. Niemals um der Lust willen ihm nachgeben dürfen, statt dessen aber die Seele mit Glauben und Wissen nähren sollen.« (*Stromateis,* 3. Buch; um 210 n. Chr.)

3 Einige der berüchtigtsten gnostischen Ketzerhäupter waren Valentinus (der sich, nicht ganz unwahrscheinlich, als Nachfolger des Paulus ausgab), Cerdo und Markus, der, wie Irenäus in seiner *Entlarvung und Widerlegung der fälschlich so genannten Erkenntnis* mitteilt, »ein Brautgemach einrichtet und ein Mysterium zelebriert mit Anrufung des Himmels für diejenigen, die sich der Initiation unterziehen, wobei gesagt wird, daß, was diese machen, eine geistliche Hochzeit ist nach dem Muster der Vereinigungen in der Höhe«.

Möglicherweise denkt unser Autor hier aber an Karpokrates. Dieser Jünger des Simon Magus war damals (zwischen 60 und 85 n. Chr.) in Sidon tätig. Er soll gelehrt haben, daß, ehe nicht der Leib jede Sünde erfahren habe, die Teufel der Sünde nicht aus ihm auszutreiben seien, daß also mithin Reinigung von der Sünde nur durch gründliches Sündigen zu erzielen sei. Irenäus von Lyon (130–200 n. Chr.) gibt in seinem oben zitierten Werk Auskunft auch über die von den Karpokratianern praktizierte Weibergemeinschaft. Christliche Gnostiker bis hin zu den Nachfolgern jenes Joseph Smith, dem im Jahre 1823 bei Palmyra unweit von New York ein Engel das *Buch Mormon* offenbarte, haben immer eine Neigung zur Polygamie gehabt.

4 »Ein Mann mit Namen Simon, der zuvor in der Stadt Zauberei trieb, bezauberte das samaritische Volk und gab vor, er sei etwas Großes«, wird in *Apostelgeschichte*

8,9–24 erwähnt. Er will von Petrus und Johannes die Kunst, durch Handauflegen zu heilen, für Geld kaufen, wird von Petrus getadelt und zur Reue ermahnt, worauf er wirklich seinen vorigen Hochmut bereut. Doch seltsamerweise wird ihm das von den Späteren nie zugute gehalten. Jahrzehntelang war von ihm als einem erbitterten Feind der Kirche die Rede, und als solchen erwähnen ihn auch Irenäus, Clemens von Alexandrien und Justinus Martyr. In zahlreichen apokryphen Apostelakten taucht Simon als Widersacher Gottes und seiner Sendboten auf, wobei letztere stets über ersteren triumphieren. In der *Passio Petri et Pauli* (einer Schrift vielleicht des 4. Jahrhunderts) kommt es zu einer Auseinandersetzung der beiden Apostel mit dem Zauberer vor Nero, bei der Simon Magus fliegt, aber abstürzt und in vier Stücke bricht. Eine im 4. Jahrhundert entstandene koptische Fassung eines älteren Briefes weist warnend darauf hin, daß »Kerinthus und Simon ... Feinde des Herrn Jesus Christus« sind, »denn sie verderben die Wahrheit ... Haltet euch deshalb fern von ihnen, denn in ihnen ist Tod und große Beschmutzung und Verderbnis, über die soll kommen das Gericht und das Ende und ewige Zerstörung.«

5 Der Magus begründete anscheinend eine Dynastie gnostischer Irrlehrer. Sein Nachfolger Menander versprach den Gläubigen Unsterblichkeit auf Erden. Doch dann spaltete sich der Anhang des Magus, und ein Teil hielt es mit Saturninus (der nichts weiter als ein Zauberer war), während der andere Basilides nachfolgte, der an die 24 häretische Evangelien schrieb, wobei er Jünger nach Bedarf frei erfand und (wie Eusebius versichert) »ungeheuerliche Fabeln zur Unterstützung seiner gottlosen Ketzerei«. Wir wissen von diesem Basilides, weil Agrippa Castor (90–150 n. Chr.?) es für nötig hielt, ihn ausführlich zu widerlegen.

6 Simons Komplizin Helena wird in der Antoninus Caesar gewidmeten *Verteidigung des Christentums* des Justinus Martyr erwähnt: »Und eine Frau namens Helena, die derzeit mit Simon auftrat, früher jedoch in einem Bordell gelebt hatte, nannten die leichtgläubigen Samariter seine erste Emanation.« Unser Autor erinnert erbittert daran, daß ausgerechnet diese gottlose Gauklerin sich mit dem Namen jener Königin von Adiabene schmückte, die zum Judentum übertrat und gelegentlich einer Pilgerfahrt nach Jerusalem (um 48 n. Chr.) die Juden aus einer, gerade als sie dort ankam, viele Todesopfer fordernden Hungersnot erlöste, »so daß sie sich durch ihre Wohltätigkeit bei unserem ganzen Volk ein gesegnetes Andenken sicherte«, wie Josephus, *Jüdische Altertümer*, XX, ii,5, schreibt.

7 Eine Höhlenkirche (heute mit einer syrischen Fassade, die ins 8. Jahrhundert datiert wird) nördlich von Antiochien (dem heutigen Antakya der Türken) wurde schon sehr früh als Ort des ersten Bischofssitzes Petri verehrt.

8 Petrus, der Erste Jünger der ursprünglichen Zwölf, das Haupt der Jerusalemer Gemeinde, der *Apostelgeschichte* zufolge. Mit Sicherheit weiß man von seinem Wirken wenig, doch wird nicht bezweifelt, daß er gelebt hat. Das *Markusevangelium* soll seine Anschauungen wiedergeben. Der *1. Petrusbrief* könnte wohl von ihm diktiert sein, der *2. Petrusbrief* jedoch ist zweifellos erst nach der Zeit Neros verfaßt. Obwohl alle Quellen in der Angabe übereinstimmen, daß Petrus den Tod in Rom fand, lassen sich doch die näheren Umstände und die Zeit seines Todes nicht nachweisen. Traditionell wird angenommen, daß Petrus während der Verfolgung unter Nero (64–68) den Märtyrertod starb, doch dem vorliegenden Dokument zufolge hätte er im Jahre 76 noch unter den Lebenden geweilt. Allerdings wird von

der neueren Forschung bezweifelt, daß Nero wirklich so hart gegen die Christen durchgriff, wie ihm nachgesagt worden ist. Man neigt heute vielmehr zu der Annahme, daß erst in den neunziger Jahren Domitian das Christentum systematisch zu unterdrücken versuchte.

9 *Apostelgeschichte* 11,5–10.

10 Von der Wahl des Matthias berichtet Lukas in der *Apostelgeschichte* 1,23–26: »Und sie stellten zwei, Joseph, genannt Barsabas, mit dem Zunamen Just, und Matthias, und beteten und sprachen: Herr, aller Herzen Kündiger, zeige an, welchen du erwählt hast unter diesen zweien, daß einer empfange diesen Dienst und Apostelamt, davon Judas abgewichen ist, daß er hinginge an seinen Ort. Und sie warfen das Los über sie, und das Los fiel auf Matthias; und er ward zugeordnet zu den elf Aposteln.«

11 Obwohl den Christen wie den Juden der heidnische Sternglaube verboten war, wurde die Astrologie auch in der christlichen Kirche lange toleriert. Sie galt als Naturwissenschaft, die der Gläubige allerdings nicht so absolut setzen durfte, daß er an die erkannten Naturgesetze Gott selbst gebunden hätte wissen wollen. Als Beherrscher der Natur sieht man deshalb Christus in den Klöstern auf dem Berge Athos umgeben von den Tierkreiszeichen dargestellt.

12 Ein Wort über Judas Iskarioth: Die Gestalt des Verräters ist ein mythologischer Archetyp, den man in den Erzählungen vieler Völker der Alten wie der Neuen Welt, bei den Indern ebenso wie bei den Indianern findet. Der Beiname Iskarioth identifiziert den Betreffenden vielleicht als Angehörigen der terroristischen Vereinigung der sogenannten *sicarii* (so genannt der *sicae* [Dolche] wegen, die sie im Gewande führten und mit denen sie, meist am hellen Tage und in aller Öffentlichkeit, aber im Gedränge der Menschenmenge unbemerkt, prominente Mitbürger niederstachen, die sie verdächtigten, mit den Römern zu kollaborieren). Allerdings machten die Sikarier erst in den fünfziger Jahren von sich reden – ihr erstes Opfer war, wie Josephus, *Jüdischer Krieg,* 2, 254–257, berichtet, der ehemalige Hohepriester Jonathan. Und von irgendwelchen politischen Motiven des Verräters Judas liest man – von diesem Beinamen abgesehen, der ihn vielleicht, aber nicht mit Sicherheit, als Sikarier identifiziert – im Neuen Testament natürlich nichts.

Was nach seinem Verrat aus Judas wurde, findet man im Neuen Testament unterschiedlich angegeben. *Matthäus* 27,3–5, sagt, er bereute, was er getan hatte, »ging hin und erhängte sich selbst«, nachdem er die Silberlinge in den Tempel geworfen hätte, von welchem Blutgeld dann die Hohenpriester den Töpferacker zum Begräbnis der Pilger kauften: »Daher ist dieser Acker genannt der Blutacker bis auf den heutigen Tag« (*Matthäus* 27,8). *Apostelgeschichte* 1,18–19 dagegen liest man, daß er diesen Acker noch selbst erwarb: »Dieser hat erworben den Acker um den ungerechten Lohn und ist abgestürzt und mitten entzweigeborsten, und all seine Eingeweide ausgeschüttet. Und es ist kund geworden allen, die zu Jerusalem wohnen, also daß dieser Acker genannt wird auf ihre Sprache: Hakeldama (das ist: ein Blutacker).« Einige Verse später (1, 25) wird erinnert, daß Judas vom Apostelamt abwich, »daß er hinginge an seinen Ort«.

Der frühen Kirche war die Geschichte des Verräters Judas wichtig, zunächst weil man die Silberlinge und den Kauf des Töpferackers bei *Jeremia* 32, 6–15 und 18, 2–3 prophezeit fand (wozu es einiger Phantasie bedurfte) sowie (sehr viel deutlicher) bei *Sacharja* 11, 12–13). Des weiteren aber wurde, als später die Heidenchristen die

Heilsgeschichte schrieben, in Judas das jüdische Volk geächtet, das den Gottessohn nicht anerkannt und ans Kreuz geschlagen habe. Der Verfasser des vorliegenden Dokuments spricht bemerkenswerterweise von dem angeblichen Verrat des Judas überhaupt nicht.

13 Nach der von Lukas in der *Apostelgeschichte* beschriebenen Wahlniederlage ist anderswo von Barsabas nicht mehr die Rede. Hier sagt nun Petrus, daß Barsabas den Märtyrertod auf Zypern fand – was auch von dem Apostel Barnabas berichtet wird (der einer der siebzig Gefährten des Paulus, Gründer der Kirche von Antiochien, war.) Man fragt sich, ob nicht vielleicht die spätere Hagiographie die beiden miteinander verschmolzen hat.

14 Hier irrt Matthias, Petrus hat recht: siehe Psalm 22,18.

15 Der Hinweis auf Pilatus erinnert an die Neigung der alten Kirche, die Verantwortlichkeit der Römer für die Kreuzigung Jesu zu verschleiern. In dem Maße, in dem das Christentum sich vom Judentum löste und Anhänger in der griechisch-römischen Welt fand, mischten sich zunehmend antijüdische Aussagen in seine Geschichtsschreibung, während bekehrungswillige und bekehrte Heiden zunehmend glänzendere Rollen spielen durften. Das Gespräch zwischen Jesus und Pilatus bei *Johannes* (um 120 n. Chr.) ist reine antijüdische Propaganda, berechnet, Pilatus und die Römer reinzuwaschen und alle Schuld den Juden aufzuladen. »Schreibe nicht: ›Der Juden König‹, sondern, daß er gesagt habe: ›Ich bin der Juden König‹«, sagen die Hohenpriester zu Pilatus. Und der erwidert ihnen: »Was ich geschrieben habe, das habe ich geschrieben.« (*Johannes* 19,21–22). In den apokryphen *Pilatusakten* (einem Werk vermutlich des 4. Jahrhunderts, deutsch bei Hennecke-Schneemelcher, NTA, Bd. 1, 1990, S. 395 ff.) fragt Pilatus die Juden, die ihm zumuten, Jesus vor Gericht zu verhören: »Saget mir, wie kann ich als Statthalter einen König verhören?« Ein gefälschtes Schreiben des Pilatus an Tiberius sagt: »Jesus Christus, von dem ich dir jüngst schrieb, ist gegen meinen Willen hingerichtet worden. Ein so frommer und strenger Mann ward nie gesehen und wird nie wieder gesehen werden.« Schließlich glaubte man im Mittelalter, daß die Zerstörung Jerusalems am Ende des ersten Jüdisch-Römischen Krieges im Jahre 70 zur Bestrafung der Feinde Jesu geschah. Bei Josephus, *Jüdische Altertümer,* XVIII, ii ff., ist jedenfalls, Pontius Pilatus betreffend, nichts zu lesen, das ihn geheimer Sympathien mit einem jüdischen Sektierer und dessen Anhängern verdächtig zu machen geeignet ist, es sei denn, man wolle die dem Römer von dem jüdischen Historiker zugeschriebene Rücksichtslosigkeit gegen die religiösen Gefühle der orthodoxen Juden als prochristlich werten: »Als der jüdische Landpfleger Pilatus sein Heer aus Caesarea nach Jerusalem in die Winterquartiere geführt hatte, ließ er, um seine Mißachtung gegen die jüdischen Gesetze an den Tag zu legen, das Bild des Caesars auf den Feldzeichen in die Stadt tragen, obwohl doch unser Gesetz alle Bilder verbietet«, heißt es nämlich bei Josephus, a.a.O., 18, 3.

16 Der Tradition zufolge gab es im römischen Reich zehn Christenverfolgungen – die Zahl ist bedeutend genug, den Verdacht zu erwecken, sie sei erfunden –, bis das Christentum sich im Jahre 313 mit dem Sonnenanbeter und Verwandtenmörder Konstantin arrangierte. Der Kult der zahlreichen Märtyrer, die bei diesen Verfolgungen angeblich mit ihrem Blute Zeugnis abgelegt hatten, wurde in der alten Kirche sehr gepflegt ebenso wie der Mythos einer Gemeinde in den Katakomben, wo

indessen jene angebliche frühe Christenheit im Untergrund leider kaum nachweisbare Spuren hinterlassen hat.

Tatsächlich scheint die christliche Kirche in Rom während der ersten Jahrzehnte ziemlich unbehelligt geblieben zu sein: »Paulus aber blieb zwei Jahre in seinem eigenen Gedinge«, heißt es am Ende der *Apostelgeschichte* 28,30, also in seiner römischen Mietwohnung, »und nahm auf alle, die zu ihm kamen, predigte das Reich Gottes und lehrte von dem Herrn Jesus mit aller Freudigkeit unverboten.« Am Ende des *Philipperbriefs* 4,22, schreibt Paulus: »Es grüßen euch alle Heiligen, sonderlich auch die von des Kaisers Hause.«

17 Ein Kalauer unseres Autors, der aus dem Namen der Heimatstadt des ihm so mißliebigen Paulus den der Hölle der Heiden heraushören will.

18 Wieder ein Hinweis darauf, daß die Christen in Rom einer gewissen Protektion nicht entbehrten. Man weiß auch, daß ein Senator namens Pudens ihnen sein Haus für ihre Versammlungen zur Verfügung stellte, und es scheint, daß der Name der römischen Kirche Santa Pudenziana nicht, wie man meinen sollte – und lange gemeint hat –, einer Heiligen dieses Namens gewidmet ist, sondern den Namen dieses Senators verewigt.

19 Tatsächlich ist Matthias in Byzanz und auch in der abendländischen Kirche des Mittelalters praktisch durch Paulus »ersetzt« worden; wie an der Pforte der Malmesbury Abbey wachen an den Portalen vieler gotischer Kirchen die elf Jünger und Paulus, der, in der Vorstellung des frommen Volkes, der zwölfte Jünger wurde.

## Anmerkungen zu Vier

1 *Quo irrumbis?* Langenscheidts Taschenwörterbuch der lateinischen und deutschen Sprache, 1963, sagt zur Erläuterung des Verbums »*irrumbo* 1 (et. ungedeutet) = *fascinum in os alterius insero*«. Heute, da wir endlich die Unbefangenheit der Alten in diesen Dingen wiedergewonnen haben, dürfen wir frei heraus die Frage der unseren Helden belästigenden Reklame auch in unsere Vulgärsprache übersetzen: Wem wirst du deinen Schwanz in den Mund stecken? Die Frage *Cras vives?* – Wirst du morgen noch am Leben sein? – ist natürlich heute so unbeantwortbar, wie sie damals war, und sie wird uns Sterblichen heute wie damals gestellt in der Absicht, uns zur unverzüglichen Befriedigung unserer Konsumwünsche anzuspornen.

2 Johannes der Täufer (um 4 v. Chr. – 28 oder 29 n. Chr.) war, wie wir von den Synoptikern wissen, ein Bußprediger, der die, die seinem Rufe folgten, im Jordan taufte und Herodes Antipas wegen seines ehebrecherischen Verhältnisses mit Herodias, der legitimen Gattin seines Bruders, tadelte. Bei *Matthäus* 14, 3–12 lesen wir, die Umstände seines Todes betreffend, daß Herodes, als an seinem Geburtstage die Tochter der Herodias vor ihnen tanzte, dem Mädchen entzückt jeden Wunsch zu erfüllen versprach, worauf das von seiner Mutter instruierte junge Ding sich den Kopf des Moralpredigers wünschte. Der Bruder unseres Autors, Josephus, aber sagt in seinen *Jüdischen Altertümern* XVIII, v, 2, daß Herodes fürchtete, »das Ansehen des Mannes, dessen Rat allgemein befolgt zu werden schien, möchte das Volk zum Aufruhr treiben, und hielt es daher für besser, ihn rechtzeitig aus dem Wege zu

räumen, als beim Eintritt einer Wendung der Dinge in Gefahr zu geraten und dann, wenn es zu spät sei, Reue empfinden zu müssen. Auf diesen Verdacht hin ließ also Herodes den Johannes in Ketten legen, nach der Festung Machärus bringen ... und dort hinrichten.« So Josephus, wenn nicht diese Johannes den Täufer betreffende Stelle seiner *Jüdischen Altertümer* die Interpolation eines christlichen Überlieferers seiner Schrift ist, wie von manchen angenommen wird. Versuche, den Täufer als Angehörigen der Sekte der Essener zu identifizieren, sind wenig überzeugend ausgefallen. Doch daß er, der das Haar lang trug und geistige Getränke mied – »Wein und starkes Getränk wird er nicht trinken«, verhieß schon der Engel, der diesem seine Geburt ankündigte, dem Vater des Täufers (*Lukas* 1,15) –, als Nasiräer gelten kann, darf wohl behauptet werden.

3 Es mag von Interesse sein zu erfahren, daß der Täufer, wenn er denn wirklich, wie unser Gewährsmann ihn reden läßt, der nach griechischer Mode geschminkten Frau in griechischer Sprache ins Gewissen redete, deren tadelnswerte Begierden nicht als πάθος charakterisierte (Begierde als Schicksal, Unglück, Leiden und Kummer), dieselben auch nicht als ὄρεξις bezeichnete, sondern von ὁρμή sprach, der stürmischen, drängenden, eifernden Begierde, die kopflos zupackend verfährt.

4 *Hesekiel* 16,15: »Aber du verließest dich auf deine Schöne; und weil du so gerühmt warst, triebst du Hurerei, also daß du dich einem jeglichen, der vorüberging, gemein machtest und tatest seinen Willen.«

5 Hier haben wir einen Hinweis, der zur Lösung des Rätsels beitragen mag, das uns die neutestamentarischen Aussagen über diesen Zacharias aufgeben. Bei *Lukas* 1,5 lesen wir, daß der Vater des Täufers »ein Priester von der Ordnung Abia, mit Namen Zacharias« war. Bei *Matthäus* 23,35 spricht in seiner Strafpredigt wider die Schriftgelehrten und Pharisäer Jesus von »Zacharias, dem Sohn Berechjas, welchen ihr getötet habt zwischen dem Tempel und Altar«. Nun erwähnt aber Josephus in seinem *Jüdischen Krieg* IV, v, 4, daß unter der Schreckensherrschaft der Zeloten in Jerusalem während der römischen Belagerung, Zacharias, Sohn des Baruch, einer der angesehensten Bürger der Stadt, in einem Schauprozeß als Verräter abgeurteilt werden sollte; und daß, als die eigens zu diesem Zweck bestellten Richter Zacharias wider Erwarten freisprachen, »zwei der verwegensten Zeloten mitten im Tempel über Zacharias herfielen und ihn erschlugen«. Daß der Vater des Täufers, Zacharias, im Tempel erschlagen wurde, berichtet dann das *Protoevangelium* des Jakobus, ein allerdings selbst in seiner ältesten Fassung, die diesen Bericht noch nicht enthalten zu haben scheint, nicht vor 150 n. Chr. zu datierendes Werk. So stellt sich also die Frage: War vielleicht der nach den Worten Jesu im Tempel erschlagene Prophet (über dessen Tod man aus anderer Quelle keine Nachricht hat) kein anderer als der angesehene Bürger, dessen Ermordung mitten im Tempel Josephus erwähnt? Wenn sich's so verhält, muß man sich freilich mit der Einsicht abfinden, daß der Hinweis auf das Sterben jenes Gerechten, mehrere Jahrzehnte nach der Kreuzigung, Jesus von den Evangelisten anachronistisch in den Mund gelegt worden ist.

6 Johannes, der Jünger und Evangelist, um 10–110 ? n. Chr. Den Apologeten zufolge wäre der Verfasser des *Johannesevangeliums* und des *1. Johannesbriefes* kein anderer als der im *Johannesevangelium* erwähnte »Jünger, den Jesus lieb hatte«, jedoch nicht identisch mit dem *Ältesten,* der sich als Verfasser des 2. und 3. *Johannesbriefes* nennt (und von dem sonst nichts bekannt ist). Die moderne Kritik datiert das Evangelium

übereinstimmend an den Anfang des 2. Jahrhunderts, zwischen 100 und 120 – der Herausgeber des hier vorgelegten Dokuments ist sogar geneigt, das angebliche Werk des Jüngers, »den Jesus lieb hatte«, noch später zu datieren. Doch auch nach der herrschenden Auffassung wäre dieser bei der Abfassung des Evangeliums schon an die hundert Jahre alt, wenn nicht älter gewesen. Irenäus behauptet, daß Johannes bis in die Zeit Trajans lebte (der Kaiser Trajan regierte 98–117). Clemens von Alexandrien sagt in seiner kurz vor Ende des 2. Jahrhunderts verfaßten Schrift über den *Reichen Mann, der Erlösung findet,* daß Johannes noch nach dem Tode Domitians (der im Jahre 98 starb) tätig war. Auch Eusebius sagt, daß Johannes über hundert Jahre alt wurde. Der Verdacht ist nicht von der Hand zu weisen, daß die Worte Jesu zu Petrus über den Jünger, »den Jesus lieb hatte«, am Ende des *Johannesevangeliums:* »So ich will, daß er bleibe, bis ich komme, was geht es dich an?« die Identität des Verfassers jenes späten Werks mit einem vertrauten Jünger Jesu beweisen sollen und dem Herrn eigens zu diesem Zweck in den Mund gelegt wurden. Die übrigen Jünger hätten diesen Worten die Vermutung entnommen: »Dieser Jünger stirbt nicht« (Johannes 21, 20–23).
Schon zu Zeiten der Kirchenväter wurde nur von wenigen angenommen, daß der Verfasser des *Johannesevangeliums* mit demjenigen der *Offenbarung Johannis* identisch sei. Indessen handelt es sich bei der *Offenbarung*, dem Zeugnis des Irenäus zufolge, um ein unter der Herrschaft Domitians (zwischen 81 und 96 n. Chr.), mutmaßlich also noch zu Lebzeiten des Jüngers Johannes, entstandenes Werk. Aufgrund des hier vorgelegten Dokuments ist der Herausgeber geneigt, die *Offenbarung* dem Jünger zuzuschreiben, das Evangelium aber und alle Briefe für Werke des Presbyters zu halten (des Ältesten, der sich als Absender des 2. und 3. der Briefe nennt, die im Neuen Testament unter dem Namen des Johannes stehen). Dem Herausgeber ist durchaus bewußt, daß diese naheliegende Vermutung bisher nur wenig Anhänger gefunden hat.

7 Johannes ist der Jünger, »den Jesus lieb hatte, der auch an seiner Brust beim Abendessen gelegen war« (Johannes 21,20), und von Johannes geküßt und umarmt sieht man Jesus auf vielen Ikonen dargestellt, nach dem antiken Muster der innigen Gemeinschaft des liebenden Lehrers mit dem geliebten Schüler. Das hellenistische Christentum Johannis schuldete in dieser Hinsicht der Akademie von Athen mehr als dem Tempel von Jerusalem (wenn auch neuerdings aus den am Toten Meer gefundenen Schriftrollen erhellt, daß sein Begriff von einer göttlichen Vater-Sohn-Beziehung dem vierten Evangelisten auch aus einer spezifisch jüdischen Tradition offenbart worden sein mag). Nichtsdestoweniger ist das Verhältnis zwischen Jesus und Johannes unverkennbar so erotisch geschildert, wie die Griechen dasjenige zwischen dem Lehrer und dem Schüler aufzufassen gewöhnt waren; diesen Appell an zeitgenössische griechische Vorurteile leugnen zu wollen wäre Zeugnis einer heutzutage von niemandem mehr verlangten Prüderie. Als Muster geistlicher und keuscher Liebe zwischen Männern galt diejenige, die Jesus und Johannes verbindet, während des ganzen Mittelalters. (Siehe etwa Aelreds Abhandlung *De speculo caritatis,* ein Werk des 12. Jahrhunderts, in dem von der »geistlichen Ehe« der beiden die Rede ist.)

8 Gewöhnlich hält man den in *Apostelgeschichte* 6,5 erwähnten Prochorus für den Schreiber, dem Johannes auf Patmos seine Visionen diktierte, während in dem

vorliegenden Dokument die Ehre, dieses Diktat aufgenommen zu haben, einem anderen, besagtem Zossima, gegeben wird. Pentheus war mutmaßlich der Lieblingsjünger des Apollonios von Tyana, der Jesus zeitweilig recht erhebliche Konkurrenz machte. Lukian von Samosata zwar hielt ihn für einen Schwindler, doch auf Wunsch der Gattin des Kaisers Septimius Severus, Julia Domna, verfaßte zu Beginn des 3. Jahrhunderts Philostratos eine Biographie dieses »pythagoreischen Wanderphilosophen«, wo man denselben zu einem gottähnlichen Übermenschen stilisiert findet. Gegen Ende des Jahrhunderts schrieb dann ein gewisser Hierokles, Präses von Bithynien, eine Streitschrift, in der er Apollonios über Jesus stellte, ganz abgesehen davon, daß er dessen Wundertaten besser beglaubigt fand als diejenigen Jesu. »Denn während die Fabeln über Jesus von Petrus und Paulus und etlichen anderen ihres Schlages zusammengeflickt worden sind – Männern, die Lügner waren und ohne jegliche Bildung und Zauberer –, wurde die Geschichte des Apollonios geschrieben ... von Damis dem Philosophen, der ständig an seiner Seite lebte, und Philostratos von Athen, hochgebildeten Männern, die aus Achtung vor der Wahrheit und aus ihrer Liebe zur Menschheit ...« usw.; wie man weiß, weil Eusebius in seiner Erwiderung auf die Streitschrift des Hierokles, die im Gegensatz zu dieser erhalten ist, diese Behauptung zitiert, um sie zu widerlegen.

9 Nach der Veröffentlichung der am Toten Meer gefundenen Schriftrollen ist verschiedentlich versucht worden, Jesus als Essener hinzustellen. Doch Jesus sprach mit Frauen, trank Wein und verkehrte mit Heiden, was alles unverträglich mit den asketischen Prinzipien dieser Sekte war. Allerdings fastete Jesus vierzig Tage in der Wüste, doch lesen wir bei *Matthäus* 9,14–15: »Indes kamen die Jünger des Johannes zu ihm und sprachen: Warum fasten wir und die Pharisäer soviel, und deine Jünger fasten nicht? Jesus sprach zu ihnen: Wie können die Hochzeitsleute Leid tragen, solange der Bräutigam bei ihnen ist?«

10 Eine der die frühe Kirche plagenden Häresien, der sogenannte Doketismus (nach dem griechischen Wort für »Schein« δόκησις), vertrat Meinungen, wie sie der Verfasser des hier vorliegenden Dokuments dem Johannes zuschreibt. Das *Johannesevangelium* andererseits ist unzweideutig nicht doketisch. Doch noch im 6. Jahrhundert gab es in Byzanz öffentliche Unruhen, als ein Bischof predigte, Christus habe keine wahren körperlichen Bedürfnisse und Funktionen gehabt.

11 Nichtsdestoweniger hat man dann über das Ergebnis der jahrelangen Studien des vierten Evangelisten jahrhundertelang gestritten, da denn das Verhältnis von Gottvater und Gottsohn sehr unterschiedlich verstanden werden konnte und verstanden wurde. Provoziert von der Lehre des Presbyters Arius in Alexandrien, der Christus als ein aus dem Nichts geschaffenes Geschöpf, das nur aufgrund seiner sittlichen Bewährung den Sohnesrang empfangen habe, zu erklären gewagt hatte, bekannte sich die von Konstantin dem Großen 325 nach Nicäa berufene erste allgemeine Synode zur Wesenseinheit (ὁμοουσία) des Sohnes mit dem Vater. Ehe aber die Lehre der Homousianer siegreich blieb, mußten deren Verteidiger bittere Kämpfe bestehen, nicht nur gegen Anomöer (ἀνόμοιος, also ungleich, unähnlich), welche entschiedener noch als Arius die Ungleichheit des Sohnes mit dem Vater behaupteten, sondern auch gegen die vermittelnden Homöusianer (die ὁμοιουσία, keine Einheit, jedoch Gleichheit des Wesens bei Vater und Sohn annehmen wollten).

12 Der Überlieferung zufolge wurde Johannes wegen seines Glaubens auf die Insel

Patmos verbannt. Der Verfasser der *Offenbarung* selbst sagt nur (1,9): »Ich, Johannes, der auch euer Bruder und Mitgenosse an der Trübsal ist und am Reich und an der Geduld Jesu Christi, war auf der Insel, die da heißt Patmos, um des Wortes Gottes willen und des Zeugnisses Jesu Christi.«

13 Daß etliche Juden auf den Straßen Geld für Florus bettelten wie für einen ganz mittellosen und elenden armen Kerl, berichtet Josephus in seinem *Jüdischen Krieg* II, xiv, 6: »... doch schämte er sich deswegen seiner Habgier nicht, fühlte diese vielmehr nur noch heftiger gereizt.« Die herrliche Stadt, deren unser Autor sich erinnert, hat nicht nur in dessen Erinnerung existiert. Bei Ausbruch des römisch-jüdischen Krieges, der im Jahre 70 n. Chr. mit der Zerstörung Jerusalems endete, gab es, wie Tacitus in seinen *Historien* berichtet (V,13), allerlei Wunderzeichen: »Dies alles deuteten«, sagt aber der römische Geschichtsschreiber, »nur wenige zum Schrecken, die Mehrzahl hegte die Überzeugung, in den alten Schriften der Priester stehe, gerade in dieser Zeit werde das Morgenland mächtig werden und von Judäa die Macht ausgehen, welche die Weltherrschaft gewinne.« Bei Beginn der Belagerung befanden sich nach den Informationen dieses Geschichtsschreibers sechshunderttausend Menschen in der Stadt.

14 *Hesekiel* 28,18–19. Gräßliche Einzelheiten der während der Belagerung und bei der Eroberung Jerusalems geschehenen Greuel berichtet der Adressat dieses Schreibens in seiner *Geschichte des Jüdischen Krieges*. Gegen Ende der Belagerung war die Hungersnot in der Stadt so fürchterlich, sagt er, daß wenn nur irgendwo ein Schatten von Nahrung sich zeigte, sofort die besten Freunde übereinander herfielen und sich darum schlugen. Schließlich schlachtete eine Frau namens Maria, Tochter eines wohlhabenden Mannes aus Peräa, die wie viele andere bei Ausbruch des Krieges in Jerusalem Zuflucht gesucht hatte, dort aber, da sie sich der marodierenden Plünderer nicht erwehren konnte, vor Verzweiflung und Hunger endlich rasend wurde, ihren eigenen Säugling, briet ihn, verzehrte ihn zur Hälfte und bot, als diese wiederkamen, die andere Hälfte den Plünderern an: »Das ist mein eigener Sohn, und was getan wurde, habe ich selbst getan«, soll sie gesagt haben. »Kommt, eßt von dieser Speise, denn ich habe selbst davon gegessen. Gebt nicht vor, zartfühlender als eine Frau zu sein oder mitleidiger als eine Mutter ...« (Jüdischer Krieg VI, iii, 4)

15 Josephus sagt in seiner Autobiographie, daß ihm bei der Eroberung Jerusalems Titus wiederholt zugeredet habe, sich aus dem Ruin des Landes anzueignen, was ihm beliebe; er aber habe nur Freiheit für seine Familie erbeten (*Leben*, 75). Die Zahl derjenigen, deren Freiheit er so erwirkte, war nicht gering: »ungefähr hundertundneunzig«. Drei seiner Bekannten sah er gekreuzigt. Auf seinen Wunsch ließ Titus die Betreffenden abnehmen. Zwei von diesen starben zwar dann unter den Händen des Arztes; doch der dritte erholte sich. Bis an das Ende seiner Tage konnte Josephus sich der Gunst des Kaisers rühmen. Als Titus zur Regierung gelangte, gewährte er Josephus Steuerfreiheit für seinen Besitz in Judäa, »was für den, der sie genießt, eine große Ehre ist«, wie dieser stolz bemerkt (*Leben*, 76).

16 Tiberius Julius Alexander, Prokurator von 46 bis 48 n. Chr. Matthias vergleicht seinen Bruder mit diesem Statthalter, um seinen Bruder zu reizen. Tiberius Julius Alexander war nämlich ein abtrünniger, romanisierter, alexandrinischer Jude, der sich bei den Römern keiner größeren Achtung erfreute als bei den Juden.
Juvenal soll bei dem *Menschen aus Ägypten*, der's gewagt habe, unter die Säulen

der Siege auf dem Forum auch die seinige zu stellen, mit der Bemerkung »... vor seinem Bilde sollte mit Recht man nicht nur pissen ...« (*Satiren* I, 1, 129–131) an ebendiesen Tiberius gedacht haben.

17 Da bekanntlich Elias in einem feurigen Wagen mit feurigen Rossen lebendigen Leibes in den Himmel fuhr, blieb (wie in *2. Könige* 2,11–13 zu lesen) als Reliquie von ihm auf Erden nur sein Mantel zurück.

## Anmerkungen zu Fünf

1 Die Ptolemäer gestatteten den alexandrinischen Juden, sich als »Mazedonier« zu bezeichnen (also als Abkömmlinge der Leute, die mit Alexander dem Großen Ägypten eroberten und Alexandrien gründeten).

2 Cestius Gallus war Statthalter in Syrien, als im Jahre 66 n. Chr. der jüdische Aufstand begann. Es gelang ihm nicht, diesen niederzuschlagen. Im Gegenteil: Er hob die Belagerung Jerusalems auf, ehe er noch recht damit angefangen hatte, und führte abziehend seine Truppen durch eine Schlucht, wo es dann den Juden gelang, fast sein ganzes Heer zu vernichten. Daraufhin erhoben sich zuversichtlich überall die Juden gegen die Römer, während andererseits an manchen Orten, so auch in Alexandrien, die heidnischen Nachbarn der Juden die Gelegenheit wahrnahmen, alte Rechnungen mit den falschen Mazedoniern zu begleichen, wie Josephus, *Jüdischer Krieg,* II, xxiii, 7, berichtet. Der römische Gouverneur von Alexandrien, der die Ordnung in der Stadt auf andere Weise nicht glaubte wiederherstellen zu können, schickte die in Alexandrien stationierten zwei Legionen sowie fünftausend andere Truppen, die zufällig aus Libyen dort zusammengekommen waren, in das Stadtviertel, das die dortigen Juden bewohnten: »Diesen ward nicht nur gestattet, sie zu töten, sondern auch ihre Habe zu plündern und ihre Häuser in Brand zu stecken« (Josephus, a. a. O., 8). Josephus zufolge wurden bei dieser Gelegenheit fünfzigtausend Männer und Frauen, Greise und Säuglinge erschlagen.
Wenn diese Zahl wohl auch stark übertrieben ist, kann doch nicht daran gezweifelt werden, daß die römisch-jüdischen Kriege auch unter der jüdischen Bevölkerung von Alexandrien viele Opfer forderten. Unter der Herrschaft des Tiberius waren von hundert Bürgern Alexandriens vierzig Juden. Nach Ende des dritten dieser Kriege, um 135 n. Chr., sollen kaum noch Juden in Alexandrien gewohnt haben. Im gleichen Zeitabschnitt begann das Christentum sich bei den Heiden auszubreiten, während das von dem Verfasser des vorliegenden Dokuments vertretene Judenchristentum am Ende nur in Sekten, getrennt von der Kirche, überlebte.

3 Die Ptolemäer hatten in Alexandrien den Juden, die dort die gleichen Privilegien wie die Griechen genossen (als Lohn für den Beistand, den sie seit den Tagen Alexanders den Griechen gegen die Ägypter leisteten), darüber hinaus auch ein eigenes Stadtviertel zugestanden, »wo sie wohnen konnten, ohne durch die Nachbarschaft der Heiden verunreinigt zu werden«, berichtet Josephus, *Jüdischer Krieg,* II, xxiii, 7. Die ihnen von den Griechen bewilligten Privilegien bestätigten die Römer. »So hat zum Beispiel Julius Caesar die zu Alexandria wohnenden Juden durch eine auf einer Säule von Erz angebrachte Inschrift öffentlich zu alexandrini-

schen Bürgern erklärt«, bemerkt der nämliche Autor in seinen *Jüdischen Altertümern,* XIV, x, 1. Matthias beschuldigt Caesar zu Unrecht, die Einäscherung der großen Bibliothek von Alexandrien angeordnet zu haben. Denn allen anderen Zeugnissen zufolge war dieser Brand ein unbeabsichtigtes Ergebnis der Kämpfe bei der Eroberung der Stadt. Caesar befahl dann den Wiederaufbau und die Wiederherstellung der Bibliothek, welche Anordnung Kleopatra auch auszuführen übernahm.

4 Oxyrhynchus (wie die Griechen nach dem »spitzschnäuzigen« Fisch, den die Ägypter dort verehrten, die Stadt nannten; die heute an ihrem Ort befindliche Ansiedlung heißt Behnesa) war in der Kaiserzeit und unter den Byzantinern die bedeutendste Stadt Mittelägyptens. Bei den 1896–1897 sowie 1905–1906 in den Ruinen des alten Oxyrhynchus durchgeführten Grabungen Grenfells und Hunts wurden neben zahlreichen anderen Dokumenten auch Fragmente sehr früher Evangelienhandschriften gefunden. Unter diesen ein Stück einer Handschrift des *Johannesevangeliums,* die man in das 3. Jahrhundert datiert.

5 Matthias spielt auf die Bedeutung der hebräischen Bezeichnung seiner Glaubensgemeinschaft an, die deren Angehörige als vorzüglich »Reine« (NZR nämlich steht hebräisch für »Reinheit«) von gewöhnlichen Menschen unterscheidet.

6 Daß ein Schüler den Namen seines berühmten Lehrers annahm, war nicht ungewöhnlich. Manche ziehen diese Übung zur Erklärung des hohen Alters heran, das die Patriarchen des Alten Testaments erreicht haben sollen, und halten es auch für möglich, daß der Evangelist Johannes seine anscheinend erstaunliche Langlebigkeit derselben Übung verdankte.

7 Matthias läßt hier unberücksichtigt, was bei *Lukas* 9, 49–50 berichtet ist: »Da antwortete Johannes und sprach: Meister, wir sahen einen, der trieb die Teufel aus in deinem Namen, und wir wehrten ihm, denn er folgt dir nicht mit uns. Und Jesus sprach zu ihm: Wehret ihm nicht, denn wer nicht wider uns ist, der ist für uns.«

8 Der Jünger Philippus soll in Phrygien gekreuzigt worden sein, aber die ihn betreffenden Auskünfte der ältesten Kirchengeschichtsschreiber sind widersprüchlich und unbestimmt. In der *Apostelgeschichte* (*Lukas* 21, 8–9) liest man: »Des anderen Tages zogen wir aus, die wir um Paulus waren, und kamen gen Caesarea und gingen in das Haus Philippus' des Evangelisten, der einer von den sieben war, und blieben bei ihm. Der hatte vier Töchter, die waren Jungfrauen und weissagten.« Da dieser Philippus aber nicht als einer von den zwölfen, sondern als einer von den sieben bezeichnet wird, dürfte er mit dem Jünger des gleichen Namens nicht identisch gewesen sein. Doch machten weder Eusebius noch die spätere Kirche diese Unterscheidung, und Legenden über Philippus' weissagende Töchter erfreuten sich großer Beliebtheit. Diese Töchter betreffend ist übrigens zu bemerken, daß der Paulus, der an Timotheus schrieb (*1. Timotheus* 2,12), ihnen das Weissagen verboten hätte.

9 Es wird allgemein angenommen, daß Petrus spätestens im Jahre 68 den Märtyrertod erlitt, doch davon scheint der Verfasser des vorliegenden Dokuments nichts zu wissen.

10 Die judenchristliche Kirche des Verfassers wollte dem jüdischen Gesetz treu bleiben und nötigte deshalb die zu ihr bekehrten Heiden, sich beschneiden zu lassen. Paulus scheint zuerst geneigt gewesen zu sein, der diesbezüglichen jüdischen Empfindlichkeit Rechnung zu tragen, und veranlaßte, wie man in der *Apostelgeschichte* 16,1–3

liest, »um der Juden willen« die Beschneidung seines Jüngers Timotheus, der Sohn eines griechischen Vaters war. Später aber schrieb er (*Römer* 2, 28–29): »Denn das ist nicht ein Jude, der auswendig ein Jude ist, auch ist das nicht eine Beschneidung, die auswendig am Fleische geschieht, sondern das ist ein Jude, der's inwendig verborgen ist, und die Beschneidung des Herzens ist eine Beschneidung, die im Geist und nicht im Buchstaben geschieht.« Es scheint aber, daß er die Kirche zu Jerusalem mit diesem Argument nicht gänzlich überzeugen konnte und daß weiterhin viele Judenchristen auf der Forderung nach der Beschneidung der bekehrten Heiden auch im Fleische beharrten.

11 In fast allen gnostischen Sekten des 2. bis 4. Jahrhunderts wurde Maria Magdalena mit besonderer Inbrunst verehrt. Als Jüngerin, als Empfängerin von Mysterien, die der Auferstandene nur ihr allein anvertraut habe. Diese Verehrung ging so weit, daß an manchen Orten nicht Petrus, sondern sie für das Haupt der Kirche gehalten wurde.

Das 1896 zufällig gefundene *Evangelium der Maria,* eine vielleicht im 3. Jahrhundert entstandene koptische Übersetzung einer griechischen gnostischen Schrift, würdigt sie dieser Bedeutung entsprechend. Wie das ja auch die kanonischen Evangelien bezeugen, erblickt sie den auferstandenen Erlöser zuerst. Die Jünger, zumal Andreas und Petrus, weigern sich zu glauben, was sie von dem Auferstandenen erfahren haben will. Lewi (der Sohn des Alphäus?) übernimmt ihre Verteidigung: »Wenn der Erlöser sie aber würdig gemacht hat, wer bist denn du, daß du sie verwirfst? Sicherlich kennt der Erlöser sie ganz genau. Deshalb hat er sie mehr als uns geliebt« (*Pap. Berol.* s. 18, 15). Unter den 1945 in Nag Hammadi entdeckten Handschriften zeugen mehrere von dieser besonderen Verehrung der Maria Magdalena. Im *Dialog des Erlösers* (»in der vorliegenden Gestalt wohl im 2. Jahrhundert verfaßt«, wie die Herausgeberin der hier zitierten deutschen Übersetzung, Beate Blatz, NT Apo$^6$, Bd. 1, S. 247, urteilt) beweist sie im Gespräch mit dem Erlöser mehr Verständnis als die Jünger Matthäus und Judas. »Sie sagte diese Worte als eine Frau, die vollständig verstanden hatte« (*Dialog des Erlösers,* 53). Im *Thomasevangelium* will Petrus Maria nicht im Kreise der von Jesus belehrten Jünger dulden. »Marjam soll aus unserer Mitte fortgehen, denn die Frauen sind des Lebens nicht würdig.« Darauf erwidert Jesus: »Seht, ich werde sie ziehen, um sie männlich zu machen, damit auch sie ein lebendiger Geist wird, vergleichbar mit euch Männern. Denn jede Frau, die sich männlich macht, wird ins Himmelreich gelangen« (*Thomasevangelium* 114; deutsch in NT Apo$^6$, Bd. 1, S. 113). Im *Evangelium nach Philippus* wird berichtet: »Der Soter [Erlöser] liebte Maria Magdalena mehr als alle Jünger, und er küßte sie oftmals auf den Mund« (*Evangelium nach Philippus* 55 b, deutsch in NT Apo$^6$, Bd. 1, S. 161). Als die Zwölf sich deshalb beklagen und fragen: »Weswegen liebst du sie mehr als uns alle«, wird ihnen zur Antwort: »Weswegen liebe ich euch nicht so wie sie?« Ob Maria Magdalena als geistliche Geliebte Jesu dargestellt wird wie hier (Geschichten über eine geheime Ehe und sogar gemeinsame Kinder zu erfinden war späteren Ketzern vorbehalten) oder als Aspirantin auf ganze Männlichkeit wie im *Thomasevangelium* – die Absicht ihrer Verehrer war stets die gleiche: Anfechtung der wachsenden Autorität der in apostolischer Sukzession regierten Kirche und der Theokratie der Bischöfe.

Die orthodoxe Kirche suchte dementsprechend jene Protagonistin der gnostischen

Häretiker nach Möglichkeit zu diskreditieren. Die *Didache* (eine zu Beginn des 2. Jahrhunderts verfaßte Kirchenordnung, die älteste erhaltene) zitiert aus einem sonst nicht mehr bekannten Evangelium einen Bericht, dem zufolge Jesus einst Maria aus der eucharistischen Gemeinschaft mit den Jüngern ausschloß, weil sie gelächelt hatte. Die pseudopaulinischen Hirtenbriefe, in denen ja ebenfalls vorlaute Frauen gemaßregelt werden, sind um die gleiche Zeit geschrieben, wie auch das *Johannesevangelium,* wo man liest, daß Maria Magdalena, da sie sah, »daß der Stein vom Grab hinweg war«, bestürzt davonlief, Petrus und dem Jünger, »welchen Jesus lieb hatte«, nämlich Johannes selbst, begegnete, diesem sagte, was sie gesehen, worauf beide zum Grabe liefen, Johannes schneller als Petrus, weshalb dann der Jünger, welchen Jesus lieb hatte, als erster sah, was Maria Magdalena nur vermutet hatte, daß das Grab leer war: »Und sah und glaubte es.« Nach dieser Darstellung bestand also kein Anlaß, Maria Magdalena als erste Zeugin der Auferstehung über Petrus und Johannes zu erheben, zumal sie, als sie dann den Auferstandenen leibhaftig erblickt, Jesus nicht erkennt und meint, »es sei der Gärtner«.

12 Ein Wort zu der Überlieferung von Maria Magdalena als einer Prostituierten: Matthias hält Maria für eine Tochter aus gutem Hause mit beachtlichem ererbtem Vermögen. Und wäre sie wirklich nur eine gewöhnliche Hure gewesen, man fände sie im Neuen Testament wohl kaum als »Magdalena«, nämlich Angehörige einer geachteten Familie aus Magdala, bezeichnet. Die Jünger aus dem Handwerker- und Händlerstand werden gewöhnlich nicht durch Angabe ihres Herkunftsorts, sondern durch Nennung ihres Vaternamens näher identifiziert. Jakobus, Sohn des Zebedäus, zum Beispiel. Bei *Lukas* 8,2 erfährt man, daß »Maria, die da Magdalena heißt, von welcher waren sieben Teufel ausgefahren«, unter jenen etlichen Weibern war, die neben den zwölfen Jesus nachfolgten, »weil er sie gesund gemacht hatte von den bösen Geistern und Krankheiten«, wobei nichts darauf hinweist, daß es sich bei den erwähnten sieben Teufeln um etwas Schlimmeres gehandelt hätte, als was man heute mit dem Namen irgendeines Nervenleidens bezeichnen würde.

Bei *Matthäus, Markus* und *Lukas* ist zu lesen von einer nicht beim Namen genannten Sünderin, die Jesu Füße mit ihren Tränen wäscht, mit ihren Haaren trocknet und mit Salbe salbt. *Johannes* 12,3 identifiziert diese Frau mit Maria, einer Schwester des von den Toten auferweckten Lazarus. Später wurde diese Maria von Bethanien, hier schon mit jener Sünderin identifiziert, mit Maria von Magdala verquickt, also daß endlich die letztere als die Sünderin vorgestellt werden konnte, die Jesus die Füße salbte und von der Jesus sprach. »Ihr sind viele Sünden vergeben, denn sie hat viel geliebt« (*Lukas* 7, 47). An diesem Irrtum hielten auch so sorgfältige Leser der Heiligen Schrift wie Augustinus, Gregor der Große und Beda Venerabilis fest.

Zweifellos waren es politische Gründe, welche die Kirchenväter veranlaßten, der Verwandlung der Maria Magdalena in eine geläuterte Prostituierte zuzustimmen, keineswegs ausschließlich verwerfliche übrigens.

Als erlöste Hure bot Maria Magdalena Hoffnung auch den am tiefsten Gefallenen. Die christlichen Klöster boten vielen Frauen Zuflucht, die die Not in die Prostitution getrieben hatte. Maria von Ägypten, eine geläuterte und bekehrte Prostituierte, war unter den ersten Heiligen, die die Kirche verehrte. Nach der Trennung der koptischen und der orientalischen Kirchen von der römischen wurde im Abendland die Gestalt jener ägyptischen Maria mit derjenigen der Maria von Magdala verschmolzen. Für die Theologie wurde die bekehrte Dirne das Inbild der von Hesekiel angeklagten Hure Israel, erlöst durch Jesus Christus; und desgleichen Vertreterin der durch denselben erlösten Eva, der Mutter des Menschengeschlechts und Mitschuldigen an dessen Sündenfall.

13 Hier wie bei vielen Autoritäten der frühen Kirche äußerte sich eine Furcht vor dem Anblick weiblichen Haupthaars, die nicht als neurotisch zu diagnostizieren heute schwerfällt. »Ein Weib aber, das da betet oder weissagt mit unbedecktem Haupt, die schändet ihr Haupt«, schrieb in seinem *1. Brief an die Korinther* (11, 5) Paulus, und weiter: »Will sie sich nicht bedecken, so schneide man ihr auch das Haar ab. Nun es aber übel steht, daß ein Weib verschnittenes Haar habe und geschoren sei, so lasset sie das Haupt bedecken.« Die späteren Kirchenväter teilten die diesbezüglichen Vorurteile des Paulus (und unseres Autors). In dem Paulus fälschlich zugeschriebenen *1. Brief an Timotheus* 2, 9 wird angeordnet, »daß die Weiber in zierlichem Kleide mit Scham und Zucht sich schmücken, nicht mit Zöpfen oder Gold oder Perlen oder köstlichem Gewand«. Ebenso im *1. Brief des Petrus* 3,3: »Ihr Schmuck soll nicht aufwendig sein mit Haarflechten und Goldumhängen oder Kleideranlegen ...« Auch Hieronymus wetterte gegen weibliche Haarpracht, echte und falsche; einer Frau, welcher die Kinder starben, weist er nach, daß sie sich diese Strafe Gottes zugezogen, indem sie sich sündig mit einer Perücke aufgeputzt zur Schau gestellt hat. Ambrosius und Augustinus fanden nichts schändlicher als zur Schau gestelltes Frauenhaar. Cyprianus hielt das Tragen einer Perücke sogar für schändlicher als Ehebruch, obwohl der letztere in vielen frühen Kirchengemeinden als Kapitalverbrechen geahndet, also mit dem Tode bestraft wurde. Tertullian tadelt in *De cultu feminarum* die ihr Haupthaar präsentierenden Frauen von Karthago und besteht in *De virginibus velandis* darauf, daß auch die Jungfrauen in der Öffentlichkeit Schleier tragen.

Erst in Anbetracht dieser Zeugnisse wird ganz verständlich, in welchem Maße Jesus das Gefühl für Sitte und Anstand verletzte, als er's zuließ, daß eine Frau, die als Sünderin galt, ihm die Füße mit ihrem offenen Haar trocknete.

14 Diese historisch belegte Procla mag Anlaß zu der im 2. und 3. Jahrhundert beliebten Legende von der zum Christentum bekehrten Gattin des Pontius Pilatus gleichen Namens gegeben haben, die, wie man bei *Matthäus* 27,19 liest, als ihr Gemahl auf dem Richtstuhl saß, zu ihm schickte und ihm sagen ließ: »Habe du nichts zu schaffen mit diesem Gerechten; ich habe heute viel erlitten im Traume seinetwegen.« In einem apokryphen griechischen Bericht betet der dort als christlicher Märtyrer endende Pilatus: »Rechne mich nicht zu den bösen Hebräern. Rechne mir nichts Böses an, auch deiner Dienerin, meinem Weibe, Procla nicht ... welche du prophezeien ließest, daß du gekreuzigt werden mußtest.«

15 *Lukas* 9, 46: »Es kam auch ein Gedanke unter sie, welcher unter ihnen der Größte sei.«

16 Ἀμαράντινον, das »Unverwelkliche«, also unvergängliche Buch. In der gleichen Bedeutung ist das Adjektiv im *1. Petrusbrief* 5,4 gebraucht: »So werdet ihr, wenn erscheinen wird der Erzhirte, die unverwelkliche Krone der Ehren empfangen.«

17 Auch in der hebräischen Sprache ist die Erde weiblich. Die Vorstellung der »Mutter Erde« begegnet in der Bibel häufig, so bei *Hiob* 1, 21: »Ich bin nackt von meiner Mutter Leibe gekommen, nackt werde ich auch wieder hinfahren.«

18 Daniel Stylites und andere ägyptische Einsiedler ließen in ihren Wunden Maden gedeihen, um sich einen Vorgeschmack der eigenen Verwesung zu geben, zur Abtötung des Fleisches also im genauen Wortsinn. Legenden von heiligen Einsiedlerinnen wie der heiligen Maria Magdalena, Maria von Ägypten (»die man die Sünderin heißt, lebte siebenundvierzig Jahre in der Wüste ein hartes Leben«), Pelagia (die »wohnte in einer kleinen Zelle und diente Gott in großer Enthaltsamkeit«) und Thais (eine reuige Buhlerin, die sich in eine kleine Zelle einmauern ließ, dort ihre Sünden zu büßen), erfreuten sich in der alten Kirche (und auch später noch) großer Beliebtheit.

Die Legenden der Märtyrerinnen Katharina, Agnes, Agathe und anderer schildern diese unter der Folter nicht weniger standhaft als ihre männlichen Glaubens- und Leidensgenossen. Da Frauen jedoch keine Kirchenämter bekleiden durften, konnten sie der Kirche ihren Wert anders als durch Märtyrertugenden und asketische Weltverneinung nicht beweisen.

## Anmerkungen zu Sechs

1 Matthäus und Matthias, deren Namen sich nur so geringfügig voneinander unterscheiden, wurden schon früh in der Kirchengeschichte häufig miteinander verwechselt und verquickt. Von Hieronymus abgesehen, der wissen will, daß er nach Persien ging, sagen die ältesten Kirchengeschichtsschreiber übereinstimmend, daß Matthäus zuerst Ägypten evangelisierte und dann nilaufwärts die Frohe Botschaft den wilden Völkern Äthiopiens brachte. Die griechischen *Matthäus- und Andreasakten* (ein Werk des 5. Jahrhunderts) sind fast identisch mit den (mutmaßlich gleichzeitig verbreiteten) syrischen *Matthias- und Andreasakten.* Die sehr beliebte angelsächsische *Andreaslegende* (wo die Apostel sich als Seefahrer und Wundertäter bewähren und Menschenfresser bekehren) basiert auf diesen apokryphen Akten.

2 Kusch (oder Chus) wird im *1. Buch Mose* 10,6 als Stammvater der nachsintflutlichen Bewohner des gleichnamigen Landes genannt. (Denn Sem, Ham und Japhet waren die Söhne Noahs; Chus aber einer der Söhne Hams. Es heißt nämlich: »Die Kinder von Ham sind diese: Chus, Mizraim, Put und Kanaan.«) Kusch war jedoch nicht nur der hebräische, sondern auch der ägyptische Name jenes Landes südlich des ersten Katarakts, das die Griechen Äthiopien nannten und das man auf neueren Landkarten als Nubien bezeichnet findet. Aus diesem Lande kamen die Fürsten der XXV. Dynastie, die Ägypten zwar nicht lange (von 751–656 v. Chr.), aber im ganzen ruhmreich regierten. Auch nach ihrer Vertreibung aus Ägypten bewahrten sich die Äthiopier oder Kuschiten die Unabhängigkeit ihres eigenen Staates, dessen Hauptstadt anfänglich Napata, später das weiter südlich gelegene Meroë war.

3 Die mißtrauische Wachsamkeit, mit der die Äthiopier (oder Kuschiten) ihre Unabhängigkeit behüteten, hat schon Herodot gerühmt. Als Kambyses, der ihr Land, von dem ihm allerlei Wunderdinge berichtet worden waren, gern erobert hätte, Kundschafter mit Geschenken zu ihnen schickte, die dem König von Äthiopien sagen mußten, wieviel dem von Persien an seiner Freundschaft gelegen sei, erwiderte der Äthiopier (*Herodot*, III, 21): »Der Perserkönig hat euch bestimmt nicht mit diesen

Geschenken zu mir gesandt, weil ihm viel an meiner Freundschaft liegt, und ihr redet nicht die Wahrheit, denn ihr seid als Kundschafter in mein Land gekommen ...« Strabon von Amaseia, der an die fünfhundert Jahre später nilaufwärts zwar bis Elephantine gelangte, doch seine umfangreiche Weltbeschreibung um die Zeitenwende in der großen Bibliothek von Alexandrien verfaßte, war zwar der Meinung, daß ebenjener Kambyses dann nichtsdestoweniger bis nach Meroë habe vordringen können und dem Ort sogar den Namen gegeben habe (den seiner dort verstorbenen Schwester oder Frau nämlich, wie man in Strabons *Geographie* 17,1, 5 liest); doch daß letztlich sein Versuch, Äthiopien zu erobern, so übel ausging, wie man bei Herodot liest, leugnet auch Strabon nicht. Zu dessen eigener Zeit fielen die Äthiopier in Ägypten ein, eroberten im Handstreich Syene, Elephantine und Philae und stürzten die dort aufgestellten Standbilder Caesars um. Wenig später schlug dann zwar Petronius die Generale der Kandake vernichtend und machte Napata, die damalige Residenz der Königin, dem Erdboden gleich; doch dann wurde Frieden geschlossen, und die Römer zogen sich nach Ägypten zurück. Nero zwar, *inter reliqua bella et Aethiopicum cogitanti* – da er neben seinen übrigen kriegerischen Unternehmungen auch eine gegen Äthiopien plante –, schickte abermals Kundschafter (eine Abteilung Prätorianer unter Befehl eines Tribunen) nach Meroë. Doch die geplante Eroberung des Landes unterblieb, und so waren denn die neuesten Nachrichten über die dortigen Zustände – die Plinius der Ältere seiner berühmten *Naturalis Historia* einverleiben konnte (an welcher er zur Zeit der Reise unseres Matthias noch arbeitete) – die, mit denen jene Kundschafter Neros zurückgekehrt waren. Nicht die unbedeutendsten von diesen waren genaue Entfernungsangaben, aus denen erhellte, daß von Syene (dem ägyptischen Grenzort gegenüber der Insel Elephantine) bis nach Meroë 945 Meilen zurückzulegen waren, der größte Teil dieses Weges durch Wüstengebiet. Allerdings werde das Land in der Nachbarschaft von Meroë schon etwas grüner, hätten sie berichtet, heißt es bei *Plinius,* VI, XXXV, 185, *silvarumque aliquid apparuisse et rhinocerotum elephantorumque vestigia;* es zeige sich schon etwas Wald und man sehe auch Spuren von Elefanten und Nashörnern; was aber die Regierung von Meroë anging, so hatten diese Kundschafter Nero gemeldet, *regnare feminam Candacem, quod nomen multis iam annis ad reginas transisset,* daß es von einer Frau regiert werde, Kandake, welcher Name schon seit vielen Jahren von einer Königin auf die andere übertragen worden sei. Und allerdings hatte ja, wenn man dem Buche Βίος 'Αλεξάνδρου τοῦ Μακεδόνος καὶ Πράξεις – *Leben und Taten Alexanders von Makedonien* – glauben darf, schon rund dreihundert Jahre vor seinem Nachahmer Nero, dieser eine Kandake auszukundschaften versucht – und zwar, in der Maske eines Gesandten seiner selbst, höchstpersönlich. Auch ihm war übrigens die Eroberung von Meroë nicht gelungen, ja der angeführten Quelle zufolge (3, 22, 8–9) konnte er von Glück sagen, daß ihn die Königin, die seine Maske durchschaute, mit dem Leben davonkommen ließ: »Erkenne also jetzt, Alexander: Mag ein Mensch noch so klug sein, wird ihn doch ein anderer übertreffen; so hat Kandakes Verstand über deine List gesiegt«, sagt die Königin. Darauf knirscht Alexander mit den Zähnen, und Kandake fragt ihn: »Du knirschst mit den Zähnen? Was kannst du machen, du, der große König, der jetzt einem einzigen Weib erlegen ist?«
Es scheint allerdings, daß man dem zitierten Buch nicht aufs Wort glauben darf – jedenfalls nicht was Alexander angeht. Doch als Zeugnis dessen, was gegen Ende des

3. Jahrhunderts der christlichen Ära, zu welcher Zeit nämlich das fragliche Buch in Alexandrien verfaßt worden zu sein scheint, die Alexandriner der Kandake zutrauten, wird man den Bericht wohl gelten lassen können.

4 Pygmäen. Daß die Kraniche im Winter kreischend dahinfliegen zum fernen Okeanosstrome, Tod und Verderben dem Volke der kleinen Pygmäen zu bringen, wie am Anfang des 3. Gesanges der *Ilias* erwähnt wird, wußte zur Zeit unseres Reisenden jeder gebildete Mensch. Nicht jeder aber glaubte an die reale Existenz dieser Zwerge. Zwar hatte Herodot von einigen Leuten aus Kyrene erzählen hören, diese hätten Leute getroffen, die Leute gekannt hätten, die jenseits der großen Wüste und dort in Gefangenschaft winziger schwarzer Menschen gewesen und zurückgekehrt seien, davon zu erzählen (II, 32) – der Geograph Strabon aber ist bestenfalls willens einzuräumen, daß die Äthiopier im allgemeinen ihres harten Lebens wegen ziemlich kleinwüchsig sind, was Anlaß zu der Fabel von den Pygmäen gegeben haben könne: denn kein glaubwürdiger Mann habe bisher berichtet, einen solchen Pygmäen gesehen zu haben (17, 2, 1). Weniger ungläubig ist Plinius. Wegen der dortigen Vorherrschaft des beweglichen Elements des Feuers sei es im Grunde kein Wunder, daß die Natur in Äthiopien Ungeheuer hervorbringe, sagt er (VI, XXXV, 187). Und nachdem er einige beschrieben hat, von denen er gelesen, schließt er: *quidam et Pygmaeorum gentem prodiderunt inter paludis ex quibus Nilus oriretur* – gewisse Autoren berichteten sogar, daß in den Sümpfen, aus denen der Nil entspringe, Pygmäen wirklich vorkämen.

5 Astaboras und Astapus: Unser Reisender hatte beim Zusammenfluß dieser beiden Ströme die Spitze der sogenannten Insel Meroë erreicht; so bezeichneten die Alten das Land, das der Astaboras, der Astapus und der Astasobas umfließen. Den Astaboras nennen heutige Landkarten Atbara, und der Fluß, in den dieser mündet, führt an dessen Einmündung schon die Bezeichnung »Nil«. Unter den Namen Astapus und Astasobas kannten die Alten den Weißen und den Blauen Nil, die sich im Südwesten der Insel Meroe miteinander vereinigen. Dem aus dieser Vereinigung entstehenden Fluß, den wir schlicht »Nil« nennen, ließen sie – bis zu der Vereinigung desselben mit dem Astaboras (dem Atbara) entweder, wie hier Matthias, den Namen, den sie dem Weißen Nil gaben – Astapus – oder den des Blauen – Astasobas.

6 2. *Mose* 7, 20–21: Die erste der ägyptischen Plagen: »Und alles Wasser ward in Blut verwandelt.«

7 Als der wundertätige Weise Apollonios von Tyana, ein Zeitgenosse unseres Matthias (vgl. Anm. 8 zum 4. Kapitel des hier erläuterten Dokuments), aus Ägypten nach Äthiopien einreiste, »fand er an der Grenze eine gewisse Menge ungemünzten Goldes und Leinwand und einen Elefanten und unterschiedliche Wurzeln und Myrrhen und Gewürze, die alle da, von niemandem bewacht, an der Grenze lagen«. Das war, erklärt Philostratos, der (um das Jahr 215) auf Wunsch der Kaiserin Julia Domna das Leben dieses heiligen Mannes beschrieb, »ein Marktplatz, auf den die Äthiopier alle Erzeugnisse ihres Landes bringen; und die Ägypter ihrerseits nehmen dieselben weg und bringen auf denselben Platz ihre eigenen Waren gleichen Werts und tauschen so ein, was sie haben, gegen das, was sie nicht haben.« Den Leser, der an dieser Stelle (im 2. Kapitel des 3. Buchs seiner Lebensgeschichte) schon seit einer ganzen Weile in Gesellschaft des Weisen die Welt durchwandert, wundert es nicht, daß Apollonios hier die Gelegenheit nutzt, die anspruchslose Rechtlichkeit der äthiopischen edlen

Wilden zu rühmen und die nimmersatte Habgier seiner griechischen Volksgenossen zu tadeln – wie sich das für sensible Reisende in der Dritten Welt noch heute gehört. Allerdings warnt uns der aufgeklärte Edward Gibbon: »Apollonios von Tyana wurde geboren um die gleiche Zeit wie Jesus Christus. Sein Leben wird von seinen fanatischen Anhängern so fabelhaft erzählt, daß wir Mühe haben zu beurteilen, ob er ein Weiser war oder ein Schwindler.« Sicher ist jedenfalls, daß der angeblich von Apollonios an der ägyptisch-äthiopischen Grenze beobachtete »Stumme Handel« (wie die Ethnologen diesen aus vielen Gegenden der Erde bezeugten Tauschhandel zwischen Leuten, die einander nicht über den Weg trauen, nennen) nicht der einzige Geschäftsverkehr der Meroïter mit der Außenwelt war. Zwar weiß man von der Besonderheit der meroitischen Kultur immer noch recht wenig (so kann man die in einer aus der ägyptischen entwickelten Schrift geschriebenen Inschriften an deren Monumenten nicht lesen, weil die Sprache derselben keine Verwandtschaft mit irgendeiner bekannten zu haben scheint), doch steht außer Zweifel, daß sie gegenüber Einflüssen anderer Kulturen – der ägyptischen natürlich, dann aber auch der griechisch-römischen – höchst aufgeschlossenen war und auch gemünztes Geld nicht verschmähte: Römische Münzen sind bei Grabungen auf dem Gebiet des einstigen meroitischen Reichs an vielen Orten gefunden worden.

8 Sebastian: Der von dem griechischen Adjektiv σεβαστός (ehrwürdig, erhaben, kaiserlich) abgeleitete Name wurde auch den zur öffentlichen Verehrung aufgestellten idealisierten Standbildern der Kaiser gegeben. Der Kopf eines Standbilds des Augustus wurde in einer Türöffnung des Palastes zu Meroë gefunden. Ob die Meroïter ihn dort eingemauert hatten, um Augustus zu ehren – wie das vorliegende Dokument nahelegt – oder, nach dem Überfall auf die ägyptischen Grenzorte, der dann die Zerstörung von Napata durch die Römer nach sich zog, zur Schande des Augustus und der Römer, ist schwer zu sagen.

9 »Am nächsten Tag erschien Kandake im Glanz der Krone«, liest man in dem Bericht des Pseudo-Kallisthenes über den Versuch Alexanders des Großen, sich inkognito über Meroë und die Königin des Landes zu informieren – »von übermenschlicher Größe und fast göttlichem Aussehen« – ὥς δοκεῖν Ἀλεξάνδρω εἶναι τὴν ἑαυτοῦ μητέρα Ὀλυμπιάδα –, so daß es Alexander vorkam, als wäre sie seine Mutter Olympias.« Wäre aber an die sechshundert Jahre vor dem unsterblichen alexandrinischen Romanhelden der sterbliche makedonische Alexander nilaufwärts bis nach Nubien gezogen, er hätte dort noch keine Mutter an der Macht gefunden. Denn zu seiner Zeit scheint das äthiopische Reich noch von einem Priesterkollegium beherrscht worden zu sein. »In Meroe hatten in alter Zeit den höchsten Rang die Priester, die selbst dem König Befehle zu geben pflegten, ja diesem manchmal durch einen Boten befahlen zu sterben, um dann an seiner Statt einen anderen zu ernennen«, berichtet Strabon in seiner *Geographie* (17, 2,3). »Aber später durchbrach einer der Könige diesen Brauch, indem er mit Bewaffneten auf den Tempel marschierte, wo der goldene Schrein ist, und alle Priester niedermetzelte.« Den Griechen war (wie man bei Diodorus Siculus liest) dieser König, der sich von den Priestern emanzipierte, unter dem Namen Ergamenes bekannt: Er war ein Zeitgenosse des Ptolemaios Philadelphos (der Ägypten von 286 bis 247 v. Chr. regierte). Die erste meroitische Alleinherrscherin scheint (in der Mitte des 2. Jahrhunderts v. Chr.) jene mächtige und kriegerische Königin gewesen zu sein, »welche in Naga erscheint mit ihrem

reichen Schmuck und ihren fast einen Zoll langen spitzen Nägeln«, wie der preußische Ägyptologe Richard Lepsius von den »Pyramiden von Meroe, den 22. April 1844« nach Berlin schrieb.

10 Welches Jahrhundert den Meroïtern als das der Katastrophen in Erinnerung war, ist aus den uns vorliegenden, leider sehr lückenhaften Zeugnissen ihrer Geschichte nicht zu ermitteln. Daß sie selbst die Ereignisse einer – zu der Zeit, da Matthias bei ihnen weilte – noch keine hundert Jahre zurückliegenden Vergangenheit nur sehr selektiv bewahrten, kann man als erwiesen ansehen dadurch, daß der äthiopische Überfall auf Syene, Elephantine und Philae, über den Strabon (17, 1, 54) berichtet, nach seinem Zeugnis von der seinerzeit regierenden Kandake befohlen wurde, die Strabon als ἀνδρική τις γυνή πεπηρωμένη τόν ἕτερον τῶν ὀφθαλμῶν beschreibt – als ein einäugiges Mannweib.

11 Obwohl man sich im Laufe der letzten Jahrhunderte daran gewöhnt hat, bei einem »weißen Sklaven« eine *contradictio in adiecto* zu sehen, hat natürlich das Verhältnis zwischen Herren und leibeigenen Knechten keine Regeln, die den daran Beteiligten irgendeine Hautfarbe zwingend vorschrieben. In der Tat geht ja die heute in allen europäischen Sprachen gebräuchliche Bezeichnung für den leibeigenen Knecht auf das mittelgriechische Wort σκλάβος zurück, den Volksnamen der Slaven – weil auf den Sklavenmärkten im mittelalterlichen Orient vor allem Angehörige der slavischen Völker verkauft wurden. Sklaven dieser Herkunft waren noch im 19. Jahrhundert in Äthiopien keine Seltenheit.

12 Von dieser Königin ist uns aus anderen Quellen nichts bekannt. Sie trug aber offenbar als siebente jenen Namen, den man als den der Königin entziffert hat, deren reicher Schmuck und lange Fingernägel 1844 Richard Lepsius beeindruckten.

13 Auf der Insel Meroë gab es, wie man bei Strabon liest, zahlreiche Bergwerke, in denen Kupfer, Eisen, Gold und verschiedene (wenn nicht sogar, wie Diodorus Siculus sagt: alle) Arten von Edelsteinen gefunden wurden. 1834 fand in der Pyramide einer Königin von Meroë der italienische Arzt Giuseppe Ferlini eine Kammer, in der unter einem Ruhebett ein ganz mit kostbarem Goldschmuck gefülltes Bronzegefäß stand. Den größten Teil dieses Schatzes kann man heute in den Museen von München und Berlin bewundern. Die Schmuckstücke beweisen Reichtum und Weltoffenheit der meroitischen Kultur gleichermaßen. Denn Technik und Formen dieser Arbeiten verraten den Einfluß Ägyptens und des (zur Zeit der ersten Kandake in Ägypten schon zur Herrschaft gelangten) Hellenismus.

14 Eine Königin von Saba besuchte König Salomo; doch in der Regel gestatteten die Sabäer ihren Königinnen und Königen nicht, den königlichen Palast zu verlassen. »Die Stadt der Sabäer«, sagt jedenfalls Strabon über diese Bewohner Südarabiens (*Geographie* 16, 4,19), »hat einen König, der Rechtsstreitigkeiten und alles übrige entscheidet. Aber er hat nicht das Recht, den Palast zu verlassen; wenn er es trotzdem tut, steinigt ihn, einem Orakel folgend, der Pöbel alsbald zu Tode.« Auch bei den Äthiopiern konnten einst (wie oben, Anm. 9, erwähnt) die Priester den Tod des Königs beschließen. Strabon berichtet auch (17, 2,3) von der folgenden Sitte der Meroïter: »Wann immer einer ihrer Könige die Verstümmelung irgendeines Teils seines Körpers erleidet, müssen seine nächsten Gefolgsleute das gleiche erdulden und sogar mit ihm sterben; und daher bewachen diese Leute den König mit großer Sorgfalt.«

15 Von diesem Wunderbalsam liest man in dem äthiopischen *Kibre Negest,* wo Salomo Anstoß nimmt an den behaarten Beinen seiner Besucherin. »Deine Schönheit ist die Schönheit der Frauen«, sagt der weise König da nämlich. »Doch dein Haar ist wie das eines Mannes.« Und dann schafft er Abhilfe, indem er mit dem fraglichen Wunderbalsam die Beine der Königin von Saba enthaart. Daß die Königin von Saba vor Salomo ihre Schenkel entblößte, liest man übrigens auch im Koran (27, 44).

16 Im Lichte dieser Erklärung der Kandake wird man wohl auch die Bereitwilligkeit sehen müssen, mit der jener »Mann aus Mohrenland, ein Kämmerer und Gewaltiger der Königin Kandake«, von dem man in der *Apostelgeschichte* 8, 27–39 liest, sich von Philippus taufen ließ. Denn hört man nicht die Leichtfertigkeit der Königin aus der Rede jenes Mannes, der sich, kaum daß Philippus seine Predigt beendet hat (der Mann aus Mohrenland hatte Jerusalem besucht und war auf der Heimreise), als sie eben in diesem Augenblick an einen Fluß kamen, an den Prediger wandte und sagte: »Siehe, da ist Wasser; was hindert's, daß ich mich taufen lasse?«

17 Hier hat man eine bemerkenswerte Bestätigung für die von vielen Gelehrten geäußerte Vermutung, daß die frühe Kirche nicht einmal die Eucharistiefeier kannte.

18 Da Matthias natürlich nicht der erste Hellenist war, der das gegen ausländische Gäste so mißtrauische Land besuchte, mag freilich auch sein Buch nicht das erste gewesen sein. Plinius der Ältere erwähnt in seiner *Naturalis Historia* (VI, xxv) einen Simonides Minor, welcher – *quinquennio in Meroe moratus cum de Aethiopia scriberet* – während eines fünfjährigen Aufenthalts in Meroe über Äthiopien schrieb.

19 Hier sind, einer Beschädigung des Papyrus wegen, etwa fünfzehn Zeilen verloren. Siehe aber den Sieben, 1 fortgesetzten Schluß der Erzählung weiter unten.

## Anmerkungen zu Sieben

1 Zu meinen Vermutungen über den fehlenden Textabschnitt siehe meinen Artikel in *The University of Chicago Theologian,* Bd. XXVIII, Heft 1, Patrick V. O'Hanrahan, »Textual Problems in the Gospel of Matthias«.

2 *Johannes* 18,38.

3 Mit seinem späteren Werk, den *Jüdischen Altertümern,* veröffentlichte Josephus eine Selbstbiographie, wo er seiner eigenen früheren Darstellung seiner Beteiligung an den Ereignissen des Jüdischen Krieges an vielen Stellen widerspricht. Während er bei seiner Schilderung des Jüdischen Krieges die eigenen diplomatischen und kriegerischen Leistungen bei jeder Gelegenheit ins hellste Licht rückt, äußert er sich in seinem *Leben* bescheiden. »Und bei dieser Gelegenheit war es wohl so«, sagt er da etwa (*Leben,* 15), »daß Gott, der stets weiß, wer tut, was er tun sollte, mich aus den Händen dieser meiner Feinde befreite.« Ich glaube nicht, daß Josephus im Alter die Überzeugung seiner Jugend verleugnete. Zwar betonte er in der zitierten späten Schrift weniger als die eigene Tüchtigkeit die Tüchtigkeit seines Gottes, einen so tüchtigen Mann wie ihn auszuwählen zur Erledigung dessen, was zu erledigen war. Aber eine gewisse Eitelkeit ist ja auch mit dieser bescheidenen Würdigung der eigenen Verdienste verträglich. Bemerkenswerter scheint mir, daß Josephus in seinem *Leben* wiederholt Meinungen äußert, die den Verdacht nahelegen, er könne

wirklich, wie es sein Bruder in seinen letzten Stunden wünschte, sich den Lehren des Lehrers der Rechtschaffenheit geöffnet haben. So etwa, wo er (*Leben,* 26) berichtet, daß er sich der Plünderung der Gattin des königlichen Prokurators Ptolemaios widersetzte, weil derselbe ein Landsmann von ihm war, und dann überraschend hinzufügt: »Und es ist uns doch durch unsere Gesetze verboten, selbst unsere Feinde zu plündern.« Denn das verboten die im hasmonäischen und herodianischen Judäa geltenden Gesetze zweifellos nicht, vielmehr könnte er diese Interpretation des mosaischen Gesetzes allerdings von ebionitischen Christen übernommen haben. Bei einer anderen Gelegenheit widersetzte er sich (*Leben,* 23), als seine Leute zwei Männer aus der Gegend von Trachonitis, die in dem damals von ihm regierten Gebiet in Galiläa Zuflucht suchten, dazu nötigen wollten, sich beschneiden zu lassen: »Jeder sollte Gott nach seiner eigenen Neigung verehren und nicht mit Gewalt gezwungen werden«, erklärte er, seinem Bericht zufolge, bei dieser Gelegenheit. »Und als ich die Menge beruhigt hatte, versorgte ich die Männer, die zu uns gekommen waren, mit allem, was sie benötigten, und das reichlich.«
Siehe dazu S. J. D. Cohen, *Josephus in Galilee and Rome,* Leiden 1979, Anhang 1; und neuerdings M. Hersch, *Josephus,* Vita (HUP, 1992).